A DANÇA DA MORTE

OBJETIVA

STEPHEN KING

A DANÇA DA MORTE

Tradução
Gilson B. Soares

OBJETIVA

Título original:
The Stand

Todos os direitos desta edição reservados à
EDITORA OBJETIVA LTDA. Rua Cosme Velho, 103
Rio de Janeiro – RJ – CEP: 22241-090
Tel.: (21) 2199-7824 – Fax: (21) 2199-7825
www.objetiva.com.br

Capa
Pós Imagem Design

Revisão
Umberto Figueiredo Pinto
Taís Monteiro
L. Fadel

Editoração Eletrônica
Abreu's System Ltda.

K54d

King, Stephen

A dança da morte / Stephen King; tradução de Gilson B. Soares. – Rio de Janeiro : Objetiva, 2005

940 p. ISBN 85-7302-700-2

Tradução de : *The stand*

1. Literatura americana - Romance. I. Título

CDD 813

PARA TABBY,

este cofre escuro de maravilhas.

Nota do Autor

A Dança da Morte é uma obra de ficção, como seu tema deixa perfeitamente claro. Muitos dos eventos ocorrem em lugares reais — tais como Ogunquit, Maine; Las Vegas, Nevada; e Boulder, Colorado — e com estes lugares tomei a liberdade de mudá-los para qualquer grau que fosse mais adequado ao curso de minha ficção. Espero que aqueles leitores que residam nesses e em outros lugares reais mencionados no livro não se sintam incomodados por minha "impertinência monstruosa", para citar Dorothy Sayers, que se entregou livremente ao mesmo recurso.

Outros lugares, tais como Arnette, no Texas, e Shoyo, em Arkansas, são tão fictícios como a própria trama.

Devo agradecimentos especiais a Russell Dorr (assessor de imprensa) e ao Dr. Richard Herman, ambos do Bridgton Family Medical Center, que responderam a minhas perguntas sobre a natureza da gripe e sua maneira peculiar de mudar a mais ou menos cada dois anos, e a Susan Artz Manning of Castine, que revisou o texto original.

Meus agradecimentos acima de tudo a Bill Thompson e Betty Prashker, que fizeram este livro acontecer da melhor maneira.

S.K.

Um Prefácio em Duas Partes

PARTE 1: PARA LER ANTES DA COMPRA

Há duas coisas que você precisa saber imediatamente acerca desta versão de *A Dança da Morte*, antes mesmo que saia da livraria. Por esta razão espero tê-lo apanhado a tempo — esperançoso diante da seção de novos lançamentos de ficção, com seus livros já comprados aninhados debaixo do braço e com este livro aberto a sua frente. Em outras palavras, espero tê-lo apanhado enquanto sua carteira ainda está a salvo no bolso. Está pronto? Tudo bem, obrigado. Prometo ser breve.

Para início de conversa, este *não* é um novo romance. Se mantiver dúvidas a respeito, deixe que sejam dispersadas bem aqui e agora, enquanto ainda está a uma distância segura da caixa registradora, que tomará dinheiro do seu bolso para botar no meu. *A Dança da Morte* foi publicado originalmente há mais de vinte anos.

Em segundo lugar, esta não é uma versão nova em folha, inteiramente diferente, de *A Dança da Morte*. Você não descobrirá velhos personagens comportando-se de novas maneiras, nem o tema central irá se bifurcar em algum ponto da antiga narrativa, levando você, Leitor Fiel, a um rumo inteiramente diferente.

Esta versão de *A Dança da Morte* é uma *expansão* do romance original. Como eu disse, você não vai encontrar velhos personagens se comportando de novas maneiras estranhas, mas descobrirá que quase *todos* os personagens estavam, na forma original do livro, fazendo *mais* coisas, e se não achasse que algumas dessas coisas fossem interessantes — talvez mesmo esclarecedoras — eu nunca teria concordado com este projeto.

Se isto não é o que você quer, não compre este livro. Se já o tiver comprado, espero que tenha guardado a nota fiscal. A livraria onde você fez a compra vai exigi-la antes de reembolsá-lo.

Se esta expansão *é* do seu agrado, convido-o a me acompanhar um pouco mais longe. Tenho um monte de coisas a lhe contar e acho que podemos conversar melhor lá na esquina.

No escuro.

PARTE 2: PARA LER DEPOIS DA COMPRA

Este não é bem um Prefácio, realmente, mas sim uma explicação de por que esta nova versão de *A Dança da Morte* existe, afinal. É um romance longo, para começar, e esta versão aumentada será vista por alguns — talvez muitos — como um ato de indulgência de um autor cujas obras foram bem-sucedidas o suficiente para permitir este capricho. Espero que não, mas eu teria de ser bastante idiota para não perceber que tal crítica é iminente. Afinal, muitos críticos do romance consideraram-no inchado e demasiado longo, para começar.

Se o livro era tão longo, em primeiro lugar, ou se tornou assim nesta edição, é uma questão que deixo para o leitor individual. Só quis usar este pequeno espaço para dizer que estou republicando *A Dança da Morte* como foi originalmente escrito não para servir a mim mesmo ou a qualquer leitor individual, mas para servir a numerosos leitores que o pediram. Não o ofereceria se eu próprio não achasse que aquelas partes que foram cortadas do manuscrito original tornam a história mais rica, e estaria mentindo se não admitisse que estou curioso quanto à recepção que terá.

Pouparei você da história de como *A Dança da Morte* veio a ser escrito — a cadeia de pensamentos que produz um romance raramente interessa a alguém, exceto aos que aspiram ser romancistas. Eles tendem a crer que existe uma "fórmula secreta" para escrever um romance comercialmente bem-sucedido, mas ela não existe. Você tem uma idéia; em algum ponto outra idéia surge; você faz uma ligação, ou uma série delas, entre as idéias, uns poucos personagens (geralmente pouco mais que sombras no início) se sugerem; um possível final vem à mente do escritor (embora, quando o final chega, raramente é muito parecido com aquele que o escritor imaginou); e, a certa altura, o romancista senta-se com papel e caneta, uma máquina de escrever ou um processador de texto. Quando me perguntam "Como você escreve?", invariavelmente respondo: "Uma palavra de cada vez", e a resposta é invariavelmente descartada. Mas é realmente assim. Soa simples demais para ser verdade, mas pense na Grande Muralha da China: foi uma pedra de cada vez, cara. É isso aí. Uma pedra de cada vez. Mas já li que se pode ver aquela sacana do espaço sem auxílio de um telescópio.

Para os leitores que *estiverem* interessados, a história é contada no capítulo final de *Dança Macabra*, uma visão geral divagante porém amistosamente usufruída do gênero horror, que publiquei em 1981. Não estou fazendo um comercial desse livro; estou apenas dizendo que a história está lá, se você quiser conhecê-la, embora seja contada não por ser interessante em si, mas para ilustrar um ponto inteiramente diferente.

Para os propósitos deste livro, o importante é que aproximadamente quatrocentas páginas do manuscrito foram suprimidas do esboço final. O motivo não foi editorial; se tivesse sido este o caso, eu me contentaria em deixar o livro viver sua própria vida e por fim sofrer sua morte como foi originalmente publicado.

Os cortes foram feitos por ordem do departamento de contabilidade. Eles estouraram os custos de produção, nivelando-os às vendas de capa dura dos meus quatro livros anteriores, e decidiram que um preço de capa de 12,95 dólares era mais ou menos o que o mercado poderia suportar (comparem aquele preço com os de hoje, meus amigos e vizinhos!). Perguntaram-me se eu gostaria de fazer os cortes, ou se preferiria que alguém no departamento editorial se incumbisse disso. Relutantemente, concordei em fazer eu mesmo a cirurgia. Acho que fiz um trabalho razoavelmente bom, para um escritor que foi acusado vezes sem conta de sofrer de diarréia do processador de texto. Existe apenas um trecho — a viagem do Homem da Lata de Lixo através do país, de Indiana a Las Vegas — que parece visivelmente marcado na versão original.

Se a totalidade da história está lá, poderiam perguntar, então por que se incomodar? Isto não é uma indulgência, afinal? É melhor que não seja. Se for, então tenho que passar grande parte de minha vida desperdiçando meu tempo. Acontece que acho que nas histórias realmente boas o todo é sempre maior que a soma das partes. Se assim não fosse, o texto que se segue seria uma versão perfeitamente aceitável de *João e Maria*:

> João e Maria eram duas crianças com um bondoso pai e uma bondosa mãe. A mãe bondosa morreu e o pai se casou com uma megera. A megera queria se livrar das crianças de modo a ter mais dinheiro para gastar consigo mesma. Ela instigou seu marido frouxo e semi-idiota a levar João e Maria para a floresta e matá-los. O pai das crianças se arrependeu no último momento, permitindo-lhes viver de modo que morressem de fome na floresta, em vez de dar-lhes uma morte rápida e misericordiosa na lâmina de sua faca. Enquanto vagueavam em torno, as crianças encontraram uma casa feita de açúcar, pertencente a uma bruxa chegada ao canibalismo. Ela olhou para eles e disse-lhes que ia comê-los quando estivessem saudáveis e gordos. Mas as crianças levaram a melhor. João jogou-a no seu próprio forno. Encontraram o tesouro da bruxa e devem ter achado um mapa também, porque conseguiram encontrar o caminho de casa. Quando lá chegaram, o pai expulsou a megera e eles viveram felizes para sempre. Fim.

Não sei o que você acha, mas para mim esta versão é um fracasso. A história está lá, mas não é elegante. É como um Cadillac com o cromado arrancado e a pintura reduzida a metal embotado. Vai a algum lugar, mas não é bom, você sabe.

Não restaurei todas as quatrocentas páginas suprimidas; existe uma diferença entre fazer a coisa direito e ser apenas francamente vulgar. Algo do que foi deixado no chão da sala de corte quando entreguei a versão truncada merecia ser deixado lá, e lá permanece. Outras coisas, tal como o confronto de Frannie com sua mãe no começo do livro, parecem adicionar aquela riqueza e dimensão que eu, como leitor, aprecio profundamente. Retornando a *João e Maria* por apenas um momento, você pode estar lembrado de que a madrasta malvada exige que o marido lhe traga os corações das crianças como prova de que o infeliz lenhador fez como ela ordenou. O lenhador demonstra um vago vestígio de inteligência ao levar-lhe os corações de dois coelhos. Ou pegue a famosa trilha de migalhas de pão que João deixa para trás, de modo que ele e sua irmã possam achar o caminho de volta. Garoto esperto! Mas, quando ele tenta seguir a trilha, descobre que os pássaros comeram as migalhas de pão. Nenhum desses detalhes é estritamente essencial para a trama, mas, de outra maneira, eles *fazem* a trama — são detalhes grandes e mágicos de como se contar uma história. Eles mudam o que poderia ter sido uma peça literária sem graça para um conto que encantou e aterrorizou leitores por mais de cem anos.

Desconfio de que nada aqui acrescentado é tão bom quanto a trilha de migalhas de pão, mas sempre lamentei o fato de que ninguém, senão eu e uns poucos leitores internos da Doubleday, jamais conheceu o maníaco que simplesmente se autodenomina O Garoto — ou testemunhou o que acontece com ele do lado de fora de um túnel que se contrapõe a outro túnel a meio continente de distância — o túnel Lincoln em Nova York, que dois dos personagens atravessam mais cedo na história.

Portanto, eis aqui *A Dança da Morte*, Leitor Fiel, como seu autor pretendia originalmente, para fazê-lo rolar fora do *showroom*. Todo o seu cromado está intacto agora, para melhor ou pior. E a razão final para apresentar esta versão é a mais trivial. Embora nunca tenha sido meu romance preferido, é aquele que fãs dos meus livros parecem gostar mais. Quando faço palestras (o que é tão raro quanto possível), as pessoas sempre me falam sobre *A Dança da Morte*. Elas discutem os personagens como se fossem pessoas reais e com freqüência perguntam "O que aconteceu com fulano de tal?" — como se eu recebesse cartas deles de vez em quando.

Inevitavelmente, me perguntam se o romance algum dia vai virar filme. A resposta, aliás, é provavelmente sim. Será um bom filme? Não sei. Bons ou ruins, os filmes quase sempre exercem um efeito redutor em obras de fantasia (claro que há exceções; *O Mágico de Oz* é um exemplo que vem de imediato à mente). Nos debates as pessoas estão dispostas a escalar vários papéis interminavelmente. Sempre achei que Robert Duvall daria um esplêndido Randall Flagg, mas ouvi pessoas sugerindo gente como Clint Eastwood, Bruce Dern e Christopher Walken. Todos *parecem* bons, tal como Bruce Springsteen pareceria para fazer um interessante Larry Underwood, se ele algum dia optasse por ser ator (e, baseado em seus vídeos, acho que se sairia muito bem... embora minha escolha pessoal fosse Marshall Crenshaw). Mas, pensando bem, acho que seria melhor para Stu, Larry, Glen, Frannie, Ralph, Tom Cullen, Lloyd e aquele cara escuro pertencerem ao leitor, que os visualizará através da lente da imaginação numa maneira vívida e constantemente mutante que nenhuma câmera pode reproduzir. Os filmes, afinal, são apenas uma ilusão em movimento formada por milhares de fotografias imóveis. A imaginação, no entanto, se move junto a seu próprio fluxo da maré. Os filmes, mesmo os melhores, congelam a ficção — qualquer um que já tenha visto *Um Estranho no Ninho* e depois lido o romance de Ken Kesey achará difícil ou impossível não ver o rosto de Jack Nicholson em Randle Patrick McMurphy. Isto não é necessariamente ruim... mas *é* limitante. A glória de uma boa história é de que ela seja ilimitada e fluente; uma boa história pertence a cada leitor na sua própria maneira particular.

Para finalizar, só escrevo por duas razões: pelo meu próprio prazer e pelo prazer dos outros. Voltando a esta longa história de cristianismo negro, espero ter realizado as duas coisas.

24 de outubro de 1989

O CÍRCULO SE ABRE

Precisamos de ajuda, concluiu o Poeta.

— Edward Dorn

Lá fora a rua está em chamas
Numa verdadeira valsa da morte
Entre o que é carne e fantasia
E os poetas, bem aqui,
Não escrevem nada afinal
Simplesmente recuam e deixam andar
E na velocidade da noite
Buscam alcançar o seu momento
E tentam fazer uma resistência honesta
Mas terminam feridos
Nem mesmo mortos
Esta noite na Terra Selvagem.

— Bruce Springsteen

E estava claro que ela não podia continuar!
A porta estava aberta e o vento apareceu,
As velas apagaram e desapareceram,
As cortinas esvoaçaram e a seguir ele apareceu,
Disse: "Não tenha medo,
Vamos, Mary",
E ela não teve nenhum medo
E correu para ele
E começaram a fugir...
Ela havia pegado a mão dele...
"Vamos, Mary;
Não tema a Ceifeira!"

— Blue Öyster Cult

O QUE É ESSE FEITIÇO?
O QUE É ESSE FEITIÇO?
O QUE É ESSE FEITIÇO?

— Country Joe and the Fish

— SALLY.

Um resmungo.

— Acorde logo, Sally.

Um resmungo mais alto: *Me deixa em paz.*

Ele a sacudiu com mais energia.

— Acorde. Você precisa acordar.

Charlie.

A voz de Charlie. Chamando-a. Por quanto tempo?

Sally emergiu do sono.

Primeiro olhou para o relógio sobre a mesinha-de-cabeceira e viu que eram 2h15 da madrugada. Charlie não deveria estar aqui; deveria estar no plantão. Depois deu sua primeira boa olhada nele e algo saltou dentro dela, alguma intuição funesta.

Seu marido estava mortalmente pálido. Tinha os olhos assustados e saltando das órbitas. Numa das mãos estavam as chaves do carro, enquanto continuava usando a outra para sacudi-la, embora ela já tivesse aberto os olhos. Era como se ele não conseguisse registrar o fato de que estivesse desperta.

— Charlie, o que foi? O que houve de errado?

Ele parecia não saber o que dizer. Seu pomo-de-adão movia-se inutilmente, mas não havia nenhum som no pequeno bangalô militar senão o tiquetaquear do relógio.

— É um incêndio? — perguntou ela estupidamente. Era a única coisa que lhe ocorria que seria capaz de deixá-lo naquele estado. Sabia que os pais dele haviam morrido num incêndio doméstico.

— De certo modo — disse ele. — De certo modo, é pior. Você tem que se vestir, querida. Pegue Baby LaVon. Temos que dar o fora daqui.

— Por quê? — perguntou ela, saindo da cama. Um medo sinistro a acometera. Nada parecia fazer sentido, era como num sonho. — Para onde? Está querendo dizer o quintal dos fundos? — Mas ela sabia que não era o quintal dos fundos. Ela nunca vira

Charlie tão apavorado. Inspirou profundamente e não sentiu cheiro de queimado ou de fumaça.

— Sally, querida, não faça perguntas. Temos que fugir. Para longe. Você precisa ir buscar Baby LaVon e vesti-la.

— Mas eu deveria... temos tempo para fazer as malas?

Isto pareceu detê-lo. Desnorteá-lo de alguma maneira. Ela achava que estava tão apavorada quanto possível, mas era evidente que não estava. Reconheceu que aquilo que havia considerado medo da parte dele ficava mais próximo do puro pânico. Charlie passou distraidamente a mão pelo cabelo e replicou:

— Não sei. Vou ter que testar o vento.

E deixou-a com esta esquisita declaração que nada significava para ela, deixou-a ali parada com frio, com medo, e desorientada, descalça e de camisola. Era como se ele tivesse enlouquecido. O que testar o vento tinha a ver com se havia tempo ou não para embalar as coisas? E para longe onde? Reno? Las Vegas? Salt Lake City? E...

Ela pôs a mão contra a garganta enquanto outra idéia lhe ocorria.

Desertar. Partir no meio da noite significava que Charlie estava planejando desertar.

Foi até o pequeno cômodo que servia de quarto para Baby LaVon e ficou parada ali um momento, indecisa, olhando para a criança adormecida no seu cobertor cor-de-rosa. Ela nutria a débil esperança de que isto talvez não fosse nada além de um sonho extraordinariamente vívido. Passaria, ela acordaria às sete da manhã como de hábito, alimentaria Baby LaVon e comeria também, assistindo ao primeiro bloco do programa *Today*. E prepararia os ovos de Charlie quando ele chegasse do serviço às oito da manhã, mais um plantão noturno na torre norte da Reserva. E dali a duas semanas ele estaria trabalhando de novo de dia e não ficaria mais tão mal-humorado. E se dormisse com ela à noite não teria sonhos loucos como esse de agora e...

— Depressa com isso! — sibilou ele, acabando com sua débil esperança. — Só temos tempo para juntar algumas coisas... mas pelo amor de Deus, mulher, se você ama esta menina — apontou para o berço —, trate de vesti-la! — Ele tossiu nervoso, cobrindo a boca com a mão, e começou a puxar coisas das gavetas da cômoda e empilhá-las desordenadamente em duas velhas malas.

Ela acordou Baby LaVon, acalmando-a o melhor que pôde; a menina de três anos estava confusa e atordoada por ser acordada no meio da noite. Começou a chorar enquanto Sally lhe vestia uma calcinha, uma blusa e um macaquinho. O som do choro da criança lhe dava mais medo do que tudo. Ela associava isto com outras ocasiões em que Baby LaVon, habitualmente o mais adorável dos bebês, havia chorado à noite: assadura de fraldas, dentição rompendo, crupe, cólicas. O medo lentamente se tornou raiva ao ver Charlie quase correr porta afora com as mãos cheias da sua própria roupa íntima. Alças de sutiãs arrastavam-se atrás dele como serpentinas de *réveillon*. Ele enfiou tudo numa das malas e fechou-a. A bainha de sua melhor combinação ficou pendente do lado de fora e Sally podia apostar que estava rasgada.

— O que é *isto*? — gritou ela e o agitado tom de sua voz fez Baby LaVon irromper em novas lágrimas, justo quando o choro já estava se transformando em fungadelas. — Você ficou louco? Eles vão mandar soldados atrás de nós, Charlie! *Soldados!*

— Não esta noite — disse ele, e havia algo tão seguro em sua voz que ela soava horrível. — Anote isto, garota: se não mexermos nossos rabos agora, jamais vamos conseguir sair da base. Nem sequer sei como diabos consegui escapar da torre. Deu pane em algum lugar, acho. Por que não? Deus sabe que tudo funciona mal. — E ele soltou uma risada alta e lunática que a assustou mais do que tudo até então. — Vestiu a neném? Ótimo. Ponha algumas das roupas dela naquela outra mala. O resto coloque na mala de rodinhas azul que está no armário. Depois vamos cair fora daqui. Acho que vamos ficar bem. O vento está soprando de leste para oeste. Graças a Deus por isso.

Ele tossiu de novo na mão.

— Papai! — exigiu Baby LaVon, estendendo os braços. — Quelo o papai! Quelo! Cavalinho, papai! Cavalinho! Quelo!

— Agora não — disse Charlie e desapareceu na cozinha. Um instante depois, Sally ouviu o chocalhar de louça. Ele estava pegando os trocados dela na tigela de sopa azul na prateleira de cima. Uns 30 ou 40 dólares que ela havia economizado, às vezes um dólar, outras vezes 50 centavos. Seu dinheiro de casa. Por pouco que fosse, era dinheiro de verdade.

Baby LaVon, tendo-lhe sido negado brincar de cavalinho com seu pai, que raramente lhe negava alguma coisa, recomeçou a chorar. Sally pelejou para vestir-lhe um casaco leve e depois jogou a maior parte de suas roupas na mala de rodinhas, amontoando-as de qualquer maneira. A idéia de pôr qualquer outra coisa na outra mala era ridícula. Iria arrebentar. Teve de ajoelhar-se sobre ela para fechar os trincos. Viu-se agradecendo a Deus por sua filha ter sido treinada, podendo assim dispensar as fraldas.

Charlie voltou ao banheiro e agora estava correndo. Ainda tinha o bolso da frente recheado com os trocados que pegara na tigela de sopa. Sally pegou a filha. Ela estava plenamente desperta agora e podia caminhar perfeitamente, mas Sally a queria nos seus braços. Ela inclinou-se e puxou a mala de rodinhas.

— Pra onde a gente vai, papai? — perguntou Baby LaVon. — Eu tava mimindo.

— A neném pode mimir no carro — disse Charlie, pegando as duas malas. A bainha da combinação de Sally oscilava. Os olhos de Charlie ainda tinham aquele aspecto vago e esgazeado. Uma idéia, com uma certeza crescente, começou a se formar na mente de Sally.

— Houve um acidente? — sussurrou. — Ah, meu Deus, foi isso, não é? Um acidente. *Lá.*

— Eu estava jogando paciência — disse Charlie. — Olhei para cima e vi que o relógio tinha mudado de verde para vermelho. Liguei o monitor. Sally, eles estavam todos... — Fez uma pausa, fitou os olhos de Baby LaVon, arregalados e curiosos, apesar de ainda orlados de lágrimas. — Estavam todos M-O-R-T-O-S lá. Todos, menos dois, mas talvez já estejam agora.

— O que é M-O-T-O-S, papai? — perguntou Baby LaVon.

— Esqueça, querida — disse Sally. Sua voz pareceu chegar-lhe da parte mais baixa de um cânion muito profundo.

Charlie engoliu em seco. Alguma coisa estalou na sua garganta.

— Tudo está programado para se fechar automaticamente se o relógio ficar vermelho. Lá tem um computador Chubb que comanda todo o complexo e supostamente é à prova de falha. Vi o que estava no monitor e pulei porta afora. Pensei que a maldita porta fosse me cortar ao meio. Ela deveria se fechar no segundo em que o relógio ficasse vermelho, e eu não sabia há quanto tempo *estava* vermelho até que olhei para cima e notei. Mas eu já estava quase no estacionamento quando ouvi a porta bater atrás de mim. Ainda assim, se tivesse me atrasado apenas trinta segundos, estaria trancado na sala daquela torre de controle neste exato momento, como um inseto preso numa garrafa.

— O que foi? O que...

— Não sei nem *quero* saber. Tudo que sei é que aquilo os ma... os M-A-T-O-U rapidamente. Se eles me quiserem, vão ter que me pegar. Eu estava sob um contrato de risco, mas eles têm que me pagar muito mais para me segurar aqui. O vento está soprando para oeste. Estamos seguindo para leste. Agora, vamos.

Ainda se sentindo semi-adormecida, capturada em algum sonho pavoroso e triturante, ela o seguiu até a garagem onde o seu Chevrolet de 15 anos estava estacionado, enferrujando tranqüilamente na fragrante escuridão desértica da noite californiana.

Charlie jogou as bagagens no porta-malas e a mala de rodinhas no assento traseiro. Sally ficou parada por um momento junto à porta do carona com a filha nos braços, olhando para o bangalô em que haviam passado os últimos quatro anos. Quando se mudaram para lá, pensou, Baby LaVon ainda estava crescendo dentro do seu corpo, suas brincadeiras de cavalinho ainda por vir.

— Vamos! — disse Charlie. — Entre, mulher!

Ela entrou. Charlie deu ré e os faróis do Chevrolet iluminaram por um instante as paredes da casa. Seus reflexos nas janelas pareciam os olhos de algum animal acuado.

Charlie arqueava-se tenso ao volante, seu rosto desenhado no brilho opaco dos instrumentos no painel.

— Se os portões da base estiverem fechados, vou jogar o carro contra eles.

E o faria mesmo, Sally podia dizer. De repente, sentiu os joelhos bambos.

Mas não houve necessidade de medidas tão desesperadas. Os portões permaneciam abertos. Um guarda cochilava sobre uma revista. Sally não conseguiu ver o outro; talvez estivesse na latrina. Esta era uma parte externa da base, um depósito para veículos militares convencionais. O que se passava no núcleo da base não era da conta daqueles sujeitos.

Olhei para cima e vi que o relógio tinha ficado vermelho.

Ela se arrepiou e pôs a mão na perna dele. Baby LaVon estava dormindo de novo. Charlie deu uma pancadinha breve na mão de Sally e disse:

— Vai dar tudo certo, querida.

Ao amanhecer estavam atravessando o estado de Nevada rumo ao leste e Charlie não parava de tossir.

Livro 1

CAPITÃO VIAJANTE

16 de junho – 4 de julho de 1990

Chamei o médico pelo telefone,
Disse: doutor, por favor,
Estou com uma sensação de balanço e rodopio,
O que pode ser isto?
É alguma nova doença?

— THE SYLVERS

Garota, você saca o seu homem?
Ele é um cara legal,
Você saca o seu homem, garota?

— LARRY UNDERWOOD

Capítulo Um

O POSTO TEXACO DE HAPSCOMB ficava no número 93, logo ao norte de Arnette, uma vila insignificante de quatro ruas a uns 200 quilômetros de Houston. Esta noite os fregueses habituais estavam lá, sentados junto à caixa registradora, bebendo cerveja, jogando conversa fora, observando os insetos voejando no grande letreiro iluminado.

Era o posto de Bill Hapscomb, portanto os outros o tratavam com respeito, muito embora fosse um idiota completo. Teriam esperado o mesmo respeito se estivessem reunidos nos seus próprios estabelecimentos comerciais. Só que não tinham nenhum. Eram tempos difíceis em Arnette. Em 1980 a cidade tinha duas indústrias, uma fábrica de produtos de papel (para piqueniques e churrascos, principalmente) e uma instalação que fabricava calculadoras eletrônicas. A fábrica de papel fechara as portas e a fábrica de calculadoras estava agonizando — agora podiam fazê-las muito mais baratas em Taiwan, bem como aquelas tevês portáteis e rádios transistores.

Norman Bruett e Tommy Wannamaker, que haviam trabalhado na fábrica de papel, recebiam auxílio do governo, tendo esgotado seu seguro-desemprego algum tempo atrás. Henry Carmichael e Stu Redman trabalhavam na fábrica de calculadoras, mas raramente por mais de trinta horas por semana. Victor Palfrey era aposentado e fumava cigarros fedorentos enrolados em casa, que eram o único luxo que podia se permitir.

— Bem, o que digo é o seguinte — dizia Hap, pondo as mãos sobre os joelhos e inclinando-se à frente. — Eles vão simplesmente dizer: dane-se esta merda de inflação. Dane-se esta merda de dívida interna. Nós temos as prensas e temos o papel. Vamos imprimir 50 milhões de notas de mil dólares e botá-las em circulação, pombas!

Palfrey, que havia sido maquinista até 1984, era o único ali presente com amor-próprio suficiente para contestar as mais óbvias afirmações tolas de Hap. Agora, enrolando outro dos seus cigarros fedendo a merda, ele disse:

— Isso não nos levaria a lugar nenhum. Se fizermos isso, será simplesmente igual a Richmond nos dois últimos anos da Guerra de Secessão. Naqueles dias, quando você queria comprar um pão de especiarias, dava ao padeiro um dólar confederado, ele punha o dólar em cima do pão e cortava um pedaço exatamente daquele tamanho. Dinheiro é só papel, você sabe.

— Conheço gente que não concorda com você — disse Hap, azedo. Pegou em sua mesa um ensebado prendedor de papel de plástico vermelho. — Eu devo a essas pessoas, e elas estão começando a ficar muito estressadas com isso.

Stuart Redman, que era talvez o homem mais calado de Arnette, estava sentado em uma das cadeiras de plástico rachadas, uma lata de cerveja na mão, olhando para fora da grande janela do posto de gasolina no número 93. Stu conhecia a pobreza. Crescera pobre bem ali naquela cidade, filho de um dentista que morrera quando ele tinha sete anos, deixando esposa e mais dois filhos além de Stu.

Sua mãe conseguira emprego no Red Ball Truck Stop, nos arredores de Arnette — Stu poderia ver o terminal de caminhões dali onde estava sentado exatamente agora, se ele não tivesse pegado fogo em 1979. O emprego de sua mãe havia sido o suficiente para manter os quatro comendo, porém nada mais do que isso. Aos nove anos, Stu começara a trabalhar, primeiro para Rog Tucker, dono do Red Ball, ajudando a descarregar caminhões depois da escola a 35 *cents* por hora, e depois no matadouro da cidade vizinha de Braintree, mentindo sobre sua idade para ganhar salário mínimo por vinte horas semanais de trabalho pesado.

Agora, ouvindo Hap e Vic Palfrey discutindo sobre dinheiro e o misterioso jeito que ele tinha para minguar, pensou em como suas mãos sangravam no início, de tanto empurrar os intermináveis carrinhos de mão cheios de couros e tripas. Tentara esconder isto da mãe, mas ela notara menos de uma semana depois de ele ter começado. Chorou algum tempo por causa disso, e não era mulher de chorar facilmente. Mas não lhe pedira para largar o emprego. Conhecia bem a situação. Era realista.

Parte do silêncio de Stu provinha do fato de nunca ter tido amigos, ou tempo para eles. Havia a escola, havia o trabalho. Seu irmão caçula, Dev, morrera de pneunomia no ano em que ele começou a trabalhar no matadouro, e Stu nunca havia se recuperado dessa perda. Sentimento de culpa, achava. Tinha amado Dev ao máximo... mas seu falecimento também significava que era uma boca a menos para alimentar.

No ginásio ele descobrira o futebol, e isto era algo que sua mãe sempre o estimulara a praticar, embora sacrificasse algumas horas de trabalho. "Jogue", dizia ela. "Se quiser uma passagem para cair fora daqui, ela é o futebol, Stuart. Jogue e lembre-se de Eddie Warfield."

Eddie Warfield era um herói local. Vindo de uma família ainda mais pobre que a de Stu, ele se cobrira de glória como zagueiro do time ginasiano regional e ganhara uma bolsa de estudos esportiva para a Universidade A&M do Texas. Jogara ainda por dez anos nos Green Bay Packers, principalmente como zagueiro da segunda linha, mas em várias ocasiões memoráveis como armador. Eddie era proprietário de uma rede de lanchonetes no Oeste e no Sudoeste, e em Arnette ainda era um mito. Ali, quando se falava em "sucesso", a referência era Eddie Warfield.

Stu não era zagueiro e não era nenhum Eddie Warfield. Mas lhe pareceu, no primeiro ano do ginásio, que havia pelo menos uma remota chance de conseguir uma pequena bolsa de estudos como desportista... e havia também programas de trabalho-estudo, e o conselheiro de orientação da escola lhe falara acerca de um programa federal de empréstimo para estudantes carentes.

Então sua mãe adoeceu, ficando incapacitada para o trabalho. Era câncer. Morreu dois meses antes de Stu formar-se no curso secundário, deixando-o para sustentar seu irmão Bryce. Stu desistiu da bolsa de estudos desportiva e foi trabalhar na fábrica de calculadoras. E finalmente foi Bryce, três anos mais novo que Stu, quem a conseguiu. Estava agora no estado de Minnesota, como analista de sistemas da IBM. Ele não escrevia com freqüência, e a última vez em que vira Bryce tinha sido no funeral, após a morte da esposa de Stu — morta exatamente pelo mesmo tipo de câncer que vitimara sua mãe. Achava que Bryce tinha sua própria culpa a carregar — e que podia se envergonhar um pouco do fato de que seu irmão tivesse se transformado em mais um velho e bom companheiro numa cidade decadente do Texas, passando seus dias embromando na fábrica de calculadoras e as noites no posto de Hap ou bebendo cerveja no Indian Head.

O casamento fora a melhor fase de sua vida, e só durara 18 meses. O útero de sua jovem esposa abrigara um único feto sombrio e maligno. Tinha sido quatro anos atrás. Desde então ele havia pensado em deixar Arnette, procurar alguma coisa melhor, porém a inércia de cidade pequena o segurava — o canto de sereia baixando de lugares e rostos familiares. Era benquisto em Arnette, e certa vez Vic Palfrey prestara-lhe a homenagem definitiva ao chamá-lo de “O Durão da Velha Guarda”.

Enquanto Vic e Hap continuavam discutindo, ainda havia uma pequena claridade no céu, mas a terra estava envolta em sombras. Carros não vinham muito ali agora, uma razão por que Hap tinha tantas contas a pagar. Mas Stu viu que um carro estava chegando.

Ainda estava a uns 400 metros de distância, a última luz do dia pondo um brilho poeirento sobre aquele pequeno cromado que restava no carro. Stu tinha olhos aguçados e identificou-o como um velho Chevrolet, talvez um 75. Faróis apagados, fazendo não mais que 25 quilômetros por hora, ziguezagueando sobre a estrada. Ninguém o vira ainda a não ser ele.

— Digamos que você tenha uma hipoteca a pagar pelo posto — estava dizendo Vic —, e digamos que seja 50 dólares por mês.

— É muito mais do que isto.

— Bem, para facilitar as coisas, vamos considerar 50. E vamos supor que os federais fossem em frente e imprimissem para você um caminhão de dinheiro. Bem, aí aquele pessoal do banco iria mudar de idéia e querer 150. Você estaria pobre do mesmo jeito.

— Isso mesmo — acrescentou Henry Carmichael. Hap olhou para ele, irritado. Ficara sabendo que Hank adquirira o hábito de pegar Cocas na máquina sem pagar, e além disso, Hank *sabia* que ele sabia. Portanto, se Hank queria tomar algum partido na discussão, deveria ser o dele.

— Não seria necessariamente assim — disse Hap pesadamente das profundezas de sua instrução de oitava série. Continuou para explicar por quê.

Stu, que só entendia que eles estavam num dilema infernal, baixou a voz de Hap para um zumbido inexpressivo e observou o Chevrolet arfar e desviar-se do seu rumo na estrada. Do jeito que estava indo, Stu não achava que o carro chegaria muito longe. Ele cruzou a linha branca e seus pneus do lado esquerdo levantaram poeira do acostamento esquerdo. Agora deu uma guinada para trás, manteve-se na sua própria pista brevemente, depois quase caiu na vala. Então, como se o motorista tivesse percebido o grande letreiro iluminado do posto Texaco como se fosse um farol, o carro disparou pelo asfalto como um projétil cuja velocidade estava muito perto de se esgotar. Stu pôde ouvir o batimento exausto de seu motor, o constante gorgolejar e resfolegar de um carburador agonizante e de um jogo de válvulas frouxas. Ele errou a entrada rebaixada e subiu pelo meio-fio. As barras fluorescentes acima das bombas se refletiam no pára-brisa empoeirado do carro, de modo que era difícil ver o que estava dentro, mas Stu notou a forma indistinta do motorista oscilar frouxamente com a batida no meio-fio. O carro não deu nenhum sinal de reduzir sua velocidade inflexível de 25 quilômetros por hora.

— Por isso eu digo que, com mais dinheiro em circulação, você iria...

— É melhor desligar suas bombas, Hap — disse Stu suavemente.

— As bombas? Por quê?

Norm Bruett tinha se virado para olhar pela janela.

— Caramba! — exclamou.

Stu pulou de sua cadeira, inclinou-se sobre Tommy Wannamaker e Hank Carmichael e desligou todos os oito interruptores de uma vez, quatro com cada mão. Portanto ele foi o único a não ver o carro colidir contra as bombas e derrubá-las.

O carro ceifou as bombas com uma lentidão que pareceu implacável e de certa forma espetacular. Tommy Wannamaker jurou no dia seguinte no Indian Head que as lanternas traseiras não piscaram uma única vez. O Chevrolet continuou simplesmente a avançar naquela velocidade constante de cerca de 25 quilômetros por hora, como o carro-guia no desfile do Torneio das Rosas. O chassi guinchou sobre a ilha de concreto e quando as rodas a alcançaram somente Stu viu a cabeça do motorista se projetar molemente e atingir o pára-brisa, trincando o vidro.

O carro pulou como um cachorro velho que tivesse sido chutado e enxotado da bomba de alta octanagem. Foi expelido e rolou para longe, derramando uns poucos filetes de gasolina. O bocal da mangueira desengatou e se esparramou cintilante debaixo das luzes fluorescentes.

Todos viram as fagulhas produzidas pelo cano de descarga chiando pelo piso de cimento. Hap, que já testemunhara a explosão de um posto de gasolina no México, protegeu instintivamente os olhos contra a bola de fogo que esperava. Em vez disso, a traseira do carro sacudiu e deslizou para longe das bombas. A parte dianteira bateu contra a bomba de baixa octanagem, derrubando-a com um baque surdo.

Quase deliberadamente, o Chevrolet terminou seu giro de 360 graus batendo de novo na ilha, desta vez de lado. A traseira se arremessou e derrubou a bomba de gasolina comum. E ali o carro se imobilizou, arrastando atrás de si o cano de descarga enferrujado. Havia destruído as três bombas da ilha mais próxima da estrada. O motor continuou a resfolegar por alguns segundos e por fim morreu. O silêncio era tão opressivo que chegava a assustar.

— Puta merda — disse Tommy Wannamaker, sem fôlego. — Será que essa porra vai explodir, Hap?

— Já teria explodido, se fosse o caso — disse ele, e se levantou. Seu ombro esbarrou no porta-mapas, espalhando Texas, Novo México e Arizona por todo o chão. Ele sentia uma espécie de júbilo cauteloso. Suas bombas estavam no seguro e o pagamento em dia. Mary priorizava o seguro acima de tudo.

— O cara devia estar num tremendo porre — disse Norm.

— Vi suas lanternas traseiras — disse Tommy, a voz estridente de excitação. — Não piscaram nem uma vez. Porra! Se ele estivesse vindo a uns 90, todos nós estaríamos mortos agora.

Apressaram-se para fora do escritório, Hap na frente e Stu cerrando a fila. Hap, Tommy e Norm chegaram juntos ao carro. Podiam sentir o odor de gasolina e o lento tiquetaquear do motor esfriando. Hap abriu a porta do motorista e o homem ao volante tombou como uma trouxa de roupa suja.

— Caramba — Norm Bruett quase gritou. Virou-se, agarrou sua ampla barriga com ânsias de vômito. Não era por causa do homem que tinha caído (Hap o segurara com cuidado antes que se esborrachasse no chão), mas sim pelo cheiro que saía do carro, um fedor asqueroso de sangue, fezes, vômito e deterioração humana. Era um odor de morte horrivelmente nauseante.

Pouco depois, Hap virou-se, arrastando o motorista pelas axilas. Tommy segurou-o prontamente pelos pés, e ele e Hap o carregaram para o escritório. Ao brilho das lâmpadas fluorescentes acima, seus rostos pareciam contraídos e enjoados. Hap tinha até se esquecido do dinheiro do seguro.

Os outros olharam dentro do carro e então Hank voltou-se, a mão tapando a boca, o dedo mindinho se projetando como alguém erguendo sua taça de vinho para fazer um brinde. Ele cambaleou até um canto do posto de gasolina e vomitou.

Vic e Stu olharam para dentro do carro por algum tempo, entreolharam-se e depois voltaram a olhar para dentro. No assento do carona estava uma mulher jovem, sua saia suspensa acima das coxas. Apoiado contra ela o corpo de uma criança de uns três anos de idade. Ambas estavam mortas, seus pescoços inflados como câmaras de ar. A carne adquirira um tom púrpura enegrecido, como um hematoma. A carne debaixo dos olhos estava inflada também. Elas pareciam, disse Vic mais tarde, aqueles jogadores de beisebol que passavam pó de carvão sob os olhos para quebrar a luminosidade. Seus olhos se abaulavam, sem visão. A mulher segurava a mão da criança. Um muco espesso havia escorrido de seus narizes e estava agora coagulado. Moscas zumbiam em torno delas, pousando no muco, entrando e saindo das bocas abertas. Stu lutara na guerra. Mas nunca tinha visto nada tão terrivelmente chocante quanto aquela cena. Seus olhos voltavam constantemente para aquelas mãos unidas.

Ele e Vic se afastaram juntos e olhavam inexpressivos um para o outro. Voltaram para o escritório do posto. Viram Hap vociferando freneticamente ao telefone. Norm caminhava para o escritório atrás deles, lançando olhares por cima do ombro para o carro e as bombas destroçadas. A porta do lado do motorista permanecia tristemente aberta. Um par de sapatos de bebê pendia do espelho retrovisor.

Hank estava parado à porta, esfregando a boca com um lenço sujo.

— Deus do céu, Stu — disse com tristeza, e Stu assentiu com a cabeça.

Hap desligou o telefone. O motorista do Chevrolet jazia no chão.

— A ambulância vai chegar em dez minutos. Vocês acham que elas estão... — Virou o polegar na direção do carro.

— Estão mortas. — Vic sacudiu a cabeça. Seu rosto era de um amarelo pálido e ele espalhava tabaco por todo o chão enquanto tentava enrolar um de seus cigarros com cheiro de merda. — São as duas pessoas mais mortas que já vi. — Olhou para Stu e este assentiu, pondo as mãos nos bolsos. Estava agitado.

O homem no chão gemeu profundamente e todos olharam para ele. Passado um momento, quando ficou óbvio que o homem estava falando ou tentando a duras penas falar, Hap ajoelhou-se ao lado dele. Afinal de contas, era o dono do posto de gasolina.

O que quer que estivesse errado com a mulher e a criança no carro, estava igualmente errado com o homem. Seu nariz escorria livremente e a respiração tinha um som submarino peculiar, uma agitação de algum lugar dentro de seu peito. A carne debaixo dos olhos estava inchando, não enegrecida ainda, mas com um tom púrpura de contusão. Seu pescoço parecia espesso demais, e a carne tinha sido impelida para cima para formar-lhe dois queixos extras. Ardia em febre; ficar perto dele era como debruçar-se à beira de uma churrasqueira com carvões em brasa.

— O cachorro — sussurrou ele. — Vocês o tiraram?

— Moço — disse Hap, sacudindo-o gentilmente. — Já chamei a ambulância. Você vai ser socorrido.

— O relógio ficou vermelho — grunhiu o homem no chão e depois começou a tossir, em violentas explosões encadeadas que expeliam muco espesso de sua boca em borrifos compridos e viscosos. Hap recuou, com uma careta de desespero.

— É melhor virá-lo de lado — disse Vic —, ou ele vai acabar sufocando.

Mas, antes que o fizessem, a tosse afinou de novo para uma respiração irregular e baixa. Seus olhos piscaram lentamente e ele olhou para os homens agrupados acima.

— Que lugar... é este?

— Arnette — disse Hap. — Posto Texaco de Bill Hapscomb. Você derrubou algumas de minhas bombas. — E acrescentou depressa: — Mas tudo bem. O seguro cobre.

O homem no chão tentou sentar-se, mas não conseguiu. Teve de esforçar-se para pôr a mão no braço de Hap.

— Minha mulher... minha filhinha...

— Elas estão bem — disse Hap, dando um sorriso sem graça.

— Parece que estou doente pra caramba — disse o homem. A respiração entrava e saía dele num ronco sussurrante e espesso. — Elas estavam doentes também. Desde que partimos, há dois dias. Salt Lake City... — Seus olhos se fecharam lentamente. — Doentes... acho que não escapamos com rapidez suficiente...

Ao longe, mas se aproximando, eles puderam ouvir a sirene da ambulância.

— Meu Deus — disse Tommy Wannamaker. — Meu Deus.

Os olhos do homem doente voltaram a se abrir, e agora estavam cheios de intensa preocupação. Pelejou mais uma vez para sentar-se. O suor escorria por seu rosto. Agarrou Hap.

— Sally e Baby LaVon estão bem? — perguntou. Cuspe saiu de sua boca e Hap pôde sentir o calor febril do homem irradiando-se para fora. O homem estava doente, meio louco, fedia. Fazia Hap lembrar do cheiro que o cobertor de um cachorro velho adquiria algumas vezes.

— Elas estão bem — insistiu, um tanto frenético. — Você só precisa... ficar deitado aí e se acalmar, tá bem?

O homem se deitou de novo. Sua respiração estava mais áspera agora. Hap e Hank o ajudaram a virar de lado e a respiração pareceu melhorar um pouco.

— Eu me sentia muito bem até a noite passada — disse ele. — Tossindo, mas tudo bem. Acordei tossindo à noite. Não escapamos com rapidez suficiente. E Baby LaVon, ela está bem?

A voz se dissipou em algo que nenhum deles pôde entender. A sirene da ambulância soava cada vez mais próxima. Stu foi até a janela para observá-la. Os outros permaneceram num círculo em torno do homem no chão.

— O que ele pegou, Vic, faz alguma idéia? — perguntou Hap.

Vic sacudiu a cabeça.

— Sei lá.

— Deve ter sido alguma coisa que eles comeram — disse Norm Bruett. — O carro tem placa da Califórnia. Vai ver que andaram comendo num monte desses quiosques de beira de estrada, você sabe como é. Talvez tenham comido um hambúrguer estragado. Acontece.

A ambulância chegou e contornou o carro destroçado para parar entre ele e a porta do posto. A luz vermelha no teto girava loucamente em círculos. Já era noite agora.

— Me dê sua mão e vou puxar você daí! — gritou de repente o homem no chão, depois se fez silêncio.

— Comida envenenada — disse Vic. — É, faz sentido. Espero que sim, porque senão...

— Senão o quê? — perguntou Hank.

— Porque senão poderia ser algo contagioso. — Vic os fitou com olhos preocupados. — Testemunhei cólera em 1958, lá perto de Nogales, e se parecia um pouco com isso.

Três homens entraram, empurrando a maca.

— Hap — disse um deles —, você deu sorte em não ter o seu rabo seco explodido para o reino dos céus. Este cara aí, hã?

Abriram caminho para os paramédicos: Billy Verecker, Monty Sullivan e Carlos Ortega, conhecidos de todos eles.

— Há mais duas pessoas no carro — disse Hap, puxando Monty à parte. — Uma mulher e uma menininha. Ambas mortas.

— Puta merda! Tem certeza?

— Tenho. Este cara aí, não sei. Vocês vão levá-lo para Braintree?

— Acho que sim. — Monty olhou para ele, confuso. — O que faço com as duas no carro? Não sei como lidar com isso, Hap.

— Stu pode chamar a Patrulha Estadual. Importa-se se eu for junto com vocês?

— Claro que não.

Puseram o homem na maca e, enquanto o levavam para fora, Hap foi até Stu.

— Vou seguir até Braintree com aquele cara. Poderia chamar a Patrulha Estadual?

— Claro.

— E ligue também para Mary e conte-lhe o que aconteceu.

— Certo.

Hap correu até a ambulância e embarcou. Billy Verecker fechou as portas atrás dele e em seguida chamou os outros dois, que tinham ficado olhando o carro destroçado com mórbida fascinação.

Instantes depois, a ambulância partiu, a sirene berrando, a luz vermelha no teto emitindo reflexos cor de sangue no piso do posto. Stu foi ao telefone e depositou uma moeda.

* * *

O homem do Chevrolet morreu a 30 quilômetros do hospital. Puxou um arquejo final borbulhante, cuspiu-o, puxou outro menor e a seguir se foi.

Hap extraiu a carteira do bolso do homem e examinou-a. Havia 17 dólares em dinheiro. Uma carteira de motorista da Califórnia identificava-o como Charles D. Campion. Havia um cartão militar e fotos de sua esposa e filha envoltas em plástico. Hap não quis olhar as fotos.

Enfiou a carteira de volta no bolso do morto e pediu a Carlos para desligar a sirene. Eram 21h10.

Capítulo Dois

HAVIA UM COMPRIDO píer de pedra adentrando o oceano Atlântico a partir da cidade praiana de Ogunquit, Maine. Hoje ele lhe parecia um dedo cinzento acusatório, e quando Frannie Goldsmith parou seu carro no estacionamento público pôde ver Jess sentado na extremidade do píer, apenas uma silhueta à luz do sol vespertino. Gaivotas volteavam e guinchavam acima dele, um retrato da Nova Inglaterra desenhado em vida real, e ela duvidava que alguma gaivota ousasse estragar a cena lançando um salpico de cocô branco sobre a imaculada camisa de cambraia azul de Jess Rider. Afinal, ele era um poeta profissional.

Ela sabia que era Jess porque sua bicicleta de dez marchas estava presa à balaustrada de ferro que corria por trás da casinhola do atendente do estacionamento. Gus, um apêndice calvo e pançudo da cidade, estava vindo ao seu encontro. A tarifa para visitantes era de 1 dólar por carro, mas ele sabia que Frannie vivia na cidade e nem se incomodou em olhar para o adesivo de RESIDENTE afixado no canto do pára-brisa de seu Volvo. Fran era freqüentadora assídua.

Claro que sou, pensou Fran. Na verdade engravidei bem ali na praia, a apenas uns 3 metros acima da linha da maré alta. Minha querida protuberância: você foi concebida no litoral cênico do Maine, 3 metros acima da linha da maré alta e 20 metros a leste do quebra-mar. Um X assinala o local.

Gus ergueu a mão para ela, fazendo um sinal de paz.

— Seu amigo está lá no final do píer, Srta. Goldsmith.

— Obrigada, Gus. Como anda o movimento?

Ele acenou sorridente para o estacionamento. Havia talvez uns vinte carros no total, e ela pôde ver os adesivos em azul e branco de RESIDENTE na maioria deles.

— Ainda fraco neste começo de verão — disse ele. Estavam em 17 de junho. — Vamos aguardar duas semanas para fazer a cidade ganhar algum dinheiro.

— Aposto que sim. Se você não desviar todo ele.

 Gus riu e voltou para a casinhola.

Frannie pousou a mão contra o metal aquecido do carro, tirou seu tênis e calçou sandálias de borracha. Era uma garota alta, com cabelo castanho que caía até o meio das costas da combinação amarelo-clara que estava usando. Um belo corpo. Pernas longas que atraíam olhares de admiração. *Material de primeira*, era o termo correto no jargão universitário, ela acreditava. *Olha, olha só que mulheraço, carne fresca no pedaço. Miss* Universitária, 1990.

Depois teve de rir de si mesma, e o riso foi um tanto amargo. Você continua a mesma, disse para si mesma, como se isto fosse a grande notícia do mundo. Capítulo Seis: Hester Prynne Traz as Notícias da Iminente Chegada de Pearl para o Reverendo Dimmesdale. Bem, Dimmesdale ele não era. Ele era Jess Rider, 20 anos, um ano mais novo do que Nossa Heroína, a Franinha. Ele era poeta profissional, um universitário ainda por se formar. A prova disso era a imaculada camisa azul de cambraia.

Ela parou à beira da areia, sentindo o calor bem-vindo assar as solas de seus pés apesar das sandálias de borracha. A silhueta na extremidade do píer continuava a jogar pedrinhas na água. Na mente de Fran isto era em parte divertido, mas principalmente desestimulante. Ele sabia com quem se parecia sentado ali, ela achava. Com Lord Byron, solitário mas destemido. Sentado em retiro solitário e inspecionando o mar que conduzia de volta, de volta onde ficava a Inglaterra. Mas eu, no exílio, talvez nunca...

Que saco!

Não era tanto o pensamento que a perturbava, mas sim o que isto indicava acerca de seu próprio estado mental. O jovem que ela presumia amar estava sentado ali, e ela estava parada ali, fazendo uma caricatura dele pelas costas.

Começou a caminhar ao longo do píer, procurando seu caminho com cuidado gracioso por cima de pedras e fissuras. Era um píer antigo, que já fizera parte de um ancoradouro. Agora a maioria dos barcos atracava no extremo sul da cidade, onde havia três marinas e sete motéis decrépitos que lotavam durante o verão.

Ela caminhava lentamente, dando o melhor de si para lidar com a idéia de ter se apaixonado por ele durante os 11 dias em que soubera estar "ligeiramente grávida", nas palavras de Amy Lauder. Bem, ele a tinha levado a esta condição, não tinha?

Mas não sozinha, com certeza. Ela vinha tomando a pílula. Tinha sido a coisa mais simples do mundo. Foi à enfermaria do *campus*, disse ao médico que estava tendo menstruações dolorosas e todo tipo de erupções cutâneas embaraçosas, e ele fizera uma prescrição. Tinha até lhe dado amostras grátis para um mês.

Ela parou novamente, agora bem à beira d'água, as ondas começando a quebrar na direção da praia à esquerda e à direita. Ocorreu-lhe que os médicos de enfermaria provavelmente ouviam acerca de menstruação dolorosa e excesso de espinhas com tanta freqüência quanto os farmacêuticos ouviam o papo acerca de "Como posso comprar estas camisinhas para meu irmão?" — com mais freqüência até hoje em dia. Ela poderia simplesmente tê-lo procurado e dito: "Quero a pílula. Eu vou foder." Os tempos eram esses. Por que ser tímida? Ela olhou para as costas de Jess e suspirou. Porque a timidez chega a ser um modo de vida. Recomeçou a caminhar.

De qualquer forma, a pílula não havia funcionado. Alguém no setor de controle de qualidade da velha e boa fábrica Ovril tinha dormido no ponto. Ou isso, ou ela havia esquecido de tomar uma pílula e depois esquecido que havia esquecido.

Andou suavemente até as costas de Jess e apoiou as duas mãos nos seus ombros.

Jess, que estivera pegando suas pedras com a mão esquerda e jogando-as na Mãe Atlântico com a direita, soltou um grito e pulou. Seixos se espalharam por toda parte e, no seu movimento brusco, ele quase derrubou Frannie na água. E quase caiu ele também, de ponta-cabeça.

Ela começou a rir sem graça e recuou com as mãos sobre a boca enquanto ele se voltava furioso, um homem de cabelos pretos de boa compleição física, óculos de aros dourados e feições regulares que, para eterno desconforto de Jess, nunca refletiriam inteiramente sua sensibilidade interior.

— Você me deu um susto dos diabos! — rugiu ele.

— Ah, Jess — riu ela —, me desculpe, mas que foi engraçado, lá isso foi.

— Quase caímos na água — disse ele, dando um passo cheio de ressentimento na direção dela.

Ela recuou um passo para compensar, tropeçou numa pedra e caiu de bunda no chão. Seus maxilares trincaram com a língua entre eles — uma dor aguda! —, e ela parou de rir como se o som tivesse sido cortado com uma faca. O próprio fato de seu súbito silêncio — você me desliga, eu sou um rádio — pareceu mais engraçado do que tudo e ela recomeçou a rir, apesar de estar com a língua sangrando e com lágrimas de dor brotando dos olhos.

— Você está bem, Frannie? — Ele se ajoelhou ao lado dela, preocupado.

Eu o amo *mesmo*, pensou ela com algum alívio. Estou bem arranjada.

— Você se feriu, Fran?

— Só o meu orgulho — disse ela, deixando que ele a ajudasse a levantar. — E mordi a língua. Vê? — E a espichou para ele, esperando obter um sorriso de recompensa, mas ele franziu o cenho.

— Meu Deus, Fran, você está realmente sangrando. — Jess puxou um lenço do bolso de trás e olhou para ele em dúvida. Depois guardou-o de novo.

Veio a ela a imagem dos dois caminhando de mãos dadas de volta ao estacionamento, jovens amantes sob um sol de verão, ela com o lenço dele enfiado na boca. Ela ergue a mão para o sorridente e benévolo atendente e resmunga algo ininteligível.

Ela voltou a rir, embora a língua doesse e tivesse na boca um gosto de sangue um tanto nauseante.

— Olhe para o outro lado — disse ela formalmente. — Não vou ser muito feminina.

Sorrindo de leve, ele tapou os olhos de modo teatral. Apoiada num braço, ela espichou a cabeça à beira do píer e cuspiu — vermelho vivo. De novo. E mais uma vez. Por fim, sua boca pareceu clarear e ela olhou em torno para vê-lo espiando por entre os dedos.

— Desculpe — disse ela. — Sou uma tremenda babaca.

— Não — disse Jess, obviamente querendo dizer sim.

— Que tal a gente ir tomar um sorvete? — perguntou ela. — Você dirige, eu pago.

— Combinado. — Ele levantou-se e ajudou-a a se erguer. Ela cuspiu de novo à beira do píer. Vermelho vivo.

Apreensiva, Fran perguntou:

— Eu não cortei nada fora com os dentes, cortei?

— Não sei — respondeu Jess, divertido. — Você engoliu algum pedaço?

Ela levou a mão à boca, indignada.

— Não tem graça nenhuma.

— Não. Desculpe. Você apenas mordeu a língua, Frannie.

— A língua da gente tem artérias?

Estavam agora caminhando ao longo do píer, de mãos dadas. Ela parava de vez em quando para cuspir. Vermelho vivo. Não ia engolir nada daquela coisa, de jeito nenhum.

— Não.

— Ainda bem. — Ela apertou a mão dele e sorriu-lhe de modo animador. — Estou grávida.

— É mesmo? Legal. Sabe o que vi em Port...

Ele parou e olhou para ela, seu rosto subitamente inflexível e muito, muito cauteloso. Ela sentiu o coração um tanto partido ao ver aquela cautela.

— O que você disse?

— Estou grávida. — Ela sorriu animadamente para ele e cuspiu à beira do píer. Vermelho vivo.

— Grande piada, Frannie — disse ele, relutante.

— Não é piada.

Ele continuou olhando para ela. Após um instante, recomeçou a caminhar. Enquanto atravessavam o estacionamento, Gus saiu da casinhola e acenou para eles. Frannie acenou de volta. Jess também.

* * *

Pararam no Dairy Queen na Nacional 1. Jess pegou uma Coca e sentou-se bebericando-a pensativo atrás do volante do Volvo. Fran mandou-o pedir para ela um Banana Boat Supreme e sentou-se recostada à porta, com 60 centímetros de assento a separá-los, tirando com a colher nozes, calda de abacaxi e sucedâneos do sorvete do Dairy Queen.

— Este sorvete do D.Q. é principalmente borbulha, sabia disso? — comentou ela. — Um monte de gente não sabe.

Jess fitou-a sem dizer nada.

— Verdade — disse ela. — Aquelas máquinas de sorvete na verdade não passam de máquinas de fazer borbulhas gigantes. É por isso que a rede pode vender seu sorvete tão barato. Tivemos uma publicação abordando isto no curso de Teoria Comercial. Existem muitos meios de esfolar um gato.

Jess olhou para ela e continuou mudo.

— Agora, se você quiser sorvete de verdade, tem que ir a algum lugar como a Deering Ice Cream Shop, e isso...

Ela irrompeu em lágrimas.

Ele deslizou pelo assento até ela, e seus braços a enlaçaram pelo pescoço.

— Frannie, não fique assim, por favor.

— O sorvete está pingando em mim — disse ela, ainda chorando.

O lenço ressurgiu e ele enxugou-lhe as lágrimas. A esta altura as lágrimas tinham se resumido a fungadelas.

— Um Banana Boat Supreme com Calda de Sangue — disse ela, olhando para ele com olhos avermelhados. — Acho que não consigo mais tomá-lo. Desculpe, Jess, mas poderia jogar fora este sorvete?

— Claro — disse ele rigidamente.

Ele pegou o sorvete, saiu e jogou-o na lixeira. Ele estava caminhando de um jeito engraçado, pensou Fran, como se tivesse sido golpeado duramente onde mais dói nos rapazes. De um jeito que ela supôs que fosse exatamente onde ele tinha sido golpeado. Mas caso quisesse olhar de outra maneira, bem, esta não era exatamente a maneira como ela havia caminhado após perder sua virgindade na praia. Fran sentira-se como se tivesse um caso grave de assadura de fralda. Só que assadura de fralda não deixava ninguém grávida.

Ele voltou e entrou no carro.

— Você está mesmo, Fran? — perguntou abruptamente.

— Estou mesmo.

— Como aconteceu? Pensei que você tomava a pílula.

— Bem, o que imagino é que alguém no departamento de controle de qualidade do laboratório Ovril dormiu no ponto quando meu lote de pílulas passou pela esteira rolante. Ou então que estavam alimentando vocês, rapazes, com alguma coisa no refeitório da Universidade de New Hampshire que produz esperma, ou que esqueci de tomar a pílula e que esqueci de que tinha esquecido.

Ela ofereceu-lhe um sorriso duro, tênue e radiante que ele evitou por um instante.

— O que deu em você, Fran? Eu apenas perguntei.

— Bem, para responder à sua pergunta de um modo diferente: numa noite cálida em abril, talvez nos dias 12, 13 ou 14, você enfiou seu pênis na minha vagina e teve um orgasmo, portanto ejaculou esperma por milhões...

— Pare com isso — retrucou ele asperamente. — Você não tem...

— Não tenho o quê? — Nitidamente inflexível, ela estava desalentada no íntimo. Em todas as suas concepções de como a cena sairia, nunca a tinha visto inteiramente desta forma.

— Que ficar tão exasperada — disse ele com pouca convicção. — Não vou deixar você na mão.

— Não — disse ela mais suavemente. A esta altura, poderia ter arrancado uma das mãos dele do volante, segurando-a firme, e sanado por completo o desentendimento. Mas não podia forçar-se a fazer isto. Ele não tinha nada que precisasse de consolo, não importa o quão tácita ou inconscientemente o estivesse desejando. De repente ela percebeu que, de um jeito ou de outro, os risos e os bons tempos tinham acabado por alguns instantes. Isto a fez querer chorar de novo e ela afugentou as lágrimas implacavelmente. Ela era Frannie Goldsmith, filha de Peter Goldsmith, e não ia ficar sentada no estacionamento da sorveteria inundando de lágrimas a porra de seus olhos idiotas.

— O que você quer fazer? — perguntou Jess, tirando seus cigarros.

— O que *você* quer fazer?

Ele acendeu um cigarro e apenas por um momento, enquanto a fumaça do cigarro subia, ela viu claramente um homem e um garoto lutando pelo controle do mesmo rosto.

— Ah, que inferno — disse ele.

— Vejo assim as escolhas — disse ela. — Podemos casar e ficar com o bebê. Podemos casar e dar o bebê para adoção. Ou não casar e eu fico com o bebê. Ou...

— *Frannie*...

— *Ou* não nos casamos e eu não fico com o bebê. Ou eu poderia fazer um aborto. Isso cobre tudo ou esqueci de alguma coisa?

— Frannie, não podemos simplesmente falar...

— Nós *estamos* falando! — ela dardejou para ele. — Você teve a sua chance e disse "Ah, que inferno". Suas palavras exatas. Acabei de esboçar todas as opções possíveis. Claro que eu tive um pouco mais de tempo para preparar uma agenda.

— Quer um cigarro?

— Não. É ruim para o bebê.

— Porra, Frannie!

— Por que está gritando? — perguntou ela suavemente.

— Porque você parece determinada a me provocar o máximo possível — replicou Jess, esquentado. Ele se controlou. — Desculpe. Eu apenas acho que não é culpa minha.

— Não é? — Ela o fitou com uma sobrancelha erguida. — Veja só, uma virgem vai parir!

— Precisa ser tão insolente, porra? Você disse que tomava a pílula. Acreditei na sua palavra. Eu estava errado?

— Não. Você não estava errado. Mas isso não altera o fato.

— Acho que não — disse ele, desalentado, e apagou seu cigarro pela metade. — O que a gente faz, então?

— Você continua me questionando, Jesse. Eu apenas esbocei as opções tal como as vejo. Achei que você poderia ter algumas sugestões. Há o suicídio, mas não quero ir tão longe assim. Portanto, escolha uma outra solução do seu agrado e conversaremos a respeito.

— Vamos casar, então — disse ele numa súbita voz firme. Tinha o ar de um homem que decidiu que a melhor maneira de solucionar o problema seria entrar direto no meio dele. Pé na tábua à frente e deixar os queixosos para trás.

— Não — disse ela. — Não quero casar com você.

Foi como se o rosto dele estivesse unido por numerosos parafusos invisíveis e cada um deles tivesse de repente afrouxado uma volta e meia. Tudo desabou de uma vez. A imagem era tão cruelmente cômica que ela teve de esfregar a língua ferida contra o áspero céu da boca para impedir-se de rir novamente. Não queria rir à custa de Jess.

— Por que não? — perguntou ele. — Fran...

— Tenho de pensar nos motivos por que não quero. Não vou deixá-lo me arrastar para uma discussão sobre meus motivos, porque, neste exato momento, não sei.

— Você não me ama — disse ele, amuado.

— Na maioria dos casos, amor e casamento são estados mutuamente excludentes. Escolha outra opção.

Ele ficou em silêncio por longo tempo. Brincou com um novo cigarro, mas não o acendeu. Por fim, disse:

— Não posso escolher outra opção, Frannie, porque você não quer discutir esta. Quer tirar vantagem em cima de mim.

Isto a sensibilizou um pouco. Ela assentiu.

— Talvez tenha razão. Estive um pouco em desvantagem nas últimas duas semanas. Mas você, Jess, você é o intelectual o tempo todo. Se um assaltante o abordasse com uma faca, você ia querer convocar um seminário no ato para debater o aspecto social da coisa.

— Ah, pára com isso!

— Escolha outra opção.

— Não. Você veio com seus motivos todos calculados. Talvez eu também precise de um tempo para pensar.

— *OK.* Poderia nos levar de volta ao estacionamento? Deixarei você lá, já que tenho algumas coisas para fazer.

Ele a fitou, sobressaltado.

— Frannie, vim pedalando todo o caminho desde Portland. Reservei quarto num motel fora da cidade. Pensei que fôssemos passar o fim de semana juntos.

— No seu quarto de motel. Não, Jess. A situação mudou. Simplesmente pegue a sua dez-marchas e pedale de volta a Portland. E entre em contato quando tiver pensado mais um pouco no assunto. Não há muita pressa.

— Pare de montar em mim, Frannie.

— Não, Jess, foi você quem montou em mim — escarneceu ela numa raiva súbita e furiosa, e foi então que ele a esbofeteou levemente na face.

Ele olhou para ela, aturdido.

— Me desculpe, Fran.

— Desculpa aceita — disse ela friamente. — Agora dirija.

* * *

Eles não se falaram na volta ao estacionamento na praia. Ela sentava-se com as mãos cruzadas no colo, observando fatias de oceano acomodadas entre os chalés logo a oeste do quebra-mar. Os chalés mais pareciam apartamentos de favela, pensou. Quem seriam os donos daquelas casas, a maioria delas ainda fechada antes do verão que começaria oficialmente em menos de uma semana? Professores do MIT. Médicos de Boston. Advogados de Nova York. Essas casas não eram realmente as dos graúdos. As grandes propriedades litorâneas pertenciam a homens que contavam suas fortunas em sete e oito algarismos. Mas, quando as famílias que as possuíam se mudassem para cá, o mais baixo QI na Shore Road seria Gus, o atendente do estacionamento. Os garotos pedalariam dez-marchas como a de Jess. Ostentariam expressões de tédio e iriam jantar lagosta com seus pais e assistir a *shows* na Ogunquit Playhouse. Iriam subir e descer a rua principal, disfarçando-se como gente de rua após o suave crepúsculo de verão. Ela continuou olhando para os adoráveis lampejos de cobalto entre as casas quase coladas uma na outra, ciente de que sua visão estava borrada por uma nova camada de lágrimas. A pequena nuvem branca que chorava.

Chegaram ao estacionamento e Gus acenou. Eles acenaram de volta.

— Desculpe ter batido em você, Frannie — disse Jess numa voz amortecida. — Jamais pretendi fazer isto.

— Eu sei. Vai voltar para Portland?

— Ficarei aqui esta noite e ligo para você de manhã. Mas a decisão é sua, Fran. Se decidir que o aborto é a solução, farei uma raspagem no cofre.

— Trocadilho intencional?

— Não, de jeito nenhum — respondeu ele, deslizando pelo assento e dando-lhe um beijo casto. — Eu te amo, Fran.

Não acredito que ame, pensou ela. De repente não acredito nisso... mas aceitarei de bom grado. Posso fazer essa parte.

— Muito bem — disse ela baixinho.

— É o Lighthouse Motel. Pode ligar, se quiser.

— *OK.* — Ela deslizou para trás do volante, sentindo-se de repente muito cansada. Sua língua doía demais onde a tinha mordido.

Ele caminhou até onde sua bicicleta estava trancada a cadeado na balaustrada de ferro, soltou-a e deslizou de volta até ela.

— Gostaria que você ligasse, Fran.

Ela deu um sorriso artificial.

— Veremos. Até logo, Jess.

Ela pôs o Volvo em movimento, fez o contorno e atravessou o estacionamento até a Shore Road. Pôde ver Jess ainda de pé junto à bicicleta, o oceano às suas costas, e pela segunda vez naquele dia ela o acusou mentalmente de saber exatamente que tipo de imagem estava transmitindo. Desta vez, em vez de ficar irritada, sentiu-se um pouco triste. Foi dirigindo, imaginando se o oceano algum dia pareceria do modo como lhe tinha parecido antes que tudo isto acontecesse. Sua língua continuava doendo muito. Ela abriu mais o vidro da janela e cuspiu. Branco. Tudo bem agora. Ela podia sentir fortemente o cheiro da maresia, como lágrimas amargas.

Capítulo Três

NORM BRUETT ACORDOU às 10h15 da manhã ao som dos garotos brigando do lado de fora da janela do quarto e de música rural tocando no rádio da cozinha.

Ele foi até a porta dos fundos nos seus *shorts* folgados e camiseta, abriu-a e gritou:

— Seus pirralhos de merda!

Uma pausa momentânea. Luke e Bobby olharam em volta do velho e enferrujado caminhão basculante em cima do qual estiveram discutindo. Como sempre, toda vez em que via seus filhos, Norm sentia-se arrasado de duas maneiras ao mesmo tempo. Seu coração doía ao vê-los usando roupas surradas doadas pelo Exército da Salvação, iguais àquelas que os garotos negros do leste de Arnette usavam; e igualmente uma raiva terrível e perturbadora o acometia, fazendo-o desejar ir correndo até lá e arrancar aquela merda de cima deles.

— Sim, papai — disse Luke, de modo subserviente. Ele tinha nove anos.

— Sim, papai — ecoou Bobby, que tinha de sete para oito anos.

Norm ficou parado um momento, olhando para eles, a seguir bateu a porta. Parou de novo, olhando indeciso para a pilha de roupas que usara na véspera. Elas jaziam ao pé do beliche cambaio onde as havia jogado.

Aquela puta desmazelada, pensou. Ela nem sequer pendura minhas roupas.

— Lila! — berrou.

Não houve resposta. Ele pensou em escancarar a porta de novo e perguntar a Luke aonde diabos ela tinha ido. Não haveria doação de cesta básica até a semana seguinte e se ela estivesse de novo na agência de empregos, lá em Braintree, era mais tola ainda do que ele achava.

Ele não se incomodou em perguntar aos garotos. Sentia-se cansado e tinha uma dor de cabeça desagradável e latejante. Sentia-se como se de ressaca, mas tinha bebido somente três cervejas lá no posto de Hap na noite passada. Aquele acidente havia sido uma coisa infernal. A mulher e a menina mortas no carro; o homem, Campion, morrendo a caminho do hospital. Na hora em que Hap voltou, a Patrulha Estadual já tinha vindo e se fora, bem como o carro-guincho e o rabecão do agente funerário de Braintree. Vic Palfrey contara tudo que testemunhara a todos os cinco. O agente funerário, que era também o médico-legista do condado, recusou-se a especular sobre o que os havia acometido.

— Mas não é cólera. E vocês não vão sair por aí dizendo isto e assustando as pessoas. Haverá uma autópsia e poderão ler a respeito no jornal.

Putinha desmazelada, pensou Norm, vestindo lentamente as roupas da véspera. E era melhor aqueles garotos ficarem calados, ou teriam dois braços quebrados para se lamentar. Por que diabo eles não tinham escola o ano todo?

Pensou em enfiar sua camisa dentro das calças, mas decidiu que nenhuma visita ilustre provavelmente apareceria naquele dia e arrastou-se pela cozinha nos seus pés calçados de meias. A luz brilhante do sol que penetrava pelas janelas a leste o fez semicerrar os olhos.

Do rádio Philco desafinado sobre o fogão saía a canção:

Mas, garooota, você pode me contar se alguém saca,
Garota, você saca o seu homem?
Ele é um cara legal,
Abre o jogo, garota, você saca o seu homem?

As coisas haviam chegado a um ponto crítico quando tinham de tocar música de crioulo como aquela na emissora local especializada em música *country*. Norm desligou o rádio antes que aquilo rachasse sua cabeça. Havia um bilhete junto ao rádio e ele o pegou, estreitando os olhos para ler.

Querido Norm,
Sally Hodges diz que precisa de alguém para cuidar de seus filhos esta manhã e diz que vai me pagar 1 dólar. Vou voltar para o almoço. Tem salsicha, se você quiser. Te amo, meu bem.
Lila.

Norm pôs o bilhete de volta e ficou ali parado por um momento, pensando a respeito e tentando extrair algum sentido disto. Era difícil pra caramba pensar com aquela dor de cabeça. Servir de babá... por 1 dólar. Para a esposa de Ralph Hodges.

Os três elementos se juntaram devagar em sua mente. Lila tinha saído para cuidar dos três filhos de Sally Hodges para ganhar a porra de 1 dólar e ainda deixara Luke e Bobby por conta dele. Por Deus, era o fim da picada quando um homem tinha de ficar plantado em casa, limpando o nariz dos filhos, para que sua mulher pudesse sair e ganhar um trocado que não daria nem para pagar um galão de gasolina. Que época fodida era aquela.

Foi acometido por uma raiva cega, o que fez sua cabeça doer ainda mais. Arrastou-se até a geladeira, comprada quando ele fizera um monte de horas extras, e abriu-a. A maioria das prateleiras estava vazia, exceto pelas sobras que Lila pusera em travessas de geladeira. Ele detestava aquelas travessas de Tupperware. Feijão velho, milho velho, um restinho de *chili*... nada que um homem gostasse de comer. Nada senão três pequenas salsichas velhas embaladas em plástico. Ele inclinou-se, olhando para elas, a costumeira raiva impotente agora combinada com o latejar em sua cabeça. Aquelas três salsichas pareciam as picas cortadas de três daqueles pigmeus da África ou da América do Sul, ou qualquer que fosse a porra de lugar em que vivessem. Não se animou a comê-las, de qualquer modo. Sentia-se tremendamente mal, quando se chega a este ponto.

Foi até o fogão, riscou um fósforo no pedaço de lixa pregado na parede em frente, acendeu a boca do fogão e pôs para ferver a água do café. A seguir sentou-se e esperou tediosamente que fervesse. Pouco antes, teve de pelejar para extrair seu lenço do bolso de trás para conter um grande espirro encharcado. Um resfriado está chegando, pensou. Isto não é até melhor do que tudo o mais? Mas nunca lhe ocorreu pensar no muco que escorrera daquele tal de Campion lá no posto, na noite anterior.

* * *

Hap estava na baia da garagem, colocando um novo tubo de aspiração de bomba no Scout de Tony Leominster, e Vic Palfrey o observava, bebendo um refrigerante, recostado numa cadeira dobrável de *camping*, quando a campainha tilintou.

Vic semicerrou os olhos.

— É a Patrulha Estadual — disse ele. — Parece que veio o seu primo, Joe Bob.

— *OK.*

Hap saiu debaixo do Scout, limpando as mãos numa estopa. No caminho até o escritório, espirrou violentamente. Ele detestava resfriados de verão. Eles eram os piores.

Joe Bob Brentwood, que tinha quase 1,90m de altura, estava de pé atrás de sua radiopatrulha, abastecendo-a. Além dele, as três bombas que Campion derrubara na noite anterior estavam caprichosamente enfileiradas no chão, parecendo soldados mortos.

— Oi, Joe Bob! — disse Hap, saindo.

— Hap, seu sacana — disse Joe Bob, pondo a alavanca da bomba no automático e passando por cima da mangueira. — Você tem sorte por este lugar ainda estar de pé esta manhã.

— Merda, Stu Redman viu o cara se aproximando e desligou as bombas. Houve um monte de fagulhas, porém.

— Ainda assim, foi uma puta sorte. Escute, Hap, vim aqui por alguma coisa além de abastecer.

— É?

Os olhos de Joe Bob voltaram-se para Vic, que estava parado à porta.

— Aquele velhote estava aqui a noite passada?

— Quem? O Vic? Estava, ele vem quase todas as noites.

— Ele consegue ficar de bico calado?

— Claro, suponho que sim. É um velho camarada bastante legal.

O abastecedor automático travou. Hap espremeu mais 20 *cents* para arredondar e depois recolocou o bocal na bomba e desligou-a. Caminhou de volta até Joe Bob.

— E então? Qual é a história?

— Bem, vamos entrar. Acho que o velhote deveria ouvir também. E, se tiver oportunidade, você pode ligar para os outros que estiveram aqui.

Atravessaram o piso asfaltado e entraram no escritório.

— Um bom dia para você, patrulheiro — disse Vic.

Joe Bob acenou com a cabeça.

— Café, Joe Bob? — perguntou Hap.

— Acho que não. — Olhou gravemente para eles. — É o seguinte, não sei se meus superiores gostariam de eu ter vindo aqui. Acho que não gostariam. Portanto, quando aqueles caras chegarem, não os deixem saber que lhes dei a dica, certo?

— Que caras, patrulheiro? — perguntou Vic.

— Caras do Departamento de Saúde Pública — disse Joe Bob.

— Ah, meu Deus! — exclamou Vic. — *Era* cólera. Eu *sabia* que era!

Hap olhava de um para o outro.

— Joe Bob?

— Não sei de nada — disse Joe Bob, sentando-se numa das cadeiras de plástico. Seus joelhos ossudos quase subiam até o pescoço. Tirou um maço de cigarros do bolso da jaqueta e acendeu um. — O tal de Finnegan, o legista...

— Aquele cara é um babaca — replicou Hap furiosamente. — Você deveria tê-lo visto se pavoneando por aqui, Joe Bob. Que nem um pavão que conseguiu sua primeira ereção. Mandando todo mundo calar o bico e toda essa porra.

— Ele é um cagalhão grande num penico pequeno, tudo bem — concordou Joe Bob. — Mas ele conseguiu o Dr. James para examinar o tal Campion, e os dois chamaram outro legista que não conheço. Depois fizeram contato telefônico com Houston. E por volta das três desta madrugada eles pousaram naquele pequeno aeroporto nos arredores de Braintree.

— Quem pousou?

— Patologistas. Três deles. Estiveram lá com os corpos até mais ou menos as oito da manhã. Retalhando-os, é o que suponho, embora não tenha certeza. Depois telefonaram para o Centro de Controle de Epidemias em Atlanta, e os caras de lá vão chegar aqui esta tarde. Mas eles disseram que, nesse meio-tempo, o Departamento Estadual de Saúde ia mandar alguns caras para examinar todos que estiveram no posto a noite passada, e também os caras que seguiram na ambulância para Braintree. Não sei não, mas me parece que querem botar todos vocês em quarentena.

— Puta que pariu — disse Hap, assustado.

— O Centro de Epidemias de Atlanta é federal — comentou Vic. — Eles mandariam um avião cheio de agentes federais se fosse apenas cólera?

— Que me investiguem — disse Joe Bob. — Mas achei que tinham o direito de saber. Pelo que ouvi, vocês simplesmente tentaram ajudar.

— Muito obrigado, Joe Bob — disse Hap lentamente. — O que disseram James e esse outro médico?

— Não muita coisa. Mas pareciam assustados. Nunca vi médicos parecerem tão apavorados assim. Não me preocupava com isso.

Caiu um pesado silêncio. Joe Bob foi até a máquina de bebidas e pegou um refrigerante. O débil chiado de gaseificação se tornou audível quando ele tirou a tampa de rosca. Enquanto Joe Bob voltava a se sentar, Hap pegou um lenço de papel no pacote junto à caixa registradora, assoou o nariz gotejante e enfiou o lenço no bolso de seu avental cheio de graxa.

— O que vocês descobriram a respeito de Campion? — perguntou Vic. — Alguma coisa?

— Ainda estamos verificando — disse Joe Bob, dando-se ares de importância. — Sua identidade diz que era de San Diego, mas muitas coisas na sua carteira estavam desatualizadas por dois ou três anos. A carteira de motorista estava vencida. Ele tinha um cartão de crédito emitido em 1986 e que também estava vencido. Tinha uma carteira militar que estamos checando com o Exército. O capitão tem um palpite de que Campion já não residia em San Diego por talvez quatro anos.

— Desertor? — perguntou Vic. Ele fez surgir um grande lenço vermelho, expectorou e cuspiu nele.

— Ainda não sei. Mas sua identidade militar diz que esteve lá até 1986, no contingente civil, e que estava com sua família, e que era a porra de uma longa distância desde a Califórnia. E atenção: eu não lhes contei nada.

— Bem — disse Hap —, entrarei em contato com os outros e lhes contarei o que você falou. Muito obrigado.

Joe Bob se levantou.

— Tudo bem. Apenas mantenham meu nome fora disso. Estou certo de que não quero perder meu emprego. Seus amigos não precisam saber quem foi que lhes deu a dica, não é?

— Não — disse Hap, ecoado por Vic.

Enquanto Joe Bob seguia para a porta, Hap disse, como que se desculpando:

— São cinco paus exatos pela gasolina, Joe Bob. Detesto cobrar, mas do jeito como vão as coisas...

— Está tudo bem. — Joe Bob estendeu-lhe um cartão de crédito. — O estado está pagando. E ainda fico com a nota para provar por que estive aqui.

Enquanto preenchia a nota, Hap espirrou duas vezes.

— É melhor se precaver — disse Joe Bob. — Não há nada pior que um resfriado de verão.

— Não que eu saiba.

De repente, atrás dele, Vic comentou:

— Talvez isto não seja um resfriado.

Voltaram-se para ele. Vic parecia assustado.

— Acordei esta manhã espirrando e tossindo seco sem parar — explicou Vic. — Com uma dor de cabeça terrível, também. Tomei umas aspirinas e melhorei um pouco, mas ainda estou cheio de muco. Talvez a gente esteja pegando aquilo. Aquilo que o tal Campion tinha. E que o matou.

Hap olhou para ele por um longo tempo e, quando estava a ponto de explicar por que achava que não seria possível, espirrou de novo.

Joe Bob fitou os dois seriamente por um momento e depois disse:

— Sabe, Hap, até que não seria má idéia fechar o posto. Apenas por hoje.

Hap olhou para ele, espantado, e tentou recordar quais tinham sido todas as suas razões. Não conseguiu pensar em nenhuma. Tudo que podia lembrar era de que também acordara com dor de cabeça e o nariz gotejante. Bem, todo mundo pegava um resfriado vez por outra. Mas, antes que aquele Campion tivesse aparecido, ele estava se sentindo bem. Muito bem.

* * *

As três crianças Hodges tinham seis anos, quatro anos e um ano e meio. As duas mais novas tiravam uma soneca, e a mais velha estava fora, cavando um buraco. Lila Bruett se encontrava na sala de estar, vendo um filme na TV. Esperava que Sally não voltasse até o término do filme. Ralph Hodges havia comprado uma grande TV em cores quando os tempos em Arnette tinham sido melhores, e Lila adorava assistir àquelas sessões da tarde em cores. Tudo ficava muito mais bonito.

Ela tragou seu cigarro e então expeliu a fumaça em espasmos enquanto uma tosse violenta a acometia. Foi até a cozinha e cuspiu a boca cheia de catarro que trouxera dentro do bueiro. Ela havia se levantado com a tosse e durante todo o dia sentiu-se como se alguém estivesse fazendo cócegas em sua garganta com uma pena.

Voltou à sala depois de espiar pela janela da copa para se certificar de que Bert Hodges estava bem. Um comercial estava passando agora na TV, dois frascos de detergente dançando. Lila deixou seus olhos vaguearem pela sala e desejou que sua própria casa fosse tão bela assim. O *hobby* de Sally era pintar retratos de Cristo seguindo instruções simples identificadas por números, e eles espalhavam-se pela sala de estar em belas molduras. Ela gostava especialmente daquele grande da Última Ceia pendurado atrás da TV. A tela chegara a ter sessenta cores a óleo diferentes, Sally lhe contara, e levara quase três meses para terminá-la. Era uma verdadeira obra de arte.

No exato momento em que o filme voltou, a bebê Cheryl começou a chorar, um choro feio e barulhento interrompido por acessos de tosse.

Lila apagou seu cigarro e apressou-se para o quarto. Eva, a de quatro anos de idade, ainda dormia profundamente, mas Cheryl jazia de costas no berço, e seu rosto ia adquirindo uma alarmante cor púrpura. Seus gritos começaram a soar estrangulados.

Lila, que não tinha medo de crupe após ter visto seus próprios filhos acometidos da doença, pegou a menina pelos calcanhares e deu tapas firmes em suas costas. Não tinha a menor idéia se o Dr. Spock recomendava este tipo de tratamento ou não, porque nunca o havia lido. Funcionou otimamente com Cheryl. Ela emitiu um coaxar de sapo e subitamente cuspiu um espantoso bolo de catarro amarelo no chão.

— Está melhor? — perguntou Lila.

— Tô — disse Cheryl. Ela estava quase dormindo de novo.

Lila limpou o catarro com um lenço de papel. Não conseguia se lembrar de ter visto um bebê expelir tanto catarro de uma só vez.

Sentou-se de novo diante da TV, franzindo o cenho. Acendeu outro cigarro, espirrou à primeira tragada e então começou ela própria a tossir.

Capítulo Quatro

PASSARA UMA HORA após o cair da noite.

Starkey sentava-se sozinho numa mesa comprida, esmiuçando folhas de papel fino amarelo. Seu conteúdo o deixou aflito. Estivera servindo a seu país por 36 anos, começando como um assustado calouro de West Point. Ganhara medalhas. Tinha falado com presidentes, dera conselhos a eles, e uma vez seu conselho fora aceito. Havia passado por momentos sombrios antes, várias vezes, mas agora...

Estava apavorado, tão profundamente apavorado que mal ousava admitir isto para si mesmo. Era o tipo de medo que podia levar alguém à loucura.

Num impulso, levantou-se e foi até a parede onde os cinco monitores de TV em branco examinavam a sala. Ao se levantar, seu joelho bateu na mesa, fazendo com que uma das folhas de papel fino caísse pela beirada. Ela oscilou preguiçosa para baixo através do ar purificado mecanicamente e pousou no piso de ladrilhos, metade à sombra da mesa e metade fora. Alguém de pé sobre a folha e olhando para baixo poderia ler o seguinte:

EVISÃO CONFIRMADA
ZOAVELMENTE SEMELHANTE
ARIDADE CODIFICADA 848-AB
CAMPION, (E.) SALLY
NTÍGENO E MUTAÇÃO.
ALTO RISCO/MORTALIDADE EXCESSIVA
SSIBILIDADE ESTIMADA DE CONTÁGIO
REPITO EM 99,4%. CENTRO DE EPIDEMIAS DE ATLANTA ACHA.
FIM DO INFORME ULTRA-SECRETO
P-T- 222312A

Starkey pressionou um botão sob a tela do meio e o quadro reluziu com a enervante subitaneidade de componentes em extrato sólido. Mostrava o deserto ocidental da Califórnia, olhando para o leste. Era desolado, e a desolação estava se tornando soturna pela cor púrpura-avermelhada da fotografia em infravermelho.

Está lá, direto à frente. Projeto Azul, pensou Starkey.

O pavor tentou de novo inundá-lo. Ele procurou no seu bolso e extraiu uma pílula azul. O que sua filha chamaria de um "acalmador". Nomes não importavam, resultados sim. Engoliu a pílula a seco, sua expressão dura e descosida franzindo-se por um momento enquanto descia.

Projeto Azul.

Ele olhou para os outros monitores em branco e em seguida jogou imagens sobre todos eles. O 4 e o 5 mostravam laboratórios. O 4 era de física, o 5, de biologia viral. O laboratório de biologia viral estava cheio de gaiolas de animais, principalmente porquinhos-da-índia, macacos *rhesus* e uns poucos cachorros. Nenhum deles parecia estar dormindo. No laboratório de física uma pequena centrífuga continuava girando cada vez mais ao contrário. Starkey havia se queixado a respeito disso. Queixara-se *amargamente.* Havia algo de fantasmal a respeito dessa centrífuga rodopiando garbosamente cada vez mais ao contrário enquanto o Dr. Ezwick jazia morto no chão próximo, esparramado como um espantalho derrubado por um vento forte.

Tinham-lhe explicado que a centrífuga estava no mesmo circuito que as luzes, e se desligassem a centrífuga aconteceria o mesmo com as luzes. E as câmeras lá não eram equipadas para infravermelho. Starkey entendeu. E mais alguns chefões poderiam vir de Washington querendo dar uma olhada no ganhador do Prêmio Nobel morto que jazia a 120 metros abaixo do deserto, a menos de um quilômetro e meio de distância. Se desligássemos a centrífuga, desligaríamos o professor. Elementar. O que sua filha teria chamado de "Ardil 22".

Ele tomou outro "acalmador" e olhou no monitor 2. Este era o que ele menos apreciava. Não gostava do homem com a cara enfiada na sopa. Suponha que alguém se aproximasse de você e dissesse: *Você gastará uma eternidade com seu focinho numa tigela de sopa.* É como a velha rotina da torta na cara: ela deixa de ser engraçada quando começa a acontecer com você.

O monitor 2 mostrava a lanchonete do Projeto Azul. O acidente ocorrera quase exatamente entre os turnos, e a lanchonete abrigava poucos clientes. Ele supôs que não importaria muito para eles se tivessem morrido na lanchonete, nos alojamentos ou nos seus laboratórios. Ainda assim, o homem com a cara na sopa...

Um homem e uma mulher em macacões azuis estavam amarfanhados ao pé da máquina de doces. Um homem de macacão branco jazia ao lado da vitrola automática. Nas próprias mesas estavam nove homens e 14 mulheres, alguns caídos ao lado de pacotes de biscoitos, outros com garrafas de refrigerantes derramados, ainda apertadas em suas mãos enrijecidas. E na segunda mesa, perto da extremidade, estava um homem que havia sido identificado como Frank D. Bruce. Seu rosto estava enfiado numa tigela de sopa.

O primeiro monitor mostrou apenas um relógio digital. Até 13 de junho todos os números naquele relógio tinham estado em verde. Agora apresentavam um vermelho vivo. Eles tinham parado. Os algarismos que se liam eram 13:06:90:02:37:16.

Dia 13 de junho de 1990. Duas e trinta e sete minutos e dezesseis segundos da madrugada.

De trás dele veio um breve ruído gutural.

Starkey desligou os monitores um por um e depois virou-se. Viu as folhas de papel fino no chão e as pôs de volta na mesa.

— Entre.

Era Creighton. Ele parecia sério e sua pele estava com uma cor lívida. Mais notícias ruins, pensou Starkey serenamente. Alguém mais tinha afundado numa tigela de sopa fria.

— Oi, Len — disse ele baixinho.

Len Creighton sacudiu a cabeça.

— Billy. Esta coisa... Cristo, nem sei como lhe contar.

— Acho que uma palavra de cada vez poderia ser o melhor, soldado.

— Aqueles homens que estiveram em contato com o corpo de Campion estão fazendo exames preliminares em Atlanta, e as notícias não são boas.

— Todos eles?

— Cinco, com certeza. Tem um... chama-se Stuart Redman... que está negativo até então. Mas, até onde posso dizer, o próprio Campion ficou negativo por mais de cinqüenta horas.

— Se ao menos Campion tão tivesse fugido... — disse Starkey. — Isso foi uma falha da segurança, Len. Uma falha e tanto.

Creighton assentiu.

— Continue.

— Arnette foi posta em quarentena. Até aqui, isolamos pelo menos 16 casos de gripe de Plenitude-A em mutação constante. E esses são apenas os casos divulgados.

— E a imprensa?

— Até aqui, nenhum problema. Acreditam que seja antraz.

— O que mais?

— Um problema muito sério. Temos um patrulheiro rodoviário do Texas chamado Joseph Robert Brentwood. Seu primo é o dono do posto de gasolina onde Campion foi parar. Ele foi lá ontem de manhã para avisar a Hapscomb que o pessoal da saúde pública estava para chegar. Nós o pegamos umas três horas atrás, e ele está agora a caminho de Atlanta. Nesse meio-tempo, ele esteve patrulhando metade do Texas oriental. Deus sabe quantas pessoas mantiveram contato com ele.

— Que merda — disse Starkey, e ficou horrorizado pela fraqueza insípida em sua voz e o formigar de pele que havia começado perto da base dos testículos e estava agora subindo para a barriga. Havia 99,4% de risco de contágio, pensou. Tal idéia brincava cada vez mais insanamente em sua cabeça. E significava 99,4% de mortalidade, porque o corpo humano não podia produzir os anticorpos necessários para deter um vírus antígeno em constante mutação. A cada vez que o corpo produzia o anticorpo certo, o vírus simplesmente mudava para uma forma levemente nova. Pelo mesmo motivo ia ser quase impossível criar uma vacina.

99,4%.

— *Cristo* — exclamou ele. — É isto?

— Bem...

— Vamos lá. Termine.

Creighton então disse, suavemente:

— Hammer está morto, Billy. Suicídio. Deu um tiro no olho com sua pistola de serviço. Documentos do Projeto Azul estavam sobre sua mesa. Suponho que ele pensou que, deixando-os lá, isto serviria como o próprio bilhete de suicídio de que alguém necessitaria.

Starkey fechou os olhos. Vic Hammer era... tinha sido... seu genro. Como iria dar esta notícia a Cynthia? Lamento, Cindy. Vic mergulhou fundo numa tigela de sopa fria hoje. Aqui, tome este "acalmador". Sabe, houve uma mancada. Alguém cometeu um erro com uma caixa. Alguém mais esqueceu de apertar um interruptor que teria lacrado a base. Houve um atraso de apenas quarenta e poucos segundos, mas foi o suficiente. A caixa é conhecida no ramo como "farejador". É fabricada em Portland, Oregon, contrato do Departamento de Defesa número 164480966. As caixas são agrupadas em circuitos separados por mulheres especialistas, e isto é feito de modo que nenhuma saiba realmente o que está fazendo. Uma dessas técnicas devia estar pensando no que preparar para a ceia, e quem quer que fosse a encarregada de checar o trabalho dela talvez estivesse pensando em como negociar o carro da família. Seja como for, Cindy, a última coincidência foi que um homem no posto de segurança Número Quatro, um homem chamado Campion, viu os números ficando vermelhos exatamente a tempo de escapar da sala antes que as portas se trancassem automaticamente. Depois pegou a família e fugiu. Cruzou o portão principal apenas quatro minutos antes de as sirenes detonarem o alarme e lacrarmos toda a base. E só começaram a procurar por ele quase uma hora depois porque não havia monitores nos postos de segurança — em algum lugar ao longo do processo você tem que parar de vigiar os guardas, ou todo mundo se transformaria na porra de um carcereiro —, e todos simplesmente presumiam que ele estivesse lá, esperando os farejadores para separar as áreas limpas daquelas contaminadas. Assim, ele conseguiu uma boa dianteira e foi esperto o bastante para usar as trilhas de fazenda e sortudo o bastante para não pegar nenhuma daquelas onde seu carro poderia ficar atolado. Depois alguém teve de tomar uma decisão de comando sobre acionar ou não a Polícia Estadual, o FBI ou ambos, e este fabuloso jogo-de-empurra foi passado de lá para cá e acolá, e até a hora em que alguém decidiu que a Loja devia cuidar do caso, este babaca feliz — este babaca feliz *doente* — tinha conseguido chegar ao Texas. E quando finalmente o pegaram, já não estava mais fugindo, porque ele, a mulher e sua filhinha jaziam no necrotério de uma cidadezinha de merda chamada Braintree. Braintree, Texas. De qualquer modo, Cindy, o que estou tentando dizer é que isto foi uma cadeia de coincidências a fim de ganhar o *sweepstake*. Com um pouco de incompetência acrescentada para boa sorte — para má sorte, quero dizer, por favor, me desculpe —, mas principalmente foi só uma coisa que aconteceu. Nada disso foi culpa do seu Vic. Mas ele era o chefe do projeto, viu que a situação começava a ficar grave e então...

— Obrigado, Len — disse ele.

— Billy, você gostaria...

— Subirei em dez minutos. Quero que você marque uma reunião do estado-maior daqui a 15 minutos. Se eles estiverem na cama, ponha-os para fora.

— Sim, senhor.

— E... Len...

— Sim?

— Estou satisfeito por ter sido você a me contar.

— Sim, senhor.

Creighton saiu. Starkey consultou o relógio, depois seguiu para o conjunto de monitores na parede. Ele ligou o 2, pôs as mãos atrás das costas e olhou pensativo para a lanchonete silenciosa do Projeto Azul.

Capítulo Cinco

LARRY UNDERWOOD DOBROU a esquina e encontrou uma vaga para estacionar grande o suficiente para o Datsun Z, entre um hidrante e uma lata de lixo que tinha caído na sarjeta. Havia alguma coisa desagradável na lata de lixo e Larry tentou dizer a si mesmo que não tinha visto realmente o gato morto enrijecido e o rato dentro de sua barriga de pêlo branco. O rato correra tão rápido da varredura de seus faróis que realmente poderia não estar ali. O gato, porém, estava fixado em estase. E, supôs ele, desligando o motor, se você acreditava em um, tinha de acreditar no outro. Não diziam que Paris tinha a maior população de ratos do mundo? Todos aqueles esgotos antigos. Mas Nova York era a mesma coisa. E se ele recordasse bem o bastante a sua juventude desperdiçada, nem todos os ratos de Nova York se apoiavam em quatro pernas. E que diabo fazia ele estacionado diante desse decadente prédio de arenito pardo pensando acerca de ratos?

Cinco dias atrás, em 14 de junho, ele estivera no ensolarado sul da Califórnia, lar dos viciados e religiões excêntricas, das únicas boates do mundo com dançarinas *go-go* funcionando sem interrupção e da Disneylândia. Nesta manhã, às 4h15, ele havia chegado ao litoral do outro oceano, pagando pedágio para atravessar a ponte Triborough. Uma sombria garoa estivera caindo. Somente em Nova York uma prematura garoa de verão pode parecer tão impunemente sombria. Larry agora podia ver os pingos juntando-se no pára-brisa do carro, enquanto vestígios do alvorecer começavam a arrastar-se no céu a leste.

Querida Nova York: voltei pra casa.

Talvez os Yankees estivessem na cidade, o que poderia fazer com que a viagem tivesse valido a pena. Pegar o metrô para o estádio, tomar cerveja, comer cachorro-quente e ver os Yankees dando uma surra nos times de Cleveland ou Boston...

Seus pensamentos ficaram à deriva e quando vagueou de volta a eles viu que a luz tinha ficado muito mais forte. O relógio no painel marcava 6h05. Ele estivera cochilando. O rato tinha sido real, ele viu. O rato estava de volta. O rato havia cavado para si um buraco inteiro nas entranhas do gato morto. O estômago vazio de Larry revolveu-se lentamente para a frente. Ele pensou em tocar a buzina a fim de espantar isto para sempre, mas as adormecidas fachadas de arenito pardo com suas latas de lixo servindo de sentinelas o desanimaram.

Ele posicionou-se mais baixo no assento de costas curvas móveis de modo a não ter que ver o rato comendo seu desjejum. Apenas uma mordida, meu Deus, e depois de volta para o sistema de metrô. Ir ao Yankee Stadium aquela noite? Talvez eu o veja, velho companheiro. Embora realmente duvide de que você me verá.

A fachada do prédio tinha sido desfigurada com *slogans* de latas de *spray*, enigmáticos e sinistros: CHICO 116, ZORRO 93, LITTLE ABIE nº 1! Quando era garoto, antes de seu pai morrer, esta tinha sido uma boa vizinhança. Dois cães de pedra haviam guarnecido os degraus que levavam às portas duplas. Um ano antes que se mudasse para a outra costa, vândalos tinham destruído as patas dianteiras do cão situado à direita. Agora os dois tinham se acabado inteiramente, exceto por uma pata traseira do cão à esquerda. O corpo que a pata havia sido criada para apoiar sumira por completo, talvez para decorar o abrigo provisório de algum drogado porto-riquenho. Talvez o ZORRO 93 ou o LITTLE ABIE nº 1! o tivessem levado. Talvez os ratos o tivessem carregado para algum túnel abandonado do metrô numa noite escura. Por tudo que sabia, talvez tivessem levado sua mãe junto, também. Ele supôs que deveria pelo menos subir os degraus e certificar-se de que o nome dela estivesse ainda sob a caixa de correio do apartamento 15, mas estava muito cansado.

Não, iria simplesmente ficar sentado ali cabeceando de sono, confiando em que o último resíduo de alerta em seu corpo o acordasse por volta das sete. Depois iria verificar se sua mãe ainda morava aqui. Talvez fosse melhor se ela tivesse ido embora. Talvez então ele deixasse até mesmo de esquentar a cabeça com os Yankees. Talvez devesse apenas hospedar-se no Biltmore, dormir por três dias e depois voltar para o Oeste dourado. Aqui nesta luz, nesta garoa, com suas pernas e cabeça ainda latejando da humilhação, Nova York tinha todo o charme de uma puta morta.

Sua mente recomeçou a vaguear, ruminando sobre as últimas nove semanas ou por aí, tentando encontrar algum tipo de chave que esclareceria tudo e explicaria como você podia se impelir contra muros de pedra por seis longos anos, se apresentando em clubes, gravando fitas *demo*, dando canjas, essa coisa toda, e depois subitamente fazer isto em nove semanas. Tentar fixar isto direto em sua mente era como tentar engolir uma maçaneta de porta. Tinha de haver uma resposta, ele achava, uma explicação que lhe permitisse rejeitar a feia noção de que a coisa toda havia sido um capricho, uma simples reviravolta do destino, nas palavras de Dylan.

Ele cochilou mais profundamente, os braços cruzados no peito, revisando tudo várias vezes, e viu-se no dilema de que tudo isto era uma coisa nova, como um contraponto grave e sinistro, uma nota no limiar da audibilidade tocada num sintetizador, ouvida em uma espécie de enxaqueca que agia em você como uma premonição: o rato, escavando no corpo morto do gato, mascando ruidosamente, apenas procurando por alguma coisa saborosa aqui. É a lei da selva, meu chapa, se estiver nas árvores, você pega o ritmo...

Tinha começado realmente há 18 meses. Ele estivera tocando com o Tattered Remnants num clube de Berkeley, e um homem da Columbia ligara para ele. Não um graúdo, apenas mais um batalhador no mercado do vinil. Neil Diamond estava pensando em gravar uma de suas canções, uma melodia chamada "Garota, você saca seu homem?".

Diamond estava gravando um álbum, tudo de sua lavra, exceto uma velha melodia de Buddy Holly, "Peggy Sue se casou", e talvez esta música de Larry Underwood. A questão era:

Larry aceitaria aparecer e editar uma *demo* da música e depois participar da gravação? Diamond queria uma segunda guitarra acústica e gostava paca da canção.

Larry aceitou.

A gravação durou três dias. Foi uma boa. Larry conheceu Neil Diamond, e também Robbie Robertson e Richard Perry. Ganhou crédito na orelha interna do álbum e foi pago pela tabela no sindicato. Mas "Garota, você saca seu homem?" nunca integrou o álbum. Na segunda noite da gravação, Diamond apareceu com uma música de sua autoria e esta completou o disco.

Bem, disse o homem da Columbia, isto pegou muito mal. Acontece. Digo-lhe o seguinte: por que não edita a *demo* assim mesmo? Verei se há algo que eu possa fazer. Assim, Larry editou a *demo* e depois viu-se de volta na rua. Os tempos em Los Angeles eram difíceis. Havia algumas gravações, mas não muitas.

Ele por fim arranjou um emprego de guitarrista num restaurante, tocando coisas como "Softly as I Leave You" e "Moon River", enquanto velhas raposas falavam de negócios e se empanturravam de comida italiana. Ele escrevia as letras em pedaços de papel de carta, porque de outro modo tendia a misturá-las ou esquecê-las por completo, tocando a melodia enquanto entrava com *hmmmmm-hmmmmm-ta-da-hmmmm,* tentando parecer ameno como Tony Bennett improvisando e sentindo-se um babaca. Em elevadores e supermercados ele tinha se tornado morbidamente consciente da música ambiental baixa que tocava o tempo todo.

Então, nove semanas antes e inesperadamente, o homem da Columbia tinha ligado. Eles queriam lançar sua *demo* como um compacto. Ele poderia vir e gravá-lo? Claro, disse Larry. Ele podia fazer isso. Portanto, numa tarde de domingo, foi aos estúdios da Columbia em Los Angeles, pôs sua própria voz em dois canais no "Garota, você saca o seu homem?", em cerca de uma hora, e completou o disco com uma canção que escrevera para os Tattered Remnants, "O salvador de bolso". O homem da Columbia o presenteou com um cheque de 500 dólares e a porcaria de um contrato que amarrava Larry mais do que tinha feito a gravadora. Ele apertou a mão de Larry, disse-lhe o quanto ele era bem-vindo a bordo, ofereceu-lhe um pequeno e piedoso sorriso quando Larry perguntou como o disco seria promovido e despediu-se. Era tarde demais para depositar o cheque, portanto Larry desfiou seu repertório no Gino's com ele no bolso. Perto do fim da sua primeira série musical, ele cantou uma versão moderada de "Garota, você saca o seu homem?". A única pessoa que notou foi o proprietário do Gino's, que lhe disse para poupar seu *bebop* de crioulo para o pessoal da faxina.

Sete semanas antes o homem da Columbia ligou de novo e disse-lhe para comprar um exemplar da *Billboard.* Larry comprou. "Garota, você saca o seu homem?" era uma das três mais quentes para aquela semana. Larry ligou de volta para o homem da Columbia, que lhe perguntou se gostaria de almoçar com alguns dos verdadeiros maiorais. Para discutir o álbum. Todos se revelavam satisfeitos com o compacto, que já estava sendo tocado em Detroit, Filadélfia e Portland, Maine. Dava a impressão de que ia pegar. Tinha vencido o concurso Batalha dos Sons por quatro noites consecutivas em uma emissora *soul* de Detroit. Ninguém parecia saber que Larry Underwood era branco.

Ele se embebedara no almoço e mal notou como era o gosto do salmão. Ninguém pareceu se importar com que ele tivesse enchido a cara. Um dos chefões disse que não ficaria surpreso ao ver "Garota, você saca o seu homem?" ganhar um Grammy no ano seguinte. Tudo isto retinia gloriosamente nos ouvidos de Larry. Ele se sentia como um homem num sonho e, ao voltar para seu apartamento, teve a estranha certeza de que seria atropelado por um caminhão e que tudo terminaria. Os chefões da Columbia tinham-no presenteado com outro cheque, desta vez de 2.500 dólares. Quando chegou em casa, Larry pegou o telefone e começou a fazer ligações. A primeira foi para Mort "Gino" Green. Larry lhe disse que arranjasse outro para tocar "Yellow Bird" enquanto os fregueses comiam sua repugnante massa malcozida. Depois ligou para qualquer um em quem pudesse pensar, incluindo Barry Grieg dos Remnants. Em seguida saiu e foi comemorar até cair de bêbado e se levantar de novo.

Cinco semanas antes o compacto tinha entrado na lista das 100 Quentes da revista *Billboard*. Em 89º lugar. Era um estouro. Aquela foi a semana de primavera em que tinha vindo realmente para Los Angeles, e numa brilhante e radiosa tarde de maio, com os prédios tão brancos e o oceano tão azul que podiam nocautear os olhos e mandá-los rolando pelas faces como bolas de gude, ele ouvira seu disco no rádio pela primeira vez. Três ou quatro amigos estavam lá, inclusive sua atual garota, e estavam moderadamente drogados com cocaína. Larry voltava da cozinha com um pacote de biscoitos Toll House quando ouviu o familiar *slogan* da rádio KLMT: *Nyooooo... meee-USIC!* E então Larry tinha sido trespassado pelo som da sua própria voz saindo dos alto-falantes Technics.

Eu sei que não disse que tava baixando,
Sei que você não sabia que eu tava no pedaço,
Mas gaaarota você pode me dizer se alguém pode,
Garota, você pode sacar o seu homem?
Ele é um cara legal,
Diz aí, garota, você saca o seu homem?

— Meu Deus, sou eu — ele dissera. Deixou cair os biscoitos no chão e depois ficou parado de boca aberta e numa imobilidade pétrea enquanto seus amigos aplaudiam.

Quatro semanas antes, sua música pulara para o 73º lugar na lista da *Billboard*. Ele começou a sentir como se tivesse sido impelido rudemente para um filme mudo antigo, onde tudo se movia rápido demais. O telefone não parava no gancho. A Columbia estava implorando pelo álbum, querendo aproveitar o sucesso do *single*. Um babaca louco de uma tal A & R ligou três vezes em um dia, dizendo-lhe que ele *tinha* de ir à Record One, não agora, mas *ontem*, e gravar um *remake* de "Hang On, Sloopy" dos McCoys como continuação. Um sucesso!, o débil mental continuava gritando. Somente a continuação é possível, Lar! (Nunca havia encontrado este cara e já não era nem mesmo Larry, mas Lar.) Será um sucesso! Quero dizer, um *sucesso* do cacete!

Larry por fim perdeu a paciência e disse ao gritador de sucesso que, dada a escolha entre gravar "Hang On, Sloopy" e ser amarrado e receber um enema de Coca-Cola, ele escolheria o enema. A seguir, desligou.

O barco continuou correndo exatamente da mesma forma. Garantias de que este poderia ser o maior disco em cinco anos enchiam seus ouvidos entorpecidos. Agentes ligavam às dúzias. Todos soavam aflitos. Ele começou a tomar estimulantes e pareceu-lhe que ouvia sua música em toda parte. Num sábado de manhã ele a ouviu no programa *Soul Train* e passou o resto do dia tentando se convencer de que, sim, havia realmente estourado.

De repente, tornou-se difícil para ele separar-se de Julie, a garota que estivera namorando desde que começara seu bico no Gino's. Ela o apresentou a todos os tipos de pessoas, poucas delas gente que realmente quisesse conhecer. A voz dela começou a recordá-lo dos agentes em potencial que ouvira ao telefone. Numa discussão longa, ruidosa e amarga, ele terminou com ela. Julie tinha gritado com ele que sua cabeça em breve ficaria grande demais para passar pela porta de um estúdio de gravação, que ele lhe devia 500 dólares pela droga, que ele era a resposta da década de 1990 para Zagar e Evans. Ela havia ameaçado até se matar. Mais tarde, Larry sentiu como se houvesse travado uma longa briga de travesseiros na qual todos os travesseiros tivessem sido tratados com gás tóxico de qualidade inferior.

Tinham começado a editar o álbum já fazia três semanas e Larry resistira à maioria das sugestões tipo "para seu próprio bem". Ele usou a margem de segurança que o contrato lhe dava. Conseguiu três integrantes dos Tattered Remnants — Barry Grieg, Al Spellman e Johnny McCall — e dois outros músicos com quem trabalhara no passado, Neil Goodman e Wayne Stukey. Gravaram o álbum em nove dias, exatamente todo o tempo de estúdio que puderam obter. A Columbia parecia querer um álbum baseado no que eles achavam que seria uma carreira de vinte semanas, começando com "Garota, você saca o seu homem?" e terminando com "Hang On, Sloopy". Larry queria mais.

A capa do álbum era uma foto de Larry em uma antiquada banheira com pés em forma de garra, cheia de espuma. Escritas nos azulejos acima dele com o batom de uma secretária da Columbia estavam as palavras SALVADOR DE BOLSO e LARRY UNDERWOOD. A Columbia quisera intitular o álbum de "Garota, você saca o seu homem?", mas Larry recusou peremptoriamente, e por fim decidiram pôr uma etiqueta dizendo CONTÉM O SUCESSO EM COMPACTO colada na capa dobrável.

Duas semanas antes, o compacto chegou ao 47º lugar e a festa começou. Ele havia alugado uma casa de praia em Malibu por um mês, e depois disso as coisas ficaram meio nebulosas. Era gente entrando e saindo, cada vez mais. Ele conhecia alguns, mas a maioria era de estranhos. Podia se lembrar de ter sido aliciado por muito mais agentes do que desejava para "fazer decolar sua grande carreira". Podia se lembrar de uma garota que se enchera de droga e saíra gritando pela praia de areia branquíssima tão nua quanto um pica-pau cinzento. Podia se lembrar de ter cheirado cocaína e rebatido com tequila. Podia se lembrar de ter sido sacudido do sono no sábado de manhã, talvez mais ou menos uma semana atrás, para ouvir Kasey Kasem tocar seu disco como canção de estréia no 36º lugar das "Quarenta Mais". Podia se lembrar de ter tomado grande quantidade de Seconal e, vagamente, ter barganhado pelo Datsun Z com o cheque de 4 mil dólares em direitos autorais que lhe chegara pelo correio.

E então veio 13 de junho, seis dias antes, o dia em que Wayne Stukey pediu que Larry o acompanhasse numa caminhada pela praia. Eram apenas nove horas da manhã, mas o estéreo e as duas TVs estavam ligados e parecia rolar uma orgia na sala de jogos do porão. Larry estivera sentado numa cadeira superestofada na sala de estar, só de sunga, e tentando, solenemente, extrair sentido de um gibi do *Superboy*. Sentia-se muito alerta, mas nenhuma de suas palavras parecia ligar-se a coisa alguma. Não havia nenhum gestaltismo. Uma peça de Wagner trovejava dos alto-falantes quadrangulares, e Wayne teve de gritar três ou quatro vezes para se fazer entender. Então Larry concordou. Sentia-se como se pudesse caminhar por quilômetros.

Mas quando a luz do sol perfurou seus globos oculares como agulhas, Larry de repente mudou de idéia. Nada de caminhada. Hã-hã. Seus olhos tinham se transformado em lentes de aumento, e logo o sol iria brilhar através deles por tempo suficiente para pôr seus miolos em fogo. Seus pobres e velhos miolos que pareciam pavio seco.

Wayne, pegando no seu braço com firmeza, insistiu. Desceram para a praia, por sobre a areia fofa aquecida até o trecho compacto de um tom castanho mais escuro, e Larry decidiu que havia sido uma boa idéia, afinal. O som intensificado das britadeiras que vinha da casa foi se suavizando. Uma gaivota, tentando ganhar altitude, pendia retorcida no céu azul como uma letra M branca esboçada.

Wayne puxou seu braço firmemente.

— Venha.

Larry venceu todos os quilômetros que se achava capaz de caminhar. Exceto que não se sentia mais daquela maneira. Estava com uma péssima dor de cabeça e sua espinha parecia como se tivesse se transformado em vidro. Os globos oculares latejavam e os rins doíam. Uma ressaca de anfetamina não é tão dolorosa quanto na manhã seguinte à noite em que você engoliu um quinto inteiro de Four Roses. Mas não tão agradável, digamos, como seria transar com Raquel Welch. Se tomasse mais duas bolinhas, ele poderia subir elegantemente ao topo desta posição perigosa que queria botá-lo para baixo. Vasculhou o bolso para pegá-las, e pela primeira vez tornou-se ciente de que estava vestido apenas com roupa de baixo que tinha estado limpa três dias atrás.

— Wayne, quero voltar.

— Vamos caminhar mais um pouco. — Ele achou que Wayne o estava olhando de um modo estranho, com um misto de exasperação e piedade.

— Não, cara, só estou com as roupas de baixo. Serei preso por atentado ao pudor.

— Nesta parte da costa você pode enrolar uma bandana em volta da pica e deixar os bagos pendendo soltos e nem assim irá em cana por atentado ao pudor. Vamos, cara.

— Estou cansado — disse Larry, lamuriento. Começou a ficar puto com Wayne. Este era o modo de Wayne ir à forra com ele, porque Larry tinha um sucesso, enquanto o outro só conseguira um crédito como tecladista no novo álbum. Ele não era diferente de Julie. Todo mundo o odiava agora. Todos tinham puxado a faca. Seus olhos se borraram com lágrimas fáceis.

— Vamos, cara — repetiu Wayne, e recomeçaram a andar pela praia.

Tinham caminhado talvez mais um quilômetro e meio quando cãibras duplas acometeram os músculos grandes nas coxas de Larry. Ele gritou e desabou na areia. Sentia como se estiletes gêmeos tivessem sido cravados em sua carne no mesmo instante.

— Cãibras! — gritava. — Ah, cara, cãibras!

Wayne agachou-se ao lado dele e fez alongamento em suas pernas. A agonia bateu de novo, e então Wayne pôs-se a trabalhar, golpeando os músculos contraídos, massageando-os. Por fim, os tecidos famintos de oxigênio começaram a se descontrair.

Larry, que estivera prendendo a respiração, começou a arquejar:

— Ah, cara — disse. — Obrigado. Essa foi... essa foi braba.

— Claro — replicou Wayne, sem muita simpatia. — Aposto que foi, Larry. Como está se sentindo agora?

— Bem. Mas vamos ficar só sentados, tá? Depois a gente volta.

— Preciso falar com você. Tive que trazê-lo até aqui e queria você cara a cara para que pudesse entender o que está pairando sobre você.

— O que é isso, Wayne? — Ele pensou: chegou a hora. O papo furado. Mas o que Wayne disse parecia tão distante de um papo furado que por um momento ele voltou ao gibi do *Superboy*, tentando entender uma frase de seis palavras.

— A festa acabou, Larry.

— Hã?

— A festa. Quando você voltar. Vai desligar todas as tomadas, dar a todos as chaves de seus carros, agradecer a cada um pela festa agradável e encaminhá-los à porta da rua. Livrar-se deles.

— Não posso fazer isto! — disse Larry, chocado.

— É melhor que faça — replicou Wayne.

— Mas por quê? Cara, esta festa está apenas começando!

— Larry, quanto foi que a Columbia lhe adiantou?

— Por que deveria saber? — perguntou Larry astutamente.

— Está achando que quero explorar você, Larry? Pense bem.

Larry pensou e, despertando do atordoamento, deu-se conta de que não havia nenhuma razão por que Wayne Stukey quisesse aproveitar-se dele. Ele ainda não tinha realmente se feito, estava cavando trabalho como a maioria das pessoas que haviam ajudado Larry a gravar o álbum, mas, ao contrário delas, Wayne provinha de uma família endinheirada e estava em bons termos com ela. O pai de Wayne era dono da terceira maior empresa de jogos eletrônicos do país, e os Stukeys possuíam uma casa modestamente palaciana em Bel Air. Atônito, Larry percebeu que sua súbita e boa fortuna parecia café pequeno para Wayne.

— Não, acho que não — disse ele rispidamente. — Desculpe. Mas parece como se cada vigarista em busca de otários, a oeste de Las Vegas...

— Quanto, então?

Larry pensou.

— Sete mil de adiantamento. Todos disseram.

— Eles estão lhe pagando direitos trimestrais sobre o compacto e bianuais sobre o álbum?

— Certo.

Wayne assentiu com a cabeça.

— Eles vão manter isto até que a vaca tussa, os sacanas. Um cigarro?

Larry aceitou e pôs a mão em concha para acendê-lo.

— Você sabe quanto esta festa está lhe custando?

— Claro.

— Você não alugou a casa por menos de mil.

— É, tem razão. — Tinha sido realmente por 1.200 dólares, mais um depósito de 500 por danos eventuais. Ele havia pago o depósito e metade do aluguel mensal, num total de 1.100 dólares, e ainda devia 600 dólares.

— Quanto pela droga?

— Ei, cara, a gente tem que oferecer alguma coisa. É como queijo para as bolachas Ritz.

— Rolou maconha e rolou pó. Quanto foi, diga lá?

— Você parece a porra de um promotor — disse Larry, mal-humorado. — Quinhentos por cada.

— E o bagulho acabou no segundo dia.

— Acabou, o cacete! — disse Larry, sobressaltado. — Vi duas tigelas quando saímos esta manhã, cara. A maior parte acabou, sim, mas...

— Cara, esqueceu do Papelote? — A voz de Wayne caiu de súbito numa paródia espantosamente boa da própria voz arrastada de Larry. — Apenas ponha na minha conta, Dewey. Mantenha o pessoal abastecido.

Larry olhou para Wayne com evidente horror. Ele se *lembrava* de um sujeito baixo mas rijo com um corte de cabelo peculiar, um corte emaranhado, como o chamavam dez ou 15 anos atrás, um sujeito baixo com um corte de cabelo emaranhado e uma camiseta onde se lia JESUS ESTÁ CHEGANDO & ESTÁ PUTO. Esse cara parecia ter bagulho de primeira praticamente caindo do olho do seu cu. Ele podia até se lembrar de ter dito a este cara, Dewey Papelote, para manter suas tigelas de hospitalidade cheias e pôr na conta. Mas isto tinha sido... bem, tinha sido *dias* atrás.

Wayne disse:

— Você é a melhor coisa que aconteceu com Dewey Papelote em um longo tempo, cara.

— Quanto acha que ele vai me cobrar?

— Não muito pela maconha. Maconha é barato. Mil e duzentos. E oito mil pelo pó.

Por um minuto Larry achou que ia vomitar. Esbugalhou os olhos silenciosamente para Wayne. Tentou falar, mas só pôde mexer a boca: *Nove mil e duzentos?*

— É a inflação, cara — disse Wayne. — Quer saber o resto?

Larry não queria saber o resto, mas assentiu.

— Havia uma TV em cores lá em cima. Alguém a quebrou com uma cadeirada. Calculei uns 300 paus para consertar. O apainelado de madeira no térreo foi arranhado pra caramba. Quatrocentos no mínimo. A janela panorâmica dando para a praia foi quebrada anteontem. Trezentos. O tapete na sala de estar ficou totalmente arruinado... queimaduras de cigarro, manchas de cerveja, uísque. Quatrocentos. Liguei para a loja de bebidas e eles simplesmente estão tão felizes com o pendura que têm a receber quanto Papelote está com o dele. Seiscentos.

— Seiscentos dólares por bebida? — sussurrou Larry. Um horror lívido o envolvera até o pescoço.

— Agradeça por a maioria deles ter esnobado a cerveja e o vinho. Você tem uma conta de 400 dólares na mercearia, principalmente por *pizza*, salgadinhos, *tacos*, toda essa boa merda. Mas o pior é o barulho. Logo, logo os tiras vão pintar. *Les flics*. Perturbação da paz. E você arranjou quatro ou cinco caras da pesada transando heroína. Há uns 80 ou 100 gramas da droga na casa.

— Isto também entra na minha conta? — perguntou Larry roucamente.

— Não. O Papelote não se mete com heroína. Este é um artigo da Máfia e o Papelote não aprecia a idéia de usar botas de cimento. Mas se os tiras pintarem, pode apostar que a *bomba* vai cair na sua conta.

— Mas eu não sabia...

— Apenas um guri perdido na floresta, tá bom.

— Mas...

— Sua conta total por esta pequena algazarra, até aqui, chega a mais de 12 mil dólares — disse Wayne. — Você saiu e pegou aquele carrão... quanto foi que deu de entrada?

— Vinte e cinco — disse Larry, entorpecido. Sentia-se como se chorando.

— Então, quanto ganhou até o próximo pagamento de direitos? Dois mil?

— Mais ou menos — disse Larry, incapaz de contar a Wayne que tinha menos do que isso: cerca de 800, divididos por igual entre cheques e dinheiro vivo.

— Larry, me ouça, porque você não merece ser avisado duas vezes. Há sempre uma festa esperando para acontecer. Por aqui, as únicas duas constantes são as babaquices e as festas. Eles chegam correndo como passarinhos procurando por insetos no dorso de um hipopótamo. Agora estão aqui. Tire-os das suas costas e mande-os procurar sua turma.

Larry pensou nas dezenas de pessoas na casa. A esta altura, conhecia talvez uma entre três. A idéia de mandar embora todos aqueles desconhecidos fez sua garganta querer se fechar. Perderia a boa opinião deles. Opondo-se a este pensamento veio a imagem de Dewey Papelote reabastecendo as tigelas de hospitalidade, tirando um caderninho do bolso de trás e anotando tudo no final da sua conta. Ele, seu corte de cabelo e sua camiseta da moda.

Wayne observou-o calmamente enquanto ele vacilava entre esses dois quadros.

— Cara, eu não posso parecer como se fosse o olho do cu do mundo — disse Larry finalmente, odiando as palavras fracas e petulantes enquanto saíam de sua boca.

— É, eles vão xingá-lo pra caramba. Dirão que você está ficando metido a besta, esquecendo os velhos amigos. Só que nenhum deles é seu amigo, Larry. Seus amigos verdadeiros viram o que estava acontecendo três dias atrás e caíram fora. Não é divertido ver que um amigo está pisando na bola e nem mesmo percebe isto.

— Então, por que me contar? — perguntou Larry, subitamente furioso. A raiva era projetada para fora dele pela percepção de que todos os seus verdadeiros bons amigos tinham caído fora e, em retrospecto, todas as desculpas deles pareciam inaceitáveis. Barry Grieg o havia chamado à parte e tentara falar com ele, mas Larry estava realmente com a cabeça nas nuvens e simplesmente assentira e sorrira indulgente para Barry. Agora imaginava se Barry estivera tentando dar-lhe este mesmo esporro. Isto o deixou embaraçado e furioso para que pudesse pensar a respeito.

— Por que me contar? — repetiu. — Fico com a impressão de que você não gosta tanto assim de mim.

— Não... mas também realmente não desgosto de você. Mais do que isso, cara, eu não poderia dizer. Poderia tê-lo deixado se ferrar nesta parada. Já que teria sido o bastante para você.

— O que está querendo dizer?

— Você dirá a eles. Porque há um lado durão em você, que faz o que deve fazer mesmo que lhe doa. Seja lá o que for que leve ao sucesso, você o conseguiu. Terá uma pequena e bela carreira. Em cinco anos ninguém mais se lembrará de sucessos passageiros. Os estudantes fãs do *bop* irão colecionar seus discos. Você vai ganhar dinheiro.

Larry pousou os punhos nas pernas. Ele queria socar aquele rosto tranqüilo. Wayne estava dizendo coisas que o faziam sentir-se como se fosse o cocô do cavalo do bandido.

— Volte e acabe com a farra — disse Wayne suavemente. — Depois, entre naquele carro e vá embora. Se manda, cara. Fique bem longe até saber que o próximo cheque de direitos autorais está esperando por você.

— Mas Dewey...

— Encontrarei um homem para conversar com Dewey. Com muito prazer, cara. O sujeito falará com Dewey para esperar por seu dinheiro como um bom menino, e Dewey ficará feliz em fazer o obséquio. — Fez uma pausa, observando duas crianças pequenas correndo pela praia em trajes de banho. Um cachorro corria atrás delas, latindo alto e alegremente para o céu azul.

Larry se levantou e forçou-se a dizer obrigado. A brisa do mar se introduzia e saía de sua sunga velha. A palavra saiu de sua boca como um tijolo.

— Simplesmente vá para algum lugar e conserte sua merda — disse Wayne, levantando-se ao lado dele, ainda observando as crianças. — Você arranjou um bocado de merda para pôr em ordem. Que tipo de empresário você quer, que tipo de excursão quer fazer, que tipo de contrato vai querer depois que "Salvador de bolso" estourar. Acho que vai estourar; tem aquela batidinha maneira. Se der algum espaço a si mesmo, você resolverá tudo isso. Caras como você sempre resolvem.

Caras como você sempre resolvem.
Caras como eu sempre resolvem.
Caras como...

* * *

Alguém batia com o dedo no vidro da janela.

Larry estremeceu, depois sentou-se. Um dardejar de dor penetrou em seu pescoço e ele encolheu-se à sensação de carne morta e com cãibras ali. Ele estivera dormindo a sono solto, não apenas cochilando. Revivendo a Califórnia. Mas aqui e agora era a cinzenta luz do dia nova-iorquino, e o dedo bateu de novo.

Girou a cabeça cautelosa e dolorosamente e viu sua mãe, usando uma rede preta sobre o cabelo, olhando para dentro do carro.

Por um momento ficaram apenas se fitando através do vidro e Larry sentiu-se curiosamente desnudado, como um animal sendo olhado no zôo. Depois sua boca assumiu o comando, sorrindo, e ele baixou o vidro.

— Mãe?

— Eu sabia que era você — disse ela num tom esquisitamente monótono. — Saia daí e me deixe ver como você parece de pé.

As pernas tinham ficado dormentes; alfinetes e agulhas picaram das plantas dos seus pés enquanto ele abria a porta e saía. Ele nunca esperara encontrar a mãe desta maneira, despreparado e exposto. Sentia-se como uma sentinela que dormia no posto sendo subitamente chamada à atenção. Tinha de algum modo esperado sua mãe parecer mais baixa, menos segura de si, um truque dos anos que o havia amadurecido e a deixado exatamente a mesma.

Mas foi quase fantástico o modo como ela o havia apanhado. Quando tinha dez anos, ela costumava acordá-lo nas manhãs de sábado, após concluir que ele já dormira o suficiente, batendo com um dedo na porta fechada do seu quarto. Ela o tinha acordado deste mesmo jeito 14 anos mais tarde, dormindo em seu carro novo como um garoto cansado que havia tentado passar a noite toda em claro e ser apanhado pelo joão-pestana numa posição indigna.

Agora ele parou diante dela, com seu cabelo encaracolado, um sorriso débil e um tanto tolo no rosto. Alfinetes e agulhas ainda corriam por suas pernas, fazendo-o mudar a posição de um pé para o outro. Recordava que a mãe sempre lhe perguntava se precisava ir ao banheiro quando tinha aquilo, e agora parou o movimento e deixou que as agulhas o picassem à vontade.

— Oi, mãe — disse ele.

Ela olhou para ele sem nada dizer, e um pavor subitamente se empoleirou no coração dele, como um pássaro maligno voltando para um velho ninho. Era um medo de que ela pudesse virar-lhe as costas, renegá-lo, mostrar-lhe as costas de seu casaco barato e simplesmente se dirigir para o metrô dobrando a esquina, abandonando-o.

Depois ele suspirou, do jeito que um homem suspira antes de pegar um fardo pesado. E quando ela falou, a voz soou tão natural e tão suavemente agradável que ele esqueceu sua primeira impressão.

— Oi, Larry — disse ela. — Vamos subir. Eu sabia que era você quando olhei pela janela. Já telefonei para o meu prédio avisando que estou doente. Tinha uns dias para tirar mesmo.

Ela virou-se para conduzi-lo degraus acima, entre os cães de pedra desaparecidos. Ele vinha três degraus atrás dela, emparelhou, estremecendo às picadas de alfinetes e agulhas.

— Mãe?

Ela voltou-se para ele, que a abraçou. Por um momento uma expressão de pavor cruzou as feições de sua mãe, como se esperasse ser agredida em vez de abraçada. Depois isso passou, e ela aceitou o abraço e retribuiu. O cheiro do sachê da mãe penetrou seu nariz, evocando uma inesperada nostalgia arrebatada, doce e amarga. Por um momento ele pensou que ia chorar, e estava presunçosamente certo de que sua mãe iria; foi Um Momento Tocante. Por sobre o ombro direito inclinado dela pôde ver o gato morto, jazendo metade dentro e metade fora da lata de lixo. Quando ela se afastou, tinha os olhos secos.

— Vamos, farei um desjejum para você. Esteve dirigindo a noite toda?

— Sim — disse ele, sua voz levemente rouca de emoção.

— Bem, venha. O elevador está quebrado, mas são só dois andares. Pior é para a Sra. Halsey, com a artrite dela. Ela mora no quinto. Não se esqueça de limpar os pés. Se deixar rastros, o Sr. Freeman virá em cima de mim como uma bala. Juro por Deus que ele pode farejar sujeira. A sujeira é inimiga dele, tudo bem. — Estavam nas escadas agora. — Consegue comer três ovos? Farei torradas também, se você não se importar com pão integral de centeio. Vamos.

Ele a seguiu, passando pelos cães de pedra desaparecidos, e olhou um tanto furioso para onde eles tinham estado, só para certificar-se de que tinham realmente sido levados, de que ele não havia encolhido 60 centímetros, de que toda a década de 1980 não tinha se desvanecido no tempo. Ela abriu as portas e entraram. Até mesmo as persianas marrons e os odores de cozinha eram os mesmos.

* * *

Alice Underwood preparou-lhe três ovos, *bacon*, torrada, suco, café. Quando terminou tudo, menos o café, ele acendeu um cigarro e retirou-se da mesa. Ela lançou um olhar desaprovador ao cigarro, mas não disse nada. Isto restaurou um pouco da sua confiança — um pouco, não muito. Ela sempre tinha sido boa em administrar seu tempo.

Sua mãe jogou a frigideira na lavadora pardacenta e ela chiou um pouco. Alice não havia mudado muito, achava Larry. Um pouco mais velha — devia estar agora com 51 anos —, um tanto grisalha, mas ainda havia fartura de preto naquela cabeleira emaranhada. Ela usava um vestido cinzento simples, provavelmente o único que lhe caía bem. Seu busto ainda conservava a mesma ampla onda de rebentação aflorando do corpete do vestido — um pouco maior, se é que havia alguma mudança. Mãe, me conte a verdade, seu busto ficou maior? É esta a mudança fundamental?

Ele começou a bater as cinzas do cigarro no pires do café; ela o puxou bruscamente, substituindo-o por um cinzeiro que sempre mantinha no guarda-louça. O pires tinha ficado sujo de café e Larry achara que não havia nada de mais em bater as cinzas nele. O cinzeiro estava limpo, acusadoramente imaculado, e ele bateu a cinza com uma ligeira angústia. Ela podia esperar o momento propício e podia continuar disparando pequenas armadilhas até que seus tornozelos ficassem ensangüentados e você estivesse pronto para começar a tagarelar.

— Então você voltou — disse Alice, pegando uma esponja usada de uma travessa de torta Table Talk e usando-a para limpar a frigideira. — O que o trouxe aqui?

Bem, mãe, este meu amigo me pôs por dentro dos fatos da vida — os babacas se movem em bandos e desta vez estavam atrás de mim. Não sei se amigo é a palavra certa para ele. Ele me respeita musicalmente tanto quanto eu respeito a fábrica de Balas de Frutas de 1910. Mas ele me convenceu a botar o pé na estrada, e não foi Robert Frost quem disse que o lar é um lugar em que eles têm de recebê-lo quando você dá as caras?

Em voz alta, ele disse:

— Acho que senti falta de você, mãe.

Ela riu com desdém.

— É por isso que me escreve com freqüência?

— Não sou muito de escrever cartas. — Ele agitava seu cigarro lentamente para cima e para baixo. Anéis de fumaça se formavam da ponta e flutuavam no ar.

— Pode repetir isso.

Sorrindo, ele disse:

— Não sou muito de escrever cartas.

— Mas você continua sendo inteligente para sua mãe. Isso não mudou.

— Desculpe — disse ele. — Como tem passado, mãe?

Ela pôs a frigideira no secador, puxou o tampão da pia e limpou a água de sabão das suas mãos avermelhadas.

— Não tão mal — disse ela, vindo para a mesa e sentando-se. — Minhas costas doem às vezes, mas tomo minhas pílulas. Mantenho sob controle.

— Não teve mais crises desde que parti?

— Ah, só uma vez. Mas o Dr. Holmes cuidou disso.

— Mãe, esses quiropráticos são... — *simplesmente fraudes*, ele ia dizer, mas se conteve.

— São o quê?

Ele deu de ombros, desconfortável, diante do sorriso retorcido dela.

— Você é livre, branca e maior de idade. Se ele a ajuda, ótimo.

Ela suspirou e pegou um tubo de *drops* do bolso do vestido.

— Sou pra lá de maior de idade. E sinto isso. Quer um? — Ele sacudiu a cabeça recusando o *drops* que ela lhe estendia. Ela então o enfiou em sua própria boca.

— Você ainda é apenas uma garota — disse ele com um traço de sua velha adulação zombeteira. Ela sempre gostara disso, mas agora lhe trouxe uma sombra de sorriso aos lábios. — Novos homens em sua vida?

— Vários — disse ela. — E quanto a você?

— Não — respondeu ele, sério. — Nada de novos homens. Algumas garotas sim, mas nenhum homem novo.

Ele havia esperado uma risada, mas só conseguiu a mesma sombra de sorriso. Eu a estou perturbando, pensou. É isso aí. Ela não sabe o que estou querendo aqui. Afinal, por três anos ela não esteve esperando que eu desse as caras. Só queria que eu permanecesse perdido.

— O mesmo Larry de sempre — comentou ela. — Nunca fala sério. Não está comprometido? Não sai com alguém constantemente?

— Sou franco-atirador, mãe.

— Sempre foi. Pelo menos nunca chegou em casa me dizendo que engravidou uma boa garota católica. Você ganhou essa. Ou foi muito cauteloso, ou muito sortudo, ou muito educado.

Ele se esforçou para manter uma cara de jogador de pôquer. Era a primeira vez na sua vida em que ela falava sobre sexo com ele, direta ou indiretamente.

— De qualquer modo, você vai aprender — disse Alice. — Dizem que os solteiros se divertem muito mais. Nem tanto. A gente fica velha e cheia de rabugice, tal como o Sr. Freeman. Ele conseguiu aquele apartamento ao nível da rua e está sempre na janela esperando por uma aragem forte.

Larry deu um resmungo.

— Tenho ouvido aquela sua canção no rádio — continuou Alice. — Digo às pessoas: é o meu filho. É Larry. A maioria delas não acredita.

— Já ouviu a música? — Ele especulou por que ela não havia mencionado isto logo de cara, em vez de ficar levando todo aquele papo furado.

— Claro, toca toda hora naquela estação que as garotas ouvem. A WROK.

— E você gosta?

— Tanto como gosto de qualquer música desse tipo. — Ela o fitou com firmeza. — Acho que algumas delas soam sugestivas. Indecentes.

Ele se descobriu arrastando os pés e forçou-se a parar.

— Ela devia somente soar... apaixonada, mãe. É tudo. — Seu rosto enrubesceu. Nunca esperara ficar sentado na cozinha de sua mãe, discutindo paixão.

— O lugar para paixão é o quarto — replicou ela, curta e grossa, encerrando qualquer discussão estética a respeito do seu disco. — Também aconteceu alguma coisa com sua voz. Está parecendo a de um negro.

— Agora? — perguntou ele, divertido.

— Não, no rádio.

— Aquele som bem mulato, ela devia achar o maior barato... — cantarolou Larry, aprofundando a voz ao nível de Bill Withers e sorrindo.

— Assim mesmo — ela assentiu. — Quando eu era garota, a gente achava que Frank Sinatra estava ousando. Agora eles têm esse *rap*. *Rap*, é o que eles chamam. Eu chamo de *gritaria*. — Ela o fitou relutantemente. — Pelo menos não tem gritaria no seu disco.

— Eu ganho direitos autorais — disse ele. — Uma percentagem de cada disco vendido. Isto equivale a...

— Ah, chega — disse ela e fez um gesto de dispensa com a mão. — Sempre fui reprovada em matemática. Eles já lhe pagaram ou comprou aquele carrinho a crédito?

— Eles ainda não me pagaram grande coisa — disse ele, patinando à beira da mentira, mas sem entrar direto nela. — Dei uma pequena entrada pelo carro e estou financiando o resto.

— As condições do crédito fácil — disse ela funestamente. — Foi assim que seu pai acabou falindo. O doutor disse que morreu de ataque cardíaco, mas não foi disso. Foi de coração *partido*. Seu pai foi para o túmulo por causa das condições do crédito fácil.

Esta era uma velha ladainha, e Larry limitou-se a deixá-la discorrer sobre seu pai, assentindo com a cabeça nos momentos certos. Seu pai fora dono de um armarinho. Uma loja Robert Hall tinha aberto não muito longe, e um ano depois o negócio faliu. Ele se voltara para a comida como consolo, engordando quase 50 quilos em três anos. Havia caído morto na lanchonete da esquina quando Larry tinha nove anos, um sanduíche de almôndega comido pela metade no prato em frente a ele. No velório, quando a irmã tentou consolar uma mulher que parecia absolutamente não precisar de consolo, Alice Underwood disse que poderia ter sido pior. Poderia, disse ela, olhando por sobre os ombros da irmã e direto para seu cunhado, poderia ter sido bebida.

Alice trouxe Larry pelo resto do caminho a sua maneira, dominando a vida dele com seus provérbios e preconceitos até ele sair de casa. A última observação que fez a Larry enquanto ele e Rudy Schwartz partiam no velho Ford de Rudy foi a de que também havia asilos de indigentes na Califórnia. É isso aí, assim é minha mãe.

— Você quer ficar aqui, Larry? — perguntou ela suavemente.

Sobressaltado, ele replicou:

— A senhora não se importa?

— Tem lugar. A cama de rodinhas ainda está no quarto dos fundos. Andei estocando algumas coisas lá, mas você poderia remover algumas das caixas.

— Tudo bem — disse ele lentamente. — Se tem certeza de que não se importa. Só vou ficar por duas semanas. Pensei em procurar alguns da velha turma, Mark... Galen... David... Chris... aquelas caras.

Ela se levantou, foi até a janela e puxou-a com força para cima.

— Você é bem-vindo para ficar quanto tempo quiser, Larry. Não sou muito boa para me expressar, talvez, mas estou contente em vê-lo. Nem nos despedimos direito. Houve palavras duras. — Ela exibiu seu rosto para ele, ainda duro, mas também repleto de um amor terrível e relutante. — De minha parte, lamento por elas. Só disse aquelas palavras porque amo você. Eu nunca soube como dizer isto do modo correto, portanto digo de outras maneiras.

— Está tudo bem — replicou ele, baixando a vista para a mesa. O rubor voltou, podia senti-lo. — Ouça, bancarei minha hospedagem.

— Se você quiser. Se não quiser, não precisa fazê-lo. Estou trabalhando. Milhares não estão. E você ainda é meu filho.

Ele pensou no gato enrijecido, meio dentro e meio fora da lata de lixo, e em Dewey Papelote, enchendo sorridente as tigelas de hospitalidade, e de repente irrompeu em lágrimas. Enquanto suas mãos se borravam para enxugá-las, pensou que isto devia ser tarefa dela, não sua — nada tinha acontecido do jeito que ele achava que devia, nada. Ela havia mudado, afinal. Tal como ele havia, mas não como suspeitara. Uma reversão antinatural tinha ocorrido. Ela havia ficado maior e ele, de algum modo, menor. Ele não voltara para casa para ela porque tinha de ir para algum lugar. Voltara porque estava com medo e queria sua mãe.

Ela ficou parada junto à janela aberta, observando-o. As cortinas brancas se agitaram à brisa úmida, obscurecendo o rosto dela, não o ocultando inteiramente, mas fazendo-o parecer fantasmal. Ruídos do trânsito chegavam através da janela. Ela tirou seu lenço do corpete do vestido, caminhou até a mesa e o colocou em uma das mãos tenteantes de Larry. Havia alguma dureza em seu filho. Ela podia ter cobrado isto dele, mas com que fim? O pai tinha sido um fraco e, bem no íntimo, ela sabia que fora isto que realmente o mandara para o túmulo. Max Underwood tinha se endividado mais do que podia assumir. Portanto, quando veio aquele duro traço de temperamento? A quem Larry devia agradecer? Ou culpar?

As lágrimas dele não podiam mudar aquele afloramento inflexível no seu caráter, não mais do que uma única chuvarada de verão pode mudar o formato da rocha. Havia bons usos para tal dureza — ela sabia disso, tinha conhecido isso como uma mulher criando um filho sozinha numa cidade que pouco ligava para as mães e menos ainda para os filhos delas —, mas Larry ainda não descobrira nada disso. Ele era apenas o que ela disse que era: o velho Larry de sempre. Ele iria em frente, sem pensar, botando gente — inclusive ele mesmo — em confusões, e quando a confusão se tornasse insuportável, ele recorreria ao duro traço de temperamento para deslindar a si mesmo. E os outros? Ele os deixaria se afogar ou nadar por sua própria conta. A rocha era dura, e havia dureza no seu caráter, porém ele ainda a usava destrutivamente. Ela podia ver isto nos olhos dele, ler em cada linha da sua postura... mesmo no modo como agitava o seu cilindro de câncer para fazer aqueles pequenos anéis de fumaça no ar. Ele nunca afiara aquele seu pedaço duro numa lâmina para cortar pessoas com ela, e isto já era alguma coisa, mas quando precisava estava pedindo ajuda como uma criança fazia — como uma clava para abrir seu caminho para fora das armadilhas que ele cavara para si mesmo. Algum dia, ela dissera para si mesma, Larry iria mudar. *Ela* mudara; ele *iria*.

Mas aqui não havia nenhum garoto diante dela; aqui estava um homem feito, e ela temia que seus dias de mudança — do tipo profundo e fundamental que seu ministro chamava de uma mudança de alma em vez de uma do coração — tivessem ficado para trás. Havia algo em Larry que causava na gente o desagradável zunido de ouvir o giz guinchando sobre o quadro-negro. Bem no fundo, prestando-se atenção, era apenas Larry. Ele era o único a ter entrada permitida em seu próprio coração. Mas ela o amava.

Ela também achava que havia bondade em Larry, grande bondade. Estava lá, mas a essa altura seria preciso nada menos do que uma catástrofe para fazê-la aflorar. Não havia catástrofe aqui; apenas seu filho chorando.

— Você está cansado — disse ela. — Tome um banho. Irei tirar as coisas e depois você pode dormir. Acho que dormirá o dia inteiro, afinal.

Ela desceu o curto vestíbulo para o quarto dos fundos, o velho quarto dele, e Larry a ouviu resmungando e retirando caixas. Ele enxugou os olhos lentamente. O som do tráfego vinha pela janela. Tentou se lembrar da última vez em que havia chorado na frente de sua mãe. Pensou no gato morto. Ela tinha razão. Ele estava cansado. Nunca se sentira tão cansado. Foi para a cama e dormiu por quase 18 horas.

Capítulo Seis

ERA O FINAL DA TARDE quando Frannie saiu de volta para o lugar onde seu pai estava pacientemente limpando as ervilhas e vagens das ervas daninhas. Ela havia sido uma filha temporã e ele estava na casa dos 60, seu cabelo branco sobressaindo debaixo do boné de beisebol que sempre usava. Sua mãe tinha ido a Portland comprar luvas brancas. A melhor amiga de infância de Fran, Amy Lauder, ia se casar no início do mês seguinte.

Ela baixou os olhos para as costas do pai por um momento tranqüilo, simplesmente adorando-o. Naquela hora do dia a luz assumia uma qualidade especial que ela amava, uma qualidade intemporal que pertencia apenas à espécie mais fugaz do Maine, o verão prematuro. Ela podia pensar neste particular tom de luz em meados de janeiro, e isto fazia seu coração doer ferozmente. A luz da tarde de um verão prematuro à medida que deslizava para o escurecer tinha muitas coisas boas envolvidas nela: beisebol no parque da Pequena Liga, onde Fred tinha sempre jogado na terceira base e rebatido com perfeição; melancia; primeiro milho; chá gelado em copos resfriados; infância.

Frannie pigarreou de leve.

— Precisa de ajuda?

Ele virou-se e sorriu.

— Olá, Fran. Pegou-me cavando, não é?

— Acho que sim.

— Sua mãe já voltou? — Ele franziu o cenho vagamente, depois seu rosto relaxou. — Não, está certo, ela apenas saiu, não é? Claro, dê uma mão se quiser. Só não esqueça de se lavar depois.

— As mãos de uma dama seus hábitos proclamam — Fran escarneceu levemente e riu. Peter tentou sem sucesso parecer reprovador.

Ela se abaixou na fileira junto a ele e começou a arrancar ervas daninhas. Pardais chilreavam e havia um zumbido constante de tráfego na Rodovia Nacional 1, a menos de um quarteirão dali. Ainda não tinha alcançado o volume que teria em julho, quando haveria um acidente fatal quase diariamente daqui até Kittery, mas estava chegando lá.

Peter contou-lhe acerca de seu dia e ela replicou com as perguntas certas, assentindo em determinadas partes. Concentrado no trabalho ele não via os acenos da cabeça, mas com o canto do olho captava a *sombra* dela assentindo. Ele era um mecânico numa grande firma de autopeças em Sanford, a maior firma de autopeças ao norte de Boston. Estava com 64 anos e prestes a começar seu novo ano de trabalho antes da aposentadoria. Um ano curto, aliás, porque ele tinha férias vencidas que pretendia tirar em setembro, depois que os "bárbaros" veranistas tivessem ido embora. A aposentadoria não saía de sua mente. Ele estava tentando não ver isto como férias intermináveis, disse a ela; tinha vários amigos atualmente aposentados que vinham com as notícias de que não era bem *assim*, afinal. Ele não achava que ficaria tão entediado como Harlan Enders ou tão vergonhosamente pobre como os Caron — havia o coitado do Paul, que jamais faltara um dia à loja em sua vida, e ainda assim ele e a esposa se viram forçados a vender a casa e ir morar com a filha e o genro.

Peter Goldsmith não tinha ficado contente com o Seguro Social; jamais confiara nele, mesmo nos dias antes que o sistema começasse a desabar com recessão, inflação, e com o número de segurados em crescimento constante. Não houvera muitos democratas no Maine durante as décadas de 1930 e 1940, disse ele à atenta filha, mas o avô dela tinha sido um democrata, e pela graça de Deus fizera do pai dela um também. Nos dias mais prósperos de Ogunquit, que tinham tornado os Goldsmith numa espécie de párias. Mas o pai dele tivera um ditado tão duro quanto a mais pétrea filosofia do Maine republicano: Não deposita tua confiança nos príncipes deste mundo, pois eles vão te passar a perna, assim como farão os governos deles, mesmo no fim do mundo.

Frannie riu. Ela adorava quando seu pai falava desta maneira. Não era o seu modo habitual, porque a mulher que era sua esposa e mãe dela iria quase cortar a língua da boca dele com o ácido que podia fluir tão rápida e livremente da sua própria.

Você tinha de confiar em si mesmo, continuou ele, e deixar que os príncipes deste mundo seguissem seu caminho o melhor que pudessem com as pessoas que os elegeram. Na maioria das vezes isto não era muito bom, mas estava *OK*; eles se mereciam.

— Dinheiro em espécie é a resposta — disse ele a Frannie. — Will Rogers dizia que era terra, porque é a única coisa que eles não estão fazendo mais, porém o mesmo vale para ouro e prata. Um homem que ama o dinheiro é um escroto, alguém para ser odiado. Um homem que não toma conta dele é um tolo. Você não o odeia, mas fica com pena dele.

Fran especulou se ele estava pensando no pobre Paul Caron, que tinha sido seu amigo desde antes que a própria Fran tivesse nascido, e decidiu não perguntar.

De qualquer modo, ela não precisava que ele lhe contasse que havia ralado bastante nos bons anos para mantê-los em frente. O que lhe disse foi que Fran nunca tinha sido um fardo para eles, nos bons ou maus tempos, e que se orgulhava de contar aos amigos que pudera bancar seus estudos. O que seu dinheiro e o cérebro dela não tinham sido capazes de bancar, dizia a eles, Fran o fizera da maneira antiquada: inclinando as costas e esfolando o traseiro. Trabalhar, e trabalhar duro, se quisesse chegar a algum lugar na porra do país. A mãe dela nem sempre entendia isto. Mudanças tinham chegado para as mulheres, quer elas gostassem disso ou não, e era difícil Carla pôr na cabeça que Fran não estava nem aí para um curso caça-marido na Universidade de New Hampshire.

— Ela vê Amy Lauder se casando — disse Peter — e pensa: "Devia ser a minha Fran. Amy é bonita, mas quando se põe minha Fran ao lado dela, Amy Lauder parece um prato velho trincado." Sua mãe vem usando os velhos chavões a vida inteira e não pode mudar agora. Portanto, se você não esfregá-la um pouco e produzir alguma faísca de tempos em tempos, como aço contra sílex, eis aí por quê. Ninguém está reclamando. Mas você não pode esquecer, Fran, ela está velha demais para mudar, mas você está ficando com idade bastante para entender isto.

A partir daí ele voltou a se dedicar à sua tarefa, contando-lhe sobre como um de seus colegas de trabalho quase perdeu o polegar numa pequena prensa porque sua mente estava no salão de sinuca enquanto a porra do dedo estava debaixo da prensa. Foi sorte que Lester Crowley o tivesse puxado a tempo. Mas, ele acrescentou, algum dia Lester Crowley já não estaria lá. Suspirou, como se lembrando que ele tampouco estaria, depois animou-se e começou a contar à filha sobre uma idéia que tivera para uma antena de carro escondida no enfeite do capô.

Sua voz mudava de um tópico para outro, doce e suave. As sombras deles se encompridaram, subindo as fileiras adiante. Fran sentia-se acalmada por ela, como sempre tinha sido. Viera aqui para contar-lhe alguma coisa, mas desde a mais tenra infância ela com freqüência vinha para falar e ficava para ouvir. Ele não a entediava. Até onde sabia, Peter não entediava ninguém, exceto talvez sua mãe. Era um contador de histórias, e dos bons.

Ela tornou-se consciente de que ele havia parado de falar. Estava sentado numa pedra na extremidade de sua fileira, enchendo seu cachimbo e olhando para ela.

— O que se passa na sua cabeça, Frannie?

Ela olhou para ele muda por um momento, incerta de como deveria prosseguir. Tinha vindo aqui para contar a ele, e agora não sabia com certeza se podia. O silêncio pairou entre os dois, tornando-se maior, e por fim era um abismo em que não podia ficar parada. Ela pulou.

— Estou grávida — disse simplesmente.

Ele parou de encher o cachimbo e apenas olhou para ela.

— Grávida — repetiu ele, como se nunca tivesse ouvido a palavra antes. Depois acrescentou: — Ah, Frannie... é uma piada? Ou um jogo?

— Não, papai.

— É melhor vir para cá e se sentar comigo.

Obedientemente, ela caminhou pela fileira e sentou-se junto a ele. Além da parede da rocha havia uma sebe emaranhada de aroma doce que muito tempo atrás correra selvagem da maneira mais afável. Sua cabeça latejava e ela sentia um leve mal-estar no estômago.

— Tem certeza? — perguntou ele.

— Tenho — disse Fran e depois (não havia nenhum artifício nisso, nem sequer um vestígio, ela simplesmente não pôde evitar) começou a chorar em grandes e ásperos soluços. Ele a enlaçou com um braço pelo que pareceu ser um tempo muito longo. Quando as lágrimas começaram a diminuir, ela forçou-se a fazer a pergunta que mais a perturbava.

— Papai, ainda gosta de mim?

— O quê? — Ele olhou para ela, intrigado. — Sim, claro que ainda gosto de você, Frannie.

Isto a fez chorar de novo, mas desta vez ele a deixou cuidar de si enquanto baforava o seu cachimbo. O fumo Borkum Riff começava a flutuar lentamente com a leve brisa.

— Está desapontado? — perguntou ela.

— Não sei. Nunca tive uma filha grávida antes e não estou certo de como deveria assumir isto. Foi aquele Jess?

Ela assentiu.

— Contou a ele?

Ela assentiu de novo.

— O que ele diz?

— Ele disse que casaria comigo. Ou pagaria por um aborto.

— Casamento ou aborto — disse Peter Goldsmith e baforou seu cachimbo. — É daqueles que atira pros dois lados.

Ela baixou a vista para suas mãos, afuniladas sobre os *jeans*. Havia terra nas pequenas dobras dos nós dos dedos e debaixo das unhas. As mãos de uma dama seus hábitos proclamam, a mãe mental falou. Uma filha grávida. Terei de renunciar a meu cargo na igreja. As mãos de uma dama...

Seu pai disse:

— Não quero ter qualquer envolvimento mais pessoal do que me cabe, mas ele não tomou precauções... ou você?

— Estive tomando pílulas — disse ela. — Mas elas não funcionaram.

— Então não posso pôr a culpa em nada, a não ser em vocês dois — replicou ele. — E não posso fazer isso, Frannie. Não posso imputar culpas. Sessenta e quatro anos é uma idade de esquecer como era ter 21. Portanto, não vamos falar de culpa.

Fran sentiu um grande alívio baixar sobre ela, e pareceu um pouco como um desfalecimento.

— Sua mãe terá muito a dizer sobre culpa — comentou ele —, e não posso impedi-la, mas não estou com ela. Dá pra entender isto?

Ela assentiu. Seu pai nunca mais tentava se opor à sua mãe. Não abertamente. Havia aquela língua ácida. Quando era contrariada, ele disse a Frannie uma vez, isso às vezes escapava ao controle. E quando ficava fora de controle, ela simplesmente poderia ter vontade de cortar qualquer um com a língua e pensar em lamentar-se tarde demais para fazer qualquer coisa pelo ferimento causado. Frannie achava que seu pai poderia ter-se confrontado com uma escolha muitos anos atrás: oposição contínua resultando em divórcio, ou uma rendição. Ele optara pela última — mas nos seus próprios termos.

Ela perguntou baixinho:

— Está certo de que quer ficar fora dessa, papai?

— Está me pedindo para tomar seu partido?

— Não sei.

— O que vai fazer a respeito disso?

— Com mamãe?

— Não. Com você, Frannie.

— Não sei.

— Casar com ele? Dois podem viver tão barato quanto um. Pelo menos, assim dizem.

— Não creio que possa fazer isto. Acho que deixei de estar apaixonada por ele, se é que algum dia estive.

— O bebê? — O cachimbo estava sugando bem agora, e a fumaça era doce no ar de verão. Sombras estavam se juntando nos cavados da horta, e os grilos começavam a cricrilar.

— Não, o bebê não tem nada a ver com isso. Ia acontecer de qualquer maneira. Jesse é... — A voz dela se extinguiu na tentativa de dedurar o que estava errado com Jesse, a coisa que podia estar sendo examinada pela urgência que o bebê colocava sobre ela, a urgência para decidir e escapar da sombra ameaçadora de sua mãe, que estava num *shopping* comprando luvas para o casamento da sua amiga de infância. A coisa que podia estar sepultada agora, mas que mesmo assim iria repousar inquieta por seis, 16 ou 26 meses, só para se levantar finalmente do seu túmulo e atacar os dois. Casamento apressado, arrependimento atrasado. Um dos chavões preferidos de sua mãe. — Ele é fraco — disse ela. — Não posso explicar melhor do que isso.

— De fato não confia em que ele poderia proceder corretamente em relação a você, não é, Frannie?

— Não — disse ela, achando que seu pai havia apenas chegado mais perto da raiz do problema. Ela não confiava em Jesse, oriundo de família rica e que usava camisas azuis de cambraia. — Jesse tem *boas intenções*. Ele quer fazer a coisa certa, realmente quer, mas... fomos a uma leitura de poesia um ano atrás. Era dada por um homem chamado Ted Enslin. O local estava repleto. Todo mundo ouvia muito solenemente... muito atentamente... de modo a não perder uma só palavra. E eu... o senhor me conhece...

Ele pôs um braço reconfortante em torno dela e disse:

— Frannie desatou a rir.

— Sim, é isso aí. Acho que o senhor me conhece muito bem.

— Só um pouco.

— Eles... os risos, quero dizer... chegaram do nada. Continuei pensando: "O homem sujo e maltrapilho, nós todos começamos a ouvir o homem sujo e maltrapilho." Tinha uma batida, como uma canção que se poderia ouvir no rádio. E tive o ataque de riso. Não era minha intenção. Na verdade, não tinha nada a ver com a poesia do Sr. Enslin, ela era muito bonita, ou nem mesmo com a aparência dele. Era a maneira como *eles* estavam olhando para *ele*.

Ela olhou de relance para seu pai a fim de ver como estava aceitando isto. Ele simplesmente assentiu para que ela continuasse.

— De qualquer modo, tive que me retirar. Quero dizer, realmente tive que *fazê-lo*. E Jesse ficou furioso comigo. Reconheço que ele tinha o direito de ficar... foi uma criancice agir assim, uma maneira infantil de *sentir*, tenho certeza... mas com freqüência me acontece. Nem sempre. Mas posso assumir a responsabilidade por...

— Sim, você pode.

— Mas às vezes...

— Às vezes o Rei Risada ataca e você é uma daquelas pessoas que não conseguem contê-lo — disse Peter.

— Acho que deve ser isso. De qualquer modo, Jesse não é uma dessas pessoas. E se fôssemos casados... ele continuaria trazendo para casa aquele convidado indesejado que eu havia permitido entrar. Não todo dia, mas com freqüência bastante para deixá-lo louco. Então eu teria tentado e... acho...

— Acho que você seria infeliz — disse Peter, abraçando-a mais estreitamente contra seu flanco.

— Acho que seria — concluiu ela.

— Então não deixe que sua mãe a faça mudar de idéia.

Ela fechou os olhos, seu alívio até mesmo maior dessa vez. Ele havia entendido. Por algum milagre.

— O que acha de eu fazer um aborto? — perguntou após um instante.

— Meu palpite é de que era realmente sobre isso que você queria conversar.

Ela o fitou, sobressaltada.

Ele olhou de volta, meio irônico, meio sorrindo, uma sobrancelha peluda — a esquerda — erguida. Ainda assim, a impressão geral que ele lhe passou foi de grande gravidade.

— Talvez seja verdade — disse ela lentamente.

— Escute — retrucou ele, e depois ficou paradoxalmente em silêncio. Mas ela *estava* prestando atenção e ouvia um pardal, grilos, o distante zumbido alto de um avião, alguém chamando Jackie para entrar agora, um cortador de grama, um carro com silencioso aberto acelerando pela Nacional 1.

Fran estava a ponto de perguntar-lhe se tudo estava bem quando ele pegou sua mão e falou:

— Frannie, você não merecia ter um homem tão velho como pai, mas não posso evitar. Eu só me casei em 1956.

Ele olhou pensativamente para ela na luz do anoitecer.

— Carla era diferente naquele tempo. Ela era... ah, uma tentação, ela era autenticamente jovem, para começar. Só começou a mudar depois que seu irmão Freddy morreu. Até então, ela era jovem. Ela parou de crescer depois que Freddy morreu. Isso... você não deve pensar que estou falando contra sua mãe, Frannie, mesmo se isto soar um pouco como eu sou. Mas me parece que Carla parou de... crescer... depois que Freddy morreu. Ela pôs três camadas de laca e uma de cimento de secagem rápida na sua maneira de ver as coisas e chamou isto de bom. Ela agora é como um guarda de museu, e se vê alguém alterando a ordem das peças expostas, lança-lhe um bocado de olhares reprovadores. Mas ela nem sempre foi assim. Você terá simplesmente que acreditar no que digo, mas ela não era assim.

— Como é que ela era, papai?

— Bem... — Ele olhou vagamente pela horta. — Ela parecia um bocado com você, Frannie. Adorava dar risadas. Costumávamos ir a Boston para os jogos dos Red Sox e no intervalo ela saía para tomar uma cerveja comigo no bar do estádio.

— Mamãe... bebendo cerveja?

— Sim, ela bebia. E ficava indo ao banheiro toda hora e me culpando por fazê-la perder a melhor parte do jogo, quando ela mesma ficava me pedindo para ir ao bar e trazer-lhe outra cerveja.

Frannie tentou imaginar a mãe com uma lata de cerveja na mão, olhando seu pai de cima a baixo e rindo, como uma garota num namoro. Simplesmente não conseguiu.

— Ela nunca engravidava — continuou ele, confuso. — Fomos a um médico, para ver qual de nós estava errado. O médico disse que nenhum dos dois. Então, em 1960, veio o seu irmão Fred. Ela amou aquele garoto até quase a morte, Fran. Fred era o nome do pai dela, você sabe. Ela sofreu um aborto em 65, e ambos imaginamos que acabava aí. Então você veio em 1969, prematura de um mês, mas correu tudo bem. E eu quase amei você até a morte. Cada um teve o seu filho preferido. Mas sua mãe perdeu o dela.

Ele caiu em silêncio, meditando. Fred Goldsmith havia morrido em 1973. Tinha 13 anos, e Frannie quatro. O homem que atropelou Fred estava bêbado. Possuía um extenso prontuário de infrações de trânsito, incluindo excesso de velocidade, direção perigosa e dirigir alcoolizado. Fred sobreviveu por sete dias.

— Acho que aborto é um nome suave demais para isto — disse Peter Goldsmith. Seus lábios moviam-se lentamente a cada palavra, como se lhe doessem. — Acho que é pura e simplesmente um infanticídio. Lamento dizer assim, *ser* tão inflexível, obstinado, qualquer coisa que esteja sendo a respeito de uma coisa que agora você tem de levar em conta, ao menos porque a lei diz que pode levá-la em conta. Eu lhe disse que era um velho.

— Você não é velho, papai — murmurou ela.

— Sou sim, sou sim! — disse ele asperamente. Parecia de súbito perturbado. — Sou um velho tentando aconselhar uma filha jovem, e isto é como um macaco tentando ensinar boas maneiras à mesa a um urso. Um motorista bêbado tirou a vida de meu filho há 17 anos, e desde então minha esposa nunca mais foi a mesma. Sempre vi a questão do aborto em termos de Fred. Pareço estar incapacitado para ver de outra maneira, tal como você foi incapaz de conter seu ataque de riso quando foram àquela leitura de poesia, Frannie. Sua mãe argumentaria contra isso por todos os motivos padrão. Moralidade, ela diria. Uma moralidade que retroage 2 mil anos. O direito à vida. Toda a nossa moralidade ocidental está baseada nesta idéia. Li os filósofos. Eu os percorri de cima a baixo como uma dona de casa com um cheque de dividendos numa loja de departamentos. Sua mãe é vidrada na *Reader's Digest*, mas sou eu quem acabo argumentando baseado em sentimentos, e ela em códigos de moralidade. Eu só vejo Fred. Ele foi destruído por dentro. Não havia nenhuma chance para ele. Esses ativistas do direito à vida erguem seus retratos de bebês afogados em sal, e braços e pernas raspados numa mesa de aço, e daí? O fim de uma vida nunca é bonito. Eu só vejo Fred, jazendo naquela cama por sete dias, tudo que foi arruinado revestido de ataduras. A vida não vale nada, e o aborto a faz valer menos ainda. Eu li mais do que sua mãe, mas é ela quem acaba fazendo mais sentido sobre isto. O que fazemos e o que pensamos... aquelas coisas tão freqüentemente baseadas em julgamentos arbitrários quando elas são certas. Não consigo superar isto. É como um bloqueio em minha garganta, como toda verdade lógica parece originar-se da irracionalidade. Da fé. Não estou sendo muito coerente, estou?

— Não quero um aborto — disse ela baixinho. — Por minhas próprias razões.

— Quais são?

— O bebê é parcialmente meu — disse ela, erguendo levemente o queixo. — Se isto é ego, não me importo.

— Irá desistir, Frannie?

— Não sei.

— Você quer?

— Não. Quero mantê-lo.

Ele ficou em silêncio. Ela pensou sentir a desaprovação dele.

— Você está pensando na faculdade, não está? — perguntou ela.

— Não — respondeu ele, levantando-se. Pôs as mãos na parte inferior das costas e careteou agradavelmente enquanto sua espinha estalava. — Estava pensando que conversamos bastante. E que você não tem que tomar a decisão já.

— Mamãe chegou — disse ela.

Ele virou-se para acompanhar o olhar dela enquanto a caminhonete dobrava na entrada para carros, o cromado cintilando à última luz do dia. Carla os viu, tocou a buzina e acenou alegremente.

— Tenho de contar a ela — disse Frannie.

— Sim, mas espere um dia ou dois, Frannie.

— Tudo bem.

Ela o ajudou a recolher as ferramentas e depois seguiram juntos até a caminhonete.

Capítulo Sete

NA LUZ OPACA QUE vinha sobre a terra logo após o crepúsculo, mas antes do escurecer total, durante um daqueles verdadeiramente poucos minutos que os cineastas chamam de "hora mágica", Vic Palfrey emergiu do delírio doentio para uma breve lucidez.

Estou morrendo, pensou, e as palavras retiniram de modo estranho através de sua mente, fazendo-o crer que havia falado em voz alta, embora não houvesse.

Olhou em torno e viu um leito de hospital, agora erguido para impedir que seus pulmões se afogassem. Havia sido preso firmemente com grampos de latão de lavanderia e os lados da cama estavam levantados. *Sendo meio debulhado, aposto*, pensou com débil divertimento. *Sendo chutado pra diabo.* E atrasadamente: *Onde estou?*

Havia um babador em volta do pescoço que estava coberto de expectoração coagulada. Sua cabeça doía. Pensamentos bizarros dançavam dentro e fora de sua mente e ele sabia que estivera delirando... e que estaria de novo. Estava doente e isto não era uma cura nem o início de uma, mas somente uma breve pausa.

Pôs a parte interna do pulso direito contra a testa e retirou-a com um estremecimento, do jeito como se puxa a mão de um forno quente. Ardendo em febre, tudo bem, e cheio de tubos. Dois deles, de plástico claro, saíam de seu nariz. Um outro serpenteava por baixo do lençol hospitalar até um frasco no chão, e ele por certo sabia onde a outra extremidade *daquele* tubo estava conectada. Dois frascos pendiam de um cavalete ao lado da cama, um tubo saindo de cada um e depois se juntando para formar um Y que terminava entrando no seu braço logo abaixo do cotovelo. Alimentação intravenosa.

Você acharia que seria o bastante, pensou ele. Mas havia fios sobre ele também. Atados no seu couro cabeludo. E no peito. E no braço esquerdo. Um deles parecia estar enfiado na porra do seu umbigo. E para cúmulo de tudo, tinha plena certeza de que alguma coisa estava enfiada no seu cu. Que diabos seria essa coisa? Um radar de cocô?

— Ei!

Ele havia pretendido soltar um grito ressonante e indignado. O que conseguiu foi um modesto sussurro de um homem muito doente, que veio rodeado de todos os lados pelo catarro no qual ele parecia estar sufocando.

Mamãe, George pôs o cavalo pra dentro?

Essa era a fala delirante. Um pensamento irracional, zumbindo audaciosamente como um meteoro através do campo da mais racional ponderação. Mesmo assim, isto quase o enganou por um segundo. Ele não ia resistir por muito tempo. Tal pensamento o encheu de pânico. Olhando para os braços esqueléticos, imaginou que perdera quase 15 quilos, e não havia muito mais do que isso que lhe restasse, para início de conversa. Este... este seja-lá-o-que-for... iria matá-lo. A idéia de que pudesse morrer balbuciando insanidades e besteiras como um velho senil o apavorava.

Georgie foi namorar Norma Willis. Você mesmo tem que pegar o cavalo, Vic, e leve seu embornal como um bom menino.

Não é serviço meu.

Victor, você ama sua mamãe, não é?

Amo, mas isso não é...

Você conseguiu amar sua mamãe. E a mamãe conseguiu a gripe.

Não, mamãe. O que conseguiu foi tuberculose. É a tuberculose que vai matar você. Em 1947. E George está indo para morrer cerca de seis dias após chegar à Coréia, tempo suficiente pra uma única carta e depois bangue-bangue-bangue. George está...

Vic, me ajude agora e ponha aquele cavalo pra dentro, e esta é minha última palavra SOBRE isso.

— Sou eu que peguei a gripe, não ela — sussurrou ele, voltando à superfície. — Sou *eu*.

Ele estava olhando para a porta e pensando que era uma porta para lá de esquisita, mesmo para um hospital. Era redonda nos cantos, delineada com rebites *pop*, e o batente inferior estava a 15 centímetros ou mais acima do piso de ladrilhos. Mesmo um carpinteiro medíocre como Vic Palfrey podia

(*me dá a página de quadrinhos, Vic, já ficou com ela tempo demais*)

(*Mãe, ele pegou meus quadrinhos! Devolve eles! Devolve eles!*)

fazer uma porta melhor do que essa. Ela era

(*aço*)

Alguma coisa no pensamento enfiava um prego fundo no seu cérebro e Vic pelejou para sentar-se de modo que pudesse ver melhor a porta. Sim, era. Sem dúvida que era. Uma porta de aço. Por que estava num hospital atrás de uma porta de aço? O que havia acontecido? Estava morrendo realmente? Tinha estado pensando simplesmente em como ia se encontrar com seu Deus? Deus, o que havia *acontecido*? Tentou desesperadamente penetrar na névoa cinzenta que pairava, mas apenas vozes chegaram através dela, vozes distantes que não podia identificar.

O que eu digo é o seguinte... eles vão simplesmente dizer... "Foda-se esta merda de inflação..."

É melhor desligar suas bombas, Hap.

(*Hap?* Bill *Hapscomb? Quem era ele?* Conheço *esse nome*)

Puta merda...

Elas estão mortas, certo...

Me dê sua mão que vou puxar você fora daí...

Me dá a página de quadrinhos, Vic, que você...

Nesse momento o sol afundou abaixo do horizonte o suficiente para fazer um circuito ativado pela luz (ou, neste caso, pela ausência de luz) se acender. As luzes continuavam no quarto de Vic. Enquanto o quarto se iluminava, ele viu a fila de rostos observando-o solenemente atrás de duas camadas de vidro e gritou, a princípio pensando que eram as pessoas que estiveram conversando em sua mente. Uma das figuras, um homem vestindo jaleco branco, gesticulava apressado para alguém fora do campo de visão de Vic, mas este já havia superado o susto. Estava fraco demais para ficar assustado por muito tempo. Mas o súbito terror que tinha vindo com a silenciosa explosão de luz e esta visão de rostos que olhavam fixamente (como um júri de fantasmas em seus jalecos de hospital) clarearam um pouco do bloqueio em sua mente e ele soube onde estava. Atlanta, Geórgia. Eles tinham vindo e levado toda a turma — ele, Hap e Norm, além da mulher e filhos de Norm. Tinham também levado Hank Carmichael e Stu Redman. Só Deus sabia quantos outros. Vic ficara assustado e indignado. Claro, ele tinha os espirros e a coriza, mas certamente não estava acometido de cólera ou seja o que for que aquele pobre Campion e sua família tivessem. Ele passara por uma febre de baixo grau, também, e se lembrava de que Norm Bruett havia tropeçado e precisado de ajuda para subir os degraus do avião. Sua esposa ficara assustada, chorando, e o pequeno Bobby Bruett também havia chorado — chorado e tossido. Uma tosse irritante, de crupe. O avião os aguardara na pequena pista nos arredores de Braintree, mas para ultrapassarem os limites de Arnette enfrentaram um bloqueio de estrada na Nacional 93, e viram homens esticando rolos de arame farpado... rolos de arame farpado bem no meio do deserto...

Uma luz vermelha piscou sobre a estranha porta. Houve um som sibilante, depois um som como o de uma bomba ligada. Quando o som parou, a porta se abriu. O homem que entrou vestia um enorme traje branco pressurizado com uma placa plana transparente. Por trás da placa, a cabeça do homem balançava como um balão encerrado numa cápsula. Havia tanques de ar pressurizado às suas costas e, quando ele falou, sua voz soou metálica e entrecortada, esvaziada de qualidade humana. Poderia ter sido a voz que saía de um daqueles *videogames*, tal como aquele que dizia "Tente de novo, Cadete Espacial" quando você fodia sua última jogada.

A voz arranhou seus ouvidos:

— Como está se sentindo, Sr. Palfrey?

Mas Vic não pôde responder. Caíra de novo nas profundezas. Era sua mãe que ele via por trás da placa transparente do traje pressurizado. Mamãe havia sido vestida de branco quando papai levara ele e George para vê-la pela última vez no sanatório. Ela fora internada para que os seus familiares não pegassem a doença. Tuberculose era contagiosa. Podia matar.

Ele falou para sua mãe... disse que seria um bom menino e guardaria o cavalo... disse a ela que George lhe tomara os quadrinhos... perguntou-lhe se ela se sentia melhor... perguntou-lhe se achava que iria voltar para casa em breve... e o homem no traje branco aplicou-lhe uma injeção e ele afundou mais e suas palavras ficaram incoerentes. O homem de branco relanceou para os rostos atrás do vidro e sacudiu a cabeça.

Ele apertou com o queixo um botão de intercomunicador dentro de seu capacete e disse:

— Se isto aqui não funcionar, nós o perderemos por volta da meia-noite.

Para Vic Palfrey, a hora mágica havia acabado.

* * *

— Apenas arregace sua manga, Sr. Redman — disse a bela enfermeira de cabelo preto. — Não vai levar nem um minuto. — Ela segurava o aparelho de medir pressão nas duas mãos enluvadas. Por trás da máscara de plástico sorria como se partilhassem um segredo divertido.

— Não — disse Stu.

O sorriso vacilou um pouco.

— É só para medir sua pressão. Não vai levar nem um minuto.

— Não.

— São ordens do doutor — disse ela, tornando-se profissional. — Por favor.

— Se são ordens do doutor, deixe-me falar com ele.

— Acho que ele está muito ocupado agora. Se você apenas...

— Esperarei — disse Stu tranqüilamente, não fazendo nenhum movimento para desabotoar o punho da camisa.

— Estou apenas fazendo o meu trabalho. Você não quer me botar numa encrenca, quer? — Desta vez ela lançou-lhe um sorriso cheio de charme. — Se pelo menos me deixar...

— Não deixo — replicou Stu. — Volte e diga-lhe isto. Eles mandarão alguém.

Parecendo perturbada, a enfermeira voltou através da porta de aço e girou uma chave quadrada num comutador. A bomba parou, a porta fez "xô", se abrindo, e a enfermeira saiu. Antes de a porta fechar de novo, ela lançou a Stu um último olhar de reprovação. Stu a encarou de volta brandamente.

Quando a porta estava fechada, ele se levantou e foi inquietamente até a janela — vidro duplo e com barras do lado de fora —, mas já era noite escura agora e nada havia para se ver. Voltou a sentar-se. Usava *jeans* desbotados, uma camisa axadrezada e suas botas marrons com as costuras começando a se soltar dos lados. Passou a mão do lado da face e estremeceu desaprovadoramente à aspereza. Eles não o deixavam se barbear, e sua barba crescia rápido.

Não fazia nenhuma objeção aos testes. O que objetava era não lhe contarem nada, manterem-no assustado. Não estava doente, pelo menos ainda não, mas estava para lá de assustado. Havia uma espécie de dúbio trabalho de persuasão em andamento aqui, e ele não ia tomar nenhum partido até que alguém lhe contasse algo sobre o que havia acontecido em Arnette e o que aquele tal Campion teve a ver com isso. Assim, pelo menos poderia basear seus temores em alguma coisa palpável.

Haviam esperado que ele perguntasse antes, podia ler isto nos olhos deles. E nos hospitais havia certos meios de mantê-lo por fora das coisas. Quatro anos atrás, sua esposa morrera de câncer, com 27 anos. Tinha começado no útero e depois se espalhara rapidamente dentro dela, e Stu observara o modo como contornavam as perguntas, ou mudando de assunto ou dando-lhe informação em extensos fragmentos em jargão técnico. Portanto ele simplesmente não tinha perguntado nada e pôde perceber que isto os havia preocupado. Agora era o momento de perguntar, e teria algumas respostas monossilábicas.

Ele conseguiu preencher alguns dos pontos em branco por conta própria. Campion, sua esposa e filha tiveram alguma coisa muito grave. Atingia a pessoa como uma gripe ou um resfriado de verão, só que piorava cada vez mais, presumivelmente até a pessoa morrer sufocada no próprio muco ou até a febre queimá-la até o fim. Era algo altamente contagioso.

Tinham vindo pegá-lo na tarde do dia 17, dois dias atrás. Quatro militares e um médico. Educados, mas firmes. Não houve nenhum problema de recusa; os militares traziam pistolas nos quadris. Foi quando Stu começou a ficar seriamente assustado.

Houvera uma caravana completa saindo de Arnette e seguindo para a pista de pouso em Braintree. Stu viajara com Vic Palfrey, Hap, os Bruetts, Hank Carmichael e sua esposa, e dois suboficiais do Exército. Estavam todos amontoados numa viatura militar e os caras do Exército não diziam sim, não ou talvez, por mais histérica que Lila Bruett se comportasse.

As outras viaturas também seguiam lotadas. Stu não conseguira identificar todas as pessoas nelas, mas tinha visto todos os cinco membros da família Hodges e Chris Ortega, irmão de Carlos, o motorista voluntário da ambulância. Chris era o *barman* do Indian Head. Tinha visto Parker Nason e sua mulher, as pessoas mais idosas do campo de *trailers* perto da sua casa. Imaginava que mantiveram contato com todos os presentes no posto de gasolina e todos com quem o pessoal do posto havia conversado desde que Campion se chocou com as bombas.

Nos limites da cidade depararam com dois caminhões verde-oliva bloqueando a estrada. Stu imaginou que as outras estradas dando para Arnette estivessem também bloqueadas. Esticavam arame farpado e, quando tivessem toda a cidade cercada, iriam provavelmente colocar sentinelas.

Portanto era grave. Mortalmente grave.

Sentou-se pacientemente na cadeira junto ao leito hospitalar, que ele não tivera de usar, esperando que a enfermeira trouxesse alguém. O primeiro alguém seria mais provavelmente um ninguém. Talvez pela manhã mandassem afinal uma pessoa com autoridade suficiente para contar-lhe as coisas que precisava saber. Podia esperar. A paciência sempre fora uma forte característica de Stuart Redman.

Para ter o que fazer, começou a enumerar as condições das pessoas que haviam viajado com ele até a pista de pouso. Norm tinha sido o doente mais óbvio. Tossindo, expelindo catarro, febril. O resto parecia estar padecendo, em maior ou menor grau, de resfriado comum. Luke Bruett estava espirrando. Lila Bruett e Vic Palfrey tinham tosses brandas. Hap fungava e continuava assoando o nariz. Eles não pareciam muito diferentes das turmas de primário que Stu se lembrava de freqüentar na infância, quando pelo menos dois terços dos garotos pareciam ter algum tipo de ziquizira.

Porém o que o assustou mais do que tudo — e talvez fosse apenas coincidência — foi o que aconteceu logo que chegaram à pista de pouso. O motorista militar dera três repentinos espirros estridentes. Talvez apenas coincidência. Junho era um mês péssimo naquela região do Texas para pessoas alérgicas. Ou talvez o motorista estivesse apenas pegando uma espécie de resfriado comum em vez da merda esquisita que o resto deles tinha. Stu queria acreditar nisto. Porque algo que podia pular de uma pessoa para outra tão rapidamente...

A escolta do Exército havia embarcado no avião com eles. Os militares viajaram impassíveis, recusando-se a responder a quaisquer perguntas exceto quanto ao seu destino. Estavam indo para Atlanta. Saberiam mais quando chegassem lá (uma mentira deslavada). Os militares recusaram-se a dizer mais do que isso.

Hap sentara-se ao lado de Stu no vôo, e estava para lá de bêbado. O avião também era do Exército, estritamente funcional, mas a bebida e a comida haviam sido dignas da primeira classe de linhas aéreas comerciais. Claro que, em vez de ser atendido por uma bela aeromoça, era um sargento mal-encarado que recebia os pedidos, mas se esquecesse este detalhe, você podia viajar numa boa. Até mesmo Lila Bruett se acalmara depois de um ou dois drinques.

Hap se inclinou para mais perto, inundando Stu numa névoa quente de bafo de uísque.

— Este aí é um bando muito engraçado de coroas, Stuart. Não tem nenhum com menos de 50, nenhum com aliança de casamento. São engajados, de baixa patente.

Cerca de meia hora antes de pousarem, Norm Bruett teve algum tipo de desmaio e Lila começou a gritar. Dois dos comissários de bordo mal-encarados enrolaram Norm num cobertor e o carregaram rapidamente. Lila, perdendo a calma, continuou a gritar. Após um instante, ela vomitou a bebida e o sanduíche de salada de galinha que havia ingerido. Dois dos bons coroas ficaram inexpressivos acerca da tarefa de limpar aquilo.

— O que é esta coisa toda? — gritou Lila. — O que há de errado com meu homem? Nós vamos morrer? Meus bebês vão morrer? — Ela trazia cada "bebê" preso numa chave de cabeça debaixo de cada braço, os crânios dos garotos se afundando nos seios fartos. Luke e Bobby pareciam assustados, desconfortáveis e inteiramente embaraçados com a confusão que ela estava fazendo. — Por que ninguém me responde? Isto aqui não é a América?

— Alguém pode mandar essa mulher calar a boca? — grunhiu Chris Ortega do fundo do avião. — A porra dessa mulher é pior do que uma vitrola automática com um disco rachado dentro!

Um dos militares forçou Lila a tomar um copo de leite e ela se calou. Passou o resto da viagem olhando à janela para a paisagem rural passando bem abaixo e zumbindo. Stu apostava que havia algo mais do que leite naquele copo.

Quando pousaram, quatro limusines Cadillac aguardavam por eles. Os moradores de Arnette ocuparam três delas. A escolta militar tinha embarcado na quarta. Stu apostava que aqueles velhos camaradas sem alianças de casados — os seus parentes próximos, provavelmente — estavam agora em algum lugar bem aqui neste edifício.

A luz vermelha acendeu sobre a porta. Quando o compressor, bomba ou seja lá o que fosse parou de zumbir, um homem num daqueles trajes brancos de astronauta se adiantou. Dr. Denninger. Era jovem. Tinha cabelo preto, pele azeitonada, feições agudas e a boca pálida.

— Patty Greer diz que você lhe causou alguma encrenca — o microfone de peito de Denninger disse enquanto ele se aproximava de Stu com passadas que pareciam ruídos de patas. — Ela está bastante contrariada.

— Não há motivo para estar — disse Stu calmamente. Era difícil soar calmo, mas ele sentia que era importante ocultar seu medo. Denninger parecia e agia como o tipo de homem que condicionaria sua ajuda e o atormentaria por todos os lados, mas que se humilharia perante seus superiores como um baba-ovo. O tipo de homem que se borraria todo se achasse que você empunhava o chicote. Mas, se farejasse medo em você, viria com aquela mesma velha embromação: exteriormente com um gélido "Lamento, mas não posso lhe contar mais", e no íntimo cheio de desdém por civis idiotas que queriam saber mais do que era bom para eles.

— Quero algumas respostas — disse Stu.

— Lamento, mas...

— Se quiserem que eu coopere, dêem-me algumas respostas.

— No tempo certo você será...

— Posso tornar as coisas difíceis para vocês.

— Sabemos disso — replicou Denninger, impaciente. — Simplesmente não tenho autoridade para lhe revelar qualquer coisa, Sr. Redman. Eu mesmo sei muito pouco.

— Imagino que estejam testando o meu sangue. Todas aquelas agulhas.

— Isso mesmo — disse Denninger, cauteloso.

— Para quê?

— Repito, Sr. Redman, não posso lhe contar o que não sei. — O tom irritado voltou e Stu ficou propenso a acreditar nele. O doutor nada mais era que um técnico enaltecido na sua área, e não gostava muito dela.

— Eles puseram minha cidade natal sob quarentena.

— Também não sei nada sobre isso. — Mas desta vez Denninger desviou os olhos de Stu, que agora achou que ele estava mentindo.

— Como é que ainda não vi nada a respeito? — Ele apontou para o aparelho de TV preso à parede.

— Como disse?

— Quando bloqueiam uma cidade, cercando-a com arame farpado, isto sai nos noticiários — declarou Stu.

— Sr. Redman, se pelo menos deixasse Patty medir sua pressão sanguínea...

— Não. Se quiserem qualquer coisa mais de mim, é melhor mandarem dois homens parrudos para pegá-la. E não importa quantos mais vocês mandem, vou tentar abrir alguns buracos nesses trajes antigermes. Eles não parecem muito resistentes, sabe disso?

Ele fingiu que ia agarrar o traje de Denninger, que pulou para trás e quase caiu. O alto-falante de seu intercomunicador emitiu um grasnido aterrorizado e houve uma agitação atrás do vidro duplo.

— Aposto que vocês poderiam botar alguma coisa em minha comida para me dopar, mas isto inutilizaria seus testes, não é?

— Sr. Redman, não está sendo razoável! — Denninger estava mantendo uma distância prudente. — Sua falta de cooperação pode estar prestando um grave desserviço ao país. Está me entendendo?

— Não — disse Stu. — Neste exato momento parece que é o meu país que está *me* prestando um grave desserviço. Me trancaram num quarto de hospital na Geórgia com um doutorzinho feito nas coxas que não sabe de merda nenhuma. Tire a porra do seu rabo daqui e mande alguém para falar comigo, ou mande gente suficiente para pegar à força o que vocês precisam. Mas vou lutar com eles, pode contar com isso.

Ele sentou-se perfeitamente imóvel em sua cadeira depois que Denninger saiu. A enfermeira não voltou. Dois enfermeiros parrudos não apareceram para tomar sua pressão sanguínea à força. Agora que pensou a respeito, supôs que mesmo uma coisa tão ínfima como uma leitura de pressão sanguínea não seria tão boa se tivesse sido obtida na marra. Por enquanto, eles o estavam deixando ferver nos seus próprios fluidos.

Levantou-se, ligou a TV e assistiu sem ver. O medo era grande dentro dele, um elefante em fuga. Por dois dias estivera esperando começar a espirrar, tossir, expectorar catarro escuro e cuspi-lo no penico. Pensou nos outros, gente que havia conhecido por toda a sua vida. Especulou se algum deles estaria tão mal quanto Campion estivera. Pensou na mulher morta e sua filha, naquele velho Chevrolet, continuou a ver o rosto de Lila Bruett na mulher e o rosto da pequena Cheryl Hodges na menina.

A TV grasnou e crepitou. O coração batia lentamente em seu peito. Pôde ouvir o som débil de um purificador ambiental soltando ar no quarto. Sentia o medo se retorcendo e voltando-se para dentro dele por baixo de seu rosto impenetrável. Às vezes era grande e atropelando tudo em pânico: o elefante. Às vezes era pequeno e persistente, rasgando com dentes afiados: o rato. Estava sempre com ele.

Mas se passariam quarenta horas antes que lhe mandassem um homem que falaria.

Capítulo Oito

NO DIA 18 DE JUNHO, cinco horas depois de ter conversado com seu primo Bill Hapscomb, Joe Bob Brentwood parou um carro em excesso de velocidade na Auto-Estrada 40 do Texas, a cerca de 40 quilômetros a leste de Arnette. O motorista era Harry Trent, de Braintree, um corretor de seguros. Ele estivera correndo a 100 por hora numa zona cujo limite de velocidade era de 85 quilômetros. Joe Bob aplicou-lhe uma multa. Trent aceitou-a com humildade e depois divertiu Joe Bob ao tentar vender-lhe um seguro por sua casa e sua vida. Joe Bob se sentia ótimo; morrer era a última coisa que lhe passava pela cabeça. Não obstante, já era um homem doente. Havia conseguido mais do que gasolina no posto Texaco de Bill Hapscomb. E deu a Harry Trent mais do que uma multa por velocidade excessiva.

Harry, um homem gregário que gostava do seu trabalho, passou a doença para mais de quarenta pessoas durante aquele dia e no seguinte. Quantos aqueles quarenta infectaram é impossível dizer — você poderia também perguntar quantos anjos podem dançar na cabeça de um alfinete. Se fizer uma estimativa conservadora de cinco para cada um, você tem duzentos. Usando a mesma fórmula conservadora, poder-se-ia dizer que aqueles duzentos infectaram mil, esses mil, 5 mil, e os 5 mil, *25* mil.

Sob o deserto da Califórnia e subsidiado pelo dinheiro do contribuinte, alguém finalmente inventou uma corrente de cartas que de fato funcionava. Uma corrente de cartas muito letal.

Em 19 de junho, o dia em que Larry Underwood voltou para casa em Nova York e o dia em que Frannie Goldsmith contou a seu pai sobre o iminente Pequeno Estranho, Harry Trent parou para almoçar num café do Texas oriental chamado Babe's Kwik-Eat. Ele comeu um *cheeseburger* e de sobremesa uma fatia de torta de morango. Teve um leve resfriado, um resfriado alérgico, talvez, e continuou espirrando e tendo que cuspir. Durante a refeição infectou o estabelecimento, o lavador de pratos, dois caminhoneiros numa cabine de canto, o homem que veio entregar pão e o que veio trocar os discos na vitrola automática. Deixou de gorjeta para a gentil garçonete que o servira 1 dólar que fervilhava com morte.

Quando saía, uma caminhonete estacionou. Havia um bagageiro no teto e o veículo estava atulhado com crianças e bagagem. A caminhonete exibia placa de Nova York e o motorista, que baixou o vidro para perguntar como pegar a Nacional 21 rumo norte, tinha sotaque nova-iorquino. Harry deu-lhe indicações muito claras sobre como pegar a Nacional 21. Também passou a ele e a toda a família suas sentenças de morte sem sequer saber disso.

O nova-iorquino era Edward M. Norris, tenente da polícia lotado no 87º Distrito da Big Apple. Eram suas primeiras férias de verdade em cinco anos. Seus filhos tiveram seu sétimo céu na Disney World em Orlando, e sem saber que toda a família estaria morta por volta de 2 de julho, Norris planejava dizer àquele puto azedo do Steve Carella que *era* possível levar mulher e filhos para algum lugar de carro e curtir boas férias. Steve, diria ele, você pode ser um excelente detetive, mas um homem que não consegue policiar sua própria família não merece nem um buraco para mijar num banco de neve.

A família Norris fez um rápido lanche no Babe's, depois seguiu as precisas indicações de Trent para alcançar a Nacional 21. Ed e sua esposa, Trish, se maravilharam com a hospitalidade sulista, enquanto as três crianças estariam aprontando no banco de trás. Só Deus sabia, pensou Ed, o que as duas pestinhas de *Carella* brincavam de colorir.

Passaram aquela noite na parada de viagem de Eustace, Oklahoma. Ed e Trish infectaram o atendente. As crianças, Marsha, Stanley e Hector, infectaram as crianças com quem brincaram no *playground* — crianças do Texas ocidental, Alabama, Arkansas e Tennessee. Trish infectou as duas mulheres que trabalhavam na lavanderia automática a dois quarteirões dali; Ed, ao passar pelo corredor do motel para buscar gelo, infectou um sujeito com quem cruzou. Todo mundo pegava na hora.

Trish acordou Ed nas primeiras horas da manhã para dizer que Heck, o bebê, estava doente. Tinha uma tosse feia e rascante e estava ficando com febre. Parecia que era crupe. Ed Norris resmungou e disse a ela para dar ao guri uma aspirina. Se a porra do crupe do garoto pudesse ter esperado somente uns quatro ou cinco dias, ele poderia ter tido a doença em sua própria casa e Ed teria gravado a lembrança de férias perfeitas (sem falar na expectativa de toda a esnobação que planejava fazer). Ele podia ouvir o pobre garoto através da porta anexa, tossindo seco como um cachorro.

Trish esperava que os sintomas de Hector desaparecessem pela manhã — o crupe era uma doença regressiva —, mas ao meio-dia do dia 20 ela admitiu para si mesma que isto não estava acontecendo. A aspirina não controlou a febre; o pobre Heck estava com os olhos vidrados. Sua tosse havia assumido um tom retumbante que ela não gostava, e sua respiração soava difícil e catarrenta. Fosse o que fosse, Marsha pareceu estar sendo afetada também, e Trish sentia uma pequena irritação no fundo da garganta que a estava fazendo tossir, embora até então fosse uma tosse branda que poderia abafar com um lencinho.

— Temos que levar Heck a um médico — disse ela por fim.

Ed parou num posto de serviço e consultou o mapa preso no quebra-sol da caminhonete. Estavam em Hammer Crossing, Kansas.

— Não sei — disse ele. — Talvez a gente possa pelo menos encontrar um médico que nos dê um encaminhamento. — Ele suspirou e passou uma das mãos, impaciente, através do cabelo. — Hammer Crossing, Kansas! Meu Deus! Por que ele teve de ficar doente a ponto de precisar de médico num maldito fim de mundo como *este*?

 Marsha, que olhava o mapa por cima do ombro do pai, disse:

— Aqui diz que Jesse James assaltou o banco local. Duas vezes.

— Foda-se Jesse James — grunhiu ele.

— Ed! — exclamou Trish.

— Sinto muito — disse ele, não sentindo nem um pouquinho. Voltou a dirigir.

Após seis ligações, durante cada qual Ed Norris cuidadosamente segurou seu mau humor com ambas as mãos, ele por fim descobriu um médico em Polliston que examinaria Hector se pudessem chegar lá às três. Polliston ficava fora de sua rota, uns 30 quilômetros a oeste de Hammer Crossing, mas agora o que importava era Hector. Ed começava a ficar preocupado com ele. Nunca vira o garoto com tão pouca energia.

Estavam aguardando na ante-sala do Dr. Brenden Sweeney às duas da tarde. Agora Ed já estava espirrando também. A sala de espera estava cheia; não seriam atendidos antes de quase quatro horas da tarde. Trish não conseguiu reanimar Heck mais do que a um estado de semiconsciência encatarrada, e ela própria se sentia febril. Apenas Stan Norris, de nove anos, parecia bem o bastante para se agitar.

Durante a espera no consultório do doutor eles transmitiram a doença — que em breve seria conhecida através do país em desintegração como Capitão Viajante — a mais de 25 pessoas, inclusive uma matrona que só entrou para pagar sua conta antes de passar a doença para todo o seu clube de *bridge*.

Essa matrona era a Sra. Robert Bradford, Sarah Bradford para o clube de *bridge*, Cookie para seu marido e amigos íntimos. Sarah jogou bem aquela noite, talvez porque sua parceira foi Angela Dupray, sua melhor amiga. Elas pareciam partilhar uma espécie feliz de telepatia. Venceram as três partidas decisivas retumbantemente, fazendo um *grand slam* durante a última.

Ela e Angela saíram para um drinque tranqüilo num bar após a partida se encerrar às dez. Angela não tinha pressa de ir para casa. Era dia do pôquer semanal de David na casa deles, e ela não conseguiria dormir com todo aquele barulho... a menos que tomasse antes um sedativo autoprescrito, que no seu caso seria duas infusões de abrunhos no gim.

Sarah pediu um Ward 8 e as duas mulheres comentaram o jogo de *bridge*. Nesse ínterim, conseguiram infectar todos que estavam no bar, inclusive dois rapazes que bebiam cerveja perto delas. Estavam a caminho da Califórnia — tal como Larry Underwood e seu amigo Rudy Schwartz tinham feito uma vez —, em busca de suas fortunas. Um amigo lhes havia prometido emprego numa companhia cinematográfica. No dia seguinte seguiriam para o Oeste, espalhando a doença por onde passassem.

Cartas de corrente não funcionam. Isto é fato sabido. O milhão de dólares prometido se você apenas enviar um único dólar para o nome que encabeça a lista, acrescentar o seu na base e depois enviar a carta para cinco amigos — esse milhão nunca chega. Esta aqui, a corrente Capitão Viajante, funcionou muito bem. A pirâmide estava de fato sendo construída, não da base para cima, mas da ponta para baixo — tal ponta sendo um falecido guarda de segurança do Exército chamado Charles Campion. Aqui se faz, aqui se paga. Só que em vez de o carteiro trazer para cada participante um pacote após outro de cartas, cada qual contendo uma nota de um dólar, a Capitão Viajante trazia sacos de dormir com um corpo ou dois em cada um, e trincheiras, e covas coletivas, e por fim corpos jogados nos oceanos de cada costa e em pedreiras e nas fundações de um sem-número de casas. E no fim, é claro, os corpos iriam apodrecer onde caíssem.

Sarah Bradford e Angela Dupray voltaram para seus carros estacionados lado a lado (infectando quatro ou cinco pessoas que encontraram na rua), depois se despediram e cada uma seguiu seu caminho. Angela foi para casa infectar seu marido e seus cinco parceiros de pôquer, além de Samantha, sua filha adolescente. Sem que os pais soubessem, Samantha estava terrivelmente temerosa de ter pego gonorréia de seu namorado. Na verdade, tinha. Mas *também*, na verdade, não precisava se preocupar com isso; perto do que sua mãe lhe passara, uma boa dose de gonorréia não era mais que um pequeno eczema no supercílio.

No dia seguinte Samantha iria infectar todo mundo na piscina da ACM local.

E assim por diante.

Capítulo Nove

CAÍRAM SOBRE ELE algum momento após o anoitecer, enquanto caminhava pelo acostamento da Rodovia Nacional 27, que era chamada de rua principal cerca de um quilômetro e meio atrás, onde passava através da cidade. Uns 3 quilômetros mais adiante planejava virar para Oeste, na 63, que o levaria ao posto de pedágio e ao início de sua longa viagem para o Norte. Seus sentidos estavam meio embotados, talvez pelas duas cervejas que acabara de beber, mas sabia que havia algo errado. Estava simplesmente evitando lembrar os quatro ou cinco caras parrudos que vira no fundo do bar quando eles apareceram correndo em sua direção.

Nick lutou da melhor maneira que pôde, nocauteando um deles e tirando sangue do nariz de outro — quebrando-o também, pelo som. Por um ou dois momentos esperançosos, achou que havia realmente uma chance de que pudesse vencer. O fato de estar brigando sem emitir qualquer som enervava um pouco os rufiões. Eles estavam confiantes, talvez porque já tivessem feito isso antes sem nenhum problema, e por certo não haviam esperado um lutador de respeito naquele garoto magrelo com a mochila.

Então um deles o acertou bem acima do queixo, partindo seu lábio inferior com algum tipo de anel de sinete, e o gosto morno de sangue inundou sua boca. Ele caiu para trás e alguém lhe prendeu os braços. Lutou energicamente e começou a libertar uma das mãos no mesmo momento em que um punho baixou sobre seu rosto como uma lua cadente. Antes que o golpe fechasse seu olho direito, viu aquele anel de novo, reluzindo, baço, à luz das estrelas. Ele via estrelas e sentiu que sua consciência começava a se dispersar, seguindo à deriva para lugares desconhecidos.

Assustado, ele lutou mais duramente. O cara do anel estava novamente diante dele agora, e Nick, temeroso de ser cortado de novo, deu-lhe um chute na barriga. O Anel de Sinete ficou sem fôlego e se dobrou, fazendo uma série de sons arquejantes para respirar, como um *terrier* com laringite.

Os outros fecharam o cerco. Para Nick eram apenas vultos agora, homens robustos — velhos e bons rapazes, eles se autodenominavam —, em camisas cinzentas com mangas arregaçadas para exibir seus grandes bíceps sardentos de sol. Usavam pesados coturnos. Emaranhados de cabelo oleoso caíam sobre suas testas. Na última luz desvanecente do dia tudo isto começou a parecer como um sonho maligno. Sangue escorria do seu olho aberto. A mochila fora arrancada de suas costas. Golpes choviam sobre ele, que se tornou uma marionete desengonçada e desossada num cordão rompido. A consciência não o abandonou inteiramente. Os únicos sons eram os seus arquejos por falta de ar, enquanto os valentões enfiavam seus punhos, e o chilreio aquoso de um curiango num denso bosquete de pinheiros perto dali.

O Anel de Sinete tinha se aprumado.

— Segurem ele — ordenou. — Segurem ele pelo cabelo.

Mãos agarraram seus braços. Um deles enroscou as duas mãos nos fartos cabelos negros de Nick.

— Por que ele não grita? — perguntou um deles, agitado. — Por que ele não grita, Ray?

— Eu te avisei pra não chamar ninguém pelo nome — retrucou Anel de Sinete. — Estou cagando se ele grita ou não. Vou ferrar com ele. Esse puto me chutou. Uma porra de um lutador sujo, isso é o que ele é.

O punho baixou. Nick virou a cabeça para o lado e o anel sulcou sua face.

— Segurem ele firme, eu já disse — repetiu Ray. — O que vocês são? Um bando de frescos?

O punho desceu de novo e o nariz de Nick virou um tomate amassado e gotejante. Sua respiração foi obstruída para uma débil fungadela. A consciência se reduzira a um fino cotoco de lápis. Sua boca caiu aberta e ele sorveu o ar noturno. O curiango chilreou outra vez, doce e solitário. Nick ouviu isto desta vez não mais do que tinha ouvido da última.

— Segurem ele — repetiu Ray. — Segurem ele, porra!

O punho baixou. Dois de seus dentes da frente se estilhaçaram quando o anel penetrou através deles como um limpa-neve. Foi uma agonia ele não poder gritar por isso. Suas pernas bambearam e ele vergou-se, seguro agora como uma saca de grãos pelas mãos atrás dele.

— Ray, já chega! Você quer matar ele?

— Segurem ele. Esse puto me chutou. Vou ferrar com ele.

Então luzes chapinharam pela estrada, que era bordejada ali por vegetação rasteira e entrelaçada com enormes pinheiros.

— Ah, meu Deus!

— Joga ele fora, joga ele fora!

Era a voz de Ray, mas ele não estava mais na frente de Nick. Este sentia-se vagamente grato, porém a maior parte da pouca consciência que lhe restara era tomada pela agonia na sua boca. Ele pôde sentir cacos de seus dentes sobre a língua.

Mãos o empurraram, impelindo-o para o meio da estrada. Círculos de luz se aproximando o fixaram ali como um ator num palco. Freios guincharam. Nick girou seus braços e tentou movimentar as pernas, mas elas não obedeciam; tinham-no espancado para matar. Ele desabou no asfalto e o som guinchante de freios e pneus encheu o mundo enquanto esperava entorpecidamente ser atropelado. Pelo menos isto poria um fim à dor em sua boca.

Então, um salpico de seixos bateu em sua face e ele viu-se olhando para um pneu que tinha vindo parar a um palmo dele. Viu uma pequena rocha branca engastada entre duas das bandas de rodagem, como uma moeda segura entre dois nós de dedos.

Um pedaço de quartzo, pensou desconexamente e depois desmaiou.

* * *

Quando voltou a si, Nick estava deitado num catre, mas nos últimos três anos ou por aí ele havia deitado em coisas mais duras. Com grande esforço obrigou seus olhos a se abrir. Eles pareciam colados e o direito, aquele que havia sido atingido pela lua cadente, só podia se abrir a meio-pau.

Estava olhando para um teto cinzento de cimento rachado. Canos enrolados em fita isolante ziguezagueavam debaixo do teto. Um besouro enorme estava rodando atarefadamente ao longo de um desses canos. Seccionando seu campo de visão havia uma corrente. Ele ergueu de leve a cabeça, enviando um monstruoso choque de dor através dela, e viu outra corrente que ia do pé do catre até um pino na parede.

Virou a cabeça para a esquerda (outro choque de dor, este não tão mortífero) e viu uma tosca parede de concreto, percorrida por rachaduras. Tinham escrito um bocado de coisas sobre ela. Alguns dos escritos eram recentes, outros antigos, a maioria iletrados. ESTE LUGAR TEM PERCEVEJOS. LOUIS DRAGONSKY, 1987. EU GOSTO DE TOMAR NO CU. *DELIRIUM TREMENS* PODE SER DIVERTIDO. GEORGE RAMPLING É UM PUNHETEIRO. EU AINDA TE AMO SUZANNE. ESTE LUGAR É UMA MERDA, JERRY. CLYDE D. FRED 1981. Havia desenhos de enormes pênis balouçantes, tetas gigantescas, vaginas grosseiramente esboçadas. Isto tudo deu a Nick uma noção do lugar. Ele estava numa cela de cadeia.

Cuidadosamente, se impulsionou sobre os cotovelos, deixou os pés (calçados em chinelos de jornal) baixarem pela beirada do catre e depois oscilarem para uma posição sentada. A imensa dor, tamanho-poupança, sacudiu sua cabeça outra vez e a coluna dorsal deu um estalo de alarme. O estômago se revirou alarmantemente em suas entranhas e uma espécie de vertigem nauseante o acometeu, do tipo mais desalentador e intimidante, do tipo que faz você gritar para que Deus a faça parar.

Em vez de gritar — ele não podia ter feito isso —, Nick ajoelhou-se, cada mão numa face, e esperou que passasse. Após um instante, ela passou. Podia sentir os Band-Aids que tinham sido colocados sobre a estria em sua face e ao franzir aquele lado do rosto umas duas vezes concluiu que algum cirurgião havia suturado o corte por precaução.

Olhou em torno. Estava numa pequena cela parecida com uma caixa de Saltines de pé numa de suas extremidades. Além da ponta do catre estava uma porta com barras. À cabeça do catre havia uma privada sem tampa e sem assento. Atrás e acima dele — viu isto ao levantar o pescoço enrijecido muito cautelosamente — havia uma janela com barras.

Depois de ficar sentado na beirada do catre por tempo suficiente para ter certeza de que não ia desfalecer, arriou a calça de pijama cinza e disforme que estava usando até a altura dos joelhos, agachou-se sobre o penico e urinou pelo que pareceu pelo menos uma hora. Quando terminou, ergueu-se apoiado na beira do catre como se fosse um velho. Olhou apreensivo no penico, procurando vestígios de sangue, mas sua urina tinha saído limpa. Despejou-a no vaso.

Caminhou cauteloso até a porta com barras e olhou para um corredor curto. À esquerda ficava a cela dos bêbados. Um velho estava deitado em um dos cinco catres, uma das mãos pendendo sobre o chão como madeira à deriva. À direita o corredor findava numa porta mantida aberta com um calço. No centro do corredor pendia uma lâmpada verde com proteção contra a luz, parecida com o tipo que tinha visto em salões de bilhar.

Uma sombra ergueu-se, dançou diante da porta, e então um homem enorme em roupa cáqui caminhou pelo corredor. Usava um talabarte e uma pistola grande. Ele enganchou os polegares nos bolsos da calça e olhou para Nick por quase um minuto inteiro sem falar. Depois disse:

— Quando eu era rapaz, nós caçávamos um puma lá nas montanhas, matávamos ele e depois a gente arrastava o bicho 30 quilômetros até a cidade por cima de terra dura. O que restava da criatura quando a gente chegava era a visão de aspecto mais lamentável que já vi. Você é a segunda mais lamentável, garoto.

Nick achou que isto teve a sensação de um discurso preparado, cuidadosamente afiado e entesourado, poupado para forasteiros e vagabundos que ocupavam de tempos em tempos as caixas de Saltines gradeadas.

— Você tem um nome, babaquara?

Nick levou um dedo aos lábios inchados e lacerados e sacudiu a cabeça. Pôs uma das mãos sobre a boca, depois traçou o ar com ela numa suave diagonal e sacudiu a cabeça de novo.

— O quê? Não pode falar? Que porra de lorota é esta? — As palavras eram bastante amigáveis, mas Nick não conseguia acompanhar os tons e inflexões. Pegou um lápis invisível no ar e escreveu com ele.

— Você quer um lápis?

Nick assentiu.

— Se você é mudo, como é que não tem nenhum daqueles cartões?

Nick encolheu os ombros. Revirou os bolsos vazios. Ele crispou os punhos e fez simulações de boxe no ar, o que enviou outra pontada de dor através de sua cabeça e outra onda de náusea pelo estômago. Terminou batendo levemente nas têmporas com os punhos, revirando os olhos para cima e depois se apoiando nas barras da cela. A seguir apontou para os bolsos vazios.

— Você foi roubado.

Nick confirmou com um aceno de cabeça.

O homem de cáqui fez meia-volta e retornou ao seu gabinete. Logo depois voltou com um lápis rombudo e um bloco. Enfiou-os através das barras. No topo de cada página do bloco estava escrito MEMO e *Do gabinete do xerife John Baker*.

Nick virou o bloco e bateu com a borracha do lápis em cima do nome. Ergueu as sobrancelhas interrogadoras.

— É, sou eu. Quem é você?

"Nick Andros", escreveu ele e pôs sua mão através das barras.

Baker sacudiu a cabeça.

— Eu não vou continuar sacudindo a cabeça com você. Também é surdo?

Nick fez que sim com um aceno de cabeça.

— O que lhe aconteceu esta noite? O Dr. Soames e sua esposa quase o esmagaram como uma marmota, garoto.

"Surrado & roubado. Mais ou menos a um quilômetro e meio de um bar de beira de estrada na rua principal: o Zack's Place."

— Aquela espelunca não é lugar para um garoto como você, babaquara. E você por certo não tem idade para beber.

Nick sacudiu a cabeça, indignado.

"Estou com 22 anos", escreveu. "Tenho direito de tomar duas cervejas sem ser surrado & roubado por eles, não tenho?"

Baker leu isto com um ar amargamente divertido no rosto.

— Parece que aqui em Shoyo você não tem. O que está fazendo aqui, garoto?

Nick rasgou a primeira folha do bloco, enrolou-a numa bola e jogou-a no chão. Antes que pudesse começar a escrever sua resposta, um braço disparou entre as barras e um punho de aço agarrou seu ombro. A cabeça de Nick oscilou para cima.

— Minha esposa limpa estas celas — disse Baker —, e não vejo nenhuma necessidade de você produzir mais lixo. Jogue isso no vaso.

Nick se abaixou estremecendo com a dor nas costas e pegou a bola de papel no chão. Jogou-a no vaso e depois olhou para Baker com as sobrancelhas erguidas. Baker assentiu.

Nick voltou. Desta vez escreveu por mais tempo, o lápis percorrendo o papel. Baker refletiu que ensinar um surdo-mudo a ler e escrever era provavelmente quase uma proeza, e este Nick Andros devia ter alguma bagagem intelectual muito boa na cabeça para ter aprendido tão bem. Havia sujeitos aqui em Shoyo, Arkansas, que nunca tinham aprendido adequadamente, e muitos deles faziam ponto no bar do Zack. Mas ele supôs que não era de se esperar que um garoto recém-chegado à cidade soubesse disso.

Nick estendeu-lhe o papel por entre as barras.

"Andei viajando por aí, mas não sou um vagabundo. Passei o dia de hoje trabalhando para um homem chamado Rich Ellerton, a quase uns 10 quilômetros a oeste daqui. Limpei seu celeiro e pus uma carga de feno no seu paiol. Na semana passada estive em Watts, Oklahoma, botando cercas. Os homens que me agrediram levaram todo o meu pagamento da semana."

— Tem certeza de que foi para Rich Ellerton que trabalhou? Posso conferir isto, você sabe.

Nick assentiu.

— Viu o cachorro dele?

Nick fez que sim.

— De que raça era?

Nick pegou o bloco.

"*Doberman*", escreveu ele. "Grande, mas dócil. Nada agressivo."

Baker assentiu, virou-se e seguiu de volta para seu gabinete. Nick ficou parado junto às barras da cela, observando ansiosamente. Um momento depois, Baker retornou com um grande molho de chaves, destrancou a cela e empurrou a porta sobre os trilhos.

— Venha até o gabinete — disse Baker. — Quer algum desjejum?

Nick sacudiu negativamente a cabeça, depois fez gestos de servir e beber.

— Café? Entendi. Com creme e açúcar?

Nick fez que não.

— Toma café de homem, hã? — Baker riu. — Venha.

Baker começou a entrar e, embora continuasse falando, Nick foi incapaz de entender o que dizia já que, estando o xerife de costas para ele, não podia ler seus lábios.

— Não me oponho a ter companhia. Peguei insônia, portanto não consigo dormir mais de três ou quatro horas na maioria das noites. Minha esposa quer que procure algum médico importante em Pine Bluff. Se a coisa continuar assim, eu simplesmente poderia seguir a sugestão dela. Quero dizer, olhe só para isto... aqui estou eu, às cinco horas da manhã, nem sequer o sol raiou, e aqui estou sentado comendo ovos e fritas gordurosas da parada de caminhoneiros lá da estrada.

O xerife virou-se ao final da frase e Nick pôde ler nos seus lábios "... parada de caminhoneiros lá da estrada". Ele ergueu as sobrancelhas e encolheu os ombros para indicar sua confusão.

— Não importa — disse Baker. — Não para um garoto novo como você, de qualquer modo.

No escritório externo, Baker serviu-se de uma xícara de café preto de uma enorme garrafa térmica. O prato de desjejum semiterminado do xerife estava sobre o mata-borrão da sua mesa, e ele o puxou de volta para si. Nick bebericou o café. Machucava sua boca, mas era bom.

Bateu no ombro de Baker e, quando o xerife olhou para cima, Nick apontou para o café, esfregou seu estômago e deu uma piscadela sóbria.

Baker sorriu.

— É melhor dizer que é bom. Foi minha mulher Jane quem fez. — Ele enfiou metade de um ovo bem-passado na boca, mastigou e depois apontou para Nick com seu garfo. — Você é muito bom. Igualzinho a um daqueles mímicos. Aposto que não tem muita dificuldade em se fazer entender, hã?

Nick fez um gesto com a mão no ar imitando uma gangorra. *Comme ci, comme ça.*

— Não vou deter você — disse Baker, enxugando a gordura com uma fatia de Wonder Bread torrada —, mas lhe digo: se ficar por aí, talvez possamos pegar os caras que lhe fizeram isso. Topa?

Nick assentiu e escreveu: "Acha que posso recuperar meu pagamento da semana?"

— Nenhuma chance — disse Baker categoricamente. — Sou apenas um xerife caipira, garoto. Para alguma coisa assim, você ia preferir Oral Roberts.

Nick assentiu e deu de ombros. Unindo as mãos, imitou um pássaro voando para longe.

— É, exatamente. Quantos eram?

Nick levantou quatro dedos, deu de ombros, e depois levantou cinco.

— Acha que pode identificar alguns deles?

Nick levantou um dedo e escreveu: "Grande & louro. Do seu tamanho, talvez um pouco mais pesado. Camisa & calças cinzentas. Estava usando um anel grande no terceiro dedo da mão direita. Pedra púrpura. Foi com o anel que me cortou."

Enquanto Baker lia, uma mudança surgiu no seu rosto. Primeiro foi de preocupação, depois de raiva. Nick, achando que a raiva era dirigida a ele, ficou de novo assustado.

— Ah, Jesus Cristo — disse o xerife. — Isto aqui é uma latrina cheia transbordando, pode crer. Você tem certeza?

Nick confirmou relutantemente.

— Alguma coisa mais? Viu mais alguma coisa nele?

Nick pensou bem, depois escreveu:

"Cicatriz pequena na testa."

Baker olhou para as palavras.

— Este é Ray Booth — disse. — Meu cunhado. Obrigado, garoto. Cinco da manhã e meu dia já está destroçado.

Os olhos de Nick se abriram um pouco mais, e ele fez um gesto cauteloso de comiseração.

— Bem, é isso aí — disse Baker, mais para si do que para Nick. — Ele é um mau ator. Janey sabe disso. Bateu nela muitas vezes quando eram crianças. Ainda assim, são irmãos e acho que posso esquecer minha amada por esta semana.

Nick olhou para baixo, embaraçado. Após um momento, Baker sacudiu-lhe o ombro para que Nick o visse falando.

— Isto provavelmente não vai fazer qualquer bem, seja como for — disse ele. — Ray e seus parceiros escrotos vão se proteger um ao outro. Vai ser sua palavra contra a deles. Você conseguiu dar alguma porrada?

"Chutei Ray na barriga", escreveu Nick. "Acertei outro no nariz. Deve ter fraturado."

— Ray circula por aí com Vince Hogan, Billy Warner e Mike Childress, principalmente — disse Baker. — Eu seria capaz de pegar Vince sozinho e dobrá-lo. Ele é mais mole do que uma água-viva moribunda. Se eu pudesse pegá-lo poderia ir atrás de Mike e Billy. Ray conseguiu aquele anel numa fraternidade da Universidade da Louisiana. Ele foi reprovado no segundo ano. — Fez uma pausa, tamborilando os dedos na beirada do prato. — Acho que podemos dar seguimento a isso, garoto, se você quiser. Mas aviso desde já: provavelmente não vamos pegá-los. Eles agem de modo tão cruel e covarde como um bando de hienas, mas são rapazes desta cidade e você não passa de um andarilho surdo-mudo. E se escaparem, vão atrás de você.

Nick pensou a respeito. Na sua mente continuava voltando a imagem de si mesmo, sendo jogado de um para outro deles como um espantalho ensangüentado, e aos lábios de Ray formando as palavras: *Vou ferrar com ele. O puto me chutou.* E a imagem de sua mochila, aquela velha amiga dos últimos dois anos de andanças, sendo arrancada de suas costas.

No bloco de memorandos ele escreveu e sublinhou duas palavras: "*Vamos tentar.*"

Baker suspirou e assentiu.

— Tudo bem. Vince Hogan trabalha lá na serraria... só que isto não é bem verdade. O que ele faz principalmente é arranjar merda para a serraria. Daremos uma passada lá por volta das nove, se estiver bom para você. Talvez possamos assustá-lo o bastante para dar com a língua nos dentes.

Nick fez que sim com a cabeça.

— Como está sua boca? O Dr. Soames deixou algumas pílulas.

Nick assentiu pesarosamente.

— Irei pegá-las. Isto... — Interrompeu-se e, no seu mundo de filme mudo, Nick observou o xerife espirrar estrondosamente no seu lenço por várias vezes. — Tem mais uma coisa — continuou ele, mas virou-se de novo agora e Nick só captou a primeira palavra. — Estou começando a pegar um resfriado daqueles. Jesus Cristo, a vida não é maravilhosa? Bem-vindo ao Arkansas, garoto.

Ele foi pegar as pílulas e voltou para onde Nick estava sentado. Entregou-as junto com um copo d'água. Baker esfregou suavemente o canto da sua mandíbula. Havia ali uma inchação realmente dolorosa. Glândulas inchadas, tosse, espirros e, parecia, uma febre baixa. É, tudo indicava que seria um dia maravilhoso.

Capítulo Dez

LARRY ACORDOU COM uma ressaca que não era das piores, um gosto na boca que parecia como se um dragão bebê a tivesse usado como um troninho e uma sensação de que estava em algum lugar onde não deveria estar.

A cama era de solteiro, mas havia dois travesseiros nela. Ele podia sentir cheiro de *bacon* fritando. Sentou-se, olhou pela janela para outro dia nublado em Nova York, e seu primeiro pensamento foi que tinham feito alguma coisa horrível com Berkeley da noite para o dia: tinham-na tornado suja, fuliginosa e envelhecida. Então a última noite voltou-lhe à mente e se deu conta de que estava olhando para a Universidade Fordham, não para Berkeley. Ele estava num apartamento de segundo andar na Tremont Avenue, não distante da Concourse, e sua mãe ia especular onde ele estivera na última noite. Teria ele telefonado para ela, dado algum tipo de desculpa, não importa o quão esfarrapada?

Passou as pernas para fora da cama e encontrou um maço amarrotado de Winstons com um único cigarro amassado dentro. Acendeu-o com um isqueiro Bic de plástico verde. Tinha sabor de merda de cavalo morto. Lá na cozinha continuava o som de *bacon* fritando, parecendo estática de rádio.

O nome da garota era Maria, e ela havia comentado que era... o quê? Higienista oral, que diabo era isto? Larry ignorava o quanto ela sabia acerca de higiene, mas em oral era perita. Lembrava-se vagamente de ter sido sugado como um drumete de frango Perdue. Crosby, Stills & Nash no pequeno estéreo vagabundo na sala de estar, cantando sobre como a água passara debaixo da ponte, o tempo que tínhamos desperdiçado no caminho. Se sua lembrança era correta, Maria por certo não tinha desperdiçado muito tempo. Ela fora um tanto insistente para conferir se ele era *aquele* Larry Underwood. A certa altura das festividades da noite, tinham até mesmo saído por aí atrás de uma loja de discos aberta para comprar uma cópia de "Garota, você saca o seu homem?".

Ele gemeu muito suavemente e tentou retraçar o dia anterior, desde o seu início inócuo até seu final frenético e devorador.

Os Yankees não estavam na cidade, ele se lembrava disso. Sua mãe havia saído para trabalhar quando ele acordou, mas ela havia deixado uma programação dos Yankees na mesa da cozinha, junto com um bilhete: "Larry, como pode ver, os Yankees não estarão de volta até 1º de julho. Eles vão estar jogando uma partida dupla no 4 de Julho. Se você não estiver fazendo nada nesse dia, por que não levar sua mãe ao estádio? Pagarei a cerveja e os cachorros-quentes. Tem ovos e salsichas na geladeira ou pão doce na cesta de pão, se você preferir. Cuide-se bem, garotão." Havia um P.S. típico de Alice Underwood. "A maioria dos garotos com quem você andava já se foi agora, e bons ventos levem aquele bando de marginais, mas creio que Buddy Marx está trabalhando naquela estamparia na Stricker Avenue."

Só o fato de pensar naquele bilhete bastava para fazê-lo estremecer. Nenhum "Querido" antes do seu nome. Nenhum "Com amor" antes da assinatura dela. Ela não acreditava em falsidade. O que importava estava na geladeira. Enquanto ele estivera dormindo após sua viagem através do país, ela saíra e fizera um estoque de tudo que é porcaria no mundo de que ele gostava. A memória dela era tão perfeita que chegava a assustar. Uma presuntada Daisy. Quase um quilo de manteiga de primeira — como diabo ela conseguia bancar isto com seu salário? Duas embalagens de Coca-Cola. Salsichas de *delicatessen*. Um rosbife já marinando no molho secreto de Alice, cujos ingredientes ela se recusava a revelar até mesmo para o filho, e um pote de quatro litros de sorvete Delícia de Pêssego da Baskin-Robbins no *freezer*. Juntamente com *cheesecake* Sara Lee, do tipo com cobertura de morango.

Num impulso, ele tinha ido até o banheiro, não só para cuidar de sua bexiga mas também para examinar o armário de remédios. Uma Pepsodent novinha pendia do porta-escovas, onde ficavam todas as escovas de dente da sua infância, uma após outra. Havia uma embalagem de giletes disponível, uma lata de creme de barbear Barbasol, até mesmo um frasco de colônia Old Spice. Nada de fantástico, ela diria — Larry podia realmente *ouvi-la* —, mas bastante cheirosa, pelo preço.

Ele ficara olhando para estas coisas, depois havia pegado o tubo novo de creme dental e o segurara em sua mão. Nenhum "Querido", nenhum "Com amor, mamãe". Apenas uma nova escova de dentes, um tubo novo de creme dental, um novo frasco de colônia. Às vezes, ele pensava, o verdadeiro amor é tão silencioso quanto cego. Começou a escovar os dentes, imaginando se isto não poderia render uma canção em algum ponto.

A higienista oral entrou, usando uma camisola de náilon cor-de-rosa e nada mais.

— Oi, Larry — disse ela. Era baixinha, bonita em um indefinido estilo Sandra Dee, e os seios apontavam empertigados para ele sem o menor sinal de descaimento. Como era mesmo a velha piada? Tá certo, tenente... ela tinha dois obuses e um trezoitão. Ah-ah, muito engraçado. Ele viajara 4.800km para passar a noite sendo comido vivo por Sandra Dee.

— Oi — disse ele e se levantou. Estava nu, mas suas roupas se encontravam ao pé da cama. Começou a vesti-las.

— Arranjei um robe que você pode usar, se quiser. Temos peixe defumado e *bacon* para o desjejum.

Peixe defumado e *bacon*? Seu estômago começou a revirar espontaneamente.

— Não, querida, tenho que correr. Há alguém que preciso encontrar.

— Ei, você não pode escapar de mim desse jeito...

— É realmente importante.

— Bem, eu também sou importante! — Ela estava se tornando estridente. Fazia doer a cabeça de Larry. Por nenhuma razão específica, ele pensou em Fred Flinstone berrando "WIIILMAAA!" com toda a potência de seus pulmões de desenho animado.

— Seu estilo Bronx está se mostrando, meu bem — disse ele.

— O que pretende dizer com isto? — Ela plantou as mãos nos quadris, a espátula gordurosa projetando-se de um punho fechado como uma flor de aço. Os seios bamboleavam cativantemente, mas Larry não estava cativado. Ele entrou em suas calças e abotoou-as. — Então eu sou do Bronx, e daí? Isto faz de mim uma negra? O que tem contra o Bronx? É alguma espécie de racista?

— Nada disso, e não penso assim — replicou ele e caminhou até ela de pés descalços. — Escute, esse alguém que tenho de encontrar é minha mãe. Simplesmente faz dois dias que estou na cidade e nem liguei para ela a noite passada ou algo assim... ou liguei? — acrescentou, esperançoso.

— Você não ligou para ninguém — disse ela, rabugenta. — E duvido que seja sua mãe.

Ele andou de volta até a cama e enfiou os pés nos mocassins.

— É, sim. Verdade. Ela trabalha no prédio do Chemical Bank. Ela é a zeladora. Bem, esses dias acho que é uma supervisora de piso.

— Também aposto que você não é o Larry Underwood que tem aquele disco.

— Acredite no que quiser. Preciso me apressar.

— Seu escroto! — ela faiscou para ele. — O que acha que vou fazer com essa coisa toda que cozinhei?

— Jogar pela janela? — sugeriu ele.

Ela soltou um alto grasnido de raiva e arremessou a espátula contra ele. Em qualquer outro dia da vida de Larry o arremesso teria errado o alvo. Uma das primeiras leis da física era, a saber, uma espátula não voará numa trajetória reta se arremessada por uma higienista oral furiosa. Só que esta foi a exceção que provou a regra, e a espátula acertou em cheio a testa de Larry. Não machucou muito. Então ele viu duas gotas de sangue caírem sobre o tapete ao se abaixar para pegar a espátula.

Ele avançou dois passos com a espátula na mão.

— Eu devia te dar uma surra com isto! — gritou para ela.

— Claro — disse ela, encolhendo-se de medo e começando a chorar. — Por que não, grande astro? Fode e foge. Pensei que você fosse um cara legal. E você não é. — Várias lágrimas rolaram por suas faces, gotejaram da mandíbula e chapinharam no peito. Fascinado, ele observou uma delas rolar encosta abaixo do seio direito e se empoleirar no mamilo. Teve um efeito magnífico. Ele podia ver os poros, e um solitário pêlo preto brotando da beirada interna da aréola. Meu Deus, estou ficando maluco, pensou ele, maravilhado.

— Preciso ir — disse. Sua jaqueta branca estava ao pé da cama. Ele a pegou e pendurou no ombro.

— Você não é um cara legal! — ela gritou-lhe enquanto ele ia para a sala de estar. — Só transei com você porque pensei que fosse um cara legal!

A visão da sala de estar o fez ter vontade de gemer. No sofá onde vagamente se lembrava de ter sido devorado havia pelo menos 12 cópias de "Garota, você saca seu homem?". Havia mais três no prato da empoeirada vitrola portátil. Na parede oposta estava um pôster enorme de Ryan O'Neal e Ali McGraw. Ser devorado significa nunca ter que dizer que você lamenta, ah-ah. Meu Deus, *estou* ficando louco.

Ela parou na porta do quarto, ainda chorando, patética em sua minicamisola. Ele pôde ver um talho em uma das canelas dela, onde se havia cortado ao se depilar.

— Escute, me telefone — disse ela. — Não estou com raiva.

Ele deveria ter dito "Claro", e isto seria o fim daquele caso. Em vez disso, ouviu sua boca emitir um riso louco e depois:

— Seu peixe defumado está queimando.

Ela gritou para ele e disparou pela sala, só para tropeçar num travesseiro jogado no chão e se estatelar. Um de seus braços derrubou uma garrafa semivazia de leite e fez oscilar a garrafa vazia de uísque junto a ela. *Meu Deus,* pensou Larry, *estivemos* misturando *essas coisas?*

Ele saiu rapidamente e disparou escadas abaixo. Enquanto descia os últimos seis degraus para a porta da frente, a ouviu no patamar acima, gritando lá para baixo:

— *Você não é nenhum cara legal! Você não é nenhum...*

Bateu a porta atrás de si e uma calidez úmida e nevoenta o inundou, carregando o aroma de árvores primaveris e de descarga de automóvel. Era o perfume que se seguia ao odor de gordura fritando e o fumo de cigarro mofado. Ele ainda tinha o cigarro, agora queimando até o filtro, e arremessou-o na sarjeta e inspirou profundamente o ar fresco. Que maravilha estar fora daquela loucura. Voltar conosco àqueles dias maravilhosos de normalidade enquanto nós...

Acima e atrás dele uma janela abriu-se com um estrondo chocalhante e ele soube o que viria a seguir.

— *Espero que você se estrepe!* — gritou ela para ele lá embaixo. A Megera Perfeita do Bronx. — *Espero que você caia na frente da porra de um trem do metrô! Você não é nenhum cantor! Você é um merda na cama! Seu cretino! Enfie* isto *no seu cu! Leve* isto *para sua mãe, seu cretino!*

A garrafa de leite desceu zunindo da janela de seu quarto no segundo andar. Larry se esquivou. A garrafa explodiu na sarjeta como uma bomba, espalhando estilhaços de vidro pela rua. A garrafa de uísque veio em seguida, rodopiando de uma extremidade a outra, para se espatifar junto a seus pés. Qualquer coisa mais que ela fosse, sua pontaria era terrível. Ele disparou a correr, protegendo a cabeça com um braço. Esta loucura não ia ter fim.

De trás dele veio um longo grito áspero final, triunfante com a suculenta entonação do Bronx:

— *VEM LAMBER MEU CU, SEU ESCROTO NOJENTO!*

Depois ele dobrou a esquina e viu-se na passarela da via expressa, curvando-se todo, rindo com uma intensidade trêmula que estava próxima da histeria, observando os carros que passavam embaixo.

— Você não podia ter contornado melhor esta parada? — disse, totalmente inconsciente de que falava em voz alta. — Rapaz, você poderia ter feito melhor do que isso. Foi uma péssima cena. Toma jeito, cara. — Aí ele percebeu que falava em voz alta e teve outro ataque de riso. Sentiu de repente uma náusea vertiginosa e rodopiante no estômago e fechou os olhos firmemente. Um circuito de memória no Departamento de Masoquismo clicou se abrindo e ele ouviu Wayne Stukey dizendo: *Há um lado durão em você, como morder uma placa de zinco.*

Ele havia tratado a garota como uma prostituta velha na manhã seguinte a uma bacanal de fraternidade estudantil.

Você não é um cara legal.

Eu sou. Eu sou.

Mas quando as pessoas na grande festa protestaram contra sua decisão de mandá-las embora, ele ameaçara chamar a polícia, e tinha mesmo pretendido fazê-lo, não tinha? Sim. Sim, ele tinha. A maioria compunha-se de estranhos, é verdade, mas ele podia até se preocupar se pisassem em campo minado, porém quatro ou cinco dos que protestaram eram oriundos dos velhos dias. E Wayne Stukey, aquele sacana, de pé à porta com seus braços cruzados, como um juiz enforcador no grande dia.

Sal Doria saindo, dizendo: *Se é isto o que acontece com caras como você, Larry, preferia que ainda estivesse ralando para sobreviver.*

Ele abriu os olhos e desceu a passarela, procurando por um táxi. Ah, claro. O amigo ultrajado. Se Sal era tão amigo assim, o que fazia lá, aproveitando a boca-livre, para início de conversa? Eu era idiota e ninguém gosta de ver um cara idiota progredir. Esta é a verdadeira história.

Você não é um cara legal.

— Eu sou um cara legal — disse ele, mal-humorado. — E isto é da conta de quem, de qualquer modo?

Um táxi estava chegando e Larry fez sinal para ele. O taxista pareceu hesitar um momento antes de encostar no meio-fio e Larry se lembrou do sangue em sua testa. Abriu a porta traseira e embarcou antes que o cara pudesse mudar de idéia.

— Manhattan. Edifício do Chemical Bank — disse.

O táxi se embrenhou no tráfego.

— Você arranjou um corte na testa, cara — disse o taxista.

— Uma garota jogou uma espátula em mim — disse Larry, ausente.

O taxista ofereceu-lhe um estranho sorriso falso de comiseração e seguiu em frente, deixando Larry se acomodar e tentar imaginar como ia explicar à sua mãe como passara a noite.

Capítulo Onze

LARRY ENCONTROU UMA negra de aparência cansada no saguão, que lhe disse que Alice Underwood tinha subido ao 24º andar para fazer um inventário. Ele entrou num elevador e subiu, ciente de que as outras pessoas na cabine lançavam olhares cautelosos para sua testa. O ferimento não estava mais sangrando, porém havia se formado um galo desagradável de ver.

O 24º andar era ocupado pelos escritórios executivos de uma firma japonesa fabricante de câmeras fotográficas. Larry percorreu os corredores de cima a baixo por quase vinte minutos, procurando pela mãe e sentindo-se como um babaca. Havia muitos executivos ocidentais, mas boa parte deles era composta de japoneses para fazê-lo se sentir, com seu 1,86m de altura, como um babaca muito *alto*. Os homens e mulheres baixinhos, com seus olhos oblíquos erguidos, olhavam para o galo na testa e para a manga da jaqueta salpicada de sangue com a desconcertante brandura oriental.

Finalmente divisou uma porta com a inscrição ZELADORA & SERVIÇO DE LIMPEZA atrás de uma enorme samambaia. Tentou a maçaneta. A porta estava destrancada e espiou lá dentro. Lá estava a mãe dele, vestida no uniforme cinza disforme, meias de proteção e sapatos com solas antiderrapantes. Seu cabelo estava preso firmemente debaixo de uma rede preta. Estava de costas para ele. Tinha uma prancheta numa das mãos e parecia estar contando frascos de tira-manchas em *spray* sobre uma prateleira alta.

Larry sentiu um impulso forte e culpado de dar meia-volta e fugir. Voltar à garagem a dois quarteirões do prédio de apartamentos dela e pegar o Z. Foda-se o aluguel de dois meses pagos adiantados pela vaga. Apenas pegue o carro e pé na estrada. Pé na estrada para onde? Qualquer lugar. Bar Harbor, Maine; Tampa, Flórida; Salt Lake City, Utah. Qualquer lugar seria um bom lugar, desde que mantivesse uma distância confortável de Dewey Papelote e deste pequeno almoxarifado cheirando a sabão. Ele não sabia se era por causa das luzes fluorescentes ou do corte na sua testa, mas estava ficando com uma *puta* dor de cabeça.

Ah, pare de se lamentar, seu fresco de merda.

— Oi, mãe — disse ele.

Ela começou a se voltar, mas não completou o gesto.

— Ora, Larry. Você encontrou seu caminho para a parte alta da cidade.

— Claro. — Ele mudou a posição dos pés. — Eu queria me desculpar. Devia ter ligado para você a noite passada...

— É, boa idéia.

— Eu fiquei com Buddy. Nós... hã... estivemos circulando, fazendo a cidade.

— Imaginei que fosse isso, ou algo parecido. — Ela enganchou um pequeno tamborete com seu pé, subiu nele e começou a contar os frascos de cera de assoalho na prateleira de cima, tocando cada uma levemente com as pontas do polegar e indicador direitos. Tinha que esticar o braço e, quando o fazia, sua roupa subia e Larry podia ver além do topo castanho das meias até a carne branca cheia de dobras do alto de suas coxas e desviou os olhos, súbita e desnorteadamente recordando o que havia acontecido ao terceiro filho de Noé quando olhou para seu pai enquanto o velho jazia bêbado e nu no seu catre. O pobre rapaz tinha terminado como lenhador e aguadeiro pelo resto da vida. Ele e todos os seus descendentes. E é por isso que temos motins raciais hoje, filho. Deus seja louvado.

— Isto é tudo que veio me dizer? — perguntou ela, olhando em torno para ele pela terceira vez.

— Bem, dizer também onde estive e me desculpar. Foi uma vacilada minha esquecer.

— É — repetiu ela. — Mas foi você quem arranjou este seu lado vacilante, Larry. Pensa que esqueci?

Ele enrubesceu.

— Mãe, escute...

— Você está sangrando. Alguma dançarina de *striptease* o atingiu com uma tanguinha chumbada? — Ela se virou para as prateleiras e, após ter contado toda a fileira de frascos na primeira a partir de cima, fez uma anotação na sua prancheta. — Alguém afanou dois frascos de cera para assoalho na última semana — assinalou ela. — Sorte deles.

— Vim aqui para dizer que estava *arrependido*! — disse Larry em voz alta. Ela não pulou, mas ele sim. Um pouco.

— É, assim você disse. O Sr. Geoghan vai cair sobre nós como uma tonelada de tijolos se as malditas ceras não pararem de sumir.

— Não consegui este ferimento numa briga de bar e não estive em nenhuma espelunca de *striptease*. Não estive metido em nada como isso. Foi só... — ele se interrompeu.

Ela virou-se, sobrancelhas arqueadas naquela velha maneira sardônica de que ele se lembrava tão bem.

— Foi o quê?

— Bem... — Ele não conseguiu pensar numa mentira convincente com rapidez suficiente. — Foi... hã... uma espátula.

— Alguém confundiu você com um ovo estrelado? Deve ter sido uma noite e tanto a que você e Buddy passaram na cidade.

Ele continuava esquecendo de que ela podia superá-lo em rapidez de raciocínio, sempre tinha sido capaz disso e provavelmente sempre seria.

— Foi uma garota, mãe. Jogou a espátula em cima de mim.

— Ela deve ser uma tremenda de uma bêbada — disse Alice Underwood e virou-se novamente. — Aquela droga da Consuela está escondendo de novo os formulários de requisição. Não que eles estejam fazendo isto muito bem; eles nunca conseguem tudo aquilo de que precisam, mas nosso estoque é farto e eu não saberia o que fazer com ele se minha vida dependesse disso.

— Mãe, está furiosa comigo?

As mãos dela de súbito caíram ao longo do corpo. Seus ombros se arquearam.

— Não fique furiosa comigo — sussurrou ele. — Não fique não, *OK?* Hã?

Ela virou-se e ele viu um brilho não natural nos olhos da mãe — bem, ele supunha que fosse *natural* o bastante, mas isto por certo não foi causado pelas luzes fluorescentes aqui, e ouviu a higienista oral dizer mais uma vez, com grande finalidade: *Você não é um cara legal.* Por que havia se incomodado em vir para casa se era para fazer coisas desse tipo com ela... e nunca se importar com o que ela estava fazendo com ele?

— Larry — disse ela gentilmente. — Larry, Larry, Larry.

Por um momento ele achou que ela não diria mais nada; até se permitiu esperar que assim fosse.

— Isso é tudo que pode dizer? "Não fique furiosa comigo, mãe, por favor, não fique furiosa?" Ouvi você no rádio e, apesar de não gostar daquela música que canta, estou orgulhosa por estar cantando-a. As pessoas me perguntam se é realmente meu filho e digo: sim, é Larry. Digo-lhes que você sempre soube cantar, e isto não é nenhuma mentira, é?

Ele sacudiu a cabeça, desalentado, não confiando em si mesmo para falar.

— Digo a eles como você pegou a guitarra de Donny Roberts quando estava no ginásio e como estava tocando melhor do que ele em meia hora, muito embora Donny tivesse tido aula desde a primeira série. Você é talentoso, Larry, ninguém jamais precisou me dizer isto, pelo menos todos vocês. Acho que também sabia disso, porque é a única coisa da qual jamais o ouvi se lamuriar. Depois você foi embora, e por acaso estou esquentando a sua cabeça com isso? Não. Homens e mulheres jovens sempre se vão. É a natureza do mundo. Às vezes isto fede, mas é natural. Então você volta. Alguém precisa me dizer qual é o motivo? Não. Está de volta porque, com ou sem disco de sucesso, você entrou em alguma fria lá na Costa Oeste.

— Não me meti em nenhuma encrenca! — retrucou ele, indignado.

— Se meteu, sim. Conheço os sinais. Tenho sido sua mãe por um bocado de tempo e você não pode me enrolar, Larry. Encrenca é algo que sempre procurou por aí, pois não conseguia simplesmente girar a cabeça e enxergá-la. Às vezes penso que atravessou a rua para pisar em merda de cachorro. Deus há de me perdoar por dizer isto, porque Ele sabe que é verdade. Estou furiosa? Não. Estou desapontada? Sim. Havia esperado que você mudasse lá na Costa Oeste. Não mudou. Você se foi como um garotinho em corpo de homem e voltou do mesmo jeito, só que o homem teve o seu cabelo produzido. Sabe por que acho que voltou para casa?

Larry olhou para ela, querendo falar, porém sabendo que a única coisa que seria capaz de dizer se ele tornasse ambos furiosos era: *Não chore, mãe, tá?*

— Acho que veio para casa porque não pôde pensar em outro lugar para onde ir, não sabia quem mais lhe daria guarida. Eu nunca disse uma palavra má sobre você para ninguém, Larry, nem mesmo para minha própria irmã, mas já que me obrigou a isto, eu lhe direi exatamente o que acho de você. Acho que é um tomador. Sempre foi. É como se Deus tivesse excluído alguma parte de você quando o construiu dentro de mim. Você não é *mau*, não é isto que quero dizer. Em alguns dos lugares em que tivemos de viver depois que seu pai morreu, teria sido mau se houvesse maldade em você, Deus sabe. Acho que a pior coisa que algum dia o peguei fazendo foi quando escreveu uma palavra feia na portaria daquele prédio na Carstairs Avenue, no Queens. Está lembrado?

Ele se lembrou. Ela escrevera a mesma palavra a giz na sua testa e depois o fizera caminhar com ela três vezes em volta do quarteirão. Ele jamais escreveria aquela palavra ou qualquer outra num edifício, parede ou alpendre.

— A pior parte, Larry, é que você *é* esforçado. Às vezes penso que seria quase uma misericórdia se mudasse para pior. Do jeito que é, você parece saber o que está errado mas não como ajeitar isso. E também não sei como. Tentei de tudo que é maneira que sabia quando você era pequeno. Escrever aquela palavra na sua testa foi apenas uma delas... e na época eu estava ficando desesperada ou nunca teria feito tal maldade. Você é um tomador, isso é tudo. Voltou para mim porque sabia que eu teria algo a dar. Não para todo mundo, mas para você.

— Vou me mudar — disse ele, e cada palavra soou como cuspida de uma bola seca de fibra de algodão. — Esta tarde.

Então ocorreu-lhe que talvez não tivesse *condições* de se mudar, pelo menos até que Wayne lhe mandasse seu último cheque de direitos autorais — ou o que restasse dele depois que acabasse de alimentar os cães mais famintos de Los Angeles. Quanto às despesas extras, havia o aluguel da vaga de estacionamento do Datsun Z e um pagamento extra que deveria enviar na sexta-feira, a não ser que desejasse que um amigável cobrador da vizinhança procurasse por ele. E ele não queria. E após a farra da última noite, que havia começado tão inocentemente com Buddy e sua noiva, e com aquela higienista oral que a noiva dele conhecia, uma bela garota do Bronx, Larry, você a amará, grande piada, ele que estava na maior dureza. Não. Se você quisesse ser acurado, ele estava matando cachorro a grito. O pensamento o deixou em pânico. Se deixasse a casa de sua mãe, para onde iria? Para um hotel? O porteiro de qualquer hotel melhor que uma espelunca riria na sua cara e o mandaria passear. Ele até que estava usando roupas decentes, mas eles sabiam. De alguma forma aqueles sacanas sabiam. Eles podiam *farejar* uma carteira vazia.

— Não vá — disse ela suavemente. — Gostaria que não se fosse, Larry. Comprei comida especial. Talvez você tenha visto. E esperava que pudéssemos jogar um pouco de *gin rummy* esta noite.

— Mãe, você não sabe jogar *gin* — disse ele, sorrindo um pouco.

— A um *cent* o ponto, posso colar na rabeira de um garoto como você.

— Talvez, se eu lhe der quatrocentos pontos...

— Vejam só o garotão — zombou ela suavemente. — Talvez se eu der a *você* os quatrocentos pontos. Fique por aqui, Larry. O que me diz?

— Tudo bem — respondeu ele. Pela primeira vez naquele dia se sentiu bem, realmente bem. Uma pequena voz interior sussurrou que estava tomando de novo, o mesmo velho Larry, buscando por mordomia, mas ele se recusava a ouvir. Esta era sua *mãe*, afinal, e ela *pedira* a ele. Era verdade que dissera algumas coisas bem duras antes de pedir, mas pedido era pedido, verdadeiro ou falso. — Digo-lhe que pagarei pelos nossos ingressos para o jogo de 4 de Julho. Irei simplesmente despelar tudo que seja possível despelar de você esta noite.

— Você não despelaria nem um tomate — disse ela amigável, depois voltou-se para as prateleiras. — Há um toalete no corredor. Por que não vai lavar esse sangue da testa?

Depois pegue 10 dólares da minha bolsa e vá ver um filme. Ainda há alguns bons cinemas na Terceira Avenida. Mas evite aqueles antros pornôs na esquina da rua 49 com a Broadway.

— Estarei dando dinheiro para você muito em breve — disse Larry. — O disco está no 18º lugar na lista da *Billboard* esta semana. Verifiquei isto na Sam Goody's a caminho daqui.

— Isto é maravilhoso. Se está com essa bola toda, por que não compra a revista, em vez de ficar só olhando?

De repente, houve algum tipo de bloqueio em sua garganta. Ele pigarreou, mas não adiantou nada.

— Bem, esqueça — disse ela. — Minha língua é como um cavalo indócil. Uma vez que começa a correr, tem de continuar correndo até se esgotar. Você sabe disso. Pegue 15, Larry. Considere como um empréstimo. Acredito que receberei de volta, de um jeito ou de outro.

— Receberá — disse Larry. Ele foi até ela e puxou-lhe a bainha do vestido como um garotinho. Alice olhou para baixo. Ele ficou na ponta dos pés e beijou-lhe a face. — Amo você, mamãe.

Ela pareceu sobressaltada, não pelo beijo, mas pelo que ele tinha dito ou pelo tom com o qual falara.

— Ora, eu sei disso, Larry — retrucou ela.

— Quanto ao que você disse. Acerca de eu estar numa encrenca. Estou, um pouco, mas isso não é...

A voz dela ficou imediatamente fria e rígida. Tão fria, de fato, que o assustou um pouco.

— Não quero ouvir a respeito disso.

— *OK* — disse ele. — Escute, mãe... qual é o melhor cinema da área?

— O Lux Twin — disse ela —, mas não sei o que está passando lá.

— Não importa. Sabe o que acho? Há três coisas que você pode obter em qualquer lugar da América, mas só pode obtê-las com qualidade na cidade de Nova York.

— Aí está, o Sr. Crítico do *The New York Times*. E quais são?

— Filmes, beisebol e os cachorros-quentes do Nedick's.

Ela riu.

— Você não é bobo, Larry... nunca foi.

Então ele seguiu até o toalete masculino. E lavou o sangue da testa. Voltou e beijou a mãe novamente. E pegou 15 dólares da bolsa preta puída. E foi ver um filme no Lux. E assistiu a um espectro insano e maligno chamado Freddy Krueger sugar várias adolescentes na areia movediça dos próprios sonhos delas, onde todas, exceto uma — a heroína —, morreram. Freddy Krueger também aparecia para morrer no final, mas era difícil dizer e, uma vez que esse filme tinha um algarismo romano após seu título e parecia ter bom público, Larry achou que o homem com lâminas nas pontas dos dedos iria voltar, sem saber que o som persistente na fileira atrás dele assinalava o fim de tudo: não haveria seqüências e, dentro de um tempo muito curto, não haveria mais filmes, afinal.

Na fileira atrás de Larry, um homem estava tossindo.

Capítulo Doze

HAVIA UM RELÓGIO DE pêndulo no canto mais afastado da sala de visita. Frannie Goldsmith ouvira seu tiquetaquear cadenciado por toda a sua vida. Ele a fazia recordar a sala da qual nunca tinha gostado e que, em dias como o de hoje, odiava profundamente.

Seu lugar preferido na casa era a oficina do pai. Ficava no galpão que servia de ligação entre a casa e o celeiro. Chegava-se lá através de uma pequena porta que alcançava 1,50m de altura e quase se escondia atrás do fogão de lenha da velha cozinha. A porta era boa, para começar: pequena e quase escondida, era deliciosamente parecida com o tipo de porta encontrada em contos de fada e fantasias. Quando ela cresceu e ficou mais alta, tinha de se abaixar para passar por ela, tal como seu pai fazia — sua mãe nunca entrava na oficina, a não ser que fosse absolutamente necessário. Era uma porta de *Alice no País das Maravilhas*, e por um tempo o seu jogo de faz-de-conta, ocultado até mesmo do pai, era aquele único dia em que a abria e não encontrava a oficina de Peter Goldsmith, afinal. Em vez disso descobria-se em uma passagem subterrânea levando de alguma maneira do País das Maravilhas para Hobbiton, um túnel baixo mas de certo modo aconchegante com paredes de barro arredondadas e um teto de barro entrelaçado com raízes robustas que causariam um belo galo em sua cabeça se batesse contra alguma delas. Um túnel que cheirava não a solo molhado e umidade, a insetos e vermes asquerosos, mas um que cheirava a canela e tortas de maçã assando, um túnel que terminava em algum lugar bem em frente à despensa de Bag End, onde Bilbo Baggins estava celebrando a festa de seu 111º aniversário...

Bem, aquele túnel aconchegante nunca aconteceu de estar lá, mas para Frannie Goldsmith, que havia crescido nesta casa, a oficina (às vezes chamada de "a loja de ferragens" por seu pai e "aquele lugar sujo onde seu pai toma suas cervejas" por sua mãe) tinha sido o bastante. Ferramentas estranhas e engenhocas esquisitas. Uma enorme arca com milhares de gavetas, cada uma delas abarrotada. Pregos, parafusos, brocas, lixa (de três tipos: áspera, mais áspera e ultra-áspera), plainas, fios de prumo e todas as outras coisas das quais não sabia o nome à época e continuava a não saber hoje. Era escuro na oficina exceto pela lâmpada de 40 watts coberta de teias de aranha que pendia de seu fio e o brilhante círculo de luz da lâmpada Tensor sempre focalizada onde seu pai estava trabalhando. Havia os cheiros de poeira, óleo e fumo de cachimbo, e parecia-lhe agora que deveria ser uma regra: todo pai deve fumar. Cachimbo, charuto, cigarro, maconha, haxixe, folhas de alface, *alguma coisa.* Porque o cheiro de fumo parecia ser parte integrante de sua própria infância.

"Passe-me aquela chave inglesa, Frannie. Não... a pequena. O que você fez na escola hoje?... Ela fez?... Bem, por que Ruthie Sears iria querer derrubar você?... Sim, está feia. Uma esfoladura muito feia. Mas até que combina com a cor do seu vestido, não acha? Mas você poderia ao menos encontrar Ruthie Sears e pedir que ela a derrubasse de novo para esfolar a outra perna. Aí você formaria um par. Passe-me aquela chave de fenda grande... Não, aquela com o cabo amarelo."

"Frannie Goldsmith! Saia deste lugar asqueroso imediatamente e vá trocar seu uniforme da escola! IMEDIATAMENTE! Você vai ficar imunda!"

Mesmo agora, aos 21 anos, ela podia passar por baixo daquela porta e ficar entre a bancada de trabalho do pai e a velha estufa Ben Franklin, que desprendia um calor estupefaciente no inverno e capturava um pouco daquela sensação de ser uma pequena Frannie Goldsmith crescendo nesta casa. Era uma sensação ilusória, quase sempre entremeada com tristeza por seu escassamente lembrado irmão, Fred, cujo próprio crescimento havia sido tão rude e definitivamente interrompido. Ela podia ficar parada ali e sentir o cheiro de óleo que estava esfregado em tudo, o bolor, o débil odor do cachimbo do seu pai. Ela raramente podia se lembrar de como tinha sido por ser tão pequena, tão estranhamente pequena, mas lá ela às vezes podia, e isto era uma maneira alegre de sentir.

Mas agora vinha a sala de visita.

A sala de visita.

Se a oficina foi a generosidade da infância, simbolizada pelo cheiro fantasmal do cachimbo do seu pai (ele às vezes baforava gentilmente fumaça em sua orelha quando ela sentia dor de ouvido, sempre depois de extrair a promessa de que não contaria a Carla, que teria tido um chilique), a sala de visita era tudo na infância que se desejaria poder esquecer. Fale quando tiver que falar! É mais fácil rasgar isto do que consertá-lo! Vá para cima neste minuto e troque de roupa, não sabe que não é adequada? Você *nunca* pensa? Frannie, não fique futucando suas roupas, as pessoas irão pensar que você está com pulgas. O que devem achar seu tio Andrew e sua tia Carlene? Você me embaraçou quase até a morte! A sala de visita era onde se tinha a língua atada, a sala de visita era onde não podia se coçar se sentisse comichão, a sala de visita significava ordens ditatoriais, conversa enfadonha, parentes beliscando bochechas, dores, tosses que não podiam ser tossidas e, acima de tudo, bocejos que não podiam ser bocejados.

No outro lado deste cômodo onde o espírito de sua mãe habitava ficava o relógio. Tinha sido construído em 1889 pelo avô de Carla, Tobias Downes, e ascendera quase de imediato ao *status* de herança da família, passando de um dono para outro ao longo dos anos, cuidadosamente embalado e protegido ao se mudar de uma parte do país para outra (tinha estado originalmente em Buffalo, Nova York, oficina de Tobias, um lugar que indubitavelmente teria sido tão fumacento e asqueroso quanto a oficina de Peter, embora tal comentário fosse completamente irrelevante para Carla), às vezes se mudando de um setor para outro da família quando câncer, ataque cardíaco ou acidente ceifavam algum ramo da árvore genealógica. O relógio estivera ali desde que Peter e Carla Goldsmith se mudaram para a casa, uns trinta anos atrás. Aqui tinha sido colocado e aqui permanecia, tiquetaqueando, marcando segmentos de tempo numa época árida. Algum dia o relógio seria dela, se o quisesse, refletiu Frannie enquanto olhava no rosto pálido e chocado de sua mãe. Mas ela não o queria! Não queria e não ficaria com ele!

Neste cômodo havia flores secas sob campânulas de vidro. Havia neste cômodo um carpete cinza-pombo com rosas melancólicas imaginadas na soneca. Havia uma graciosa janela arcada com vista colina abaixo para a Rodovia 1, com uma grande sebe de alfena entre a estrada e os terrenos. Carla havia importunado o marido com um fervor implacável até que ele plantasse aquela sebe logo após o posto Exxon no canto que subia. Uma vez plantada a sebe, ela importunou o marido para fazê-la crescer mais rápido. Até mesmo fertilizante radioativo, pensou Frannie, ela teria considerado aceitável se servisse para aquele fim. A estridência de suas reclamações em relação à alfena tinha diminuído à medida que a sebe ficava mais alta, e ela supôs que ia parar por completo dentro de mais dois anos ou por aí, quando a sebe por fim crescesse o bastante para bloquear totalmente o posto de gasolina e a sala ficasse de novo inviolada.

Poria um fim *neste* assunto, pelo menos.

Desenhos sobre o papel de parede, grandes folhas verdes e flores cor-de-rosa quase na mesma tonalidade das rosas no carpete. Mobília americana antiga e um conjunto de portas duplas de mogno escuro. Uma lareira que servia apenas de enfeite, onde uma tora de bétula assentava-se eternamente sobre uma fornalha de tijolos vermelhos que estava eternamente imaculada e intocada por um vestígio sequer de fuligem. Frannie imaginava que àquela altura a tora já estaria tão seca que iria queimar como jornal, se acesa. Acima da tora havia uma panela quase grande o bastante para uma criança se banhar. Tinha pertencido à bisavó de Frannie e pendia eternamente suspensa sobre a tora eterna. Acima da cornija, encerrando essa parte do quadro, estava um Eterno Rifle Flintlock.

Segmentos de tempo numa época árida.

Uma de suas lembranças mais antigas era de ter feito xixi no carpete cinza-pombo com as rosas melancólicas imaginadas na soneca. Ela teria uns três anos, ainda não muito bem treinada, e provavelmente sem permissão de ficar na sala exceto em ocasiões especiais por causa do risco de acidentes. Mas de alguma forma ela conseguira entrar, e ver sua mãe não só correndo mas *disparando* para pegá-la antes que o impensável pudesse acontecer havia detonado o impensável. Sua bexiga se soltou, e a mancha se espalhando enquanto o carpete cinza-pombo adquiria um cinza-ardósia mais escuro em volta de suas nádegas tinha feito sua mãe realmente guinchar. A mancha finalmente desaparecera, mas depois de quantas pacientes lavagens com xampu? Deus saberia; Frannie Goldsmith, não.

Foi na sala que a mãe tinha falado com ela, severa e explicitamente, e à exaustão, depois de ter flagrado Frannie e Norman Burstein examinando-se mutuamente no celeiro, suas roupas empilhadas em um amontoado amistoso sobre um fardo de feno ao lado. Como Frannie se sentiria, Carla perguntou enquanto o relógio de pêndulo tiquetaqueava solenemente segmentos de tempos em uma época árida, se ela a levasse para dar um passeio na Rodovia 1 inteiramente despida? Como seria? Frannie, então com seis anos, tinha chorado, mas de algum modo conseguira evitar a histeria que pendia a esta perspectiva.

Quando estava com dez anos ela batera com sua bicicleta na caixa de correio enquanto olhava por cima do ombro para gritar algo para Georgette McGuire. Ela cortou a cabeça, sangrou pelo nariz, lacerou os dois joelhos e realmente ficou em estado de choque por momentos. Quando voltou a si, subira cambaleante a alameda de carros para casa, chorando e horrorizada à visão de tanto sangue. Ela teria procurado seu pai, mas como ele estava no trabalho foi parar na sala de visita, onde sua mãe servia chá para a Sra. Venner e a Sra. Prynne. *Saia!*, sua mãe tinha gritado, e no momento seguinte estava correndo para Frannie, abraçando-a, gritando *Ah, Frannie, ah, querida, o que aconteceu, coitado do seu nariz!* Mas ela estava levando Frannie para a cozinha, onde o piso podia ser respingado de sangue, mesmo enquanto a consolava. E Frannie nunca esqueceu que a primeira coisa que Carla disse naquele dia não foi *Ah, Frannie!*, mas sim *Saia!* E a primeira preocupação de sua mãe tinha sido com a sala de visita, onde aquela época árida continuava e o sangue não era permitido. Talvez a Sra. Prynne também nunca tenha esquecido, porque, mesmo através de suas lágrimas, Frannie percebera uma expressão chocada cruzar o rosto da mulher. Depois daquele dia, a Sra. Prynne havia se tornado uma visita rara.

No seu primeiro ano de ginásio ela ganhara uma anotação por mau comportamento na sua caderneta, e claro que foi chamada à sala de visita para discutir a questão com a mãe. No seu último ano do curso colegial, ela havia recebido três períodos de suspensão por passar "cola", o que também havia sido discutido com sua mãe na sala. Foi lá que discutiram as ambições de Frannie, que sempre terminavam parecendo uma frívola insignificância; era lá que discutiam as esperanças de Frannie, que sempre terminavam parecendo uma desprezível insignificância; era lá que discutiam as queixas de Frannie, que sempre terminavam parecendo muito descabidas, para não dizer lamurientas, chorosas e ingratas.

Foi ali que o caixão de seu irmão tinha ficado sobre um cavalete adornado com rosas, crisântemos e lírios-do-vale, seu perfume seco enchendo o cômodo enquanto no canto o relógio impassível continuava no seu lugar, tiquetaqueando segmentos de tempo em uma época árida.

— Você está grávida — repetiu Carla pela segunda vez.

— Sim, mãe. — Sua voz soou muito seca, mas ela não se permitiria molhar seus lábios. Apertou-os em vez disso. Ela pensou:

Na oficina de meu pai existe uma garotinha de vestido vermelho e ela sempre estará lá, rindo e se escondendo debaixo da bancada com o torno grampeado a uma das beiradas, ou toda agasalhada com os joelhos colados ao peito atrás da grande arca de ferramentas com suas mil gavetas. Aquela é uma garota muito feliz. Mas na sala de visita de minha mãe existe uma garota muito menor que não pode evitar de mijar no carpete como um cachorro mal-educado. Como uma cadelinha má. E sempre estará lá, também, não importa o quanto eu deseje que tivesse ido embora.

— Ah, Frannie — disse sua mãe, suas palavras vindo muito rapidamente. Ela pousou uma das mãos contra o lado de sua bochecha como uma tia solteirona ofendida. — Como-isso-aconteceu?

Era a mesma pergunta de Jess. O que realmente a deixou pau da vida; era a mesma pergunta que *ele* fizera.

— Já que a senhora mesma teve dois filhos, mãe, creio que sabe como aconteceu.

— Não banque a esperta! — gritou Carla. Seus olhos se arregalaram e faiscaram aquele fogo que aterrorizou Frannie na infância. Ela se pôs de pé na sua maneira característica (e que também a tinha aterrorizado na infância), uma mulher alta com o cabelo ficando grisalho que era caprichosamente escovado e tratado em salão de beleza, uma mulher alta num vívido vestido verde e meias bege impecáveis. Ela foi até a cornija da lareira, para onde sempre ia em momentos de aflição. Repousando ali, debaixo do rifle Flintlock, havia um grande livro de recortes. Carla era uma espécie de genealogista amadora, e toda a família estava registrada naquele livro... pelo menos retroagindo a 1638, quando seu mais antigo progenitor rastreável havia emergido da multidão anônima de Londres por tempo suficiente para ser anotado em alguns registros muito antigos da igreja como Merton Dows, franco-maçom. Sua árvore genealógica tinha sido publicada quatro anos antes no *The New England Genealogist*, tendo a própria Carla como a compiladora do registro.

Agora ela apontava o dedo para aquele livro de nomes reunidos esmeradamente, um território protegido que ninguém poderia invadir. Não haveria ladrões em algum lugar daquela lista?, especulou Frannie. Nenhum alcoólatra? Nenhuma mãe solteira?

— Como foi capaz de fazer isto com seu pai e comigo? — perguntou ela por fim. — Foi aquele Jesse?

— Foi Jesse. Ele é o pai.

Carla retraiu-se ao ouvir a palavra.

— Como pôde fazer isto? — repetiu. — Demos o melhor de nós para criar você da maneira correta. Isto é simplesmente... simplesmente...

Ela levou as mãos ao rosto e começou a chorar.

— Como pôde fazer tal coisa? — gritou ela. — Depois de tudo que fizemos por você é este o reconhecimento que temos? Por você sair e... e... cruzar com um rapaz como uma cadela no cio? Sua perdida! Sua perdida!

Ela se dissolveu em soluços, apoiando-se na cornija da lareira, uma das mãos sobre os olhos, a outra continuando a se agitar de um lado para o outro sobre a capa de pano verde do livro genealógico. Enquanto isso, o relógio de pêndulo continuava tiquetaqueando.

— Mãe...

— Não fale comigo! Você já disse o suficiente!

Frannie levantou-se rigidamente. Suas pernas pareciam de madeira, mas não deviam ser, pois estavam tremendo. Lágrimas começaram a escorrer de seus próprios olhos, mas ela as conteve; não iria permitir que este cômodo a derrotasse novamente.

— Irei embora agora.

— Você comeu na nossa mesa! — gritou-lhe Carla subitamente. — Nós amamos você... e a sustentamos... e isto é o que temos de volta! Garota má! Garota *má*!

Frannie, cegada pelas lágrimas, tropeçou. Seu pé direito bateu no tornozelo esquerdo. Ela perdeu o equilíbrio e caiu com as mãos espalhadas. Bateu com a têmpora na mesinha de centro e uma das mãos derrubou um vaso de flores sobre o carpete. O vaso não se quebrou, mas a água derramada transformou o cinza-pombo em cinza-ardósia.

— Olhe para isso! — gritou Carla, quase em triunfo. As lágrimas tinham posto cavidades negras sob seus olhos e aberto sulcos através da maquiagem. Ela parecia desfigurada e meio louca. — Olhe para isso, você estragou o carpete, o carpete de sua avó...

Frannie sentou-se no chão, esfregando atordoada sua cabeça, ainda chorando, querendo dizer à mãe que era apenas água, mas ela estava completamente desanimada agora, e não realmente segura. *Era* apenas água? Ou era urina? Qual delas?

Novamente movendo-se com aquela rapidez fantasmal, Carla Goldsmith arrebatou o vaso e o brandiu para Frannie.

— Qual é seu próximo movimento, garota? Está planejando ficar mesmo aqui? Está esperando que a alimentemos e cuidemos de você enquanto sai se divertindo por toda a cidade? É isto, suponho. Bem, não! Eu não mereço. *Não terei que agüentar isso!*

— Não quero ficar aqui — murmurou Frannie. — Acha que eu ficaria?

— E para onde vai? Ficar com ele? Duvido.

— Bobbi Rengarten, em Dorchester, ou Debbie Smith, em Somersworth, suponho. — Frannie se recompôs lentamente e levantou-se. Ainda estava chorando, mas começava também a ficar furiosa. — E isso não é da sua conta.

— Não é da minha conta? — ecoou Carla, ainda segurando o vaso, seu rosto branco como pergaminho. — Não é da *minha* conta? O que você faz enquanto está debaixo do meu teto não é da *minha* conta? Sua putinha ingrata!

Ela esbofeteou Frannie, e o fez com dureza. A cabeça de Frannie balançou para trás. Ela parou de esfregar a cabeça e começou a esfregar a face, olhando para a mãe sem acreditar.

— Este é o agradecimento que temos por colocar você numa ótima escola — disse Carla, mostrando os dentes num sorriso impiedoso e assustador. — Agora você *nunca* irá terminá-la. Depois que se casar com ele...

— Não vou me casar com ele. E não vou largar a escola.

Os olhos de Carla se arregalaram. Ela olhou para Frannie como se a filha tivesse perdido o juízo.

— Do que está falando? Fazer um aborto? Além de uma vagabunda quer ser também uma assassina?

— Vou ter a criança. Terei que cortar o semestre da primavera, mas posso recuperar no próximo verão.

— O que você pensa que vai fazer para terminar? Usar *meu* dinheiro? Se é isto, você arranjou um bocado de coisas em que pensar. Uma garota moderna como você dificilmente precisa de apoio dos pais, não é?

— O apoio eu poderia usar — disse Frannie suavemente. — O dinheiro... bem, eu conseguirei.

— Não resta um pingo de vergonha em você! Nem um único pensamento dedicado a alguém senão a si mesma! — gritou Carla. — Meu Deus, o que isto vai fazer com seu pai e comigo! Mas você não liga a mínima! Isto irá partir o coração de seu pai e...

— Ele não se sente tão partido. — Da porta veio a voz calma de Peter Goldsmith, e ambas se voltaram. À porta ele estava, mas sem menção de entrar; as pontas de suas botas de trabalho pararam a curta distância do ponto em que o carpete da sala tomava o lugar daquele outro mais surrado no corredor. Frannie percebeu de súbito que este era um lugar que ela havia visto inúmeras vezes antes. Quando estivera realmente ali pela última vez? Não conseguia lembrar.

— O que está fazendo aqui? — sibilou Carla, subitamente esquecida de qualquer dano estrutural que o coração de seu marido poderia ter agüentado. — Pensei que fosse trabalhar até o final da tarde.

— Troquei de turno com Harry Masters — disse Peter. — Fran já me contou, Carla. Nós vamos ser avós.

— *Avós!* — uivou ela. Um feio e confuso tipo de risada soou asperamente dela. — Você vai me deixar resolver isto. Ela lhe contou primeiro e você escondeu de mim. Tudo bem. É o que eu esperaria de você. Mas agora vou fechar a porta e nós duas vamos resolver isto. — Ela sorriu para Frannie com amargura rutilante. — Somente... nós "garotas".

Ela pôs a mão na maçaneta da porta da sala e começou a fechá-la. Frannie observou, ainda atônita, mal conseguindo compreender o súbito jorro de fúria e virulência de sua mãe.

Peter colocou a mão e parou a porta no meio de seu giro para fechar.

— Peter, quero que você deixe isto por minha conta.

— Sei o que você quer. Já aconteceu no passado. Mas desta vez não, Carla.

— Esta não é a sua praia.

— É, sim — replicou ele com calma.

— Papai...

Carla virou-se para ela, o branco de pergaminho de seu rosto tatuado agora de vermelho sobre os malares.

— *Não fale com ele!* — gritou. — Não é com ele que você está lidando! Sei que você sempre pôde influenciar Peter em cada idéia que tinha ou levá-lo na conversa para ficar do seu lado, não importa o que tivesse feito, *mas hoje ele não é o único com quem tem de se explicar, mocinha*!

— Pare com isso, Carla.

— *Saia!*

— Não saio. Você pode ver o...

— Não goze com a minha cara! *Saia da minha sala!*

E com isso ela começou a empurrar a porta, baixando a cabeça e arremetendo com os ombros até parecer com um estranho touro, tanto humano quanto fêmea. Ele a fez recuar com facilidade a princípio, depois com mais esforço. Por fim, as veias se dilataram em seu pescoço, embora ela fosse uma mulher 35 quilos mais leve do que ele.

Frannie queria gritar com eles para que parassem, dizer a seu pai que fosse embora de modo que eles dois não tivessem de olhar para Carla neste estado, para a súbita e irracional amargura que sempre parecera uma ameaça, mas que agora a havia arrebatado. Mas sua boca estava congelada, as articulações aparentemente entorpecidas.

— Saia! Saia da minha sala! Fora! Fora! Fora! *Seu sacana, largue a porra desta porta e VÁ EMBORA!*

Foi então que ele a esbofeteou.

Foi um som surdo, quase insignificante. O relógio de pêndulo não fugiu esbaforido, ultrajado com o som, mas continuou simplesmente tiquetaqueando como tinha sido programado para funcionar. A mobília não gemeu. Mas as palavras raivosas de Carla foram interrompidas como se amputadas com um bisturi. Ela caiu sobre os joelhos e a porta se escancarou para bater suavemente contra uma cadeira vitoriana de espaldar alto com uma capa de assento bordada à mão.

— Ah, não — disse Frannie num fio de voz magoado.

Carla pressionou a mão sobre sua face e olhou fixamente para o marido.

— Você vinha merecendo isto há dez anos ou mais — declarou Peter. Sua voz tinha uma leve insegurança. — Sempre disse a mim mesmo para não fazer isto porque sou contra bater em mulheres. E continuo sendo. Mas quando uma pessoa, homem ou mulher, se transforma num cão e começa a morder, alguém tem que parar com isso. Só lamento, Carla, não ter tido coragem de fazer isto antes. Teria nos magoado menos.

— Papai...

— Cale-se, Frannie — disse ele com uma severidade ausente, e ela se calou. — Você diz que ela está sendo egoísta — continuou Peter, ainda olhando para o rosto imóvel e chocado de sua esposa. — Você é a única a fazer isto. Você deixou de cuidar de Frannie quando Fred morreu. Foi quando decidiu se preocupar demais com a dor e decidiu que seria mais seguro simplesmente viver para si mesma. E foi a este ponto que você chegou, repetidamente. Este cômodo. Você idolatrou sua família morta e esqueceu a parte que ainda vive. E quando Frannie chegou aqui e lhe disse que estava num apuro e pediu sua ajuda, aposto que o primeiro pensamento que passou por sua mente foi imaginar o que diriam as madames no Flower and Garden Club, ou se isto significaria que você teria que ficar longe do casamento de Amy Lauder. A mágoa é uma razão para mudança, mas toda a mágoa do mundo não altera os fatos. Você tem sido egoísta.

Ele se aproximou e ajudou-a a se levantar. Carla se pôs de pé como uma sonâmbula. Sua expressão não se alterou; os olhos continuavam arregalados e incrédulos. A implacabilidade ainda não retornara a eles, mas Frannie achava tediosamente que seria questão de tempo.

Seria.

— Foi culpa minha deixar que você prosseguisse. Por não querer me aborrecer. Por não querer chutar o balde. Fui egoísta também, como vê. E quando Frannie foi para a escola, pensei: bem, agora Carla pode ter o que ela quer e não vai magoar ninguém senão a si mesma, e se uma pessoa não sabe que está magoando, ora, talvez ela não esteja. Eu estava errado. Estive errado antes, mas não tanto quanto a isto. — Gentilmente, mas com grande força, ele agarrou Carla pelos ombros. — Bem, estou lhe dizendo isto como seu marido. Se Frannie precisa de um lugar onde ficar, o lugar pode ser este... o mesmo que sempre foi. Se ela precisar de dinheiro, pode tê-lo de meu bolso... da mesma forma como sempre teve. E se ela decidir ter o seu bebê, você providenciará para que ela tenha um chá de bebê adequado. Talvez possa achar que ninguém virá, mas os amigos dela, os verdadeiros, estes virão. Também lhe direi mais uma coisa. Se ela quiser um batizado, será realizado exatamente aqui. Bem aqui nesta droga de sala de visita.

Carla ficou de boca aberta, e agora um som começou a sair dela. De início soou de modo estranho, como o apito de uma chaleira no fogo. Depois se tornou um gemido agudo.

— *Peter, seu próprio filho jazeu em seu caixão nesta sala!*

— Sim. E é por isso que não posso pensar num lugar melhor para batizar uma nova vida — disse ele. — O sangue de Fred. Sangue da *vida.* Do próprio Fred, que morreu há um bocado de anos, Carla. Ele foi alimento de vermes desde então.

Ela gritou a essas palavras e levou as mãos aos ouvidos. Ele inclinou-se e afastou-lhe as mãos.

— Mas os vermes não comeram sua filha nem o bebê de sua filha. Não importa como foi concebido; ele está vivo. Você age como quer para expulsar Frannie, Carla. O que ganhará com isso? Nada senão esta sala e um marido que a odiará pelo seu ato. Se fizer isto, ora, seria simplesmente conveniente a nós três nesse dia: eu e Frannie, bem como Fred.

— Quero subir e me deitar — disse Carla. — Sinto-me nauseada. Acho melhor ir me deitar.

— Eu a ajudarei — disse Frannie.

— Não me toque. Fique com seu pai. Vocês parecem ter planejado isto tudo. Como me destruírem nesta cidade. Por que não se apossa logo da minha sala, Frannie? Joga lama no carpete, pega cinzas da estufa e joga no meu relógio? Por que não? Por que não?

Ela começou a rir e empurrou Peter para o corredor. Estava adernando como uma bêbada. Peter tentou pôr um braço em torno de seus ombros. Ela rilhou os dentes e silvou para ele como um gato.

Sua risada se transformou em soluços enquanto subia lentamente as escadas, apoiando-se no corrimão de mogno; aqueles soluços tinham uma qualidade dilacerada e desamparada que levou Frannie a querer gritar e vomitar ao mesmo tempo. O rosto de seu pai estava da cor de linho sujo. No patamar, Carla virou-se e oscilou, de modo tão alarmante que por um momento Frannie acreditou que ia despencar escadas abaixo. Ela olhou para eles, aparentemente a ponto de falar, a seguir virou-se de novo. Um momento depois, o bater da porta de seu quarto emudeceu o som tempestuoso de seu pesar e sua mágoa.

Frannie e Peter se entreolharam, estarrecidos, e o relógio tiquetaqueava calmamente.

— Isto funcionará por si mesmo — disse Peter, tranqüilo. — Ela irá se recuperar.

— Irá? — indagou Frannie. Ela caminhou lentamente até o pai e apoiou-se nele, que a enlaçou com um braço. — Acho que não.

— Não se preocupe. Não vamos pensar nisso agora.

— Eu devia ir embora. Ela não me quer aqui.

— Deveria ficar. Teria de estar aqui quando... e se... ela vier a descobrir que ainda *precisa* que você fique. — Ele fez uma pausa. — Quanto a mim, já preciso, Fran.

— Papai — disse ela e apoiou de novo a cabeça contra o peito dele. — Ah, papai, sinto muito, sinto muito mesmo...

— Shhh — fez ele e acariciou os cabelos dela. Por cima da cabeça de Frannie ele pôde ver a luz do sol vespertino escoando-se obscuramente através das janelas arqueadas, como sempre tinha feito, dourada e imóvel, do jeito que a luz do sol cai em museus e nos corredores da morte. — Silêncio, Frannie, eu amo você. Amo você.

Capítulo Treze

A LUZ VERMELHA ACENDEU. O compressor de ar sibilou. A porta se abriu. O homem que entrou não estava usando o traje branco de astronauta, mas sim um pequeno filtro nasal brilhante que parecia um pouco com um garfo de prata com dois dentes, do tipo que a anfitriã deixa na mesa de canapés para tirar as azeitonas do frasco.

— Olá, Sr. Redman — disse ele, passeando pelo quarto. Estendeu sua mão, calçada com uma fina e transparente luva de borracha, e Stu, surpreso e na defensiva, a apertou. — Sou Dick Deitz. O Denninger disse que você não ia mais jogar a partida a não ser que alguém lhe dissesse qual era o escore.

Stu assentiu de cabeça.

— Bom. — Deitz sentou-se à beira do leito. Era um homem moreno e baixo e, sentado ali com seus cotovelos apoiados logo acima dos joelhos, parecia um gnomo num filme de Disney. — E então, o que quer saber?

— Primeiro, acho que quero saber por que você não está usando aquelas roupas de astronauta.

— Porque o Geraldo ali diz que você não está contaminado. — Deitz apontou para um porquinho-da-índia atrás da janela de vidraça dupla. A cobaia estava numa gaiola e, parado de pé atrás da gaiola, estava o próprio Denninger, seu rosto inexpressivo.

— Geraldo, hã?

— Geraldo esteve respirando o seu ar nos três últimos dias, através do convector. Esta doença que seus amigos têm se transmite facilmente de humanos para cobaias e vice-versa. Se você estivesse contaminado, imaginamos que Geraldo estaria morto agora.

— Mas você não está assumindo quaisquer riscos — disse Stu secamente e encostou um dedo no filtro nasal.

— Isto — disse Deitz com um sorriso cínico — não está no meu contrato.

— O que é que eu tenho?

Suavemente, como se ensaiado, Deitz disse:

— Cabelo preto, olhos azuis, um tremendo bronzeado... — Ele olhou Stu firmemente. — Não achou graça, não é?

Stu nada disse.

— Quer me agredir?

— Não acho que isso possa resultar em qualquer bem.

Deitz suspirou e esfregou o cavalete do nariz como se os plugues subindo pelas narinas doessem.

— Ouça — disse ele —, quando as coisas parecem graves, eu faço piadas. Algumas pessoas fumam ou mascam chicletes. É desse jeito que vou levando minha merda, isso é tudo. Não duvido que existam montes de pessoas que têm métodos melhores. Quanto ao tipo de doença que vocês pegaram, bem, até onde Denninger e seus colegas foram capazes de apurar, você não tem nada, afinal.

Stu assentiu, impassível. Embora de algum modo fizesse uma idéia de que este pequeno gnomo em forma de gente tivesse visto seu rosto inescrutável mudar para um súbito e profundo alívio.

— O que os outros pegaram?

— Sinto muito, é confidencial.

— Como aquele tal Campion pegou?

— Também é confidencial.

— Meu palpite é de que ele estava no Exército. E de que ocorreu um acidente em algum lugar. Tal como aconteceu com aquelas ovelhas no Utah trinta anos atrás, só que bem pior.

— Sr. Redman, eu poderia ir em cana só por dizer se o seu palpite é frio ou quente.

Stu esfregou a mão pensativamente sobre a nova barba que despontava.

— Você deveria dar-se por contente por não lhe contarmos mais do que estamos — disse Deitz. — Sabe disso, não?

— De modo que eu possa servir melhor a meu país — replicou secamente Stu.

— Não, isto é estritamente coisa de Denninger — disse Deitz. — No esquema geral das coisas, eu e Denninger somos gente miúda, mas Denninger é ainda menor do que eu. Ele é um servomotor, nada mais. Há uma razão mais pragmática para você ficar contente. Você também é confidencial, sabe? Você desapareceu da face da Terra. Se viesse a saber demais, os maiorais poderiam decidir que a coisa mais segura seria você desaparecer para sempre.

Stu não disse nada. Estava atônito.

— Mas não vim aqui para ameaçá-lo. Desejamos extremamente sua cooperação, Sr. Redman. Precisamos dela.

— Onde estão as outras pessoas com quem vim para cá?

Deitz tirou um papel de um bolso interno.

— Victor Palfrey, falecido. Norman Bruett, Robert Bruett, falecidos. Thomas Wannamaker, falecido. Ralph Hodges, Bert Hodges, Cheryl Hodges, falecidos. Christian Ortega, falecido. Anthony Leominster, falecido.

Os nomes desfilavam na mente de Stu. Chris, o atendente do bar. Ele sempre mantinha uma espingarda de canos serrados, carregada de chumbo, debaixo do balcão, e o caminhoneiro que achasse que Chris estava só brincando acerca de usá-la era candidato a ter uma grande surpresa. Tony Leominster, que dirigia aquele caminhão enorme com um rádio Cobra da faixa do cidadão sob o painel. Às vezes ele aparecia no posto de Hap, mas não estivera lá na noite em que Campion tinha derrubado as bombas.

Vic Palfrey... meu Deus, ele havia conhecido Vic a vida inteira. Como poderia Vic estar morto? Porém o que o atingiu mais duramente foi a morte da família Hodges.

— *Todos* eles? — ouviu-se perguntar. — Toda a família de Ralph?

Deitz dobrou o papel.

— Não. Tem uma menina, Eva, de quatro anos. Ela está viva.

— Bem, como está ela?

— Lamento, mas é confidencial.

A raiva o acometeu com toda a imprevisibilidade de uma doce surpresa. Viu-se de pé, aferrando Deitz pelas lapelas e sacudindo-o de um lado para outro. Pelo canto do olho, viu movimento sobressaltado por trás da vidraça dupla. Indistintamente, abafado pela distância e pelas paredes à prova de som, ouviu um apito soar.

— O que seu pessoal fez? — gritou ele. — O que vocês fizeram? O que foi, em nome de Cristo, que vocês fizeram?

— Sr. Redman...

— E então? Que porra o seu pessoal fez?

A porta se abriu, sibilando. Três homens parrudos em uniforme verde-oliva entraram. Todos usavam filtros nasais.

Deitz olhou para eles e gritou:

— Caiam fora daqui, porra!

Os três pareceram indecisos.

— Nossas ordens...

— Caiam fora daqui! Isto é uma ordem!

Eles se retiraram. Deitz sentou-se calmamente na cama. Suas lapelas estavam amarrotadas e o cabelo caíra sobre a testa. Isto foi tudo. Ele olhava para Stu calmamente, até mesmo compassivo. Por um momento dramático, Stu pensou em rasgar seu filtro nasal, mas depois se lembrou de Geraldo. Que nome idiota para um porquinho-da-índia! Um desespero cego o atingiu como água fria. Sentou-se.

— Puta que pariu — murmurou.

— Preste atenção — disse Deitz. — Não sou responsável por você estar aqui. Tampouco Denninger ou as enfermeiras que vieram medir sua pressão arterial. Se houve alguém responsável, foi Campion, mas você também não pode jogar toda a culpa nele. Ele fugiu, mas, nas circunstâncias, eu ou você teríamos feito o mesmo. Houve uma falha técnica que lhe permitiu escapar. A situação existe. Estamos tentando lidar com ela, todos nós. Mas isto não nos torna responsáveis.

— Então quem é?

— Ninguém — disse Deitz, e sorriu. — Neste caso a responsabilidade se espalha em tantas direções que é invisível. Foi um acidente. Poderia ter acontecido de inúmeras outras maneiras.

— Um acidente — disse Stu, sua voz quase um sussurro. — E quanto aos outros? Hap e Hank Carmichael, e Lila Bruett? E seu filho, Luke? Monty Sullivan...

— Confidencial — disse Deitz. — Vai me sacudir um pouco mais? Se isto o fizer sentir-se melhor, sacuda.

Stu nada disse, mas do jeito que estava olhando para Deitz o fez de repente baixar a vista e começar a remexer com os vincos de sua calça.

— Eles estão vivos — disse —, e você vai poder vê-los em breve.

— E quanto a Arnette?

— Em quarentena.

— Quem está morto lá?
— Ninguém.
— Está mentindo.
— Lamento que pense assim.
— Quando vou sair daqui?
— Não sei.
— Confidencial? — perguntou Stu, amargo.
— Não, simplesmente não se sabe. Você não parece estar afetado pela doença. Queremos saber por que não a pegou. Então iremos todos para casa.
— Posso fazer a barba? Está coçando.
Deitz sorriu.
— Se permitir que Denninger recomece a fazer seus testes, mandarei alguém vir barbeá-lo imediatamente.
— Posso me barbear sozinho. Faço isto desde os 15 anos.
Deitz sacudiu a cabeça firmemente.
— Acho que não.
Stu sorriu secamente para ele.
— Receia que eu corte minha garganta?
— Vamos apenas dizer...
Stu o interrompeu com uma série de tossidas ásperas e secas, contraindo-se com a intensidade delas.
O efeito em Deitz foi galvânico. Ele pulou fora do leito como um raio e através da câmara de compressão, com seus pés mal parecendo tocar o solo. A seguir estava remexendo no bolso em busca da chave quadrada para enfiá-la na fenda.
— Não se preocupe — disse Stu suavemente. — Eu estava fingindo.
Deitz virou-se lentamente para ele. Agora seu rosto tinha mudado. Seus lábios estavam comprimidos de raiva, os olhos fitando fixamente.
— Estava *o quê*?
— Fingindo — disse Stu, seu sorriso se alargando.
Deitz deu dois passos inseguros em sua direção. Seus punhos se fecharam, abriram-se, depois se fecharam de novo.
— Mas por quê? Por que desejaria fazer algo assim?
— Sinto muito — disse Stu, sorrindo. — É confidencial.
— Seu merda filho-da-puta — disse Deitz com suave espanto.
— Prossiga. Vá em frente e diga a eles o que podem fazer com seus testes.
Naquela noite ele dormiu melhor do que tinha dormido desde que o trouxeram para este lugar. E teve um sonho extremamente vívido. Ele sempre havia sonhado bastante — sua esposa se queixava por ele dizer bobagens e resmungar durante o sono —, mas nunca tivera um sonho como este.
Estava de pé numa estrada rural, no local exato onde o asfalto negro cedia lugar à terra branca como osso. Um escaldante sol de verão estava se pondo. Em ambos os lados da estrada havia milho verde que se estendia a perder de vista. Havia um letreiro, mas estava empoeirado e ele não conseguiu ler. Havia o som de corvos, ásperos e distantes. Nas proximidades, alguém estava dedilhando uma guitarra acústica. Vic Palfrey tinha sido guitarrista, e era um belo som.
Este é o lugar em que eu devia ficar, pensou Stu vagamente. *É, este é o lugar, certamente.*

Qual era a melodia? "Beautiful Zion"? "The Fields of My Father's Home"? "Sweet Bye and Bye"? Ele se lembrava de algum livro do tempo de infância, algo que associava com imersão plena e almoços de piquenique. Mas não conseguia se lembrar de qual era.

Então a música parou. Uma nuvem encobriu o sol. Ele começou a ficar com medo. Começou a sentir que havia alguma coisa terrível, alguma coisa pior do que peste, fogo ou terremoto. Alguma coisa estava em meio ao milharal e o observava. Alguma coisa escura estava no milharal.

Ele olhou e viu dois olhos vermelhos chamejantes distantes nas sombras, atrás do milharal. Aqueles olhos o encheram do horror paralisado e desesperançado que a galinha sente pela doninha. *Ele*, pensou. O homem sem rosto. *Ah, Deus. Ah, Deus, não.*

Então o sonho se desvaneceu e ele acordou com sensações de inquietação, deslocamento e alívio. Foi ao banheiro e depois para sua janela. Olhou para a lua lá fora. Voltou para a cama, mas levou uma hora antes que o sono voltasse. Todo aquele milho, pensou sonolentamente. Deve ter sido Iowa ou Nebraska, talvez o norte do Kansas. Mas em toda a sua vida jamais estivera em qualquer desses lugares.

Capítulo Quatorze

QUINZE PARA MEIA-NOITE. Do lado de fora da pequena janela da casamata, a escuridão pressionava uniformemente contra o vidro. Deitz sentava-se sozinho no seu cubículo do escritório, gravata puxada para baixo, colarinho desabotoado. Seus pés repousavam sobre a anônima mesa de metal, e ele segurava um microfone. Em cima da mesa, os carretéis de um obsoleto gravador Wollensak giravam.

— Aqui é o coronel Deitz — disse ele. — Lotado na instalação de Atlanta, código PB-2. Este é o Relatório 16, assunto arquivo Projeto Azul, subarquivo Princesa/Príncipe. Este relatório, arquivo e subarquivo são Altamente Secretos, classificação 2-2-3, só para olhar. Se não está qualificado para receber este material, foda-se, Jack.

Ele parou e deixou que os olhos se fechassem por um momento. Os carretéis de fita giravam suavemente, suportando todas as corretas mudanças elétricas e magnéticas.

— Príncipe me deu um tremendo susto esta noite — disse ele por fim. — Não vou entrar no assunto; o relatório de Denninger cuidará disso. Esse cara estará mais do que disposto a dar abono. Além disso, claro, uma transcrição de minha conversa com Príncipe estará no disco de telecomunicações que também contém a transcrição desta fita, que está sendo feita às 23h45. Fiquei quase puto o bastante para bater nele, porque ele espantou o Jesus vivo de mim. Não estou mais puto, porém. O homem me pegou de jeito, e por um breve segundo eu soube o que é ser sacudido. Ele é um homem razoavelmente brilhante, desde que você ignore o seu exterior de Gary Cooper, e um filho-da-puta independente. Se lhe der na telha, ele descobrirá todos os tipos de chaves inglesas inusitadas para lançar nas engrenagens. Ele não tem nenhum parente próximo em Arnette ou qualquer outro lugar, de modo que não podemos forçar muito a barra com ele. Denninger tem voluntários... ou diz que tem... que ficariam felizes em ir lá e convencê-lo a ser mais cooperativo na base da força bruta, e isto pode vir a ocorrer. Mas se permite outra observação pessoal, vai ser preciso muito mais força bruta do que Denninger pensa. Talvez uma grande dose a mais. Que fique registrado que sou contra isso. Minha mãe costumava dizer que se pega mais moscas com mel do que com vinagre, e acho que ainda acredito nisso.

"Mais uma vez fique registrado: ele continua sendo submetido aos testes para evidência de vírus. Você pode imaginar."

Ele fez nova pausa, combatendo a ânsia de cochilar. Nas últimas 72 horas só tivera quatro de sono.

— Registros a partir das 22 horas — disse ele formalmente e pegou da mesa uma folha de relatórios. — Henry Carmichael morreu enquanto eu estava falando com Príncipe. O policial, Joseph Robert Brentwood, morreu meia hora atrás. Isto não vai estar no relatório do Dr. D., mas ele só faltou cuspir marimbondos por causa dessa. Brentwood exibiu uma súbita resposta positiva à vacina tipo... hã... — Ele remexeu papéis. — Aqui está: 63-A-3. Veja subarquivo, se desejar. A febre de Brentwood remitiu, os inchaços característicos nas glândulas do pescoço diminuíram, ele relatou fome e comeu um ovo pochê e uma fatia de torrada sem manteiga. Falou de modo racional, quis saber onde estava e assim por diante e *scooby-dooby-do*. Depois, por volta das 20 horas, a febre voltou violentamente. Delírio. Ele rompeu as correias em seu leito e ficou girando pelo quarto, gritando, tossindo, expelindo muco, essa coisa toda. Depois caiu e morreu. Cabum. A opinião da equipe é de que a vacina o matou. Fez com que se sentisse melhor por um momento, mas ele estava piorando de novo antes mesmo que ela o matasse. Portanto, tudo de volta à velha estaca zero.

Fez uma pausa.

— Guardei o pior para o final. Podemos tirar Princesa da categoria confidencial e voltar a tratá-la simplesmente como Eva Hodges, branca, quatro anos de idade. Sua carruagem de luxo voltou a ser uma abóbora e um bando de ratos no final desta tarde. Ao olhar para ela, você a acharia perfeitamente normal, nem sequer uma fungadela. Está abatida, é claro, pela perda da mãe. Afora isto, parece perfeitamente normal. Ela contraiu a doença, porém. Sua pressão sanguínea após o almoço apresentou uma queda, depois, um aumento, o que é parcialmente a única ferramenta diagnóstica decente que Denninger conseguiu até agora. Antes da ceia, Denninger mostrou-me os *slides* do escarro dela... como um incentivo à dieta, os *slides* do escarro são realmente de primeira, pode crer... e eles são repugnantes, com aqueles germes parecendo roda de carroça que ele diz que não são realmente germes, afinal, mas incubadores. Não consigo entender como ele pode saber onde essa coisa está e como parece e mesmo assim não ser capaz de detê-la. Ele me passa um monte de jargão, mas creio que tampouco entende.

Deitz acendeu um cigarro.

— Portanto, onde estamos esta noite? Conseguimos uma doença que tem vários estágios bem definidos... mas algumas pessoas podem pular um estágio. Algumas pessoas podem regredir um estágio. Outras podem fazer as duas coisas. Algumas pessoas permanecem em um único estágio por um tempo relativamente longo e outras zunem através de todos os quatro como se estivessem num trenó movido a foguete. Um de nossos dois pacientes limpos não está mais limpo. O outro é um caipira de trinta anos que parece estar tão saudável quanto eu. Denninger fez cerca de 30 milhões de testes nele e foi bem-sucedido em isolar apenas quatro anormalidades: Redman parece ter muitos sinais no seu corpo. Tem uma branda condição hipertensiva, branda demais para se medicar de imediato. Ele desenvolve um leve tique debaixo do olho esquerdo quando está estressado. E Denninger diz que sonha um bocado mais do que a média... quase a noite inteira, a cada noite. Obtiveram isto daquela série-padrão de eletrocardiogramas que tiveram antes que ele entrasse em greve. E isto é tudo. Nada posso fazer além disso, tampouco o Dr. Denninger, e tampouco podem as pessoas que estudaram a obra do Dr. Demento.

"Isto me assusta, Starkey. Me assusta porque ninguém senão um doutor muito esperto, munido de todos os fatos, vai ser capaz de diagnosticar coisa alguma que não um resfriado comum nas pessoas que estão lá fora carregando isto. Cristo, ninguém vai mais ao médico a não ser que tenha contraído pneumonia, descoberto um caroço suspeito na teta ou um caso grave de urticária. Difícil demais encontrar alguém que dê a devida importância. Então as pessoas vão ficar em casa, tomando bastante líquido e repousando ao máximo, e então vão morrer. Antes de morrer vão infectar qualquer um que mantiver contato próximo com elas. Todos nós estamos ainda esperando que Príncipe — acho que usei seu verdadeiro nome em algum lugar aqui, mas na atual conjuntura realmente estou pouco ligando — possa vir a adoecer esta noite, amanhã ou depois de amanhã, no mais tardar. E até agora ninguém que tenha contraído a doença apresentou melhoras. Aqueles filhos-da-puta lá na Califórnia fizeram este serviço um tanto bem demais para meu gosto. Deitz, Atlanta, instalação PB-2, encerra este relatório."

Deitz desligou o gravador e olhou para ele por um longo tempo. Depois acendeu outro cigarro.

Capítulo Quinze

DOIS MINUTOS PARA A MEIA-NOITE.

Patty Greer, a enfermeira que estivera tentando medir a pressão arterial de Stu quando ele entrou em greve, estava folheando o último número da revista *McCall's* no posto das enfermeiras e esperando a hora de ir monitorar o Sr. Sullivan e o Sr. Hapscomb. Hap estaria ainda acordado, assistindo ao Johnny Carson, e não seria nenhum problema. Ele gostava de caçoar dela acerca de quão difícil seria beliscar seu traseiro através do macacão branco. O Sr. Hapscomb estava assustado, mas se mostrava cooperativo, não era como aquele pavoroso Stuart Redman, que se limitava a olhá-la sem dizer o que quer que fosse. O Sr. Hapscomb era o que Patty Greer considerava como um "boa-praça". Até onde lhe interessava, todos os pacientes podiam ser divididos em duas categorias: "boas-praças" e "velhos paspalhões". Patty, que quebrara uma perna patinando quando estava com sete anos e nunca mais passara um dia de cama desde então, tinha muito pouca paciência com os "velhos paspalhões". Ou a pessoa estava realmente doente e sendo "boa-praça" ou era um "velho paspalhão" hipocondríaco, causando encrenca para uma pobre garota trabalhadora.

O Sr. Sullivan estaria adormecido e acordaria mal-humorado. Não era culpa dela ter de acordá-lo, e achava que o Sr. Sullivan entenderia. Deveria simplesmente sentir-se grato por estar recebendo o melhor tratamento que o governo podia fornecer, e tudo de graça, ainda por cima. E lhe diria isso se começasse de novo esta noite a ser um "velho paspalhão".

O relógio marcava meia-noite; era hora de ir.

Deixou o posto das enfermeiras e desceu o corredor rumo ao quarto branco onde iria primeiro ser vaporizada e depois vestir seu traje especial. A meio caminho, seu nariz começou a coçar. Ela tirou um lenço do bolso e espirrou levemente três vezes. Guardou o lenço.

Concentrada em lidar com o rabugento Sr. Sullivan, não deu muita importância aos espirros. Era provavelmente algum tipo de alergia. A diretriz no posto das enfermeiras que dizia em grandes letras vermelhas RELATE QUAISQUER SINTOMAS DE RESFRIADO, *NÃO IMPORTA QUÃO LEVES SEJAM,* AO SEU SUPERVISOR IMEDIATAMENTE jamais sequer passou por sua mente. Estavam preocupados com que seja lá qual fosse a doença daquela pobre gente do Texas pudesse se espalhar para fora dos quartos lacrados, mas ela também sabia que era impossível até mesmo para um vírus microscópico insinuar-se para dentro do ambiente auto-suficiente dos trajes brancos especiais.

Não obstante, a caminho do quarto branco ela infectou um servente, um médico que já estava de saída do plantão e outra enfermeira que fazia suas rondas de meia-noite.

Um novo dia começara.

Capítulo Dezesseis

UM DIA DEPOIS, 23 de junho, um grande Continental branco troava para o Norte na Rodovia Nacional 180, em outra parte do país. Seguia entre 140 e 160km/h, sua pintura branco-corinto reluzindo ao sol, o cromado cintilando. O vidro panorâmico traseiro também refletia o sol, heliografando-o malignamente.

A trilha que o Continental tinha deixado para trás desde que Poke e Lloyd mataram seu proprietário e o roubaram em algum lugar logo ao sul de Hachita era errante e inteiramente sem sentido. Pela 81 acima até a Rodovia Nacional 80, o pedágio, até que Poke e Lloyd começaram a ficar nervosos. Haviam matado seis pessoas nos últimos seis dias, incluindo o dono do Continental, sua esposa e sua filha metida a besta. Mas não era por causa dos seis assassinatos que eles se sentiam inquietos por estar na rodovia. Era por causa da droga e das armas. Cinco gramas de haxixe, uma pequena tabaqueira de latão com Deus sabia quanto mais de cocaína e 7 quilos de maconha. Havia também dois .38, três .45, uma Magnum .357, que Poke chamava de seu pokerizador, seis espingardas — duas delas de canos serrados — e uma submetralhadora Schmeisser. Assassinato era uma ninharia além do seu alcance intelectual, mas ambos compreendiam a encrenca em que iriam se meter se a Polícia Estadual do Arizona os pegasse num carro roubado cheio de drogas e armas. Acima de tudo, eles eram fugitivos interestaduais. Tinham sido, desde que cruzaram a fronteira de Nevada.

Fugitivos interestaduais. Lloyd Henreid gostava de como isso soava. Na crista da onda. Tome isto, seu rato sujo. Tome um sanduíche de chumbo, seu tira nojento.

Portanto eles dobraram para o Norte em Deming, agora na 180; haviam passado por Hurley, Bayard e por Silver City, uma cidade um pouquinho maior, onde Lloyd havia comprado uma sacola de hambúrgueres e oito *milkshakes* (por que diabo ele comprara oito daquelas porras? Em breve estariam mijando chocolate), sorrindo para a garçonete de um modo vazio embora hilariante que a deixou nervosa por várias horas depois. Acho que aquele homem poderia ter me matado com a mesma facilidade com que olhou para mim, disse ela ao seu patrão aquela tarde.

Passada Silver City e atravessando Cliff, a estrada agora desviava de novo para Oeste, simplesmente a direção que queriam seguir. Passaram por Buckhorn e então viram-se de volta ao território esquecido por Deus, duas pistas de asfalto correndo através de artemísia e areia, tendo colinas escarpadas e *mesetas* como pano de fundo, tudo aquela mesma velha mesmice que fazia você querer enfiar o dedo na garganta e vomitar naquilo.

— Estamos ficando com pouca gasolina — disse Poke.

— Não íamos ficar se você não guiasse essa porra tão rápido — replicou Lloyd. Ele tomou um gole do seu *milkshake*, enjoou dele, baixou o vidro da janela e jogou fora todo o lixo, inclusive os três *milkshakes* em que nenhum deles havia tocado.

— Eia! Eia! — gritou Poke. Ele começou a cutucar o pedal da gasolina. O Continental arrancou à frente, recuou, arrancou à frente.

— Cavalgue ele, *cowboy*! — gritou Lloyd.

— Eia! Eia!

— Quer um baseado?

— Fume-o você, se consegui-lo — disse Poke. — Eia! Eia!

Havia uma grande sacola Hefty verde no assoalho entre os pés de Lloyd, que continha os 7 quilos de maconha. Ele a alcançou, pegou um punhado e começou a enrolar um baseado.

— Eia! Eia! — O Continental ziguezagueva de um lado para outro sobre a linha branca.

— Pare com essa merda! — gritou Lloyd. — Estou derramando fumo por toda parte!

— Há muito mais onde você pegou... eia!

— Ora, vamos, temos que negociar esta coisa, cara. Temos que negociar esta coisa, ou vamos ser apanhados e terminar no porta-malas de alguém.

— Tudo bem, gente boa. — Poke começou a dirigir suavemente de novo, mas sua expressão era amuada. — Foi sua idéia, a porra de sua idéia.

— Você achou que era uma *boa* idéia.

— É, mas não sabia que a gente terminaria dirigindo por todo esse Arizona fodido. Como algum dia chegaremos a Nova York por esse caminho?

— Estamos despistando a perseguição, cara — disse Lloyd. Na sua mente ele via portas de garagem da polícia se abrindo e radiopatrulhas da década de 1940 fazendo uma surtida noturna. Holofotes iluminando muros de tijolos. Saia logo, vagabundo, sabemos que está aí.

— Uma boa sorte do cacete — disse Poke, ainda amuado. — Estamos fazendo um serviço de merda. Você sabe o que é que temos, além daquela droga e das armas? Conseguimos 16 paus e uma porrada de cartões de crédito que não temos peito de usar. Caralho, nem sequer temos grana que dê para encher o tanque dessa banheira.

— Deus proverá — disse Lloyd, e selou com cuspe o baseado. Acendeu-o com o isqueiro no painel do carro. — Dias felizes do cacete.

— E se você quer vender essa porra, o que estamos fazendo fumando ela? — continuou Poke, não muito abrandado pelo pensamento de que Deus proveria.

— Assim sendo, vendemos somente uns poucos gramas. Vamos lá, Poke. Fume um baseado.

Isto nunca falhou para amaciar Poke. Ele deu uma risada áspera e forte e pegou o baseado. Entre os dois, de pé sobre sua coronha de arame, estava a Schmeisser, plenamente carregada. O Continental disparou pela estrada, a seta do medidor de gasolina parada num oito.

* * *

Poke e Lloyd haviam se conhecido um ano antes no Posto de Segurança Mínima de Brownsville, uma prisão agrícola em Nevada. Brownsville se constituía de 360 hectares de terra de fazenda irrigada e um complexo prisional de prédios metálicos pré-fabricados, a cerca de 90 quilômetros ao norte de Tonopah e 120 quilômetros a nordeste de Gabbs. Era um lugar ruim para ficar por pouco tempo. Embora o Posto Brownsville supostamente devesse ser uma fazenda, nada crescia muito ali. Cenouras e alface recebiam uma amostra daquele sol fulgurante, exultavam fracamente e morriam. Legumes e ervas daninhas cresciam, e a legislatura estadual dedicava-se fanaticamente à idéia de que algum dia aquele solo daria soja. Porém a coisa mais amável que podia ser dita a respeito do propósito ostensivo de Brownsville era que o deserto estava levando um tempo impiedosamente longo para vicejar. O diretor da prisão (que preferia ser chamado de "o patrão") orgulhava-se de ser um linha-dura e só contratava homens que ele considerasse da mesma espécie. E como ele gostava de dizer ao novato, Brownsville era de segurança mínima principalmente porque quando acontecia uma fuga, era como dizia a canção: nenhum lugar para fugir, neném, nenhum lugar onde se esconder. Alguns até que conseguiam, mas a maioria era trazida de volta em dois ou três dias, com queimadura de sol, cegueira de luminosidade e ansiosos em vender ao patrão suas almas murchas como uva-passa por um gole d'água. Alguns gargalhavam como loucos, e um jovem que esteve fora por três dias alegou ter visto um enorme castelo alguns quilômetros ao sul de Gabbs, um castelo cercado por um fosso. O fosso, disse, era guardado por seres sobrenaturais montando grandes cavalos negros. Alguns meses depois, quando um pregador revivescente do Colorado fez uma apresentação em Brownsville, este mesmo jovem aceitou Jesus numa boa.

Andrew "Poke" Freeman, preso por assalto simples, foi solto em abril de 1989. Ele havia ocupado um catre próximo ao de Lloyd Henreid, e dissera-lhe que se Lloyd estivesse interessado numa parada grande, ele sabia acerca de alguma coisa interessante em Las Vegas. Lloyd topou.

Lloyd foi libertado em 1º de junho. Seu crime, cometido em Reno, tinha sido tentativa de estupro. A mulher era uma corista a caminho de casa, e havia lançado uma carga de gás lacrimogêneo nos olhos de Lloyd. Ele teve sorte de pegar somente dois anos para quatro, mais tempo servido, mais tempo fora por bom comportamento. Brownsville era tremendamente dura para alguém querer ter mau comportamento.

Ele pegou um ônibus para Las Vegas e Poke foi encontrá-lo no terminal. A parada é a seguinte, disse-lhe Poke. Ele conhecia este cara, "um associado nos negócios em tempo integral" o descreveria melhor, e este cara era conhecido em certos círculos como George o Magnífico. Ele fazia algumas tarefas para um grupo com nomes principalmente italianos e sicilianos. George era estritamente uma ajuda em tempo parcial. O que ele fazia, principalmente, era levar e trazer coisas para o grupo. Às vezes ele levava coisas de Vegas para L.A.; outras vezes fazia o percurso inverso. Droga de segunda, principalmente, de cortesia para clientes de primeira. Às vezes armas. As armas eram sempre levadas, nunca trazidas. Segundo Poke entendia (e o entendimento de Poke nunca ia muito além do que o cinema chama de "foco suave"), esses sicilianos às vezes vendiam "ferro" para ladrões independentes. Bem, disse Poke, George o Magnífico estava disposto a contar-lhes a hora e o lugar em que um carregamento razoavelmente bom desses itens estaria iminente. George estava pedindo 25% do que eles obtivessem. Poke e Lloyd iriam cair em cima de George, amarrá-lo e amordaçá-lo, pegar a mercadoria e talvez dar-lhe algumas porradas para boa simulação. Isso tinha que ser bem-feito, avisara George, porque os sicilianos não gostavam de ser passados para trás.

— Bem — disse Lloyd —, parece uma boa.

No dia seguinte, Poke e Lloyd foram ver George o Magnífico, um homem de maneiras brandas de 1,80m de altura e com uma cabeça pequena que se assentava incongruentemente acima de seus ombros largos sobre um pescoço que parecia não existir. Ele tinha uma cabeça repleta de cabelo louro ondulado, que o fazia parecer um pouco com o famoso lutador de vale-tudo.

Lloyd tivera segundos pensamentos acerca do acordo, mas Poke o fizera mudar de idéia de novo. Poke era bom nisso. George disse-lhes que aparecessem em sua casa na noite da sexta-feira seguinte por volta das seis.

— Usem máscaras, pelo amor de Deus — disse ele. — E me deixem também com o nariz sangrando e o olho roxo. Jesus, eu desejaria nunca ter me metido nisto.

A grande noite chegou. Poke e Lloyd pegaram um ônibus para a esquina da rua de George e puseram as máscaras de esquiador ao pé de sua calçada. A porta estava fechada, mas não tão fortemente. Havia um cômodo bagunçado no térreo, e lá estava George, parado diante de uma sacola Hefty cheia de maconha. A mesa de pingue-pongue estava abarrotada de armas. George estava assustado.

— Meu Deus, eu desejaria nunca ter me metido nisto — continuou dizendo enquanto Lloyd atava seus pés com corda de roupa e Poke prendia as mãos com fita isolante.

Depois Lloyd acertou George no nariz, ensangüentando-o. Poke o atingiu no olho, deixando-o roxo, conforme combinado.

— Puxa! — gritou George. — Precisavam bater tão forte?

— Foi você quem insistiu para a coisa parecer bem-feita — assinalou Lloyd.

Poke afixou um pedaço de fita adesiva sobre a boca de George. Os dois começaram a reunir o butim.

— Sabe de uma coisa, parceiro? — disse Poke, parando.

— Não — disse Lloyd, rindo nervosamente. — Não sei de nada.

— Fico imaginando se o George aqui pode guardar um segredo.

Para Lloyd, esta era uma consideração nova em folha. Olhou pensativo para George o Magnífico por um longo minuto. Os olhos de George se esbugalharam de volta para ele em súbito terror.

Então Lloyd disse:

— Certo. O cu dele também está na reta. — Mas ele soou tão inquieto quanto se sentia. Quando certas sementes são plantadas, quase sempre se desenvolvem.

Poke sorriu.

— Ah, ele poderia simplesmente dizer: "Ei, caras, encontrei com este velho amigo e seu cupincha. Jogamos conversa fora por algum tempo, tomamos umas cervejas, e o que é que vocês acham? Os filhos-da-puta vieram aqui para casa e me dominaram. Claro que há esperança de pegá-los. Vou fazer uma descrição deles."

George sacudia a cabeça violentamente, seus olhos arregalados de terror.

As armas já estavam num pesado saco de lona de lavanderia que tinham encontrado no banheiro de baixo. Agora Lloyd ergueu o saco nervosamente e disse:

— Bem, o que acha que devíamos fazer?

— Acho que a gente devia pokerizar ele, velho parceiro — disse Poke pesarosamente. — É a única coisa que *podemos* fazer.

Lloyd disse:

— Parece terrível paca, depois de ele ter posto a gente na parada.

— O velho mundo é duro, parceiro.

— É — suspirou Lloyd, e ambos caminharam na direção de George.

— *Mph* — fez George, sacudindo a cabeça selvagemente. — *Mmmmmmmh!*

— Eu sei — Poke acalmou-o. — Puto, não é? Lamento, George, sem sacanagem. Não é nem um pouco pessoal. Quero que se lembre disso. Segure a cabeça dele, Lloyd.

Isto era mais fácil dizer do que fazer. George o Magnífico chicoteava com a cabeça selvagemente de um lado para o outro. Estava sentado no canto de seu quarto bagunçado e as paredes eram de bloco de concreto de cinza e ele continuava a bater a cabeça contra elas. Nem mesmo parecia sentir.

— Segure-o — disse Poke serenamente, e rasgou outro pedaço de fita do rolo.

Lloyd por fim o agarrou pelos cabelos e conseguiu mantê-lo imóvel por tempo suficiente para Poke colar a segunda tira de fita adesiva cuidadosamente sobre o nariz de George, vedando assim todos os seus dutos de ar. George ficou simplesmente louco. Rolou para fora do canto, a barriga se agitando em desespero por ar, e depois ficou ali, corcoveando no chão e fazendo sons abafados que Lloyd interpretou como gritos. Pobre sujeito. A agonia continuou por quase cinco minutos, até George ficar completamente imóvel. Ele se contorceu, debateu-se e pulou. Seu rosto estava vermelho como um pimentão. A última coisa que fez foi erguer as pernas 20 ou 25 centímetros direto acima do chão e trazê-las para baixo com um estrondo. Isto fez Lloyd recordar de uma cena que tinha visto num desenho de Pernalonga ou algo assim, e ele riu um pouco, sentindo-se um tanto incentivado. Até então havia sido uma espécie de coisa horripilante de se ver.

Poke agachou-se ao lado de George e sentiu seu pulso.

— Então — Lloyd disse.

— Não tem nada mais tiquetaqueando a não ser seu relógio, velho parceiro — disse. — Por falar nisso... — Levantou o braço carnudo de George e olhou para o relógio. — Droga, apenas um Timex. Estava pensando que seria um Casio, algo assim. — Ele deixou o braço cair.

As chaves do carro de George estavam no bolso da frente de suas calças. E no guarda-louças de cima encontraram um pote de manteiga de amendoim Skippy cheio até a metade de moedas, que pegaram também. Havia 20 dólares e 60 *cents* em moedas.

O carro de George era um velho Mustang resfolegante com alavanca de câmbio no assoalho, amortecedores em mau estado e pneus tão carecas quanto Telly Savalas. Deixaram Las Vegas pela Rodovia Nacional 93 e seguiram rumo Sudoeste para o Arizona. Por volta do meio-dia do dia seguinte, anteontem, eles contornaram Phoenix por estradas vicinais. Ontem por volta das nove pararam num velho armazém empoeirado 3 quilômetros além de Sheldon, na Auto-Estrada 85 do Arizona. Bateram à porta da loja e pokerizaram o proprietário, um cavalheiro idoso com dentadura postiça de reembolso postal. Conseguiram 63 dólares e a picape do velho.

Dois pneus da picape tinham estourado esta manhã. Dois pneus ao mesmo tempo, e nenhum deles pôde encontrar quaisquer taxas ou pregos na estrada, afinal, embora tivessem gastado meia hora procurando, dividindo tragadas num baseado enquanto o faziam. Poke disse por fim que deveria ter sido coincidência. Lloyd disse ter ouvido coisas estranhas, pela voz de Deus. Então despontou o Continental, como resposta às suas preces. Eles haviam cruzado a divisa estadual do Arizona para o Novo México mais cedo, embora nenhum deles soubesse disso, ficando portanto na mira do FBI.

O motorista do Continental tinha parado no acostamento, posto a cabeça fora da janela e dito:

— Precisam de alguma ajuda?

— Claro — dissera Poke, e pokerizara o homem no ato. Acertou-o entre os olhos, com a Magnum .357. O coitado provavelmente nunca soube o que o havia atingido.

* * *

— Por que você não vira aqui? — disse Lloyd, apontando para a encruzilhada que se aproximava. Ele estava agradavelmente narcotizado.

— Bem que podia — disse Poke, alegremente. Ele deixou a velocidade baixar de 120 para 95. Uma guinada à esquerda, as rodas da direita mal tocando o solo, e então um novo trecho de estrada desenrolou-se diante deles. Rodovia 78, direto para o Oeste. E assim, sem saber que jamais o haviam deixado, ou que eram agora os perpetradores do que os jornais estavam chamando de ORGIA DE ASSASSINATOS EM TRÊS ESTADOS, eles reentraram no Arizona.

Cerca de uma hora mais tarde, um letreiro despontou à sua direita: BURRACK 6.

— Buraco? — disse Lloyd, confuso.

— Burrack — disse Poke e começou a rodar o volante, de modo que o carro fizesse graciosas curvas de um lado para outro da estrada. — Eia! Eia!

— Quer parar lá? Estou faminto, cara.

— Você está sempre faminto.

— Não fode. Quando puxo um fumo, tenho que comer uns tira-gostos.

— Você pode comer minha salsicha de 20 centímetros, que tal? Eia! Eia!

— Falando sério, Poke. Vamos parar.

— *OK*. Vamos descolar alguma grana também. Iludimos a porra da perseguição por um tempo. Temos que arrumar algum dinheiro e rapar fora para o Norte. Esta merda de deserto não faz meu gênero.

— *OK* — disse Lloyd. Ele não sabia se era a maconha atuando nele ou o quê, mas repentinamente sentiu-se paranóico como o diabo, até mesmo pior do que quando estiveram no posto de pedágio. Poke estava certo. Parar neste tal Burrack e fazer um ganho como tinham feito em Sheldon. Descolar uma grana e alguns mapas de posto de gasolina, trocar a porra deste Continental por alguma coisa que se misturasse ao cenário, depois para o norte e o leste por estradas secundárias. Cair fora da porra do Arizona.

— Vou lhe dizer a verdade, cara — disse Poke. — Assim, de repente, me sinto tão nervoso como um gato de rabo comprido numa sala cheia de cadeiras de balanço.

— Sei o que você quer dizer, otário — disse Lloyd seriamente, e então isto pareceu engraçado a ambos e eles se aliviaram.

Burrack era um lugar amplo na estrada. Eles a atravessaram e do outro lado havia uma combinação de café, mercearia e posto de gasolina. Havia uma velha caminhonete Ford e um Oldsmobile raiado de ferrugem com um *trailer* de cavalo a reboque no estacionamento de terra. O cavalo olhou para eles enquanto Poke entrava com o Continental.

 — Isto parece exatamente o que queremos — comentou Lloyd.

Poke concordou. Pegou a .357 no banco de trás e verificou a munição.

— Está pronto?

— Acho que sim — disse Lloyd, e se apoderou da Schmeisser.

Caminharam através do estacionamento abrasador. A polícia já sabia quem eles eram fazia quatro dias; tinham deixado suas impressões digitais por toda a casa de George o Magnífico, e também na loja onde o velho com dentadura pelo reembolso postal fora pokerizado. A picape do velho tinha sido encontrada a 15 metros dos corpos de três pessoas a quem pertencia o Continental, e parecia razoável presumir que os homens que haviam matado George o Magnífico e o dono do armazém mataram também aqueles três. Se estivessem ouvindo o rádio do carro em vez do toca-fitas, saberiam que as polícias do Arizona e do Novo México estavam coordenando a maior caçada humana em quarenta anos, tudo por uma dupla de trapaceiros de segunda categoria incapazes de compreender inteiramente o que poderiam ter feito para iniciar tamanha confusão.

A gasolina era auto-serviço; o funcionário só tinha que ligar a bomba. Assim eles subiram os degraus e entraram. Três gôndolas de enlatados alinhavam-se em direção ao balcão, onde um homem em trajes de *cowboy* estava pagando por um pacote de cigarros e meia dúzia de Slim Jims. Meio caminho abaixo da gôndola central uma mulher de aspecto cansado com cabelo preto áspero tentava decidir entre duas marcas de molho de espaguete. O lugar cheirava a alcaçuz mofado e sol e tabaco e idade. O proprietário era um homem sardento de camisa cinza. Estava com um boné que dizia SHELL em letras vermelhas contra um campo branco. Ergueu a vista quando a porta de tela bateu se fechando, e seus olhos se arregalaram.

Lloyd apoiou a coronha de arame da Schmeisser contra seu ombro e disparou uma rajada para o teto. As duas lâmpadas pendentes se estilhaçaram como bombas. O homem em trajes de *cowboy* começou a se virar.

— É só todo mundo ficar imóvel e ninguém sairá ferido! — gritou Lloyd, e Poke imediatamente fez dele um mentiroso, ao abrir um buraco através da mulher que escolhia os molhos. Ela foi arremessada longe, caindo morta. — Puta merda, Poke! — vociferou Lloyd. — Você não precisava...

— Eu a pokerizei, parceiro! — gritou Poke. — Ela nunca mais assistirá ao Jerry Falwell! Eia! Eia!

O homem em trajes de *cowboy* continuava se virando. Estava segurando seus cigarros na mão esquerda. A luz áspera que caía através da janela e da porta de tela alfinetava estrelas brilhantes sobre as lentes escuras de seus óculos de sol. Havia um revólver .45 enfiado no seu cinto, e agora sacou-o sem pressa enquanto Lloyd e Poke olhavam para a mulher morta. Mirou, disparou, e o lado esquerdo da face de Poke desapareceu subitamente num jorro de sangue, tecido e dentes.

— *Me acertou!* — gritou Poke, deixando a .357 cair e oscilando para trás. Suas mãos derrubaram sacos de batatas fritas, *tacos* e Cheez Doodles no piso de tábuas lascado. — *Me acertou, Lloyd! Cuidado! Me acertou! Me acertou!* — Ele alcançou a porta de tela e a escancarou. Poke sentou-se pesadamente na varanda, fazendo afrouxar uma das dobradiças da porta velha.

Lloyd, aturdido, disparava mais por reflexo do que por autodefesa. O metralhar da Schmeisser enchia o salão. Latas voaram. Garrafas se estilhaçaram, derramando *ketchup*, picles, azeitonas. O vidro da frente do refrigerador Pepsi tilintava para dentro. Garrafas de Dr. Pepper e Jolt and Orange Crush explodiam como alvos de argila. Espuma se espalhava por toda parte. O homem vestido de *cowboy*, frio, calmo e consciente, disparou sua arma outra vez. Lloyd sentiu mais do que ouviu a bala enquanto ela zunia quase próxima o bastante para repartir seu cabelo. Ele varreu o salão com a Schmeisser, da esquerda para a direita.

O homem com o boné SHELL caiu para trás do balcão tão subitamente que um observador poderia ter pensado que um alçapão se abrira debaixo dele. Uma máquina de chiclete de bola se desintegrou. Gomas de mascar de várias cores rolaram por toda parte. As garrafas sobre o balcão explodiram. Uma delas continha ovos ao vinagrete; outra, pés de porco ao vinagrete. Imediatamente o salão se encheu com o acre odor de vinagre.

A Schmeisser fez três buracos de bala na camisa cáqui do *cowboy* e suas vísceras saíram pelas costas para se espalharem sobre Spuds Mackenzie. O *cowboy* caiu, ainda segurando seu .45 numa das mãos e seu pacote de cigarros na outra.

Lloyd, borrado de medo, continuou a disparar. A submetralhadora estava ficando quente em suas mãos. Uma caixa cheia de garrafas de soda retornáveis tilintou e caiu. Uma garota de calendário usando *shorts* ganhou um buraco de bala em uma das suas coxas encantadas cor de pêssego. Um mostruário de *paperbacks* sem capa desabou. Então a Schmeisser ficou sem munição, e o novo silêncio foi ensurdecedor. O odor de pólvora era pesado e espesso.

— Puta merda — disse Lloyd. Ele olhou cauteloso para o *cowboy*. Não parecia que ele fosse causar problema nem no próximo nem no distante futuro.

— *Me acertou!* — berrou Poke e cambaleou de volta para dentro. Empurrou a porta de tela para fora do seu caminho com tanta força que a outra dobradiça rebentou e a porta foi bater na varanda. — *Me acertou, Lloyd, cuidado!*

— Eu peguei ele, Poke — tranqüilizou Lloyd, mas Poke pareceu não ouvir. Estava péssimo. Seu olho direito flamejava como uma safira maligna. O esquerdo se fora. Sua face esquerda tinha sido vaporizada; podia-se observar a mandíbula funcionar daquele lado enquanto ele falava. A maioria de seus dentes se fora também. A camisa estava ensopada de sangue. Pensando bem, Poke estava péssimo.

— *Esse idiota fodido atirou em mim!* — gritou Poke. Ele se abaixou e recuperou a Magnum .357. — *Ensinarei a você por atirar em mim, seu fodido!*

Ele avançou sobre o *cowboy*, um Dr. Sardonicus rural. Pôs um pé sobre o traseiro do *cowboy*, como um caçador posando para uma foto com o urso que em breve estaria decorando a parede de sua cabana, e preparou-se para esvaziar a .357 em sua cabeça. Lloyd observava boquiaberto, a submetralhadora fumegante pendendo de uma das mãos, ainda tentando entender como tudo isto havia acontecido.

Naquele momento o homem do boné SHELL ressurgiu de debaixo do balcão, como um boneco de mola saltando da caixa, seu rosto retorcido numa expressão de intento desesperado, uma espingarda de canos serrados aninhada em ambas as mãos.

— Hã? — fez Poke e ergueu a vista bem a tempo de receber a carga dos dois canos. Ele desabou ao solo, seu rosto pior do que nunca e sem ligar a mínima.

Lloyd decidiu que era o momento de cair fora. Foda-se o dinheiro. Por toda parte há dinheiro. A hora de se livrar de mais uma pequena perseguição tinha claramente chegado. Ele gritou e saiu da loja em largas passadas trôpegas, suas botas mal tocando as tábuas.

Estava na metade dos degraus quando uma radiopatrulha da Polícia Estadual do Arizona entrou no pátio. Um patrulheiro saltou do assento do passageiro e sacou sua pistola.

— Pare onde está! O que está havendo lá dentro?

— Três pessoas mortas! — gritou Lloyd. — Uma carnificina dos diabos! O cara que fez isso saiu pelos fundos! Estou caindo fora desta porra!

Ele correu para o Continental. Já tinha deslizado para trás do volante e estava se lembrando de que a chave estava no bolso de Poke quando o patrulheiro gritou:

— Pare! Pare ou atiro!

Lloyd parou. Após examinar a cirurgia radical no rosto de Poke, não levou muito tempo para decidir que ele logo morreria.

— Puta merda — disse tristemente quando um segundo patrulheiro pousou uma enorme pistola ao lado de sua cabeça. O primeiro o algemou.

— Na traseira da viatura, Sunny Jim.

O homem do boné SHELL apareceu na varanda, ainda segurando sua espingarda.

— Ele matou Bill Markson! — gritou numa voz estridente e esquisita. — O outro matou a Srta. Storm! Que sinfonia infernal! Eu fuzilei o outro! Está pra lá de morto! Gostaria de fuzilar esse aí também, se vocês rapazes se afastassem!

— Fica frio, tio — disse um dos patrulheiros. — A festa acabou.

— Eu o fuzilarei onde ele está parado! — gritou o homem do boné. — Eu o derrubarei por terra! — A seguir se inclinou à frente como um mordomo inglês, fez uma reverência e se afastou.

— Rapazes, poderiam me levar para longe desse cara? — disse Lloyd. — Estou achando que ele é louco.

— Você ganhou esta quando saía da loja, Sunny Jim — disse o patrulheiro que o abordara em primeiro lugar. O cano de sua pistola girou no ar, captando o sol, e depois desceu para rachar a cabeça de Lloyd Henreid, e ele só foi acordar naquela noite na enfermaria da cadeia do condado de Apache.

Capítulo Dezessete

STARKEY ESTAVA DE PÉ em frente ao monitor 2, mantendo um olho atento no técnico de segunda classe Frank D. Bruce. Quando vimos Bruce pela última vez, ele estava de cara enfiada numa tigela de sopa. Nenhuma mudança exceto a identificação positiva. Situação normal, tudo se fodeu.

Pensativamente, as mãos entrelaçadas às costas como um general passando em revista as tropas, como o general Black Jack Pershing, seu ídolo da infância, Starkey foi até o monitor 4, onde a situação tinha mudado para melhor. O Dr. Emmanuel Ezwick ainda jazia morto no chão, mas a centrífuga tinha parado. Às 19h40 da última noite, a centrífuga começara a emitir finos anéis de fumaça. Às 19h55 as captações sonoras no laboratório de Ezwick tinham transmitido uma espécie de som *whunga-whunga-whunga* que se aprofundava num mais pleno, rico e satisfatório *ronk! ronk! ronk!* Às 21h07 a centrífuga dera seu último *ronk* e lentamente entrou em repouso. Foi Newton quem dissera que em algum lugar, além da estrela mais distante, pode haver um corpo perfeitamente em repouso? Newton estivera certo acerca de tudo, menos da distância, pensou Starkey. Não é preciso ir tão longe afinal. O Projeto Azul estava perfeitamente em repouso. Starkey sentiu-se muito satisfeito. A centrífuga tinha sido a última ilusão da vida, e o problema que ele mantivera Steffens monitorando no banco de dados do computador central (Steffens olhara para ele como se estivesse louco e, sim, Starkey achava que poderia estar) era: quanto tempo se esperava que aquela centrífuga continuasse a funcionar? A resposta, que chegara em 6,6 segundos, foi: ± 3 ANOS. PROVÁVEL DISFUNÇÃO PRÓXIMAS DUAS SEMANAS 0,009% ÁREAS PROVÁVEL DISFUNÇÃO SUPORTES 38%, MOTOR PRINCIPAL 16%, TODOS OS OUTROS 54%.

Computador esperto, esse. Starkey mantivera Steffens para verificar isto de novo depois da autêntica pane na centrífuga de Ezwick. O computador comunicou-se com o banco de dados dos Sistemas de Engenharia e confirmou que a centrífuga tinha de fato queimado seus suportes.

Lembre-se disso, pensou Starkey enquanto seu rádio começou a bipar urgentemente atrás dele. O som dos suportes queimando nos estágios finais do colapso é *ronk-ronk-ronk*.

Ele foi até o rádio e apertou o botão que interrompia o *beeper*.

— Sim, Len.

— Billy, recebi um urgente de uma de nossas equipes em uma cidade chamada Sipe Springs, Texas. A quase 700 quilômetros de Arnette. Dizem que precisam falar com você; é uma decisão de comando.

— Do que se trata, Len? — perguntou ele calmamente. Tinha tomado mais de 16 "acalmadores" nas últimas dez horas e estava, genericamente falando, se sentindo ótimo. Nem um sinal de *ronk*.

— Imprensa.

— Ah, meu Deus — disse Starkey brandamente. — Coloque-os na linha.

Houve um rugido abafado de estática com uma voz falando de modo ininteligível atrás dela.

— Espere um minuto — disse Len.

A estática clareou lentamente.

— Leão, Equipe Leão, pode ler, Base Azul? Pode ler? Um... dois... três... quatro... aqui fala Equipe Leão...

— Captei vocês, Equipe Leão — disse Starkey. — Aqui é Base Azul Um.

— O problema está codificado como Vaso de Flores no Livro de Contingências — disse a voz minúscula. — Repito, Vaso de Flores.

— Eu sei que porra é Vaso de Flores — disse Starkey. — Qual é a situação?

A voz minúscula vindo de Sipe Springs falou ininterruptamente por quase cinco minutos. A situação não tinha importância, pensou Starkey, porque o computador o havia informado dois dias atrás que apenas este tipo de situação (em algum aspecto ou forma) estava propenso a ocorrer antes do final de junho, 88% de probabilidade. O específico não importa. Se tivesse duas pernas e presilhas de cinto, era um par de calças. A cor não importa.

Um médico em Sipe Springs tivera alguns bons palpites, e dois repórteres de um jornal de Houston ligaram o que estava acontecendo naquela cidade com o que já havia acontecido em Arnette, Verona, Commerce City e uma cidade chamada Polliston, Kansas. Aquelas eram cidades onde o problema se agravara tão rápido que o Exército tinha sido enviado para colocá-las em quarentena. O computador tinha uma lista de mais 25 cidades em dez estados onde vestígios do Azul começavam a se mostrar.

A situação de Sipe Springs não era importante porque não era única. Eles haviam tido sua chance sem par em Arnette — bem, talvez — e a desperdiçaram. O importante era que a "situação" ia finalmente ser vista impressa sobre algo além do papel fino amarelo militar; ia, de qualquer modo, a não ser que Starkey tomasse providências. Ele não havia decidido se fazia isto ou não. Mas, quando a voz minúscula parou de falar, Starkey percebeu que tinha tomado a decisão, afinal. Talvez já a tivesse tomado vinte anos atrás.

E resumia-se ao que era importante. E o que importava não era o fato da doença; não era o fato de que a integridade de Atlanta tivesse de alguma forma sido rompida, sendo eles obrigados a transferir toda a operação preventiva para as instalações muito menos satisfatórias em Stovington, Vermont; não era o fato de que o Azul se espalhasse em tal disfarce furtivo de resfriado comum.

— O que é importante...

— Repito, Base Azul Um — disse a voz ansiosamente. — Não estamos transcrevendo.

O importante era que um acidente lamentável havia ocorrido. Starkey regrediu 22 anos no tempo, a 1968. Ele tinha estado no clube de oficiais em San Diego quando chegaram as notícias sobre Calley e o que havia acontecido em Mei Lai Quatro. Starkey estivera jogando pôquer com quatro outros homens, dois dos quais agora integravam a Junta de Chefes do Estado-maior. O jogo de pôquer tinha sido esquecido, totalmente esquecido, numa discussão de exatamente o que isto ia representar para os militares — não para um único ramo, mas para as forças armadas no todo —, na atmosfera de caça às bruxas do quarto poder de Washington. E um do grupo, um homem que agora tinha ligação direta com o verme desprezível que havia sido mascarado de chefe do Executivo desde 20 de janeiro de 1979, depositara suas cartas cuidadosamente sobre a mesa de feltro verde e dissera: *Cavalheiros, um incidente lamentável ocorreu. E quando ocorre um incidente lamentável que envolve qualquer ramo das forças armadas dos Estados Unidos, não questionamos as raízes do incidente, mas sim como os ramos possam ser melhor podados. O serviço é mãe e pai para nós. E se você encontrar sua mãe estuprada ou seu pai surrado e roubado, antes de chamar a polícia ou começar uma investigação, você cobre a nudez deles. Porque você os ama.*

Starkey nunca ouvira alguém falar tão bem antes ou desde então.

Agora ele destrancou a gaveta de baixo de sua escrivaninha e extraiu uma fina pasta azul atada com fita vermelha. Na legenda escrita na capa lia-se: SE A FITA ESTIVER ROMPIDA NOTIFICAR DE IMEDIATO TODAS AS DIVISÕES DE SEGURANÇA. Starkey rompeu a fita.

— Você está aí, Base Azul Um? — a voz estava perguntando. — Não o estamos transcrevendo. Repito, sem transcrição.

— Estou aqui, Leão — disse Starkey. Ele havia folheado até a última página do documento e agora percorreu com o dedo uma coluna rotulada CONTRAMEDIDAS DE SIGILO EXTREMAS.

— Leão, vocês estão lendo?

— Lemos perfeitamente claro, Base Azul Um.

— Tróia — disse Starkey deliberadamente. — Repito, Leão: *Tróia.* Repita de volta. Câmbio para você.

Silêncio. Um longínquo murmúrio de estática. Starkey relembrou rapidamente os *walkie-talkies* que eles faziam na infância, usando duas latas de manteiga Del Monte e 20 metros de barbante encerado.

— Repito...

— Ah, meu Deus — arquejou uma voz muito jovem em Sipe Springs.

— Repita de volta, filho — disse Starkey.

— T-Tróia — disse a voz. Depois, com mais força: — Tróia.

— Muito bom — replicou Starkey calmamente. — Deus o abençoe, filho. Câmbio e desligo.

— Ao senhor também. Câmbio e desligo.

Um estalido, seguido de forte estática, seguida por outro estalido, silêncio, e a voz de Len Creighton:

— Billy?

— Sim, Len.

— Transcrevi a coisa toda.

— Isto é ótimo, Len — disse Starkey cansadamente. — Faça seu relatório como achar adequado. Claro.

— Você não entende, Billy — disse Len. — Você fez a coisa certa. Não acha que sei disso?

Starkey deixou seus olhos se fecharem. Por um momento, todos os doces "acalmadores" o abandonaram.

— Deus o abençoe também, Len — disse, e sua voz quase falhou. Ele virou-se e voltou a se posicionar diante do monitor 2. Pôs as mãos às costas como um Black Jack Pershing inspecionando as tropas. Olhou para Frank D. Bruce em seu derradeiro lugar de repouso. Dentro em pouco, voltou a ficar calmo.

* * *

Rumando para sudeste a partir de Sipe Springs, se você pegar a Rodovia Nacional 36, está seguindo na direção geral de Houston, uma viagem de um dia. O carro que devorava a estrada era um Pontiac Bonneville, de três anos, seguindo a 100 por hora, e quando chegou à elevação e viu o Ford indefinido bloqueando a estrada, por pouco não ocorreu um acidente.

O motorista, um correspondente de um grande jornal de Houston, de 36 anos de idade, pisou no freio e os pneus começaram a cantar, o nariz do Pontiac primeiro mergulhando na direção da estrada e depois começando a derrapar para a esquerda.

— Santo Deus! — gritou o fotógrafo no assento do carona. Ele jogou sua câmera no assoalho e começou a abrir o cinto de segurança.

O motorista tirou o pé do freio, levou o Ford para o acostamento e depois suas rodas da esquerda começaram a patinar na terra macia. Ele pressionou o acelerador e o Bonneville reagiu com mais tração, arrastando-se de volta ao asfalto. Fumaça azul esguichava debaixo dos pneus. O rádio berrava sem parar:

Garota, você saca o seu homem,
Ele é um cara legal,
Garota, você saca o seu homem?

Ele pisou no freio de novo, e o Bonneville girou para uma parada no meio da tarde quente e desértica. Ele tomou uma inspiração enraivecida e aterrorizada, e depois teve vários ataques de tosse. Começou a ficar furioso. Ele pôs o Pontiac em ré e retrocedeu na direção do Ford e dos dois homens de pé atrás dele.

— Escutem aqui — disse o fotógrafo, nervoso. Ele era gordo e não brigava desde que estava na oitava série. — Escutem aqui, talvez fosse melhor nós...

Ele foi arremessado à frente com um grunhido enquanto o correspondente trazia o Pontiac para outra parada cantando pneus, punha a alavanca de câmbio em ponto morto com um ríspido movimento de sua mão e saltava.

Começou a caminhar em direção aos dois homens jovens atrás do Ford, suas mãos preparadas para socar.

— Muito bem, seus putos! — gritou. — Vocês quase nos mataram e quero...

Ele servira no Exército por quatro anos, como voluntário. Só teve tempo de identificar os fuzis como os novos M-3A quando eles o tiraram do piso traseiro do Ford. Ele parou chocado sob a luz do sol quente do Texas e mijou nas calças.

Começou a gritar e na sua mente estava se virando para correr de volta ao Bonneville, mas seus pés nunca se moveram. Eles abriram fogo e balas explodiram em seu peito e virilha. Enquanto caía de joelhos, mantendo as mãos mudamente espalmadas num gesto de misericórdia, uma bala o acertou 2 centímetros acima do olho esquerdo e arrancou o topo de sua cabeça.

O fotógrafo, que havia se enroscado sobre o banco traseiro, achou impossível compreender exatamente o que havia acontecido até que os dois jovens passaram por cima do corpo do correspondente e começaram a caminhar na direção dele, os fuzis erguidos.

Ele deslizou através do assento do Pontiac, bolhas mornas de saliva se juntando nos cantos de sua boca. As chaves ainda estavam na ignição. Ele ligou o carro e gritou no exato momento em que começaram a disparar. Sentiu o carro guinar à direita como se um gigante houvesse chutado a traseira esquerda e o volante começou a oscilar descontrolado em suas mãos. O fotógrafo ricocheteava para cima e para baixo enquanto o Bonneville saltitava na estrada com um pneu furado. Um segundo depois, o gigante chutou o outro lado do carro. A oscilação ficou pior. Fagulhas voavam do asfalto. O fotógrafo estava gemendo. Os pneus traseiros do Pontiac trepidaram e adejaram como trapos pretos. Os dois jovens correram de volta ao seu Ford, cujo número de série estava listado entre a multidão na divisão de veículos militares no Pentágono, e um deles o manobrou em volta num círculo firme e oscilante. O nariz quicou violentamente enquanto o Ford saía do acostamento e passava por cima do corpo do correspondente. O sargento no banco do carona soltou um espirro sobressaltado no pára-brisa.

À frente deles o Pontiac sacolejava como uma máquina de lavar à frente de seus dois pneus traseiros furados, o nariz subindo e descendo. Atrás do volante, o fotógrafo gordo tinha começado a chorar à visão do Ford preto crescendo no espelho retrovisor. Pressionava o acelerador até o fundo, mas o Pontiac não fazia mais do que 60 e estava inteiramente na estrada. No rádio, Larry Underwood cedeu a vez a Madonna, que afirmava ser uma garota material.

O Ford emparelhou com o Bonneville e, por um segundo de esperança cristalina, o fotógrafo pensou que ele ia continuar direto em frente, para simplesmente desaparecer no horizonte desolado e deixá-lo em paz.

Então o Ford recuou, e o nariz do Pontiac, rodopiando selvagemente, bateu no seu pára-lama. Houve um grito de metal repuxado. A cabeça do fotógrafo voou contra o volante e o sangue esguichou de seu nariz.

Projetando-se aterrorizado, com olhares de estalar pescoço por cima do ombro, ele deslizou através do assento morno de plástico, como se houvesse graxa, e saiu do lado do carona. Ele correu pelo acostamento. Havia uma cerca de arame farpado e ele pulou por cima, voando como um pequeno dirigível, e pensou: *Vou conseguir, posso correr para sempre...*

Ele caiu do outro lado com sua perna presa nas farpas. Gritando para o céu, ainda tentava soltar suas calças e empalideceu quando os dois jovens desceram pelo acostamento com as armas nas mãos.

Por quê?, tentou perguntar a eles, mas tudo que soou dele foi um baixo e desamparado gemido, e a seguir seus miolos saíram pela nuca.

Naquele dia não houve nenhum relato publicado de doença ou qualquer outro distúrbio em Sipe Springs, Texas.

Capítulo Dezoito

NICK ABRIU A PORTA que separava o gabinete do xerife Baker das celas e começaram a zombar dele. Vincent Hogan e Billy Warner ocupavam as duas celas tipo caixa de Saltines à esquerda de Nick. Mike Childress estava em uma cela à direita dos dois. A outra estava vazia porque Ray Booth, o tal do anel da fraternidade da Universidade da Louisiana, conseguira fugir.

— Ei, mudo! — chamou Childress. — Ei, seu mudo fodido! O que vai lhe acontecer quando sairmos daqui? Hã? Que porra vai lhe acontecer?

— De minha parte, vou arrancar seus bagos e enfiá-los na sua garganta até você sufocar — disse-lhe Billy Warner. — Está me entendendo?

Somente Vince Hogan não participava da provocação. Mike e Billy não tinham muita utilidade para ele neste dia, 23 de junho, quando seriam levados para o condado de Calhoun para inquirição. O xerife Baker tinha dado uma prensa em Vince, que logo expusera toda a sua covardia. Baker contara a Nick que poderia obter uma indiciação contra toda essa turma, mas quando o caso fosse a júri, iria ser a palavra de Nick contra esses três — quatro, se capturassem Ray Booth.

Nick adquirira um respeito saudável pelo xerife John Baker nestes últimos dois dias. Ele era um ex-fazendeiro de 120 quilos, previsivelmente chamado de Big Bad John por seus eleitores. O respeito que Nick sentia por ele não era porque Baker lhe dera este serviço de faxineiro para compensar o seu salário da semana perdido, mas porque fora atrás dos sujeitos que o haviam agredido e roubado. Tinha feito isto como se Nick pertencesse a uma das mais antigas e respeitáveis famílias da cidade, e não um surdo-mudo andarilho. Havia um monte de xerifes aqui na fronteira sul, Nick sabia, que preferiria vê-lo em trabalho forçado na prisão agrícola ou na manutenção de estradas do condado.

Eles haviam ido até a serraria onde Vince Hogan trabalhava no carro particular de Baker, um Power Wagon, em vez de numa radiopatrulha do condado. Havia uma espingarda sob o painel ("Sempre travada e sempre carregada", disse Baker) e uma luz de alarme que o xerife colocava no painel quando estava em serviço policial. Ele a pôs lá quando sacolejavam ao entrar na área de estacionamento da serraria, há dois ou três dias.

Baker tinha escarrado pela janela, assoado o nariz e aplicado um lenço em seus olhos vermelhos. Sua voz adquirira uma qualidade anasalada de buzina de nevoeiro. Claro que Nick não podia ouvi-la, mas não precisava. Era bastante óbvio que o xerife pegara um grave resfriado.

— Bem, quando nós o virmos, eu o agarrarei pelo braço — disse Baker. — Aí lhe perguntarei "Este é um deles?". Você me dá um grande aceno de cabeça confirmando. Não me importa se for grande ou não. Simplesmente confirme. Sacou?

Nick assentiu. Tinha sacado.

Vince estava trabalhando na plaina de tábuas, enfiando pranchas grosseiras na máquina, de pé na serragem que quase chegava ao topo de suas botas de trabalho. Ele lançou um sorriso nervoso a Baker e seus olhos adejaram apreensivos para Nick, parado ao lado do xerife. O rosto de Nick estava emagrecido e machucado e ainda pálido demais.

— Olá, Big John, o que está fazendo junto de gente trabalhadora?

Os outros integrantes da turma observavam tudo isto, seus olhos mudando gravemente de Nick para Vince e para Baker, e depois de volta para o outro lado como homens assistindo a alguma complicada versão nova do tênis. Um deles cuspiu um jorro de fumo mascado na serragem nova e limpou o queixo com as costas da mão.

Baker agarrou Vince Hogan por um braço flácido e queimado de sol e puxou-o para a frente.

— Ei, qual é, Big John?

Baker virou a cabeça de modo que Nick pudesse ler seus lábios.

— Este é um deles?

Nick assentiu com firmeza e apontou para Vince por via das dúvidas.

— O que *é* isto? — protestou Vic de novo. — Nunca vi este mudo mais gordo.

— Então como sabe que ele é mudo? Ora, Vince, você está indo em cana. Imediatamente. Pode mandar um desses rapazes buscar sua escova de dentes.

Protestando, Vince foi conduzido ao Power Wagon e colocado lá dentro. Protestando, ele foi levado de volta à cidade. Protestando, foi trancafiado e deixado de molho por duas horas. Baker nem se incomodou em ler os direitos dele.

— A porra desse idiota simplesmente ficou confuso — disse o xerife a Nick. Quando Baker retornou, por volta do meio-dia, Vince estava faminto e assustado demais para fazer qualquer outro protesto. Simplesmente abriu o jogo.

Mike Childress estava em cana à uma hora e Baker capturou Billy Warner em sua casa no momento em que ele estava arrumando seu velho Chrysler para ir a algum lugar — uma viagem longa pelo aspecto de todas as caixas de bebida embaladas e bagagem amarrada. Mas alguém havia alertado Ray Booth, que fora esperto o bastante para fugir um pouco mais rápido.

Baker levou Nick a sua casa para cear e conhecer sua esposa. No carro, Nick escreveu no bloco de memorandos: "Lamento muito que seja o irmão dela. Como ela está reagindo a isto?"

— Está suportando — disse Baker, tanto sua voz quanto o conjunto de seu corpo quase formais. — Imagino que esteja chorando um pouco por causa dele, mas ela sabia o que ele era. E ela sabe que ninguém pode selecionar seus parentes do mesmo modo como seleciona os amigos.

Jane Baker era uma mulher baixa e bonita que estivera de fato chorando. Fitar seus olhos profundamente encovados deixou Nick sem jeito. Mas ela apertou-lhe a mão calorosamente e disse:

— Prazer em conhecê-lo, Nick. E peço-lhe profundas desculpas pelo problema que teve. Sinto-me responsável, com um irmão meu tendo tomado parte nisso tudo.

Nick sacudiu a cabeça e mudou a posição dos pés desajeitadamente.

— Ofereci um serviço para ele lá na cadeia — disse Baker. — O local está indo direto para o inferno desde que Bradley se mudou para Little Rock. Pintura e faxina, principalmente. Ele, de qualquer modo, vai ter que ficar uns tempos por aqui... por causa... você sabe.

— O julgamento, sim — disse ela.

Houve um momento então em que o silêncio ficou tão pesado que até mesmo Nick o achou doloroso.

Então, com uma alegria forçada, ela disse:

— Espero que você goste de presunto, Nick. É o que temos, além de milho e uma travessa grande de salada de repolho. Meu repolho nunca foi tão bom como o que a mãe dele costumava fazer. É o que *ele* diz, de qualquer modo.

Nick esfregou o estômago e sorriu.

Durante a sobremesa (um bolo de morango — Nick, que tivera rações minguadas nas duas últimas semanas, se serviu duas vezes), Jane Baker disse para o marido:

— Seu resfriado parece pior. Você tem trabalhado demais, John Baker. E não tem comido o suficiente para sustentar uma mosca.

Baker olhou culpadamente para seu prato por um momento, depois deu de ombros.

— Posso me dar ao luxo de pular uma refeição de vez em quando — disse ele e apalpou seu queixo duplo.

Nick, observando-os, imaginou como duas pessoas de tamanho tão radicalmente oposto se arranjariam na cama. Creio que eles conseguem, pensou com um riso interior. Eles certamente parecem bastante à vontade um com o outro. E, seja como for, não é da minha conta.

— Você está ruborizado, também. Está com febre?

Baker deu de ombros.

— Não... bem, talvez um pouco.

— Bem, você não vai sair de novo esta noite. Ponto final.

— Minha cara, tenho prisioneiros. Se eles não precisam especialmente ser vigiados, *precisam* beber água e ser alimentados.

— Nick pode cuidar disso — replicou ela, objetiva. — Você vai para a cama. E não me venha com a sua insônia; isto não lhe faz nenhum bem.

— Não posso mandar Nick — disse o xerife fracamente. — Ele é um surdo-mudo. Além disso, não é um delegado.

— Bem, então trate de nomeá-lo.

— Ele não é um residente!

— Não vou contar se você não contar — disse Jane Baker inexoravelmente. Ela se levantou e começou a limpar a mesa. — Agora você vai sair e fazer isso, John.

E foi assim que Nick Andros passou de prisioneiro de Shoyo a delegado de Shoyo em menos de 24 horas. Enquanto ele se preparava para seguir para o escritório do xerife, Baker foi até o vestíbulo, parecendo enorme e fantasmal num roupão surrado. Parecia embaraçado por ter sido visto em semelhante vestimenta.

— Eu nunca deveria tê-la deixado me convencer a fazer isto — disse ele. — Tampouco o teria feito, se não me sentisse tão fodido. Meu peito está todo entupido de catarro e estou tão quente como uma queima de estoque na antevéspera do Natal. E fraco, também.

Nick assentiu com simpatia.

— Fico num sufoco sem um delegado. Bradley Caide e sua mulher foram para Little Rock depois da morte do bebê. Uma daquelas doenças de berço. Coisa pavorosa. Não os censuro por terem se mandado.

Nick apontou para o próprio peito e fez um círculo com o polegar e o indicador.

— Certo, você ficará *OK*. Tome apenas as precauções normais, ouviu? Tem uma .45 na terceira gaveta de minha escrivaninha, mas você não vai tirá-la de lá. Nem mesmo as chaves. Entendeu?

Nick fez que sim.

— Se você voltar lá, fique fora do alcance deles. Se algum deles se fingir de doente, não caia nessa. É o truque mais velho do mundo. Se um deles ficar *mesmo* doente, o Dr. Soames pode vê-lo tranqüilamente pela manhã. A essa hora já estarei lá.

Nick tirou seu bloco do bolso e escreveu: "Aprecio o fato de você confiar em mim. Obrigado por trancafiá-los & obrigado pelo emprego."

Baker leu isto cuidadosamente.

— Você é um fenômeno, rapaz. De onde veio? Como foi que se formou por sua própria conta?

"É uma longa história", rabiscou Nick. "Posso escrever um pouco a respeito esta noite, se o senhor quiser ler."

— Faça isto — disse Baker. — Imagino que saiba que telegrafei pedindo a sua ficha.

Nick assentiu. Era um procedimento-padrão. Mas ele estava limpo.

— Vou mandar Jane ligar para a Parada de Caminhoneiros da Mamãe, lá na auto-estrada. Aqueles rapazes vão fazer o maior rebu sobre maus-tratos se não tiverem sua janta.

Nick escreveu:

"Diga a ela para avisar ao entregador para entrar direto. Não vou ouvir se ele bater na porta."

— *OK*. — Baker hesitou por mais um momento. — Você tem seu catre no canto. Ele é duro mas é limpo. Apenas se lembre de ser cauteloso, Nick. Você não pode gritar por ajuda se houver encrenca.

Nick assentiu e escreveu: "Posso cuidar de mim mesmo."

— É, acredito que sim. Ainda assim, arranjaria alguém da cidade se achasse que algum deles... — ele se interrompeu à entrada de Jane.

— Ainda está embromando este pobre rapaz? Deixe-o ir agora, antes que o animal do meu irmão apareça e solte todos eles.

Baker riu amargamente.

— Ele estará lá pelo Tennessee a esta altura, imagino. — Ele soltou um longo suspiro assobiado que resultou numa série de tosses catarrentas e retumbantes. — Acho que vou subir e me deitar, Janey.

— Levarei um pouco de aspirina para cortar esta febre — disse ela.

Ela olhou por sobre o ombro para Nick enquanto seguia para as escadas com o marido.

— Foi um prazer conhecê-lo, Nick. Quaisquer que sejam as circunstâncias. Seja cauteloso como ele diz.

Nick fez uma inclinação para ela, que retribuiu com meia reverência. Nick achou ter visto um brilho de lágrimas nos olhos dela.

* * *

Um garoto espinhento e curioso, num paletó sujo de ajudante de garçom, trouxe três bandejas de jantar cerca de meia hora após Nick ter descido para a cadeia. Fez sinal para o garoto depositar as bandejas sobre o catre e, enquanto ele o fazia, Nick escrevinhou:

"Você é pago por isto?"

O garoto leu com toda a concentração de um calouro universitário atracado com *Moby Dick*.

— Claro — disse ele. — O escritório do xerife tem conta lá. Diga, você não fala?

Nick confirmou com a cabeça.

— É uma pena — disse o garoto e saiu apressado, como se aquela fosse uma condição contagiosa.

Nick pegou as bandejas uma de cada vez e empurrou cada uma através da fenda no fundo da porta da cela utilizando um cabo de vassoura.

Olhou acima a tempo de captar "... ele não é um escroto cheio de merda?", de Mike Childress. Sorrindo, Nick mostrou-lhe seu dedo médio estendido.

— Eu lhe enfiarei o dedo, mudo — disse Childress com um sorriso desagradável. — Quando eu sair daqui vou... — Nick virou-se e perdeu o resto.

De volta ao gabinete, sentado na cadeira de Baker, ele puxou o bloco do centro do mata-borrão, pensou por um momento e então escreveu no cabeçalho:

História da Vida
Por Nick Andros

Ele parou, sorrindo um pouco. Já estivera em alguns lugares engraçados, mas nunca, nos seus sonhos mais loucos, esperara estar sentado como delegado no gabinete de um xerife, responsável por três homens que o haviam espancado e escrevendo a história de sua vida. Passado um momento recomeçou a escrever:

Nasci em Caslin, Nebraska, em 14 de novembro de 1968. Meu pai era um fazendeiro independente. Ele e minha mãe sempre estiveram à beira de perder tudo.

Deviam a três bancos. Minha mãe estava há seis meses grávida de mim e meu pai a levava para consultar o médico na cidade quando a barra de direção do caminhão quebrou e eles foram parar no valão. Meu pai teve um ataque cardíaco e morreu.

Seja como for, três meses depois minha mãe me deu à luz e nasci do jeito que sou. Claro que foi um duro golpe para ela logo depois de perder o marido daquela maneira.

Ela cuidou da fazenda até 1973 e então a perdeu para os "grandes operadores", como ela sempre os chamou. Ela não tinha nenhum parente, mas escreveu para alguns amigos em Big Springs, Iowa, e um deles arranjou-lhe emprego numa padaria. Vivemos ali até 1977, quando ela morreu num acidente. Um homem de motocicleta a atropelou quando atravessava a rua na saída do trabalho. Nem foi culpa dele, mas apenas falta de sorte, já que os freios falharam. Também não seguia em alta velocidade ou algo assim. A Igreja Batista da Graça deu à mamãe um funeral de caridade. Esta mesma igreja enviou-me para o orfanato Filhos de Jesus Cristo, em Des Moines. Esta é uma instituição na qual todos os tipos de igreja se cotizam para manter. Foi lá que aprendi a ler e escrever...

Ele parou aqui. Sua mão estava doendo de tanto escrever, mas não foi por isso. Ele se sentia inquieto, acalorado e desconfortável por ter de reviver tudo outra vez. Voltou até o compartimento das celas e olhou. Childress e Warner estavam dormindo. Vince Hogan se encontrava de pé junto às grades, fumando um cigarro e olhando através do corredor para a cela vazia onde Ray Booth teria passado esta noite se não tivesse fugido tão rapidamente. Hogan parecia como se tivesse chorado, e isto o levou de volta no tempo para aquele pequeno refugo mudo de humanidade, Nick Andros. Havia uma palavra que ele aprendera nos filmes quando criança. A palavra era INCOMUNICÁVEL. Era uma palavra que Nick sempre considerara fantástica, com insinuações lovecraftianas, uma palavra imponente que ecoava e retinia no cérebro, uma palavra que registrava todas as nuanças de medo que vivem somente do lado de fora do universo racional e dentro da alma humana. Ele tinha sido INCOMUNICÁVEL por toda a vida.

Ele sentou-se e releu a última linha que escrevera. *Foi lá que aprendi a ler e escrever.* Mas não havia sido tão simples assim. Ele vivia num mundo silencioso. A escrita era um código. A fala era o movimento labial, a subida e descida dos dentes, a dança da língua. Sua mãe o ensinara a ler os lábios, e o havia ensinado a como escrever seu nome em letras trabalhosas e esparramadas. *Este é o seu nome*, ela dissera. *Este é você, Nicky.* Mas é claro que ela dissera isto silenciosa e inexpressivamente. A conexão fundamental tinha vindo quando ela bateu de leve no papel, a seguir no peito dele. O pior em ser surdo-mudo não era viver no mundo de cinema silencioso; a pior parte era não saber o nome das coisas. Somente aos quatro anos é que ele começou a entender o conceito de dar nomes. Só aos seis veio a saber que chamavam de *árvores* aquelas coisas altas e verdes. Ele havia desejado saber, mas ninguém pensara em lhe dizer e ele não tivera como perguntar: ele era INCOMUNICÁVEL.

Quando ela morreu, Nick se retraíra quase por completo. O orfanato era um lugar de silêncio ensurdecedor, onde garotos franzinos de rosto maldoso zombavam de sua nudez; dois garotos corriam até ele, um deles com as mãos coladas sobre a boca, o outro com as mãos coladas nos ouvidos. Se nenhum dos monitores estivesse por perto, eles o socavam. Por quê? Sem nenhum motivo. Exceto que talvez na ampla classe de vítimas brancas houvesse uma subclasse: as vítimas das vítimas.

Ele parou de *querer* se comunicar, e quando isto aconteceu o próprio processo mental começou a enferrujar e se desintegrar. Ele começou a perambular de um lugar para outro, sem rumo, olhando para as coisas sem nome que enchiam o mundo, Observava grupos de crianças no *playground* movendo os lábios, erguendo e baixando os dentes como pontes levadiças brancas, a dança de suas línguas no ritual de acasalamento da fala. Às vezes se descobria olhando para uma nuvem isolada por mais de uma hora.

Então Rudy apareceu. Um homem enorme com cicatrizes no rosto e uma cabeça calva. Tinha 1,90m de altura e poderia igualmente ter tido o dobro para o nanico Nick Andros. Encontraram-se pela primeira vez numa sala de porão onde havia uma mesa, seis ou sete cadeiras e uma TV que só funcionava quando queria. Rudy se agachou, colocando seus olhos aproximadamente no mesmo nível dos de Nick. Levou as mãos enormes e cheia de cicatrizes a sua boca e ouvidos.

Sou um surdo-mudo.

Nick virou o rosto, carrancudo: *Quem se importa com isso?*

Rudy o esbofeteou.

Nick caiu. Sua boca se abriu e lágrimas silenciosas começaram a vazar de seus olhos. Ele não queria estar aqui com este gigante cheio de cicatrizes, este negro careca. Ele não era surdo-mudo, afinal, foi uma piada cruel.

Rudy puxou-o gentilmente para seus pés e o conduziu até a mesa, onde havia uma folha de papel em branco. Rudy apontou para ela, depois para Nick, que olhou emburrado para o papel e depois para o homem calvo. Sacudiu a cabeça. Rudy assentiu e apontou de novo para o papel em branco. Arranjou um lápis e entregou a Nick, que o largou como se estivesse em fogo. Sacudiu a cabeça. Rudy apontou para o lápis, depois para Nick, depois para o papel. Nick fez que não com a cabeça. Rudy o esbofeteou de novo.

Mais lágrimas silenciosas. O rosto marcado de cicatrizes o fitava sem nada mais que paciência mortífera. Rudy apontou mais uma vez para o papel. Para o lápis. Para Nick.

Nick apertou o lápis no seu punho. Escreveu as cinco palavras que conhecia, convocando-as do mecanismo enferrujado e coberto de teias de aranha que estava no seu cérebro pensante. Ele escreveu:

NICHOLAS ANDROS
VÁ SE FODER

Depois ele quebrou o lápis ao meio e olhou carrancudo e desafiador para Rudy. Mas Rudy estava sorrindo. De repente, ele se esticou através da mesa e segurou a cabeça de Nick firmemente entre as palmas das mãos duras e calosas. Suas mãos eram quentes e gentis. Nick não conseguia se lembrar da última vez em que havia sido tocado com tanto amor. Sua mãe o tocava desse jeito.

Rudy retirou as mãos do rosto de Nick. Pegou a metade do lápis que tinha a ponta. Virou o papel para o verso em branco. Deu uma pancadinha no espaço branco vazio com a ponta do lápis, depois deu um tapinha em Nick. Repetiu o gesto. E de novo. De novo. E finalmente Nick entendeu.

Você é esta página em branco.

Nick começou a chorar.

Rudy veio pelos seis anos seguintes.

> *... que aprendi a ler e escrever. Um homem chamado Rudy Sparkman chegou para me ajudar. Foi muita sorte tê-lo. Em 1984 o orfanato faliu. Arranjaram abrigo para o máximo de garotos que puderam, mas não fui um deles. Disseram que eu ficaria com uma família por uns tempos e o estado*

pagaria pelo meu sustento. Eu queria ficar com Rudy, mas ele estava na África, trabalhando para o Corpo da Paz.

Portanto, fugi. Estando com 16 anos, achei que não me procurariam com muito empenho. Imaginava que ficaria tudo bem se conseguisse me manter afastado de encrenca, e quanto mais, melhor. Fiz o curso ginasial por correspondência, porque Rudy sempre disse que educação é o mais importante. Quando me estabelecesse por uns tempos ia fazer aquele teste equivalente ao curso secundário. Em breve serei capaz de passar. Gosto de estudar. Talvez algum dia eu possa ir para a universidade. Sei que parece loucura, para um vadio surdo-mudo como eu, mas não creio que seja impossível. Seja como for, esta é a minha história.

Na manhã de ontem Baker tinha vindo por volta das sete e meia enquanto Nick esvaziava cestas de lixo. O xerife parecia melhor.

"Como está se sentindo?", escreveu Nick.

— Muito bem. Ardi em febre até meia-noite. A pior febre que já tive desde que era garoto. A aspirina não pareceu ajudar muito. Janey quis chamar o doutor, mas por volta de meia-noite e meia a febre simplesmente cedeu. Dormi como um tronco depois disso. Como está se saindo?

Nick fez um círculo com o polegar e o indicador.

— Como estão nossos hóspedes?

Nick abriu e fechou a boca várias vezes numa algaravia cômica. Parecia furioso. Fez gestos de dar pancadas em grades invisíveis.

Baker lançou a cabeça para trás e riu, depois espirrou várias vezes.

— Você deveria estar na TV — disse ele. — Escreveu a história de sua vida, como disse que ia tentar fazer?

Nick assentiu e passou-lhe as duas folhas escritas à mão. O xerife sentou-se e leu com atenção. Ao terminar, olhou para Nick tão longa e penetrantemente que este olhou para os pés por um momento, embaraçado e confuso.

Quando ergueu a vista de novo, Baker disse:

— Você esteve por sua própria conta desde os 16 anos? Por seis anos?

Nick assentiu.

— E fez realmente todos esses cursos secundários?

Nick escreveu por algum tempo em uma das folhas:

"Eu estava atrasado porque aprendi a ler & escrever tarde demais. Quando o orfanato fechou, eu estava começando a pegar a coisa. Obtive seis créditos no ginásio a partir daí e mais seis desde então da La Salle, em Chicago. Soube sobre eles ao ver um anúncio numa caixa de fósforos. Preciso de mais quatro créditos."

— Que cursos ainda precisa fazer? — perguntou Baker, depois virou sua cabeça e gritou: — Calem a boca aí! Vocês terão a porra de suas panquecas e café quando eu estiver pronto e não antes!

Nick escreveu: "Geometria. Matemática avançada. Dois anos de um idioma. São estas as exigências universitárias."

— Um idioma. Você quer dizer francês? Alemão? Espanhol?

Nick confirmou.

 Baker gargalhou e sacudiu a cabeça.

— Não dá para entender. Um surdo-mudo aprendendo a falar uma língua estrangeira! Nada contra você, garoto, se me entende.

Nick sorriu e assentiu.

— Então por que esteve vagueando tanto por aí?

"Enquanto ainda era menor de idade não ousava permanecer num lugar por tempo demais", escreveu Nick. "Temia ser enfiado em outro orfanato ou coisa parecida. Quando tive idade suficiente para procurar um emprego estável, as coisas pioraram. Diziam que o mercado de ações tinha quebrado ou algo assim, mas, sendo surdo, eu não ouvia isso (ah-ah)."

— Muitos lugares teriam simplesmente mandado você seguir seu caminho — disse Baker. — Em tempos difíceis o leite da bondade humana não flui tão livre, Nick. Quanto a um emprego estável, eu talvez pudesse lhe arranjar alguma coisa por aqui, a não ser que aqueles rapazes azedem para sempre sua vida em Shoyo e no Arkansas. Mas... nem todos somos assim.

Nick deu um aceno de cabeça para demonstrar que entendia.

— Como estão seus dentes? Você levou uma porrada firme na boca.

Nick deu de ombros.

— Tomou aqueles analgésicos?

Nick ergueu dois dedos.

— Bem, tenho um monte de papelada a escrever sobre aqueles rapazes. Dê uma volta por aí. Falaremos mais tarde.

* * *

O Dr. Soames, o homem que quase passara por cima de Nick com seu carro, chegou por volta das nove e meia da mesma manhã. Era um homem de seus 60 anos com cabelo branco desgrenhado, um pescoço magro de galinha e olhos azuis muito aguçados.

— Big John diz que você sabe ler lábios — comentou. — Diz também que quer vê-lo muito bem empregado, por isso acho melhor me certificar de que você não vai morrer nas minhas mãos. Tire a camisa.

Nick desabotoou sua camisa azul e despiu-a.

— Santo Deus — disse Baker. — Olhe para isto.

— Eles o castigaram pra valer — comentou Soames secamente, olhando para Nick. — Rapaz, você quase perdeu sua teta esquerda. — Ele apontou para uma crosta em forma de crescente logo acima do mamilo. A barriga e a caixa torácica de Nick pareciam um nascer do sol. Soames o cutucou, auscultou e examinou cuidadosamente as pupilas dos olhos. Por fim, examinou os cacos restantes dos dentes frontais de Nick, a única parte dele que realmente doía agora, apesar das contusões impressionantes.

— Isto deve estar doendo pra cacete — disse o médico, e Nick assentiu pesarosamente. — Você vai perder os dentes — continuou Soames. — Você... — Ele espirrou três vezes em rápida sucessão. — Desculpe.

Ele começou a guardar seus instrumentos na valise preta.

— O prognóstico é favorável, meu jovem, desde que corte a bebida e não volte mais à espelunca do Zack. Seu problema de fala é físico ou é conseqüência de ser surdo?

Nick escreveu:

"Físico. Defeito de nascença."

Soames assentiu.

— É uma lástima. Trate de pensar positivo, porém, e agradeça a Deus por Ele não ter decidido dar uma agitada em seus miolos enquanto esteve envolvido nisso. Vista sua camisa.

Nick o fez. Gostou de Soames; a sua maneira, ele lembrava muito Rudy Sparkman, que certa vez lhe dissera que Deus tinha dado a todos os surdos-mudos homens 5 centímetros extras abaixo da cintura para compensar um pouco o que lhes subtraíra acima das clavículas.

Soames continuou:

— Direi aos caras lá na farmácia para lhe darem outro frasco de analgésico. Diga que o caixa-alta aqui vai pagar por ele.

John Baker soltou um risinho de mofa.

— Ele tem mais grana guardada debaixo de colchão do que um porco tem verrugas — continuou Soames. Espirrou de novo, limpou o nariz, remexeu na sua valise e tirou o estetoscópio.

— Se está a fim de me examinar, vovô, irei prendê-lo por bebedeira e desordem — disse Baker com um sorriso.

— É, é, é — replicou Soames. — De tanto escancarar essa boca, algum dia você será engolido por ela. Tire a camisa, John, e deixe-me ver se seus peitos ainda são tão grandes quanto costumavam ser.

— Tirar minha camisa? Por quê?

— Porque sua mulher quer que eu dê uma olhada em você, eis por quê. Ela acha que está doente e não quer que fique pior, sabe lá Deus por que razão. Já não falei a ela tantas vezes que não teríamos mais que nos esgueirar sorrateiros por aí se você fosse para a cova? Vamos lá, Johnny, mostre-nos um pouco de pele.

— É apenas um resfriado — retrucou Baker relutante, desabotoando a camisa. — Eu me sinto ótimo esta manhã. É sério, Ambrose, você está parecendo pior do que eu.

— Você não diz nada ao médico, é o médico quem diz a você. — Enquanto Baker tirava a camisa, Soames voltou-se para Nick e disse: — Mas, você sabe, é engraçado como um resfriado irá simplesmente começar a circular por aí. A Sra. Lathrop caiu doente, bem como toda a família Richie, e a maioria daqueles pacientes não computados na Barker Road estão tossindo seus cérebros para fora. Até mesmo Billy Warner está com tosse seca.

Baker livrou-se de sua camiseta.

— E então, o que posso lhe dizer? — perguntou Soames. — Não é que arranjou um bom par de seios? Até mesmo um velho brocha como eu poderia ficar com tesão olhando para isso.

Baker ofegou quando o estetoscópio tocou seu peito.

— Porra, está frio! Onde é que guarda isso? No fundo do congelador?

— Inspire — disse Soames, franzindo o cenho. — Agora solte o ar.

A exalação de Baker se tornou uma tosse fraca.

Soames auscultou o xerife por longo tempo. Na frente e atrás. Por fim, pousou o estetoscópio e usou um abaixa-língua para olhar no fundo da garganta de Baker. Ao terminar, ele o quebrou em dois e jogou na cesta de lixo.

— E aí? — perguntou Baker.

Soames pressionou os dedos da mão direita na carne do pescoço de Baker, sob a mandíbula. Baker estremeceu, fugindo ao toque.

— Não preciso perguntar se dói — disse Soames. — John, você vai para casa, ficar na cama. E isto não é um conselho, é uma ordem.

O xerife pestanejou.

— Ambrose — disse baixinho —, corta essa. Você sabe que não posso fazer isto. Estou com três prisioneiros que tenho de levar para Camden esta tarde. Deixei este garoto com eles a noite passada, mas isto não é correto e não vou repeti-lo. Ele é mudo. Eu não teria concordado com isso a noite passada se tivesse refletido bem.

— Não se preocupe com eles, John. Você tem seus próprios problemas. É algum tipo de infecção respiratória, e da pesada, pelo som. E com uma febre acompanhando-a. Seus foles estão doentes, Johnny e, para ser inteiramente franco, isso não é brincadeira para um homem com excesso de peso como você. Vá para a cama. Se ainda estiver se sentindo bem amanhã de manhã, livre-se deles então. Melhor ainda, chame a Patrulha Estadual para vir aqui e levá-los.

Baker olhou com um ar escusatório para Nick.

— Você sabe — disse —, eu sinto uma espécie de cansaço acumulado. Talvez com um pouco de repouso...

"Vá para casa e se deite", escreveu Nick. "Tomarei cuidado. Além disso, tenho de ganhar o suficiente para pagar por aquelas pílulas."

— Ninguém trabalha tão duro como um cara que ganha pouco — disse Soames e gargalhou.

Baker pegou as duas folhas em que Nick escrevera sua história.

— Poderia levá-las para casa para Janey ler? Ela adquiriu muita estima por você, Nick.

Nick escrevinhou no bloco:

"Claro que pode. Ela é muito gentil."

— De um tipo raro — disse Baker e suspirou enquanto abotoava a camisa. — Esta febre está ficando forte de novo. Pensei que a tivesse enxotado.

— Tome aspirina — disse Soames, fechando sua valise. — É desta infecção glandular que não estou gostando.

— Tem uma caixa de charutos na gaveta de baixo da escrivaninha — avisou Baker. — Com dinheiro para pequenas despesas. Você pode sair para almoçar e no caminho comprar seus remédios. Aqueles rapazes são mais babacas do que facínoras. Eles ficarão bem. Apenas deixe um comprovante do dinheiro que você gastar. Manterei contato com a Polícia Estadual e você estará livre deles no final desta tarde.

Nick fez um círculo com o polegar e o indicador.

— Estive confiando em você mal conhecendo-o — disse Baker ponderadamente —, mas Janey diz que está tudo bem. Você tem pistolão.

Nick assentiu.

* * *

Jane Baker aparecera por volta das seis da tarde da véspera com um prato de comida e uma caixa de leite.

Nick escreveu:

"Muito obrigado. Como está seu marido?"

Ela riu, uma mulher pequena, de cabelo castanho, vestida atraentemente com uma camisa axadrezada e *jeans* desbotados.

— Ele queria vir pessoalmente, mas mandei-lhe baixar o facho. Sua febre subiu tanto esta tarde que chegou a me assustar, mas está quase normal agora. Acho que é por causa da Patrulha Estadual. Johnny nunca fica realmente feliz a não ser que possa se enfurecer com a Patrulha Estadual.

Nick olhou intrigado para ela.

— Eles disseram-lhe que não podiam mandar ninguém para buscar seus prisioneiros antes das nove de amanhã. Eles tiveram um surto de doença, vinte ou mais patrulheiros fora de serviço. E boa parte do pessoal restante passou o dia levando gente para o hospital em Camden ou até mesmo Pine Bluff. Esta doença está se espalhando. Acho que Am Soames está muito mais preocupado do que deixa transparecer.

Ela própria parecia preocupada. Então extraiu as duas folhas dobradas do bolso da camisa.

— É uma história e tanto — disse ela baixinho, devolvendo-lhe as folhas. — Você simplesmente comeu o pão que o diabo amassou. Acho admirável a maneira como deu a volta por cima. E mais uma vez peço desculpas por meu irmão.

Nick, embaraçado, limitou-se a dar de ombros.

— Espero que permaneça aqui em Shoyo — disse ela, levantando-se. — Meu marido gosta de você, e eu também. Tenha cuidado com esses homens aí.

"Terei", escreveu Nick. "Diga ao xerife que aguardo suas melhoras."

— Direi a ele seus bons desejos.

Ela saiu então, e Nick passou uma noite de repouso interrompido, levantando-se ocasionalmente para inspecionar seus três prisioneiros. Facínoras eles não eram; às dez da noite estavam todos dormindo. Dois próceres da cidade apareceram para verificar e se certificar de que estava tudo bem com Nick. Este notou que os dois pareciam estar resfriados.

Teve sonhos estranhos, e tudo que conseguiu lembrar ao acordar foi de que parecia ter percorrido fileiras infinitas de milho verde, procurando alguma coisa e terrivelmente temeroso de algo mais que parecia estar atrás dele.

* * *

Nesta manhã ele se levantou cedo, varrendo cuidadosamente os fundos da cadeia e ignorando Billy Warner e Mike Childress. Quando estava saindo, Billy gritou-lhe:

— Ray vai voltar, você sabe. E quando ele o pegar, você vai desejar que fosse *cego*, além de surdo-mudo!

Nick, de costas para ele, perdeu a maior parte disso.

De volta ao gabinete, ele pegou um velho exemplar da revista *Time* e começou a ler. Chegou a pensar em pôr os pés sobre a mesa, mas decidiu que seria uma bela maneira de se meter em encrenca se o xerife aparecesse.

Às oito estava inquietamente especulando se o xerife Baker poderia ter tido uma recaída durante a noite. Nick havia esperado por ele agora, pronto a transferir seus três prisioneiros para o condado quando a Patrulha Estadual viesse buscá-los. O estômago de Nick também estava roncando desconfortavelmente. Ninguém da parada de caminhoneiros tinha dado as caras e ele olhou para o telefone, mais com desprazer do que anseio. Gostava muito de ficção científica, procurando de tempos em tempos brochuras já se desfazendo nas prateleiras empoeiradas dos sebos vendidas por 1 ou 2 centavos, e viu-se pensando, não pela primeira vez, que seria um grande dia para os surdos-mudos do mundo quando os telefones com tela que as novelas de ficção científica estavam sempre prevendo chegassem finalmente ao mercado.

Às 9h15 estava extremamente inquieto. Foi até a porta que dava para as celas e olhou.

Billy e Mike estavam de pé à porta de suas celas. Os dois tinham batido nas grades com seus sapatos... o que somente vinha demonstrar que as pessoas que não podem falar representam apenas uma pequena percentagem dos mudos do mundo. Vince Hogan estava deitado. Limitou-se a virar a cabeça e olhar para Nick assim que ele chegou à porta. O rosto de Hogan estava pálido, exceto por um rubor febril nas bochechas, e havia manchas escuras sob seus olhos. Gotas de suor se formavam na testa. Nick encontrou aquele olhar apático e febril, e percebeu que ele estava doente. Sua inquietação se aprofundou.

— Ei, surdo, e o café-da-manhã? — gritou Mike para ele. — O velho Vince parece que precisa de um médico. Conversa fiada não resolve o problema dele, não acha, Bill?

Bill não estava a fim de gozação.

— Desculpe se o provoquei antes, cara. Vince está doente, é sério. Ele precisa do médico.

Nick assentiu e se afastou, tentando imaginar o que fazer em seguida. Debruçou-se sobre a mesa e escreveu no bloco: "Xerife Baker, ou quem quer que seja: preciso sair para buscar o café-da-manhã dos presos e ver se encontro o Dr. Soames para atender Vincent Hogan. Ele parece de fato doente, não é fingimento. Nick Andros."

Ele destacou a folha do bloco e deixou-a no meio da escrivaninha. Depois, enfiando o bloco no bolso, saiu para a rua.

A primeira coisa que o atingiu foi o calor imóvel do dia e o cheiro de folhagem. A tarde ia ser muito quente. Era o tipo de dia em que pessoas gostam de ter suas tarefas e compromissos realizados bem cedo, de modo a poder passar a tarde o mais quietas possível, mas para Nick a rua principal de Shoyo estava estranhamente indolente naquela hora matinal, mais parecendo um domingo do que um dia útil.

A maioria das vagas de estacionamento em diagonal das lojas não estava ocupada. Alguns carros e caminhões de fazenda subiam e desciam a rua, mas não eram muitos. A loja de ferragens parecia aberta, mas as persianas do Merchantile Bank permaneciam cerradas, embora já passasse das nove.

Nick virou à direita, em direção à parada de caminhoneiros, que ficava a cinco quarteirões. Estava na esquina do terceiro quarteirão quando viu o carro do Dr. Soames subindo lentamente a rua na sua direção, ziguezagueando um pouco, como que com exaustão. Nick acenou vigorosamente, sem muita certeza de que Soames pararia, mas o doutor encostou no meio-fio, ocupando com indiferença quatro vagas demarcadas em diagonal. Ele não saltou, ficando meramente sentado ao volante. O aspecto do homem deixou Nick chocado. Soames tinha envelhecido vinte anos desde que o vira pela última vez conversando casualmente com o xerife. Era em parte exaustão, mas exaustão não poderia ser a explicação completa — até mesmo Nick podia ver isso. Como se para confirmar seus temores, o doutor tirou um lenço enrugado do bolso da lapela, como um velho mágico fazendo um truque batido que não interessava a mais ninguém, e espirrou nele repetidamente. Ao acabar, ele apoiou a cabeça contra o assento do carro, a boca semi-aberta, tomando fôlego. Sua pele parecia tão reluzente e amarela que fez Nick lembrar de um defunto.

Depois, Soames abriu os olhos e disse:

— O xerife Baker está morto. Se foi para saber dele que veio me procurar, pode esquecer. Ele morreu pouco depois das duas da madrugada. E agora Janey é que está doente.

Os olhos de Nick se arregalaram. O xerife Baker morto? Mas ainda na noite passada sua esposa dissera que ele estava melhorando. E ela... ela parecera ótima. Não, não era possível.

— Morto, isto mesmo — disse Soames, como se Nick tivesse falado o que pensava. — E ele não é o único. Assinei 12 atestados de óbito nas últimas 12 horas. E sei de outras 12 pessoas que vão estar mortas por volta do meio-dia, a menos que Deus mostre misericórdia. Mas duvido que isto seja coisa de Deus. Desconfio de que Ele considerará isto como uma conseqüência.

Nick puxou o bloco do bolso e escreveu:

"O que está acontecendo com elas?"

— Não sei — disse Soames, enrolando a folha lentamente e jogando a bola na sarjeta. — Mas todos na cidade parecem estar sucumbindo a esta coisa, e estou mais assustado do que nunca estive em minha vida. Eu mesmo já peguei, embora o que esteja sentindo mais exatamente agora seja exaustão. Não sou mais um jovem. Não posso enfrentar todas essas longas horas sem pagar um preço, você sabe. — Uma petulância cansada e assustada tinha penetrado em sua voz, que Nick felizmente não podia ouvir. — E lamento muito por ser incapaz de ajudar.

Nick, que não tinha consciência de que Soames *estava* sentindo pena de si mesmo, limitou-se a olhar para ele, intrigado.

Soames desceu do carro, segurando-se no braço de Nick por um minuto para se apoiar. Tinha o aperto de um velho, fraco e um tanto frenético.

— Vamos sentar naquele banco, Nick. Você é bom para conversar. Suponho que já lhe disseram isto antes.

Nick apontou para o prédio da cadeia.

— Eles não vão a lugar nenhum — disse Soames —, e se ficarem chateados com isso, estão exatamente agora no final da minha lista de prioridades.

Sentaram-se no banco, que era pintado de verde brilhante e ostentava no encosto uma propaganda de uma companhia de seguros local. Soames virou gratamente o seu rosto para a calidez do sol.

— Calafrios e febre — disse ele. — Tem sido assim desde mais ou menos as dez horas da noite passada. Só mais recentemente têm ocorrido calafrios. Graças a Deus não tive diarréia.

"O senhor devia ir para casa e cair na cama", escreveu Nick.

— Sei disso. E irei. Só queria descansar por uns poucos minutos... — Seus olhos se fecharam e Nick pensou que ele tivesse caído no sono. Especulou se devia ir até a parada de caminhoneiros e pegar o café-da-manhã para Billy e Mike.

Então o Dr. Soames falou de novo, sem abrir os olhos. Nick observou seus lábios.

— Os sintomas são todos muito comuns — disse, e começou a enumerá-los nos dedos até que os dez se abriram na frente dele como um leque. — Calafrios. Febre. Dor de cabeça. Fraqueza e debilidade gerais. Perda de apetite. Urina dolorosa. Inchação nas glândulas, progredindo de branda para aguda. Inchação nas axilas e nas virilhas. Fraqueza e insuficiência respiratória.

Ele olhou para Nick.

— Estes são os sintomas do resfriado comum, gripe ou pneumonia. Podemos curar todas essas coisas, Nick. A não ser que o paciente seja muito jovem ou muito velho, ou talvez já debilitado por uma doença prévia, os antibióticos nocautearão todos eles. Mas não esta doença. Ela acomete o paciente rápida ou lentamente. Isto não parece importar. Nada ajuda. A coisa evolui, regride, evolui de novo; a debilidade aumenta; a inchação fica pior; e sobrevém a morte.

"Alguém cometeu um erro."

— E estão tentando encobri-lo.

Nick olhou para ele em dúvida, imaginando se havia lido as palavras corretamente dos lábios do médico, imaginando se Soames estaria delirando.

— Soa levemente paranóico, não é? — perguntou Soames, olhando para ele com humor cansado. — Eu costumava ficar com medo da paranóia das gerações mais jovens, está sabendo disso? Sempre com medo de ter seus telefones grampeados... de estar sendo seguidas... de estar sendo checadas por computador... e agora descubro que elas estavam certas e que eu é que estava errado. A vida é uma coisa ótima, Nick, mas a velhice paga um tributo desagradavelmente alto sobre os preconceitos mais prezados de alguém, acho.

"O que quer dizer?", escreveu Nick.

— Nenhum telefone em Shoyo está funcionando — revelou Soames. Nick não sabia se isto era uma resposta à sua pergunta (Soames parecia ter dado ao último bilhete de Nick apenas o mais superficial dos olhares), ou se o doutor tinha passado para um novo tema. A febre poderia estar embaralhando a mente de Soames, ele supôs.

O doutor observou o rosto intrigado de Nick e pareceu pensar que talvez o surdo-mudo não estivesse acreditando nele.

— É tudo verdade — disse. — Se tentar ligar para qualquer telefone nesta cidade, vai obter uma mensagem gravada. Além disso, as duas saídas e entradas de Shoyo a partir do posto de pedágio estão com bloqueios que dizem CONSTRUÇÃO DE ESTRADA. Mas não há nenhuma construção. Somente os bloqueios. Estive lá. Acredito que seria possível remover as barreiras, mas o tráfego no pedágio parece muito leve esta manhã. E a maior parte parece consistir em veículos militares. Caminhões e jipes.

"E quanto às outras estradas?", escreveu Nick.

— A Rodovia 63 foi interditada no extremo leste da cidade para substituição de uma galeria subterrânea — disse Soames. — No extremo oeste parece ter ocorrido uma feia colisão de veículos. Dois carros estão atravessados na estrada, bloqueando-a por completo. Há manchas na pista, mas nenhum sinal de patrulheiros estaduais ou de carros de socorro.

Ele fez uma pausa, tirou o lenço e assoou o nariz.

— Os homens trabalhando na galeria subterrânea estão num ritmo muito lento, segundo diz Joe Rackman, que mora por aquelas bandas. Estive na casa de Rackman cerca de duas horas atrás, examinando seu filhinho, que está muito doente. Joe disse que acha que os homens na galeria são de fato soldados, embora estejam usando macacões de operários de estrada e dirigindo um caminhão do estado.

Nick escreveu:

"Como é que ele sabe?"

Levantando-se, Soames disse:

— Operários raramente se cumprimentam.

Nick também se levantou.

"E pelas estradas vicinais?", escreveu Nick.

— Possivelmente — assentiu Soames. — Mas sou um médico, não um herói. Joe disse ter visto armas na cabine daquele caminhão. Carabinas de uso exclusivo do Exército.

Se alguém tentar deixar Shoyo pelas estradas vicinais e for visto, quem sabe? E o que essa pessoa poderia encontrar fora de Shoyo? Repito: alguém cometeu um erro. E agora estão tentando encobri-lo. Loucura. Loucura. Claro que as notícias sobre alguma coisa irão vazar, e não vai levar muito tempo. E, enquanto isso, quantos mais irão morrer?

Nick, assustado, limitou-se a olhar para o Dr. Soames enquanto ele voltava ao carro e embarcava lentamente.

— E você, Nick? — disse Soames, olhando-o através da janela. — Como se sente? Está resfriado? Espirrando? Tossindo?

Nick negou com a cabeça cada possibilidade.

— Tentará deixar a cidade? Acho que você conseguiria se seguir pelos campos.

Nick sacudiu a cabeça e escreveu:

"Aqueles homens estão trancafiados. Não posso simplesmente abandoná-los. Vince Hogan está doente, mas os outros dois parecem bem. Levarei o café-da-manhã deles e depois vou visitar a Sra. Baker."

— Você é um rapaz ajuizado — disse Soames. — Isto é raro. Um rapaz nesta época degradada que tenha senso de responsabilidade é mais raro ainda. Ela apreciará seu gesto, Nick, sei disso. O Sr. Braceman, o ministro metodista, também disse que vai dar uma passada lá. Receio que ele terá um monte de visitas para fazer antes que o dia termine. Você vai tomar cuidado com aqueles três encarcerados, não vai?

Nick assentiu sobriamente.

— Ótimo. Tentarei passar lá esta tarde para examinar você.

Ele deu partida no carro e se foi, parecendo exausto, com os olhos avermelhados e encarquilhado. Nick olhou fixamente atrás dele, seu rosto perturbado, e depois recomeçou a caminhar para o terminal de caminhoneiros. Estava aberto, mas um dos dois cozinheiros havia faltado e três das quatro garçonetes não tinham dado as caras para o turno de sete às três. Nick teve de esperar um longo tempo pelo seu pedido. Quando voltou para a cadeia, Billy e Nike pareciam terrivelmente assustados. Vince Hogan delirava e por volta das seis da tarde estava morto.

Capítulo Dezenove

FAZIA TANTO TEMPO desde que Larry estivera em Times Square pela última vez que esperou que ela parecesse um tanto diferente, mágica. As coisas pareceriam menores e ainda assim melhores por lá, e ele não se sentiria intimidado pela exuberante, malcheirosa e às vezes perigosa vitalidade do lugar, pelo menos não como havia conhecido na infância, quando ele e Buddy Marx, ou então ele sozinho, baixavam por lá para ver os programas duplos a 99 *cents* ou para olhar os reluzentes refugos nas vitrines das lojas, as galerias e os salões de bilhar.

Mas tudo parecia exatamente o mesmo — mais do que deveria parecer, porque algumas coisas realmente haviam mudado. Quando se subia as escadas à saída do metrô, a banca de jornais que estivera na esquina não existia mais. Meio quarteirão abaixo, onde houvera um fliperama cheio de luzes piscantes e campainhas, e jovens de aspecto perigoso com cigarros pendendo do canto da boca enquanto jogavam, estava agora uma loja Orange Julius com um bando de jovens negros de pé à porta, seus quadris movendo-se graciosamente ao som da música que só os ouvidos negros podiam captar. Havia mais casas de massagem e cinemas pornôs.

Ainda assim, Times Square continuava muito a mesma, o que o deixou triste. De certa maneira, a única diferença real tornava as coisas piores: ele se sentia quase um turista aqui, agora. Mas talvez mesmo os próprios nova-iorquinos se sentissem como turistas em Times Square, diminuídos, querendo olhar para cima e ler as manchetes eletrônicas enquanto circulavam pela praça. Ele não podia dizer; havia esquecido de como era fazer parte de Nova York. E não tinha nenhuma pressa especial em reaprender.

Sua mãe não fora trabalhar aquela manhã. Estivera combatendo um resfriado nos dois últimos dias e tinha amanhecido com febre. Ele a ouvira da estreita cama no seu velho quarto fazendo barulho na cozinha, espirrando e dizendo "Merda!" em sussurros, enquanto preparava o desjejum. O som da TV sendo ligada, depois as notícias no *Today.* Uma tentativa de golpe na Índia, uma central elétrica explodindo no Wyoming. A Corte Suprema prestes a aprovar uma decisão histórica relativa aos direitos dos homossexuais.

Quando Larry entrou na cozinha, abotoando a camisa, o noticiário prosseguia e Gene Shalit estava entrevistando um homem calvo. Este homem estava exibindo vários animais em miniatura que havia soprado à mão. A arte de soprar vidro, dizia ele, tinha sido um *hobby* por quarenta anos, e o seu livro seria publicado pela Random House. Em seguida, ele espirrou.

— Está desculpado — disse Gene Shalit, e riu à socapa.

— Você quer estrelados ou mexidos? — perguntou Alice Underwood, vestida em seu roupão de banho.

— Mexidos — disse Larry, sabendo que não seria bom reclamar dos ovos. Na opinião de Alice, não havia café-da-manhã sem ovos (que ela chamava de "bagas de estalo" quando estava de bom humor). Eles tinham proteína e nutrição. Sua idéia de nutrição era vaga porém abrangente. Mantinha na cabeça uma lista de itens nutritivos, Larry sabia, bem como os seus opostos — jujubas, picles, Slim Jims, a goma de mascar em que vinham embrulhadas figurinhas de astros do beisebol.

Sentou-se e observou sua mãe fazer os ovos, quebrando-os dentro da mesma velha frigideira preta, remexendo-os com o mesmo batedor de arame que usava para mexer os ovos desde que ele começara o primeiro grau na escola pública 162.

Ela puxou o lenço do bolso do roupão, tossiu e espirrou nele e resmungou um "Merda!" indistinto nele antes de recolocá-lo no bolso.

— De folga hoje, mãe?

— Pedi licença médica. Este resfriado quer me derrubar. Detesto sair de licença médica nas sextas-feiras, como muita gente faz, mas preciso me recuperar. Estou ardendo em febre e também com as glândulas inchadas.

— Ligou para o médico?

— Quando eu era uma jovem sedutora, os médicos atendiam em casa — disse ela. — Agora, quando você adoece, tem de ir à emergência do hospital. Ou isto ou passar o dia inteiro esperando que um açougueiro o atenda num daqueles lugares onde deveria haver, ah-ah, atendimento médico domiciliar. O negócio é correr atrás e obter seu Medicare, é isso que acho. Aqueles lugares são piores do que um posto do Exército da Salvação uma semana antes do Natal. Ficarei em casa tomando aspirina, e amanhã a esta hora já estarei nos trinques.

Larry passou a maior parte da manhã tentando ajudar. Arrastou a TV para perto da cama dela, os tendões sobressaindo heroicamente nos seus braços ("Você vai ganhar uma hérnia só para que eu possa assistir ao *Let's Make a Deal*", ela fungou), trouxe o seu suco e um frasco velho de expectorante e foi até o mercado para comprar dois livros de bolso.

Depois disso não havia muito que pudessem fazer exceto se acalmarem mutuamente. Ela se espantou ao ver o quanto a imagem da TV era fraca no seu quarto e ele teve de reprimir um comentário cáustico, porque uma imagem ruim era melhor do que nenhuma. Finalmente Larry disse que poderia sair e ver um pouco da cidade.

— É uma boa idéia — disse ela com evidente alívio. — Vou tirar uma soneca. Você é um bom garoto, Larry.

Portanto, ele tinha descido as escadas estreitas (o elevador ainda estava quebrado) e chegado à rua, sentindo um alívio culpado. O dia era dele, e ainda tinha algum dinheiro no bolso.

Mas agora, na Times Square, não se sentia tão animado. Foi caminhando, sua carteira há muito transferida para o bolso da frente. Parou diante de uma loja de discos, trespassado pelo som de sua própria voz que saía dos alto-falantes gastos no alto. O refrão:

Não vim te pedir pra ficar toda a noite
Ou pra saber se você viu a luz acesa
Não vim fazer rebu nem arrumar briga
Só quero que me diga se acha que pode,
Garota, você pode sacar o seu homem?
Sacar ele, garota...
Garota, você saca o seu homem?

Esse sou eu, pensou, olhando vagamente as capas dos discos, mas hoje o som o deprimiu. Pior, deixou-o nostálgico. Não queria estar debaixo deste céu cinzento de tina de lavar roupa, sentindo o cheiro de ar poluído de Nova York, apalpando constantemente o bolso para ver se a carteira continuava lá. Nova York, seu nome é paranóia. De repente, tudo o que queria era estar num estúdio de gravação na Costa Oeste, fazendo um novo álbum.

Larry apressou o passo e entrou num fliperama. Buzinas e campainhas azucrinavam seus ouvidos; havia o rosnado amplificado e dilacerante do *videogame* Corrida da Morte 2000, completo com os gritos eletrônicos não-terrenos dos pedestres agonizantes. Jogo maneiro, pensou Larry, em breve a ser seguido pelo Dachau 2000. O pessoal vai adorar este. Ele foi até o caixa e comprou 10 dólares em moedas. Havia uma cabine telefônica junto ao Beef'n Brew do outro lado da rua e ele fez uma discagem direta para o Jane's Place, um salão de pôquer que Wayne Stukey costumava freqüentar.

Larry foi colocando moedas na fenda até sua mão doer, e o telefone começou a tocar a quase 5 mil quilômetros de distância.

Uma voz feminina atendeu.

— É do Jane's. Estamos funcionando.

— Para tudo? — perguntou ele em voz baixa e *sexy.*

— Escute aqui, sabichão, isto não é... ei, é o Larry?

— Sim, sou eu. Oi, Arlene.

— Onde está você? Ninguém o tem visto, Larry.

— Bem, estou na Costa Leste — respondeu cauteloso. — Alguém me disse que eu estava cercado de sanguessugas e achei melhor sumir do pedaço para me livrar dessa turma.

— Alguma coisa sobre uma festança?

— É isso aí.

— *Ouvi* falar *disso.* Custou uma nota.

— Wayne está por aí, Arlene?

— Está falando de Wayne Stukey?

— Não me refiro a John Wayne... ele está morto.

— Quer dizer que você não soube?

— Não soube o quê? Estou na outra costa. Ei, ele está bem, não está?

— Está internado no hospital com essa tal gripe. Capitão Viajante, como a estão chamando aqui. Não que isto seja motivo de riso. Um monte de gente já morreu dessa gripe, dizem. As pessoas andam assustadas, não saem de casa. Estamos com seis mesas vazias, e você sabe que o Jane's *nunca* fica com mesas vazias.

— Como está ele?

— Quem pode saber? As enfermarias estão repletas de pacientes e nenhum deles pode receber visitas. É assustador, Larry. E isto aqui está cheio de soldados.

— De licença?

— Soldados de licença não portam armas nem viajam em comboios de caminhões. Um monte de gente está realmente apavorado. Você faz bem em ficar onde está.

— Não tem saído nada nos noticiários.

— Aqui saíram umas poucas linhas nos jornais sobre vacinação contra a gripe. E mais nada. Porém algumas pessoas estão dizendo que o Exército se descuidou com um daqueles pequenos frascos de bactérias. Isso não é *horripilante*?

— É só papo para assustar.

— Não há nada parecido aí onde você está?

— Não — disse ele e então pensou no resfriado de sua mãe. E não tinha havido uma sinfonia de espirros e tosses secas no metrô? Ele se lembrou de ter pensado que parecia uma enfermaria de tuberculosos. Mas o que não faltava eram espirros e narizes escorrendo em cada cidade. Germes do resfriado eram gregários, ele achava. Gostavam de dividir a opulência.

— Até mesmo a Janey faltou — dizia Arlene. — Pegou uma febre e está com as glândulas inchadas, disse. Pensava que aquela puta velha era dura demais para ficar doente.

— Três minutos esgotados, sinalize quando terminar — interrompeu a telefonista.

Larry disse:

— Bem, estarei de volta em mais ou menos uma semana, Arlene. Nos veremos.

— Para mim está ótimo. Sempre desejei sair com um astro famoso dos discos.

— Arlene? Você por acaso não conhece um cara chamado Dewey Papelote?

— Ah! — disse ela num grande sobressalto. — Puxa, Larry!

— O que é?

— Graças a Deus que não desligou! Vi Wayne uns dois dias antes que ele fosse para o hospital. Esqueci de tudo! Puxa!

— Bem, do que se trata?

— Tem um envelope. Ele disse que era para você, mas pediu-me para guardar na minha gaveta por cerca de uma semana ou entregá-lo a você, se o visse. Disse alguma coisa como "Larry é um tremendo sortudo por Dewey Papelote não estar embolsando isto no lugar dele".

— Isto o quê? — Larry trocou o telefone de mãos.

— Espere um pouco. Vou ver. — Houve um momento de silêncio, depois de papel sendo rasgado. — É um recibo de depósito. First Commercial Bank da Califórnia. Há um saldo de... caramba! Simplesmente mais de 13 mil dólares. Se não me convidar para comemorar em algum lugar, rebentarei seus miolos.

— Não vai precisar fazê-lo — disse ele, rindo. — Obrigado, Arlene. E guarde isso muito bem para mim, agora.

— Não, eu o jogarei num bueiro. Babaca.

— Como é bom ser amado.

Ela suspirou.

— Você é demais, Larry. Colocarei num envelope com nossos nomes escritos. Então você poderá me esnobar quando voltar.

— Jamais faria isso, meu doce.

Desligaram e então a telefonista entrou na linha, cobrando mais 3 dólares para Mamãe Telefônica. Larry, ainda sentindo o amplo e tolo sorriso em seu rosto, depositou-os de boa vontade na fenda.

Olhou para as moedas ainda espalhadas na prateleira da cabine telefônica pegou uma e enfiou na fenda. Logo a seguir o telefone de sua mãe estava tocando. Seu primeiro impulso é partilhar boas notícias, o segundo é aporrinhar alguém com isso. Ele achou — não, acreditou — que o caso aí se ajustava inteiramente ao primeiro impulso. Queria aliviar os dois com a notícia de que estava outra vez solvente.

O sorriso sumiu de seu rosto pouco a pouco. O telefone apenas tocava. Talvez sua mãe tivesse decidido ir trabalhar, afinal. Pensou no rosto dela enrubescido e febril, tossindo, espirrando e dizendo "Merda!", impacientemente, dentro do seu lenço. Ele não achava que ela tivesse ido trabalhar. Na verdade, não achava que tivesse energia suficiente para isso.

Repôs o fone no gancho e aereamente retirou a moeda da fenda quando foi expelida de volta. Ele saiu, tilintando os trocados na mão. Fez sinal para um táxi. Tão logo o táxi entrou no fluxo de tráfego, começou a chover.

* * *

A porta estava trancada e, após bater duas ou três vezes, ele teve certeza de que o apartamento estava vazio. Tinha batido alto o suficiente para fazer alguém no andar acima bater de volta, como um fantasma exasperado. Mas ele teria que entrar para ter certeza, e não tinha uma chave. Virou-se para descer as escadas até o apartamento do Sr. Freeman, e foi então que ouviu o gemido baixo que saía por baixo da porta.

Havia três trancas diferentes na porta de sua mãe, mas ela pouco ligava acerca de usar as três, apesar de sua obsessão com os porto-riquenhos. Larry golpeou a porta com o ombro e ela chocalhou alto nos seus caixonetes. Golpeou outra vez e a tranca cedeu. A porta oscilou para trás e bateu na parede.

— Mamãe?

De novo o gemido.

O apartamento estava na penumbra; o dia tinha escurecido com muita rapidez, e agora havia trovões freqüentes e o som da chuva havia engrossado. A janela da sala de estar se encontrava semi-aberta, as cortinas brancas se enfunando sobre a mesa, sendo depois sugadas de volta através da abertura e para o duto de ar além. Havia um trecho molhado no chão, onde a chuva tinha entrado.

— Mãe, onde está você?

Um gemido mais alto. Ele foi até a cozinha e o trovão ribombou de novo. Larry quase tropeçou nela. Sua mãe jazia no chão, metade dentro e metade fora de seu quarto.

— Mamãe! Jesus, mamãe!

Ela tentou se virar ao som da voz dele, mas apenas a cabeça se moveu, girando sobre o queixo e vindo descansar sobre a face esquerda. Sua respiração era estertorante e encatarrada. Mas o pior de tudo, a coisa que ele nunca esqueceu, foi o modo como o olho visível de Alice se virou para fitá-lo, como o olho de um porco num matadouro. O rosto dela reluzia com febre.

— Larry?

— Vou colocar você na cama, mãe.

Ele se inclinou, trancando seus joelhos ferozmente contra o tremor que ameaçava subir por eles, e pegou Alice nos braços. O robe abriu-se, revelando uma camisola desbotada e pernas brancas como barriga de peixe raiados por varizes inchadas. Era imenso o calor que emanava. Isto o aterrorizou. Ninguém sobreviveria com uma quentura daquelas. Os miolos iam cozinhar dentro de seu crânio.

Como se para comprovar isto, ela disse, queixosa:

— Larry, vá chamar seu pai. Ele está no bar.

— Acalme-se — disse ele. — Apenas mantenha a calma e vá dormir, mãe.

— Ele está no bar com aquele fotógrafo! — disse ela estridente na palpável escuridão da tarde e o trovão ribombou perversamente lá fora. O corpo de Larry parecia como se revestido de lodo escorrendo devagar. Uma brisa fria atravessava o apartamento, vindo da janela entreaberta da sala de estar. Como se reagindo a isto, Alice começou a ter calafrios e a carne de seus braços se arrepiou como pele de galinha. Seus dentes estalavam. O rosto era uma lua cheia na semi-escuridão do quarto. Larry juntou desordenadamente as cobertas, cobriu a pernas dela e puxou os cobertores até o queixo. Ainda assim ela estremecia desamparada, fazendo o cobertor de cima tremular e oscilar. Seu rosto estava seco e sem suor.

— *Diga a ele que o mandei cair fora de lá!* — gritou ela, e depois ficou em silêncio, exceto pelo pesado som dos brônquios em sua respiração.

Ele voltou à sala de estar, aproximou-se do telefone e depois andou em torno dele. Fechou a janela com um estrondo e a seguir voltou ao telefone.

Os catálogos estavam numa prateleira debaixo da mesinha onde ficava o telefone. Ele olhou para o número do Mercy Hospital e discou enquanto mais trovoadas ribombavam lá fora. Um relâmpago transformou a janela que acabara de fechar em uma chapa de raio X azul e branca. No quarto Alice gritava ofegante, fazendo seu sangue gelar.

O telefone tocou uma vez, houve um som de zumbido e depois um clique. Uma voz vibrante disse maquinalmente: "Esta é uma gravação feita no Mercy General Hospital. Neste exato momento todos os nossos ramais estão ocupados. Se continuar na linha, sua ligação será atendida o mais breve possível. Obrigado. Esta é uma gravação feita no Mercy General Hospital. Neste exato momento..."

— *Mandamos os vagabundos lá para baixo!* — gritava sua mãe, e as trovoadas ribombavam. — *Aqueles porto-riquenhos não valem nada!*

"... sua ligação será atendida..."

Ele pôs o fone no gancho e se levantou, suando. Que porra de hospital era esse, onde você ouvia uma mensagem gravada quando sua mãe estava morrendo? O que estava acontecendo lá?

Larry decidiu descer e ver se o Sr. Freeman poderia olhar sua mãe enquanto ele ia até o hospital. Ou deveria chamar uma ambulância particular? Meu Deus, como é que ninguém sabia dessas coisas quando era preciso saber a respeito delas? Por que não ensinavam isto na escola?

No quarto, a respiração difícil de sua mãe continuava.

— Eu já volto — murmurou ele e saiu. Estava assustado, apavorado por causa dela, mas por baixo outra voz estava dizendo coisas como: *Essas coisas sempre me acontecem.* E: *Por que isso teve de acontecer depois que recebi as boas notícias?* E o mais desprezível de tudo: *O quanto isto vai prejudicar meus planos? Quantas coisas mais vou ter que alterar por aí?*

Ele odiou aquela voz, desejou que pudesse sofrer uma morte rápida e detestável, mas ela simplesmente continuou.

Desceu as escadas para o apartamento do Sr. Freeman e o trovão ribombou através das nuvens negras. Quando chegou ao patamar do térreo, a porta se escancarou e uma cortina de chuva o varreu.

Capítulo Vinte

O HARBORSIDE ERA O HOTEL mais antigo de Ogunquit. A vista já não era mais tão boa desde que haviam construído o novo iate clube do outro lado, mas numa tarde como esta, quando o céu tinha sido marcado por tempestades intermitentes, a vista dava para o gasto.

Frannie estivera sentada à janela por quase três horas, tentando escrever uma carta para Grace Duggan, uma colega de quarto no segundo grau que estava agora indo para Smith. Não era uma carta confessional acerca da sua gravidez ou da cena com sua mãe — escrever sobre essas coisas só serviriam para deprimi-la, e ela supunha que Grace muito em breve ouviria de suas próprias fontes na cidade. Ela só estivera tentando escrever uma carta amigável. A viagem de bicicleta que Jesse e eu fizemos a Rengely em maio, junto com Sam Lothrop e Sally Wenscelas. A prova final de biologia em que não me saí bem. O novo emprego de Peggy Tate (outra amiga de colégio das duas) como assessora no Senado. O iminente casamento de Amy Lauder.

Só que a carta não se permitiria ser escrita. A interessante pirotécnica do dia tinha representado sua parte — como poderia escrever enquanto tempestades trovejantes continuavam indo e vindo sobre a água? Além disso, nenhuma das notícias na carta parecia exatamente honesta. Tinham sido levemente distorcidas, como uma faca na mão que lhe dá um corte superficial em vez de descascar a batata do jeito que esperava que ela fizesse. A viagem de bicicleta tinha sido animada, porém ela e Jess não estavam mais em termos animados. De fato não tinha dado sorte na prova, mas afinal não era sorte o que realmente contava na prova final de biologia. Nem ela nem Grace tinham algum dia se importado tanto assim com Peggy Tate, e o casamento iminente de Amy, no estado atual de Fran, parecia mais como uma daquelas horríveis piadas de mau gosto do que uma ocasião de alegria. Quem se casa é a Amy e eu é que tenho o bebê, ah-ah-ah.

Sentindo que a carta precisava ser terminada para que ao menos não tivesse que pelejar mais com ela, escreveu:

Tive meus próprios problemas, puxa, eu tenho problemas, mas simplesmente não encontro ânimo para escrever sobre eles. Já é ruim o bastante ter de pensar neles! Mas espero vê-la no Quatro de Julho, a não ser que tenha alterado os planos desde sua última carta. (Uma carta em seis semanas? Eu estava começando a pensar que alguém houvesse decepado seus dedos, garota!) Quando a gente se encontrar lhe conto tudo. Seu conselho por certo me seria útil.

Acredite em mim e acreditarei em você,
Fran

Assinou seu nome com o costumeiro garrancho floreado/cômico, de modo que ele ocupou metade do espaço em branco restante no papel de carta. O simples ato de fazer isto a deixou sentindo-se mais impostora do que nunca. Ela dobrou a carta no envelope, endereçou e a colocou contra o espelho de pé. Assunto encerrado.

Pronto. Agora o quê?

O dia estava escurecendo de novo. Ela se levantou e caminhou inquieta pelo quarto, pensando se deveria sair antes que recomeçasse a chover, mas para ir aonde? Ver um filme? Já tinha visto o único que estava em cartaz na cidade. Com Jesse. Ir até Portland ver as modas? Sem graça. As únicas roupas que poderia olhar realisticamente naqueles dias eram aquelas com cintura elástica. Com espaço para dois.

Tinha recebido três telefonemas hoje. O primeiro com boas notícias, o segundo indiferente, o terceiro ruim. Desejava que tivesse sido na ordem inversa. Lá fora a chuva tinha começado a cair, escurecendo de novo o píer da marina. Decidiu sair e caminhar, e que se danasse a chuva iminente. O ar puro e a umidade do verão a fariam sentir-se melhor. Ela poderia até parar em algum lugar e tomar uma cerveja. A felicidade engarrafada. Equilíbrio, de qualquer forma.

O primeiro telefonema tinha sido de Debbie Smith, em Somersworth. Fran era mais do que bem-vinda, disse Debbie calorosamente. De fato, ela era necessária. Uma das três garotas que dividiam o apartamento se havia mudado em maio, pois arranjara um emprego como secretária numa firma atacadista. Ela e Rhoda não poderiam bancar o aluguel por muito tempo sem uma terceira pessoa.

— E nós duas procedemos de famílias grandes — acrescentara Debbie. — Bebês chorando não nos incomodam.

Fran disse que estaria pronta para se mudar em 1º de julho, e quando desligou descobriu lágrimas mornas escorrendo por suas faces. Lágrimas de alívio. Se pudesse ir embora desta cidade onde havia crescido, achava que tudo ficaria bem. Longe de sua mãe, até mesmo longe de seu pai. O fato do bebê e do seu celibato assumiria então algum tipo de proporção saudável em sua vida. Um fator de vulto, certamente, mas não o único. Havia algum tipo de animal, um percevejo ou um sapo, ela achava, que inchava quase ao dobro do seu normal quando se sentia ameaçado. O predador, pelo menos em teoria, via isto, se assustava e escapulia. Ela se sentia um pouco como aquele percevejo, e era esta cidade inteira, o meio ambiente no todo (*gestalt* talvez fosse uma palavra até melhor), que a fazia sentir-se desse jeito. Fran sabia que ninguém lhe escreveria uma carta ofensiva, mas também sabia que para sua mente acabar de convencer seus nervos deste fato era necessário um afastamento de Ogunquit. Quando saiu à rua pôde sentir que as pessoas passavam sem olhar para ela, mas *ficando prontas* a olhar para ela. Os residentes fixos, claro, não os veranistas. Os residentes fixos sempre tinham que ter alguém para olhar — um beberrão, um encostado da previdência, o Garoto de Boa Família pego furtando em lojas de Portland ou em Old Orchard Beach... ou a garota com a barriga levitando.

O segundo telefonema, aquele assim-assim, tinha sido de Jess Rider. Ele ligara de Portland e havia tentado a casa primeiro. Felizmente, foi atendido por Peter, que lhe deu o número do telefone de Fran em Harborside sem nenhum comentário crítico.

Ainda assim, a primeira coisa que ele disse foi:

— Você arranjou um bocado de estática em casa, hein?

— Bem, só um pouco — disse ela cautelosa, não querendo se alongar nisto, o que os tornaria uma espécie de conspiradores.

— Sua mãe?

— Por que diz isso?

— Ela parece daquele tipo que poderia se descontrolar. Existe alguma coisa nos olhos dela, Frannie, que diz que se você bagunçar meu coreto, eu bagunço o seu.

Ela ficou em silêncio.

— Desculpe. Não quis ofender você.

— Não ofendeu — disse ela. A descrição dele, na verdade, foi inteiramente correta, pelo menos na superfície. Mas ela ainda tentava superar a surpresa daquele verbo: *ofender*. Era uma palavra estranha de ouvir partindo dele. Talvez exista um postulado aqui, pensou ela. Quando o seu amante começa a lhe falar a respeito de "ofender", ele não é mais o seu amante.

— Frannie, a proposta continua de pé. Se disser sim, posso comprar duas alianças e aparecer aí esta tarde.

Na sua bicicleta, pensou ela e quase riu. Uma risada seria uma coisa horrível e desnecessária para fazer com ele, e Fran tapou o fone por um segundo só para ter certeza de que não vazaria. Ela havia chorado e rido nos últimos seis dias mais do que fizera desde que tinha 15 anos e começara a namorar.

— Não, Jess — disse ela, e sua voz soou inteiramente calma.

— É isso que quero dizer! — replicou ele com veemência sobressaltada, como se a tivesse visto lutar contra o riso.

— Sei que quer — disse ela. — Mas não estou preparada para me casar. Eu me conheço, Jess. Não tem a ver com você.

— E quanto ao bebê?

— Vou ter que tê-lo.

— E desistir de tudo?

— Ainda não decidi.

Por um momento ele ficou em silêncio e ela pôde ouvir outras vozes em outros cômodos. Eles tinham seus próprios problemas, ela pensou. Garota, o mundo é um drama durante as horas do dia, e assim procuramos pela luz orientadora enquanto buscamos pelo amanhã.

— Fico pensando neste bebê — disse Jesse por fim. Ela realmente duvidava da afirmação, mas talvez fosse a única coisa que ele pudesse dizer que a afetaria. E funcionou.

— Jess...

— Então, para onde você vai? — disse ele bruscamente. — Você não pode ficar em Harborside por todo o verão. Se precisar de um lugar, posso procurar aqui em Portland.

— Já tenho onde ficar.

— Onde, ou não tenho permissão de perguntar?

— Você não tem permissão — disse ela e mordeu a língua por não achar uma maneira mais diplomática de dizer isto.

— Ah — disse ele, sua voz soando esquisitamente monótona. Por fim ele disse, cauteloso: — Posso perguntar-lhe uma coisa sem intenção de chateá-la, Frannie? Porque não é uma pergunta retórica ou algo assim.

— Pode perguntar — concordou ela, cautelosa. Mentalmente, ela se preparou para não ser chateada, porque quando Jess fazia uma introdução deste tipo, era geralmente pouco antes de vir com uma tirada de chauvinismo hedionda e totalmente despercebida.

— Não tenho nenhum direito em tudo isto? — perguntou Jess. — Não posso partilhar da responsabilidade e da decisão?

Por um momento ela ficou chateada, mas logo a seguir a sensação se foi. Jess estava apenas sendo ele próprio, tentando proteger sua imagem para si mesmo, do jeito que todas as pessoas pensantes fazem de modo que possam dormir bem à noite. Ela sempre gostara dele por sua inteligência, mas numa situação como esta, a inteligência podia ser uma chateação. Pessoas como Jess — e também ela própria — tinham aprendido a vida toda que a coisa certa a fazer era confiar e ser ativa. Às vezes a pessoa tinha que ferir a si mesma — e gravemente — para descobrir que podia ser melhor relaxar e procrastinar. Sua labuta era branda, mas mesmo assim era labuta. Ele não queria deixá-la partir.

— Jesse — disse ela —, nenhum de nós quis este bebê. Concordamos sobre a pílula de modo que o bebê não acontecesse. Você não tem qualquer responsabilidade.

— Mas...

— Não, Jess — disse ela com bastante firmeza.

Ele suspirou.

— Manteremos contato quando você estiver estabelecida?

— Acho que sim.

— Ainda está planejando voltar para a escola?

— No devido tempo. Vou compensar o semestre de outono. Talvez com algo tipo Comitê para Desenvolvimento Econômico.

— Se precisar de mim, Frannie, você sabe onde estarei. Não vou fugir.

— Sei disso, Jesse.

— Se precisar de grana...

— Sim?

— Mantenha contato. Não pretendo pressioná-la, mas... vou querer vê-la.

— Tudo bem, Jess.

— Adeus, Fran.

— Adeus.

Quando ela desligou a despedida pareceu bastante definitiva, a conversa interrompida. E soube por quê. Eles não haviam acrescentado "Eu te amo", e esta foi a primeira vez. Ficou triste e disse a si mesma para não ficar, mas dizer isto não ajudava em nada.

O último telefonema chegou por volta do meio-dia, e era do seu pai. Tinham almoçado juntos na antevéspera e ele lhe contara que estava preocupado com o efeito que isto estava exercendo sobre Carla. Não viera para a cama na noite anterior; permanecera na sala de visita, debruçada sobre seus velhos registros genealógicos. Ele tinha ido lá às onze e meia para perguntar-lhe quando ela iria subir. Carla havia soltado o cabelo, que lhe caía pelos ombros e pelo corpete da camisola. Peter disse que ela parecia desordenada e não estritamente em sintonia com as coisas. O pesado livro estava no colo e Carla nem sequer olhou para ele, apenas continuou virando as páginas. Ela disse que não estava com sono. Subiria dentro em pouco. Carla pegara um resfriado, Peter disse a Fran quando estavam sentados num reservado no Corner Lunch, mais olhando do que comendo seus hambúrgueres. As fungadelas. Quando Peter lhe perguntou se gostaria de um copo de leite quente, Carla nem respondeu. Ele a havia encontrado na manhã de ontem adormecida na cadeira, com o livro no colo.

Quando finalmente acordou, parecia melhor, mais ela mesma, porém o resfriado piorou. Carla descartou a idéia de chamar o Dr. Edmonton, dizendo apenas que era um simples resfriado. Aplicou Vick Vaporub no peito com um quadrado de flanela e achou que as cavidades nasais já estavam limpas. Mas Peter não tinha dado importância ao modo como ela parecia, contou ele a Frannie. Embora Carla o tivesse impedido de medir sua temperatura, ele achou que ela evoluía para uma febre muito alta.

Tinha ligado para Fran hoje logo após o início da primeira tempestade. As nuvens, negras e púrpura, haviam pairado silenciosamente sobre a baía e a chuva começou, a princípio suave e depois torrencial. Enquanto conversavam, ela pôde olhar pela janela e ver o relâmpago apunhalar a água além do quebra-mar, e a cada vez em que isto acontecia havia um pequeno ruído áspero na linha, como uma agulha de vitrola arranhando um disco.

— Ela hoje está de cama — disse Peter. — Finalmente permitiu que Tom Edmonton viesse dar uma olhada nela.

— Ele ainda está aí?

— Acabou de sair. Acho que ela pegou a gripe.

— Ah, meu Deus — exclamou Frannie, fechando os olhos. — Isso não é brincadeira para uma mulher da idade dela.

— Não, não é. — Ele fez uma pausa. — Contei tudo ao doutor, Frannie. Sobre o bebê, sobre a briga que você e Carla tiveram. Tom vai cuidar de você assim que tiver o bebê e promete ficar de bico fechado. Desejei saber se a briga poderia ter causado isto, e ele disse que não. Gripe é gripe.

— Chilique combina com gripe — disse Fran, desolada.

— Como disse?

— Esqueça — replicou Fran. Seu pai estava espantosamente receptivo, mas não era um fã de piadas. — Prossiga.

— Bem, não há muito mais a acrescentar, querida. O doutor disse que a gripe está se espalhando. Uma cepa particularmente grave. Parece ter migrado do sul, e Nova York está atolada com ela.

— Mas ter dormido na sala de visita a noite toda... — começou ela, em dúvida.

— Na verdade, o doutor disse que estar numa posição ereta foi talvez melhor para seus pulmões e brônquios. Não disse mais nada, porém Alberta Edmonton pertence a todas as entidades que Carla freqüenta, por isso é que ele não disse. Ambos sabemos que ela esteve pedindo algo como isso, Fran. Ela é presidente do Comitê Histórico Municipal, passa vinte horas por semana na biblioteca, é secretária do Clube das Mulheres e do Clube dos Amantes da Literatura, está dirigindo a Marcha dos Tostões na cidade desde que Fred morreu, e no último inverno assumiu o Fundo do Coração, por falar nisso. Como se não bastasse, está tentando chamar atenção para uma Sociedade Genealógica do Maine meridional. Ela está se exaurindo, se desgastando. E isto faz parte do motivo pelo qual explodiu com você. Tudo que Edmonton disse foi que ela estendeu o tapete de boas-vindas para o primeiro germe maligno que cruzou seu caminho. É tudo que o doutor disse, Frannie. Ela está ficando velha e não aceita isto. Andou trabalhando mais duro do que jamais trabalhei.

— O quanto ela está doente, papai?

— Está de cama, bebendo líquidos e tomando as pílulas que o doutor receitou. Tirei o dia de folga e a Sra. Halliday está vindo para cuidar dela amanhã. Carla quer a Sra. Halliday para que possam trabalhar na programação para a reunião de julho da Sociedade Histórica. — Ele suspirou violentamente e a linha crepitou de leve outra vez. — Às vezes penso que ela quer morrer trabalhando.

Fran disse, timidamente:

— Acha que ela se importaria se eu...

— Neste exato momento se importaria. Dê um tempo a ela, Fran. Carla vai dar a volta por cima.

Agora, quatro horas depois, atando seu capuz de chuva sobre o cabelo, imaginou se sua mãe *daria* a volta por cima. Talvez, se ela desistisse do bebê, ninguém na cidade ficaria sabendo. Isto era improvável, porém. Em cidades pequenas as pessoas farejam o vento com narizes de sagacidade incomum. E é claro que se ela mantivesse o bebê... mas ela não estava realmente pensando nisso, *estava*?

Fran pôde sentir a culpa agindo nela enquanto vestia seu casaco leve. Sua mãe estava se esgotando, claro que estava, Fran percebera quando retornou do colégio e as duas trocaram beijos na face. Carla tinha bolsas sob os olhos, sua pele estava amarela demais, e o tom grisalho no seu cabelo, que sempre parecia recém-saído do salão de beleza, havia progredido visivelmente apesar das rinsagens de 30 dólares. Mas mesmo assim...

Ela havia ficado histérica, absolutamente histérica. E Frannie foi deixada perguntando a si mesma exatamente como assumiria a responsabilidade, se a gripe de sua mãe evoluísse para pneumonia ou se ela tivesse algum tipo de prostração. Ou até mesmo morresse. Meu Deus, era um pensamento medonho. Isso não poderia acontecer, claro que não, se Deus permitisse. Os remédios que ela estava tomando reverteriam o quadro, e uma vez que Frannie saísse de sua linha de visibilidade e incubasse seu pequeno estranho discretamente em Somersworth, sua mãe se recuperaria do golpe que fora forçada a receber. Ela iria...

O telefone começou a tocar.

Olhou apática para ele por um momento, e lá fora mais um relâmpago faiscou, seguido por um estrondear de trovão tão próximo e violento que ela pulou, estremecendo.

Barulhada, barulhada, barulhada.

Mas ela já recebera seus três telefonemas, quem mais poderia ser? Debbie não precisava ligar para ela de volta, tampouco Jess. Talvez fosse do programa *Discando por Dólares*. Ou um vendedor de Saladmaster. Talvez fosse Jess, afinal, fazendo a velha tentativa do colégio.

Enquanto se refazia, ela teve certeza de que era seu pai com notícias ainda piores. É um pepino, disse para si mesma. Responsabilidade é um pepino. Boa parte da responsabilidade se deve a todo o trabalho de caridade que ela faz, mas você está apenas se iludindo se acha que não vai ter de cortar uma fatia grossa, suculenta e amarga do pepino para si. E comer cada mordida.

— Alô?

Não houve nada mais que silêncio por um momento. Ela franziu o cenho, intrigada, e repetiu o "alô".

Então seu pai disse "Fran?" e fez um som estranho e arquejante. "Frannie?" Aquele som arquejante de novo, e Fran percebeu com horror que seu pai estava reprimindo as lágrimas. Uma de suas mãos moveu-se até a garganta e agarrou o nó que atava seu capuz de chuva.

— Papai? O que é? É mamãe?

— Frannie, terei que ir buscar você. Eu... apenas me espere aí que vou pegar você. É o que farei.

— Mamãe está bem? — gritou ela ao telefone. O trovão estrondeou de novo na baía e assustou-a. Ela começou a gritar. — Diga-me, papai!

— Ela piorou, isto é tudo que sei — disse Peter. — Mais ou menos uma hora depois que falei com você, ela piorou. Sua febre subiu. Ela começou a delirar. Tentei falar com Tom... e Rachel disse que ele estava fora, que havia um monte de gente doente... então liguei para o Sanford Hospital e eles disseram que suas ambulâncias estavam atendendo a chamados, todas elas, mas acrescentaram o nome de Carla à lista. À *lista*, Frannie. Que diabo de lista é essa, assim tão de repente? Conheço Jim Warrington, ele dirige uma das ambulâncias do Sanford, e a não ser que ocorra um acidente brabo de trânsito na 95, ele fica sentado jogando cartas o dia inteiro. Que *lista* é essa? — Ele estava quase gritando.

— Calma, papai. Fique calmo. — Ela irrompeu em lágrimas de novo e sua mão soltou o nó do capuz e foi para os olhos. — Se ela ainda estiver aí, é melhor você mesmo levá-la.

— Não... não, eles vieram faz uns 15 minutos. E por Deus, Frannie, havia *seis pessoas* na caçapa daquela ambulância. Uma delas era Will Ronson, o gerente da farmácia. E Carla... sua mãe... ela saiu da ambulância tão logo a puseram dentro, dizendo: "Não consigo respirar, Peter, não consigo respirar, por que não consigo respirar?" Ah, meu Deus — terminou ele numa voz entrecortada e infantil que a assustou.

— Pode dirigir, papai? É capaz de dirigir até aqui?

— Sim — disse ele. — Claro que sim. — Ele parecia estar se recompondo.

— Ficarei esperando na varanda da frente.

Ela desligou e desceu as escadas rapidamente, seus joelhos tremendo. Na varanda ela viu que, embora ainda estivesse chovendo, as nuvens desta última tempestade já se desfaziam e o sol de fim de tarde passava através delas. Olhou automaticamente para o arco-íris e viu, bem distante sobre a água, um crescente nevoento e místico. A culpa a corroía e preocupava, corpos peludos dentro de sua barriga, na qual aquela outra coisa estava, e recomeçou a chorar.

Coma o seu pepino, disse ela para si mesma enquanto esperava pelo pai. O gosto é horrível, portanto coma seu pepino. Pode repetir quantas vezes quiser. Coma o seu pepino, Frannie, coma cada pedaço.

Capítulo Vinte e Um

STU REDMAN ESTAVA assustado.

Olhou pela janela gradeada de seu novo quarto em Stovington, Vermont, e o que viu foi uma pequena cidade bem abaixo, letreiros de postos de gasolina em miniatura, uma espécie de moinho, a rua principal, um rio, o posto de pedágio e, além do pedágio, o espinhaço granítico da distante Nova Inglaterra ocidental — as Green Mountains.

Ele estava assustado porque isto mais parecia uma cela de cadeia do que um quarto de hospital. Estava assustado porque Denninger se fora. Não o tinha visto desde que o circo de três picadeiros se mudara de Atlanta para cá. Deitz também sumira. Stu achou que talvez Denninger e Deitz estivessem doentes, talvez até mortos.

Alguém tinha pisado na bola. Ou isto ou a doença que Charles D. Campion levara para Arnette era muito mais contagiosa do que haviam imaginado. De qualquer modo, a inviolabilidade do Centro de Epidemias de Atlanta tinha sido rompida. Stu achava que todos que passaram por lá estavam agora tendo uma chance de fazer uma pequena pesquisa em primeira mão sobre o vírus que chamavam de Original-A ou supergripe.

Ainda faziam testes nele aqui, mas pareciam discordantes. O programa se tornara desleixado. Os resultados eram ilegíveis e ele suspeitava de que alguém os examinara às pressas, sacudira a cabeça e os jogara no picador de papel mais próximo.

O pior, porém, não era isto. O pior eram as armas. As enfermeiras que vinham coletar sangue, escarro ou urina eram agora acompanhadas por um soldado em traje branco, e o soldado trazia uma pistola num saco plástico. O saco estava atado ao pulso da luva direita do soldado. Era uma pistola militar .45, e Stu não tinha dúvida de que, se tentasse qualquer dos truques que experimentara com Deitz, a .45 rasgaria a ponta do saco em fragmentos fumegantes e Stu Redman se transformaria em um velho camarada a ser lembrado.

Se estavam simplesmente mudando de tática agora, isto era sinal de que ele se tornara sacrificável. Estar sob detenção já era ruim. Estar sob detenção e tornar-se sacrificável... era *pra lá* de ruim.

Ele agora assistia diariamente ao noticiário das dezoito horas com muita atenção. Os homens que tentaram o golpe de estado na Índia foram rotulados como "agitadores externos" e fuzilados. A polícia ainda procurava o responsável ou responsáveis pelo atentado a bomba da véspera contra uma estação energética em Laramie, Wyoming. A Corte Suprema havia decidido por 6-3 que homossexuais assumidos não podiam ser demitidos de seus empregos no serviço público. E, pela primeira vez, tinha havido um sussurro sobre outras coisas.

Oficiais do Centro de Energia Atômica no condado de Miller, Arkansas, negaram haver qualquer possibilidade de derretimento de um reator. A usina de energia nuclear na pequena cidade de Fouke, a uns 50 quilômetros da fronteira do Texas, tinha sofrido pequenos problemas de circuitagem no equipamento que controlava o ciclo de resfriamento do reator, mas não havia motivo para alarme. As unidades do Exército naquela área estavam meramente de sobreaviso. Stu imaginava que precauções o Exército poderia tomar se o reator de Fouke tivesse de fato sido acometido com a Síndrome da China. Especulava que o Exército poderia estar no sudoeste do Arkansas por outras razões. Fouke não ficava tão longe assim de Arnette.

Outra notícia relatava que uma epidemia de gripe na Costa Leste parecia estar nos estágios iniciais — a da cepa russa, não realmente preocupante, exceto para os muito velhos ou muito jovens. Um cansado médico nova-iorquino foi entrevistado num corredor do Mercy Hospital do Brooklyn. Ele disse que a gripe era excepcionalmente tenaz para ser do tipo russo-A e aconselhava os telespectadores a se vacinarem. Então, de repente, começou a dizer algo mais, porém o som foi cortado e só se puderam ver seus lábios em movimento. A imagem passou para o âncora no estúdio, que disse:

— Algumas mortes têm sido relatadas em Nova York como resultado deste mais recente surto de gripe, mas causas que podem contribuir, como poluição urbana e talvez mesmo o vírus da Aids, estiveram presentes em muitos desses casos fatais. Funcionários da área de saúde do governo enfatizam que esta é a gripe russa-A, não a mais perigosa gripe suína. Enquanto isso, é melhor prevenir do que remediar, dizem os médicos: repouso absoluto, ingestão de bastante líquido e aspirina para a febre.

O âncora sorriu animadoramente e, fora de enquadramento, alguém espirrou.

O sol tocava o horizonte agora, tingindo-o de um dourado que mudaria para vermelho e em breve se desvaneceria em laranja. O pior eram as noites. Tinham-no mandado para uma parte do país que lhe era estranha e, de alguma maneira, era mais estranha ainda à noite. Neste início de verão, a quantidade de verde que podia observar de sua janela parecia anormal, excessiva, um tanto assustadora. Ele não tinha amigos; até onde sabia, todas as pessoas que vieram com ele no avião de Braintree para Atlanta estavam mortas agora. Ele estava cercado por autômatos que lhe tiravam sangue à mira de armas. Receava por sua vida, embora ainda se sentisse bem e tivesse começado a crer que não pegaria aquilo, fosse o que fosse.

Pensativamente, Stu especulou se seria possível escapar dali.

Capítulo Vinte e Dois

QUANDO CREIGHTON CHEGOU, em 24 de junho, encontrou Starkey olhando para os monitores, as mãos às costas. Ele podia ver o anel de West Point do velho reluzindo na mão direita e sentiu uma onda de piedade por ele. Starkey estivera dependendo de pílulas por dez dias, e se encontrava agora à beira do colapso inevitável. Mas, achava Creighton, se sua suspeita sobre o telefonema se confirmasse, o verdadeiro colapso já tinha ocorrido.

— Len — disse Starkey, como se surpreso. — Muita gentileza sua ter vindo.

— Não há de quê — disse Creighton com um leve sorriso.

— Você sabe quem estava no telefone.

— Era realmente ele, então?

— O presidente, sim. Fiquei aliviado. Aquele vereador sujo me aliviou, Len. Claro que eu sabia que estava vindo. Mas ainda magoa, magoa pra caramba. Magoa por vir daquele saco de merda untuoso e sorridente.

Len Creighton assentiu.

— Bem — continuou Starkey, passando a mão sobre a face. — Está feito. Não pode ser desfeito. Você está encarregado agora. Ele o quer em Washington o mais breve possível. Ele o receberá sobre um tapete e irá arrancar seu couro. Mas fique na sua, engula os sapos que tiver de engolir e vá levando. Salvamos o que foi possível. É o bastante. Estou convencido de que já basta.

— Se é assim, este país devia se pôr de joelhos diante de você.

— O leme queimou minha mão, mas eu... eu o segurei o máximo que pude, Len. Segurei mesmo. — Ele falava com uma veemência tranqüila, porém seus olhos vagueavam de volta para o monitor e, por um momento, sua boca estremeceu, vacilante. — Eu não poderia ter feito isto sem você.

— Bem... fizemos uma retirada e tanto, Billy, não é?

— Você pode dizer assim, soldado. Agora... ouça. Uma coisa é prioridade máxima. Você tem de ver Jack Cleveland, na primeira chance que tiver. Ele sabe quem temos por trás das duas cortinas, a de ferro e a de bambu. Sabe como entrar em contato com eles, e não aponta o que tem de ser feito. Saberemos se isto terá de ser rápido.

— Não estou entendendo, Billy.

— Temos de assumir o pior — disse Starkey e um sorriso esquisito surgiu no seu rosto. Ergueu o lábio superior e o enrugou como o focinho de um cachorro protegendo um terreiro de fazenda. Ele apontou um dedo para as folhas de papel fino amarelo sobre a mesa. — Está fora de controle agora. Já surgiu no Oregon, Nebraska, Louisiana, Flórida. Casos experimentais no México e no Chile. Quando perdemos Atlanta, perdemos os três homens mais bem preparados para lidar com o problema. Estamos chegando exatamente a lugar nenhum com o Sr. Stuart "Príncipe" Redman. Sabia que realmente o inocularam com o vírus Azul? Ele pensava que fosse um sedativo. Redman o matou, e ninguém faz a mais leve idéia de como conseguiu. Se tivéssemos seis semanas, poderíamos ser capazes de resolver o problema. Mas não temos. A história da gripe é a melhor, mas é imperativo, *imperativo*, que o outro lado jamais veja isto como uma situação artificial criada na América, o que poria minhocas na cabeça deles.

"Cleveland tem entre oito e vinte homens e mulheres na URSS e entre cinco e dez em cada um dos países satélites na Europa. Nem mesmo sei quantos ele tem na China vermelha. — A boca de Starkey estava tremendo de novo. — Quando você se encontrar com Cleveland esta tarde, tudo que precisa dizer a ele é *Roma cai*. Não vai esquecer?"

— Não — disse Len. Seus lábios pareciam curiosamente frios. — Mas espera realmente que eles façam isto? Aqueles homens e mulheres?

— Nosso pessoal obteve aqueles frascos uma semana atrás. Eles acreditam que contenham partículas radioativas para serem cartografadas por nossos satélites Sky-Cruise. Isto é tudo que eles precisam saber, não é, Len?

— É, Billy.

— E se as coisas correrem de mal a... pior, ninguém jamais saberá. O Projeto Azul ficou imune à infiltração até o fim, temos certeza. Um novo vírus, uma mutação... os nossos adversários podem desconfiar, mas não há tempo suficiente. Cada qual com a sua parte, Len.

— Sim.

Starkey estava novamente olhando para os monitores.

— Minha filha deu-me um livro de poemas alguns anos atrás. De autoria de um homem chamado Yeets. Ela dizia que todo militar deveria ler Yeets. Acho que era a idéia que ela fazia de uma piada. Já ouviu falar de Yeets, Len?

— Acho que sim — disse Creighton, avaliando e rejeitando a idéia de dizer a Starkey que a pronúncia do nome do homem era Yates.

— Li todo ele — disse Starkey, enquanto perscrutava no silêncio eterno da lanchonete. — Principalmente porque ela achava que eu não ia ler. É um erro a gente ser previsível demais. Não entendi muita coisa... acho que o homem devia ser meio louco... mas li. Uma poesia engraçada. Nem sempre rimava. Mas havia um poema naquele livro que jamais consegui tirar da cabeça. Parecia como se aquele homem estivesse descrevendo tudo a que dediquei minha vida, sua desesperança, sua maldita nobreza. Ele dizia que as coisas se desintegram. Que o centro não se mantém. Acredito que quisesse dizer que as coisas ficam piradas, Len. Creio que isto é o que ele quis dizer. Yeets sabia que mais cedo ou mais tarde as coisas ficam tremendamente piradas no momento crítico, mesmo se ele não soubesse nada mais.

— Entendo, senhor — disse Creighton baixinho.

— O fim do poema causou-me arrepios na primeira vez em que o li, e ainda causa. Até decorei essa parte. "Que besta terrível, sua hora chegando afinal, rasteja na direção de Belém, onde irá nascer?"

Creighton continuou em silêncio. Não tinha nada a dizer.

— A besta está a caminho — disse Starkey, virando-se. Ele estava chorando e rindo ao mesmo tempo. — Ela está a caminho, e é um bocado mais terrível do que esse tal Yeets jamais poderia ter imaginado. As coisas estão se desintegrando. O negócio é segurarmos o máximo que pudermos pelo maior tempo possível.

— Sim, senhor — disse Creighton e, pela primeira vez, sentiu o ferrão de lágrimas nos olhos. — Sim, Billy.

Starkey estendeu a mão e Creighton tomou-a nas suas. A mão de Starkey era velha e fria, como a pele descartada de uma serpente na qual um pequeno animal das pradarias tinha morrido, deixando seu próprio esqueleto frágil dentro do invólucro seco do réptil. Lágrimas verteram dos arcos inferiores dos olhos de Starkey e correram por suas faces meticulosamente escanhoadas.

— Tenho negócios a resolver — disse Starkey.

— Sim, senhor.

Starkey tirou seu anel de West Point do dedo da mão direita e sua aliança da esquerda.

— Para Cindy — disse ele. — Para minha filha. Faça com que ela as receba.

— Farei.

Starkey caminhou até a porta.

— Billy? — Len Creighton o chamou.

Starkey voltou-se.

Creighton estava em posição de sentido, as lágrimas escorrendo por suas faces. Bateu continência.

Starkey retribuiu e a seguir cruzou a porta.

* * *

O elevador zumbia com eficiência, marcando os andares. Um alarme começou a soar — pesarosamente, como se de algum modo soubesse que era aviso de uma situação que já se tornara uma causa perdida —, quando ele usou sua chave especial para abri-lo no topo e entrar na área de veículos. Starkey imaginou Len Creighton observando-o numa sucessão de monitores enquanto primeiro pegava um jipe e depois o dirigia pelo chão desértico do esparramado sítio de testes e cruzava um portão com o letreiro ZONA DE ALTA SEGURANÇA PROIBIDA ENTRADA SEM PERMISSÃO ESPECIAL. Os postos de verificação pareciam guaritas de pedágio. Eles permaneciam a postos, mas os soldados atrás do vidro amarelado estavam mortos e mumificando-se rapidamente no calor seco do deserto. As cabines eram à prova de balas, mas não à prova de germes. Seus olhos encovados e vidrados observaram Starkey vagamente quando o jipe passou, a única coisa a se mover ao longo do emaranhado de estradas de terra entre os prédios metálicos pré-fabricados e os edifícios baixos de blocos de concreto de cinzas.

Ele parou do lado de fora de um blocausse atarracado com um letreiro dizendo ENTRADA ABSOLUTAMENTE PROIBIDA SEM PERMISSÃO A-1-A. Usou uma chave para entrar e outra para chamar o elevador. Um guarda, pra lá de morto e rígido que nem pedra, o fitava do posto de segurança envidraçado à esquerda das portas do elevador.

Quando o elevador chegou e as portas se abriram, Starkey entrou rapidamente. Podia sentir sobre si o olhar do guarda morto, um pequeno peso de olhos como duas pedras empoeiradas.

O elevador desceu tão rápido que seu estômago revirou. Uma campainha tilintou suavemente quando ele parou. As portas se abriram e o odor adocicado de decomposição o atingiu como um leve tapa. O odor não estava tão forte porque os purificadores de ar ainda funcionavam, mas nem mesmo os purificadores podiam afastar aquele cheiro por completo. Quando um homem morre, pensou Starkey, ele quer que você saiba disso.

Havia quase uma dezena de corpos espalhados diante do elevador. Starkey se esgueirou entre eles, não querendo pisar numa pegajosa mão em decomposição ou tropeçar numa perna estendida. Aquilo poderia fazê-lo gritar, coisa que, definitivamente, não queria fazer. Você não desejaria gritar num túmulo porque o som poderia levá-lo à loucura, e era exatamente onde estava: num túmulo. Tinha parecido um projeto de pesquisa científica bem financiado, mas agora realmente não passava de um túmulo.

As portas do elevador fecharam-se atrás dele; houve um zumbido como se começasse a subir automaticamente. Não desceria de novo a não ser que alguém o chamasse, Starkey sabia; tão logo a integridade da instalação tinha sido rompida, os computadores haviam adaptado todos os elevadores ao programa de contenção geral. Por que jaziam ali todos aqueles homens e mulheres? Obviamente, haviam esperado que os computadores corrigissem a falha para os procedimentos de emergência. Por que não? Tinha até mesmo uma certa lógica. A pane foi geral.

Starkey desceu o corredor que levava à lanchonete, os saltos dos sapatos estalejando cavernosamente. No alto, as lâmpadas fluorescentes engastadas nos seus encaixes como bandejas de gelo em cubos invertidos lançavam uma luz dura, sem sombras. Havia mais corpos. Um homem e uma mulher despidos e buracos nas cabeças. Estavam trepando, pensou Starkey, e depois ele atirou nela e a seguir matou-se. Amor entre os vírus. A pistola, uma .45 de uso militar, continuava em sua mão. O chão de ladrilhos estava salpicado de sangue e de uma coisa cinzenta que parecia aveia em flocos. Ele sentiu um impulso terrível e felizmente transitório de se agachar e tocar os seios da mulher morta, para ver se eram duros ou flácidos.

Mais distante, corredor abaixo, um homem sentava-se com as costas apoiadas contra uma porta fechada, um letreiro atado em volta do pescoço com um cadarço de sapato. Seu queixo caíra para a frente, ocultando o que estava escrito. Starkey pôs os dedos debaixo do queixo do homem e empurrou a cabeça para trás. Enquanto o fazia, os globos oculares do homem caíram de volta para dentro de sua cabeça com um baque forte. As palavras no letreiro tinham sido escritas com marca-texto vermelho. AGORA VOCÊS SABEM QUE FUNCIONA, dizia. ALGUMA PERGUNTA?

Starkey soltou o queixo do homem. A cabeça continuou virada no seu ângulo rígido, as órbitas dos olhos negros voltadas embevecidamente para cima. Starkey recuou. Estava chorando novamente. Desconfiava de que chorava porque não tinha quaisquer perguntas.

As portas da lanchonete se abriram. Do outro lado havia um grande quadro de avisos de cortiça. Deveria ter havido a disputa de uma taça no dia 20 de junho, viu Starkey. Os Grim Gutterballers *versus* os First Strikers pelo campeonato do Projeto. Anna Floss procurava alguém para dividir despesas de uma viagem a Denver ou Boulder em 9 de julho. Richard estava doando alguns filhotes amistosos, mestiços de *collie* e são-bernardo. Também havia serviços religiosos semanais não-sectários na lanchonete.

Starkey leu cada aviso no quadro e a seguir entrou.

O cheiro aqui era pior — de comida rançosa e de corpos mortos. Starkey olhou em torno com horror embotado.

Alguns dos mortos pareciam estar olhando para ele.

— Homens... — começou Starkey e então sufocou. Não fazia idéia do que estivera a ponto de dizer.

Caminhou devagar até onde Frank D. Bruce jazia com a cara enfiada na sopa. Olhou para Frank por vários instantes. Depois puxou a cabeça dele pelos cabelos. A tigela veio junto, ainda grudada no rosto pela sopa que havia congelado desde muito tempo. Starkey golpeou a tigela horrorizado, finalmente derrubando-a. A tigela foi bater no chão, de boca para baixo. Boa parte da sopa continuava colada ao rosto de Frank, como geléia mofada. Starkey sacou seu lenço e limpou aquilo o melhor que pôde. Os olhos de Frank pareciam grudados pela sopa, mas Starkey absteve-se de limpar as pálpebras. Temia que os olhos de Frank D. Bruce caíssem para dentro do crânio, como os olhos do homem com o letreiro. Receava mais ainda que as pálpebras, livres da goma que as prendia, pudessem rolar para cima como persianas. Estava principalmente temeroso de qual poderia ser a expressão nos olhos de Frank D. Bruce.

— À vontade, soldado Bruce — disse Starkey suavemente.

Colocou cuidadosamente o lenço sobre o rosto de Frank D. Bruce. O lenço ficou grudado nele. Starkey virou-se e saiu da lanchonete em passos largos e marcados, como se estivesse num desfile militar.

A meio caminho de volta para o elevador, aproximou-se do homem com o letreiro pendurado no pescoço. Sentou-se ao lado dele, soltou a tira sobre a coronha da pistola do homem e pôs o cano da arma na própria boca.

Quando o disparo veio, soou abafado e sem dramaticidade. Nenhum dos cadáveres deu a menor atenção. Os purificadores de ar cuidaram da lufada de fumaça. Nas entranhas do Projeto Azul havia silêncio. Na lanchonete, o lenço de Starkey desgrudou do rosto do soldado Frank D. Bruce e flutuou para o chão. Frank D. Bruce não pareceu se importar, mas Len Creighton viu-se olhando para o monitor que mostrava Bruce cada vez com mais freqüência e se perguntava por que diabo Billy não limpara a sopa das sobrancelhas do homem enquanto esteve lá. Creighton teria de enfrentar o presidente dos Estados Unidos muito em breve, porém a sopa congelando nas sobrancelhas de Bruce o preocupava mais. Muito mais.

Capítulo Vinte e Três

RANDALL FLAGG, O HOMEM escuro, seguia para o sul da Rodovia Nacional 51, ouvindo os sons noturnos que pressionavam de perto em ambos os lados dessa estrada estreita que o levaria cedo ou tarde para fora do estado de Idaho em direção a Nevada. Da Nevada ele poderia ir para qualquer lugar. De Nova Orleans para Nogales, de Portland, Oregon, para Portland, Maine. Este era o seu país, e ninguém o conhecia ou amava mais do que ele. Sabia para onde as estradas levavam e caminhava por elas à noite. Agora, uma hora antes do alvorecer, estava em algum lugar entre Grasmere e Riddle, a oeste das Twin Falls, ainda ao norte da Reserva de Duck Valley, que se espalha através de dois estados. E isto não era ótimo?

Ele caminhava rapidamente, o solado gasto das botas estalejando contra a superfície pavimentada da estrada, e se luzes de carro surgiam no horizonte, ele se escondia, descendo do acostamento para a vegetação alta onde os insetos noturnos se abrigavam... e o carro passaria por ele, o motorista talvez sentindo um leve calafrio como se impelido através de um bolsão de ar, sua esposa e filhos adormecidos se agitando inquietos, como se todos estivessem acometidos por um pesadelo simultaneamente.

Caminhou para o sul pela Nacional 51, as solas gastas de suas botas de *cowboy* repicando no pavimento da estrada. Um homem alto em *jeans* desbotados de boca apertada e uma jaqueta de brim. Seus bolsos estavam estufados com cinqüenta tipos de literatura conflitante — panfletos para todas as estações, retórica para todas as razões. Quando esse homem lhe entregava um panfleto, você o pegava sem se importar com o assunto: os perigos das instalações nucleares, o papel representado pelo cartel judaico internacional na derrubada de governos amistosos, a conexão CIA-Contras-cocaína, os sindicatos dos trabalhadores rurais, as Testemunhas de Jeová (*Se puder responder a estas dez perguntas com um "Sim", você foi SALVO!*), os Negros pela Igualdade Militante, o Kode do Klan. Ele tinha tudo isso e muito mais. Havia um broche em cada lapela de sua jaqueta. No da direita, uma cara amarela sorrindo. No da esquerda, um porco usando quepe de policial. A legenda estava escrita embaixo com letras vermelhas simulando sangue: COMO VAI O SEU PORCO?

Continuou seu caminho, sem parar, sem diminuir o ritmo, porém vivo para a noite. Seus olhos pareciam quase frenéticos com as possibilidades da noite. Havia uma velha e surrada mochila de escoteiro às suas costas. Seu rosto exibia uma sombria hilaridade, e também o coração, você poderia pensar — e estaria certo. Era o rosto de um homem odiosamente feliz, um rosto que irradiava uma horrível e simpática cordialidade, um rosto capaz de fazer um copo d'água se estilhaçar nas mãos de uma garçonete cansada numa lanchonete de caminhoneiros, de fazer crianças baterem com seus velocípedes em cercas de tábuas e correrem chorando para suas mães com farpas espetadas nos joelhos. Era um rosto que garantidamente faria discussões de mesa de bar sobre beisebol terminarem em sangue.

Seguia para o sul, para algum lugar na Nacional 51 entre Grasmere e Riddle, agora mais perto de Nevada. Em breve iria acampar e dormir o dia inteiro, só acordando ao cair da noite. Ele leria enquanto cozinhava sua ceia num pequeno fogareiro sem fumaça. Qualquer coisa servia: alguma brochura pornô surrada e sem capa, ou talvez *Mein Kampf*, ou um gibi de R. Crumb, ou um dos agressivos jornais de postura reacionária dos America Firsters ou dos Sons of the Patriots. Quando lhe vinha a palavra impressa, Flagg era um leitor eclético.

Depois da ceia retomaria a caminhada, seguindo para o sul nesta excelente rodovia de duas pistas que cortava aquele ermo esquecido por Deus, observando, cheirando e ouvindo à medida que o clima ficava mais árido, reduzindo tudo a artemísias e rolos de arbustos secos, observando enquanto as montanhas começavam a brotar da terra como espinhas de dinossauro. Ao alvorecer de amanhã ou do dia seguinte ele entraria em Nevada, passando por Owyhee primeiro e depois por Mountain City. E em Mountain City havia um homem chamado Christopher Bradenton que lhe providenciaria um carro e documentos limpos, e então o país se animaria em todas as suas gloriosas possibilidades, um corpo político com sua malha rodoviária embutida na pele como capilares maravilhosos, pronto para recebê-lo, a partícula escura de matéria estranha, em qualquer lugar ou em todo lugar — coração, fígado, cérebro. Ele era um coágulo procurando um lugar para acontecer, uma lasca de osso buscando um órgão macio para perfurar, uma célula lunática solitária procurando um parceiro —, os dois iriam estabelecer moradia e criar eles próprios um pequeno tumor maligno bem acomodado.

Persistiu à frente, os braços oscilando nos flancos. Ele era conhecido, bem conhecido, ao longo das auto-estradas escondidas percorridas pelos pobres e fanáticos, pelos revolucionários profissionais e por aqueles que foram ensinados a odiar tão bem que seu ódio evidenciava-se nos seus rostos como lábios leporinos, e que só são aceitos por seus iguais, que os recebem em quartos baratos com pôsteres e *slogans* nas paredes, em porões onde pedaços de cano serrado, presos em tornos de bancada acolchoados, são enchidos com explosivos potentes, em quartos de fundos onde planos lunáticos são expostos: matar um ministro, seqüestrar o filho de um dignitário visitante ou interromper uma reunião do conselho da Standard Oil com granadas e metralhadoras, e assassinar em nome do povo. Ele era conhecido nesse meio, e até mesmo o mais fanático deles só ousava olhar de banda para seu rosto sombrio e de sorriso arreganhado. As mulheres que levava para a cama, mesmo se limitassem o intercurso a algo tão casual quanto buscar um tira-gosto na geladeira, o aceitavam com um enrijecimento do corpo, um desviar no rosto. Recebiam-no do modo como poderiam receber um carneiro de olhos dourados ou um cachorro preto — e quando estava feito elas ficavam *frias*, tão *frias* que parecia impossível que algum dia voltassem a ser cálidas. Quando entrava numa reunião o blablablá histérico cessava — as difamações, recriminações, acusações, a retórica ideológica. Por um momento haveria o silêncio fúnebre e todos iriam se voltar para ele e depois desviar o olhar, como se tivesse vindo procurá-los com algum antigo e terrível artefato de destruição aninhado nos braços, algo mil vezes pior do que o explosivo plástico produzido nos laboratórios de porão de estudantes de química renegados, ou do que as armas contrabandeadas por algum sargento ambicioso lotado em um arsenal militar. Parecia que ele os procurara com um artefato enferrujado com sangue e acondicionado por séculos na graxa lubrificante de gritos, mas novamente pronto agora, levado para a reunião deles como algum presente infernal, um bolo de aniversário com velas de nitroglicerina. E quando a conversa recomeçasse ela seria racional e disciplinada — tão racional e disciplinada quanto homens fanáticos poderiam mantê-la —, e as coisas chegariam a um consenso.

Ele prosseguiu em frente, seus pés bem acomodados nas botas, o couro se amoldando confortavelmente nos lugares certos. Seus pés e essas botas eram como velhos amantes. Christopher Bradenton em Mountain City o conhecia como Richard Fry. Bradenton era guia em um dos sistemas clandestinos através dos quais os fugitivos escapavam. Meia dúzia de organizações diferentes, indo desde os Weathermen à Brigada Guevara, financiavam Bradenton. Ele era um poeta que lecionava esporadicamente na Free University ou viajava para estados do oeste como Utah, Nevada e Arizona, falando para turmas ginasianas de inglês, espantando garotos e garotas (ele esperava) de classe média com as notícias de que a poesia estava viva — narcoléptica, era verdade, mas ainda possuidora de certa vitalidade oculta. Ele estava agora no final da casa dos 50, mas tendo sido expulso de uma faculdade californiana há 21 anos por simpatizar demais com as Estudantes por uma Sociedade Democrata. Ele participara dos conflitos na Grande Convenção dos Porcos de 1968 em Chicago, formando seus elos com diversos grupos radicais, primeiro abraçando o fanatismo desses grupos, depois sendo engolido por completo.

O homem escuro caminhava e sorria. Bradenton representava apenas um elo na corrente, e havia milhares deles — os condutos nos quais os fanáticos transitavam com seus livros e bombas. Os condutos se interligavam tendo sinalizadores dissimulados mas perceptíveis para o iniciado. Em Nova York ele era conhecido como Robert Franq, e sua alegação de ser negro nunca tinha sido questionada, embora sua pele fosse muito clara. Ele e um veterano negro do Vietnã — o negro tinha ódio mais do que suficiente para extravasar por ter perdido a perna esquerda — haviam apagado seis policiais em Nova York e Nova Jersey. Na Geórgia ele era Ramsey Forrest, um descendente distante de Nathan Bedford Forrest, e no seu prontuário constavam dois estupros, uma castração e o incêndio de uma favela de negros. Mas isto tinha sido muito tempo atrás, nos anos 60, durante o surto pelos primeiros direitos civis. Ele às vezes achava que poderia ter nascido naquela contenda. Certamente não lembrava muito do que lhe havia acontecido antes disso, exceto ter nascido em Nebraska e de certa vez ter sido colega de escola de um garoto ruivo e de pernas tortas chamado Charles Starkweather. Ele se lembrava melhor das marchas pelos direitos civis de 1960 e 1961 — os espancamentos, as incursões noturnas, as igrejas que haviam explodido como se um milagre no interior delas tivesse crescido demais para ser contido. Ele se lembrava de ter ido parar em Nova Orleans em 1962 e conhecido um jovem demente que estava distribuindo panfletos instando os EUA a deixar Cuba em paz. Esse homem tinha sido um tal Sr. Oswald e ele aceitara um dos seus panfletos — ainda conservava dois, muito velhos e amassados, em um de seus muitos bolsos. Ele havia participado de uma centena de Comitês de Responsabilidade. Havia caminhado em passeatas contra a mesma dezena de empresas em centenas de diferentes *campi* universitários. Ele escrevia as perguntas que desconcertavam os poderosos quando vinham palestrar, mas nunca fazia ele próprio as perguntas; aqueles mercadores do poder poderiam ver o seu sorriso arreganhado e o rosto em fogo como algum motivo para alarme e fugir do pódio. Da mesma forma, nunca falou em comícios porque os microfones iriam estridular com *feedback* histérico e os circuitos explodiriam. Mas ele escrevera discursos para os oradores, e em diversas ocasiões aqueles discursos terminaram em tumultos, carros virados, votos pela greve de estudantes e manifestações violentas. Em determinada época da década de 1970 conheceu um homem chamado Donald DeFreeze, ao qual sugeriu que adotasse o nome Cinque. Ele havia ajudado a traçar planos que resultaram no seqüestro de uma herdeira, e coube-lhe sugerir que a herdeira fosse fanatizada para abraçar sua causa em vez de pedirem resgate por ela. Ele havia deixado a pequena casa de Los Angeles onde DeFreeze e os outros foram mortos pouco menos de vinte minutos antes que a polícia a invadisse; ele escapara rua acima, suas botas cambaias e empoeiradas ressoando no calçamento, um sorriso feroz no rosto que fazia as mães agarrarem seus filhos e os trancarem em casa, um sorriso que fazia as grávidas entrarem em trabalho de parto prematuro. E mais tarde, quando uns poucos remanescentes esfarrapados do grupo foram desbaratados, todos eles sabiam que houvera alguém mais associado ao grupo, talvez alguém importante, talvez um adepto, um homem sem idade, um homem chamado de Turista Andarilho, ou às vezes de Homem Escuro.

Ele progredia num passo firme e devorador de distâncias. Dois dias antes estivera em Laramie, Wyoming, parte de um grupo ecológico de sabotagem que explodira uma central energética. Hoje ele estava na Nacional 51, entre Grasmere e Riddle, a caminho de Mountain City. Amanhã estaria em outro lugar. E sentia-se mais feliz do que nunca, porque...

Ele parou.

Porque alguma coisa estava chegando. Ele podia senti-la, quase prová-la no ar noturno. Ele *podia* prová-la, um gosto quente fuliginoso que vinha de toda parte, como se Deus estivesse planejando uma ceia ao ar livre e toda a civilização estivesse vindo para o churrasco. Logo o carvão estava quente, branco e flocoso por fora, tão vermelho quanto os olhos do demônio por dentro. Uma coisa enorme, uma coisa grande.

Esse tempo de transfiguração estava à mão. Ele ia nascer pela segunda vez, ia ser expelido da vagina em trabalho de parto de alguma grande besta cor de areia, que neste exato momento jazia lutando contra o sofrimento de suas contrações, as pernas movendo-se lentamente enquanto o sangue do parto jorrava, seus olhos quentes pelo sol fitando o vazio.

Ele havia nascido quando os tempos mudavam, e os tempos estavam mudando de novo. Isto estava no vento, no vento deste anoitecer agradável no Idaho.

Estava quase na hora de renascer. Ele sabia. Por que outra razão poderia de súbito fazer magia?

Fechou os olhos, seu rosto quente voltando-se levemente para o céu escuro, que estava preparado para receber a aurora. Ele se concentrou. Sorriu. Os saltos empoeirados e surrados de suas botas começaram a se elevar fora da estrada. Dois centímetros. Cinco. Oito. O sorriso se alargou num arreganho de dentes. Agora estava 30 centímetros acima. E a 60 centímetros acima do solo, ele se manteve firme sobre a estrada com uma pequena poeira soprando debaixo dele.

Então sentiu os primeiros indícios da aurora manchando o céu e se fez baixar de novo. Ainda não chegara a hora.

Mas chegaria em breve.

Recomeçou a caminhar, sorrindo, agora procurando um lugar para descansar durante o dia. A hora estava próxima, e era o que bastava saber por enquanto.

Capítulo Vinte e Quatro

LLOYD HENREID, QUE tinha sido rotulado de "o assassino impenitente com cara de bebê" pelos jornais de Phoenix, foi conduzido por dois guardas pelo corredor da ala de segurança máxima da cadeia municipal. Um dos guardas tinha o nariz gotejante e ambos pareciam rabugentos. Os outros ocupantes da ala estavam dando a Lloyd sua versão de um desfile de gente importante. Ele já era uma celebridade ali.

— Aí, Henreid!

— Vamos lá, cara!

— Diz ao promotor que não vou deixar você machucar ele se me soltar!

— Güenta firme, Henreid!

— Segura a barra, irmão! *Segura a barra!*

— Filhos-da-puta tagarelas — resmungou o guarda com o nariz escorrendo e depois espirrou.

Lloyd sorria de felicidade. Estava deslumbrado com sua fama recente. Claro que aqui não seria igual a Brownsville. Até a comida era melhor. Você ganhava respeito, quando se tornava um sucesso da pesada. Ele imaginou que Tom Cruise deveria sentir algo parecido numa *première* mundial.

No final do corredor atravessaram uma entrada e um portão eletrificado de grade dupla. Ele foi novamente revistado, o guarda resfriado resfolegando pesadamente pela boca como se tivesse acabado de subir um lance de escadas. Depois os guardas o conduziram através de um detector de metal, provavelmente para se certificarem de que ele não tinha algo enfiado no ânus, como fizera aquele tal Papillon no cinema.

— Tudo bem — disse o guarda com o nariz escorrendo e outro guarda, este numa cabine de vidro à prova de bala, acenou para que entrassem. Desceram outro corredor, pintado de verde industrial. Era muito tranqüilo aqui; os únicos sons provinham dos passos crepitantes dos guardas (o próprio Lloyd estava usando chinelos de papel) e do ofegar asmático vindo da direita de Lloyd. No final do corredor, outro guarda esperava diante de uma porta fechada. A porta tinha uma pequena janela, pouco mais que um visor, com fiação elétrica embutida no vidro.

— Por que as prisões sempre fedem tanto? — perguntou Lloyd, só para puxar conversa. — Quero dizer, até mesmo nos lugares onde não tem ninguém trancafiado o fedor é terrível. Será que vocês, caras, fazem suas necessidades pelos cantos? — Ele riu ao pensar na situação, que era realmente muito cômica.

— Cale-se, assassino — disse o guarda resfriado.

— Você não parece muito bem — replicou Lloyd. — Devia ir para casa repousar.

— Cale-se — disse o outro.

Lloyd calou-se. É no que dá quando você tenta conversar com esses caras. Por experiência própria já sabia que a classe de guardas de prisão não tinha classe.

— Olá, saco de merda — disse o guarda da porta.

— Como está, cara de peido? — respondeu Lloyd espertamente. Não havia nada como uma pequena troca de gentilezas para levantar o astral. Dois dias naquela espelunca e já podia sentir o velho estupor de agitação caindo sobre ele.

— Você vai perder um dente por isso — disse o guarda da porta. — Exatamente um, pode crer, um dente.

— Ei, escute aqui, você não pode...

— Claro que posso. Há uns caras aí no pedaço que matariam suas velhas e queridas mães por dois maços de Chesterfields, saco de merda. Você se importaria em tentar por dois dentes?

Lloyd ficou em silêncio.

— Está certo, então — disse o guarda da porta. — Um dente só. Podem levá-lo, rapazes.

Sorrindo de leve, o guarda resfriado abriu a porta e o outro conduziu Lloyd para dentro, onde seu advogado designado pela corte estava sentado numa mesa de metal, examinando papéis da sua pasta.

— Aqui está seu homem, advogado.

O advogado ergueu a vista. Lloyd achou que ele mal tinha idade para fazer a barba, mas, que diabo, a cavalo dado não se olha os dentes. Tinham-lhe providenciado um defensor público, de qualquer modo, e Lloyd imaginou que ele tivesse vinte anos ou por aí. Quando o botavam em cana, você tinha apenas que fechar os olhos e cerrar os dentes.

— Muito obrigado por...

— Aquele cara — disse Lloyd, apontando para o guarda da porta. — Ele me chamou de saco de merda. E quando lhe dei o troco, ele disse que mandaria alguém quebrar um de meus *dentes*! Isto não é violência policial?

O advogado passou a mão pela face.

— Isso é verdade? — perguntou ao guarda da porta.

O guarda revirou os olhos num gesto burlesco de: *Meu Deus, como pode acreditar nisto?*

— Esses caras, advogado, deviam escrever novelas para a TV. Eu disse oi, ele respondeu oi, e foi tudo.

— Isto é uma puta mentira! — disse Lloyd dramaticamente.

— Guardo minha opinião para mim mesmo — disse o guarda e lançou a Lloyd um olhar pétreo.

— Estou certo de que sim — disse o advogado —, mas acho que vou contar os dentes do Sr. Henreid antes de sair.

Uma leve e furiosa decepção percorreu o rosto do guarda, que trocou um olhar com os dois que tinham trazido Lloyd. Este sorriu. Talvez o garoto fosse bom. Seus dois últimos defensores públicos tinham sido velhos gagás; um deles comparecera ao tribunal arrastando uma bolsa de colostomia, pode-se imaginar uma coisa dessas, a porra de uma bolsa de *colostomia*? Os velhos gagás cagavam e andavam para você. Pleitear e cair fora, era o lema deles. Vamos nos livrar deles e voltar a trocar piadas sujas com o juiz. Mas talvez esse garoto pudesse conseguir-lhe um artigo 10, assalto à mão armada. Talvez mesmo tempo de pena cumprido. Afinal, o único que ele havia realmente pokerizado fora a mulher do dono do Continental branco, e talvez pudesse até jogar a culpa no velho Poke. Ele não se importaria. Poke simplesmente estava tão morto quanto a velha fita de chapéu do papai. O sorriso de Lloyd se alargou um pouco. Você tinha de olhar para o lado bom da vida. O macete era este. A vida era curta demais para se fazer qualquer outra coisa.

Ele percebeu que o guarda os deixara a sós e que o advogado — seu nome era Andy Devins, Lloyd se lembrou — estava olhando-o de um modo estranho. Era o modo como se olharia para uma cascavel cuja espinha foi quebrada, mas cuja picada mortal provavelmente ainda está ativa.

— Você está atolado até o fundo na merda, Frajola! — exclamou Devins de repente.

Lloyd pulou.

— O quê?! Que diabo quer dizer com essa de que estou atolado na merda? Aliás, achei que lidou muito bem com aquele gordão. Ele parecia doido o bastante para mastigar pregos e cuspi-los fora...

— Ouça-me, Frajola, e ouça com muita atenção.

— Meu nome não é...

— Você não faz a menor idéia de como é grande a roubada em que se meteu, Frajola. — O olhar de Devins nunca vacilava. Sua voz era suave e intensa. Tinha o cabelo louro cortado à escovinha, pouco mais que uma penugem. Seu couro cabeludo brilhava rosadamente. Havia uma aliança de ouro maciço no dedo anular de sua mão esquerda e um anel de fantasia de uma fraternidade no anular da direita. Ele bateu com os dois e produziu um pequeno estalido engraçado que causou arrepios em Lloyd. — Você vai a julgamento dentro de apenas nove dias, Frajola, por causa de uma decisão da Corte Suprema promulgada há quatro anos.

— Qual foi ela? — Lloyd estava mais inquieto do que nunca.

— Foi o caso *Markham* vs. *Carolina do Sul* — declarou Devins —, e teve a ver com as condições sob as quais estados isolados possam melhor administrar justiça rápida em casos onde a pena de morte é solicitada.

— Pena de *morte*?! — gritou Lloyd, tomado de horror. — Está querendo dizer cadeira elétrica? Ei, cara, eu nunca matei ninguém! Juro por Deus!

— Aos olhos da lei, isto não importa — disse Devins. — Se esteve lá, você o fez.

— O que quer dizer com *não importa*? — quase gritou Lloyd. — Importa *sim*! Importa pra cacete! Eu não apaguei aquela gente, foi Poke! Ele era louco! Ele era...

— Vai se calar, Frajola? — Devins inquiriu naquela voz suave e intensa e Lloyd calou-se. No seu medo súbito havia esquecido os cumprimentos a ele dirigidos ao chegar à prisão, e até mesmo a possibilidade perturbadora de que poderia perder um dente. De repente teve uma visão de Piu-Piu pregando uma peça no gato Frajola. Só que na sua mente Piu-Piu não estava golpeando aquele velho gato tolo na cabeça com um porrete ou enfiando uma ratoeira diante de sua pata tenteante; o que Lloyd viu foi Frajola preso com correias na cadeira elétrica enquanto o passarinho se empoleirava num tamborete para ligar um grande comutador. Ele até mesmo podia ver o quepe do guarda na cabecinha amarela de Piu-Piu.

Este não era um quadro particularmente divertido.

Talvez Devins visse um pouco disto na sua face, porque parecia moderadamente satisfeito pela primeira vez. Ele cruzou as mãos sobre a pilha de papéis extraída de sua pasta.

— Não existe nada disso de acumpliciado quando se trata de assassinato em primeiro grau cometido durante um crime de assalto à mão armada — disse ele. — O estado tem três testemunhas que irão jurar que você e Andrew Freeman estavam juntos. Isto frita por completo sua bunda magra. Está entendendo?

— Eu...

— Ótimo. Voltando agora ao caso *Markham* vs. *Carolina do Sul*. Vou lhe contar, em breves palavras, como o regulamento nesse caso apóia sua situação. Mas primeiro devo relembrar-lhe de um fato que você sem dúvida aprendeu durante uma de suas passagens pela oitava série: a Constituição dos Estados Unidos especificamente proíbe punição cruel e incomum.

— Certo pra caramba, como a porra da cadeira elétrica — disse Lloyd cheio de razões.

Devins estava sacudindo a cabeça.

— É aqui que a lei não foi clara — disse ele — e, desde quatro anos atrás, os tribunais vêm quebrando a cabeça tentando dar sentido a ela. "Punição cruel e incomum" engloba coisas como a cadeira elétrica ou a câmara de gás? Ou inclui a *espera* entre condenação e execução? As apelações, os adiamentos, os meses e anos que certos prisioneiros — Edgar Smith, Caryl Chessman e Ted Bundy são provavelmente os mais famosos — foram forçados a passar em vários Corredores da Morte? A Corte Suprema permitiu que as execuções recomeçassem no final dos anos 70, mas os Corredores da Morte continuaram lotados, e essa questão importuna de pena cruel e incomum permaneceu. Certo... no caso *Markham* vs. *Carolina do Sul* você teve um homem condenado à cadeira elétrica por estupro e assassinato de três estudantes. A premeditação foi provada por um diário mantido por este sujeito, Jon Markham. O júri o sentenciou à morte.

— Boa merda — sussurrou Lloyd.

Devins assentiu e deu a Lloyd um sorriso levemente amargo.

— O caso percorreu todas as instâncias até a Corte Suprema, que reconfirmou que a pena capital não era cruel e incomum sob certas circunstâncias. A corte sugeriu que quanto mais cedo, melhor... a partir de um ponto de vista legal. Está começando a entender, Frajola? Está começando a ver?

Lloyd não estava.

— Sabe por que você vai estar sendo julgado no Arizona em vez de no Novo México ou Nevada?

Lloyd sacudiu a cabeça.

— Porque o Arizona é um dos quatro estados que possui um Tribunal Itinerante para Crimes Capitais que só se reúne onde a pena de morte foi pedida e obtida.

— Não estou entendendo.

— Você vai a julgamento dentro de quatro dias — explicou Devins. — O estado tem um caso tão forte que pode se permitir alistar os primeiros 12 homens e mulheres que convocar. Irei empurrando com a barriga o máximo que puder, mas teremos um júri no primeiro dia. O estado apresentará seu caso no segundo dia. Tentarei levar três dias e alongar minhas exposições de abertura e encerramento até que o juiz me mande parar, mas três dias é realmente o máximo. Teremos sorte se conseguirmos isso. O júri se retirará e irá considerá-lo culpado em cerca de três minutos, a não ser que a porra de um milagre aconteça. Daqui a nove dias você será condenado à morte e, uma semana depois, estará mortinho. O povo do Arizona irá adorar, bem como a Corte Suprema. Porque, quanto mais rápido, mais feliz todo mundo fica. Talvez eu possa esticar a semana, mas só um pouco.

— Jesus Cristo, mas isto não é justo! — gritou Lloyd.

— Este é um velho e duro mundo, Lloyd — disse Devins. — Especialmente para "cães raivosos assassinos", que é como você está sendo chamado pelos jornais e comentaristas de TV. Você é um verdadeiro maioral no mundo. Você ganhou o maior cartaz. Até mesmo jogou a epidemia de gripe para a página dois.

— Eu nunca pokerizei ninguém — disse Lloyd, amuado. — Foi Poke quem fez tudo. Ele até inventou essa palavra.

— Isto não importa — replicou Devins. — É o que estou tentando enfiar na sua cabeça dura, Frajola. O juiz vai deixar ao gabinete do governador a possibilidade para uma suspensão, e *apenas* uma. Apelarei e, sob as novas diretrizes, minha apelação tem de estar nas mãos do Tribunal Itinerante para Crimes Capitais dentro de dias, ou você sai de cena imediatamente. Se não acatarem a apelação, tenho mais sete dias para peticionar à Corte Suprema dos Estados Unidos. No seu caso, redigirei meu sumário de apelação o mais tarde possível. O Tribunal Itinerante provavelmente concordará em nos ouvir... o sistema ainda é novo, e eles querem se livrar de crítica tanto quanto possível. Eles talvez até ouvissem a apelação de Jack o Estripador.

— Quanto tempo antes que me peguem? — resmungou Lloyd.

— Ah, eles cuidarão disto em ritmo alucinante — respondeu Devins, e seu sorriso tornou-se levemente lupino. — Como vê, o Tribunal Itinerante é formado por cinco juízes aposentados do Arizona. Eles não fazem mais nada senão pescar, jogar pôquer, beber *bourbon* "batizado" ou esperar que algum babaca de merda como você apareça no tribunal deles, que na verdade não passa de um monte de *modens* de computador ligados à Assembléia estadual, ao gabinete do governador e uns com os outros. Eles têm telefones equipados com *modens* nos seus carros, bangalôs e até mesmo nos seus barcos, bem como em suas casas. A idade média deles é de 72...

Lloyd se encolheu.

— ... o que significa que alguns estão idosos o bastante para ser realmente liberados desses itinerários lá no cu-do-mundo e substituídos, se não por juízes, então por advogados ou estudantes de direito. Todos eles acreditam no Código do Oeste... julgamento rápido e depois a forca. Era o costume aqui até 1950 ou por aí. Quando se tratava de assassinos múltiplos, era o *único* método.

— Deus Todo-Poderoso, o que vai ter de fazer acerca de algo assim?

— Você precisa saber o que está contra nós — disse Devins. — Eles apenas querem ter certeza de que você não sofra punição cruel ou incomum, Lloyd. Você devia agradecer a eles.

— *Agradecer* a eles? Eu gostaria é de...

— Pokerizá-los? — perguntou Devins.

— Não, claro que não — disse Lloyd sem muita convicção.

— Nossa petição para um novo julgamento será rejeitada e todas as minhas objeções serão rapidamente rechaçadas. Se tivermos sorte, o tribunal me convidará a apresentar testemunhas. Se me derem a oportunidade, convocarei todos os que depuseram no julgamento original, mais qualquer um em que possa pensar. A esta altura convocaria até seus colegas de ginásio como testemunhas de caráter, se puder encontrá-los.

— Larguei a escola na quinta série — disse Lloyd desoladamente.

— Depois que o Tribunal Itinerante nos rejeitar, farei uma petição para a Corte Suprema. Espero ser rejeitado no mesmo dia.

Devins parou e acendeu um cigarro.

— E depois? — perguntou Lloyd.

— Depois? — replicou Devins, olhando um tanto surpreso e exasperado para a contínua estupidez de Lloyd. — Ora, depois você vai para o Corredor da Morte na prisão estadual e desfrutar toda aquela boa comida até chegar a hora de ser eletrocutado. Não vai demorar muito.

— Eles não fariam realmente isso — disse Lloyd. — Você está apenas tentando me assustar.

— Lloyd, os quatro estados que têm o Tribunal Itinerante para Crimes Capitais fazem isto *o tempo todo*. Até aqui, quarenta homens e mulheres foram executados sob as diretrizes do caso *Markham*. Isto custa aos contribuintes um pequeno imposto extra pelo tribunal acrescentado, mas nem tanto assim, já que eles trabalham sobre uma pequena percentagem dos casos de assassinato de primeiro grau. Eles *gostam* disso.

Lloyd parecia prestes a vomitar.

— Seja como for — continuou Devins —, um promotor só pode processar um réu sob as diretrizes da lei *Markham* se ele parece inteiramente culpado. Não basta a raposa ter penas de galinha grudadas no focinho. É preciso pegá-la no galinheiro. E foi assim que pegaram você.

Lloyd, que tinha sido saudado pelos presos não fazia nem 15 minutos, via-se agora contemplando duas ou três reles semanas e num buraco negro.

— Está assustado, Frajola? — perguntou Devins de uma maneira quase amável.

— Claro que estou assustado. Pelo que você diz, já sou um homem morto.

— Não quero você morto — disse Devins —, apenas assustado. Se entrar naquele tribunal sorrindo com afetação e bravateando, eles irão amarrá-lo naquela cadeira e ligar a chave. Você será o número 41 sob a lei *Markham*. Mas, se me ouvir, talvez possamos ser capazes de escapar dessa. Não digo que seja certo; digo talvez.

— Vá em frente.

— A coisa com que temos de contar é o júri — começou Devins. — Doze pessoas comuns catadas na rua. Eu gostaria de um júri composto de senhoras quarentonas que saibam recitar *Winnie the Pooh* de cor e façam funerais para seus passarinhos de estimação no quintal dos fundos, é disso que eu gostaria. Todo júri é posto a par das conseqüências da lei *Markham* quando é escolhido. Os jurados não vão trazer um veredicto de morte que possa ou não ser implementado em seis meses ou seis anos, muito depois que já tenham se esquecido disso; o cara que estiverem condenando em junho vai ter de estar morto e enterrado antes da pausa para a disputa do All-Star do beisebol.

— Você tem um jeito do cacete de expor as coisas.

Ignorando-o, Devins prosseguiu:

— Em alguns casos, bastou este conhecimento para que os júris emitissem veredictos de inocência. Este é um resultado adverso da lei *Markham*. Em outros casos, os júris deixaram escapar criminosos óbvios só porque não quiseram ter sangue fresco em suas mãos. — Ele pegou uma folha de papel. — Embora quarenta pessoas tenham sido executadas sob a *Markham*, a pena de morte sob a vigência dessa lei foi solicitada num total de *setenta* vezes. Dos trinta não executados, 26 foram considerados inocentes pelos jurados. Apenas quatro condenações foram revertidas pelos Tribunais Itinerantes para Crimes Capitais: uma na Carolina do Sul, duas na Flórida e uma no Alabama.

— Nunca no Arizona?

— Nunca. Eu lhe disse. O Código do Oeste. Aqueles cinco velhinhos querem o seu rabo pregado numa tábua. Se não o livrarmos diante de um júri, você está frito. Aposto nisso noventa por um.

— Quantas pessoas foram consideradas inocentes pelos tribunais regulares do Arizona sob essa lei?

— Duas entre 14.

— Então eles também são um osso duro de roer.

Devins deu seu sorriso lupino.

— Eu deveria assinalar — disse ele — que um daqueles dois foi defendido por este seu criado. Ele era culpado como o pecado, Lloyd, tal como você. O juiz Pechet vociferou com aquelas dez mulheres e dois homens por vinte minutos. Pensei até que ele ia ter apoplexia.

— Se eu for considerado inocente, eles poderiam me processar de novo?

— De jeito nenhum.

— Então é uma questão de tudo ou nada.

— É.

— Caramba — disse Lloyd, e enxugou a testa.

— Até onde você entender a situação — disse Devins —, e onde devemos opor nossa resistência, podemos nos preocupar somente com o essencial.

— Entendo. Só que não gosto disso.

— Você seria pirado, se gostasse. — Devins cruzou as mãos e apoiou-se nelas. — Vamos lá. Você me contou e contou à polícia que... hã... — Ele pegou um maço de papéis grampeados da pilha ao lado de sua pasta e procurou por um. — Ah, aqui está. Você disse: "Nunca matei ninguém. Poke matou todo mundo. Matar era idéia dele, não minha. Poke era louco de pedra e acho que é uma bênção para o mundo que tenha morrido."

— É, isto está certo. Então o quê? — disse Lloyd, na defensiva.

— Apenas o seguinte — retrucou Devins comodamente. — Isto implica que você tinha *medo* de Poke Freeman. Você tinha medo dele?

— Bem, não era exatamente...

— Você temia por sua vida, de fato.

— Não acho que isto seja...

— Aterrorizado. Acredite nisto, Frajola. Você estava se cagando de medo.

Lloyd franziu o cenho para seu advogado. Era o franzir de cenho de um cara que quer ser bom aluno mas que enfrenta um sério problema para aprender a matéria.

— Não me deixe influenciar você, Lloyd — disse Devins. — Não desejo fazer isto. Você poderia pensar que eu estava sugerindo que Poke vivia drogado quase o tempo todo...

— Ele vivia. *Nós dois* vivíamos!

— Não. *Você* não, mas *ele* sim. E ele enlouquecia quando estava drogado...

— Rapaz, você não está de sacanagem, está? — Nos meandros da memória de Lloyd, o fantasma de Poke Freeman gritava *Eia! Eia!* na maior felicidade e atirava na mulher na mercearia.

— E ele apontava uma arma para você o tempo todo...

— Não, ele nunca...

— Sim, ele fez. Só que você esqueceu por um instante. Na verdade, ele uma vez ameaçou matá-lo se você não cumprisse o seu papel.

— Bem, eu tinha uma arma...

— Acredito — disse Devins, olhando-o mais de perto — que, se você puxar pela memória, vai lembrar de Poke dizendo que a sua arma estava carregada com balas de festim. Está lembrado disso?

— Agora que mencionou...

— E ninguém ficou mais surpreso do que você quando ela realmente começou a disparar balas *de verdade*, certo?

— É claro — disse Lloyd, assentindo vigorosamente. — Estive à beira de ter a porra de uma hemorragia.

— E você quase virou aquela arma na direção de Poke Freeman quando ele foi abatido, salvando você da encrenca.

Lloyd olhou para o advogado com uma nascente esperança nos olhos.

— Sr. Devins — disse com grande sinceridade —, é exatamente assim que a banda toca.

* * *

Mais tarde naquela manhã, ele estava no pátio de exercícios, vendo um jogo de *softball* e remoendo sobre tudo aquilo que Devins lhe tinha dito, quando um detento grandão chamado Mathers se aproximou e o puxou pela gola. A cabeça era raspada à moda de Telly Savalas e reluzia benignamente ao ar quente do deserto.

— Ei, espere aí — disse Lloyd. — Meu advogado contou todos os meus dentes. Dezessete. Portanto, se você...

— É, foi o que Shockley me falou — replicou Mathers. — Por isso ele disse para...

O joelho de Mathers subiu diretamente à virilha de Lloyd, e a dor cegante explodiu ali, tão excruciante que não conseguiu sequer gritar. Ele desabou numa pilha corcoveante e contorcida, agarrando os testículos, que sentia esmagados. O mundo era uma névoa avermelhada de agonia.

Após um instante, sabe-se lá quão longo, ele foi capaz de olhar para cima. Mathers continuava olhando para ele, sua cabeça calva ainda reluzindo. Os guardas olhavam propositadamente para outro lugar. Lloyd gemia e se contorcia, lágrimas se derramando dos seus olhos, uma bola de chumbo aquecida ao rubro na sua barriga.

— Não é nada pessoal — disse Mathers sinceramente. — Apenas negócio, você entende. Por mim, espero que se dê bem. Essa lei *Markham* é uma porra.

Ele se afastou e Lloyd viu o guarda da porta parado no alto da rampa de carga e descarga de caminhões, do outro lado do pátio de exercícios. Tinha os polegares enganchados no seu talabarte e sorria para Lloyd. Quando percebeu que tinha a atenção plena de Lloyd, ele fez um gesto obsceno com os dedos médios de ambas as mãos. Mathers passou junto à rampa e o guarda lançou-lhe um maço de cigarros. Mathers o pôs no bolso da lapela, simulou uma saudação e foi embora. Lloyd jazia no solo, os joelhos fletidos à altura do peito, as mãos agarrando a barriga com câibras, e as palavras de Devins ecoaram no seu cérebro: *Este é um velho e duro mundo, Lloyd, um velho e duro mundo.*

Estava certo.

Capítulo Vinte e Cinco

NICK ANDROS AFASTOU uma das cortinas e olhou para a rua. Dali, no segundo andar da casa do falecido John Baker, podia ver todo o centro de Shoyo ao olhar para a esquerda, e ao olhar para a direita via a Rodovia 63 saindo da cidade. A rua principal se encontrava inteiramente deserta. As persianas das casas comerciais estavam fechadas. Um cachorro com aspecto doente estava deitado no meio da rua, cabeça baixa, os flancos inchados, espuma branca pingando de seu focinho para o asfalto que bruxuleava de calor. Na sarjeta a meio quarteirão abaixo outro cachorro jazia morto.

A mulher atrás dele deu um gemido baixo e gutural, porém Nick não a ouviu. Ele fechou a cortina, esfregou os olhos por um momento e depois foi até a mulher, que havia despertado. Jane Baker enrolada em cobertas, porque sentira frio duas horas antes. Agora o suor escorria de seu rosto e ela havia chutado os cobertores. Nick, embaraçado, viu que Jane transpirara tanto em sua fina camisola a ponto de deixá-la transparente em alguns lugares. Mas ela não o estava vendo, e a esta altura ele duvidava de que aquela seminudez importasse. Ela estava morrendo.

— Johnny, traga o urinol. Acho que vou vomitar — gritou ela.

Ele tirou o urinol de baixo da cama e o pôs ao lado dela, mas Jane o rejeitou e empurrou para o chão, produzindo um som oco que também não pôde ouvir. Ele o pegou de volta e simplesmente o segurou, olhando para ela.

— Johnny! — gritou Jane. — Não consigo achar minha caixa de costura! Ela não se encontra no armário!

Ele serviu-lhe um copo d'água da jarra sobre a mesinha-de-cabeceira e o levou aos lábios dela, mas Jane rejeitou de novo e quase o derrubou da mão dele. Nick depositou o copo num lugar onde estivesse ao alcance, caso ela se aquietasse.

Ele nunca estivera tão amargamente cônscio de sua nudez quanto nos dois últimos dias. O ministro metodista, Braceman, estivera com Jane até Nick chegar às onze da noite. Ficara lendo a Bíblia para ela na sala de estar, mas parecia nervoso e ansioso para ir embora. Nick podia adivinhar o motivo. A febre de Jane dera-lhe um brilho róseo e juvenil que contrastava com sua aflição. Talvez o ministro tivesse receado que ela tentasse seduzi-lo. O mais provável, porém, é que estivesse ansioso para reunir sua família e desaparecer nos campos. As notícias corriam com rapidez numa cidade pequena, e outras pessoas já haviam decidido cair fora de Shoyo.

Quando Braceman saíra da sala de estar dos Baker, 46 horas atrás, tudo se transformara num pesadelo vívido. A Sra. Baker havia piorado tanto que Nick receara que morreria antes de o sol se pôr.

Pior, ele não podia ficar com ela o tempo todo. Já tinha ido até a parada de caminhoneiros buscar o almoço dos três presos, mas Vic Hogan não conseguira comer. Ele delirava. Mike Childress e Billy Warner queriam sair, mas Nick não podia permitir-se fazer isso. Não por medo; não acreditava que fossem perder tempo desforrando-se dele por causa da sua provação. Eles queriam dar o fora de Shoyo o mais rápido possível, como os outros. Mas Nick tinha uma responsabilidade. Fizera uma promessa a um homem que agora estava morto. Por certo, cedo ou tarde a Patrulha Estadual assumiria o comando e levaria os presos.

Descobriu a .45 envolta no seu coldre na última gaveta da mesa de Baker. Após um momento de indecisão, resolveu colocá-la na cintura. Olhando para baixo e vendo a coronha de madeira da arma jazendo de encontro ao seu quadril magro, sentiu-se ridículo — mas o peso da .45 era reconfortante.

Ele abrira a cela de Vince na tarde do dia 23 e aplicara sacos de gelo improvisados na testa, pescoço e peito do homem. Vince tinha aberto os olhos e fitado Nick com um apelo tão silencioso e deplorável que este desejou ser capaz de falar alguma coisa — como desejava agora, passados dois dias, com a Sra. Baker —, qualquer coisa que desse a Vince um consolo momentâneo. Algo como *Você vai ficar bom* ou *Acho que a febre está baixando* já seria o suficiente.

O tempo todo em que atendia Vince, os outros dois, Billy e Mike, ficavam gritando para ele. Enquanto estava inclinado sobre o doente eles não se importavam, mas Nick percebia seus rostos assustados a cada vez que erguia a vista, os lábios formando palavras que queriam dizer a mesma coisa: *Por favor, nos deixe sair.* Nick mantinha-se cauteloso para ficar longe deles. Ainda era quase um garoto, mas tinha idade suficiente para saber que o pânico torna os homens perigosos.

Naquela tarde havia ido e voltado pelas ruas próximas, sempre esperando encontrar Vince Hogan morto de um lado ou Jane Baker morta do outro. Ele procurou pelo carro do Dr. Soames, mas não o viu. Naquela tarde umas poucas lojas permaneciam abertas, além do posto Texaco, mas ele ficava cada vez mais convencido de que a cidade se esvaziava. O povo procurava caminhos através dos bosques, estradas de madeireiros, talvez até mesmo vadeando o córrego Shoyo, que passava através de Smackover e por fim saía na cidade de Mount Holly. Muitos mais partiriam após o anoitecer, achava Nick.

O sol acabara de se pôr quando chegou à casa de Baker para encontrar Jane movendo-se vacilante pela cozinha no seu roupão de banho, fervendo chá. Ela olhou agradecida para Nick quando ele entrou, e este percebeu que a febre se fora.

— Queria lhe agradecer por cuidar de mim — disse ela calmamente. — Estou me sentindo muito melhor. Gostaria de uma xícara de chá? — E a seguir irrompeu em lágrimas.

Ele se aproximou dela, receando que ela pudesse desmaiar e cair sobre o fogão quente.

Ela agarrou-lhe o braço para se firmar e apoiou a cabeça nele, seu cabelo uma inundação negra contra o robe azul-claro.

— Johnny — disse ela na cozinha penumbrosa. — Ah, meu pobre Johnny.

Se ao menos pudesse falar, pensou Nick tristemente. Mas ele só pôde ampará-la e guiá-la até uma cadeira junto à mesa da cozinha.

— O chá...

Ele apontou para si mesmo e em seguida a fez sentar-se.

— Tudo bem — disse ela. — Já estou melhor. Tremendamente melhor. É só que... só que... — Ela cobriu o rosto com as mãos.

Nick acabou de fazer o chá e o trouxe para a mesa. Tomaram-no por um instante sem falar. Ela segurava a xícara com as duas mãos, feito uma criança. Por fim, depôs a xícara e disse:

— Quantos na cidade pegaram esta coisa, Nick?

"Já nem sei mais", escreveu Nick. "A situação está feia."

— Tem visto o doutor?

"A última vez foi esta manhã."

— Ele irá se desgastar se não tomar cuidado — disse ela. — Ele vai se cuidar, não vai, Nick? Não vai se desgastar?

Nick assentiu e tentou um sorriso.

— E os prisioneiros de John? A patrulha veio buscá-los?

"Não", escreveu Nick. "Hogan está muito doente. Estou fazendo o que posso. Os outros querem que eu os deixe sair antes que Hogan lhes transmita a doença."

— Não os deixe sair! — disse ela um tanto agitada. — Espero que não tenha pensado nisso.

"Não", escreveu Nick, acrescentando logo depois: "Você devia voltar para a cama. Precisa repousar."

Ela sorriu para ele e, quando virou a cabeça, Nick pôde ver as nódoas escuras sob os cantos da mandíbula — e imaginou inquieto se Jane já estava fora de perigo.

— Sim. Vou dormir até me fartar. Parece errado, de alguma forma, ir dormir estando John morto... mal posso crer que ele esteja, você sabe. Continuo esbarrando com essa idéia, como algo que esqueci de afastar. — Nick pegou a mão dela e apertou-a. Ela sorriu languidamente. — Pode haver algo mais pelo qual viver, no devido tempo. Já levou a janta dos presos, Nick?

Ele fez que não com a cabeça.

— Deve levar. Por que não usa o carro de John?

"Não sei dirigir", escreveu Nick. "Mas agradeço. Simplesmente irei a pé até a parada dos caminhoneiros. Não fica tão longe. E pela manhã virei dar uma olhada em você. Se concordar."

— Sim — disse ela. — Tudo bem.

Ele se levantou e apontou seriamente para a xícara de chá.

— Até a última gota — prometeu ela.

Ele já seguia para a porta de tela quando a sentiu tocar seu braço, hesitante.

— John... — disse ela, parou e depois forçou-se a prosseguir. — Espero que o levem para a Funerária Curtis. Foi lá que os parentes meus e de John sempre foram sepultados. Acha que podem levá-lo para lá?

Nick assentiu. As lágrimas inundaram o rosto dela, que recomeçou a soluçar.

* * *

Ao deixá-la naquela noite ele seguiu direto para a parada de caminhoneiros. Um letreiro de FECHADO pendia arqueadamente da janela. Foi até os fundos, mas estava tudo trancado e escuro. Ninguém atendeu a sua batida. Sob tais circunstâncias, sentiu-se autorizado a arrombar a porta e entrar. O xerife Baker teria caixa suficiente para pagar quaisquer danos.

Quebrou o vidro junto à fechadura do restaurante e entrou. O lugar era fantasmagórico mesmo com todas as luzes acesas, a vitrola automática estava desligada e morta, ninguém jogava sinuca nem *videogames*, os reservados estavam vazios, as banquetas desocupadas.

Nick foi até os fundos, fritou hambúrgueres no fogão a gás e os colocou numa sacola. Acrescentou uma garrafa de leite e metade de uma torta de maçã que estava sob uma campânula de plástico no balcão. Então voltou para a cadeia, após deixar um bilhete sobre o balcão explicando quem tinha arrombado a lanchonete e por quê.

Vince Hogan estava morto. Jazia no chão de sua cela em meio a um monte de gelo derretendo-se e toalhas molhadas. Suas mãos tinham-se aferrado ao pescoço no final, como se estivesse resistindo a um estrangulador invisível. As pontas dos dedos estavam ensangüentadas. Moscas se aglomeravam e zumbiam sobre ele. Seu pescoço estava tão preto e inchado como uma câmara de ar que alguma criança desleixada houvesse enchido até o ponto de estourar.

— *E agora?* Vai nos deixar sair? — perguntou Mike Childress. — Ele está morto, seu mudo fodido! Está satisfeito agora? Já se sente vingado? Agora ele já pegou também. — Apontou para Billy Warner.

Billy parecia aterrorizado. Havia nódoas vermelhas ardentes no seu pescoço e faces; o braço; a manga da sua camisa de trabalho, com a qual repetidamente havia limpado o nariz, estava rígida de muco.

— É mentira! — entoou histericamente. — Uma mentira, a porra de uma mentira! Isto é meu... — Ele começou a espirrar repentinamente, encurvando-se com a força dos espirros, expelindo um jato pesado de saliva e muco.

— Está vendo? — perguntou Mike. — Hã? Está feliz, seu mudo de merda? Deixe-me sair! Você pode mantê-lo aqui, se quiser, mas não a mim. Isto é assassinato, é o que é, assassinato a sangue-frio!

Nick sacudiu a cabeça, e Mike teve um acesso de fúria. Começou a arremeter contra as barras da cela, machucando o rosto, fazendo sangrar os nós dos dedos de ambas as mãos. Olhava para Nick com olhos esbugalhados enquanto batia repetidamente com a testa.

Nick esperou até ele se cansar e depois empurrou a comida pelas fendas no fundo das celas com um cabo de vassoura. Billy Warner olhou entorpecido para ele por um momento, depois começou a comer.

Mike arremessou seu copo de leite contra as barras. O copo se estilhaçou e o leite se esparramou por toda parte. Ele jogou seus dois hambúrgueres contra a parede da cela coberta de pichações. Um deles ficou grudado num salpico de mostarda, *ketchup* e molho que estava grotescamente alegre, como uma pintura de Jackson Pollock. Pulou em cima de sua fatia de torta de maçã, esmagando-a. Pedaços de maçã voaram para todo lado. O prato de plástico branco se esfacelou.

— Estou em greve de fome! — gritou. — Numa puta greve de fome! Não como nada! Será mais fácil você comer minha pica antes que eu coma qualquer coisa que me trouxer, seu retardado surdo-mudo de merda! Você irá...

Nick virou-se e o silêncio caiu de imediato. Voltou ao escritório sem saber o que fazer, assustado. Se soubesse dirigir, ele próprio os levaria a Camden. Mas não dirigia. E ainda tinha que pensar em Vince. Simplesmente não podia deixá-lo ali, atraindo moscas.

Havia duas portas que se abriam para fora do gabinete. Uma era de um guarda-roupa. A outra conduzia a um lance de escadas. Nick desceu e viu que era um misto de porão e depósito. Estava frio ali embaixo. Iria servir provisoriamente.

Voltou para cima. Mike estava sentado no chão, rabugentamente catando pedaços amassados de maçã, limpando-os e levando à boca. Não olhou para Nick.

Nick recolheu o corpo em seus braços e tentou erguê-lo. O cheiro doentio que vinha do cadáver fazia seu estômago dar saltos mortais e cambalhotas. Vince era muito pesado para ele. Olhou desesperançado para o corpo por um momento e tornou-se consciente de que os outros dois estavam de pé à porta de suas celas, observando-o com chocante fascinação. Nick podia imaginar o que estavam pensando. Vince havia sido um deles, um bundão lamuriento, talvez, mas um cara que toleravam, apesar de tudo. Ele tinha morrido como um rato numa armadilha, sofrendo de uma horrível doença de inchação que não compreendiam. Nick especulou, não pela primeira vez naquele dia, quando *ele* começaria a espirrar e ter febre e desenvolver aqueles peculiares inchaços no pescoço.

Segurou os antebraços carnudos de Vince e arrastou-o para fora da cela. A cabeça de Vince pendeu na direção dele por causa do peso nos seus ombros, e parecia olhar para Nick, dizendo-lhe mudamente para ter cuidado, para não sacudi-lo demais.

Levou dez minutos para arrastar o cadáver pelos degraus íngremes abaixo. Ofegando, Nick o depositou sobre o piso de concreto abaixo das lâmpadas fluorescentes e em seguida cobriu-o rapidamente com um esfarrapado cobertor militar tirado do catre de sua cela.

Tentou dormir em seguida, mas o sono só veio nas primeiras horas da manhã, depois que o dia 23 de junho se tornou o 24, ontem. Seus sonhos sempre foram muito vívidos, e às vezes sentia medo deles. Raramente tinha pesadelos, porém, nos últimos dias, cada vez com mais freqüência, eles eram sinistros, dando-lhe a sensação de que nenhum deles era exatamente como parecia, e que o mundo normal tivesse se desviado para um lugar onde os bebês eram sacrificados atrás de persianas cerradas e máquinas negras fantásticas rugiam sem parar em porões lacrados.

E, é claro, havia o próprio terror pessoal — com que ele despertaria.

Nick dormiu um pouco, e o sonho que veio era um que tivera recentemente: o milharal, o cheiro de coisas vívidas brotando, a sensação de que alguma coisa — ou alguém — muito boa e segura estava próxima. Uma sensação de *lar*. E que começou a se desvanecer em terror frio enquanto ficava ciente de que alguma coisa estava entre o milharal, observando-o. Ele pensou: *Mãe, a doninha entrou no galinheiro!* E acordou à luz da manhã, o suor porejando de seu corpo.

Ele pôs a água do café para ferver e foi inspecionar seus dois prisioneiros.

Mike Childress estava em lágrimas. Atrás dele, o hambúrguer continuava grudado na parede, na sua ressecada cola de condimentos.

— Está satisfeito agora? Eu peguei também. Não era isso o que queria? Não era essa a sua vingança? Escute só, estou respirando que nem a porra de um trem de carga subindo uma ladeira!

Mas a primeira preocupação de Nick tinha sido para Billy Warner, que jazia em coma no catre. Seu pescoço estava inchado e preto, o peito se erguendo em convulsões.

Apressou-se de volta ao gabinete, olhou para o telefone e, num acesso de raiva e culpa, empurrou-o para fora da mesa e para o chão, onde ele caiu inútil na extremidade do seu fio. Desligou a chapa elétrica e correu rua abaixo para a casa de Baker. Apertou a campainha pelo que lhe pareceu uma hora até que Jane veio atender, enrolada no seu robe. O suor febril estava de volta ao rosto. Ela não delirava, mas suas palavras eram vagarosas e engroladas, e os lábios estavam empolados.

— Nick. Entre. O que é?

Ele escreveu:

"Vince Hogan morreu a noite passada. Warner está morrendo, acho. Seu estado é péssimo. A senhora tem visto o Dr. Soames?"

Ela sacudiu a cabeça, estremeceu com a leve brisa, deu um espirro e depois oscilou. Nick a amparou e levou até uma cadeira. Escreveu:

"Pode ligar para o consultório dele para mim?"

— Sim, claro. Traga-me o telefone, Nick. Parece... parece que tive uma recaída esta noite.

Ele trouxe o telefone, e ela discou o número de Soames. Após ela ter mantido o fone no ouvido por mais de meio minuto, Nick soube que ninguém atenderia.

Ela tentou a casa de Soames, depois a casa da enfermeira dele. Nada.

— Tentarei a Patrulha Estadual — disse ela, mas a ligação caiu após a discagem de um único número. — A chamada de longa distância continua fora de operação, acho. Depois de discar 1, só ouço um zumbido no meu ouvido. — Ela deu-lhe um sorriso pálido e então as lágrimas começaram a fluir desamparadamente. — Pobre Nick — disse. — Pobre de mim. Pobre de todo mundo. Poderia me ajudar a subir? Sinto-me tão fraca, mal consigo respirar. Acho que em breve me juntarei ao John. — Ele olhou para ela, desejando poder falar. — Acho que irei me deitar, se você me ajudar a subir.

Ele a ajudou escadas acima. Depois escreveu:

"Voltarei."

— Obrigada, Nick. Você é um bom rapaz... — Ela já estava mergulhando no sono.

Nick deixou a casa e ficou parado na calçada, imaginando o que fazer em seguida. Se soubesse dirigir, poderia fazer alguma coisa. Mas...

Viu uma bicicleta de criança no gramado de uma casa do outro lado da rua. Foi até lá, olhou para a casa, que mantinha as persianas baixadas (tão parecida com as casas nos seus sonhos confusos), depois adiantou-se e bateu na porta. Não houve resposta, embora tivesse batido inúmeras vezes.

Voltou até a bicicleta. Era pequena, mas não tão pequena para ele pedalar, se não se importasse com seus joelhos roçando no guidom. Pareceria ridículo, claro, mas não estava certo afinal se restasse alguém em Shoyo para ver... e se restasse, ele duvidava que estivesse com disposição para rir.

Montou na bicicleta e pedalou desajeitado pela rua principal, passou pela cadeia, depois seguiu para leste pela Rodovia 63, dirigindo-se para onde Joe Rackman disse ter visto os soldados disfarçados como operários de estrada. Se ainda estivessem lá e se fossem realmente soldados, Nick lhes pediria para que cuidassem de Billy Warner e Mike Childress. Isto é, se Billy ainda estivesse vivo. Se aqueles homens mantinham Shoyo sob quarentena, então certamente eram responsáveis pelos doentes da cidade.

Levou uma hora pedalando até o canteiro de obras, a bicicleta ziguezagueando loucamente de um lado para outro através da faixa central, seus joelhos batendo no guidom com regularidade monótona. Mas quando chegou lá os soldados, ou a turma de operários, ou o que quer que tivessem sido, não estavam mais no local. Havia algumas fogueiras, uma delas ainda fumegando. Havia dois cavaletes de serrador cor de laranja. E a estrada tinha sido esburacada, embora Nick julgasse que ainda seria transitável, caso o motorista não se importasse muito com as molas do seu carro.

Um movimento tremeluzente escuro captou o rabo de seu olho, e no mesmo instante o vento se agitou um pouco à volta, apenas uma suave brisa de verão, mas suficiente para trazer-lhe um odor maduro e doentio de putrefação às narinas. O movimento escuro era uma nuvem de moscas, constantemente formando-se e renovando-se. Pedalou a bicicleta até a vala do lado mais afastado da estrada. Dentro da vala, junto a um reluzente cano de galeria recém-corrugado, jaziam os corpos de quatro homens. Seus pescoços e rostos inchados estavam negros. Nick não sabia se eram soldados ou não, e não chegou mais perto. Disse a si mesmo que caminharia de volta à bicicleta, que não havia nada aqui com que se assustar, eles estavam mortos e mortos não poderiam feri-lo. De qualquer modo, viu-se correndo quando se afastou alguns metros da vala e, em pânico, pedalou de volta para Shoyo. Nos arredores da cidade colidiu com uma pedra e quebrou a bicicleta. Voou por cima do guidom, bateu com a cabeça e esfolou as mãos. Limitou-se a ficar ali por um momento no meio da estrada, tremendo todo.

* * *

Na hora e meia seguinte daquela manhã, a manhã de ontem, Nick bateu em portas e tocou campainhas. Alguém deveria estar saudável, dizia a si mesmo. Ele próprio se sentia bem, e por certo não seria o único. Deveria haver alguém, um homem, uma mulher, talvez um adolescente com uma permissão de aprendizagem, e essa pessoa iria dizer: *Oh, sim, vamos levá-los para Camden. É só pegar o furgão.* Ou palavras parecidas.

Mas suas batidas e apertos de campainhas só foram atendidos pouquíssimas vezes. A porta se abria até a extensão da corrente de segurança, um rosto doente mas esperançoso olhava para fora, via Nick e a esperança morria. O rosto se sacudia numa negativa e a seguir a porta era trancada. Se Nick pudesse falar, argumentaria se tinham condições de andar, se conseguiriam dirigir. Que se levassem seus prisioneiros até Camden eles próprios poderiam ser atendidos, lá deveria haver um hospital. Eles seriam bem tratados. Mas não podia falar.

Alguns perguntavam se ele tinha visto o Dr. Soames. Um homem, em raiva delirante, escancarou a porta de sua pequena casa estilo rancho, cambaleou pelo alpendre vestido só de cuecas e tentou agarrar Nick. Disse que ia fazer aquilo "que devia ter feito com você lá em Houston". Ele parecia achar que Nick era alguém chamado Jenner. Perseguiu Nick pelo alpendre como um zumbi de filme de terror de terceira categoria. Sua virilha estava terrivelmente inchada; parecia que alguém enfiara um melão dentro de suas cuecas. Por fim, ele se estatelou no alpendre e Nick ficou observando-o do gramado abaixo, seu coração em disparada. O homem sacudiu o punho fracamente e a seguir rastejou de volta para dentro, sem se incomodar em fechar a porta.

Mas a maioria das casas estava apenas silenciosa e tumular, e por fim ele não pôde fazer mais nada. Aquela agourenta sensação de sonho se aproximava dele sorrateiramente e ficou impossível descartar a idéia de que batia à porta de tumbas, batendo para acordar os mortos, e que cedo ou tarde os cadáveres começariam a atender. Não ajudou muito dizer a si mesmo que a maioria das casas estava vazia, que seus moradores já haviam fugido para Camden, El Dorado ou Texarcana.

Voltou à casa dos Bakers. Jane dormia profundamente, sua testa fria. Mas desta vez ele não ficou tão esperançoso.

Era meio-dia. Nick voltou à parada de caminhoneiros, sentindo agora a quebra de seu repouso noturno. Seu corpo parecia latejar por completo por ter sido cuspido da bicicleta. A arma de Baker batia no seu quadril. Na lanchonete aqueceu duas latas de sopa e as colocou em garrafas térmicas. O leite na geladeira ainda parecia bom, portanto pegou também uma garrafa.

Billy Warner estava morto, e quando Mike viu Nick começou a rir histericamente e apontou seu dedo.

— Dois já se foram e um está a caminho! Dois já se foram e um está a caminho! Está conseguindo sua desforra, não é mesmo? Não é?

Nick empurrou cuidadosamente as garrafas térmicas através da fenda com o auxílio do cabo de vassoura, e depois um copo grande de leite. Mike começou a tomar a sopa direto da garrafa térmica, em pequenos goles. Nick pegou sua própria sopa e sentou-se no corredor. Ele poderia carregar Billy para baixo, mas primeiro queria comer. Estava faminto. Enquanto tomava a sopa, olhou pensativo para Mike.

— Está imaginando como estou? — perguntou Mike.

Nick assentiu.

— Simplesmente do mesmo jeito como quando você saiu esta manhã. Devo ter soltado catarro pra caramba. — Ele olhou para Nick, esperançoso. — Minha mãe sempre disse que quando você expele catarro assim, é sinal de que está melhorando. Talvez eu seja apenas um caso brando, hã? Acha que poderia ser?

Nick deu de ombros. Nada era possível.

— Tenho a saúde de um touro — continuou Mike. — Acho que isto não é nada. Acho que vou tirar de letra. Escute aqui, cara, me deixe sair. Por favor. Estou suplicando agora, porra.

Nick pensou a respeito.

— Cacete, você está armado. E não quero lhe fazer nada, de qualquer modo. Quero apenas cair fora desta cidade. Quero ver como está minha esposa primeiro...

Nick apontou para a mão esquerda de Mike, que não trazia aliança.

— Bem, estamos divorciados, mas ela ainda se encontra na cidade, lá na Ridge Road. Eu gostaria de dar uma olhada nela. O que você diz, cara? — Mike estava chorando. — Me dê uma chance. Não me deixe preso nesta ratoeira.

Nick se pôs de pé lentamente, foi até o gabinete e abriu a gaveta da escrivaninha. As chaves estavam lá. A lógica do homem era inexorável; não havia nenhum sentido em acreditar que alguém estivesse vindo para resgatá-los desta confusão terrível. Ele pegou as chaves e voltou. Destacou aquela que Big John Baker lhe havia mostrado, com a tarja de fita branca, e passou-as através das barras para Mike Childress.

— Obrigado — balbuciou Mike. — Ah, muito obrigado. Lamento ter batido em você, juro por Deus, foi idéia de Ray. Eu e Vince tentamos pará-lo, mas ele fica doido quando bebe... — Ele chocalhou a chave na fechadura. Nick recuou, a mão na coronha da arma.

A porta da cela se abriu e Mike deu um passo para fora.

— É como falei — disse ele. — Tudo que desejo é me mandar desta cidade. — Ele passou por Nick, um sorriso crispado nos lábios. Depois disparou através da porta entre o pequeno bloco de celas e o gabinete. Nick foi atrás, bem a tempo de ver a porta do gabinete fechando-se atrás dele.

Nick foi até lá fora. Mike estava parado sobre o meio-fio, sua mão apoiada num medidor de estacionamento, olhando para a rua deserta.

— Meu Deus — sussurrou e virou o rosto estupefato para fitar Nick. — Chegou a este ponto? Tudo *isto*?

Nick assentiu, sua mão ainda na coronha da arma.

Mike começou a dizer algo que se transformou num espasmo de tosse. Ele cobriu a boca, depois limpou os lábios.

— Juro por Deus que caio fora daqui — disse. — E se for esperto, mudinho, você fará o mesmo. Isto é igual à peste negra, ou coisa parecida.

Nick deu de ombros e Mike começou a descer a calçada. Movia-se cada vez mais rápido até que estava quase correndo. Nick o observou até que sumiu de vista. A seguir voltou para dentro. Nunca mais veria Mike. Seu coração parecia mais leve, e ficou de súbito ciente de ter feito a coisa certa. Deitou-se na cama de lona e caiu no sono quase imediatamente.

* * *

Dormiu a tarde toda sobre a cama sem cobertas e acordou suarento mas sentindo-se um pouco melhor. Tempestades com trovoadas estavam assolando as colinas — ele não podia ouvir os trovões, mas podia ver as bifurcações de luz branco-azulada dando estocadas nas colinas —, porém nada chegou a Shoyo naquela noite.

Ao crepúsculo, desceu a rua principal até a Paulie's Radio & TV e cometeu outra de suas invasões justificáveis. Deixou um bilhete junto à caixa registradora e carregou uma TV Sony portátil até a cadeia. Ligou-a e ficou percorrendo os canais. A afiliada da CBS apresentava um letreiro que dizia: DIFICULDADE NA RETRANSMISSÃO POR MICROONDAS POR FAVOR PERMANEÇA SINTONIZADO. A ABC apresentava *I Love Lucy* e a alimentadora da NBC exibia a reprise do episódio de um seriado sobre uma garota atrevida tentando ser mecânica num circuito de *stock-car*. A emissora de Texarcana, uma independente especializada em filmes antigos, programas de sorteios e tolices religiosas da faixa de Jack Van Impe, estava fora do ar.

Nick desligou a TV, voltou à parada de caminhoneiros e preparou sopa e sanduíches para dois. Achava que havia algo de sinistro acerca de como todas as luzes de rua continuavam acesas, estendendo-se de ambos os lados da rua principal, projetando lagos de luz branca. Pôs a comida num cesto e, a caminho da casa de Jane Baker, três ou quatro cachorros, obviamente não alimentados e famintos, avançaram em bando sobre ele, atraídos pelo cheiro que vinha do cesto. Nick sacou a .45, mas não conseguiu reunir coragem para usá-la até que um dos cães estava pronto para mordê-lo. Então ele apertou o gatilho e a bala bateu no cimento a 1,50m dele, deixando uma estria prateada de chumbo. O som do disparo não chegou a ele, mas Nick sentiu o golpe surdo da vibração. Os cachorros se assustaram e saíram correndo.

Jane estava adormecida, sua testa e face quentes, a respiração lenta e difícil. Ela pareceu pavorosamente desgastada para Nick. Ele pegou um pano molhado e limpou-lhe o rosto. Deixou a comida sobre a mesinha-de-cabeceira e depois desceu para a sala de estar e ligou a TV.

A CBS ficou fora do ar por toda a noite. A NBC mantinha uma programação regular, mas a imagem na afiliada ABC continuava nebulosa, às vezes desvanecendo para neve e depois voltando brusca e repentinamente. O canal ABC exibia apenas velhos programas em cadeia, como se sua linha para a rede tivesse sido cortada. Não importava. Nick estava esperando pelo noticiário.

Quando ele entrou no ar, Nick ficou estarrecido. A "epidemia de supergripe", como estava agora sendo chamada, era a reportagem principal, mas os apresentadores em ambas as estações disseram que estava ficando sob controle. Uma vacina fora desenvolvida no Centro de Controle de Doenças em Atlanta, e no início da semana seguinte todos poderiam conseguir uma dose com seu próprio médico. Havia surtos relatadamente graves em Nova York, San Francisco, Los Angeles e Londres, mas todos estavam sendo controlados. Em algumas áreas, continuava o apresentador, as reuniões públicas haviam sido canceladas temporariamente.

Em Shoyo, pensou Nick, toda a cidade havia sido cancelada. Quem estava enganando quem?

O apresentador concluiu dizendo que viajar para a maioria das grandes cidades ainda estava restrito, mas as restrições seriam suspensas tão logo a vacina estivesse liberada para uso geral. Ele então passou para um desastre de avião no Michigan e para as reações no Congresso à última decisão da Corte Suprema sobre os direitos dos homossexuais.

Nick desligou a TV e saiu para a varanda. Havia ali um banco-balanço e Nick sentou-se nele. O movimento para a frente e para trás era calmante e ele não ouvia o rangido enferrujado das juntas que Baker esquecera de lubrificar. Observou os vaga-lumes enquanto debruavam costuras irregulares na escuridão. Um relâmpago cintilou opacamente dentro das nuvens no horizonte, fazendo-as parecer como se tivessem seus próprios vaga-lumes, vaga-lumes monstros do tamanho de dinossauros. A noite estava úmida e fechada.

Como a televisão era um meio completamente visual para Nick, ele havia notado algo acerca da transmissão das notícias que passara despercebido a outras pessoas. Não tinha havido nenhum *clip* filmado, nenhum. Não foram noticiados os resultados do beisebol, talvez porque nenhum jogo fora disputado. Uma vaga previsão do tempo e nenhum mapa meteorológico mostrando as temperaturas máximas e mínimas — era como se o Departamento de Meteorologia tivesse fechado. Por tudo que Nick sabia em contrário, tinha fechado mesmo.

Ambos os apresentadores pareceram nervosos e pouco à vontade. Um deles estava resfriado; tinha tossido ao microfone e se desculpara. Ambos permaneceram virando os olhos à direita ou à esquerda da câmera que encaravam... como se alguém estivesse no estúdio com eles, para ter certeza de que seguiam direitinho as ordens recebidas.

Aquela foi a noite de 24 de junho, e ele dormiu desconfortavelmente na varanda dos Bakers, e teve sonhos muito ruins. E agora, na tarde do dia seguinte, estava oficiando a morte de Jane Baker, esta doçura de mulher... *e não podia dizer uma única palavra para confortá-la.*

Ela puxava com força a mão dele. Nick olhou para sua face pálida e repuxada. A pele estava seca agora, o suor se evaporara. Ele, porém, não extraiu nenhuma esperança ou consolo disso. Jane estava indo. Ele tinha vindo para saber como.

— Nick — disse ela e sorriu. Apertou uma das mãos dele nas suas. — Gostaria de agradecer a você de novo. Ninguém quer morrer totalmente só, não é?

Ele sacudiu a cabeça violentamente, e Jane entendeu que isto não era uma concordância com a afirmação dela, mas sim uma veemente contradição de sua premissa.

— Sim, estou morrendo — replicou ela. — Mas não se preocupe. Tem um vestido naquele armário, Nick. Um branco. Você o identificará por causa da... — Um acesso de tosse a interrompeu. Quando se recuperou, prosseguiu: — ... por causa da renda. Foi o que usei no trem quando partimos para nossa lua-de-mel. Ele ainda cabe em mim... ou cabia. Suponho que estará um pouco folgado agora... andei perdendo peso... mas isto realmente não importa. Sempre adorei aquele vestido. John e eu fomos para o lago Pontchartrain. Foi a quinzena mais feliz da minha vida. John sempre me fez feliz. Irá se lembrar do vestido, Nick? É com ele que quero ser sepultada. Acharia embaraçoso demais... me vestir com ele?

Ele engoliu em seco e sacudiu a cabeça, olhando para a colcha. Ela devia ter sentido seu misto de tristeza e desconforto, porque não voltou a mencionar o vestido. Em vez disso, falou de outras coisas — de modo descontraído, quase coquete. Como havia vencido um concurso de elocução no ginásio, como tinha ido às finais do estadual do Arkansas, e como suas anquinhas caíram e se embaraçaram em volta dos sapatos justamente quando alcançava o clímax eletrizante de *O Amante Diabólico*, de Shirley Jackson. Falou sobre a irmã, que tinha ido para o Vietnã como integrante de um grupo missionário batista e voltara para casa com não apenas uma ou duas, mas com três crianças adotadas. Sobre uma viagem de *camping* que ela e John fizeram três anos atrás e como uma corça mal-humorada e no cio os forçou a subir numa árvore e ficar lá o dia inteiro.

— Então ficamos sentados lá em cima namorando — disse ela sonolenta —, como um casal de ginasianos numa sacada. Meu Deus, ele estava naquele estado quando descemos. Ele estava... nós estávamos... apaixonados... muito apaixonados... é o amor que move o mundo, sempre achei... é a única coisa que permite que homens e mulheres permaneçam num mundo onde a gravidade sempre parece querer empurrá-los para baixo... trazê-los para baixo... e fazê-los rastejar... nós fomos... muito apaixonados...

Ela ficou sonolenta e dormiu até que ele a despertou no seu delírio abrindo uma cortina ou talvez apenas pisando numa tábua rangente do assoalho.

— *John!* — gritou ela agora, sua voz engasgada com catarro. — *Ah, John, jamais entenderei esta alavanca de câmbio complicada! John, você tem que me ajudar! Tem que me ajudar...*

Suas palavras se extinguiram numa longa exalação estertorante que ele não podia ouvir mas sentia o tempo todo. Uma fina gota de sangue escuro saiu de uma das narinas. Ela caiu de volta sobre o travesseiro e sua cabeça oscilou de um lado para outro, uma, duas, três vezes, como se tivesse tomado algum tipo de decisão vital e a resposta fosse negativa.

Então ficou imóvel.

Nick pôs a mão timidamente no lado de seu pescoço, depois sentiu o pulso e por fim entre os seios. Não havia nada. Ela estava morta. O relógio na mesinha-de-cabeceira tiquetaqueava cheio de importância, sem ser ouvido por nenhum dos dois. Ele pôs a cabeça contra o joelho por um minuto, chorando um pouco no seu jeito silencioso. *Tudo que você pode fazer é derramar algumas lágrimas lentas,* Rudy tinha-lhe dito certa vez, *mas num mundo de telenovelas, isto pode vir a calhar.*

Ele sabia o que vinha em seguida e não queria fazê-lo. Não era justo, parte dele gritava. Não era sua responsabilidade. Mas como não havia ninguém mais aqui — talvez ninguém mais por quilômetros ao redor —, ele teria que assumir. Ou então deixá-la aqui para apodrecer, mas não podia fazer isto. Ela havia sido gentil com ele, e houvera muitas pessoas em sua vida que não foram capazes de dispensar-lhe o mesmo tratamento, doentes ou saudáveis. Ele supôs que teria de pôr mãos à obra. Quanto mais tempo ficasse ali sem fazer nada, mais pavor teria da tarefa. Ele sabia onde ficava a Capela

Funerária Curtis — três quarteirões abaixo e um quarteirão a oeste. E também estaria quente lá.

Forçou-se a levantar e foi até o armário, meio esperando que o vestido branco, o vestido da lua-de-mel, nada mais fosse que outra parte do delírio dela. Mas ele estava lá. Um tanto amarelado com o passar dos anos, mas exatamente o mesmo, ele sabia. Por causa da renda. Retirou-o do armário e o depositou no banco ao pé da cama. Olhou para o vestido, olhou para a mulher e pensou: *Vai estar mais do que um pouco folgado nela agora. A doença, qualquer que seja, foi mais cruel com ela do que a própria Jane imaginava... e imagino que tenha sido mesmo.*

A contragosto, ele a contornou e começou a despir a camisola. Mas quando ela foi retirada e Jane apareceu nua diante dele, o pavor se foi e ele sentiu somente piedade — uma piedade alojada tão fundo dentro dele que doeu, e recomeçou a chorar enquanto lavava o corpo de Jane e depois o vestia como estivera vestido quando o usou a caminho do lago Pontchartrain. E quando ficou vestida do modo como estivera naquele dia, ele a tomou nos braços e carregou para a capela funerária no seu vestido de renda, ah, no seu vestido de renda: carregou-a como um noivo cruzando um portal sem fim com sua amada nos braços.

Capítulo Vinte e Seis

ALGUM GRUPO DO *CAMPUS*, provavelmente os Estudantes por uma Sociedade Democrática ou os Jovens Maoístas, estivera ocupado com uma fotocopiadora durante a noite de 25-26 de junho. Pela manhã, estes cartazes já estavam colados por todo o *campus* da Universidade do Kentucky em Louisville:

ATENÇÃO! ATENÇÃO! ATENÇÃO! ATENÇÃO!

VOCÊ ESTÁ SENDO ENGANADO! O GOVERNO ESTÁ MENTINDO PARA VOCÊ. A MÍDIA, QUE FOI COOPTADA PELAS FORÇAS DOS PORCOS PARAMILITARES, ESTÁ MENTINDO PARA VOCÊ! A ADMINISTRAÇÃO DESTA UNIVERSIDADE ESTÁ MENTINDO PARA VOCÊ, COMO ESTÃO OS MÉDICOS DA ENFERMARIA SOB ORDENS DA ADMINISTRAÇÃO!

1. NÃO HÁ NENHUMA VACINA PARA A SUPERGRIPE.

2. A SUPERGRIPE NÃO É UMA DOENÇA GRAVE, É UMA DOENÇA *MORTAL*.

3. A SUSCEPTIBILIDADE PODE ALCANÇAR ATÉ 75%.

4. A SUPERGRIPE FOI DESENVOLVIDA PELAS FORÇAS DOS PORCOS PARAMILITARES DOS EUA E DISSEMINADA POR ACIDENTE.

5. OS PORCOS PARAMILITARES AGORA SE EMPENHAM EM ENCOBRIR SEU ERRO CRASSO ASSASSINO MESMO QUE ISTO SIGNIFIQUE QUE 75% DA POPULAÇÃO MORRERÃO!

SAUDAÇÕES A TODOS OS POVOS REVOLUCIONÁRIOS! A HORA DA NOSSA LUTA CHEGOU! UNI-VOS, ESFORÇAI-VOS, CONQUISTAI!

REUNIÃO NO GINÁSIO ÀS 19h!

GREVE! GREVE! GREVE! GREVE! GREVE! GREVE!

O que aconteceu na TV WBZ em Boston havia sido planejado por três apresentadores e seis técnicos, todos operando no Estúdio 6. Cinco desses homens jogavam pôquer regularmente, e seis dos nove já estavam doentes. Eles sentiam que nada tinham a perder. Haviam reunido quase uma dúzia de armas leves. Bob Palmer, que ancorava o noticiário da manhã, as trouxe para cima dentro de uma bolsa de viagem onde costumava carregar suas anotações, lápis e vários blocos tamanho oficial. Toda a instalação transmissora foi isolada, pelo que lhes foi informado, pela Guarda Nacional, mas como Palmer dissera a George Dickerson na noite anterior, eles eram os únicos guardas nacionais cinqüentões que já tinha visto.

Às 9h01 da manhã, logo após Palmer ter começado a ler um ameno texto que lhe fora entregue dez minutos antes por um suboficial do Exército, um golpe ocorreu. Aqueles nove homens capturaram efetivamente a emissora. Os soldados, que não haviam esperado nenhum problema por parte de um bando comportado de civis acostumados a relatar tragédias a longa distância, foram pegos completamente de surpresa e desarmados. Outros funcionários da emissora aderiram à pequena rebelião e rapidamente desobstruíram o sexto andar e trancaram todas as portas. Os elevadores foram levados até o sexto andar antes que os soldados no térreo soubessem o que estava acontecendo. Três soldados tentaram subir pelas escadas de incêndio e um zelador chamado Charles Yorkin, armado com uma carabina de uso exclusivo do Exército, disparou por cima de suas cabeças. Foi o único tiro disparado.

Telespectadores da área abrangida pela WBZ viram Bob Palmer interromper sua notícia no meio de uma frase e ouviram-no falar:

— Muito bem, é agora! — Houve sons de passos arrastados fora do campo de visão da câmera. Quando terminou, milhares de telespectadores atônitos viram que Bob Palmer empunhava uma pistola de cano curto.

Uma voz áspera em *off* gritou em júbilo:

— Nós os pegamos, Bob! Pegamos os putos! Pegamos todos eles!

— *OK*, foi um bom trabalho — disse Palmer e tornou a olhar para a câmera. — Meus amigos cidadãos de Boston e americanos dentro de nossa área de transmissão: algo grave e terrivelmente importante acabou de acontecer neste estúdio, e estou muito satisfeito por ter acontecido aqui primeiro, em Boston, um berço da independência americana. Durante a última semana esta emissora esteve sob vigilância de homens que alegavam ser da Guarda Nacional. Homens em uniformes militares cáqui, armados de pistolas, ficaram posicionados junto aos nossos operadores de câmera, nas nossas ilhas de edição, junto aos nossos teletipos. As notícias foram manipuladas? Lamento dizer que sim. Recebi informes e fui forçado a ler com armas literalmente apontadas para minha cabeça. Os informes que estive lendo relacionavam-se à assim chamada "epidemia de supergripe", e tudo isto é comprovadamente falso.

Luzes começaram a piscar no painel de controle. Dentro de 15 segundos todas as luzes se acenderam.

— Nossos operadores de câmera tiveram seus filmes apreendidos ou deliberadamente expostos. As notícias de nossos repórteres desapareceram. Ainda assim *temos* material filmado, senhores e senhoras, e temos correspondentes bem aqui no estúdio... não repórteres profissionais, mas testemunhas oculares para o que pode ser a maior catástrofe que o país já enfrentou... e não vou usar aquelas palavras de modo ameno. Vamos exibir alguns desses filmes para vocês agora. Todo o material foi obtido clandestinamente, e boa parte é de qualidade medíocre. Mesmo assim nós aqui, que acabamos de liberar nossa própria emissora de televisão, achamos que vocês podem ver o bastante. De fato, mais até do que teriam desejado.

Ele olhou para cima, puxou um lenço do bolso de seu casaco esporte e assoou o nariz. Aqueles com uma boa TV a cores poderiam ver que estava avermelhado e febril.

— Se estiver pronto, George, vamos rodar os filmes.

O rosto de Palmer foi substituído por tomadas do Hospital Geral de Boston. As enfermarias estavam abarrotadas. Pacientes jaziam no chão. Os saguões estavam repletos; enfermeiras, muitas delas já obviamente doentes, entravam e saíam, algumas chorando histericamente. Outras pareciam em choque, à beira do coma.

Imagens de guardas postados nas esquinas da rua com fuzis empunhados. Imagens de prédios que tinham sido invadidos.

Bob Palmer reapareceu.

— Se vocês tiverem filhos, senhoras e senhores — disse ele baixinho —, aconselharíamos que pedissem a eles para sair da sala.

Uma tomada granulosa de um caminhão dando ré num píer que se projetava da baía de Boston, um grande caminhão militar verde-oliva. Abaixo dele, ancorada precariamente, estava uma barcaça coberta com encerados de lona. Dois soldados, rugosos e parecendo alienígenas em máscaras antigás, saltaram da cabine do caminhão. A imagem balançou e sacudiu, depois ficou firme de novo enquanto eles puxavam para trás a lona que cobria a traseira aberta do caminhão. A seguir pularam para dentro e corpos começaram a cascatear para a barcaça: mulheres, velhos, crianças, policiais, enfermeiras; vinham num fluxo cadenciado que parecia jamais acabar. A certa altura da filmagem ficou claro que os soldados estavam usando forcados para empurrá-los fora.

Palmer continuou transmitindo por duas horas, sua voz constantemente rouca lendo recortes e boletins, entrevistando outros integrantes da equipe. Continuou até que alguém no andar térreo se deu conta de que não teriam de retomar o sexto andar para parar com aquilo. Às 11h16, o transmissor da WBZ foi fechado definitivamente com 10 quilos de explosivos.

Palmer e os outros no sexto andar foram sumariamente executados por acusações de traição ao governo dos Estados Unidos da América.

* * *

Era um jornal que saía uma vez por semana de uma pequena cidade da Virgínia Ocidental. Chamava-se *Call-Clarion* de Durbin. Era dirigido por um advogado aposentado chamado James D. Hogliss. Sua circulação sempre tinha sido boa, porque Hogliss fora um defensor obstinado do direito que os mineiros tinham de se organizar no final da década de 1940 e por toda a de 1950, e também porque seus editoriais contra o sistema sempre foram repletos de mísseis com fogo do inferno e enxofre apontados para os incompetentes de cada nível de governo, desde municipal a federal.

Hogliss tinha uma turma regular de jornaleiros, mas nesta manhã clara de verão ele mesmo entregou os jornais no seu Cadillac 1948, os grandes pneus de banda branca sussurrando acima e abaixo pelas ruas de Durbin... e as ruas estavam dolorosamente vazias. Os jornais empilhavam-se sobre os assentos e no porta-malas do Cadillac. Era o dia errado para o *Call-Clarion* circular, mas o jornal tinha apenas uma página com tipos grandes inseridos numa borda negra. A palavra no cabeçalho proclamava EXTRA, a primeira edição extra que Hogliss publicava desde 1980, quando a mina Ladybird havia explodido, sepultando quarenta mineiros para sempre.

A manchete dizia: FORÇAS DO GOVERNO TENTAM ESCONDER ERUPÇÃO DE PESTE!

Embaixo: "De James D. Hogliss, especial para o *Call-Clarion.*"

Abaixo disso: "Uma fonte fidedigna revelou a este repórter que a epidemia de gripe (às vezes chamada de Doença de Engasgo ou Pescoço Entubado na Virgínia Ocidental) trata-se na realidade de uma mutação mortífera do vírus da gripe comum criado por este governo para propósitos bélicos — e em desrespeito ostensivo aos acordos revisados de Genebra referentes à guerra química e bacteriológica, acordos que representantes dos Estados Unidos assinaram sete anos atrás. A fonte, que é um oficial do Exército agora estacionado em Wheeling, também disse que as promessas de uma vacina brevemente disponível não passam de 'uma deslavada mentira'. Nenhuma vacina, segundo esta fonte, foi ainda desenvolvida.

"Cidadãos, isto é mais do que um desastre ou uma tragédia; é o fim de toda a esperança em nosso governo. Se fizemos de fato tal coisa contra nós mesmos, então..."

Hogliss estava doente e muito fraco. Ele parecia ter empregado suas últimas forças para redigir o editorial. Tinha saído de dentro dele para as palavras e não fora alterado. Seu peito estava cheio de catarro, e até mesmo a respiração normal parecia penosa. Ainda assim, ele foi metodicamente de casa em casa, deixando seus panfletos, sem saber sequer se as casas ainda estavam ocupadas, ou, se estivessem, se alguém dentro delas teria força suficiente para sair e pegar o que ele havia deixado.

Finalmente chegou ao extremo oeste da cidade, o Poverty Row, com seus barracos e *trailers* e seu odor malcheiroso de fossa sanitária. Só restavam os jornais no porta-malas e ele o deixou aberto, sua tampa sacudindo lentamente para cima e para baixo enquanto passava por cima de tábuas de bater roupa na estrada. Tentava lidar com uma dor de cabeça alarmante, e sua visão continuava duplicando.

Quando a última casa, um barraco caindo aos pedaços perto do limite Rack's Crossing da cidade, foi atendida, ainda tinha um maço de talvez 25 jornais. Ele cortou o cordão que os unia com seu velho canivete e deixou que o vento os levasse para onde quer que fosse, pensando em sua fonte, um major com olhos negros e assombrados que havia sido transferido de algo ultra-secreto na Califórnia chamado Projeto Azul apenas três meses antes. O major fora encarregado da segurança externa lá, e continuava manuseando a pistola no seu quadril enquanto contava a Hogliss tudo que sabia. Hogliss achou que não levaria muito tempo até que o major usasse a arma, se já não a tivesse usado.

Voltou ao volante do Cadillac, o único carro que possuíra desde o seu 27º aniversário, e descobriu que estava cansado demais para dirigir de volta à cidade. Portanto, recostou-se sonolento, ouviu os sons afogados que vinham do seu peito e observou o vento soprar preguiçosamente sua edição extra estrada acima, na direção de Rack's Crossing. Alguns exemplares ficaram presos em árvores altas, onde pendiam como frutos estranhos. Nas proximidades, podia ouvir o som borbulhante e veloz do córrego Durbin, onde pescava quando era garoto. Já não havia mais peixe atualmente, claro — as companhias carboníferas tinham contribuído para isso —, mas o som ainda era relaxante. Ele fechou os olhos, dormiu e morreu uma hora e meia depois.

* * *

O *Times* de Los Angeles rodou apenas 26 mil exemplares de sua edição extra de uma só página antes que os funcionários encarregados descobrissem que não haviam imprimido uma circular de publicidade, como lhes fora ordenado. A represália foi rápida e sangrenta. A versão oficial do FBI foi de que "revolucionários radicais", aquele velho blablablá, haviam dinamitado as impressoras do *Times*, provocando a morte de 28 funcionários. O FBI não tinha de explicar como a explosão pusera balas em cada uma das 28 cabeças, porque os corpos estavam misturados com aqueles milhares de outros, vítimas da epidemia, que estavam sendo sepultados no mar.

Ainda assim, 10 mil exemplares saíram, e foi o bastante. A manchete, em letras garrafais, gritava:

> COSTA OESTE NAS GARRAS DA EPIDEMIA
> *Milhares Fogem da Supergripe Mortal*
> *Governo Certamente Está Acobertando*
>
> LOS ANGELES — Alguns dos soldados pretensamente da Guarda Nacional ajudando durante a presente tragédia são na verdade soldados de carreira com até quatro estrelas de dez anos nas suas mangas. Parte de sua tarefa é garantir aos apavorados moradores de Los Angeles de que a supergripe, conhecida como Capitão Viajante pelos jovens na maioria das áreas, é "apenas levemente mais virulenta" do que as cepas de Londres ou Hong Kong — mas estas garantias eram passadas através de máscaras antigás portáteis. O presidente está agendado para falar esta noite às seis, no horário do Pacífico. Seu assessor de imprensa, Hubert Ross, garantiu que informações de que o presidente falará de um cenário imitando o Salão Oval, mas que na realidade trata-se de um *bunker* nas profundezas da Casa Branca, são "histéricas, maldosas e totalmente infundadas". Cópias adiantadas do discurso do presidente indicam que ele dará "uma chinelada" no povo americano por reagir exageradamente, e compara o pânico atual com aquele que se seguiu à versão radiofônica de *A Guerra dos Mundos* feita por Orson Welles no final da década de 1930.
>
> O *Times* tem cinco perguntas que desejaria que o presidente respondesse no seu discurso.
>
> 1. Por que o *Times* foi proibido de imprimir as notícias por bandidos em uniformes militares em patente violação ao seu direito constitucional de assim fazê-lo?
>
> 2. Por que as Rodovias Nacionais 5, 10 e 15 foram bloqueadas por carros blindados e transportes de tropas?
>
> 3. Se esta é uma "epidemia menor de gripe", por que a lei marcial foi decretada em Los Angeles e áreas adjacentes?
>
> 4. Se esta é uma "epidemia menor de gripe", então por que comboios de barcaças estão sendo rebocados para o Pacífico para serem descarregados? E essas barcaças levam aquilo que receamos, e que fontes fidedignas confirmaram — os corpos das vítimas da epidemia?
>
> 5. Por fim, se uma vacina vai ser realmente distribuída aos médicos e hospitais desta região, por que *nenhum* dos 46 clínicos que este jornal

contactou para detalhes adicionais ouviu falar de quaisquer planos de entrega? Por que *nenhum* médico foi convocado para aplicar a vacina? Por que *nenhuma* das dez indústrias farmacêuticas que contactamos recebeu faturas de frete ou folhetos do governo sobre esta vacina?

Exigimos que o presidente responda a estas perguntas no seu discurso e, acima de tudo, exigimos que ponha um fim a essas táticas policialescas e a esse esforço insano para encobrir a verdade...

Em Duluth, um homem de bermuda cáqui e sandálias subia e descia a Piedmont Avenue com uma grande nódoa de cinza na testa e portando duas tábuas de anúncio-sanduíche que pendiam de seus ombros esqueléticos.

Na frente lia-se:

O TEMPO DA DESAPARIÇÃO ESTÁ AQUI
CRISTO O SENHOR RETORNA EM BREVE
PREPARAI-VOS PARA ENCONTRAR VOSSO DEUS!

Atrás lia-se:

EIS QUE OS CORAÇÕES DOS PECADORES ESTÃO PARTIDOS
OS GRANDES SERÃO HUMILHADOS E OS HUMILHADOS
SE TORNARÃO GRANDES
OS DIAS DO MAL ESTÃO PERTO
PARA TEU PESAR Ó SIÃO

Quatro rapazes com jaquetas de motoqueiros, todos eles tossindo e com nariz escorrendo, investiram sobre o homem e o surraram com as próprias tábuas de anúncio-sanduíche, deixando-o inconsciente. Depois fugiram, um deles gritando histericamente por sobre o ombro:

— É para aprender a não assustar as pessoas, seu esquisitão mal-acabado!

* * *

O programa matinal de maior audiência em Springfield, Missouri, era o *Dê sua Opinião* da rádio KLFT, em que o apresentador Ray Flowers interagia com os ouvintes pelo telefone. Flowers tinha seis linhas telefônicas na sua cabine do estúdio, e na manhã de 26 de junho foi o único funcionário da KLFT que apareceu para trabalhar. Estava ciente do que acontecia no mundo exterior e aquilo o assustava. Na última semana ou por aí, pareceu a Ray que todo mundo que conhecia tinha adoecido. Não havia tropas em Springfield, mas ouvira dizer que a Guarda Nacional fora enviada a Kansas City e St. Louis para "conter a disseminação de pânico" e "evitar pilhagem". O próprio Ray Flowers sentia-se bem. Olhou pensativo para seu equipamento — telefones, o dispositivo de retardamento de tempo para editar os chamadores que vez por outra descambavam para os palavrões, prateleiras de comerciais em fitas cassete ("*Se o seu vaso transbordou/E se você não sabe o que fazer/Ligue para o homem com a mangueira de aço/Chame o homem da Kleen-Owt!*) e, é claro, o microfone.

Ele acendeu um cigarro, foi até a porta do estúdio e trancou-a. Desligou a música gravada que estivera tocando de um carretel de fita, ligou seu próprio tema musical e então assumiu o microfone.

— Olá, pessoal — disse —, aqui fala Ray Flowers em *Dê sua Opinião*, e imagino que esta manhã só há um assunto a ser abordado, não é? Podem chamar de Pescoço Entubado, supergripe ou Capitão Viajante, mas tudo significa a mesma coisa. Ouvi algumas histórias de terror acerca do Exército dando um aperto em tudo, e se vocês quiserem falar sobre isso estou pronto a ouvir. Este ainda é um país livre, não é? E uma vez que estou aqui sozinho esta manhã, vamos fazer as coisas de modo um pouquinho diferente. Desliguei o retardador de tempo e acho que podemos dispensar os comerciais. Se a Springfield que estão vendo é a mesma que vejo das janelas da rádio, ninguém deve estar muito disposto a ir às compras, de qualquer modo. Muito bem... se estiverem dispostos a partir para o que der e vier, como minha mãe costumava dizer, então bola pra frente. Nossos números de ligação grátis são 555-8600 e 555-8601. Se demorar muito, sejam pacientes. Lembrem-se, estou fazendo o programa sozinho.

Havia uma unidade do Exército em Carthage, a 24 quilômetros de Springfield, e uma patrulha de vinte homens foi despachada para cuidar de Ray Flowers. Dois homens se recusaram. Foram fuzilados no ato.

No tempo que levaram para chegar a Springfield, Ray Flowers recebeu chamadas de um médico que disse que as pessoas estavam morrendo como moscas e ele achava que o governo mentia descaradamente a respeito de uma vacina; uma enfermeira de hospital confirmando que corpos estavam sendo removidos dos hospitais de Kansas City em caçambas de caminhões; uma mulher em delírio alegando ser tudo isto coisa de discos voadores vindos de outro planeta; um fazendeiro que disse que um esquadrão do Exército com duas escavadeiras tinha acabado de abrir o diabo de uma comprida vala num campo perto da Rodovia 71, ao sul de Kansas City; e meia dúzia de outros com suas próprias histórias para contar.

Então houve um som despedaçante na porta externa do estúdio.

— Abra! — gritou uma voz ensurdecedora. — Abra em nome dos Estados Unidos!

Ray olhou para o seu relógio. Meio-dia e 15.

— Bem — disse ele —, parece que os fuzileiros desembarcaram. Mas continuaremos a receber as ligações, iremos...

Houve uma rajada de fuzil automático e a maçaneta da porta do estúdio tombou sobre o carpete. Uma fumaça se filtrou do buraco aberto. A porta foi empurrada a ombradas e meia dúzia de soldados, usando máscaras antigás e uniformes de combate, irrompeu no estúdio.

— Vários soldados acabaram de invadir o estúdio — disse Ray. — Estão armados até os dentes... parecem prestes a iniciar uma operação de varredura na França, cinqüenta anos atrás. A não ser pelas máscaras antigás...

— Cale-se! — gritou um homem atarracado com divisas de sargento. Ele se agigantou do lado de fora da cabine de vidro e gesticulou com seu fuzil.

— Acho que não! — gritou Ray de volta. Sentia muito frio e quando foi tirar seu cigarro do cinzeiro, viu que seus dedos estavam trêmulos. — Esta emissora é licenciada pela Comissão Federal de Comunicações e...

— Estou *revogando* a porra dessa licença! Agora *cale-se*!

— Acho que não — repetiu Ray e reassumiu o microfone. — Senhoras e senhores, recebemos ordem de tirar a emissora do ar e me recusei a obedecer, muito adequadamente, acho. Estes homens estão agindo como nazistas, não como soldados americanos. Eu não...

— Última chance! — O sargento sacou sua arma.

— Sargento — disse um dos soldados junto à porta. — Não acho que possa simplesmente...

— Se aquele homem disser mais alguma coisa, acabe com ele — ordenou o sargento.

— Acho que vão atirar em mim — disse Ray Flowers e logo depois o vidro de sua cabine explodiu para dentro e ele caiu sobre o painel de controle. De algum lugar chegou um lamento terrível de *feedback*, que foi espiralando para cima. O sargento disparou toda a sua munição no painel de controle e o *feedback* foi cortado. As luzes da mesa telefônica continuavam a piscar.

— *OK* — disse o sargento, virando-se de frente. — Quero voltar para Carthage por volta de uma hora e não...

Três de seus homens apareceram simultaneamente, um deles com um fuzil sem recuo que disparava por segundo setenta balas com ponta de gás. O sargento fez uma dança da morte sacudida e embaralhada e depois caiu para trás através dos restos estilhaçados da parede de vidro da cabine. Uma perna teve um espasmo e sua bota de combate chutou cacos de vidro da moldura.

Um soldado de primeira classe, com espinhas sobressaindo em puro alívio no seu rosto leitoso, irrompeu em lágrimas. Os outros limitaram-se a ficar parados em descrença atônita. O cheiro de cordite no ar era pesado e repugnante.

— Nós matamos ele! — gritou histericamente o soldado de primeira classe. — Santo Deus, nós matamos o sargento Peters!

Ninguém respondeu. Seus rostos ainda estavam aturdidos e sem compreender, embora mais tarde desejassem ter feito isto mais cedo. Tudo aquilo era algum jogo mortal, mas não era o jogo deles.

O telefone, que Ray Flowers pusera no gancho do amplificador pouco antes de morrer, emitiu uma série de chiados.

— Ray? Você está aí, Ray? — A voz era cansada, anasalada. — Sempre ouço o seu programa, eu e meu marido, e apenas queremos dizer que continue o seu bom trabalho e não deixe que eles o intimidem. Certo, Ray? Ray?... Ray?...

COMUNICADO 234 ZONA 2 EM CÓDIGO E SECRETO
DE: LANDON ZONA 2 NOVA YORK
PARA: CREIGHTON EM COMANDO
ASSUNTO: OPERAÇÃO CARNAVAL

SEGUE: CORDÃO ISOLAMENTO AINDA OPERATIVO REMOÇÃO DE CORPOS EM ANDAMENTO CIDADE RELATIVAMENTE TRANQÜILA X HISTÓRIA DE COBERTURA DESENREDADA MAIS RÁPIDO QUE ESPERADO MAS ATÉ AQUI NADA QUE NÃO POSSAMOS OCULTAR DA POPULAÇÃO DA CIDADE SUPERGRIPE ESTÁ MANTENDO A MAIORIA EM CASA XX ESTIMAMOS QUE 50% DAS TROPAS QUE GUARNECEM BARRICADAS NOS PONTOS DE ENTRADA/SAÍDA [PONTE GEORGE WASHINGTON PONTE TRIBOROUGH PONTE DO BROOKLIN TÚNEIS LINCOLN E HOLLAND ALÉM DE ACESSO LIMITADO A RODOVIAS NA PERIFERIA] JÁ PEGARAM SUPERGRIPE MUITOS SOLDADOS AINDA CAPAZES DE SERVIÇO ATIVO E BOM DESEMPENHO XXX TRÊS INCÊNDIOS FORA DE CONTROLE HARLEM SÉTIMA AVENIDA

SHEA STADIUM XXXX DESERÇÃO TORNOU-SE GRANDE PROBLEMA DESERTORES SENDO AGORA EXECUTADOS SUMARIAMENTE XXXXX RESUMO PESSOAL É DE QUE SITUAÇÃO CONTINUA VIÁVEL MAS SE DETERIORANDO LENTAMENTE XXXXXX FIM DA COMUNICAÇÃO

LANDON ZONA 2 NOVA YORK

Em Boulder, Colorado, um boato de que o Centro de Provas Meteorológicas Aéreas dos Estados Unidos era de fato uma instalação de guerra biológica começou a se espalhar. O boato foi repetido no ar por um DJ meio porra-louca da Denver FM. Por volta das onze da noite de 26 de junho havia começado um vasto êxodo de Boulder à moda dos lemingues. Uma companhia de soldados foi enviada de Denver-Arvada para controlar a coisa, mas era o mesmo que mandar um homem com uma escova de roupa para limpar as cavalariças de Augias. Mais de 11 mil civis — doentes, assustados e sem nenhum outro pensamento senão pôr uma boa distância entre eles e o Centro — passaram por cima dos soldados. Milhares de habitantes de Boulder fugiram para outros pontos da periferia.

Às 11h15 uma explosão estilhaçante acendeu a noite na sede do Centro de Teste Atmosférico, na Broadway. Um jovem radical chamado Desmond Ramage tinha plantado mais de 8 quilos de plastique — originalmente destinado a vários tribunais e Assembléias Legislativas de Meio-Oeste — no saguão do CTA. O explosivo era exagerado; o *timer* foi impreciso. Ramage foi vaporizado junto com todos os tipos de equipamento meteorológico inócuo e instrumentos de medir poluição partícula por partícula.

Enquanto isso, o êxodo de Boulder continuava.

COMUNICADO 771 ZONA 6 EM CÓDIGO E SECRETO
DE: GARETH ZONA 6 LITTLE ROCK
PARA: CREIGHTON EM COMANDO
ASSUNTO: OPERAÇÃO CARNAVAL

SEGUE: BRODSKY NEUTRALIZADO REPITO BRODSKY NEUTRALIZADO ELE FOI ENCONTRADO TRABALHANDO NUMA CLÍNICA FONTE DE INFORMAÇÕES AQUI JULGADO E EXECUTADO SUMARIAMENTE POR TRAIÇÃO CONTRA OS ESTADOS UNIDOS DA AMÉRICA ALGUNS DAQUELES EM TRATAMENTO TENTARAM INTERFERIR 14 CIVIS BALEADOS, SEIS MORTOS, TRÊS DE MEUS HOMENS FERIDOS, NENHUM GRAVEMENTE X FORÇAS ZONA 6 NESTA ÁREA TRABALHANDO APENAS 40% CAPACIDADE CERCA 25% DAQUELES AINDA EM SERVIÇO ATIVO AGORA DOENTES COM SUPERGRIPE 15% DESERTARAM XX INCIDENTE MAIS GRAVE EM RELAÇÃO AO PLANO DE CONTINGÊNCIA F DE FRANK XXX SARGENTO T. L. PETERS, ESTACIONADO CARTHAGE, MISSOURI, EM SERVIÇO EMERGÊNCIAS SPRINGFIELD, MISSOURI, APARENTEMENTE ASSASSINADO POR SEUS PRÓPRIOS HOMENS XXXX OUTROS INCIDENTES NATUREZA SIMILAR POSSÍVEIS MAS SEM CONFIRMAÇÃO SITUAÇÃO DETERIORANDO RAPIDAMENTE XXXXX FIM COMUNICADO

GARFIELD ZONA 6 LITTLE ROCK

Quando a noite se espalhou contra o céu como um paciente anestesiado sobre uma mesa, 2 mil estudantes da Universidade Kent, Ohio, continuavam em pé de guerra — tempo de mudança. Os 2 mil amotinados consistiam nos primeiros alunos do minissemestre de verão, participantes de um simpósio sobre o futuro do jornalismo universitário, 120 integrantes de um *workshop* teatral e duzentos membros dos Futuros Fazendeiros da América, ramo Ohio, cuja convenção por acaso coincidiu com a disseminação avassaladora da supergripe. Todos tinham sido confinados no *campus* desde 22 de junho, quatro dias atrás. O que se segue é a transcrição dos comunicados da faixa da polícia na área, abrangendo o período de tempo de 7h16 às 7h22 da noite.

— Unidade 16, unidade 16, transcrevendo? Câmbio.

— Sim, transcrevendo, unidade 20. Câmbio.

— Temos um grupo de garotos descendo a alameda aqui, 16. Cerca de setenta caras esquentados, eu diria, e... ei, espere aí, unidade 16, tem outra patota vindo do outro lado... Caramba, são duzentos ou mais, parece. Câmbio.

— Unidade 20, aqui fala a base. Você transcreve? Câmbio.

— Passe a mensagem, base. Câmbio.

— Estou enviando Chumm e Halliday. Bloqueie a alameda com seu carro. Não tome nenhuma iniciativa. Se o atacarem, apenas relaxe e goze. Nada de resistência, você transcreve? Câmbio.

— Transcrevo. Nenhuma resistência, base. O que aqueles soldados vão fazer no outro lado da alameda, base? Câmbio.

— Que soldados? Câmbio.

— É o que lhe perguntei, base. Eles vão.

— Base, aqui é Dudley Chumm. Ah, merda, esta é a unidade 12. Desculpe, base. Há um bando de garotos descendo a Burrouws Drive. Cerca de 150, dirigindo-se para a alameda. Cantando ou entoando alguma porra. Mas, senhor, vemos soldados também, Jesus Cristo! Estão usando máscaras antigás, acho. Ah, eles parecem estar formando uma linha de atiradores. Assim parece, de qualquer modo. Câmbio.

— Base para unidade 12. Junte-se à unidade 20 no sopé da alameda. As mesmas instruções. Nenhuma resistência. Câmbio.

— Entendido, base. Estou a caminho. Câmbio.

— Base, aqui é a unidade 17. Aqui fala Halliday, base. Transcreve? Câmbio.

— Transcrevo, 17. Câmbio.

— Estou apoiando Chumm. Há mais de duzentos garotos chegando de ambos os lados rumo à alameda. Levam cartazes, tal como nos anos 60. Um deles diz: SOLDADOS, DEPONHAM SUAS ARMAS. Vejo outro que diz: A VERDADE É A VERDADE COMPLETA E NADA SENÃO A VERDADE. Eles...

— Cago e ando para o que dizem os cartazes, unidade 17. Fique firme aí com Chumm e Peters e trate de bloqueá-los. Parece que eles estão se transformando em um tornado. Câmbio.

— Entendido. Câmbio e desligo.

— Aqui é Richard Burleigh, chefe da segurança do *campus*, falando agora para o chefe das forças militares acampadas no lado sul deste *campus*. Repito: aqui fala Burleigh, chefe da segurança do *campus*. Sei que estiveram monitorando nossas comunicações. Portanto, por favor, me poupem dessa embromação e admitam. Câmbio.

— Aqui é o coronel Albert Philips, do Exército dos Estados Unidos. Estamos ouvindo, chefe Burleigh. Câmbio.

— Base, aqui fala unidade 16. Os garotos estão se agrupando no memorial de guerra. Parecem estar se voltando na direção dos soldados. A coisa parece feia. Câmbio.

— Aqui é Burleigh, coronel Philips. Por favor, declare suas intenções. Câmbio.

— Minhas ordens são para manter aqueles presentes no *campus* dentro do *campus*. Minha única intenção é seguir as ordens que recebi. Se aquela gente estiver apenas se manifestando, tudo bem. Se pretendem tentar romper a quarentena, é outra história. Câmbio.

— O senhor certamente não quer dizer...

— Quero dizer o que disse, chefe Burleigh. Câmbio e desligo.

— Philips! Philips! Me responda, porra! Aqueles lá não são guerrilheiros comunistas! São garotos! Garotos americanos! Eles não estão armados! Eles...

— Unidade 13 para base. Aqueles garotos estão caminhando direto na direção dos soldados. Estão agitando seus cartazes, cantando aquela canção. Aquela que a escrota da Baez costumava cantar. Ah, merda. Acho que alguns deles estão jogando pedras. Eles... meu Deus! Ah, Jesus Cristo! Eles não podem fazer isso!

— Base para unidade 13! O que está havendo lá? O que está acontecendo?

— Aqui fala Chumm, Dick. Vou lhe dizer o que está acontecendo aqui. É um massacre. Gostaria de estar cego. Ah, esses putos! Eles... estão chacinando aqueles garotos. A tiros de metralhadora, assim parece. Até onde posso dizer, não houve sequer uma advertência. Os garotos que ainda estão de pé... ah, eles estão se dissolvendo... correndo para todos os lados do perímetro. Meu Deus, acabei de ver uma garota cortada ao meio por uma rajada! Sangue... deve haver uns setenta ou oitenta garotos caídos no gramado. Eles...

— Chumm! Prossiga! Prossiga, unidade 12!

— Base, aqui fala a unidade 17. Transcreve? Câmbio.

— Transcrevo, mas onde diabos se meteu *Chumm*? Câmbio, *porra*!

— Chumm e... Halliday, acho... saíram de carro para ver melhor. Estamos voltando, Dick. Parece que agora os soldados estão atirando uns nos outros. Não sei quem está vencendo nem quero saber. Quem quer que sejam, provavelmente seremos os próximos. Quando aqueles de nós que puderem recuar, que *recuem*. Sugiro todos nós descermos para o porão e esperarmos que eles esgotem sua munição. Câmbio.

— Puta merda...

— O alvo continua avançando, Dick. Não estou brincando. Câmbio e desligo.

Através da maioria das conversas transcritas o ouvinte pôde perceber sons crepitando ao fundo, não muito diferentes de estrume de cavalo em fogo quente. Podia-se ouvir também gritos débeis... e, mais ou menos nos últimos quarenta segundos, o baque pesado e tossido de cargas de morteiro explodindo.

* * *

Segue uma transcrição extraída de uma faixa de rádio de alta freqüência no sul da Califórnia. A transcrição foi feita das 7h17 às 7h20 pelo horário da costa do Pacífico.

— Massingill, zona 10. Está a postos, Base Azul? Esta tem o codinome Annie Oakley, Urgente-mais-10. Entre, se estiver aí. Câmbio.

— Aqui é Len, David. Podemos dispensar o jargão, creio. Ninguém está ouvindo.

— Está fora de controle, Len. Tudo. Los Angeles vai pegar fogo. Toda a porra da cidade e toda a periferia. Todos os meus homens estão doentes, amotinados ou desertaram, e estão saqueando junto com a população civil. Estou no Salão Skylight da matriz do Bank of America. Há mais de seiscentas pessoas tentando entrar e me pegar. A maioria delas pertence ao Exército regular.

— As coisas se desintegraram. O centro perdeu o controle.

— Repita. Não transcrevi.

— Esqueça. Você pode sair?

— Diabo, não. Mas darei o que pensar ao primeiro daquela corja que entrar aqui. Tenho aqui um fuzil sem coice. Corja. Corja fodida.

— Boa sorte, David.

— Pra você também. Mantenha as rédeas enquanto puder.

— Eu o farei.

— Não tenho certeza...

A comunicação verbal termina neste ponto. Há um som estilhaçado, espatifado, o guincho de metal, o tinir de vidro quebrando. Muitas vozes berrando. Armas leves disparando, e então, perto o bastante para distorcer, as explosões pesadas, estrondeantes, do que bem poderia ser um fuzil sem coice. As vozes gritantes se aproximam. Há o som sibilante de um ricochete, um grito muito próximo do radiotransmissor, um baque surdo e silêncio.

* * *

O que segue é uma transcrição extraída da faixa regular do Exército em San Francisco. A transcrição foi feita de 7h28 às 7h30 da noite, horário-padrão do Pacífico.

— Soldados e irmãos! Nós tomamos a estação de rádio e o quartel-general do comando! Seus opressores estão mortos! Eu, o Irmão Zeno, até instantes atrás o primeiro-sargento Roland Gibbs, me autoproclamo primeiro presidente da Califórnia do Norte! Estamos no controle! Estamos no controle! Se os seus oficiais no campo tentarem contrapor minhas ordens, fuzilem-nos como cães na rua! Como cadelas com merda secando nos seus rabos. Anotem nome, patente e número de série dos desertores! Enumerem aqueles que falam em sedição e traição contra a República da Califórnia do Norte! Um novo dia está raiando! O dia do opressor acabou! Nós somos...

Uma rajada de metralhadora. Gritos. Pancadas e baques surdos. Tiros de pistola, mais gritos, outra rajada contínua de metralhadora. Um longo gemido agonizante. Três segundos de ar morto.

— Aqui é o major Alfred Nunn, do Exército dos Estados Unidos. Estou assumindo o controle provisório e temporário das forças armadas da nação na área de San Francisco. O punhado de traidores presentes neste QG teve sua lição. Estou no comando, repito, no comando. A operação controladora continuará. Os desertores serão tratados como antes: discriminação rigorosa, repito, discriminação rigorosa. Estou agora...

Mais tiroteio. Um grito.

Ao fundo:

— *... todos eles! Peguem todos eles! Morte aos porcos traidores...*

Tiroteio pesado. Depois silêncio na faixa.

* * *

Às 9h16 da noite, horário-padrão do Leste, aqueles ainda bem o bastante para ver televisão na área de Portland, Maine, sintonizaram na WCSH-TV e assistiram com horror entorpecido enquanto um negro enorme, nu exceto por uma tanga de pena cor-de-rosa e um quepe do oficial dos fuzileiros, obviamente doente, realizava uma série de 62 execuções públicas.

Seus colegas, também negros, também seminus, usavam tangas e algum emblema da patente para mostrar que certa vez pertenceram às forças armadas. Empunhavam armas automáticas e semi-automáticas. Na área onde uma platéia de estúdio tinha uma vez assistido a debates políticos locais e ao programa *Discando por Dólares*, outros integrantes dessa "junta" negra rendiam talvez duzentos soldados vestidos de cáqui com fuzis e pistolas.

O negro grandalhão, que ria um bocado, exibindo dentes espantosamente brancos e uniformes em seu rosto preto como carvão, empunhava uma pistola automática .45 e estava de pé ao lado de um enorme baú de vidro. Num tempo que já parecia muito remoto, aquele baú contivera tiras cortadas de catálogos telefônicos para o programa *Discando por Dólares*.

Agora ele meteu a mão no baú, sacou uma carteira de motorista e chamou:

— Soldado de primeira classe Franklin Stern, apresente-se. *Seen-tido!*

Os homens armados que flanqueavam a platéia por todos os lados inclinaram-se para olhar as tarjas com o nome enquanto os câmeras, obviamente novos na função, davam panorâmicas na platéia com varreduras abruptas.

Por fim, um jovem com cabelo louro, que não tinha mais que 19 anos, foi posto de pé à força, gritando e protestando, e conduzido até o palco. Dois dos negros o puseram de joelhos.

O negro grandalhão riu, espirrou, cuspiu catarro e pôs a .45 na têmpora do soldado Stern.

— Não! — gritou Stern histericamente. — Eu me juntarei a vocês, juro por Deus! Eu...

— Emnomedopai, dofilhoedoespírito santo — entoou o negro enorme, rindo, e apertou o gatilho. Já havia uma grande mancha de sangue no local onde o soldado Stern fora forçado a se ajoelhar, e agora ele contribuiu para aumentá-la.

Splat.

O negro espirrou de novo e quase caiu. Um outro negro, na ilha de edição (ele estava usando um quepe bico-de-pato verde e uma sunga branca imaculada), apertou o botão APLAUSOS e o sinal piscou diante da platéia do estúdio. Os negros que vigiavam a platéia de prisioneiros ergueram suas armas ameaçadoramente, e os soldados brancos cativos, os rostos brilhando de transpiração e terror, aplaudiram freneticamente.

— O próximo! — proclamou asperamente o negro de tanga e meteu a mão no baú mais uma vez. Olhou para a papeleta e anunciou: — Primeiro-sargento Roger Petersen, apresente-se e *seen-tido*!

Um homem na platéia começou a uivar e tentou uma fuga malsucedida pelas portas do fundo. Segundos depois, ele estava no palco. Na confusão, um dos homens na terceira fila tentou retirar a tarja com o nome pregada no seu blusão. Um tiro ressoou e ele afundou no assento, seus olhos vidrados como se um espetáculo de mau gosto o tivesse entediado até o ponto de uma semi-inconsciência parecida com a morte.

O espetáculo prosseguiu até as 10h45, quando quatro esquadrões do Exército regular, usando máscaras antigás e portando submetralhadoras, invadiram o estúdio. Os dois grupos de soldados agonizantes entraram imediatamente em guerra.

Os negros de tanga caíram quase imediatamente, praguejando, suando, crivados de balas, e disparando loucamente suas pistolas automáticas para o chão. O renegado que estivera operando a câmera 2 foi baleado na barriga e inclinou-se à frente para segurar as vísceras que se derramavam, sua câmera girando lentamente ao redor, dando aos telespectadores uma preguiçosa tomada panorâmica do inferno. Os guardas seminus estavam respondendo ao fogo, e os soldados com máscaras antigás davam rajadas por toda a área da platéia. Os soldados desarmados no meio, em vez de serem regatados, só tiveram sua execução antecipada.

Um rapaz de cabelo ruivo com expressão de pânico selvagem no rosto subiu nos encostos de seis fileiras de poltronas como um artista de circo em pernas de pau antes de ter as pernas mastigadas por uma torrente de balas calibre .45. Outros rastejavam pelas alas acarpetadas entre as fileiras, seus narizes no chão, o modo como tinham aprendido a rastejar sob fogo de metralhadora no treinamento básico. Um sargento idoso de cabelo branco se levantou com os braços abertos como um apresentador de TV e gritou: "*PAAAREM!*", com todo o ar de seus pulmões. Fogo pesado de ambos os lados veio em sua direção, e ele começou a dançar uma jiga como um fantoche desintegrado. O rugir das armas e os gritos dos agonizantes e feridos fizeram as agulhas de áudio na ilha de edição saltarem para mais de 50 decibéis.

O operador de câmera caiu para a frente sobre o cabo que controlava sua câmera e aos telespectadores foi dada apenas uma piedosa visão do teto do estúdio pelo resto da troca de tiros. A fuzilaria se reduziu durante uns cinco minutos para detonações isoladas, e então mais nada. Só os gritos continuavam.

Às 11h05, o teto do estúdio foi substituído nas telas domésticas pelo desenho de um homem olhando taciturno para um desenho na TV, que exibia um letreiro dizendo: DESCULPE, ESTAMOS TENDO PROBLEMAS!

À medida que a noite se arrastava para seu término, isto foi a verdade para quase todo mundo.

* * *

Em Des Moines, às onze e meia da noite, horário-padrão central, um velho Buick coberto de adesivos religiosos — BUZINE SE VOCÊ AMA JESUS, entre outros — cruzava vagarosamente as ruas desertas do centro da cidade. Mais cedo naquele dia houvera um incêndio que queimara a maior parte do lado sul da Hull Avenue e o Grandview Junior College; mais tarde houve um tumulto que pilhou boa parte do centro da cidade.

Quando o sol se pôs, essas ruas se encheram com multidões circulantes de pessoas, a maioria delas carregando machadinhas. Elas haviam quebrado janelas, roubado aparelhos de TV, enchido seus tanques de gasolina nos postos de serviço enquanto ficavam de olho em alguém que pudesse ter uma arma. Agora as ruas estavam vazias. Algumas pessoas — os ciclistas, principalmente — estavam desfazendo seus bandos remanescentes na Interestadual 80. Porém a maioria tinha ido para casa e trancado as portas, já sofrendo com a supergripe ou apenas o terror dela, enquanto a luz do dia deixava esta terra de planície verde. Agora Des Moines parecia a conseqüência de algum monstro de festa de *réveillon* que, após um sono embriagado, tivesse reclamado o último dos farristas. Os pneus do Buick sussurraram e rangeram sobre os estilhaços de vidro quebrado na rua e dobraram da rua 14 para a Euclid Avenue, ultrapassando dois carros que haviam batido de frente e que agora jaziam de lado com seus pára-choques entrelaçados como amantes após um duplo homicídio exitoso. Havia um alto-falante no teto do Buick, e agora ele começou a emitir ruídos amplificados, seguidos pelos sons ásperos dos sulcos gastos de um velho disco de vinil, e depois, clangorando acima e abaixo pelas ruas desertas e espectrais de Des Moines, veio a voz docemente monótona de Mãe Maybelle Carter, cantando "Mantenha-se no lado do sol":

Mantenha-se no lado do sol
Sempre no lado do sol
No lado ensolarado da vida,
Embora seus problemas possam ser muitos,
Parecerá que você não tem nenhum
caso se mantenha do lado ensolarado da vida.

O velho Buick rodou sem parar, fazendo oitos, anéis, às vezes circulando pelo mesmo quarteirão três ou quatro vezes. Quando batia num ressalto (ou passava por cima de um corpo), o disco pulava.

Faltando vinte minutos para a meia-noite, o Buick parou junto ao meio-fio e estacionou. Depois recomeçou a circular. O alto-falante berrava Elvis Presley cantando "The Old Rugged Cross", e um vento noturno soprou através das ruas e agitou um último bafejo de fumaça das ruínas fumegantes do colégio.

* * *

Do discurso do presidente, proferido às nove da noite, horário-padrão do leste, e que não foi visto ou ouvido em muitas regiões.

— (...) uma grande nação como esta deve fazer. Não podemos nos permitir pular nas sombras como criancinhas num quarto escuro; mas tampouco podemos nos dar ao luxo de tratar levianamente este grave surto de gripe. Meus companheiros americanos, peço a vocês que fiquem em casa. Se adoecerem, permaneçam na cama, tomem aspirina e bebam bastante líquido. Estejam confiantes de que estarão melhor em uma semana, *no máximo*. Vou repetir o que disse no início de meu pronunciamento esta noite: não é verdadeiro, *de modo algum*, o boato de que esta cepa de gripe seja fatal. Na grande maioria dos casos, a pessoa afetada pode esperar ficar curada e bem-disposta dentro de uma semana. Além disso...

[um espasmo de tosse]

— ... além disso, houve um rumor maldoso, divulgado por certos grupos radicais contrários às instituições, de que esta cepa de gripe foi de algum modo criada por este governo para algum possível uso militar. Companheiros americanos, isto é uma rematada falsidade, e quero deixar bem claro aqui e agora. Este país é signatário dos acordos revistos de Genebra sobre guerra química e bacteriológica em plena consciência e boa-fé. Nem agora nem nunca...

[um espasmo de espirros]

— ... jamais apoiamos a fabricação clandestina de substâncias proibidas pela Convenção de Genebra. Este é um surto moderadamente grave de gripe, nem mais nem menos. Esta noite recebemos informes de surtos em outros países, incluindo a Rússia e a China. Portanto, nós...

[um espasmo de tosse e espirros]

— ... pedimos que permaneçam calmos e certos de saber que no fim desta semana, ou no início da próxima, uma vacina contra a gripe estará disponível para aqueles que já apresentam melhoras. A Guarda Nacional já foi convocada em algumas áreas para proteger a população contra vândalos, baderneiros e alarmistas, mas não há qualquer verdade em certos rumores de que algumas cidades foram "ocupadas" por forças regulares do Exército e de que as notícias foram manipuladas. Meus companheiros americanos, isto é uma falsidade patente, e quero assinalar isto como tal aqui e agora e...

* * *

Pichação escrita em *spray* vermelho na fachada da Primeira Igreja Batista de Atlanta:

"Querido Jesus, em breve te verei. Tua amiga, a América. P.S. Espero que ainda haja algumas vagas ao final da semana."

Capítulo Vinte e Sete

LARRY UNDERWOOD ESTAVA sentado em um banco no Central Park na manhã de 27 de junho, olhando os animais no minizôo. Atrás dele, a Quinta Avenida estava loucamente congestionada com carros, todos eles silenciosos agora, seus proprietários tendo morrido ou fugido. Mais abaixo, na Quinta, muitas das lojas elegantes eram agora entulho fumegante.

De onde estava sentado Larry podia ver um leão, um antílope, uma zebra e uma espécie de macaco. Todos estavam mortos, com exceção do macaco. Eles não tinham morrido da gripe, Larry achava; haviam ficado sem comida e água, sabe lá Deus por quanto tempo, e fora isto que os matara. Todos, menos o macaco, e, nas três horas em que Larry estivera sentado ali, o macaco só havia se mexido quatro ou cinco vezes. O macaco tinha sido esperto o bastante para driblar a fome ou a morte pela sede —, até então —, mas por certo contraíra um belo caso de supergripe. Este era um macaco que estava sofrendo, com certeza. Este era um velho e duro mundo.

À sua direita, o relógio com todos os animais desenhados bateu onze horas. As figuras do mecanismo do relógio, que já haviam deliciado tanto as crianças, representavam agora para uma casa vazia. O urso tocava sua corneta, um macaco que nunca ficava doente (mas que poderia finalmente parar por falta de corda) tocava um pandeiro, o elefante batia um bumbo com sua tromba. Melodias, sons horrivelmente pesados. *Suíte do fim do mundo com arranjo para mecanismo de relógio.*

Após um instante, o relógio caiu em silêncio e ele pôde ouvir de novo o grito áspero, agora misericordiosamente fraco na distância. O gritador de monstros estava em algum lugar afastado à esquerda de Larry nesta agradável manhã, talvez para os lados do Heckscher Playground. Talvez tivesse caído no tanque raso lá e se afogado.

"Monstros chegando!", gritava a voz débil e áspera. A cobertura de nuvens tinha se rompido esta manhã, e o dia era ensolarado e quente. Uma abelha passou perto do nariz de Larry, circulou um dos canteiros de flores próximos e fez um pouso em três pontos sobre uma peônia. Da casa dos bichos veio o zumbido calmante e soporífero das moscas enquanto pousavam nos animais mortos.

"Os monstros estão vindo agora!" O gritador de monstros era um homem alto que parecia estar na casa dos 60. Larry o ouvira pela primeira vez na noite anterior, que ele havia passado no Sherry-Metherland. Com a noite pairando sobre a cidade incomumente quieta, a voz débil e uivante tinha parecido sonora e sombria, a voz de um Jeremias fanático pairando através das ruas de Manhattan, ecoando, retumbando, distorcendo. Larry, deitado sonolentamente numa cama dupla *king-size* com cada luz da suíte acesa, tornou-se irracionalmente convencido de que o gritador de monstros estava vindo por causa dele, em busca dele, como às vezes faziam as criaturas de seus pesadelos freqüentes. Por um longo tempo tinha parecido que a voz chegava cada vez mais perto — *Monstros chegando! Monstros a caminho! Já estão nos subúrbios!* —, e Larry ficou convencido de que a porta da suíte, que trancara com três voltas de chave, seria arrombada para dentro e que o gritador de monstros entraria... não um ser humano afinal, mas sim uma coisa sobrenatural gigantesca com cabeça de cachorro, olhos sagazes do tamanho de pires e dentes rilhados.

Porém, mais cedo nesta manhã, Larry o tinha visto no parque: era apenas um velho doido usando calças de veludo cotelê, sandálias de palha e óculos de aros de chifre com uma haste presa com fita adesiva. Larry tentara falar com ele, mas o gritador de monstros fugira aterrorizado, gritando por sobre o ombro que os monstros estariam nas ruas a qualquer momento. Ele havia tropeçado numa cerca de arame na altura do tornozelo e foi se esparramar em uma das ciclovias com um baque alto e cômico, seus óculos voando mas sem se quebrarem. Larry foi até ele, mas antes que pudesse alcançá-lo, o gritador de monstros já recolhera seus óculos e seguia na direção da alameda, gritando seus avisos intermináveis. Portanto, a opinião de Larry sobre ele tinha mudado, no espaço de 12 horas, do extremo terror para tédio completo e branda irritação.

Havia outras pessoas no parque; Larry conversara com algumas delas. Eram todas praticamente iguais, e Larry supôs que não diferia muito delas. Estavam confusas, seu discurso desarticulado, e pareciam incapazes de parar de tocar a manga do interlocutor enquanto conversavam. Tinham histórias para contar. Sempre as mesmas histórias. Seus amigos e parentes estavam mortos ou agonizantes. Tinha havido tiroteio nas ruas, a Quinta Avenida se transformara num inferno, era verdade que a Tiffany's fechara as portas, podia isto tudo ser verdade? Quem ia limpar tudo? Quem faria a coleta do lixo? Deveriam cair fora de Nova York? Corriam boatos de que tropas guarneciam todos os pontos de fuga. Uma mulher estava apavorada de que os ratos abandonassem as galerias subterrâneas para se apossar da terra, fazendo Larry recordar desconfortavelmente dos próprios pensamentos no seu primeiro dia de regresso a Nova York. Um rapazola mascando Fritos de um saco tamanho gigante disse a Larry informalmente que ia realizar o sonho de toda a sua vida. Ia até o Yankee Stadium, correr nu em volta do campo e depois se masturbar na base do batedor. "É a chance de uma vida inteira, cara", disse a Larry, piscou os olhos e depois se afastou, comendo Fritos.

A maioria das pessoas no parque estava doente, mas poucas haviam morrido lá. Talvez nutrissem pensamentos inquietantes de virarem jantar dos animais e tivessem se arrastado para dentro de casa ao sentir que o fim estava próximo. Larry só tivera um encontro com a morte esta manhã, e um que era tudo que queria. Subira a Transversal 1 para o banheiro público que havia lá. Ao abrir a porta, viu um homem morto sorridente, com larvas rastejando rapidamente por todo o seu rosto. Estava sentado no vaso, as mãos apoiadas nas coxas e os olhos encovados olhando fixamente para os seus. Um odor doentiamente adocicado acometeu Larry como se o homem ali sentado fosse um bom-

bom rançoso, um doce regalo que, em meio a toda aquela confusão, tivesse sido deixado às moscas. Larry bateu a porta, mas tarde demais: pôs para fora os flocos de milho que tinha comido no desjejum e depois vomitou em seco até que receou romper algum dos órgãos internos. Deus, se o Senhor existe, rezou ele enquanto cambaleava de volta à casa dos bichos, se está aceitando pedidos hoje, Amigão, o meu é não ter de olhar para mais nada de semelhante ao que vi hoje. Os doidões já são ruins o bastante, algo como aquilo é mais do que posso assumir. Obrigado, muito obrigado.

Agora, sentado neste banco (o gritador de monstros se afastara do alcance dos ouvidos, pelo menos por enquanto), Larry viu-se pensando nas World Series de cinco anos atrás. Era uma coisa boa de relembrar, porque, agora lhe parecia, foi a última ocasião em que fora completamente feliz, sua condição física nos trinques, sua mente repousando tranqüila e sem agir contra si mesma.

Isto tinha sido logo após o rompimento entre ele e Rudy. Fora uma coisa chata aquele rompimento e, se algum dia reencontrasse Rudy (nunca aconteceu, disse-lhe sua mente com um suspiro), Larry se desculparia. Ele se abaixaria e beijaria os sapatos de Rudy, se fosse isso de que o amigo precisava para ficar de novo numa boa.

Eles haviam começado a atravessar o país num velho Mercury 1968 ofegante que tivera sua caixa de marchas quebrada em Omaha. A partir de lá penariam por duas semanas, pedindo carona para oeste por um tempo, trabalhando por duas outras semanas, depois pedindo carona de novo. Por algum tempo trabalharam numa fazenda no Nebraska ocidental, pouco abaixo do *panhandle*, e uma noite Larry havia perdido 60 dólares num jogo de pôquer. No dia seguinte tivera de pedir um empréstimo a Rudy para sair do sufoco. Chegaram a Los Angeles um mês depois e Larry foi o primeiro a arranjar emprego — se quisesse chamar de emprego lavar pratos por salário mínimo. Uma noite, cerca de três semanas depois, Rudy abordara a questão do empréstimo. Disse que havia conhecido um cara que recomendara uma agência de empregos realmente boa, infalível, mas que cobrava 25 paus de taxa. O que representava exatamente a quantia que emprestara a Larry depois do jogo de pôquer. Normalmente, disse Rudy, ele jamais ousaria cobrar, mas...

Larry havia protestado dizendo que já tinha pago o empréstimo. Estavam quites. Se Rudy precisava de 25 paus, tudo bem, mas ele apenas esperava que Rudy não estivesse tentando fazê-lo pagar o mesmo empréstimo pela segunda vez.

Rudy replicou que não queria um *presente*; queria só o dinheiro que lhe era *devido*, e que também não estava interessado nem um pouco no papo furado de Larry Underwood. Meu Deus, disse Larry, tentando uma risada bem-humorada, nunca pensei que precisaria de um recibo seu, Rudy. Acho que estive errado.

Isto desencadeou uma acirrada discussão, quase a ponto de agressão física. Ao final, Rudy ficou com o rosto enrubescido. É bem típico de você, Larry, gritou. É você sem tirar nem pôr. Eu achava que nunca aprenderia a lição, mas creio que agora finalmente aprendi. Vá se foder, Larry.

Rudy saiu e Larry foi atrás dele pelas escadas da decrépita hospedaria, puxando sua carteira do bolso de trás. Havia três notas de 10 cuidadosamente dobradas no compartimento secreto por trás das fotos, e ele as havia jogado atrás de Rudy. *Vamos lá, seu mentiroso de merda! Pegue o dinheiro! Pegue a porra do dinheiro!*

Rudy havia batido a porta externa com estrondo e saído para a noite, em busca de qualquer dinheiro que os Rudys deste mundo poderiam esperar. Ele não olhou para trás. Larry permanecera no alto das escadas, a respiração dificultosa. Passados um dois minutos, procurou em torno por suas três notas de 10 dólares, pegou-as de volta e as pôs de novo na carteira.

Pensando agora no incidente, e depois ao longo dos anos, ele se tornava cada vez mais certo de que Rudy tivera razão. Na verdade, estivera certo. Mesmo que já tivesse pago o empréstimo a Rudy, eles tinham sido amigos desde a escola primária, e parecia (em retrospecto) que a Larry sempre faltava 1 centavo para a matinê de sábado, porque havia comprado balas de alcaçuz ou duas barras de chocolate a caminho da casa de Rudy, ou pedido emprestado um trocado para inteirar sua merenda na escola ou pagar a passagem. Ao longo dos anos ele devia ter filado uns 50 dólares de Rudy, talvez 100. Quando Rudy lhe cobrara os 25 dólares, Larry podia lembrar do modo como tinha ficado tenso. Seu cérebro havia subtraído 25 dólares dos 30 e ainda lhe dissera: *Isto só lhe deixa 5 paus. Portanto, você já pagou a ele. Não estou certo de exatamente quando, mas você já o fez. Não vamos mais discutir o assunto.* E nunca mais foi discutido.

Mas depois disso havia ficado sozinho na cidade. Não tinha amigos, nem sequer tentara fazer algum no café em Encino onde trabalhava. O fato era que havia acreditado que todo mundo que trabalhava lá, do mal-humorado cozinheiro até as rebolativas garçonetes mascadoras de chiclete, era babaca. Sim, ele havia acreditado que todo mundo no Tony's Feed Bag era babaca exceto ele, o santificado e à beira do sucesso (e pode crer nisso) Larry Underwood. Sozinho num mundo de babacas, se sentia tão dolorido como um cão sovado e tão saudoso de casa como um homem abandonado numa ilha deserta. Começava a pensar cada vez mais em comprar uma passagem num ônibus-leito da Greyhound e arrastar-se de volta a Nova York.

Em mais um mês, talvez até dentro de mais duas semanas, ele faria isto... exceto por Yvonne.

Conheceu Yvonne Wetterlen num cinema a dois quarteirões do clube onde ela trabalhava como dançarina *topless.* Quando a segunda sessão terminou, ela aparecera chorando e procurando entre os assentos por sua bolsa, que continha carteira de motorista, talão de cheques, carteira do sindicato, seu único cartão de crédito, uma xerox da certidão de nascimento e seu cartão do Seguro Social. Embora certo de que a bolsa tinha sido roubada, Larry não disse isto e ajudou Yvonne a procurá-la. E às vezes parecia que deviam viver num mundo maravilhoso, porque ele achara a bolsa três fileiras abaixo, justamente quando estavam prestes a desistir. Ele imaginou que a bolsa provavelmente mudara de lugar como resultado de as pessoas ficarem arrastando os pés enquanto assistiam ao filme, que na verdade tinha sido bem chato. Ela o havia abraçado e chorado enquanto lhe agradecia. Larry, sentindo-se o próprio Capitão América, disse-lhe que gostaria de convidá-la para um hambúrguer ou coisa parecida para comemorar, só que estava realmente curto de grana. Yvonne disse que pagava. Larry, o grande príncipe, estivera inteiramente certo de que ela o faria.

Eles começaram a se encontrar; em menos de duas semanas, tinham um compromisso firme. Larry arranjou um emprego melhor, balconista de livraria, e arranjara um bico para cantar com um grupo chamado The Hotshot Rhythm Tangers & All-Time Boogie Band. O nome era a melhor coisa do grupo, na verdade, mas o guitarrista rítmico tinha sido Johnny McCall, que mais tarde formou os Tattered Remnants, que era realmente uma banda para lá de boa.

Larry e Yvonne foram morar juntos e tudo mudou para ele. Parte disso foi apenas ter um lugar, seu próprio lugar, em que estava pagando metade do aluguel. Yvonne pôs algumas cortinas, conseguiram alguns móveis baratos de segunda mão e os reformaram, outros componentes da banda começaram a aparecer. O lugar era ensolarado durante o dia e à noite uma brisa fragrante da Califórnia, que parecia trazer o aroma de laranja mesmo quando a única coisa realmente aromática era o ar poluído, penetrava pelas janelas. Às vezes ninguém aparecia, e ele e Yvonne ficavam vendo televisão. Vez por outra ela trazia-lhe uma lata de cerveja e sentava-se no braço da poltrona dele e acariciava-lhe a nuca. Era o seu próprio lugar, um *lar*, droga, e às vezes ele ficava acordado na cama à noite com Yvonne deitada ao seu lado, e ficava impressionado com o quanto se sentia bem. Depois mergulhava suavemente no sono. Era o sono dos justos e ele nunca mais pensou em Rudy Marks. Pelo menos, não tanto.

Moraram juntos por 14 meses, tudo correndo otimamente até mais ou menos as últimas seis semanas, quando Yvonne se transformou numa espécie de puta, e a parte que recapitulou tudo isto para Larry foi a World Series. Ele passaria o dia na livraria, depois iria à casa de Johnny McCall e os dois — o grupo completo só ensaiava nos fins de semana, porque os outros dois tinham empregos noturnos — trabalhariam em alguma coisa nova ou talvez apenas adaptassem as grandes melodias clássicas, aquelas que Johnny chamava de "os verdadeiros arrasa-quarteirão", melodias como "Nobody but Me e Double Shot of My Baby's Love".

Depois ele ia para casa, para o *seu lar*, e Yvonne já teria o jantar pronto. Não apenas jantares de TV, merdas desse tipo. Comida caseira de verdade. A garota era bem treinada. E depois iriam para a sala de estar e ligariam a TV para ver o jogo decisivo. Mais tarde, amor. Tudo parecia nos trinques, assim lhe parecia. Não havia nada perturbando sua mente. Nada tinha sido tão bom desde então. Nada.

Percebeu que estava chorando um pouco e sentiu uma repulsa momentânea por ter estado sentado num banco do Central Park, chorando como um velho deplorável acerca de uma pensão. Então ocorreu-lhe que tinha o direito de chorar pelas coisas que havia perdido, que tinha o direito de chorar por estar em choque por tudo estar daquele jeito.

Sua mãe morrera três dias antes. Ela estivera deitada em um catre no corredor do Mercy Hospital quando morreu, apinhada entre milhares de outros que também agonizavam. Larry se ajoelhara ao lado dela e achava que poderia ficar louco ao ver a mãe morrer enquanto à sua volta elevava-se o fedor de urina e fezes, o infernal balbucio do delírio, os gritos engasgados e insanos dos condenados. Sua mãe não o reconhecera no final; não houvera nenhum instante de reconhecimento. O peito tinha finalmente parado em meio soerguimento e depois se acomodara muito devagar, como o peso de um automóvel se acomodando sobre um pneu vazio. Ele havia se agachado ao lado dela por uns dez minutos, sem saber o que fazer, pensando de modo confuso que devia esperar até que o atestado de óbito fosse assinado ou que alguém lhe perguntasse o que tinha acontecido. Mas era óbvio o que tinha acontecido, estava acontecendo em toda parte. Era simplesmente tão óbvio que o lugar fosse um hospício. Nenhum médico sóbrio estava vindo para acompanhar o caso, expressar simpatia e então iniciar o mecanismo da morte. Mais cedo ou mais tarde sua mãe seria carregada como um saco de cereal e ele não queria ver isso. A bolsa estava embaixo do catre. Dentro, ele encontrou uma caneta, um grampo de cabelo e seu talão de cheques. Rasgou uma folha de depósito do final do talão de cheques e escreveu nele o nome da mãe, o endereço e, após pensar um pouco, a idade de Alice. Com o grampo de cabelo prendeu o papel no bolso da blusa dela e começou a chorar. Beijou-a na face e se afastou, chorando. Sentia-se como um desertor. Estar na rua tinha sido um pouco melhor, embora naquela ocasião as ruas estivessem repletas de gente louca, pessoas doentes e patrulhas do Exército circulando. E agora ele pôde sentar-se neste banco e lamentar por coisas mais gerais: a perda da aposentadoria de sua mãe, a perda de sua própria carreira, por aquele tempo em Los Angeles em que assistira aos jogos da World Series junto com Yvonne, sabendo que mais tarde haveria cama e amor. E também por Rudy. Lamentou principalmente por Rudy e desejou que tivesse pago seus 25 dólares com um sorriso e um dar de ombros, salvando os seis anos que haviam sido perdidos.

* * *

O macaco morreu 15 minutos depois do meio-dia.

Estava no seu poleiro, apenas sentado lá apaticamente com as mãos içadas para baixo do queixo, e então suas pálpebras tremeram e ele caiu para a frente e bateu no cimento com um estrépito horrível final.

Larry não quis mais ficar sentado ali. Levantou-se e começou a caminhar a esmo para a alameda com seu enorme coreto para bandas. Tinha ouvido o gritador de monstros uns 15 minutos atrás, muito distante, mas agora o único som no parque parecia ser o de seus próprios saltos estalando no cimento e o gorjeio dos pássaros. Os pássaros aparentemente eram imunes à gripe. Melhor para eles.

Quando se aproximou do coreto, viu uma mulher sentada em um dos bancos à sua frente. Devia ter seus 50, mas havia feito grande esforço para parecer mais jovem. Estava vestida com pantalonas verde-acinzentadas de aspecto caro e uma blusa tipo camponesa que deixava os ombros à mostra... só que, pensou Larry, camponesas não têm condição de usar seda. Ela olhou em volta ao ouvir as passadas de Larry. Tinha uma pílula na mão e jogou-a casualmente na boca como se fosse um amendoim.

— Oi — disse Larry.

O rosto dela estava calmo, os olhos eram azuis. Uma inteligência aguçada brilhava neles. Usava óculos com aros de ouro, e sua bolsa pequena estava adornada com algo que certamente parecia visom. Havia quatro anéis nos seus dedos: uma aliança de casamento, dois anéis de diamante e um de esmeralda olho-de-gato.

— Hã... não sou perigoso — disse Larry. Era uma coisa ridícula de se dizer, ele supôs, mas ela dava a aparência de poder usar cerca de 20 mil dólares nos dedos. Claro que os anéis poderiam ser falsos, mas ela não parecia mulher de usar bijuterias.

— Não, você não parece perigoso — disse ela. — E também não parece doente. — Sua voz elevou-se um pouco na última palavra, tornando a afirmação dela uma meia pergunta polida. Não era tão calma como pareceu ao primeiro olhar; havia um pequeno tique agindo no lado de seu pescoço, e por trás da vívida inteligência nos olhos azuis estava o mesmo choque entorpecido que Larry vira nos seus próprios olhos esta manhã ao se barbear.

— Não, não acho que esteja. Você está?

— Nem um pouco. Sabia que está com um invólucro de sorvete grudado na sola do sapato?

Ele olhou para baixo e viu que era verdade. Enrubesceu porque suspeitou de que ela o teria avisado no mesmo tom de voz que sua braguilha estava aberta. Ficou apoiado numa perna só e tentou tirar o papel.

— Você está parecendo uma ave pernalta — disse ela. — É melhor sentar para tirar isso. Meu nome é Rita Blakemoor.

— Prazer em conhecê-la. Sou Larry Underwood.

Ele sentou-se. Ela ofereceu-lhe a mão, que Larry apertou ligeiramente, os dedos pressionados contra os anéis dela. Depois retirou cuidadosamente o invólucro de sorvete do sapato e jogou-o com afetação numa lixeira ao lado do banco que dizia: ESTE PARQUE É *SEU*, PORTANTO MANTENHA-O LIMPO! Ele achou engraçada toda a operação. Jogou a cabeça para trás e riu. Era a primeira risada autêntica desde o dia em que havia regressado para encontrar sua mãe jazendo no chão do apartamento, e ficou enormemente aliviado ao descobrir que a boa sensação do riso não tinha mudado. A risada ergueu-se da sua barriga e escapou por entre os dentes na mesma maneira que-vá-tudo-para-o-inferno.

Rita Blakemoor sorria para ele e consigo mesma, e Larry foi golpeado de novo pela sua jovialidade casual porém elegante. Ela parecia uma mulher saída de um romance de Irwin Shaw, *Nightwork*, talvez, ou aquela que trabalhara na TV quando ele era apenas garoto.

— Quando ouvi você chegando, quase me escondi — disse ela. — Pensei que fosse o homem de óculos quebrados e filosofia esquisita.

— O gritador de monstros?

— É como você o chama, ou ele se autodenomina assim?

— É como eu o chamo.

— Muito apropriado — replicou ela, abrindo sua pequena bolsa adornada de visom (talvez) e extraindo um maço de cigarros mentolados. — Ele me faz lembrar de um Diógenes insano.

— É, só que procurando um monstro honesto — comentou Larry e riu de novo.

Ela acendeu um cigarro e soprou fumaça.

— Ele também não está doente — acrescentou Larry. — Mas a maioria dos outros está.

— O porteiro do meu prédio parece muito bem — disse Rita. — Não falta ao serviço. Dei a ele 5 dólares de gorjeta quando saí esta manhã. Não sei se o gratifiquei por estar bem de saúde ou por estar de serviço. O que você acha?

— Realmente não o conheço bem o bastante para opinar.

— Não, claro que não. — Ela devolveu o maço de cigarros à bolsa e Larry percebeu que havia um revólver lá dentro. Rita acompanhou seu olhar. — Era de meu marido. Ele foi um executivo de carreira num banco importante de Nova York. Era assim que ele dizia quando alguém perguntava o que fazia para se manter isolado nos balcões de coquetéis. Sou-um-executivo-de-carreira-num-banco-importante-de-Nova York. Faz dois anos que ele morreu. Estava num almoço com um daqueles árabes que parecem como se tivessem esfregado todas as áreas visíveis da sua pele com Brylcreem. Ele teve um infarto fulminante. Morreu com sua gravata impecável. Acha que poderia ser o equivalente de nossa geração para aquele velho ditado da cavalaria sobre morrer com as botas calçadas? Harry Blakemoor morreu com sua gravata nos trinques. Gosto disso, Larry.

Um pássaro pousou diante deles e bicou o solo.

— Ele tinha um medo insano de ladrões, por isso andava com este revólver. As armas realmente dão coice e fazem um barulho infernal quando disparam, Larry?

Larry, que jamais disparara uma arma em sua vida, disse:

— Não creio que esta aí daria muito coice. É um .38?

— Acredito que seja um .32. — Ela o tirou da bolsa e Larry viu que havia também uma boa quantidade de frasquinhos de pílulas lá dentro. Desta vez ela não seguiu seu olhar; estava olhando para um cinamomo a uns 15 passos de distância. — Acredito que irei testá-lo. Acha que posso acertar aquela árvore?

— Não sei — disse ele, apreensivo. — Realmente não acho...

Ela apertou o gatilho e o revólver disparou com um estampido razoavelmente impressivo. Um pequeno buraco apareceu na árvore.

— Na mosca — disse ela, soprando a fumaça do cano da arma à maneira de um pistoleiro.

— Excelente — comentou Larry, e quando ela pôs o revólver de volta na bolsa, seu coração reassumiu mais ou menos o ritmo normal.

— Eu não poderia atirar numa pessoa com isto, tenho plena certeza. E muito em breve não haverá ninguém em quem atirar, não é?

— Ah, não sei de nada sobre isso.

— Você esteve olhando para meus anéis. Gostaria de ganhar um?

— Hã? Não! — Ele recomeçou a enrubescer.

— Sendo banqueiro, meu marido acreditava em diamantes. Acreditava neles do modo como os batistas acreditam no Livro das Revelações. Tenho muitos diamantes, e estão todos no seguro. Não tínhamos somente um pedaço de pedra, o meu Harry e eu. Às vezes acredito que tínhamos um direito de retenção sobre toda a maldita coisa. Mas se alguém quisesse meus diamantes, eu os entregaria. Afinal, eles não passam de pedras de novo, não é?

— Acho que tem razão.

— Claro — disse ela e o tique do lado do seu pescoço pulou de novo. — E se um assaltante à mão armada os quisesse, eu não só os entregaria como ainda lhe daria o endereço da Cartier's. A avaliação deles de pedras é muito melhor que a minha.

— O que vai fazer agora? — perguntou-lhe Larry.

— O que sugeriria?

— Simplesmente não sei — disse Larry e suspirou.

— Minha resposta sem tirar nem pôr.

— Sabe de alguma coisa? Vi um cara esta manhã que disse que ia para o Yankee Stadium e... se masturbar na base do batedor. — Ele sentiu-se enrubescer de novo.

— Vai ser uma tremenda caminhada para ele — disse ela. — Por que não sugeriu algum lugar mais próximo? — Ela suspirou e o suspiro se transformou num dar de ombros. Abriu sua bolsa, tirou um frasco de pílulas e enfiou na boca uma cápsula de gel.

— O que é isto? — indagou Larry.

— Vitamina E — disse ela com um falso e brilhante sorriso. O tique no pescoço saltou mais uma ou duas vezes e depois parou. Ela ficou mais uma vez tranqüila.

— Não tem ninguém nos bares — disse Larry de repente. — Fui ao Pat's, na rua 43, e estava totalmente vazio. Eles têm lá aquele grande bar de mogno. Eu o contornei e me servi de um copo cheio de Johnnie Walker. Então vi que nem mesmo queria estar ali. Deixei o copo em cima do bar e fui embora.

Eles suspiraram juntos, como um coro.

— Você é uma pessoa muito agradável — disse ela. — Gosto muito de você. E é maravilhoso que não esteja louco.

— Obrigado, Sra. Blakemoor. — Ele estava surpreso e satisfeito.

— Rita. Me chame de Rita.

— Tudo bem.

— Está com fome, Larry?

— Para falar a verdade, estou.

— Talvez você pudesse levar a dama para almoçar.

— Seria um prazer.

Ela se levantou e ofereceu seu braço a ele com um sorriso levemente escusatório. Enquanto dava o seu braço a Rita, ele captou um bafejo do seu sachê, um cheiro que era ao mesmo tempo reconfortante e perturbadoramente adulto em sua associação com ele, quase velho. Sua mãe usara sachês em suas muitas idas ao cinema.

Depois esqueceu isso enquanto saíam do parque e subiam a Quinta Avenida, afastando-se do macaco morto, do gritador de monstros e do sombrio regalo doce colocado infinitamente dentro do toalete na Transversal 1. Rita falava sem cessar, e mais tarde Larry não conseguia se lembrar de nada que ela dissera (sim, apenas uma coisa: ela sempre havia sonhado, disse, em passear de braço dado pela Quinta Avenida com um rapaz bonito, um rapaz com idade para ser seu próprio filho, mas que não o fosse), mas se lembrou do passeio com freqüência, especialmente depois que ela começou a dançar como um brinquedo feito com indiferença. Seu belo sorriso, sua conversa leve, cínica e informal, o roçar de suas pantalonas.

Foram para uma churrascaria e Larry cozinhou, um tanto desajeitadamente. Mas ela aplaudiu cada prato: o bife, as batatas fritas, o café expresso, a torta de morango.

Capítulo Vinte e Oito

HAVIA UMA TORTA DE MORANGO NA GELADEIRA. Estava coberta com plástico aderente e, após olhar para ela por longo tempo com olhos opacos e bestificados, Frannie a pegou. Colocou a torta sobre a bancada e cortou uma fatia. Um morango caiu para a bancada com um fofo *ploft* enquanto ela transferia o pedaço de torta para um pratinho. Ela catou o morango e comeu. Limpou a pequena mancha de calda sobre a bancada com um pano de prato. Envolveu de novo o resto da torta com o plástico aderente e o pôs de volta na geladeira.

Estava voltando para pegar sua fatia de torta quando olhou por acaso para o porta-facas ao lado do guarda-louça. Seu pai o tinha feito. Compunha-se de dois trilhos imantados. As facas pendiam deles, gumes para baixo. O sol do início de tarde reluzia sobre elas. Fran fitou as facas por um longo tempo, o seu olhar opaco e semicurioso nunca se alterando, as mãos remexendo-se inquietas nas dobras do avental atado em torno da cintura.

Por fim, uns 15 minutos depois, lembrou-se de que estivera no meio de alguma coisa. O quê? Um versículo das Escrituras, uma paráfrase, ocorreu-lhe por nenhuma boa razão: *Antes de remover o cisco no olho do próximo, cuida da viga no teu próprio.* Pensou a respeito. Cisco? Viga? Esta imagem em particular sempre a intrigara. Que tipo de viga? Viga mestra? Viga de telhado? Havia também *viga*ristas e *viga*rices, e lembrava-se de um antigo político que tinha o sobrenome estranho de Vigas, para não falar na canção que aprendera na Escola Bíblica de Férias: *Serei uma viga para Ele.*

... *antes de remover o cisco no olho do próximo...*

Mas não era um olho; era uma torta. Voltou-se para ela e viu uma mosca rondando a torta. Afugentou-a com a mão. Cai fora, mosca fominha, que esta torta é minha.

Ficou olhando para a fatia de torta por um longo tempo. Seu pai e sua mãe estavam ambos mortos, ela sabia. A mãe morrera no Sanford Hospital e seu pai, que certa vez fizera uma menininha sentir-se bem-vinda na sua oficina, jazia agora morto no leito, ele que sempre quisera morrer de outro jeito. Por que tudo agora lhe ocorria em rimas?

Indo e vindo em entonações dissonantes pavorosas, como a mnemônica idiota que ocorre em delírios febris? *Pulgas infestam meu cão, e elas picam sem compaixão...*

Voltou à realidade subitamente, e uma espécie de terror rodopiou através dela. Havia um odor quente na cozinha. Alguma coisa estava queimando.

Frannie girou a cabeça, viu uma caçarola de batatas fritas em óleo que pusera no fogão e depois esquecera. A fumaça espiralava da caçarola numa nuvem malcheirosa. Gordura havia voado fora da caçarola em borrifos furiosos, e os borrifos que aterrissaram no bico de gás reluziam acesos e depois se apagavam, como se um isqueiro de butano invisível estivesse sendo clicado por mão também invisível. O fundo da caçarola tinha ficado negro.

Ela tocou a alça da caçarola e puxou os dedos de volta com um pequeno arfar. Estava quente demais para ser tocada. Pegou um pano de prato, enrolou-o em volta da alça e rapidamente carregou o utensílio, chiando como um dragão, através da porta dos fundos. Depositou-o no degrau de cima do alpendre. O perfume de madressilva e o zumbido das abelhas chegavam até ela, porém Fran mal notava. Por um momento, o cobertor espesso e embotado que envolvera todas as suas reações emocionais nos últimos quatro dias foi perfurado, e ela ficou extremamente assustada. Assustada? Não — num estado de baixo terror, a apenas um passo do pânico.

Podia se lembrar de ter descascado as batatas e as colocado para fritar no óleo. *Agora* é que podia se lembrar. Mas por um instante ela tinha somente... uau! Tinha simplesmente esquecido.

De pé no alpendre, o pano de prato ainda na mão, tentou se lembrar exatamente de qual tinha sido sua seqüência de pensamentos após ter posto as batatas para fritar. Isto parecia muito importante.

Bem, primeiro tinha pensado que uma refeição consistindo em nada mais que batatas fritas não era muito nutritiva. Depois pensara que se o McDonald's na Rodovia 1 ainda estivesse aberto não teria tido de cozinhar para si mesma. Bastava pegar o carro, pedir na janela do *drive-thru* e levar para casa um Quarterão com batatas fritas grandes, aqueles que vinham numa embalagem de cartolina em vermelho vivo, com pequenos pontos de gordura no interior. Indubitavelmente não-saudável, mas sem dúvida consolador. E, além disso, mulheres grávidas têm estranhos desejos.

Isto a trouxe ao próximo elo da corrente. Pensamentos de estranhos desejos levaram-na a pensar na torta de morango oculta na geladeira. De repente pareceu-lhe que desejava um pedaço daquela torta mais do que qualquer coisa no mundo. Portanto a tinha pegado, mas em algum determinado ponto seu olho havia sido captado pelo porta-facas que o pai fizera para sua mãe (a Sra. Edmonton, a esposa do médico, ficara tão invejosa daquele porta-facas que Peter fez um para ela há dois Natais), e sua mente tinha... tinha simplesmente entrado em curto-circuito. Ciscos... vigas... moscas...

— Ah, Deus — disse para o quintal dos fundos vazio e para a horta sem ervas daninhas do seu pai. Sentou-se, pôs o avental sobre o rosto e chorou.

Quando as lágrimas secaram, ela pareceu sentir-se um pouco melhor... mas continuava assustada. Estou perdendo o juízo?, perguntou-se. É desse jeito que acontece, o modo como você se sente quando sofre um colapso nervoso ou seja lá que nome tenha?

Desde que seu pai morrera, às oito e meia da noite anterior, sua capacidade de focalizar-se mentalmente parecia ter se fragmentado. Ela esquecia o que estivera fazendo, sua mente ia embora por alguma tangente sonhadora ou ela simplesmente sentava-se sem pensar em nada afinal, não mais consciente do mundo do que uma cabeça de repolho.

Depois que Peter morreu ela havia se sentado ao lado da cama por um longo tempo. Finalmente descera e ligara a TV. Nenhum motivo especial; como o homem disse, parecia apenas uma boa idéia para passar o tempo. A única emissora no ar havia sido a afiliada da NBC em Portland, a WCSH, e eles pareciam estar transmitindo algum tipo louco de julgamento ao vivo. Um negro, que parecia o pior pesadelo com africanos caçadores de cabeça de um membro da Ku Klux Klan, fingia executar homens brancos com uma pistola enquanto outros na platéia aplaudiam. Tinha sido simulação, é claro — eles não mostravam coisas assim na TV se fossem reais —, mas não havia *parecido* fingimento. Aquilo a fez lembrar loucamente de *Alice no País das Maravilhas*, só que não era a Rainha Vermelha gritando "Cortem as cabeças deles!" neste caso, mas... o quê? Quem? O Príncipe Negro, ela supusera. Não que o grandalhão de tanga tivesse muita semelhança com o Príncipe.

Mais tarde no programa (o quanto mais tarde ela não poderia dizer), alguns outros homens invadiram o estúdio e houve um tiroteio encenado até mesmo com mais realismo do que tinham sido as execuções. Ela viu homens, quase decapitados por balas de calibre pesado, sendo arremessados para trás com sangue esguichando de seus pescoços dilacerados em espalhafatosas bombas arteriais. Ela se lembrou de ter pensado em sua maneira desordenada que deveriam ter posto na tela, de tempos em tempos, um daqueles avisos, aqueles pedindo aos pais que pusessem as crianças para dormir ou mudassem de canal. Também lembrou de ter pensado que a WCSH poderia também ter sua licença de transmissão suspensa mesmo assim; foi de fato um programa *horrivelmente* sangrento.

Desligou a TV quando a câmera girou para cima, mostrando apenas as luzes do estúdio pendendo do teto, e deitou-se de costas no sofá, olhando para seu próprio teto. Havia adormecido ali, e esta manhã estava mais do que um pouco convencida de que sonhara todo aquele programa. E isto era o xis do problema, realmente: *tudo* viera a parecer como um pesadelo repleto de ansiedades de livre fluxo. Havia começado com a morte de sua mãe; a morte do pai tinha apenas intensificado o que já se instalara. Como em *Alice*, as coisas apenas ficavam cada vez mais curiosas.

Houvera uma reunião especial na cidade à qual seu pai comparecera, muito embora ele próprio já estivesse ficando doente à ocasião. Frannie, sentindo-se drogada e irreal — mas fisicamente sem qualquer alteração —, tinha ido com ele.

A prefeitura estivera apinhada, muito mais do que nas reuniões de final de fevereiro e início de março. Houve um bocado de fungadelas, tosses e chiados. Os participantes estavam apavorados e prontos a se enfurecer ao menor pretexto. Todos falavam em voz alta e áspera. Levantavam-se de dedo em riste, pontificavam. Muitos deles — e não apenas mulheres, tampouco — irromperam em lágrimas.

O desfecho tinha sido uma decisão de fechar inteiramente a cidade. Ninguém teria permissão de entrar. Se as pessoas quisessem ir embora, tudo bem, desde que entendessem que não poderiam voltar. As estradas que entravam e saíam da cidade — principalmente a Nacional 1 — iam ser bloqueadas com carros (após uma competição de gritos que durou meia hora, o bloqueio ganhou o reforço dos caminhões de obras públicas da prefeitura) e voluntários manteriam vigília nesses bloqueios armados de espingardas. Os que tentassem usar a Nacional 1 para ir para norte ou sul seriam direcionados ao norte para Wells ou ao sul para York, onde poderiam pegar a Interestadual 96 e assim contornar Ogunquit. Qualquer um que insistisse em passar levaria bala. Para matar?, perguntou alguém. Pode apostar, responderam vários outros.

Houve um pequeno contingente de umas vinte pessoas insistindo para que os que estivessem doentes fossem postos para fora da cidade de imediato. Eles foram esmagadoramente derrotados porque na noite do dia 24, quando a reunião ocorria, quase todos na cidade que não estavam doentes tinham familiares e amigos que estavam. Muitos acreditavam nos noticiários, que diziam que uma vacina estaria disponível em breve. Como, argumentavam, seriam um dia capazes de olhar de novo na cara um do outro se tudo fosse simplesmente um ato alarmante de fugir à responsabilidade e tivessem reagido exageradamente a isto ao escorraçar sua própria gente como cães sarnentos?

Foi sugerido então que todos os *veranistas* doentes fossem expulsos. Os veranistas, boa parte deles, assinalaram duramente que há anos vinham sustentando escolas, estradas, indigentes e praias públicas da cidade com os impostos que pagavam pelos seus chalés. Negócios que mal podiam se manter de meados de setembro a meados de junho sobreviviam por causa de seus dólares de verão. Se iam ser tratados de maneira tão arbitrária, o povo de Ogunquit podia ficar certo de que nunca mais voltariam. Eles podiam voltar para tirar do lodo a indústria de lagostas, mexilhões e amêijoas. A moção para escoltar os veranistas doentes para fora da cidade foi derrotada por uma margem confortável.

À meia-noite as barreiras foram armadas, e ao raiar da manhã seguinte, a manhã do dia 25, várias pessoas haviam sido baleadas na barreira, a maioria apenas se feriu, mas três ou quatro morreram. Quase todos eram gente vindo do norte, fluindo de Boston, tomados pelo medo e pânico estúpido. Alguns voltaram para York a fim de alcançar de bom grado o posto de pedágio, mas outros estavam loucos demais para entender e tentavam romper as barreiras ou contorná-las pelos acostamentos suaves da estrada. Tiveram que agüentar as conseqüências.

Mas, naquela noite, a maioria dos homens nas barricadas estava doente, ardendo em febre, constantemente colocando as espingardas entre os pés para poder assoar seus narizes. Alguns, como Freddy Delancey e Curtis Beauchamp, simplesmente caíram inconscientes e foram mais tarde levados à enfermaria improvisada que haviam montado na prefeitura, e lá morreram.

Na manhã da véspera o pai de Frannie, que se opusera a toda aquela idéia das barricadas, recolhera-se ao leito e Frannie ficou cuidando dele. Peter não havia permitido que ela o levasse para a enfermaria. Se estava para morrer, disse à filha, queria que fosse em casa, decente e privadamente.

À tarde, o fluxo de tráfego tinha estancado quase por completo. Gus Dinsmore, o atendente do estacionamento da praia, disse acreditar que tantos carros deviam ter simplesmente parado ao longo da estrada que mesmo aqueles conduzidos por hábeis motoristas estariam incapazes de se mover. E era isso mesmo, porque na tarde do dia 25 houvera menos de trinta homens em condições de montar guarda. Gus, que se sentia perfeitamente bem até a véspera, tinha aparecido de nariz escorrendo. De fato, a única pessoa na cidade além da própria Frannie que parecia estar bem era Harold, o irmão de 16 anos de Amy Lauder. A própria Amy morrera pouco antes da primeira reunião da cidade, seu vestido de noiva ainda pendurado no armário, sem ser usado.

Fran não havia saído hoje, não tinha visto ninguém desde que Gus aparecera na tarde da véspera para saber como ela estava. Fran ouvira o ruído de motor poucas vezes esta manhã, e uma vez as explosões duplas simultâneas de uma espingarda, mas isso foi tudo. O silêncio constante e inquebrantável juntou-se ao seu senso de irrealidade.

E agora havia estas questões a considerar. Moscas... olhos... tortas. Frannie viu-se prestando atenção na geladeira, que tinha uma máquina de fazer gelo acoplada, e a cada vinte segundos ou por aí ocorria um baque frio em algum lugar dentro da máquina enquanto ela produzia mais um cubo.

Ficou sentada ali por quase uma hora, o prato diante dela, no seu rosto aquela expressão semi-interrogativa. Pouco a pouco, outro pensamento começou a emergir em sua mente — dois pensamentos, na verdade, que pareciam ao mesmo tempo ligados e totalmente sem relação. Talvez partes entrosadas de um pensamento maior? Mantendo um ouvido atento para o som dos cubos caindo no interior da máquina de gelo, ela os analisou. O primeiro pensamento era o de que seu pai estava morto; tinha morrido em casa, e deveria ter gostado disso.

O segundo pensamento tinha a ver com o dia. Era um lindo dia de verão, perfeito, do tipo que atrai os turistas para o litoral do Maine. Você não vem para nadar porque a água nunca está suficientemente quente para isso; você vem para ser nocauteado pela beleza do dia.

O sol estava radiante e Frannie pôde ler o termômetro lá fora através da janela da cozinha. O mercúrio continuava pouco abaixo dos 30 graus. Era um lindo dia e seu pai estava morto. Havia alguma conexão, que não aquele óbvio pieguismo de novela?

Ela franziu o cenho a isso, os olhos confusos e apáticos. Sua mente contornou o problema, depois divagou para longe, pensando em outras coisas. Mas sempre divagava de volta.

Era um lindo dia *cálido* e seu pai estava morto.

Isto lhe chegou tudo de uma vez e seus olhos se apertaram, como se golpeados.

Ao mesmo tempo, suas mãos se agitaram involuntariamente sobre a toalha de mesa, derrubando o prato no chão. Ele se estilhaçou como uma bomba e Frannie gritou, as mãos se moveram para a face, cavando sulcos nela. A apática e perambulante confusão desapareceu de seus olhos, que ficaram de súbito aguçados e diretos. Era como se houvesse sido esbofeteada duramente ou tivesse um frasco aberto de amônia oscilando sob seu nariz.

Você não pode ficar com um cadáver na casa. Não no auge do verão.

A apatia começou a rastejar de volta, borrando os contornos do pensamento. O pleno horror disso começou a ser obscurecido, amortecido. Ela recomeçou a ouvir a pancada e a queda dos cubos de gelo...

Lutou para afastar o som. Levantou-se, foi até a pia, abriu a torneira de água fria o máximo, encheu as mãos em concha e borrifou água na face, provocando um choque na pele levemente transpirante.

Podia divagar à vontade, se quisesse, mas primeiro esta coisa tinha de ser resolvida. *Tinha de ser.* Não podia simplesmente deixá-lo deitado lá na cama enquanto junho se dissolvia em julho. Parecia demais com aquele conto de Faulkner que estava em todas as antologias escolares, "A Rose for Emily". Os próceres da cidade não souberam o que era aquele cheiro terrível, mas passado um tempo o cheiro se fora. Ele... ele...

— Não — gritou alto para a cozinha ensolarada. Começou a medir passos, pensando a respeito. Seu primeiro pensamento foi para a casa funerária local. Mas quem iria... iria... — Pare de fugir disso! — gritou furiosamente na cozinha vazia. — *Quem* é que vai enterrá-lo?

E ao som de sua própria voz a resposta veio. Estava perfeitamente claro. Era ela, lógico. Quem mais? Era ela.

* * *

Eram duas e meia da tarde quando ela o viu entrar na alameda para carros, seu motor pesado ronronando complacentemente, em marcha lenta. Frannie depôs a pá à beira da cova — estava cavando na horta, entre os tomates e a alface — e virou-se, um tanto temerosa.

O carro era um Cadillac cupê de Ville novo em folha, verde-garrafa, e descia dele o gordo Harold Lauder, de 16 anos. Frannie sentiu um surto imediato de desagrado. Não gostava de Harold e não conhecia ninguém que gostasse, inclusive a falecida irmã Amy. Provavelmente a mãe dele tinha gostado. Mas Frannie achou que era uma espécie de ironia importuna que o único sobrevivente em Ogunquit além dela fosse justamente uma das poucas pessoas na cidade de quem ela sinceramente não gostava.

Harold editava a revista literária da Ogunquit High School e escrevia contos estranhos narrados no presente ou com o ponto de vista na segunda pessoa, ou ambos. *Você desce o corredor do delírio e abre seu caminho através da porta lascada e olha para as estrelas na pista de corrida* — esse era o estilo de Harold.

— Ele se masturba nas calças — Amy certa vez confidenciara a Fran. — Não é nojento? Ejacula nas calças e continua usando a mesma cueca até que ela praticamente comece a andar sozinha.

O cabelo de Harold era preto e gorduroso. Era razoavelmente alto, cerca de 1,80m, mas carregava quase 120 quilos de peso. Gostava de usar botas de *cowboy* pontudas, cintos largos de couro que ficava constantemente suspendendo porque a barriga era bem maior que sua envergadura, e camisas floridas que desfraldavam nele como velas de estai. Frannie pouco ligava se ele se masturbava, o quanto era gordo, ou se estava imitando Wright Morris ou Hubert Selly Jr. esta semana. Mas sempre se achara desconfortável e um pouco nauseada ao olhar para ele, como se sentisse por telepatia de qualidade inferior que quase todo pensamento de Harold fosse levemente revestido com lodo. Não achava, mesmo numa situação como esta, que Harold pudesse ser perigoso, mas provavelmente seria tão desagradável como sempre, talvez até mais.

Ele não a tinha visto. Estava olhando para a casa.

— Alguém em casa? — gritou, depois enfiou a mão pela janela do Cadillac e tocou a buzina. O som retalhou os nervos de Frannie. Ela teria se mantido em silêncio, exceto que quando Harold fizesse meia-volta para retornar ao carro ele veria a escavação, com Frannie sentada na extremidade. Por um momento ficou tentada a penetrar mais fundo na horta e ficar deitada entre as ervilhas e feijões até que ele se cansasse e fosse embora.

Pare com isso, disse a si mesma, simplesmente pare. Ele é outro ser humano vivo, de qualquer modo.

— Estou aqui, Harold — gritou.

Harold pulou, suas nádegas amplas se sacudindo dentro das calças apertadas. Era óbvio que estivera prestes a desistir, não esperando realmente encontrar ninguém. Ele voltou-se e Fran caminhou até a orla da horta, esfregando as pernas, resignada em ser vista em *shorts* brancos de ginástica e bustiê. Os olhos de Harold formigavam com grande avidez enquanto seguia ao encontro dela.

— Oi, Fran — disse de modo feliz.

— Oi, Harold.

— Ouvi dizer que você estava obtendo algum sucesso em resistir à pavorosa doença, por isso resolvi parar primeiro aqui. Estou dando uma geral em toda a cidade. —

Sorriu para ela, revelando dentes que tinham, no melhor dos casos, uma intimidade superficial com a escova de dentes.

— Lamentei profundamente ouvir sobre Amy, Harold. Seus pais estão...

— Receio que sim — disse Harold. Ele baixou a cabeça por um momento, depois jogou-a para cima, fazendo seu cabelo grumoso esvoaçar. — Mas a vida continua, não é mesmo?

— Acho que sim — disse Fran languidamente. Os olhos dele estavam nos seus seios de novo, dançando através deles, e ela desejou estar de suéter.

— Gosta do meu carro?

— É o do Sr. Brannigan, não é? — Roy Brannigan era um corretor de imóveis local.

— Era — disse Harold com indiferença. — Eu costumava acreditar que, nesses dias de escassez, qualquer um que dirigisse um monstro tiroidal como esse deveria ser pendurado do letreiro Sunoco mais próximo, mas tudo isso mudou. Menos pessoas significa mais petróleo. — *Petróleo*, pensou Fran aturdida, ele realmente disse *petróleo.* — Mais de tudo — concluiu Harold. Seus olhos adquiriram um brilho fugidio enquanto caíram para o umbigo de Fran, ricocheteavam para o rosto dela, desciam para os *shorts* e subiam de novo para o rosto. Seu sorriso era tão jovial quanto incômodo.

— Harold, se puder me desculpar...

— Mas o que pode você estar fazendo, minha filha?

A irrealidade tentava de novo rastejar de volta, e ela viu-se imaginando o quanto o cérebro supostamente podia resistir antes de rebentar como um elástico esticado demais. Meus pais estão mortos, mas posso assumir isto. Alguma doença estranha parece ter se espalhado por todo o país, talvez pelo *mundo* inteiro, ceifando igualmente os justos e os maus — e posso assumir isto. Estou cavando uma cova na horta que meu pai limpou na última semana, e quando estiver funda o bastante, imagino que vou ter de colocá-lo dentro dela — acho que posso assumir isto. Mas Harold Lauder no Cadillac de Roy Brannigan, apalpando-me com os olhos e me chamando de "minha filha"? Não sei, meu Deus. Simplesmente não sei.

— Harold — disse ela pacientemente. — Não sou sua filha. Sou cinco anos mais velha que você. É fisicamente *impossível* que eu seja sua filha.

— É apenas uma figura de linguagem — disse ele, pestanejando um pouco ante a ferocidade controlada de Fran. — De qualquer modo, o que é isto? Este buraco?

— Uma sepultura. Para meu pai.

— Ah — exclamou Harold numa voz pequena e desconfortável.

— Vou entrar para tomar um copo d'água antes de terminar. Para ser franca, Harold, vou fazer isto tão logo você vá embora. Estou incomodada.

— Posso entender — disse ele, rígido. — Mas Fran... aqui na horta?

Ela começara a se dirigir à casa, mas agora virou-se para ele, furiosa.

— Bem, o que sugeriria? Que o ponha num caixão e o arraste até o cemitério? Para que, em nome de Deus? Ele *amava* sua horta! E o que você tem com isso, de qualquer modo? É da sua conta?

Ela estava começando a chorar. Virou-se e correu para a cozinha, quase raspando no pára-choque dianteiro do Cadillac. Sabia que Harold ficaria olhando para suas nádegas bamboleantes, armazenando a metragem para qualquer que fosse o filme pornô que passava constantemente na sua cabeça, e isto a deixou mais furiosa, mais triste e mais chorosa do que nunca.

A porta de tela bateu categoricamente atrás dela. Foi até a pia e bebeu três copos de água gelada, muito rapidamente, e um cravo prateado de dor afundou profundamente em sua testa. Sua barriga, surpreendida, teve cólicas e ela se agarrou à pia de porcelana por um momento, olhos estreitamente fechados, esperando para ver se iria vomitar. Após um momento, seu estômago lhe disse que iria aceitar a água gelada, pelo menos numa base experimental.

— Fran? — A voz era baixa e hesitante.

Ela virou-se e viu Harold de pé do lado de fora da tela, as mãos balançando flacidamente nos seus flancos. Parecia preocupado e infeliz, e Fran de repente sentiu-se péssima por causa dele. Harold Lauder percorrendo esta triste e arruinada cidade no Cadillac de Roy Brannigan, Harold Lauder que provavelmente nunca teve uma namorada em sua vida, e era tão afetado que talvez pensasse nisso com desdém mundano. Para namorados, garotas, amigos, tudo. Incluindo ele próprio, muito provavelmente.

— Harold, sinto muito.

— Não, eu não tinha o direito de dizer nada. Olhe, se você quiser, posso ajudar.

— Obrigada, mas prefiro fazer isto sozinha. É...

— É pessoal. Claro, eu entendo.

Ela podia ter pegado um suéter no armário da cozinha, mas claro que ele teria sabido o motivo e ela não queria embaraçá-lo de novo. Harold tentava tenazmente ser um bom sujeito — alguma coisa que devia parecer um pouco como falar uma língua estrangeira. Ela voltou ao alpendre e por um momento ficaram parados ali, olhando para a horta, para a cova com a terra lançada em torno dela. E a tarde zumbia sonolenta em volta deles como se nada tivesse mudado.

— O que vai fazer? — perguntou a Harold.

— Não sei — disse ele. — Você sabe... — Sua voz sumiu.

— O quê?

— Bem, é duro para mim dizer. Não sou uma das pessoas mais amadas neste pedacinho da Nova Inglaterra. Duvido se algum dia uma estátua seria erguida em minha memória no parque, mesmo se me tornasse um escritor famoso, como uma vez sonhei. Falando entre parênteses, creio que eu me torne um velho com a barba caindo até a cintura antes que seja outro escritor famoso.

Ela nada disse: apenas continuou olhando para ele.

— Portanto! — exclamou Harold, e seu corpo sacudiu-se como se a palavra tivesse explodido para fora. — Portanto sou forçado a especular sobre a injustiça disso. A injustiça parece, a mim pelo menos, tão monstruosa que é mais fácil acreditar que os estúpidos que freqüentam nossa cidadela local do aprendizado finalmente tiveram êxito em me deixar louco.

Empurrou os óculos acima do nariz e ela notou, solidária, quão horrível era o seu problema de acne. Será que ninguém nunca lhe disse, imaginou, que água e sabão resolveriam parte do problema? Ou teriam todos ficado ocupados demais observando a bela e pequena Amy enquanto ela zunia através da Universidade do Maine com a média 3,8, graduando-se em 23º lugar numa turma com mais de mil? Bela Amy, que era tão brilhante e vivaz onde Harold era apenas abrasivo.

— Louco — repetiu Harold suavemente. — Estive dirigindo por toda a cidade num Cadillac com a minha permissão de aprendizado. E olhe para essas botas. — Ele levantou um pouco as pernas das calças *jeans*, exibindo um reluzente par de botas de *cowboy*, com costuras intrincadas. — Oitenta e seis dólares. Simplesmente entrei na Shoe Boat e peguei um par do meu número. Me senti como um impostor. Um ator numa peça. Houve momentos hoje em que tive *certeza* de que estava louco.

— Não — disse Frannie. Ele cheirava como se não tomasse banho há três ou quatro dias, mas isto não a repugnava mais. — E aquela frase? Estarei no seu sonho se você irá estar no meu? Não estamos loucos, Harold.

— Talvez fosse melhor se estivéssemos.

— Alguém virá — disse Frannie. — Depois de um tempo. Depois que essa doença, qualquer que seja ela, se extinguir.

— Quem?

— Alguém com autoridade — disse ela incertamente. — Alguém que irá... bem... pôr as coisas em ordem de novo.

Ele riu amargamente.

— Minha filha... ah, desculpe. Fran, foram as autoridades que *causaram* isto. Elas são boas para pôr as coisas em ordem de novo. Resolveram a economia em depressão, a poluição, a escassez de petróleo e a Guerra Fria, tudo de um só golpe. É, vão pôr as coisas em ordem, certo. Resolveram tudo da mesma maneira como Alexandre desatou o nó górdio... cortando-o em dois com sua espada.

— Mas esta é apenas uma cepa engraçada da gripe, Harold. Ouvi isto no rádio...

— A Mãe Natureza não trabalha dessa maneira, Fran. Este seu alguém com autoridade reuniu um bando de bacteriologistas, virologistas e epidemiologistas em alguma instalação do governo para ver com quantos micróbios mais eles poderiam sonhar. Bactérias. Vírus. Protoplasma de germes, por tudo que sei. E um dia um bajulador bem pago disse: "Olhem o que *eu* criei. Isto mata quase *todo mundo*. Não é um barato?" E deram-lhe uma medalha, um aumento de salário e um sistema de computador em rede, E então alguém vazou isto. O que vai fazer, Fran?

— Enterrar meu pai — disse ela suavemente.

— Ah... claro. — Olhou para ela por um momento e disse, muito rapidamente: — Olhe, vou cair fora daqui. Fora de Ogunquit. Se ficar por muito tempo mais, realmente acabarei louco. Fran, por que não vem comigo?

— Para onde?

— Não sei. Ainda não.

— Bem, se você pensar num lugar, pergunte-me novamente.

Harold se iluminou.

— Certo, eu o farei. Isto... você sabe, é uma questão de... — Sua voz se perdeu e ele começou a descer os degraus do alpendre numa espécie de aturdimento. Suas botas novas de *cowboy* reluziam ao sol. Fran observou-o com um divertimento triste.

Ele acenou pouco antes de assumir o volante do Cadillac. Fran ergueu a mão, retribuindo. O carro sacudiu-se amadoristicamente quando ele deu ré, e depois estava descendo a alameda aos arrancos. Descambou para a esquerda, esmagando algumas flores de Carla sob as rodas externas e quase bateu no cano de esgoto enquanto dobrava para a rua. Depois buzinou duas vezes e se foi. Fran ficou observando até ele sumir de vista e então voltou à horta de seu pai.

* * *

Pouco depois das quatro, seguiu para cima em passos arrastados, forçando-se a prosseguir. Havia uma dor de cabeça embotada nas suas têmporas e testa, cansada pelo calor, esforço e tensão. Dissera a si mesma para esperar mais um dia, mas isto só pioraria as coisas. Debaixo do braço ela carregava a melhor toalha de mesa adamascada, a única mantida estritamente para visitas.

Não tinha ido tão bem como havia esperado, mas era também, em algum ponto, quase tão ruim como temera. Havia moscas brilhando no rosto dele, esfregando suas patinhas dianteiras peludas e depois alçando vôo de novo, e a pele havia adquirido uma sombra escura, mas ele estava tão bronzeado de trabalhar na horta que mal se notava... isto é, se você programar sua mente para não notar. Não havia nenhum cheiro, e isto era o que mais receara.

A cama em que tinha morrido era a mesma que partilhara durante anos com Carla. Ela pousou a toalha na parte de sua mãe na cama, de modo que a bainha tocasse o braço, quadril e perna do seu pai. Então, engolindo em seco com dificuldade (sua cabeça latejava pior do que nunca), ela preparou-se para enrolar o pai no seu sudário.

Peter Goldsmith vestia seu pijama listrado, que Fran achou desagradavelmente frívolo, mas teria que ser assim mesmo. Não podia sequer entreter o pensamento de primeiro despi-lo e depois vesti-lo de novo.

Revestindo-se de coragem, ela pegou o braço esquerdo do pai — estava tão duro e inflexível como uma peça de mobília — e empurrou, fazendo o corpo rolar. Enquanto o fazia, um longo som hediondo de arroto escapou dele, uma eructação que parecia interminável, raspando na garganta como se um gafanhoto tivesse rastejado garganta abaixo e houvesse agora voltado à vida no canal escuro, chamando sem parar.

Ela deu um grito, tropeçando e chocando-se contra a mesinha-de-cabeceira. Os pentes do pai, suas escovas, o despertador, uma pequena pilha de moedas e alguns alfinetes de gravata e abotoaduras, tudo se misturou e caiu no chão. *Agora* havia um cheiro, um cheiro corrompido, gasoso, e o que restava da névoa protetora que enrolara em torno de si mesma dissipou-se e ela soube a verdade. Caiu de joelhos, enrolou os braços em torno da cabeça e chorou. Não estava enterrando um manequim; era o seu *pai* que estava enterrando, o último vestígio de sua humanidade, o derradeiro, era o cheiro gasoso e suculento que agora pairava no ar. E que iria embora em breve.

O mundo ficou cinzento e o som de seu próprio pesar, áspero e constante, começou a parecer longínquo, como se alguém mais estivesse emitindo aqueles sons, talvez uma das mulatinhas que vemos nos clipes dos noticiários de TV. Passado algum tempo, ela não fazia idéia de quando, pouco a pouco, ela voltou a si mesma e à percepção de tudo que restava a ser feito. Coisas que não teria se forçado a fazer antes.

Voltou a Peter e virou-o. Ele soltou outro arroto, desta vez pequeno e minguado. Ela beijou-lhe a testa.

— Amo você, pai — disse. — Eu te amo, Frannie te ama. — Suas lágrimas caíram no rosto dele e brilharam lá. Ela despiu o pijama e vestiu-o com seu melhor terno, mal notando o latejar embotado nas suas costas, a dor no pescoço e nos braços enquanto erguia cada parte do peso dele, vestia-o, deixava-o cair e continuava com a parte seguinte. Manteve a cabeça dele erguida com dois volumes do *Livro do Conhecimento* para lhe colocar a gravata. Na gaveta de baixo, sob as meias, ela encontrou suas medalhas do Exército — Purple Heart, medalhas por boa conduta, fitas de campanha... e a Estrela de Bronze que ganhara na Coréia. Alfinetou-as na sua lapela. No banheiro pegou o Talco Johnson para Bebê e polvilhou-lhe o rosto, pescoço e mãos. O cheiro de talco, doce e nostálgico, trouxe as lágrimas de volta. O suor escorria pelo corpo de Fran. Havia círculos escuros encovados de exaustão sob seus olhos.

Dobrou a toalha sobre ele, pegou o estojo de costura de sua mãe e fechou a mortalha. Depois reforçou a costura uma e duas vezes. Com um grunhido soluçante e silvante, ela conseguiu pôr o corpo no chão sem deixá-lo cair. A seguir descansou, meio desfalecendo. Quando sentiu que podia prosseguir, ergueu a metade superior do corpo, carregou-o até o patamar das escadas e então, com o maior cuidado possível, até o térreo. Parou de novo, com a sua respiração vindo em arquejos rápidos e lamurientos. Sua dor de cabeça era aguda agora, aguilhoando dentro dela com rápidas e duras explosões de dor.

Ela arrastou o corpo até o vestíbulo, através da cozinha e até o alpendre. A seguir teve que descansar de novo. A luz dourada da tardinha estava na terra agora. Ela desistiu outra vez e sentou-se ao lado dele, a cabeça pousada nos joelhos, balançando para a frente e para trás, chorando. Pássaros chilreavam. Finalmente sentiu-se capaz de arrastá-lo até a horta.

Por fim estava feito. Na hora em que os últimos torrões de relva estavam repostos no lugar (ela os havia arrumado de joelhos, como se armando um quebra-cabeça) eram 9h15 da noite. Estava imunda. Somente a carne em volta dos olhos continuava branca; aquela área que tinha sido lavada pelas lágrimas. Estava cambaleando de exaustão. Seu cabelo pendia contra as faces em fileiras entrelaçadas.

— Por favor, descanse em paz, papai — murmurou ela. — Por favor.

Arrastou a pá de volta à oficina do pai e jogou-a lá dentro com indiferença. Teve que descansar duas vezes enquanto subia os três degraus do alpendre dos fundos. Atravessou a cozinha sem acender as luzes, chutou fora as sandálias de salto baixo ao entrar na sala de estar. Caiu no sofá e dormiu imediatamente.

* * *

No sonho ela subia as escadas de novo, indo até o pai, para cumprir seu dever e vê-lo decentemente debaixo do solo, mas quando entrou no quarto a toalha já estava sobre o corpo e sua sensação de pesar e perda mudou para algo mais... algo parecido com medo. Ela atravessou o quarto na penumbra sem querer fazê-lo, de repente desejando apenas fugir, mas incapaz de parar. A toalha reluzia nas sombras, fantasmagórica, horripilante, e então ocorreu-lhe:

Não era seu pai debaixo dela. E o que havia debaixo não estava morto.

Alguma coisa — alguém — repleta de vida escura e alegria nefanda estava ali debaixo, e mais do que sua vida estaria em jogo ao puxar aquela toalha, mas ela... não conseguia... parar seus pés.

Sua mão se estendeu, pairou sobre a toalha — e moveu-se rápido de volta.

Ele estava rindo, mas Fran não podia ver-lhe o rosto. Uma onda de frio gélido soprou sobre ela daquele riso medonho. Não, não podia ver-lhe o rosto, mas pôde ver o presente que esta terrível aparição trouxera para seu filho, para seu bebê não-nascido: um cabide retorcido.

Ela fugiu, fugiu do quarto, do sonho, adiantando-se, emergindo brevemente...

* * *

Emergindo brevemente na escuridão das três da madrugada da sala de estar, seu corpo flutuando numa espuma de pavor, o sonho já se esfarrapando e desenredando, deixando atrás de si apenas um senso de condenação como o ressaibo rançoso de algum alimento estragado. Naquele momento, meio acordada, meio dormindo, ela pensou: *Ele, é ele, o Turista Andarilho, o homem sem rosto.*

Depois dormiu de novo, desta vez sem sonhos, e quando acordou na manhã nem se lembrava mais do sonho. Mas quando pensava no bebê em sua barriga, um sentimento de feroz proteção varreu tudo dela de imediato, um sentimento que a deixou perplexa e a assustou um pouco com sua profundidade e força.

Capítulo Vinte e Nove

NAQUELA MESMA NOITE, enquanto Larry Underwood dormia com Rita Blakemoor e enquanto Frannie Goldsmith dormia sozinha, sonhando seu sonho peculiarmente sinistro, Stuart Redman esperava por Elder. Estivera esperando por três dias — e nesta noite Elder não o desapontou.

Logo após o meio-dia do dia 24, Elder e dois enfermeiros tinham vindo e levado a televisão. Os enfermeiros a retiravam enquanto Elder ficava por perto, apontando seu revólver (cuidadosamente enrolado num plástico) para Stu. Mas nessa ocasião Stu não havia feito questão nem precisado da TV — de qualquer forma, só estavam transmitindo um monte de merda confusa. Tudo o que tinha para fazer era ficar naquela janela gradeada e olhar para a cidade sobre o rio abaixo. Como o homem havia declarado publicamente: "Você não precisa de um meteorologista para saber de que modo o vento sopra."

A fumaça não subia mais das chaminés da fábrica de tecidos. As listras e remoinhos berrantes de tintura no rio tinham se dissipado e a água corria clara e limpa de novo. A maioria dos carros, reluzindo e parecendo brinquedos desta distância, tinha deixado o estacionamento. Na véspera, dia 26, houvera apenas uns poucos ainda se movendo no pedágio, e esses poucos tinham que ziguezaguear pelas baias como esquiadores numa corrida de *slalom*. Nenhum caminhão-guincho viera recolher os veículos abandonados.

A área do centro da cidade esparramava-se abaixo dele como um mapa em relevo, e parecia totalmente deserta. O relógio, que havia marcado as horas de seu aprisionamento aqui, não badalava desde as nove desta manhã, quando a breve melodia que precedia o badalo tinha soado monótona e estranha, como uma melodia tocada debaixo d'água por uma caixa de música submersa. Ocorrera um incêndio no que parecia ser um café ou armazém logo à saída da cidade. Tinha queimado bem à vontade por toda esta tarde, fumaça negra delineada contra o céu azul, mas nenhum carro de bombeiros viera para combater o incêndio. Se o prédio não estivesse situado no meio de um estacionamento asfaltado, Stu supunha que metade da cidade teria acabado. Esta noite as ruínas ainda fumegavam, apesar de uma pancada de chuva vespertina.

Stu imaginava que as ordens finais de Elder eram para matá-lo — por que não? Ele seria apenas mais um cadáver, e Stu conhecia seu pequeno segredo. Eles haviam sido incapazes de descobrir uma cura ou descobrir por que sua estrutura corporal variava da de todos aqueles que sucumbiram. A idéia de que restavam bem poucos a quem pudesse contar o segredo deles provavelmente nunca entrara nas suas cogitações. Ele era um fio solto mantido refém por um bando de escrotos durões.

Stu estava certo de que um herói num programa ou novela de TV poderia ter pensado num meio de escapar, diabo, até mesmo algumas pessoas na vida real, mas Stu não era uma delas. No fim ele havia decidido, com certo pânico resignado, que a única coisa a fazer seria esperar por Elder e simplesmente tentar estar pronto.

Elder era o sinal mais claro de que esta instalação havia sido rompida pelo que o auxiliar às vezes chamava de "Azul" e outras de "supergripe". As enfermeiras o chamavam de Dr. Elder, mas ele não era nenhum doutor. Tinha seus cinqüenta e poucos, olhar duro e sem humor. Nenhum dos doutores antes de Elder tivera necessidade de apontar uma arma para ele. Elder assustava Stu porque não havia nenhum arrazoado ou súplica com um homem desses. Elder estava aguardando ordens. Quando elas chegassem, ele as cumpriria. Elder era um carregador-de-lança, a versão militar de um soldado da Máfia, e nunca lhe ocorreria questionar suas ordens à luz dos eventos em andamento.

Três anos atrás, Stu conseguira um livro chamado *Watership Down* para enviar a um sobrinho em Waco. Ele arranjara uma caixa para colocar o livro, e então, como odiava embalar presentes mais do que detestava ler, deu uma olhada na primeira página e achou que poderia examinar mais um pouco para ver do que se tratava. Leu a primeira página, depois a segunda... e então ficou atraído. Continuou lendo toda a noite, bebendo café, fumando cigarros e avançando firmemente em frente, do modo como um homem faz quando não é muito afeito à leitura pelo prazer dela. O assunto acabou sendo sobre coelhos, pelo amor de Deus! O mais estúpido e covarde dos animais da terra de Deus... só que o cara que escreveu o livro os fazia parecer diferentes. Você realmente se preocupa com eles. Era uma história para lá de boa e Stu, que lia num ritmo de tartaruga, terminou o livro dois dias depois.

A coisa que ele mais lembrava daquele livro era a expressão "ficando abobado" ou simplesmente "abobado". Ele a entendeu de imediato, porque já vira inúmeros animais abobados, tendo atropelado alguns deles na estrada. Um animal que estava ficando abobado se agachava no meio da estrada, suas orelhas niveladas, observando um carro que vinha na sua direção, incapaz de mover-se para escapar à morte iminente. Um cervo podia ficar abobado simplesmente pelo brilho de um farol nos seus olhos. Música em alto volume faria o mesmo com um guaxinim, e tapinhas constantes em sua gaiola abobariam um papagaio.

Elder fazia Stu sentir-se assim, abobado. Ele olhava nos olhos azuis opacos de Elder e sentia toda a sua vontade ser drenada. Elder talvez nem precisasse da pistola para matá-lo. Elder devia ter feito cursos de caratê, savatê e truques sujos em geral. O que poderia fazer contra um homem assim? Só pensar em Elder drenava sua vontade de sequer tentar. Abobado. Esta era uma boa palavra para um péssimo estado mental.

A luz vermelha se acendeu acima da porta exatamente às 10h20 da noite, e Stu sentiu uma leve transpiração brotar nos seus braços e rosto. Era assim a cada vez que a luz vermelha acendia, porque numa dessas vezes Elder estaria sozinho. Estaria sozinho porque não queria testemunhas. Deveria haver uma fornalha em algum lugar para incinerar as vítimas da epidemia. Elder o ensacaria para jogá-lo dentro dela. Acabou. Nada mais de fios soltos.

Elder atravessou a porta. Sozinho.

Stu estava sentado na cama hospitalar, uma das mãos descansando no espaldar de sua cadeira. À visão de Elder, sentiu a nauseante e familiar pancada na barriga. Sentiu a costumeira urgência de expelir uma inundação de palavras soltas de arrazoado, apesar de saber que tais súplicas de nada lhe serviriam. Não havia nenhuma misericórdia no rosto por trás do visor transparente do traje branco.

Agora tudo parecia muito claro para ele, muito vívido, muito lento. Ele quase podia ouvir os olhos girando na sua base lubrificada enquanto acompanhava o progresso de Elder quarto adentro. Era um homem corpulento, atarracado, e o traje de astronauta estava apertado demais no seu corpo. O orifício na ponta da pistola parecia do tamanho de um túnel.

— Como está se sentindo? — perguntou Elder, e mesmo através do minúsculo alto-falante Stu pôde ouvir a qualidade nasal da voz dele. Estava doente.

— Como sempre — disse Stu, surpreso com a serenidade de sua voz. — Diga, quando vou sair daqui?

— Muito em breve agora — respondeu Elder. Ele estava apontando a arma na direção geral de Stu, não exatamente para ele, mas também não aleatoriamente. Elder soltou um espirro abafado. — Você não é de falar muito, não é?

Stu deu de ombros.

— Gosto disso num homem — continuou Elder. — Os grandes tagarelas, eles é que são nossos chorões e lamurientos. Acabei de receber ordens sobre você há vinte minutos, Sr. Redman. Não são ordens muito agradáveis, mas creio que suportará bem.

— Que ordens?

— Bem, fui incumbido de...

Os olhos de Stu desviaram-se por cima do ombro de Elder, em direção à soleira alta e rebitada da porta de ar comprimido.

— Jesus Cristo! — exclamou ele. — É a porra de um rato! Que tipo de lugar é este que vocês dirigem, infestado de ratos?

Elder virou-se e, por um momento, Stu quase ficou surpreso demais pelo inesperado sucesso de seu truque. Então deslizou para fora da cama e agarrou o encosto da cadeira com as duas mãos na hora em que Elder começou a se voltar para ele de novo. Os olhos de Elder estavam arregalados e subitamente alarmados. Stu levantou a cadeira acima da cabeça, vibrando-a para baixo e botando cada quilo de seu peso por trás do golpe.

— Para trás! — gritou Elder. — Não...

A cadeira colidiu contra seu braço direito. A arma disparou, desintegrando o saco plástico, e a bala guinchou no chão. Depois a arma caiu sobre o carpete, onde disparou de novo.

Stu temia que só pudesse contar com mais um golpe com a cadeira antes que Elder se recuperasse plenamente. Determinou-se a dar um golpe definitivo. Girou a cadeira num arco elevado, um giro digno do batedor Henry Aaron. Elder tentou se proteger com o braço quebrado e não conseguiu. As pernas da cadeira se arrebentaram sobre o capuz do traje de astronauta. O visor de plástico se estilhaçou nos olhos e nariz de Elder. Ele gritou e caiu para trás.

Elder rolou de gatinhas e avançou para a arma caída no carpete. Stu rodopiou a cadeira pela última vez, vibrando-a sobre a nuca de Elder, que caiu desacordado. Stu abaixou-se e pegou o revólver. Adiantou-se, apontando-o para o corpo caído, mas Elder não se moveu.

Por um momento um pensamento de pesadelo o atormentou: e se Elder tivesse recebido ordens não para matá-lo, mas para soltá-lo? Mas isto não fazia nenhum sentido, fazia? Se as ordens tinham sido para soltá-lo, por que aquela conversa fiada sobre os chorões e lamurientos? Por que ele chamara as ordens de "não muito agradáveis"?

Não — Elder tinha sido enviado para matá-lo.

Stu olhou para o corpo caído, tremendo. Se Elder levantasse agora, Stu achava que provavelmente erraria o alvo com todas as cinco balas à queima-roupa. Mas não achava que Elder fosse se levantar. Não agora, nem nunca.

De repente, a necessidade de cair fora dali foi tão forte que quase arremeteu cegamente através da porta de ar comprimido para o que quer que estivesse por trás dela. Ele estivera trancafiado por mais de uma semana, e tudo o que desejava agora era inspirar ar fresco e depois se afastar para bem longe daquele lugar terrível.

Mas isto tinha de ser feito cuidadosamente.

Stu caminhou até a câmara de compressão, entrou e pressionou um botão marcado CICLO. Uma bomba de ar entrou em ação, funcionando brevemente, e a porta externa se abriu. Por trás dela havia uma pequena sala mobiliada apenas com uma escrivaninha. Sobre ela estava uma pequena pilha de gráficos médicos... e as suas roupas, aquelas que estivera usando no avião de Braintree para Atlanta. O dedo frio do pavor tocou-o novamente. Aquelas coisas teriam ido para o crematório junto com ele, sem dúvida — seus gráficos, suas roupas. Adeus, Stuart Redman. Stuart Redman teria se tornado uma não-pessoa. De fato...

Houve um leve ruído atrás dele e Stu virou-se rápido. Elder estava cambaleando em sua direção, todo curvado, as mãos balançando frouxamente. Uma tira rasgada de plástico estava alojada em um olho gotejante. Elder sorria.

— Não se mova — avisou Stu. Apontou o revólver, seguro firmemente com ambas as mãos, e ainda assim o cano oscilava.

Elder não deu nenhum sinal de ter ouvido. Continuou em frente.

Recuando, Stu apertou o gatilho. O revólver pinoteava em suas mãos e Elder parou. O sorriso se transformara numa careta, como se ele tivesse sido acometido de uma súbita dor asfixiante. Havia agora um pequeno buraco no peito de seu traje branco. Ele parou por um momento, oscilando, e depois desabou à frente. Por um instante, Stu só pôde olhar para ele, congelado, e então viu-se na sala onde seus pertences estavam empilhados sobre a mesa.

Tentou a porta na extremidade da sala e ela se abriu. Por trás da porta havia um corredor iluminado por luzes fluorescentes mortiças. A meio caminho do piso do elevador estava uma maca abandonada junto ao que provavelmente era o posto das enfermeiras. Ele pôde ouvir um débil gemido. Alguém estava tossindo, num som rascante que parecia não ter fim.

Ele voltou para a sala, recolheu suas roupas e as pôs debaixo do braço. A seguir saiu, fechou a porta atrás de si e começou a descer o saguão. Sua mão suava contra a coronha da arma de Elder. Quando alcançou a maca olhou para trás, enervado pelo silêncio e o vazio. A tosse havia parado. Stu continuava esperando ver Elder se arrastando ou rastejando atrás dele, decidido a levar a cabo sua última incumbência. Stu viu-se ansiando pelas dimensões confinadas e conhecidas de seu quarto.

O gemido recomeçou, desta vez mais alto. No piso dos elevadores outro corredor corria em ângulo reto para este, e recostado na parede estava um homem que Stu reconheceu como um de seus enfermeiros. Seu rosto estava inchado e enegrecido, o peito subindo e descendo em rápidos espasmos. Enquanto Stu o olhava, ele recomeçou a gemer. Atrás dele, dobrado em posição fetal, estava um homem morto. Mais abaixo no saguão havia mais três cadáveres, um de mulher. O enfermeiro — Vic, Stu lembrou-se, seu nome era Vic — recomeçou a tossir.

— Jesus — disse Vic. — O que você está fazendo? Você não pode sair.

— Elder foi lá cuidar de mim e em vez disso eu é que cuidei dele — disse Stu. — Dei sorte porque ele estava doente.

— Por Cristo crucificado, pode apostar que você teve sorte — disse Vic e outro acesso de tosse, este mais fraco, escapou do seu peito. — Isto dói, cara, você não acreditaria no quanto dói. Que merda em que isto se transformou, por *Cristo* na cruz!

— Escute, posso fazer alguma coisa por você? — perguntou Stu canhestramente.

— Se fala sério, você pode pôr esta arma no meu ouvido e apertar o gatilho. Estou sendo cortado em pedaços por dentro. — Ele voltou a tossir, e depois a gemer desamparadamente.

Mas Stu não podia fazer isso e, à medida que os gemidos ocos de Vic continuavam, seus nervos fraquejaram. Ele correu para os elevadores, para longe do rosto enegrecido como a lua em eclipse parcial, como esperando Vic gritar atrás dele naquela voz estridente e desamparadamente indefesa que os doentes sempre parecem usar quando precisam de alguma coisa. Mas Vic apenas continuou gemendo, e os gemidos ficavam de alguma forma piores.

A porta do elevador tinha fechado e ele já estava descendo quando lhe ocorreu que poderia ser uma armadilha. Que esta fosse a intenção deles. Gás tóxico, talvez, ou um dispositivo qualquer que soltasse os cabos e fizesse o elevador despencar e se despedaçar no poço. Ficou no meio da cabine e olhou em volta nervosamente, procurando respiradouros ou saídas de emergência escondidos. A claustrofobia o acariciava como uma mão de borracha e de repente o elevador parecia não ser mais que do tamanho de uma cabine telefônica, depois do tamanho de um caixão. Enterro prematuro de alguém?

Ele esticou um dedo para apertar o botão de parada e então especulou: que bem isto faria se estava entre dois andares? Antes que pudesse responder à pergunta, o elevador deslizou para uma parada suave e normal.

E se houver homens armados lá fora?

Mas a única sentinela, quando a porta se abriu, era uma mulher morta em uniforme de enfermeira. Estava curvada em posição fetal junto a uma porta com o letreiro DAMAS.

Stu olhou para ela tanto tempo que a porta deslizava para se fechar de novo. Interpôs um braço e a porta deslizou obedientemente para trás. Ele saiu. O corredor levava para uma esquina em T e ele seguiu para lá, mantendo boa distância da enfermeira morta.

Houve um ruído atrás dele e Stu girou, erguendo a arma, mas era somente a porta fechando pela segunda vez. Olhou para ela por um momento, engoliu com dificuldade e depois prosseguiu. A mão de borracha estava de volta, tocando melodias na base de sua espinha, dizendo-lhe para mandar às favas essa tática de devagar-não-corra, vamos cair fora rapidamente antes que alguém... alguma coisa... possa nos pegar. Os ecos de suas passadas neste corredor penumbroso da ala administrativa eram uma companhia por demais macabra — *Veio brincar, Stuart? Ótimo.* Portas com painéis de vidro fosco marchavam atrás dele, cada qual com uma história para contar: DR. SLOANE, REGISTROS E TRANSCRIÇÕES. SR. BALLINGER. MICROFILMES. ARQUIVOS. SRA. WIGGS. Talvez o reduto do alto escalão, pensou.

Havia um bebedouro na esquina em T, mas o gosto morno e clorado da água fez seu estômago revirar. Não havia nenhuma saída à esquerda; um letreiro na parede azulejada dizia ALA DA BIBLIOTECA. O corredor parecia se estender por quilômetros daquele lado. Uns 50 metros abaixo estava o corpo de um homem em traje branco, como um estranho animal lançado numa praia deserta.

Seu controle estava claudicando. Este lugar era mil vezes maior do que presumira. Não que pudesse presumir grande coisa pelo que vira desde a sua internação — ou seja, dois corredores, um elevador e uma sala. Agora imaginava se teria o tamanho de um hospital metropolitano de grande porte. Ele poderia vagar ali por horas, suas passadas ecoando e reverberando, deparando com um cadáver após outro. Eles se espalhavam aqui e ali como prêmios em alguma caça ao tesouro horripilante. Stu se lembrava de ter levado Norma, sua esposa, a um grande hospital em Houston quando o câncer foi diagnosticado. A cada lugar que ia no hospital havia mapas nas paredes com pequenas setas indicando um ponto. As palavras escritas em cada seta diziam: VOCÊ ESTÁ AQUI. Eles punham aqueles sinais para que as pessoas não se perdessem. Como ele estava agora. *Perdido*. Ah, neném, isto era mau. Isto era muito mau.

— Não vá ficar abobado agora, você está quase livre — disse, e suas palavras ecoaram de volta, monótonas e estranhas. Ele não havia pretendido falar em voz alta, o que tornava as coisas piores.

Ele dobrou à direita, dando as costas à ala da biblioteca, passou por mais alguns escritórios, chegou a outro corredor e desceu por ele. Começou a olhar para trás com freqüência, assegurando-se de que ninguém — Elder, talvez — o estava seguindo, mas incapaz de acreditar nisso. O corredor terminava numa porta fechada que dizia RADIOLOGIA. Um cartaz manuscrito pendia da maçaneta: FECHADO ATÉ SEGUNDA ORDEM RANDALL.

Stu voltou e espiou em volta da esquina e atrás, por onde tinha vindo. O cadáver em traje branco estava agora minúsculo pela distância, mal passando de um pontinho, mas vê-lo lá tão imutável e eterno o fez desejar correr o mais rápido que pudesse.

Dobrou à direita, dando as costas a isso também. Vinte metros adiante, o corredor se ramificou em outra esquina em T. Stu dobrou à direita e passou por mais escritórios. O corredor terminava no laboratório de microbiologia. Em um dos compartimentos do laboratório um rapaz vestido só de sunga jazia esparramado sobre sua mesa. Estava em coma, sangrando pelo nariz e boca. Sua respiração chiava para dentro e para fora com um som parecido com o vento de outubro em palha de milho morta.

E então Stu começou a correr, dobrando de um corredor para outro, ficando cada vez mais convencido de que não havia como sair, pelo menos não deste piso. O eco de suas passadas o perseguia, como se ou Elder ou Vic tivessem vivido apenas o suficiente para pôr um esquadrão fantasma de policiais militares no seu encalço. Depois outra fantasia se juntou a esta, uma que de algum modo ele associava aos sonhos esquisitos que vinha tendo nas últimas noites. A idéia cresceu tão forte que ficou temeroso de dar meia-volta, temeroso de que, se o fizesse, veria uma figura de traje branco vindo atrás dele, uma figura de traje branco sem rosto, mas apenas negror por trás da placa de Plexiglas. Alguma aparição aterradora, um sicário vindo de além do tempo e espaço racionais.

Ofegando, Stu contornou uma esquina, correu 3 metros, antes de perceber que o corredor era um beco sem saída, e então esbarrou numa porta com um letreiro acima. O letreiro dizia SAÍDA.

Ele a empurrou, convencido de que ela não se moveria, mas a porta se abriu com facilidade. Desceu quatro degraus até outra porta. À esquerda deste patamar, mais escadas desciam para a escuridão profunda. A metade de cima desta segunda porta era de vidro claro, reforçado com um alambrado de segurança. Além dela havia somente a noite, a bela noite de verão suave, e toda a liberdade com que um homem jamais sonhou.

Stu continuou olhando para fora, extasiado, quando a mão deslizou da escuridão da escada e agarrou seu tornozelo. Um arquejo arranhou a garganta de Stu como um espinho. Ele olhou em volta, sua barriga uma banquisa de gelo congelada, e atrás viu um rosto sangrento e sorridente saindo da escuridão.

— Desça e venha comer um frango comigo, bonitão — sussurrou a coisa numa voz entrecortada e agonizante. — Está tããããão escuro...

Stu gritou e tentou se livrar. A coisa sorridente das trevas insistiu, falando, sorrindo e dando risadinhas. Sangue ou bile escorriam dos cantos de sua boca. Stu chutou a mão que aferrava seu tornozelo, depois pisoteou a coisa. O rosto pendente na escuridão desapareceu. Houve uma série de estrondos... depois começaram os gritos. De dor ou de raiva, Stu não sabia dizer. Nem se importava. Arremeteu com o ombro de encontro à porta externa. Ela se escancarou e ele cambaleou para fora, rodopiando os braços para manter o equilíbrio. Mesmo assim o perdeu e se estatelou no piso de cimento.

Sentou-se devagar, quase cautelosamente. Atrás dele, os gritos tinham parado. Uma fria brisa noturna tocou seu rosto, secou o suor da testa. Viu algo em que mal pôde crer: havia grama e canteiros de flores. A noite nunca tivera uma fragrância tão doce quanto esta. Uma lua crescente percorria o céu. Stu virou o rosto para ela agradecidamente, depois caminhou através do gramado para a estrada que levava à cidade de Stovington, lá embaixo. A relva estava revestida de orvalho. Ele podia ouvir o vento soprando nos pinheiros.

— Estou vivo — disse Stu para a noite. Começou a gritar: — Estou vivo, graças a Deus, estou vivo, obrigado, meu Deus, obrigado, meu Deus...

Um tanto vacilante, começou a descer a estrada.

Capítulo Trinta

A POEIRA SOPRAVA ATRAVÉS DO CERRADO do Texas, e ao crepúsculo isto criava uma cortina translúcida que fazia a cidade de Arnette parecer como uma imagem fantasmagórica em sépia. O letreiro Texaco de Bill Hapscomb tinha caído e jazia agora no meio da estrada. Alguém deixara o gás ligado na casa de Norm Bruett e, no dia anterior, uma fagulha do ar-condicionado explodira o lugar à altura do céu, espalhando móveis velhos, ripas e brinquedos por toda a Laurel Street. Na rua principal, cachorros e soldados jaziam mortos lado a lado na sarjeta. Na lanchonete Randy's um homem de pijama estava esparramado sobre o balcão, seus braços pendendo para o chão. Um dos cães que agora jaziam na sarjeta tinha devorado o rosto deste homem antes de perder o apetite. Ratos não pegavam a gripe, e dezenas deles moviam-se na quietude crepuscular como sombras fumacentas. De várias casas o som da televisão saía continuamente. Uma persiana batia para a frente e para trás. Uma caminhonete vermelha, velha, desbotada e enferrujada, com as palavras SPEEDAWAY EXPRESS quase ilegíveis nas suas laterais, permanecia no meio da Durgin Street em frente ao bar Indian Head. Havia uma boa quantidade de cascos de cerveja e refrigerantes na caminhonete. Na Logan Lane, na parte nobre de Arnette, sininhos de vento tilintavam no alpendre da casa de Tony Leominster. O Scout de Tony estava estacionado na entrada para carros, suas janelas abertas. Uma família de esquilos se aninhara no assento traseiro. O sol fugiu de Arnette; a cidade ficava mais escura debaixo da asa da noite. A cidade estava em silêncio, exceto pelo cricrilar e sussurro de pequenos animais e o tilintar dos sinos na casa de Tony Leominster. E silêncio. E silêncio.

Capítulo Trinta e Um

CHRISTOPHER BRADENTON COMBATEU O DELÍRIO como um homem lutando para sair de areia movediça. Tudo lhe doía. Seu rosto lhe era estranho, como se alguém houvesse injetado silicone em diversos lugares, e estava agora do tamanho de um pequeno balão. Sua garganta era dor pura e, mais assustador, a abertura ali parecia ter se fechado do tamanho normal da garganta para algo não mais largo do que o orifício de uma pistola de criança. Sua respiração assobiava para dentro e para fora através desta horrivelmente fina ligação, da qual ele precisava para manter contato com o mundo. Ainda assim não era suficiente e, pior do que a constante e latejante irritação, era aquela sensação de afogamento. Pior que tudo, ele estava febril. Não conseguia se lembrar de algum dia ter estado tão febril, nem mesmo dois anos atrás, quando escoltara do oeste do Texas para Los Angeles dois presos políticos que violaram a condicional. Seu antigo Pontiac Tempest tinha morrido na Rodovia 190, no Vale da Morte, e ele estivera com febre na ocasião, mas desta vez era pior. Esta era uma febre *interna*, como se houvesse engolido o sol.

Gemeu e tentou chutar as cobertas, mas não tinha forças. Ele mesmo se pusera no leito? Achava que não. Alguém ou alguma coisa estivera na casa com ele. Alguém ou alguma coisa... ele deveria se lembrar, mas não conseguia. Tudo que Bradenton podia se lembrar era de que andara temeroso mesmo antes de ficar doente, porque sabia que alguém (ou alguma coisa) estava chegando e que ele teria que... o quê?

Gemeu de novo e rolou a cabeça de um lado para outro no travesseiro. Delírio era tudo que recordava. Fantasmas febris com olhos penetrantes. Sua mãe viera a este rústico quarto de troncos, sua mãe que morrera em 1969, e ela havia falado com ele: "Kit, ah, Kit, eu te avisei. Não se misture com essa gente, eu disse. Não ligo a mínima para política, eu disse, mas aqueles homens com quem você anda são loucos como cães raivosos e aquelas garotas não passam de piranhas, eu te disse, Kit..." E então o rosto dela se desintegrou, deixando passar uma horda de insetos de sepultura das fissuras do pergaminho amarelo fendido, e ele tinha gritado até que o negrume bateu asas e houve uma confusão de gritos, o clop-clop de sapatos de couro enquanto as pessoas corriam... luzes, luzes piscantes, o cheiro de gás, e ele viu-se de volta a Chicago, o ano era 1968, em algum lugar vozes entoavam *O mundo inteiro está assistindo! O mundo inteiro está assistindo! O mundo inteiro*... e havia uma garota caída na sarjeta junto à entrada do parque, seu corpo vestido com macacões *jeans*, os pés descalços, o cabelo comprido cheio de fragmentos de vidro, seu rosto uma máscara reluzente de sangue que estava negra sob o brilho branco insensível das luzes de rua, a máscara de um inseto esmagado. Ele ajudou-a a se levantar e ela gritou e se encolheu contra ele porque um monstro do espaço exterior estava avançando para fora da nuvem de gás, uma criatura trajada com botas pretas lustrosas, uma jaqueta contra fogo antiaéreo e uma máscara antigás de viseira grande , segurando um cassetete numa das mãos e uma lata de gás paralisante na outra, e sorrindo. E quando o monstro do espaço empurrou a máscara para trás, revelando seu rosto sorridente e inflamado, tinham ambos gritado porque era o alguém ou alguma coisa que ele estivera esperando, o homem que sempre havia aterrorizado Kit Bradenton. Tinha sido o Turista Andarilho. Os gritos de Bradenton estilhaçaram o tecido daquele sonho como alta temperatura estilhaça cristal fino e ele estava em Boulder, Colorado, num apartamento no Canyon Boulevard, verão e calor, tão quente que mesmo de sunga seu corpo gotejava de suor, e ao seu lado está o mais lindo rapaz do mundo, alto, bronzeado e ereto, ele está usando tiras de biquíni amarelo-limão que aderem adoravelmente a cada alto e baixo de suas preciosas nádegas e você sabe que se ele virar seu rosto será como um anjo de Rafael e será suspenso como o cavalo do Zorro. *Aiô Silver*. Onde você o pegou? Num encontro para debater o racismo no *campus* da Universidade da Califórnia, ou foi na lanchonete? Pedindo carona? Isto importa? Ah, isto é tão febril, mas há água, um cântaro de água, um vaso de água entalhado com figuras estranhas que se destacam em baixo-relevo, e além disso a pílula, não — A PÍLULA! Aquela que o despachará para o que este anjo nos encontros de luz amarela chama de Huxleyland, o lugar onde as flores crescem em carvalhos mortos e, rapaz, com que ereção está tentando baixar sua sunga! Kit Bradenton esteve algum dia tão tesudo, tão pronto para o amor? "Venha para a cama", você diz para aquele macio traseiro moreno, "venha para a cama e faça comigo e depois farei com você. Do jeito que você gosta." "Tome sua pílula primeiro", diz ele sem se voltar. "Depois veremos." Você toma a pílula, a água está fria na sua garganta, e pouco a pouco a estranheza se apodera de sua visão, a esquisitice que dá a cada canto no quarto um pouco mais ou um pouco menos de 30 graus. Por algum tempo você se descobre olhando para o ventilador sobre a cômoda Grand Rapids barata e depois está olhando para seu reflexo no espelho ondulado acima dela. Seu rosto parece preto e inchado, mas você não deixa que isto o preocupe porque é apenas a pílula, somente!!! A PÍLULA!!! "A Viajante", você murmura, "Ah, rapaz, é a Capitão Viajante e estou com taaaanto tesão..." Ele começa a correr e a princípio você tem de olhar para aqueles quadris lisos onde o elástico das calcinhas desce tão baixo, e então seu olhar se move para a barriga lisa e bronzeada, depois para o lindo peito glabro, e finalmente do pescoço esguiamente estriado até o rosto... e ele é o *seu* rosto, emaciado e feliz e sorrindo ferozmente, não o rosto de um anjo de Rafael, mas de um demônio de Goya, e de cada órbita vazia espia a face reptiliana de uma víbora; ele está vindo na sua direção enquanto você grita, ele está sussurrando: *Viajante, neném, Capitão Viajante...*

Depois escuridão, rostos e vozes de que não se lembrava, e por fim ele veio à tona aqui, na pequena casa que havia construído com as próprias mãos nos arredores de Mountain City. Porque agora é agora, e a grande onda de revolta que havia engolfado o país há muito que se retirara, os linhas-duras eram agora, na sua maioria, reclusos de penitenciárias com barbas grisalhas e grandes buracos de queimadura de coca onde antes havia seu septo nasal, e isto era o naufrágio, neném. O garoto em calcinhas amarelas havia sido muito tempo atrás e, em Boulder, Kit Bradenton tinha sido ele próprio mais do que um garoto.

Meu Deus, estou morrendo?

O pensamento o atingiu com um horror agoniante, o calor rolando e encapelando-se em sua cabeça como uma tempestade de areia. E de repente sua respiração curta e rápida parou enquanto um som começou a se elevar de algum lugar além e abaixo da porta fechada do quarto.

A princípio Bradenton achou que fosse uma sirene dos bombeiros ou da polícia. O som elevou-se e ficou cada vez mais alto conforme se aproximava; por baixo dele podia ouvir o entrecortado martelar de passadas marcando o tempo no vestíbulo do térreo e depois através da sala de estar e em seguida martelando escadas acima numa investida de bárbaros.

Enterrou-se de volta contra o travesseiro, no rosto desenhando-se um ricto de pavor, mesmo enquanto os olhos se alargavam para círculos no rosto enegrecido e inchado. E o som se aproximava. Não era mais uma sirene, mas sim um grito, alto e ululante, um grito que nenhuma garganta humana poderia emitir ou manter, certamente o grito de uma *banshee* ou de algum Caronte negro, vindo para levá-lo através do rio que separa a terra dos vivos daquela dos mortos.

Agora as passadas em disparada retiniram direto na direção dele junto ao patamar, as tábuas rangendo, estalando e protestando sob o peso daqueles impiedosos saltos de bota cambaios. E de repente Kit Bradenton soube quem era e berrou quando a porta foi arrombada e o homem em jaqueta *jeans* desbotada se precipitou para dentro, o sorriso de assassino reluzindo no rosto como um círculo branco de facas zunindo, rosto tão alegre quanto o de um Papai Noel lunático, carregando um balde de aço galvanizado sobre o ombro direito.

— *HEEEEOOOOWWWWW!*

— Não! — gritou Bradenton, protegendo o rosto fracamente com os braços. — *Não! Nãããão...!*

O balde inclinou-se à frente e a água jorrou, toda ela parecendo pender suspensa por um momento na luz amarela da lâmpada como o maior diamante bruto no universo, e ele viu o rosto do homem escuro através dela, refletido e refratado no rosto de um duende sumamente sorridente que acabava de subir das entranhas mais fedorentas do inferno para o tumulto da terra; depois a água caiu sobre ele, tão fria que sua garganta inchada ficou momentaneamente aberta de novo, esguichando sangue de suas paredes em grandes contas, abalando a respiração dentro dele e fazendo-o chutar as cobertas todo o caminho até o pé da cama em um espasmo convulsivo, de modo que seu corpo ficasse livre para dobrar-se como um canivete e corcovear, enquanto cãibras amargas dessas lutas involuntárias açoitavam através dele como galgos mordendo em debandada.

Ele gritou. Gritou de novo. Depois deitou-se, trêmulo, seu corpo febril ensopado da cabeça aos pés, a cabeça latejando, os olhos desorbitados. Sua garganta se fechou numa fenda grosseira e ele recomeçou a lutar para respirar penosamente. Seu corpo começou a se sacudir e se arrepiar.

— Eu *sabia* que tinha refrescado você! — gritou alegremente o homem que ele conhecia como Richard Fry. Ele pousou o balde com estrépito. — Ah, eu *sabia* que ia fazer o truque, Mandachuva! Obrigado por estar nos trinques, meu bom homem, obrigado por ter zelado por mim. Você me agradece? Não pode falar? Ainda assim, sei que no seu coração está agradecido.

— *Yeee-GAAAHHH!*

Ele saltou no ar como Bruce Lee num épico de *kung-fu* de Run Run Shaw, joelhos espalhados, por um momento parecendo pender suspenso diretamente sobre Kit Bradenton, enquanto a água escorria, sua sombra uma bolha sobre o peito do pijama ensopado de Bradenton. Este gritou debilmente. Então um joelho desceu sobre um dos lados de sua caixa torácica e a virilha azulada de Richard Fry era a forquilha de um garfo suspensa acima do peito por centímetros, e seu rosto inflamava-se para o de Bradenton como uma tocha de porão num romance gótico.

— Tenho que acordar você, homem — disse Fry. — Não queria que passasse desta para melhor sem uma chance de conversarmos um pouco.

— ... fora... fora... fora de mim...

— Não *estou* em você, homem, ora vamos. Estou apenas levitando acima de você. Como o grande mundo invisível.

Bradenton, numa agonia de medo, podia apenas ofegar, sacudir-se e desviar os globos oculares capturados daquela face divertida e fumegante.

— Vamos conversar sobre navios, focas e parafina de navegação, e se abelhas têm ferrões. E também sobre os papéis que você deveria me fornecer, e o carro, e as chaves para o carro. Agora tudo que vejo na sua garagem é uma picape Chevrolet, e sei que ela é sua, Kitty-Kitty. O que tem a dizer?

— ... eles... os papéis... não posso... não posso falar... — Ele arfou asperamente em busca de ar. Seus dentes chilrearam como passarinhos numa árvore.

— É *melhor* conseguir falar — disse Fry, e projetou seus polegares. Eram ambos de juntas duplas (como todos os seus dedos), e ele os meneava para a frente e para trás em ângulos que pareciam negar a biologia e a física. — Porque se você não os tiver, vou tirar seus olhos azuis para pôr no meu chaveiro, e você terá que achar o caminho do inferno com a ajuda de um cão-guia.

Ele empurrou os polegares para os olhos de Bradenton e este se encolheu para trás, contra o travesseiro, desamparadamente.

— Você me diz — continuou — e deixarei com você as pílulas certas. De fato, segurarei você para que possa engoli-las. Fazem você melhorar, homem. Pílulas que servem para tudo.

Bradenton, agora tremendo tanto de medo quanto de frio, forçou as palavras a sair através dos dentes cerrados.

— Os papéis... em nome de Randall Flagg. Na cômoda lá embaixo. Sob o papel-contato.

— Carro?

Bradenton tentou desesperadamente pensar. Tinha ele obtido o carro para este homem? Isto estava longe demais, todas as chamas do delírio se interpunham, e o delírio parecia ter causado algum dano no seu processo mental, queimado todos os bancos de memória. Seções inteiras do seu passado eram escaninhos chamuscados cheios de fios queimando lentamente e relés enegrecidos. Em vez do carro sobre o qual este homem horrível queria saber, pairou uma imagem do primeiro que já tinha possuído, um Studbaker 1953, com um nariz em forma de bala que ele havia pintado de rosa.

Gentilmente, Fry pôs uma das mãos sobre a boca de Bradenton e tapou suas narinas com a outra. Bradenton começou a corcovear debaixo dele. Gemidos escaparam em torno da mão de Fry. Este retirou as mãos e disse:

— Isto ajuda você a se lembrar?

Estranhamente, funcionou.

— O carro... — disse Bradenton e depois se sacudiu como um cachorro. A palavra rodopiou, se firmou, e ele foi capaz de prosseguir: — O carro está estacionado... atrás do posto Conoco... logo à saída da cidade, Rodovia 51.

— Norte ou sul da cidade?

— Su... su...

— Sim, su! Entendi ele. Prossiga.

— Coberto com uma lona. Biu... Biu... Buick. O registro está na alavanca de câmbio. Feito... Randall Flagg. — Ele desabou de novo em arquejos, incapaz de dizer ou fazer qualquer coisa mais, exceto olhar para Fry com uma esperança entorpecida.

— Chaves?

— No tapete. Debaixo...

O traseiro de Fry cortou quaisquer palavras adicionais ao acomodar-se sobre o peito de Bradenton. Ficou sentado ali do jeito como poderia ter sentado numa confortável almofada no apartamento de um amigo, e de repente Bradenton ficou privado da mais leve inspiração.

Ele expeliu o último fôlego com um único pedido:

— ... por favor...

— E obrigado — disse Richard Fry/Randall Flagg com um sorriso afetado. — Diga boa-noite, Kit.

Incapaz de falar, Kit Bradenton só pôde revirar os olhos palidamente nas suas órbitas estufadas.

— Não me interprete mal — disse o homem escuro suavemente, olhando para ele embaixo. — É que preciso me apressar agora. O parque de diversões vai abrir cedo. Estão abrindo todos os brinquedos, o Arremesse-até-ganhar e a Roda da Fortuna. E esta é a minha noite de sorte, Kit, sinto que é. Sinto isto muito fortemente. Portanto, preciso me apressar.

* * *

Foram mais de 2 quilômetros até o posto Conoco, e quando lá chegou eram 3h15 da madrugada. O vento tinha aumentado, gemendo ao longo da rua, e no seu caminho até aqui Randall vira os cadáveres de três cachorros e um homem. O homem estivera usando algum tipo de uniforme. Acima, as estrelas brilhavam intensamente, fagulhas riscavam a pele escura do universo.

A lona que cobria o Buick tinha sido presa retesadamente com cavilhas, e o vento a fazia drapejar. Quando Flagg soltou as cavilhas, a lona saiu voando pela noite como um imenso fantasma marrom, seguindo para leste. A pergunta era: que direção *ele* deveria seguir?

Ficou parado ao lado do Buick, que era um modelo 1975 bem conservado (os carros se conservavam bem aqui: havia pouca umidade e a ferrugem demorava um bom tempo para começar), farejando o ar noturno de verão como um coiote. Havia nele um perfume de deserto, do tipo que você só pode sentir claramente à noite. O Buick continuava inteiro em um cemitério de automóveis com partes desmembradas, monólitos da ilha da Páscoa no silêncio ventoso. Um bloco de motor. Um eixo que parecia algum halterofilista bronco. Uma pilha de pneus para o vento fazer seus efeitos sonoros uivantes em cima dela. Um pára-brisa estilhaçado. Mais.

Ele pensava em cenários melhores do que esses. Em cenários como esse, qualquer homem podia ser Iago.

Ele contornou o Buick e passou através do capô amassado do que poderia ter sido algum dia um Mustang.

— Ei, pequeno Cobra, já tá sabendo que tu vai dançar... — cantou suavemente. Chutou um radiador amassado com uma bota empoeirada e descobriu um ninho de jóias, piscando de volta para ele com fogo opaco. Rubis, esmeraldas, pérolas do tamanho de ovos de gansa, diamantes que rivalizavam com as estrelas. Estalou os dedos para elas. Elas se foram. Para onde estava *ele* indo?

O vento gemeu através da janela estilhaçada de um velho Plymouth e das minúsculas coisas vivas farfalhadas lá dentro.

Algo mais farfalhou atrás dele. Virou-se e viu Kit Bradenton, vestido apenas com uma ridícula sunga amarela, sua barriga de poeta pendendo da cintura como uma avalanche contida em animação suspensa. Bradenton caminhou para ele sobre os restos empilhados de ferro laminado de Detroit. Uma mola perfurou seu pé como uma crucificação, mas o ferimento não sangrou. O umbigo de Bradenton era um tapa-olho.

O homem escuro estalou os dedos e Bradenton se foi.

Ele sorriu e caminhou de volta para o Buick. Apoiou a testa contra o declive do teto sobre o lado do carona. O tempo passou. Por algum tempo ele se empertigou, ainda sorrindo. Ele sabia.

Deslizou para trás do volante do Buick, bombeou a gasolina duas vezes para injetar o carburador. O motor ronronou de volta à vida e a agulha do marcador de gasolina saltou para TANQUE CHEIO. Ele deu partida e contornou a lateral do posto, as luzes dos faróis por um momento capturando outro par de esmeraldas, olhos de um gato cintilando cautelosamente do capim alto junto à porta do banheiro de senhoras do posto Conoco. Na boca do gato estava o pequeno corpo flácido de um camundongo. À visão de seu rosto sorridente de lua cheia, espiando-o da janela do motorista, o gato largou seu petisco e fugiu. Flagg riu alto, vigorosamente, o riso de um homem com nada em sua mente senão uma infinidade de coisas boas. Onde o piso alcatroado do posto se transformou em auto-estrada, ele dobrou à direita e começou a seguir para o sul.

Capítulo Trinta e Dois

ALGUÉM TINHA DEIXADO ABERTA A PORTA entre a segurança máxima e o bloco de celas além dela; a parede revestida de aço do corredor agia como um amplificador natural, aumentando a constante e monótona gritaria que evoluíra por toda a manhã para uma amplitude monstruosa, fazendo-a ecoar e reecoar até que Lloyd Henreid pensou que, entre os gritos e o autêntico medo natural que sentia, ele iria acabar pirando, completamente.

— *Mãe* — veio a voz áspera e reverberante. — *Mããããe!*

Lloyd estava sentado de pernas cruzadas no chão da cela. Tinha as mãos viscosas de sangue; parecia um homem usando um par de luvas vermelhas. A leve camisa azul de algodão de seu uniforme prisional estava manchada de sangue, porque ele continuava limpando as mãos nela a fim de poder segurar melhor. Eram dez horas da manhã de 29 de junho. Por volta das sete desta manhã havia notado que a perna direita dianteira do seu catre estava solta, e desde então vinha tentando soltar os parafusos que a prendiam ao chão e ao lado de baixo da armação. Tentava fazer isto tendo somente os dedos como ferramentas, e na verdade conseguira soltar cinco dos seis parafusos. Em conseqüência, seus dedos agora pareciam uma mixórdia esponjosa de hambúrguer cru. O sexto parafuso era o único que se revelara um osso duro de roer, mas ele começava a achar que conseguiria realmente soltá-lo. Era a única coisa que se permitia pensar. O único meio de manter afastado o pânico cruel era não pensar.

— *Mãããe...*

Pulou de pé, gotas de sangue de seus dedos feridos pingando no chão, e espichou o rosto para fora do corredor o máximo que pôde, os olhos protuberando furiosamente, as mãos agarrando as barras da cela.

— *Cale a boca, seu chupador de pau!* — gritou. — *Cale-se, está me fodendo a porra dos nervos!*

Houve uma longa pausa. Lloyd saboreou o silêncio como uma vez saboreara um Quarterão-com-queijo do McDonald's chiando de quente. O silêncio é de ouro — ele sempre achara este ditado uma coisa idiota, mas tinha lá seu fundo de verdade.

— *MÃÃÃEEE...* — A voz veio flutuando de novo, subindo a garganta de aço do corredor das celas, tão melancólica quanto uma buzina de nevoeiro.

— Deus — resmungou Lloyd. — Santo Deus. *CALE-SE! CALE-SE! CALE-SE, SEU BABACA FODIDO!*

— *MÃÃÃÃÃÃEEEEEE...*

Lloyd voltou-se para a perna do catre e atacou-a selvagemente, desejando mais uma vez que houvesse alguma coisa na cela para servir de alavanca, tentando ignorar o latejar nos dedos e o pânico em sua mente, que retinha uma cronologia de eventos passados tanto quanto uma peneira retém a água. Três dias atrás. Sim. No dia que se seguiu àquele em que o escroto de Mathers o havia socado nos bagos. Dois guardas o tinham levado outra vez ao parlatório. Shockley ainda estava na porta e saudou-o: *Ora, é o saco de merda! Qual é a nova, saco de merda, tem alguma esperta para contar?* E então Shockley tinha aberto a boca e espirrado bem na cara de Lloyd, borrifando-o com cuspe espesso. *Aí tem um pouco de germes para você, saco de merda, todo mundo já pegou, desde o diretor para baixo, e acredito em partilhar a saúde. Neste país até mesmo lixo como você deveria ser capaz de pegar um resfriado.* Depois o levaram para dentro, e Devins tinha olhado para ele como um homem que está tentando esconder algumas notícias muito boas a fim de que devessem se transformar em más notícias, afinal. O juiz que deveria presidir o caso de Lloyd estava de cama com a gripe. Dois outros juízes também se encontravam doentes, ou com a gripe que andava por toda parte ou com qualquer outra coisa, de modo que os cabeças-de-bagre restantes estavam assoberbados. Talvez eles conseguissem um adiamento. Mantenha seus dedos cruzados, dissera o advogado. E quando é que vamos saber?, Lloyd perguntara. Provavelmente não até o último minuto, replicara Devins. Não se preocupe, eu o informarei. Mas Lloyd não o vira mais desde então e agora, pensando em retrospecto, lembrou-se de que o advogado estivera ele próprio com o nariz escorrendo e...

— *Aaaaaai, porra!*

Ele levou os dedos da mão direita à boca e sentiu gosto de sangue. Mas aquele puto do parafuso tinha lhe dado uma pequena mordida, o que significava que estava prestes a soltá-lo, com certeza. Nem mesmo o filhinho-da-mamãe no fim do corredor podia mais incomodá-lo... pelo menos não tão insistentemente. Ele ia conseguir. Depois do quê, só teria de esperar e ver o que acontecia. Sentou-se com os dedos na boca, dando-lhes um descanso. Quando isto foi feito, rasgou a camisa em tiras e improvisou uma bandagem para os dedos.

— *Mãe?*

— Eu sei o que você pode fazer com sua mãe — murmurou Lloyd.

Naquela noite, depois que falou com Devins pela última vez, eles haviam começado a retirar os prisioneiros doentes, *carregando-os* para fora, falando sem rodeios, porque não estavam levando ninguém que já não estivesse com o pé na cova. O homem na cela à direita de Lloyd, Trask, assinalara que a maioria dos guardas parecia bastante encatarrada. Talvez a gente possa ganhar alguma coisa com isso, disse Trask. O quê?, Lloyd havia perguntado. Não sei, disse Trask. Ele era um homem magro com um rosto comprido de sabujo que se encontrava na segurança máxima aguardando julgamento por acusações de roubo à mão armada e agressão com arma mortífera. Adiamentos, disse ele, não sei.

Trask tinha seis baseados debaixo do colchão de seu catre, e deu quatro deles a um dos carcereiros que ainda parecia bem para contar-lhe o que acontecia lá fora. O guarda disse que as pessoas estavam abandonando Phoenix, dirigindo-se para qualquer lugar.

Havia um monte de doentes, e as pessoas estavam morrendo mais rápido do que um cavalo podia trotar. O governo dizia que uma vacina em breve estaria disponível. Diversas emissoras de rádio da Califórnia transmitiam coisas realmente terríveis sobre lei marcial, bloqueios militares, gente de boa paz com armas automáticas no tumulto e rumores de pessoas morrendo às dezenas de milhares. O guarda disse que não se surpreenderia se aqueles simpatizantes comunistas pervertidos de cabelos compridos tivessem provocado tudo aquilo colocando alguma coisa na água.

O guarda disse que ele próprio se sentia bem, mas que ia dar no pé tão logo terminasse o seu turno. Ouvira dizer que o Exército ia bloquear a Nacional 17, a Interestadual 10 e a Nacional 80 na manhã seguinte, e que ia carregar sua mulher e filho e toda a comida que pudessem transportar e permanecer nas montanhas até que tudo passasse. Ele tinha uma cabana nas montanhas, disse o guarda, e se alguém chegasse a 30 metros dela ganharia uma bala na cabeça.

Na manhã seguinte, Trask ficou com o nariz escorrendo e disse que sentia febre. Ele quase foi tomado por uma histeria de pânico, lembrou-se Lloyd enquanto sugava seus dedos. Trask tinha gritado para cada um que passava para que o tirassem daquela porra de lugar antes que ficasse de fato doente ou coisa parecida. Os guardas nem sequer o fitavam, bem como a qualquer dos outros prisioneiros, que estavam agora tão inquietos quanto leões mal alimentados no zôo. Foi então que Lloyd começou a ficar assustado. Em geral havia uns trinta guardas no andar a cada tempo determinado. Portanto, como é que ele só vira quatro ou cinco rostos diferentes do outro lado das grades?

Naquele dia, o dia 27, Lloyd começara a comer somente a metade da ração que lhe era passada através das grades e guardava a outra metade — pouco valiosa — debaixo do colchão.

Na véspera, Trask tivera uma súbita convulsão. Sua face se tornara tão negra quanto um ás de espadas e ele acabara morrendo. Lloyd olhara cobiçosamente para a refeição de Trask comida pela metade, mas não tinha como alcançá-la. Na tarde da véspera houvera poucos guardas no corredor, mas eles não levavam mais ninguém para a enfermaria, não importa o quão doente estivesse. Talvez eles próprios estivessem morrendo também na enfermaria, e o diretor houvesse decidido parar de desperdiçar esforço. Ninguém apareceu para remover o corpo de Trask.

Lloyd cochilou por toda a tarde da véspera. Quando acordou, os corredores da segurança máxima estavam vazios. Nenhuma refeição fora servida. Agora o lugar realmente *parecia* como a jaula do leão no zôo. Lloyd não foi imaginativo o bastante para especular o quanto mais selvagem isto teria parecido se a segurança máxima estivesse na sua plena capacidade. Ele não fazia idéia de quantos ainda permaneciam vivos e com ânimo bastante para berrar pela comida, mas os ecos só aumentavam esta impressão. Tudo que sabia com certeza era que Trask estava reunindo moscas à sua direita, e que a cela à esquerda se achava vazia. O ex-ocupante, um jovem negro de fala sincopada que tentara roubar uma velha e acabara matando-a, tinha sido levado para a enfermaria dias atrás. Ao longo do corredor ele pôde ver duas celas vazias e os pés balouçantes de um homem que estava preso por matar a esposa e o cunhado durante um jogo de *videogame*. O Assassino do *Videogame*, como havia sido batizado, aparentemente optara por se enforcar com seu cinto, ou, se este lhe tivesse sido tomado, com seu próprio par de calças.

Mais tarde naquela noite, após as luzes se acenderem automaticamente, Lloyd havia comido um pouco dos feijões que poupara dois dias antes. O sabor era horrível, mas comeu assim mesmo. Empurrou-os com água tirada do vaso sanitário e depois rastejou até seu catre e abraçou os joelhos contra o peito, amaldiçoando Poke por metê-lo naquela enrascada. Era tudo culpa de Poke. Sozinho, Lloyd nunca teria sido tão ambicioso a ponto de ir mais fundo do que uma encrenca passageira.

Pouco a pouco, o rugido por comida silenciara e Lloyd desconfiou de que não era o único a esconder comida por via das dúvidas. Mas não tinha muita. Se realmente acreditasse que isto ia acontecer, teria estocado mais. Havia alguma coisa no fundo de sua mente que ele não queria ver. Era como se houvesse um jogo de cortinas oscilando no fundo de sua mente, tendo alguma coisa por trás delas. Só se podiam ver os pés ossudos, esqueléticos daquela coisa sob a bainha das cortinas. Nada mais era preciso ver. Porque os pés pertenciam a um cadáver pendente e emaciado, e seu nome era FOME.

— Ah, não — disse Lloyd. — Alguém vai aparecer. Claro que vai. Isto é tão certo quanto a merda fede.

Mas continuava se lembrando do coelho. Não conseguia evitar. Ele ganhara o coelho e uma gaiola para guardá-lo numa rifa da escola. Seu pai não queria que ficasse com o bicho, mas Lloyd de alguma forma o convencera de que cuidaria e alimentaria o coelho com sua própria mesada. Adorava aquele coelho e cuidava dele muito bem. No começo. O problema era que as coisas escapuliam de sua mente passada a empolgação inicial. Sempre tinha sido assim. E um dia, enquanto se balançava indolentemente no pneu que pendia do bordo esquálido que havia nos fundos da casinha decrépita deles em Marathon, Pensilvânia, de repente se empertigou, pensando no coelho. Ele não havia pensado no coelho durante... bem, fazia mais de duas semanas. Havia fugido por completo de sua mente.

Correu para o pequeno galpão ao lado do celeiro, e tinha sido no auge do verão como era agora, e quando entrou sentiu o cheiro do coelho atingi-lo no rosto como uma bofetada. O pêlo que ele tanto gostava de acariciar estava manchado e sujo. Larvas brancas rastejavam diligentemente nas órbitas que uma vez tinham abrigado os lindos olhos rosados do coelho. As patas estavam rotas e sangrentas. Tentou dizer a si mesmo que as patas estavam sangrentas porque o coelho tentara escarafunchar seu caminho para fora da gaiola, e isto era sem a menor dúvida o que havia acontecido. Mas alguma parte doentia e escura de sua mente falou num sussurro e disse que talvez o coelho, no limite máximo de sua fome, houvesse tentando comer a si mesmo.

Lloyd retirara o coelho, cavara uma cova bem funda e o enterrara, ainda dentro da gaiola. Seu pai nunca lhe perguntara sobre o coelho, devia até ter esquecido que o filho *tinha* um coelho — Lloyd não era tremendamente brilhante, mas virava um gigante mental quando confrontado com seu pai —, mas Lloyd jamais esquecera. Sempre assolado por sonhos vívidos, a morte do coelho lhe havia provocado uma série de terríveis pesadelos. E agora a visão do coelho retornou enquanto se sentava no catre com os joelhos de encontro ao peito, dizendo para si mesmo que alguém apareceria, alguém por certo viria e o deixaria sair livre. Ele não pegara esta gripe Capitão Viajante; estava apenas faminto. Como seu coelho estivera. Só isso.

Alguma hora depois da meia-noite ele caíra no sono, e nesta manhã recomeçara a trabalhar na perna do seu catre. E agora, olhando para os dedos ensangüentados, pensou com renascido horror nas patas do coelho tanto tempo atrás, ao qual ele não pretendera maltratar.

* * *

Por volta de uma da tarde de 29 de junho, conseguiu soltar a perna do catre. No final o parafuso entregara os pontos com uma facilidade estúpida, a perna retinira no piso da cela e ele se limitara a olhar para ela, imaginando para que, em nome de Deus, ele queria aquilo, para começar. A perna tinha uns 90 centímetros de comprimento.

Ele levou-a para a frente da cela e começou a martelar furiosamente com ela contra as barras de aço azulado.

— Ei! — gritava, enquanto a barra clangorante expedia suas notas profundas em forma de gongo. — Ei! Quero sair! Quero sair! Quero cair fora desta porra, estão entendendo? Ei, puta que pariu, *ei*!

Ele parou e ouviu enquanto os ecos desvaneciam. Por um momento houve um silêncio total e depois, do bloco de celas central, veio a resposta extasiada e rouca:

— Mãe! Aqui embaixo, mãe! Estou aqui embaixo!

— *Jesus!* — gritou Lloyd e arremessou a perna do catre no canto. Tinha pelejado por horas, praticamente destruíra seus dedos, só para acordar aquele babaca.

Sentou-se no catre, ergueu o colchão e tirou um pedaço de pão dormido. Ficou em dúvida se acrescentava um punhado de passas, depois disse a si mesmo que deveria economizá-las, mas acabou comendo-as mesmo assim. Comeu uma a uma, fazendo uma careta, deixando o pão para o fim para tirar aquele gosto viscoso de fruta da sua boca.

Quando terminou seu deplorável simulacro de refeição, caminhou ao léu até o lado direito da cela. Olhou para baixo e sufocou um grito de repulsa. Trask esparramava-se metade do corpo no seu catre e a outra metade fora dele, e as pernas das calças tinham sido puxadas um pouco para cima. Os tornozelos estavam nus acima dos chinelos de presidiário. Um rato enorme e lustroso estava almoçando a perna de Trask. Seu rabo rosado e repulsivo estava caprichosamente enrolado em torno do corpo cinzento.

Lloyd caminhou até o outro canto da sua própria cela e pegou a perna do catre. Recuou e parou por um momento, imaginando se o rato o veria e decidisse fugir para uma vizinhança menos hostil. Mas o rato estava de costas para ele e, até onde Lloyd podia dizer, o bicho nem se dera conta de sua presença. Lloyd mediu a distância a olho e decidiu que a perna teria um alcance perfeito.

— Huh! — grunhiu Lloyd e brandiu a perna do catre. Ela esmagou o rato de encontro à perna de Trask, e este caiu do seu catre com um baque surdo. O rato jazia de lado, atordoado, respirando fracamente. Havia gotas de sangue em seus bigodes. Suas patas traseiras estavam se mexendo, como se o seu pequeno cérebro de rato estivesse lhe dizendo para correr para algum lugar, mas ao longo da medula espinhal os sinais eram de que tudo se desordenava. Lloyd bateu de novo e o matou.

— Aí está você, seu puto — disse Lloyd. Ele depôs a perna e voltou para o seu beliche. Estava afogueado e assustado e sentiu-se como se chorando. Olhou para trás por cima do ombro e gritou: — Como se sente, rato dos infernos, seu escrotinho de merda?

— Mãe! — gritou a voz alegremente em resposta. — *Mããããeee!*

— *Cale-se!* — berrou Lloyd. — *Não sou sua mãe! Sua mãe está fazendo boquete num puteiro em Buraco do Cu, Indiana!*

— Mãe? — tentou a voz, agora cheia de dúvida debilitada. Depois caiu em silêncio.

Lloyd começou a chorar, esfregando o rosto com os punhos, como um garotinho. Ele queria um sanduíche de filé, queria falar com seu advogado, queria cair fora dali.

Por fim deitou-se no catre, pôs um braço acima dos olhos e se masturbou. Era uma forma tão boa para pegar no sono quanto qualquer outra.

* * *

Quando acordou de novo já eram cinco da tarde e a segurança máxima estava num silêncio mortal. Meio atordoado, Lloyd levantou-se do catre, que agora se inclinava bebadamente em direção ao ponto de onde um dos seus apoios fora retirado. Ele pegou a perna, precavido contra os gritos de "Mãe!", e começou a martelar nas barras como um cozinheiro de fazenda chamando os peões para uma grande ceia da roça. *Ceia.* Agora era só uma palavra, tinha algum dia havido outra melhor? Bifes de pernil e batatas com molho e ervilhas frescas e leite com chocolate Hershey's para arrematar. E de sobremesa uma grande tigela de sorvete de morango. Não, nunca houvera uma palavra que combinasse com *ceia.*

— Ei, tem alguém aí? — gritou Lloyd, sua voz falhando.

Nenhuma resposta. Nem sequer um grito de "*Mãe!*". A esta altura, ele até o teria recebido bem. Até mesmo a companhia dos loucos era melhor do que a companhia dos mortos.

Lloyd deixou o porrete cair com um baque. Voltou ao catre, ergueu o colchão e fez um inventário. Mais dois pedaços de pão, dois punhados de passas, uma costela de porco meio comida, um pedaço de salsichão. Ele partiu o salsichão em dois e comeu a metade maior, mas isto apenas aguçou-lhe o apetite e aumentou sua raiva.

— Chega — sussurrou e depois comeu o resto da costela, até o osso, xingou a si mesmo e chorou mais um pouco. Ele iria morrer aqui, tal como o coelho havia morrido na gaiola, tal como Trask morrera na sua cela.

Trask.

Ele olhou para a cela de Trask por um longo e pensativo momento, observando as moscas voejando, pousando e decolando. No rosto de Trask havia praticamente um aeroporto internacional de Los Angeles para moscas. Finalmente, Lloyd pegou o porrete, foi até as grades e o enfiou através delas. Apoiando-se na ponta dos pés, ele mal conseguiu alcançar o corpo do rato e arrastá-lo para sua cela. Quando estava próximo o suficiente, Lloyd se pôs de joelhos e puxou o rato para o seu lado. Pegou-o pelo rabo e manteve o corpo oscilante diante de seus olhos por um bom tempo. A seguir o guardou debaixo do colchão, onde as moscas não poderiam alcançá-lo, isolando o corpo flácido do que restava de sua comida estocada. Olhou fixamente para o rato por um longo momento antes de deixar o colchão cair de volta, escondendo-o piedosamente de vista.

— Só em caso de necessidade — sussurrou Lloyd Henreid para o silêncio. — Só em caso de necessidade, é isso aí.

Depois subiu para a outra extremidade do catre, puxou os joelhos até o queixo e ficou sentado imóvel.

Capítulo Trinta e Três

ÀS 9H22, PELO RELÓGIO ACIMA DA PORTA do escritório do xerife, as luzes se apagaram.

Nick Andros tinha começado a ler um livro de bolso, que tirara da prateleira de uma *drugstore*, um romance gótico sobre uma preceptora apavorada que achava que a grande propriedade isolada, onde deveria estar ensinando aos belos filhos do dono, era mal-assombrada. Embora não tivesse chegado sequer à metade do livro, Nick já sabia que o fantasma era realmente a bela esposa do dono, que estava provavelmente trancada no sótão e era louca de pedra.

Quando as luzes se apagaram, sentiu o coração dar uma guinada no peito e uma voz sussurrou para ele das profundezas de sua mente, do lugar onde os pesadelos que agora o assombravam a cada vez que caía no sono jaziam à espera: *Ele está vindo para você... ele está lá fora agora, nas estradas da noite... o homem escuro...*

Ele deixou o livro cair sobre a mesa e saiu para a rua. A última luz do dia ainda não tinha ido para o céu, mas o crepúsculo estava quase se extinguindo. Todas as lâmpadas de rua estavam apagadas. As fluorescentes na *drugstore*, que ficavam acesas noite e dia, também. A abraçadeira das caixas de ligação no topo dos postes de luz também se fora; isto foi uma coisa que Nick verificou ao pôr sua mão em uma delas e nada sentir senão a madeira. A vibração, que era para ele uma espécie de audição, havia cessado.

Havia velas no armário de suprimentos, uma caixa inteira, mas a idéia das velas não dava muito consolo a Nick. O fato de as luzes se apagarem o golpeara muito firme, e agora ele fixou parado olhando para oeste, silenciosamente suplicando para que a luz não o abandonasse e o deixasse neste cemitério escuro.

Mas a luz se foi. Nick nem mais podia fingir que restava uma pequena luz no céu às 9h10, então voltou para o gabinete e seguiu para o armário onde estavam as velas. Estava apalpando sobre uma das prateleiras à procura da caixa certa quando a porta atrás dele se escancarou e Ray Booth irrompeu porta adentro, seu rosto negro e inchado, o anel de sinete ainda reluzindo no dedo. Estivera escondido nos bosques próximos à cidade desde a noite de 22 de junho, uma semana atrás. Na manhã do dia 24 tinha caído doente e por fim, nesta tarde, a fome e o temor por sua vida o impeliram de volta à cidade, onde não vira ninguém senão o maldito mudinho esquisito que o tinha metido nesta encrenca, para começar. O mudinho atravessava a praça cheio de marra, caminhando como se fosse o dono da cidade onde Ray passara a maior parte de sua vida, o coldre do xerife no seu quadril direito e amarrado à coxa com um cordão, à moda dos pistoleiros. Talvez ele *pensasse* que era o dono da cidade. Ray desconfiava de que iria morrer daquilo, fosse lá o que fosse, que havia acometido todo mundo, mas primeiro queria provar ao maldito esquisitão que ele não era merda nenhuma.

Nick estava de costas e não fazia a menor idéia de que não se achava mais sozinho no escritório do xerife Baker até que as mãos se fecharam em volta do seu pescoço e apertaram. A caixa que acabara de pegar caiu de suas mãos, velas de cera quebrando e rolando por todo o chão. Ele estava semi-estrangulado antes de se recuperar de seu terror inicial e sentiu uma certeza súbita de que a criatura negra dos seus sonhos adquirira vida: algum demônio dos quintos do inferno estava atrás dele, e enrolara as garras escamosas em torno do seu pescoço tão logo a energia elétrica tinha faltado.

Então, convulsiva e instintivamente, ele pôs suas próprias mãos sobre aquelas que o estrangulavam e tentou se livrar delas. Um hálito quente bafejou contra sua orelha direita, produzindo um túnel de vento lá que ele podia sentir mas não ouvir. Ele captou um arfar áspero e encatarrado antes que as mãos apertassem de novo.

Os dois oscilaram no escuro como dançarinos das trevas. Ray Booth pôde sentir sua força refluindo à medida que o rapaz lutava. Sua cabeça latejava. Se não liquidasse o mudinho rapidamente, talvez jamais o conseguisse, afinal. Apertou o pescoço magro do rapaz com toda a força que lhe restava nas mãos.

Nick sentiu o mundo indo embora. A dor na garganta, que havia sido aguda no início, estava agora entorpecida e distante — quase amena. Ele calcou duramente o calcanhar de sua bota num dos pés de Booth e ao mesmo tempo jogou seu peso para trás contra o grandalhão. Booth viu-se forçado a recuar um passo. Um de seus pés pisou numa vela, que rolou debaixo dele, fazendo-o cair no chão com Nick de costas por cima. Suas mãos finalmente penderam frouxas.

Nick se virou, respirando em ásperos arquejos. Tudo parecia longínquo e flutuante, exceto pela dor na garganta, que havia retornado em surtos lentos e latejantes. Ele pôde sentir gosto de sangue oleoso no fundo da garganta.

A grande forma encurvada de quem quer que o tivesse atacado estava se pondo de pé. Nick lembrou-se da arma e tateou por ela. Estava lá, mas não saiu livre. Estava presa de alguma forma no coldre. Ele puxou-a com toda a força, agora enlouquecido pelo pânico. A arma disparou. A bala raspou o lado de sua perna e enfiou-se no chão.

A forma caiu sobre ele como uma sina.

A respiração explodiu para fora de Nick e a seguir mãos brancas enormes estavam tateando em busca de seu rosto, os polegares querendo enfiar-se nos olhos. Nick viu um brilho púrpura numa daquelas mãos à débil luz da lua e sua boca surpreendida formou a palavra "*Booth!*" na escuridão. Sua mão direita continuou a puxar o revólver. Ele mal sentia o chiado quente de dor ao longo de sua coxa.

Um dos polegares de Ray Booth enfiou-se no olho direito de Nick. Uma dor esquisita chamejou e faiscou em sua cabeça. Finalmente ele conseguiu sacar a arma. O polegar de Booth, duro e calejado, girava rapidamente de um lado para o outro, moendo o globo ocular de Nick.

Nick emitiu um grito amorfo que pouco mais foi que um violento sussurro de ar e comprimiu a arma no flanco flácido de Booth. Apertou o gatilho e a arma fez um *whump!* abafado que Nick sentiu como um violento coice que foi para lugar nenhum a não ser o alto de seu braço; o disparo tinha perfurado a camisa de Booth. Nick viu uma língua de fogo sair do cano e, um momento depois, sentiu cheiro de pólvora e da camisa fumegante de Booth. Ray Booth se enrijeceu, depois afundou em cima dele.

Soluçando de dor e terror, Nick afastou o peso em cima de si e o corpo de Booth meio que caiu, meio que deslizou fora dele. Nick rastejou, uma das mãos colocada sobre o olho ferido. Ficou deitado no chão por longo tempo, sua garganta em fogo. A cabeça parecia como se gigantescos e impiedosos calibradores tivessem sido apertados em suas têmporas.

Por fim, apalpou em volta, achou uma vela e acendeu-a com o isqueiro de mesa. Com o fraco brilho amarelo da vela ele pôde ver Ray Booth jazendo no chão de rosto para baixo. Ele parecia uma baleia morta lançada à praia. A arma produzira um círculo enegrecido do tamanho de uma panqueca no lado de sua camisa. Havia uma boa quantidade de sangue. Ao bruxuleio incerto da vela, a sombra de Booth se estendia até a parede oposta, enorme e disforme.

Gemendo, Nick cambaleou até o pequeno lavatório, sua mão ainda apertada sobre o olho. Então se olhou no espelho. Viu sangue escorrendo por entre os dedos e afastou a mão relutantemente. Não tinha certeza, mas ficou com a impressão de que agora, além de surdo-mudo, seria também caolho.

Voltou ao gabinete e chutou o corpo flácido de Ray Booth.

Você me ferrou, disse mudamente ao homem morto. Primeiro meus dentes, agora meu olho. Está feliz? Você teria arrancado os dois olhos se pudesse, não é? Arrancar meus olhos e me deixar surdo, mudo e cego num mundo dos mortos. Como se sente em relação a isso, garotão?

Chutou Booth outra vez, e a sensação de seu pé afundando naquela carne morta o fez sentir-se mal. Após um instante, retirou-se para o beliche, sentou-se e apoiou a cabeça nas mãos. Lá fora, a escuridão ficou mais densa. Lá fora, todas as luzes do mundo estavam se apagando.

Capítulo Trinta e Quatro

POR UM LONGO TEMPO, durante dias (Quantos dias, quem saberia? Por certo, não o Homem da Lata de Lixo), Donald Merwin Elbert, conhecido por Homem da Lata de Lixo pelos que privaram da intimidade dele na sua medíocre e tumultuada vida escolar, tinha vagueado acima e abaixo pelas ruas de Powtanville, Indiana, encolhendo-se de medo das vozes em sua cabeça, esquivando-se e usando as mãos como escudo contra as pedras arremessadas por fantasmas.

Ei, Lata de Lixo!

Ei, Lata de Lixo, está escavando, Lixo? Provocou alguns bons incêndios esta semana?

O que diz daquela velhota Semple, quando você tacou fogo no cheque da pensão dela?

Ei, Bebê-lixo, quer comprar um pouco de querosene?

Você gostou daqueles tratamentos de choque lá em Terre Haute, Lixinho?

Lixo...

... ei, Lata de Lixo...

Às vezes ele sabia que aquelas vozes não eram reais, mas outras vezes gritava em altos brados para que parassem, só para perceber que a única voz era a sua própria, reverberando contra ele das casas e fachadas de lojas, ricocheteando da parede cimentada do lava-jato Scrubba-Dubba, onde ele trabalhava e onde agora sentava-se na manhã de 30 de junho, comendo um grande e transbordante sanduíche de manteiga de amendoim, geléia, tomate e mostarda. Nenhuma voz senão a sua, batendo nas fachadas e sendo devolvida como um hóspede indesejado e assim retornando a seus próprios ouvidos. Porque, de algum modo, Powtanville estava vazia. Todos tinham ido embora... ou ainda estavam lá? Sempre disseram que ele era louco, e que isto era alguma coisa em que um louco pensaria, que sua cidade natal estava vazia, exceto por ele mesmo. Mas seus olhos continuavam retornando para os reservatórios de gasolina no horizonte, enormes, brancos e redondos, como nuvens baixas. Situavam-se entre Powtanville e a estrada para Gary e Chicago, e ele soube o que desejava fazer e que *aquilo* não era um sonho. Era ruim mas não um sonho, e ele não seria capaz de refrear-se.

Queimou seus dedos, Lixo?

Ei, Homem da Lata de Lixo, não sabe que brincar com fogo faz você mijar na cama?

Algo pareceu assobiar passando por ele, que soluçou e levantou as mãos, deixando cair seu sanduíche na terra, encolhendo o rosto para junto do pescoço, mas não havia nada, não havia ninguém. Além da parede cimentada do lava-jato Scrubba-Dubba só havia a Auto-Estrada 130 de Indiana, seguindo para Gary, mas primeiro passando pelos enormes tanques de estocagem de Cheery Oil Company. Soluçando um pouco, ele catou seu sanduíche, espanou a terra do pão branco o melhor que pôde e recomeçou a mastigá-lo.

Eram sonhos? Uma vez seu pai estivera vivo, e o xerife o abatera na rua, bem em frente à Igreja Metodista, e ele tivera de conviver com isto a vida inteira.

Ei, Lixo, o xerife Greeley apagou seu velho que nem um cão raivoso, você sabe disso, seu esquisitão fodido?

Seu pai estivera bebendo no O'Toole's e houve uma discussão. Wendell Elbert tinha uma arma e assassinara o *barman* com ela, depois fora para casa e matara os dois irmãos mais velhos e a irmã de Lata de Lixo... ah, Wendell Elbert era um sujeito estranho com maus instintos e andara meio pirado por um longo tempo antes daquela noite, qualquer um em Powtanville podia garantir. E ainda diriam: tal pai, tal filho — e ele também teria matado a mãe de Lata de Lixo, só que Sally Elbert tinha fugido aos gritos no meio da noite com o filho de cinco anos nos braços, Donald (que mais tarde seria conhecido como Homem da Lata de Lixo). Wendell tinha parado nos degraus da frente, atirando neles enquanto fugiam, as balas zunindo e riscando a rua. No último disparo, a pistola barata, que Wendell comprara de um negro num bar situado na State Street de Chicago, havia explodido em sua mão. Os estilhaços dilaceraram boa parte de seu rosto. Ele saíra aos tropeços rua acima, com sangue escorrendo dos olhos, gritando e agitando o que restara da pistola em uma das mãos, o cano fendido em forma de cogumelo, como uma nova versão de charutos explosivos. Assim que chegou à Igreja Metodista, o xerife Greeley desceu da única radiopatrulha de Powtanville, mandou que ele ficasse imóvel e deixasse cair a arma. Em vez disso, Wendell Elbert a apontara para o xerife. Ou Greeley não notou que o cano estava dilacerado ou *fingiu* não notar, mas de qualquer modo o resultado foi o mesmo. Ele presenteou Wendell Elbert com a carga dos dois canos de sua escopeta.

Ei, Lixo, você já tacou fogo na sua PICA?

Ele olhou em torno procurando quem tinha gritado isso — parecia ter sido Carley Yates ou um dos garotos que viviam pendurados nele —, exceto que Carley não era mais um garoto, nem mais um pouco do que ele próprio era.

Talvez agora pudesse ser apenas Don Elbert novamente, em vez de o Homem da Lata do Lixo, tal como Carley Yates era agora apenas Carl Yates, que vendia carros na concessionária Stout Chrysler-Plymouth da cidade. Só que Carl Yates tinha ido embora, *todo mundo* tinha ido, e talvez fosse tarde demais para ele voltar a ser alguém.

* * *

E ele não estava mais sentado contra a parede do Scrubba-Dubba; estava uns 2 quilômetros a noroeste da cidade, caminhando ao longo da 130, e a cidade de Powtanville jazia abaixo dele como uma comunidade em miniatura da ferrovia de brinquedo de um garoto. Os tanques estavam apenas a uns 800 metros de distância e ele tinha um jogo de ferramentas numa das mãos e uma lata de cinco galões de gasolina na outra.

Ah, isto era péssimo, mas...

* * *

Logo depois que Wendell Elbert foi para baixo da terra, Sally Elbert tinha arranjado um emprego no Powtanville Café e vez por outra, no C.A. ou na primeira série, seu filho remanescente, Donald Merwin Elbert, começara a atear fogo nas latas de lixo da vizinhança e depois sair correndo.

Cuidado, garotas, aí vem o Homem da Lata de Lixo, ele vai queimar seus vestidos!

Nããão! Um esquisitããão!

Foi só depois que cursava a segunda série ou por aí que os mais velhos descobriram quem estava fazendo isso, e então o xerife apareceu, o velho e bom xerife Greeley, e ele imaginava que foi assim que o homem que matara seu pai diante da Igreja Metodista terminou sendo seu padrasto.

Ei, Carley, uma charada pra você: como pode seu pai matar seu pai?

Não sei, Petey. Como é?

Também não sei, mas podemos perguntar ao Homem da Lata de Lixo!

Heeheehahaha HawHawHaw!

* * *

Estava parado agora à frente da entrada para carros coberta de cascalho, os ombros doendo de carregar as ferramentas e o galão de gasolina. O letreiro no portão dizia: CHEERY PETROLEUM COMPANY, INC. TODOS OS VISITANTES DEVEM SE IDENTIFICAR NO ESCRITÓRIO! OBRIGADO!

Havia carros no estacionamento, mas não muitos. A maioria estava com os pneus arriados. O Homem da Lata de Lixo subiu pela entrada de carros e deslizou através do portão, que estava entreaberto. Seus olhos, azuis e estranhos, fixavam-se nas escadas espiraladas em volta do tanque mais próximo, por todo o caminho até o topo. Havia uma corrente fechando essas escadas, e mais um letreiro pendia da corrente. Este dizia MANTENHA DISTÂNCIA! ESTAÇÃO DE BOMBEAMENTO FECHADA. Ele pulou a corrente e começou a subir.

* * *

Não foi uma coisa correta sua mãe ter se casado com aquele xerife Greeley. No ano em que estava na terceira série tinha começado a atear fogo em caixas de correio, e foi nesse ano que queimou o cheque da pensão da Sra. Semple, sendo preso de novo. Sally Elbert Greeley ficou histérica quando seu novo marido falou em mandar o garoto para aquele lugar em Terre Haute (*Você pensa que ele está louco! Como pode um garoto de dez anos ser louco? Acho que quer apenas se livrar dele! Você se livrou do pai e agora que se livrar do filho!*) A única outra coisa que Greeley podia fazer era entregar o garoto às autoridades, mas não se pode mandar um menino de dez anos para o reformatório, não, a não ser que deseje que ele saia com o cu arrombado, não, a não ser que você queira que sua mulher peça o divórcio.

* * *

Subindo e subindo as escadas. Seus pés produziam pequenos ruídos retinidos no aço. Ele havia deixado as vozes lá embaixo e ninguém podia arremessar uma pedra até esta altura; os carros no estacionamento pareciam brinquedos Corgi cintilantes. Só havia a voz do vento, falando baixinho no seu ouvido e gemendo num respiradouro em algum lugar; isto é o chamado distante de um pássaro. Árvores e campos abertos se espalhavam por todo o entorno, todos em matizes de verde apenas levemente azulados por uma névoa matinal de sonho. Ele estava sorrindo agora, feliz, enquanto seguia a espiral de aço cada vez mais acima, uma volta após outra.

Quando chegou ao topo plano e circular do tanque, pareceu que devia estar de pé diretamente sob o teto do mundo, e se esticasse o braço poderia raspar giz azul no fundo do céu com as próprias unhas. Depositou a lata de gasolina e as ferramentas e apenas olhou. Daqui podia-se realmente ver Gary, porque as fumaças industriais que habitualmente saíam das chaminés das fábricas estavam ausentes e o ar acima se mostrava tão limpo quanto aqui embaixo. Chicago era um sonho envolto em névoa de verão, e havia um débil lampejo para o extremo norte que tanto podia ser o lago Michigan quanto um pensamento otimista. O ar tinha um aroma suave e dourado que o fez pensar num tranqüilo café-da-manhã em uma cozinha bem iluminada. E em breve o dia iria arder.

Deixando a gasolina onde estava, pôs o jogo de ferramentas em cima da maquinaria de bombeamento e começou a arrumá-lo. Tinha um dom intuitivo para lidar com máquinas; podia manipulá-las do mesmo jeito que certos *idiots savants* podem multiplicar e dividir de cabeça contas de sete dígitos. Não havia nada de sério ou cognitivo a respeito; simplesmente deixou os olhos vaguearem aqui e ali por uns poucos instantes, e depois suas mãos se moveriam com uma confiança rápida e sem esforço.

* * *

Ei, Lata de Lixo, por que incendiar uma igreja? Por que não incendiou a ESCOLA?

Quando estava na quarta série ele começara um incêndio na sala de estar de uma casa abandonada na cidade vizinha de Sedley, e a casa ardeu por completo. Seu padrasto, o xerife Greeley, o colocou na cadeia porque uma gangue juvenil o havia espancado e agora os adultos queriam fazer o mesmo (*Ora, se não tivesse chovido poderíamos ter perdido metade da cidade graças a esse maldito garoto incendiário!*). Greeley disse a Sally que Donald teria que ir mesmo para aquele lugar em Terre Haute e fazer os testes. Sally disse que o abandonaria se ele fizesse isto com o seu bebê, a única cria que lhe restava, mas Greeley foi em frente e conseguiu com que o juiz assinasse a ordem. E assim o Homem da Lata de Lixo deixou Powtanville por algum tempo, uns dois anos, e sua mãe divorciou-se do xerife. Mais tarde naquele ano, Greeley perdeu a reeleição para o cargo e foi para Gary trabalhar em uma linha de montagem de automóveis. Sally ia visitar Lata de Lixo a cada semana e sempre chorava.

* * *

Lata de Lixo sussurrou:

— Aí está você, filho-da-puta. — Depois olhou em torno furtivamente para ver se alguém o ouvira proferir o xingamento. Claro que não havia ninguém, pois ele se encontrava no topo do tanque de estocagem nº 1 da Cheery Oil, e mesmo se tivesse descido até o solo, lá também não restava ninguém. Exceto os fantasmas. Acima dele pairavam espessas nuvens brancas.

Um cano largo se projetava do emaranhado de mecanismos de bombeamento, o diâmetro medindo mais de 60 centímetros, sua extremidade arrumada na posição para extrair o que o pessoal do ramo chamava de mangueira de engate. Servia estritamente para fluxo e escoamento, mas o tanque estava agora cheio de gasolina não descarregada e um pouco dela tinha derramado, talvez um quartilho, traçando rastros reluzentes através da leve camada de poeira sobre o tanque. Lata de Lixo recuou, os olhos brilhando, ainda segurando uma enorme chave de porcas numa das mãos e um martelo na outra. Deixou-os cair e eles retiniram.

Não precisaria afinal da gasolina que trouxera. Levantou a lata, gritou "Lá vai bomba!" e deixou-a cair pela borda. Observou seu progresso cintilante e rodopiante com grande interesse. A um terço da sua trajetória abaixo, a lata bateu nas escadas, ricocheteou e depois caiu por todo o caminho até o solo, girando sem parar, aspergindo gasolina âmbar do lado que se rompera ao se chocar com as escadas.

Ele se voltou para o cano de escoamento. Olhou para as reluzentes poças de gasolina. Extraiu uma caixa de fósforos de papel do bolso da lapela e olhou para eles, com culpa, fascínio e excitação. Havia um anúncio na capa que dizia que você podia obter educação na maioria dos assuntos que desejasse em La Salle Correspondence School, em Chicago. *Estou dependendo de uma bomba,* pensou ele. Fechou os olhos, tremendo de medo e êxtase, o excitamento frio dominando-o, entorpecendo seus dedos.

Ei, Lata de Lixo, seu incendiário filho-da-puta!

* * *

A instituição em Terre Haute o liberou quando tinha 13 anos. Não sabiam se estava curado ou não, mas disseram que sim. Precisavam do seu quarto para internar outro garoto doido por uns dois anos. Lata de Lixo voltou para casa. Estava muito atrasado nos estudos agora, e parecia incapaz de recuperação. Fora submetido a tratamento de choque em Terre Haute e, quando voltou para Powtanville, não conseguia se lembrar das coisas. Estudava para uma prova e depois esquecia metade da matéria e saía com uma nota 60 ou 40, ou algo assim.

Por uns tempos não provocou mais incêndios, porém; pelo menos isso, afinal. Tudo voltara a ser como devia, assim parecia. O xerife matador de pai tinha ido embora; estava lá em Gary, colocando faróis nos Dodges ("Colocando rodas em abortos da natureza", sua mãe às vezes dizia). Ela voltara a trabalhar no Powtanville Café. Estava tudo bem. Claro, havia a Cheery Oil, os tanques brancos se erguendo no horizonte como latas de estanho caiadas exageradamente, e por trás deles a fumaça industrial de Gary — onde estava o xerife-matador-de-pai —, como se Gary já estivesse em chamas. Ele com freqüência se perguntava como os tanques da Cheery Oil iriam voar pelos ares. Três explosões isoladas, altas o bastante para rasgar os tímpanos em frangalhos e reluzentes o suficiente para fritar os globos oculares nas órbitas? Três pilares de fogo (pai, filho e santo-padre xerife) que iriam arder dia e noite durante meses? Ou se talvez eles não ardessem, afinal?

Ele ia descobrir. A brisa suave de verão apagou os dois primeiros fósforos que acendeu, e ele deixou cair seus tocos enegrecidos no aço rebitado. À direita, perto da grade à altura do joelho que circundava a borda do tanque, ele viu um inseto lutando fracamente numa poça de gasolina. Gosto desse inseto, pensou ele ressentido, e imaginou que tipo de mundo era esse onde Deus não só deixava você ser apanhado numa grande mixórdia malcheirosa que nem um inseto numa poça de gasolina, como também o deixava lá vivo e se debatendo por horas, talvez dias... ou, no seu caso, por anos. Era um mundo que merecia ser queimado, era isso. Ele se levantou, cabeça abaixada, um terceiro fósforo pronto a ser riscado quando a brisa morresse.

* * *

Por algum tempo, quando voltou para casa, ele foi chamado de *maluco*, *imbecil* e *taca-fogo*, mas Carley Yates, que estava à época três séries à frente, lembrou-se das latas de lixo e foi o apelido posto por ele que pegou. Quando completou 16, abandonou a escola com a permissão da mãe (*O que podia esperar? Eles maltrataram o garoto lá em Terre Haute. Eu os processaria se tivesse dinheiro. Tratamento de choque, é como eles chamam. Uma porra de cadeira elétrica, é como eu chamo!*) e foi trabalhar no lava-jato Scrubba-Dubba: sabão nos faróis/sabão nos painéis/bater os limpadores de pára-brisa/limpar os espelhos/ei, moço, vai querer cera quente com isso? E por um tempo um pouco mais longo as coisas seguiram seu curso designado. As pessoas gritariam para ele das esquinas ou de carros de passagem, desejariam saber o que a velha Sra. Semple (já há quatro anos na sepultura) tinha dito quando ele queimou seu cheque da pensão, ou se ele havia mijado na cama depois de incendiar aquela casa em Sedley; e assobiariam uns para os outros enquanto faziam hora em frente à loja de doces ou se encostavam na porta do O'Toole's; gritariam uns com os outros para esconder seus fósforos ou apagar os cigarros porque o Homem da Lata de Lixo estava passando. Todas as vozes se tornaram vozes de fantasmas, mas era impossível ignorar as pedras quando elas vinham zunindo da entrada dos becos escuros ou do outro lado da rua. Uma vez alguém jogara uma lata de cerveja pela metade sobre ele de um carro que passava. A lata o golpeara na testa, fazendo-o cair de joelhos.

Assim era a vida: as vozes, as pedradas ocasionais, o Scrubba-Dubba. E no seu horário de almoço ele se sentava onde estivera sentado hoje, comendo o sanduíche preparado por sua mãe, olhando para os tanques da Cheery Oil e imaginando de que modo seria.

Assim era a vida, de qualquer forma, até que uma noite ele viu-se no vestíbulo da Igreja Metodista com uma lata de cinco galões de gasolina, aspergindo-a por toda parte — especialmente nas pilhas dos velhos hinários no canto — e ele havia *parado* e pensado: *Isto é ruim e, talvez pior do que tudo, é ESTÚPIDO. Eles saberão quem o fez. Saberão quem foi, mesmo se fosse outra pessoa, e irão "matar você"*. Ele pensava nisso e sentia o cheiro da gasolina enquanto as vozes vibravam e circulavam em sua cabeça como morcegos em uma torre mal-assombrada. Depois um lento sorriso aflorou no seu rosto e, suspendendo a lata de gasolina, correra direto até a ala central, a gasolina se espalhando por todo o caminho desde o vestíbulo até o altar, como um noivo atrasado para seu próprio casamento, e tão ansioso que começara a aspergir um líquido quente mais apropriado para o seu leito nupcial.

A seguir correu de volta para o vestíbulo, extraiu um único fósforo do bolso da lapela, riscou-o no zíper da calça *jeans*, enfiou o fósforo na pilha de hinários encharcados. O fogo pegou, *kaflump!*, e no dia seguinte ele era levado para o Centro Correcional para Meninos no norte de Indiana, deixando para trás o esqueleto enegrecido e fumegante da Igreja Metodista.

E havia Carley Yates, encostado no poste em frente ao lava-jato, um cigarro no canto da boca. Carley havia gritado seu discurso de despedida, seu epitáfio, sua saudação e seu adeus: *Ei, Lata de Lixo, por que incendiar uma igreja? Por que não taca fogo na ESCOLA?*

Ele estava com 17 anos quando foi para a prisão juvenil e quando completou 18 mandaram-no para a prisão estadual. E quanto tempo ficou lá? Quem sabia? Não o Homem da Lata de Lixo, isto era certo. Ninguém na prisão ligou a mínima por ele ter incendiado a Igreja Metodista. Havia gente ali que fizera coisas muito piores. Assassinato. Estupro. Arrebentado a cabeça de velhas bibliotecárias. Alguns dos reclusos queriam fazer alguma coisa com ele, e outros o queriam para fazer alguma coisa neles. Ele não se importou. Valia tudo quando as luzes se apagavam. Um homem careca dissera que o amava — *Amo você, Donald* —, e isto era certamente melhor do que se esquivar de pedradas. Às vezes ele pensava: bem que eu poderia ficar aqui para sempre. Mas outras vezes, à noite, ele sonhava com a CHEERY OIL, e nos sonhos era sempre uma única e trovejante explosão seguida por duas outras, e o som era WHAM!... WHAM! WHAM! Enormes explosões sem som abrindo seu caminho para a luz radiante do dia, modelando a luz diurna como os golpes de um martelo ao forjar cobre fino. E todo mundo na cidade interromperia o que estivesse fazendo e olharia para o norte, na direção de Gary, na direção onde os três tanques se silhuetavam contra o céu como latas pintadas de branco. Carley Yates estaria tentando vender um Plymouth de dois anos para um jovem casal com um bebê, e iria parar o seu papo de vendedor e olhar. Os ociosos no O'Toole's e na loja de doces iriam se aglomerar do lado de fora, largando suas cervejas e chocolates maltados. No café, sua mãe faria uma pausa diante da caixa registradora. O novo atendente do lava-jato se aprumaria diante dos faróis que acabara de ensaboar, a luva esponjosa ainda em sua mão, olhando para o norte enquanto aquele som enorme e portentoso desbravava o seu caminho na rotina de cobre do dia: WHAMMM! Era este o seu sonho.

Ele tornou-se um preso de confiança durante sua pena, e quando a estranha doença surgiu mandaram-no para a enfermaria. Alguns dias depois não havia mais nenhum enfermo, pois todos que tinham contraído a doença estavam mortos agora. Todos estavam mortos ou haviam fugido, exceto um jovem guarda chamado Jason Debbins, que se sentou ao volante de um furgão da lavanderia do presídio e matou-se com um tiro.

E para onde mais ele poderia ir, a não ser para casa?

A brisa bateu suavemente contra sua face e a seguir se extinguiu.

Riscou outro fósforo e o deixou cair. Ele pousou num pequeno charco de gasolina, que se inflamou. As chamas eram azuis. Espalharam-se delicadamente, uma espécie de coroa, com o fósforo queimado no seu centro. Lata de Lixo observou por um momento, paralisado pela fascinação, e então correu rapidamente para as escadas que contornavam o tanque até embaixo, olhando para trás por cima do ombro. Pôde ver a maquinaria de bombeamento através de uma névoa de calor agora, bruxuleando para a frente e para trás como uma miragem. As chamas azuis, não tendo mais que 5 centímetros de altura, se espalhavam na direção da maquinaria e do cano aberto num semicírculo que ia se alargando. Os esforços do inseto terminaram. Não era mais que uma casca enegrecida.

Eu podia deixar que isto acontecesse comigo.

Mas ele não parecia querer assim. Tinha a vaga sensação de que poderia haver um outro propósito na sua vida agora, alguma coisa muito grande e magnífica. Portanto, sentiu uma pontada de medo e começou a descer os degraus correndo, os sapatos clangorando no metal, sua mão deslizando rapidamente sobre o corrimão íngreme e enferrujado.

Cada vez mais para baixo, circulando, imaginando quanto tempo levaria até que o vapor pairando sobre a boca do cano de escoamento ardesse, quanto tempo antes que um calor grande o suficiente para ignição desceria pela garganta até a barriga do tanque.

Com o cabelo esvoaçando, um sorriso aterrorizado afixado no rosto, o vento zumbindo nos ouvidos, ele disparou para baixo. Agora estava a meio caminho, deixando para trás as letras CH, letras com 6 metros de altura e em verde-limão contra o branco do tanque. Cada vez mais embaixo, e se seus pés quase voando vacilassem ou tropeçassem em alguma coisa, ele despencaria como a lata de gasolina, seus ossos se quebrando como galhos mortos.

O chão foi ficando mais perto, os círculos de cascalho branco em volta dos tanques, a grama verde além do cascalho. Os carros no estacionamento começaram a adquirir seu tamanho normal. E ainda assim ele parecia estar flutuando, flutuando, flutuando num sonho, e que nunca alcançaria o fundo, apenas correndo, correndo, sem chegar a lugar nenhum. Ele se achava junto a uma bomba e o pavio estava aceso.

Da distância acima veio um súbito estouro, como de um morteiro no Quatro de Julho. Houve um clangor abafado e a seguir alguma coisa passou zunindo por ele. Era parte do cano de escoamento, ele viu com um medo agudo e quase deliciado. O cano estava totalmente preto e retorcido pelo calor em uma configuração nova e excitantemente disforme.

Pôs uma das mãos na balaustrada e se arqueou, ouvindo alguma coisa estalar no seu pulso. Uma dor agoniante fluiu pelo braço acima até o cotovelo. Ele caiu pelos últimos 7 metros, pousou no cascalho e se estatelou. O cascalho arranhou a pele de seus antebraços, mas ele mal o sentiu. Estava agora cheio de um pânico sorridente e lastimoso, e o dia parecia muito radiante.

O Homem da Lata de Lixo levantou-se, girou o pescoço para trás, lançando seu olhar para cima enquanto recomeçava a correr. O topo desse tanque do meio tinha desenvolvido uma cabeleira amarela, e o ar esquentava com espantosa rapidez. A coisa toda iria explodir a qualquer segundo.

Ele correu, sua mão direita pendendo frouxa do pulso quebrado. Pulou por sobre o cercado do estacionamento e seus pés bateram no asfalto. Agora estava atravessando o estacionamento, sua sombra seguindo o rastro dos pés, e corria direto pela ampla estrada de acesso com piso de cascalho. Disparou através do portão entreaberto, viu-se de novo na Auto-Estrada 130. Ele correu direto por ela e mergulhou na vala da margem oposta, pousando sobre um leito macio de folhas mortas e musgo úmido, os braços enrolados em volta da cabeça, a respiração entrando e saindo de seus pulmões como canivetes.

O tanque explodiu. Não com *WHAMM!* mas com *KA-WHAP!*, um som tão enorme, e ao mesmo tempo tão curto e gutural, que ele sentiu realmente os tímpanos pressionados para dentro e os globos oculares pressionados para fora enquanto o ar mudava de alguma forma. Seguiu-se uma segunda explosão, depois uma terceira, e Lata de Lixo contorceu-se sobre as folhas mortas e sorriu e gritou mudamente. Sentou-se, mantendo as mãos sobre os ouvidos, e um vento súbito o derrubou ao solo com tal força que ele poderia não ter sido mais que um tufo de palha.

As árvores novas às suas costas se vergaram para trás e suas folhas fizeram um som farfalhado frenético, como as bandeirolas de um pátio de venda de carros usados num dia ventoso. Uma ou duas foram arrancadas com estalidos de rachadura, como se alguém estivesse praticando tiro ao alvo. Pedaços incandescentes do tanque começaram a cair do outro lado da estrada, alguns na própria estrada. Eles batiam com um barulho clangoroso, os rebites ainda pendentes dos pedaços de metal retorcidos e pretos, tal como tinha ficado o cano de escoamento.

KA-WHAMMM!

Lata de Lixo sentou-se de novo e viu uma gigantesca árvore de fogo além do estacionamento da Cheery Oil. Fumaça negra espiralava do seu topo, elevando-se a uma impressionante altura antes que o vento pudesse desfazê-la e dispersá-la. Era impossível olhar para ela sem apertar os olhos até quase fechá-los e agora havia um calor irradiante atravessando a estrada em sua direção, esturricando sua pele, fazendo-a parecer lustrosa. Seus olhos vertiam lágrimas em protesto. Outra chapa incandescente de metal, esta com mais de 2 metros na sua parte mais larga em forma de losango, caiu do céu, aterrissou na vala a uns 6 metros à sua esquerda e as folhas secas por cima do musgo úmido inflamaram-se instantaneamente.

KA-WHAMM-KA-WHAMM!

Se permanecesse aqui iria subir numa bamboleante e estridente labareda de combustão espontânea. Levantou-se e começou a correr pelo acostamento da estrada na direção de Gary, a respiração ficando cada vez mais quente em seus pulmões. O ar começara a adquirir um travo de metal pesado. Começou a passar a mão pelo cabelo a fim de ver se estava queimando. O fedor adocicado de gasolina encheu o ar, parecendo envolvê-lo. Um vento quente cortou suas roupas. Ele sentiu-se como alguma coisa tentando escapar de um forno de microondas. A estrada duplicava diante de seus olhos lacrimejantes, depois triplicava.

Houve outro rugido estertorante enquanto a pressão do ar se elevando provocou a implosão do prédio administrativo da Cheery Oil Company. Cimitarras de vidro cruzavam os ares. Placas de concreto choviam do céu e eram despejadas na estrada. Uma peça sibilante de aço com mais ou menos o tamanho de uma moeda de 25 *cents* e a espessura de uma barra de chocolate Mars cortou a manga da camisa de Lata de Lixo e produziu um leve arranhão na sua pele. Outra peça, de tamanho suficiente para transformar sua cabeça em geléia, bateu diante de seus pés e depois saiu pulando, deixando para trás uma cratera de bom tamanho. A seguir ele se viu além da zona de queda de destroços, ainda correndo, o sangue bombeando em sua cabeça como se o próprio cérebro houvesse sido aspergido com óleo de calefação nº 2 e depois posto em chamas.

KA-WHAMM!

Agora foi outro dos tanques. A resistência do ar na frente dele pareceu desaparecer e uma enorme mão aquecida empurrou-o firmemente por trás, mão que se encaixava em cada contorno do seu corpo dos pés à cabeça; ela o *arremessou* à frente com seus pés mal tocando a estrada, e agora seu rosto ostentava o aterrorizado esgar de molhar as calças de alguém que tivesse sido atado à maior pipa do mundo numa alta camada de vento e largado solto para voar, voar, neném, céu acima até que o vento fosse para outro lugar, deixando-o gritar por todo o caminho abaixo num desamparado mergulho vertical.

Por trás de uma perfeita fuzilaria de explosões, o arsenal de Deus subindo nas chamas da integridade, Satã devastando o céu, seu capitão de artilharia um tolo ferozmente sorridente, com face vermelha e esfolada, chamado Homem da Lata de Lixo, nunca mais sendo Donald Merwin Elbert.

Visões tremulavam: carros destroçados à beira da estrada, a caixa de correio azul do Sr. Strang com a bandeirola erguida, um cachorro morto com as patas para cima, uma fiação elétrica caída num milharal.

A mão não o estava impelindo com tanta força agora. A resistência tinha voltado à frente. Lata de Lixo arriscou um olhar por cima do ombro e viu que o outeiro onde se situavam os tanques era uma massa de fogo. Tudo estava ardendo. A própria estrada parecia estar em fogo lá atrás, e ele pôde ver as árvores de verão subindo como tochas.

Ele correu mais uns 400 metros, depois passou para uma caminhada bufante, arquejante e trôpega. Um quilômetro e meio mais adiante ele descansou, olhando para trás, sentindo o esplêndido cheiro de queimado. Sem os bombeiros para extingui-lo, o fogo iria para onde o vento o levasse. Poderia arder por meses. Powtanville acabaria e a linha de fogo marcharia para o sul, destruindo casas, povoados, fazendas, colheitas, campinas, florestas. Poderia chegar tão ao sul quanto Terre Haute, queimando aquele lugar onde estivera. Poderia arder até mais longe! De fato...

Seus olhos voltaram-se de novo para o norte, na direção de Gary. Podia ver a cidade agora, suas enormes chaminés erguendo-se silenciosas, como riscos de giz numa lousa azul-clara. Chicago ficava além. Quantos reservatórios? Quantos postos de gasolina? Quantos trens parados silenciosos nos desvios, cheios de gás liquefeito e fertilizantes inflamáveis? Quantas favelas, tão secas quanto lenha combustível? Quantas cidades além de Gary e Chicago?

Havia todo um país pronto para arder sob o sol de verão.

Sorrindo, o Homem da Lata de Lixo se levantou e começou a caminhar. Sua pele já estava ficando vermelha que nem lagosta. Ele não o sentia, embora aquela noite fosse mantê-lo desperto numa espécie de exaltação. Havia incêndios cada vez maiores pela frente. Seus olhos estavam suaves, alegres e inteiramente loucos. Eram os olhos de um homem que descobriu o grande eixo do seu destino e pousou as mãos sobre ele.

Capítulo Trinta e Cinco

— QUERO SAIR DA CIDADE — disse Rita sem se virar. Ela estava de pé na sacada do pequeno apartamento, a brisa do início da manhã soprando a camisola diáfana que usava, soprando o tecido através das portas corrediças.

— Tudo bem — disse Larry. Ele estava sentado à mesa, comendo um sanduíche de ovo frito.

Ela voltou-se para ele, seu rosto desfigurado. Se havia parecido uma quarentona elegante no parque no dia em que se conheceram, agora parecia mais uma mulher dançando no fio da navalha cronológico que separa início e fim da casa dos 60. Havia um cigarro entre seus dedos e a ponta tremia, lançando colunas tortas de fumaça enquanto ela o levava aos lábios e o baforava sem tragar.

— É verdade, falo sério.

Ele usou o guardanapo.

— Sei que fala — disse —, e posso perceber. Temos que ir.

Os músculos faciais dela se descontraíram em algo parecido com alívio. Com um desprazer quase (mas não inteiramente) subconsciente, Larry achou que isto a fazia parecer até mais velha.

— Quando?

— Por que não hoje? — perguntou ele.

— Você é um bom garoto — disse ela. — Gostaria de mais café?

— Posso ir pegar.

— Bobagem. Fique sentado aí onde está. Sempre levei para meu marido uma segunda xícara. Ele insistia nisso. Embora eu nunca visse mais que o topo da sua cabeça durante o café-da-manhã. O rosto dele se escondia atrás do *Wall Street Journal* ou de algumas daquelas pavorosas peças literárias maçantes. Alguma coisa não apenas significativa, ou profunda, mas positivamente prenhe de significado. Böll. Camus. *Milton*, pelo amor de Deus. Você é uma mudança bem-vinda. — Ela olhou para trás por cima do ombro a caminho da quitinete; sua expressão era travessa. — Seria uma vergonha esconder seu rosto atrás de um jornal.

Ele sorriu vagamente. O humor dela parecia forçado esta manhã, como tinha sido por toda a tarde da véspera. Ele se lembrou do encontro deles no parque, e como tinha achado que a conversa de Rita parecia mais como espalhar diamantes aleatoriamente sobre o feltro verde de uma mesa de bilhar. Desde a tarde da véspera tinha parecido mais como o brilho de zircões, imitações quase perfeitas que, afinal, não passavam de imitações.

— Aqui está. — Ela entrou para depositar a xícara, e sua mão, ainda tremendo, derramou café quente no antebraço de Larry. Ele saltou para trás com um contido silvo felino de dor. — Ah, desculpe... — Havia algo mais do que consternação no rosto dela; havia algo que poderia ser quase terror.

— Está tudo bem...

— Não, eu simplesmente... um pano gelado... não... sente-se bem aqui... que desajeitada... estúpida...

Rita irrompeu em lágrimas, grasnidos ásperos escaparam dela como se tivesse testemunhado a morte estúpida de sua melhor amiga em vez de ter queimado Larry levemente.

Ele se levantou e agarrou-a, não se preocupando muito com a maneira convulsiva como ela o abraçou em retribuição. Era quase uma muleta. *Muleta Cósmica,* o novo álbum de Larry Underwood, pensou ele, infeliz. Ah, merda. Você não é um cara legal. Aqui vamos nós de novo.

— Desculpe, não sei qual é o problema comigo, jamais gostei disso, lamento muito...

— Está tudo certo, não é nada. — Ele continuou a tranqüilizá-la automaticamente, esfregando a mão sobre o seu cabelo grisalho que pareceria muito melhor (tudo nela pareceria melhor, aliás) depois que passasse um bom tempo no banheiro.

Claro que ele sabia qual era a parte do problema. Era tanto pessoal quanto impessoal. Isto o havia afetado também, mas não tão de repente ou profundamente. Com ela, era como se algum cristal interno tivesse se estilhaçado nas últimas duas horas, ou por aí.

Impessoalmente, ele supôs, era o cheiro. Estava entrando através da abertura entre a sala de estar do apartamento e a sacada exatamente agora, cavalgando a brisa fria do início da manhã que mais tarde daria passagem ao calor parado, úmido, se este dia fosse algo parecido com os últimos três ou quatro. O cheiro era difícil de definir de qualquer maneira que pudesse ser correta, embora menos dolorosa que a verdade nua e crua. Podia-se dizer que era como o de laranjas mofadas ou peixe estragado, ou o cheiro que às vezes é sentido nos túneis do metrô quando as janelas estão abertas; nenhum deles era exatamente correto. Que era o cheiro de gente apodrecendo, aos milhares, decompondo-se no calor atrás de portas fechadas constituía uma definição melhor, mas você queria ficar longe disso.

Ainda havia luz em Manhattan, mas Larry não achava que fosse durar muito. Já estava faltando na maioria dos lugares. Na última noite ele permanecera na sacada depois que Rita adormecera, e desta posição elevada podia-se ver que as luzes se haviam apagado em mais da metade do Brooklin e em todo o Queens. Havia um bolsão escuro ao longo da rua 110 por todo o caminho que terminava na ilha de Manhattan. Olhando para o outro lado podia-se ainda ver luzes brilhantes em Union City e — talvez — Bayonne, mas, por outro lado, Nova Jersey estava às escuras.

A escuridão significava mais do que a falta de luzes. Entre outras coisas, significava a perda do ar-condicionado, a conveniência moderna que torna possível viver neste específico núcleo urbano esparramado depois de meados de junho. O que significava que todas as pessoas que haviam morrido silenciosamente nos seus apartamentos e porões estavam agora apodrecendo em fornos, e sempre que pensava nisto sua mente retornava à coisa que vira no toalete da Transversal 1. Havia sonhado com aquilo, e nos seus sonhos aquela guloseima negra e doce voltava à vida e acenava para ele.

Em nível mais pessoal, supunha que ela estava perturbada pelo que haviam encontrado quando desciam a rua rumo ao parque na véspera. Ela estivera risonha, loquaz e alegre quando saíram, mas na volta começara a ficar velha.

O gritador de monstros estava caído numa das alamedas sobre uma poça enorme de seu próprio sangue. Seus óculos, com as duas lentes quebradas, jaziam ao lado da mão esquerda, rígida e estendida. Algum monstro tinha afinal dado as caras, ao que parecia. O homem fora esfaqueado repetidamente. Para os olhos doentes de Larry, ele parecia como uma alfineteira humana.

Rita havia gritado e, quando finalmente sua histeria se aquietou, ela insistiu em que deviam enterrá-lo. Assim fizeram. E, na volta ao apartamento, ela voltara a ser a mulher que ele encontrara esta manhã.

— Está tudo bem — disse ele. — Apenas uma leve queimadura. A pele mal ficou vermelha.

— Vou pegar o ungüento. Ainda tem um pouco no armário de remédios.

Ela já ia se afastando. Larry agarrou-a com firmeza pelos ombros e a fez sentar-se. Rita olhou para ele com olhos enegrecidamente circulados.

— O que você vai fazer é comer — disse ele. — Ovos mexidos, torrada, café. Depois vamos arranjar alguns mapas e ver qual é o melhor caminho para sair de Manhattan. Teremos que caminhar, você sabe.

— Sim... suponho que teremos.

Ele foi até a quitinete, não querendo olhar mais para a muda carência nos olhos dela, e pegou os dois últimos ovos na geladeira. Quebrou-os numa frigideira, jogou as cascas no lixo e começou a batê-los.

— Para onde você quer ir? — perguntou ele.

— O quê? Eu não...

— Que caminho? — disse ele com um ar de impaciência. Acrescentou leite aos ovos e pôs a frigideira de volta no fogão. — Norte? A Nova Inglaterra fica nesta direção. Sul? Realmente não vejo sentido nisto. Poderíamos ir...

Um soluço estrangulado. Virou-se e flagrou-a olhando para ele, as mãos de Rita guerreando uma com a outra no seu colo, os olhos brilhantes. Tentava se controlar sem nenhum sucesso.

— Qual é o problema? — perguntou, aproximando-se. — O que é?

— Acho que não posso comer — soluçou ela. — Sei que você quer que eu... tentarei... mas esse *cheiro*...

Ele atravessou a sala de estar, fez deslizar as portas de vidro ao longo dos seus trilhos de aço imaculados, depois trancou-as com firmeza.

— Pronto — disse suavemente, esperando a contrariedade que sentia que ela não demonstrava. — Está melhor?

— Sim — disse ela, ansiosa. — Está um bocado melhor. Agora posso comer.

Ele voltou à quitinete e mexeu os ovos, que haviam começado a borbulhar. Havia um ralador na gaveta de utensílios e ele ralou um pedaço de queijo, formando uma pequena pilha que salpicou nos ovos. Atrás dele ela se moveu e, um momento depois,

Debussy encheu o apartamento, suave e bonito demais para o gosto de Larry. Ele não ligava a mínima para música clássica de câmara. Se você tivesse que agüentar merda clássica, deveria esnobar tudo aquilo e curtir seu Beethoven, Wagner ou alguém parecido. Por que ficar embromando?

Rita lhe havia perguntado de maneira casual qual era o seu meio de vida — na maneira casual, refletiu ele um tanto ressentido, de uma pessoa que nunca tivera que se preocupar com algo tão trivial como "ganhar a vida". Eu era cantor de *rock*, disse ele, levemente pasmo por ter de usar o verbo no passado. Cantava com uma banda por uns tempos, depois com outra. Às vezes um bico em estúdio. Ela havia assentido e acabou aí. Larry nem quis falar sobre "Garota, você saca o seu homem?" — isso já era passado agora. O abismo entre aquela vida e esta de agora era tão enorme que ele de fato ainda não o assimilara. Naquela vida ele andara fugindo de um traficante de cocaína; nesta ele podia enterrar um homem no Central Park e aceitar isto (mais ou menos) como coisa normal.

Ele pôs os ovos num prato, serviu uma xícara de café instantâneo com creme e açúcar, do jeito que ela gostava (o próprio Larry adotava o credo do caminhoneiro: "Se você queria uma xícara de creme com açúcar, por que pediu café?"), e levou para a mesa. Ela estava sentada numa almofada, segurando os cotovelos e olhando para o estéreo. Debussy escoava dos alto-falantes como manteiga derretida.

— A ceia está servida — chamou ele.

Ela veio para a mesa com um sorriso apagado, olhou para os ovos do modo como um corredor de obstáculos olharia para uma série de barreiras e começou a comer.

— Bom — disse ela. — Você estava certo. Obrigada.

— Você é mais do que bem-vinda — disse ele. — Agora escute. O que vou sugerir é o seguinte. Descemos a Quinta Avenida até a rua 39 e dobramos a oeste. Atravessamos para Nova Jersey pelo túnel Lincoln. Podemos seguir a 495 a noroeste para Passaic e... os ovos estão bons? Não se estragaram?

Ela sorriu.

— Estão ótimos. — Levou outra garfada à boca, seguida por um gole de café. — Eu estava mesmo precisando. Prossiga, estou ouvindo.

— De Passaic simplesmente viramos para oeste até que as estradas estejam desimpedidas o suficiente para passarmos. Depois poderíamos dobrar para nordeste e chegar à Nova Inglaterra. E fazer uma espécie de abotoadeira, entende o que quero dizer? Parece um caminho mais longo, mas acho que irá nos poupar um bocado de aporrinhação. Talvez possamos pegar uma casa litorânea no Maine. Kittery, York, Wells, Ogunquit, talvez até em Scarborough ou Boothbay Harbor. O que lhe parece?

Ele estivera olhando pela janela, pensando enquanto falava, e agora voltou-se para ela. O que viu assustou-o pessimamente por um momento — era como se ela houvesse enlouquecido. Rita estava sorrindo, mas era um ricto de dor e terror. Suor porejava de seu rosto em enormes gotículas redondas.

— Rita? Meu Deus, Rita, o que...

— ... desculpe... — Ela pelejou para se levantar, derrubando a cadeira, e saiu em disparada pela sala de estar. Um pé se enganchou na almofada onde estivera sentada, que rolou de lado como um fardo de tamanho exagerado. A própria Rita quase caiu.

— *Rita?*

A seguir ela estava no banheiro, e Larry pôde ouvir o som triturante do café-da-manhã subindo pela garganta de Rita. Ele bateu com a mão na mesa, irritado, depois levantou-se e foi atrás dela. Deus, odiava quando as pessoas vomitavam. Isto sempre o fazia sentir-se como se ele próprio estivesse vomitando. O odor levemente azedo de queijo no banheiro provocou-lhe náuseas. Rita estava sentada no piso de azulejo azul-esverdeado, de pernas cruzadas, a cabeça ainda pendendo fracamente sobre o vaso.

Ela enxugou a boca com um pedaço de papel higiênico e depois olhou suplicante para ele, o rosto pálido como uma folha de papel.

— Desculpe, eu simplesmente não podia comer, Larry. Sinto muito, mesmo.

— Bem, se você sabia que ia passar mal, por que *tentou*?

— Porque você insistiu. Eu não queria que ficasse furioso comigo. Mas você está, não é? Está furioso comigo.

A mente de Larry retornou à noite anterior. Rita fizera amor com ele com uma energia tão frenética que, pela primeira vez, ele se vira pensando na idade dela e tinha sido um tanto desagradável. Tinha sido como ser apanhado em uma daquelas máquinas de exercício. Ele havia gozado rapidamente, quase em autodefesa, pareceu, e por longo tempo mais tarde ela ficou deitada de costas, arquejante e insatisfeita. Mais tarde, enquanto ele se encontrava no limiar do sono, ela se havia achegado e Larry pudera sentir o cheiro do sachê, uma versão mais cara da fragrância que sua mãe sempre usara quando iam ao cinema, e Rita havia murmurado a coisa que o sacudira de volta do sono e o mantivera acordado pelas duas horas seguintes: *Você não vai me abandonar, vai? Não vai me deixar sozinha, não é?*

Antes disso ela havia sido boa na cama, tão boa que ele estava atônito. Rita o trouxera a este lugar depois do almoço no dia em que se conheceram, e o resultado fora bastante natural. Ele recordou um instante de desprazer ao ver como os seios dela eram caídos e como eram proeminentes as veias azuis (isto o fez pensar nas veias varicosas de sua mãe), mas havia esquecido tudo isso quando as pernas de Rita se elevaram e ela pressionou as coxas contra os seus quadris com uma força espantosa.

Devagar, ela havia rido. *Os últimos serão os primeiros, e os primeiros os últimos.*

Ele tinha estado a ponto de gozar quando ela o empurrou fora e pegou cigarros.

Que diabo está fazendo?, perguntou ele espantado, enquanto o velho possante ondulava indignamente no ar, visivelmente latejante.

Ela havia sorrido. *Você tem uma mão livre, não tem? Pois eu também.*

Assim eles fizeram isso enquanto fumavam, e ela tagarelou levemente sobre qualquer assunto — embora a cor tivesse subido à sua face e, após um instante, a respiração houvesse encurtado e o que ela estivesse dizendo começasse a vaguear, esquecido.

Agora, disse ela, pegando os cigarros de ambos e esmagando-os. *Vamos ver se você consegue terminar o que começou. Se não conseguir, provavelmente arrasarei com você.*

Larry foi até o fim, de modo inteiramente satisfatório para ambos, e depois caíram no sono. Ele acordou pouco depois das quatro e observou-a dormindo, achando que havia alguma coisa a ser dita à guisa de experiência, afinal. Ele havia trepado bastante nos últimos dez anos, mais ou menos, mas o que acontecera antes não tinha sido trepar. Tinha sido algo muito melhor do que isso, embora um tanto decadente.

Bem, ela tivera amantes, claro.

Isto o havia excitado de novo e ele a acordou.

E assim tinha sido até que encontraram o gritador de monstros, e na última noite. Ocorreram outras coisas antes, coisas que o perturbaram, mas que havia aceitado. Alguma coisa assim, ele havia racionalizado, se ao menos o deixar um pouco psicótico, você está seguindo em frente.

Duas noites atrás havia acordado pouco depois das duas e a ouvira enchendo um copo d'água no banheiro. Sabia que ela estava tomando outra pílula para dormir. Rita tinha as cápsulas de gelatina vermelhas e amarelas, que eram conhecidas como "jaquetas amarelas" na Costa Oeste. Grandes tranqüilizantes. Disse a si mesmo que ela já os devia estar tomando antes mesmo do surgimento da supergripe.

E havia o modo como ela o seguia de um cômodo a outro do apartamento, também, até parando à porta do banheiro e falando com ele enquanto se barbeava ou se aliviava. Gostava de ter privacidade no banheiro, mas disse a si mesmo que algumas pessoas não eram assim. Boa parte disso dependia da criação recebida. Teria uma conversa com ela... no momento certo.

Mas agora...

Ele ia ter que carregá-la nas costas? Deus, esperava que não. Ela havia parecido mais forte do que isso, pelo menos no início. Era uma das razões por tê-lo atraído tanto naquele dia no parque... a principal razão, de fato. *Não existe mais verdade na propaganda,* pensou amargamente. Como diabo se qualificava para tomar conta dela quando não podia sequer cuidar de si mesmo? Ele mostrara isto bastante conclusivamente quando seu disco havia estourado. Wayne Stukey tampouco tivera o menor constrangimento em apontar esta falha.

— Não — disse a Rita —, não estou furioso. É só que... você sabe, não sou seu patrão. Se não se sentir bem comendo, é só dizer.

— Eu lhe disse... disse que achava que não poderia...

— O cacete, que você disse — cortou ele, sobressaltado e furioso.

Ela baixou a cabeça e olhou para as mãos. Larry percebeu que Rita lutava para conter os soluços, pois ele não iria gostar. Por um momento, isto o deixou mais furioso do que nunca e quase gritou: *Eu não sou seu pai nem o caixa-alta do seu marido! Não vou tomar conta de você! Você é trinta anos mais velha do que eu, pelo amor de Deus!* Depois sentiu o familiar surto de autodesprezo e imaginou que diabo tinha a ver com a questão.

— Desculpe — disse. — Sou um escroto insensível.

— Não, você não é — retrucou ela, e fungou. — É apenas que... tudo isto está começando a me afetar. Ontem, aquele pobre homem no parque... pensei: ninguém jamais vai pegar a pessoa que fez isso com ele e botá-la na cadeia. Vão continuar a fazer isto repetidamente. Como animais na selva. E isto tudo começou a parecer muito real. Você entende, Larry? Percebe o que quero dizer? — Ela voltou os olhos lacrimosos para ele.

— Sim — respondeu ele, mas ainda se sentia impaciente com ela, e apenas um pouquinho desdenhoso. Esta era uma situação real, como poderia não ser? Estavam no meio daquela coisa e a tinham visto se desenvolver até este ponto. Sua própria mãe estava morta; ele a observara morrer, e estaria ela tentando dizer que era de alguma forma mais sensível a tudo isto do que ele? Havia perdido a mãe e Rita perdera o homem que lhe dera um Mercedes. Mas, supostamente, a perda dela seria maior. Bem, tudo isto era besteira. Apenas besteira.

— Tente não ficar furioso comigo — disse ela. — Irei melhorar.

Espero que sim. Claro que espero.

— Você está ótima — disse ele e ajudou-a a se levantar. — Agora vamos. O que diz? Temos um bocado de coisas a fazer. Sente-se capaz?

— Sim — disse ela, mas sua expressão era a mesma como tinha sido quando ele lhe oferecera os ovos.

— Você irá se sentir melhor quando sairmos da cidade.

Ela o fitou, desamparada.

— Irei mesmo?

— Claro — disse Larry, animado. — Claro que irá.

* * *

Eles iam de primeira classe.

A loja Manhattan Sporting Goods estava fechada, mas Larry abriu um buraco na vitrine com um cano de ferro comprido que achou. O alarme contra ladrões berrou inutilmente na rua deserta. Ele selecionou uma mochila grande para si e uma menor para Rita. Ela havia embalado duas mudas de roupa para cada um — foi tudo que ele permitiu — e Larry as estava carregando numa bolsa de viagem da PanAm que Rita encontrara no *closet*, junto com escovas de dente. As escovas de dente lhe pareceram um tanto absurdas. Rita estava elegantemente vestida para caminhar, em pantalonas de seda branca e blusa sem mangas. Larry usava *jeans* desbotados e uma camisa branca com as mangas arregaçadas.

Encheram as mochilas com alimentos desidratados congelados e nada mais. Não fazia nenhum sentido, disse Larry, sobrecarregarem-se com um monte de outras coisas — inclusive mais roupas — quando poderiam simplesmente pegar o que quisessem do outro lado do rio. Ela concordou fracamente, e a falta de interesse de Rita voltou a se aninhar nele.

Após um curto debate consigo mesmo, Larry acrescentou uma espingarda .30-.30 e duzentos cartuchos de munição. Era uma bela arma, e a etiqueta de preço, que puxou da guarda do gatilho e jogou indiferentemente no chão, marcava 450 dólares.

— Acha mesmo que precisaremos disso? — perguntou ela, apreensiva. Rita ainda tinha o .32 na bolsa.

— Creio que é melhor levarmos — respondeu ele, sem querer dizer mais porém pensando no triste fim do gritador de monstros.

— Ah — fez ela em voz fraca, e Larry adivinhou pelo seu olhar que estava pensando nisso também.

— Essa mochila não está pesada demais para você, está?

— Ah, não. Não está, não mesmo.

— Bem, as mochilas costumam ficar mais pesadas à medida que se caminha. É só me avisar que carregarei um pouco para você.

— Estará tudo bem — disse ela e sorriu. A seguir foram de novo para a calçada. Ela olhou para os dois lados e disse: — Estamos deixando Nova York.

— Sim.

Rita voltou-se para ele.

— Estou contente. Sinto-me como... ah, como no tempo em que era uma menininha. E meu pai dizia: "Vamos fazer uma viagem, hoje." Lembra-se de como era?

Larry sorriu um pouco em retribuição, lembrando as noites em que sua mãe dizia: "Aquele faroeste que você queria ver está passando no Crest, Larry. Com Clint Eastwood. O que acha?"

— Acho que me lembro — disse ele.

Ela se ergueu na ponta dos pés e rearrumou a mochila nos ombros dele.

— O começo de uma jornada — disse ela, e depois tão suavemente que ele não teve certeza de ouvi-la corretamente: — *O caminho leva um dia ao...*

— O quê?

— É uma frase de Tolkien — explicou ela. — *O Senhor dos Anéis.* Sempre pensei nisto como uma espécie de pórtico para a aventura.

— Quanto menos aventura, melhor — disse Larry, mas quase a contragosto sabia o que ela queria dizer.

Ainda assim, ela estava olhando para a rua. Perto desta esquina havia um cânion estreito entre pedra alta e extensões de vidraças térmicas refletindo o sol, atravancado de carros que refluíam por quilômetros. Era como se todo mundo em Nova York tivesse decidido ao mesmo tempo estacionar nas ruas.

Ela disse:

— Já estive nas Bermudas, Inglaterra, Jamaica, em Montreal, Saigon e Moscou. Mas não viajo desde que era garotinha e meu pai levava minha irmã Bess e a mim ao zoológico. Vamos, Larry.

* * *

Foi uma caminhada que Larry Underwood nunca esqueceu. Descobriu-se achando que ela não estivera tão errada ao citar Tolkien, com suas terras místicas vistas através das lentes do tempo e imagens semiloucas e semi-exaltadas, povoadas de duendes, gnomos, gigantes e orcas. Não havia nada disso em Nova York, mas tanta coisa havia mudado, tanta coisa estava desconjuntada, que era impossível não pensar nisso em termos de fantasia. Um homem pendia de um poste na esquina da Quinta Avenida com a rua 54 leste, abaixo do parque e numa área comercial anteriormente congestionada. Um cartaz com a palavra SAQUEADOR estava pendurado no pescoço do homem. Uma gata estava deitada no topo de uma cesta para papéis hexagonal (a cesta ainda tinha anúncios de aparência recente para um espetáculo da Broadway colados nas suas laterais), com suas crias, amamentando-as e apreciando o sol do meio da manhã. Um rapaz com um largo sorriso e uma valise cruzou com eles e disse a Larry que lhe daria 1 milhão de dólares para usar a mulher por 15 minutos. O milhão, presumivelmente, estava na valise. Larry empunhou o rifle e mandou-o levar o seu milhão para outro lugar.

— Claro, cara. Não precisa me apontar isso, sacou? Não se pode culpar um cara só por tentar, não é? Tenha um belo dia. E relaxe.

Chegaram à esquina da Quinta com a rua 39 leste pouco depois do encontro com o homem (Rita, com um tipo histérico de bom humor, insistiu em referir-se a ele como John Bearsford Tipton, um nome que nada significava para Larry). Era quase meio-dia, e Larry sugeriu almoçarem. Havia uma *delicatessen* na esquina, mas quando empurraram a porta, o cheiro de carne estragada que saiu fez Rita recuar.

— Eu acharia melhor não entrar aí, se quiser resguardar meu apetite — disse ela em tom de desculpas.

Larry achava que poderia encontrar alguma carne curada lá dentro — salame, mortadela, algo assim —, mas depois de cruzar com "John Bearsford Tipton" quatro quarteirões atrás, não queria deixar Rita sozinha nem mesmo pelo curto tempo que levaria para entrar e verificar. Portanto, encontraram um banco a meio quarteirão e comeram frutas desidratadas e tiras de *bacon* desidratado. Arremataram com queijo espalhado em bolachas Ritz enquanto dividiam uma garrafa térmica de café gelado.

— Desta vez eu estava realmente faminta — disse ela, orgulhosa.

Ele sorriu de volta, sentindo-se melhor. Simplesmente estar em movimento, empreender alguma ação positiva — isto era bom. Ele dissera a ela que se sentiria melhor quando saíssem de Nova York. Na ocasião tinha sido apenas um modo dizer. Agora, consultando o próprio ânimo elevado dos dois, ele imaginou se era verdade. Ficar em Nova York era como estar num cemitério onde os mortos ainda não estavam realmente em repouso. Quanto mais cedo partissem, melhor seria. Rita talvez revertesse àquela maneira como tinha se portado naquele primeiro dia no parque. Seguiriam para o Maine por estradas vicinais e se abrigariam numa daquelas ricas casas de veraneio. Para o norte agora, e para o sul em setembro ou outubro. Boothbay Harbor no verão, Key Biscayne no inverno. Isto tinha um belo apelo. Ocupado com seus pensamentos ele não viu a careta de dor de Rita enquanto se levantava e punha no ombro o rifle que insistira em trazer.

Seguiam para oeste agora, suas sombras por trás deles — a princípio tão agachados como sapos, começando a se alongar à medida que a tarde progredia. Passaram pela Avenue of the Americas, pelas Sétima, Oitava, Nona e Décima avenidas. As ruas estavam atulhadas e silenciosas, rios congelados de automóveis de todas as cores, predominando o amarelo dos táxis. Muitos dos carros se haviam transformado em rabecões, os motoristas em decomposição ainda apoiados ao volante, seus passageiros esparramados como se, fatigados do trânsito engarrafado, tivessem pegado no sono. Larry começou a pensar que talvez eles devessem pegar duas motocicletas tão logo saíssem da cidade. Isto lhes daria mobilidade e uma possibilidade de contornar com êxito o pior dos coágulos de veículos mortos que deviam ter se alastrado pelas estradas em toda parte.

Sempre presumindo que Rita soubesse pilotar uma moto, ele pensou. E do jeito como iam as coisas, seria provável que não soubesse. A vida com Rita estava se tornando um verdadeiro pé no saco, pelo menos em alguns de seus aspectos. Mas se a necessidade o exigisse, Larry supunha que ela poderia viajar na garupa atrás dele.

No cruzamento da rua 39 com a Sétima, viram um rapaz vestido apenas de bermudas *jeans* deitado no teto de um táxi.

— Será que está morto? — perguntou Rita e, ao som de sua voz, o rapaz sentou-se, olhou em torno, viu-os e acenou. Eles acenaram de volta. O rapaz voltou a se deitar placidamente.

Passava pouco das duas horas quando cruzaram a 11ª Avenida. Larry ouviu um grito de dor abafado atrás dele e percebeu que Rita não estava mais caminhando à sua esquerda.

Ela se apoiava sobre um joelho, agarrando o pé. Com algo parecido com horror, Larry notou pela primeira vez que ela estava usando sandálias caras, provavelmente na faixa de 80 dólares, adequadas para um passeio de quatro quarteirões da Quinta Avenida para olhar as vitrines, mas para uma longa caminhada — uma maratona, na verdade — como aquela que estavam empreendendo...

As tiras em volta dos tornozelos haviam lacerado a pele dela. O sangue escorria.

— Larry, eu...

Ele a sacudiu abruptamente, pondo-a de pé.

— O que você estava pensando? — gritou na cara dela. Sentiu uma vergonha momentânea pelo modo deplorável como ela recuou, mas também uma maldosa espécie de prazer. — Que poderia voltar ao apartamento se os seus pés ficassem cansados?

— Nunca imaginei...

— Ora, pombas! — Ele passou as mãos pelos cabelos. — Aposto que não imaginou. Você está *sangrando*, Rita. Há quanto tempo está assim?

A voz dela soou tão baixa e apressada que ele teve dificuldade em ouvir mesmo naquele silêncio antinatural.

— Desde... desde a Quinta com a rua 49, acho.

— *Seus pés estiveram feridos por vinte porras de quarteirões e você não disse nada?*

— Achei... que daria... para continuar... já não dói mais... eu não queria... estávamos fazendo um tempo tão bom... saindo da cidade... apenas pensei...

— Você simplesmente não pensou — disse ele furiosamente. — Como continuaremos fazendo um tempo tão bom com você deste jeito? A porra de seus pés dão a impressão de que esteve pregada na cruz.

— Não rogue pragas para mim, Larry — disse ela, começando a soluçar. — Por favor, não... sinto-me tão mal quanto você... por favor, não me rogue pragas.

Ele estava agora num êxtase de raiva, e mais tarde não seria capaz de compreender por que a visão dos pés dela sangrando havia explodido todos os seus circuitos daquela maneira. Mas no momento isto não importava. Ele gritou na cara dela: "*Foda-se! Foda-se! Foda-se!*" O palavrão ecoou nos andares mais altos dos prédios, indistinto e sem significado.

Ela levou as mãos ao rosto e inclinou-se à frente, chorando. Isto o deixou mais furioso ainda, e ele supôs que parte disso era o que ela realmente não *queria* ver: em breve iria cobrir o rosto com as mãos e deixar que ele a conduzisse, por que não? Sempre houvera alguém por perto para tomar conta da Nossa Heroína, a Ritinha. Alguém para dirigir o carro, fazer compras, lavar o vaso do banheiro, pagar as contas. Então vamos ouvir um pouco daquele meloso Debussy e pôr as mãos bem manicuradas sobre os olhos e deixar por conta de Larry. Cuide de mim, Larry, depois de ver o que aconteceu com aquele gritador de monstros, decidi que não quero ver mais nada. Tudo é sórdido demais para alguém de meu berço e formação.

Ele puxou as mãos dela. Rita se encolheu e tentou colocá-las de novo sobre os olhos.

— Olhe para mim.

Ela sacudiu a cabeça.

— Porra, olhe para mim, Rita!

Ela finalmente o fez de uma maneira estranha e vacilante, como se pensando que ele iria agora agredi-la com os punhos e com a língua. Do jeito como parte dele se sentia agora, isto seria simplesmente ótimo.

— Quero lhe contar sobre os fatos da vida porque você não parece compreendê-los. O fato é que temos de caminhar mais 30 ou 50 quilômetros. O fato é que, se você ficar infectada por essas esfoladuras, poderá ter envenenamento do sangue e morrer. O fato é que vai ter que botar seu cu na reta e começar a me ajudar.

Ele a estivera agarrando pelas axilas e percebeu que seus dedos haviam quase desaparecido na carne dela. Sua raiva se desvaneceu ao ver as marcas vermelhas surgidas quando a soltou. Ele recuou, sentindo-se novamente vacilante, sabendo com plena certeza que passara dos limites. Larry Underwood ataca outra vez. Se ele era tão esperto, por que não havia verificado seus calçados antes que começassem?

Porque esse é um problema dela, uma parte dele disse com mau humor, na defensiva.

Não, não era verdade. Tinha sido problema *dele*. Porque ela não sabia. Se pretendia levá-la consigo (e foi somente hoje que começara a pensar quão mais simples a vida seria se não tivesse de fazê-lo), simplesmente teria que ser responsável por ela.

 O cacete que serei, disse a voz mal-humorada.

Sua mãe: *Você é um tomador, Larry.*

A higienista oral da Fordham, gritando pela janela atrás dele: *Pensei que você fosse um cara legal! Você não é um cara legal!*

Há alguma coisa esquisita em você, Larry. Você é um tomador.

É mentira! Isso é uma MENTIRA fodida!

— Rita — disse ele. — Desculpe.

Ela sentou-se na calçada com sua calça esportiva branca, o cabelo parecendo grisalho e velho. Baixou a cabeça e agarrou os pés feridos. Não olharia para ele.

— Desculpe — repetiu Larry. — Eu... olhe, eu não tinha o direito de dizer aquelas coisas. — Tinha, sim, mas deixa pra lá. Se você se desculpou, as coisas vão se suavizar. Era assim que o mundo funcionava.

— Prossiga, Larry — disse ela. — Não deixe que eu o atrase.

— Já pedi desculpas — replicou ele, sua voz um pouco petulante. — Arranjaremos sapatos novos para você e um par de meias brancas. Nós...

— Nós não faremos nada. Vá em frente.

— Rita, lamento...

— Se disser isto mais uma vez, vou gritar. Você é um merda e suas desculpas *não* foram aceitas. Agora vá.

— Eu disse que estava...

Ela jogou a cabeça para trás e berrou. Ele recuou um passo, olhando em volta para verificar se alguém a tinha ouvido, para ver se talvez algum policial estivesse se aproximando para saber que tipo de coisa horrenda aquele rapaz estava fazendo à velha dama sentada na calçada com os pés descalços. Abismo cultural, pensou ele distraidamente, como é divertido tudo isto.

Rita parou de gritar e olhou para ele. Fez um gesto adejante com a mão, como se Larry fosse uma mosca impertinente.

— É melhor você parar — disse ele —, ou irei realmente abandoná-la.

Ela limitou-se a olhar para ele. Larry não conseguia fitá-la nos olhos e portanto deixou a cabeça pender, odiando Rita por fazer isso com ele.

— Tudo bem — disse —, aproveite bem quando for estuprada e assassinada.

Pôs o rifle no ombro e começou a se afastar, agora dobrando à esquerda na direção do engavetamento de carros na rampa de entrada 495, descendo para a boca do túnel. Ao pé da rampa viu que tinha sido uma batida tremenda; um homem dirigindo uma van Mayflower tentara forçar seu caminho no fluxo principal de tráfego e carros se espalharam em volta dela como pinos de boliche. Um furgão Pinto incendiado jazia quase debaixo da carroceria da van. O motorista do furgão pendia com metade do corpo fora da janela, cabeça para baixo, braços bamboleando. Um leque de sangue coagulado e vômito abria-se abaixo dele na porta.

Larry olhou em torno, certo de que veria Rita caminhando em sua direção ou então parada e acusando-o com os olhos. Mas nem sinal de Rita.

— Foda-se — disse com ressentimento nervoso. — Tentei me desculpar.

Por um momento não pôde prosseguir; sentia-se perfurado por centenas de olhos mortos furiosos, perscrutando-o de todos aqueles carros. Um verso de Dylan veio-lhe à mente: "*Esperei por você no trânsito congestionado... quando você sabia que eu tinha outro lugar para estar... mas onde está você esta noite, doce Marie?*"

À frente, ele pôde ver quatro pistas de tráfego para oeste desaparecendo na arcada negra do túnel e, com algo semelhante a autêntico pavor, notou que as luzes fluorescentes no teto do túnel Lincoln estavam apagadas. Seria como entrar num cemitério de automóveis. *Eles o deixariam chegar à metade do caminho e então todos começariam a se agitar... a voltar à vida... ele ouviria as portas dos carros se abrindo e depois sendo batidas suavemente... as passadas arrastadas deles...*

Um leve suor irrompeu de seu corpo. Acima, um pássaro trinou estridentemente e ele pulou. Você está sendo idiota, disse para si mesmo. Coisa de garoto, é isso que é. Tudo que tem a fazer é permanecer na passagem de pedestres e em momento nenhum você será...

... *estrangulado pelos mortos que caminham.*

Ele lambeu os lábios e tentou rir. O riso soou pessimamente. Deu cinco passos em direção à praça onde a rampa se juntava à auto-estrada e então parou de novo. À sua esquerda estava um Cadillac El Dorado, e uma mulher com um rosto enegrecido de duende olhava para ele. O nariz estava pressionado como um bulbo contra o vidro. Sangue e muco tinham escorrido para fora da janela. O homem que estivera dirigindo o Cadillac se achava afundado sobre o volante como se procurasse alguma coisa no assoalho. Todas as janelas do Cadillac estavam fechadas; deveria estar uma verdadeira estufa lá dentro. Se ele abrisse a porta do lado da mulher, ela tombaria para fora e se romperia no asfalto como um saco de melões podres, e o odor seria quente e vaporoso, úmido e fervilhante de decomposição.

Tal seria o odor dentro do túnel.

Abruptamente, Larry fez meia-volta e percorreu de volta o caminho pelo qual viera, sentindo a brisa que estava esfriando o suor em sua testa.

— Rita! Rita, ouça! Eu quero...

As palavras morreram enquanto alcançava o topo da rampa. Rita se fora. A rua 39 se encolhia até certo ponto na distância. Ele correu da calçada onde estava para a outra, espremendo-se entre pára-choques e passando por cima de capôs quase quentes o bastante para empolar sua pele. Mas a calçada oposta também estava vazia.

Pôs as mãos em concha e gritou:

— Rita! *Rita!*

A única resposta foi um eco morto: "*Rita... ita... ita... ira...*"

* * *

Por volta das quatro, nuvens começaram a se formar sobre Manhattan e o som de trovão rolava de lá para cá entre os paredões da cidade. Relâmpagos se bifurcavam abaixo sobre os edifícios. Era como se Deus estivesse tentando assustar as poucas pessoas remanescentes fora de abrigo. A luz havia se tornado amarela e estranha, e Larry não gostava disso. Sentia câibras na barriga e quando acendeu um cigarro ele tremeu em sua mão tal como a xícara de café tremera na mão de Rita esta manhã.

Estava sentado na extremidade da rua que dava acesso à rampa, as costas apoiadas na barra inferior na balaustrada. A mochila repousava em seu colo e o rifle apoiava-se no gradil ao lado dele. Larry imaginara que ela ficaria assustada e voltaria antes que se passasse muito tempo, mas tal não aconteceu. Quinze minutos atrás, desistira de gritar por ela. Os ecos causavam-lhe alucinações.

O trovão ribombou de novo, desta vez próximo. Uma brisa fria passava a mão nas costas da camisa dele, que estava grudada à pele com o suor. Ele teria que se abrigar em algum lugar ou então parar com sua indecisão e entrar no túnel. Se não conseguisse reunir coragem para prosseguir, teria de passar outra noite na cidade e seguir pela ponte George Washington ao amanhecer, e ela ficava a 140 quarteirões ao norte.

Tentou pensar racionalmente acerca do túnel. Não havia nada lá que fosse mordê-lo. Havia esquecido de pegar uma boa lanterna grande — puxa, você nunca se lembrou de *tudo*—, mas tinha seu isqueiro Bic de butano, e havia um corrimão entre a passarela de pedestres e a pista. Qualquer outra coisa — pensar em todas aquelas pessoas mortas nos seus carros, por exemplo — que não isso era apenas papo alarmista, coisa de gibi, tão ridículo quanto se preocupar com o bicho-papão dentro do armário. Se isto é tudo em que você pode pensar, Larry (ele censurou a si mesmo), então não vai chegar a lugar nenhum neste admirável mundo novo. Não mesmo. Você é...

Uma rajada de relâmpagos fendeu o céu quase diretamente acima, fazendo-o estremecer. Seguiu-se uma pesada explosão de trovões. Ele pensou aleatoriamente: dia 1º de julho, este é o dia em que você deveria levar sua queridinha a Coney Island para comer cachorros-quentes junto à pista de corridas. Derrubar as três garrafas de leite de madeira com uma só bola e ganhar a boneca Kewpie. Os fogos de artifício à noite...

Um respingo frio de chuva atingiu o lado de seu rosto, depois bateu outro na nuca e se enfiou pelo colarinho da camisa. Pingos do tamanho de moedas começaram a cair ao seu redor. Ele se levantou, jogou a mochila sobre os ombros e pôs o rifle a tiracolo. Ainda não tinha certeza de qual caminho seguir — de volta à rua 39 ou para o túnel Lincoln. Mas precisava se abrigar em algum lugar porque a chuva começava a cair.

O trovão estrondeou acima com um ruído gigantesco, fazendo-o guinchar de pavor — um som que não diferia daqueles feitos pelos homens de Cro-Magnon 2 milhões de anos atrás.

— Seu covarde escroto — disse ele, e desceu a rampa em direção à goela do túnel, sua cabeça pendendo à frente quando a chuva começou a apertar. Água escorria do seu cabelo. Passou pela mulher com o nariz enfiado no vidro da janela do El Dorado, tentando não olhar mas mesmo assim captando um vislumbre com o rabo do olho. A chuva batucava no teto dos carros como percussão jazzística. Caía com tanta força que richocheteava de volta, provocando uma leve cerração.

Larry parou por um momento bem à boca do túnel, indeciso e novamente assustado. Então começou a chover granizo e ele se decidiu. As pedras da chuva eram grandes, ferroantes. O trovão ribombou de novo.

OK, pensou. *OK, OK, OK, já me convenci*. E entrou no túnel Lincoln.

* * *

Lá dentro estava muito mais escuro do que imaginara. De início a boca de entrada lançava uma leve claridade branca à frente e ele pôde ver mais carros ainda, engavetados pára-choque contra pára-choque (deve ter sido ruim morrer aqui, pensou, enquanto a claustrofobia envolvia amorosamente seus dedos brancos furtivos em volta da cabeça e começava primeiro a acariciar e depois comprimir as têmporas, deve ter sido realmente ruim, deve ter sido *horrível* pra cacete), e os azulejos branco-esverdeados que revestiam as paredes curvadas para cima. À direita podia ver o corrimão de pedestres estendendo-se vagamente adiante. À esquerda, a intervalos de 10 ou 15 metros, havia grandes pilares de sustentação. Um letreiro advertia: NÃO MUDE DE FAIXA. Havia fluorescentes apagadas embutidas no teto do túnel, e os olhos de vidro opaco das câmeras de TV em circuito fechado. E enquanto ele vencia a primeira curva suave, mantendo-se ligeiramente à direita, a luz foi se reduzindo até que tudo que podia ver eram reflexos desbotados de cromado. Depois, a claridade se extinguiu por completo.

Ele pegou seu isqueiro Bic e acendeu. A luz que produziu era deploravelmente fraca, alimentando seu desconforto em vez de abrandá-lo. Até mesmo com a chama no seu ponto máximo, ela só lhe dava um círculo de visibilidade de uns 2 metros de diâmetro.

Devolveu o isqueiro ao bolso e continuou a caminhar, sua mão deslizando levemente ao longo do gradil. Havia também um eco aqui, que a ele agradou menos ainda do que aquele lá de fora. O eco soava como se houvesse alguém atrás dele... de tocaia. Parou diversas vezes, a cabeça empinada, olhos arregalados (mas cegos), ouvindo até que o eco morreu. Após um instante começou a arrastar os pés, sem erguer os calcanhares do piso de concreto, de modo que o eco não se repetisse.

Algum tempo depois, parou de novo e acendeu o isqueiro junto ao seu relógio de pulso. Eram 4h20, mas ele não estava certo do que fazer. Nesta escuridão o tempo parecia não ter nenhum significado objetivo. Tampouco a distância, por falar nisso. Que distância tinha o túnel Lincoln, afinal? Um quilômetro? Dois? Certamente não poderia ser 3 quilômetros debaixo do rio Hudson. Digamos que seja um quilômetro e meio. Mas se fosse isso ele já deveria estar do outro lado. Se o homem comum caminha 6 quilômetros por hora, ele pode fazer um quilômetro e meio em 15 minutos, e Larry já estava neste buraco fedorento por cinco minutos ou mais.

— Estou caminhando muito devagar — disse, e pulou ao som da própria voz. O isqueiro caiu de sua mão e retiniu na passarela. O eco respondeu, transformando-se na voz perigosamente jocosa de um lunático se aproximando.

— *...to devagar... devagar... devagar...*

— Jesus — murmurou Larry e o eco sussurrou de volta: "*sus... sus... sus...*"

Ele passou a mão pelo rosto, combatendo o pânico e a ânsia em desistir de pensar e seguir cegamente à frente. Em vez disso, ajoelhou-se (os joelhos estalaram como tiros de pistola, assustando-o mais uma vez) e passou os dedos sobre a topografia em miniatura da passarela de pedestres — os vales fendidos no cimento, a crista de uma velha guimba de cigarro, a colina de uma minúscula bola de papel-alumínio — até achar por fim o seu Bic. Com um suspiro interior, ele o apertou fortemente na mão, levantou-se e caminhou.

Larry começava a readquirir o controle quando seu pé bateu em algo rígido. Emitiu uma espécie de grito inalado e deu dois passos vacilantes para trás. Obrigou-se a manter-se firme enquanto extraía o isqueiro do bolso e o acendia. A chama oscilou loucamente no seu aperto trêmulo.

Havia pisado na mão de um soldado que estava sentado com as costas apoiadas na parede do túnel, as pernas espalhadas através da passarela, uma horrível sentinela deixada ali para barrar a passagem. Seus olhos vidrados fitavam Larry. Os lábios repuxavam-se sobre os dentes e ele parecia sorrir. Um canivete de mola estava enfiado em sua garganta.

O isqueiro estava ficando quente em sua mão e Larry o apagou. Lambendo os lábios e segurando o corrimão num aperto de morte, forçou-se à frente até que a ponta do seu sapato bateu de novo na mão do soldado. Depois passou por cima, dando uma passada comicamente larga, e uma espécie de horrenda certeza se abateu sobre ele: ouviria o ranger das botas do soldado enquanto se levantava e depois a mão dele se estenderia para agarrar sua perna.

Meio correndo de pés arrastados, Larry avançou mais dez passos e então forçou-se a parar, sabendo que, se não parasse, o pânico venceria e ele iria disparar às cegas, perseguido por uma terrível tropa de ecos.

Quando sentiu ter adquirido algum controle, recomeçou a caminhar. Mas agora estava pior; seus dedos se encolhiam dentro dos sapatos e temia que, a qualquer segundo, fizesse contato com outro corpo esparramado na passarela... e não se passou muito tempo, aconteceu.

Ele resmungou e pegou o isqueiro novamente. Desta vez foi muito pior. O corpo que seu pé tocou foi o de um velho em traje azul. Um solidéu preto de seda havia caído de sua cabeça calva sobre o colo. Havia na sua lapela uma estrela de seis pontas de prata lavrada. Além dele, havia mais meia dúzia de cadáveres: duas mulheres, um homem de meia-idade, uma mulher que devia estar no fim da casa dos 70 e dois adolescentes.

O isqueiro estava quente demais para segurá-lo por mais tempo. Larry o apagou e enfiou no bolso das calças, onde ele esbraseou contra sua perna. A Capitão Viajante não tinha liquidado este grupo e também não havia liquidado o soldado lá atrás. Ele tinha visto o sangue, as roupas rasgadas, os azulejos lascados, os buracos de bala. Eles haviam sido fuzilados. Larry se lembrava dos rumores de que os soldados tinham bloqueado os pontos de saída da ilha de Manhattan. Ficara indeciso se devia acreditar ou não nos boatos; na última semana ouvira muitos, à medida que as coisas se desintegravam.

A situação aqui era bastante fácil de reconstituir. Eles haviam ficado presos no túnel, porém sem ninguém doente demais para caminhar. Saltaram do carro e começaram a seguir para o lado de Jersey, utilizando a passarela, tal como ele fazia agora. Houvera ali um posto de comando, uma base de metralhadora, alguma coisa.

Houvera? Ou ainda haveria?

Larry parou, suando, tentando clarear a mente. A escuridão espessa fornecia a tela de cinema perfeita sobre a qual a mente podia projetar suas fantasias. Ele viu: soldados de olhos implacáveis em uniformes à prova de germes agachados atrás de uma metralhadora equipada com visor infravermelho, sua função sendo abater quaisquer errantes que tentassem atravessar o túnel; um único soldado deixado para trás, um suicida voluntário, usando óculos infravermelhos e rastejando em direção a ele com uma faca entre os dentes; dois soldados carregando silenciosamente o morteiro com uma única lata de gás venenoso.

Ainda assim, não podia forçar-se a recuar. Estava inteiramente certo de que tais imagens eram mera fantasia, e a idéia de voltar era insuportável. Os soldados já teriam ido embora agora. O soldado morto que tinha pisado parecia comprovar isto. Mas...

Mas o que de fato o estava incomodando, supôs, eram os soldados diretamente à frente. Eles estavam espalhados a 2 ou 3 metros um do outro. Larry simplesmente não podia passar por cima deles como passara pelo soldado morto. E se saísse da passarela para contorná-los, arriscava-se a quebrar uma perna ou o tornozelo. Se fosse prosseguir, teria que... bem... teria que caminhar por cima deles.

Atrás dele, na escuridão, algo se moveu.

Larry girou, engolfado instantaneamente pelo medo ao ouvir aquele isolado som rangente... o de uma passada.

— Quem está aí? — gritou, tirando o rifle do ombro.

Nenhuma resposta senão o eco. Quando o eco se desvaneceu, ele ouviu — ou imaginou ouvir — o som suave de respiração. Esbugalhou os olhos no escuro, os pêlos da nuca ficando eriçados. Conteve a respiração. Não houve nenhum som. Ele começava a descartá-lo como pura imaginação quando o som recomeçou... uma passada leve, deslizante.

Procurou loucamente pelo isqueiro. A idéia de que o isqueiro poderia torná-lo um alvo nunca lhe ocorreu. Enquanto o extraía do bolso, a rosca de acender se agarrou momentaneamente no forro e o isqueiro caiu de sua mão. Ele ouviu um tinido quando o isqueiro bateu no corrimão, e então houve um *bonk* ao cair sobre o capô ou porta-malas de um carro embaixo.

A passada deslizante retornou, um pouco mais próxima agora, impossível dizer quão próxima. Alguém vinha chegando para matá-lo e sua mente aferrolhada pelo terror deu-lhe um retrato do soldado com o canivete no pescoço, movendo-se lentamente em sua direção no escuro...

De novo, a passada rangente.

Larry lembrou-se do rifle. Jogou a coronha contra o ombro e começou a disparar. As detonações eram estilhaçantemente altas no espaço fechado; ele gritou ao som delas, mas o grito se perdia no barulho. Imagens de *flashes* fotográficos dos azulejos e pistas de tráfego paralisadas explodiam uma após outra como uma fieira de instantâneos em preto e branco, enquanto o fogo lambia do cano do rifle. Ricochetes gemiam como duendes. A arma escoiceou seu ombro repetidamente até ficar dormente, até ele perceber que a força dos coices o derrubara e que estava disparando sobre a pista de rolamento ao invés de para trás, ao longo da passarela. Continuava incapaz de parar. Seu dedo assumira a função do cérebro e se movia em espasmos irracionais até que o percussor começou a emitir um estalido seco e impotente.

Os ecos voltaram. Pós-imagens brilhantes pendiam diante de seus olhos em tripla exposição. Estava vagamente cônscio do fedor de cordite e do som habilmente que lhe vinha do fundo do peito.

Ainda empunhando o rifle, girou de novo e agora não foram os soldados em seus trajes esterilizados tipo *Enigma de Andrômeda* que viu na tela do seu cinema interior, mas sim os Morlocks da versão em quadrinhos de *A Máquina do Tempo*, de H. G. Wells, criaturas corcundas e cegas emergindo de seus buracos no solo onde máquinas funcionavam sem parar nas entranhas da Terra.

Ele começou a pelejar através da macia embora rígida barricada de cadáveres, tropeçando, quase caindo, agarrando o corrimão, prosseguindo. Seu pé atolou em alguma viscosidade repugnante e houve um odor gasoso e pútrido que ele mal notou. Continuou em frente, arfando.

Então, um grito se elevou na escuridão atrás dele, congelando-o no ato. Era um som desesperado, deplorável, beirando os limites da sanidade:

— *Larry! Ah, Larry, graças a Deus...*

Era Rita Blakemoor.

Ele se virou. Houve soluços agora, um soluçar desvairado que inundou o lugar com novos ecos. Por um momento irracional, ele decidiu continuar de qualquer modo, abandonando-a. Rita acabaria encontrando seu caminho, por que sobrecarregar-se com ela de novo? Então conseguiu se recompor e gritou:

— Rita! Fique onde está! Está me ouvindo?

O soluçar continuou.

Ele voltou tropeçando nos corpos, tentando não respirar, seu rosto retorcido numa careta de desprazer. Então correu na direção dela, incerto de quão longe tinha de ir por causa da qualidade distorcida do eco. Acabou quase caindo sobre ela.

— Larry... — Ela arremeteu contra ele e aferrou-lhe o pescoço com a força de um estrangulador. Larry pôde sentir o coração dela disparando num ritmo vertiginoso sob a blusa. — Larry, não me deixe sozinha aqui, não me deixe sozinha no escuro...

— Não. — Ele a agarrou firmemente. — Eu feri você? Você... você foi baleada?

— Não... só senti o vento... uma bala passou tão perto que senti o zunido dela... e lascas... lascas de azulejo, acho... no meu rosto... cortaram meu rosto...

— Ah, meu Deus, Rita, eu não sabia. Estava fora de mim aqui. A escuridão. E ainda perdi meu isqueiro... você devia ter chamado. Eu poderia ter matado você. — A verdade disso o impressionou. — *Eu poderia ter matado você* — repetiu, numa revelação aturdida.

— Não tinha certeza de que era você. Fui para um prédio de apartamentos quando você desceu a rampa. E você voltou e chamou e eu quase... mas não pude... e aí dois homens chegaram depois que a chuva começou... acho que estavam procurando por nós... ou por mim. Aí permaneci onde estava e quando eles foram embora pensei: talvez não tenham ido, talvez estejam escondidos e procurando por mim, e não ousei sair até que comecei a pensar que você tinha chegado ao outro lado e que nunca mais o veria... assim eu... eu... Larry, você não vai me abandonar, vai? Você não vai se mandar?

— Não — disse ele.

— Eu estava errada, aquilo que eu disse foi errado, você estava certo, eu deveria ter lhe contado sobre as sandálias, quero dizer, os sapatos, eu comerei quando você mandar... eu... eu... *uuuuuaau*...

— Calma — disse ele, segurando-a. — Está tudo bem agora. Tudo bem. — Mas na sua mente ele se via atirando nela num pânico cego, e pensou quão facilmente uma daquelas balas poderia ter-lhe esmagado o braço ou estourado seu estômago. De repente sentiu uma terrível urgência de ir ao banheiro e seus dentes queriam chocalhar. — Nós iremos quando você sentir que pode caminhar. Por enquanto relaxe.

— Havia um homem... acho que era um homem... eu pisei nele, Larry. — Ela engoliu em seco e sua garganta estalejou. — Ah, quase gritei na hora, mas não o fiz porque pensei que poderia ser um daqueles homens na dianteira em vez de você. E quando você chamou... o eco... eu não podia dizer se era você... ou... ou...

— Há muito mais gente morta lá na frente. Pode agüentar isto?

— Se você estiver comigo. Por favor... se você estiver comigo.

— Estarei.

— Então vamos. Quero sair daqui. — Ela estremeceu convulsivamente contra ele. — Jamais desejei nada tão desesperadamente em minha vida.

Ele procurou-lhe o rosto e beijou-a, primeiro o nariz, depois cada olho, a seguir a boca.

— Obrigado — disse ele humildemente, não tenho a menor idéia do que queria dizer. — Obrigado. Obrigado.

— Obrigada — repetiu ela. — Ah, querido Larry. Você não vai me abandonar, não é?

— Não — disse ele. — Não vou abandoná-la. Apenas me diga quando sentir que agüenta, Rita, e aí seguiremos juntos.

Quando ela sentiu que podia, eles o fizeram.

* * *

Eles passaram por cima de corpos, seis braços enlaçados no pescoço um do outro como amigos bêbados voltando para casa de um bar nas vizinhanças. Depois depararam com algum tipo de bloqueio. Era impossível ver, mas após passar a mão sobre ele, Rita disse que poderia ser uma cama colocada de pé. Juntos, conseguiram jogá-la por cima do corrimão. Ela foi estilhaçar-se contra um carro abaixo com um baque alto e ecoante que fez ambos pularem e se agarrarem um ao outro. Por trás de onde estivera a cama havia mais corpos espalhados, três deles, e Larry adivinhou que estes eram os soldados que haviam atirado na família judia. Passaram por cima deles e prosseguiram, de mãos dadas.

Pouco depois, Rita parou de chofre.

— Qual é o problema? — perguntou Larry. — Há alguma coisa no caminho?

— Não. Posso ver, Larry! É o fim do túnel!

Ele piscou e percebeu que também podia enxergar. A luminosidade era indistinta e chegara tão gradualmente que ele não a percebera até que Rita havia falado. Ele pôde distinguir um tênue brilho nos azulejos, e o pálido borrão no rosto de Rita ficou mais próximo. Olhando para a esquerda, pôde ver o rio morto de automóveis.

— Vamos — disse ele, em júbilo.

Sessenta passos mais adiante, havia outros corpos esparramados na passarela, todos soldados. Eles os ultrapassaram.

— Por que só fecharam Nova York? — perguntou ela. — A não ser, talvez... Larry, vai ver que isto só aconteceu em Nova York!

— Não creio — disse ele, mas sentiu, de qualquer modo, um toque de esperança irracional.

Caminharam mais rápido. A boca do túnel estava à frente deles. Era bloqueada agora por dois enormes caminhões de comboio militares, estacionados nariz com nariz. Os caminhões obliteravam boa parte da luz do dia; se não estivessem lá, Rita e Larry teriam visto luz bem antes, no interior do túnel. Havia outro amontoado de corpos onde a passarela descia para juntar-se à rampa que levava para fora. Eles se espremeram entre os caminhões, pulando por cima dos pára-choques juntos. Rita não olhou para dentro deles, mas Larry o fez. Havia um tripé de metralhadora semimontado, caixas de munição e latas de coisas que pareciam ser gás lacrimogêneo. Havia também três homens mortos.

Quando alcançaram o lado de fora, uma brisa com umidade de chuva pressionou contra eles, e seu cheiro maravilhosamente fresco pareceu fazer tudo ter valido a pena. Larry assim disse a Rita, e ela assentiu e apoiou a cabeça no ombro dele por um momento.

— Eu porém não entraria lá de novo, nem por 1 milhão de dólares — disse ela.

— Em poucos anos você estará usando dinheiro como papel higiênico — replicou ele. — Por favor, não amarrote as verdinhas.

— Mas você tem certeza...

— De que não foi só em Nova York? — Ele apontou. — Olhe.

As cabines de pedágio estavam vazias. A do meio apresentava um monte de vidro quebrado. Além delas, as pistas para oeste estavam vazias até onde eles podiam ver, mas aquelas na direção leste, as que conduziam ao túnel e à cidade que acabavam de deixar, estavam apinhadas de tráfego silencioso. Havia uma pilha desordenada de corpos no acostamento e um bando de gaivotas mantinha vigilância sobre ela.

— Ah, Deus — disse Rita fracamente.

— Havia tantas pessoas querendo entrar em Nova York quanto havia tantas querendo sair. Não sei por que se preocuparam em bloquear o túnel na extremidade de Jersey. Talvez eles tampouco soubessem o motivo. Simplesmente uma brilhante idéia de alguém que não tinha mais o que fazer...

Mas ela sentara-se na estrada e estava chorando.

— Não faça isso — disse ele, ajoelhando-se ao lado dela. A experiência no túnel ainda era recente demais para sentir-se furioso com ela. — Está tudo bem, Rita.

— O que é que está bem? — soluçou ela. — O quê? Me dê só um exemplo.

— Estamos fora, de qualquer modo. Já é alguma coisa. E tem ar puro. De fato, Nova Jersey nunca cheirou tão bem.

Isto lhe valeu um sorriso fraco. Larry olhou para os arranhões no rosto e na têmpora de Rita, onde os estilhaços de azulejo a haviam cortado.

— Deveríamos ir a uma farmácia e colocar um pouco de água oxigenada nesses cortes — disse ele. — Sente-se bem para caminhar?

— Sim. — Ela o fitava com gratidão entorpecida que o deixava desconfortável. — E arranjarei calçados novos. Tênis. Farei o que você mandar, Larry. Quero fazer.

— Gritei com você porque estava descontrolado — disse ele baixinho. Ele arrumou o cabelo dela para trás e beijou um dos arranhões sobre seu olho direito. — Não sou um cara mau — acrescentou.

— Apenas não me deixe.

Ele ajudou-a a se levantar e enlaçou-a pela cintura. A seguir caminharam lentamente em direção às cabines de pedágio e passaram através delas, Nova York atrás deles do outro lado do rio.

Capítulo Trinta e Seis

HAVIA UM PEQUENO PARQUE no centro de Ogunquit, completo, com um canhão da Guerra Civil e um Memorial de Guerra. Depois que Gus Dinsmore morreu, Frannie Goldsmith ia para lá e sentava-se junto ao lago de patos, ocasionalmente jogando pedras e observando os círculos concêntricos se espalharem na água parada até alcançarem os canteiros de lírios em volta das margens e se desintegrarem em confusão.

Anteontem levara Gus para a residência Hanson na praia, temerosa de que, se ela esperasse mais algum tempo, Gus não conseguiria caminhar e teria de passar seu "confinamento final", como os ancestrais dela denominariam isto com tão pavoroso, embora adequado, eufemismo, no pequeno e quente cubículo junto ao estacionamento da praia pública.

Imaginara que Gus morreria naquela noite. Sua febre estivera alta e ele havia delirado loucamente, caindo da cama duas vezes e até mesmo cambaleado em volta do quarto do velho Sr. Hanson, derrubando coisas, desabando de joelhos e se erguendo de novo. Ele gritava para pessoas que não estavam presentes, respondia a elas e observava-as com emoções que variavam da hilaridade ao desalento, até que Frannie começou a sentir que as companhias invisíveis de Gus eram as reais e que o fantasma era ela. Implorava a Gus para voltar a deitar-se, mas para ele Frannie não estava lá. Ela tinha de ficar fora do caminho dele; se não o fizesse, ele a derrubaria e passaria por cima.

Por fim, ele desabara na cama e tinha passado do delírio enérgico para uma inconsciência arquejante, de respiração pesada, que Fran imaginou ser o coma final. Mas na manhã seguinte, quando olhou para ele, Gus havia se sentado na cama e lia uma brochura de faroeste que encontrara numa das prateleiras. Agradeceu a ela por cuidar dele e disse-lhe sinceramente que esperava não ter dito ou feito alguma coisa que a constrangesse na noite passada.

Quando revelou que não tinha, Gus olhara duvidosamente para os destroços do quarto e disse-lhe que ela era bondosa por não contar a verdade. Fran preparou uma sopa, que ele tomou com satisfação, e quando Gus se queixou de como estava difícil ler sem os óculos, que se haviam quebrado enquanto estivera dando o seu plantão na barricada ao sul da cidade na semana anterior, Fran tinha pegado o livro (apesar dos fracos protestos dele) e lera para Gus quatro capítulos de um faroeste daquela mulher que vivia no norte, em Haven. *Cartucho de Natal* era o título. O xerife John Stoner vinha tendo problemas com o maior desordeiro da cidade de Roaring Rock, Wyoming, parecia — e, pior, ele não conseguia encontrar nada para dar de Natal a sua jovem e adorada esposa.

Fran havia ficado mais otimista, achando que Gus poderia se recuperar. Mas na última noite ele voltara a piorar e morrera às 7h45 desta manhã, apenas uma hora e meia atrás. Ele estivera lúcido no final, mas inconsciente do quão grave era sua condição. Dissera a Fran ansiosamente que gostaria de tomar um *ice cream soda*, do tipo que ele e seus irmãos ganhavam do pai a cada Quatro de Julho e de novo no Dia do Trabalho, quando a feira vinha a Bangor. Mas não havia mais energia elétrica em Ogunquit — ela se fora exatamente às 9h17 da noite de 28 de junho, pelos relógios elétricos — e não havia mais sorvete na cidade. Ela especulara se alguém na cidade teria um gerador a gasolina com um *freezer* conectado a ele num circuito de emergência. Chegou até a pensar em procurar Harold Lauder para perguntar a ele, mas então Gus começou seus estertores finais, a respirar sofregamente. Isso durou cinco minutos, enquanto ela segurava-lhe a cabeça com uma das mãos e com a outra mantinha um pano debaixo de sua boca para aparar as espessas expectorações de muco. Então, chegou ao fim.

Frannie cobriu-o com um lençol limpo e o deixara na cama do velho Jack Hanson, que dava vista para o oceano. Depois tinha vindo para o lago e desde então estivera jogando pedras na água, sem pensar muito a respeito de nada. Mas inconscientemente se deu conta de que era um *bom* tipo de não pensar; não era como aquela estranha apatia que a envolvera no dia seguinte à morte do pai. Desde então, tinha sido ela mesma cada vez mais. Havia conseguido uma muda de roseira da Casa das Flores do Nathan e a plantara cuidadosamente ao pé da sepultura de Peter. Achou que isto pegaria realmente bem, como teria dito seu pai. A sua falta de raciocínio era agora uma espécie de repouso, após ter visto Gus partir para o seu descanso final. Não foi nada como o prelúdio à loucura que experimentara antes. Havia sido como atravessar um túnel pútrido e sombrio, repleto de formas que mais pareciam ser sentidas do que vistas; era um túnel que ela jamais desejaria atravessar outra vez.

Mas Fran teria em breve de pensar o que fazer em seguida, e supunha que este pensamento deveria incluir Harold Lauder. Não apenas porque ela e Harold eram agora as duas únicas pessoas sobreviventes na área, mas porque não fazia idéia do que seria feito de Harold sem ninguém para cuidar dele. Não se considerava a pessoa mais prática do mundo, mas uma vez que estava aqui, teria de fazê-lo. Ainda não gostava especialmente dele, mas pelo menos Harold tentara ser diplomático e se modificara para ter alguma decência. Bastante até, para o seu comportamento esquisito peculiar.

Harold a deixara sozinha desde seu encontro quatro dias atrás, provavelmente respeitando seu desejo de prantear os pais. Mas ela o tinha visto de tempos em tempos no Cadillac de Roy Brannigan, andando sem rumo para lá e para cá. E duas vezes, quando o vento estava na direção certa, ela pudera ouvir o matraquear da máquina de escrever manual de Harold da janela de seu quarto — o fato de haver silêncio o bastante para ouvir aquele som, embora a residência Lauder ficasse a quase 2 quilômetros de distância, parecia sublinhar a realidade do que havia acontecido. Ela estava um tanto divertida porque embora Harold tivesse se amarrado no Cadillac, ele não pensara em substituir sua máquina de escrever mecânica por um daqueles torpedos elétricos zumbidores.

Não que ele pudesse tê-lo agora, pensou ela enquanto se levantava e esfregava o fundilho dos *shorts*. Sorvete e máquinas de escrever elétricas eram coisas do passado. Isto a fez sentir-se tristemente nostálgica, e viu-se imaginando de novo, com um senso de profunda perplexidade, como tal cataclismo poderia ter ocorrido em apenas duas semanas.

Haveria outras pessoas, não importa o que Harold dissesse. Se o sistema de autoridade havia temporariamente se desintegrado, eles simplesmente teriam de encontrar os outros dispersados e reconstruir tudo. Não lhe ocorreu especular por que "autoridade" parecia uma coisa tão necessária de se ter, nem um pouco mais do que lhe ocorria especular por que havia automaticamente se sentido tão responsável por Harold. Era justamente isso. Estrutura era uma coisa necessária.

Ela saiu do parque e caminhou lentamente pela rua principal rumo à casa dos Lauder. O dia já estava quente, mas com o ar refrescado por uma brisa marinha. Desejou de súbito descer até a praia, encontrar um belo exemplar de alga e mordiscá-la.

— Deus, você está sendo desagradável — disse em voz alta. Claro que ela não estava sendo desagradável; estava apenas grávida. Era isso. Na semana seguinte seriam sanduíches de cebola. Com raiz-forte cremosa por cima.

Ela parou na esquina, ainda a um quarteirão de Harold, surpresa pelo tempo que se passara desde que havia pensado pela última vez no seu "estado interessante". Antes, estivera sempre descobrindo aquele pensamento de *estou-grávida* em torno de cantos estranhos, como alguma sujeira desagradável que continuasse esquecendo de limpar: eu devia me certificar e mandar aquele vestido azul para a lavanderia antes de sexta-feira (mais uns poucos meses e posso pendurá-lo no armário porque *estou-grávida*); acho que tomarei uma chuveirada agora (em poucos meses parecerei uma baleia no boxe do chuveiro porque *estou-grávida*). Eu devia trocar o óleo do carro antes que os pistons caiam fora dos seus encaixes ou lá o que seja (e imagino o que Johnny lá da Citgo diria se soubesse que *estou-grávida*). Mas talvez agora Fran já tivesse se acostumado com a idéia. Afinal, ela já estava com quase três meses, quase na terça parte do caminho.

Pela primeira vez imaginou com alguma inquietação quem é que iria ajudá-la a ter o bebê.

* * *

Dos fundos da casa dos Lauder vinha um constante *clickclickclick* catraqueante de um cortador de grama manual, e quando Fran contornou a esquina o que viu foi tão estranho que somente sua completa surpresa a impediu de rir alto.

Harold, vestido apenas com um apertado traje de banho azul, estava aparando a grama. Sua pele branca reluzia de suor; seu cabelo preto comprido agitava-se contra o pescoço (embora fizesse Harold acreditar que ele parecia ter sido lavado no passado não muito distante). Os pneus de gordura abaixo da cintura e abaixo das cintas das pernas do seu calção de banho sacudiam-se violentamente para cima e para baixo. Seus pés estavam verdes de grama cortada até acima dos tornozelos. Suas costas tinham ficado vermelhas, embora ela não soubesse dizer se pelo esforço ou pela ação do sol.

Mas Harold não estava apenas *aparando a grama*; ele estava *correndo*. O gramado dos fundos dos Lauder descia até um pitoresco e desconexo muro de pedra, e no meio dele havia uma casinha de verão octogonal. Ela e Amy costumavam dar seu "chás" ali quando eram menininhas, lembrou Frannie com súbita estocada de nostalgia que foi inesperadamente dolorosa, naqueles dias em que ainda podiam chorar ao final de *A Menina e o Porquinho* e suspirar de felicidade por Chuckie Mayo, o garoto mais bonito da escola. O gramado dos Lauder era um tanto inglês no seu verdor e paz, mas agora um dervixe de sunga azul havia invadido esta bucólica cena. Ela podia ouvir Harold arfando de um modo que era alarmante enquanto ele se voltava para a esquina nordeste onde o gramado dos Lauder era separado daquele dos Wilson por uma fileira de amoreiras. Ele urrava descendo a encosta do gramado, inclinado sobre o guidom em forma de T do cortador. As lâminas zumbiam. A grama voava num jato verde, cobrindo a parte inferior das pernas de Harold. Ele havia aparado talvez metade do gramado; o que restava era um reduzido quadrado com a casinha de verão no centro. Ele dobrou a esquina no fundo da colina e depois voltou, por um momento escondido pela casinha, reaparecendo a seguir inclinado sobre sua máquina como um piloto de Fórmula Um. Mais ou menos a meio caminho, ele a viu. Exatamente no mesmo instante, Frannie disse, tímida:

— Harold? — E percebeu que ele chorava.

— Hã! — disse Harold, ou, mais exatamente, guinchou. Ela o havia arrancado de algum mundo particular, e por um momento temeu que o sobressalto no auge do seu esforço pudesse causar-lhe um ataque cardíaco.

Então ele correu para a casa, seus pés chutando através de tufos de grama aparada, e ela ficou perifericamente ciente do aroma adocicado que ela produzia no ar quente de verão.

Ela deu um passo atrás dele.

— Harold, o que há de errado?

A seguir ele estava subindo os degraus do alpendre. A porta dos fundos se abriu, Harold correu para dentro e bateu a porta atrás de si com um estrondo dissonante. No silêncio que baixou em seguida, um gaio chamou estridentemente e algum animal de pequeno porte fez ruídos chocalhantes nos arbustos atrás do muro de pedra. O cortador, abandonado, permanecia com grama aparada atrás de si e com grama alta adiante, a pouca distância da casinha onde Fran e Amy tinham uma vez bebido seu Kool-Aid nas xícaras da cozinha de Barbie, com os dedos mindinhos projetando-se elegantemente no ar.

Frannie permaneceu indecisa por um instante e por fim subiu até a porta e bateu. Não houve resposta, mas pôde ouvir Harold chorando em algum lugar lá dentro.

— Harold?

Nada de resposta. O choro continuava.

Ela entrou no vestíbulo dos fundos, que estava escuro, frio e fragrante — a despensa da Sra. Lauder abria-se do vestíbulo para a esquerda e, até onde Frannie podia lembrar, aqui sempre houvera o bom aroma de maçãs secas e canela, como tortas em processo de criação.

— Harold?

Ela caminhou do vestíbulo para a cozinha e viu Harold, sentado à mesa. Tinha as mãos emaranhadas no cabelo e seus pés verdes descansavam no linóleo desbotado que a Sra. Lauder mantivera tão imaculado.

— Harold, o que há de errado?

— Vá embora! — gritou ele, cheio de lágrimas. — Vá embora, você não gosta de mim!

— Sim, não gosto. Você está certo, Harold. Talvez não lá tão certo, mas está. — Ela fez uma pausa. — De fato, considerando as circunstâncias e tudo o mais, devo dizer que, neste exato momento, você é uma das minhas pessoas preferidas no mundo inteiro.

Isto pareceu fazer Harold chorar ainda mais.

— Tem algo para se beber?

— Kool-Aid — disse ele e fungou, assoou o nariz. Ainda olhando para a mesa, acrescentou: — Está quente.

— Claro que está. Você conseguiu tirar água da bomba municipal? — Como muitas cidades pequenas, Ogunquit ainda tinha uma bomba comunitária nos fundos da prefeitura, embora pelos últimos quarenta anos tivesse sido mais uma relíquia do que uma fonte eficaz de água. Os turistas costumavam bater fotos dela. Esta era a bomba comunitária na pequena cidade praiana onde passávamos nossas férias. Ah, não era tão original.

— É, foi lá que consegui.

Ela serviu um copo para cada um e sentou-se. *Devíamos ter feito isto na casinha de verão*, pensou. *Teríamos bebido com nossos dedos mindinhos se projetando no ar.*

— Harold, o que há de errado?

Harold soltou uma risada estranha e histérica e levou desajeitadamente à boca o seu Kool-Aid. Esvaziou o copo e o depositou.

— Errado? Ora, o que poderia haver de errado?

— Quero dizer, há alguma coisa específica? — Ela provou seu Kool-Aid e reprimiu uma careta. Não que estivesse quente, Harold devia ter puxado a água há apenas pouco tempo, mas ele havia esquecido de adoçar.

Ele finalmente olhou para ela, seu rosto raiado de lágrimas e ainda querendo chorar mais.

— Quero minha mãe — disse ele simplesmente.

— Ah, Harold...

— Quando aconteceu, quando ela morreu, pensei: "Bem, até que não foi tão ruim." — Ele apertava o copo com força, olhando para ela de um jeito intenso, desfigurado, que era um pouquinho assustador. — Sei o quanto isto deve soar terrível para você. Mas eu nunca soube *como* assumiria isto quando eles morreram. Sou um cara muito sensível. É por isso que sou tão perseguido pelos cretinos naquela casa de horrores que os próceres da cidade chamam de ginásio. Pensei que isto poderia me deixar louco de pesar, a morte deles, ou pelo menos me deixar prostrado por um ano... meu sol interior, por assim dizer, iria... iria... e quando aconteceu, minha mãe... Amy... meu pai... eu disse comigo mesmo: "Bem, até que não foi tão ruim." Eu... eles... — Ele pousou o punho sobre a mesa, fazendo-a retrair-se. — Por que não posso dizer o que pretendo? — gritou. — *Sempre* fui capaz de dizer aquilo que pretendia! É parte do trabalho do escritor entalhar a linguagem, cortar até quase o osso, *portanto por que não posso dizer como me sinto?*

— Harold, não fale assim. Sei como você se sente.

Ele a fitou, abobado.

— Você sabe...? — Sacudiu a cabeça. — Não, você não poderia.

— Lembra de quando você foi até minha casa? E eu estava cavando a sepultura? Estava meio fora de mim. Metade do tempo eu não podia sequer lembrar o que estava fazendo. Tentei fazer batatas fritas e quase incendiei a casa. Portanto, se aparar a grama faz você se sentir melhor, ótimo. Você porém vai ganhar uma queimadura braba de sol se fizer isto só com calção de banho. Você já está ficando avermelhado — acrescentou ela criticamente, olhando para os ombros dele. Por educação, ela bebericou mais um pouco do pavoroso Kool-Aid.

Ele passou as mãos através da boca.

— Jamais gostei deles tanto assim — continuou —, mas pensava que pesar fosse alguma coisa que a gente sentisse, de qualquer modo. Como você ter de urinar quando a bexiga está cheia. E se parentes próximos morrem, você tem de ser abalado pela dor.

 Ela assentiu com a cabeça, achando que era estranho mas não inadequado.

— Minha mãe sempre foi mais chegada a Amy. Era a amiga de Amy — exagerou ele com uma infantilidade inconsciente e quase desprezível. — E eu deixava meu pai horrorizado.

Fran percebeu o quanto podia ser verdade. Brad Lauder tinha sido um homem grandalhão e musculoso, supervisor na tecelagem de Kennebunk. Não teria a mínima idéia do que fazer com aquele filho gordo e esquisito que havia produzido.

— Ele me chamou à parte uma vez — resumiu Harold — e me perguntou se eu era bicha. Foi assim mesmo que disse. Fiquei tão assustado que chorei, e ele me deu um tapa na cara e disse que se eu continuasse sendo a porra de um bebê o tempo todo, o melhor que faria era sair da cidade. E Amy... acho que seria certo dizer que Amy cagou e andou para isso. Eu era apenas um estorvo quando ela convidava seus amigos para vir à nossa casa. Ela me tratava como se eu fosse lixo.

Com esforço, Fran terminou seu Kool-Aid.

— Assim, quando eles se foram e não me senti tão pesaroso desta ou daquela maneira, simplesmente achei que estava errado. "O pesar não é apenas um reflexo patelar", dizia para mim mesmo. Mas fiquei abalado. Sentia falta deles mais e mais a cada dia. Principalmente de minha mãe. Se ao menos pudesse vê-la... um monte de vezes não esteve presente quando eu a queria... precisava dela... ocupava-se demais fazendo coisas para Amy, ou com Amy, mas nunca teve tempo para mim. Então, esta manhã, quando pensei a respeito, disse comigo mesmo: "Vou aparar a grama. E aí não vou pensar mais nisso." Mas pensei. E comecei a aparar cada vez mais rápido... como se pudesse superar isto... e imagino o que você pensou ao chegar. Pareci tão louco como me sentia, Fran?

Ela estendeu o braço sobre a mesa e pegou a mão dele.

— Não há nada de errado com a maneira como você está se sentindo, Harold.

— Tem certeza? — Ele a fitava de novo com aquele olhar infantil e arregalado.

— Sim.

— Graças a Deus — disse. — Graças a Deus por isso. — A mão dele suava na dela, e Harold pareceu sentir isto enquanto ela pensava. E puxou a mão com relutância. — Gostaria de mais um pouco de Kool-Aid? — perguntou humildemente.

Ela deu o seu mais diplomático sorriso.

— Talvez mais tarde — disse.

* * *

Fizeram um piquenique no parque: manteiga de amendoim e sanduíche de geléia, biscoitos aperitivos e uma Coca tamanho família. A Coca estava ótima depois de ter sido gelada no lago de patos.

— Estive pensando acerca do que vou fazer — disse Harold. — Não quer o resto desses biscoitos?

— Não, já estou satisfeita.

O resto desapareceu na boca de Harold em uma mordida só. O pesar atrasado não havia afetado seu apetite, notou Frannie, e depois achou que era um modo um tanto maldoso de pensar.

— O quê? — disse ela.

— Estava pensando em ir para Vermont — disse ele hesitantemente. — Gostaria de vir comigo?

— Por que Vermont?

— Lá tem um centro governamental para epidemia e doenças transmissíveis, numa cidade chamada Stovington. Não é tão grande quanto aquele de Atlanta, mas na verdade fica bem mais próximo. Estive pensando: se ainda houver pessoas vivas e trabalhando nesta gripe, muitas delas devem estar lá.

— Por que não estariam mortas, também?

— Bem, poderiam estar, poderiam estar — disse Harold um tanto afetadamente. — Mas em lugares como Stovington, onde costumam lidar com doenças transmissíveis, também costumam tomar precauções. E se estiverem funcionando, imagino que devem estar procurando pessoas como nós. Pessoas que sejam imunes.

— Como é que sabe de tudo isso, Harold? — Ela o fitava com franca admiração, e Harold enrubesceu alegremente.

— Eu leio um bocado. Nenhum daqueles lugares é secreto. E então, o que você acha, Fran?

Ela pensou que era uma idéia maravilhosa. Apelava para aquela necessidade desaglutinada por estrutura e autoridade. Imediatamente descartou o repúdio de Harold de que as pessoas que dirigiam tal instituição pudessem estar todas mortas. Eles iriam para Stovington, seriam admitidos, testados, e de todos os testes poderia advir alguma discrepância, alguma diferença entre eles e todas as pessoas que haviam adoecido e morrido. Até então não lhe havia ocorrido imaginar que utilidade uma vacina poderia ter a esta altura.

— Acho que devemos arranjar um mapa rodoviário e ver como podemos chegar lá ontem — disse ela.

O rosto dele se iluminou. Por um momento ela achou que Harold iria beijá-la, e neste único momento cintilante ela provavelmente o teria permitido, mas então o momento passou. Em retrospecto, ela estava contente.

* * *

Pelo mapa rodoviário, onde toda distância ficava resumida ao comprimento de um dedo, parecia bastante simples. Rodovia 1 para a Interestadual 95, Interestadual 95 para a Nacional 32, e depois para noroeste pela 302 através das cidades lacustres do Maine ocidental, ao longo da chaminé de New Hampshire pela mesma estrada e depois entrando em Vermont. Stovington ficava apenas a 50 quilômetros a oeste de Barre, acessível tanto pela Auto-Estrada 61 de Vermont quanto pela Interestadual 89.

— A que distância, no total? — perguntou Fran.

Harold pegou uma régua, mediu e depois consultou a escala quilométrica.

— Você não vai acreditar — disse, taciturno.

— Quanto? Cento e sessenta quilômetros?

— Mais de 400.

— Ah, Deus — disse Frannie. — Isto mata a minha idéia. Li em algum lugar que se poderia percorrer a maior parte dos estados da Nova Inglaterra num único dia.

— Isto é uma balela — disse Harold na sua voz mais acadêmica. — É possível percorrer quatro estados... Connecticut, Rhode Island, Massachusetts e apenas cruzar a divisa de Vermont... em 24 horas, se você o fizer da maneira correta, mas é como resolver aquele quebra-cabeça onde se tem dois enigmas entrelaçados... é fácil se você souber como, impossível se não souber.

 — De onde diabos tirou esses dados? — perguntou ela, divertida.

— *Guinness de Recordes Mundiais* — replicou ele com desdém. — Conhecido de outra maneira como Salão de Estudos Bíblicos do Ginásio de Ogunquit. Na verdade, estive pensando em bicicletas. Ou... não sei... talvez lambretas.

— Harold — disse ela solenemente —, você é um gênio.

Harold tossiu, enrubescido e satisfeito novamente.

— Poderíamos pedalar até Wells amanhã de manhã. Lá tem uma concessionária Honda... sabe pilotar uma Honda, Fran?

— Posso aprender, se formos devagar por algum tempo.

— Ah, acho que seria uma grande burrice correr — replicou Harold, sério. — Nunca se sabe o que vem depois de uma curva fechada. E se depararmos com um engavetamento de três carros bloqueando a estrada?

— Não, nunca se pode prever, não é? Mas por que esperar até amanhã? Por que não vamos hoje?

— Bem, já passa das duas agora — disse ele. — Não conseguiríamos chegar muito mais longe do que Wells, e precisamos nos equipar. Seria mais fácil fazer isto aqui em Ogunquit, porque sabemos onde tudo está. E precisamos de armas, é claro.

Foi realmente esquisito. Tão logo ele mencionou aquela palavra, Fran havia pensado no bebê.

— Por que precisaremos de armas?

Ele a fitou por um momento, depois baixou os olhos. Um rubor subiu pelo seu pescoço.

— Porque a polícia e os tribunais se acabaram, e você é mulher e muito bonita, e algumas pessoas... alguns homens... poderiam não ser... não ser cavalheiros. É por isso.

Seu rubor ficou tão acentuado agora que era quase púrpura.

Ele estava falando sobre estupro, pensou ela. *Estupro.* Mas como poderia alguém querer me estuprar? *Estou grávida.* Mas ninguém sabia disso, nem mesmo Harold. E mesmo se revelasse isto, dissesse ao estuprador potencial: *Poderia por favor não fazer isto porque estou grávida?* Bem, poderia esperar razoavelmente que o estuprador respondesse: *Puxa, dona, sinto muito. Vou procurar outra garota para estuprar.*

— Tudo bem — disse ela. — Armas. Mas poderíamos alcançar Wells ainda hoje.

— Tem alguma coisa mais que preciso fazer aqui — replicou Harold.

* * *

A cúpula que encimava o celeiro de Moses Richardson estava explosivamente quente. O suor escorrera pelo corpo de Fran quando alcançaram o jirau de feno, mas na hora em que chegaram ao topo do frágil lance de escadas que levava do jirau para a cúpula foi como mergulhar o corpo em rios, escurecendo sua blusa e grudando-a nos seios.

— Acha isto realmente necessário, Harold?

— Não sei. — Ele estava carregando um balde de tinta branca e uma brocha larga com o papel celofane protetor ainda envolvendo-a. — Mas o celeiro dá vista para a Nacional 1, e este é o caminho que a maioria das pessoas seguiria, acho. De qualquer modo, não pode machucar.

— Machucará, se você cair e quebrar seus ossos. — O calor estava fazendo sua cabeça doer e a Coca bebida no almoço dava voltas no estômago de um modo extremamente nauseante. — Na verdade, seria o seu fim.

— Não vou cair — disse Harold nervosamente. Relanceou para ela. — Fran, você parece doente.

— É o calor — replicou ela fracamente.

— Então desça, pelo amor de Deus. Deite-se debaixo de uma árvore. Observe o homem-mosca enquanto ele faz seu número desafiando a morte no vertiginoso telhado, com 10 graus de inclinação, do celeiro de Moses Richardson.

— Sem brincadeira. Ainda acho que é tolice. E perigoso.

— Sim, mas me sentirei melhor se levar isto a cabo, Fran.

Ela pensou: *Ora, ele está fazendo isto por mim.*

Ele permaneceu lá, suando e assustado, com velhas teias de aranha subindo por seus ombros nus e empolados, a barriga cascateando sobre a cintura dos *jeans* apertados, determinado a não perder uma aposta, a fazer todas as coisas certas.

Ela ficou na ponta dos pés e beijou-lhe a boca levemente.

— Tenha cuidado — disse ela e desceu rapidamente as escadas, a Coca agitando-se na sua barriga, acima, abaixo, para todo lado, aargh. Continuou rapidamente, mas não tão rápido que não visse a felicidade atordoante subindo aos olhos dele. Ela desceu os frágeis degraus do jirau de feno para o chão do celeiro coberto de palha, até mesmo mais rápido agora, porque sabia que estava prestes a vomitar. E embora soubesse que era por causa do calor, da Coca e do bebê, o que pensaria Harold se ouvisse? Por isso queria chegar logo lá fora, onde ele não poderia ouvir. E conseguiu. Bem a tempo.

* * *

Harold desceu às 3h45, sua queimadura de sol agora se avermelhando, os braços salpicados de tinta branca. Fran cochilara desconfortavelmente debaixo de um olmo no pátio de Richardson enquanto ele trabalhava, nunca ferrando no sono por completo, prestando atenção no chocalhar de tabuinhas dando passagem e o grito desesperado do pobre gordo Harold enquanto despencava dos 30 metros desde o teto do celeiro até o duro solo abaixo. Mas isto nunca aconteceu — graças a Deus — e agora ele parou orgulhosamente diante dela — os pés verde-gramado, braços brancos e ombros avermelhados.

— Por que se incomodou em trazer a tinta para baixo? — perguntou ela, curiosa.

— Eu não queria deixá-la lá em cima. Poderia levar a uma combustão espontânea e perderíamos nosso letreiro.

E ela pensou de novo no quanto ele estava determinado a não perder uma simples aposta. Era simplesmente um tanto assustador.

Ambos olharam para o telhado do celeiro. A tinta fresca reluzia em pronunciado contraste com as tabuinhas verdes desbotadas, e as palavras lá pintadas fizeram Fran lembrar dos letreiros que às vezes aparecem lá no Sul, pintados nos telhados dos celeiros — JESUS SALVA ou MASCA RED INDIAN. No de Harold lia-se:

FOMOS PARA O CENTRO DE EPIDEMIAS DE STOVINGTON, VERMONT
NACIONAL 1 PARA WELLS
INTERESTADUAL 95 PARA PORTLAND
NACIONAL 302 PARA BARRE
INTERESTADUAL 89 PARA STOVINGTON
DEIXANDO OGUNQUIT 2 DE JULHO, 1990

HAROLD EMERY LAUDER
FRANCES GOLDSMITH

— Não sabia o seu nome do meio — disse Harold em tom de desculpa.

— Tudo bem — respondeu Frannie, ainda olhando para o letreiro. A primeira linha tinha sido escrita logo abaixo da janela da cúpula; a última, com seu nome, logo acima da calha de chuva. — Como conseguiu escrever esta última linha? — perguntou ela.

— Não foi difícil — disse ele, constrangido. — Tive que pendurar meus pés só um pouco, isso é tudo.

— Ah, Harold. Por que não assinou só o seu nome?

— Porque somos uma equipe — disse ele, e depois olhou para ela um tanto apreensivo. — Não somos?

— Acho que somos... até onde você não se matar. Está com fome?

Ele bufou.

— Faminto como um urso.

— Então vamos comer. E vou aplicar um óleo de bebê na sua queimadura. Você simplesmente vai ter que vestir a camisa, Harold. Não vai conseguir dormir assim esta noite.

— Dormirei muito bem — disse ele e sorriu para ela.

Frannie retribuiu o sorriso. Tiveram uma ceia de comida enlatada e Kool-Aid (Frannie a preparou e adicionou açúcar), e mais tarde, quando havia começado a escurecer, Harold voltou à casa de Fran com algo debaixo do braço.

— Era de Amy — disse ele. — Encontrei no sótão. Acho que meus pais deram a ela quando Amy se formou no colégio. Nem sei se isto ainda funciona, mas consegui algumas pilhas na loja de ferragens. — Ele bateu nos bolsos, que se avultavam com pilhas Eveready.

Era uma vitrola portátil, do tipo com cobertura de plástico, inventada para adolescentes de 13 ou 14 anos levarem para a praia e piqueniques. O tipo de vitrola produzida tendo em mente discos de 45 rpm — aqueles feitos pelos Osmonds, Leif Garrett, John Travolta, Shaun Cassidy. Ela olhou atentamente para a vitrola e sentiu seus olhos se encherem de lágrimas.

— Bem — disse ela —, vamos ver se funciona.

E funcionou. E por quase quatro horas sentaram-se em lados opostos do sofá, a vitrola portátil na mesa de centro diante deles, seus rostos iluminados com uma fascinação silenciosa e dolorosa, ouvindo enquanto a música de um mundo morto enchia a noite de verão.

Capítulo Trinta e Sete

A PRINCÍPIO STU ACEITOU O SOM sem questionar; era uma parte bem típica de uma ensolarada manhã de verão. Tinha acabado de passar pela cidade de South Ryegate, New Hampshire, e agora a auto-estrada serpenteava através de uma bela paisagem rural de olmos imponentes que salpicavam a estrada de luz solar em movimento. A vegetação rasteira de ambos os lados era espessa — sumagre reluzente, junípero azul-acinzentado, uma infinidade de arbustos que não sabia identificar. A profusão deles era ainda uma maravilha aos seus olhos, acostumados que estavam ao leste do Texas, onde a flora de beira de estrada não tinha nada semelhante a esta variedade. À esquerda uma antiga parede rochosa ziguezagueva para dentro e para fora da vegetação, e à direita um pequeno córrego gorgolejava alegremente para leste. Vez por outra pequenos animais se moviam entre os arbustos (ontem ele tinha sido transfixado pela visão de uma enorme corça parada sobre a linha branca da Nacional 302, farejando o ar matinal), e pássaros chamavam estridentemente. E contra o pano de fundo sonoro, o latido de um cão soou como a coisa mais natural do mundo.

Caminhou cerca de mais 800 metros antes de ocorrer-lhe que o cachorro — mais próximo agora, pelo som — poderia ser algo fora do comum, afinal. Ele tinha visto uma grande quantidade de cachorros desde que deixara Stovington, mas não vivos. Bem, supôs, a gripe havia matado muitas, mas nem todas as pessoas. Aparentemente também havia matado muitos, mas nem todos os cachorros. Talvez o cão estivesse extremamente desacostumado com gente a esta altura. Ao farejá-lo, teria rastejado de volta aos arbustos e latido histericamente para Stu até que este saísse do seu território.

Stu ajustou as tiras da mochila que estava usando e redobrou os lenços que repousavam sob as tiras de cada ombro. Calçava um par de tênis dos Georgia Giants, e três dias de caminhada haviam desgastado quase tudo que ele tinha de novo. Na cabeça usava um vistoso chapéu de feltro vermelho com abas largas e levava uma carabina militar a tiracolo. Não esperava topar com saqueadores, mas tinha uma vaga idéia de que seria bom portar uma arma. Carne fresca, talvez. Bem, ele tinha visto carne fresca ontem, ainda viva, e estivera atônito e bondoso demais para sequer pensar em atirar nela.

A mochila novamente confortável, ele continuou estrada acima. O cachorro soava como se estivesse logo além da próxima margem. Talvez eu o veja, afinal, pensou Stu.

Havia seguido a 302 rumo leste porque supunha que cedo ou tarde ela o conduziria ao oceano. Fizera uma espécie de acordo consigo mesmo: decidirei o que fazer quando alcançar o oceano. Até lá, não vou pensar nisso. Sua caminhada, agora no quarto dia, havia sido uma espécie de processo de cura. Pensara em pegar uma bicicleta de dez marchas ou talvez uma moto com as quais conseguisse contornar as colisões ocasionais que bloqueavam a estrada, mas em vez disso optara por caminhar. Sempre gostara de dar caminhadas e seu corpo clamava por exercício. Até sua fuga de Stovington estivera mantido em confinamento por quase duas semanas e sentia-se flácido e fora de forma. Supunha que em breve o seu lento progresso o tornaria impaciente, fazendo-o optar pela bicicleta ou pela moto, mas por enquanto contentava-se em caminhar rumo leste nesta estrada, olhando para o que quer que desejasse olhar, dando uma parada quando lhe aprouvesse ou deitar-se para uma soneca durante a parte mais quente do dia. Era bom para ele estar fazendo isto. Aos poucos, a busca lunática por um meio de escapar foi se desvanecendo na memória, tal como alguma coisa que havia acontecido em vez de uma coisa tão vívida que provocava suor frio em sua pele. A lembrança daquela sensação de alguém estar seguindo-o fora a mais difícil de descartar. Nas duas primeiras noites na estrada, havia sonhado vezes sem conta com seu encontro final com Elder, quando ele viera cumprir suas ordens. Nos sonhos Stu era sempre lento demais com a cadeira. Elder recuava do golpe, apertava o gatilho da pistola e Stu sentia uma pesada mas indolor luva de boxe sobrecarregada de chumbo pousar no seu peito. Teve este sonho repetidamente até acordar cansado pela manhã, mas tão contente por estar vivo que mal o percebia. Na última noite o sonho não viera. Ele duvidava se o nervosismo iria parar imediatamente, mas achava que poderia estar expelindo o veneno do seu sistema pouco a pouco. Talvez nunca se livrasse de tudo, mas quando a maior parte disso se foi, teve certeza de que seria capaz de pensar melhor acerca do que viria a seguir, quer ou não alcançasse o oceano àquela altura.

Contornou a margem e lá estava o cachorro, um *setter* irlandês castanho-avermelhado. Latiu alegremente à visão de Stu e correu estrada acima, as unhas estalando na superfície de concreto, sacudindo o rabo freneticamente. Pulou apoiando as patas dianteiras na barriga de Stu, que recuou um passo ao avanço do cachorro.

— Oi, garotão — disse ele, sorrindo.

O cão latiu feliz ao som de sua voz e pulou de novo.

— Kojak! — chamou uma voz firme, e Stu saltou e olhou em torno. — Deite-se e deixe o homem em paz! Vai acabar deixando marcas de lama em toda a camisa dele, seu cão danado!

Kojak voltou a pousar as quatro patas na estrada e andou em volta de Stu com o rabo entre as pernas. O rabo, porém, ainda se agitava em alegria reprimida apesar de seu confinamento. Stu decidiu que este aqui nunca seria grande coisa como ator canino.

Agora Stu pôde ver o dono da voz — e de Kojak, parecia. Um homem de seus 60 anos usando um suéter surrado e velhas calças cinzentas... e uma boina. Estava sentado numa banqueta de piano e empunhava uma paleta. Um cavalete com uma lona estava postado diante dele.

Agora ele se levantou, depositou a paleta sobre a banqueta de piano (Stu pôde ouvi-lo murmurar: "Não esquecer e sentar em cima"), seguiu na direção de Stu com a mão estendida. Por baixo da boina, o seu cabelo grisalho fofo balançava a uma pequena brisa suave.

— Espero que não pretenda fazer nenhum uso errado deste rifle, senhor. Glen Bateman, a seu dispor.

Stu adiantou-se e pegou a mão estendida (Kojak estava ficando brincalhão de novo, girando em torno de Stu, mas sem ousar renovar seus pulos — pelo menos por ora).

— Stuart Redman. Não se preocupe com a arma. Não tenho visto pessoas suficientes para começar a atirar nelas. De fato, ainda não vi ninguém, a não ser você.

— Gosta de caviar?

— Nunca experimentei.

— Então chegou a hora. E, se não se importar, há fartura de outras coisas. Kojak, quieto! Sei que está pensando em voltar a dar seus pulos amalucados... posso ler você como um livro... mas contenha-se. E nunca se esqueça, Kojak, de que controle é o que separa as ordens superiores das inferiores. Controle!

Com este apelo à sua melhor natureza, Kojak se encolheu nas ancas e começou a arfar. Tinha um grande sorriso em seu focinho canino. Por experiência própria, Stu sabia que um cão sorridente ou é um cão mordedor ou é um cão danado de manso. E este não parecia um mordedor.

— Estou convidando-o para almoçar — disse Bateman. — Você é o primeiro ser humano que vejo, pelo menos na última semana. Vai aceitar?

— Com todo o prazer.

— Sulista, não é?

— Texano Oriental.

— Um oriental, engano meu. — Bateman riu da sua própria piada e voltou-se para sua pintura, uma aquarela medíocre dos bosques do outro lado da estrada.

— Eu não sentaria nesta banqueta de piano, se fosse você — disse Stu.

— Merda, não! Não o faria afinal, faria? — Ele mudou de rumo e dirigiu-se aos fundos da pequena clareira. Stu viu que havia um recipiente de refrigeração laranja e branco à sombra lá atrás, com o que parecia uma toalha branca de linho dobrada sobre ele. Quando Bateman a retirou, Stu viu que era justamente o que parecia.

— Esta toalha fazia parte do aparato de comunhão na Igreja Batista da Graça em Woodsville — disse Bateman. — Eu a libertei. Acho que os batistas não darão por falta. Foram todos ao encontro de Jesus. Pelo menos os batistas de Woodsville foram. Eles agora podem celebrar sua comunhão pessoalmente. Embora eu acredite que os batistas vão achar o céu uma grande decepção, a não ser que a gerência lhes permita ver TV... ou talvez chamem TV-Céu por lá... na qual possam ver Jerry Falwell e Jack van Impe. O que temos aqui, em vez disso, é uma velha comunhão pagã com a natureza. Kojak, não pise na toalha. Controle, nunca esqueça disso, Kojak. Em tudo que fizer, torne o controle sua senha. O que acha de descermos a estrada para nos lavarmos, Sr. Redman?

— Pode me chamar de Stu.

— Está certo. Assim farei.

Desceram a estrada e se lavaram na água fria e cristalina. Stu sentia-se feliz. Encontrar este homem em especial, neste momento específico, pareceu de alguma forma exatamente correto. Corrente abaixo deles, Kojak bebeu da água e depois se embrenhou nos bosques, latindo de alegria. Espantou um faisão e Stu observou-o alçar vôo do mato e pensou um tanto surpreso que talvez tudo simplesmente se normalizaria. De alguma forma se normalizaria.

* * *

Ele não ligou muito para o caviar — tinha gosto de geléia de peixe fria —, mas Bateman tinha também mortadela, salame, duas latas de sardinha, algumas maçãs levemente moles e uma caixa grande de barras de figo Keebler. Barras de figo são excelentes para os intestinos, disse Bateman. Os intestinos de Stu não lhe tinham dado nenhum problema, afinal, desde que escapara de Stovington e começara a caminhar, mas mesmo assim gostava de barras de figo e serviu-se de meia dúzia. De fato, comeu fartamente de tudo.

Durante a refeição, que foi acompanhada amplamente com bolachas Saltines, Bateman contou a Stu que tinha sido professor-assistente de Sociologia no Woodsville Comunity College. Woodsville, disse ele, era uma cidade pequena ("famosa por seu colégio comunitário e seus quatro postos de gasolina", disse a Stu), mais uns 10 quilômetros descendo a estrada. Sua esposa morrera dez anos antes. Não tinham tido filhos. A maioria de seus colegas nunca se importara com ele, disse, e o sentimento havia sido cordialmente mútuo.

— Eles me consideravam um lunático — disse ele. — A forte possibilidade de que estivessem certos nada fez para melhorar nossas relações.

Ele havia aceitado a epidemia de supergripe com equanimidade, disse, porque finalmente seria capaz de recolher-se e pintar em tempo integral, como sempre desejara fazer.

Enquanto repartia a sobremesa (um bolo inglês Sara Lee) e passava a metade de Stu num prato de papel, ele disse:

— Sou um péssimo pintor, péssimo. Mas simplesmente digo a mim mesmo que neste mês de julho não existem no mundo pintores de paisagem melhores do que Glendon Pequod Bateman, bacharel em arte, mestre de arte e mestre de belas-artes. Uma satisfação do ego barata, mas só minha.

— Sempre foi dono de Kojak?

— Não... isto teria sido uma coincidência inteiramente espantosa, não teria? Creio que Kojak pertencia a alguém lá da cidade. Eu o via ocasionalmente, mas como não sabia qual era o seu nome, tomei a liberdade de rebatizá-lo. Ele não parece se importar. Me dê licença um minuto, Stu.

Ele atravessou a estrada e Stu o ouviu espadanar a água. Voltou pouco depois, as pernas das calças arregaçadas até os joelhos. Em cada mão trazia um engradado de seis latas de cerveja Narrangsett.

— Isto devia ter sido para acompanhar a refeição. Que idiota que eu sou.

— Cai igualmente bem depois — disse Stu, pegando uma lata do engradado. — Obrigado.

Eles puxaram as lingüetas em anel e Bateman ergueu sua lata.

— A nós, Stu. Que possamos ter dias felizes, mentes satisfeitas e pouca ou nenhuma lombalgia.

— Amém a isto. — Eles tocaram as suas latas e beberam. Stu achou que um gole de cerveja nunca fora tão saboroso para ele antes e provavelmente jamais voltaria a ser.

— Você é um homem de poucas palavras — disse Bateman. — Espero que não interprete como se eu estivesse dançando sobre a sepultura do mundo, por assim dizer.

— Não — disse Stu.

— Eu tinha preconceito contra o mundo — continuou Bateman. — Admito isto abertamente. O mundo no último quarto do século XX teve, pelo menos para mim, todo o encanto de um velho de 80 anos morrendo de câncer do cólon. Dizem que é um mal-estar que assolou todos os povos ocidentais à medida que o século... qualquer século... se encaminha para seu final. Sempre nos envolvemos em mantas de pesar e saímos chorando, ai de ti, ah Jerusalém... ou Cleveland, como parece ser o caso. A doença dançante teve lugar durante a parte final do século XV. A peste bubônica, a peste negra, dizimou a Europa perto do fim do século XIV. A coqueluche ocorreu perto do fim do século XVII, e o primeiro surto de gripe conhecido se deu perto do fim do século XIX. Ficamos tão acostumados com a idéia da gripe, parece-nos quase como o resfriado comum, não é?, que ninguém senão os historiadores parece saber que *cem anos atrás ela não existia.*

"É durante as três últimas décadas de qualquer século que surgem os fanáticos com fatos e números mostrando que o Armagedom está finalmente à porta. Tais pessoas sempre existem, é claro, mas perto do final de um século suas fileiras parecem engrossar... e são levadas a sério por uma infinidade de gente. Monstros aparecem. Átila, o Huno, Gêngis Khan, Jack, o Estripador, Lizzie Borden. Na nossa época temos Charles Manson, Richard Speck e Ted Bundy, se preferir. Tem sido sugerido por colegas até mais fantasiosos do que eu que o Homem Ocidental precisa de uma grande purgação do cólon, e isto ocorre ao final dos séculos, de modo que possamos enfrentar o século vindouro limpos e cheios de otimismo. E neste caso nos é aplicado um superenema e, quando você pensa a respeito, faz perfeito sentido. Não estamos, afinal, simplesmente nos aproximando do centenário desta vez. Estamos nos aproximando de um novo milênio inteiro."

Bateman fez uma pausa, pensando.

— Agora que penso nisso, *estou* dançando sobre a sepultura do mundo. Outra cerveja?

Stu pegou uma e pensou no que Bateman tinha dito.

— Não é realmente o final — disse por fim. — Eu pelo menos não acho. É apenas... um intervalo.

— Inteiramente adequado. Muito bem dito. Vou voltar para minha pintura, se não se importa.

— Vá em frente.

— Viu outros cachorros por aí? — perguntou Bateman enquanto Kojak vinha voltando alegremente do outro lado da estrada.

— Não.

— Nem eu. Você é a única pessoa que vi, mas Kojak parece ser o último representante de sua espécie.

— Se ele está vivo, haverá outros.

— Não muito científico — replicou Bateman amavelmente. — Que tipo de americano é você? Mostre-me um segundo cachorro, de preferência uma cadela, e aceitarei sua tese de que em algum lugar existe um terceiro. Mas não me mostre um e a partir daí pressuponha um segundo. Isso não vale.

— Vi vacas — disse Stu, pensativo.

— Vacas, certo, e corças. Mas os cavalos estão todos mortos.

— Você sabe, isto está certo — concordou Stu. Ele vira vários cavalos mortos na sua caminhada. Em alguns casos, vacas estiveram pastando contra o vento dos corpos inchados. — Bem, por que deveria estar?

— Não faço idéia. Todos nós respiramos muito da mesma maneira, e isto parece principalmente ser uma doença respiratória. Mas fico imaginando se não haveria um outro fator. Homens, cavalos e cachorros pegaram a gripe. Vacas e cervos, não. E os ratos sumiram por um tempo mas parecem estar voltando agora. — Bateman estava imprudentemente misturando tinta na sua paleta. — Há gatos por toda parte, uma praga de gatos, e pelo que posso ver, os insetos estão proliferando muito mais do que costumavam. Claro que os *faux pas* cometidos pelos humanos raramente os afetaram, de qualquer modo... e a idéia de um mosquito gripado é simplesmente ridícula demais para ser levada em conta. Nada disso faz qualquer sentido evidente. É loucura.

— Claro que é — disse Stu e abriu outra cerveja. Sua cabeça zumbia agradavelmente.

— Estamos prontos para ver algumas mudanças interessantes na ecologia — disse Bateman. Ele estava cometendo o terrível erro de tentar pintar Kojak no seu quadro. — Resta ver se o *Homo sapiens* vai ser capaz de se reproduzir na esteira disso... resta muito a ser visto... mas pelo menos podemos nos agrupar e tentar. Mas Kojak vai encontrar uma fêmea? Vai algum dia tornar-se um papai orgulhoso?

— Meu Deus, acho que não.

Bateman se levantou, pôs sua paleta na banqueta de piano e pegou outra cerveja.

— Creio que você está certo — disse ele. — Provavelmente, há outras pessoas, outros cães, outros cavalos. Mas muitos animais podem morrer sem jamais se reproduzir. Podem ter ocorrido casos em que fêmeas de alguns animais daquelas espécies suscetíveis estivessem prenhes quando a gripe surgiu, claro. Pode haver dezenas de mulheres saudáveis no país exatamente agora que, me perdoe a crueza, estão com o bolo no forno. Mas alguns dos animais estão propensos a simplesmente afundar abaixo do ponto que não tem volta. Se você eliminar os cavalos da equação, os cervos, que parecem imunes, vão procriar livremente. Por certo que não restaram muitos homens por aí para manter baixa a população de cervos. A temporada de caça vai ser suspensa por alguns anos.

— Bem — disse Stu —, o excedente de cervos vai morrer de fome.

— Não, não vai. Nem todos, nem sequer a maioria deles. Não por aqui, de qualquer modo. Não posso falar pelo que poderia acontecer no Texas oriental, mas na Nova Inglaterra todas as lavouras estavam plantadas e crescendo lindamente antes que esta gripe acontecesse. Os cervos terão muito o que comer neste ano e no próximo. Mesmo depois, nossas lavouras vão germinar selvagens. Não haverá nenhum cervo passando fome por talvez uns sete anos. Se você voltar a passar por aqui passados alguns anos, Stu, terá que empurrar os cervos para fora do seu caminho para alcançar a estrada.

Stu pensou a respeito. Finalmente disse:

— Não está exagerando?

— Não intencionalmente. Pode haver um ou mais fatores que não levei em consideração, mas, honestamente, não penso assim. E podemos acatar minha hipótese sobre o efeito da completa ou quase completa redução da população canina em relação à população cervídea e aplicá-la aos relacionamentos entre outras espécies. Gatos procriando sem controle. O que isto significa? Bem, digo que os ratos estão abaixo na mudança ecológica mas fazendo uma reaparição. Se houver gatos suficientes, isto pode mudar. Um mundo sem ratos parece bom a princípio, mas tenho minhas dúvidas.

— O que quis dizer quando falou que se as pessoas podiam ou não se reproduzir era um tema aberto ao debate?

— Existem duas possibilidades — disse Bateman. — Pelo menos duas que vejo agora. A primeira é a de que os bebês podem não estar imunes.

— Quer dizer... que podem morrer tão logo venham ao mundo?

— Sim, ou possivelmente *in utero*. Menos provável mas mesmo assim possível, a supergripe pode ter tido algum efeito esterilizante sobre aqueles de nós que escaparam.

— Isto é loucura — replicou Stu.

— O mesmo se dá com a caxumba — disse secamente Glen Bateman.

— Mas se as mães dos bebês que estão... estão *in utero*... se as mães estão imunes...

— Sim, em alguns casos as imunidades podem passar de mãe para filho, tal como podem as susceptibilidades. Mas não em todos os casos. Você simplesmente não pode fiar-se nisso. Acho que o futuro dos bebês agora *in utero* ainda é muito incerto. Suas mães estão supostamente imunes, mas a probabilidade estatística diz que a maioria dos pais não, e eles estão mortos agora.

— Qual é a outra possibilidade?

— Que nós mesmos terminemos o trabalho de destruição da espécie humana — disse Bateman calmamente. — Na verdade, creio que isto é *muito* possível. Não agora, porque estamos todos espalhados demais. Mas o homem é um animal gregário, social, e finalmente todos nos reuniremos, se ao menos pudermos contar um ao outro histórias acerca de como sobrevivemos à grande epidemia de 1990. A maioria das sociedades que o homem formar está propensa a se tornar ditaduras primitivas governadas por pequenos césares, a não ser que tenhamos muita sorte. Algumas podem ser comunidades democráticas, esclarecidas, e vou lhe dizer exatamente qual vai ser a exigência necessária para essa espécie de sociedade na década de 1990 e na primeira década do próximo século: uma comunidade com bastante pessoal técnico capaz de trazer a luz de volta. Poderia ser feito, e muito facilmente. Isto não é conseqüência de uma guerra nuclear, com tudo devastado. Toda a maquinaria continua instalada, esperando apenas aparecer alguém... alguém capaz, que saiba limpar os plugues e substituir umas poucas peças queimadas... que a ponha de novo em funcionamento. É tudo uma questão de saber com quantos dos remanescentes entendidos em tecnologia podemos contar.

Stu bebericou sua cerveja.

— Pensa assim?

— Claro. — Bateman tomou um gole de sua própria cerveja, depois inclinou-se à frente e sorriu sinistramente para Stu. — Agora permita que eu lhe exponha uma situação hipotética, Sr. Stuart Redman, do Texas oriental. Suponha que tenhamos a Comunidade A em Boston e a Comunidade B em Utica. Estão cientes uma da outra, e cada comunidade está ciente das condições no acampamento da outra comunidade. A Sociedade A está em boa situação. Vive em Beacon Hill luxuosamente, porque um de seus integrantes é por acaso um técnico da Com Ed. Este sujeito simplesmente sabe como repor em funcionamento a central energética que atende a Beacon Hill. Seria principalmente uma questão de saber quais disjuntores apertar quando a instalação entrasse em interrupção automática. Uma vez que esteja em funcionamento, é quase tudo automatizado, de qualquer maneira. O técnico pode ensinar a outros membros da sociedade que alavancas puxar e que manômetros observar. As turbinas funcionam a óleo, do qual existe uma saturação, porque todo mundo que costumava usá-lo está para lá de morto. Portanto em Boston a energia elétrica está fluindo. Há aquecimento contra o frio, luz para que se possa ler à noite, refrigeração para que você possa beber seu uísque com gelo como um homem civilizado. De fato, a vida está sendo quase idílica. Nenhuma poluição. Nenhum problema com droga. Nenhum problema racial. Nenhuma escassez. Nenhum problema de dinheiro ou de escambo, porque nem todas as mercadorias, se não todos os serviços, estão em exposição e existe fartura para durar três séculos numa sociedade radicalmente reduzida. Falando sociologicamente, um grupo assim provavelmente se tornaria comunal em natureza. Nenhuma ditadura aqui. O solo adequado para o cultivo da ditadura, condições de penúria, necessidade, incerteza, privação... isso simplesmente não existiria. Boston provavelmente terminaria sendo dirigida de novo por uma forma de governo de assembléia municipal.

"Mas a Comunidade B, lá em Utica. Não há ninguém para pôr em operação a central energética. Os técnicos estão todos mortos. Vai levar um tempo enorme até imaginarem como fazer as coisas andarem novamente. Enquanto isso, passam frio à noite (e o inverno está chegando), estão comendo enlatados, sentem-se infelizes. Um homem-forte assume o poder. Ficam contentes em tê-lo porque estão confusos, com frio e doentes. *Ele* que tome as decisões. E é claro que ele toma. Manda alguém a Boston com um pedido. Poderiam enviar o melhor técnico que possuem a Utica para ajudá-los a restabelecer sua energia elétrica? A alternativa é uma longa e perigosa migração para o sul durante o inverno. Portanto o que faz a Comunidade A quando recebe esta mensagem?"

— Eles mandam o sujeito? — perguntou Stu.

— Porra, *não*! O técnico poderia ser retido contra sua vontade, de fato isto seria extremamente provável. No mundo pós-gripe o *know-how* tecnológico vai substituir o ouro como o mais perfeito meio de troca. E naqueles termos, a Sociedade A é rica e a Sociedade B é pobre. Portanto, o que faz a Sociedade B?

— Imagino que vá para o sul — disse Stu, depois riu. — Talvez até para o Texas oriental.

— Talvez. Ou talvez ameace o povo de Boston com uma ogiva nuclear.

— Certo — disse Stu. — Eles não têm sua central energética em operação, mas podem disparar um míssil nuclear em Beantown.

— Se fosse eu — disse Bateman —, não iria me incomodar com um míssil. Simplesmente tentaria imaginar como destacar a ogiva, depois enviá-la para Boston num furgão. Acha que funcionaria?

— Sei lá.

— Mesmo que não funcione, há fartura de armas convencionais dando sopa por aí. Esta é a questão. *Toda* essa coisa está jogada por aí, esperando ser apanhada. E se tanto a Comunidade A quanto a B tiverem técnicos especializados, elas poderiam desenvolver algum tipo de intercâmbio nuclear obsoleto por causa de religião, ou territorialidade, ou alguma reles diferença ideológica. Veja bem, em vez de seis ou sete potências nucleares, podemos terminar com sessenta ou setenta delas bem aqui nos Estados Unidos. Se a situação fosse diferente, estou certo de que estaríamos lutando com pedras e porretes, mas o fato é que todos os velhos soldados morreram e deixaram seus brinquedos para trás. É algo assustador de se pensar, em especial depois das coisas terríveis que já aconteceram... mas receio que seja inteiramente possível.

Caiu um silêncio entre os dois. Podiam ouvir Kojak latindo ao longe nos bosques enquanto o dia ultrapassava sua metade.

— Sabe — disse Bateman por fim —, sou por natureza um homem alegre. Talvez porque tenha um baixo limiar de satisfação. Isto me valeu grande antipatia no meu campo. Tenho meus defeitos; falo demais, como já ouviu, e sou um péssimo pintor, como você já viu, e costumava ser terrivelmente insensato com dinheiro. Às vezes passava os últimos três dias antes de meu pagamento comendo sanduíches de manteiga de amendoim e fiquei notório em Woodsville por abrir contas de poupança e depois encerrá-las uma semana depois. Mas nunca realmente me deixei abater, Stu. Excêntrico mas alegre, assim sou eu. A única ruína em minha vida foram os meus sonhos. Desde a infância fui assolado por sonhos assustadoramente vívidos. Boa parte deles era detestável.

Quando rapaz, eram duendes debaixo de pontes que alcançavam e agarravam meu pé ou uma bruxa que me transformava num pássaro... eu abria a boca para gritar, e nada saía senão um monte de grasnidos. Já teve sonhos ruins, Stu?

— Às vezes — disse Stu, pensando em Elder e como ele o perseguia cambaleando em seus pesadelos, e nos corredores que nunca terminavam e que só dobravam de volta neles mesmos, iluminados por luzes fluorescentes frias e repletos de ecos.

— Então você sabe. Quando adolescente, tive a cota regular de sonhos sexuais, tanto secos quanto molhados, mas estes eram às vezes entremeados com sonhos nos quais a garota com quem eu estava virava um sapo, ou uma serpente, ou até mesmo um cadáver em decomposição. À medida que fiquei mais velho tive sonhos de fracasso, sonhos de degradação, sonhos de suicídio, sonhos de uma horrível morte por acidente. O sonho mais recorrente foi um em que eu era esmagado lentamente até a morte debaixo de um ascensor de posto de gasolina. Tudo não passava de uma variação do sonho com duendes, suponho. Realmente acredito que tais sonhos são um simples emético psicológico, e as pessoas que os têm são mais abençoadas do que amaldiçoadas.

— Se conseguir se livrar disso, não vai encalhar.

— Exatamente. Existem todos os tipos de interpretação de sonhos, sendo a de Freud a mais notória, porém sempre acreditei que serviam a uma simples questão eliminatória, e não mais do que isso... que os sonhos são o meio psíquico de arranjar uma boa depressão de vez em quando. E aquelas pessoas que não sonham, ou não sonham de uma maneira que possam lembrar com freqüência quando acordam, são de algum modo mentalmente constipadas. Afinal, a única compensação prática por se ter um pesadelo é acordar e perceber que foi só um sonho.

Stu sorriu.

— Mas ultimamente venho tendo um sonho bastante ruim. É recorrente, como meu sonho de ser esmagado até a morte debaixo do ascensor, mas faz com que a pessoa pareça um babaca em comparação. Não parece com nenhum outro sonho que já tive, mas de alguma maneira é igual a todos eles. Como se... como se fosse a *soma* de todos os sonhos ruins. E acordo me sentindo péssimo, como se não fosse um sonho, afinal, mas uma visão. Sei o quanto isto pode soar louco.

— O que é essa visão?

— É um homem — disse Bateman, baixinho. — Pelo menos acho que é um homem. Ele está de pé no telhado de um edifício alto, ou talvez seja num penhasco. Seja o que for, é tão alto que cai a prumo na névoa centenas de metros abaixo. Está perto do pôr do sol, mas ele está olhando para o outro lado, para leste. Às vezes parece estar de calças *jeans* e uma jaqueta de zuarte, porém com mais freqüência usa um manto com um capuz. Nunca posso ver-lhe o rosto, mas consigo ver os olhos. Ele tem olhos vermelhos. E tenho uma sensação de que está olhando para *mim*... e que cedo ou tarde me encontrará ou serei forçado a ir ter com ele... e será a morte para mim. Então tento gritar e... — Sua voz se extinguiu com um pequeno encolher de ombros embaraçado.

— É aí que você acorda?

— Sim. — Eles observaram Kojak voltar correndo. Bateman deu-lhe umas batidinhas enquanto farejava no prato de alumínio e comia o resto do bolo. — Bem, é apenas um sonho, suponho — disse Bateman. Ele se levantou, estremecendo enquanto seus joelhos estalavam. — Se eu fosse fazer psicanálise, suponho que o doutor diria que o sonho expressa meu medo inconsciente de que um líder ou líderes recomeçarão a coisa toda. Talvez medo da tecnologia em geral. Porque acredito que todas as novas sociedades emergentes, pelo menos no mundo ocidental, terão a tecnologia como base. É uma pena, e não precisava ser, mas assim *será*, porque estamos atrelados. Elas não se lembram... ou optam por não se lembrar... da esquina em que pintamos a nós mesmos. Dos rios imundos, do buraco na camada de ozônio, da bomba atômica, da poluição atmosférica. Tudo de que se lembrarão é que houve uma vez em que podiam se manter aquecidos à noite sem despender muito esforço para isso. Sou um ludita no topo de minhas outras decadências, como vê. Mas este sonho... ele me atormenta, Stu.

Stu nada comentou.

— Bem, quero voltar — disse Bateman bruscamente. — Já estou meio bêbado e creio que teremos aguaceiro e trovões esta tarde. — Ele caminhou até o fundo da clareira e inspecionou por lá. Pouco depois, voltou com um carrinho de mão. Torceu a banqueta de piano até sua menor altura e a colocou dentro dele. Acrescentou sua paleta, o cesto de piquenique e no topo de tudo equilibrou precariamente sua pintura medíocre.

— Veio empurrando tudo isto até aqui? — perguntou Stu.

— Empurrei até ver alguma coisa que desejasse pintar. Sigo caminhos diferentes em dias diferentes. É um bom exercício. Se está indo para o leste, por que não volta a Woodsville e passa a noite em minha casa? Podemos nos revezar empurrando o carrinho. E pus outro engradado de cerveja gelando no córrego. Isto nos levará de volta a casa com estilo.

— Aceito — disse Stu.

— Bom homem. Provavelmente falarei por todo o caminho. Você está nos braços do professor Tagarela, texano oriental. Quando ficar de saco cheio, é só me dizer para calar a boca. Não me ofendo.

— Sou um bom ouvinte.

— Então você é um dos eleitos de Deus. Vamos.

Assim, caminharam pela 302 abaixo, um deles empurrando o carrinho enquanto o outro tomava uma cerveja. Não importa sobre o quê, Bateman ia falando, um monólogo interminável que pulava de um tópico para outro com raras pausas. Kojak seguia pulando ao lado. Stu ouvia por algum tempo, depois seus pensamentos desviavam-se por um instante, seguindo suas próprias tangentes, depois sua atenção voltava. Estava inquieto pela imagem que Bateman esboçou de uma centena de encraves de pessoas, algumas delas militaristas, vivendo num país onde milhares de armas de destruição tinham sido abandonados como os brinquedos de uma criança. Mas, estranhamente, a coisa que sua mente continuava registrando era o sonho de Glen Bateman, o homem sem rosto no edifício alto — ou beira de penhasco —, o homem com olhos vermelhos, de costas para o sol poente, olhando incansavelmente para o leste.

* * *

Ele acordou em alguma hora depois da meia-noite, banhado em suor, receoso de ter gritado. Mas, no quarto ao lado, a respiração de Glen Bateman era lenta e regular, imperturbável, e no corredor ele podia ver Kojak dormindo com a cabeça apoiada nas patas. Tudo que se vislumbrava à luz do luar tão brilhante era surreal.

Ao acordar, Stu estivera apoiado nos cotovelos, e agora abaixou-se de volta ao lençol úmido e pôs um braço sobre os olhos, não querendo relembrar o sonho mas incapaz de evitá-lo.

Estivera em Stovington de novo. Elder estava morto. Todo mundo estava morto. O lugar era um túmulo ecoante. Ele era o único ser vivo e não conseguia encontrar a saída. De início tentou controlar o pânico. *Caminhe, não corra*, dizia repetidamente para si mesmo, mas logo teria que correr. Seu passo se tornava cada vez mais rápido, e o impulso de olhar por sobre o ombro para ter certeza de que eram somente os ecos atrás dele estava se tornando insuperável.

Passou pelas portas de gabinetes com nomes escritos em preto sobre vidro fosco. Passou por uma maca de rodízios tombada. Passou pelo corpo de uma enfermeira com a saia branca dobrada até as coxas, seu rosto enegrecido olhando fixamente numa careta para as cumbucas de gelo invertidas que eram as luzes fluorescentes no teto.

Por fim, começou a correr.

Cada vez mais rápido, as portas se abrindo e fechando à sua passagem, os pés martelando no linóleo. Setas laranja apontando sobre blocos de concreto de cinzas. Letreiros. A princípio pareciam corretos: RADIOLOGIA e CORREDOR B PARA LABORATÓRIOS e NÃO PROSSIGA ALÉM DESTE PONTO SEM PASSE AUTORIZADO. E então se via em outra parte da instalação, uma parte que nunca tinha visto e que supostamente não era para ser vista. A pintura nessas paredes começara a descascar e cair em flocos. Algumas das luzes fluorescentes estavam queimadas; outras zumbiam como moscas capturadas numa tela eletrificada. Algumas das janelas de vidro fosco dos gabinetes estavam estilhaçadas e, através dos buracos estrelados, ele pudera ver destroços e corpos em terríveis posições de sofrimento. Havia sangue. Essas pessoas não haviam morrido da gripe. Elas tinham sido assassinadas. Seus corpos suportaram perfurações e ferimentos de bala e os traumas pavorosos que só poderiam ter sido infligidos por instrumentos rombudos. Seus olhos estavam protuberantes e fixos.

Ele desceu por uma escada rolante parada e seguiu por um comprido túnel escuro revestido de azulejos. Na outra extremidade havia mais gabinetes, mas agora as portas estavam pintadas de preto, as setas de vermelho vivo. As luzes fluorescentes zumbiam e piscavam. Os letreiros diziam POR AQUI PARA AS URNAS DE COBALTO e ARSENAL DE LASER e MÍSSEIS SIDEWINDER e SALA DE EPIDEMIA. Então, soluçando aliviado, viu uma seta apontando ao redor de uma esquina em ângulo reto, e a única e abençoada palavra acima: SAÍDA.

Contornou a esquina e a porta continuava aberta. Além dela estava a doce e fragrante noite. Arremessou-se em direção à porta e então, parado diante dela, bloqueando seu caminho, estava um homem trajando *jeans* e uma jaqueta de zuarte. Stu deslizou para uma parada, um grito trancado em sua garganta como metal enferrujado. Quando o homem se adiantou sob o brilho das luzes fluorescentes piscantes, Stu viu que só havia uma fria sombra negra onde deveria ter estado o seu rosto, uma escuridão golpeada por dois olhos vermelhos sem alma. Nenhuma alma, mas com um senso de humor. Era isso: uma espécie de expressão flutuante e lunática.

O homem escuro exibiu suas mãos, e Stu percebeu que respingavam sangue.

— Céu e terra — o homem escuro sussurrou do buraco vazio onde deveria estar seu rosto. — Tudo do céu e da terra.

Stu havia acordado.

Agora Kojak gemia e rosnava suavemente no corredor. Suas patas se retorciam no sono, e Stu supôs que até os cachorros sonhavam. Era algo perfeitamente natural sonhar, mesmo que fosse um ocasional pesadelo.

Mas passou-se um longo tempo até que voltasse a dormir.

Capítulo Trinta e Oito

ENQUANTO A EPIDEMIA DA SUPERGRIPE declinava, houve uma segunda epidemia que durou aproximadamente duas semanas. Esta epidemia era mais comum em sociedades tecnológicas como a dos EUA, porém mais rara em países subdesenvolvidos como Peru e Senegal. Nos EUA a segunda epidemia acometeu cerca de 16% dos sobreviventes da supergripe. Em lugares como Peru e Senegal, não mais do que 3%. A segunda epidemia não ganhou nenhum nome porque os sintomas diferiam extremamente de um caso para outro. Um sociólogo como Glen Bateman poderia ter chamado esta segunda epidemia de "morte natural" ou "aquelas velhas salas de emergência azuis". Num sentido estritamente darwiniano, este era o corte final — o mais desagradável corte de todos, alguns poderiam ter dito.

* * *

Sam Tauber estava com cinco anos e meio. Sua mãe morrera no dia 24 de junho no Hospital Geral de Murfreesboro, Geórgia. No dia 25, seu pai e a irmã caçula, April, de dois anos de idade, tinham morrido. Em 27 de junho morreu seu irmão mais velho, Mike, deixando Sam para se virar por conta própria.

Sam estivera em estado de choque desde a morte da mãe. Vagueou descuidadamente de cima a baixo pelas ruas de Murfreesboro, comendo quando estava faminto, às vezes chorando. Após um momento ele parava de chorar, porque chorar não fazia nenhum bem. Não trazia as pessoas de volta. À noite seu sono era interrompido por pesadelos horríveis, nos quais papai, April e Mike morriam sem parar, seus rostos inchados e pretos, um terrível som chocalhante nos peitos enquanto sufocavam no próprio muco.

Às 10h15 de 2 de julho, Sam perambulava num campo de amoras silvestres atrás da casa de Hattie Reynolds. Estupidificado e com olhos vagos, ele ziguezagueou entre as moitas de amora que tinham quase o dobro de sua altura, colhendo as bagas e comendo-as até seus lábios e queixo se tingirem de preto. Os espinhos rasgavam suas roupas e às vezes sua carne nua, mas ele mal notava. Abelhas zumbiam preguiçosamente ao seu redor. Sam nunca viu a velha e podre tampa de poço semi-enterrada na relva alta de amoras rastejantes. Ela cedeu sob seu peso com um estrondo estilhaçado e rangente e Sam afundou 6 metros abaixo pelo poço revestido de pedra até o fundo seco, onde quebrou as duas pernas. Morreu vinte horas depois; tanto de medo e sofrimento quanto de choque, fome e desidratação.

* * *

Irma Fayette morava em Lodi, Califórnia. Era uma dama de 26 anos, virgem, com um medo mórbido de estupro. Sua vida se tornara um longo pesadelo desde 23 de junho, quando a pilhagem irrompera na cidade e não havia polícia para coibir os saqueadores. Irma possuía uma pequena casa numa rua lateral; sua mãe vivera lá com ela até morrer de derrame em 1985. Quando começou o saque, e os tiros, e o som horripilante de homens bêbados rugindo acima e abaixo pelas ruas do principal distrito comercial em motocicletas, Irma trancou todas as portas e depois foi se esconder no quarto de hóspedes no porão. A partir de então, havia rastejado para cima periodicamente, silenciosa como um camundongo, em busca de comida ou para fazer suas necessidades.

Irma não gostava de gente. Se todos na Terra morressem, menos ela, se sentiria perfeitamente feliz. Mas não era o caso. Ontem mesmo, depois que começara a esperar cautelosamente que fosse a única sobrevivente em Lodi, tinha visto um homem corpulento e bêbado, um *hippie* numa camiseta que dizia CORTEI O SEXO E A BEBIDA E ESTES FORAM OS VINTE MINUTOS MAIS APAVORANTES DE MINHA VIDA, subindo a rua com uma garrafa de uísque na mão. Tinha cabelo louro comprido que cascateava por baixo do boné afanado que estava usando e descia até os ombros. Enfiada na cintura dos *jeans* apertados havia uma pistola. Irma o espiara através da cortina do quarto até ele sumir de vista e depois correra escadas abaixo até o quarto barricado no porão como se tivesse sido libertada de um encantamento maligno.

Nem todos estavam mortos. Se havia um homem *hippie* vivo, por certo haveria outros. E seriam todos estupradores. E iriam estuprá-la. Mais cedo ou mais tarde, iriam encontrá-la e a estuprariam.

Nesta manhã, antes da primeira luz, ela rastejara até o sótão, onde as poucas posses de seu pai estavam estocadas em caixas de papelão. Seu pai servira na Marinha mercante. Havia abandonado a mãe de Irma no final dos anos 60, sua mãe lhe contara tudo a respeito e tinha sido inteiramente franca. O pai de Irma era um animal que se embebedava e depois queria estuprá-la. Todos eles agem assim. Quando você se casa, isto dá ao homem o direito de estuprá-la na hora em que bem entender. Mesmo durante o dia. A mãe de Irma sempre resumiu a deserção do marido em uma única frase, as mesmas palavras que Irma poderia ter usado à morte de quase todo homem, mulher e criança na face da Terra: "Nenhuma grande perda."

A maioria das caixas continha nada mais que bugigangas compradas em portos estrangeiros — suvenir de Hong Kong, suvenir de Saigon, suvenir de Copenhague. Havia um álbum de fotografias. A maioria mostrava seu pai no navio, às vezes sorrindo para a câmera com os braços em torno dos ombros de seus companheiros animais. Bem, talvez a doença que andavam chamando por aí de Capitão Viajante o tivesse acometido seja lá para onde houvesse fugido. Nenhuma grande perda.

Mas havia uma caixa de madeira com pequenas dobradiças de ouro. E nessa caixa havia uma arma: uma pistola calibre .45. Estava acondicionada em veludo vermelho, e num compartimento secreto debaixo do veludo havia algumas balas. Estavam verdes e com aspecto mofado, mas Irma achou que funcionariam perfeitamente. Balas eram de metal. Não se estragavam como leite ou queijo.

Carregou a pistola sob a única lâmpada cheia de teias de aranha de sótão, depois desceu para o desjejum na mesa da sua própria cozinha. Não iria mais se esconder num buraco que nem um camundongo. Estava armada. Os estupradores que se cuidassem.

Naquela tarde saiu à varanda de frente para ler seu livro. O nome do livro era *Satã Está Vivo e Bem no Planeta Terra*. Era soturno e prazeroso. Os pecadores e os ingratos tiham tido seu justo merecido, tal como o livro dizia que teriam. Todos se foram, com exceção de uns poucos estupradores *hippies*, e ela imaginava que podia lidar com eles. A arma estava do seu lado.

Às duas horas o homem de cabelo louro voltou. Estava tão bêbado que mal se agüentava de pé. Viu Irma e o seu rosto se iluminou, sem dúvida achando como era sortudo por ter finalmente encontrado uma "xota".

— Ei, garota! — gritou. — Só tem você e eu! Quanto tempo...

Então o terror anuviou seu rosto ao ver Irma depor o livro e erguer a .45.

— Ei, escute, baixe essa coisa... está carregada? *Ei...*

Irma apertou o gatilho. A pistola detonou, matando-o instantaneamente. Nenhuma grande perda.

***

George McDougall vivia em Nyack, Nova York. Tinha sido professor de matemática do secundário, especializado em recuperação. Ele e a esposa haviam sido católicos praticantes e Harriet McDougall dera-lhe 11 filhos, nove meninos e duas meninas. Assim, entre 22 de junho, quando seu filho Jeff, de nove anos, havia sucumbido ao que foi então diagnosticado como "pneumonia ligada à gripe", e 29 de junho, quando sua filha Patrícia, de 16 anos (e, ah, Deus, ela havia sido tão jovem e tão desejadamente bonita), sucumbira ao que todos — aqueles que restavam — estavam chamando de pescoço entubado. Tinha visto as 12 pessoas que mais amava no mundo morrerem enquanto ele próprio permanecia saudável e sentindo-se ótimo. Costumava fazer piada na escola acerca de não se lembrar dos nomes de todos os filhos, mas a ordem dos óbitos estava gravada em sua memória: Jeff no dia 22, Marty e Helen dia 23, sua esposa Harriet e Bill e George Jr. e Robert e Stan no dia 24, Richard dia 25, Danny dia 27, Frank, de três anos, no dia 28, e finalmente Pat — e Pat parecera estar bem melhor pouco antes do fim.

George achou que ia enlouquecer.

Começara a correr dez anos antes, a conselho médico. Ele não jogava tênis ou handebol, pagava a um garoto (um dos seus, claro) para aparar o gramado, e em geral ia de carro à mercearia da esquina quando Harriet precisava de um pão de fôrma. Você está ganhando peso, dissera o Dr. Warner. Chumbo no traseiro. Não é bom para o seu coração. Experimente correr.

Assim, ele arranjara um traje de *jogging* e saía para correr todas as noites, distâncias curtas a princípio, depois gradativamente mais longas. No começo sentira-se inibido, certo de que os vizinhos deviam estar batendo na testa e revirando os olhos. Então dois homens, que só conhecia de vista quando estavam regando seus gramados, se aproximaram e perguntaram se podiam correr com ele — provavelmente era mais seguro correr em grupo. Naquela ocasião, os dois filhos mais velhos de George se juntaram a eles. Tornou-se uma espécie de coisa de vizinhança, e embora o grupo estivesse sempre evoluindo à medida que pessoas entravam e saíam, continuou sendo uma coisa de vizinhança.

Agora que todo mundo se fora, ele ainda corria. Todo dia. Por horas. Era só quando estava correndo, concentrado em nada mais senão no bater dos tênis na calçada e no balançar dos braços e na respiração áspera constante, que ele perdia aquela sensação de loucura iminente. Não podia cometer suicídio porque, sendo católico praticante, sabia que o suicídio era um pecado mortal e que Deus devia estar poupando-o para alguma coisa. Portanto, ele corria. Na véspera correra por quase seis horas, até ficar completamente sem fôlego e quase tendo ânsia de vômito com a exaustão. Estava com 51 anos, não era mais um garoto, e supôs que correr tanto assim não era bom para ele, mas por outro lado, e mais importante, era a única coisa que lhe fazia algum bem.

Portanto, ele se levantara com a primeira luz desta manhã, após uma noite principalmente insone (ele achava que o refrão sem fim na sua mente era: Jeff-Marty-Helen-Harriett-Bill-George-Junior-Robert-Stanley-Richard-Danny-Frank-Patty-e-achei-que-ela-estava-melhorando), e vestiu sua roupa de corrida. Saiu e começou a correr de cima a baixo pelas ruas desertas de Nyack, seus pés às vezes rangendo sobre vidro quebrado, uma vez saltando por cima de um aparelho de TV que jazia estilhaçado sobre o pavimento, passando por ruas residenciais, onde as persianas estavam baixadas, e também pela horrível colisão de três carros no cruzamento da rua principal.

Correu devagar a princípio, mas tornou-se necessário correr cada vez mais rápido para manter afastados os pensamentos. Abandonou o passo lento, aumentou para um trote, depois correu mais rápido e finalmente disparou, um homem de 51 anos de cabelo grisalho num traje de corrida cinza e tênis brancos, fugindo para cima e para baixo por ruas desertas como se todos os demônios do inferno estivessem atrás dele. Às 11h15 ele sofreu uma trombose coronária fulminante e caiu morto na esquina das ruas Oak e Pine, perto de um hidrante. A expressão no seu rosto parecia muito com gratidão.

* * *

A Sra. Eileen Drummond, de Clewiston, Flórida, ficou bem embriagada de creme de menta DeKuyper na tarde de 2 de julho. Ela queria se embriagar porque, se estivesse bêbada, não teria de pensar na sua família, e creme de menta foi o único tipo de álcool que pôde obter. Ela encontrara uma trouxinha de maconha no quarto da filha de 16 anos no dia anterior e fora bem-sucedida em ficar ligadona, mas ficar ligadona só piorava as coisas. Sentara-se na sala de estar por toda a tarde, drogada e chorando sobre fotografias no seu livro de recortes.

Portanto, nesta tarde ela bebeu uma garrafa inteira de creme de menta, passou mal e vomitou no banheiro. A seguir foi para a cama, acendeu um cigarro, pegou no sono, incendiou a casa e nunca mais teve que pensar naquilo. O vento havia aumentado e ela incendiou também a maior parte de Clewiston. Nenhuma grande perda.

* * *

Arthur Stimson vivia em Reno, Nevada. Na tarde do dia 29, depois de nadar no lago Tahoe, ele pisou num prego enferrujado. O ferimento gangrenou. Ele diagnosticou o problema pelo cheiro e tentou amputar o pé. No meio do procedimento, desmaiou e morreu de choque e hemorragia no saguão do cassino de Toby Harrah, onde havia tentado a amputação.

* * *

Em Swanville, Maine, uma garota de dez anos chamada Candice Moran caiu da bicicleta e morreu de fratura do crânio.

* * *

Milton Craslow, um rancheiro do condado de Harding, Novo México, foi picado por uma cascavel e morreu meia hora depois.

* * *

Em Milltown, Kentucky, Judy Horton estava quase feliz com os eventos. Era bonita e tinha 17 anos de idade. Dois anos antes, ela cometera dois erros graves: permitira-se engravidar e consentira que seus pais cobrassem o casamento do rapaz responsável, um quatro-olhos que estudava engenharia na universidade estadual. Aos 15 anos ela havia sido cantada apenas para dar uma saída com um universitário (embora ele fosse apenas um calouro) e pelo resto da vida não conseguia se lembrar por que permitira que Waldo — Waldo Horton, que nome horrível — "fizesse a cabeça" dela. E se ela ia engravidar, por que tinha de ser dele? Judy também permitira que Steve Phillips e Mark Collins "fizessem sua cabeça"; ambos pertenciam ao time de futebol na Milltown High (o Milltown Cougars, mais exatamente, lutar-lutar-lutar-pro-nosso-azul-e-branco-ganhar) e ela era animadora de torcida. Se não fosse por causa do velho e horrível Waldo Horton, poderia facilmente ter chegado a chefe das animadoras de torcida no último ano letivo. Mas, voltando ao assunto, tanto Steve quanto Mark teriam sido maridos mais aceitáveis. Ambos tinham ombros largos, e Mark possuía cabelos louros de arrasar que caíam até os ombros. Mas foi Waldo, não poderia ter sido ninguém a não ser Waldo. Tudo que ela precisava fazer era olhar no seu diário e fazer as contas. E depois que o bebê viesse, não teria nem mesmo que fazer isto. Parecia exatamente igual a Waldo. Horrível.

Assim, por dois longos anos havia batalhado por aí, através de uma variedade de empregos vagabundos em restaurantes de *fast-food* e motéis, enquanto Waldo ia para a escola. Isto a fez portanto odiar a escola de Waldo mais que tudo, muito mais que o bebê e o próprio Waldo. Se ele queria uma família tão ruim, por que não podia sair e trabalhar? *Ela* podia. Mas os pais dela e os dele não permitiriam isto. Sozinha, Judy poderia tê-lo convencido (arrancaria dele a promessa antes de permitir que a tocasse na cama), mas todos os quatro pais metiam o bedelho o tempo todo. Ah, Judy, as coisas ficarão muito melhores quando Waldo tiver um bom emprego. Ah, Judy, as coisas pareceriam muito mais radiantes se você fosse à igreja com mais freqüência. Ah, Judy, vá comendo essa porcaria e continue sorrindo até poder botá-la para fora. Até botá-la *toda* para fora.

Então a supergripe havia aparecido e resolvido todos os seus problemas. Seus pais morreram, seu bebê Petie morrera (esta foi uma triste perda, mas ela se recuperou em dois dias), depois morreram os pais de Waldo, e finalmente o próprio Waldo. Judy ficou livre.

A idéia de que ela própria poderia morrer jamais passou por sua cabeça, e claro que não morreria.

Eles tinham morado num prédio de apartamentos enorme e desconexo no centro de Milltown. Uma das características do lugar que persuadiu Waldo a alugá-lo (Judy, claro, não pôde opinar) era um amplo frigorífico para carne no porão. Mudaram-se em setembro de 1988, e o apartamento deles ficava no terceiro andar. E a quem sempre parecia caber a tarefa de buscar o assado e o hambúrguer no frigorífico? Três opções e as duas primeiras não contavam. Waldo e Petie tinham morrido em casa. Naquela ocasião era impossível conseguir remoção hospitalar a não ser que você fosse um mandachuva, e as funerárias estavam abarrotadas (velhos lugares horripilantes, de qualquer modo, dos quais Judy não chegaria perto nem numa aposta), mas ainda havia energia elétrica. Portanto, ela descera com os corpos e os pusera no frigorífico.

A energia acabara em Milltown três dias atrás, mas ainda havia refrigeração razoável lá embaixo. Judy sabia porque descia para olhar seus cadáveres três ou quatro vezes por dia. Dizia a si mesma que estava só verificando. O que mais poderia ser? Certamente, não estaria tripudiando?

Judy desceu na tarde de 2 de julho e esqueceu de pôr o calço de borracha debaixo da porta do frigorífico. A porta bateu atrás dela e se trancou. Foi só então que se deu conta, após dois anos de idas e vindas, que não havia maçaneta interna na porta do frigorífico. Naquela ocasião estava quente demais para congelar, mas não frio demais para morrer de fome. Assim, Judy Horton morreu afinal na companhia de seu filho e marido.

* * *

Jim Lee, de Hattiesburg, Mississippi, conectou toda a instalação elétrica de sua casa a um gerador a gasolina e a seguir eletrocutou-se ao tentar pôr a coisa em funcionamento.

* * *

Richard Hoggins era um jovem negro que passara toda a vida em Detroit, Michigan. Nos últimos cinco anos se viciara no mais puro pó branco que ele chamava de "roína". Durante a epidemia de supergripe, ele havia passado por extrema abstinência à medida que todos os fornecedores ou usuários que conhecia morriam ou fugiam.

Nesta radiante tarde de verão estava sentado num alpendre desordenado, bebendo um 7-Up quente e desejando tomar um pico, apenas um leve, injetado no músculo em vez de na veia.

Começou a pensar a respeito de Alice McFarlane e de alguma coisa que ouvira falar dela nas ruas, pouco antes de a merda bater no ventilador. As pessoas andavam comentando que Allie, que estava em terceiro entre os maiorais de Detroit, acabara de receber um embarque de primeira. Todo mundo ia se dar bem. Nada daquela merda marrom, branco da China, todas essas porras.

Richie não sabia com certeza onde McFarlane guardaria uma grande entrega como essa — não era saudável saber de tais coisas —, mas ouvira diversas vezes de passagem que se os tiras conseguissem um mandado de busca na casa em Grosse Pointe que Allie comprara para seu tio-avô, ela iria sumir até que a lua nova virasse ouro.

Richie decidiu dar um passeio até Grosse Pointe. Afinal, não havia nada melhor a fazer.

Ele conseguiu o endereço no Lake Shore Drive de um tal Erin D. McFarlane no catálogo telefônico de Detroit e foi até lá. Estava quase escuro na hora em que chegou e seus pés doíam. Não tentava mais dizer a si mesmo que este era apenas um passeio casual; ele queria se injetar e queria desesperadamente.

Havia um muro de tijolos cinzentos em volta da propriedade e Richie o escalou como uma sombra negra, cortando as mãos nos cacos de vidro cimentados no topo. Quando arrombou uma janela para entrar, soou um alarme contra roubo, fazendo-o correr até o meio do gramado até se lembrar de que não havia policiais para atender. Ele voltou, irrequieto e empapado de suor.

A energia principal estava desligada e havia bem uns vinte cômodos na porra da casa. Ele teve de esperar até amanhecer para procurar adequadamente, e levaria três semanas para revirar a casa pelo avesso. E o bagulho talvez nem estivesse aqui. Cristo, Richie sentia-se atravessado por uma onda doentia de desespero. Mas iria pelo menos procurar nos lugares óbvios.

E no banheiro de cima encontrou uma dúzia de amplas sacolas de plástico estofadas com pó branco. Estavam na caixa de descarga da privada, aquele velho recurso. Richie olhou para elas, doente de desejo, pensando vagamente que Allie devia ter subornado todas as pessoas certas se podia dar-se ao luxo de guardar um tesouro como este na porra da descarga de uma privada. Havia droga suficiente ali para abastecer um homem por 16 séculos.

Ele levou uma sacola para o quarto principal e abriu-a sobre a cama ampla. Suas mãos tremiam enquanto preparava sua dose. Nunca ocorreu-lhe imaginar o quanto desta coisa era misturada. Nas ruas a dose mais pesada que já havia tomado era 12% pura, e o derrubara num sono tão profundo que era quase um coma. Não tinha sequer cabeceado de sono. Foi só se injetar e apagou, para fora do azul e entrando no negro.

Ele injetou-se acima do cotovelo e empurrou o êmbolo de sua seringa caseira. A droga era quase 96% pura. Bateu na sua corrente sanguínea como um trem em disparada e Richie caiu sobre as sacolas de heroína, esfarinhando com ela a frente da sua camisa. Morreu em seis minutos.

* * *

Nenhuma grande perda.

Capítulo Trinta e Nove

LLOYD HENREID ESTAVA DE JOELHOS. Cantarolava e sorria. Vez por outra esquecia que estivera cantarolando e o sorriso se desvanecia e ele soluçava um pouquinho, e depois esquecia que estava chorando e cantarolava de novo. A canção era "Camptown Races". Vez por outra, em vez de cantarolar ou soluçar, ele sussurrava "*Doo-dah, doo-dah*", a meia-voz. Todo o bloco de celas estava inteiramente silencioso exceto pelo cantarolar, o soluçar, o ocasional *doo-dah* e o suave raspar da perna do catre enquanto Lloyd a manuseava desajeitadamente. Estava tentando virar o corpo de Trask de modo que pudesse lhe alcançar a perna. Por favor, garçom, me traga mais dessa salada de repolho e outra perna.

Lloyd parecia como um homem que embarcara numa dieta a todo o vapor. O uniforme de prisioneiro pendia de seu corpo como uma vela desfraldada. A última refeição servida na galeria tinha sido o almoço de oito dias atrás. A pele de Lloyd estava esticada rigidamente através de sua face, delineando cada curva e ângulo do crânio. Seus olhos estavam brilhantes e reluzentes. Os lábios haviam sido repuxados dos dentes. Ele tinha um aspecto estranhamente sarapintado, porque seu cabelo havia começado a cair em tufos. Ele parecia um louco.

— *Doo-dah, doo-dah* — sussurrava enquanto pescava com a perna do catre. Houve uma vez em que não soubera por que se incomodara em lacerar seus dedos para desaparafusar a maldita coisa. Houve uma vez em que pensara ter conhecido o que era fome de verdade. Aquela fome não tinha sido mais que uma leve falta de apetite em comparação com esta.

— Rode por aí a noite toda... rode por aí a noite toda... *doo-dah*...

A perna do catre prendeu na calça de Trask na altura da panturrilha e depois ele a puxou sem trazer nada. Lloyd baixou a cabeça e soluçou como criança. Atrás dele, jogado indiferentemente a um canto, estava o esqueleto do rato que havia matado na cela de Trask em 29 de junho, cinco dias atrás. A cauda cor-de-rosa do rato ainda estava ligada ao esqueleto. Lloyd tentara repetidamente comer a cauda, porém era dura demais.

Quase toda a água do vaso sanitário acabara, apesar dos seus esforços para conservá-la. A cela estava repleta com o ranço de urina; ele estivera urinando lá fora no corredor de modo a não contaminar seu suprimento de água. Não tivera — e isto era bastante compreensível, considerando as condições radicalmente reduzidas da sua dieta — que esvaziar os intestinos.

Tinha comido muito rápido os alimentos que estocara. Soube disso agora. Havia pensado que alguém viria. Não tinha sido capaz de acreditar...

Não queria comer Trask. O pensamento de comer Trask era horrível. Somente na última noite ele conseguira acertar uma barata com seu chinelo e a tinha comido viva; sentira a barata se debatendo loucamente dentro da boca pouco antes que seus dentes a partissem em dois. Na verdade, não tinha sido tão ruim, muito mais saborosa do que o rato. Não, ele não queria comer Trask. Não queria ser um canibal. Ia ser como o rato. Manteria Trask a seu alcance... mas só em último caso. Só em último caso. Ouvira falar que um homem poderia passar longo tempo sem comida desde que tivesse água.

(*não muita água mas não pense a respeito disso agora não simplesmente agora não simplesmente agora*)

Ele não queria morrer. Não queria passar fome. Estava também cheio de ódio.

O ódio se desenvolvera num ritmo razoavelmente vagaroso ao longo dos últimos três dias, crescendo junto com sua fome. Ele supunha que se o seu coelho de estimação, morto há tempos, fosse capaz de pensar, o teria odiado da mesma maneira (ele dormia bastante agora, e seu sono era sempre perturbado por sonhos com o coelho, seu corpo inchado, o pêlo emaranhado, os vermes se retorcendo em seus olhos e, pior que tudo, aquelas patas ensangüentadas; quando acordava, Lloyd olhava os próprios dedos em pavorosa fascinação). O ódio de Lloyd se havia aglutinado em torno de um simples conceito imagístico, e este conceito era A CHAVE.

Ele estava encarcerado. Houve uma vez em que parecera correto que devesse estar. Ele era um dos bandidos. Não *realmente* bandido; Poke tinha sido o verdadeiro bandido. Merda pequena era o pior que podia ter feito sem Poke. Ainda assim, ele partilhava uma certa quantidade da culpa. Tinha havido George o Magnífico em Vegas, e as três pessoas no Continental branco — ele estivera nisso, e supunha que parte daquele sufoco lhe pertencia. Supunha que merecia tomar uma cana, cumprir alguma pena. Não era algo a que alguém se candidatasse, mas quando tinham você frio eles lhes davam a dica e você a engolia. Como Lloyd dissera ao advogado, ele achava merecer cerca de vinte por sua participação no "massacre triestadual". Não a cadeira elétrica, pelo amor de Deus! A idéia de se ver montado na descarga elétrica era simplesmente... era loucura.

Mas eles tinham A CHAVE, a coisa era essa. Podiam trancafiá-lo e fazer o que bem entendessem com ele.

Nos últimos três dias Lloyd começara a agarrar o poder simbólico e talismânico da CHAVE. A CHAVE era sua recompensa por dançar conforme a música. Se não o fizesse, podiam botá-lo em cana. Não era diferente do *Vá para a cadeia* no jogo de Monopólio. Não passar de VÁ, não juntar 200 dólares. E com A CHAVE vinham certas prerrogativas. Eles podiam tirar dez anos da sua vida, ou vinte, ou quarenta. Podiam subornar gente como Mathers para espancá-lo. Podiam até mesmo tirar sua vida na cadeira elétrica.

Mas ter A CHAVE não lhes dava o direito de ir embora e deixá-lo trancado passando fome. Não lhes dava o direito de obrigá-lo a comer um rato morto e tentar comer o forro seco do seu colchão. Não lhes dava o direito de deixá-lo num local onde poderia simplesmente ter de comer o homem na cela ao lado para permanecer vivo (se você puder mantê-lo à mão, é isso aí... *doo-dah, doo-dah*).

Havia certas coisas que não se podia fazer às pessoas. Ter A CHAVE apenas mantinha você a distância, mas não tanta. Eles o haviam deixado ali para sofrer uma morte horrível quando poderiam tê-lo libertado. Ele não era um assassino cão danado que mataria a primeira pessoa que visse, apesar do que disseram os jornais. Merda pequena foi o pior que já havia arrumado antes de conhecer Poke.

Portanto ele odiava, e o ódio o comandava a viver... ou pelo menos tentar. Por um instante pareceu-lhe que o ódio e a determinação de continuar eram coisas inúteis, porque todos aqueles que possuíam A CHAVE haviam sucumbido à gripe. Estavam fora do alcance de sua vingança. Então, pouco a pouco, à medida que ficava mais faminto, percebeu que a gripe não iria matá-*los*. Mataria os perdedores como ele; mataria Mathers, mas não aquele puto que o subornara, porque o puto tinha A CHAVE. Não iria matar o governador nem o diretor da prisão — o guarda que dissera que o diretor estava doente tinha sido obviamente um mentiroso fodido. Não ia matar o agente da condicional, ou xerifes e os tiras do FBI. A gripe não tocaria naqueles que tinham A CHAVE. Ela não ousaria. Mas Lloyd iria tocá-los. Se vivesse o bastante para sair dali, iria atingi-los plenamente.

A perna do catre prendeu de novo a bainha das calças de Trask.

— Vamos — sussurrou Lloyd. — Vamos lá. Venha até aqui... as damas da noite cantam esta canção... sempre é dia de *doo-dah*.

O corpo de Trask deslizou lenta e rigidamente ao longo do chão de sua cela. Nenhum pescador jamais fisgou um bonito mais cuidadosamente ou com maior astúcia do que Lloyd fez com Trask. Mas as calças de Trask rasgaram e Lloyd teve de enganchá-la num outro ponto. Mas por fim o pé dele ficou próximo o bastante para que Lloyd pudesse alcançá-lo através das barras e puxá-lo... se quisesse fazê-lo.

— Não é nada pessoal — sussurrou para Trask. Ele tocou a perna de Trask, acariciou-a. — Nada pessoal. E não vou comer você, velho parceiro. Nem que tivesse de fazê-lo.

Lloyd nem sequer percebia que estava salivando.

* * *

Lloyd ouviu alguém no arrebol cinzento do entardecer, e como a princípio o som foi tão distante e tão estranho — o choque de metal contra metal —, pensou que devia ter sonhado. Os estados de sono e vigília haviam se tornado muito familiares para ele agora; atravessava aquela fronteira de lá para cá quase sem perceber.

Mas então a voz chegou e ele saltou ereto no catre, os olhos cintilando arregalados, enormes e ligeiros no rosto faminto. A voz veio flutuando pelos corredores sabe Deus de quão distante na ala da Administração e depois desceu pelo poço das escadas para os corredores que ligavam as áreas de visitas ao bloco de celas central, onde estava Lloyd. Infiltrou-se serenamente através das portas de barras duplas e por fim alcançou os ouvidos de Lloyd:

— Oláááá! Alguém em casa?

E, estranhamente, o primeiro pensamento de Lloyd foi: *Não responda. Talvez ele vá embora.*

— Alguém em casa? Dou-lhe uma, dou-lhe duas...? OK, *vou seguir meu caminho, nem que seja para sacudir a poeira de Phoenix das minhas botas...*

Ao ouvir isto, a paralisia de Lloyd rompeu-se. Projetou-se fora do leito, pegou a perna do catre e começou a bater freneticamente nas barras; as vibrações correram metal acima e tremeram nos ossos de seu punho fechado.

— *Não!* — gritou ele. — *Não! Não se vá! Por favor, não se vá!*

A voz, mais próxima agora, vindo da escada entre a Administração e este piso:

— Nós nos preocupamos com você, amamos tanto você... e, ah, alguém parece *tão... faminto.* — Isto foi seguido de um risinho preguiçoso.

Lloyd deixou cair no chão a perna do catre e pôs as duas mãos em torno das barras da porta da cela. Agora podia ouvir as passadas em algum lugar nas sombras, ressoando firmemente no corredor que levava à galeria principal. Lloyd teve vontade de irromper em lágrimas de alívio... afinal, ele estava salvo... embora não fosse alegria e sim medo que sentisse no coração, um pavor crescente que o fez desejar ter ficado calado. Ficado calado? Meu Deus! O que poderia ser pior do que passar fome?

A fome o fez pensar em Trask, que jazia esparramado atrás dele no arrebol cinzento do entardecer. Uma perna estava esticada rigidamente na cela de Lloyd, e uma subtração essencial havia ocorrido na panturrilha daquela perna. Na parte *carnuda* daquela panturrilha. Havia marcas de dentes ali. Lloyd sabia que dentes produziram aquelas marcas, mas só tinha a mais vaga lembrança de ter almoçado um filé de Trask. Mesmo assim, foi acometido por sensações poderosas de repulsa, culpa e horror. Apressou-se até as barras e empurrou a perna de Trask de volta à cela dele. Então, olhando por sobre o ombro, para ter certeza de que o dono da voz ainda não estava à vista, ele esticou-se e, com as barras divisórias pressionando contra seu rosto, baixou a perna da calça de Trask, ocultando o que tinha feito.

Claro que não havia nenhuma grande pressa, porque os portões gradeados à entrada da galeria estavam fechados e, sem energia elétrica, o interruptor de pressão não funcionaria. Seu salvador teria que voltar e encontrar A CHAVE. Ele teria que..

Lloyd grunhiu enquanto o motor elétrico que operava os portões gradeados gemeu de volta à vida. O silêncio da galeria amplificava o som, que cessou com o familiar estalido dos portões se abrindo.

A seguir as passadas estavam ressoando firmemente no corredor da galeria.

Lloyd voltara à porta de sua cela após livrar-se de Trask. Agora, involuntariamente, recuou dois passos. Baixou o olhar para o chão lá fora e o que viu primeiro foi um par de botas empoeiradas de *cowboy* pontudas e com saltos gastos, e seu primeiro pensamento foi o de que Poke usara um par igual.

As botas pararam diante de sua cela.

Ergueu lentamente o olhar, subindo dos *jeans* desbotados aninhados dentro das botas para o cinto de couro com a fivela de latão (vários signos astrológicos dentro de dois círculos concêntricos), a jaqueta *jeans* com um broche enfiado em cada um dos bolsos da lapela — num deles um rosto sorridente, no outro um porco morto e as palavras COMO VAI O SEU PORCO?

No mesmo instante, os olhos de Lloyd alcançaram relutantes o rosto sombriamente avermelhado de Randall Flagg. Este gritou "*Bu!*". O som pairou através da galeria vazia e depois reverberou de volta. Lloyd guinchou, tropeçou nos próprios pés, caiu e começou a chorar.

— Está tudo bem — tranqüilizou Flagg. — Ei, cara, está tudo bem. Tudo está inteiramente sob controle.

Lloyd soluçou:

— Pode me tirar daqui? Por favor, deixe-me sair. Não quero ser como o meu coelho, não quero acabar assim, não é justo. Se não fosse o Poke, eu nunca teria entrado numa fria, a não ser em merdas pequenas. Por favor, me deixe sair, moço. Farei qualquer coisa.

— Pobrezinho. Você parece um anúncio para férias de verão em Dachau.

Apesar da simpatia na voz de Flagg, Lloyd foi incapaz de erguer os olhos acima dos joelhos do recém-chegado. Se o fitasse no rosto de novo, isto iria matá-lo. Era o rosto de um demônio.

— Por favor — murmurou Lloyd. — Por favor, me deixe sair. Estou morrendo de fome.

— Há quanto virou merda enlatada, meu amigo?

— Não sei — disse Lloyd, enxugando os olhos com os dedos. — Faz muito tempo.

— E como é que ainda não está morto?

— Eu soube o que estava por vir — disse Lloyd para as pernas em *jeans* enquanto juntava em torno de si os últimos farrapos de sua astúcia. — Poupei minha comida. Foi isso.

— Por acaso não tirou um bife deste seu belo colega aí na cela ao lado?

— O quê? — coaxou Lloyd. — *O quê?* Não! Deus me livre! O que pensa que eu sou? Moço, moço, por favor...

— A perna esquerda dele parece um pouco mais fina do que a direita. Foi por esta razão que perguntei, meu bom amigo.

— Não sei nada sobre isso — sussurrou Lloyd. Estava tremendo todo.

— E quanto ao Irmão Rato? Que gosto tem?

Lloyd cobriu o rosto com as mãos e nada disse.

— Qual é o seu nome?

Lloyd tentou dizer, mas tudo que saiu foi um gemido.

— Qual é o seu nome, soldado?

— Lloyd Henreid. — Tentou pensar no que dizer em seguida, mas sua mente era uma mistura caótica. Sentira medo quando seu advogado lhe disse que poderia ir para a cadeira elétrica, mas não *este* medo. Nunca experimentara *este* medo em toda a sua vida. — Foi tudo idéia de Poke! — exclamou. — Poke é que deveria estar aqui, não eu!

— Olhe para mim, Lloyd.

— Não — sussurrou Lloyd, seus olhos girando selvagemente.

— Por que não?

— Porque... porque não acho que você seja real. E se você for real... moço, se for real, então é o próprio demônio.

— Olhe para mim, Lloyd.

Desamparadamente, Lloyd ergueu os olhos para aquele rosto escuro e sorridente que pendia além de uma interseção das barras. A mão direita segurava alguma coisa ao lado do seu olho direito. Ao olhar para ela, Lloyd sentiu frio e calor ao mesmo tempo. A coisa parecia uma pedra negra, tão escura que parecia quase resina, como piche. Havia uma fenda vermelha no centro dela, e para Lloyd parecia como um olho terrível, ensangüentado e semi-aberto, espiando-o. A seguir, Flagg girou-a levemente entre os dedos e a fenda vermelha na pedra negra pareceu como... uma chave. Flagg continuou a girá-la entre seus dedos. Uma hora era o olho, noutra hora era a chave.

O olho, a chave.

 Ele cantou:

— Ela me trouxe café... ela me trouxe chá... ela me trouxe... quase de tudo... exceto a chave da casa de correção. Está certo, Lloyd?

— Claro — disse Lloyd apressadamente. Seus olhos não desgrudavam da pequena pedra negra. Flagg começou a passá-la de um dedo para o outro, como um mágico fazendo um truque.

— Agora você é um homem que deve apreciar o valor de uma boa chave — disse ele. A pedra negra desapareceu no seu punho cerrado e subitamente reapareceu na outra mão, onde recomeçou a passear de um dedo para outro. — Tenho certeza de que você é. Porque uma chave é feita para abrir portas. Existe algo mais importante na vida do que abrir portas, Lloyd?

— Moço, estou desesperadamente faminto...

— Claro que está — disse o homem. Uma expressão preocupada espalhou-se sobre seu rosto, uma expressão tão amplificada que se tornou grotesca. — Jesus Cristo, um rato não é coisa para se comer! Quer saber o que tive no meu almoço? Um sanduíche de rosbife malpassado no pão-preto, com um pouco de cebola e bastante mostarda escura. Que tal?

Lloyd assentiu com a cabeça, lágrimas escorrendo lentamente de seus olhos para lá de brilhantes.

— Para acompanhar tive batata frita e *milkshake* de chocolate, e depois, como sobremesa... Deus do céu, estou *torturando* você, não estou? Alguém devia me dar uma surra, é isto que estou merecendo. Desculpe. Deixarei você sair e depois arranjarei alguma coisa para comer, *OK*?

Lloyd estava atônito demais até mesmo para sorrir. Concluíra que o homem com a chave era de fato um demônio, ou até mais provavelmente uma miragem, e a miragem permaneceria do lado de fora de sua cela até que Lloyd finalmente caísse morto, falando alegremente sobre Deus, Jesus e mostarda escura, enquanto fazia a estranha pedra negra aparecer e desaparecer. Mas agora a compaixão no rosto do homem parecia bastante real e ele aparentava estar genuinamente aborrecido consigo mesmo. A pedra negra desapareceu de novo em seu punho fechado. E quando o punho se abriu, os olhos vagueantes de Lloyd contemplaram uma chave achatada de prata com uma alça ornamentada jazendo na palma da mão do estranho.

— Meu... querido... *Deus*! — coaxou Lloyd.

— Gosta disso? — perguntou o homem escuro, divertido. — Aprendi o truque com uma gatinha de uma casa de massagem em Secaucus, Nova Jersey, Lloyd. Secaucus, lar das maiores fazendas suínas do mundo.

Ele inclinou-se e inseriu a chave na fechadura da cela de Lloyd. E isso foi estranho porque, até onde sua memória era útil (e que não era grande coisa neste exato momento), estas celas não *tinham* rasgos de chaveta, porque eram abertas e fechadas eletronicamente. Mas não teve a menor dúvida de que a chave de prata funcionaria.

No justo momento em que ela chocalhava na fechadura, Flagg parou e olhou para Lloyd, sorrindo astutamente, e Lloyd sentiu o desespero inundá-lo outra vez. Tudo era apenas um truque.

— Já me apresentei? O nome é Flagg, com dois gês. Prazer em conhecê-lo.

— Igualmente — coaxou Lloyd.

— E acho que, antes que eu abra esta cela e a gente saia para jantar, devemos ter um pequeno entendimento, Lloyd.

— Tudo bem — replicou Lloyd e voltou a chorar.

— Vou fazer de você o meu braço-direito, Lloyd. Pôr você exatamente lá com São Pedro. Quando abrir esta cela, vou entregar as chaves do reino direto na sua mão. Está combinado?

— Sim — sussurrou Lloyd, ficando assustado de novo. Estava quase escuro agora. Flagg era pouco mais que uma forma escura, mas seus olhos ainda estavam perfeitamente visíveis. Eles pareciam brilhar no escuro como os olhos de lince, um à esquerda da barra que terminava na fechadura, outro à direita. Lloyd sentia terror, porém também algo mais: uma espécie de êxtase religioso. Um prazer. O prazer de ser *escolhido*. A sensação de que de algum modo ele superara... alguma coisa.

— Você gostaria de ajustar contas com as pessoas que o jogaram aqui, estou certo?

— Rapaz, pode apostar — disse Lloyd, esquecendo momentaneamente seu terror, que foi engolido por uma raiva faminta e vigorosa.

— Não só com aquelas pessoas, mas com qualquer um que faria uma coisa como esta — sugeriu Flagg. — Existe um tipo de pessoa, não existe? Para um certo tipo de gente, um homem como você não passa de lixo. Porque elas estão por cima. Acham que alguém como você não tem o direito de viver.

— Acertou em cheio — disse Lloyd. Sua fome enorme tinha sido de súbito mudada para um tipo diferente de fome, tal como certamente a pedra negra se transformara na chave de prata. Este homem havia expressado todas as coisas complexas que ele sentira em apenas meia dúzia de frases. Não era apenas com o guarda do portão que queria ajustar contas — *ora, aí está o saco de merda esperto, qual é a história, saco de merda, tem alguma coisa esperta a dizer?* —, porque ele não era o único. O guarda do portão tinha A CHAVE, tudo bem, mas ele não tinha feito A CHAVE. Alguém a entregara para ele. O diretor, supunha Lloyd, mas tampouco o diretor tinha feito A CHAVE. Lloyd queria encontrar os fabricantes e os ferreiros. Eles estariam imunes à gripe, e Lloyd tinha uma parada a resolver com eles. Ah, sim, e era uma *boa* parada.

— Você sabe o que diz a Bíblia acerca de gente como essa? — perguntou Flagg baixinho. — Diz que os exaltados serão rebaixados, que os poderosos serão derrubados e os inflexíveis serão quebrados. E sabe o que diz sobre pessoas como você, Lloyd? Diz: Bem-aventurados os humildes, pois eles herdarão a terra. E: Bem-aventurados os pobres de espírito, pois eles verão a Deus.

Lloyd assentia. Assentia e chorava. Por um momento pareceu que uma aura flamejante havia se formado em volta da cabeça de Flagg, uma luz tão brilhante que se Lloyd a olhasse por tempo mais longo seus olhos queimariam até virar cinzas. Então a aura se foi... se é que estivera ali, afinal — e devia não ter estado, porque Lloyd nem sequer perdera sua visão noturna.

— Agora você não está muito brilhante — disse Flagg —, mas você é o primeiro. E tenho a sensação de que seria muito leal. Nós dois, Lloyd, vamos chegar longe. É uma boa época para gente como nós. Tudo está começando para nós. Tudo de que preciso é da sua palavra.

— Pa-palavra?

— De que vamos ficar juntos, você e eu. Nada de recusas. Nada de cair no sono em serviço de guarda. Virão outros muito em breve... eles já estão a caminho para oeste... mas por enquanto somos só nós. Eu lhe darei a chave se você me der sua palavra.

— Eu... prometo — disse Lloyd e as palavras pareceram pairar no ar, vibrando estranhamente. Prestou atenção nesta vibração, sua cabeça virada para um lado, e pôde quase ver aquelas duas palavras, resplandecendo tão sombriamente como a aurora boreal se refletia no olho de um homem morto.

Depois se esqueceu delas enquanto os volteadores faziam suas meias-voltas dentro da fechadura. No momento seguinte, a caixa da fechadura caiu aos pés de Flagg, anéis de fumaça filtrando-se dela.

— Você está livre, Lloyd. Saia.

Incrédulo, Lloyd tocou as barras hesitantemente, como se pudessem queimá-lo; e, de fato, elas pareciam quentes. Mas, quando a empurrou, a porta deslizou para trás facilmente e sem barulho. Olhou para seu salvador, para aqueles olhos ardentes.

Alguma coisa foi colocada em sua mão. A chave.

— Agora é sua, Lloyd.

— Minha?

Flagg capturou os dedos de Lloyd e fechou-os em volta da chave... e Lloyd sentiu a chave se mover em sua mão, sentiu-a *mudar*. Soltou um grito áspero e seus dedos se abriram. A chave se fora e no seu lugar estava a pedra negra com a fenda vermelha. Ele a ergueu, especulando, e virou-a de um lado para outro. Uma hora a fenda vermelha parecia uma chave, outra hora um crânio e depois novamente um olho sangrento semifechado.

— Minha — Lloyd respondeu para si mesmo. Desta vez ele fechou sua mão sem nenhuma ajuda, apertando a pedra obstinadamente.

— Poderemos ir jantar? — perguntou Flagg. — Temos que viajar um bocado esta noite.

— Jantar — disse Lloyd. — Tudo bem.

— Há muita coisa a ser feita — disse Flagg alegremente. — E temos que nos mover com muita rapidez.

Caminharam juntos em direção às escadas, passando pelos mortos em suas celas. Quando Lloyd tropeçou de fraqueza, Flagg agarrou seu braço acima do cotovelo e o aprumou. Lloyd virou-se e fitou aquele rosto sorridente com algo mais do que gratidão. Olhou para Flagg com algo parecido com amor.

Capítulo Quarenta

NICK ANDROS DORMIA INQUIETO no beliche de lona no gabinete do xerife Baker. Estava só de cuecas, com o corpo levemente banhado de suor. Seu último pensamento antes de dormir na noite anterior fora o de que estaria morto pela manhã; o homem escuro que havia consistentemente assombrado seus sonhos febris iria de algum modo romper aquela última barreira do sono e carregá-lo.

Era estranho. O olho que Ray Booth havia arrancado doera por dois dias. Depois, no terceiro, a sensação de que calibradores tinham sido aparafusados na sua cabeça se desvaneceu para uma dor entorpecida. Não havia nada senão um borrão cinzento quando olhava agora através daquele olho, um borrão cinzento no qual as formas às vezes se moviam ou pareciam se mover. Mas não era a lesão no olho que o estava matando; era o ferimento produzido pela bala de raspão na perna.

Nick não o desinfetara. A dor no olho tinha sido tão grande que mal tomara conhecimento dele. O ferimento se estendia pouco profundo ao longo da coxa direita e terminava no joelho; no dia seguinte ele examinara meio espantado o buraco nas calças por onde a bala havia saído. E no outro dia, 30 de junho, o ferimento avermelhara nas bordas e todos os músculos daquela perna pareciam doer.

Ele foi mancando até o consultório do Dr. Soames e conseguiu um frasco de água oxigenada. Usou todo o frasco no ferimento, que tinha cerca de 25 centímetros de comprimento. Havia sido um caso de trancar a porta do estábulo depois que o cavalo fora roubado. Naquela noite toda a perna latejava como um dente podre, e por sob a pele ele pôde ver linhas vermelhas de sangue envenenado se irradiando do ferimento, que tinha apenas começado a formar casca.

Em 1º de julho voltara ao consultório de Soames e vasculhara seu armário de remédios, procurando penicilina. Encontrou um pouco e, após um momento de hesitação engoliu as duas pílulas de uma das cartelas de amostra. Estava bem ciente de que morreria se o seu corpo tivesse uma forte reação à penicilina, mas achava que a alternativa poderia ser uma morte ainda mais cruel. A infecção evoluía. A penicilina não o matou, mas tampouco houve qualquer melhora aparente.

Ao meio-dia da véspera ele tivera febre alta, e acreditava ter delirado por bastante tempo. Havia fartura de comida mas ele não queria comer; tudo que parecia desejar era beber um copo após outro da água destilada no refrigerador que havia no gabinete de Baker. A água tinha quase acabado quando ele caiu no sono (ou desmaiou) na última noite, e Nick não sabia se poderia arranjar mais. No seu estado febril, ele não ligava muito. Morreria em breve, e não haveria mais com que se preocupar. Não estava apavorado em relação à perspectiva de morrer, mas o pensamento de não sentir mais dor ou preocupação era um grande alívio. Sua perna latejava, coçava e ardia.

Seu sono naqueles dias e noites após a morte de Ray Booth tinha parecido tudo menos sono. Seus sonhos eram uma inundação. Parecia que todo mundo que já conhecera estava voltando para uma chamada ao proscênio. Rudy Sparkman, apontando para a folha de papel em branco: *Você é esta página em branco.* Sua mãe, batendo de leve em linhas e círculos que o ajudara a traçar em outra página branca: *Aqui diz Nick Andros, querido. É você.* Jane Baker, seu rosto virado de lado no travesseiro, dizendo: *Johnny, meu pobre Johnny.* Nos seus sonhos o Dr. Soames pedia repetidamente ao xerife Baker que tirasse a camisa, e vezes sem conta Ray Booth dizia: *Segura ele... vou ferrar com ele... esse puto me chutou... segura ele...* Ao contrário de todos os outros sonhos que tivera na vida, nesses Nick não precisava fazer leitura labial. Podia realmente ouvir o que as pessoas diziam. Os sonhos eram incrivelmente vívidos. Eles se desvaneciam à medida que a dor na perna o trazia para mais perto do despertar. Depois uma nova cena aparecia enquanto ele mergulhava de novo no sono. Havia pessoas que nunca vira mais de uma vez nos sonhos, e estes eram os sonhos que recordava com mais clareza ao despertar.

Estava num lugar alto. A terra se espalhava abaixo como um mapa em relevo. Era uma terra deserta, e as estrelas acima tinham a claridade louca da altitude. Havia um homem a seu lado... não, não um homem, mas a *forma* de um homem. Como se a figura houvesse sido cortada do tecido da realidade e o que estivesse de fato parado ao seu lado fosse um homem negativo, um buraco negro na forma de um homem. E a voz desta forma sussurrava: *Tudo que você vê será seu se cair de joelhos e me adorar.* Nick sacudiu a cabeça, querendo se afastar daquela terrível armadilha, temendo que a forma estendesse seus braços negros e o empurrasse precipício abaixo.

Por que não fala? Por que simplesmente não sacode a cabeça?

No sonho Nick fez o gesto que sempre fizera tantas vezes no mundo desperto: um pousar do dedo sobre os lábios, depois a palma da mão contra a garganta... e então ouviu-se dizer numa voz perfeitamente clara, até mesmo linda:

— Não posso falar. Sou mudo.

Mas você pode. Se quiser, você pode.

Nick então estendeu o braço para tocar a forma, seu medo momentaneamente varrido por uma inundação de espanto e alegria inflamada. Mas enquanto sua mão se aproximava do ombro daquela figura ela se transformou em gelo frio, tão frio que parecia que a havia queimado. Pulou afastando-se, com cristais de gelo se formando nos nós dos dedos. E a figura veio até ele. Nick podia ouvir. A voz da forma escura; o grito longínquo de um pássaro noturno caçando; o uivo infinito do vento. Viu-se de novo completamente mudo pelo prodígio disso. Havia uma nova dimensão para o mundo que ele nunca perdera porque nunca o havia vivenciado. E agora o mundo havia caído no lugar. Nick estava ouvindo *sons*. Ele parecia saber qual era cada um deles sem que lhe contassem. Eram lindos. *Sons* lindos. Passou os dedos de um lado a outro da sua camisa e maravilhou-se com o veloz sussurro de suas unhas sobre o algodão.

Então o homem escuro voltou-se para ele, e Nick sentiu um medo terrível. Esta criatura, o que quer que fosse, não realizava milagre de graça.

... se você cair de joelhos e me adorar.

E Nick cobriu o rosto com as mãos porque queria todas as coisas que a forma humana negra lhe havia mostrado desta altitude erma: cidades, mulheres, tesouro, poder. Porém, mais do que tudo, queria ouvir o som fascinante que suas unhas faziam na camisa, o tiquetaquear de um relógio numa casa vazia depois da meia-noite e o som secreto da chuva.

Mas a palavra que disse foi *Não* e então aquele frio congelante veio sobre ele de novo, e havia sido *empurrado*, estava caindo de ponta-cabeça e gritando mudamente enquanto tombava através dessas profundezas nubladas, tombava no cheiro de...

... milho?

Sim, milho. Este era o outro sonho, eles se misturavam desse jeito, mal tendo uma costura para mostrar a diferença. Ele estava no milharal, no milharal verde, e o cheiro era de terra no verão e estrume de vaca e coisas brotando. Levantou-se e começou a caminhar subindo a fileira em que se havia encontrado, parando momentaneamente à medida que percebia ser capaz de ouvir o suave relincho do vento fluindo entre as folhas parecidas com espadas do milho verde de julho... e algo mais.

Música?

Sim — algum tipo de música. E no sonho ele pensava: "Então é *isso* o que significam." Estava vindo diretamente à frente e ele caminhou no rumo da música, querendo ver se esta determinada sucessão de sons lindos vinha do que chamavam "piano", "trompete", "celo" ou lá o que fosse.

O odor quente do verão em suas narinas, o céu azul arqueando-se acima, aquele som adorável. Neste sonho, Nick nunca tinha sido mais feliz. E à medida que se aproximava da fonte, uma voz juntou-se à música, uma voz velha como couro escuro, pronunciando as palavras um tanto indistintamente como se a canção fosse um ensopado, com freqüência requentado, mas que nunca perdia seu velho sabor. Mesmerizado, Nick caminhou na direção da voz.

Vou para o jardim sozinha,
Enquanto o orvalho as rosas mela.
E a voz que ouço, no meu ouvido caindo,
O filho... de Deus... revela.
E ele caminha comigo, fala comigo.
E me diz que sou seu,
E a alegria partilhada enquanto ali ficamos
Nenhum outro... jamais... conheceu.

Ao fim da estrofe, Nick a impeliu até o final da fileira de pés de milho e lá no descampado viu uma choupana, não mais que um casebre, com um latão de lixo enferrujado à esquerda e um velho pneu oscilando à direita. Pendia de uma macieira que estava florida mas ainda verde de vida graciosa. Um alpendre se inclinava para fora da casa, uma coisa velha caindo aos pedaços que era mantida aprumada por velhos macacos a óleo. As janelas estavam abertas, e a brisa típica de verão soprava cortinas brancas esfarrapadas para dentro e para fora delas. Do telhado, uma chaminé pontiaguda de cobre galvanizado, amassada e fumarenta, projetava-se no seu próprio velho e estranho ângulo. Esta casa assentava-se no seu descampado e o milho estendia-se pelos quatro pontos cardeais até onde a vista alcançava; só era rompido ao norte por uma estrada de terra que serpenteava até um ponto no horizonte plano. Era sempre neste ponto que Nick sabia onde estava: condado de Polk, Nebraska, a oeste de Omaha e um pouco ao norte de Osceola. Bem acima daquela estrada de terra ficava a Nacional 30 e Columbus assentava-se à margem norte do rio Platte.

Sentada no alpendre está a mulher mais velha da América, uma mulher negra com cabelo branco fino e fofo — ela própria é fina, usando um vestido caseiro e óculos. Parece fina o bastante para o vento do fim da tarde soprá-la longe, suspendê-la no alto céu azul e carregá-la talvez todo o caminho até Julesburg, Colorado. E o instrumento que ela está tocando (talvez o que a esteja mantendo embaixo, mantendo-a com os pés na terra) é uma "guitarra", e Nick pensa no sonho: *Então é assim que soa uma "guitarra". Lindo.* Ele sente que poderia ficar parado ali onde está pelo resto do dia, vendo a velha negra sentada no seu alpendre amparado por macacos a óleo no meio de todo este milharal do Nebraska, parado ali a oeste de Omaha e um pouco ao norte de Osceola no condado de Polk, ouvindo. O rosto dela é sulcado por milhões de rugas como o mapa de um estado onde a geografia não foi estabelecida — rios e cânions ao longo de suas faces castanhas coriáceas, cordilheiras abaixo da protuberância do seu queixo, a sinuosa e elevada colina óssea na base da testa, as cavernas dos seus olhos.

Ela recomeçou a cantar, acompanhando-se na velha guitarra.

Jesus, não vai vir aqui?
Ah, Jesus, não vai vir aqui?
Ah, agora... é o tempo de necessidade
Ah, agora... é o tempo de necessidade
Agora é o...

Diga, rapaz, quem pregou você neste local?

Ela põe a guitarra atravessada no colo como um bebê e gesticula para que ele avance. Nick aproxima-se. Diz que só queria ouvi-la cantar, o canto era lindo.

Bem, o canto é a tolice de Deus, agora faço isto a maior parte do dia... como você se saiu com aquele homem escuro?

Ele me assusta, tenho medo...

Rapaz, você tem que ter medo. Até mesmo uma árvore no lusco-fusco, se a enxergar de maneira correta, ela mete medo em você. Somos todos mortais, graças a Deus.

Mas como digo não a ele? Como eu...

Como você respira? Como sonha? Ninguém sabe. Mas você vem me ver. Mãe Abagail, é como me chamam. Sou a mulher mais velha por estas bandas, acho, e ainda faço meu próprio biscoito. Venha me ver algum dia, rapaz, e traga seus amigos.

Mas como eu escapo disso?

Deus o abençoa, rapaz, e ninguém mais. Apenas olhe para o alto, para o melhor, e venha ver Mãe Abagail a qualquer hora que quiser. Estou bem aqui; não fique mais circulando por aí. Portanto, venha me ver. Estou bem...

* * *

... *aqui...*

Ele despertou aos poucos até que o Nebraska se foi, e o cheiro do milho, e o rosto escuro e sulcado de Mãe Abagail. O mundo real infiltrou-se, não tanto substituindo o mundo de sonho quanto sobrepondo-se a ele até que sumiu de vista.

Ele estava em Shoyo, Arkansas, seu nome era Nick Andros, nunca tinha falado nem ouvira o som de uma "guitarra"... mas ainda estava vivo.

Sentou-se no catre, balançou as pernas e olhou para o arranhão. O inchaço se reduzira um pouco. A dor era apenas um latejar. Estou sarando, pensou com grande alívio. Acho que vou ficar *OK.*

Levantou-se do catre e manquejou até a janela só de cuecas. A perna estava rígida, mas era o tipo de rigidez que você sabe que irá regredir com um pouco de exercício. Ele olhou para a cidade silenciosa, não mais a Shoyo, mas o cadáver de Shoyo, e soube que teria de partir hoje. Não seria capaz de ir muito longe, mas tentaria.

Para onde ir? Bem, ele supunha que sabia disso. Sonhos não passam de sonhos, mas para começar supunha que poderia ir para noroeste. Para Nebraska.

* * *

Nick pedalou para fora da cidade por volta de 1h15 da tarde de 3 de julho. Embalou uma mochila pela manhã, colocando nela um pouco mais das pílulas de penicilina, para o caso de precisar delas, e alguma comida enlatada. Exagerou na sopa de tomate Campbell's e no ravióli Chef Boyardee, dois de seus preferidos. Pôs várias caixas de munição para a pistola e pegou um cantil.

Subiu a rua, olhando nas garagens até encontrar o que queria: uma bicicleta de dez marchas que quase se ajustava à sua altura. Pedalou cauteloso pela rua principal, em baixa velocidade, sua perna ferida se aquecendo lentamente pelo esforço. Seguia para oeste e sua sombra o seguia, pedalando sua própria bicicleta preta. Passou pelas graciosas casas de aspecto frio na periferia da cidade, permanecendo na penumbra com suas cortinas cerradas o tempo todo.

Acampou naquela noite em uma casa de fazenda 15 quilômetros a oeste de Shoyo. Ao cair da noite de 4 de julho estava quase em Oklahoma. Naquela noite, antes de dormir, ficou em outro terreiro de fazenda, seu rosto voltado para o céu, observando uma chuva de meteoros riscar a noite com fogo branco frio. Ele achou que nunca tinha visto nada tão lindo. Fosse o que fosse que tivesse pela frente, estava contente por estar vivo.

Capítulo Quarenta e Um

LARRY ACORDOU ÀS oito e trinta para a luz do sol e o som dos pássaros. Ambos produziam nele o maior barato. A cada manhã, desde que haviam deixado Nova York, a luz do sol e o som dos pássaros. E como uma atração extra adicional, um Bônus Grátis, se preferir, o ar cheirando limpo e fresco. Até mesmo Rita notara isto. Ele continuava pensando: Bem, está indo tão bem quanto se poderia desejar. Mas continuava ficando melhor. Ficava melhor até que você especulava o que andaram fazendo com o planeta. E isto o fazia imaginar se este era o modo como o ar *sempre* cheirava nos estados lá de cima, como Minnesota e Oregon, e na encosta ocidental das montanhas Rochosas.

Deitado na sua metade do saco de dormir duplo, sob o teto de lona baixo da barraca para dois que acrescentaram ao seu *kit* de viagem em Passaic, na manhã de 2 de julho, Larry se lembrou de como Al Spellman, um dos Tattered Remnants, tentara convencê-lo a seguir numa viagem de *camping* com ele e dois ou três outros caras. Eles estavam indo para leste, com parada em Las Vegas por uma noite, depois prosseguiriam até um lugar chamado Loveland, Colorado. Iam acampar por cerca de cinco dias nas montanhas acima de Loveland.

— Você pode deixar para John Denver toda essa merda de "Altitude das Rochosas" — Larry tinha zombado. — Vocês voltarão com mordidas de mosquito e uma tremenda alergia no rabo por cagar no mato. Agora, se mudarem de idéia e decidirem acampar no Dunes de Las Vegas por cinco dias, me dêem um toque.

Mas talvez tivesse sido igual a isto. À vontade, sem ninguém para aporrinhá-lo (exceto Rita, e ele achava que podia contornar a aporrinhação dela), respirando ar puro e dormindo à noite sem sobressaltos, apenas bater no leito e um sono rápido, como se alguém lhe tivesse atingido a cabeça com um martelo. Sem problemas, exceto que caminho seguir amanhã e em quanto tempo poderia fazer. Era inteiramente maravilhoso.

E esta manhã em Bennington, Vermont, dirigindo-se agora para o pretendido leste ao longo da Auto-Estrada 9, esta manhã era algo especial. Era o abençoado Quatro de Julho, Dia da Independência.

Ele sentou-se no saco de dormir e olhou para Rita, mas ela estava imóvel como uma luz, nada mostrando senão as linhas de seu corpo debaixo do tecido quadriculado do saco e uma lanugem do cabelo. Bem, ele a acordaria com estilo esta manhã.

Larry puxou o zíper do seu lado do saco e saiu, as nádegas nuas. Por um momento, sua carne ficou marmórea e arrepiada, e o ar pareceu naturalmente quente, provavelmente uns 30 graus já. Seria mais um dia excelente. Ele rastejou para fora da tenda e se levantou.

Estacionada ao lado da barraca estava uma Harley-Davidson de 1.200 cilindradas, preta e cromada. Tal como o saco de dormir e a barraca, havia sido adquirida em Passaic. Naquela hora eles já tinham passado por três carros, dois bloqueados por congestionamentos terríveis de tráfego, o terceiro enfiado no lodo nos arredores de Nutley, ao tentar ultrapassar uma colisão de dois caminhões. A moto foi a solução. Ela podia contornar acidentes, impulsionar-se à frente em baixa velocidade. Quando o tráfego estava seriamente engarrafado, ela podia ser empurrada ao longo do acostamento ou da calçada, se houvesse uma. Rita não gostava dela. Viajar na garupa a deixava nervosa e ela se agarrava a Larry desesperadamente — mas havia concordado em que era a única solução prática. O congestionamento de tráfego derradeiro da espécie humana tinha sido excepcional. E uma vez que haviam deixado Passaic e entrado na zona rural tiveram maior progresso. Ao anoitecer de 2 de julho haviam reatravessado o estado de Nova York e montado sua barraca nos arredores de Quarryville, com as nevoentas e místicas montanhas Catskills a oeste. Dobraram para leste na tarde do dia 3, entrando em Vermont pouco antes do escurecer. E aqui estavam, em Bennington.

Acamparam numa elevação fora da cidade, e agora, enquanto Larry estava nu e de pé ao lado da moto, urinando, pôde olhar para baixo e maravilhar-se com a imagem de cartão-postal da cidade da Nova Inglaterra abaixo dele. Duas igrejas de um branco imaculado, suas torres se erguendo como se para perfurar o céu azul da manhã; uma escola particular, prédios cinzentos de arenito algemados por trepadeiras; uma usina; dois prédios escolares de tijolos vermelhos; uma infinidade de árvores vestidas com paramentos verdes de verão. A única coisa que tornara o quadro sutilmente errado era a falta de fumaça na chaminé da usina e o número de carros cintilantes em miniatura estacionados em ângulos esquisitos na rua principal, que era também a auto-estrada que estavam seguindo. Mas no silêncio ensolarado (isto é, silêncio exceto por um ocasional chilrear de pássaro), Larry poderia ter ecoado os sentimentos da falecida Irma Fayette, tivesse ele conhecido a dama: nenhuma grande perda.

Só que hoje era o Quatro de Julho, e supunha que ainda era um americano.

Ele pigarreou, cuspiu e cantarolou um pouco para encontrar o seu tom. Inspirou, muito consciente da leve brisa matinal em seu peito e nádegas nus, e irrompeu numa canção.

Ah, diga se pode ver,
à primeira luz da aurora,
O que tão orgulhosamente saudamos
ao último brilho do crepúsculo?...

E cantou isto através de todo o caminho de frente para Bennington, fazendo movimentos da pelve um tanto burlescos no final, porque a esta altura Rita estaria de pé junto à barraca, sorrindo para ele.

Ele terminou com uma saudação vigorosa ao prédio que supunha ser o tribunal de Bennington, depois virou-se, achando que a melhor maneira para iniciar mais um ano de independência dos bons e velhos EUA seria com uma foda totalmente patriótica.

— Larry Underwood, Rapaz Patriota, deseja-lhes uma muito boa m...

Mas a aba da barraca ainda estava fechada e ele sentiu de novo uma irritação momentânea com Rita. Abriu a barraca resolutamente. Ela não conseguia ficar no seu comprimento de onda o tempo todo. Isso é tudo. Quando você podia reconhecer e lidar com isso, estava a caminho de um relacionamento adulto. Ele vinha tentando empenhadamente com Rita desde aquela experiência angustiante no túnel, e achava que havia se saído muito bem.

Era preciso se colocar no lugar dela, a coisa se resumia nisso. Ele tinha de reconhecer que ela era um bocado mais velha, acostumara-se a ter as coisas de uma certa maneira na maior parte de sua vida. Era natural para ela ter um processo mais difícil de adaptação a um mundo que virara de cabeça para baixo. As pílulas, por exemplo. Ele não se enchera de satisfação ao descobrir que Rita havia trazido toda a porra da sua farmácia junto com ela, num pote de geléia com tampa de atarraxar. Moderadores de apetite, Quaaludes, analgésicos e algumas outras coisas que ela chamava de "meus pequenos levanta-astral". Os pequenos levanta-astral eram vermelhos. Três daqueles comprimidos com uma dose de tequila e você iria dançar e sapatear o dia inteiro. Ele não gostava disso porque muitos altos e baixos e variações de humor adicionados à pessoa significavam um peso nas suas costas. Um peso mais ou menos do volume de King Kong. E também não gostava disso porque, quando você abordava o inequívoco xis do problema, isto era uma espécie de tapa na sua cara, não era? O que a deixava nervosa? Por que ela teria dificuldade em dormir à noite? Ele certamente não tinha. E ele não estava cuidando dela? Larry podia espalhar aos quatro ventos que estava.

Voltou para a barraca, depois hesitou por um momento. Talvez devesse deixá-la dormir. Talvez ela estivesse esgotada. Mas...

Baixou a vista para a Cadeira Elétrica, e a Cadeira Elétrica parecia realmente não querer sair do seu sono. Cantar o velho hino americano deturpado o deixara aceso de novo. Portanto, Larry descerrou a aba da barraca e rastejou para dentro.

— Rita?

E isto o atingiu de imediato após a limpeza do ar fresco matinal lá fora; ele devia ter estado muito sonolento antes para não ter percebido. O cheiro não era esmagadoramente forte porque a tenda estava razoavelmente bem ventilada, mas era bastante acentuado: o cheiro agridoce de vômito e doença.

— Rita? — Ele sentiu um alarme crescente ao ver como ela jazia imóvel, com apenas aquela penugem de cabelo sobressaindo do saco de dormir. Rastejou na direção dela apoiado nas mãos e joelhos, o cheiro de vômito mais forte agora, embrulhando seu estômago. — Rita, você está bem? Acorde, Rita!

Nenhum movimento.

Ele a revirou e o saco de dormir estava com o zíper meio puxado, como se ela tivesse tentado sair dele à noite, talvez percebendo o que lhe estava acontecendo, pelejando e fracassando, e ele o tempo todo dormindo pacificamente ao lado, o próprio Sr. Montanhas Rochosas. Ao revirá-la, um dos seus frascos de pílulas caiu-lhe da mão e seus olhos eram mármores nevoentos e opacos por trás das pálpebras semicerradas, e a boca estava cheia com o vômito verde que a sufocara.

Larry olhou para o rosto morto de Rita pelo que pareceu um tempo muito longo. Eles estavam quase nariz com nariz, e a tenda parecia ficar cada vez mais quente até se assemelhar a um sótão no auge do verão pouco antes das chuvas torrenciais refrescantes. A cabeça de Rita parecia estar inchando cada vez mais. A boca estava cheia daquela merda. Larry não conseguia desviar os olhos daquilo. A pergunta que percorria seu cérebro como um coelho mecânico numa pista de corrida de cães era: *Por quanto tempo estive dormindo junto dela após ter morrido?* Repulsivo, cara. *Reee*-pulsivo.

A paralisia arrefeceu, e Larry cambaleou para fora dali, ralando os joelhos quando eles saíram do chão acolchoado para a terra nua. Achou que ele próprio ia vomitar e combateu a sensação, desejando que não acontecesse, pois odiava vomitar mais do que qualquer outra coisa. E então pensou: *Mas eu estava voltando para cá a fim de FODER com ela, porra!* E tudo resultou num esforço inútil e ele rastejou para fora daquela mixórdia asfixiante, chorando e odiando o gosto ruim em sua boca e nariz.

* * *

Pensou nela durante a maior parte da manhã. Sentia algum alívio por Rita ter morrido — um grande alívio, para ser franco. Jamais contaria isso a alguém. Confirmava tudo que sua mãe dissera sobre ele, e também Wayne Stukey, e mesmo aquela tola higienista oral do apartamento perto da Universidade Fordham. Larry Underwood, o exibicionista imoral de Fordham.

— Eu não sou um cara legal — proferiu em voz alta e sentiu-se melhor após dizer isto. Tornou-se mais fácil contar a verdade, que era a coisa mais importante. Ele fizera um acordo consigo, em qualquer recesso do subconsciente onde os Poderes por Trás do Trono agiam e negociavam, de que cuidaria dela. Talvez não fosse um cara legal, mas também não era nenhum assassino, e o que fizera no túnel chegara bem perto de tentativa de assassinato. Portanto ia cuidar dela, não gritaria com ela não importa o quanto ficasse puto às vezes — como quando ela se agarrava a ele com seu Aperto Kansas City patenteado ao montarem na moto —, não iria à loucura por mais que ela o retardasse ou por mais idiota que fosse a respeito de certas coisas. Na penúltima noite ela pusera uma lata de ervilhas nas brasas da fogueira sem ventilar o topo e Larry teve que pescá-la toda queimada e estufada, cerca de três segundos antes que estourasse como uma bomba, talvez cegando-os com estilhaços voadores de uma granada de latão. Mas ele havia ensinado algo a ela? Não, não havia. Só fizera uma leve gozação e deixara passar. O mesmo se deu com as pílulas. Tinha imaginado que as pílulas fossem problema dela.

Talvez você devesse ter discutido isto com ela. Talvez Rita desejasse que o fizesse.

— Isto não era a porra de uma sessão conciliatória — disse em voz alta. Era sobrevivência. E ela não tinha sido capaz de deixar as pílulas. Talvez ela já soubesse disso, desde aquele dia no Central Park quando disparara um tiro descuidado num cinamomo com um .32 de aspecto barato que poderia ter explodido na sua mão. Talvez...

— Talvez, *merda*! — disse Larry furiosamente. Levou o cantil à boca, mas estava vazio e ele ainda sentia na língua aquele travo viscoso. Talvez houvesse gente como Rita em todo o país. A gripe não havia poupado apenas tipos sobreviventes, por que diabo pouparia? Neste exato momento, em algum lugar do país, deveria haver um rapaz em condição física perfeita, imune à gripe mas morrendo de tonsilite. Como Henny Youngman poderia ter dito: "Ei, gente, consegui um milhão deles."

Larry estava sentado em um mirante pavimentado bem à beira da auto-estrada. A paisagem de Vermont estendendo-se para Nova York na névoa dourada da manhã era de tirar o fôlego. Um letreiro anunciava que este lugar chamava-se Ponto dos 20 Quilômetros. Na verdade Larry achava que podia avistar um bocado além de 20 quilômetros. Num dia claro podia-se enxergar infinitamente. No lado mais afastado do mirante havia um muro de pedra à altura do joelho, as rochas unidas com cimento, e algumas garrafas de cerveja quebradas. E também uma camisinha usada. Ele supôs que garotos ginasianos costumavam vir ali ao crepúsculo para ver as luzes se acendendo na cidade lá embaixo. Primeiro eles ficavam extasiados e depois se deitavam. Uma fodelança total, costumavam dizer.

Então por que ele estava se sentindo tão deprimido, de qualquer modo? Estava falando a verdade, não estava? Sim. E o pior da verdade era que sentia alívio, não é, por ter se livrado daquele fardo que carregava?

Não, o pior é estar sozinho. Sentir-se só.

Piegas mas verdadeiro. Ele queria alguém com quem partilhar este panorama. Alguém com quem pudesse comentar com perspicácia modesta: *Num dia claro você pode enxergar até o infinito.* E a única companhia agora estava na barraca a mais de 2 quilômetros atrás, com a boca cheia de vômito esverdeado. Enrijecendo. Atraindo moscas.

Larry pousou a cabeça nos joelhos e fechou os olhos. Disse a si mesmo que não deveria chorar. Odiava chorar quase tanto quanto detestava vomitar.

* * *

No final ele se acovardou. Não conseguiria enterrá-la. Invocou os piores pensamentos que pôde — varejeiras e besouros, as marmotas que a farejariam e viriam mastigar sua parte ruidosamente, a deslealdade de um ser humano deixando outro como um invólucro de doce ou uma lata de Pepsi descartada. Mas também parecia haver algo vagamente ilegal acerca de enterrá-la e, para falar a verdade (e ele estava dizendo a verdade agora, não estava?), isso era apenas uma racionalização barata. Ele podia ir até Bennington e arrombar a loja de ferragens Sempre Popular, pegar a pá Sempre Popular e uma picareta Sempre Popular; podia até mesmo voltar aqui em cima onde era tranqüilo e lindo e cavar a sepultura Sempre Popular perto do Ponto dos 20 Quilômetros Sempre Popular. Mas entrar de novo naquela barraca (que estaria agora cheirando que nem o toalete da Transversal nº 1 no Central Park, onde a doce guloseima escura Sempre Popular estaria esperando pela eternidade) e puxar até o fim o zíper do saco de dormir, arrancar para fora o corpo enrijecido e inflamado, arrastá-lo pelas axilas até o buraco, jogá-lo dentro dele e lançar a terra por cima, observando-a tamborilar sobre as pernas brancas com seus nódulos de veias varicosas protuberantes e grudar nos cabelos dela...

É isso aí, meu chapa. Acho que ficarei fora dessa. Se sou um covarde, que assim seja.

Voltou ao local onde a barraca fora montada e puxou a aba. Encontrou uma vara comprida. Tomou uma profunda inspiração de ar fresco, conteve-o e enganchou suas roupas com a vara. Recuou com elas, vestiu-as. Tomou outra profunda inspiração, conteve-a e usou a vara para pescar suas botas. Sentou-se num tronco de árvore caído e calçou-as.

O cheiro impregnava suas roupas.

— Babaquice — sussurrou.

Ele podia vê-la, metade dentro e metade fora do saco de dormir, a mão rígida estendida e ainda enroscada em torno de um frasco de pílulas que não estava mais lá. Os olhos semifechados pareciam fitá-lo acusadoramente. Isto o fez pensar de novo no túnel e nas visões de mortos que caminhavam. Rapidamente, usou a vara para fechar a aba da barraca.

Mas ainda podia sentir o cheiro dela sobre ele.

Portanto, fez de Bennington sua primeira parada, afinal. E na Men's Shop da cidade ele tirou toda a roupa e escolheu outras novas, três mudas e mais quatro pares de meias e cuecas. Até mesmo encontrou um novo par de botas. Examinando-se num espelho de três faces, pôde ver a loja vazia espalhar-se por trás dele e a moto apoiada vulgarmente no meio-fio.

— Coisa fina — murmurou. — De arrasar. — Mas não havia ninguém para admirar seu bom gosto.

Ele saiu da loja e detonou a Harley de volta à vida. Pensou em parar na loja de ferragens e ver se tinham uma barraca e outro saco de dormir, mas tudo que queria fazer agora era cair fora de Bennington. Ele pararia mais adiante.

Olhou para cima onde a paisagem fazia sua lenta ascensão enquanto dirigia a Harley para fora da cidade. Podia ver o Ponto dos 20 Quilômetros, mas não o local onde haviam montado a barraca. Era melhor que assim fosse, era...

Larry olhou de volta para a estrada e o terror pulou entorpecidamente por sua garganta abaixo. Uma picape International-Harvester rebocando um *trailer* de cavalos dera uma guinada para evitar bater num carro, e o *trailer* havia tombado. Ele conduzia a moto direto ao *trailer* porque não prestara atenção para onde ia.

Deu uma guinada firme à direita, sua bota nova se arrastando na estrada, e quase evitou a colisão. Mas o suporte para o pé esquerdo enganchou-se no pára-choque traseiro do *trailer*, arrancando a moto de baixo dele. Larry foi cair na margem da estrada com um baque que chocalhou seus ossos. A Harley trepidou por um momento atrás dele e depois o motor afogou.

— Você está bem? — perguntou em voz alta. Graças a Deus que estava apenas a uns 30km/h. Graças a Deus que Rita não estava com ele; ela teria entrado num ataque de histeria. Claro que se Rita estivesse junto ele não teria ficado olhando para o alto, para começar. Ele teria dado conta do recado para os que apreciam o cubismo.

— Estou bem — respondeu para si mesmo, embora não muito convicto. Sentou-se. O silêncio se fixou sobre ele como acontecia de tempos em tempos... o silêncio era tanto que se pensasse a respeito acabaria louco. Até mesmo a gritaria de Rita teria sido um alívio a esta altura. Tudo pareceu subitamente repleto de bruxuleios brilhantes, e com repentino horror ele pensou que fosse desmaiar. Pensou: *Estou realmente ferido, em apenas um minuto sentirei isso, quando o choque passar, é quando sentirei isso, estou gravemente quebrado ou algo assim, e quem é que vai aplicar um torniquete?*

Mas quando o instante de desfalecimento passou, olhou para si mesmo e achou que provavelmente estava bem, afinal. Havia cortado ambas as mãos e sua calça nova se rasgara no joelho direito — o joelho também sofrera um corte —, mas eram apenas escoriações e, que porra, ele tinha saído no lucro, qualquer um podia cair da sua moto, acontece com todo mundo de vez em quando.

Mas ele sabia qual era o lucro. Podia ter batido de cabeça e fraturado o crânio, e aí ficaria jazendo sob o sol quente até morrer. Ou sufocado até a morte no seu próprio vômito, como acontecera com uma amiga dele recém-falecida.

Caminhou trôpego até a Harley e a pôs de pé. Não parecia estar muito danificada, mas tinha agora um jeito diferente. Antes, não passara de uma máquina, uma máquina encantada que podia servir ao duplo propósito de transportá-lo e fazê-lo sentir-se como James Dean ou Jack Nicholson em *Demônios sobre Rodas.* Mas agora o seu cromado parecia sorrir para ele como um apresentador de espetáculo mambembe, parecendo convidá-lo a subir nela e provar que era homem o bastante para cavalgar um monstro de duas rodas.

A Harley deu partida na terceira pisada e se afastou de Bennington a não mais que velocidade de passeio. Larry usava braceletes de suor frio e, de súbito, desejou desesperadamente, como nunca antes em toda a sua vida, ver outro rosto humano.

Mas não viu nenhum naquele dia.

* * *

À tarde, decidiu acelerar um pouco, mas não podia forçar-se a torcer mais o acelerador de mão uma vez que a agulha do velocímetro alcançasse 30km/h, nem mesmo se visse que a estrada estava desimpedida à frente. Havia uma loja de motos e materiais esportivos nos arredores de Wilmington. Ele parou lá e pegou um saco de dormir, algumas luvas grossas e um capacete, e mesmo usando o capacete não ousou seguir mais rápido que 40km/h. Nas esquinas sem visibilidade ele reduzia até que se via empurrando a enorme moto para atravessar. Continuava tendo visões de jazer inconsciente à beira da estrada e sangrando até a morte sem atendimento.

Às cinco horas, enquanto se aproximava de Brattleboro, a luz de superaquecimento da Harley acendeu. Larry a estacionou e desligou-a com sentimentos mistos de alívio e desagrado.

— Você poderia muito bem tê-la empurrado — disse ele. — É nisso que dá correr a 90, seu babaca!

Deixou a moto ali e caminhou pela cidade, sem saber se voltaria para buscá-la.

Dormiu no Parque Municipal, debaixo do abrigo parcial da concha acústica. Deitou-se tão logo escureceu e caiu no sono instantaneamente. Pouco depois, acordou sobressaltado com um som. Consultou o relógio. As linhas finas de rádio no mostrador apontavam 11h20. Apoiou-se num cotovelo e olhou na escuridão, sentindo que a concha acústica se avultava em torno dele, sentindo falta da pequena barraca que mantivera seu corpo aquecido. Aquela pequena lona tinha sido um útero e tanto!

Se tivesse havido um som, ele já se fora agora; até mesmo os grilos caíram em silêncio. Isto estava certo? Poderia estar certo?

— Há alguém aí? — chamou Larry e o som da própria voz o assustou. Ele tateou pelo .30-.30 e por um momento de pânico longo e crescente não conseguiu encontrá-lo. Quando o fez, apertou o gatilho sem pensar, tal como um homem se afogando no oceano apertaria um salva-vidas arremessado. Se o rifle não estivesse travado, ele o teria disparado. Possivelmente em si mesmo.

Havia alguma coisa no silêncio, tinha certeza. Talvez uma pessoa, talvez um animal enorme e perigoso. Claro que uma pessoa também poderia ser perigosa. Uma pessoa como aquela que esfaqueara repetidamente o pobre gritador de monstros, ou como John Bearsford Tipton, que tinha lhe oferecido 1 milhão em espécie pelo uso de sua mulher.

— Quem é?

Larry tinha uma lanterna na mochila, mas para pegá-la teria de pôr de lado o rifle que estava atravessado no colo. Além disso... ele queria realmente ver quem era?

Portanto limitou-se a ficar sentado ali, desejando o movimento ou a repetição do som que o havia acordado (*tinha* sido um som?, ou apenas algo que havia sonhado?), e após um breve instante ele primeiro cabeceou de sono, depois, cochilou.

De súbito, sua cabeça se agitou, os olhos se arregalaram, a carne se encolheu contra os ossos. *Agora* havia som, e se a noite não estivesse nublada, a meia-lua o teria mostrado...

Mas ele não queria ver. Não, definitivamente não queria ver. Ainda assim, inclinou-se à frente, a cabeça empinada, ouvindo o som dos saltos das botas empoeiradas se afastando calçada abaixo da rua principal de Brattleboro, Vermont, seguindo para oeste, se desvanecendo, até que o som se perdeu no zumbido difuso do ambiente.

Larry sentiu uma súbita e louca urgência de se levantar, deixando o saco de dormir deslizar em torno de seus tornozelos, para gritar: *Volte, seja lá quem for! Eu não me importo! Volte!* Mas ele realmente queria emitir um semelhante cheque em branco a favor de Quem? A concha acústica amplificaria seu grito — sua súplica. E se aqueles saltos de botas de fato voltassem, ficando mais altos na quietude onde nem mesmo os grilos cantavam?

Em vez de se levantar, ele se deitou e se enroscou em posição fetal com as mãos enroladas em torno do rifle. *Não vou dormir de novo esta noite*, pensou, mas caiu no sono em três minutos e acordou inteiramente convicto, na manhã seguinte, de que tudo aquilo fora um sonho.

Capítulo Quarenta e Dois

ENQUANTO LARRY UNDERWOOD dava sua mijada do Quatro de Julho a apenas um estado de distância, Stuart Redman sentava-se numa enorme pedra à beira da estrada comendo o seu almoço. Ouviu o som de motores se aproximando. Terminou a lata de cerveja num só gole e dobrou cuidadosamente o topo do tubo de papel encerado onde guardava as bolachas Ritz. O rifle estava apoiado na pedra ao lado dele. Stu o pegou, soltou a trava de segurança e o pousou de novo, agora mais ao alcance. Motocicletas se aproximaram, daquelas pequenas, pelo som. Neste grande silêncio era impossível dizer a que distância estavam. Uns 15 quilômetros, talvez, mas apenas talvez. Tinha tempo para comer mais, se quisesse, mas não queria. Nesse meio-tempo, o sol estava cálido e o pensamento de encontrar criaturas amistosas era agradável. Não vira nenhum ser humano desde que deixara a casa de Glen Bateman, em Woodsville. Relanceou de novo para o rifle. Soltara a trava porque as criaturas amistosas poderiam ser que nem Elder. Deixara o rifle apoiado contra a pedra porque esperava que elas fossem como Bateman — só que não tão pessimistas em relação ao futuro. *A sociedade irá reaparecer*, dissera Bateman. *Veja bem, não estou usando a palavra "reformar". Isto teria sido um trocadilho infame. Existe pouca reforma valiosa na raça humana.*

Mas o próprio Bateman não queria ser admitido na reaparição da sociedade. Ele parecia perfeitamente satisfeito — pelo menos por enquanto — em sair para passear com Kojak, pintar seus quadros, trabalhar na sua horta e pensar acerca das ramificações sociológicas da dizimação quase total.

Se voltar por este caminho e renovar seu convite para eu "me juntar", Stu, provavelmente concordarei. Esta é a maldição da raça humana. Sociabilidade. Cristo assim teria dito: "É, na verdade, sempre que dois ou três de vocês se juntam, algum outro vai perder a merda da vida." Precisarei lhe dizer o que a sociologia nos ensina sobre a raça humana? Eu lhe direi isto em poucas palavras. Mostre-me um homem ou uma mulher solitários e lhe mostrarei um santo. Dê-me dois e eles se apaixonarão. Dê-me três e eles inventarão essa coisa encantada que chamamos de "sociedade". Dê-me quatro e eles construirão uma pirâmide.

Dê-me cinco e eles transformarão alguém num pária. Dê-me seis e eles reinventarão o preconceito. Dê-me sete e em sete anos eles reinventarão a guerra. O homem pode ter sido feito à imagem e semelhança de Deus, mas a sociedade humana foi feita à imagem e semelhança de Seu oposto, e está sempre tentando voltar para casa.

Isto era verdade? Se fosse, então Deus que o ajudasse. Ainda há pouco, Stu estivera pensando um bocado nos velhos amigos e conhecidos. Na sua memória havia uma grande tendência para descartar ou esquecer as características menos louváveis deles — o modo como Bill Hapscomb costumava assoar o nariz com os dedos e limpar o muco na sola do sapato. A mão pesada de Norm Bruett com seus filhos, o desagradável método de Billy Verecker de controlar a proliferação de gatos em volta de sua casa ao esmagar os crânios frágeis dos gatinhos recém-nascidos com os saltos de suas botas.

Os pensamentos que surgiam queriam ser inteiramente bons. Sair para caçar ao alvorecer, envoltos em jaquetas acolchoadas e capas alaranjadas impermeáveis. Jogos de pôquer na casa de Ralph Hodges com Willy Craddok sempre reclamando por ganhar apenas 4 dólares no jogo, mesmo se estivesse ganhando 20. Seis ou sete deles empurrando o Scout de Tony Leominster de volta à estrada naquela vez em que, no maior porre, ele fora parar dentro do valão, com Tony cambaleando e jurando por todos os santos que perdera a direção ao se desviar de um U-Haul cheio de mexicanos ilegais. Puxa, como eles tinham rido. A torrente sem fim de piadas étnicas de Chris Ortega. Ir até Huntsville atrás de putas, e aquela vez em que Joe Bob Brentwood pegou chato e tentou dizer a todo mundo que tinha sido do sofá da sala de espera e não da garota lá em cima. Foram tempos danados de bons. Não o que os sofisticados, com suas boates, restaurantes da moda e seus museus considerariam bons tempos, talvez, mas mesmo assim bons tempos. Ele pensou e repensou sobre aquelas coisas, do modo como um velho recluso ficará jogando paciência infinitamente com um baralho ensebado. Queria principalmente ouvir outras vozes humanas, conhecer alguém, ser capaz de se virar para alguém e dizer *Viu aquilo?*, quando ocorresse algo como a chuva de meteoros que observara na outra noite. Não era um sujeito falador, mas não se importava muito em ficar sozinho, e nunca ficara.

Assim, sentou-se um pouco mais ereto quando as motos finalmente surgiram. Eram duas Hondas 250, pilotadas por um rapaz de seus 18 anos e por uma garota talvez mais velha do que ele. Ela usava uma blusa amarela berrante e calças Levi's azul-claras.

Viram-no sentado na pedra e as duas Hondas guinaram um pouco, como se a surpresa dos motoqueiros tivesse feito seu controle hesitar brevemente. O rapaz ficou boquiaberto. Por um momento não ficou muito claro se iriam parar ou simplesmente sair em disparada rumo oeste.

Stu ergueu uma mão vazia e disse "Oi!" em voz amistosa. Seu coração batia acelerado no peito. Queria fazê-los parar. Eles o fizeram.

Por um momento Stu ficou intrigado pela postura tensa deles. Particularmente o rapaz; ele parecia como se um galão de adrenalina houvesse penetrado na sua corrente sanguínea. Claro que Stu tinha um rifle, mas não o estava apontando para eles, que por sua vez também estavam armados; o rapaz trazia uma pistola e a garota tinha um rifle de caça a tiracolo, como uma atriz representando Patty Hearst sem grande convicção.

— Acho que ele é legal, Harold — disse a garota, mas o rapaz que ela chamava de Harold continuava montado na sua moto, olhando para Stu com uma expressão de surpresa e até de antagonismo. — Eu disse que acho... — recomeçou ela.

— Como podemos ter certeza? — retrucou Harold sem tirar os olhos de Stu.

 — Bem, sinto-me contente em vê-los, se isto faz alguma diferença — disse Stu.

— E se eu não acreditar em você? — desafiou Harold, e Stu percebeu que ele estava para lá de assustado. Com medo dele e por causa da sua responsabilidade para com a garota.

— Bem, então não sei. — Stu pulou fora da pedra. A mão de Harold baixou para a pistola no coldre.

— Harold, deixe essa coisa em paz — disse a garota. A seguir, ela caiu em silêncio e por um momento todos pareceram incapazes de prosseguir, um grupo de reticências que, quando ligados, formariam um triângulo cuja forma exata ainda não se podia antever.

* * *

— Uau — disse Frannie, acomodando-se sobre um canteiro musgoso na base de um olmo ao lado da estrada. — Eu nunca tive calos na bunda, Harold.

Harold soltou um grunhido mal-humorado.

Ela voltou-se para Stu.

— Já viajou quase 300 quilômetros montado numa Honda, Sr. Redman? Eu *não* recomendaria.

Stu sorriu.

— Para onde estão indo?

— O que tem a ver com isso? — replicou Harold rudemente.

— Que tipo de atitude é esta? — interveio Fran. — O Sr. Redman é a primeira pessoa que vemos desde que Gus Disnmore morreu! Quero dizer, se não viemos procurar outras pessoas, o que estamos fazendo?

— Ele está preocupado com você, isso é tudo — disse Stu baixinho. Ele pegou um talo de grama e o pôs entre os lábios.

— É isso mesmo, estou — replicou Harold, não abrandado.

— Pensei que estivéssemos cuidando um do outro — disse ela, e Harold enrubesceu intensamente.

Stu pensou: *me dê três pessoas e elas formarão uma sociedade.* Mas aquelas duas seriam as certas a ser complementadas por ele? Ele gostou da garota, mas o rapaz o impressionou como um fanfarrão assustado. E um fanfarrão assustado podia ser um homem muito perigoso, sob as circunstâncias corretas... ou as erradas.

— Que seja como você diz — resmungou Harold. Ele fuzilou Stu com um olhar sombrio e tirou um maço de Marlboro do bolso da jaqueta. Acendeu um. Fumava como alguém que acabara de adquirir o hábito. Como talvez na antevéspera.

— Estamos indo para Stovington, em Vermont — disse Frannie. — Para o centro de epidemias que tem lá. Nós... o que há de errado, Sr. Redman? — Ele havia empalidecido de repente. O talo de grama que mascava caiu no seu colo.

— Por que para lá? — perguntou Stu.

— Porque lá por acaso existe uma instalação para estudo de doenças contagiosas — disse Harold, arrogante. — Achei que se houver qualquer resquício de ordem neste país ou quaisquer pessoas especializadas que escaparam do último flagelo, elas provavelmente devem estar em Stovington ou Atlanta, onde existe outro centro semelhante.

— Isso mesmo — disse Frannie.

— Estão perdendo seu tempo — replicou Stu.

Frannie parecia atônita. Harold parecia indignado, o rubor recomeçando a subir pelo seu pescoço.

— Eu dificilmente o consideraria a melhor autoridade nesta questão, meu chapa.

— Pois acredito que seja. Vim de lá.

Agora os dois pareceram aturdidos. Aturdidos e surpresos.

— Sabia disso então? — perguntou Frannie, abalada. — Esteve lá realmente?

— Não, não foi bem assim. Eu...

— Você é um mentiroso! — A voz de Harold soou alta e esganiçada.

Fran percebeu um lampejo de raiva alarmante nos olhos de Redman, depois eles voltaram a ficar castanhos e suaves.

— Não. Não sou.

— Eu digo que é. Digo que não passa de um...

— *Cale-se, Harold!*

Harold olhou para ela, magoado.

— Mas, Frannie, como pode acreditar...

— Como você pode ser tão rude e antagônico? — replicou ela, acalorada. — Poderia ao menos ouvir o que ele tem a dizer, Harold?

— Não confio nele.

Bastante justo, pensou Stu, pois a recíproca é verdadeira.

— Como pode desconfiar de um homem que acabou de conhecer? Francamente, Harold, você está sendo desagradável!

— Deixem-me contar o que sei — disse Stu e relatou uma versão resumida da história que começou quando Campion colidiu contra as bombas de Hap. Fez um esboço de sua fuga de Stovington uma semana atrás. O olhar vidrado de Harold baixou obtusamente para suas mãos, que estavam colhendo pedaços de musgo e os esfrangalhando. Mas o rosto da garota era como um mapa aberto do trágico país, e Stu sentiu pena da moça. Ela se juntara a este rapaz (que, para dar-lhe crédito, tivera uma idéia para lá de boa) esperando sem muita fé que houvesse restado alguma coisa das antigas condições. Bem, ela se decepcionara. Amargamente, pelo seu olhar.

— Atlanta também? — perguntou. — A epidemia pegou nos dois centros?

— Sim — confirmou ele, e Frannie irrompeu em lágrimas.

Stu queria consolá-la, mas o rapaz não aceitaria isto. Harold relanceou desconcertado para Fran, depois para os frangalhos de musgo em suas mãos. Stu entregou seu lenço para ela, que agradeceu distraidamente, sem erguer o olhar. Harold olhou outra vez taciturno para Stu, seus olhos que nem os de um garotinho guloso que quer toda a lata de biscoitos só para si. Como ele vai ficar surpreso, pensou Stu, quando descobrir que essa garota não é uma lata de biscoitos.

Quando as lágrimas se reduziram a fungadelas, Fran disse:

— Acho que eu e Harold lhe devemos um agradecimento. Pelo menos nos poupou de uma longa viagem que acabaria em decepção.

— Quer dizer que acredita nele? Assim sem mais nem menos? Ele lhe conta uma grande lorota e você simplesmente... você engole isso?

— Harold, por que ele iria mentir? A troco de quê?

— Bem, como posso saber o que ele meteu na cabeça? — perguntou Harold, truculento. — Assassinato, talvez. Ou estupro.

— De minha parte, não acredito em estupro — disse Stu suavemente. — Talvez você saiba algo a respeito disso que ignoro.

 — *Parem com isso* — disse Fran. — Harold, por que tenta ser tão antipático?

— *Antipático?* — gritou Harold. — Estou tentando olhar por você... por nós... e isto é ser *antipático*, porra?

— Vejam — disse Stu e arregaçou a manga. Na dobra de seu cotovelo havia várias marcas de agulhadas cicatrizadas e os últimos vestígios de uma equimose descolorida. — Injetaram-me todo tipo de droga.

— Talvez você seja um viciado — disse Harold.

Stu enrolou a manga de volta sem replicar. Era a garota, claro. O rapaz se acostumara à idéia de ser dono dela. Bem, algumas garotas poderiam ser propriedade e outras não. Esta aqui parecia do segundo tipo. Era alta, bonita e de aparência muito viçosa. Seus olhos e cabelos escuros acentuavam um aspecto que podia ser interpretado como suave fragilidade. Seria fácil passar despercebida aquela linha tênue (a linha *eu-quero*, como a chamava a mãe de Stu) entre as sobrancelhas, que se tornava tão pronunciada quando ela se enfurecia, a destreza rápida de suas mãos, até mesmo o modo decidido como lançava os cabelos para trás.

— Bem, o que faremos agora? — perguntou ela, ignorando por completo a última contribuição de Harold para a discussão.

— Ir de qualquer maneira — disse Harold, e quando ela olhou para ele, com aquela linha se aprofundando entre as sobrancelhas, acrescentou prontamente: — Bem, temos de ir para *algum lugar*. Certo, ele talvez esteja dizendo a verdade, mas poderíamos verificar. E depois decidir o que fazer a seguir.

Fran relanceou para Stu com um tipo de expressão não-quero-ferir-seus-sentimentos-mas... Stu deu de ombros.

— Tudo bem? — insistiu Harold.

— Suponho que não faz diferença — disse Frannie. Ela colheu um dente-de-leão desabrochado e soprou as felpas.

— Vocês não viram ninguém por todo o caminho até aqui? — perguntou Stu.

— Houve um cachorro que parecia estar muito bem. Nada de gente.

— Também vi um cachorro. — Stu contou-lhes sobre Bateman e Kojak. Ao terminar, disse: — Eu estava indo para o litoral, mas com vocês dizendo que não há gente por lá... bem, isto me desanimou.

— Sinto muito — disse Harold, longe de ser sincero. Ele se levantou. — Pronta, Fran?

Ela olhou para Stu, hesitou, depois se pôs de pé.

— De volta à maravilhosa máquina dietética. Obrigada por nos contar o que sabe, Sr. Redman, mesmo com as notícias não sendo tão quentes.

— Só um segundo — disse Stu, também se levantando. Hesitou, especulando de novo se eles não estariam certos. A garota estava, mas o rapaz tinha certamente 17 anos e era afligido por um caso grave de odeio-todo-mundo. Porém sobrara gente bastante para que se pudesse escolher? Stu achava que não.

— Creio que estamos todos procurando pessoas — disse ele. — Eu gostaria de prosseguir com vocês, caso me aceitem.

— Não — disse Harold no ato.

Fran olhou de Harold para Stu, perturbada.

— Talvez nós...

— Esqueça. Eu digo que não.

— Não tenho direito a opinar?

— O que há com você? Não está vendo que ele só quer uma coisa? Porra, Fran!

— Três valem mais do que dois se houver encrenca — disse Stu —, e sei que valem mais do que um.

— Não — repetiu Harold. Sua mão baixou para a coronha da pistola.

— Sim — disse Fran. — Aceitamos sua companhia com muito prazer, Sr. Redman.

Harold virou-se para ela, o rosto irritado e magoado. Stu enrijeceu-se por um momento, achando que talvez Harold fosse agredi-la, depois relaxou.

— É isso o que pensa, não é? Só estava esperando um pretexto para se livrar de mim, percebi isto. — Estava tão furioso que as lágrimas inundaram seus olhos, o que o enfureceu ainda mais. — Se é assim que você quer, tudo bem. Fique com ele. Estou pronto! — E se afastou furioso para onde estavam as motos.

Frannie olhou para Stu com olhos atônitos, depois voltou-os na direção de Harold.

— Espere um minuto — disse Stu. — Fique aqui, por favor.

— Não o machuque — pediu ela. — Por favor.

Stu caminhou até Harold, que já estava montado na sua moto e tentava dar partida. Na sua raiva ele virara totalmente o acelerador e foi uma boa coisa para ele que o motor tivesse afogado, achou Stu; se a moto realmente partisse daquele jeito, ela empinaria sobre a roda traseira como um monociclo, e arremessaria o pobre Harold contra a primeira árvore e no chão.

— Não se aproxime, cara! — gritou-lhe Harold iradamente, a mão baixando de novo para a coronha da arma. Stu pôs sua mão sobre a de Harold, como se estivessem brincando de dar bolos nas mãos. Passou a outra mão no braço de Harold, que tinha agora os olhos esbugalhados. Stu acreditava que ele estava prestes a tornar-se perigoso. Não se tratava somente de ciúmes da garota, o que seria um mau excesso de simplificação de sua parte. A dignidade pessoal estava envolvida nisso, e também a nova imagem de Harold como protetor da garota. Deus sabia que tipo de desprezado ele havia sido antes de tudo isto, com sua barriga protuberante, as botas pontudas e o seu jeito arrogante de falar. Mas debaixo da nova imagem estava a crença de que ainda era um desprezado e sempre o seria. Debaixo estava a certeza de que não havia tal coisa que chamavam de um recomeço. Ele teria reagido da mesma forma a Bateman, ou a um garoto de 12 anos. Em qualquer situação triangular ele sempre se veria como o vértice inferior.

— Harold — disse Stu, quase no ouvido do rapaz.

— Deixe-me *ir*. — Seu corpo pesado parecia leve nesta tensão; tremia como um fio desencapado.

— Harold, você está dormindo com ela?

O corpo de Harold deu um solavanco trêmulo, e Stu soube que não estava.

— Isso não é da sua conta!

— Não. Exceto para colocar as coisas onde possamos vê-las. Ela não é minha, Harold. É dona de si mesma. Não vou tentar tomá-la de você. Desculpe por ter de falar de modo tão rude, mas o melhor é cada um saber onde está pisando. Somos agora dois e mais um e, se você for embora, continuaremos sendo dois e mais um. Não muda nada.

Harold nada comentou, mas seu tremor diminuíra.

— Serei o mais franco possível — continuou Stu, ainda falando bem perto do ouvido de Harold (que estava coalhado de cera) e esforçando-se para falar muito calmamente. — Ambos sabemos que não há necessidade de um homem ficar estuprando mulheres. Não se ele sabe o que fazer com sua mão.

— Isso... — Harold lambeu os lábios e olhou para o lado da estrada onde Fran permanecia de pé, as mãos segurando os cotovelos, os braços cruzados logo abaixo dos seios, observando-os com ansiedade. — Isso é repugnante demais.

— Bem, talvez seja, talvez não, mas quando um homem anda atrás de uma mulher que não o quer na cama, esse homem tem que fazer sua escolha. Eu vivo apelando para a mão. Acho que você também, já que ela continua espontaneamente em sua companhia. Quero apenas uma conversa franca entre nós dois. Não estou aqui para bater em você, como um valentão em um baile na roça.

A mão de Harold relaxou sobre a arma e ele olhou para Stu.

— Você quer dizer que... hã, promete que não vai contar?

Stu assentiu.

— Eu a amo — disse Harold em voz rouca. — Ela não me ama, sei disso, mas estou falando francamente, como você sugeriu.

— É melhor assim. Não quero me intrometer. Só quero seguir junto com vocês.

Compulsivamente, Harold repetiu:

— Promete?

— Sim, prometo.

— *OK.*

Desceu silenciosamente da Honda. Ele e Stu caminharam de volta para Fran.

— Ele pode ir com a gente — disse Harold. — E eu... — Olhou para Stu e disse com uma penosa dignidade. — Desculpe por ter sido tão babaca.

— Uau! — gritou Fran e bateu palmas. — Agora que está tudo acertado, para onde vamos?

Acabaram decidindo pelo rumo que Fran e Harold haviam tomado: oeste. Stu disse que achava que Glen Bateman ficaria contente em dar-lhes pousada se alcançassem Woodsville ao escurecer — e poderia até decidir juntar-se a eles pela manhã (a esta hipótese Harold recomeçou a ficar irritado). Stu seguiu na moto de Fran, que foi na garupa da Honda de Harold. Pararam em Twin Mountain para almoçar e deram início à lenta e cuidadosa tentativa de se conhecerem melhor. Stu achou engraçado o sotaque deles, a maneira como ampliavam os *ás* e omitiam ou modificavam os *erres.* E imaginou que seu sotaque também soasse engraçado para eles, talvez até mais engraçado.

Comeram em uma lanchonete abandonada, e Stu descobriu que seu olhar era atraído cada vez mais para o rosto de Fran — seus olhos vívidos, o queixo pequeno mas determinado, o modo como ela olhava e falava; gostou até mesmo do modo como seus cabelos escuros eram repuxados das têmporas. E começou então a descobrir que, afinal de contas, a desejava.

Livro II

NA FRONTEIRA

5 de julho – 6 de setembro de 1990

Viemos no navio que chamam de Mayflower
Viemos na nave que viajou à lua
Viemos na hora mais incerta desta era
e encontramos uma canção americana
Mas está tudo bem, tudo bem
Ninguém pode ser abençoado eternamente...

— Paul Simon

Ansiando encontrar um drive-in
Buscando vaga para estacionar
Onde hambúrgueres chiam na chapa noite e dia
Sim! Uma vitrola automática saltitando com discos lá nos EUA
Sou muito feliz por viver nos EUA
Você tem tudo que quer aqui nos EUA.

— Chuck Berry

Capítulo Quarenta e Três

UM HOMEM JAZIA MORTO no meio da rua principal em May, Oklahoma.

Nick não se surpreendeu. Já vira um bocado de cadáveres desde que deixara Shoyo, e desconfiava de que não tinha visto um milionésimo de todos os mortos pelos quais devia ter passado. Em alguns lugares, o forte odor da morte no ar era suficiente para quase fazer alguém desfalecer. Outro homem morto, um a mais ou a menos, não faria qualquer diferença.

Mas quando o morto se sentou, Nick foi acometido de uma tal explosão de terror que mais uma vez perdeu o controle da bicicleta. Ela ondulou, ziguezagueou, depois colidiu, cuspindo Nick violentamente no asfalto da Auto-Estrada 3 de Oklahoma. Ele teve cortes nas mãos e escoriações na testa.

— Caramba, moço, que tombo feio — disse o cadáver, seguindo em direção a Nick num passo que seria mais bem descrito como cambaleio amistoso. — Não foi mesmo? Minha nossa!

Nick não ouviu nada disso. Olhava para um ponto no asfalto entre suas mãos, onde gotas de sangue de seu corte na testa estavam caindo, e imaginou o quão feio seria o ferimento. Quando a mão tocou seu ombro ele se lembrou do cadáver e saiu engatinhando sobre as palmas das mãos e as solas dos sapatos, o olho não coberto com a venda brilhando de terror.

— Não fique desse jeito — disse o cadáver, e Nick percebeu que não era afinal um morto, mas sim um rapaz que olhava alegremente para ele. Tinha uma garrafa de uísque quase cheia na mão e agora Nick compreendeu. Não era um cadáver, mas sim um homem que havia se embebedado e apagara no meio da rua.

Nick assentiu para ele e fez um círculo com o polegar e o indicador. Foi então que um pingo morno de sangue escorreu no olho que Ray Booth havia lesionado, fazendo-o arder. Ele levantou a venda e passou o antebraço sobre o olho. Hoje tinha um pouco mais de visão daquele lado, mas quando fechou o olho bom, o mundo ainda se recolhia para algo que pouco mais era do que um borrão colorido. Recolocou a venda, depois caminhou devagar até o meio-fio e sentou-se ao lado de um Plymouth com placa do Kansas que arriava lentamente sobre os pneus. Pôde ver o corte em sua testa refletido no pára-choque do Plymouth. Parecia feio, mas não profundo. Encontraria a drogaria local, desinfetaria o ferimento e aplicaria um Band-Aid em cima. Achava que ainda devia ter penicilina suficiente no organismo para curar quase tudo, mas o susto que levara com a bala de raspão na perna o deixara com pavor de infecção. Pestanejando, limpou partículas de cascalho das mãos.

O homem com a garrafa de uísque ficara observando tudo inexpressivamente. Se Nick erguesse os olhos, o teria rotulado de esquisito no ato. Quando se voltara para examinar seu ferimento no reflexo do pára-choque, a empolgação sumiu do rosto do homem, que ficou vazio, liso, sem linhas. Usava um macacão limpo porém desbotado e sapatos de trabalho pesados. Era bem alto e tinha cabelos tão louros que pareciam quase brancos. Os olhos eram de um azul brilhante e, com aqueles cabelos cor de trigo maduro, sua origem escandinava era inegável. Parecia ter não mais que 23 anos, porém Nick viria a descobrir mais tarde que andava por volta dos 45, porque se lembrava do fim da Guerra da Coréia e de como voltara uniformizado para casa um mês depois. Não havia como pudesse ter inventado tudo isso. Imaginação fértil não combinava muito com Tom Cullen.

Ficou parado ali, o rosto vazio, como um robô cujo plugue havia sido puxado. Depois, pouco a pouco, a animação filtrou-se de volta ao seu rosto. Os olhos avermelhados pelo uísque começaram a faiscar. Ele sorriu. Tornara a se lembrar do que aquela situação exigia.

— Puxa, moço, mas que tombo feio, não é mesmo? Caramba! — Piscou ao ver a quantidade de sangue na testa de Nick.

Nick tinha um bloco e uma caneta Bic no bolso da camisa; nenhum dos dois se havia danificado com a queda. Ele escreveu: "Você me deu o maior susto. Pensei que estivesse morto até que se sentou. Estou bem. Há uma drogaria na cidade?"

Mostrou o bloquinho ao homem de macacão. Ele o pegou. Olhou para o que estava escrito. Devolveu-o. Sorrindo, disse:

— Meu nome é Tom Cullen. Não sei ler. Só fui até a segunda série, mas na época já estava com 16 anos e meu pai me tirou da escola. Disse que eu estava grande demais.

Retardado, pensou Nick. Não falo e ele não sabe ler. Por um momento, ficou inteiramente perplexo.

— Caramba, moço, mas que tombo o seu! — exclamou Tom Cullen. De certa maneira, era a primeira vez para eles dois. — Nossa, não é que foi mesmo?

Nick concordou. Guardou o bloco e a caneta. Pôs a mão sobre a boca de novo e sacudiu a cabeça. Pôs as mãos em concha sobre os ouvidos e sacudiu a cabeça. Colocou a mão esquerda contra a garganta e sacudiu a cabeça mais uma vez.

Cullen sorriu, intrigado.

— Pegou dor de dente? Já tive uma vez. Puxa, como dói, não é mesmo? Nossa!

Nick sacudiu a cabeça e repetiu sua mímica. Desta vez Cullen achou que fosse dor de ouvido. Nick lançou as mãos para cima e foi até a bicicleta. A pintura estava arranhada, mas ela não parecia danificada. Montou e pedalou uma pequena distância rua acima. Sim, estava tudo em ordem. Cullen correu ao lado dele, sorrindo alegremente. Seus olhos não se desviavam de Nick. Não via ninguém havia mais de uma semana.

— Não está a fim de falar? — perguntou, mas Nick não olhou em torno nem pareceu ter ouvido. Tom puxou a manga dele e repetiu a pergunta.

O homem da bicicleta pôs a mão sobre a boca e sacudiu a cabeça mais uma vez. Tom franziu o cenho. Agora o homem havia apoiado a bicicleta no descanso e olhava para a fachada das lojas. Pareceu ver o que queria, porque seguiu para a calçada e depois para a *drugstore* do Sr. Norton. Se pretendia entrar seria bastante complicado, porque a loja estava fechada. O Sr. Norton deixara a cidade. Quase todo mundo havia trancado tudo e abandonado a cidade, parecia, exceto sua mãe e a amiga dela, a Sra. Blakely, e ambas estavam mortas.

Agora o homem que não falava estava tentando a porta. Tom podia ter dito a ele que era inútil, embora o letreiro ABERTO estivesse pendurado na porta. O aviso de ABERTO era mentiroso. Isso era péssimo, porque Tom adoraria tomar um sorvete. Era bem melhor do que o uísque, que o deixara eufórico no começo mas depois o fizera sentir-se sonolento. E a cabeça a doer como se fosse explodir. Tinha ido dormir para livrar-se da dor de cabeça, mas isto resultou em um monte de sonhos ruins com um homem de terno preto como aquele que Revrunt Deiffenbaker sempre usava. O homem do terno preto o perseguia nos sonhos. Tom o achou um homem muito mau. O único motivo que o levara a beber era porque não devia fazê-lo. Seu pai lhe dissera isso, sua mãe também. Mas e daí? Agora que todos tinham ido embora poderia fazer o que quisesse.

Mas o que o homem que não falava estava fazendo agora? Havia apanhado a lata de lixo na calçada e ia... o quê?! Quebrar a vitrine do Sr. Norton? *CRASH!* Por Deus, não é que quebrou mesmo? E agora passava pelo buraco, abrindo a porta...

— Ei, moço, não pode fazer isso! — gritou Tom, sua voz tremulando de ultraje e excitação. — Isto é ilegal! B-E-B-I-D-A e isso que está fazendo são coisas ilegais. Você não sabe...

Mas o homem já estava lá dentro e não voltou a cabeça.

— Mas você é surdo, afinal? — gritou Tom, indignado. — Nossa! Você vai...

Calou-se. A animação e a excitação abandonaram seu rosto. Ele era de novo o robô com o plugue desligado. Em May não era incomum ver Tom Debilóide desse jeito. Ele perambulava ao longo da rua, olhando as vitrines das lojas com aquela expressão eternamente feliz no rosto escandinavo levemente arredondado, e de repente parava e caía na apatia. Alguém gritava "*Lá vai o Tom!*" e todo mundo ria. Se o pai de Tom estivesse com ele iria censurar e dar uma cutucada no filho, talvez até o socasse repetidamente no ombro ou nas costas até Tom voltar à vida. Mas o pai estivera cada vez menos por perto durante a primeira metade de 1988 porque andava saindo com uma garçonete ruiva que trabalhava no Boomer's Bar & Grille. Ela se chamava DeeDee Packalotte (e surgiram algumas piadas a respeito desse nome), e cerca de um ano atrás ela e Don Cullen fugiram juntos. Foram vistos apenas uma vez num motel de alta rotatividade não muito distante, em Slapout, Oklahoma, e foi a última.

Muitos consideravam aqueles repentinos apagões de Tom como mais um indício de retardo mental, porém eles eram na verdade exemplos de pensamento quase normal. O processo mental humano é baseado (ou assim nos dizem os psicólogos) em dedução e indução, e a pessoa retardada é incapaz de dar esses saltos dedutivos e indutivos. Existem linhas em algum lugar interior, circuitos em pane, comutadores defeituosos. Tom Cullen não era gravemente retardado, sendo capaz de fazer conexões simples. De vez em quando — durante seus desligamentos — ele conseguia fazer uma conexão indutiva ou dedutiva mais sofisticada. Sentiria a possibilidade de realizar tal conexão do modo como às vezes uma pessoa normal sente um nome bailar "bem na ponta da língua".

Quando isto acontecia, Tom rejeitava seu mundo real, que não passava de um fluxo instante por instante de *input* sensorial, e se refugiava na sua mente. Seria como um homem que, num quarto escuro e não familiar, segura o plugue de um abajur numa das mãos e, rastejando pelo chão, vai tropeçando em coisas e tateando com a mão livre em busca da tomada. E se a encontrava — nem sempre conseguia — haveria um jato de luz e veria plenamente o cômodo (ou a idéia). Tom era uma criatura sensorial. Uma lista de suas coisas favoritas incluiria o sabor de um sorvete na *drugstore* do Sr. Norton, ver uma garota de *shorts* curtos esperando na esquina para atravessar a rua, o aroma de lilases, a textura da seda. Porém, mais do que tudo isso, ele adorava o intangível, adorava o momento em que a conexão seria feita, o comutador ligado (pelo menos momentaneamente), a luz inundando o quarto escuro. Nem sempre acontecia; era freqüente a conexão esquivar-se dele. Desta vez isto não ocorreu.

Ele dissera: *Mas você é surdo, afinal?*

O homem agia como se não ouvisse o que Tom dizia, exceto nos momentos em que olhava direto para ele. E o homem não lhe tinha dito nada, nem mesmo olá. Às vezes as pessoas não respondiam às perguntas de Tom porque algo no seu rosto dizia-lhes que ele "não regulava muito bem da cabeça". Mas quando isto acontecia, a pessoa que não respondia parecia louca, triste ou meio tímida. Este homem não agia assim — ele fizera um círculo com o polegar e o indicador e Tom sabia que isto significava "tudo bem". Mas ele continuava sem falar.

Mãos tapando os ouvidos e sacudindo a cabeça.

Mãos tapando a boca, e o mesmo.

Mãos tapando o pescoço, e o mesmo novamente.

O quarto se iluminou: conexão feita.

— Minha nossa! — exclamou Tom, e a animação voltou ao seu rosto. Os olhos injetados brilharam. Irrompeu na *drugstore* de Norton, esquecendo que isto era ilegal. O cara que não falava estava despejando no algodão algo que cheirava como Bactine, para depois esfregar o algodão na testa.

— Ei, moço! — gritou Tom, aproximando-se correndo. O homem que não falava não se voltou. Tom ficou momentaneamente intrigado, depois se lembrou. Deu um tapinha no ombro de Nick e este se virou. — Você é surdo e mudo, não é? Não pode ouvir! Não pode falar! Certo?

Nick assentiu. E para ele a reação de Tom não deixou de ser espantosa. Ele deu um salto no ar e bateu palmas loucamente.

— Eu bem que achava! Um viva para mim! Descobri por mim mesmo! Viva Tom Cullen!

Nick teve de sorrir. Não conseguia recordar de quando sua incapacidade dera tanto prazer a alguém.

* * *

Havia uma pequena praça defronte ao tribunal, onde havia uma estátua de um fuzileiro naval ataviado com equipamento e armas da Segunda Guerra Mundial. A placa abaixo anunciava que o monumento era dedicado aos rapazes do condado de Harper que fizeram o DERRADEIRO SACRIFÍCIO PELO SEU PAÍS. Nick Andros e Tom Cullen sentavam-se à sombra desse monumento, comendo presunto e frango apimentados Underwood com batatas fritas. Nick tinha um xis de esparadrapo na testa acima do olho esquerdo.

Tentava ler os lábios de Tom (o que era um tanto difícil, pois o outro continuava falando de boca cheia) e refletindo consigo mesmo que estava ficando tremendamente farto de comer aquelas porcarias enlatadas. O que queria realmente era um grande bife com tudo que tinha direito.

Tom não havia parado de falar desde que se sentaram. Era uma repetição sem fim, repleta de exclamações de *Minha nossa!* e *Não é mesmo?* lançadas para dar tempero. Nick não se importava. Ele realmente não sabia o quanto deixara de aproveitar de outras pessoas até conhecer Tom, ou como estivera temeroso de ser o último sobre a face da Terra. Isto havia atravessado sua mente até um ponto em que talvez a doença tivesse matado todo mundo menos os surdos-mudos. Agora, pensou com um sorriso interior, podia especular sobre a possibilidade de que ela tivesse matado todos no mundo menos os surdos-mudos e os retardados mentais. Tal pensamento, que parecia divertido à luz das duas horas de uma tarde de verão, voltaria a assombrá-lo naquela noite e não seria nada divertido.

Imaginou para onde Tom achava que todas as pessoas tinham ido. Ele já ouvira falar sobre o pai de Tom, que fugira dois anos antes com uma garçonete, e sobre o emprego de Tom como peão na fazenda Norbutt, e como, dois anos atrás, o Sr. Norbutt decidira que Tom estava "progredindo o bastante" para lhe ser confiada a tarefa de manejar um machado, e sobre os "valentões" que saltaram sobre Tom uma noite e como "briguei até deixar eles quase mortos, e mandei um deles para o hospital com fraturas, B-E-B-I-D-A, isto causa fraturas, e foi o que Tom Cullen fez", e tinha ouvido sobre como Tom havia encontrado sua mãe na casa da Sra. Blakely. Estavam ambas mortas na sala de estar e portanto Tom havia escapulido. Jesus não viria para levar as pessoas mortas para o céu se houvesse alguém observando, disse Tom (Nick refletiu que o Jesus de Tom era uma espécie de Papai Noel ao contrário, levando os mortos chaminé acima em vez de jogar os presentes para baixo). Mas ele nada dissera sobre o esvaziamento total de May, ou sobre a estrada apontando para dentro e para fora da cidade na qual nada se movia.

Colocou as mãos levemente no peito de Tom, interrompendo o fluxo de palavras.

— O que foi? — perguntou Tom.

Nick agitou o braço num círculo amplo abrangendo os prédios da área central da cidade. Ostentou no rosto uma expressão burlesca de perplexidade, franzindo o cenho, empinando a cabeça, coçando a parte posterior do crânio. Depois simulou com os dedos movimentos de caminhada sobre a grama e terminou olhando acima para Tom interrogadoramente.

O que viu foi alarmante. Tom poderia ter morrido ao levantar-se, por toda a animação no seu rosto. Seus olhos, que estiveram cintilando um momento antes com todas as coisas que queria contar, eram agora mármores azuis nublados. Sua boca pendia entreaberta, de modo que Nick pôde ver os farelos encharcados de batata frita que jaziam em sua língua. As mãos estavam flácidas no colo.

Preocupado, Nick esticou o braço para tocá-lo. Antes que pudesse, o corpo de Tom deu um solavanco. Suas pálpebras vibraram, e a animação voltou aos seus olhos como água enchendo um balde. Ele começou a sorrir. Se um balão contendo a palavra EURECA tivesse aparecido sobre sua cabeça o que acontecera não teria sido mais óbvio.

— Você quer saber para onde todas as pessoas foram! — exclamou Tom.

Nick sacudiu fortemente a cabeça.

— Bem, acho que elas foram para Kansas City — disse Tom. — Nossa, isso mesmo. Todo mundo sempre está falando sobre como esta é uma cidade pequena. Nada acontece. Nenhuma diversão. Até mesmo o rinque de patinação faliu. Agora só tem o *drive-in*, e lá só passam aqueles filmes de merda. Minha mãe diz que todo mundo vai embora e ninguém volta. Que nem meu pai. Ele se mandou com uma garçonete do Boomer's Café, o nome dela era DeeDee Packalotte. Por isso imagino que todo mundo se abasteceu e foi embora ao mesmo tempo. Para Kansas City, deve ter sido, minha nossa, não é mesmo? É para onde devem ter ido, tirando a Sra. Blakely e minha mãe. Jesus vai levá-las pro céu lá em cima e protegê-las eternamente.

O monólogo de Tom recomeçava.

Para Kansas City, pensou Nick. Por tudo que *eu* sei, poderia ser isto também. Todo mundo deixava o pobre planeta infeliz entregue à Mão de Deus e ou ficava eternamente protegido por Ele ou se restabelecia de novo em Kansas City.

Recostou-se e suas pálpebras oscilaram de modo que as palavras de Tom se fragmentassem no equivalente visual de um poema moderno, *sans caps*, como uma obra de e.e. cummings:

mamãe disse
que eu não tinha não
mas eu disse a eles eu disse melhor
não se meter

Os sonhos haviam sido tão ruins na noite anterior, que passara num celeiro, e agora, de barriga cheia, tudo que queria era...

minha nossa
L-U-A se escreve
certamente desejo

Nick adormeceu.

* * *

Ao acordar, ele primeiro especulou, naquela maneira entorpecida que a gente tem quando dorme pesadamente no meio do dia, por que estava suando tanto. Sentando-se, ele compreendeu. Eram 4h45 da tarde; havia dormido cerca de duas horas e meia, e o sol se movera para trás do memorial de guerra. Mas não era tudo. Tom Cullen, numa perfeita orgia de solicitude, o havia coberto para que não passasse frio. Com dois cobertores e uma manta.

Livrou-se das cobertas, levantou-se e se espreguiçou. Tom não estava à vista. Nick caminhou lentamente para a entrada principal da praça, imaginando o que — se alguma coisa — iria fazer em relação a Tom... ou com ele. O retardado estivera se alimentando da A & P no lado mais oposto da praça municipal. Ele não sentira nenhum remorso acerca de ir lá e pegar o que quisesse para comer pelas figuras nos rótulos das latas porque, Tom disse, a porta do supermercado ficara destrancada.

Nick imaginou ociosamente o que Tom teria feito se a porta estivesse trancada. Supunha que, quando Tom ficasse bastante faminto, esqueceria seus escrúpulos ou os poria de lado só por essa vez. Mas o que seria dele quando a comida acabasse?

Mas isso não era o que realmente o incomodava a respeito de Tom. Era a ansiedade patética com a qual o homem o recebera. Retardado ele poderia ser, pensou Nick, mas não tanto assim que não sentisse solidão. Mas sua mãe e a mulher que havia servido como sua tia por afinidade estavam mortas. Seu pai tinha ido embora muito tempo atrás. Seu patrão, o Sr. Norbutt, e toda a população de May fugiram para Kansas City uma noite enquanto Tom dormia, deixando-o para trás para ficar perambulando pela rua principal como um fantasma suavemente desengonçado. E estava se acostumando com coisas com que não devia se acostumar — como o uísque. Se voltasse a se embebedar, poderia se ferir. E se ele se ferisse sem ninguém para cuidar dele, isto provavelmente significaria o seu fim.

Mas... um surdo-mudo e um homem que era mentalmente retardado? Que possível utilidade teriam um para o outro? Aqui estava um cara que não podia falar e outro cara que não podia pensar. Bem, isto não era justo. Tom podia pensar pelo menos um pouco, mas não sabia ler, e Nick não tinha ilusões acerca de quanto tempo agüentaria até cansar de brincar de charadas com Tom Cullen. Não que *Tom* se cansasse disso. Minha nossa, não.

Ele parou na calçada junto à entrada do parque, as mãos enfiadas nos bolsos. Bem, decidiu, posso passar esta noite aqui com ele. Uma noite não faz diferença. Pelo menos posso cozinhar uma refeição decente para ele.

Animado um pouco por isto, seguiu ao encontro de Tom.

* * *

Nick dormiu no parque essa noite. Não sabia onde Tom dormia, mas quando acordou de manhã, um tanto molhado de orvalho mas sentindo-se inteiramente bem, a primeira coisa que viu ao cruzar a praça foi Tom, agachado sobre uma frota de carros de brinquedo Corgi e um enorme posto Texaco de plástico.

Tom devia ter decidido que se estava tudo bem em arrombar a *drugstore* de Norton, então estava tudo bem em arrombar outra loja. Ele estava sentado no meio-fio da loja, de costas para Nick. Cerca de quarenta miniaturas de carros estavam enfileiradas ao longo da beira da calçada. Junto dele estava a chave de fenda que Tom usara para abrir o mostruário. Havia todo tipo de carros: Jaguar, Mercedes, Rolls-Royce, um modelo Bentley em escala com uma comprida capota verde-limão, um Lamborghini, um Cord, um Pontiac Bonneville feito de encomenda com 10 centímetros de comprimento, um Corvette, um Maserati e, Deus nos valha e proteja, um Moon 1933. Tom inclinava-se sobre os carrinhos concentradamente, conduzindo-os para dentro e fora da garagem, abastecendo-os na bomba de gasolina. Um dos ascensores na baia de consertos funcionava, percebeu Nick, e de tempos em tempos Tom erguia um dos carros e fingia fazer alguma coisa debaixo dele. Se tivesse a capacidade de audição, ele teria ouvido, no silêncio quase perfeito, o som da imaginação de Tom Cullen funcionando — o *brrrr* vibrante dos lábios enquanto conduzia os carros para o piso asfaltado da loja de conveniências, o *chk-chk-chk-ding!* da bomba de gasolina funcionando, o chiado enquanto o ascensor subia e descia. Do jeito que era, ele podia captar algumas conversas entre o proprietário do posto e as pessoas pequenas nos carros em miniatura: *Tanque cheio, senhor? O de sempre? É claro! Me deixe apenas limpar este pára-brisa, madame. Acho que é seu carburador. Vamos retirá-lo e dar uma olhada. Banheiro? Sem dúvida! É só dobrar à direita, ali!*

E acima disso, arqueando-se por quilômetros em cada direção, o Deus-céu tinha aquinhoado este pedacinho do estado de Oklahoma.

Nick pensou: *Não posso abandoná-lo. Não posso fazer isso.* E foi de súbito varrido por uma tristeza amarga e totalmente inesperada, uma sensação tão profunda que por um momento achou que fosse chorar.

Eles foram para Kansas City, pensou. *Foi isso que aconteceu. Todos foram para Kansas City.*

Nick atravessou a rua e tocou o braço de Tom. Este levou um susto e olhou por sobre o ombro. Um sorriso amplo e culpado distendeu seus lábios, enquanto uma vermelhidão lhe subia pela gola da camisa.

— Sei que isto é para garotinhos, não para homens adultos — disse ele. — Sei disso, nossa, claro que sei. Papai me disse.

Nick encolheu os ombros, sorriu, estendeu as mãos. Tom pareceu aliviado.

— Agora é tudo meu. Meu, se eu quiser. Se você entrou na *drugstore* e pegou o que quis, também posso entrar na loja e pegar alguma coisa. Minha nossa, não podia mesmo? Não tenho que devolver nada, não é?

Nick negou com um gesto de cabeça.

— Tudo meu! — exclamou Tom na maior felicidade e virou-se de novo para a garagem de brinquedo. Nick voltou a tocar-lhe o ombro e Tom virou-se. — O que é?

Nick puxou-o pela manga e Tom se levantou de bom grado. Nick o conduziu rua abaixo, até onde sua bicicleta jazia apoiada no descanso. Apontou para si mesmo. Depois para a bicicleta. Tom assentiu.

— Claro. Esta bicicleta é sua. Aquele posto Texaco é meu. Não vou tomar sua bicicleta nem você vai tomar minha garagem, não é mesmo?

Nick sacudiu a cabeça. Apontou para si mesmo. Para a bicicleta. Depois para a rua principal. Acenou um adeus com os dedos.

Tom ficou paralisado. Nick esperou. Tom disse, hesitante:

— Você vai embora, moço?

Nick confirmou.

— Não quero que se vá! — explodiu Tom. Seus olhos estavam esbugalhados e muito azuis, brilhando com lágrimas. — Gosto de você! Não quero que vá também para Kansas City!

Nick puxou Tom para perto e pôs um braço em torno dele. Apontou para si mesmo. Para Tom. Para a bicicleta. Sair da cidade.

— Não entendi — disse Tom.

Pacientemente, Nick repetiu tudo. Desta vez acrescentou o aceno de adeus e, num repente de inspiração, ergueu a mão de Tom e o fez acenar adeus também.

— Quer que eu vá com você? — perguntou Tom. Um sorriso descrente porém deliciado iluminou seu rosto.

Aliviado, Nick assentiu.

— Claro! — gritou Tom. — Tom Cullen vai embora! Tom vai... — Ele se interrompeu, parte da felicidade fugindo-lhe do rosto. Olhou para Nick cautelosamente. — Posso levar minha garagem?

Nick pensou a respeito por instantes e depois fez que sim com a cabeça.

— Legal! — O sorriso de Tom reapareceu como o sol por trás de uma nuvem. — Tom Cullen está indo embora!

Nick o levou até a bicicleta. Apontou para Tom, depois para a bicicleta.

— Nunca pedalei uma dessas — disse Tom em dúvida, olhando para as mudanças de velocidade e o selim alto e estreito. — Acho melhor não arriscar. Tom Cullen cai de uma bicicleta complicada como essa.

Mas Nick ficou momentaneamente encorajado. *Nunca pedalei uma dessas* significava que Tom já tinha alguma experiência com outro tipo de bicicleta. Era só uma questão de encontrar um modelo mais simples para ele. Tom iria atrasá-lo, era inevitável, mas talvez nem tanto, afinal. E por que a pressa, de qualquer modo? Sonhos não passam de sonhos. Mas mesmo assim sentia uma ânsia interior de afastar-se, algo muito forte porém indefinível que já se tornava um comando subconsciente.

Levou Tom de volta ao seu posto de gasolina. Apontou para o brinquedo, depois sorriu e assentiu para o rapaz. Tom agachou-se ansioso, e então suas mãos interromperam o ato de recolher dois carrinhos. Olhou para Nick, seu rosto conturbado e nitidamente desconfiado.

— Você não vai embora sem Tom Cullen, vai?

Nick sacudiu a cabeça firmemente.

— Tudo bem — disse Tom e virou-se confiante para seus brinquedos. Antes que pudesse conter-se, Nick viu-se afagando os cabelos de Tom, que olhou para ele e sorriu timidamente. Nick sorriu de volta. Não, não podia abandoná-lo, tinha certeza disso.

* * *

Era quase meio-dia quando encontrou uma bicicleta que julgou apropriada para Tom. Não esperava que isto lhe consumisse tanto tempo, mas uma surpreendente maioria dos habitantes trancara suas casas, garagens e prédios anexos. Na maioria dos casos, viu-se reduzido a espiar o interior de garagens na penumbra, através de janelas empoeiradas e tomadas por teias de aranha, na esperança de localizar a bicicleta certa. Gastou umas boas três horas indo de uma rua à outra, o suor gotejando e o sol batendo firmemente em sua nuca. A certa altura voltara para uma nova olhada na Western Auto, porém foi inútil. As duas bicicletas expostas na vitrine eram de três marchas, uma para homem e outra para mulher; o resto estava tudo desmontado.

Finalmente encontrou o que procurava numa pequena e isolada garagem no extremo sul da cidade. A garagem estava trancada, mas possuía uma janela bem grande para passar através dela. Nick quebrou a vidraça com uma pedra e retirou cuidadosamente os estilhaços ainda presos à velha e carcomida moldura da janela. O interior da garagem estava explosivamente quente, o ar pesado com um cheiro espesso de óleo e poeira. A bicicleta, uma antiquada Schwinn, estava ao lado de uma caminhonete Mercury de dez anos, com pneus carecas e painéis lascados.

Do jeito como anda a minha sorte, pensou Nick, a porra da bicicleta deve estar empenada. Sem corrente, pneus vazios, algo assim. Mas desta vez a sorte lhe sorriu. A bicicleta rodou com facilidade. Os pneus estavam cheios e em bom estado; todos os parafusos e engrenagens pareciam bem ajustados. Não havia cesta, algo que poderia arranjar, mas pendurada na parede, entre um ancinho e uma pá de neve, estava uma corrente para prender bicicletas, além de um bônus especial: uma bomba manual para encher pneus, praticamente nova.

Procurou mais e encontrou sobre uma prateleira uma lata de óleo lubrificante. Nick sentou-se no chão de cimento rachado, agora ignorando o calor, e cuidadosamente lubrificou a corrente e as rodas dentadas. Isto feito, repôs a tampa na lata de óleo e a colocou no bolso da calça.

Amarrou a bomba no porta-bagagem sobre o pára-lama traseiro da Schwinn com um pedaço de corda fina, depois destrancou a porta da garagem e levantou-a. O ar puro nunca cheirara tão doce. Fechou os olhos e inalou profundamente, empurrou a bicicleta para a rua, montou nela e pedalou lentamente, descendo a rua principal. O desempenho da bicicleta era excelente. Seria o ideal para Tom... presumindo-se que realmente soubesse pedalar.

Estacionou-a ao lado de sua Raleigh. A seguir entrou na loja de miudezas. Encontrou uma cesta de arame de bom tamanho adequada para bicicletas, em meio a uma enxurrada de artigos esportivos quase nos fundos da loja. Já ia se virar para sair com ela debaixo do braço quando outra coisa atraiu seu olhar: uma buzina com campainha cromada e um enorme bulbo de borracha vermelho. Sorrindo, Nick colocou a buzina na cesta e passou para a seção de ferragens, em busca de uma chave de parafusos e uma chave-inglesa ajustável. Voltou à rua. Tom se esparramara tranqüilamente à sombra do monumento à Segunda Guerra Mundial, cochilando.

Nick prendeu a cesta ao guidom da bicicleta e montou a buzina ao lado dela. Voltou à loja e saiu com uma sacola de bom tamanho para mercadorias.

Levou a sacola até o A & P, enchendo-a de carne, frutas e vegetais enlatados. Parou diante de algumas latas de feijão apimentado e então viu uma sombra surgir pelo corredor à sua frente. Se pudesse ouvir, já teria percebido que Tom descobrira sua bicicleta. O ruído estridente da buzina percorria a rua de cima a baixo, pontuado pelas risadas de Tom Cullen.

Nick empurrou as portas do supermercado e viu Tom pedalando em velocidade pela rua principal, seu cabelo louro e as abas da camisa esvoaçando atrás dele, apertando sem cessar o bulbo de borracha da buzina. No posto Arco, que assinalava o final da área comercial, ele manobrou e voltou rua acima. Havia um enorme e triunfante sorriso em seu rosto. A garagem de brinquedo aninhava-se na cesta da bicicleta. Os bolsos da calça e da camisa cáqui estavam estufados de carros em miniatura. O sol arrancava reflexos brilhantes circulares nos raios das rodas em movimento. Um tanto melancolicamente, Nick desejou poder ouvir o som da buzina, só para ver se isto o agradaria tanto quanto agradava a Tom.

Tom acenou para ele e continuou rua acima. Na extremidade final da área comercial ele fez a curva de novo e pedalou de volta, ainda apertando a buzina. Nick estendeu a mão, como numa ordem de policial para parar. Tom freou a bicicleta subitamente diante de Nick. O suor porejava de seu rosto em grandes gotas. O tubo de borracha da bomba balançava de um lado para outro. Tom ofegava e sorria.

Nick apontou para a cidade e acenou um adeus.

— Ainda posso levar minha garagem? — perguntou Tom.

Nick assentiu e passou a alça da sacola por sobre o pescoço taurino de Tom.

— Já estamos indo?

Nick tornou a assentir. Fez um círculo unindo o polegar e o indicador.

— Para Kansas City?

Nick fez que não com a cabeça.

— Para onde a gente quiser?

Nick confirmou. Para qualquer lugar que quisessem, pensou, mas esse qualquer lugar, muito provavelmente, seria algum lugar em Nebraska.

— Uau! — gritou Tom, cheio de felicidade. — Tudo bem! Sim! Uau!

* * *

Pegaram a Rodovia 283 seguindo para o norte e tinham viajado apenas duas horas quando nuvens de trovoada começaram a se formar a oeste. A tempestade chegou rapidamente sobre eles, despejando uma coifa diáfana de chuva. Nick não podia ouvir os trovões, mas via as forquilhas dos relâmpagos dando estocadas para baixo das nuvens. Eram bastante brilhantes para ofuscar os olhos com pós-imagens púrpura-azuladas. Enquanto se aproximavam da periferia de Rosston, onde Nick pretendia virar para leste na Rodovia 64, o véu de chuva sob as nuvens desapareceu e o céu se transformou num matiz de amarelo imóvel e esquisitamente sinistro. O vento, que havia sido refrescante contra sua face esquerda, morreu por completo. Ele começou a sentir-se extremamente nervoso sem saber o motivo, e estranhamente inábil. Ninguém jamais lhe dissera que um dos poucos instintos que o homem ainda partilha com os animais inferiores é exatamente esta reação a uma súbita e radical queda na pressão do ar.

Depois Tom estava repuxando sua manga, repuxando-a freneticamente. Nick olhou para ele. Ficou sobressaltado ao ver que toda a cor sumira do rosto de Tom. Seus olhos eram enormes discos voadores.

— *Tornado!* — gritou Tom. — *Está chegando um tornado!*

Nick procurou por um funil e não viu nenhum. Voltou-se para Tom, tentando pensar num meio de tranqüilizá-lo. Mas Tom se fora. Pedalava sua bicicleta no campo à direita da estrada, formando uma trilha retorcida e aplainada no meio da relva alta.

Maldito idiota, pensou Nick furioso. Você vai quebrar a porra do pescoço!

Tom dirigia-se para um celeiro com um silo anexo que se estendia até o final de uma estrada de terra a cerca de 400 metros. Nick, ainda nervoso, pedalou sua bicicleta estrada acima, ergueu-a por cima do portão de gado e depois pedalou pela estrada de terra vicinal até o celeiro. A bicicleta de Tom jazia na terra do lado de fora. Ele não se incomodara em baixar o descanso. Nick teria considerado isto como simples esquecimento se não tivesse visto Tom usar o descanso várias vezes antes. Ele está assustado de acordo com a sua mente curta, pensou Nick.

Sua própria inquietude o fez dar uma última olhada por sobre o ombro, e o que viu se aproximando o congelou no próprio lugar.

Uma escuridão horrível se aproximava de oeste. Não era uma nuvem; mais parecia uma ausência total de luz. Tinha a forma de um funil, e à primeira vista parecia ter 300 metros de altura. Era mais largo no topo do que no fundo; o fundo mal tocava a terra. No seu cume, as próprias nuvens pareciam estar fugindo dele, como se possuídas de algum misterioso poder de repulsa.

Enquanto Nick observava, o tornado pousou a cerca de um quilômetro de distância e um longo edifício azul com o telhado feito de metal corrugado — uma revendedora de autopeças ou um galpão para estocar madeira — explodiu com um alto fragor. Ele não pôde ouvir o som, claro, mas a vibração o atingiu, fazendo-o rodopiar. E o edifício parecia explodir *para dentro*, como se o funil lhe tivesse sugado todo o ar para fora. No momento seguinte o telhado se partiu em dois. As seções redemoinharam para cima, girando sem parar como um pião enlouquecido. Fascinado, Nick espichou o pescoço para acompanhar sua trajetória.

Estou olhando para o que quer que seja isto nos meus piores sonhos, pensou Nick, *e não é um homem, afinal, embora às vezes pareça um homem. Trata-se realmente de um tornado. Um grande ciclone negro todo-poderoso rasgando de oeste, sugando tudo e qualquer coisa infelizes o bastante para estar no seu caminho. É...*

Então ele foi agarrado por ambos os braços e literalmente arrancado de seus pés para dentro do celeiro. Olhou em volta procurando Tom Cullen e ficou momentaneamente surpreso ao vê-lo. Na sua fascinação com a tempestade, esquecera quase por completo da existência de Tom Cullen.

— No chão! — gritou Tom. — Rápido! Rápido! Ah, minha nossa, sim! É um tornado! *Tornado!*

Por fim, Nick se viu plena e conscientemente com medo, arrancado do estado semi-hipnótico em que estivera e ciente de novo de onde estava e de quem estava com ele. Enquanto deixava Tom conduzi-lo para as escadas que desciam para o porão de abrigo do celeiro, tornou-se consciente de uma vibração estranha e rangente. Era a coisa mais próxima de um som que já havia vivenciado. Era como uma dor irritante no centro de seu cérebro. Então, enquanto descia as escadas atrás de Tom, viu algo que jamais esqueceria: o tapume do celeiro sendo arrancado tábua por tábua, arrancado e rodopiando para cima no ar nublado, como dentes estragados sendo extraídos por um boticão invisível. O feno espalhado no chão começou a se elevar e redemoinhar em diversos funis de tornado em miniatura, ondulando, mergulhando e ricocheteando. Aquela vibração rangente ficava cada vez mais persistente.

A seguir Tom estava abrindo uma pesada porta de madeira, lançando-se através dela. Nick sentiu cheiro de mofo e putrefação. No último instante de luz ele viu que estavam dividindo o porão com uma família de cadáveres roídos por ratos. Tom então fechou a porta e ficaram em completa escuridão. A vibração diminuiu, mas não cessou por completo mesmo então.

O pânico acercou-se com seu manto aberto e o envolveu nele. A escuridão reduziu seus sentidos ao tato e olfato, e nenhum deles enviava mensagens reconfortantes. Ele podia sentir a constante vibração das tábuas debaixo dos pés, e o odor era de morte.

Tom agarrou-lhe a mão cegamente e Nick atraiu o retardado para junto de si. Pôde sentir o tremor de Tom e imaginou se estaria chorando, ou talvez tentando falar-lhe. O pensamento aliviou um pouco de seu próprio medo e ele passou um braço em torno dos ombros de Tom. Este retribuiu o gesto e permaneceram de pé no escuro, agarrando um ao outro.

A vibração cresceu sob os pés de Nick; até mesmo o ar tremia levemente de encontro a seu rosto. Tom o agarrou mais firmemente ainda. Cego e surdo, ele esperou pelo que poderia acontecer a seguir e refletiu que se Ray Booth tivesse arrancado seu outro olho, toda a vida seria assim. Se isto houvesse acontecido, ele acreditava que teria dado um tiro na cabeça dias atrás, e faria o mesmo agora.

Mais tarde, quase não acreditou no seu relógio, que insistia em que haviam passado apenas 15 minutos na escuridão do porão, embora a lógica lhe dissesse que, como o relógio continuava funcionando, devia ter sido isso mesmo. Nunca antes em sua vida havia compreendido o quão subjetivo e plástico o tempo realmente é. Parecia ter sido pelo menos uma hora, provavelmente duas ou três. E à medida que o tempo passava, ficou convencido de que ele e Tom não estavam sozinhos no porão. Ah, havia os cadáveres — algum pobre sujeito havia trazido sua família cá para baixo quando o fim estava próximo, talvez na presunção febril de que, uma vez que tinham suportado outros desastres naturais aqui, também podiam suportar mais esse —, mas não era aos corpos que se referia. Na mente de Nick, um cadáver era apenas uma coisa, não diferindo de uma cadeira, uma máquina de escrever ou um tapete. Um cadáver era apenas uma coisa inanimada que ocupava espaço. O que ele sentia era a presença de outro ser, e tornou-se cada vez mais convencido de quem — ou o quê — era.

Era o homem escuro, o homem que veio para viver nos seus sonhos, a criatura cujo espírito havia sentido no centro do negro ciclone.

De algum lugar... do canto ou talvez bem atrás dele... *ele* os estava observando. E esperando. No momento certo os tocaria e iriam ambos... o quê? Enlouquecer de medo, é claro. Só isso. Ele podia vê-los. Nick tinha certeza de que podia vê-los. Ele tinha olhos que podiam enxergar na escuridão como os olhos de um gato, ou aqueles de alguma estranha criatura alienígena. Como aquela daquele filme *O Predador*, talvez. Sim, isso mesmo. O homem escuro podia distinguir tons do espectro que olhos humanos jamais conseguiriam, e para ele tudo pareceria lento e vermelho, como se o mundo inteiro houvesse sido tingido num tanque de sangue.

A princípio Nick foi capaz de separar esta fantasia da realidade, mas à medida que o tempo passava tornou-se cada vez mais certo de que a fantasia *era* realidade. Fantasiou que podia sentir a respiração do homem escuro na sua nuca.

Estava a ponto de arremeter até a porta, abri-la e fugir escadas acima, não importava o que acontecesse, quando Tom fez isto em seu lugar. O braço em torno dos ombros de Nick se foi subitamente. No instante seguinte, a porta do porão se escancarou, deixando entrar uma inundação de luz ofuscante que fez Nick erguer uma das mãos e proteger o olho bom. Ele captou apenas um vislumbre fantasmal ondulante de Tom Cullen cambaleando e tropeçando escada acima, e então foi atrás dele, tateando seu caminho na ofuscação. Quando chegou lá em cima, seu olhar já se acostumara.

Ele achava que a luz não tinha estado tão brilhante quando desceram, e agora viu imediatamente por quê. O celeiro havia perdido o telhado. Parecia ter sido quase removido cirurgicamente; o trabalho foi tão perfeito que não havia nenhuma lasca de madeira e dificilmente qualquer palha jazendo no chão que o telhado uma vez tinha coberto. Três vigas do teto pendiam para baixo do sótão, e quase todas as tábuas tinham sido arrancadas das laterais. Estar aqui era como estar dentro do esqueleto montado de um monstro pré-histórico.

Tom não havia parado para avaliar os estragos. Disparava para fora do celeiro como se o próprio demônio estivesse nos seus calcanhares. Só olhou para trás uma vez, os olhos arregalados e quase comicamente aterrorizados. Nick não pôde resistir a dar uma olhada por sobre o ombro para o porão. As escadas se lançavam e guinavam para baixo na sombra, madeira velha, lascada e afundada no centro de cada degrau. Pôde ver palha espalhada no chão e dois pares de mãos projetando-se da sombra. Os dedos tinham sido roídos até os ossos pelos ratos.

Se havia alguém mais ali, Nick não viu.

Nem queria ver.

Seguiu Tom para fora.

***

Tom estava de pé junto à bicicleta, tremendo. Nick ficou momentaneamente bestificado pela caprichosa forma de seleção do tornado, que tomara a maior parte do celeiro mas desdenhara suas bicicletas, quando percebeu que Tom estava chorando. Foi até ele e pôs um braço sobre os seus ombros. Tom olhava fixamente, olhos arregalados, para as portas duplas vergadas do celeiro. Nick fez um círculo com o polegar e o indicador. Os olhos de Tom descaíram para isto brevemente, mas o sorriso que esperava não se formou no rosto de Tom. Ele simplesmente voltou a olhar para o celeiro. Seus olhos tinham um aspecto vago e fixado que Nick não apreciou.

— Tinha alguém lá — disse Tom abruptamente.

Nick sorriu, mas o sorriso foi frio em seus lábios. Ele não fazia idéia do quão boa era a imitação, mas ela parecia medíocre. Apontou para Tom, para si mesmo, e depois fez um gesto cortante através do ar com a quina da mão.

— Não — disse Tom. — *Não* apenas nós. Alguém mais. Alguém que saiu do ciclone.

Nick encolheu os ombros.

— Podemos ir agora? Por favor?

Nick assentiu.

Empurraram as bicicletas de volta à auto-estrada, usando a trilha de relva desenraizada e solo revirado que o tornado tinha feito. Ele havia baixado no lado oeste de Rosston, cruzara a Nacional 283 na direção oeste para leste, arremessando *guardrails* e cabos de conexão pelos ares como se fossem cordas de piano, contornara o celeiro à esquerda deles e abrira caminho diretamente através da casa que ficava — *tinha* ficado — em frente ao celeiro. Quatrocentos metros mais adiante, sua trajetória através do campo cessou abruptamente. Agora as nuvens haviam começado a se dissolver (embora ainda estivesse chovendo, leve e refrescantemente), e os pássaros cantavam despreocupadamente.

Nick observou os músculos grossos sob a camisa de trabalho de Tom enquanto ele erguia a bicicleta por sobre a confusão de destroços na beira da auto-estrada. Esse cara salvou minha vida, pensou. Foi a primeira vez que vi um tornado. Se o tivesse abandonado lá em May como pretendia fazer, eu estaria para lá de morto exatamente agora.

Ele ergueu sua bicicleta por cima dos cabos rompidos, bateu nas costas de Tom e sorriu para ele.

Temos que encontrar mais alguém, pensou Nick. Temos *mesmo*, só para que eu possa agradecer-lhe. E dizer-lhe meu nome. Ele nem sequer sabe meu nome, porque não sabe ler.

Ficou parado ali por um momento, confuso por isto, e depois eles montaram nas bicicletas e partiram.

* * *

Nessa noite acamparam no campo de jogo dos Rosston Jaycee's, da Pequena Liga. A noite era estrelada e sem nuvens. Nick dormiu logo e não teve sonhos. Acordou ao alvorecer da manhã seguinte, pensando em como era bom estar novamente com alguém, na diferença que isto fazia.

Havia de fato um condado de Polk, Nebraska. A princípio aquilo o tinha sobressaltado, mas ele viajara bastante nos últimos poucos anos. Devia ter falado com alguém que mencionara o condado de Polk ou procedia de lá, e sua mente consciente esquecera isso. Existia também uma Rodovia 30. Mas havia algo em que não podia acreditar, pelo menos não naquele radioso alvorecer, de que realmente encontrariam uma velha negra sentada em seu alpendre no meio de um milharal, acompanhando-se à guitarra enquanto cantava hinos religiosos. Nick não acreditava em visões ou premonições. No entanto, parecia importante ir para algum lugar, procurar pessoas. De certo modo partilhava da ânsia de Fran Goldsmith e de Stu Redman em formar um grupo. Até que isto acontecesse, tudo continuaria estranho e desconexo. Havia perigo em toda parte. Não podia ver, mas era capaz de sentir, tal como achava ter sentido a presença do homem escuro no porão do celeiro na véspera. Sentia que o perigo espreitava em todo lugar: dentro das casas, depois de cada curva de estrada, talvez até escondido debaixo de carros e caminhões espalhados por todas as principais rodovias. E se não estivesse lá, estava no calendário, escondido a apenas duas ou três folhas depois. Perigo, era o que parecia sussurrar cada partícula do seu ser. PONTE CAÍDA. 65 QUILÔMETROS DE ESTRADA EM MAU ESTADO. NÃO NOS RESPONSABILIZAMOS POR QUEM PROSSEGUIR ALÉM DESTE PONTO.

Parte disso era creditado ao tremendo e esmagador choque psicológico da zona rural esvaziada. Enquanto estivera em Shoyo, ficara parcialmente protegido. Não importa que Shoyo estivesse deserta, pelo menos não demais, porque a cidade era muito pequena no esquema geral. Mas quando se movimentava, era como se... Bem, ele lembrou um filme de Walt Disney que vira quando criança, um filme sobre natureza. Enchendo a tela havia aquela tulipa, uma só tulipa, tão bela que dava vontade de prender a respiração. Então, a câmera recuava com uma subitaneidade preguiçosa e podia-se ver um campo repleto de tulipas. Aquilo nocauteava qualquer um. Produzia tamanha carga sensorial acionando o comutador de algum circuito interno, o qual se derretia com um chiado, cortando o *input*. Aquilo era demais. Tal como tinha sido esta viagem. Shoyo estava deserta e ele pudera adaptar-se a isto. No entanto, McNab também estava, bem como Texarcana e Spencerville. Ardmore pegara fogo até os alicerces. Ele viera para o norte pela Auto-Estrada 81 e só tinha visto dois alces. Por duas vezes vira o que provavelmente fossem indícios de pessoas vivas: uma fogueira de acampamento apagada talvez dois dias atrás e um alce abatido a tiro e que tivera a carne retirada cuidadosamente. Mas nem sinal de gente. Era o suficiente para deixar qualquer um pirado, porque a enormidade da coisa ia penetrando firmemente em você. Não se tratava apenas de Shoyo, McNab ou Texarcana; era o país, jazendo ali como uma enorme lata vazia jogada fora, com umas ervilhas rolando no fundo. E além do país estava o *mundo inteiro*, e pensar nisto provocava em Nick tanta tonteira e mal-estar que ele acabava desistindo.

Inclinou-se sobre o surrado mapa rodoviário que tirou de sua mochila. Se continuassem em frente, talvez encontrassem mais pessoas que formariam uma bola de neve, rolando montanha abaixo, ganhando maior volume. Com alguma sorte pegariam mais gente entre aquele ponto e Nebraska (ou seriam pegos, se deparassem com um grupo maior). Depois de Nebraska ele supunha que iriam para outro lugar. Era como uma busca sem qualquer objetivo à vista em seu final — nenhum Graal, nenhuma espada enfiada em uma bigorna.

Seguiremos para nordeste, pensou, subindo para Kansas. A Auto-Estrada 35 os levaria a outra versão da 81, e esta os levaria por todo o caminho até Swedeholm, Nebraska, onde ela cruzava com a Rodovia 92 de Nebraska em perfeito ângulo reto. Outra auto-estrada, a Rodovia 30, ligava as duas, como a hipotenusa de um triângulo reto. E em algum ponto deste triângulo ficava a região do seu sonho.

Ao pensar nisso, sentiu uma estranha emoção antecipatória.

Um movimento no alto de sua visão o fez erguer os olhos. Tom estava sentado, esfregando os olhos com os punhos cerrados. Um bocejo cavernoso parecia fazer desaparecer toda a metade inferior do rosto. Nick sorriu para ele e Tom sorriu de volta.

— Hoje vamos viajar mais? — perguntou Tom, e Nick assentiu. — Oba, isso é bom. Gosto de andar na minha bicicleta. Minha nossa, gosto sim! Espero que a gente não pare nunca!

Pondo de lado o mapa rodoviário, Nick pensou: Quem sabe? Talvez seu desejo se realize.

* * *

Dobraram para o leste naquela manhã e almoçaram numa encruzilhada não muito distante da fronteira Oklahoma-Kansas. Era o dia 7 de julho e fazia calor.

Pouco antes de pararem para comer, Tom fez a bicicleta dar sua costumeira freada derrapante. Ficou olhando fixamente para um poste sinalizador que havia sido fincado numa base de cimento semi-enterrada no solo macio do acostamento da estrada. Nick olhou para o letreiro, que dizia: VOCÊ ESTÁ DEIXANDO O CONDADO DE HARPER, OKLAHOMA — ESTÁ ENTRANDO NO CONDADO DE WOODS, OKLAHOMA.

— Isso eu sei ler — disse Tom, e se Nick tivesse a faculdade de ouvir, ficaria em parte divertido e em parte sensibilizado pelo modo como a voz de Tom subia para um registro alto, esganiçado e declamatório: — *Você agora está saindo do condado de Harper. Você está agora indo para o condado de Woods.* — Voltou-se para Nick. — Sabe de uma coisa, moço?

Nick sacudiu a cabeça.

— Nunca saí deste condado em minha vida, nossa, não Tom Cullen. Mas uma vez meu pai me trouxe até aqui e me mostrou este letreiro. Ele disse que, se algum dia me pegasse do outro lado dele, ia me arrancar o couro. Estou torcendo para que ele não nos pegue lá no outro condado. Você acha que ele nos pegará?

Nick sacudiu a cabeça enfaticamente.

— Kansas City fica no condado de Woods?

Nick sacudiu de novo a cabeça.

— Mas vamos entrar no condado de Woods antes de seguir para qualquer outro lugar, não é?

Nick assentiu.

Os olhos de Tom brilharam.

— Isso é o mundo?

Nick não entendeu. Franziu o cenho... ergueu as sobrancelhas... encolheu os ombros.

— É do *mundo* que estou falando — afirmou Tom. — Nós vamos entrar no *mundo*, moço? — Tom hesitou e depois perguntou com insegura gravidade: — Woods é a palavra para mundo?

Lentamente, Nick fez que sim com a cabeça.

— *OK* — disse Tom. Olhou para o letreiro por um momento, depois enxugou o olho direito, do qual uma lágrima solitária gotejara. A seguir montou na bicicleta. — *OK*, vamos. — Pedalou por sobre a linha divisória sem qualquer outra palavra e Nick o seguiu.

* * *

Cruzaram a divisa do Kansas pouco antes que ficasse escuro demais para viajarem um percurso maior. Tom havia ficado rabugento e cansado depois da ceia; queria brincar com sua garagem. Queria ver televisão. Não queria viajar mais porque estava com o traseiro doendo. Não tinha a menor noção dos limites estaduais e não reagiu a nenhum estímulo de Nick quando passaram por outro letreiro, este dizendo: VOCÊ ESTÁ ENTRANDO NO KANSAS. Mas a penumbra estava tão espessa na hora que as letras brancas pareciam flutuar centímetros acima do letreiro marrom, como espíritos.

Acamparam a uns 500 metros além da linha divisória, debaixo de um reservatório de água que se apoiava em compridas pernas de aço como um marciano de H. G. Wells.

Tom adormeceu tão logo rastejou para dentro de seu saco de dormir. Nick sentou-se por algum tempo, observando o despontar das estrelas. A paisagem estava inteiramente escura e, para ele, inteiramente silenciosa. Pouco antes de enfiar-se no seu saco de dormir, viu um corvo voar até um moirão de cerca nas proximidades, parecendo espiá-lo. Seus olhinhos negros estavam orlados de semicírculos sanguinolentos — reflexos de uma intumescida lua alaranjada de verão que se erguera silenciosamente. Havia algo em relação àquele corvo que Nick não apreciava, deixando-o inquieto. Encontrou um grande torrão de terra e atirou-o na ave. O corvo bateu as asas, parecendo perfurá-lo com um olhar malévolo, e desapareceu na noite.

Nessa noite ele sonhou com o homem sem rosto, de pé sobre um telhado alto, as mãos estendidas para o leste, e depois com o milharal — os pés de milho mais altos do que sua cabeça — e o som de música. Só que desta vez ele *sabia* que era música, e *sabia* que era uma guitarra. Acordou perto do amanhecer com a bexiga dolorosamente cheia, com as palavras dela retinindo em seus ouvidos: *Mãe Abagail, é como me chamam... venha me ver quando quiser.*

* * *

No final daquela tarde, seguindo para leste através do condado de Comanche na Auto-Estrada 160, eles pararam as bicicletas estupefatos, para ver uma pequena manada de búfalos — uma dúzia deles, talvez — caminhando calmamente de um lado a outro da estrada em busca de um bom pasto. Houvera uma cerca de arame farpado no lado norte da estrada, mas aparentemente os búfalos a tinham derrubado.

— Que bichos são esses? — perguntou Tom, cheio de medo. — Vacas é que não são!

E como Nick não podia falar e Tom não sabia ler, Nick não pôde lhe dizer. Era o dia 8 de julho de 1990, e dormiram aquela noite na planície de gado aberta a 60 quilômetros de Deerhead.

* * *

Era o dia 9 de julho e almoçavam à sombra de um velho e gracioso olmo no pátio fronteiro de uma casa de fazenda parcialmente incendiada. Tom comia salsichas de uma lata com uma das mãos e com a outra conduzia um carro para dentro e para fora do posto de serviço. E cantava repetidamente o refrão de uma canção popular. Nick sabia a letra de cor pelo movimento labial de Tom: "Garota, você saca o seu homem? Ele é um cara legal, garota, você saca o seu homem?"

Nick estava deprimido e levemente estupefato com o tamanho do país; nunca antes tinha percebido quão fácil era estender o polegar, sabendo que mais cedo ou mais tarde a lei das possibilidades estaria a seu favor. Um carro iria parar, em geral com um homem ao volante, e com uma lata de cerveja descansando entre suas pernas com mais freqüência do que não. Ele desejaria saber para onde você ia, e você lhe passaria o pedaço de papel que guardava no bolso, onde se lia: "Olá, meu nome é Nick Andros. Sou surdo-mudo, lamento dizer. Estou indo para ______________. Muito obrigado pela carona. Sei fazer leitura labial." E assim seria. A não ser que o sujeito tivesse prevenção contra surdos-mudos (e algumas pessoas tinham, embora fossem minoria), ele embarcava e o carro o levava até onde queria ir, ou pelo menos por um bom trecho naquela direção. O carro devorava a estrada e expelia quilômetros pelo seu cano de descarga. O carro era uma espécie de teletransporte. O carro derrotava o mapa. Mas agora não havia nenhum carro, embora em muitas dessas estradas um carro fosse um meio de transporte prático por 100 ou 130 quilômetros numa estirada, se o motorista tivesse cuidado. E quando ele se visse finalmente bloqueado, só teria que abandonar o veículo, caminhar um pouco e depois pegar outro. Não tendo carro nenhum, eles eram como formigas rastejando pelo peito de um gigante caído, formigas andando interminavelmente de um mamilo para o outro. E assim Nick meio que desejava, meio que sonhava acordado, que quando finalmente encontrassem alguém (sempre presumindo que poderia acontecer), seria como na maior parte daqueles dias despreocupados viajando de carona: haveria aquele familiar reluzir de cromado erguendo-se sobre o topo da próxima colina, aquele brilho de sol que ao mesmo tempo ofuscava e agradava a vista. Poderia ser algum carro americano perfeitamente comum, um Chevrolet Biscayne ou um Pontiac Tempest, a velha e doce Detroit fazendo ferro rodar. Nos seus sonhos nunca era um Honda, Mazda ou Yugo. Aquela beleza americana iria encostar e ele veria um homem com o cotovelo bronzeado de sol pendendo petulantemente fora da janela. Esse homem estaria sorrindo e diria: "Caramba, rapazes! Não é que estou contente pra cacete por encontrar vocês? Subam! Subam e vamos ver para onde estão indo!"

Mas eles não viram ninguém nesse dia. E no dia 10 de julho foi com Julie Lawry que depararam.

* * *

Era mais um dia sufocante. Haviam pedalado a maior parte da tarde com as camisas amarradas em torno da cintura, e os dois estavam ficando bronzeados como índios. Não haviam progredido muito neste dia, por causa das maçãs. Maçãs verdes.

Tinham-nas encontrado na velha macieira de uma fazenda, verdes, miúdas e ácidas. Mas fazia muito tempo que estavam carentes de frutas frescas, de modo que elas tinham sabor de ambrosia. Nick parou após comer duas, mas Tom devorou seis, esganadamente, uma após outra, deixando só as sementes. Havia ignorado as advertências de Nick de que deveria parar; quando punha uma idéia na cabeça, Tom Cullen era comparável, em todos os sentidos, a uma criança pirracenta de quatro anos.

Assim, começando por volta de onze da manhã e continuando pelo resto da tarde, Tom teve diarréia. O suor escorria dele em pequenos córregos. Ele resmungava. Tivera que desmontar da bicicleta e empurrá-la até mesmo nas descidas. Apesar de sua irritação pelo progresso que faziam, Nick não pôde evitar um certo melancólico divertimento.

Quando alcançaram a cidade de Pratt, por volta das quatro da tarde, Nick decidiu que bastava por aquele dia. Tom desabou agradecidamente em um banco de parada de ônibus situado à sombra e cochilou de imediato. Nick o deixou ali e percorreu o centro comercial deserto à procura de uma *drugstore.* Arranjaria um Pepto-Bismol e forçaria Tom a tomá-lo quando acordasse, quisesse ou não. Se fosse preciso um frasco inteiro para arrolhar Tom, ele o tomaria. Nick queria cobrir uma distância maior no dia seguinte.

Encontrou uma *drugstore* Rexall entre o Cine Pratt e o revendedor Norge local. Nick entrou pela porta aberta e parou por um instante, sentindo o cheiro quente e familiar, estagnado e sem arejamento. Havia outros odores de mistura, fortes e aderentes. O de perfume era o mais pronunciado. Talvez algum frasco houvesse explodido com o calor.

Nick olhou em torno, procurando remédios para o estômago, tentando lembrar se o Pepto-Bismol não se estragava com o calor. Bem, conferiria isto na bula. Seus olhos deslizaram por um manequim e, duas gôndolas à direita, avistou o que desejava. Dera dois passos naquela direção quando percebeu que jamais vira um manequim numa *drugstore*.

Olhou de novo e o que viu era Julie Lawry.

Ela estava de pé e perfeitamente imóvel, segurando um frasco de perfume e tendo na outra mão a pequena vareta de vidro para aplicação do produto. Seus olhos de porcelana azul estavam arregalados em aturdida e descrente surpresa. Os cabelos castanhos estavam repuxados para trás e atados com uma reluzente echarpe de seda que caía até o meio das costas. Usava uma suéter de marinheiro cor-de-rosa e bermudas *jeans* curtas o bastante para serem confundidas com uma calcinha. Tinha a testa tomada de espinhas e havia outra de bom tamanho bem no meio de seu queixo.

Ela e Nick entreolharam-se através de metade da loja deserta, ambos agora imóveis. Então o frasco de perfume caiu de seus dedos, estilhaçando-se como uma bomba, e um odor desagradável inundou o ambiente, fazendo-o cheirar como uma casa funerária.

— Céus, você é real? — perguntou ela em voz trêmula.

O coração de Nick começara a disparar e ele pôde sentir o sangue latejando loucamente nas têmporas. Até mesmo a vista tinha começado a falhar um pouco, fazendo pontos de luz dispararem através de seu campo de visão.

Ele assentiu.

— Não é um fantasma?

Ele fez que não com a cabeça.

— Então diga alguma coisa. Se não é um fantasma, diga alguma coisa.

Nick levou a mão à boca, depois à garganta.

— O que *isto* significa? — A voz dela assumira um tom levemente histérico. Nick não podia ouvi-lo... mas podia senti-lo, vê-lo no rosto dela. Ficou com medo de seguir até ela, porque, se o fizesse, a moça iria correr. Ele não achava que estivesse com medo de ver outra pessoa; o que ela temia era que estivesse diante de uma alucinação, e estava fraquejando. Mais uma vez, Nick sentiu uma onda de frustração. Se ao menos pudesse falar...

Em vez disso, retomou sua mímica. Afinal, era seu único recurso. Desta vez houve compreensão.

— Você não *fala*? É *mudo*?

Nick assentiu.

Ela deu uma risada estridente que era mais de frustração.

— Finalmente aparece alguém e o cara é *mudo*!

Nick deu de ombros e sorriu sem graça.

— Bem — disse ela, caminhando em direção a ele —, até que você é atraente. Já é alguma coisa. — Pôs a mão no braço de Nick, a ponta dos seios quase o tocando. Ele pôde sentir pelo menos três tipos de perfume e, debaixo disso tudo, o odor desagradável do suor dela.

— Meu nome é Julie — disse a garota. — Julie Lawry. E o seu? — Deu uma risadinha. — Não pode me dizer, não é? *Coitadinho*. — Ela achegou-se mais, os seios roçando nele, e Nick começou a sentir-se muito acalorado. Que diabo, pensou inquieto, ela é apenas uma criança.

Afastou-se dela, tirou o bloquinho do bolso e começou a escrever. Após ele ter escrito uma linha ou pouco mais da sua mensagem, ela se inclinou por sobre seu ombro para ler o que estava escrevendo. Céus, ela não usava sutiã, pensou Nick. Ela se livrara muito rapidamente do medo. A escrita dele foi ficando irregular.

— Uau! — fez ela enquanto ele escrevia. Era como se ele fosse um macaco amestrado fazendo um truque particularmente sofisticado. Olhando para o bloco, Nick não "lia" as palavras dela, mas podia sentir a calidez comichante do seu hálito.

"Sou Nick Andros. Sou surdo-mudo. Estou viajando com um homem chamado Tom Cullen, que é ligeiramente retardado. Ele não sabe ler e não entende bem os meus gestos, a não ser os mais simples. Estamos a caminho de Nebraska, porque acho que deve haver mais gente por lá. Pode vir conosco, se quiser."

— É claro — disse ela. — Estou tão contente por ver gente que pouco me importa que sejam um surdo-mudo e um retardado. Este lugar ficou muito esquisito. Mal posso dormir à noite, depois que a eletricidade pifou. — Seu rosto adquiriu contornos de pesar e martírio mais apropriados à heroína de uma telenovela do que a uma pessoa real. — Meus pais morreram há duas semanas, entende? Todos morreram, menos eu. Tenho me sentido muito só! — Com um soluço, ela atirou-se nos braços de Nick e começou a ondular o corpo contra o dele, numa obscena paródia de pesar.

Quando se afastou, seus olhos estavam secos e brilhantes.

— Ei, vamos fazer aqui mesmo — disse ela. — Você é um gato.

Nick ficou boquiaberto. Não posso acreditar, pensou.

Mas a coisa era para valer. Ela estava abrindo o cinto dele.

— Vamos lá. Estou tomando a pílula, não tem perigo. — Fez uma ligeira pausa. — Você consegue, não é? Quero dizer, só porque não pode falar, isto não significa que não possa...

Ele estendeu as mãos, talvez querendo empurrá-la pelos ombros, mas o que encontrou foram os seios. Foi o fim de qualquer resistência que poderia oferecer. O pensamento coerente também abandonou sua mente. Baixando-a para o chão, ele a possuiu.

* * *

Depois, Nick caminhou até a porta enquanto tentava afivelar o cinto e procurava por Tom. Ele permanecia no banco do parque, morto para o mundo. Julie se juntou a ele, segurando outro frasco de perfume.

— É o debilóide? — perguntou ela.

Nick confirmou mas não gostou da palavra, que parecia cruel.

Ela começou a falar a respeito de si e Nick descobriu, para seu alívio, que tinha 17 anos, não muito mais nova do que ele. Sua mãe e seus amigos a chamavam de Rosto de Anjo, ou apenas de Anjo, para abreviar, disse ela, por parecer tão jovem. Ela contou-lhe muito mais na hora seguinte, e Nick descobriu ser impossível separar a verdade das mentiras... ou desejo de realização, caso se preferisse. Talvez ela estivesse esperando alguém como ele, que nunca interrompesse o fluxo interminável de seu monólogo, por toda a vida. Os olhos de Nick cansaram-se de apenas observar seus lábios rosados tagarelando. Mas se os seus olhos vagueassem por mais do que apenas um momento, para checar Tom ou para considerar a vitrine quebrada da loja de roupas do outro lado da rua, a mão dela tocava-lhe a face, trazendo os olhos de Nick de volta para sua boca. Ela o queria para "ouvir" tudo, sem nada ignorar. Ele ficou entediado com ela a princípio, depois se aborreceu. Incrivelmente, no espaço de uma hora, viu-se desejando não tê-la encontrado, em primeiro lugar, ou que ela mudasse de idéia quanto a acompanhá-los.

Estava "por dentro" de música de *rock* e maconha, e tinha um fraco pelo que chamava de "barato colombiano" e "irrita-papai". Tivera um namorado, mas ele ficara tão puto com o "sistema careta" que dirigia o ginásio local que a abandonara para alistar-se nos Fuzileiros Navais em abril último. Não o tinha visto desde então, mas ainda lhe escrevia toda semana. Ela e suas duas amigas, Ruth Honinger e Mary Beth Gooch, iam a todos os concertos de *rock* em Wichita e tinham pedido carona por todo o caminho até Kansas City em setembro último para ver Van Halen e os Monsters of Heavy Metal. Ela alegou ter "feito aquilo" com o baixista Dokken, e disse que havia sido "a experiência mais gostosa da minha vida"; disse ter "chorado sem parar" após a morte de seus pais num intervalo de 24 horas de um para outro, muito embora a mãe fosse uma "carola chata" e o pai tivesse "um pé atrás" acerca de Ronnie, o namorado que havia deixado a cidade para alistar-se nos Fuzileiros; Julie tinha planos para se tornar uma esteticista em Wichita quando se formasse no curso secundário ou "me mandar para Hollywood e arranjar um emprego numa daquelas empresas que decoram as casas dos artistas, sou vidrada em decoração de interiores, e Mary Beth disse que iria comigo".

Neste ponto ela se lembrou de que Mary Beth Gooch estava morta, e que sua oportunidade de tornar-se esteticista ou decoradora de interiores dos artistas havia morrido com ela... e todo mundo e tudo mais. Isto pareceu golpeá-la com o tipo mais genuíno de pesar. Não era porém uma tempestade, mas apenas uma chuva rápida.

Quando o fluxo de palavras começou a secar um pouco — pelo menos por enquanto — ela quis "fazer aquilo" (como expressou recatadamente) outra vez. Nick negou com a cabeça e a garota fez um beicinho amuado.

— Talvez eu nem queria transar com você, afinal — disse.

Nick encolheu os ombros.

— Mudinho-mudinho-mudinho — disse ela com súbita e ferina maldade. Seus olhos brilhavam de despeito. A seguir ela sorriu. — Eu não pretendia dizer isto. Estava só brincando.

Nick olhou para ela, inexpressivo. Tinha sido xingado dos piores nomes, mas havia alguma coisa em Julie que o desagradava bastante. Alguma instabilidade inquieta. Se ela ficasse furiosa com você não iria gritar ou dar-lhe uma bofetada; isso não. Iria, sim, despedaçá-lo. Ocorreu-lhe com súbita certeza que ela mentira acerca da idade. Ela não tinha 17, nem 14, nem 21 anos. Tinha qualquer idade que quisesse — enquanto você a desejasse mais do que ela o desejava, precisasse mais dela do que ela precisava de você. Apresentava-se como uma criatura sexual, mas Nick achava que a sexualidade dela se resumia a uma manifestação de algo mais em sua personalidade — um sintoma. *Sintoma*, porém, era uma palavra usada para alguém que estivesse doente, não era mesmo? Achava que ela estivesse doente? De certo modo achava, e temeu subitamente o efeito que poderia exercer sobre Tom.

— Ei, seu amigo está acordando! — disse Julie.

Nick olhou em torno. Sim, Tom agora estava sentando-se no banco do parque coçando seu cabelo emaranhado e arregalando os olhos palidamente. Nick se lembrou de repente do Pepto-Bismol.

— Ei, você aí! — gorjeou Julie e desceu a rua na direção de Tom, os seios balançando docemente debaixo de seu apertado *top*. O arregalar de olhos de Tom tinha sido o bastante para começar; agora se ampliou mais ainda.

— Oi! — ele meio disse e meio perguntou lentamente e olhou para Nick, esperando confirmação e/ou explicação.

Disfarçando a própria apreensão, Nick deu de ombros e assentiu.

— Eu sou Julie — disse ela. — Como está você, doce de coco?

Imerso nos seus pensamentos — e inquieto —, Nick voltou à *drugstore* para buscar o que Tom precisava.

* * *

— Não, não — disse Tom, sacudindo a cabeça e recuando. — Não, não, não quero. Tom Cullen não gosta de remédio, minha nossa, o gosto é ruim demais.

Nick fitou-o com frustração e revolta, segurando o vidro trifacetado de Pepto-Bismol numa das mãos. Olhou para Julie e ela captou seu olhar, mas nisso ele viu o mesmo brilho debochado de quando o chamara de mudinho — não era um brilho alegre, mas sim um fulgor duro e impiedoso. Era a expressão de uma pessoa sem qualquer senso primordial de humor, quando se prepara para menosprezar alguém.

— Você está certo, Tom — disse ela. — Não beba, é veneno.

Nick a fitou, boquiaberto. Ela sorriu em resposta, as mãos na cintura, desafiando-o a convencer Tom do contrário. Talvez fosse sua vingança mesquinha por ver recusada sua segunda proposta de sexo.

Nick olhou de volta para Tom e ele próprio bebeu um gole do Pepto-Bismol. Podia sentir a embotada pressão da raiva nas têmporas. Estendeu o frasco para Tom, que não ficou convencido.

— Não, hã-hã, Tom Cullen não bebe veneno — replicou ele e, com uma raiva crescente da garota, Nick viu que Tom estava aterrorizado. — Papai disse pra não beber. Papai disse que, se mata os ratos do celeiro, vai matar Tom também! Nada de veneno!

Nick se virou de repente para Julie, não conseguindo suportar seu sorriso zombeteiro. Deu-lhe uma firme bofetada. Tom observava de olhos arregalados, assustados.

— Você... — começou ela e, por um momento, não encontrou as palavras. Seu rosto enrubesceu levemente e, de súbito, pareceu magricela, mimada e maldosa. — *Seu mudinho escroto! Foi só uma brincadeira, seu merda! Não pode me bater! Não pode fazer isso comigo, porra!*

Avançou para ele, que a empurrou para trás. Julie caiu sentada sobre as bermudas *jeans* e ficou olhando para ele, os lábios repuxados num esgar.

— Vou arrancar seus bagos — arfou. — Não pode *fazer* isso!

Com as mãos trêmulas, a cabeça agora latejando, Nick pegou o bloquinho e a caneta. Escreveu uma mensagem em letras grandes e irregulares. Arrancou a folha, que estendeu para ela. Com os olhos brilhantes de fúria, Julie jogou a folha para o lado. Nick a pegou, agarrou a garota pela nuca e pôs o bilhete bem diante do seu rosto. Tom havia recuado, lamuriando-se.

— Está bem! — gritou ela. — Eu leio! Vou ler seu recado nojento!

O bilhete resumia-se a quatro palavras: "Não precisamos de você."

— Foda-se! — gritou ela, libertando-se do aperto dele. Recuou vários passos calçada abaixo. Seus olhos estavam tão arregalados e azuis como quando Nick quase colidira com ela na *drugstore*, mas agora pareciam expelir ódio. Ele se sentiu cansado. Entre tantas pessoas possíveis, por que justamente ela?

— Não vou ficar aqui — protestou ela. — Também vou com vocês. E não pode me impedir!

Mas ele podia. Será que ela não havia percebido? Não, pensou Nick, não havia. Para ela, tudo isto era uma espécie de cenário hollywoodiano, um filme-catástrofe ao vivo em que era a protagonista. Era um filme onde Julie Lawry, também conhecida como Rosto de Anjo, sempre conseguia o que queria.

Nick sacou o revólver do coldre e apontou para os pés dela. Julie ficou completamente paralisada e o rubor evaporou-se do seu rosto. Os olhos mudaram e ela parecia muito diferente, de certo modo realmente pela primeira vez. Algo penetrara em seu mundo e que ela não conseguia, pelo menos na própria mente, manipular a seu favor. Uma arma. De repente, Nick sentiu-se tão nauseado quanto cansado.

— Eu não falava sério — disse ela rapidamente. — Farei tudo que você quiser, juro por Deus.

Com a arma, Nick fez um gesto para que ela se fosse.

Julie virou-se e começou a caminhar, olhando por sobre o ombro. Caminhou cada vez mais depressa, depois começou a correr. Dobrou a esquina um quarteirão acima e sumiu de vista. Nick devolveu o revólver ao coldre. Estava exausto e deprimido, como se Julie Lawry fosse algo inumano, assemelhando-se mais aos insetos rastejantes e de sangue frio encontrados sob árvores mortas do que a outros seres humanos.

Virou-se à procura de Tom, mas ele não estava à vista.

Desceu a rua sob o sol causticante, sua cabeça doendo terrivelmente, o olho arrancado por Ray Booth latejando. Levou quase vinte minutos para encontrar Tom. Ele estava encolhido em um alpendre de fundos, duas ruas abaixo do centro comercial. Sentara-se num balanço enferrujado, com a sua garagem de brinquedo aninhada contra o peito. Ao ver Nick, começou a chorar.

— Por favor, não me faça beber aquilo. Por favor, não faça. Tom Cullen beber veneno, minha nossa, papai disse que se isto matava os ratos, ia matar Tom também. *Por favoooor!*

Nick percebeu que continuava a segurar o frasco de Pepto-Bismol. Atirou-o longe e abriu as mãos vazias diante de Tom. A diarréia dele teria que seguir o seu curso normal. Muito obrigado, Julie.

Tom desceu os degraus do alpendre, balbuciando:

— Desculpe — dizia repetidamente. — Desculpe, Tom Cullen lamenta muito.

Voltaram juntos para a rua principal... e estacaram de repente, o olhar fixo. As bicicletas estavam caídas, os pneus cortados. O conteúdo das mochilas tinha sido espalhado de um lado a outro da rua.

Foi então que algo passou em alta velocidade junto ao rosto de Nick — ele sentiu isso —, e Tom deu um grito esganiçado e começou a correr. Nick ficou parado e atônito por um instante, olhando em torno, e aconteceu de olhar na direção certa, a tempo de ver o clarão do segundo tiro. Vinha de uma janela no segundo andar do Pratt Hotel. Algo como uma agulha de costura de alta velocidade perfurou o tecido da gola de sua camisa.

Ele virou-se e correu atrás de Tom.

Não tinha como saber se Julie dispararia de novo; tudo que soube com certeza ao alcançar Tom foi de que nenhum deles fora atingido. Pelo menos estamos livres daquele diabinho, pensou, mas isto acabou sendo apenas meia-verdade.

* * *

Passaram a noite num celeiro, 5 quilômetros ao norte de Pratt. Tom continuava acordando com pesadelos e então acordava Nick para ser tranqüilizado. Chegaram a Iuka na manhã seguinte, por volta das onze, e encontraram duas bicicletas numa loja chamada

Sport and Cycle World, lá. Nick, que começava a se recuperar por fim de seu encontro com Julie, decidiu que poderiam acabar de se reequipar em Great Bend, que deveriam alcançar o mais tardar no dia 14.

No entanto, às 2h45 da tarde do dia 12 de julho ele percebeu uma piscadela brilhante no espelho retrovisor montado perto do punho esquerdo da bicicleta. Parou (Tom vinha pedalando distraidamente logo atrás e passou com a roda sobre seu pé, mas ele mal sentiu) e olhou por sobre o ombro. O brilho que se elevava no alto da colina diretamente atrás deles como uma estrela diurna agradou e ofuscou seus olhos — ele mal podia crer no que via. Era uma picape Chevrolet de uma série bem antiga, um velho e bom ferro rolante de Detroit, abrindo seu caminho lentamente, ziguezagueando de uma faixa da US 281 para outra, evitando um punhado de veículos parados e dispersos.

Ela passou ao lado deles (Tom acenava agitadamente, porém Nick só pôde ficar parado de pernas abertas com o quadro da bicicleta entre elas, congeladas) e parou. O último pensamento de Nick antes que a cabeça do motorista aparecesse foi de que deveria ser Julie Lawry, dando seu sorriso maldoso e triunfante. Deveria estar com a arma com a qual tentara matá-los antes. E a esta distância tão curta, não teria como errar. O inferno não conhecia maior fúria que a de uma mulher desprezada.

Mas o rosto que apareceu pertencia a um homem quarentão, usando chapéu de palha com uma pena enfiada na faixa azul de veludo, colocado em ângulo perfeito. Quando ele sorriu, seu rosto se tornou um quadro curtido de rugas agradáveis produzidas pelo sol. E o que ele disse foi:

— Pelas chagas de Cristo! Como estou contente em vê-los, rapazes! Podem apostar que estou! Subam aqui e vamos ver para onde iremos!

E foi assim que Nick e Tom conheceram Ralph Brentner.

Capítulo Quarenta e Quatro

ELE ESTAVA DESMORONANDO — meu bem, você não sabe disso?

Este era um verso de Huey "Piano" Smith, agora que pensou melhor. Voltando no tempo. Um vislumbre do passado. Huey "Piano" Smith. Dava para lembrar o resto? *Ah-ah-ah-ah, daaaay-o... gooba-goobva-gooba-gooba... ah-ah-ah-ah*. E por aí vai. O comentário sensato, espirituoso e social de Huey "Piano" Smith.

— Foda-se o comentário social — disse ele. — Huey "Piano" Smith foi anterior à minha época.

Anos depois Johnny Rivers gravara uma das canções de Huey, "*Rock* da pneumonia e *boogie-woogie* da gripe". Larry Underwood lembrava-se muito bem desta, e achou-a muito adequada à presente situação. O velho e bom Johnny Rivers. O velho e bom Huey "Piano" Smith.

— Foda-se — repetiu Larry. Sua aparência era horrível: um pálido e frágil fantasma, subindo uma auto-estrada para a Nova Inglaterra. — Me dêem de volta os anos 60.

Claro, os anos 60. Aquela tinha sido a época boa, dos meados ao final dos anos 60. *Flower Power*. Ficar legal para Gene. Andy Warhol com seus óculos de aros cor-de-rosa e suas porras de caixas de Brillo. Velvet Underground. The Return of the Creature from Yorba Linda. Norman Spinrad, Norman Mailer, Norman Thomas, Norman Rockwell, e o bom e velho Norman Bates do Bates Motel, *heh-heh-heh-heh*. Dylan quebrou o pescoço. Barry McGuire grasnou "The Eve of Destruction". Diana Ross elevou a consciência de cada criança branca na América. Todos aqueles grupos maravilhosos, pensou Larry entorpecidamente, dêem-me de volta os anos 60 e enfiem no rabo os anos 80. Quando se tratava de *rock*, os 60 tinham sido o Canto de Cisne da Horda Dourada. Cream. Rascals. Spoonful. Airplane com Grace Slick nos vocais, Norman Mailer como guitarrista líder, e o bom e velho Norman Bates na bateria. Beatles. The Who. Dead...

Ele caiu e bateu com a cabeça.

O mundo dissolveu-se em negror, para então retornar em fragmentos vívidos. Ele passou a mão pela têmpora e viu que ficara manchada com uma fina camada de sangue. Tampouco importava. Que sifu, como costumavam dizer na época brilhante e gloriosa de meados dos anos 60. O que era cair e machucar a cabeça, quando passara a última semana sem conseguir dormir direito, acordado por pesadelos, sendo as únicas noites boas aquelas em que o grito não ia além do meio de sua garganta? Se gritasse alto e *isso* o acordasse, o medo era ainda pior.

Sonhos de estar de volta ao túnel Lincoln. Havia alguém atrás dele, só que no sonho não era Rita. Era o demônio, que o vinha perseguindo com um sorriso sombrio congelado no rosto. O homem escuro não era o morto que caminha; era *pior* do que ele. Larry corria com o pânico lento e apavorado dos pesadelos, tropeçando em cadáveres invisíveis, sabendo que o fitavam com os olhos vidrados de troféus empalhados do interior das criptas que eram seus carros, que tinham ficado presos no trânsito congestionado, embora tivessem outro lugar para ir; ele corria, mas de que adiantava isso se o homem-demônio negro, o mago negro, podia enxergar no escuro com olhos de rastreamento telescópico? E, passado algum tempo, o homem escuro começaria a entoar para ele: *Venha, Laarry, venha, vamos conseguir isso juuuntos, Laaarry...*

Ele podia sentir o hálito do homem escuro em seu ombro e era então que pelejava para sair do sono, escapar do sono, e o grito ficava entalado na garganta dele como um osso quente ou então escapava-lhe realmente dos lábios, ruidoso o bastante para despertar os mortos.

Durante as horas do dia, a visão do homem escuro retirava-se. O homem escuro só trabalhava estritamente no turno da noite. Durante o dia era o Grande Solitário que trabalhava sobre ele, abrindo seu caminho para o cérebro com os dentes aguçados de um incansável roedor — um rato ou uma doninha, talvez. Durante as horas do dia seus pensamentos se concentravam em Rita. Adorável Rita, donzela sob medida. Cada vez mais em sua mente, mais e mais voltava a ela, vendo aqueles olhos fendidos, como os olhos de um animal que morreu surpreso e com dor, aquela boca que havia beijado agora repleta de vômito ressecado. Ela havia morrido tão facilmente na noite, *na própria porra daquele saco de dormir*, e agora ele estava...

Bem, desmoronando. Era isso, não era? Era isso que estava acontecendo com ele. Estava desmoronando.

— Desmoronando — gemeu. — Meu Deus, estou perdendo o juízo!

Parte dele, que ainda conservava certa racionalidade, afirmava que isto podia ser verdade, porém o que estava sofrendo naquele exato minuto era a prostração do calor. Depois do que acontecera com Rita, Larry não se sentira mais capaz de pilotar a motocicleta. Simplesmente não conseguia; era como um bloqueio mental. Continuava vendo a si mesmo caído no meio da estrada, espichado. Então, finalmente, a havia jogado num valão. Desde então estivera caminhando — quantos dias? Quatro? Oito? Nove? Não sabia. A temperatura andava pelos 32 graus desde as dez horas da manhã, e agora já eram quase quatro da tarde, o sol estava bem atrás dele, e ele não usava chapéu.

Não se lembrava de quantos dias haviam passado desde que se livrara da moto. Ontem não foi, e provavelmente nem no dia precedente (talvez, mas não provavelmente). E o que importava, afinal? Livrara-se dela, quebrara a engrenagem, torcera o acelerador de mão e arrancara o pedal. A moto disparara de suas mãos trêmulas e fracas como um dervixe e havia empinado e mergulhado por cima da barragem da Nacional 9 em algum lugar logo a leste de Concord. Ele achava que o nome da cidade na qual havia assassinado sua moto poderia ter sido Gossville, embora isto tampouco importasse grande coisa. O fato era que a moto deixara de ter serventia para ele. Não ousava pilotá-la a mais de 25km/h, e até mesmo a essa velocidade tinha visões de pesadelo sendo arremessado por cima do guidom para fraturar o crânio ou de dobrar uma curva fechada e bater num caminhão virado e subir numa bola de fogo. E, passado algum tempo, a porra da luz superaquecida tinha chegado, *claro* que tinha, e pareceu-lhe que quase podia ler a palavra COVARDE impressa em pequenas letras não-absurdas no nicho de plástico sobre a pequena lâmpada vermelha. Houvera um tempo em que ele não só tinha assumido a moto como também realmente a *apreciara*, a sensação de velocidade enquanto o vento disparava por ambos os lados de seu rosto, o asfalto borrando-se a uns 15 centímetros abaixo dos pedais? Sim. Quando Rita estivera com ele, antes de tornar-se nada mais que uma boca cheia de vômito verde e um par de olhos fendidos. Ele *gostara* disso.

Assim, ele mandara a moto, para se despedaçar por cima da barragem e para dentro de uma vala entupida de ervas daninhas; depois havia olhado para ela com uma espécie de terror cauteloso, como se de algum modo ela pudesse subir de novo e puni-lo. *Vamos*, ele havia pensado, *vamos lá e se afogue, sua puta.* Mas por um longo tempo a moto não afundou. Por um longo tempo ela rugiu e berrou lá embaixo naquela vala, a roda traseira girando infrutiferamente, a corrente faminta engolindo as últimas folhas de outono e cuspindo nuvens de poeira marrom e amarga. Fumaça azul escapava do cano de descarga cromado. E mesmo quando tinha ido longe demais a ponto de pensar que havia algo de sobrenatural naquela moto, que ela se aprumaria, se ergueria da sua sepultura e o mastigaria — ou isso ou ele olharia para trás uma tarde ao som crescente de um motor e veria sua moto, esta maldita moto que não tinha se afogado e morrido decentemente, rugindo pela estrada direto para ele —, a 120 quilômetros por hora, e inclinado sobre o guidom estaria aquele indefectível homem escuro, e montada na garupa, com suas pantalonas brancas de seda ondulando ao vento, estaria Rita Blakemoor, seu rosto branco como giz, os olhos fendidos, seu cabelo tão seco e sem vida como um canteiro de milho no inverno. Então, finalmente, a moto começou a cuspir e engasgar apopleticamente, e quando parou finalmente ele havia olhado para baixo e sentido uma certa tristeza, como se houvesse matado parte de si mesmo. Sem a motocicleta não havia como ele realizar uma investida decisiva sobre o silêncio, e o silêncio, de certo modo, era pior do que seus temores de morrer ou ficar gravemente ferido num acidente. Desde então, estivera caminhando. Passara por várias cidades pequenas ao longo da Nacional 9 que tinham revendedoras de motos, com vários modelos expostos, as chaves pendendo deles. Mas se olhasse as motos por tempo demais, as visões de si mesmo, caído ao lado da estrada numa poça de sangue, voltariam em vívido e doentio tecnicolor, como algo saído daqueles pavorosos mas de certo modo fascinantes filmes de terror de Charles Band, aqueles em que as pessoas sempre morriam debaixo das rodas de enormes caminhões ou em conseqüência de imensos insetos sem nome que proliferaram e cresceram nos seus próprios órgãos vitais aquecidos e por fim irrompiam livres numa exposição repelente de carne voadora. E ele os ignoraria, suportando o silêncio, pálido e arrepiado. Ignoraria solenemente pequenos feixes de transpiração acumulando-se sobre o lábio superior e nas concavidades de suas têmporas.

Havia perdido peso — como não perderia? Caminhava o dia inteiro do alvorecer ao pôr do sol. Quase não dormia. Os pesadelos o acordavam por volta das quatro da madrugada, e então ele acendia sua lanterna Coleman e se agachava junto a ela, esperando que o sol subisse o suficiente para que pudesse caminhar. E caminharia até que estivesse escuro demais para enxergar e depois acamparia com a velocidade urgente e furtiva de fugitivos de presídio acorrentados uns aos outros. Com o acampamento pronto, ele deitaria insone até tarde, sentindo-se como um homem com cerca de 2 gramas de cocaína circulando por sua corrente sanguínea. Ah, neném, sacuda, chocalhe e role. Tal como um viciado em cocaína da pesada, não estava comendo muito; nunca sentia fome. A cocaína não estimula o apetite, nem provoca terror. Larry não havia cheirado pó desde aquela festa na Califórnia, tanto tempo atrás. Mas sentia-se aterrorizado o tempo todo. O trilar de um pássaro nos bosques dava-lhe um susto. O grito de morte de um pequeno animal parecendo ser maior o punha em sobressalto. Ele havia passado por esbelteza e magreza, superara a fome. Agora estava equilibrado sobre alguma metafórica (ou metabólica) cerca entre emagrecimento e definhamento. Deixara crescer a barba e estava bem atraente, com um tom amarelo-acastanhado duas vezes mais claro do que seu cabelo. Os olhos estavam profundamente encovados no rosto; cintilavam das órbitas como pequenos e desesperados animais que tinham sido capturados em armadilhas gêmeas.

— Desmoronando — resmungou outra vez. O desespero alquebrado neste gemido estilhaçado o horrorizou. Tinha tudo acabado tão mal? Uma vez houvera um Larry Underwood que gravara um disco de moderado sucesso, que ambicionava tornar-se o Elton John do seu tempo — ah, meu caro, como Jerry Garcia riria disso —, e agora aquele sujeito se havia transmutado nesta coisa arruinada que rastejava sobre o asfalto da Nacional 9 em algum lugar a sudeste de New Hampshire, rastejando como uma cobra, este era ele. Aquele outro Larry Underwood podia por certo negar qualquer relação com este rebotalho rastejante... este...

Ele tentou levantar-se, mas não conseguiu.

— Ah, como isto é ridículo — disse, meio rindo, meio chorando.

De outro lado da estrada, numa colina a 200 metros de distância, reluzindo como uma linda miragem, estava uma casa de fazenda típica da Nova Inglaterra, branca e espaçosa. Tinha galpões verdes, arremates também em verde e um telhado verde de madeira. Partindo da casa, um gramado verde começando a parecer abandonado. Ao pé do gramado corria um pequeno córrego; Larry podia ouvi-lo gorgolejar e rumorejar, um som fascinante. Um muro de pedra serpenteava ao longo dele, talvez delimitando a propriedade, e inclinando-se por sobre o muro, a intervalos grandes, havia olmos grandes e frondosos. Ele podia simplesmente convencer o seu Rebotalho Coleante e Rastejante de Fama Mundial a ir até lá e sentar-se à sombra por um instante, era isso que iria fazer. E quando se sentisse um pouco melhor acerca... acerca das coisas em geral... poderia fazer o mesmo com seus pés e descer até o córrego para matar a sede e se lavar. Devia estar cheirando mal. Mas quem se importava com isso? Quem havia para sentir seu fedor agora que Rita estava morta?

Estaria ela ainda jazendo lá naquela tenda?, imaginou morbidamente. Inchando toda? Juntando moscas? Parecendo cada vez mais com aquele confeito negro no toalete da Transversal nº 1? Diabo, onde mais poderia ela estar? Jogando golfe em Palm Springs com Bob Hope?

— Meu Deus, isto é horrível — sussurrou e rastejou através da estrada. Quando já estava à sombra teve certeza de que poderia ficar de pé, mas isto lhe parecia esforço demais. Ele poupara porém energia suficiente para olhar de volta para o caminho pelo qual viera a fim de certificar-se de que a motocicleta não estivesse no seu encalço.

A sombra estava pelo menos uns 15 graus mais fresca, e Larry soltou o ar num longo suspiro de prazer e alívio. Levou a mão à nuca, onde o sol estivera batendo a maior parte do dia, e a puxou de volta com um leve cicio de dor. Queimaduras de sol? Use Xilocaína. E toda aquela boa merda. Tire esses homens do sol quente. Queime, meu bem, queime. Watts. Está lembrado de Watts? Outro relance do passado. A raça humana inteira, apenas um grande e forte relance do passado, um gigantesco e dourado barato.

— Cara, você está doente — disse ele, reclinou a cabeça contra o tronco áspero do olmo e fechou os olhos. A sombra pontilhada de manchas do sol formava padrões móveis de vermelho e preto no interior de suas pálpebras. O som da água gorgolejante e rumorejante era suave e acalmava. Em um minuto desceria até lá para beber um gole de água e lavar-se. Em mais um minuto.

Ele cochilou.

Os minutos foram fluindo e seu cochilo se aprofundou no seu primeiro sono pesado e sem sonhos em muitos dias. Suas mãos descansaram flácidas no colo. O peito mirrado subia e descia, e a barba fazia seu rosto parecer ainda mais magro, o rosto perturbado de um refugiado solitário que escapara de um terrível morticínio em que ninguém acreditaria. Pouco a pouco, as linhas entalhadas no rosto queimado de sol começaram a se suavizar. Ele veio espiralando dos níveis mais profundos de inconsciência e descansou ali como uma pequena criatura fluvial sonhadoramente veraneando em estado de torpor no lodo frio. O sol moveu-se para mais baixo no céu.

Perto da margem do córrego, a tela luxuriante de arbustos chocalhava um pouco, como se algo se movesse firmemente através deles, parasse, depois se movesse de novo. Após um momento, um menino emergiu. Tinha talvez 13 anos, talvez dez, e alto para sua idade. Usava apenas *shorts.* Seu corpo era bronzeado, da cor do mogno, exceto pela surpreendente faixa branca que começava logo acima da cintura de seus *shorts.* A pele estava coberta de picadas de mosquito e micuim, algumas recentes, a maioria antiga. Na mão direita trazia uma faca de açougueiro. A lâmina tinha 30 centímetros de comprimento, o gume serrilhado. Reluzia calorosamente ao sol.

Suavemente, inclinando-se um pouco até a cintura, ele aproximou-se do olmo e do muro de pedra até parar bem atrás de Larry. Seus olhos eram de um azul-esverdeado da cor do mar, levemente virados para cima nos cantos, dando-lhe um aspecto de chinês. Eram olhos inexpressivos, um tanto selvagens. Ele ergueu a faca.

Uma voz de mulher, suave mas firme, disse:

— Não!

O menino voltou-se para ela, a cabeça empinada e ouvindo, a faca ainda erguida. Sua atitude era tanto interrogadora quanto decepcionada.

— Vamos esperar e ver — disse a voz da mulher.

O garoto fez uma pausa, olhando da faca para Larry e depois de volta para a faca, com uma nítida expressão de ânsia, e a seguir retirou-se pelo mesmo caminho por onde viera.

Larry adormeceu.

* * *

Quando acordou, a primeira coisa que percebeu foi que se sentia bem. A segunda foi que estava com fome. A terceira, que o sol estava errado — parecia ter viajado para trás, através do céu. A quarta foi que precisava, com perdão da palavra, mijar como um cavalo de corrida.

De pé e ouvindo o delicioso estalar das juntas ao espreguiçar-se, percebeu que não tinha apenas cochilado; havia dormido a noite toda. Consultou o relógio e viu por que o sol estava errado. Eram 9h20 da manhã. Deveria haver comida na grande casa branca. Sopa enlatada, talvez presuntada. Seu estômago roncava.

Antes de seguir até lá, ajoelhou-se junto ao riacho, sem roupas, e borrifou água por todo o corpo. Notou como estava ficando magro — a continuar assim, não iria muito longe. Levantou-se, enxugou-se com a camisa e enfiou as calças. Duas pedras exibiam seus negros traseiros molhados fora da correnteza e Larry as usou para atravessar o riacho. Na outra margem, ficou subitamente congelado e olhou para a espessa vegetação. O medo, que estivera adormecido nele desde que acordara, de súbito estourou como um nó de pinheiro explodindo, para depois diminuir com a mesma rapidez. O que ouvira poderia ter sido um esquilo ou uma marmota, talvez uma raposa. Nada mais. Virou-se com indiferença e começou a subir o gramado em direção à espaçosa casa branca.

A meio caminho, um pensamento aflorou-lhe à mente como uma bolha e estourou. Aconteceu casualmente, sem fanfarras, mas as implicações fizeram-no parar de repente.

O pensamento era: *Por que não usou uma bicicleta?*

Parou no meio do gramado, eqüidistante do córrego e da casa, estupefato pela simplicidade daquilo. Estivera caminhando desde que jogara a moto na vala. Caminhando, exaurindo-se, finalmente desmoronando devido às queimaduras de sol ou algo tão próximo a isso que não fazia diferença. E poderia ter estado pedalando, seguindo a uma boa velocidade de corrida, se assim o desejasse, e provavelmente agora já estaria no litoral, escolhendo sua casa de verão e equipando-a.

Começou a rir, suavemente a princípio, um pouco surpreso com o som do riso em meio a tanto silêncio. Rindo quando não havia mais ninguém por perto para acompanhar o riso era apenas outro sinal de que você estava fazendo uma viagem sem volta para o fictício país da loucura. Mas o riso soava tão real e caloroso, tão danadamente *saudável* e tão parecido com o antigo Larry Underwood, que continuou rindo pra valer. Ficou parado, as mãos na cintura, a cabeça virada para o céu e apenas dobrando-se de rir, de sua própria e espantosa tolice.

Atrás dele, onde as moitas de arbustos junto ao riacho eram mais espessas, os olhos azul-esverdeados observavam tudo isto, e depois viram como Larry por fim continuou a subir o gramado em direção à casa, ainda rindo um pouco e sacudindo a cabeça. Viram-no subir a varanda, experimentar a porta da frente e encontrá-la aberta. Viram-no desaparecer no interior. Então os arbustos começaram a se agitar, produzindo o som chocalhante que Larry ouvira e ao qual não dera importância. O menino abriu caminho através deles, ainda vestido só de *shorts* e empunhando a faca de açougueiro.

Outra mão surgiu e acariciou-lhe o ombro. O menino parou de imediato. A mulher apareceu — era alta e imponente, mas parecia não mover os arbustos, afinal. Tinha cabelos espessos, luxuriantemente negros e estriados com largos resplendores do mais puro branco; eram cabelos atraentes, singulares. Estavam torcidos numa trança que pendia sobre um ombro e caía, desviando-se apenas ao alcançar a protuberância dos seios. Ao olhar-se para aquela mulher, o primeiro detalhe que se notava era sua altura, mas depois os olhos eram atraídos para os cabelos, levando à pergunta de como era possível sentir com o olhar aquela tessitura rude mas ao mesmo tempo oleosa. E se você fosse homem, se pegaria imaginando como ela ficaria com aqueles cabelos soltos, libertos, espalhados sobre um travesseiro à luz do luar. O observador especularia como seria ela na cama. No entanto, ela jamais tivera um homem. Era pura. Estava esperando. Tinha havido sonhos. Certa vez, no colégio, houvera um tabuleiro Ouija. E ela voltou a se perguntar se este homem poderia ser aquele.

— Espere — disse ela ao menino.

Virou o rosto agoniado dele para o seu, mais calmo. Sabia qual era o problema.

— Nada vai acontecer à casa. Por que ele iria danificar a casa, Joe?

O menino olhou para a casa, ansioso, preocupado.

— Quando ele se for, vamos acompanhá-lo — disse ela.

O menino sacudiu vigorosamente a cabeça.

— Sim, temos que fazê-lo. Eu tenho. — E ela sentia isto fortemente. Talvez aquele não fosse o homem, porém. Mas mesmo que não fosse, era o elo em uma corrente que vinha seguindo por anos, uma corrente que agora se aproximava do final.

Joe — este não era realmente o seu nome — ergueu a faca furiosamente, como se fosse cravá-la na mulher. Ela não fez qualquer movimento para proteger-se ou recuar, e ele baixou a faca lentamente. Virando-se para a casa, esfaqueou o ar na direção dela.

— Não, você não vai fazer isso — disse ela. — Porque ele é um ser humano, e irá nos levar a... — Caiu em silêncio. *Outros seres humanos*, ela pretendera dizer para concluir. *Ele é um ser humano e irá nos levar a outros seres humanos.* Mas não tinha certeza de que isto era o que queria dizer, ou mesmo se fosse, de que era *tudo* que pretendia dizer. Já se sentia puxada para dois lados ao mesmo tempo, e começou a desejar que nunca tivesse visto Larry. Tentou acariciar o menino novamente, mas ele se retraiu, irritado; olhava para a grande casa no alto da colina e seus olhos ardiam de ciúme. Após um instante, tornou a embrenhar-se nos arbustos, olhando para a mulher com reprovação. Ela o seguiu para certificar-se de que tudo estava bem com ele. O menino deitou-se no chão, encolheu-se em posição fetal, aninhando a faca sob o peito. Enfiou o polegar na boca e fechou os olhos.

Nadine voltou até onde o córrego formara um pequeno remanso e ajoelhou-se. Bebeu água com as mãos em concha, depois ficou vigiando a casa. Tinha os olhos muito tranqüilos, o rosto muito parecido com o de uma Madona de Rafael.

* * *

No fim daquela tarde, enquanto Larry pedalava uma bicicleta ao longo de um trecho margeado de árvores da Rodovia Nacional 9, um letreiro verde em letras fosforescentes surgiu diante de seus olhos. Ele parou para ler e o letreiro dizia que estava entrando no MAINE, A TERRA DAS FÉRIAS. Mal pôde acreditar, devia ter percorrido uma incrível distância em seu semi-entorpecimento de medo. Ou isso ou então desperdiçara dois dias em algum lugar. Já ia recomeçar sua viagem quando alguma coisa — um ruído na vegetação ou talvez apenas na sua cabeça — o fez olhar bruscamente para trás por cima do ombro. Não havia nada senão a Rodovia 9, deserta, espichando-se de volta a New Hampshire.

Desde a casa branca, onde fizera um desjejum de cereal seco e queijo, espalhado de uma lata de aerossol sobre bolachas Ritz ligeiramente mofadas, que vinha tendo a forte sensação de estar sendo espionado e seguido. Estava *ouvindo* coisas, talvez até mesmo vendo coisas pelos cantos dos olhos. Sua capacidade de observação, apenas começando a despertar plenamente naquela estranha situação, continuava reagindo a estímulos tão mínimos que eram quase subliminares, espicaçando os terminais nervosos com coisas tão pequenas que, mesmo agregadas, formavam apenas uma vaga premonição, uma sensação de "estar sendo espreitado". Era uma sensação que não o atemorizava como as outras. Não produzia nenhuma espécie de alucinação ou delírio. Se alguém o espreitava e se deixava ficar para trás, era provavelmente porque tinha medo dele. E se temia o pobre e esquálido Larry Underwood, agora tão enfraquecido que sequer podia pilotar uma moto a 40km/h, não era portanto motivo de preocupação.

Agora, encarapitado na bicicleta que pegara em uma loja de artigos esportivos situada a uns 6 quilômetros a leste da grande casa branca, ele gritou em voz bem nítida:

— Se tem alguém aí, por que não dá as caras? Não vou machucá-lo!

Não houve resposta. Ele ficou parado na estrada, junto ao letreiro indicando a divisa interestadual, observando e esperando. Um passarinho trinou e depois arremeteu-se para o céu. Nada mais se moveu. Após um instante, ele prosseguiu em frente.

* * *

Por volta das seis daquela tarde, Larry chegou à cidadezinha de North Berwick, na junção das Rodovias 9 e 4. Decidiu acampar ali e prosseguir rumo ao litoral pela manhã.

Havia uma pequena mercearia no cruzamento da 9 e 4 em North Berwick, e lá ele pegou uma embalagem de meia dúzia de cervejas no *freezer* desativado. Era da marca Black Label, que nunca experimentara antes — uma cerveja regional, talvez. Também pegou um saco grande de batatas fritas e duas latas de guisado de carne. Pôs tudo na mochila e voltou à porta.

Do outro lado da rua havia um restaurante, e por um breve momento pensou ter visto duas sombras compridas se arrastando para trás dele e saindo de vista. Talvez fossem seus olhos pregando-lhe uma peça, mas ele achava que não. Pensou em atravessar a estrada correndo e surpreendê-las fora do esconderijo: Achei, podem sair, o pique-esconde acabou, crianças. Mas decidiu não fazê-lo. Sabia o que era o medo.

Em vez disso, caminhou um pouco pela estrada abaixo, empurrando a bicicleta com a mochila repleta balançando do guidom. Viu uma enorme escola de tijolos com um arvoredo nos fundos. Recolheu lenha suficiente caída do arvoredo para fazer uma fogueira de tamanho decente no meio do pátio de recreio asfaltado da escola. Havia um riacho nas proximidades, que fluía através de uma fábrica de tecidos e passava por baixo da estrada. Pôs a cerveja para gelar na água e cozinhou um guisado de carne na própria lata. Comeu-o na sua marmita de escoteiro, sentado num dos balanços do pátio de recreio. Balançou-se lentamente para a frente e para trás, com sua sombra projetando-se através das linhas desbotadas da quadra de basquete.

Ocorreu-lhe especular por que estava com tão pouco medo das pessoas que o seguiam — porque agora tinha certeza de que *eram* pessoas, pelo menos duas, talvez mais. Como um corolário, ocorreu-lhe especular por que se sentira tão bem o dia inteiro, como se um veneno negro tivesse vazado do seu organismo durante seu longo sono na tarde anterior. Seria tudo simplesmente falta de repouso? Isto e nada mais? Parecia tão simples!

Larry supôs, avaliando com certa lógica, que se os perseguidores pretendessem causar-lhe algum dano, já o teriam tentado. Teriam atirado nele de emboscada ou pelo menos apontariam armas para ele, forçando-o a se render e entregar a sua. Teriam lhe tomado tudo que quisessem... mas de novo pensando logicamente (também era *bom* pensar com lógica, porque nos últimos dias todo o seu raciocínio tinha sido causticado num banho de ácido corrosivo de terror), o que possivelmente ele teria que alguém pudesse querer? Até onde se sabia, agora havia fartura para todo mundo, porque muito poucos haviam sobrevivido. Por que se dar ao trabalho de roubar e matar, ao risco da própria vida, quando tudo com que sempre sonhou em ter enquanto se sentava na latrina com o catálogo da Sears no colo estava agora disponível atrás de cada vitrine de loja do país? Era só quebrar o vidro, entrar e pegar.

Tudo, exceto a companhia de seus semelhantes. *Isto* era um artigo raro, como Larry sabia muito bem. E o motivo real por não sentir medo era porque achava que aquelas pessoas deviam querer justamente isto. Cedo ou tarde, o desejo delas suplantaria seu medo. Ele esperaria até lá. Não ia encorajá-las como uma ninhada de codornas; isto só tornaria as coisas piores. Dois dias atrás, teria empalidecido se visse alguém. Simplesmente assustado demais para fazer qualquer outra coisa. Portanto, podia esperar. Mas, porra, ele realmente queria ver alguém de novo. Queria mesmo.

Caminhou de volta ao riacho e lavou sua marmita. Pegou as cervejas que gelavam na água e voltou para o balanço. Abriu a primeira lata e levantou-a na direção do restaurante onde tinha visto as sombras.

— À muito boa saúde de vocês — disse Larry e bebeu metade da lata num só gole. E ainda falam em ser gentil!

Na hora em que traçou a última cerveja passava um pouco das sete e o sol estava quase se pondo. Larry chutou os últimos resquícios de cinza da fogueira e recolheu suas coisas. Depois, meio de pileque e sentindo-se animado, subiu mais meio quilômetro pela Rodovia 9 e encontrou uma casa com o alpendre telado. Estacionou a bicicleta no gramado, pegou o saco de dormir e forçou a porta do alpendre com uma chave de fenda.

Olhou em torno mais uma vez, esperando ver quem o seguia — talvez fossem várias pessoas —, mas a rua estava quieta e vazia. Ele deu de ombros e entrou na casa.

Ainda era cedo e achou que ficaria algum tempo até o sono chegar, mas aparentemente estava precisando dormir mais do que imaginava. Quinze minutos após se deitar estava ferrado no sono, com a respiração lenta e uniforme, o rifle bem ao alcance da mão direita.

* * *

Nadine estava cansada. Este parecia agora o dia mais longo da sua vida. Por duas vezes teve certeza de que tinham sido vistos, uma vez perto de Strafford e de novo na divisa do Maine com New Hampshire, quando ele havia olhado por sobre o ombro e gritado. Ela não se importava se tivessem sido vistos ou não. Este homem não era louco, como o homem que havia passado pela casa branca dez dias atrás. Aquele tinha sido um soldado carregado com armas e granadas e cintas de munição. Estivera rindo e chorando e ameaçando explodir os bagos de alguém chamado tenente Morton. Esse tenente Morton não estivera em nenhum lugar à vista, o que foi provavelmente uma boa coisa para ele, caso ainda estivesse vivo. Joe também ficara assustado com o soldado, e neste caso foi provavelmente uma coisa muito boa.

— Joe?

Ela olhou em volta.

Joe se fora.

E ela estivera à beira do sono e de escorregar. Empurrou o único cobertor e se levantou, estremecendo com uma centena de dores diferentes. Quanto tempo fazia desde que passara tantas horas pedalando uma bicicleta? Nunca, provavelmente. E depois houve o constante e enervante esforço para descobrir o meio-termo justo. Se chegassem perto demais, ele iria vê-los, o que incomodaria Joe. Se ficassem muito para trás, ele poderia trocar a Rodovia 9 por outra estrada, e iriam perdê-lo. O que incomodaria a *ela*. Nunca ocorreu-lhe que Larry poderia contorná-los e pegá-los por trás. Felizmente (para Joe, pelo menos), isto tampouco havia ocorrido a Larry.

Continuou dizendo a si mesma que Joe se acostumaria com a idéia de que precisavam dele... e não só dele. Não podiam ficar sozinhos. Se continuassem sozinhos, morreriam sozinhos. Teriam que se habituar com outras pessoas.

— Joe — chamou de novo, suavemente.

Joe podia ser tão silencioso quanto um guerrilheiro vietcongue rastejando através do mato, mas os ouvidos dela conseguiram ficar sintonizados com ele nas últimas três semanas e esta noite, como uma bonificação, era enluarada. Ela ouviu um leve arranhar e ruído de cascalho, e soube para onde Joe estava indo. Ignorando suas dores, ela o seguiu. Eram 10h15 da noite.

Haviam acampado (se você quisesse chamar dois cobertores estendidos na relva de "acampamento") atrás do North Berwick Grille, em frente à mercearia, guardando as bicicletas sob um telheiro atrás do restaurante. O homem que estavam seguindo havia comido no pátio de recreio da escola do outro lado da rua ("Se fôssemos até lá, aposto que ele dividiria sua refeição conosco, Joe", dissera ela com tato. "Está quente... e não é que está cheirando bem? Aposto que está muito mais saborosa do que esta mortadela." Os olhos de Joe se arregalaram, mostrando um bocado do branco. Ele sacudiu sua faca malignamente na direção de Larry) e depois subira a rua até uma casa com alpendre telado. Pelo modo como conduzia a bicicleta, ela achou que talvez estivesse meio bêbado. Estava agora adormecido no alpendre da casa que havia escolhido.

Nadine apressou o passo, estremecendo enquanto seixos esparsos mordiam as solas de seus pés. Havia casas à esquerda e ela atravessou até seus gramados, que estavam agora se transformando em matagal. A grama, pesadamente orvalhada e adocicada, alcançava a altura das suas canelas nuas. Isto a fez pensar numa ocasião em que fugira de um garoto através de uma grama assim, debaixo de uma lua cheia, em vez de minguante, como era esta agora. Houvera uma bola doce e quente de excitação no seu baixo-ventre, e ela estivera muito consciente dos seios como objetos sexuais, cheios, maduros, se projetando do peito. A lua a fizera sentir-se inebriada, e o mesmo tinha feito a grama, molhando suas pernas com a umidade noturna. Tinha sabido que se o garoto a agarrasse, ela o deixaria tirar sua virgindade. Correra como um índio através do milharal. Ele a tinha pegado? O que importava isso agora?

Correu mais rápido, pulando por cima de uma entrada de carros cimentada que brilhava como gelo na escuridão.

E lá estava Joe, parado à beira do alpendre telado onde o homem dormia. Os *shorts* brancos de Joe eram a coisa mais brilhante na escuridão; de fato, a pele do garoto era tão escura que ao primeiro olhar quase se pensaria que os *shorts* estavam ali sozinhos, suspensos no espaço, ou então sendo usados por um homem invisível de H. G. Wells.

Joe era oriundo de Epson, ela sabia, porque foi lá que o havia encontrado. Nadine era de South Barnstead, uma cidade que ficava a 24 quilômetros a nordeste de Epson. Ela estivera procurando metodicamente por outras pessoas saudáveis, relutante em abandonar a própria casa na sua cidade natal. Trabalhou em círculos concêntricos que ficavam cada vez mais amplos. Só havia encontrado Joe, delirante e febril por causa da picada de algum tipo de animal — rato ou esquilo, mais ou menos desse porte. Ele estivera sentado no gramado de uma casa em Epson vestido só de *shorts*, a faca de açougueiro aferrada na mão como um selvagem da Idade da Pedra ou um pigmeu agonizante, mas ainda indomado. Ela já tivera experiência anterior com infecções e o carregara para a casa. Tinha sido a própria casa dele? Nadine achou que provavelmente sim, mas jamais teria certeza, a não ser que Joe lhe dissesse. Haviam encontrado um monte de gente morta na casa: mãe, pai, três outros filhos, o mais velho com cerca de 15 anos. Nadine encontrara um consultório médico onde havia desinfetante, antibióticos e ataduras. Não tinha certeza de quais antibióticos seriam os corretos e sabia que poderia matá-lo se escolhesse o medicamento errado, mas se não lhe desse nada ele morreria de qualquer jeito. A picada era no tornozelo, que havia inchado do tamanho de uma câmara de ar. A sorte esteve do lado dela. Em três dias o tornozelo voltou ao tamanho normal e a febre se foi. O garoto confiava nela. Em ninguém mais, aparentemente, mas nela sim. Acordava pelas manhãs e ele já estava grudado nela. Foram para a grande casa branca. Ela o chamava de Joe. Não era o nome dele, mas na sua vida como professora, qualquer menina cujo nome não sabia era sempre chamada de Jane, qualquer menino, de Joe. O soldado tinha chegado, rindo, chorando e xingando o tenente Morton. Joe quisera sair correndo e matá-lo com a faca. E agora este homem. Ela estava receosa de tomar-lhe a faca, pois era o talismã de Joe. Tentar isto seria a única coisa que poderia fazê-lo voltar-se contra ela. Joe dormia com a faca apertada na mão, e na única noite em que havia tentado puxá-la, mais para ver se podia realmente ser feito do que de fato tomá-la para sempre, ele havia acordado instantaneamente, sem nenhum movimento. Num momento, rapidamente desperto. No momento seguinte, aqueles olhos azul-esverdeados inquietos, com seu aspecto chinês, estiveram fitando-a com branda selvageria. Joe havia puxado a faca de volta com um rosnado baixo. Ele nada falou.

Agora estava erguendo a faca, baixando-a, erguendo-a de novo. Fazendo aqueles ruídos rosnantes baixos na garganta e dando estocadas com a faca para a tela. Preparando-se talvez para investir realmente contra a porta.

Nadine chegou por trás dele, sem fazer qualquer esforço especial para manter silêncio, porém Joe não a ouviu; estava perdido no seu próprio mundo. Num instante, inconsciente do que ia fazer, ela aferrou a mão no pulso dele e torceu-o violentamente no sentido anti-horário.

Joe emitiu um arfar sibilante e Larry Underwood se agitou um pouco no seu sono, virou-se e se aquietou de novo. A faca caiu na grama entre eles, sua lâmina serrilhada captando reflexos irregulares da lua prateada. Os dois pareciam flocos de neve luminosos.

Joe a fitou com raiva, reprovador e com olhos desconfiados. Nadine o fitou de volta, de modo descompromissado. Apontou para o caminho pelo qual tinham vindo. Joe sacudiu a cabeça maldosamente. Apontou para a tela e a protuberância escura no saco de dormir atrás dela. Fez um gesto horrivelmente explícito, traçando seu polegar ao longo da garganta na altura do pomo-de-adão. A seguir sorriu. Nadine nunca o vira sorrir antes e isto lhe causou um calafrio. Não poderia ser mais selvagem nem se aqueles brilhantes dentes brancos tivessem sido afiados com uma lima.

— Não — disse ela suavemente. — Ou acordarei ele agora.

Joe pareceu alarmado. Sacudiu a cabeça rapidamente.

— Então volte comigo. Para dormir.

Ele olhou para a faca no chão, depois para ela de novo. A selvageria, pelo menos por enquanto, se fora. Ele era apenas um garotinho que queria seu urso de pelúcia ou o cobertor áspero que o acompanhava desde o berço. Nadine reconheceu vagamente que esta poderia ser a hora de fazê-lo abandonar a faca, para simplesmente sacudir a cabeça num firme "Não". Mas e depois? Iria ele gritar? Joe havia gritado depois que o soldado lunático sumira de vista. Gritara repetidamente, sons enormes e inarticulados de terror e raiva. Queria ela conhecer o homem no saco de dormir à noite, e com aquela gritaria ressoando nos ouvidos dela e dele?

— Vai voltar comigo?

Joe assentiu.

— Muito bem — disse ela baixinho. Joe se inclinou depressa e recolheu a faca no chão.

Retornaram juntos, ele se arrastando junto a ela confiantemente, o intruso esquecido, pelo menos por enquanto. Enrolou seus braços em torno dela e foram dormir. Ela sentiu a velha dor familiar no ventre, muito mais profunda e impregnante do que aquelas causadas pelo exercício. Era uma dor de mulher, e nada se podia fazer. Ela caiu no sono.

* * *

Ela acordou por volta das primeiras horas da manhã — não usava relógio —, com frio, rígida e aterrorizada, de repente receando que Joe tivesse astuciosamente esperado até ela adormecer para voltar à casa e cortar a garganta do homem enquanto ele dormia. Os braços de Joe não mais a enlaçavam. Sentia-se responsável pelo garoto, sempre sentira-se responsável pelos pequenos seres que nunca pediram para vir ao mundo, mas, se ele tivesse feito isso, Nadine iria deixá-lo por sua própria conta. Tirar uma vida quando tantas já haviam sido perdidas era um pecado imperdoável. E também não podia ficar sozinha com Joe por muito mais tempo sem ajuda; estar com ele era como estar numa jaula com um leão temperamental. Tal como um leão, Joe não podia (ou não sabia) falar; podia apenas rosnar em sua pequena voz perdida de menino.

Ela sentou-se e viu que o garoto ainda estava lá. No seu sono ele se afastara dela um pouco, só isso. Joe havia se encolhido em posição fetal, o polegar dentro da boca, a mão apertada em torno do cabo da faca.

Já inteiramente desperta, ela caminhou até a relva, urinou e voltou para seu cobertor. Quando a manhã raiou, ela não tinha certeza de que acordara de fato durante a noite ou se apenas havia sonhado com isso.

* * *

Se sonhei, pensou Larry, devem ter sido bons sonhos. Não recordava de nenhum deles. Sentia-se como nos velhos tempos e achou que aquele seria um dia agradável. Hoje finalmente veria o oceano. Enrolou o saco de dormir, amarrou-o ao bagageiro da bicicleta, voltou para pegar a mochila... e parou.

Um caminho cimentado levava até os degraus do alpendre, e de ambos os lados a grama estava alta e incrivelmente verde. À direita, junto ao próprio alpendre, a relva orvalhada estava caída. Quando o orvalho evaporasse, ela voltaria a se pôr de pé, mas agora retinha a impressão de pegadas. Larry havia sido criado na cidade, não entendia dessas coisas do campo (era mais chegado a Hunter Thompson do que a James Fenimore Cooper), mas era preciso ser cego, pensou, para não concluir que os rastros eram de duas pessoas: uma grande e outra pequena. Em algum tempo durante a noite, tinham se aproximado da tela e olhado para ele. Isto o deixou gelado. Era o tipo de espreita que não lhe agradava, e gostou muito menos do primeiro toque do medo que retornara.

Se os perseguidores não se mostrarem logo, pensou, vou fazer tudo para descobri-los. Somente a idéia de que poderia fazer isto bastou para recuperar sua autoconfiança. Pôs a mochila nas costas e prosseguiu viagem.

Por volta do meio-dia, tinha alcançado a Nacional 1 em Wells. Jogou uma moeda e deu coroa. Então dobrou ao sul pela Nacional 1, deixando a moeda reluzindo indiferentemente na terra. Joe a encontrou vinte minutos depois e ficou olhando para ela como se fosse o cristal de um hipnotizador. Ele a pôs na boca e Nadine o obrigou a cuspi-la.

Três quilômetros estrada abaixo, Larry o viu pela primeira vez, o imenso animal azul, lento e preguiçoso neste dia. Era inteiramente diverso do Pacífico ou do Atlântico, que banhava Long Island. Aquela parte do oceano parecia complacente, de alguma forma, quase domada. Aqui a água era de um azul-escuro, quase cobalto, e chegava à terra em ondulações sucessivas, mordendo as rochas. A espuma, tão espessa como clara de ovo batida, saltava alta no ar e depois se esparramava de volta. As ondas produziam um estrondo permanente contra a praia.

Larry estacionou a bicicleta e caminhou para o mar, sentindo uma profunda excitação que não sabia explicar. *Ali* estava ele, chegara ao lugar onde o mar assumia o controle. Aquele era o fim do leste. Era o fim da terra.

Cruzou um trecho pantanoso, os sapatos chapinhando na água que cercava montículos e aglomerados de juncos. Havia um cheiro forte e fecundo de maresia. Quando chegou mais perto do promontório, a fina pele de terra foi descascada, mostrando o osso nu de granito que apontava através dela — granito, a verdade final do Maine. Gaivotas alçaram vôo, brancas contra o céu azul, grasnando e gemendo. Ele nunca vira tantas aves juntas num só lugar. Ocorreu-lhe que, apesar de sua alva beleza, gaivotas eram comedoras de carniça. O pensamento seguinte foi quase indizível, mas se formara por completo em sua mente antes que pudesse rejeitá-lo: *A comilança deve ter sido muito boa ultimamente.*

Recomeçou a caminhar, seus sapatos agora estalando e arranhando na rocha ressecada pelo sol, a qual vivia eternamente molhada em seus muitos veios pelos borrifos. Havia cracas proliferando naquelas rachaduras, e espalhando-se aqui e ali, como estilhaços de granada de osso, estavam as conchas que as gaivotas jogavam para obter o alimento macio dentro delas.

Um momento depois, ele ficou de pé sobre o promontório nu. O vento marinho fustigou-o com força total, levantando da sua testa as mechas espessas de cabelo crescido. Ergueu o rosto para o vento, para o cheiro forte e limpo, o cheiro salitrado do animal azul. As ondulações, em um vidrado tom verde-azul, moviam-se lentamente, o declive ficando mais acentuado quando o fundo se tornava mais raso debaixo delas, os cumes primeiro ganhando um anel de espuma, depois uma coroa cacheada. Então arremetiam suicidamente contra as rochas, como faziam desde tempos imemoriais, destruindo-se e destruindo ao mesmo tempo uma partícula infinitesimal de terra. Havia um ribombar, um estouro tossido, enquanto a água era empurrada fundo para algum canal semi-submerso de rocha, escavado ao longo de milênios.

Ele virou primeiro à esquerda, depois à direita, e viu a mesma coisa acontecendo em cada direção, até onde a vista alcançava... rebentações, ondas, borrifos, a maioria de tudo uma pletora interminável de *cor* de tirar o fôlego.

Ele estava no fim da terra.

Sentou-se com os pés dependurados na borda, sentindo uma ligeira sensação de triunfo. Ficou ali por meia hora ou mais. A brisa marinha aguçou-lhe o apetite e ele remexeu na mochila procurando o que comer. E comeu vorazmente. Borrifos de espuma haviam manchado as pernas dos seus *jeans*. Sentiu-se limpo e revigorado.

Caminhou de volta através do terreno pantanoso, ainda tão imerso em seus pensamentos que de início supôs ter sido de novo aquele grito ascendente das gaivotas. Chegou até a erguer os olhos para o céu antes de se dar conta, com maldosa pontada de medo, de que era um grito humano. Um grito de guerra.

Seus olhos voltaram-se de novo para baixo e viu um menino correndo pela estrada em sua direção, as pernas musculosas movendo-se vigorosamente. Em uma das mãos trazia uma comprida faca de açougueiro. Usava apenas *shorts* e tinha as pernas entrecruzadas de lacerações. Atrás dele vinha uma mulher, acabando de sair do matagal e das urtigas do lado oposto da estrada. Parecia pálida e havia círculos de exaustão debaixo dos olhos.

— Joe! — gritou, e então começou a correr, como se isto lhe exigisse um doloroso esforço.

Joe prosseguiu em frente, sem lhe dar atenção, os pés nus levantando finos lençóis de água do pântano. Todo o seu rosto estava repuxado para trás num sorriso firme e assassino. A faca de açougueiro erguia-se acima de sua cabeça, refletindo o sol.

Está vindo para me matar, pensou Larry, inteiramente aturdido pela idéia. *Esse menino... o que foi que fiz a ele?*

— *Joe!* — gritou a mulher, desta vez em voz estridente, cansada, desesperada. Joe continuou a correr, encurtando a distância.

Larry teve tempo de perceber que deixara o rifle na bicicleta, mas então o menino que gritava já estava sobre ele.

Quando Joe brandiu a faca num arco longo e devastador, a paralisia de Larry se desfez. Saltou para o lado, sem sequer pensar, ergueu o pé direito e lançou a pesada e molhada bota que calçava contra o ventre do menino. E o que sentiu foi pena: nada tinha contra o garoto, que foi derrubado como um pino de boliche. Ele parecia feroz, mas não era um peso pesado.

— Joe! — gritou Nadine. Tropeçou em um montículo e caiu de joelhos, manchando a blusa branca de lodo marrom. — Não o machuque! Por favor, não o machuque! É apenas um menino! — Ela se levantou e prosseguiu.

Joe havia caído de costas. Estava esparramado como um *x*, os braços formando um *v*, as pernas abertas formando outro, invertido. Larry deu um passo à frente e pisou no seu punho direito, mantendo contra o solo lamacento a mão que segurava a faca.

— Largue isso, garoto!

Joe sibilou, depois emitiu um som como o grugulejar de um peru. Seu lábio superior repuxou-se sobre os dentes. Os olhos de chinês fixaram-se nos de Larry. Manter o pé sobre o pulso do menino era como pisar em uma cobra ferida mas ainda perigosa. Podia senti-lo tentando libertar a mão, pouco ligando se isto lhe custasse lacerações na pele, na carne, ou até mesmo um osso quebrado. Ele contorceu-se para uma posição quase sentada e tentou morder a perna de Larry através do duro brim molhado das calças *jeans*. Larry pisou com mais força ainda no pulso fino e Joe deu um grito — não de dor, mas de desafio.

— Largue a faca, garoto.

Joe continuou lutando.

A coisa ia continuar até Joe largar a faca ou Larry quebrar-lhe o pulso, se Nadine não tivesse finalmente chegado, enlameada, arquejante, cambaleando de cansaço.

 Sem olhar para Larry, ela caiu de joelhos.

— Largue isso! — disse ela baixinho, mas com grande firmeza. Tinha o rosto suado porém calmo. Mantinha-o a apenas alguns centímetros acima das feições furiosas e contorcidas de Joe. O menino avançou para ela como um cão e continuou a forcejar. Com uma careta, Larry pelejou para manter o equilíbrio. Se o menino se livrasse agora, provavelmente atacaria a mulher primeiro.

— Solte... isso! — disse Nadine.

O garoto grunhiu. Saliva escorreu por entre seus dentes cerrados. Havia uma nódoa de lodo em forma de ponto de interrogação na sua face direita.

— Vamos abandoná-lo, Joe. *Eu* o abandonarei e seguirei com ele. A não ser que você se comporte.

Larry sentiu mais uma tensão do braço sob seu pé, depois um afrouxamento. Mas o garoto olhava para ela com um ar pesaroso, acusador e de reprovação. Quando ele desviou o olhar ligeiramente para fitá-lo, Larry pôde ler o ciúme fervente naqueles olhos. Mesmo com o suor escorrendo dele a cântaros, Larry sentiu-se gelado sob aquele olhar.

Nadine continuou a falar calmamente. Ninguém iria machucar Joe. Ninguém o abandonaria. Se ele largasse a faca, todos seriam amigos.

Aos poucos, Larry percebeu que a mão debaixo de sua bota havia relaxado e soltado a faca. O menino permaneceu quieto, olhando para o céu. Tinha optado por ceder. Larry retirou o pé de sobre seu pulso, abaixou-se rapidamente e recolheu a faca. Virando-se, atirou-a para o alto e para longe, na direção do promontório. A lâmina rodopiou, emitindo reflexos solares. Os olhos estranhos de Joe seguiram o rumo da faca e ele soltou um longo e ululante gemido de dor. A faca caiu sobre as rochas com um leve ruído metálico e depois escorregou pela borda do promontório.

Larry virou-se e olhou para eles. A mulher olhava para o braço direito de Joe, onde a forma da bota de Larry ficara profundamente delineada, transformando-se agora em uma irada mancha vermelha. Os olhos escuros dela ergueram-se a seguir para o rosto de Larry, cheios de angústia.

Larry sentiu o surgimento das velhas palavras justificativas — *Eu tive que fazer isto, não foi minha culpa, sabe, moça, ele queria me matar* —, porque achou que podia ler a acusação naqueles olhos magoados: *Você não é um cara legal.*

Mas no fim acabou não dizendo nada. A situação era o que era, e seus atos tinham sido forçados pelos do menino. Olhando para ele, que agora se encolhia desolado sobre os joelhos e enfiava um polegar na boca, duvidava de que aquele garoto tivesse dado início à situação. Uma situação que poderia ter tido um desfecho pior, com um deles ferido ou mesmo morto.

Assim, ficou calado, encarou o olhar suave da mulher e pensou: *Acho que mudei. De algum modo. Não sei quanto.* Flagrou-se lembrando de algo que Barry Grieg lhe dissera sobre um guitarrista de Los Angeles, um cara chamado Jory Baker, que chegava sempre na hora, nunca perdia um ensaio nem ferrava um teste musical. Não era um guitarrista de encher os olhos, não um fenômeno como Angus Young ou Eddie Van Halen, mas competente. Certa vez, dissera Barry, Jory Baker fora a mola mestra de um grupo chamado Sparx, um conjunto que todo mundo parecia achar ser o Sucesso Mais Provável do Ano. Tinham um som que fazia lembrar o Creedence dos primeiros tempos: uma guitarra de *rock and roll* vigorosa e marcante. Jory Baker tinha feito a maioria dos arranjos e todos os vocais. Então houve um acidente de carro, ossos quebrados, um monte de entorpecentes no hospital. Ele havia saído, como diz a canção de John Prine, com uma placa de aço na cabeça e viciado em drogas. Evoluiu de Demerol para heroína.

Experimentou umas duas vezes. Passado algum tempo, era mais um drogado com dedos desajeitados catando trocados no terminal da Greyhound e vadiando pelas ruas. Então, de algum modo, após um período de 18 meses, conseguiu se limpar e assim permaneceu. Uma boa parte dele se foi. Já não era mais a mola mestra de nenhum grupo, o Sucesso Mais Provável ou coisa que o valha, mas sempre chegava na hora, nunca perdia um ensaio ou ferrava um teste musical. Não era de falar muito, mas a auto-estrada de agulhadas no seu braço esquerdo havia desaparecido. E Barry Grieg arrematara: *Ele passou para o outro lado.* Isso era tudo. Ninguém pode dizer o que se passa entre a pessoa que você foi e a pessoa na qual se transformou. Ninguém pode reservar aquela azul e isolada seção do inferno. Não há mapas de troca. Você simplesmente... passa para o outro lado.

Ou não passa.

Mudei de algum modo, pensou Larry vagamente. Também passei para o outro lado.

— Sou Nadine Cross — apresentou-se ela. — Este é Joe. Fico feliz em conhecê-lo.

— Larry Underwood.

Trocaram um aperto de mãos, ambos sorrindo levemente pelo absurdo.

— Vamos voltar para a estrada — disse Nadine.

Começaram a caminhar lado a lado. Após alguns passos, Larry olhou para Joe por sobre o ombro. O menino continuava de joelhos, chupando o polegar, parecendo não perceber que estavam indo embora.

— Ele virá — disse ela baixinho.

— Tem certeza?

— Absoluta.

Quando chegaram ao acostamento de cascalho da estrada, ela cambaleou e Larry pegou-a pelo braço. Nadine olhou para ele, agradecida.

— Podemos sentar? — perguntou ela.

— Claro.

Assim, ficaram sentados ali, frente a frente. Após algum tempo, Joe levantou-se e seguiu na direção deles, olhando para seus pés descalços. Sentou-se meio afastado deles. Larry olhou para ele cauteloso, depois virou-se para Nadine.

— Vocês dois estavam me seguindo.

— Você sabia? Sim, creio que notou.

— Por quanto tempo?

— Já faz dois dias — disse Nadine. — Estávamos naquela casa grande em Epson. — Notando a expressão confusa de Larry, acrescentou: — Perto do córrego. Você adormeceu junto ao muro de pedra.

Larry admitiu.

— E na noite passada vocês dois vieram me espiar enquanto eu dormia naquele alpendre. Talvez para ver se eu tinha chifres ou um comprido rabo vermelho.

— Foi Joe — respondeu ela baixinho. — Fui atrás dele quando percebi que havia desaparecido. Como soube?

— Vocês deixaram rastros no orvalho.

— Ah! — Ela o fitou atentamente, escrutinando-o, e embora desejasse, Larry não baixou os olhos. — Não quero que fique zangado conosco. Suponho que pareça ridículo, depois de Joe ter tentado matá-lo minutos atrás, mas ele não é responsável.

— Este é o verdadeiro nome dele?

 — Não, apenas o chamo assim.

— Ele parece um selvagem daquelas séries de TV da *National Geographic.*

— Sim, é mais ou menos isso. Encontrei-o no gramado de uma casa... a casa dele, talvez, o nome era Rockway... passando mal por causa de uma picada. Mordida de rato, talvez. Ele não fala. Só dá grunhidos e gemidos. Até esta manhã fui capaz de controlá-lo. Mas... estou cansada, como vê, e... — Ela deu de ombros. A lama do pântano secava em sua blusa, formando o que poderia ter sido uma série de ideogramas chineses. — No começo eu o vesti, mas ele tirava tudo, exceto os *shorts.* Por fim, me cansei de tentar. Os mosquitos não pareciam incomodá-lo. — Fez uma pausa. — Eu queria que fôssemos com você. Acho que não adianta mostrar recato sobre isto, devido às circunstâncias.

Larry imaginou o que ela pensaria se lhe contasse sobre a última mulher que quisera acompanhá-lo. Não que desejasse tocar no assunto; era um episódio que estava profundamente sepultado, mesmo que a mulher em questão não estivesse. Não estava mais ansioso em evocar Rita do que um assassino em pronunciar o nome de sua vítima em alguma conversa de salão.

— Não sei para onde estou indo — disse ele. — Vim de Nova York, e acho que pelo trajeto mais longo. O plano era encontrar uma bela casa no litoral e ficar lá até outubro, mais ou menos. Porém, quanto mais longe chego, mais quero encontrar outras pessoas. Quanto mais longe chego, mais isto parece me abalar.

Estava se expressando pessimamente e parecia incapaz de sair-se melhor, para não falar em Rita e nos seus pesadelos com o homem escuro.

— Fiquei muito tempo amedrontado — disse com cautela —, porque estou por minha própria conta. Para lá de paranóico. É como se esperasse que peles-vermelhas surgissem a qualquer momento, querendo tirar meu escalpo.

— Em outras palavras, você parou de procurar casas e começou a procurar gente.

— Sim, talvez.

— Pois já nos encontrou. É um começo.

— Acho que vocês é que me encontraram. E esse garoto me deixa preocupado, Nadine. Tenho de ficar prevenido. Ele agora está sem a faca, mas o que não falta são facas neste mundo, espalhadas por aí, esperando que alguém as pegue.

— Sim.

— Não quero parecer brutal... — Ele deixou as palavras no ar, na esperança de que falassem por si, porém ela nada disse. Continuou fitando-o com aqueles olhos escuros. — Já pensou em abandoná-lo?

Pronto, estava feito. Era como cuspir fora um pedaço de pedra, e Larry ainda não parecia muito um cara legal... mas isto era o certo. Seria justo cada um deles piorar uma situação já péssima sobrecarregando-se com um psicopata de dez anos? Ele dissera que pareceria brutal, e na verdade era. Mas estavam agora vivendo num mundo brutal.

Enquanto isso, os estranhos olhos da cor do mar de Joe o fitavam entediados.

— Eu não poderia fazer isso — disse Nadine calmamente. — Compreendo o perigo, tal como sei que este perigo seria primordialmente para você. Ele sente ciúmes. Receia que você possa tornar-se mais importante para mim do que ele. Joe poderia muito bem tentar... tentar atacá-lo novamente, a menos que o conquiste com a sua amizade e o convença de que não pretende... — Ela interrompeu-se, deixando no ar essa parte. — Se eu o abandonar, porém, isto seria o mesmo que matá-lo. E não quero ser culpada disso. Muita gente já morreu para se matar mais.

— Se ele cortar minha garganta no meio da noite, você terá sua parcela de culpa.

Ela baixou a cabeça.

Falando tão baixo de modo que só Nadine pudesse ouvir (ele não sabia se Joe, que os observava, compreendia o que estavam falando), Larry disse:

— Ele provavelmente o teria feito esta noite, se você não o seguisse. Não é verdade?

Suavemente, ela respondeu:

— São coisas que podem acontecer.

Ele riu.

— O Fantasma do Natal Vindouro?

Nadine ergueu os olhos.

— Quero ir com você, Larry, mas não posso abandonar Joe. Você terá que decidir.

— Você não torna a vida mais fácil.

— A vida não tem sido fácil nesses dias.

Ele pensou a respeito. Joe sentava-se no acostamento da estrada, observando-os com seus olhos da cor do mar. Atrás deles, o mar verdadeiro movia-se incansável contra as rochas, trovejando em seus canais secretos que se infiltravam na terra.

— Tudo bem — falou. — Acho que está sendo perigosamente bondosa, mas... tudo bem.

— Obrigada — disse Nadine. — Serei responsável pelos atos dele.

— O que será um grande consolo se ele me matar.

— Isto me pesaria no coração pelo resto da vida — disse Nadine e uma súbita certeza de que todas as suas palavras sobre a santidade da vida, em um dia não muito distante, se ergueriam para zombar dela, varrendo-a como um vento frio, fazendo-a estremecer. Não, disse para si mesma. Não matarei. Isso não. Nunca.

* * *

Nessa noite acamparam na macia areia branca da praia pública de Wells. Larry fez uma grande fogueira acima da linha de algas que marcava a última maré alta e Joe sentou-se do outro lado, longe dele e de Nadine, alimentando o fogo com pequenos gravetos. Ocasionalmente, enfiava um graveto maior nas chamas, até que ardesse como uma tocha. Então corria pela areia, empunhando-o como uma única e chamejante vela de aniversário. Conseguiram vê-lo até uma distância de uns 10 metros da fogueira, mas depois viam apenas sua tocha móvel, repuxada para trás pelo deslocamento de vento na sua louca correria. A brisa marinha aumentara um pouco, sendo bem mais fria do que nos dias anteriores. Vagamente, Larry lembrou-se da pancada de chuva ocorrida na tarde em que encontrara sua mãe morrendo, pouco antes que a supergripe atingisse Nova York como um trem cargueiro em disparada. Lembrou a tormenta e as cortinas brancas soprando violentamente para dentro do apartamento. Estremeceu um pouco, e essa brisa fazia as fagulhas dançarem numa espiral de fogo para cima, na direção do céu negro salpicado de estrelas. As fagulhas turbilhonavam ainda mais alto, cintilando. Larry pensou no outono, ainda distante mas não tanto como aquele dia de junho, quando descobrira sua mãe caída no chão, delirando. Estremeceu de leve. No lado norte, muito além da praia, a tocha de Joe oscilava para cima e para baixo. Isto o fez sentir-se solitário e com mais frio — aquela luz isolada, crepitando na ampla e silenciosa escuridão. As ondas rolavam e ribombavam.

— Você toca?

Larry sobressaltou-se um pouco à pergunta de Nadine e olhou para o estojo da guitarra descansando na areia ao lado deles. Estivera recostado contra um piano Steinway na sala de música da enorme casa que haviam invadido para obter seu jantar. Larry enchera a mochila com latas suficientes para substituir o que haviam comido naquele dia e, num impulso, pegara o estojo sem sequer olhar para ver seu conteúdo. Vindo de semelhante casa, só podia ser um excelente instrumento. Ele nunca mais tocara desde aquela festa alucinada em Malibu, e isto tinha sido há seis semanas. Em outra vida.

— Sim, toco — disse ele e descobriu que *queria* tocar, não por causa dela, mas porque às vezes se sentia bem tocando, isso acalmava sua mente. E quando há uma fogueira na praia presume-se que alguém tocará. Isto era praticamente gravado em pedra.

— Vamos ver o que temos aqui — disse ele, abrindo o estojo.

Havia esperado algo bom, mas o que jazia dentro do estojo era uma surpresa ainda melhor. Era uma guitarra Gibson de 12 cordas, um belo instrumento, talvez feito de encomenda. Larry não era um bom avaliador de guitarras, para falar com franqueza. Sabia porém que as incrustações de arabescos na madeira eram de madrepérola autêntica, que captava cintilações vermelho-alaranjadas do fogo, esfumando-as em prismas de luz.

— É linda! — exclamou Nadine.

— Sem dúvida.

Larry a dedilhou e gostou do som emitido, embora a guitarra não estivesse inteiramente afinada. Era um som mais encorpado e rico do que o produzido por um instrumento de seis cordas. Um som harmônico, embora firme. Aí residia a vantagem de uma guitarra com cordas de aço: o som obtido é melhor. E as cordas eram da marca Black Diamonds, enroladas e um pouco duras, mas produzindo um som honesto, um tanto ligeiramente cru, quando os dedos saltavam de uma corda para outra — *zing!* Larry sorriu de leve, recordando a irritação de Barry Grieg por causa das cordas macias do instrumento. Costumava chamá-las de "maciotas de um dólar". O bom e velho Barry, que quando cresceu quis ser Steve Miller.

— Por que está sorrindo? — perguntou Nadine.

— Recordando os velhos tempos — disse ele, e ficou um tanto entristecido.

Afinou as cordas de ouvido e não se saiu tão mal, continuando a pensar em Barry, Johnny McCall e Wayne Stukey. Quando Larry terminava a afinação, Nadine tocou-lhe o ombro de leve e ele ergueu os olhos.

Joe estava parado junto à fogueira, ainda segurando um esquecido graveto carbonizado. Aqueles olhos estranhos fitavam-no, fascinados, e ele estava boquiaberto.

Muito baixinho, tão baixo que poderia até ter sido um pensamento em sua cabeça, Nadine disse:

— A música enfeitiça...

Larry começou a dedilhar uma melodia na guitarra de um antigo *blues* que recolhera de um álbum *folk* Elektra, quando adolescente. Algo feito originalmente por Koerner, Ray e Glover, segundo imaginava. Quando achou ter pegado a melodia correta, deixou-a estender-se praia abaixo e então cantou... seu canto sendo sempre melhor que a execução.

Você me vê vindo de longe, baby
Tornarei a noite em dia, mamma
Porque estou aqui
Bem distante do meu lar

Mas você pode me ouvir chegando, baby
Pelo ronco do meu Cadillac preto.

Joe agora sorria, sorria na maneira surpresa de alguém que descobriu um alegre segredo. Larry achou que ele parecia alguém que viera sofrendo de uma comichão inalcançável entre as omoplatas por um longo tempo e que agora encontrara por fim alguém que sabia exatamente onde coçar. Larry esquadrinhou arquivos de memória há muito em desuso, caçando uma segunda parte, e então a encontrou.

Posso fazer coisas que os outros não sabem, mamma,
Eles não podem achar os números, baby
Não conhecem a linhagem de Conquistador.
Mas eu posso, pois estou bem longe do meu lar...
E você sabe que vai me ouvir chegando, baby
Pelo cantar de pneus do meu Cadillac preto.

O sorriso aberto e deliciado do menino iluminou aqueles olhos, transformou-os em algo capaz de fazer os músculos das coxas de qualquer garota afrouxarem um pouco. Ele havia alcançado uma ponte instrumental e enveredara por ela, não de todo mau. Seus dedos feriam as cordas certas da guitarra: duros, espalhafatosos e meio desajeitados, como um mostruário de jóias de fantasia, provavelmente roubadas, vendidas em um saco de papel numa esquina de rua. Larry fez um pouco de exibicionismo e depois voltou rapidamente ao bom e velho mi de três dedos antes de estragar tudo. Não conseguiu se lembrar por completo da última estrofe, algo sobre trilhos de ferrovia, de modo que repetiu a primeira e parou.

Quando se fez silêncio de novo, Nadine riu e bateu palmas. Joe atirou seu graveto fora e começou a dar saltos na areia, emitindo uivos ferozes de alegria. Larry não podia acreditar na mudança no garoto e teve de acautelar-se para não considerá-la como garantida. Fazer isto era correr um risco de decepção.

A música enfeitiça e acalma o animal selvagem.

Larry viu-se imaginando, com indesejada desconfiança, se podia ser algo tão simples assim. Joe estava gesticulando para ele, e Nadine disse:

— Ele quer que você toque mais alguma coisa. Seria possível? Isso foi maravilhoso. Fez com que me sentisse melhor. Muito melhor.

Assim ele tocou "Goin Downtown", de Geoff Muldaur, e "Sally's Fresno Blues", de sua própria autoria; tocou "The Springhill Mine Disaster" e "That's All Right, Mamma", de Arthur Crudup. Depois passou para o *rock* primitivo — "Milk Cow Blues", "Jim Dandy", "Twenty Flight Rock" (fazendo o ritmo de *boogie-woogie* do coro o melhor que podia, embora seus dedos agora estivessem ficando lentos, entorpecidos e dolorosos), e finalmente uma canção que sempre apreciara, "Endless Sleep", feita originalmente por Jody Reynolds.

— Não posso tocar mais — disse para Joe, que permanecera imóvel durante todo o recital. — Meus dedos. — Ergueu a mão, mostrando os profundos sulcos que as cordas lhe fizeram nos dedos, bem como as lascas nas unhas.

O menino estendeu as próprias mãos.

Larry fez uma pausa por um instante, depois resignou-se. Entregou a guitarra ao garoto, passando primeiro a correia pelo seu pescoço.

— Isso exige um bocado de prática — disse.

O que se seguiu, no entanto, foi a coisa mais espantosa que Larry já ouvira na vida. O menino tocou "Jim Dandy" quase com perfeição, mais uivando do que cantando as palavras, como se tivesse a língua colada ao céu da boca. Ao mesmo tempo, era perfeitamente óbvio que jamais tocara uma guitarra em sua vida; não conseguia ferir as cordas com vigor suficiente para elas soarem da maneira adequada e também, ao passar de uma para outra, as mudanças eram confusas e atropeladas. O som produzido era abafado e espectral — como se Joe estivesse tocando uma guitarra recheada de algodão —, mas, fora isto, era um papel-carbono perfeito da maneira como Larry tocara a música.

Quando terminou, Joe olhou para os dedos curiosamente, como se tentando compreender por que conseguiam produzir a substância da música que Larry tocara, mas não os sons bem articulados.

Entorpecidamente, como se de longe, Larry ouviu-se dizer:

— Você não está tocando com força suficiente, é isso. Tem que fazer calos, pontos duros, nas pontas dos dedos. E também músculos na mão esquerda.

Joe fitou-o detidamente enquanto falava, mas Larry não sabia se Joe entendera bem ou não. Virou-se para Nadine.

— Sabia que ele podia fazer isso?

— Não. Estou tão surpresa quanto você. É como se ele fosse um prodígio ou algo assim, não é?

Larry assentiu. O menino tocou "That's All Right, Mamma" novamente reproduzindo quase todas as nuances do modo como Larry havia tocado. Mas às vezes as cordas emitiam um som surdo de madeira enquanto os dedos de Joe mais bloqueavam sua vibração do que a faziam soar autêntica.

— Vou lhe mostrar — disse Larry, estendendo as mãos para a guitarra. Os olhos de Joe imediatamente semicerraram-se, desconfiados. Larry imaginou que estivesse recordando a faca atirada no mar. O menino recuou, apertando com firmeza a guitarra.

— Tudo bem — disse Larry. — Ela é toda sua. Quando quiser lições, é só me procurar.

Joe emitiu um som uivante e correu pela praia, erguendo a guitarra bem alto sobre a cabeça, como uma oferenda sacrificial.

— Ele vai acabar destruindo a guitarra — comentou Larry.

— Não — replicou Nadine. — Não creio que faça isto.

* * *

Larry acordou a certa altura da noite e apoiou-se num cotovelo. Nadine era apenas uma sombra vagamente feminina, envolta em três cobertas e a um quarto de distância da fogueira apagada. Diretamente em frente a ele estava Joe, também sob várias cobertas, mas com a cabeça de fora. O polegar estava firmemente enfiado na boca. Tinha as pernas encolhidas e, entre elas, o corpo da Gibson de 12 cordas. Sua mão livre envolvia frouxamente o braço da guitarra. Larry olhou para ele, fascinado. Havia tomado a faca do menino e a jogara fora; Joe havia adotado a guitarra. Ótimo. Que ficasse com ela. Não se pode esfaquear ninguém com uma guitarra, embora, supunha, pudesse ser transformada num razoável instrumento rombudo de ataque. Deitou-se para voltar a dormir.

* * *

Quando acordou na manhã seguinte, Joe estava sentado numa pedra com a guitarra no colo e molhando os pés na água mansa das ondas que ali morriam, tocando "Sally's Fresno Blues." Já estava tocando bem melhor. Nadine acordou vinte minutos depois e sorriu radiante para ele. Larry achava que era uma linda mulher e ocorreu-lhe um trecho de canção, algo de Chuck Berry: Nadine, meu bem, essa é você?

Em voz alta, disse:

— Vamos ver o que temos para o desjejum.

Acendeu a fogueira e os três sentaram-se ao redor, procurando tirar dos ossos o frio da noite. Nadine fez mingau de aveia com leite em pó e beberam chá forte fervido numa lata, à maneira dos andarilhos. Joe comeu com a guitarra atravessada no colo. E duas vezes Larry viu-se sorrindo para o garoto e pensando que era impossível não gostar de quem gostava de guitarra.

* * *

Pedalaram para o sul pela Nacional 1. Joe seguia em sua bicicleta exatamente sobre a linha branca, por vezes adiantando-se quase 2 quilômetros deles. Certa ocasião pegaram-no empurrando placidamente a bicicleta ao longo da margem da estrada e comendo amoras de maneira curiosa — jogava cada amora ao ar e depois a apanhava com a boca aberta, sem perder nenhuma. Uma hora depois disso, encontraram-no sentado sobre um marco histórico da Guerra Revolucionária, tocando "Jim Dandy" na guitarra.

Pouco antes das onze da manhã, alcançaram um bizarro bloqueio de estrada nos limites urbanos de um lugar chamado Ogunquit. Três caminhões de lixo alaranjados da prefeitura estavam atravessados na estrada, bloqueando-a de uma margem a outra. Espalhado em uma das caçambas de lixo estava o corpo bicado pelos corvos do que um dia fora um homem. Os últimos dez dias de intenso calor haviam produzido seu efeito. Nas partes em que o corpo estava desnudo os vermes enxameavam febrilmente.

Nadine virou o rosto.

— Onde está Joe? — perguntou ela.

— Não sei. Em algum lugar à nossa frente.

— Eu não desejaria que ele tivesse visto esta cena. Acha que ele viu?

— É provável — replicou Larry. Ele andara pensando que, para uma artéria principal, a Rodovia Nacional 1 estivera totalmente deserta desde que deixara Wells, sem nada mais que duas dezenas de carros enguiçados ao longo do caminho. Agora entendeu por quê. Haviam bloqueado a estrada. Provavelmente haveria centenas, talvez milhares de carros enguiçados no extremo oposto desta cidade. Entendia como Nadine se sentia acerca de Joe. Seria melhor poupar o garoto daquela cena.

— Por que teriam bloqueado a estrada? — perguntou Nadine. — Por que fariam isto?

— Devem ter tentado colocar a cidade em quarentena. Acho que vamos encontrar outro bloqueio no extremo oposto.

— Há mais corpos?

Larry pôs a bicicleta sobre o descanso e espiou.

— Três — anunciou.

— Tudo bem. Não pretendo olhar para eles.

Larry assentiu. Empurraram as bicicletas por entre os caminhões e depois voltaram a pedalar. A auto-estrada corria de novo à beira-mar e a temperatura esfriara. Chalés de verão aglomeravam-se em fileiras pequenas e sórdidas. Será que as pessoas passavam férias naqueles cortiços?, pensou Larry. Não seria melhor ir para o Harlem e deixar a criançada brincar nos esguichos de hidrantes?

— Não são muito bonitos, não acha? — perguntou Nadine. De cada lado deles estava enclausurada a essência das praias de veraneio: postos de gasolina, quiosques de frutos do mar, de laticínios, motéis pintados em vívidos tons pastéis, campos de golfe.

Larry foi atraído por aquelas coisas de duas maneiras. Parte dele vociferava contra sua triste e gritante fealdade e contra a fealdade mental daqueles que haviam transformado aquele trecho magnífico de litoral agreste em um comprido parque de diversões para famílias em caminhonetes. Porém havia uma parte dele, mais sutil e profunda, que sussurrava sobre a gente que enchera aqueles lugares e aquela estrada durante outros verões. Mulheres com chapéus de sol e *shorts* apertados demais para seus amplos traseiros. Estudantes em camisas de rúgbi listradas de preto e vermelho. Garotas em cangas de praia e calçando sandálias de dedo. Crianças choronas com o rosto lambuzado de sorvete. Eram cidadãos americanos e havia uma espécie de romance sujo e compulsivo em torno deles, onde quer que se agrupassem — pouco importando que o grupo estivesse numa estação de esqui em Aspen ou desempenhando seus prosaicos e arcanos ritos de verão ao longo da Nacional 1 no Maine. E agora todos aqueles americanos haviam morrido. Um raio derrubara um galho de árvore que fora cair sobre o gigantesco anúncio de plástico de uma loja de laticínios, lançando-o no pátio de estacionamento da sorveteria, onde agora jazia de lado, como um pálido chapéu de palhaço. O mato começava a invadir o campo de minigolfe. Este trecho de auto-estrada entre Portland e Portsmouth já tinha sido um parque de diversões com 112 quilômetros de extensão e agora estava reduzido a um assombrado castelo dos horrores onde a corda de todos os relógios chegara ao fim.

— Não, não são nada bonitos — disse ele. — Mas uma vez tudo isso foi nosso, Nadine. Uma vez foi nosso, embora nunca tenhamos estado aqui antes. Agora acabou.

— Mas não para sempre — retrucou Nadine com calma. Larry olhou para ela, para seu rosto limpo e saudável. A testa, de onde sua curiosa mecha de cabelos brancos fora puxada para trás, brilhava como uma lâmpada. — Não sou uma pessoa religiosa, mas, se fosse, diria que o que aconteceu foi um julgamento de Deus. Em cem anos, talvez duzentos, tudo será nosso de novo.

— Aqueles caminhões não estarão mais aqui em duzentos anos.

— Não, mas a estrada permanecerá. Os caminhões estarão no meio de um campo ou uma floresta, com flores silvestres crescendo onde um dia estavam seus pneus. Na verdade, não serão mais caminhões, e sim artefatos.

— Creio que está enganada.

— Como assim?

— Porque estamos procurando por outras pessoas — replicou Larry. — E por que acha que estamos fazendo isso?

Ela o fitou, confusa.

— Bem... porque é a coisa certa a fazer. Pessoas *precisam* de outras pessoas. Não sentiu isso quando estava sozinho?

— Sim — disse Larry. — Se não tivermos uns aos outros, vamos enlouquecer com a solidão. Quando isto acontecer, vamos enlouquecer com o agrupamento. Quando nos agruparmos, vamos construir quilômetros de chalés de veraneio e nos matarmos mutuamente nas farras de bares de sábado à noite. — Ele riu. Foi um som frio e infeliz, sem nenhum resquício de humor, que ficou pairando por longo tempo no ar deserto. — Não há nenhuma resposta. É como estar enfiado dentro de um ovo. Vamos, Joe já deve estar bem adiante de nós.

Ela demorou um pouco mais para montar na bicicleta, seu olhar perturbado nas costas de Larry enquanto se afastava. Depois pedalou atrás dele. Ele não poderia estar certo. *Não poderia.* Se uma coisa tão monstruosa como essa havia acontecido sem nenhuma boa razão, afinal, que sentido faria qualquer coisa? Por que eles continuavam vivos?

* * *

Joe não estava tão à frente deles, afinal. Encontraram-no sentado no pára-choque traseiro de um Ford azul, parado numa pista de rolamento. Folheava uma revista pornográfica e Larry notou, sem jeito, que o garoto tinha uma ereção. Olhou de relance para Nadine, mas ela olhava para outro lado — talvez deliberadamente.

— Vamos indo? — perguntou Larry.

Joe largou a revista e, em vez de se levantar, fez um som gutural interrogativo, apontando para o ar. Larry ergueu os olhos rapidamente, pensando por um momento que o menino tinha visto um avião. Então, Nadine gritou:

— Não é no céu, é no celeiro! — Sua voz estava repleta de empolgação. — No celeiro! Ah, graças a Deus por você, Joe! Jamais o teríamos avistado!

Foi até Joe, enlaçou-o com os braços num firme abraço. Larry voltou-se para o celeiro, onde letras brancas se destacavam nitidamente sobre o teto de tábuas desbotado:

FOMOS PARA O CENTRO DE EPIDEMIAS DE
STOVINGTON, VERMONT

Abaixo havia uma série de indicações rodoviárias. E ao fundo:

DEIXANDO OGUNQUIT 2 DE JULHO, 1990

HAROLD EMERY LAUDER
FRANCES GOLDSMITH

— Puxa, o cara devia estar com o traseiro exposto ao vento quando escreveu aquela última linha — disse Larry.

— O Centro de Epidemias! — disse Nadine, ignorando-o. — Como é que não pensei nisso? Li um artigo a respeito não faz três meses, no suplemento dominical de uma revista! Eles foram para lá!

— Se é que ainda estão vivos.

— Ainda estão vivos? É claro que estão. A epidemia *terminou* por volta de 2 de julho. E se eles puderam subir ao teto daquele celeiro, certamente não se sentiam doentes.

— Um deles devia estar muito otimista — concordou Larry, sentindo formar-se em seu estômago uma excitação meio relutante. — E pensar que acabei de atravessar Vermont.

— Stovington fica ao norte da Rodovia 9, a uma distância e tanto — disse Nadine, ausente, ainda olhando para o celeiro. — Mesmo assim, devem estar por lá a esta altura.

Larry, o dia 2 de julho foi há duas semanas. — Os olhos de Nadine brilhavam. — Acha que pode haver mais gente no Centro de Epidemias, Larry? É bem possível, não é, já que eles sabem tudo sobre quarentenas e trajes esterilizados...

— Não sei — disse Larry, cauteloso.

— Claro que tem de haver — replicou ela impaciente e um tanto impetuosamente. Larry nunca a vira tão excitada, nem mesmo quando Joe realizara a espantosa façanha de imitá-lo na guitarra. — Aposto que Harold e Frances encontraram *dezenas* de pessoas, talvez *centenas*. Iremos direto para lá. O caminho mais curto...

— Espere um momento — disse Larry, segurando-a pelos ombros.

— O que quer dizer com "espere"? Não percebe que...

— Percebo que aquele aviso esperou duas semanas pela nossa chegada, e bem pode esperar mais um pouco. Enquanto isso, podemos almoçar. E o velho Joe Guitarrista-Bobo está dormindo em pé.

Ela olhou em torno. Joe voltara a folhear a revista pornô, mas começava a cabecear de sono e a pestanejar. Havia círculos sob seus olhos.

— Você disse que ele está recém-curado de uma infecção — continuou Larry. — E você também fez uma exaustiva viagem... para não falar no Guitarrista à Espreita de Olhos Azuis.

— Tem razão... nem pensei nisso.

— Tudo de que precisamos é de uma refeição e uma boa soneca.

— Claro. Sinto muito, Joe. Não estava pensando em você.

Joe emitiu um grunhido sonolento e desinteressado.

Larry sentiu-se ligeiramente engasgado por um medo residual pelo que ia dizer a seguir. No entanto, precisava dizer. Se não o fizesse, Nadine teria alguma chance de pensar... e, além disso, talvez já fosse hora de descobrir se ele havia mudado tanto quanto pensava.

— Nadine, você sabe dirigir?

— Dirigir? Está querendo dizer se tenho carteira de motorista? Sim, só que um carro não seria um veículo prático com tantos obstáculos nas estradas, não acha? Quero dizer...

— Não estava pensando em um carro — disse ele, e a imagem de Rita na garupa da moto do misterioso homem escuro (na sua mente a representação simbólica da morte, ele supôs) de repente surgiu por trás de seus olhos, ambos escuros e descorados, investindo sobre ele montando uma Harley monstruosa como espectrais cavaleiros do apocalipse. O pensamento lhe secou a boca e fez suas têmporas latejarem, mas, ao prosseguir, a voz soou firme. Se houve alguma falha na voz, Nadine não percebeu. Estranhamente, foi Joe quem olhou para ele em sua semi-sonolência, parecendo notar alguma mudança. — Eu estava pensando em motos ou algo parecido. Poderíamos ganhar tempo com menos esforço, com a vantagem de podermos empurrá-las para contornar... bem, quaisquer obstáculos na estrada. Tal como empurramos as bicicletas para contornar aqueles caminhões lá atrás.

A excitação brilhou nos olhos dela.

— Sim, podíamos fazer isto! Nunca pilotei uma, mas você poderia me ensinar, não é?

O terror de Larry aumentou com as palavras *nunca pilotei uma.*

— Sim — disse ele. — Mas o máximo que eu poderia ensinar seria pilotar bem devagarinho até pegar o jeito. *Muito* devagar. Uma motocicleta, até mesmo uma pequena, não perdoa erro humano, e eu não teria como levá-la a um médico se sofresse algum acidente na estrada.

— Então será o que faremos. Nós... Larry, você já pilotou uma moto antes de o encontrarmos? Deve ter pilotado, para vir tão rápido de Nova York até aqui.

— Eu a joguei num valão — disse ele com firmeza. — Fiquei nervoso por viajar sozinho.

— Bem, já não estará mais sozinho — replicou Nadine, quase alegremente. Voltou-se para Joe. — Vamos para Vermont, Joe! Vamos ver outras pessoas! Não é formidável? Não é um *barato*?

Joe bocejou.

* * *

Nadine disse que estava excitada demais para dormir, mas que se deitaria com Joe até o menino adormecer. Larry pedalou até Ogunquit para procurar uma concessionária de motos. Não havia nenhuma, mas achou ter visto uma loja de motos quando saíram de Wells. Voltou para contar a Nadine e encontrou os dois dormindo à sombra do Ford azul onde Joe estivera se deleitando com a revista pornô.

Deitou-se a pequena distância deles, mas não conseguiu dormir. Por fim, atravessou a auto-estrada e abriu caminho em meio ao capim-rabo-de-rato, que chegava à altura dos joelhos, rumo ao celeiro onde fora pintado o aviso. Milhares de gafanhotos pularam desordenadamente para sair do seu caminho enquanto ele avançava. E Larry pensou: *Eu sou a praga deles. Sou o homem escuro deles.*

Perto das amplas portas duplas, localizou duas latas vazias de Pepsi e uma crosta dura de sanduíche. Em tempos normais as gaivotas já teriam há muito tempo devorado os restos do sanduíche, mas os tempos haviam mudado e as gaivotas agora estavam acostumadas com alimentos mais substanciais. Ele chutou a crosta de pão e depois uma das latas.

Leve este material para ser periciado, sargento Briggs. Acho que o nosso assassino finalmente cometeu um erro.

Claro, inspetor Underwood. O dia em que a Scotland Yard decidiu enviá-lo foi um dia afortunado para o Departamento de Polícia.

Não diga isto, sargento. É tudo parte do serviço.

Larry entrou no celeiro — estava escuro, quente e animado pelo rufar suave das asas das andorinhas. O cheiro de feno era adocicado. Não havia animais nas baias; o proprietário devia tê-los soltado para que vivessem ou morressem pela supergripe em vez de enfrentarem a morte certa por inanição.

Anote isto para o inquérito do legista, sargento.

Eu o farei, inspetor Underwood.

Olhou de relance para o chão e viu um invólucro de doce. Pegou-o. Uma barra de chocolate Payday estivera certa vez acondicionada dentro dele. O pintor do letreiro tivera coragem, talvez, mas não bom gosto. Qualquer um que gostasse de chocolate Payday deveria ter cozinhado os miolos demais sob o sol quente.

Uma escada de mão levando ao paiol de feno estava pregada a uma das grandes vigas de sustentação. Já untuoso pelo suor, nem mesmo sabendo por que fazia isso, Larry subiu pela escada. No centro do jirau (ele estava caminhando devagar e com o olhar atento para eventuais ratos), um lance de escadas mais convencional levava à cúpula, e esses degraus estavam salpicados de tinta branca.

 Creio que topamos com outro achado, sargento.

Inspetor, o senhor me espanta! Sua perspicácia dedutiva só é superada pela sua boa aparência e pelo tamanho de seu órgão reprodutor.

Não diga isto, sargento.

Larry subiu até a cúpula. Estava mais quente ali e ele refletiu que se Harold e Frances tivessem deixado a lata de tinta depois de concluída a tarefa, o celeiro com certeza teria se incendiado alegremente até os alicerces uma semana atrás. As janelas estavam empoeiradas e festonadas por teias de aranha esfarrapadas e que sem dúvida haviam sido tecidas no tempo em que Gerald Ford era o presidente. Uma dessas janelas tinha sido forçada para cima e quando Larry a abriu teve um panorama magnífico da região rural se espalhando por quilômetros ao redor.

Este lado do celeiro dava para leste, e ele estava a uma altura suficiente para uma visão ampla das concessões de beira de estrada que, se já eram tão monstruosamente feias quando vistas ao nível do solo, pareceram tão inconseqüentes quanto uma pequena fileira de lixo à margem da rodovia. Além da auto-estrada estava o oceano em toda a sua grandiosidade, com as ondas chegando nitidamente divididas pelo quebra-mar que se estendia do lado norte do porto. A paisagem era uma tela a óleo retratando o auge do verão, tudo verde e dourado, envolto numa névoa imóvel da tarde. Ele podia sentir cheiro de sal e maresia. E olhando para baixo, ao longo da inclinação do telhado, pôde ler o aviso de Harold, de cabeça para baixo.

O simples pensamento de rastejar em volta daquele telhado, tão alto acima do solo, provocava engulhos nas entranhas de Larry. E o rapaz realmente devia ter apoiado suas pernas bem em cima da calha de chuva para escrever o nome da garota.

Por que ele se deu a todo esse trabalho, sargento? Creio que é uma das perguntas que devemos fazer a nós mesmos.

Se assim diz, inspetor Underwood...

Larry voltou a descer a escada, devagar e olhando onde punha os pés. Não era hora nem lugar para uma perna quebrada. No fundo, algo mais captou seu olhar, alguma coisa entalhada em uma das vigas de sustentação, espalhafatosamente branca e recente, em contraste direto com todo o resto da escuridão no velho e empoeirado celeiro. Foi até a viga e examinou o entalhe, depois passou a unha do polegar sobre ele, em parte por diversão, em parte por surpreender-se por outro ser humano ter feito aquilo no dia em que ele e Rita haviam iniciado a jornada para o norte. Passou de novo a unha ao longo das letras entalhadas.

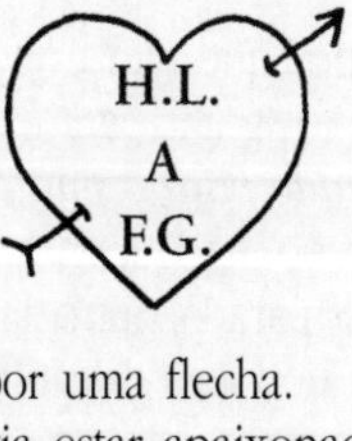

Dentro de um coração atravessado por uma flecha.

Acredito, sargento, que o garoto devia estar apaixonado.

— Ponto para você, Harold — disse Larry, e deixou o celeiro.

* * *

A loja em Wells era uma concessionária Honda, e pela maneira como as motos estavam alinhadas no *showroom* Larry deduziu que duas delas estavam faltando. Ficou mais orgulhoso por uma segunda descoberta — um amarrotado invólucro de chocolate Payday. Parecia como se alguém — provavelmente o enamorado Harold Lauder — tivesse terminado sua barra de chocolate enquanto decidia que motos tornariam ele e sua amada mais felizes. Fizera uma bola com o invólucro e o arremessara na cesta de lixo. Mas errara o arremesso.

Nadine achou que as deduções de Larry eram boas, mas não ficou tão impressionada quanto ele. Examinava as motos remanescentes, ansiosa para partir. Joe sentava-se no degrau frontal do *showroom*, dedilhando a guitarra de 12 cordas e uivando euforicamente.

— Ouça, Nadine — disse Larry —, já são cinco horas da tarde. Não há como partirmos a não ser amanhã cedo.

— Mas ainda restam três horas de claridade. Não podemos simplesmente ficar sentados! Perderíamos essas três horas!

— Se as perdermos, está feito — replicou ele. — Harold Lauder deixou instruções uma vez, especificando que estradas estavam seguindo. Se prosseguirem, ele provavelmente repetirá as instruções.

— Mas...

— Sei que está ansiosa — disse Larry, pousando as mãos nos ombros dela. Podia sentir sua velha impaciência se formando e forçou-se a controlá-la. — Mas você nunca pilotou uma moto antes.

— Mas sei pedalar uma bicicleta. E sei como usar um pedal de embreagem, já lhe disse. *Por favor*, Larry. Se não perdermos tempo, podemos acampar em New Hampshire esta noite e cobrir metade do trajeto até a noite de amanhã. Nós...

— Isto *não é* igual a uma bicicleta, porra! — explodiu ele e a guitarra silenciou abruptamente às suas costas. Larry pôde ver Joe olhando para eles por sobre os ombros, os olhos estreitados e instantaneamente desconfiados. Puxa, não sei mesmo conviver com as pessoas, pensou. O que o deixou com mais raiva ainda.

— Você está me machucando — disse Nadine suavemente.

Larry só então viu que seus dedos se haviam enterrado na carne macia dos ombros dela, e sua raiva cedeu para se transformar em vergonha latejante.

— Desculpe — disse.

Joe ainda o fitava, e Larry reconheceu que acabara de perder metade do terreno ganho com o menino. Talvez mais. Nadine tinha dito alguma coisa.

— O quê?

— Eu falei: diga-me por que não é igual a uma bicicleta.

Seu primeiro impulso foi gritar para ela: *Se você sabe tanto, vá em frente e experimente. Veja como fica, olhando para o mundo de cabeça para trás.* Procurou se conter, pensando que perdera terreno não apenas com o menino, perdera também consigo mesmo. Talvez tivesse saído para o outro lado, mas uma parte do velho Larry infantil saíra junto com ele, grudada nos seus calcanhares como uma sombra que encolhia ao sol do meio-dia, mas não desaparecia inteiramente.

— A moto é mais pesada — disse ele. — Se você perder o equilíbrio, não pode se reequilibrar tão facilmente do jeito que faz com uma bicicleta. Uma dessas 360 pesa quase 180 quilos. Você se acostuma rapidamente a controlar este peso extra, mas isso requer prática. E, com um carro padrão, a gente passa as marchas com a mão e acelera com o pé. Numa moto é o inverso: o câmbio é acionado com o pé e o acelerador com a mão, o que exige um *bocado* de prática para a gente se acostumar. Há dois freios em vez de um. O pé direito freia a roda traseira, a mão direita freia a roda da frente. Se esquecer isto e usar apenas o freio manual, está propensa a voar diretamente por cima do guidom. Além disso, vai ter que se acostumar com seu passageiro.

— Joe? Mas pensei que ele fosse com você!

— Gostaria de levá-lo — replicou Larry —, mas neste exato momento não creio que ele me aceitasse. E você?

Nadine olhou para Joe por um longo e preocupado momento.

— Não — concordou ela e depois suspirou. — Ele pode nem mesmo querer seguir comigo. Pode ter medo de moto.

— Se assim for, você vai ser responsável por ele. E eu, responsável pelos dois. Não quero ver ambos cuspidos da moto.

— Aconteceu com você, Larry? Estava com mais alguém?

— Estava — disse ele. — E fui cuspido. Mas a essa altura a dona que me acompanhava já havia morrido.

— Ela bateu com a moto dela? — perguntou Nadine, com o rosto muito imóvel.

— Não. O que aconteceu... bem, eu diria que foi 70% acidente e 30% suicídio. O que quer que ela precisasse de mim... amizade, compreensão, ajuda, não sei... não estava obtendo o suficiente. — Ele parecia preocupado, as têmporas latejando pesadamente agora, a garganta apertada, quase a ponto de chorar. — Chamava-se Rita Blakemoor. Gostaria que tudo corresse melhor com vocês, é isso. Com você e Joe.

— Larry, por que não me contou antes?

— Porque dói falar sobre isso — disse simplesmente. — Dói pra caramba.

Era verdade, mas não a plena verdade. Havia os sonhos. Ele se descobriu imaginando se Nadine tinha pesadelos — na última noite ele havia acordado brevemente e a vira se remexendo inquieta e murmurando. Mas hoje ela nada comentara. E Joe? Ele tinha pesadelos? Bem, nada sabia sobre *eles,* mas o destemido inspetor Larry Underwood da Scotland Yard tinha medo dos sonhos... e se Nadine caísse da motocicleta eles poderiam voltar.

— Partiremos amanhã — decidiu ela. — Tire esta noite para me ensinar.

* * *

Mas primeiro havia a questão de abastecer as duas pequenas motos que Larry conseguira. A concessionária tinha uma bomba de gasolina, mas sem eletricidade ela não funcionaria. Encontrou outro invólucro de chocolate junto à tampa que cobria o tanque subterrâneo e deduziu que ela havia sido recentemente aberta pelo sempre inventivo Harold Lauder. Perdido de amor ou não, fanático por chocolate ou não, Harold ganhara um bocado de respeito por parte de Larry, que quase estava gostando dele por antecipação. Já desenvolvera seu próprio retrato mental de Harold. Provavelmente com seus trinta e poucos anos, um fazendeiro talvez, alto e bronzeado de sol, magro, não muito brilhante intelectualmente, talvez, mas para lá de engenhoso. Ele sorriu. Construir um retrato mental de alguém que nunca tinha visto era um jogo de azar, porque tal pessoa nunca era do jeito que se imaginava. Todo mundo sabe da história do DJ de 130 quilos com uma voz fininha.

Enquanto Nadine preparava uma ceia fria, Larry fez uma ronda em volta da concessionária. Encontrou uma lata de lixo de aço. Encostada nela achou um pé-de-cabra e, enrolado sobre o topo, havia um pedaço de tubo de borracha.

Descobri você de novo, Harold! Dê uma olhada nisto, sargento Briggs. Nosso homem sugou um pouco de gasolina do tanque subterrâneo para seguir em frente. Me surpreende que não tenha levado este tubo com ele.

Talvez ele tenha cortado um pedaço e este é o que deixou para trás, inspetor Underwood... não me leve a mal, mas este aí *está* na lata de lixo.

Por Júpiter, sargento, você está certo. Vou relacioná-lo para uma promoção.

Pegando o pé-de-cabra e o tubo de borracha, voltou até a tampa do tanque.

— Joe — chamou —, pode vir aqui um minuto e me ajudar?

O garoto ergueu a vista do queijo e da bolacha que estava comendo e olhou desconfiado para Larry.

— Pode ir — disse Nadine baixinho. — Agora já está tudo bem.

Joe se aproximou, seus pés se arrastando um pouco.

Larry inseriu o pé-de-cabra na ranhura da tampa.

— Jogue todo o seu peso em cima do pé-de-cabra e vamos ver se conseguimos levantá-la — disse.

Por um momento achou que o garoto ou não havia entendido ou então não queria fazê-lo. Depois agarrou a extremidade oposta do pé-de-cabra e empurrou. Seus braços eram finos porém cobertos de músculos magricelas, o tipo de músculos que trabalhadores oriundos de famílias pobres sempre parecem ter. A tampa inclinou-se um pouco, mas não se ergueu o bastante para que Larry enfiasse os dedos por baixo.

— Mantenha seu peso em cima — disse a Joe.

Aqueles olhos semi-selvagens e amendoados estudaram-no friamente por um momento. Depois Joe se equilibrou sobre o pé-de-cabra, os pés saindo do chão enquanto todo o seu peso foi jogado na alavanca.

A tampa se elevou um pouco mais, o suficiente para que Larry introduzisse os dedos por baixo dela. Enquanto pelejava para içá-la, por acaso pensou que, se o garoto ainda não gostava dele, esta era a melhor oportunidade que teria para demonstrá-lo. Se Joe retirasse seu peso de cima do pé-de-cabra, a tampa baixaria com um estrondo e Larry perderia as suas mãos, exceto os polegares. Nadine tinha se dado conta disto, Larry notou. Ela estivera olhando para uma das bicicletas, mas agora voltara-se para observar, seu corpo em uma postura tensa. Os olhos escuros iam de Larry, apoiado sobre um joelho, para Joe, que observava Larry enquanto jogava seu peso sobre o pé-de-cabra. Aqueles olhos da cor do mar eram inescrutáveis. E ainda assim Larry não conseguia nenhum progresso.

— Precisa de ajuda? — perguntou Nadine, sua voz normalmente calma agora apenas um pouco estridente.

O suor escorreu nos olhos de Larry e ele pestanejou. Ainda nenhuma alegria. Mas podia sentir o cheiro de gasolina.

— Acho que nós dois podemos lidar com isso — disse Larry, olhando diretamente para ela.

Um momento depois, seus dedos encontraram uma pequena ranhura no lado inferior da tampa. Usou toda a força dos seus ombros, e a tampa subiu e se estatelou sobre o piso alcatroado com um clangor surdo. Ouviu Nadine suspirar quando o pé-de-cabra caiu no piso. Limpou a fonte transpirante e olhou de volta para o garoto.

— Foi um bom trabalho, Joe — ele disse. — Se você deixasse aquela coisa escorregar, eu teria que passar o resto da vida puxando o zíper dos meus *jeans* com os dentes. Obrigado.

Não esperava nenhuma resposta (exceto talvez um grunhido ininteligível enquanto Joe voltava a inspecionar de novo as motos), mas Joe disse, numa voz emperrada e dificultosa:

— Bevindo.

Larry olhou para Nadine, que o fitou de volta, e depois para Joe. A expressão de seu rosto era de agradável surpresa, embora, de alguma forma, desse a impressão — Larry não saberia simplesmente dizer como — de que esperava por isso. Era uma expressão que ele já vira antes, mas nenhuma que pudesse apontar com certeza.

— Joe — disse Larry —, você falou "bem-vindo"?

Joe assentiu vigorosamente.

— Bevindo. Você é bevindo.

Nadine estendeu os braços, sorrindo.

— Isso foi bom, Joe. Muito, muito bom! — Joe caminhou até ela e deixou-se abraçar por um momento. Depois voltou a olhar as motos, uivando e rindo consigo mesmo.

— Ele pode falar — disse Larry.

— Eu sabia que ele não era mudo — respondeu Nadine. — Mas é maravilhoso saber que pode se recuperar. Acho que Joe precisava de nós dois. Duas metades. Ele... ah, sei lá!

Larry percebeu que ela estava enrubescendo e achou que sabia o motivo. Começou a enfiar o tubo de borracha no buraco do tanque, e de repente percebeu que aquilo que fazia poderia ser facilmente interpretado como uma simbólica (e um tanto tosca) pantomima. Olhou para ela de modo penetrante. Ela virou-se depressa, mas não antes que Larry tivesse visto o quão intensamente Nadine observava o que ele estava fazendo com um intenso rubor nas faces.

* * *

O medo atroz cresceu em seu peito e ele gritou:

— Pelo amor de Deus, Nadine, *cuidado*!

Ela se concentrava nos controles manuais da moto, sem olhar para onde se dirigia, e estava conduzindo a Honda diretamente para um pinheiro na trôpega velocidade de 8 quilômetros por hora.

Ela ergueu a vista e Larry a ouviu exclamar um "*Ah!*" em voz sobressaltada. Depois deu uma guinada muito brusca e caiu da moto. A Honda afogou.

Larry correu até ela, com o coração na garganta.

— Você está bem, Nadine? Você está...

Ela já se levantava, trêmula, olhando para as mãos esfoladas.

— Sim, estou ótima. Que estupidez a minha, não olhar para onde estava indo! Será que escangalhei a moto?

— Que se dane a porra da moto! Deixe-me ver suas mãos.

Ela as estendeu. Larry tirou do bolso um frasco plástico de Bactine e aspergiu o líquido nas lacerações.

— Você está tremendo — disse ela.

— Isso também não importa — respondeu Larry, mais rudemente do que pretendia. — Escute, talvez seja melhor você optar pelas bicicletas. Moto é muito perigoso...

— Respirar também é — respondeu ela calmamente. — E acho que Joe deveria ir com você, pelo menos no princípio.

— Ele não...

— Acho que irá — disse Nadine, olhando para o rosto dele. — E acho que você também acha.

— Bem, vamos encerrar por esta noite. Já está escuro demais para se enxergar.

— Só mais uma vez. Já li em algum lugar que se um cavalo nos derruba, a gente tem que montá-lo outra vez, logo.

Joe perambulava pelas imediações, mastigando amoras que juntara dentro de um capacete de motociclista. Ele descobrira uma boa quantidade de pés de amoras silvestres nos fundos da concessionária e as andara colhendo enquanto Nadine tomava sua primeira lição.

— Também acho — disse Larry, derrotado. — Mas pode, por favor, olhar para onde está indo?

— Sim, senhor. Perfeitamente, senhor. — Ela bateu continência e depois sorriu para ele. Tinha um belo e lento sorriso que lhe iluminava todo o rosto. Larry retribuiu o sorriso; nada mais havia a fazer. Quando Nadine sorria, até mesmo Larry sorria de volta.

Desta vez ela deu duas voltas no quarteirão e depois virou para a estrada, oscilando acentuadamente, o que quase fez Larry expelir o coração pela boca. Mas ela apoiou o pé espertamente, como Larry havia ensinado, e subiu a colina, desaparecendo de vista. Ele a viu passar a marcha cuidadosamente para segunda, ouviu-a engrenar a terceira enquanto descia por trás da primeira elevação. Depois o motor diminuiu para um zumbido até desvanecer de todo. Ele estava parado ansiosamente ao crepúsculo, esperando por ela, enxotando com tapas algum eventual mosquito.

Joe reapareceu, sua boca tingida de azul.

— Bevindo — disse ele e sorriu. Larry deu um sorriso forçado em retribuição. Se Nadine não voltasse em breve, ele teria que ir atrás dela. Visões de encontrá-la caída num valão com o pescoço quebrado bailavam sombriamente em sua cabeça.

Já estava caminhando para a outra moto abastecida, decidindo se levaria ou não Joe com ele, quando o zumbido monótono retornou aos seus ouvidos e evoluiu até o som do motor da Honda, engatado suavemente em quarta marcha. Ele relaxou... um pouco. Angustiado, deu-se conta de que jamais conseguiria relaxar por completo enquanto Nadine estivesse montada naquela coisa.

Ela surgiu de novo à vista, o farol da moto agora aceso, e parou ao lado dele.

— Muito bom, não foi? — Ela desligou o motor.

— Eu já estava pronto para ir procurá-la. Achei que tivesse se acidentado.

— E quase aconteceu. — Ela percebeu o modo como ele havia enrijecido e acrescentou: — Esqueci de usar a embreagem ao reduzir e a moto afogou.

— Ah, já basta por hoje, tá?

— Claro — disse ela. — Estou com dor no traseiro.

* * *

Nessa noite, deitado sob suas cobertas, Larry se indagava se Nadine o procuraria depois que Joe adormecesse, ou se ele iria procurá-la. Ele a desejava e achava que, do jeito como ela reagira a sua pequena pantomima absurda com o tubo de borracha, ela também o desejava. Por fim, pegou no sono.

Sonhou que estava perdido num milharal. No entanto havia música, música de guitarra. Era Joe tocando. Se encontrasse o menino, tudo estaria bem. Portanto, acompanhou o som, rompendo através de uma fileira de milho até a próxima, quando era preciso, chegando por fim a uma clareira desigual. Havia uma pequena casa ali, mais propriamente uma choupana, com o alpendre sustentado por velhos macacos a óleo enferrujados. Não era Joe tocando a guitarra, como poderia ser? Joe segurava sua mão esquerda e a direita de Nadine. Os dois estavam com o menino. Uma velha tocava a guitarra, uma espécie de *spiritual* jazzístico que fazia Joe sorrir. A velha era negra e estava sentada no alpendre. Larry achou que nunca vira uma mulher tão velha em sua vida. Entretanto havia algo nela que o fazia sentir-se bem... bem na maneira em que sua mãe o fizera uma vez sentir-se bem, quando ele era muito pequeno e ela o abraçava de repente e dizia: *Aqui está o melhor menino, o melhor menino em toda a vida de Alice Underwood!*

A velha parou de tocar e olhou para eles.

Bem, acho que tenho visitas. Adiantem-se até onde eu possa vê-los, meus olhos não são mais o que eram.

Eles se aproximaram, os três de mãos dadas. Então Joe estendeu o braço e fez o velho pneu careca do balanço adquirir um lento movimento de pêndulo quando passaram por ele. A sombra em forma de rosca do pneu deslizou para a frente e para trás no solo cheio de ervas daninhas. Estavam numa pequena clareira, uma ilha num mar de milho. Ao norte, uma estrada de terra estendia-se até certo ponto.

Quer tocar esta minha velha guitarra?, perguntou ela a Joe e o garoto adiantou-se ansiosamente, pegando a velha guitarra daquelas mãos encarquilhadas. Começou a tocar a melodia que vieram acompanhando através do milharal, porém melhor e mais rápido do que a velha.

Louvado seja Deus, ele toca bem! Quanto a mim, já estou velha demais. Não posso mais fazer meus dedos correrem tão rápido. É o reumatismo. Mas em 1902 toquei na sede do condado. Fui a primeira negra a tocar ali, exatamente a primeira.

Nadine perguntou quem era ela. Estavam em uma espécie de lugar eterno onde o sol parecia imobilizar-se uma hora antes de escurecer, e a sombra do balanço que Joe pusera em movimento continuava indo para a frente e para trás no terreiro coberto de ervas daninhas. Larry desejou ficar ali para sempre, ele e sua família. Aquele era um bom lugar. O homem sem rosto jamais o alcançaria ali, nem a Joe ou Nadine.

Mãe Abagail é como me chamam. Sou a mulher mais velha no leste de Nebraska, acho, e ainda faço meus próprios biscoitos. Venham me procurar o mais rápido que puderem. Temos de partir antes que ele possa nos farejar.

Uma nuvem cobriu o sol. O arco que o balanço formava reduziu-se a nada. Joe parou de tocar com um som dissonante de cordas, e Larry sentiu os pêlos da nuca se eriçarem. A velha pareceu não notar.

Antes que quem possa nos farejar?, perguntou Nadine, e Larry desejou poder falar, gritar para Nadine retirar a pergunta antes que ela pudesse saltar livre e feri-los.

Aquele homem escuro. Aquele servo do demônio. Temos de pôr as Rochosas entre nós e ele, se Deus quiser, mas as montanhas não vão bloqueá-lo. É por isso que precisamos ficar juntos. No Colorado. Deus me apareceu em sonho e me mostrou onde. Mas temos que ser rápidos, o mais rápidos que pudermos, de qualquer modo. Portanto, venham me procurar. Há outros chegando, também.

Não, disse Nadine numa voz fria e temerosa. *Estamos indo para Vermont, está decidido. Só para Vermont — apenas uma curta viagem.*

Sua viagem será mais longa do que a nossa, se não lutar contra o poder dele, replicou a velha no sonho de Larry. Ela estava olhando para Nadine com grande tristeza.

Este que trouxe aqui poderia ser um bom homem, mulher. Ele quer dar tudo de si. Por que não se apega a ele em vez de usá-lo?

Não! Estamos indo para Vermont, para VERMONT!

A velha olhou para Nadine piedosamente. *Você irá direto para o inferno se não tomar cuidado, filha de Eva. E quando chegar lá, vai descobrir que o inferno é frio.*

O sonho interrompeu-se então, desfazendo-se em rachaduras que o engolfaram. Mas naquele negror havia algo que o espreitava. Era frio e impiedoso, e em breve ele veria seus dentes sorridentes.

Mas antes que isto pudesse acontecer ele estava desperto. Passava meia hora do alvorecer, e o mundo estava tomado por um espesso e alvo nevoeiro rente ao chão, que se desvaneceria quando o sol se elevasse um pouco mais. Agora a concessionária se erguia para fora da névoa como alguma estranha proa de navio construída de concreto de cinza em vez de madeira.

Havia alguém perto dele. Viu que não era Nadine, que tinha vindo juntar-se a ele durante a noite, mas sim Joe. O garoto deitava-se perto dele, o polegar enfiado na boca, estremecendo em seu sono, como se o próprio pesadelo de Larry o tivesse acometido. Larry especulava se os sonhos de Joe eram tão diferentes dos seus... e deitou-se de costas, fitando o nevoeiro branco e pensando nisso até que os outros despertaram, uma hora depois.

* * *

O nevoeiro já se dissolvera o suficiente para viajarem na hora em que terminassem o desjejum e embalassem suas coisas nas motocicletas. Como Nadine dissera, Joe não fez restrições em viajar na garupa de Larry; de fato, montou na moto de Larry sem que lhe pedissem.

— Devagar — avisou Larry pela quarta vez. — Nada de nos apressarmos e correr o risco de um acidente.

— Tudo bem — disse Nadine. — Estou realmente empolgada! É como estar numa busca!

Ela sorriu para ele. Mas Larry não conseguiu sorrir de volta. Rita Blakemoor dissera algo muito parecido quando estavam deixando Nova York. Tinha dito isto dois dias antes de morrer.

* * *

Pararam para almoçar em Epsom, comendo presunto frito de uma lata e bebendo refrigerante de laranja debaixo da árvore, onde Larry havia adormecido e Joe ficara de pé diante dele com a faca. Larry sentira-se aliviado ao perceber que pilotar motos não era tão ruim quanto achava; na maioria dos lugares estavam ganhando um tempo razoável, mesmo quando tinham de seguir pelas calçadas dos povoados em velocidade de pedestres. Nadine estava sendo extremamente cautelosa ao diminuir a velocidade em curvas fechadas, mas mesmo na estrada aberta não insistia com Larry para ir mais rápido do que a velocidade constante de 60km/h estabelecida por ele. Larry achava que, não havendo mau tempo, estariam em Stovington por volta de 19 de julho.

Pararam para jantar a oeste de Concord, onde Nadine comentou que poderiam ganhar tempo sobre em relação ao caminho de Lauder e Goldsmith se seguissem pela Interestadual 89, direto para noroeste.

— Deve ter muito engarrafamento por lá — disse Larry, duvidando.

— Podemos ir contornando o engarrafamento — replicou ela, confiante — e seguir também pelo acostamento. O pior que pode acontecer é termos de recuar até a saída mais próxima e fazer um desvio por uma estrada secundária.

Tentaram isto por duas horas depois do jantar e, de fato, depararam com um bloqueio de um lado a outro das pistas rumo norte. Pouco depois de Warner, uma combinação de carro e *trailer* para cavalos havia capotado; o motorista e sua esposa, mortos há semanas, jaziam como sacas de cereais no banco dianteiro do seu Electra.

Eles três, unindo forças, conseguiram içar as motos por cima do engate empenado que unia o carro e o *trailer*. Depois do esforço sentiram-se cansados demais para prosseguir. Naquela noite Larry não pensou se devia ou não aconchegar-se a Nadine, que levara suas cobertas para 3 metros de distância de onde ele espalhara as suas (o garoto estava entre eles). Naquela noite Larry sentia-se cansado demais para qualquer outra coisa senão dormir.

* * *

Na tarde seguinte chegaram a um bloqueio impossível de contornar. Um caminhão tinha tombado e meia dúzia de carros colidiram atrás dele. Felizmente só haviam passado 3 quilômetros da saída de Enfield. Retornaram, pegaram a rampa de saída e depois, cansados e desanimados, pararam no estacionamento municipal de Enfield para um descanso de vinte minutos.

— O que você fazia antes, Nadine? — perguntou Larry. Ele estivera pensando na expressão dos olhos dela quando Joe finalmente tinha falado (o garoto acrescentara "Larry, Nadine, brigado" e "Ir bãero" ao seu parco vocabulário), e agora deu um palpite baseado nisto. — Você era professora?

Ela olhou para ele, surpresa.

— Sim. Você é um bom adivinhador.

— De crianças pequenas?

— Isso mesmo. De C.A. e primeira série.

Isto explicava algo acerca de sua recusa peremptória em deixar Joe para trás. Pelo menos mentalmente, o garoto havia regredido ao nível de sete anos de idade.

— Como foi que adivinhou, Larry?

— Muito tempo atrás, eu costumava me encontrar com uma fonoaudióloga de Long Island — explicou Larry. — Sei que isto parece mais como o começo de uma daquelas piadas sobre Nova York, porém é a verdade. Ela trabalhava para o sistema escolar de Ocean View. Turmas mais novas. Crianças com problemas de fala, fendas palatais, lábios leporinos, crianças surdas. Ela costumava dizer que corrigir defeitos de fala em crianças consistia apenas em mostrar a elas um meio alternativo de obter os sons corretos. Mostrar a elas, dizer a palavra. Repetidamente, até que alguma coisa na cabeça da criança captasse. E quando falava sobre esse momento de captação, ficava tal qual você quando ouviu Joe dizer "Bevindo".

— É mesmo? — Ela sorriu, um tanto contrafeita. — Eu adorava as crianças. Algumas das minhas estavam avariadas, mas nenhuma delas danificada irremediavelmente. As crianças são os únicos seres humanos bons.

— Uma idéia um tanto romântica, não é?

Ela deu de ombros.

— As crianças *são* boas. E se trabalhar com elas você acaba virando um romântico. Não é tão ruim. Sua fonoaudióloga não estava feliz com seu trabalho?

— Estava, ela gostava do trabalho — concordou Larry. — Você era casada? Antes? — Ali estava de novo aquela palavra simples e ubíqua. *Antes*. Apenas duas sílabas, mas que haviam se tornado abrangentes.

— Casada? Não. Nunca me casei. — Ela voltou a parecer nervosa. — Sou a professora solteirona clássica, mais jovem do que pareço, porém mais velha do que me sinto. Trinta e sete anos. — Os olhos dele voltaram-se para o cabelo de Nadine antes que ele pudesse impedi-los e ela sacudiu a cabeça como se Larry tivesse falado em voz alta. — É prematuro — disse prosaicamente. — Minha avó tinha os cabelos totalmente brancos aos quarenta anos. Acho que vou levar pelo menos mais uns cinco anos.

— Onde lecionava?

— Em Pittsfield. Uma pequena escola particular muito exclusiva, com paredes cobertas de hera, o mais moderno equipamento para *playground*. Que se danasse a recessão, o negócio era rodar a toda velocidade. No estacionamento havia dois Thunderbirds, três Mercedes, dois Lincoln e um Chrysler Imperial.

— Você deve ter sido muito boa.

— Sim, acho que fui — disse ela simplesmente, depois sorriu. — Mas isso não importa muito agora.

Ele pôs um braço em torno de Nadine, que enrijeceu. A mão e o ombro dela estavam aquecidos.

— Eu gostaria que não fizesse isso — disse ela, desconfortável.

— Você não me quer?

— Não, não quero.

Ele afastou o braço, desconcertado. Ela *queria* que ele a abraçasse, esta era a questão; ele podia sentir o desejo de Nadine surgindo em ondas suaves mas claramente perceptíveis. Seu rubor estava muito forte agora, e ela olhava desesperadamente para as mãos entrelaçadas no colo como duas aranhas feridas. Seus olhos reluziam, como se estivesse à beira das lágrimas.

— Nadine...

(*meu bem, é você?*)

Ela ergueu os olhos para ele e Larry viu que Nadine cruzara o limite das lágrimas. Estava a ponto de falar quando Joe apareceu apressado, carregando sua guitarra no estojo. Olharam para o menino com ar culpado, como se tivessem sido apanhados fazendo algo mais pessoal do que simplesmente conversando.

— Senhora — disse Joe, informalmente.

— O quê? — perguntou Larry, sobressaltado e não entendendo muito bem.

— Senhora — repetiu Joe, apontando com o polegar por sobre o ombro.

Larry e Nadine se entreolharam. De repente houve uma quarta voz, estridente e engasgada pela emoção, quase tão assustadora quanto a voz de Deus.

— Graças aos céus! — gritou a voz. — Ah, graças aos céus!

Eles se levantaram e olharam para a mulher que estava quase correndo pela rua na direção deles. Ela sorria e chorava ao mesmo tempo.

— Estou tão feliz em vê-los! — disse ela. — Estou tão feliz em vê-los, graças aos céus!

Ela oscilou e teria desfalecido se Larry não estivesse ali para ampará-la até a vertigem passar. Ele calculou a idade dela em cerca de 25 anos. Vestia *jeans* e uma blusa simples de algodão branco. Seu rosto estava pálido, com os olhos azuis estranhamente fixos. Aqueles olhos fitavam Larry como se tentando convencer o cérebro atrás deles de que não era uma alucinação, de que aquelas três pessoas estavam realmente ali.

— Sou Larry Underwood — disse ele. — Esta é Nadine Cross. O garoto é Joe. Estamos muito felizes em conhecê-la.

A mulher continuou a fitá-lo sem palavras durante um momento, depois afastou-se dele e caminhou até Nadine.

— Estou tão satisfeita... — começou. — ... tão satisfeita em encontrá-los! — Cambaleou um pouco. — Ah, meu Deus, vocês são mesmo gente de verdade?

— Somos — disse Nadine.

A mulher a enlaçou com os braços e soluçou. Nadine amparou-a. Joe ficou parado na rua, junto a uma picape acidentada, o estojo da guitarra em uma das mãos, o polegar enfiado na boca. Por fim aproximou-se de Larry e olhou para ele. Larry pegou-lhe a mão. Os dois ficaram espiando as mulheres solenemente. E foi assim que conheceram Lucy Swann.

* * *

Lucy ficou ansiosa para seguir com eles quando lhe disseram para onde iam e que tinham razão em crer que havia pelo menos duas outras pessoas lá, talvez mais. Larry arranjou-lhe uma mochila tamanho médio numa loja de artigos esportivos e Nadine acompanhou Lucy até a casa dela, nos arredores da cidade, para ajudá-la a arrumar sua bagagem — duas mudas de roupa, algumas roupas íntimas, um par extra de sapatos, uma capa de chuva. E também fotos do marido e da filha, ambos falecidos.

Nessa noite acamparam em uma cidade chamada Quechee, agora na divisa estadual, já em Vermont. Lucy contou uma história curta e simples, porém não muito diferente das outras que ouviriam. O pesar veio incorporado, e também o choque, que a impeliram até pelo menos uma pequena distância da loucura.

O marido adoecera em 25 de junho e a filha no dia seguinte. Ela havia cuidado deles tão bem quanto pôde, na plena esperança de baixar a ronqueira, como estavam chamando a doença naquela parte da Nova Inglaterra. No dia 27, quando seu marido entrou em coma, Enfield estava quase isolada do mundo exterior. A recepção televisiva tornara-se granulada e esquisita. As pessoas morriam como moscas. Durante a semana anterior tinham visto movimentos incomuns de tropas do Exército ao longo do posto de pedágio, mas nenhuma delas se preocupou muito com um lugar pequeno como Enfield, New Hampshire. Nas primeiras horas da manhã de 28 de junho, seu marido tinha morrido. A filha parecera um pouco melhor por algum tempo no dia 29, para ter uma abrupta recaída naquela noite, morrendo por volta das onze. Em 3 de julho, todo mundo em Enfield, exceto ela e um velho chamado Bill Dadds, havia morrido. Bill estivera doente, disse Lucy, mas parecia ter se recuperado inteiramente. Depois, na manhã do Dia da Independência, ela havia encontrado Bill morto na rua principal, inchado e negro, como todas as outras pessoas.

— Então, enterrei minha família e também Bill — disse Lucy, enquanto sentavam em volta da fogueira estalante. — Levou um dia inteiro, mas eu os pus para o repouso eterno. Depois pensei que seria melhor ir para Concord, onde viviam meus pais. Mas simplesmente... jamais saí do lugar. — Olhou para eles apelativamente. — Isso foi errado? Vocês acham que poderiam ter sobrevivido?

— Não — disse Larry. — A imunidade não foi hereditária de nenhuma forma direta. Minha mãe... — Desviou os olhos para o fogo.

— Eu e Wes — disse Lucy — fomos obrigados a nos casar. Foi no verão depois de minha formatura no ginásio... 1984. Meus pais não queriam que eu casasse com ele. Queriam que me ausentasse para ter o bebê e depois dá-lo para adoção. Mas eu não quis. Minha mãe disse que o casamento acabaria em divórcio. Meu pai dizia que Wes não era um homem confiável e que não parava em emprego. Eu disse: "Talvez, mas vamos ver no que vai dar." Eu queria apenas assumir o risco, entende?

— Sim — disse Nadine. Ela estava sentada perto de Lucy, olhando para ela com grande compaixão.

— Tivemos uma bela casinha, e estou certa de que nunca pensei que terminaria assim — disse Lucy com um suspiro que foi quase um soluço. — Nos acertamos muito bem, nós três. Aliás, foi Marcy mais do que eu quem fez Wes sossegar. Para ele era Deus no céu e a bebê na terra. Ele achava...

— Não — disse Nadine. — Tudo isso foi antes.

De novo aquela palavra, pensou Larry. Aquela palavrinha de duas sílabas.

— Sim. Já passou agora. E acho que poderia ter suportado sozinha. E estava suportando, de alguma forma, até que comecei a ter todos aqueles sonhos ruins.

Larry ergueu bruscamente a cabeça.

— Sonhos?

Nadine olhava para Joe, que um momento antes estivera cochilando diante do fogo. Agora ele fitava Lucy, os olhos brilhando.

— Sonhos maus, pesadelos — continuou Lucy. — Nem sempre são os mesmos. Principalmente, há um homem que me persegue, e nunca posso ver exatamente como ele é, porque está sempre envolto numa capa. E ele fica sempre nas sombras, nos becos. — Ela estremeceu. — Fico até com medo de dormir. Mas agora talvez eu...

— Homescuro! — gritou Joe de súbito, tão agressivamente que todos saltaram. Ele se levantou num pulo, como um Bela Lugosi em miniatura, os dedos imitando garras. — Homescuro! Sonho ruim! Me persegue! Me dá medo!

Ele se encolheu de encontro a Nadine e olhou desconfiado para a escuridão.

Um breve silêncio caiu entre eles.

— Isso é loucura — disse Larry, mas depois se interrompeu. Todos olhavam para ele. De repente, a escuridão pareceu mais negra ainda, e Lucy readquiriu o ar assustado.

Larry forçou-se a prosseguir:

— Lucy, você alguma vez sonhou com... bem, com um lugar em Nebraska?

— Certa noite sonhei com uma velha negra — disse Lucy —, mas não durou muito. Ela disse alguma coisa como "Venha me ver". Depois eu estava em Enfield e aquele... aquele homem assustador me perseguia. E então acordei.

Larry a fitou por tanto tempo que ela enrubesceu e baixou a vista.

Ele virou-se para Joe.

— Joe, você alguma vez sonhou com... hã, um milharal? Uma velha? Uma guitarra?

Joe apenas olhava para ele, envolvido pelo braço de Nadine.

— Deixe-o em paz, você vai perturbá-lo mais ainda — disse Nadine, mas era ela quem parecia perturbada.

Larry pensou um pouco.

— Uma casa, Joe? Um casebre com o alpendre apoiado por macacos?

Achou ter visto um brilho nos olhos de Joe.

— Pare, Larry! — insistiu Nadine.

— Um balanço, Joe? Um balanço feito com um pneu velho?

Joe remexeu-se de repente nos braços de Nadine. Tirou o polegar da boca. Nadine tentou contê-lo, mas o menino libertou-se.

— O balanço! — disse Joe exultante. — O balanço! O balanço! — Afastou-se alguns passos do grupo e apontou primeiro para Nadine, depois para Larry. — Ela! Você! Muitos!

— Muitos? — perguntou Larry, mas Joe já havia se aquietado.

Lucy Swann parecia aturdida.

— O balanço — disse ela. — Lembro-me dele também. — Virou-se para Larry. — Por que estamos tendo todos os mesmos sonhos? Estará alguém usando um raio sobre nós?

— Não sei. — Larry olhou para Nadine. — Também teve esses sonhos?

— Nunca sonho — disse ela, incisiva, e imediatamente baixou os olhos.

Ele pensou: *Você está mentindo. Mas por quê?*

— Nadine, se você... — começou.

— Já lhe disse que *não sonho*! — gritou ela, quase histericamente. — Não pode me deixar em paz? Tem de ficar me atormentando?

Ela se levantou e afastou-se da fogueira, quase correndo.

Lucy olhou para ela com incerteza por um momento, a seguir se levantou.

— Vou atrás dela.

— Sim, é melhor — disse Larry. — Joe, você fica aqui comigo, está bem?

— Tá — respondeu o menino e começou a abrir o estojo da guitarra.

* * *

Lucy voltou com Nadine dez minutos depois. As duas tinham chorado, Larry percebeu. Mas agora pareciam estar em bons termos.

— Desculpe — disse Nadine para Larry. — É que vivo sempre preocupada. E isto extravasa das maneiras mais esquisitas.

— Está tudo bem.

O problema foi superado. Sentaram-se e ouviram Joe desfilar seu repertório. Ele estava melhorando bastante e, em meio a uivos e grunhidos, vinham fragmentos das letras das canções.

Por fim adormeceram, Larry numa extremidade, Nadine na outra e, no meio deles, Joe e Lucy.

Larry sonhou primeiro com o homem escuro no lugar elevado, depois com a velha negra sentada no seu alpendre. Só que neste sonho ele sabia que o homem escuro estava chegando através do milharal, abrindo caminho com sua foice, com aquele terrível sorriso ígneo estampado no rosto, se aproximando deles, cada vez mais próximo.

Larry acordou no meio da noite, arquejante, o peito comprimido pelo terror. Os outros dormiam como pedras. De alguma maneira, nesse sonho ele soubera. O homem escuro não viria de mãos abanando. Nos braços, transportado como uma oferenda, traria o corpo em decomposição de Rita Blakemoor, agora rígido e intumescido, a carne dilacerada pelos animais carniceiros. Uma acusação muda a ser lançada aos seus pés para trombetear sua culpa para os outros, proclamando silenciosamente que ele não era um cara legal, que lhe faltava alguma coisa, que era um perdedor, que era um aproveitador.

Por fim, voltou a dormir e até que acordasse na manhã seguinte, às sete, rígido, com frio, faminto e precisando ir ao banheiro, não teve sonhos.

* * *

— Ah, Deus! — exclamou Nadine. Larry olhou para ela e viu uma decepção profunda demais para causar lágrimas. O rosto estava pálido, os olhos magníficos enevoados e turvos.

Eram 19h15 do dia 19 de julho, e as sombras estavam se desenhando a distância. Tinham viajado o dia inteiro, com poucas paradas de cinco minutos para descanso. A pausa para almoço, que tinham feito em Randolph, fora apenas de meia hora. Nenhum deles se queixara, embora, depois de seis horas em cima de uma moto, todo o corpo de Larry se sentisse entorpecido e dolorido como se espetado de alfinetes.

Agora estavam enfileirados de pé do lado de fora de uma grade de ferro forjado. Abaixo e atrás deles estava a cidade de Stovington, não muito diferente de como Stu Redman a tinha visto nos últimos dois dias de confinamento no Centro de Epidemias. Além da cerca e de um gramado que algum dia fora bem cuidado, mas que estava agora crescido demais e coalhado de gravetos e folhas mortas atirados sobre ele durante os temporais de fim de tarde, ficava a própria instituição, com três andares de altura e sabe-se lá quantos mais no subsolo, supôs Larry.

O local estava deserto, silencioso, vazio.

No centro do gramado havia um cartaz que dizia:

CENTRO DE CONTROLE DE EPIDEMIAS STOVINGTON
ESTA É UMA INSTALAÇÃO DO GOVERNO!
VISITANTES DEVEM SE IDENTIFICAR NA RECEPÇÃO

Ao lado havia um segundo cartaz, e este era o que estavam procurando.

RODOVIA 7 para RUTLAND
RODOVIA 4 para SCHUYLERVILLE
RODOVIA 29 para I-87
I-87 SUL para I-90
I-90 OESTE

TODOS MORTOS AQUI
ESTAMOS INDO RUMO OESTE PARA NEBRASKA
SIGA NOSSO TRAJETO
PROCURE AVISOS
HAROLD EMERY LAUDER
FRANCES GOLDSMITH
STUART REDMAN
GLENDON PEQUOD BATEMAN
8 DE JULHO DE 1990

— Harold, meu garoto — murmurou Larry. — Mal posso esperar para apertar sua mão e pagar-lhe uma cerveja... ou um chocolate Payday.

— Larry! — exclamou Lucy, estridente.

Nadine havia desmaiado.

Capítulo Quarenta e Cinco

ELA CAMINHOU COM PASSO VACILANTE até o alpendre às 10h40 de 20 de julho, levando seu café e uma torrada, como fazia todos os dias em que o termômetro da Coca-Cola ao lado da janela da pia marcava mais de 30º. Era o auge do verão, o melhor verão de que podia relembrar desde 1955, o ano em que sua mãe falecera à idade avançada de 93 anos. Era uma pena que não houvesse mais ninguém ali para apreciá-lo, pensou enquanto se sentava cuidadosamente na sua cadeira de balanço sem braços. Mas realmente o apreciariam? Alguns sim, claro: os jovens apaixonados e os idosos cujos ossos recordavam tão nitidamente como era o aperto mortal do inverno. Agora a maioria dos jovens e dos velhos se fora, bem como aqueles em idade intermediária. Deus tinha feito um duro julgamento da raça humana.

Alguns poderiam argumentar contra um julgamento tão rigoroso, porém Mãe Abagail não estava entre eles. Ele já fizera isto uma vez, com água, e em algum tempo mais adiante iria fazê-lo com fogo. Não era da sua alçada julgar Deus, embora desejasse que Ele não lhe pusesse o cálice diante dos lábios como tinha feito. Mas quanto às questões de *julgamento*, estava satisfeita com a resposta que Deus tinha dado a Moisés, a partir da sarça ardente, quando este quisera questionar. Quem sois?, pergunta Moisés e Deus responde da sarça, tão petulante quanto seria desejável: "Eu *Sou* Quem Eu *Sou*." Em outras palavras, pare de ficar perdendo tempo aí e ponha seu traseiro em movimento, Moisés.

Ela sacudiu-se de rir, assentiu com a cabeça e mergulhou a torrada na boca larga da xícara de café, até ela amolecer o suficiente para ser mastigada. Fazia 16 anos desde que se despedira para sempre do seu último dente. Viera desdentada do ventre de sua mãe e desdentada iria para o túmulo. Molly, sua bisneta, e o marido dela tinham lhe dado uma dentadura no Dia das Mães um ano depois, ano em que ela própria completara 93 anos. Mas machucava suas gengivas e agora só a usava quando sabia que Molly e Jim vinham visitá-la. Então tirava a dentadura da caixa em sua gaveta, lavava-a bem e a colocava na boca. E se houvesse tempo antes da chegada de Molly e Jim, fazia caretas para si mesma no espelho manchado da cozinha, resmungava através daqueles enormes e brancos dentes postiços e dobrava-se de rir. Parecia um velho e negro crocodilo dos Everglades.

Estava velha e frágil, mas sua mente ainda funcionava muito bem. Abagail Freemantle, era como se chamava, nascida em 1882, tendo uma certidão de nascimento como prova. Tinha visto de tudo durante seu tempo na Terra, mas nada que se comparasse aos eventos do último mês, mais ou menos. Não, jamais vira nada semelhante, e agora seu tempo de vida faria parte disso, idéia que detestava. Estava velha. Queria descansar e apreciar o ciclo das estações entre o momento presente e a hora em que Deus se cansasse de vê-la fazendo sua ronda diária e decidisse chamá-la para morar na Glória. No entanto, o que acontecia quando se questionava Deus? A resposta que se obtinha era Eu *Sou* Quem Eu *Sou* e ponto final. Quando Seu próprio Filho orou para que o cálice lhe fosse afastado dos lábios, Deus sequer havia respondido... e ela não estava com essa bola toda, de jeito nenhum, não agora. Não passava de uma pecadora comum e ponto final. E à noite, quando o vento chegou e soprou através do milharal, ficou assustada ao pensar que Deus baixara os olhos para uma bebezinha que assomava entre as pernas da mãe no início de 1882 e dissera para Si mesmo: *Vou mantê-la aí por um tempo bem longo. Ela tem serviço a fazer em 1990, na outra extremidade de uma boa quantidade de folhas de calendário.*

Seu tempo ali em Hemingford Home estava chegando ao fim, e sua temporada final de trabalho situava-se lá à frente, no oeste, perto das montanhas Rochosas. Ele pusera Moisés para escalar montanhas e Noé para construir barcos; vira Seu próprio Filho pregado na cruz. Por que iria preocupar-se com o medo pavoroso que Abby Freemantle sentia do homem sem rosto, *aquele* que a espreitava nos sonhos?

Ela nunca o tinha visto. Ele era uma sombra passando através do milharal ao meio-dia, um bolsão frio de ar, um corvo do mal espreitando-a, pousado nos fios telefônicos. A voz dele chamava em todos os sons que já a haviam aterrorizado — falava suavemente, era o ruído de um besouro agourento debaixo da escada, dizendo que algum ente querido em breve ia morrer; quando falava em voz alta, era o trovejar vespertino rolando em meio às nuvens procedentes de oeste como um Armagedon fervilhante. E às vezes não havia nenhum som, exceto o farfalhar solitário do vento noturno entre o milharal, mas ela sabia que *ele* estava lá, e isso era o pior de tudo, porque o homem sem rosto parecia só um pouquinho menor do que o próprio Deus. Nessas ocasiões, parecia-lhe estar ao alcance do anjo escuro que voara silenciosamente sobre o Egito, matando o primogênito de cada casa cuja soleira não estivesse besuntada de sangue. Isto a assustava mais do que tudo. Seu medo a fazia voltar a ser criança e sabia que, embora outros soubessem *dele* e estivessem assustados *por ele*, só ela tivera uma visão clara do seu terrível poder.

— Que belo dia — disse ela, e enfiou na boca o último pedaço de torrada. Balançou-se na cadeira, bebericando seu café. Era um dia radioso e excelente e nenhuma parte do seu corpo lhe causava qualquer incômodo, por isso dedicou uma curta prece de gratidão pelo que havia obtido. Deus é grande, Deus é bom; a mais tenra criança podia aprender estas palavras, que abrangiam o mundo inteiro e tudo nele contido, de bom e de ruim. — Deus é grande — disse Mãe Abagail. — Deus é bom. Obrigada pelo dia ensolarado. Pelo café. Pela boa evacuação que tive à noite. O senhor tinha razão, aquelas tâmaras resolveram o problema, mas, meu Deus, achei o gosto horrível. Mas melhorei, não? Deus é grande...

Seu café estava acabando. Ela depôs a xícara e balançou-se, o rosto virado para o sol como uma viva e estranha face de pedra, estriada por veios de carvão. Cochilou, depois dormiu. Seu coração, de paredes agora tão finas quanto papel de seda, batia ritmicamente como fizera nos últimos 39.630 dias. Como um bebê no berço, seria preciso pôr-se a mão sobre o peito dela para constatar se ainda estava respirando.

Mas o sorriso permanecia.

* * *

Sem dúvida, as coisas haviam mudado em todos aqueles anos desde que era menina. Os Freemantles tinham vindo para Nebraska como escravos libertos. Molly, a bisneta de Abagail, ria maldosa e cinicamente, sugerindo que o dinheiro que o pai de Abby usara para comprar a propriedade — dinheiro pago por Sam Freemantle de Lewis, Carolina do Sul, como salário pelos oito anos em que o pai e os irmãos dela permaneceram trabalhando após terminada a Guerra de Secessão — tinha sido "dinheiro da consciência". Abagail continha a língua quando Molly falava assim — Molly, Jim e os outros eram jovens e nada entendiam senão o muito bom e o muito ruim —, mas por dentro ela revirava os olhos e falava consigo mesma: *Dinheiro da consciência? Bem, existe dinheiro mais limpo do que este?*

Assim, os Freemantles se estabeleceram em Hemingford Home e Abby, a caçula dos filhos de papai e mamãe, nascera bem ali, na propriedade da família. Seu pai tinha levado a melhor sobre aqueles que não compravam de negros e aqueles que não vendiam a eles; fora comprando terras aos poucos para não alarmar os que se preocupavam com "aqueles negros escrotos lá das bandas de Columbus"; ele havia sido o primeiro no condado de Polk a tentar a rotação de culturas; o primeiro a usar adubos químicos; e em março de 1902 Gary Sites viera até a casa para dizer a John Freemantle que ele havia sido proposto e aceito como militante da Grange, a organização de fazendeiros dedicada ao fomento agrícola. Era o primeiro negro a pertencer à Grange em todo o estado de Nebraska. Aquele ano tinha sido o máximo.

Ela supunha que qualquer pessoa, olhando sua vida em retrospecto, poderia pinçar um ano e dizer: "Esse foi o melhor." Parecia a todos que havia uma fórmula mágica nas estações em que tudo se juntava, suave, glorioso e pleno de prodígio. Era só mais tarde que se podia imaginar por que havia acontecido daquele jeito. Era como colocar dez tira-gostos na travessa todos de uma vez, de modo que cada um pegasse um pouco do sabor dos outros; os cogumelos ficavam com gosto de presunto e o presunto com gosto de cogumelo; a carne de veado adquiria o gosto mais levemente silvestre de perdiz e a perdiz ficava com o travo mais estanhado de pepinos. Mais tarde na vida, se poderia desejar que as boas coisas que ocorrem todas num determinado ano pudessem ter se disseminado um pouco mais, que se pudesse talvez pegar uma das coisas valiosas e de certo modo transplantá-la por completo no meio de um período de três anos do qual não se pudesse recordar nenhuma coisa abençoada, ou mesmo uma coisa ruim. E assim se saberia que as coisas simplesmente ocorreram como deveriam ocorrer no mundo que Deus criou e Adão e Eva tinham descriado — a lavagem acabara, os assoalhos haviam sido esfregados, os bebês cuidados, as roupas remendadas; três anos sem nada para quebrar o invariável fluxo de tempo cinzento, exceto a Páscoa e o Quatro de Julho, o Dia de Ação de Graças e o Natal. Mas não havia nenhuma resposta para os meios como Deus dava início aos Seus prodígios, e para Abby Freemantle e também para seu pai, o ano de 1902 tinha sido o máximo.

Abby achava que tinha sido a única na família — além do pai, claro — a compreender que era uma coisa grande e sem precedentes ser convidado para se filiar à Grange.

Ele seria o primeiro Granger negro em Nebraska, e muito possivelmente o primeiro no país. Seu pai não se iludia a respeito do preço que ele e a família teriam de pagar na forma de piadas grosseiras e estigmas racistas daqueles homens — principalmente Ben Conveigh — que se opuseram à idéia. Mas ele também viu que Gary Sites lhe estava dando mais do que uma chance de sobrevivência: estava lhe dando a chance de prosperar com o resto do cinturão do milho.

Sendo filiado à Grange, terminariam seus problemas para comprar boas sementes. A necessidade de transportar suas colheitas por todo o caminho até Omaha a fim de encontrar um comprador também terminariam. Isto significaria o fim da querela sobre direitos de água que vinha tendo com Ben Conveigh, um fanático nos assuntos referentes a negros como John Freemantle e amantes de negros como Gary Sites. Isto poderia até mesmo significar que o lançador de impostos do condado daria uma parada nas suas pressões intermináveis. Portanto, John Freemantle aceitou o convite e a votação a seu favor (por uma margem inteiramente confortável, também), e *houve* piadas irritantes sobre como um negro tinha sido capturado no sótão da sede da Grange, e sobre quando um bebê negro foi para o céu e por causa de suas asinhas negras era chamado de morcego em vez de anjo, e Ben Conveigh circulando por uns tempos e dizendo às pessoas que a única razão pela qual a Mística Coligação Grange aceitara John Freemantle era porque em breve haveria a Feira das Crianças e precisavam de um negro para representar um orangotango africano. John Freemantle fingia não ouvir essas coisas e em casa citava a Bíblia: "Uma resposta suave espanta a ira" e "Irmãos, enquanto semeardes, certamente ireis colher". E a sua preferida, falada não com humildade mas sim com expectativa inflexível: "Os mansos herdarão a Terra."

Aos poucos, ele foi sendo aceito pelos vizinhos. Nem todos, não os fanáticos como Ben Conveigh e seu meio-irmão George, não os Arnold e os Deacon, porém por todos os demais. Em 1903 os Freemantle haviam jantado com Gary Sites e sua família, no salão, como quaisquer outros brancos.

E em 1902 Abagail tocara guitarra no auditório da Grange, mas não no espetáculo de variedades em que os atores eram caracterizados como negros. Ela tocara no *show* de talentos de gente branca, no final do ano. Sua mãe fora decididamente contra, uma das raras vezes na sua vida em que se opusera às idéias do marido diante das crianças (só que na época os garotos estavam quase chegando à meia-idade e o próprio John tinha bem mais que um vestígio de neve no cocuruto).

— Sei bem como foi isso — ela dissera, chorando. — Você, Sites e aquele Frank Fenner combinaram tudo isso. Tudo bem para eles, John Freemantle, mas o que passou pela sua cabeça? Eles são *brancos*! Você se reúne com eles no pátio dos fundos e trocam idéias sobre lavoura! Você pode até mesmo ir à cidade e tomar uma cerveja com eles, se aquele Nate Jackson permitir que entre no seu bar. Ótimo! Sei o que deve ter passado nestes últimos anos... melhor que ninguém. Sei que ostentou um sorriso no rosto quando devia estar magoado no seu coração. *Só que agora é diferente!* Trata-se de *sua própria filha*! O que irá dizer se ela subir ao palco com seu lindo vestido branco e eles zombarem dela? O que fará se lhe jogarem tomates podres, como fizeram com Brick Sullivan quando ele tentou cantar no *show* de variedades? E o que vai dizer se ela chegar com manchas de tomate em toda a frente do seu vestido e perguntar: "Por que, papai? Por que fizeram isso? E por que *deixou* que fizessem?"

— Bem, Rebecca — respondera John —, acho que é melhor deixarmos isto por conta dela e de David.

David tinha sido o seu primeiro marido; em 1902, Abagail Freemantle se tornara Abagail Trotts. David Trotts era um peão de fazenda lá para as bandas de Valparaíso e que viajava quase 50 quilômetros para cortejá-la. John Freemantle certa vez dissera a Rebecca que o boato de que Abagail amansara o velho Davy Trotts direitinho não se tratava absolutamente de um "trote". Muitos zombavam de seu primeiro marido e diziam coisas do tipo: "Acho que sei quem veste as calças *naquela* família."

Mas David não tinha sido um homem fraco, era apenas reservado e pensativo. Quando ele dissera a John e Rebecca Freemantle "Seja o que for que Abagail considere o correto, tudo bem, reconheço que deva ser feito", ela o abençoou por isso e havia declarado aos pais que pretendia ir em frente.

Assim, em 27 de dezembro de 1902, já grávida de três meses do primeiro filho, ela subira ao palco do auditório da Grange em meio ao silêncio que se fez quando o mestre-de-cerimônias anunciou seu nome.

Pouco antes dela, Gretchen Tilyons apresentara seu número, uma animada dança francesa, exibindo tornozelos e anáguas sob estrondosos assovios, aplausos e batidas de pés da platéia masculina.

Ela ficou parada naquele silêncio denso, sabendo o quanto seu pescoço e rosto negros contrastavam com o vestido branco novo. Seu coração disparava terrivelmente no peito enquanto pensava: *Ah, esqueci a letra, cada palavra, e prometi a papai que não choraria, houvesse o que houvesse, eu não choraria, mas Ben Conveigh está na platéia, e quando ele gritar NEGRA, então acho que vou chorar, ah, por que fui me meter nisso? Mamãe tinha razão: estou no lugar errado e vou pagar por isso...*

O salão estava repleto de rostos brancos erguidos para fitá-la. Todas as cadeiras estavam ocupadas e havia duas fileiras de espectadores em pé no fundo do recinto. As lanternas a querosene brilhavam e bruxuleavam. As cortinas de veludo tinham sido arrebanhadas em dobras de tecido e atadas com cordões dourados.

E ela pensava: *Sou Abagail Freemantle Trotts, toco e canto bem; não sei essas coisas porque alguém me ensinou.*

Então começou a cantar "The Old Rugged Cross" naquele silêncio imóvel, dedilhando a melodia. Depois passou para a melodia um tanto mais forte de "How I Love My Jesus", e a seguir, mais forte ainda, "Camp Meeting in Georgia". Agora as pessoas marcavam o ritmo oscilando para a frente e para trás, incapazes de se controlar. Algumas estavam sorrindo e davam tapinhas nos joelhos.

Ela cantou um *medley* de canções da Guerra Civil: "When Johnny Comes Marching Home", "Marching Through Georgia" e "Goober Peas" (mais sorrisos para esta; muitos daqueles homens, veteranos do Grande Exército da República, tinham comido mais que um punhado de amendoins — *goober peas* — durante seu serviço militar). Terminou com "Tenting Tonight on the Old Campground", e quando o último acorde se dissipou num silêncio que agora era pensativo e triste, ela pensou: *Agora, se quiserem jogar seus tomates ou seja o que for, vão em frente. Toquei e cantei o melhor que pude e sei que estive ótima.*

Quando o último acorde pairou no silêncio, este silêncio perdurou por um longo e quase encantado momento, como se as pessoas sentadas e as outras de pé no fundo do salão tivessem sido levadas para longe, tão longe que não podiam achar seu caminho de volta imediatamente. Depois os aplausos irromperam e rolaram sobre ela numa onda longa e uniforme, fazendo-a enrubescer, deixando-a confusa, afogueada e tiritante ao mesmo tempo. Ela viu a mãe chorando abertamente, e seu pai e David sorrindo exultantes para ela.

Tentou deixar o palco então, mas gritos de bis irromperam e assim, sorrindo, ela tocou "Digging my Potatoes", "Cavando na Minha Horta". Essa canção era um tantinho arriscada, mas Abby achou que se Gretchen Tilyons podia exibir seus tornozelos em público, então ela podia apresentar esta canção meio obscena, cantada por adolescentes. Afinal, ela era uma mulher casada.

Alguém cavou na minha horta
Deixando sementes na porta,
E como esse alguém foi embora,
vejam o apuro em que estou agora.

Havia mais seis estrofes como essas (algumas até mais pesadas) e Abby cantou todas, e ao final de cada estrofe o rugido de aprovação era mais alto. E mais tarde achou que se fizera algo de errado aquela noite fora apresentar essa canção, que era exatamente o tipo de música que esperariam ouvir cantada por um negro.

Ela terminou para receber outra estrondosa ovação e novos gritos de bis. Subiu de novo ao palco e disse, quando a multidão se aquietou:

— Muito obrigada por tudo. Espero que não pensem que estou sendo presunçosa se pedir para cantar só mais uma, que sempre considerei especial mas nunca esperei cantar aqui. Mas é simplesmente a melhor canção que conheço, por conta do que o presidente Lincoln e este país fizeram por mim e por minha gente, mesmo antes de eu ter nascido.

Todos estavam muito quietos agora, ouvindo atentamente. Sua família sentava-se completamente imóvel, todos juntos perto da ala esquerda, como um pingo de geléia de amora-preta num lenço branco.

— Por conta do que aconteceu no meio da Guerra de Secessão — continuou ela firmemente — minha família teve condições de vir para cá e conviver com os maravilhosos vizinhos que temos.

A seguir tocou e cantou o hino dos Estados Unidos e todos ficaram de pé para ouvir. Alguns dos lenços brancos que saíam, voltaram e quando ela terminou, a platéia aplaudiu estrepitosamente.

Foi o dia mais orgulhoso de sua vida.

* * *

Ela se agitou desperta pouco depois do meio-dia e sentou-se ereta, piscando à luz do sol, uma velha de 108 anos. Havia dormido de mau jeito e as costas lhe doíam. Duraria pelo resto do dia, ela já estava escaldada a respeito.

— Que lindo dia — disse, e levantou-se cuidadosamente. Começou a descer os degraus do alpendre segurando-se cautelosa no corrimão meio frouxo, estremecendo às estocadas de dor nas costas e às comichões nas pernas. Sua circulação já não era mais a mesma... por que deveria ser? Vezes sem conta ela prevenira a si mesma das conseqüências de dormir naquela cadeira de balanço. Ela cochilava e todos aqueles velhos tempos voltavam, e isso era maravilhoso, ah, sim como era, melhor do que ver um programa na televisão, mas havia um preço tremendo a pagar quando acordava. Ela poderia censurar-se à vontade, mas era a mesma coisa que um cachorro velho esparramar-se junto a uma lareira. Quando se sentava ao sol, ela adormecia, só isso. Não precisava explicar mais nada.

Chegou ao fim dos degraus, fez uma pausa para "deixar as pernas se emparelharem com ela", depois expectorou uma boa quantidade de catarro e cuspiu na terra. Quando se sentiu mais ou menos normal (a não ser pelo incômodo em suas costas), caminhou lentamente até a privada que seu neto Victor instalara nos fundos da casa em 1931. Entrou, fechou meticulosamente a porta e pôs o trinco, como se houvesse uma multidão lá fora, em vez de uns poucos melros, e sentou-se. Um momento depois, começou a urinar na maior satisfação. Aqui havia outra coisa acerca de ser velha que ninguém jamais pensara em lhe contar (ou será que você nunca ouviu?) — a pessoa parava de pensar quando precisava urinar. Era como se perdesse todas as sensações lá embaixo na bexiga e, se não tomasse cuidado, a primeira coisa que saberia era que teria que ficar trocando de roupa a toda hora. Não gostava de ficar suja, por isso saía para se agachar na privada seis ou sete vezes por dia e à noite mantinha o urinol ao lado da cama. Jim, o marido de Molly, dissera-lhe uma vez que era como um cachorro que não podia passar por um hidrante sem pelo menos erguer uma pata para saudá-lo. Isto a fez rir até as lágrimas brotarem dos olhos e escorrerem pelas faces. Jim era um executivo de publicidade em Chicago e estava progredindo na carreira... estivera, de qualquer modo. Ela supunha que ele já tivesse ido, como os demais. Molly também. Abençoados fossem seus corações, estavam com Jesus agora.

Durante o último ano, mais ou menos, Molly e Jim eram praticamente os únicos que vinham ali para visitá-la. Os outros pareciam ter esquecido que ela estava viva, mas Abby podia entender isto. Tinha vivido além do seu tempo. Era como um dinossauro que não tinha o direito de ainda manter sua carne sobre os ossos, uma coisa cujo lugar mais adequado seria um museu (ou um cemitério). Ela os entendia por não virem visitá-la, mas o que não podia entender era por que não queriam voltar para ver a *terra*. Não restara muita coisa; apenas alguns hectares da imensa propriedade original. Mas ainda pertencia a eles; ainda era a *terra deles*. Mas o pessoal de cor não parecia mais dar muita importância a terras. Na verdade, havia alguns que pareciam até envergonhar-se disso. Partiram para ganhar a vida nas cidades e a maioria deles, como Jim, havia se saído muito bem... mas como isto fazia seu coração doer, pensar em todos aqueles companheiros negros dando as costas para a terra!

Molly e Jim quiseram montar um toalete interno para ela no ano retrasado e ficaram magoados com sua recusa. Ela tentou explicar de modo que pudessem entender, mas tudo que Molly conseguiu dizer, reiteradamente, foi:

— Mãe Abagail, você está com 106 anos de idade. Como acha que me sinto sabendo que vai se agachar na privada lá fora com a temperatura alguns dias chegando a 10º? Não sabe o que o choque térmico pode fazer com seu coração?

— Quando Deus me quiser, Ele virá me buscar — disse Abagail. Ela estava tricotando e claro que eles acharam que se concentrava no tricô e por isto não podia ver o modo como os dois se entreolhavam.

Havia algumas coisas que não se podia deixar passar. Parecia como se fosse outra coisa que os jovens não sabiam. Agora, retrocedendo a 1982, quando ela completara cem anos, Cathy e David lhe ofereceram um aparelho de TV e esta oferta ela havia aceitado. A TV era uma máquina maravilhosa para passar o tempo quando estava sozinha. Mas quando Christopher e Susy apareceram e disseram que queriam arranjar-lhe uma cisterna, ela dera-lhes as costas tal como fizera à gentil proposta de Molly e Jim de um toalete interno. Eles argumentaram que seu poço era raso e poderia secar se houvesse outro verão como o de 1988, quando a estiagem chegou. Era verdade, mas apenas continuou dizendo não. Eles acharam que estava caducando, claro, que estava acumulando camadas de senilidade, tal como um assoalho acumula verniz, mas ela própria acreditava que sua cabeça estava tão nos trinques como sempre estivera.

Içou-se do assento da latrina, polvilhada de cal pelo buraco abaixo, e lentamente deixou-se levar de novo para a luz do sol. Abby mantinha sua latrina perfumada, mas latrinas eram velhos utensílios úmidos, não importa o quanto cheirassem bem.

Era como se a voz de Deus tivesse sussurrado no seu ouvido quando Chris e Susy se ofereceram para providenciar-lhe uma cisterna... a voz de Deus retornou até mesmo quando Molly e Jim quiseram dar-lhe aquele trono de porcelana com a alavanca de descarga do lado. Deus *falava* para Sua gente; não tinha Ele falado para Noé sobre a arca, dizendo-lhe quantos cúbitos teria de comprimento e quantos de profundidade e quantos de largura? Sim. E acreditava que Ele havia falado com ela também, não de uma sarça ardente nem de um pilar de fogo, mas numa voz baixa e calma: *Abby, vais precisar de tua bomba manual. Vais usufruir de toda a eletricidade que quiseres, Abby, mas deves conservar abastecidas aquelas lamparinas a óleo e manter os pavios em bom estado. Vais manter aquela despensa fria do modo como tua mãe fazia antes de ti. E não permitas que nenhum dos jovens te diga qualquer coisa que saibas ser contrária a Minha vontade, Abby. São teus parentes, mas Eu Sou teu Pai.*

Ela parou no meio do terreiro, olhando para o mar de milho rompido apenas pela estrada de terra que seguia para o norte, na direção de Duncan e Columbus. Cinco quilômetros além da casa, a estrada já era asfaltada. A safra de milho seria excelente este ano, e era deplorável que não houvesse ninguém ali para colhê-la exceto as gralhas. Era triste pensar que as grandes colheitadeiras vermelhas permaneceriam nos seus galpões neste setembro, triste pensar que não haveria mutirões para a debulha do milho e danças no celeiro. Triste pensar que, pela primeira vez nos últimos 108 anos, ela não estaria aqui em Hemingford Home para ver a época da mudança, quando o verão dava lugar ao pagão e aprazível outono. Ela adorava este verão muito mais porque seria o seu último — sentia isso claramente. E não seria posta para descansar ali, e sim mais a oeste, numa região estranha. Era doloroso.

Caminhou arrastando os pés até o balanço de pneu e o pôs em movimento. Aquele era um pneu velho de trator e tinha sido pendurado ali pelo seu irmão Lucas em 1922. A corda fora mudada muitas vezes nesse meio-tempo, mas nunca o pneu. Agora, a lona aparecia através de vários lugares, havia uma funda depressão onde gerações de nádegas jovens tinham se sentado para balançar. Abaixo do pneu via-se um fundo e poeirento sulco na terra, onde a relva havia muito desistira de crescer. No galho em que a corda estava amarrada, a casca fora sendo esfregada até sumir, mostrando o osso branco do galho. A corda rangia lentamente, e desta vez Abby falou em voz alta.

— Por favor, meu Senhor, a menos que seja preciso, tirai este cálice dos meus lábios, se puderdes. Estou velha e assustada e, mais que tudo, gostaria de jazer aqui, no meu lugar. Estou pronta para ir agora mesmo, se me quiserdes. Seja feita a Vossa vontade, meu Senhor, mas Abby é uma velha negra cansada e incapaz. Seja feita a Vossa vontade.

Nenhum som mais senão o rangido da corda contra o galho e o grasnar dos corvos no milharal. Encostou a velha testa enrugada contra a velha e enrugada cortiça da macieira, plantada por seu pai há tanto tempo, e chorou amargamente.

* * *

Naquela noite sonhou que estava de novo subindo os degraus para o auditório da Grange, uma jovem e linda Abagail com três meses de gravidez, uma escura jóia etíope no seu vestido branco, segurando a guitarra pelo braço, subindo, subindo, subindo naquela quietude, seus pensamentos em polvorosa, embora um único pensamento se destacasse acima de todos: *Sou Abagail Freemantle Trotts, e toco e canto muito bem. Não sei essas coisas porque alguém me ensinou.*

No sonho ela se virava devagar, encarando aqueles rostos brancos voltados para ela como luas, encarando aquele salão tão ricamente iluminado com suas lâmpadas e o suave brilho lançado de volta das janelas escurecidas e levemente impregnadas de vapor, e o cortinado de veludo vermelho com seus cordões dourados.

Agarrou-se firmemente àquele único pensamento e começou a tocar "Rock of Ages". E então entrou sua voz, não nervosa e contida, mas exatamente como saíra quando ela estivera ensaiando, rica e suave como o próprio brilho amarelo da luz artificial. E ela pensou: *Vou vencê-los. Com a ajuda de Deus, vou vencê-los. Ah, meu povo, se vocês estão sedentos, eu não extraio água da pedra? Eu os derrotarei, e farei David orgulhoso de mim, e papai e mamãe orgulhosos de mim, farei a mim mesma orgulhosa de mim, extrairei música do ar e água da pedra...*

E foi quando ela o viu pela primeira vez. Ele estava de pé bem no canto, atrás de todos os assentos, os braços cruzados no peito. Usava *jeans* e uma jaqueta de brim com broches nos bolsos. Calçava botas pretas empoeiradas com saltos gastos, botas que pareciam ter caminhado por mais de um quilômetro escuro e poeirento. Sua testa era branca como luz de gás, as faces vermelhas de animação, os olhos incandescendo lascas de diamante azul, faiscando com bom humor, como se o Diabrete de Satã houvesse assumido o posto de Kris Kringle. Um sorriso cálido e zombeteiro repuxara seus lábios dos dentes em algo próximo a um rosnado. Os dentes eram brancos, pontiagudos e alinhados, como os dentes de uma doninha.

Ele ergueu as mãos do corpo. As duas estavam crispadas, tão rígidas e duras como nós em uma macieira. Seu sorriso permanecia, animado e inteiramente hediondo. Gotas de sangue começaram a cair de seus punhos.

As palavras secaram na mente de Abby. Os dedos se esqueceram de como tocar; houve uma dissonância final e depois silêncio.

Deus! Deus!, gritou ela, mas Deus havia desviado Seu rosto.

A seguir, Ben Conveigh se levantou, o rosto vermelho e chamejante, seus olhinhos de porco cintilando. *Puta negra!*, gritou. *O que é que esta puta negra está fazendo em nosso palco? Nenhuma puta negra jamais extraiu música do ar! Nenhuma puta negra jamais extraiu água da pedra!*

Gritos selvagens de concordância. Pessoas arremetendo à frente. Ela viu seu marido se levantar e tentar subir ao palco. Um punho o atingiu na boca, arremessando-o para trás. *Botem esses negros sujos para o fundo do salão!*, berrou Bill Arnold, e alguém empurrou Rebecca Freemantle. Alguém mais — Chet Deacon, ao que parecia — enrolou uma das cortinas de veludo em volta de Rebecca e depois a amarrou com um daqueles cordões dourados. Ele berrava: *Olhem aqui! A crioula vestida! A crioula vestida!*

Outros se apressaram para onde Chet Deacon estava, e todos começaram a socar a mulher que se debatia sob a cortina de veludo.

Mamãe!, gritou Abby.

A guitarra foi arrancada de seus dedos sem vigor e despedaçada na beirada do palco.

Ela procurou febrilmente o homem escuro no fundo do salão, mas o motor dele tinha sido posto em movimento e agora estava funcionando doce e calidamente. Ele havia ido para algum outro lugar.

Mamãe!, gritou de novo, e então mãos rudes a estavam arrancando do palco, enfiando-se por baixo do seu vestido, apalpando-a, apertando-a, beliscando seu traseiro. Sua mão foi puxada violentamente por alguém, estalando seu braço, e foi posta contra uma coisa dura e quente.

A voz de Ben Conveigh no seu ouvido: *Como você prefere a MINHA rocha da eternidade, sua puta negra?*

O salão rodopiava. Ela viu o pai lutando para livrar a flácida forma de sua mãe, e viu uma mão branca baixando uma garrafa contra o encosto de uma cadeira dobrável. Houve um chocalhar e um despedaçar e depois o entalhado gargalo da garrafa, reluzindo ao brilho cálido de todas aquelas lâmpadas, foi enfiado no rosto de seu pai. Ela viu seus olhos fixos e abaulados estourarem como uvas.

Ela gritou e a força do grito pareceu dividir o salão ao meio, deixando entrar a escuridão, e ela era Mãe Abagail novamente, de 108 anos de idade, velha demais, meu Senhor, velha demais (mas seja feita Vossa vontade), e caminhava no milharal, o milharal místico enraizado, raso porém largo na terra, perdida no milharal que estava prateado ao brilho da lua e preto com as sombras; ela podia ouvir o vento noturno de verão sussurrando gentil através dele, sentir o cheiro de sua maturação, o cheiro inteiramente vívido que sentira em toda a sua longuíssima vida (e muitas vezes pensara que o milho era a planta que mais se aproximava de toda a vida, e seu aroma era o aroma da vida em si, o começo da vida. Ah, ela havia desposado e enterrado três maridos, David Trotts, Henry Hardesty e Nate Brooks. E tivera três homens na cama, havia-os recebido como uma mulher deve receber um homem, cedendo diante dele, e sempre houvera o anelante prazer, ela achava — *Ah, meu Deus, como adoro ser sensual com meu homem e como adoro que ele seja sensual comigo quando me possui e o que dispara em mim* —, e às vezes, no momento do clímax, ela pensava no milho, o delicado milho com suas raízes plantadas pouco profundas mas largas, pensava na carne e depois no milho, quando acabava e seu marido jazia ao lado dela, o odor do sexo tomando o quarto, o odor do esperma que ele despejara dentro dela, o odor dos fluidos que produzia para lubrificar a entrada para ele, e este era um odor igual ao do milho debulhado, leve e doce, um odor para lá de bom).

E ainda assim estava temerosa, envergonhada desta autêntica intimidade com o solo e o verão, e coisas maturando, porque não estava sozinha. *Ele* estava aqui com ela, duas carreiras à direita ou à esquerda, pisando logo atrás ou vagueando logo à frente. O homem escuro estava ali, suas botas empoeiradas escavando no núcleo do solo e afastando-o em chutes, sorrindo na noite como uma lanterna de tempestade.

Depois ele falou, pela primeira vez falou em voz alta, e ela pôde ver sua sombra ao luar, encurvada e grotesca, caindo na carreira pela qual caminhava. Sua voz era como o vento noturno que começa a gemer através das velhas e descarnadas espigas de milho em outubro, como o próprio chocalhar daquelas espigas brancas e estéreis enquanto parecem falar do seu fim. Era uma voz suave. Era a voz da condenação.

E dizia: *Tenho o seu sangue nos meus punhos, velha Mãe. Se você orar para Deus, ore para que Ele a leve antes de ouvir algum dia meus pés subindo seus degraus. Não foi você quem extraiu música do ar, nem foi você quem extraiu água da pedra, e seu sangue está nos meus punhos.*

Então ela se viu desperta, desperta pouco antes do alvorecer, e a princípio pensou que havia urinado na cama, mas era apenas o suor noturno, pesado como o orvalho de maio. Seu corpo franzino tremia desamparadamente, e cada parte dela ansiava por repouso.

Meu Senhor, meu Senhor, afastai este cálice dos meus lábios.

O Senhor não respondeu. Havia apenas o leve golpear do vento matinal nas vidraças das janelas, que estavam frouxas e chocalhantes, precisando de massa nova. Por fim, ela se levantou e atiçou o fogo no seu velho fogão a lenha e pôs o café.

* * *

Tinha muita coisa a fazer nos dias que se seguiriam, porque ia receber visitas. Fossem sonhos ou não, estivesse cansada ou não, nunca fora do tipo de evitar visitas e não era agora que iria começar. Mas precisaria fazer tudo muito devagar, ou terminaria esquecendo coisas — andava muito esquecida ultimamente —, e colocando coisas fora do lugar, até acabar perseguindo a própria cauda.

A primeira tarefa era descer até o galinheiro de Addie Richardson, o que representava uma boa caminhada, de 6 ou 7 quilômetros. Viu-se imaginando se o Senhor não lhe mandaria uma águia para conduzi-la voando por toda aquela distância ou se enviaria Elias na sua carruagem de fogo para lhe dar uma carona.

— Blasfêmia — disse complacente para si mesma. — O Senhor nos envia forças, não táxis.

Após lavar seus poucos pratos, calçou os sapatos resistentes e pegou sua bengala. Mesmo agora raramente usava a bengala, porém hoje precisaria dela. Seis quilômetros de ida e 6 quilômetros de volta. Aos 16 anos ela ia correndo na ida e caminhava na volta, só que não tinha mais 16 anos.

Partiu às oito da manhã, esperando alcançar a fazenda de Richardson lá pelo meio-dia e dormir durante o período mais quente do dia. Ao entardecer, mataria suas galinhas e voltaria ainda com claridade. Só chegaria em casa depois do escurecer, e isto a fez pensar no sonho que tivera esta noite, porém aquele homem ainda estava longe. Seus visitantes estavam bem mais perto.

* * *

Caminhou muito lentamente, mais devagar do que achou que seria preciso, mas, mesmo às oito e meia da manhã, o sol estava gordo e vigoroso. Não suava muito — não havia excesso de carne nos seus ossos para extrair-lhe suor —, mas na hora em que chegou à caixa de correio dos Godell precisou descansar um pouco. Sentou-se à sombra da pimenteira deles durante algum tempo e comeu algumas barras de doce de figo. Nem uma águia nem um táxi à vista. Deu uma risada cacarejante, levantou-se, limpou a terra aderida ao vestido e prosseguiu. Não, nada de táxis. O Senhor ajuda àqueles que se ajudam. Ainda assim, podia sentir todas as suas juntas sendo afinadas; naquela noite haveria um concerto.

Apoiava-se cada vez mais na bengala à medida que avançava, embora os pulsos começassem a torturá-la. Seus sapatos com cadarços de couro cru arrastavam-se pela terra. O sol batia sobre ela e, conforme o tempo passava, sua sombra ia se encurtando. Ela viu mais animais selvagens aquela manhã do que tinha visto desde a década de 1920: raposa, guaxinim, porco-espinho, marta. Havia corvos por toda parte, guinchando, crocitando e voando em círculos no céu. Se tivesse estado por perto para ouvir Stu Redman e Glen Bateman discutindo o modo caprichoso — tinha parecido caprichoso para eles, de qualquer forma — como a supergripe acometera alguns animais enquanto não afetara outros, teria rido. A gripe pegara nos animais domésticos e deixara os selvagens em paz, era simples assim. Algumas espécies de animais domésticos foram poupadas, mas, como regra geral, a peste acometera o homem e os melhores amigos do homem. Pegara nos cachorros mas poupara os lobos, porque os lobos eram selvagens e os cachorros não eram.

Uma dor que parecia uma vela de ignição incandescente instalou-se fundo em cada um dos quadris dela, atrás de seus joelhos, nos tornozelos e nos punhos, que usava para apoiar-se na bengala. Ela seguia caminhando e conversava com seu Deus, às vezes silenciosamente, outras vezes em voz alta, ignorando quaisquer diferenças entre as duas vozes. E viu-se pensando de novo acerca de seu próprio passado. O ano de 1902 tinha sido o melhor de todos, tudo bem. Depois disso pareceu que o tempo disparou, as páginas de um grosso calendário sendo viradas cada vez mais rápido, mal fazendo uma pausa. A vida de um corpo passara tão rápido... até onde um corpo podia ficar tão cansado de viver?

Ela tivera cinco filhos com Davy Trotts; um deles, Maybelle, se engasgara com um pedaço de maçã no pátio dos fundos do Velho Lugar. Abby pendurava roupas na corda e havia se virado para ver a bebê caída de costas, apertando a garganta e ficando roxa. Ela conseguira por fim retirar o naco de maçã da garganta da menina, mas àquela altura Maybelle já estava fria e imóvel, a única menina que tivera e a única de seus muitos filhos a ter morte acidental.

Agora estava sentada à sombra de um olmo do lado de dentro da cerca dos Naugler, e 200 metros estrada acima podia ver a terra batida ceder lugar ao asfalto — este era o local em que Freemantle Road se tornava Polk County Road. O calor do dia provocava um bruxuleio no asfalto, e ao horizonte parecia mercúrio, brilhando como água num sonho. Num dia quente você sempre vê aquele mercúrio na extremidade de até onde a vista alcança, mas nunca se chega inteiramente a ele. Ou pelo menos *ela* nunca chegara.

David havia morrido em 1913, de uma gripe que não diferia muito desta de agora, que havia matado tanta gente. Em 1916, quando estava com 35 anos, ela se casara com Henry Hardesty, um fazendeiro negro do condado de Wheeler, ao norte. Ele viera cortejá-la especialmente. Henry era um viúvo com sete filhos, todos, exceto dois, já adultos e que tinham seguido suas vidas. Ele era sete anos mais velho que Abagail e lhe dera dois meninos antes que seu trator capotasse sobre ele e o matasse no fim do verão de 1925.

Um ano depois, se casara com Nate Brooks, e houve comentários — ah, sim, as pessoas comentavam, como adoravam mexericar, às vezes parecia que era tudo que tinham a fazer. Nate tinha sido empregado de Henry Hardesty e tornara-se um bom marido para ela. Não tão meigo quanto David, talvez, e certamente não tão tenaz quanto Henry, mas um bom homem que havia feito muito mais do que ela dissera a ele. Quando uma mulher começa a preocupar-se com ninharias no decorrer dos anos, era um conforto saber quem tinha prevalecido.

Seus seis filhos lhe haviam produzido uma safra de 32 netos. Seus 32 netos produziram 91 bisnetos, que conhecia, e no tempo da supergripe ela ganhara três trinetos. Teria tido mais, não fossem as pílulas que as garotas de hoje em dia tomam para evitar bebês. Parecia que para elas o sexo era mais um *playground* para brincar. Abagail lamentava por elas em seu comportamento moderno, mas nunca tocou no assunto. Cabia a Deus julgar se elas estavam ou não pecando ao tomar aquelas pílulas (e não àquele velho gagá careca no Vaticano — Mãe Abagail tinha sido metodista a vida inteira, e orgulhava-se tremendamente de nunca querer conversa com aqueles católicos hipócritas), mas Abagail sabia o que elas estavam perdendo: o êxtase que vem quando você fica na borda do Vale das Trevas, o êxtase que vem quando você se entrega a seu homem e a seu Deus, quando diz seja feita a vossa vontade e seja feita a *Vossa* vontade; o êxtase final do sexo na visão do Senhor, quando um homem e uma mulher revivem o antigo pecado de Adão e Eva, só que agora lavado e santificado no Sangue do Cordeiro.

Ah, que lindo dia...

Ela queria beber água, queria estar em casa na sua cadeira de balanço, queria ser deixada em paz. Agora podia ver o sol refletindo-se no telhado do galinheiro à sua frente e à esquerda. Apenas uns 2 quilômetros, não mais que isso. Eram 10h15 e ela não estava se saindo tão mal para uma mulher da sua idade. Entraria na propriedade e dormiria até o frescor do entardecer. Não havia nenhum pecado nisto. Não na sua idade. Caminhou penosamente à beira da estrada, seus sapatos pesados cobertos de poeira.

Bem, tinha um bocado de parentes para ampará-la na velhice, e isto já era alguma coisa. Havia alguns, como Linda e aquele vendedor inútil com quem casara, que nem se incomodavam em procurá-la, mas havia os bons como Molly e Jim e David e Cathy, suficientes para substituir milhares de Lindas e vendedores inúteis que iam de porta em porta para vender utensílios de cozinha medíocres. O último de seus irmãos, Luke, havia morrido em 1949, com oitenta e poucos anos, e o último de seus filhos, Samuel, em 1974, à idade de 54 anos. Havia sobrevivido a todos os seus filhos, e não era para ser assim. Mas parecia que Deus tinha planos especiais para ela.

Em 1982, ao completar 100 anos, sua foto saíra no jornal de Omaha e mandaram um repórter de TV para fazer uma matéria sobre ela. "A que atribui sua longevidade?", o jovem lhe perguntara e parecera desapontado com sua resposta breve e quase abrupta: "A Deus." O que eles queriam saber é se ela comia cera de abelha, ou se evitava carne de porco frita, ou se mantinha as pernas elevadas quando dormia. Só que não fazia nada disso, então por que mentir? Deus concede a vida, e a tira quando assim deseja.

Cathy e David lhe deram um aparelho de TV para que pudesse ver-se no noticiário, e recebera uma carta do presidente Reagan (ele próprio não sendo nenhum brotinho) congratulando-a por sua "idade avançada" e pelo fato de ter sempre votado nos republicanos enquanto tivera um voto para dar. Bem, em quem mais ela iria votar? Roosevelt e sua patota eram todos comunistas. E quando ela virou o século, a municipalidade de Hemingford Home a isentara "perpetuamente" de seus impostos por causa da mesma idade avançada pela qual tinha sido parabenizada por Ronald Reagan. Conseguiu um jornal que atestava ser ela a pessoa mais velha de Nebraska, como se isto fosse algo a que as crianças em crescimento aspirassem ser. A isenção de impostos foi uma boa coisa, porém, mesmo se o resto daquilo tudo tivesse sido a mais pura tolice — se não lhe tivessem concedido a isenção, ela teria perdido aquele pequeno pedaço de terra que lhe restava. A maior parte da terra havia sido perdida fazia muito tempo, de qualquer modo; as propriedades Freemantle e o poder da Grange haviam alcançado o seu auge naquele ano mágico de 1902, e vinham declinando desde então. Só restavam agora uns poucos hectares. O resto ou fora confiscado para pagar impostos atrasados ou vendido para fazer caixa ao longo dos anos... e a maior parte da terra fora vendida por seus próprios filhos, ela tinha vergonha de admitir.

No último ano recebera um panfleto de uma entidade nova-iorquina que se intitulava Sociedade Geriátrica Americana. O panfleto dizia que ela era a sexta pessoa mais velha nos Estados Unidos, e a terceira mulher mais idosa. A mais velha era uma de Santa Rosa, Califórnia. A companheira de Santa Rosa tinha 122 anos. Abagail pedira a Jim que pusesse o panfleto numa moldura e o pendurasse ao lado da carta do presidente. Jim não aparecera para fazer isto desde fevereiro. Agora que pensou a respeito, tinha sido esta a última vez em que vira Molly e Jim.

Havia chegado à fazenda Richardson. Quase inteiramente exausta, apoiou-se por um momento no moirão mais próximo do celeiro e olhou ansiosamente para a casa. Estaria fresco lá dentro, fresco e confortável. Ela sentia que poderia dormir por um século. Ainda assim, antes que pudesse fazê-lo, havia mais uma coisa a ser realizada. Diversos animais haviam morrido desta doença — cavalos, cachorros e ratos —, e ela precisava saber se as galinhas estavam incluídas. Seria uma decepção descobrir que dera toda esta caminhada para encontrar apenas galinhas mortas.

Dobrou na direção do galinheiro, que era anexo ao celeiro, e parou quando ouviu os cacarejos lá dentro. Um instante depois, um galo cocoricou irritadamente.

— Tudo bem — murmurou. — Isto é ótimo, então.

Estava se virando quando viu o corpo esparramado junto à pilha de lenha, uma das mãos por cima do rosto. Era Bill Richardson, cunhado de Addie. Ele havia sido escolhido para alimentar os animais.

— Pobre homem — disse Abagail. — Coitado. Que coros de anjos cantem para teu repouso, Billy Richardson.

Voltou-se para a casa fresca e convidativa. Parecia estar a quilômetros de distância, embora na realidade estivesse apenas na entrada. Não sabia com certeza se poderia chegar tão longe; estava totalmente exausta.

— Seja feita a vontade de Deus — disse, e começou a caminhar.

* * *

O sol brilhava na janela do quarto de hóspedes, onde ela havia deitado e adormecido tão logo descalçara os sapatos pesados. Por um longo tempo não entendeu por que a luz estava tão brilhante; parecia muito com a sensação que Larry Underwood tivera ao acordar ao lado do muro de pedra em New Hampshire.

Sentou-se, fazendo gritar cada músculo distendido e cada osso frágil do seu corpo.

— Deus Todo-Poderoso, dormi a tarde e a noite inteira!

Sendo assim, devia estar mesmo cansada. Mesmo agora, sentia-se tão incapacitada que levou quase dez minutos para sair da cama e descer o corredor para o banheiro; mais dez para calçar os sapatos. Caminhar era uma agonia, mas sabia ser necessário. Se não o fizesse, a rigidez iria se fixar como ferro no seu corpo.

Claudicando e rastejando, atravessou o pátio até o galinheiro e entrou, pestanejando com a quentura explosiva, o cheiro das aves e o inevitável odor de decomposição. O abastecimento de água era automático, alimentado pelo poço artesiano de Richardson através de uma bomba de gravidade, mas a maior parte da ração fora consumida e o próprio calor já matara muitas aves. As mais fracas havia muito tinham perecido de fome ou foram bicadas até a morte, e jaziam pelo chão salpicado de ração e fezes, como pequenos flocos de neve se derretendo tristemente.

A maioria das galinhas remanescentes fugiu à sua aproximação com um grande bater de asas, mas aquelas que estavam chocas continuaram paradas e piscaram à sua lenta e arrastada abordagem com seus olhinhos estúpidos. Eram tantas as doenças que matavam as galinhas que ela temera que a gripe pudesse tê-las dizimado, mas estas pareciam bem. O Senhor provera.

Ela pegou três das mais gordas e as fez enfiar as cabeças debaixo das asas. Elas começaram imediatamente a dormir, Abby as colocou dentro de um saco e então descobriu que estava rígida demais para conseguir erguê-lo. Teve que arrastar o saco pelo chão.

As outras galinhas observavam-na cautelosas dos lugares altos onde se empoleiravam até que a mulher se fosse, depois voltaram à perversa disputa pela ração que escasseava.

Eram quase nove da manhã agora. Abagail sentou-se para pensar no banco que contornava o pátio, junto à porta de carvalho dos Richardson. Parecia-lhe que sua idéia original, de voltar para casa no frescor da tardinha, ainda era a melhor. Havia perdido um dia, mas suas visitas ainda estavam a caminho. Poderia aproveitar este dia para cuidar das galinhas e descansar.

Seus músculos já se flexionavam um pouco melhor contra os ossos, mas havia uma sensação estranha porém bem agradável apertando-a abaixo do esterno. Levou vários minutos para perceber o que era... ela estava com fome! Esta manhã estava realmente *com fome*, benza Deus, e quanto tempo se passara desde que tinha comido por nenhum motivo senão a força do hábito? Ela havia sido como um foguista de locomotiva empilhando carvão, nada mais. Mas quando cortasse as cabeças dessas três galinhas veria o que Addie tinha deixado em sua despensa e, pelo Senhor abençoado, iria *apreciar* o que havia descoberto. Vê só?, censurou-se. O Senhor conhece melhor. Segurança abençoada, Abagail, segurança abençoada.

Gemendo e bufando, arrastou seu saco de aniagem até o cepo de cortar carne, situado entre o celeiro e o galpão de lenha. Mal entrou no galpão, encontrou a machadinha de Billy Richardson pendendo de duas cavilhas, seu protetor de borracha acondicionado sobre a lâmina cuidadosamente. Ela a pegou e saiu.

— Bem, Senhor — disse ela, de pé junto ao saco em seus sapatos amarelos de poeira e olhando para o céu sem nuvens de meados de verão. — Vós me destes força para caminhar até aqui, e acredito que me dareis a força para voltar. Vosso profeta Isaías diz que se um homem ou mulher acreditam no Senhor Deus dos Exércitos, ele o proverá de asas como águias. Nada sei sobre águias, meu Senhor, exceto que são principalmente pássaros de natureza má, capazes de enxergar muito longe, mas estou com três galinhas neste saco e gostaria de cortar as cabeças delas e não a minha própria mão. Seja feita a vossa vontade, amém.

Ela ergueu o saco, abriu-o e espiou no seu interior. Uma das galinhas continuava com a cabeça debaixo da asa, adormecida. As outras duas tinham se aconchegado uma à outra, não se movendo muito. Estava escuro no saco e elas pensavam que fosse noite. A única coisa mais estúpida do que uma galinha era um democrata de Nova York.

Abagail pegou uma das galinhas e a deitou sobre o cepo, antes que ela percebesse o que acontecia. Baixou a machadinha com força, pestanejando como sempre fazia ante o baque final e mortal da lâmina mordendo a madeira. A cabeça caiu na terra, ao lado do cepo. A galinha decapitada caminhou empertigada para o pátio junto à porta dos fundos da casa, esguichando sangue e batendo as asas. Após um instante, descobriu que estava morta e caiu por terra decentemente. Galinhas estúpidas e democratas de Nova York, meu Deus, meu Deus!

A tarefa estava realizada, e toda a preocupação em não fazer a coisa direito ou ferir-se havia sido em vão. Deus ouvira sua prece. Três boas galinhas. Agora só lhe restava voltar para casa com elas.

Tornou a colocar as galinhas de volta no saco de amiagem e recolocou a machadinha no lugar onde a pegara. Depois voltou à casa da fazenda para ver o que havia para comer.

* * *

Dormiu durante a primeira parte da tarde e sonhou que seus visitantes agora estavam mais próximos; encontravam-se logo ao sul de York, viajando em uma velha caminhonete. Eram seis, um deles um rapaz surdo-mudo. Porém mesmo assim um rapaz decidido, um daqueles com quem precisaria falar.

Acordou por volta das três e meia da tarde, um pouco enrijecida, mas afora isto sentindo-se descansada e revigorada. Nas duas horas e meia seguintes, depenou as galinhas, descansando quando o trabalho fazia seus dedos artríticos doerem demais. Cantou hinos enquanto trabalhava — "Seven Gates to the City" (Ah, Senhor, aleluia), "Trust and Obey" e a sua preferida, "In the Garden".

Ao terminar com a última galinha, cada um de seus dedos sofria de enxaqueca e a luz do dia começara a adquirir aquele matiz quieto e dourado que significa ter chegado a sentinela avançada do crepúsculo. Era final de julho, e os dias recomeçavam a se encurtar.

Abby entrou e comeu mais um pouco. O pão estava dormido, mas sem mofo — nenhum mofo ousaria expor sua cara verde na cozinha de Addie Richardson —, e ela encontrou um pote pela metade com macia manteiga de amendoim. Ela comeu um sanduíche de manteiga de amendoim e preparou outro, que colocou no bolso do vestido, para o caso de sentir fome mais tarde.

Faltavam agora vinte minutos para as sete. Tornou a sair, pegou seu saco de aniagem e desceu com cuidado os degraus do alpendre. Havia depenado as galinhas e posto dentro de outro saco, mas algumas penas haviam escapado e agora agitavam-se ao vento na cerca viva dos Richardson, que estava morrendo por falta de rega.

Abagail suspirou pesadamente e disse:

— Estou indo, Senhor. De volta para casa. Caminharei muito devagar, acho que só chegarei lá pela meia-noite ou por aí, porém o Livro diz: não temas o terror da noite e nem aquilo que vejas à luz do dia. Estou procurando seguir Vossa vontade o melhor que posso. Caminhai comigo, por favor. Em nome de Jesus, amém.

Quando chegou ao ponto onde terminava a estrada asfaltada e começava a de terra, já anoitecera por completo. Grilos cricrilavam e sapos coaxavam em algum lugar úmido, talvez no charco onde bebiam as vacas de Cal Goodell. Haveria lua cheia, bem grande e vermelha, quando se elevasse bem alta no céu.

Sentou-se para descansar e comeu metade do seu sanduíche de manteiga de amendoim (o que não daria por uma boa geléia de groselha para tirar aquele travo pegajoso da boca! No entanto, Addie costumava guardar suas conservas no porão, e eram muitos os degraus a descer até lá). O saco de aniagem estava do seu lado. Abagail sentiu o corpo dolorido novamente e sua força parecia prestes a esgotar-se, quando ainda tinha 4 quilômetros de caminhada pela frente... mas sentia-se estranhamente eufórica. Quanto tempo fazia desde que estivera fora de casa depois de escurecer, debaixo de um céu estrelado? As estrelas brilhavam mais do que nunca e, com sorte, talvez visse alguma cadente, para formular um pedido. Uma noite quente como aquela, as estrelas, a lua de verão apenas assomando a face vermelha de enamorada acima do horizonte, tudo isto a fazia recordar sua mocidade com todos os seus altos e baixos, sua vivacidade, sua esplêndida vulnerabilidade enquanto pairava à borda do Mistério. Ah, ela havia sido uma garota! Havia quem não acreditasse, tal como não acreditariam que uma sequóia gigante fora um dia um broto verde. Mas ela havia sido, sim, uma garota, e naquela época os terrores noturnos da infância tinham-se desvanecido um pouco, mas os medos adultos que surgem na noite, quando tudo é silêncio e podemos ouvir a voz de nossa alma mortal, esses medos ainda estavam por vir. Naquele breve intervalo, a noite havia sido um fragrante quebra-cabeça, uma época em que, olhando para o céu pontilhado de estrelas e ouvindo a brisa que trazia aromas tão inebriantes, a gente se sentia muito próxima do coração do universo, do amor e da vida. Parecia-lhe que seria eternamente jovem e que...

Seu sangue está nos meus punhos.

Houve um repentino e brusco puxão no saco, fazendo seu coração saltar.

— Ei! — gritou com estridência na sua voz cacarejante e sobressaltada de velha. Puxou o saco para si, com um pequeno rasgão no fundo.

Houve um som baixo e rosnado. Agachada à beira da estrada, entre o acostamento de cascalho e o milharal, estava uma enorme doninha marrom. Seus olhos giraram para Abby, captando reflexos vermelhos de luar. Uma outra se juntou a ela. Depois outra. E mais uma.

Abagail olhou para o outro lado da estrada e viu que estava margeado pelas doninhas, seus olhos maldosos e especulativos. Haviam farejado as galinhas no saco. Como era possível que tantas rastejassem ao seu redor?, imaginou com medo crescente. Já havia sido mordida por uma doninha uma vez; esticara o braço debaixo do alpendre para pegar uma bola de borracha que rolara para lá quando algo parecido com uma boca cheia de agulhas prendeu seu antebraço. A malignidade inesperada disso, a agonia pulando violenta e vital para fora da enfadonha ordem das coisas a fizeram berrar tanto quanto a verdadeira dor. Puxou o braço e a doninha veio pendurada nele, com o sangue de Abagail gotejando no pêlo castanho do animal, cujo corpo rodopiava no ar como o corpo de uma serpente. Ela havia gritado e agitado o braço, mas a doninha não o soltava; parecia ter se tornado um apêndice dela.

Seus irmãos Micah e Matthew estavam no pátio; seu pai no alpendre, examinando um catálogo de reembolso postal. Todos tinham acorrido e por um momento se imobilizaram como que congelados à visão de Abagail, depois então com 12 anos correndo em volta da clareira onde o celeiro seria em breve erguido. A doninha pendia de seu braço como uma estola, suas patas traseiras escavando o ar em busca de apoio. O sangue respingara no seu vestido, nas pernas e sapatos como se caído de um chuveiro desregulado.

Foi seu pai o primeiro a agir. John Freemantle havia pegado uma tora do fogão a lenha ao lado do cepo de cortar carne e berrara: "*Fique parada, Abby!*" Sua voz, que havia sido a voz de comando definitiva desde sua tenra infância, atravessou o tartamudeio e gaguejar de pânico na sua mente quando talvez nada mais pudesse fazê-lo. Ela permaneceu parada e a tora de lenha desceu sibilando e uma agonia sacolejante percorreu todo o caminho até seu ombro (ela com certeza achou que seu braço estava quebrado), e a seguir a coisa castanha que lhe causara tanta agonia e surpresa — no horrendo calor daqueles poucos momentos as duas sensações estiveram completamente intercambiáveis — jazia no chão, seu pêlo raiado e manchado de sangue. A seguir, Micah saltou no ar e caiu sobre o bicho de pés juntos. Houve um horrendo som de esmigalhamento final, como o som que um doce duro provoca na cabeça quando a gente o mastiga entre os dentes. Se a doninha ainda não havia morrido, certamente estava morta agora. Abagail não desmaiou, mas irrompeu em soluços e gritos histéricos.

Foi então que Richard, o filho mais velho, chegou correndo, o rosto pálido e assustado. Ele e o pai trocaram um olhar sóbrio e cheio de espanto.

— Nunca vi uma doninha fazer nada parecido em toda a minha vida — disse John Freemantle, agarrando a filha soluçante pelos ombros. — Graças a Deus que sua mãe estivesse estrada acima, cuidando de seus feijões.

— Talvez seja r... — começou Richard.

— Feche essa boca — cortou seu pai antes que Richard pudesse prosseguir. Sua voz soara fria, furiosa e assustada, tudo ao mesmo tempo. E Richard *fechou* a boca, fechou-a tão rápida e firmemente, de fato, que Abby a ouvira fechar no ato. Em seguida, o pai lhe disse:

— Vamos levá-la até a bomba, querida Abagail, e lavar toda essa porcaria.

Foi só um ano mais tarde que Luke lhe contou por que o pai deles não quisera que Richard dissesse aquilo em voz alta: a doninha decerto devia estar raivosa para fazer uma coisa daquele tipo, e se estivesse mesmo com raiva, Abagail teria sofrido uma das mortes mais pavorosas, sem falar da completa tortura, que o gênero humano conhecia. Mas a doninha não estava raivosa; o ferimento havia sarado. Mesmo assim, ela ficara com pavor daquelas criaturas desde então, apavorada tal como algumas pessoas têm pavor de ratos e aranhas. Se ao menos a epidemia tivesse atacado as doninhas em vez dos cachorros! Mas não tinha, e ela estava...

Seu sangue está nos meus punhos.

Uma das doninhas saltou à frente e rasgou a bainha rústica do saco de aniagem.

— *Ei!* — gritou Abby para ela. A doninha recuou rapidamente, parecendo rir, com fiapos pendendo da boca.

Ele as enviara — o homem escuro.

O terror a engolfou. Agora havia centenas delas, cinzentas, castanhas, pretas, todas farejando galinha. Alinhavam-se de ambos os lados da estrada, atropelando-se na sua ânsia de abocanhar o que farejavam.

Terei de entregar a elas. Tanto trabalho por nada. Se não entregar o saco para elas, vão me estraçalhar para consegui-lo. Tanto trabalho por nada.

Nos recessos sombrios de sua mente podia ver o sorriso do homem escuro, pôde ver os punhos estendidos e o sangue pingando deles.

Outro puxão no saco. E mais um.

As doninhas do outro lado da estrada cruzavam-na agora em sua direção, contorcidas, agachadas, os ventres roçando a terra. Seus olhinhos selvagens cintilavam ao luar como furadores de gelo.

Eis que aquele que crer em Mim não perecerá... pois coloquei sobre ele o Meu sinal e nada o tocará... ele pertence a Mim, disse o Senhor.

Ela se ergueu, ainda aterrorizada, mas agora certa do que devia fazer.

— Saiam! — gritou. — São galinhas, isso mesmo, mas são para as minhas visitas! Agora vão embora!

Elas recuaram. Seus olhinhos pareciam cheios de inquietude. E então sumiram de repente como fumaça desfeita ao vento. *Um milagre*, pensou ela, inundada de exultação e louvor ao Senhor. Então, inesperadamente, sentiu frio.

Em algum ponto distante a oeste, além das Rochosas, que sequer eram visíveis no horizonte, ela sentiu um olho — um Olho brilhante — subitamente esbugalhado e voltado na sua direção, procurando. Tão claramente como se as palavras tivessem sido pronunciadas em voz alta, ela o ouviu: *Quem está aí? É você, velha?*

— Ele sabe que estou aqui — sussurrou ela em meio à noite. — Ah, ajudai-me, Senhor. Ajudai-me agora, ajudai a todos nós!

Arrastando o saco de aniagem, recomeçou a caminhar para casa.

* * *

Eles apareceram dois dias depois, em 24 de julho. Ela não completara todos os preparativos que desejaria; mais uma vez, estava coxeando e quase inválida, só conseguindo se movimentar com a ajuda da bengala, e quase incapaz de bombear água do poço. No dia seguinte, após matar as galinhas e enxotar as doninhas, dormiu por um longo tempo à tarde, exausta. Sonhou que estava em um alto desfiladeiro no meio das Rochosas, a oeste da divisa continental. A Auto-Estrada 6 se estendia e contorcia-se entre altas paredes de rocha que sombreavam esta garganta durante o dia inteiro, exceto das 11h45 da manhã até 12h50 da tarde. Não era dia claro no seu sonho, mas noite escura, sem lua. Lobos uivavam em algum lugar. E de súbito um Olho abriu-se em toda aquela escuridão, girando de modo horrível de um lado para o outro enquanto o vento movia-se desoladamente através dos pinheiros e espruces azulados da montanha. Era ele, e estava olhando para ela.

Ela havia despertado desta longa e pesada soneca sentindo-se menos descansada do que quando se deitara, e mais uma vez orou para que Deus fosse clemente com ela, ou pelo menos mudasse o rumo que desejava que ela seguisse.

Para norte, sul ou leste, Senhor, e deixarei Hemingford Home cantando em Vosso louvor. Mas não para oeste, não na direção daquele homem escuro. As Rochosas não são uma barreira suficiente para separá-lo de nós. Nem os Andes seriam suficientes.

Mas isso não importava. Mais cedo ou mais tarde, quando aquele homem se sentisse forte o bastante, viria em busca daqueles que resistiam a ele. Se não este ano, então no seguinte. Os cães tinham morrido, dizimados pela peste, mas os lobos permaneciam nas altas regiões montanhosas, prontos para servir àquele Assecla de Satã.

E não seriam apenas os lobos a servi-lo.

* * *

Na manhã do dia em que suas visitas finalmente chegaram, ela começara a trabalhar às sete, carregando lenha, duas toras de cada vez, até o fogão aquecer e ter a lenheira abastecida. Deus a tinha favorecido com um dia fresco e nublado, o primeiro em semanas. Ao cair da noite haveria chuva. Pelo menos assim lhe dizia o quadril que havia fraturado em 1958.

Primeiro assou as tortas, usando como recheio os artigos enlatados das prateleiras de sua despensa, juntamente com ruibarbos e morangos frescos do pomar. Os morangos tinham acabado de amadurecer, Deus seja louvado, e era bom saber que não ficariam ali até apodrecerem. O simples ato de cozinhar a fez sentir-se melhor, porque cozinhar era vida. Uma torta de vacínio, duas de ruibarbo-morango e uma de maçã. O aroma delas enchia a cozinha na manhã. Abby colocou-as na janela para esfriar, conforme fizera a vida inteira.

Ela havia preparado a melhor massa possível, mesmo com a dificuldade para obter ovos frescos — embora a culpada fosse ela, pois estivera lá, bem dentro no galinheiro.

Com ou sem ovos, no início da tarde a pequena cozinha, com seu piso desigual de linóleo desbotado, estava impregnada com o aroma de galinha frita. Ficaram bem tostadas por dentro e, assim, ela manquitolou até o alpendre para ler sua lição diária, usando a orelha do último exemplar de *The Upper Room* para abanar o rosto.

As galinhas ficaram tão macias e saborosas quanto se poderia desejar. Um dos visitantes bem que poderia colher duas dúzias de milho verde e então teriam uma boa refeição ao ar livre.

Após colocar os pedaços de galinha sobre toalhas de papel, foi para o alpendre dos fundos com a guitarra, sentou-se e começou a tocar. Cantou todos os seus hinos favoritos, sua voz aguda e trêmula flutuando no ar parado.

Passamos por provações e tentações,
Somos sobrecarregados com cuidados excessivos?
Nunca devemos nos sentir desestimulados,
Leve isto em prece ao Senhor.

A música soava tão bem para ela (embora seu ouvido falhasse até um grau onde nunca poderia saber com certeza se sua velha guitarra estava afinada) que tocou outro hino, e mais um, e outro.

Preparava-se para tocar "Estamos em marcha para Sião" quando ouviu o som de um motor procedente do norte e descendo pela County Road em sua direção. Parou de cantar, mas os dedos continuaram a dedilhar as cordas distraidamente enquanto inclinava a cabeça para ouvir melhor. Estão chegando, sim, meu Senhor, encontraram o caminho direitinho. Agora já podia ver a nuvem de poeira provocada pelo veículo ao deixar a estrada asfaltada e entrar na de terra batida que vinha dar na sua porta. Foi tomada por uma grande e bem-vinda euforia, satisfeita por ter vestido sua melhor roupa. Pôs a guitarra entre os joelhos e colocou a mão em pala sobre os olhos, embora ainda não houvesse sol.

Agora o motor soava bem mais alto, e logo depois, onde o milharal cedia espaço para o bebedouro do gado de Cal Goodell...

Sim, podia vê-lo, um velho caminhão Chevrolet de fazenda, movendo-se lentamente. A cabine estava repleta; quatro pessoas ali amontoadas, ao que parecia (nada havia de errado com sua visão a distância, mesmo aos 108 anos), com mais três na carroceria, de pé e olhando por sobre a cabine. Ela distinguiu um homem de cabelos muito louros, uma jovem ruiva e no meio... sim, aquele era ele, um rapaz no fim do aprendizado para tornar-se homem. Cabelos escuros, rosto fino, testa alta. Ele a viu sentada no alpendre e começou a acenar freneticamente. Um momento depois, o homem louro o imitava. A garota ruiva apenas olhava. Mãe Abagail ergueu a mão e acenou de volta.

— Deus seja louvado por trazê-los até aqui — murmurou roucamente. Lágrimas cálidas estriaram sua face. — Meu Senhor, como sou grata...

O caminhão, sacolejando e chocalhando, dobrou para entrar no pátio. O homem ao volante usava um chapéu de palha com uma faixa de veludo azul na qual tinha enfiado uma grande pena.

— *Iaaarrruu!* — gritou ele e acenou. — Olá, Mãe! Nick imaginou que deveria estar aqui e aqui está você! *Iaarru!* — Ele tocou a buzina. Sentados com ele na cabine estavam um homem de seus 50 anos, uma mulher da mesma idade e uma garotinha vestindo um macacão de brim vermelho. A garotinha acenou timidamente com uma das mãos; o polegar da outra estava preso firmemente na boca.

O jovem de cabelo escuro com a venda no olho — Nick — saltou pela lateral da carroceria antes mesmo que o caminhão parasse. Recuperou o equilíbrio e depois caminhou lentamente em direção a ela. Seu rosto era solene, mas o olho cintilava de alegria. Parou ao pé dos degraus do alpendre e então olhou em torno com admiração... para o pátio, a casa, para a velha árvore com seu balanço de pneu. E principalmente para ela.

— Olá, Nick — disse Abagail. — Estou contente em vê-lo. Deus o abençoe.

Ele sorriu, agora começando a debulhar as próprias lágrimas. Subiu os degraus até ela e tomou-lhe as mãos. Abagail virou a face enrugada para ele e Nick a beijou suavemente. Atrás dele, o caminhão tinha parado, e todos saltaram. O motorista segurava no colo a garotinha de macacão vermelho, cuja perna direita estava engessada. Os braços dela enlaçavam com firmeza seu pescoço queimado de sol. Perto dele estava a mulher cinqüentona, ladeada pela ruiva e pelo garoto louro barbudo. Não, não é um garoto, pensou Mãe Abagail; é débil mental. Fechando a fila, vinha o outro homem que viajara na cabine. Ele polia as lentes dos seus óculos de aros de aço.

Nick olhava ansioso para ela, que assentiu.

— Vocês fizeram a coisa certa — disse ela. — O Senhor os trouxe e Mãe Abagail vai alimentá-los. Sejam *todos* bem-vindos! — acrescentou, alteando a voz. — Não podemos demorar muito, porém, antes de partirmos, temos que descansar e repartir o pão juntos. Precisamos confraternizar.

A garotinha perguntou, da segurança dos braços do motorista:

— A senhora é a mulher mais velha do mundo?

— Pssst, Gina! — censurou a mulher cinqüentona.

Mãe Abagail limitou-se a pôr a mão na cintura e riu.

— Talvez seja, criança. Talvez seja.

* * *

Ela fez com que estendessem sua toalha de xadrez vermelho no lado mais afastado da macieira. Olivia e June arrumavam o almoço do piquenique enquanto os homens saíam para colher milho. Não daria muito trabalho cozinhá-lo e, mesmo não tendo manteiga de verdade, Abagail ainda dispunha de bastante óleo e sal.

Pouco falaram durante a refeição — os sons resumiram-se a maxilares mastigando e breves grunhidos de prazer. Fazia bem ao coração de Abby ver gente devorando uma refeição, e aquelas pessoas lhe prestavam inteira justiça. Em comparação a isso, a árdua caminhada até o galinheiro de Richardson e sua disputa com as doninhas nada mais pareciam senão detalhes insignificantes. Não que aquela gente estivesse exatamente faminta, mas quando se passa um mês inteiro comendo enlatados, vem uma poderosa ânsia por alimento fresco e recém-preparado. Ela própria reservara para si três pedaços de galinha, uma espiga de milho e uma pequena fatia da torta de ruibarbo-morango. Ao terminar, ela se sentiu tão cheia quanto o estofo de um colchão.

Depois que todos terminaram e o café foi servido, o motorista, Ralph Brentner, um homem simpático e de expressão franca, disse a ela:

— Foi um almoço e tanto, madame. Não me lembro de ter comido nada tão saboroso na vida. Aceite meus cumprimentos.

Os outros murmuraram em concordância. Nick sorriu e assentiu.

A garotinha disse:

— Posso ir aí e sentar no seu colo, vovó?

— Acho que você é pesada demais, meu bem — disse Olivia Walker, a mulher mais velha.

— Bobagem — replicou Abagail. — O dia em que eu não agüentar mais pôr uma criança no colo, será o dia em que me enrolarem na mortalha. Pode vir, Gina.

Ralph a levou, pondo-a no colo da velha.

— Quando achar que está pesando demais, é só me dizer. — Ele fez cócegas no rosto de Gina com a pena do seu chapéu. Ela ergueu as mãos e deu risadinhas.

— Não me faz cócegas, Ralph! Não ouse me fazer cócegas!

— Não se preocupe — disse Ralph, abrandando. — Já estou cheio de fazer cócegas em alguém o tempo todo. — E sentou-se.

— O que houve com sua perna, Gina? — perguntou Abagail.

— Quebrei quando caí do celeiro — disse a menina. — Dick a consertou. Ralph diz que Dick salvou minha vida. — Ela soprou um beijo para o homem com óculos de aros de aço, que enrubesceu um pouco, pigarreou e sorriu.

Nick, Tom Cullen e Ralph haviam encontrado Dick Ellis na metade do caminho através do Kansas, andando à beira da estrada, com a mochila nas costas e empunhando um bastão para ajudar na caminhada. Era veterinário. No dia seguinte, ao passarem pela cidadezinha de Lindsborg, pararam para almoçar e ouviram gritos débeis que vinham do lado sul da cidade. Se o vento estivesse soprando na direção contrária, jamais teriam ouvido os gritos.

— Misericórdia de Deus — disse Abby complacente, afagando os cabelos da menininha.

Gina estivera por sua própria conta durante três semanas. Um ou dois dias antes, brincava no jirau do celeiro do tio quando o piso apodrecido cedeu e ela despencou 12 metros até o feno mais abaixo. O feno havia amortecido a queda, mas Gina rolara dele, fraturando a perna. A princípio, Dick Ellis se mostrara pessimista quanto às suas chances. Aplicou-lhe um anestésico local para encanar a perna fraturada; a menina havia perdido tanto peso e seu estado físico era tão ruim que uma anestesia geral poderia matá-la (as palavras-chave nesta conversa foram pronunciadas enquanto Gina brincava despreocupadamente com os botões do vestido de Mãe Abagail).

Gina, no entanto, se recuperara com uma rapidez que surpreendera a todos. Sentira um apego instantâneo por Ralph e seu curioso chapéu. Falando em voz baixa e confidencial, Ellis declarou suspeitar de que boa parte do problema de Gina fora causado pela insuportável solidão.

— Claro que foi — disse Abagail. — Se não a tivessem encontrado, ela simplesmente teria batido as botas.

Gina bocejou. Seus olhos estavam muito abertos e vidrados.

— Cuidarei dela agora — disse Olivia Walker.

— Coloque-a no quartinho ao fim do corredor — disse Abby. — Se quiser pode dormir com ela. Esta outra moça... como disse que se chamava, meu bem? Me fugiu da memória, com certeza.

— June Brinkmeyer — declarou a ruiva.

— Bem, você pode dormir comigo, June, a menos que tenha outra idéia. A cama não é grande o bastante para duas e, mesmo que fosse, não acho que você gostaria de dormir ao lado de um velho feixe de gravetos como eu. Mas tem um colchão lá no sótão que lhe serviria, caso os insetos já não tenham entrado. Um desses homens grandões pode ir lá pegá-lo para você, acho.

— É claro — disse Ralph.

Gina já havia caído no sono e Olivia a carregou para a cama. A cozinha, agora mais povoada do que nunca estivera em muitos anos, estava se enchendo com as sombras do crepúsculo. Com um grunhido, Abagail se levantou e acendeu três lampiões de querosene, um para a mesa, um que botou em cima do fogão (o Blackwood de ferro fundido estava agora esfriando e estalando contente para si mesmo) e outro para o peitoril da janela que dava para o alpendre. A escuridão foi enxotada.

— Talvez os velhos costumes sejam os melhores — comentou Dick abruptamente, e todos o fitaram. Ele enrubesceu e pigarreou de novo. Abagail apenas deu uma risadinha. — Quer dizer — prosseguiu ele um tanto na defensiva —, esta foi a primeira refeição caseira que tive desde... desde 13 de junho, imagino. O dia em que acabou a energia elétrica. E eu cozinhava para mim mesmo, mas aquilo que fazia dificilmente podia ser chamado de comida caseira. Minha esposa era... era uma cozinheira de mão cheia. Ela... — Sua voz se extinguiu.

Olivia retornou.

— Gina dorme a sono solto — disse. — Estava morta de cansaço.

— A senhora faz seu próprio pão? — perguntou Dick a Mãe Abagail.

— Claro que faço. Sempre fiz. É claro que não tem mais fermento; todo o fermento se foi. Mas existem outras maneiras.

— Adoro pão — disse ele simplesmente. — Helen... minha esposa... costumava fazer pão duas vezes por semana. Só que ultimamente isto parece ser tudo que quero. Dê-me três fatias de pão com geléia de morango e acho que poderia morrer feliz.

Tom disse abruptamente:

— Tom Cullen está cansado. B-E-B-I-D-A, isto chama cansaço. — Ele bocejou com um estalar de ossos.

— Você pode ajeitar uma cama no galpão — disse Abagail. — O cheiro é um tanto mofado, mas está seco.

Por um momento ouviram o firme ruído da chuva, que começara cerca de uma hora antes. Se Abby estivesse sozinha, teria sido um som desolador. Em grupo, tornava-se um som agradável e secreto que os unia. Ele gorgolejava das calhas de latão galvanizadas e chapinhava na barreira de chuva que Abby mantinha no lado mais distante da casa. O trovão murmurou a distância, lá para os lados de Iowa.

— Presumo que devam ter trazido seu equipamento para acampar, não? — perguntou a eles.

— De todos os tipos — disse Ralph. — Ficaremos bem instalados. Vamos, Tom — acrescentou, levantando-se.

— Gostaria de saber se você e Nick poderiam ficar mais um pouco, Ralph.

Nick permanecera sentado à mesa durante toda a conversa, no lado do cômodo mais distante da cadeira de balanço de Abby. Qualquer um pensaria, meditou ela, que quando um homem não pode falar, sente-se tão perdido num lugar repleto de gente que ninguém daria por sua falta. Nick, porém, tinha algo que não deixava isto acontecer. Estava sentado absolutamente imóvel, acompanhando a conversa com o olhar, seu rosto reagindo a tudo que fosse dito. Era um rosto franco e inteligente, porém preocupado para alguém tão jovem. Várias vezes Abby notara que os outros o fitavam como se Nick pudesse confirmar o que diziam. Também eram muitos cônscios da sua presença. E em várias ocasiões Abby o vira olhando através da janela para a escuridão com expressão intranqüila.

— Poderiam pegar aquele colchão para mim? — pediu June suavemente.

— Eu e Nick iremos pegá-lo — disse Ralph, levantando-se.

— Não quero ficar sozinho naquele galpão lá fora — disse Tom. — Minha nossa, não!

— Ficarei com você — ofereceu-se Dick. — Acenderemos a lanterna Coleman e deitaremos. — Ele se levantou. — Obrigado mais uma vez, madame. Não tenho palavras para dizer-lhe o quanto foi bom.

Os outros trouxeram o colchão, que provara ser resistente a insetos. Tom e Dick foram para o galpão, onde a lanterna Coleman logo foi acesa. Não demorou muito e Nick, Ralph e Mãe Abagail ficaram sozinhos na cozinha.

— Importa-se que eu fume, madame? — perguntou Ralph.

— Não, desde que não bata as cinzas no chão. Há um cinzeiro no guarda-louça bem atrás de você.

Ralph levantou-se para pegá-lo e Abby ficou olhando para Nick. Ele usava camisa cáqui, calças *jeans* e uma desbotada jaqueta de ginástica. Havia algo nele que lhe dava a sensação de tê-lo conhecido antes, ou que sempre estivera escrito que o conheceria. Ao contemplá-lo, ela experimentava uma calma sensação de conhecimento e propósito, como se aquele momento houvesse sido uma simples predestinação. Como se, em uma extremidade de sua vida, tivesse existido seu pai, John Freemantle, alto, negro e orgulhoso, tendo este homem na outra extremidade, jovem, branco e mudo, fitando-a com um olho brilhante e expressivo no rosto preocupado.

Ela olhou pela janela e viu o brilho da lanterna Coleman derivando para fora da janela do galpão e iluminando um pedacinho da sua porta de entrada. Ficou pensando se aquele galpão ainda tinha cheiro de vaca; ela não estivera lá por uns três anos. Não precisara ir. Sua última vaca, Daisy, havia sido vendida em 1975, mas em 1987 o galpão continuava impregnado com cheiro de vaca. Talvez até hoje. Não importava; havia cheiros piores.

— Madame?

Ela desviou os olhos. Ralph sentava-se agora ao lado de Nick, segurando uma folha do bloco de anotações e fitando-a com olhos semicerrados à luz do lampião. No colo, Nick tinha um bloco e uma esferográfica. Continuava a fitá-la intensamente.

— Nick diz... — pigarreou Ralph, embaraçado.

— Continue.

— O bilhete dele diz que é difícil ler seus lábios porque...

— Acho que sei o motivo — disse ela. — Não se preocupem.

Levantando-se, foi arrastando os pés até a cômoda. Na segunda prateleira acima havia um jarro de plástico, na qual duas placas de dentadura flutuavam num líquido turvo, como numa exposição médica.

Ela as pescou e lavou com um pouco d'água.

— O que tenho sofrido, Senhor! — disse Mãe Abagail funestamente e colocou a dentadura. — Precisamos conversar — continuou ela. — Vocês dois são os cabeças e temos que discutir certas coisas.

— Bem — disse Ralph —, não sou cabeça de nada. Nunca passei de um operário de fábrica em tempo integral e de fazendeiro nas horas vagas. Acumulei mais calos do que idéias no meu tempo. Para mim, o líder é o Nick.

— É verdade isso? — perguntou ela, olhando para Nick.

Nick escreveu brevemente e Ralph leu em voz alta, enquanto ele continuava a escrever.

"Foi idéia minha virmos para cá, sim. Quanto a dirigir o grupo, não sei."

— Encontramos June e Olivia a uns 140 quilômetros ao sul daqui — disse Ralph. — Anteontem, não foi, Nick?

Nick assentiu.

— Já estávamos a esta altura vindo ao seu encontro, Mãe. As mulheres também estavam indo para o norte. Assim como Dick. Então, decidimos continuar juntos.

— Viram outras pessoas? — perguntou ela.

"Não", escreveu Nick. "Mas tive a impressão — Ralph também — de que havia outras pessoas escondidas, nos vigiando. Com medo, suponho. Ainda não recuperadas do choque do que aconteceu."

Ela assentiu, concordando.

"Dick falou que, na véspera de juntar-se a nós, ouviu um barulho de motocicleta em algum lugar ao sul. Portanto, há outras pessoas por aí. Creio que ficam assustadas ao ver um grupo tão grande como o nosso."

— Por que vieram para cá? — Os olhos dela, capturados no seu emaranhado de rugas, fitaram-no intensamente.

Nick escreveu:

"Sonhei com a senhora. Dick Ellis diz que também sonhou uma vez. E a garotinha, Gina, já a chamava de "senhora vovó" muito antes de chegarmos aqui. Descrevia a casa, o balanço de pneu."

— Deus a abençoe — disse Mãe Abagail distraidamente. Olhou para Ralph. — E você?

— Uma ou duas vezes, madame — disse ele. — Na maioria das vezes eu só sonhava com... com aquele outro sujeito.

— Que sujeito?

Nick escreveu. Circulou o que havia escrito. Entregou o papel diretamente a ela. Os olhos de Abby não eram muito bons para perto, a não ser se usasse os óculos ou a lente de aumento adquirida no Hemingford Center no ano anterior. Mas pôde ler aquilo. As letras eram grandes, como as escritas por Deus nas paredes do palácio de Baltasar. Só de olhar para as palavras circuladas sentiu calafrios. Pensou nas doninhas coleando através da estrada sobre os ventres, atacando o saco de aniagem com seus dentes assassinos, afiados como agulhas. Pensou em um solitário olho vermelho que se abria, revelando-se na escuridão, espiando, procurando, agora não apenas uma velha, mas todo um grupo de homens e mulheres... e uma garotinha.

As duas palavras circuladas eram: *homem escuro*.

* * *

— Disseram-me — falou ela em voz baixa, dobrando o papel, desenrolando-o, depois dobrando-o de novo, esquecendo por ora o sofrimento que era a sua artrite — que devemos seguir para oeste. Foi o Senhor Deus quem me disse isto em sonho. Eu não queria ouvir. Sou uma velha e tudo que desejo é morrer neste pequeno pedaço de terra. Pertenceu a minha família por 112 anos, mas não fui destinada a morrer aqui, tal como Moisés não foi destinado a chegar a Canaã com os filhos de Israel.

Fez uma pausa. Os dois homens fitavam-na sobriamente à luz do lampião. Lá fora a chuva continuava a cair, lenta e incessante. Não havia mais trovoadas. Senhor, pensou ela, essa dentadura machuca a minha boca. Quero tirá-la e ir para a cama.

— Comecei a ter sonhos dois anos antes de aparecer esta epidemia. Sempre sonhei, e às vezes meus sonhos se realizavam. A profecia é a dádiva de Deus, e todo mundo tem um pouquinho dela. Minha própria avó costumava chamá-la de a lâmpada brilhante de Deus, às vezes apenas de brilho. Nos meus sonhos, vi-me indo para oeste. A princípio apenas com algumas pessoas, depois outras se juntaram, e mais outras. Para oeste, sempre para oeste, até que pude ver as montanhas Rochosas. A esta altura já formávamos uma caravana inteira, duzentos ou mais. E lá haveria sinais... não, não sinais de Deus, mas sim letreiros rodoviários comuns, cada um dizendo coisas como BOULDER, COLORADO, 980 QUILÔMETROS ou NESTA DIREÇÃO PARA BOULDER.

Fez uma pausa.

— Esses sonhos me amedrontavam. Jamais contei a ninguém que os estava tendo e o quão assustada me sentia. Eu me sentia do modo como Jó deve ter se sentido quando Deus falou a ele sobre o turbilhão. Tentei até fingir que não passavam de sonhos, tolices de velha fugindo de Deus tal como Jonas fugiu. Mas a baleia nos engoliu mesmo assim, como podem ver! E se Deus diz para Abby, *Você tem que contar*, então devo contar. E sempre senti que saberia que alguém viria a mim, alguém especial, e então seria a maneira de saber que chegara a hora.

Ela olhou para Nick, que se sentava à mesa e a fitava solenemente com seu olho bom através da fumaça do cigarro de Ralph Brentner.

— Quando vi você, eu soube — continuou ela. — É você, Nick. Deus colocou o dedo em seu coração. Porém Ele possui outros dedos, e há outras pessoas ainda para chegar, louvado seja Deus, e Ele colocou os dedos nelas também. Sonhei com *ele*, como está nos procurando exatamente agora. E que Deus perdoe meu espírito ruim, eu o amaldiçoei no meu coração. — Ela começou a chorar e levantou-se para beber água e lavar o rosto. As lágrimas eram sua parte humana, fraca e vacilante.

Quando retornou, Nick estava escrevendo. Por fim, ele destacou a folha do bloco e passou-a para Ralph.

"Nada sei sobre o papel de Deus, mas sei que alguma coisa está funcionando aqui. Todos aqueles que encontramos estavam seguindo para o norte. Como se a senhora tivesse a resposta. Sonhou com qualquer dos outros? Dick? June ou Olivia? Talvez com a garotinha?"

— Não sonhei com nenhum deles. Sonhei com um homem que não é de falar muito. Com uma mulher esperando bebê. Com um homem mais ou menos da sua idade que vai chegar a mim com uma guitarra. E com você, Nick.

"E acha que ir para Boulder é a coisa certa?", escreveu ele.

— É o que nos *indicaram* a fazer — replicou Mãe Abagail.

Nick fez rabiscos incoerentes no bloco por um momento, para afinal escrever:

"O quanto sabe sobre o homem escuro? Sabe quem é ele?"

— Sei o que pretende, mas não sei quem ele é. Trata-se da criatura mais maligna que restou no mundo. Os maus que sobreviveram são café pequeno. Ladrões de lojas, depravados sexuais e gente que gosta de brigar. Mas ele os convoca. Até já começou. Está reunindo essa turma muito mais depressa do que nós. Não são apenas os maus que estão com ele, mas também os fracos... os solitários... e aqueles que expulsam Deus de seu coração.

"Talvez ele não seja real", escreveu Nick. "Talvez seja apenas..." Neste ponto ele teve que morder a ponta da caneta e pensar. Por fim, acrescentou: "... a parte medrosa e ruim de todos nós. Talvez estejamos sonhando as coisas que tememos ser capazes de fazer."

Ralph franziu o cenho ao ler aquilo em voz alta, porém Abby compreendeu de imediato o significado que ele quisera dar. Não diferia muito da conversa dos novos pregadores que haviam chegado ao lugar nos últimos vinte anos mais ou menos. Na realidade, não existia nenhum Satã, este era o seu evangelho. Havia o mal, talvez resultante do pecado original, mas estava em todos nós, sendo tão impossível arrancá-lo como tirar um ovo da casca sem quebrá-la. Segundo esses novos pregadores, Satã era como um quebra-cabeça — e cada homem, mulher e criança na Terra acrescentaram sua pequena peça para completar esse quebra-cabeça. Sim, essas coisas modernas soavam bem, só que não eram verdadeiras. E se deixasse Nick continuar pensando assim, o homem escuro o comeria no jantar.

— Você sonhou comigo. Não sou real? — perguntou ela.

Nick assentiu.

— E eu sonhei com você. Você não é real? Deus seja louvado, aí está você sentado bem na minha frente, com um bloco apoiado nos joelhos. Este outro homem, Nick, é tão real quanto você. — Sim, ele era real. Ela pensou nas doninhas e no olho vermelho se abrindo na escuridão. E quando voltou a falar, sua voz soou rouca. — Ele não é Satã — disse —, mas ele e Satã se conhecem, e faz muito tempo que os dois se reúnem.

"A Bíblia não diz o que aconteceu com Noé e sua família depois que o dilúvio baixou. Mas eu não ficaria surpresa se houvesse uma terrível disputa pelas almas daquelas poucas pessoas... pelas suas almas, seus corpos, *sua maneira de pensar*. E também não ficaria surpresa se isto estivesse reservado para nós.

"Ele agora está a oeste das Rochosas. Cedo ou tarde virá para leste. Talvez ainda não este ano, mas quando estiver pronto. E é tarefa nossa lidarmos com ele."

Nick balançava a cabeça, perturbado.

— Sim — disse ela, baixinho. — Você verá. Teremos dias amargos pela frente. Morte e terror, traição e lágrimas. E nem todos nós estaremos vivos para ver como terminará.

— Não estou gostando nem um pouco disso — murmurou Ralph. — A situação já não é dura demais sem este sujeito sobre o qual a senhora e Nick estão falando? Já não temos problemas demais, sem médicos, sem eletricidade, sem nada? Por que estamos metidos nessa confusão?

— Não sei. É a vontade de Deus. Ele não explica essas coisas a gente humilde como Abby Freemantle.

— Se é a vontade Dele — disse Ralph —, eu bem que gostaria que se aposentasse e deixasse alguém mais jovem assumir.

Nick escreveu:

"Se o homem escuro está no oeste, talvez fosse melhor pegarmos nossas coisas e seguirmos para o leste."

Ela sacudiu pacientemente a cabeça.

— Nick, todas as coisas servem ao Senhor. Não acha que este homem escuro também serve a Ele? Pois serve, pouco importando quão misterioso seja o Seu propósito. O homem escuro irá atrás de você não importa para onde fuja, porque ele serve ao desígnio de Deus, e Deus quer que você o combata. Não há nenhum bem em fugir à vontade de Deus. Qualquer um que tente fazer isto acaba na barriga da besta.

Nick escreveu brevemente. Ralph estudou a nota, esfregou o lado do nariz e desejou não ter que ler aquilo. Senhoras idosas não tinham estofo para ouvir coisas como aquela que Nick acabara de escrever. Ela provavelmente diria que era blasfêmia, gritando alto o bastante para acordar a todos na casa.

— O que diz ele? — perguntou Abagail.

— Ele diz... — pigarreou Ralph e a pena enfiada na cinta do seu chapéu oscilou. — Ele diz que não crê em Deus. — Transmitida a mensagem, ele olhou desconsolado para os sapatos, aguardando a explosão.

No entanto, ela deu apenas uma risadinha, levantou-se e caminhou até Nick. Tomou-lhe uma das mãos e bateu nela de leve.

— Deus o abençoe, Nick, mas isso não importa. Deus acredita em *você.*

* * *

Passaram todo o dia seguinte na casa de Abby Freemantle, e aquele foi o melhor dia de que todos puderam recordar desde o surgimento da supergripe, tal como as águas descendo do monte Ararat. A chuva havia parado durante as primeiras horas da manhã e por volta das nove o céu era um agradável mural do Meio-Oeste de sol e nuvens rompidas. O milharal cintilava em todas as direções como tesouro de esmeraldas. O tempo estava mais fresco do que estivera em semanas.

Tom Cullen passou a manhã percorrendo as fileiras de milho de cima a baixo, seus braços estendidos, assustando bandos de corvos. Gina McCone sentava-se alegremente na terra, junto ao balanço de pneu, brincando com várias bonecas de papel que Abagail encontrara no fundo de um baú guardado no *closet* de seu quarto. Um pouco mais cedo, ela e Tom tiveram uma agradável brincadeira com os carros e caminhões em volta da garagem que Tom trouxera da loja em May, Oklahoma. Tom satisfazia de bom grado todas as vontades de Gina.

Dick Ellis, o veterinário, perguntou timidamente a Mãe Abagail se alguém nas imediações criava porcos.

— Bem, os Stoner sempre tiveram porcos — disse ela. Ela estava sentada em sua cadeira de balanço no alpendre, dedilhando a guitarra e observando Gina brincar no terreiro, a perna engessada estendida rigidamente diante dela.

— Acha que alguns deles ainda possam estar vivos?

— Você tem de ir lá verificar. É possível. Ou talvez tenham escapado dos chiqueiros e se tornado selvagens. — Seus olhos reluziram. — Pode ser *também* que eu conheça um sujeito que sonhou com costeletas de porco a noite passada.

— Acho que também conheço — replicou Dick.

— Alguma vez já matou um porco?

— Não, madame — disse ele, sorrindo largamente agora. — Livrei alguns deles de vermes, mas nunca matei nenhum. Sempre fui o que vocês chamam de não-violento.

— Será que você e Ralph poderiam aturar uma mulher como capataz?

— Claro — disse ele.

Vinte minutos depois, os três partiam, Abagail viajando entre os dois homens na cabine do caminhão, sua bengala plantada regiamente entre os joelhos. Na propriedade dos Stoner encontraram dois leitões de um ano no chiqueiro dos fundos, saudáveis e bem alimentados. Parecia que, quando a ração escasseara, eles haviam tomado a de seus companheiros de chiqueiro mais fracos e menos afortunados.

Ralph montou a talha de Reg Stoner no celeiro e, sob orientação de Abagail, Dick conseguiu por fim amarrar firmemente uma corda em volta da pata traseira de um dos leitões. Grunhindo e se debatendo, o porco foi arrastado até o celeiro e pendurado de cabeça para baixo na talha.

Ralph saiu da casa com um facão de açougueiro de 90 centímetros de comprimento — aquilo não era mais uma faca, era uma baioneta, benza Deus, pensou Abby.

— Bem, não sei se sou capaz de fazer isto — disse ele.

— Bem, pois então me dê cá a faca — ordenou Abagail e estendeu a mão.

Ralph olhou em dúvida para Dick. O veterinário deu de ombros. Ralph entregou a faca.

— Senhor — disse Abagail —, vos agradecemos pela dádiva que estamos prestes a receber de Vossa generosidade. Abençoai este leitão para que possa nos alimentar, amém. Afastem-se, rapazes, isto vai esguichar.

Ela cortou a garganta do leitão com um talho experiente da faca — algumas coisas a gente nunca esquece, não importa quão avançada a idade —, e depois recuou o mais rápido que pôde.

— Estão com aquele fogo aceso debaixo da panela? — ela perguntou a Dick. — Um belo fogo vivo lá no pátio dos fundos?

— Sim, madame — disse Dick respeitosamente, incapaz de desviar os olhos do porco.

— Pegou aquelas escovas? — perguntou a Ralph.

Ele exibiu duas grandes escovas com cerdas amarelas rígidas.

— Bem, então vão ter que rebocar o leitão e mergulhá-lo na panela. Depois que tiver fervido um pouco, estas escovas de cerdas duras irão deixá-lo limpinho. Isto feito, vocês vão poder descascar o velho Sr. Porco como se fosse uma banana.

Ambos pareceram um pouco assustados a esta perspectiva.

— Animem-se — disse ela. — Vocês não podem comê-lo com esta couraça em cima. Precisamos despi-lo primeiro.

Ralph e Dick se entreolharam, arquejaram e começaram a baixar o porco da talha. Tudo ficou pronto por volta das três daquela tarde, chegaram de volta à casa de Abagail às quatro com uma boa provisão de carne e houve costeletas de porco frescas para o jantar. Nenhum dos dois homens comeu muito bem, mas Abagail devorou duas costeletas, saboreando a maneira como a gordura crocante estalava entre suas dentaduras. Não havia nada como carne fresca quando preparada pessoalmente.

* * *

Aconteceu pouco depois das nove. Gina dormia, e Tom Cullen havia cochilado na cadeira de balanço de Mãe Abagail no alpendre. Um relâmpago silencioso cintilou contra o céu distante a oeste. Os outros adultos estavam reunidos na cozinha, com exceção de Nick, que saíra para dar um passeio. Abagail sabia da luta que o rapaz estava travando, e seu coração o acompanhou.

— Diga, a senhora não está realmente com 108 anos, está? — perguntou Ralph, lembrando de alguma coisa que ela dissera aquela manhã quando seguiam na expedição para o abate do porco.

— Fique esperando bem aqui — disse Abagail. — Tenho algo para lhe mostrar, Sabidão. — Ela foi até o quarto e pegou a carta emoldurada do presidente Reagan da gaveta de cima de sua cômoda. Trouxe-a para Ralph e a depositou no colo dele. — Leia *isto*, filhinho — disse orgulhosamente.

Ralph leu: "(...) por ocasião de seu 100º aniversário (...) uma das 72 centenárias comprovadas nos Estados Unidos da América (...) quinta mais velha eleitora republicana registrada nos Estados Unidos da América (...) saudações e parabéns do presidente Ronald Reagan, 14 de janeiro de 1982."

Ralph a fitou com olhos arregalados.

— Bem, quero ser um filho da p... — Ele se interrompeu, enrubescido e confuso. — Perdão, madame.

— Quantas coisas já deve ter testemunhado! — maravilhou-se Olivia.

— Nada se compara com o que tenho visto mais ou menos no último mês. — Ela suspirou. — Ou o que ainda espero ver.

A porta se abriu e Nick entrou — a conversa interrompeu-se como se todos estivessem gastando o tempo, esperando por ele. Pela expressão dele, Abagail viu que tinha tomado sua decisão, e achava saber qual era. Ele entregou-lhe o bilhete que escrevera no alpendre, parado ao lado de Tom. Ela espichou o braço que segurava a folha de papel, para conseguir ler.

"Será melhor partimos para Boulder amanhã", Nick escrevera.

Abby olhou do bilhete para o rosto de Nick e assentiu vagarosamente. Passou o bilhete para June Brinkmeyer, que depois o entregou a Olivia.

— Concordo — disse Abagail. — Não desejo nem um pouco mais do que você, mas creio que será melhor para nós. O que o fez tomar a decisão?

Ele deu de ombros, quase irritado, e apontou para ela.

— Que assim seja — disse Abagail. — Minha fé está no Senhor.

Nick pensou: *Eu gostaria que a minha também estivesse.*

* * *

Na manhã seguinte, 26 de julho, após uma breve conferência, Dick e Ralph partiram para Columbus no caminhão.

— Detesto me desfazer dele — disse Ralph —, mas se acha que tem de ser assim, Nick, tudo bem.

Nick escreveu: "Voltem o mais rápido que puderem."

Ralph deu uma breve risadinha e olhou em torno do pátio. June e Olivia lavavam roupa em uma enorme banheira com uma tábua de esfregar presa a uma das extremidades. Tom estava no milharal, enxotando os corvos — uma ocupação que parecia achar infinitamente divertida. Gina brincava com os carrinhos e a garagem que Tom trouxera. A velha cochilava na sua cadeira de balanço, cochilava e roncava.

— Você parece estar com uma pressa danada para enfiar a cabeça na boca do leão, Nicky.

Nick escreveu:

"Temos algum lugar melhor para ir?"

— É verdade. Não adianta ficarmos perambulando por aí. Isto faz a gente se sentir inútil. Já perceberam que uma pessoa dificilmente se sente bem, a menos que tenha um objetivo?

Nick assentiu.

— Tudo bem. — Ralph bateu no ombro de Nick e se virou. — Dick, está pronto para dar um passeio?

Tom Cullen saiu correndo do milharal, com barbas de milho grudadas na camisa, na calça e nos seus compridos cabelos louros.

 — Eu também! Tom Cullen também quer passear! Nossa, quero sim!

— Pois então, venha — convidou Ralph. — Mas espere aí. Você está coberto de barbas de milho da cabeça aos pés. E ainda não capturou nenhum corvo! É melhor eu dar uma escovada em você.

Sorrindo desligadamente, Tom permitiu que Ralph escovasse sua camisa e calças. Para Tom, refletiu Nick, aquelas duas últimas semanas tinham sido provavelmente as mais felizes de sua vida. Estava em companhia de pessoas que o aceitavam e estimavam. Por que não o fariam? Ele podia ser retardado, porém continuava sendo uma relativa raridade neste mundo novo, um ser humano vivo.

— Até mais ver, Nick — disse Ralph, subindo para trás do volante do caminhão.

— Até mais ver, Nicky — ecoou Tom, ainda sorrindo.

Nick ficou observando o caminhão até sumir de vista, depois foi ao galpão e encontrou um caixote velho e uma lata de tinta. Quebrou um dos lados do caixote e o pregou a um comprido moirão. Levou tudo para o pátio e começou a pintar um aviso na tábua do caixote, com Gina observando com interesse por sobre seu ombro.

— O que está escrito? — perguntou a menina.

— Diz: "Estamos indo para Boulder, Colorado. Estamos seguindo por estradas vicinais para escapar dos bloqueios de tráfego. Faixa do Cidadão, Canal 14" — leu Olivia.

— O que significa isso? — perguntou June, se aproximando. Ela pegou Gina no colo e ficaram observando enquanto Nick enterrava cuidadosamente o moirão com o letreiro de modo que ficasse de frente para a área em que a estrada de terra desembocava na casa de Mãe Abagail. Fez uma cova bem funda para o moirão, de modo que nada senão um tornado pudesse derrubá-lo. Claro que havia ventos inclementes nesta parte do mundo, e pensou naquele que quase o carregara junto com Tom, e do susto que passaram no porão.

Ele escreveu um bilhete e entregou a June.

"Uma das coisas que Dick e Ralph devem arranjar em Columbus é um rádio da faixa do cidadão. Alguém terá de monitorar o Canal 14 o tempo todo."

— Ah — disse Olivia. — Bem pensado.

Nick bateu na testa, muito sério, depois riu.

As duas mulheres voltaram a pendurar as roupas para secar. Gina retornou aos carrinhos de brinquedos, pulando agilmente numa perna só. Nick cruzou o pátio, subiu os degraus do alpendre e sentou-se perto da velha que cochilava. Seus olhos vagaram por sobre o milharal e ficou pensando em qual seria o destino deles.

Se é assim que diz, Nick, tudo bem.

Eles o haviam transformado em líder. Tinham feito isto e Nick sequer começara a entender o motivo. Ninguém podia aceitar ordens de um surdo-mudo; era como uma piada de mau gosto. Dick é que deveria ser o líder do grupo. Seu próprio lugar seria como portador de lança, o terceiro a partir da esquerda, identificado apenas por sua mãe. Mas desde que conheceram Ralph Brentner, zanzando pela estrada em seu caminhão, sem de fato ir para lugar algum, começara aquele negócio de falarem alguma coisa e logo relancearem para Nick como que à espera de confirmação. Uma névoa de nostalgia já começara a estender-se sobre aqueles poucos dias entre Shoyo e May, antes de Tom e da responsabilidade. Era fácil esquecer o quão se sentira solitário, o medo de que os pesadelos constantes acabassem por enlouquecê-lo. Era fácil recordar como tinha sido cuidar apenas de si mesmo, um portador, terceiro a partir da esquerda, um mero figurante naquela terrível peça.

Eu soube assim que vi você, Nick. Deus pôs Seu dedo sobre você...

Não, não aceito isso. Aliás, tampouco aceito Deus. Vá lá que a velha tenha o seu Deus. Para senhoras idosas, Deus é tão necessário quanto enemas e saquinhos de chá Lipton. Ele iria concentrar-se em uma coisa de cada vez, movendo um pé à frente do outro. Levaria o grupo a Boulder, depois decidiria o que fazer em seguida. A velha disse que o homem escuro era um homem real, não somente um símbolo psicológico, e Nick tampouco queria acreditar nisso... mas no seu coração acreditava. No seu coração acreditava em tudo que ela dissera, e isto o amedrontava. Não queria ser o líder deles.

É você, Nick.

A mão agarrou-lhe o ombro e ele sobressaltou-se, surpreso, então virou-se. Se ela estivera cochilando, agora já não estava mais. Sorria para ele, sentada em sua cadeira de balanço sem braços.

— Eu estava apenas sentada aqui e pensando na Grande Depressão — disse ela. — Sabe que meu pai um dia foi dono de toda esta terra, por quilômetros ao seu redor? É verdade. Uma façanha para um negro. E toquei guitarra e cantei no auditório da Grange em 1902. Faz muito tempo, Nick, muito tempo.

Nick assentiu.

— Eram bons dias aqueles, Nick... pelo menos a maioria deles, acho. Apenas o amor do Senhor. Meu pai morreu e a terra foi dividida entre seus filhos, com um pedaço para meu primeiro marido, vinte e poucos hectares, não muita coisa. Esta casa fica em parte nesse pedaço de terra, entende? Um hectare e meio, foi tudo o que restou. Ah, acho que hoje poderia reivindicar toda a terra outra vez, mas, de certo modo, seria a mesma coisa.

Nick deu batidinhas na mão enrugada da velha, e ela suspirou profundamente.

— Irmãos nem sempre trabalham muito bem juntos, e isso quase sempre acaba em disputas. Lembre-se de Caim e Abel. Todos querem mandar e ninguém quer pegar no pesado. Então veio 1931 e o banco quis o seu dinheiro. Foi quando todos se juntaram para trabalhar duro, mas aí já era tarde demais. Por volta de 1945, tudo já fora perdido, exceto meus 24 hectares e mais 20 ou 15 onde agora fica a propriedade dos Goodell.

Ela puxou o lenço do bolso do vestido e enxugou os olhos com ele, lenta e pensativamente.

— Finalmente só eu restei, sem dinheiro e sem nada. E a cada ano, quando chegava a hora de pagar os impostos, eles tomavam mais um pedacinho para quitar a dívida. Aí vinha para cá e ficava olhando para a parte que não mais me pertencia, chorando por ela como choro agora. Um pedacinho mais a cada ano, para pagar impostos, foi assim que aconteceu. Uma fatia aqui, outra acolá. Arrendei o que sobrou, mas nunca dava para cobrir o que eles exigiam pelos malditos impostos. Então, quando fiz cem anos, eles cancelaram os impostos e me deram isenção perpétua. Sim, eles fizeram isso depois de me levarem tudo, exceto este pedacinho aqui. Grande generosidade deles, não acha?

Nick apertou-lhe a mão suavemente e olhou para ela.

— Ah, Nick — disse Mãe Abagail —, abriguei ódio ao Senhor no meu coração. Todo homem ou mulher que O ame, bem, eles também O odeiam, porque Ele é um Deus duro, um Deus ciumento. Ele é o que *é*, e neste mundo costuma recompensar o serviço com sofrimento, enquanto aqueles que praticam o mal desfilam pelas estradas em Cadillacs. Até mesmo a alegria de servi-Lo é uma alegria amarga. Faço a vontade Dele, mas minha parte humana O amaldiçoou dentro do coração. "Abby", me disse o Senhor, "muito adiante há trabalho para ti. Portanto vou te deixar viver cada vez mais, até tua carne ficar amarga em cima dos ossos. Eu te deixarei ver todos os teus filhos morrerem antes de ti, que continuará caminhando sobre a terra. Vou deixar que vejas a terra de teu pai ser tomada, pedaço por pedaço. E, no fim, tua recompensa será ir embora com estranhos, para longe das coisas que mais amou, e morrerás em terra estranha, com o trabalho ainda por terminar. Esta é a Minha vontade, Abby", me disse Ele. E respondi: "Sim, meu Senhor, será feita a Vossa vontade." Mas no meu coração praguejei contra Ele e perguntei: "Por quê? Por quê?" E a única resposta que tive foi: "Onde estavas quando fiz o mundo?"

Agora as lágrimas dela vieram num fluxo amargo, escorrendo por sua face abaixo e molhando o corpete do vestido. Nick admirou-se ao ver como uma velha que parecia tão seca e magra que nem um graveto pudesse verter tantas lágrimas.

— Ajude-me daqui por diante, Nick — pediu ela. — Só quero fazer o que é certo.

Nick apertou-lhe as mãos fortemente. Atrás deles, Gina dava risadinhas e erguia um dos carrinhos para o céu, de modo que o sol batesse nele e produzisse reflexos.

* * *

Dick e Ralph chegaram de volta ao meio-dia. Dick ao volante de uma van Dodge nova e Ralph dirigindo um carro-guincho vermelho, tendo na frente uma prancha de empurrar e na traseira o oscilante gancho de guindaste. Tom vinha na carroceria, acenando espalhafatosamente. Pararam diante do alpendre e Dick saltou da van.

— Esse carro-guincho tem um tremendo rádio FC — disse ele a Nick. — Coisa de quarenta canais. Acho que Ralph se apaixonou por ele.

Nick sorriu. As mulheres haviam se aproximado e olhavam para os veículos. Os olhos de Abagail notaram o modo como Ralph acompanhou June ao carro-guincho para mostrar-lhe o equipamento de rádio e aprovaram. A mulher tinha belos quadris, entre os quais haveria uma boa porta de alpendre. Poderia parir tantos filhos quantos desejasse.

— E então, quando partimos? — perguntou Ralph.

Nick escreveu: "Logo depois de comermos. Experimentou o FC?"

— Já o testei — respondeu Ralph. — Foi o que fiz, em todo o caminho de volta. Estática horrível. Há um botão para acabar com ela, mas não parece funcionar muito bem. Mas, se quer saber, ouvi alguma coisa, com ou sem estática. Muito distante. Talvez nem fossem vozes, afinal. Mas serei franco, Nick, não me preocupei muito com isso. É tudo igual àqueles sonhos.

Caiu um silêncio entre eles.

— Bem — disse Olivia, interrompendo —, vou cozinhar alguma coisa. Espero que ninguém se incomode em comer porco de novo, no mesmo dia.

Ninguém se incomodou. Lá pela uma da tarde, as tralhas de acampar — e a cadeira de balanço e a guitarra de Abagail — tinham sido acondicionadas na van e eles partiram. O carro-guincho seguia na dianteira, para remover qualquer bloqueio de estrada. Abagail viajava no banco dianteiro da van enquanto rumavam para oeste, em direção à Rodovia 30. Ela não chorou. A bengala estava plantada entre as pernas. Já chorara o suficiente. Havia sido colocada no centro da vontade do Senhor e a vontade Dele seria feita, mas ela pensou naquele olho vermelho que se abria no coração escuro da noite e sentiu medo.

Capítulo Quarenta e Seis

ERA O FIM DA TARDE DE 27 DE JULHO. Estavam acampados no local que o letreiro, agora semidemolido pelas tempestades de verão, anunciava como sendo o Parque de Diversões Kunkle. A própria cidade de Kunkle, Ohio, ficava ao sul. Houvera uma espécie de incêndio ali, de modo que a maior parte da cidade desaparecera. Stu disse que provavelmente teria sido provocado por um raio. Harold, para variar, discordava. Naqueles dias, se Stu dissesse que um carro de bombeiros era vermelho, Harold Lauder apresentaria dados e números provando que, no momento, os carros de bombeiros eram verdes.

Fran suspirou e virou-se. Não conseguia dormir. Tinha medo dos sonhos.

À sua direita se enfileiravam as cinco motocicletas, apoiadas em seus descansos, o luar reluzindo ao longo do cromado dos canos de descarga e acessórios. Como se um bando dos Hell's Angels houvesse escolhido aquele justo lugar para passar a noite. Não que os Angels rodassem naquelas porcarias de motos como Hondas e Yamahas, ela supôs. Eles pilotavam "locomotivas", as Harley-Davidsons — ou isso era apenas algo que recordava daqueles épicos de estrada da velha American-International que vira na TV? *Anjos Selvagens, Demônios sobre Rodas.* Os filmes sobre motoqueiros tiveram muito sucesso nos *drive-ins* quando ela cursava o ginásio: Wells Drive-In, Sanford Drive-In, South Portland Twin, você paga e faz sua escolha. Agora, *kaput*, já era, todos os *drive-ins* tinham acabado, para não falar nos próprios Hell's Angels e na velha e boa American-International Pictures.

Anote em seu diário, Frannie disse para si mesma, virando-se para o outro lado. Não nesta noite. Nesta noite pretendia dormir, com ou sem sonhos.

A vinte passos de distância podia ver os outros, enfiados nos seus sacos de dormir como os Hell's Angels após uma farra regada a cerveja, aquela em que todo mundo no filme apagava, exceto Peter Fonda e Nancy Sinatra. Harold, Stu, Glen Bateman, Mark Braddock, Perion McCarthy. Tome Sominex esta noite e *durma...*

Não foi Sominex que tomaram, mas três centigramas de Veronal cada um. Fora idéia de Stu, quando os sonhos se tornavam realmente ruins e todos começavam a ficar irritados e de convivência difícil. Ele chamara Harold à parte antes de comentar isto com os outros porque a maneira de paparicar o rapaz era pedir sua opinião com seriedade e também porque ele *sabia* das coisas. Era bom que soubesse, mas também algo um tanto sinistro, como se tivessem um deus de quinta categoria viajando com eles — mais ou menos onisciente, porém emocionalmente instável e propenso a se fragmentar a qualquer momento. Harold pegara mais uma arma em Albany, onde haviam conhecido Mark e Perion, e agora usava as duas pistolas entrecruzadas, como um Johnny Ringo fora de época. Fran lamentava por Harold, porém ele também começava a assustá-la. Começara a imaginar se não poderia dar a louca em Harold e ele passasse a disparar com suas duas pistolas. Com freqüência ela se via recordando o dia em que surpreendera Harold aparando o gramado dos fundos, com todas as suas defesas emocionais demolidas e chorando em traje de banho.

Podia apenas imaginar como Stu discutira o assunto com ele, muito baixinho, quase em tom conspirador: *Harold, estes sonhos são um problema. Tive uma idéia, mas não sei ao certo como colocá-la em funcionamento... um sedativo brando... mas teria que ser a dose exata. Uma dose exagerada e ninguém acordaria se houvesse problemas. O que sugere?*

Harold sugerira experimentarem seis centigramas do hipnótico Veronal, disponível em qualquer drogaria. Se isso interrompesse o ciclo do sonho, reduziriam para quatro centigramas e meio e, se funcionasse, para a metade. Stu falara a sós com Glen, obtivera sua concordância e resolveram experimentar. Com um centigrama os sonhos começaram a voltar, de modo que fixaram a dosagem em três centigramas.

Pelo menos para os outros.

Frannie aceitava sua dose todas as noites, mas não a tomava. Não sabia se o Veronal podia ou não prejudicar o bebê e preferia evitar riscos. Dizia-se até que a aspirina podia romper a cadeia de cromossomos. Assim, ela sofria os sonhos — *sofria* era o termo exato. Um deles era predominante; se os outros eram diferentes, cedo ou tarde se fundiriam a este. Ela se via na sua casa em Ogunquit, perseguida pelo homem escuro. Para cima e para baixo em corredores penumbrosos, através da sala de visitas de sua mãe, onde o carrilhão continuava a tiquetaquear as estações numa época árida. Ela podia escapar dele, sabia, se não tivesse que carregar o cadáver. Era o corpo de seu pai envolto em um lençol, mas se ela caísse na penumbra, o homem escuro faria alguma coisa com o corpo, uma terrível profanação. Assim, ela corria, sabendo que ele estava cada vez mais próximo, e por fim a mão dele cairia no seu ombro, aquela mão quente e repulsiva. Ela ficaria flácida e fraca, o cadáver amortalhado do pai escaparia de seus braços e ela se viraria para o homem, pronta a dizer: *Leve-o, faça o que quiser, não me importo, apenas pare de me perseguir.*

E lá estaria ele, vestido em alguma coisa escura, como um hábito encapuzado de monge, sem nada discernível de suas feições a não ser seu sorriso enorme e feliz. E numa das mãos segurando o cabide torto e contorcido. Foi então que o horror a acometeu como um punho acolchoado e ela lutou para escapar do sono, a pele pegajosa de suor, o coração disparado, desejando nunca mais dormir.

Porque não era o cadáver de seu pai que ele queria; era a criança viva em seu ventre.

* * *

Ela revirou-se de novo. Se não conseguisse dormir logo, realmente apanharia o seu diário. Estivera fazendo um diário desde 5 de julho. De certo modo, pretendia guardá-lo para o bebê. Era um ato de fé — fé em que seu bebê viveria. Frannie queria que ele soubesse como havia sido aquilo. Como a epidemia chegara a um lugar chamado Ogunquit, como ela e Harold haviam escapado, o que fora feito deles. Queria que seu filho soubesse como as coisas tinham sido.

O luar era forte o suficiente para poder escrever, e duas ou três páginas sempre bastavam para fazê-la cochilar. Para não falar de seus talentos literários, supunha. Decidiu porém que primeiro daria mais uma chance ao sono.

Fechou os olhos.

E continuou pensando em Harold.

A situação poderia ter abrandado com a chegada de Mark e Perion, se os dois já não estivessem comprometidos. Perion tinha 33 anos, 11 anos mais velha que Mark, porém tais coisas pouca diferença fazem neste mundo. Eles se haviam conhecido, estiveram cuidando um do outro e estavam contentes em ficar juntos. Perion confidenciara a Frannie que estavam tentando fazer um bebê. Graças a Deus eu estava tomando a pílula e não tinha um DIU. Se não, como, em nome de Deus, conseguiria algum dia tirá-lo?

Frannie quase contou a ela sobre o bebê que estava carregando (estava com três meses agora), mas alguma coisa a conteve. Receava que só tornaria pior uma situação ruim.

Portanto, eram agora seis em vez de quatro (Glen se recusara cabalmente a pilotar uma moto e viajava na garupa de Stu ou Harold), mas a situação não havia mudado com a inclusão de outra mulher.

E quanto a *você*, Frannie? O que *você* quer?

Se *tinha* de existir num mundo como esse, com um relógio biológico dentro dela cuja corda pararia dentro de seis meses, queria que alguém como Stu Redman fosse o seu homem — não, não alguém como Stu. Ela queria *ele*. Era isto, dito com todas as letras.

Com o fim da civilização, todos os cromados e acessórios tinham sido removidos da máquina da sociedade humana. Glen Bateman sustentava este tema com freqüência, o qual sempre parecia agradar excepcionalmente a Harold.

O movimento feminista, decidira Fran (achando que se ia ser franca, poderia ser também totalmente franca), nada mais era que uma excrescência da sociedade tecnológica. As mulheres estavam à mercê de seus corpos. Eram menores. Tendiam a ser mais fracas. Um homem não podia engravidar, mas uma mulher podia — qualquer criança de quatro anos sabe disso. E uma mulher grávida é um ser humano vulnerável. A civilização proporcionara um guarda-sol de sanidade sob o qual ambos os sexos podiam se abrigar. *Libertação* — aquela única palavra dizia tudo. Antes da civilização, com seu sistema de proteções cuidadoso e misericordioso, as mulheres tinham sido escravas. Não vamos dourar a pílula; éramos escravas sim, pensou Fran. Então os dias do mal acabaram. E o Credo das Mulheres, que deveria ter sido pendurado nos escritórios da revista *Ms.*, de preferência bordado em ponto-de-cruz, era simplesmente este: *Obrigada, Homens, pelas estradas de ferro. Obrigada, Homens, por inventarem o automóvel e matarem os peles-vermelhas, que pensavam que seria bom ficarem na América por mais algum tempo, já que chegaram aqui primeiro. Obrigada, Homens, pelos hospitais, pela polícia, pelas escolas. Agora eu gostaria de votar, por favor, de ter o direito de dirigir meu próprio rumo e construir meu próprio destino. Um dia fui escrava, mas isto agora é obsoleto. Meus dias de escravidão devem acabar; preciso ser escrava não mais do que preciso cruzar o oceano Atlântico num barquinho a vela. Aviões a jato são mais seguros e mais rápidos do que barquinhos a vela e a liberdade faz mais sentido que a escravidão. Não tenho medo de voar. Obrigada, Homens.*

E o que havia a dizer? Nada. Os lavradores brancos sulistas podiam resmungar acerca da queima de sutiãs, os reacionários podiam disputar jogos intelectuais, mas a verdade apenas sorri. Agora tudo havia mudado, numa questão de semanas — só o tempo diria quanto. Mas deitada ali, em meio à noite, ela sabia que precisava de um homem. Ah, Deus, precisava desesperadamente de um homem!

Não que tudo fosse uma questão de preservar-se e preservar seu bebê, de defender seus interesses (e, supunha, os interesses dele). Stu a atraía, em especial após Jess Rider. Ele era calmo, capaz e, principalmente, não era o que seu pai chamava de "dez quilos de bosta num saco de cinco quilos".

Ele também estava atraído por ela. Fran sabia disso muito bem, soubera desde aquele primeiro almoço juntos no Quatro de Julho, no restaurante deserto. Por um momento — apenas um momento —, os olhos de ambos haviam se encontrado e houvera um instante de calor, como um excesso de energia elétrica em que todos os ponteiros oscilam para sobrecarga. Adivinhou que Stu também sabia como eram as coisas, mas que esperava por ela, deixando que Fran tomasse sua decisão no momento oportuno. Ela estivera antes com Harold, portanto era escrava dele. Uma malcheirosa idéia machista, mas Fran receava que este mundo voltaria a ser nojentamente machista, pelo menos por algum tempo.

Se ao menos houvesse alguém mais, alguém para Harold... Mas não havia, e ela temia não poder esperar muito tempo. Recordou o dia em que Harold, na sua maneira desajeitada, tentara fazer amor com ela, tornar sua reclamação de posse irrevogável. Há quanto tempo? Duas semanas? Parecia mais tempo. Todo o passado parecia mais distante agora. Tinha se esticado como puxa-puxa quente. Entre suas preocupações sobre o que fazer com Harold — e seus temores do que ele poderia fazer se ela procurasse Stuart — e seus medos dos sonhos, jamais conseguiria pegar no sono.

Assim pensando, acabou adormecendo.

* * *

Quando acordou ainda estava escuro. Alguém a sacudia.

Ela resmungou um protesto — seu sono tinha sido repousante e sem sonhos pela primeira vez em uma semana — e depois veio relutante para fora dele, achando que amanhecera e era tempo de seguir viagem. Mas por que queriam seguir ainda no escuro? Enquanto se sentava, viu que até mesmo a lua se fora.

Era Harold quem a sacudia, e parecia assustado.

— Harold? Há algo de errado?

Stu também estava de pé, percebeu ela. E Glen Bateman. Perion estava ajoelhada no lado mais afastado de onde ardera sua pequena fogueira.

— É Mark — disse Harold. — Ele está doente.

— Doente? — disse ela, e então veio um lento gemido do outro lado das cinzas da fogueira, onde Perion ajoelhava-se e os dois homens estavam de pé. Frannie sentiu o pavor elevar-se dentro dela como uma coluna negra. Doença era a coisa que todos eles mais temiam.

— Não é... a gripe, é, Harold? — Porque se Mark estivesse com um caso atrasado da Capitão Viajante, isto significava que qualquer um deles poderia pegar. Talvez o germe ainda rondasse por aí. Talvez até tivesse sofrido uma mutação. É melhor se cuidar, minha cara.

— Não, não é a gripe nem nada parecido. Fran, você comeu alguma daquelas ostras enlatadas à noite? Ou talvez quando paramos para almoçar?

Ela tentou se lembrar, sua mente ainda tonta de sono.

— Sim, comi nas duas ocasiões — revelou. — Estavam gostosas. Adoro ostras. É envenenamento alimentar? É disso que se trata?

— Fran, só estou perguntando. Nenhum de nós sabe o que é. Não há médico na casa. Como se sente? Tudo bem com você?

— Estou ótima, apenas com sono. — Mas ela não estava. Não mais. Outro gemido pairou do outro lado do acampamento, como se Mark a acusasse de sentir-se bem enquanto ele não estava.

— Glen acha que poderia ser apendicite — disse Harold.

— *O quê?*

Harold apenas sorriu debilmente e assentiu.

Fran levantou-se e caminhou até onde os outros estavam reunidos. Harold a seguiu como uma sombra infeliz.

— Temos que ajudá-lo — dizia Perion. Ela falava mecanicamente, como se tivesse dito isto muitas vezes antes. Seus olhos iam de um deles para o outro incansavelmente, olhos tão cheios de terror e desamparo que Frannie mais uma vez sentiu-se acusada. Seus pensamentos direcionavam-se egoisticamente para o bebê que estava carregando e ela tentava empurrá-los para longe. Inadequadamente ou não, eles não iam. *Afaste-se dele,* uma parte dela gritava para o resto dela. *Afaste-se dele imediatamente, ele pode ser contagioso.* Olhou para Glen, que estava pálido e com aspecto envelhecido ao brilho firme da lanterna Coleman.

— Harold diz que você acha que seja apendicite — disse ela.

— Não sei — respondeu Glen, soando desconfortável e assustado. — Ele adquiriu os sintomas, sem dúvida; está febril, sua barriga está dura e inchada, dolorosa ao toque...

— Temos que ajudá-lo — repetiu Perion e irrompeu em lágrimas.

Glen apalpou a barriga de Mark. Depois abriu-lhe os olhos, que tinham estado semicerrados e vidrados. Mark gritou. Glen afastou a mão, como se a tivesse colocado sobre uma chapa quente, e olhou de Stu para Harold e depois de volta para Stu com mal-disfarçado pânico.

— O que sugeririam os dois cavalheiros?

Harold continuava com a garganta funcionando convulsivamente, como se houvesse algo enfiado nela e causando-lhe engasgos. Por fim, falou abruptamente:

— Dêem aspirina para ele.

Perion, que estivera olhando fixamente para Mark em meio às lágrimas, agora explodiu ao olhar para Harold.

— Aspirina? — perguntou ela. Seu tom era de furioso assombro. — *Aspirina?* — Desta vez falou em voz esganiçada. — Isto é o melhor que pode fazer com toda a sua conversa fiada de entender de tudo? *Aspirina?*

Harold enfiou as mãos nos bolsos e olhou para ela sentindo-se deplorável, aceitando a reprimenda.

Stu disse, baixinho:

— Mas Harold está certo, Perion. Por enquanto, aspirina é o melhor que podemos fazer. Que horas são?

— Vocês não *sabem* o que fazer! — ela gritou-lhes. — Por que simplesmente não admitem?

— São 3h15 — disse Frannie.

— E se ele *morrer*? — Perion empurrou de seu rosto uma mecha de cabelo castanho-avermelhado que estava afofada pelo choro.

— Deixe-os em paz, Peri — disse Mark numa voz embotada e cansada, dando um susto em todos. — Eles estão fazendo o que podem. Se continuar doendo tanto, acho que preferia morrer. Podem me dar uma aspirina. Qualquer coisa.

— Vou buscar — disse Harold, ansioso para se afastar. — Tenho um pouco na minha mochila. Excedrin Extraforte — acrescentou, como se esperando pela aprovação geral, e então foi buscá-la, quase em disparada na sua pressa.

— Temos que ajudá-lo — disse Perion, retornando à ladainha.

Stu chamou Glen e Frannie à parte.

— Alguma sugestão do que fazer em relação a isto? — perguntou-lhes em voz baixa. — *Eu* não tenho nenhuma, posso garantir. Ela ficou puta com Harold, mas a sugestão que ele deu de aspirina foi duas vezes melhor do que qualquer idéia que tive.

— Ela está perturbada, é isso — disse Fran.

Glen suspirou.

— Talvez seja só um distúrbio intestinal, por comer tanta porcaria. Talvez ele melhore se conseguir evacuar.

Frannie sacudiu a cabeça.

— Não creio que seja isso. Ele não teria febre se fosse apenas intestinal. E também não acho que sua barriga incharia tanto. — Parecia quase como se um tumor houvesse se desenvolvido da noite para o dia. Isto a fez sentir-se mal só de pensar a respeito. Não conseguia se lembrar de quando (exceto nas horas em que tinha aqueles sonhos) estivera tão terrivelmente assustada. O que foi mesmo que Harold tinha dito? Que não havia médicos na casa. Era para lá de verdadeiro, horrivelmente verdadeiro. Meu Deus, estava vindo tudo para ela ao mesmo tempo, tudo se despedaçando em volta dela. Como estavam horrivelmente sozinhos! Quão horrivelmente estavam suspensos na corda bamba, e alguém havia esquecido da rede de proteção. Ela olhou da face vincada de Glen para a de Stu. Viu profunda preocupação nos dois, mas nenhuma resposta de nenhum deles.

Atrás deles, Mark gritou de novo, e Perion ecoou seu grito como se sentisse a mesma dor. De certo modo, Frannie supôs que sentia.

— O que vamos fazer? — perguntou Frannie, desamparada.

Ela estava pensando no bebê, e cada vez mais a pergunta que se infiltrava na sua mente era: *E se tiver de ser uma cesariana? E se tiver de ser uma cesariana? E se...*

Atrás dela, Mark gritou outra vez como algum profeta horrível, e ela o detestou.

Olharam um para o outro na luz bruxuleante.

Do diário de Fran Goldsmith

6 de julho de 1990

Após um pouco de persuasão, o Sr. Bateman concordou em vir conosco. Ele diz que depois de todos os seus artigos ("Eu os escrevo com palavras empoladas para que ninguém perceba como são ingênuos", diz ele) e vinte anos tediosos de estudantes de graduação de Iniciação à Sociologia I e II, para não mencionar Sociologia de Comportamento Divergente e Sociologia Rural, decidiu que não podia se permitir perder esta oportunidade.

Stu quis saber a que oportunidade ele se referia.

— Eu pensaria que estaria claro — diz Harold naquele seu modo INTOLERAVELMENTE IRRITADO (às vezes Harold pode ser um doce de pessoa, mas pode também ser um verdadeiro *pé no saco*, e nesta noite adotava a segunda opção). — O Sr. Bateman...

— Por favor, me chame de Glen — diz ele, muito baixinho, mas, da maneira como Harold olhou para ele, era de se pensar que Glen o acusara de ter alguma doença social.

— *Glen*, sendo um sociólogo, vê a oportunidade de estudar a formação de uma sociedade em primeira mão, acho. Ele quer ver o confronto entre fato e teoria.

Bem, para encurtar a história, Glen (que é como o chamarei daqui em diante) concordou que era principalmente isso, mas acrescentou:

— Também tenho certas teorias que escrevi e que espero provar ou refutar. Não acredito que o homem que surgir das cinzas da supergripe vá ser algo parecido com o homem que surgiu do berço do Nilo, com um osso no nariz e arrastando uma mulher pelos cabelos. Esta é uma das teorias.

Stu disse, naquele seu jeito tranqüilo:

— Porque tudo está disponível em volta, para ser de novo apanhado. — Ele pareceu tão soturno quando disse isto que fiquei surpresa, e até mesmo Harold olhou para ele com uma espécie de divertimento.

Mas Glen limitou-se a assentir e disse:

— Está certo. A sociedade tecnológica saiu da quadra, por assim dizer, mas deixou todas as cestas de basquete para trás. Aparecerá alguém que se lembre do jogo e o ensinará aos demais. É simples assim, não é? Eu deveria escrever esta tese mais tarde.

(Mas eu mesma já a escrevera, caso ele se esqueça. Quem sabe? O Sombra sabe, eh-eh-eh.)

Então Harold diz:

— Você soa como se acreditasse que a coisa toda recomeçará: a corrida armamentista, a poluição e assim por diante. Esta é mais uma de suas teorias? Ou um corolário da primeira?

— Não exatamente — Glen começou a dizer, mas antes que pudesse prosseguir Harold irrompeu em um de seus característicos apartes contestatórios. Não posso reproduzir palavra por palavra, porque quando fica empolgado Harold fala rápido. Mas o que ele disse significava: como muito embora ele tivesse uma opinião desfavorável da espécie humana em geral, não achava que ela pudesse ser *tão* estúpida. Ele disse achar que, passado este tempo, certas leis seriam criadas. Ninguém ficaria perdendo tempo por aí com babaquices como fissão nuclear, *sprays* de fleurocarbono (provavelmente pronunciou errada esta última palavra) e coisas semelhantes. Lembro de uma coisa que ele disse, porque foi uma imagem bastante vívida.

— Só porque o nó górdio foi cortado para nós não há razão para nos darmos o trabalho de atá-lo novamente.

Pude ver que ele estava estragando uma argumentação — uma das coisas que torna difícil gostar de Harold é sua ânsia em demonstrar o quanto sabe (e claro que ele sabe um bocado, não posso tirar isto dele, Harold é superbrilhante) —, mas tudo que Glen disse foi:

— O tempo dirá, não é?

Tudo terminou em cerca de uma hora atrás e agora estou no quarto de cima com Kojak, deitado no chão a meu lado. Cachorro bom! Tudo é para lá de aconchegante, faz eu me lembrar de casa, mas estou tentando não pensar demais em casa porque isto me faz chorar. Sei que isto deve soar terrível, mas realmente gostaria que tivesse alguém para me ajudar a aquecer esta cama. E até já tenho um candidato em minha mente.

Tire isto da cabeça, Frannie!

Assim, amanhã partimos para Stovington e sei que Stu não aprecia muito a idéia. Está assustado com aquele lugar. Gosto *muito* de Stu e gostaria que Harold gostasse mais dele. Harold está tornando tudo muito difícil, mas suponho que ele não pode ir contra sua natureza.

Glen decidiu abandonar Kojak. Lamenta ter de fazê-lo, embora Kojak não vá ter problemas para arranjar comida. Não há como levarmos o cão, a não ser que encontrássemos uma moto com *sidecar*, e mesmo assim o pobre Kojak poderia ficar assustado e pular fora, se ferindo ou morrendo.

Seja como for, amanhã estaremos partindo.

Coisas para recordar: os Texas Rangers (time de beisebol) tinham um lançador chamado Nolan Ryan que fazia uma série de arremessos com sua famosa bola rápida, e nenhum batedor é muito bom. Havia comédias na TV com trilha sonora de gargalhadas, ou seja, uma claque paga para rir nas partes engraçadas, supostamente para induzir o telespectador a se divertir mais. Costumava-se comprar bolos e tortas congelados no supermercado, que só precisavam ser descongelados para serem comidos. A torta de morango com queijo Sara Lee era a minha predileta.

7 de julho de 1990

Não posso escrever muito. Viajei de moto o dia inteiro. Meu traseiro parece carne moída e minhas costas parecem de pedra. Voltei a ter um pesadelo à noite. Harold também esteve sonhando com este... homem? e isto o deixa perturbado pra caramba, porque não consegue explicar o fato de virmos tendo essencialmente o mesmo sonho.

Stu diz que continua tendo aquele mesmo sonho com Nebraska e a velha negra. No sonho ela insiste com ele para visitá-la quando puder. Stu acha que ela mora numa cidadezinha chamada Holland Home ou Hometown, ou algo parecido. Diz achar que poderia encontrá-la. Harold zombou dele e entrou numa longa preleção sobre como os sonhos eram manifestações psicofreudianas de coisas sobre as quais não ousamos pensar quando acordados. Creio que Stu ficou zangado, mas conseguiu se controlar. Receio que o antagonismo entre eles possa explodir a qualquer momento, E EU NÃO GOSTARIA QUE TIVESSE DE SER ASSIM!

Seja como for, Stu disse:

— Então como é que você e Frannie estão tendo o mesmo sonho? — Harold murmurou algo sobre coincidência e o assunto morreu aí.

Stu disse para mim e Glen que gostaria que fôssemos para Nebraska com ele, após Stovington. Glen deu de ombros e respondeu:

— Por que não? Temos de ir para algum lugar.

Harold, claro, irá objetar em princípio. Droga, Harold, vê se cresce!

Coisas para recordar: houve escassez de gasolina no início da década de 1980, porque todos na América estavam dirigindo alguma coisa e tínhamos usado a maior parte de nossos suprimentos e a OPEP nos mantinha a rédea curta. Os árabes possuíam tanto dinheiro que, literalmente, não podiam gastá-lo. Havia uma banda de *rock* chamada The Who que às vezes costumava encerrar suas apresentações ao vivo quebrando suas guitarras e amplificadores. Isto era conhecido como "consumo conspícuo".

8 de julho de 1990

É tarde e estou cansada de novo, mas deveria agüentar o máximo que possa antes que minhas pálpebras simplesmente SE FECHEM. Harold terminou de fazer seu cartaz há cerca de uma hora (de muita má vontade, devo dizer) e o colocou no gramado em frente ao Centro de Epidemias de Stovington. Stu o ajudou a fixá-lo e manteve a calma apesar de todas as piadinhas zombeteiras de Harold.

Tentara preparar-me para a decepção. Nunca acreditei que Stu estivesse mentindo, e na verdade acho que Harold também acreditava nele. Portanto tive certeza de que todos estavam mortos, mas mesmo assim foi uma experiência desconcertante que me fez chorar. Não pude conter-me.

Mas não fui a única a ficar desconcertada. Quando Stu viu o lugar tornou-se quase mortalmente pálido. Ele usava camisa de mangas curtas e pude ver que tinha picadas de agulha de cima a baixo nos braços. Seus olhos são normalmente azuis, mas tinham adquirido uma cor de ardósia, como o oceano em dia nublado.

Ele apontou para o terceiro andar e disse:

— Aquele era o meu quarto.

Harold voltou-se para ele e pude vê-lo preparando um de seus patenteados Comentários Babacas Harold Lauder, mas então reparou no rosto de Stu e conteve-se. Realmente acho que foi muito sábio da parte dele.

Assim, após um instante, Harold diz:

— Bem, vamos entrar e dar uma olhada.

— Vai querer fazer isto para quê? — responde Stu, e soava quase histérico, mas mantendo sua reação em rédea curta. Isto me assustou, porque ele costuma ser tão frio quanto uma pedra de gelo. Testemunho o pequeno sucesso que Harold estava obtendo em irritá-lo.

— Stuart... — começa Glen, mas Stu o interrompe.

— Para quê? Não pode ver que é um lugar morto? Não há mais diretores nem soldados, nada. Pode crer, se estivessem aqui, cairiam todos em cima de nós agora. Estivemos todos naqueles quartos brancos lá em cima, que nem a porra de um bando de cobaias! — A seguir, olha para mim e diz: — Desculpe, Fran... não pretendia falar desse jeito. Acho que estou perturbado.

— Bem, *eu* vou entrar — diz Harold. — Quem vem comigo? — Mas pude perceber que embora tentasse bancar o DURÃO, o próprio Harold estava assustado.

Glen se ofereceu para ir e Stu disse:

— Vá também, Fran, dê uma olhada. Satisfaça sua curiosidade.

Desejei dizer que ficaria lá fora com ele, porque parecia tão inquieto (e também porque eu realmente não queria entrar), mas isto iria criar mais encrenca com Harold, portanto concordei.

Se nós — Glen e eu — tivéssemos realmente tido quaisquer dúvidas acerca da história de Stu, poderíamos tê-las dirimido tão logo abrimos a porta. Era o cheiro. Pode-se sentir o mesmo cheiro em qualquer das cidades pelas quais já tínhamos passado, um cheiro igual ao de tomates podres. Ah, Deus, estou chorando *de novo*, mas é direito as pessoas não apenas morrerem mas também terem que feder como

Espere

(*mais tarde*)

É isso aí, tive meu segundo BOM CHORO do dia, seja o que for que possa ter acontecido com a pequena Fran Goldsmith, a Nossa Boa Garota, que costumava mastigar pregos e cuspir marimbondos, ah-ah, como diz o velho ditado. Bem, chega de lágrimas esta noite, e isto é uma promessa.

De qualquer modo, entramos. Curiosidade mórbida, imagino. Não sei sobre os outros, mas desejava ver o quarto onde Stu fora mantido prisioneiro. Seja como for, não foi apenas o cheiro, mas como o lugar estava *frio* em comparação com o exterior. Um monte de granito e mármore e provavelmente um sistema de isolamento realmente fantástico. Estava mais quente nos dois andares superiores, mas no térreo era aquele cheiro... e o frio... era como um túmulo. ARGH.

Era também fantasmagórico, como uma casa mal-assombrada — nós três estávamos todos arrebanhados como ovelhas, e eu estava contente por ter meu rifle, mesmo que fosse apenas um .22. Nossos passos ecoavam de volta como se houvesse alguém rastejando, nos seguindo, e comecei a pensar naquele sonho de novo, o único estrelado por aquele homem no manto preto. Não admira que Stu não quisesse vir conosco.

Por fim chegamos aos elevadores e subimos, para o segundo andar. Nada havia lá senão escritórios... e vários corpos. O terceiro andar parecia um hospital, mas todos os quartos tinham portas de ar comprimido (tanto Harold quanto Glen confirmaram isto) e janelas panorâmicas especiais. Havia um *monte* de corpos lá, nos quartos e nos corredores. Muito poucas mulheres. Fico pensando se tentaram liberá-las no final. Havia muita coisa que nunca saberemos. Mas, então, por que desejaríamos isto?

De qualquer modo, no final da ala que conduzia ao corredor principal onde ficavam os elevadores descobrimos um quarto com sua porta a ar comprimido aberta. Havia um homem morto lá, mas ele não era um paciente (todos eles usavam aventais brancos de hospital) e certamente não havia morrido da gripe. Jazia numa grande poça de sangue coagulado e dava a impressão de que estivera tentando rastejar para fora do quarto quando morreu. Havia uma cadeira quebrada e as coisas estavam todas esparramadas, como se tivesse ocorrido uma luta.

Glen olhou em torno por um longo tempo e depois disse:

— Acho melhor não contarmos nada sobre este quarto para Stu. Creio que ele esteve prestes a morrer aqui.

Olhei para aquele corpo esparramado e me senti mais um verme do que nunca.

— O que quer dizer? — perguntou Harold, e até mesmo ele soou comedido. Foi uma das poucas vezes em que ouvi Harold falar como se o que dizia não fosse sair na mídia.

— Creio que este sujeito veio aqui incumbido de matar Stuart — disse Glen —, e que Stu, de algum modo, conseguiu levar a melhor.

— Mas por quê? — perguntei. — Por que iriam querer matar Stu se ele estava *imune*? Não faz nenhum sentido!

Ele olhou para mim e seus olhos estavam assustados. Seus olhos pareciam quase mortos, como os de um peixe.

— *Isto* não importa, Fran — disse ele. — Sentido não teve muito a ver com este lugar, do modo como ele parece. Existe uma certa mentalidade que acredita em abafar as coisas. Tem gente que acredita nisso com a sinceridade e o fanatismo com que fiéis de alguns grupos religiosos acreditam na divindade de Jesus. Porque, para algumas pessoas, a necessidade de continuar abafando mesmo após o dano ter sido causado é sumamente importante. Isto me leva a especular quantas pessoas imunes eles mataram em Atlanta e São Francisco e no Centro de Vírus de Topeka antes que a epidemia *os* matasse e acabasse neste morticínio. Quem era esse babaca? Fico contente em saber que está morto. Só lamento por Stu, que passará o resto da vida tendo pesadelos com esse cara.

E sabem o que Glen Bateman fez então? Aquele homem gentil que pinta quadros horríveis? Ele se adiantou e chutou o rosto daquele homem morto. Harold deu uma espécie de grunhido, como se ele é que tivesse sido chutado. A seguir, Glen recuou seu pé.

— Não! — berra Harold, mas Glen voltou a chutar o homem morto. Depois virouse, enxugando a boca com as costas da mão, mas pelo menos seus olhos perderam aquele horrível aspecto de peixe morto.

— Vamos — diz ele. — Vamos cair fora daqui. Stu estava certo. É um lugar morto.

Quando saímos Stu ainda estava sentado com as costas apoiadas no portão de ferro do muro alto que circundava a instalação, e desejei... ah, vá em frente, Frannie, se não pode contar ao seu diário, a quem é que você *pode* contar? Desejei correr até ele, beijá-lo e contar-lhe que estava envergonhada por todos nós não termos acreditado nele. E envergonhada de como todos nós continuamos a nos queixar da dureza que enfrentamos quando a epidemia estava no auge, e Stu não dizendo quase nada o tempo todo, quando aquele homem quase o havia matado.

Ah, querido diário, estou ficando apaixonada por ele, acho que consegui a paixonite mais esmagadora do mundo. Se ao menos não fosse por causa de Harold, eu assumiria meus malditos riscos!

Seja como for (sempre há um seja como for, mesmo agora que meus dedos estão tão entorpecidos e a ponto de cair), isso foi quando Stu nos disse pela primeira vez que desejava ir para Nebraska, que desejava conferir seu sonho. Tinha uma expressão obstinada e um tanto constrangida, como se soubesse que ia ter de roubar um pouco mais da merda protecionista de Harold. Mas Harold estava abatido demais com nosso "passeio" pela instalação para oferecer mais que uma débil resistência. E mesmo esta cessou quando Glen disse, de modo muito reticente, que havia sonhado com a velha esta noite.

— Claro, poderia ser apenas porque Stu nos contou acerca de *seu* sonho — disse, com uma espécie de rubor na face —, mas ele *foi* notavelmente similar.

Harold afirmou que claro que era isto, mas Stu replicou:

— Espere um minuto, Harold... tive uma idéia.

Sua idéia era de que todos pegássemos uma folha de papel e anotássemos tudo que pudéssemos lembrar de nossos sonhos da última semana, para depois compararmos as anotações. Isto era simplesmente científico o bastante para que Harold não resmungasse demais.

Bem, o único sonho que tive é aquele sobre o qual escrevi e não vou repeti-lo. Direi apenas que o anotei na folha, mantendo a parte relativa a meu pai porém omitindo a parte sobre o bebê e o cabide que ele sempre tem.

Quando comparamos as anotações, os resultados foram espantosos.

Harold, Stu e eu tínhamos todos sonhado com o "homem escuro", como eu o chamava. Tanto eu quanto Stu o visualizávamos como um homem num hábito de monge sem quaisquer feições visíveis — seu rosto está sempre na sombra. Já a anotação de Harold dizia que ele estava sempre de pé num vão de porta escuro, acenando para ele "como um alcoviteiro". Às vezes podia ver apenas seus pés e o brilho dos olhos — "que nem olhos de doninha", foi como escreveu.

Os sonhos de Stu e Glen com a velha são bastante similares. Os pontos de similaridade são quase demasiados para discuti-los (o que é a minha maneira "literária" de dizer que estou ficando com os dedos entorpecidos). De qualquer modo, ambos concordam em que ela se encontra no condado de Polk, Nebraska, embora não tenham conseguido descobrir o nome real da cidade — Stu diz que é Hollingford Home, Glen diz que Hemingway Home. Soam parecidos, ambos parecem crer que poderiam encontrá-la. (Note bem, diário: minha aposta é em "Hemingford Home".)

Glen disse:

— Isto é realmente extraordinário. Nós todos parecemos estar partilhando uma autêntica experiência psíquica.

Harold zombou, claro, mas dá a impressão de que tem tido muito em que pensar. Ele só aceitaria ir para lá na base de "temos de ir para algum lugar". Partiremos pela manhã. Estou amedrontada, excitada e principalmente feliz por ir embora de Stovington, que é uma morada da morte. E a qualquer momento aceitarei aquela velha contra o homem escuro.

Coisas para recordar: "Deixa rolar" significava não fique estressado. "Jóia" e "maneiro" eram modos de dizer que uma coisa era boa. "Não esquenta" significava que você não ia se preocupar. "De vento em popa" era estar atravessando uma boa fase, e um bocado de gente usava camisetas com a inscrição MERDA ACONTECE, o que certamente acontecia... e ainda acontece. "A barra está limpa" era uma expressão muito em voga (eu a ouvi pela primeira vez ainda este ano), querendo dizer que tudo estava correndo bem. "Estou na área" era um modo de anunciar sua chegada; "meu cafofo", de indicar onde estava morando, tudo isto antes de a supergripe atacar. Besteirol, não é? Mas assim era a vida.

* * *

Foi a 12 minutos do meio-dia.

Perion caíra num sono exausto ao lado de Mark, que eles haviam removido para a sombra duas horas antes. Ele perdia e recobrava a consciência, e era mais fácil para todos quando estava apagado. Ele combatera a dor pelo resto da noite, mas por fim entregara os pontos ao amanhecer. E quando estava consciente seus gritos gelavam o sangue de todos. Ficavam olhando de um para o outro, desamparados. Ninguém quis almoçar.

— É apendicite — disse Glen. — Creio que não resta a menor dúvida quanto a isto.

— Talvez devêssemos tentar... bem, operá-lo — disse Harold, olhando para Glen. — Suponho que vocês não...

— Iríamos matá-lo — retrucou Glen, peremptório. — Você sabe disso, Harold. Se pudéssemos abri-lo sem fazê-lo sangrar até a morte, o que não poderíamos, como poderíamos distinguir o apêndice do pâncreas? Essas coisas não são rotuladas, você sabe.

— Iremos matá-lo do mesmo jeito se nada fizermos — disse Harold.

— *Você* quer tentar? — replicou Glen irritadamente. — Às vezes fico especulando sobre você, Harold.

— Também não vejo em que você esteja sendo de muita utilidade em nossa atual situação — disse Harold, enrubescendo.

— Não, chega, vamos parar com isso — disse Stu. — Que bem vocês dois estão fazendo? A não ser que um de vocês esteja planejando abri-lo com um canivete, isto está fora de questão, de qualquer modo.

— *Stu!* — Frannie quase arquejou.

— O quê? — ele perguntou e deu de ombros. — O hospital mais próximo ficou lá atrás em Maumee. Nunca poderíamos levá-lo até lá. Acho que nem mesmo chegaríamos ao posto de pedágio.

— Você está certo, claro — resmungou Glen e passou a mão sobre a face áspera como lixa. — Harold, me desculpe. Estou muito perturbado. Eu sabia que este tipo de coisa poderia acontecer... perdão, *aconteceria*... mas acho que só eu sabia disso, de uma forma acadêmica. Isto é um bocado diferente do que insistir nas velhas sessões de livre debate.

Harold murmurou uma concordância mal-agradecida e se afastou com as mãos enfiadas fundo nos bolsos. Parecia um rabugento garoto de dez anos crescido demais.

— Por que não levamos Mark? — perguntou Fran desesperadamente, olhando de Stu para Glen.

— Porque seu apêndice deve estar muito inchado a esta altura — explicou Glen. — Se romper, vai despejar no seu sistema veneno suficiente para matar dez homens.

Stu assentiu.

— Peritonite.

A cabeça de Frannie rodopiou. Apendicite? Isto não era nada hoje em dia. *Nada.* Ora, às vezes, se alguém ia para o hospital com cálculos biliares ou coisa parecida, os médicos simplesmente extraíam o apêndice baseados em princípios gerais enquanto o paciente estivesse aberto. Ela se lembrou de um colega de escola, um garoto chamado Charley Biggers, que todos tratavam por Biggy, que tivera seu apêndice extraído no verão entre a quarta e a quinta séries. Ele só ficou internado por dois ou três dias. Extração de apêndice era café pequeno, medicamente falando.

Tal como era ter um bebê, medicamente falando.

— Mas se o deixarem sozinho não vai romper mesmo assim? — perguntou ela.

Stu e Glen se entreolharam desconfortavelmente e nada disseram.

— Então vocês estão sendo tão maus quanto diz Harold! — exclamou furiosamente. — Vocês vão ter que fazer alguma coisa, nem que seja com um canivete! Vão ter que fazer!

— Por que *nós*? — retrucou Glen também furioso. — Por que não *você*? Não temos sequer um manual médico, pelo amor de Deus!

— Mas vocês... ele... isto não pode acontecer desta maneira! *Uma extração de apêndice costuma ser café pequeno!*

— Bem, talvez fosse assim nos velhos dias, mas é complicado agora — disse Glen, mas àquela altura ela já se afastara, chorando.

* * *

Ela voltou por volta das três horas, envergonhada e pronta para desculpar-se. Mas Glen e Stu não se encontravam no acampamento. Harold estava sentado desanimadamente no tronco de uma árvore caída. Perion sentava-se de pernas cruzadas junto a Mark, enxugando o rosto dele com um pano. Parecia pálida mas composta.

— Frannie! — disse Harold, erguendo a vista e animando-se visivelmente.

— Oi, Harold — disse ela, e foi até Perion. — Como está ele?

— Dormindo — disse Perion, mas ele não estava dormindo; até mesmo Fran pôde ver isto. Mark estava inconsciente.

— Para onde foram os outros, Peri? Você sabe?

Foi Harold quem respondeu. Ele se aproximara por trás dela e Fran pôde senti-lo querendo tocar-lhe o cabelo ou pôr a mão sobre seu ombro. Ela não queria. Harold começara a deixá-la tremendamente desconfortável quase o tempo todo.

— Eles foram para Kunkle. Procurar um consultório médico.

— Achavam que poderiam obter alguns livros — explicou Peri. — E alguns... alguns instrumentos. — Ela engoliu em seco e sua garganta produziu um audível estalido. Ela continuou refrescando o rosto de Mark, vez por outra, mergulhando o pano em um dos cantis e espremendo-o.

— Lamentamos sinceramente — disse Harold, sem jeito. — Espero que não pareça babaquice, mas realmente lamentamos.

Peri ergueu a vista e ofereceu a Harold um sorriso doce e constrangido.

— Sei disso — respondeu ela. — Obrigada. Isto não é culpa de ninguém. A não ser que Deus exista, é claro. Se Deus existir, então a culpa é Dele. E quando eu O encontrar, pretendo dar-Lhe um chute nos colhões.

Ela tinha uma espécie de rosto cavalar e um sólido corpo de camponesa. Fran, que via as melhores feições de cada um muito antes que visse aquelas menos afortunadas (Harold, por exemplo, tinha um adorável par de mãos para um rapaz), notou que o cabelo de Peri, de um castanho-avermelhado suave, estava quase deslumbrante, e que seus olhos cor de anil eram belos e inteligentes. Ela lecionara antropologia na Universidade de Nova York, havia lhes contado, e também fora ativista em várias causas políticas, incluindo direitos das mulheres e tratamento igualitário garantido pela lei para as vítimas de Aids. Nunca se casara. Mark, contara para Fran uma vez, se revelara muito melhor para ela do que jamais esperara que um homem fosse. Os outros homens que havia conhecido ou a ignoraram ou a englobavam com outras garotas na categoria de “canhão” ou “bagulho”. Ela admitia que Mark poderia ter feito parte do grupo que sempre a ignorara se as condições tivessem sido normais, mas elas não tinham sido. Eles se conheceram em Albany, onde Perion estivera veraneando com seus pais, no último dia de junho. Após alguma deliberação, decidiram sair da cidade antes que todos os germes incubados em todos os corpos em decomposição pudessem fazer com eles o que a supergripe não tinha conseguido.

Portanto partiram e, na noite seguinte, se tornaram amantes, mais por solidão desesperada do que por qualquer atração autêntica (isto era papo de garotas, e Frannie nem sequer o anotara em seu diário). Ele foi bom para ela, Peri contou a Fran na maneira suave e levemente pasma de todas as mulheres banais que descobriram um belo homem num mundo competitivo. Ela começou a amá-lo, um pouco mais a cada dia.

E agora isto.

— É engraçado — disse ela. — Todo mundo aqui, menos Stu e Harold, tem grau universitário. — Virou-se para Harold. — E você também teria, Harold, se as coisas tivessem seguido seu curso normal.

— Sim, imagino que seja verdade — disse Harold.

Peri voltou-se para Mark e recomeçou a passar a esponja em sua testa, gentilmente, com amor. Frannie se lembrou de uma prancha colorida na Bíblia de sua família, um retrato que mostrava três mulheres preparando o corpo de Jesus para o funeral — elas o estavam ungindo com óleos e especiarias.

— Frannie estava estudando inglês, Glen era professor de sociologia, Mark estava fazendo doutorado em história americana. Harold, você estaria fazendo inglês também, querendo tornar-se escritor. Poderíamos nos sentar em círculo e ter algumas maravilhosas discussões em grupo. Na verdade, poderíamos, não acham?

— Sim — concordou Harold. Sua voz, normalmente penetrante, foi quase impossível de ouvir.

— Uma formação em ciências humanas nos ajuda a pensar... já li isto em algum lugar. Os fatos difíceis que se aprendem são secundários a isto. A grande vantagem que se traz da escola é como induzir e deduzir de um modo construtivo.

— Isso é bom — disse Harold. — Gosto disso.

Agora a mão dele pousou no ombro de Frannie. Ela não a refugou, mas estava tristemente consciente da sua presença.

— Mas isto *não é* bom — disse Peri impetuosamente e, surpreso, Harold tirou a mão do ombro de Frannie. Ela sentiu-se imediatamente mais leve.

— Não? — perguntou ele, um tanto timidamente.

— Ele está *morrendo*! — exclamou Peri, não em voz alta, mas de uma maneira furiosa e desamparada. — Ele está morrendo porque nós todos estivemos perdendo nosso tempo, aprendendo a impressionar uns aos outros em dormitórios, salões e apartamentos baratos das cidades universitárias. Ah, eu poderia contar a vocês sobre os índios midi da Nova Guiné, e Harold poderia explicar a técnica literária dos últimos poetas ingleses, mas que bem isso faz ao meu Mark?

— Se tivéssemos alguém da escola de medicina... — começou Fran tentativamente.

— Sim, se tivéssemos. Mas não temos sequer um mecânico conosco, ou alguém que cursou faculdade de agronomia e pudesse ao menos ter *visto* alguma vez um veterinário operando uma vaca ou um cavalo. — Ela olhou para eles, seus olhos cor de índigo ficando cada vez mais escuros. — Por mais que eu goste de todos, acho que a esta altura eu trocaria toda essa cambada de vocês pelo Sr. Faz-tudo. Vocês todos estão até com medo de tocá-lo, muito embora saibam o que vai acontecer se não o fizerem. E estou na mesma situação, não estou me excluindo.

— Pelo menos os dois... — Fran se interrompeu. Ela ia dizer *Pelo menos os dois homens foram*, depois decidiu que seria uma frase infeliz, com Harold ainda aqui. — Pelo menos Stu e Glen foram. Já é alguma coisa, não é?

Peri suspirou.

— Sim... é alguma coisa. Mas foi Stu quem tomou a decisão, não foi? O único de nós que finalmente decidiu que seria melhor tentar alguma coisa em vez de ficar plantado aqui torcendo as mãos. — Ela olhou para Frannie. — Ele lhe disse qual era seu meio de vida antes?

— Trabalhava numa fábrica — disse Fran prontamente. Ela não notou que o cenho de Harold se anuviou ao ver com que rapidez ela conseguira esta informação. — Ele colocava circuitos em calculadoras eletrônicas. Acho que se poderia dizer que era um técnico de computador.

— Essa é boa — disse Harold e sorriu amargamente.

— Ele é o único de nós que entende de desmontar coisas — disse Peri. — O que ele e o Sr. Bateman vão fazer matará Mark, estou quase certa disso, mas é melhor que morra enquanto alguém está tentando salvá-lo do que seria morrer enquanto ficamos aqui plantados, observando... como se fosse um cachorro que tivesse sido atropelado na rua.

Nem Harold nem Fran encontraram uma resposta para isto. Ficaram apenas parados atrás dela e olhando para o rosto pálido e imóvel de Mark. Após um instante, Harold pôs de novo a mão suada no ombro de Fran. Isto a fez sentir-se como se gritando.

* * *

Stu e Glen voltaram às 3h45. Eles haviam levado uma das motos. Amarrados atrás dela havia uma valise preta com instrumentos médicos e diversos livros pretos volumosos.

— Tentaremos — foi o que disse Stu.

Peri ergueu a vista. Seu rosto estava branco e fatigado e sua voz soou calma:

— É mesmo? Por favor. Ambos queremos que o façam.

* * *

— Stu? — disse Perion.

Eram 4h10. Stu estava ajoelhado sobre um tapete de borracha que havia sido estendido debaixo da árvore. Rios de suor porejavam de seu rosto. Os olhos pareciam brilhantes, assombrados e desvairados. Frannie estava segurando um livro aberto diante dele, indo e voltando entre duas gravuras coloridas sempre que Stu erguia os olhos e acenava de cabeça para ela. Ao lado dele, horrivelmente pálido, Glen Bateman segurava um carretel de fio branco fino. Entre os dois havia um estojo aberto de instrumentos de aço inoxidável. O estojo estava agora salpicado de sangue.

— Está aqui! — gritou Stu. Sua voz soou subitamente alta, dura e exultante. Os olhos se haviam estreitado para dois pontinhos. — Aqui está o sacaninha! Aqui! Bem aqui!

— Stu? — falou Perion.

— Fran, me mostre de novo aquela outra gravura! Rápido! Rápido!

— Pode extraí-lo? — perguntou Glen. — Meu Deus, Texano Oriental, acha realmente que pode?

Harold se fora. Tinha deixado o grupo mais cedo, mantendo a mão em concha sobre a boca. Estivera parado num bosquete a leste, de costas para eles, durante os últimos 15 minutos. Agora ele voltou, sua ampla cara redonda esperançosa.

— Não sei — respondeu Stu —, mas poderia. Apenas poderia.

Olhou para a gravura colorida que Frannie lhe mostrava. Estava manchado de sangue até os cotovelos, como se usasse luvas escarlates para a noite.

— Stu? — murmurou Perion.

— Ele é independente acima e abaixo — sussurrou Stu. Seus olhos cintilavam de modo fantástico. — O apêndice. Ele é a sua própria unidade. Ele... enxugue minha testa, Frannie. Caramba, estou suando mais do que a porra de um porco... obrigado... Meu Deus, não quero cortar as tripas dele nem um pouco pior do que preciso... aqui está a porra do intestino... mas, caramba, achei, achei!

— Stu — disse Perion.

— Me passe a tesoura, Glen. Não... essa não. A menor.

— *Stu.*

Ele por fim olhou para Perion.

— Não precisa mais fazer. — Sua voz era calma, suave. — Ele está morto.

Stu a fitou, seus olhos apertados lentamente se alargando.

Ela confirmou num gesto de cabeça.

— Quase dois minutos atrás. Mas obrigada. Obrigada por tentar.

Stu ficou olhando-a por um longo tempo.

— Tem certeza? — sussurrou por fim.

Ela confirmou de novo, lágrimas escorrendo silenciosas por sua face.

Stu virou-se de costas para eles, deixando cair o pequeno bisturi que estivera segurando. Pôs as mãos sobre os olhos num gesto de total desespero. Glen já tinha se levantado e se afastado, sem olhar para trás, os ombros encurvados, como se houvesse sido golpeado.

Frannie enlaçou Stu com os braços.

— É nisso que dá — disse ele, e ficou repetindo vezes sem conta, falando de um modo lento e desarticulado que a alarmou. — É nisso que dá. Tudo acabado. É nisso que dá. É nisso que dá.

— Você fez o melhor que pôde — disse ela, e abraçou-o com mais força ainda, como se ele pudesse escapar.

— É nisso que dá — repetia, com uma apatia indefinida.

Frannie o abraçava. Apesar de todos os seus pensamentos das últimas três semanas e meia, apesar de sua "paixonite esmagadora", não fizera um único movimento ostensivo. Tinha sido quase dolorosamente cautelosa para não demonstrar seus sentimentos. A situação com Harold era por demais delicada. E nem mesmo agora estava demonstrando o que na verdade sentia por Stu, não de fato. Não era um abraço de amante que estava dando nele. Era simplesmente um sobrevivente se apegando a outro. Stu pareceu entender assim. Suas mãos subiram até os ombros dela e os apertaram com firmeza, deixando impressões digitais de sangue na sua camisa cáqui, marcando-a de um modo que parecia torná-los cúmplices em algum lamentável crime. Em algum lugar um gaio crocitou asperamente, e ali mais perto Perion começou a chorar.

Harold Lauder, que não sabia que a diferença entre abraço de sobreviventes e de amantes podia ser aplicada mutuamente, olhou para Frannie e Stu com nascentes suspeita e medo. Após um longo momento, ele se embrenhou furiosamente no mato e só voltou depois da ceia.

* * *

Ela acordou cedo na manhã seguinte com alguém sacudindo-a. Abrirei os olhos para topar com Glen ou Harold, pensou sonolenta. Vamos recomeçar tudo, e continuaremos recomeçando até acertarmos. Aqueles que não aprendem da história...

Mas era Stu. E já era quase dia claro; a madrugada avançava envolta na névoa matinal como ouro novo embrulhado em fino algodão. Os outros estavam ferrados no sono.

— O que é? — perguntou ela. — Alguma coisa errada?

— Estive sonhando de novo — explicou ele. — Não com a velha, mas... com aquele outro. O homem escuro. Fiquei com medo, por isso eu...

— Pare com isso — disse ela, assustada pelo olhar no rosto dele. — Diga logo o que pretende, *por favor.*

— É Perion. O Veronal. Ela pegou o Veronal na mochila de Glen.

Ela deu um suspiro sibilante.

— Meu Deus — disse Stu, alquebrado. — Ela está morta, Frannie. Ah, meu Deus, mais esta agora.

Ela tentou falar e descobriu que não podia.

— Acho que vou acordar os outros — disse Stu meio desligadamente. Ele esfregou a face, onde a barba arranhava como lixa. Fran podia ainda lembrar como a sentira contra sua própria face na véspera, quando havia abraçado Stu. Ele voltou-se para ela, aturdido. — Quando isso vai acabar?

— Não creio que acabará — respondeu ela suavemente.

Os olhos deles fecharam-se no início do alvorecer.

Do diário de Fran Goldsmith

12 de julho de 1990

Estamos acampados logo a oeste de Guilderland (NY) esta noite, finalmente fizemos isto na Grande Rodovia, a Rodovia 80/90. A empolgação de encontrar Mark e Perion (não acham que é um belo nome? Eu acho) ontem à tarde está mais ou menos arrefecida. Eles concordaram em se juntar a nós — de fato, fizeram a sugestão antes mesmo que qualquer um de nós pudesse.

Não que eu esteja certa de que Harold os teria convidado. Vocês sabem como ele é. E ele estava meio invocado (acho que Glen também estava) por toda a tralha que eles estavam carregando, inclusive dois rifles semi-automáticos. Mas principalmente Harold tinha que dar seu pequeno espetáculo... ele tem que marcar sua presença, você sabe.

Acho que já enchi diversas páginas com A PSICOLOGIA DE HAROLD, e se você não o conhece agora, jamais conhecerá. Debaixo de toda a sua arrogância e todas aquelas declarações pomposas existe um garoto muito inseguro. Ele realmente não acredita que as coisas mudaram. Parte dele — uma parte bem grande, acho — precisa acreditar que todos os seus torturadores do ginásio vão se erguer dos seus túmulos um belo dia e começar de novo a jogar bolinhas de papel cheias de cuspe sobre ele, ou talvez chamá-lo de Lauder Punheteiro, como Amy dizia que costumavam fazer. Às vezes acho que teria sido melhor para ele (e talvez para mim também) se não tivéssemos sido ligados em Ogunquit. Faço parte de sua antiga vida, fui certa vez uma das melhores amigas de sua irmã e assim por diante. O que resume meu excêntrico relacionamento com Harold é o seguinte: por mais estranho que possa parecer, sabendo o que sei agora, eu provavelmente escolheria Harold para amigo em vez de Amy, que era principalmente vidrada em rapazes com carrões e roupas de grife, e que era (Deus me perdoe por falar tão cruamente sobre os mortos, mas é verdade) uma autêntica Esnobe de Ogunquit, do jeito que só uma caloura universitária pode ser. Harold, no seu próprio jeito esquisitão, é um cara legal. Isto é, quando não concentra todas as suas energias mentais em ser um pé no saco. Mas pode-se ver que Harold jamais acreditaria que alguém pudesse considerá-lo um cara legal. Parte dele investiu *demais* em ser "quadrado". Ele está determinado a carregar todos os seus problemas junto com ele neste não-tão-admirável mundo novo. Ele também poderia tê-los enfiado dentro de sua mochila junto com aquelas barras de chocolate Payday que gostava de comer.

Ah, Harold, eu simplesmente não sei.

Coisas para recordar: o papagaio da Gillette: "Por favor, não aperte o Charmin." O batedor volante da Kool-Aid que costumava dizer: *"Ah... YEAAAHHH!"* "O Tampão O.B., criado por uma ginecologista." Palestra All-Stars. *A noite dos mortos-vivos*. Brrr! Esta última bateu bem perto de casa. Desisto.

14 de julho de 1990

Hoje, na hora do almoço, tivemos uma longa e muito séria conversa acerca desses sonhos, que talvez tenha demorado muito mais do que desejaríamos. Estávamos logo ao norte de Batavia, Nova York, por falar nisso.

Ontem, Harold sugeriu muito timidamente (para ele) que começássemos a estocar Veronal e tomássemos doses muito leves para ver se não poderíamos "romper o ciclo de sonhos", nas palavras dele. Prosseguiu com a idéia de modo que ninguém começasse a especular se alguma coisa pudesse estar errada comigo, mas planejo escamotear minha dose porque não sei o que ela poderia fazer com o Zorro (espero que ele seja só um; não sei se poderia enfrentar gêmeos).

Adotada a proposta do Veronal, Mark teve um comentário:

— Vocês sabem, coisas como essa não resistem a muito pensamento a respeito. A coisa seguinte que vocês sabem é que iremos todos pensar que somos Moisés ou José recebendo telefonemas de Deus.

— Aquele homem escuro não está ligando do céu — diz Stu. — Se é uma ligação interurbana, acho que está vindo de um lugar bem mais abaixo.

— Que é a maneira de Stu dizer que o velho capeta está atrás de nós — cantarola Fran.

— E é uma explicação tão boa quanto qualquer outra — diz Glen. Nós todos olhamos para ele. — Bem — continua, um tanto na defensiva, acho —, se olharem para isto de um ponto de vista teológico, parece inteiramente como se fôssemos o nó num cabo-de-guerra entre o céu e o inferno, não é? Se houver quaisquer jesuítas sobreviventes da supergripe, eles devem ficar absolutamente pirados.

Isto fez Mark rir estrondosamente. Na verdade não entendi, mas mantive a boca fechada.

— Bem, acho que essa coisa toda é ridícula — disse Harold. — Vocês estarão contornando Edgar Cayce e a transmigração de almas antes que saibamos disso.

Ele pronunciou errado o nome *Cayce* e quando o corrigi, lançou-me o HORRÍVEL FRANZIR DE CENHO marca Harold. Ele não é do tipo que agradece quando alguém aponta suas pequenas gafes, querido diário!

— Toda vez que ocorre algo abertamente paranormal — disse Glen —, a única explicação que realmente se adequa bem e sustenta sua lógica interior é a teológica. Eis por que fenômenos psíquicos e religião sempre andaram de mãos dadas, até os seus curadores pela fé dos dias de hoje.

Harold estava resmungando, mas Glen continuou mesmo assim.

— Meu próprio sentimento interior é de que todo mundo é psíquico... e isto está tão entranhado como parte de nós que muito raramente notamos. O talento pode ser largamente preventivo, e isso também evita que seja notado.

— Por quê? — perguntei.

— Porque é um fator negativo, Fran. Algum de vocês já leu o estudo que James D. L. Staunton fez em 1958 sobre desastres ferroviários e aéreos? Foi publicado originalmente em um jornal de Sociologia, mas os tablóides vez por outra retomam o tema.

Sacudimos negativamente as cabeças.

— Deviam ler — disse ele. — James Staunton foi o que meus alunos de vinte anos atrás teriam chamado de "uma cabeça realmente boa", um sociólogo de maneiras afáveis que estudou o ocultismo como uma espécie de *hobby*. Ele escreveu diversos artigos sobre os temas combinados antes de passar para o outro lado para fazer alguma pesquisa em primeira mão.

Harold bufou, mas Stu e Mark estavam rindo. Receio que eu também.

— Conte-nos sobre os aviões e trens — diz Peri.

— Bem, Staunton compilou estatísticas sobre mais de cinqüenta desastres aéreos desde 1925, e de sobre mais de duzentos desastres de trem desde 1900. Pôs todos os dados num computador. Basicamente, estava correlacionando três fatores: aqueles presentes em qualquer de tais meios de transporte que sofreu desastre, a quantidade de mortos e a *capacidade* do veículo.

— Não vejo o que ele estivesse tentando provar — disse Stu.

— Para ver isto, você tem de entender que ele arquivou uma segunda série de dados no computador, desta vez um número igual de aviões e trens que *não* sofreram desastre.

Mark assentiu.

— Um grupo controle e um grupo experimental. Parece ter bastante solidez.

— O que ele descobriu foi bastante simples, mas vacilante em suas implicações. É uma vergonha vacilar através de 16 tabelas para obter o fato estatístico subjacente.

— Que fato? — perguntei.

— Aviões e trens lotados raramente sofrem acidente — disse Glen.

— Ah, isso é uma tremenda *BABAQUICE*! — Harold esteve a ponto de gritar.

— De modo algum — diz Glen calmamente. — Esta era a teoria de Staunton, e o computador a confirmou. Nos casos em que aviões e trens sofrem desastre, os veículos estão trafegando com 61% da sua capacidade, em relação a cargas de passageiros. Nos casos em que não sofrem desastre, os veículos estão trafegando com 76% da capacidade. É uma diferença de 15%, e este tipo de divergência global é *significativo*. Staunton assinala que, estatisticamente falando, uma divergência de 3% daria o que pensar, e ele está certo. É uma anomalia do tamanho do Texas. A dedução de Staunton era de que as pessoas *sabem* que aviões e trens vão sofrer desastre... elas estão inconscientemente prevendo o futuro.

"Sua tia Sally tem uma azia estomacal logo antes de o vôo 61 decolar de Chicago para San Diego. E quando o avião se espatifa no deserto de Nevada, todos dizem: 'Ah, tia Sally, aquela azia foi realmente um aviso de Deus.' Mas até James Staunton aparecer, ninguém percebera que houve realmente *trinta* pessoas com azia, dor de barriga ou enxaqueca... ou simplesmente aquela sensação engraçada que você tem nas pernas quando seu corpo está tentando dizer à cabeça que alguma coisa está ficando pronta para dar errado."

— Não acredito nisso — diz Harold, sacudindo a cabeça um tanto pesarosamente.

— Bem, fique sabendo — disse Glen —, cerca de uma semana depois que li o artigo de Staunton pela primeira vez, um jato da Majestic Airlines se espatifou no Aeroporto Logan, matando todos a bordo. Bem, liguei para os escritórios da Majestic em Logan após as coisas se acalmarem um pouco. Disse-lhes que era um repórter do *Union-Leader* de Manchester... uma pequena mentira por uma boa causa. Disse que estávamos preparando uma matéria sobre desastres aéreos e perguntei se poderiam me dizer quantos desistentes houvera naquele vôo. O homem que me atendia ficou um tanto surpreso, porque disse que o pessoal da Majestic estivera falando sobre isso. O número foi de 16. Dezesseis desistentes. Perguntei-lhe qual era a média em vôos 747 de Denver para Boston, e ele disse que era de três.

— Três — disse Perion, pasma.

— Certo. Mas o cara foi além. Disse que também tiveram 15 *cancelamentos*, e o número médio é de oito. Portanto, embora as manchetes após o desastre gritassem DESASTRE AÉREO EM LOGAN MATA 94, poderiam também dizer que 31 EVITAM A MORTE NO ACIDENTE DO AEROPORTO LOGAN.

Bem... houve um bocado mais de conversa a respeito de psiquismo, mas isto se afastava muito do tema de *nossos* sonhos e se eles vinham ou não do Grande Justo lá no céu. Uma coisa que veio à tona (isto foi depois de Harold ter se afastado do grupo, para lá de chateado) foi Stu perguntando a Glen:

— Se todos nós somos tão psíquicos, então como é que não sabemos quando um ente querido acabou de morrer ou que nossa casa simplesmente desabou num tornado, ou algo assim?

— Há casos de coisas exatamente deste tipo — disse Glen —, mas admitirei que estão em algum lugar tão perto do comum... quanto tão fácil de provar com a ajuda de um computador. Este é um ponto interessante. Tenho uma teoria...

(Não é que ele sempre tem, diário?)

— ... que tem a ver com a evolução. Vejam bem, uma vez os homens... ou seus antepassados... tinham rabos e pêlos por todo o corpo, e sentidos muito mais aguçados do que agora. Por que não os temos mais? Rápido, Stu! Esta é a sua chance de ser o primeiro da turma, com barrete de formatura e tudo!

— Ora, pela mesma razão por que as pessoas não usam mais óculos de proteção para vento e poeira quando dirigem, acho. Às vezes você amadurece uma coisa. Ela chega até um ponto em que você não precisa mais dela.

— Exatamente. E de que vale ter um sentido psíquico que é inútil de qualquer modo? Que bem material faria você estar trabalhando no escritório e de repente saber que sua esposa morreu numa colisão de carros ao voltar do mercado? Alguém vai telefonar para você e lhe contar, certo? Esse sentido pode ter se atrofiado muito tempo atrás, se é que algum dia o tivemos. Pode ter ido embora do mesmo jeito que nossos rabos e pêlos.

"O que me interessa em relação a esses sonhos", continuou, "é que parecem pressagiar uma luta futura. Parecemos estar obtendo retratos obscuros de um protagonista... e de um antagonista. Um adversário, se preferirem. Se assim é, isso pode ser como olhar para um avião no qual fomos programados para voar... e ter uma dor de barriga. Foram-nos concedidos os meios que ajudam a formar nosso próprio futuro, talvez. Uma espécie de livre-arbítrio quadridimensional: uma chance de escolher os eventos com antecedência."

— Mas não sabemos o que os sonhos *significam* — repliquei.

— Não, não sabemos. Mas podemos saber. Não sei se uma pequena sensação de capacidade psíquica significa que somos divinos; há uma infinidade de pessoas que podem aceitar o milagre da visão sem acreditar que a visão prova a existência de Deus, e sou uma delas. Mas acredito que esses sonhos são uma força construtiva apesar de sua capacidade de nos assustar. Estou tendo segundos pensamentos em relação ao Veronal, como conseqüência. Tomá-lo é muito parecido com engolir Pepto-Bismol para aquietar a dor de barriga e depois embarcar no avião de qualquer modo.

Coisas para recordar: recessão, escassez, o protótipo Ford Growler que podia rodar quase 100 quilômetros na estrada com um único galão de gasolina. O carro prodígio. Isso é tudo; paro aqui. Se não encurtar minhas anotações, este diário será tão longo quanto *E o Vento Levou* antes mesmo que o Zorro chegue (embora não, por favor, num cavalo branco chamado Silver). Ah, sim, mais uma coisa a relembrar. Edgar Cayce. Não pode esquecê-lo. Ele supostamente via o futuro em seus sonhos.

16 de julho de 1990

Só duas anotações, ambas relacionadas aos sonhos (ver anotação de dois dias atrás). Primeiro, Glen Bateman ficou muito pálido e silencioso por estes dois últimos dias, e esta noite eu o vi tomar uma dose extragrande de Veronal. Desconfio que ele pulou as duas últimas doses e o resultado foi algum pesadelo MUITO ruim. Isto me preocupa. Gostaria de saber um meio de abordá-lo, mas não consigo pensar em nenhum.

Em segundo lugar, meus próprios sonhos. Nada na noite anterior à última (a noite anterior à nossa discussão); dormi como um bebê e não consigo me lembrar de nada. Na noite passada sonhei com a velha pela primeira vez. Nada a acrescentar além do que já tinha sido dito, exceto que ela parece exsudar uma aura de SIMPATIA, de BONDADE. Acho que posso entender por que Stu estava tão determinado a seguir para Nebraska mesmo diante do sarcasmo de Harold. Acordei esta manhã completamente refrescada, achando que se pudéssemos simplesmente nos juntar àquela velha, Mãe Abagail, tudo ficaria bem. Espero que ela esteja realmente lá. (Aliás, estou quase inteiramente certa de que o nome da cidade é Hemingford Home.)

 Coisas para recordar: Mãe Abagail!

Capítulo Quarenta e Sete

QUANDO ACONTECEU, ACONTECEU RÁPIDO.

Era por volta de 10h15 de 30 de julho, e eles estavam na estrada há apenas uma hora. O progresso era lento porque houvera chuvas pesadas na noite anterior e a estrada ainda estava escorregadia. Os quatro pouco haviam conversado desde a manhã da véspera, quando Stu acordara primeiro Frannie, depois Harold e Glen, para contar-lhes sobre o suicídio de Perion. Ele estava se culpando, pensou Fran, infeliz, culpando-se por alguma coisa que era tanto sua culpa quanto uma tempestade teria sido.

Ela teria gostado de dizer-lhe isto, em parte porque ele precisava ser repreendido por sua auto-indulgência e em parte porque o amava. Este último era um fato que ela não podia mais esconder de si mesma. Ela achava-se capaz de convencê-lo de que a morte de Peri não foi por culpa dele... mas o convencimento incluiria mostrar-lhe o que eram seus próprios sentimentos verdadeiros. Ela achava que teria de pregar seu coração na manga, de modo que ele pudesse vê-lo. Infelizmente, Harold também seria capaz de ver. Portanto, isto estava fora... mas somente por enquanto. Achava que teria de fazer isto em breve, com ou sem Harold. Ela poderia apenas resguardá-lo por enquanto. Depois ele teria de saber... e aceitar ou não aceitar. Receava que Harold pudesse escolher a segunda opção. Uma decisão como essa poderia levar a alguma coisa horrível. Eles estavam, afinal, carregando um bocado de armas de fogo.

Ela remoía esses pensamentos quando dobraram uma curva e viram um enorme *trailer* de cavalos capotado no meio da estrada, bloqueando-a de um lado a outro. Sua lateral corrugada cor-de-rosa ainda reluzia com a chuva da última noite. Isto era bastante surpreendente, porém havia mais — três carros, todos caminhonetes, e um grande caminhão-guincho estavam estacionados ao longo dos dois lados da estrada. Havia pessoas paradas em torno, pelo menos umas dez.

Fran ficou tão surpresa que freou subitamente demais. A Honda que pilotava derrapou sobre a pista molhada e quase a arremessou antes que fosse capaz de recuperar o controle. Então, os quatro haviam parado, mais ou menos numa linha que cruzava a estrada, piscando, e mais do que um pouco atônitos à visão de tantas pessoas ainda vivas.

— Muito bem, desmontem — disse um dos homens. Era alto, de barba ruiva, e usava óculos de sol. Fran viajou no tempo por um momento no interior de sua mente, de volta à praça de pedágio do Maine e sendo parada por um patrulheiro estadual por excesso de velocidade.

Em seguida ele pedirá para ver nossas carteiras de habilitação, pensou. Mas este não era nenhum patrulheiro estadual solitário, multando os infratores e preenchendo talões de multa. Havia quatro homens ali, três deles de pé atrás do homem barbudo numa curta linha de atiradores. O resto do grupo compunha-se de mulheres. Elas pareciam pálidas e assustadas, reunidas em pequenos grupos em torno das caminhonetes estacionadas.

O barbudo portava uma pistola. Os homens atrás dele estavam armados de fuzis. Dois deles usavam acessórios e peças de equipamento militar.

— *Desmontem*, porra — repetiu o barbudo. Um dos homens atrás dele inseriu um cartucho na culatra de seu fuzil. Foi um som alto e intensamente imperioso no ar nevoento da manhã.

Glen e Harold pareciam intrigados e apreensivos. Isto, e nada mais. *Eles eram alvos fáceis*, pensou Frannie em pânico crescente. Ela própria ainda não entendia plenamente a situação, mas sabia que a equação aqui estava toda errada. *Quatro homens, oito mulheres*, disse seu cérebro e depois o repetiu, mais alto, em tons de alarme: *Quatro homens! Oito mulheres!*

— Harold — disse Stu em voz baixa. Alguma coisa tinha subido aos seus olhos. Alguma percepção. — Harold, não... — E então tudo aconteceu.

O rifle de Stu estava pendurado em suas costas. Ele abaixou um ombro de modo que a tira deslizasse até seu braço, e então teve o rifle empunhado.

— Não faça isso! — gritou furiosamente o barbudo. — Garvey! Virge! Ronnie! Peguem eles! Poupem a mulher!

Harold começou a procurar suas pistolas, a princípio esquecendo que ainda estavam presas com tiras nos coldres.

Glen Bateman permanecia sentado atrás de Harold em atônita surpresa.

— *Harold!* — gritou de novo Stu.

Frannie começou a tirar da tipóia o próprio rifle. Sentia como se o ar em volta dela tivesse sido envolvido de repente em melaço invisível, uma substância melosa que ela nunca seria capaz de romper a tempo. Deu-se conta de que provavelmente iriam morrer aqui.

Uma das garotas gritou:

— *AGORA!*

O olhar de Frannie girou para esta garota mesmo enquanto continuava a pelejar com seu rifle. Não realmente uma garota; tinha pelo menos 25 anos. Seu cabelo, de um louro-acinzentado, cobria sua cabeça num capacete enraivecido, como se recentemente o tivesse tosquiado com tesoura de aparar folhagem.

Nem todas as mulheres se moveram. Algumas pareciam estar quase catatônicas de pavor. Mas a garota loura e três das outras agiram.

Tudo isto aconteceu no espaço de sete segundos.

O homem barbudo estivera apontando sua pistola para Stu. Quando a jovem loura gritou: "*Agora!*", o cano oscilou levemente na direção dela, como uma vareta de rabdomante procurando água. A pistola disparou, produzindo um som alto parecido com uma peça de aço perfurando papelão. Stu caiu da moto e Frannie gritou seu nome.

Então Stu se ergueu apoiado nos cotovelos (ambos arranhados ao se chocar com a estrada, e a Honda estava caída em cima de uma de suas pernas) e abriu fogo. O barbudo pareceu dançar para trás como um sapateador de *vaudeville* deixando o palco após seu bis. A camisa xadrez desbotada que estava usando se estufou e cresceu. Sua pistola automática voou na direção do céu e aquele som de aço-atravessando-papelão aconteceu mais quatro vezes. Ele caiu de costas.

Dois dos três homens atrás dele tinham se virado ao grito da mulher loura. Um deles apertou os dois gatilhos da arma que estava segurando, uma obsoleta Remington calibre 12. A coronha da arma não estava apoiada contra nada — ele a segurava ao lado do quadril direito —, e quando a espingarda disparou com um som parecido com um trovão num cômodo pequeno, voou de suas mãos para trás, rasgando a pele dos seus dedos neste movimento. Foi se estatelar na estrada. O rosto de uma das mulheres que não reagiram ao grito da loura dissolveu-se num furor inacreditável de sangue. Por um momento, Frannie pôde ouvir realmente o sangue respingando no asfalto, como se caindo de um chuveiro improvisado. Um olho espiou incólume através da máscara de sangue que essa mulher agora usava. Estava aturdido e impenetrável. Depois a mulher caiu para a frente na estrada. A caminhonete atrás dela estava salpicada de chumbo grosso. Uma das janelas era uma catarata de rachaduras leitosas.

A garota loura atracou-se com o segundo homem que tinha se virado em sua direção. O fuzil que o homem empunhava ficou entre seus corpos. Uma das garotas disputava a espingarda perdida.

O terceiro homem, que não tinha se virado em direção às mulheres, começou a atirar em Fran. Ela sentava-se enganchada na sua moto, o rifle empunhado, piscando estupidamente para ele. O homem tinha pele azeitonada, parecendo italiano. Ela sentiu a bala passar rente à têmpora esquerda.

Harold finalmente conseguira sacar uma das pistolas. Ergueu-a e disparou no homem de pele azeitonada. A distância era de uns 15 passos. Ele errou. Um buraco de bala apareceu na lataria do *trailer* cor-de-rosa logo à esquerda da cabeça do homem de pele azeitonada. Ele olhou para Harold e disse:

— Agora eu te mato, filho-da-puta!

— *Não faça isso!* — gritou Harold. Ele deixou cair a pistola e exibiu as mãos abertas.

O homem disparou três vezes em Harold. Errou todos. O terceiro tiro chegou bem perto de causar dano; a bala foi silvar no cano de descarga da Yamaha de Harold. A moto caiu, cuspindo fora Harold e Glen.

Vinte segundos já tinham se passado. Harold e Stu jaziam estendidos. Glen sentava-se de pernas cruzadas na estrada, parecendo não saber exatamente onde se encontrava ou o que estava ocorrendo. Frannie tentava desesperadamente atirar contra o homem de pele azeitonada antes que ele pudesse balear Harold ou Stu, mas sua arma negou fogo, o gatilho nem sequer recuou, porque ela esquecera de puxar a trava de segurança. A mulher loura continuava a lutar com o segundo homem, e a mulher que fora recuperar a espingarda caída estava agora disputando com outra mulher a posse da arma.

Praguejando numa língua que era indubitavelmente italiano, o homem de pele azeitonada mirou de novo em Harold. Então Stu disparou e a testa do italiano se esfacelou, e ele caiu como um saco de batatas.

Outra mulher havia se juntado à briga pela posse da espingarda. O homem que a havia perdido tentava impedi-la. A mulher meteu a mão entre as pernas dele e apertou-lhe os bagos. Fran viu os tendões do jarrete dela estalarem do antebraço até o cotovelo. O homem gritou e perdeu o interesse pela espingarda. Agarrou suas partes íntimas, tropeçou e caiu.

Harold rastejou até onde sua pistola jazia caída na estrada e arrebatou-a. Ergueu a pistola e atirou no homem que agarrava as partes íntimas. Disparou três vezes e errou todas.

É que nem Bonnie & Clyde, pensou Frannie. *Meu Deus, há sangue por toda parte!*

A mulher loura com o cabelo emaranhado havia perdido a luta pela posse do fuzil do segundo homem. Ele conseguiu se livrar dela e chutou-a, talvez visando seu estômago, atingindo-a em vez disso na coxa com sua pesada bota. Ela recuou velozmente, agitando os braços para manter o equilíbrio, e pousou nas próprias nádegas com um estalo molhado.

Agora ele irá atirar nela, pensou Frannie, mas o segundo homem rodopiou como um soldado bêbado fazendo meia-volta, volver, e começou a atirar rapidamente no grupo de três mulheres encolhidas contra a lateral da caminhonete.

— *Yaaah!* Suas putas! — gritou esse homem. — *Yaaah!* Suas putas!

Uma das mulheres caiu e começou a se agitar no asfalto entre a caminhonete e o *trailer* tombado como um peixe harpoado. As duas outras correram. Stu disparou no atirador e errou. O segundo homem disparou em uma das mulheres em fuga e acertou. Ela lançou os braços para o céu e desabou. A outra girou para a esquerda e correu para trás do *trailer* cor-de-rosa.

O terceiro homem, o que havia perdido e falhado em recuperar a espingarda, ainda cambaleava e segurava os testículos. Uma das mulheres apontou-lhe a espingarda e acionou os dois gatilhos, seus olhos semicerrados e a boca careteando em antecipação ao trovão que viria. O trovão não veio. A espingarda estava sem munição. Ela então segurou a arma pelos dois canos e baixou a coronha num arco vigoroso. Não lhe acertou a cabeça, mas atingiu o lugar onde o pescoço do homem se juntava ao ombro direito. Ele caiu de joelhos. Começou a rastejar. A mulher, que usava uma suéter de malha azul com a inscrição KENT STATE UNIVERSITY e *jeans* esfarrapados, foi atrás dele, golpeando-o com a espingarda. O homem continuava a rastejar, o sangue agora escorrendo dele em torrentes. E a mulher com a suéter universitária continuou a golpeá-lo.

— *Yaaah*, suas putas! — gritava o segundo homem. Ele disparou contra uma mulher de meia-idade que sussurrava, aturdida. A distância entre o cano da arma e a mulher era no máximo de 90 centímetros; ela podia quase esticar o braço e tampar o cano com seu dedo rosado. Ele errou. Apertou o gatilho de novo, mas dessa vez o fuzil estava descarregado.

Harold agora segurava sua pistola com as duas mãos, como via os tiras fazendo nos filmes. Puxou o gatilho e sua bala despedaçou o cotovelo do segundo homem. Ele largou o fuzil e começou a dançar pra cima e pra baixo, emitindo uma algaravia de ruídos altos. Para Frannie, ele soava um pouco como Roger Rabbit dizendo "Por fa-favoooor!".

— Eu o peguei! — gritou Harold, extasiado. — Eu o peguei, cacete! Eu o peguei!

Frannie finalmente se lembrou da trava de segurança de seu rifle. Destravou a arma no justo momento em que Stu atirava de novo. O segundo homem caiu, agora segurando o estômago em vez das entrepernas. Continuava a gritar.

— Meu Deus, meu Deus — dizia Glen brandamente. Levou as mãos ao rosto e começou a chorar.

Harold disparou de novo. O corpo do segundo homem saltou e ele parou de gritar.

A mulher com a suéter da Kent baixou mais uma vez a coronha da espingarda e desta vez acertou solidamente a cabeça do homem que rastejava. Parecia o batedor Jim Rice acertando uma bola alta, rápida e traiçoeira. Tanto a cabeça do homem quanto a coronha de nogueira da espingarda se espatifaram.

Por um momento houve silêncio. Só se ouvia o trinar de um pássaro.

Então a garota com a suéter da Kent montou sobre o corpo do terceiro homem e deu um longo e primevo grito de triunfo que assombraria Fran Goldsmith pelo resto da sua vida.

* * *

A garota loura era Dayna Jurgens, de Xenia, Ohio. A garota com a suéter da Kent era Susan Stern. Uma terceira mulher, aquela que apertara os testículos do homem da espingarda, era Patty Kroger. As outras duas eram um pouco mais velhas. Shirley Hammet era a mais velha de todas, explicou Dayna. Não tinham conseguido saber o nome das outras duas, que pareciam ter seus trinta e poucos anos; ela estivera em estado de choque, vagueando sem rumo, quando Al, Garvey, Virge e Ronnie a pegaram na cidade de Archbold, dois dias antes.

Todo o grupo deixou a rodovia e acampou numa casa de fazenda em algum lugar logo a oeste de Colúmbia, agora na divisa com o estado de Indiana. Todas elas estavam em choque, e Fran pensou em dias posteriores que sua caminhada através do campo, desde o *trailer* cor-de-rosa tombado na praça de pedágio até a casa de fazenda, teria parecido a um eventual observador como um ecoturismo patrocinado pelo manicômio local. A relva, alta, viçosa e ainda úmida pela chuva da noite anterior, num instante ensopara suas calças. Borboletas brancas, preguiçosas no ar porque suas asas ainda estavam pesadas de orvalho, precipitavam-se na direção deles e depois afastavam-se em círculos entorpecidos e curvas em forma de oito. O sol pelejava para romper, mas ainda não o havia feito; uma nódoa brilhante iluminava debilmente uma cobertura de nuvem branca uniforme que se estendia de um horizonte a outro. Mas com ou sem cobertura de nuvem o dia já estava quente, oprimido com umidade, e o ar repleto de bandos rodopiantes de corvos e seus gritos ásperos e feios. Havia mais corvos do que gente agora, pensou Fran, aturdida. Se não tomarmos cuidado, eles irão nos bicar por toda a face da Terra. A vingança dos corvos. Eram os corvos carnívoros? Ela temia muito que fossem.

Por trás desse desfile constante de pensamentos idiotas, quase invisíveis, como o sol atrás da cobertura de nuvem liqüefeita (mas cheia de energia, como o sol estava nesta úmida e horrível manhã de 30 de julho de 1990), o tiroteio se repetia vezes sem conta em sua mente. O rosto da mulher desintegrando-se sob a rajada da espingarda. Stu caindo. O instante de puro terror em que tivera certeza de que ele estava morto. Um homem gritando *Yaaah, suas putas!*, e depois soando como Roger Rabbit quando Harold o baleou. O som de aço-atravessando-papelão da pistola do homem barbudo. O grito primitivo de vitória de Susan Stern enquanto montava no corpo do seu inimigo, cujos miolos, ainda quentes, se derramavam do seu crânio rachado.

Glen caminhava ao lado dela, o rosto fino e um tanto sardônico agora perturbado, seu cabelo grisalho esvoaçando em mechas em torno da cabeça como se numa imitação de borboletas. Ele pegou-lhe a mão e ficou dando batidinhas nela compulsivamente.

— Você não deve permitir que isto a afete — disse ele. — Esses horrores... fadados a ocorrer. A melhor proteção está nos números. A sociedade, você sabe. A sociedade é o princípio básico da arcada que chamamos de civilização, e isto é o único antídoto real para proscrição. Você deve assumir... coisas... coisas como esta... como algo de se esperar. Esta foi uma ocorrência isolada. Pense nelas como duendes. Sim! Duendes, diabretes ou algo assim. Monstros de um tipo genérico. Aceito isto. Insisto em que a verdade deve ser evidente por si mesma, uma ética socioconstitucional, se poderia dizer. Ah-ah!

Sua risada foi quase um gemido. Ela havia pontuado cada uma de suas frases elípticas com um "Sim, Glen", mas ele pareceu não ouvir. Glen parecia estar um pouco com ânsias de vômito. As borboletas batiam contra eles e depois se chocavam de novo contra suas próprias companheiras desorientadas. Estavam quase chegando à casa da fazenda. A batalha havia durado menos de um minuto. Menos de um minuto, mas ela suspeitava de que ficaria retida dentro de sua mente a pedido do público. Glen batia de leve na sua mão. Ela queria pedir-lhe para parar com aquilo, mas receava que ele chorasse se o fizesse. Ela podia agüentar isso. Não tinha certeza de agüentar se visse Glen Bateman chorar.

Stu caminhava ladeado por Harold e por Dayna Jurgens, a garota loura. Susan Stern e Patty Kroger flanqueavam a mulher catatônica sem nome que havia sido capturada em Archbold. Shirley Hammet, a mulher que estivera ao alcance à queima-roupa do homem que imitara Roger Rabbit antes de morrer, caminhava um pouco afastada à esquerda, resmungando e fazendo a captura ocasional de borboletas esvoaçantes. O grupo progredia lentamente, porém Shirley Hammet era mais lenta. Seu cabelo grisalho pendia desordenadamente sobre a face, e seus olhos aturdidos perscrutavam o mundo como camundongos assustados espiando de uma toca temporária.

Harold olhou para Stu, pouco à vontade.

— Nós acabamos com eles, não é, Stu? Ferramos com eles, chutamos os seus rabos!

— Acho que sim, Harold.

— Cara, mas tínhamos que fazer isso — disse Harold com veemência, como se Stu tivesse sugerido que as coisas deveriam ter corrido de outra maneira. — Éramos nós ou eles!

— Eles teriam estourado as cabeças de vocês — disse Dayna Jurgens baixinho. — Eu estava com dois caras quando nos atacaram. Balearam Rich e Damon de emboscada. Depois que acabou, meteram uma bala na cabeça de cada um, só para ter certeza. Vocês agiram bem, do contrário estariam mortos agora.

— Do contrário estaríamos mortos agora! — exclamou Harold para Stu.

— Tudo bem — disse Stu. — Acalme ela, Harold.

— Claro! Transpiração negativa! — disse Harold, entusiasmado. Remexeu na sua mochila, pegou uma barra de chocolate Payday e quase a deixou cair enquanto a desembrulhava. Xingou-a amargamente e começou a devorá-la, segurando-a com as duas mãos como um pirulito.

Tinham chegado à casa de fazenda. Harold ficava se apalpando furtivamente enquanto comia a barra de chocolate — querendo se certificar de que não estava ferido. Sentia-se muito mal e receava olhar para a sua virilha. Tinha quase certeza de que havia urinado nas calças pouco depois que as festividades lá junto ao *trailer* cor-de-rosa chegaram ao seu auge.

* * *

Dayna e Susan falaram sem parar durante um lanche distraído que alguns pegaram mas nenhum realmente comeu. Patty Kroger, que tinha 17 anos e era absolutamente linda, vez por outra acrescentava alguma coisa. A mulher sem nome ruminava no canto mais afastado da cozinha empoeirada. Shirley Hammet sentava-se a uma mesa, comia biscoito e resmungava.

Dayna deixara Xenia em companhia de Richard Darliss e Damon Bracknell. Quantos outros haviam sobrevivido em Xenia após a gripe? Só três que ela tivesse visto: um homem muito idoso, uma mulher e uma menininha. Dayna e seus amigos convidaram o trio a se juntar a eles, mas o velho acenou-lhes dizendo algo acerca de "ter negócios a resolver no deserto".

Por volta de 8 de julho, Dayna, Richard e Damon começaram a padecer de pesadelos acerca de um certo homem escuro. Sonhos muito assustadores. Rich tinha na verdade formado a idéia de que o homem escuro era real, disse Dayna, e que vivia na Califórnia. Ele fazia uma idéia de que esse homem, se fosse realmente um homem, era o negócio que aqueles três que encontraram tinham a resolver no deserto. Ela e Damon começaram a temer pela sanidade de Rich. Ele chamava o homem do sonho de "o incorrigível" e disse que ele estava reunindo um *exército* de incorrigíveis. Acrescentou que em breve esse exército faria uma varredura a partir do oeste e escravizaria todos os sobreviventes, primeiro na América, depois no resto do mundo. Dayna e Damon haviam começado a discutir reservadamente a possibilidade de escaparem de Rich alguma noite e começaram a crer que seus próprios sonhos eram conseqüência do poderoso delírio de Rich Darliss.

Em Williamstown, dobraram uma curva na auto-estrada para descobrir um enorme caminhão de lixo tombado no meio da pista. Havia uma caminhonete e um carro-guincho estacionados nas proximidades.

— Presumimos que fosse apenas mais uma colisão — disse Dayna, esfarelando nervosamente uma bolacha integral entre os dedos —, que era, claro, exatamente o que *deveríamos* pensar.

Saltaram de suas motos a fim de empurrá-las para contornar o caminhão de lixo, e foi então que os quatro incorrigíveis — para usar a palavra de Rich — apareceram do valão. Mataram Rich e Damon e tomaram Dayna como prisioneira. Ela foi o quarto acréscimo ao que eles às vezes chamavam de "o zôo" e outras vezes de "o harém". Um dos outros tinha sido a resmungona Shirley Hammet, que à época ainda se mostrara quase normal, embora sendo repetidamente estuprada, sodomizada e forçada a praticar felação com os quatro.

— E uma vez — continuou Dayna —, quando ela não conseguiu se segurar até chegar a hora de um deles levá-la para fazer suas necessidades no mato, Ronnie limpou sua bunda com um punhado de arame farpado. Ela teve hemorragia retal por três dias.

— Jesus Cristo — disse Stu. — Quem era esse Ronnie?

— O homem da espingarda — disse Susan Stern. — Aquele de quem rachei o crânio. Gostaria que estivesse bem aqui, deitado no chão, de modo que eu pudesse fazer tudo de novo.

O homem barbudo e usando óculos de sol elas só tinham conhecido como Doc. Ele e Virge faziam parte de um destacamento do Exército que fora enviado para Akron quando a gripe irrompeu. Sua função era de "relações com a mídia", um eufemismo militar para "eliminação da mídia". Quando essa tarefa foi inteiramente executada, eles passaram para "controle de multidão", que era um eufemismo militar para fuzilar saqueadores em fuga e enforcar aqueles que não o faziam. Por volta de 27 de junho, Doc lhes havia contado, a cadeia de comando apresentava muito mais buracos do que elos. Uma boa quantidade de seus próprios homens estava doente demais para patrulhar, mas à ocasião isto já não era tão importante, à medida que os habitantes de Akron ficavam fracos demais para ler ou escrever as notícias, sem falar em saquear bancos e joalherias.

Por volta de 30 de junho a unidade se foi — seus integrantes mortos, agonizantes ou dispersos. Doc e Virge eram os únicos dois dispersos, na verdade, e foi quando eles iniciaram suas novas vidas como guardiães de zoológico. Garvey aparecera em 1º de julho, e Ronnie no dia 3. Neste ponto eles fecharam as inscrições para o seu peculiar clubezinho.

— Mas depois de um tempo vocês os superaram em número — disse Glen.

Inesperadamente, foi Shirley Hammet quem respondeu:

— Pílulas — disse ela, olhos de camundongo encurralado fitando-os fixamente por trás da franja dos seus cabelos grisalhos. — Pílulas a cada manhã para animar, pílulas a cada noite para apagar. Altos e baixos. — Sua voz foi afundando e o final da fala mal soou audível. Ela fez uma pausa e depois recomeçou a resmungar.

Susan Stern retomou o fio da história. Ela e uma das mulheres mortas, Rachel Carmody, haviam sido capturadas em 17 de julho, nos arredores de Columbus. Nessa ocasião o grupo estava viajando em uma caravana que consistia em duas caminhonetes e o carro-guincho. Os homens usavam o carro-guincho para remover do caminho veículos batidos ou barricadas, dependendo da situação. Doc mantinha a farmácia presa ao cinto dentro de uma enorme pochete. Soníferos pesados para a hora de dormir; tranqüilizantes para viajar; estimulantes para o recreio.

— Eu levantava pela manhã, era estuprada duas ou três vezes e depois esperava Doc trazendo as pílulas — disse Susan prosaicamente. — As pílulas do dia, quero dizer. Por volta do terceiro dia, tive assaduras na minha... bem, vocês sabem, na vagina, e qualquer tipo de intercurso normal era muito doloroso. Eu costumava esperar por Ronnie, porque tudo que queria era boquete. Mas depois das pílulas a gente fica muito calma. Não sonolenta, apenas calma. As coisas não parecem ter importância depois que você se vê dependente daquelas pílulas azuis. Tudo que deseja fazer é sentar com as mãos no colo e observar o cenário passar ou sentar com as mãos no colo e vê-los usar o carro-guincho para tirar alguma coisa do caminho. Um dia Garvey ficou louco por causa de uma garota, ela não devia ter mais que 12 anos, ela não faria... bem, não vou lhe contar. Foi horrível. Portanto Garvey explodiu a cabeça dela. Eu nem me importei. Estava apenas... calma. Depois de um tempo, você quase pára de pensar em escapar. Prefere mais aquelas pílulas azuis do que a liberdade.

Dayna e Patty Kroger assentiam.

Mas eles pareciam reconhecer oito mulheres como seu limite efetivo, disse Patty. Quando a pegaram em 22 de julho, após matarem a mulher cinqüentona que estivera viajando com eles, tinham matado uma mulher muito idosa que fizera parte do "zôo" por cerca de uma semana. Quando a garota sem nome sentada na esquina foi apanhada perto de Archbold, uma garota estrábica de 16 anos tinha sido baleada e jogada numa vala.

— Doc costumava fazer piada a respeito — disse Patty. — Ele dizia: "Não passo debaixo de escadas, não cruzo o caminho de gatos pretos e não vou querer ter 13 pessoas viajando comigo."

No dia 29, eles tinham visto Stu e os outros pela primeira vez. O zôo estivera acampado numa área de piquenique afastada da rodovia quando os quatro passaram.

— Garvey estava muito a fim de você — disse Susan, acenando na direção de Frannie, que estremeceu.

Dayna inclinou-se para mais perto deles e falou suavemente.

— E deixaram bem claro o lugar de quem você ia assumir. — Meneou a cabeça quase imperceptivelmente para Shirley Hammet, que continuava resmungando e comendo bolachas integrais.

— Pobre mulher — disse Frannie.

— Foi Dayna quem decidiu que vocês poderiam ser nossa melhor chance — disse Patty. — Ou talvez nossa última chance. Havia três homens no seu grupo... tanto ela quanto Helen Roget tinham visto isso. Três homens *armados*. E Doc havia adquirido um pouco do excesso de confiança mais adolescente em relação ao truque do *trailer* tombado na estrada. Doc simplesmente agia como autoridade e os homens nos grupos que encontravam... quando *havia* homens... caíam direitinho. E eram fuzilados. Isto tinha funcionado como um encantamento.

— Dayna nos pediu para tentar escamotear nossas pílulas esta manhã — continuou Susan. — Eles também andavam meio descuidados em se certificar de que realmente as tomávamos. Além disso, sabíamos que esta manhã eles estariam ocupados em rebocar aquele *trailer* enorme até a estrada e virá-lo. Não contamos a todas. As únicas que estavam por dentro eram Dayna, Patty e Helen Roget... uma das garotas em que Ronnie atirou. E eu, claro. Helen disse: "Se eles nos pegarem tentando cuspir as pílulas na palma da mão vão nos matar." Dayna disse que nos matariam de qualquer modo, mais cedo ou mais tarde. E mais cedo só se tivéssemos sorte. Claro que sabíamos que era verdade. Portanto, assim fizemos.

— Tive que segurar a minha na boca por um bocado de tempo — disse Patty. — Estava começando a se dissolver na hora em que tive a chance de cuspi-la. — Ela olhou para Dayna. — Acho que Helen teve realmente de engolir a dela. Acho que foi por isso que estava tão lerda.

Dayna assentiu. Ela estava olhando para Stu com uma nítida calidez, o que deixou Frannie inquieta.

— Isto ainda teria funcionado se você não tivesse sacado o lance, meu camarada.

— Eu até que custei a sacar, assim parece — disse Stu. — Da próxima vez farei melhor. — Ele se levantou, foi até a janela e espiou lá fora. — Sabe, isto é metade do que me assusta — disse. — O quanto nós todos estamos sacando.

Fran gostou menos ainda da maneira simpática com que Dayna tratava Stu. Ela não tinha nenhum direito de parecer simpática depois de tudo que havia passado. *E ela é muito mais bonita do que eu, apesar de tudo*, pensou Fran. *E também duvido que ela esteja grávida.*

— Este é um mundo dos espertos, meu camarada — disse Dayna. — Ou você fica esperto ou morre.

Stu virou-se para fitá-la, na verdade vendo-a pela primeira vez. Fran sentiu uma estocada de pura agonia ciumenta. *Eu esperei demais*, pensou. *Ah, meu Deus, eu cheguei e fiz isto, cheguei e esperei demais.*

Ela por acaso relanceou para Harold e viu que ele estava sorrindo de maneira cautelosa, uma das mãos sobre a boca para ocultar o sorriso. Parecia um sorriso de alívio.

De repente sentiu que gostaria de se levantar, caminhar casualmente até Harold e arrancar-lhe os olhos com as unhas.

Nunca, Harold!, ela gritaria ao fazer. *Nunca!*

Nunca?

Do diário de Fran Goldsmith

19 de julho de 1990

Ah, Senhor, o pior aconteceu! Nos livros, pelo menos, quando isso acontece a história termina, alguma coisa *muda*, mas na vida real parece continuar cada vez mais, como uma telenovela onde nada chega a uma conclusão. Talvez eu devesse me mexer para resolver a situação, assumir um risco, mas receio que aconteça algo entre eles e. Não se pode terminar uma frase com "e", mas tenho medo de colocar o que poderia vir depois da conjunção.

Deixe-me contar-lhe tudo, querido diário, mesmo não sendo tarefa agradável escrever isso. Odeio até mesmo pensar a respeito.

Glen e Stu foram até a cidade, que por acaso é Girard, Ohio, quase ao crepúsculo, em busca de comida, de preferência produtos concentrados e congelados desidratados. São fáceis de carregar e alguns dos concentrados são realmente saborosos. Mas, na minha opinião, todos os congelados desidratados têm o mesmo gosto, isto é, de excremento seco de peru. E quando foi que já se comeu excremento seco de peru para servir como base de comparação? Não esquente a cabeça, querido diário, algumas coisas jamais serão contadas, ah-ah!

Eles perguntaram se eu e Harold queríamos ir. Respondi que já andara de moto o suficiente por um dia, caso pudessem me dispensar. Harold disse que não, pois pretendia buscar água e botá-la para ferver. Provavelmente já estava armando seus planos. Lamento fazê-lo parecer tão calculista, mas na verdade ele é.

[Uma observação aqui: estávamos todos fantasticamente fartos de água fervida, que tem gosto ruim e é TOTALMENTE DESPROVIDA de oxigênio, porém Mark e Glen diziam que as fábricas e similares não tinham estado fechadas por tempo suficiente para que os córregos e rios se purificassem espontaneamente, em especial no nordeste industrial e no que chamavam de Cinturão da Ferrugem, de modo que pudessem dispensar a fervura. Todos mantínhamos a esperança de encontrar um amplo suprimento de água mineral engarrafada mais cedo ou mais tarde, e já deveríamos ter — assim diz Harold —, mas boa parte dela parece ter desaparecido misteriosamente. Stu acha que inúmeras pessoas concluíram que era a água de torneira que fazia todos adoecerem e estocaram um bocado de água mineral antes que morressem.]

Bem, Mark e Perion estavam em algum lugar, supostamente colhendo bagas silvestres para suplementar nossa dieta, talvez fazendo algo mais — eles eram bastante reservados sobre isso e palmas para eles, eu digo — e portanto fui primeiro colher lenha para um fogo e depois acendê-lo para a chaleira de água de Harold... e muito em breve ele voltou com uma (era bastante óbvio que ficara no riacho tempo suficiente para tomar um banho e lavar o cabelo). Colocou a chaleira, ou como quer que chame aquilo, sobre o fogo. Depois se aproximou e sentou a meu lado.

Estávamos sentados num tronco, falando de uma coisa e outra, quando ele me abraçou de súbito e tentou beijar-me. Eu disse *tentou*, e reconheço que foi bem-sucedido, pelo menos da primeira vez, já que eu estava desprevenida. Depois me afastei com um repelão — em retrospecto até que parece meio engraçado, embora eu ainda esteja dolorida — e caí para trás, fora do tronco. A queda enrugou as costas de minha blusa, arranhando cerca de 1 metro de pele. Soltei um grito. Dizem que a história se repete: foi muito parecido com aquela vez com Jess no píer, quando mordi a língua... nada que seja tão agradável para servir de consolo.

Em um segundo, Harold estava de joelhos diante de mim, perguntando se eu estava bem e enrubescendo até a raiz dos cabelos lavados. Harold tenta às vezes parecer tão gélido, tão sofisticado — ele sempre me lembra um jovem escritor estafado procurando constantemente aquele especial Sad Café na Margem Ocidental, onde pode gastar o dia falando sobre Jean-Paul Sartre e bebendo vinho barato —, mas por baixo, bem coberto, é um adolescente com um conjunto muito menos maduro de fantasias. Ou assim creio. Fantasias das matinês de sábado para a maior parte: Tyrone Power em *O Capitão de Castela*, Humphrey Bogart em *Prisioneiro do Passado*, Steve McQueen em *Bullitt*. Em tempos de estresse é sempre este lado dele que parece aflorar, talvez porque tenha reprimido isto severamente quando criança, não sei. De qualquer modo, quando ele regride a Bogie, só é bem-sucedido em recordar-me aquele sujeito que representou Bogie naquele filme com Woody Allen, *Sonhos de um Sedutor*.

Assim, quando ele se ajoelhou ao meu lado e perguntou "Você está bem, garota?", comecei a dar risadinhas contidas. Não é que a história se repete mesmo? Porém foi mais do que o humor da situação, você sabe. Se isso fosse tudo, eu poderia me conter. Não, foi mais no sentido da histeria. Aqueles sonhos ruins, a preocupação com o bebê, o que fazer com meus sentimentos por Stu, viajar o dia inteiro, a rigidez no corpo, o sofrimento, a perda de meus pais, tudo mudado para sempre... isto irrompeu em risos sufocados no início, depois evoluiu para gargalhadas histéricas que eu não conseguia conter.

— Qual é a graça? — perguntou Harold, levantando-se. Acho que era esperado que eu me contivesse a esta voz tão cheia de razões, mas então eu já parara de pensar em Harold e tinha na cabeça uma louca imagem do Pato Donald. O Pato Donald bamboleando através das ruínas da civilização ocidental e grasnando furiosamente: *Qual é a graça, hã? Qual é a graça? Qual é a porra da graça?* Cobri o rosto com as mãos & simplesmente ri & solucei & ri até que Harold deve ter pensado que eu estava absolutamente pirada.

Após algum tempo, consegui parar. Enxuguei as lágrimas do rosto e quis pedir a Harold para verificar até que ponto minhas costas estavam machucadas. Mas não o fiz porque receava que ele interpretasse isso como uma LIBERDADE. Vida, liberdade e a caça a Frannie, oh-oh, não tem nada de engraçado.

— Fran — diz Harold. — Acho que é uma coisa muito difícil de dizer.

— Pois então talvez seja melhor não dizer — repliquei.

— Preciso dizer — ele responde, e comecei a perceber que não aceitaria uma negativa por resposta, a não ser que lhe fosse gritada. — Frannie — diz ele —, eu amo você.

Acho que eu sabia o tempo todo o que ele pretendia dizer. Seria mais fácil se apenas quisesse dormir comigo. O amor é mais perigoso do que apenas transar, de maneira que me vi numa sinuca. Como dizer não a Harold? Acho que só existe uma maneira, não importa a quem tenhamos de dizer.

— Eu não o amo, Harold — foi o que respondi.

O rosto dele se rachou em pedaços.

— É por causa dele, não é? — disse, e seu rosto se contorceu numa horrível careta. — É por causa de Stu Redman, não é?

— Não sei — respondi. Bem, tenho um temperamento que nem sempre consigo manter sob controle, herdado de minha mãe, imagino. Porém, no que se refere a Harold, preciso me esforçar femininamente. Ainda assim, podia senti-lo prestes a explodir.

— Eu sei. — A voz dele se tornara aguda, cheia de autocomiseração. — Eu sei, claro, no dia em que o encontramos eu já sabia. Não queria que viesse conosco porque *sabia*. E ele disse...

— O que foi que ele disse?

— Que não queria você! Que você podia ser minha!

— Simplesmente como dar a você um par de sapatos novos, certo, Harold?

Ele não respondeu, talvez percebendo que fora longe demais. Com um pouco de esforço recordei aquele dia em Fabyan. A reação instantânea de Harold a Stu foi a reação de um cachorro defendendo seu território de outro cachorro estranho que chega. Eu quase podia ver os pêlos se eriçando na nuca de Harold. Compreendi o que Stu disse: ele disse aquilo para nos tirar da categoria canina e nos recolocar na dos seres humanos. E não é que se trata realmente disso? Esta luta infernizante em que nos encontramos agora, quero dizer. Se não é isso, por que estamos nos incomodando em tentar ser decentes?

— Ninguém é dono de mim, Harold — falei.

Ele resmungou alguma coisa.

— Como disse?

— Eu disse que talvez você tenha que mudar de idéia.

Uma réplica brusca me veio à mente, mas não a deixei sair. Os olhos de Harold pareciam fitar ao longe, e seu rosto estava muito imóvel e franco. Ele disse:

— Já vi este tipo antes, pode crer, Frannie. Ele é o craque do time de futebol, mas que, quando está na sala de aula, fica o tempo todo atirando bolinhas de papel mascado e dando assobios, porque sabe que o professor irá aprová-lo, pelo menos com um C, para que ele possa continuar jogando. Ele é o cara que namora firme a chefe de torcida mais bonita e ela o considera o próprio Jesus Cristo com bala na agulha. O cara que peida quando o professor de inglês pede que você leia sua redação porque foi a melhor da classe. É isso aí, eu manjo bem esses escrotos como ele. Boa sorte.

Então ele se afastou. Não foi a GRANDIOSA E MAJESTOSA SAÍDA que pretendia, tenho quase certeza. Foi mais como se ele tivesse algum sonho secreto e eu o tivesse enchido de buracos de bala — o sonho sendo aquelas coisas que mudaram, a realidade não sendo mais nada do que tinha realmente sido. Senti-me terrivelmente mal por ele, juro por Deus, porque quando ele se retirou não estava simulando um cinismo exausto, mas sentindo um cinismo REAL, não exausto, mas aguçado & danoso como uma lâmina de faca. Ele estava fustigado. Ah, mas o que Harold nunca verá é que sua *cabeça* tem que mudar um pouco primeiro, ele precisa ver que o mundo vai permanecer o mesmo enquanto ele não mudar. Ele estoca rejeição tal como antigamente os piratas estocavam tesouros...

Bem. Agora todos estão de volta, o jantar comido, os cigarros fumados, o Veronal distribuído (o meu está no bolso em vez de dissolvendo-se no estômago), as pessoas se deitando. Harold e eu tivemos uma dolorosa confrontação que me deixou com a sensação de que nada realmente foi resolvido, exceto que ele está de olho em mim e em Stu para ver o que acontece a seguir. Isto me deixa irritada e inutilmente furiosa para escrever isto. Que direito tem ele de ficar nos observando? Que direito tem ele de complicar esta infeliz situação em que estamos?

Coisas para recordar: sinto muito, diário. Deve ser meu estado mental. Não consigo recordar coisa alguma.

* * *

Quando Frannie chegou perto dele, Stu estava sentado numa pedra, fumando um charuto. Com o salto da bota ele fizera um pequeno círculo na terra batida, que usava como cinzeiro. Olhava para oeste, onde o sol já estava se pondo. As nuvens se haviam movido o suficiente para permitir que o sol vermelho espiasse por entre elas. Embora somente no dia anterior tivessem conhecido as quatro mulheres que se integraram ao grupo, isto já parecia distante. Haviam conseguido tirar uma das caminhonetes da vala sem grande dificuldade e agora, com as motocicletas, formavam uma boa caravana enquanto se moviam para oeste através do posto de pedágio.

O cheiro do charuto de Stu fez Frannie lembrar do pai com seu cachimbo. O que lhe veio à memória foi uma tristeza que quase se dissolvia em nostalgia. Estou conseguindo superar sua perda, papai, pensou ela. Creio que você não se incomodaria.

Stu olhou em torno.

— Frannie! — exclamou com autêntico prazer. — Como está?

Ela deu de ombros.

— Vou indo aos trancos e barrancos.

— Quer um pedaço da minha pedra para apreciar o pôr do sol?

Ela juntou-se a ele, seu coração acelerando um pouco. Mas, afinal, por que outro motivo viera até ali? Sabia que direção ele tomara ao deixar o acampamento, tal como sabia que Harold, Glen e duas das moças tinham ido a Brighton procurar um rádio da faixa do cidadão (idéia de Glen em vez de Harold, para variar). Patty Kroger ficara no acampamento cuidando de suas pacientes com fadiga de combate. Shirley Hammet mostrava alguns indícios de sair de seu aturdimento, mas acordara todos eles esta manhã, gritando no sono, as mãos crispadas ferindo o ar em gestos defensivos. A outra mulher, aquela sem nome, parecia estar indo em outra direção. Ficava sentada. Só comia se fosse alimentada. Só realizava as funções fisiológicas. Não respondia a perguntas. Na verdade só voltava à vida no sono. Mesmo com uma dose pesada de Veronal, ela com freqüência gemia e às vezes berrava. Frannie achava saber com o que a pobre mulher estava sonhando.

— Parece que ainda temos muito caminho pela frente, não é? — perguntou Fran.

Ele não respondeu por um momento. Depois disse:

— É mais longo do que pensamos. Aquela velha, ela não está mais em Nebraska.

— Eu sei... — começou Frannie e se interrompeu.

Ele a olhou de relance, com um ligeiro sorriso.

— Você não esteve tomando seu remédio, madame.

— Meu segredo foi descoberto — replicou ela, sorrindo sem jeito.

— Não somos os únicos — disse Stu. — Estive falando com Dayna esta tarde. — Frannie sentiu uma pontada de ciúme, e medo, ante a familiaridade com que ele pronunciava o nome dela. — E fiquei sabendo que nem ela nem Susan quiseram tomá-lo.

Fran assentiu.

— Por que você parou? Eles o drogaram... naquele lugar?

Ele bateu as cinzas no seu cinzeiro de terra.

— Sedativos brandos à noite, isso foi tudo. Eles não tinham necessidade de me dopar. Eu estava muito bem trancado. Bem, parei de tomar o remédio três noites atrás porque me sentia... desligado. — Ele meditou por um momento, depois prosseguiu: — Foi mesmo uma boa idéia Glen e Harold irem atrás desse rádio FC. Para que serve um emissor-receptor? Para ficarmos em contato. Um amigo meu lá de Arnette, Tony Leominster, tinha um no seu Scout. Grande engenhoca! A gente pode falar com as pessoas, pode pedir socorro quando enfrenta algum problema. Esses sonhos... Bem, eles são como um FC na cabeça, só que a transmissão parece estar avariada e a gente apenas recebe.

— Talvez *estejamos* transmitindo — disse Fran baixinho.

Ele a fitou com espanto.

Ficaram sentados em silêncio por um momento. O sol espreitava por entre as nuvens, como se para dizer um rápido até breve antes de afundar além do horizonte. Fran podia compreender por que os povos primitivos veneravam o sol. À medida que a gigantesca quietude da região quase deserta acumulava-se sobre ela dia a dia, imprimindo-lhe no cérebro sua própria verdade pelo próprio peso, o sol — e também a lua, por falar nisso — começou a parecer maior e mais importante. Mais pessoal. Aquelas brilhantes naves celestes começavam a parecer como tinham sido em nossa infância.

— De qualquer modo, parei com o remédio — disse Stu. — E esta noite tornei a sonhar com aquele homem escuro. Foi o pior sonho de todos. Ele está se estabelecendo em algum lugar no deserto. Las Vegas, acho. E Frannie... acredito que ele esteja crucificando pessoas. Aqueles que lhe causam problemas.

— Ele está fazendo *o quê*?

— Foi o que sonhei. Filas de cruzes ao longo Auto-Estrada 15, feitas com vigas de celeiro e postes telefônicos. Com gente pendendo delas.

— Foi apenas um sonho — replicou ela, inquieta.

— Talvez. — Ele baforou o charuto e olhou para oeste, para as nuvens tingidas de vermelho. — No entanto, faz duas noites, pouco antes de acabarmos com aqueles maníacos que aprisionavam as mulheres, sonhei com ela... a mulher que diz chamar-se Abagail. Estava sentada na cabine de uma velha picape estacionada à margem da Auto-Estrada 76. Eu estava de pé do lado de fora, um braço apoiado na janela, conversando com ela tão naturalmente como falo com você agora. E ela diz: "Você tem que andar um pouco mais rápido, Stuart; se uma velha como eu consegue fazê-lo, um grandalhão do Texas como você também não será capaz?" — Stu riu, jogou fora o charuto e esmagou-o com o salto da bota. De maneira ausente, como se não percebesse o que fazia, pôs um braço nos ombros de Fran.

— Eles estão indo para o Colorado — disse ela.

— Ah, sim, acho que estão.

— Será que... Dayna ou Susan sonhavam com ela?

— As duas. E esta noite Susan sonhou com as cruzes. Tal como eu.

— Há muita gente com essa velha agora.

Stu concordou.

— Umas vinte pessoas, talvez mais. Você sabe, estamos passando por gente quase todos os dias. Eles apenas se escondem, esperando que nos afastemos. Têm medo de nós, mas ela... suponho que todos irão ao encontro dela. Cada um no seu momento.

— Ou então ao encontro do outro — disse Frannie.

Stu assentiu.

— É, dele. Fran, por que parou de tomar o Veronal?

Ela soltou um trêmulo suspiro e imaginou se deveria contar a Stu. Queria contar, mas temia a reação dele.

— Ninguém pode prever o que fará uma mulher — respondeu por fim.

— Ninguém — concordou ele. — Mas há meios de descobrirmos, talvez, o que estão pensando.

— O que... — começou ela, mas Stu tapou-lhe a boca com um beijo.

* * *

Ficaram deitados na relva ao final do crepúsculo. O vermelho vivo do céu cedera lugar a um púrpura mais frio enquanto faziam amor, e agora Frannie podia ver estrelas brilhando através das últimas nuvens. Viajariam com bom tempo amanhã. Com um pouco de sorte conseguiriam cruzar a maior parte do estado de Indiana.

Stu enxotou preguiçosamente um mosquito que voejava sobre seu tórax. Havia pendurado a camisa num arbusto próximo. Fran continuava de blusa, porém desabotoada. Seus seios apertavam-se contra o tecido, e ela pensou: *Estou ficando maior, apenas um pouquinho por enquanto, mas já é perceptível... pelo menos para mim.*

— Há muito tempo que venho desejando você — disse Stu sem olhar diretamente para ela. — Acho que sabia disso.

— Eu quis evitar confusões com Harold — replicou ela. — E há também uma coisa que...

— Harold ainda precisa amadurecer um bocado — disse Stu. — Mas ele tem o estofo para tornar-se um homem e tanto, se enrijecer. Você gosta dele, não?

— A palavra não é bem essa. Não existe uma palavra adequada em inglês para explicar o que sinto por Harold.

— E o que sente por mim?

Frannie olhou para ele e achou impossível dizer que o amava. Não podia dizer isto agora, embora o desejasse.

— Não — disse Stu, como se ela o houvesse contradito. — Eu só quero esclarecer as coisas. Acho que por enquanto você preferiria deixar Harold ignorando o que se passa, não é?

— Sim — disse ela, grata.

— Então tudo bem. Se formos discretos, a situação se resolverá por si mesma. Vi Harold olhando para Patty. São quase da mesma idade.

— Não sei se...

— Você sente uma dívida de gratidão para com ele, certo?

— Acho que sim. Éramos apenas nós dois quando saímos de Ogunquit, de maneira que...

— Foi pura sorte, Frannie, nada mais. Você não vai querer deixar alguém colocá-la em débito por alguma coisa que foi pura sorte.

— Suponho que sim.

— Acho que a amo — disse ele. — Não é muito fácil para mim confessar isto.

— Acho que também o amo. Porém há algo mais que...

— Eu sei.

— Você me perguntou por que parei de tomar os comprimidos. — Ela ficou remexendo na blusa, sem ousar olhar para ele. Tinha os lábios incomumente secos. — Pensei que podiam prejudicar o bebê — sussurrou.

— Prejudicar o... — Interrompeu-se. Depois a agarrou e a fez virar-se para encará-lo. — Você está *grávida*?

Ela assentiu.

— E não contou a ninguém?

— Não.

— Harold. Ele sabe?

— Ninguém a não ser você.

— Deus do céu — disse e fitou-a no rosto de uma maneira concentrada que a assustou. Ela havia imaginado uma ou duas coisas: Stu a deixaria imediatamente (como Jess sem dúvida teria feito se soubesse que ela estava grávida de outro homem) ou a abraçaria, lhe diria para não se preocupar, que ele cuidaria de tudo. Jamais esperara aquele escrutínio atônito e tão intenso, e viu-se recordando a noite em que contara a seu pai na horta. O olhar dele tinha sido muito parecido com este agora. Gostaria de ter contado a Stu qual era a sua situação antes de terem feito amor. Talvez eles sequer tivessem feito amor, afinal, mas pelo menos ele não acharia que, de algum modo, tivesse se aproveitado do fato de ela ser... como era a velha expressão? Mercadoria danificada. Estaria ele pensando isso? Ela simplesmente não sabia.

— Stu? — murmurou em voz amedrontada.

— Você não contou a ninguém — repetiu ele.

— Eu não sabia como. — Estava à beira das lágrimas agora.

— Para quando será?

— Janeiro — disse ela e as lágrimas chegaram.

Ele a abraçou e a deixou saber que tudo estava bem sem proferir uma única palavra. Não falou que ela não se preocupasse ou que ele cuidaria de tudo, mas tornou a fazer amor com ela e Frannie pensou que nunca se sentira tão feliz.

Nenhum dos dois viu Harold, tão espectral e silencioso como o próprio homem escuro, em pé atrás dos arbustos e olhando para eles. Tampouco souberam que seus olhos apertaram-se em pequenos e mortais triângulos quando Fran gritou de prazer no final, enquanto um bom orgasmo irrompia através dela.

Quando terminaram, a escuridão já era total.

Harold se esgueirara para fora dali silenciosamente.

Do diário de Fran Goldsmith

1º de agosto de 1990

Nada pude anotar a noite passada por estar tão excitada, tão feliz. Stu e eu estamos juntos.

Ele concordou que seria melhor manter em segredo o meu Zorro pelo maior tempo possível, de preferência até nos assentarmos. Se for no Colorado, tudo bem para mim. Do modo como me sinto esta noite, até as montanhas da lua seriam uma boa para mim. Estou parecendo uma colegial deslumbrada? Bem, se uma dama não pode parecer uma colegial deslumbrada no seu diário, onde é que poderia?

Mas devo dizer outra coisa antes de cair no assunto do Zorro. Tem a ver com meu "instinto maternal". *Isso* existe? Acho que sim. É provavelmente hormonal. Já faz algumas semanas que não venho sentindo o meu velho eu, mas é difícil separar as mudanças causadas por minha gravidez das mudanças causadas pelo terrível desastre que atingiu o mundo. Mas EXISTE certa sensação de ciúme ("ciúme" não é realmente a palavra exata, mas é a que mais se aproxima da palavra correta esta noite), uma sensação de que cheguei mais perto do centro do universo e de que devo proteger minha posição lá. É por isso que o Veronal parece um risco maior do que os pesadelos, embora minha mente racional acredite que o medicamento não prejudicaria o bebê, afinal — pelo menos não nos baixos níveis que os outros vinham mantendo. E suponho que esse sentimento de triunfo seja também parte do amor que sinto por Stu Redman. Sinto que estou amando, bem como comendo, por dois.

Por outro lado, devo ser rápida. Preciso de sono, não importa que sonhos possam vir. Não tínhamos feito todo o caminho através do estado de Indiana tão rápido como esperávamos — fomos atrasados por um terrível engavetamento de veículos perto do trevo de Elkhart. Boa parte dos veículos era do Exército. Havia soldados mortos. Glen, Susan Stern, Dayna e Stu recolheram o máximo de armamento que puderam, cerca de vinte fuzis, algumas granadas e — sim, meus camaradas, é verdade — um lança-foguetes. À hora em que escrevo, Stu e Harold estão tentando montar o armamento, que dispõe de 17 ou 18 foguetes. Queira Deus que não explodam junto com eles.

Por falar em Harold, devo dizer-lhe, querido diário, que ele NEM DE LEVE DESCONFIA (parece uma fala tirada de um velho filme de Bette Davis, não é?). Quando nos juntarmos ao grupo de Mãe Abagail suponho que lhe diremos; não seria justo esconder-lhe por mais tempo, haja o que houver.

Mas hoje ele está mais radiante e mais caloroso do que jamais o vi. Ele riu tanto que achei que seu rosto ia rachar! Foi ele quem sugeriu que Stu o ajudasse com aquele perigoso lança-foguete e

Mas eis que voltam agora. Terminarei depois.

* * *

Frannie dormiu pesadamente e sem sonhos. O mesmo ocorreu com todos eles, exceto Harold Lauder. Pouco depois da meia-noite, ele se levantou e caminhou cautelosamente até onde Frannie se deitara e ficou olhando-a. Não sorria agora, embora o tivesse feito o dia inteiro. Em certos momentos ele achara que o sorriso racharia seu rosto pelo meio, fazendo seu cérebro turbilhonante esguichar para fora. Sem dúvida, isso teria sido um alívio.

Ficou ali em pé olhando para ela, ouvindo o cricrilar dos grilos de verão. *Estamos agora nos dias de canícula*, pensou. Os dias de canícula, que iam de 25 de julho a 28 de agosto. Ou *dias de cão*, segundo o dicionário Webster, porque se supunha que nessa época eram mais comuns os casos de raiva canina. Olhou para Fran dormindo docemente, usando o suéter como travesseiro, a mochila ao lado dela.

Todo cão tem seu dia, Frannie.

Ajoelhou-se, ficando gelado ao ouvir os estalos nas rótulas, mas ninguém se mexeu. Desafivelou a mochila de Fran, distendeu os cordéis que a fechavam e enfiou a mão. Dirigiu o facho de uma pequena lanterna-caneta para o conteúdo da mochila. Frannie murmurou algo na profundidade de seu sono, remexeu-se, e Harold susteve a respiração. Encontrou o que queria quase no fundo, atrás de três blusas limpas e um surrado mapa rodoviário de bolso. Um caderno espiral de notas. Puxou-o para fora, abriu na primeira página e jogou a luz sobre a caligrafia apertada mas bastante legível de Frannie.

6 de julho de 1990 — Após um pouco de persuasão, o Sr. Bateman concordou em vir conosco...

Harold fechou o caderno e voltou sorrateiramente para o seu saco de dormir, levando-o consigo. Sentia-se o garotinho que fora um dia, o garotinho com poucos amigos (ele saboreara um breve período de beleza quando bebê, até mais ou menos os três anos, para desde então tornar-se uma feia e gorda piada), porém muitos inimigos, o menino que os pais deixaram mais ou menos entregue à própria sorte — os olhos deles concentravam-se em Amy, enquanto ela iniciava a longa caminhada de *Miss* América/Atlantic City, na passarela de sua vida —, o menino que se voltara para os livros como consolo, o menino que nunca era escolhido para o time de beisebol ou que sempre era preterido na Patrulha Escolar para tornar-se Long John Silver, Tarzan ou Philip Kent... o menino que se tornara essas pessoas tarde da noite, debaixo das cobertas, com uma lanterna apontada para a página impressa, os olhos dilatados de excitação, mal sentindo o cheiro dos próprios gases; esse menino agora rastejava para o fundo de seu saco de dormir, com o diário de Frannie e sua lanterna de bolso.

Quando dirigiu o facho da lanterna para a capa do caderno, houve um instante de lucidez. Por um breve momento, parte de sua mente gritou *Harold! Pare!*, tão vigorosamente que ele estremeceu de alto a baixo. E quase parou. Por um rápido momento pareceu *possível* parar, recolocar o diário onde o encontrara, desistir dela, deixar que eles seguissem seu próprio caminho antes que algo terrível e irrevogável acontecesse. Nesse momento pareceu que ele conseguira afastar a bebida amarga, despejar sua taça e tornar a enchê-la com o que quer que lhe fora reservado neste mundo. *Desista, Harold*, pediu a voz lúcida, porém talvez já fosse tarde demais.

Aos 16 anos, ele desistira de Burroughs, Stevenson e Robert Howard em favor de outras fantasias, fantasias que tanto eram amadas como odiadas — não de foguetes ou piratas, mas de garotas em pijamas de seda transparentes, ajoelhadas diante dele em almofadas de cetim, enquanto Harold o Grande se refestelava nu em seu trono, pronto para açoitá-las com chicotes de couro com pontas de castão de prata. Eram amargas fantasias, protagonizadas por todas as garotas bonitas do ginásio de Ogunquit que perambulavam de vez em quando. Esses devaneios sempre terminavam com um acúmulo expletivo em seus rins, uma explosão de fluido seminal que era mais maldição do que prazer. Então ele dormia, o esperma secando escamosamente sobre o seu ventre. Todo cão tem seu dia.

E agora eram aquelas amargas fantasias, as velhas feridas que ele amontoava à sua volta como lençóis amarelados, os velhos amigos que nunca morriam, cujos dentes nunca perdiam o fio, cuja devoção intensa jamais vacilava.

Harold virou a primeira página, apontou o facho da lanterna e começou a ler.

* * *

Pouco antes do amanhecer, recolocou o diário na mochila de Fran e tornou a afivelá-la. Não tomou precauções especiais. Se ela acordasse, pensou friamente, ele a mataria e depois fugiria. Fugir para onde? Oeste. Não pararia em Nebraska ou mesmo no Colorado. Nada disso.

Ela não acordou.

Harold voltou para o seu saco de dormir. Masturbou-se amargamente. Quando o sono chegou, foi leve. Sonhou que estava morrendo na metade de uma íngreme encosta de rochas desprendidas e montículos de paisagem lunar. Muito alto, voejando nas correntes termais da noite, abutres esperavam por ele, que lhes serviria de refeição. Não havia lua nem estrelas.

Então, um apavorante Olho vermelho se abriu no escuro; vulpino, sobrenatural. O Olho o aterrorizou, mas também atraiu.

O Olho o convidou.

Para oeste, onde as sombras estavam agora mesmo se reunindo, em sua crepuscular dança da morte.

* * *

Quando acamparam, ao pôr do sol daquele dia, estavam a oeste de Joliet, Illinois. Beberam uma caixa de cerveja, conversaram animadamente, riram. Sentiam que haviam deixado a chuva para trás, em Indiana. Todos repararam especialmente em Harold, que nunca se mostrara tão alegre.

— Sabe de uma coisa, Harold? — disse Frannie mais tarde, quando a reunião começou a dissolver-se. — Acho que nunca o vi tão animado. O que está havendo?

Ele lhe deu uma piscadela alegre.

— Todo cão tem seu dia, Fran.

Ela sorriu de volta para ele, um tanto intrigada. Mas supôs que era o Harold de sempre, sendo enigmático. Não importava. O que interessava era que as coisas finalmente começavam a entrar nos eixos.

* * *

Nessa noite, Harold começou o seu próprio diário.

Capítulo Quarenta e Oito

CHEGOU CAMBALEANDO E ARQUEJANDO ao alto da comprida e íngreme ladeira, o calor do sol cozinhando-lhe o estômago e assando-lhe o cérebro. A interestadual tremeluzia com o calor radiante refletido. Um dia ele tinha sido Donald Merwin Elbert, agora era o Homem da Lata de Lixo para todo o sempre, e contemplou a cidade lendária, Cibola, a Sete-em-Uma.

Por quanto tempo estivera viajando para oeste? Por quanto tempo desde O Garoto? Deus deveria saber; o Homem da Lata de Lixo, não. Tinha durado dias. Noites. Ah, ele se lembrava das noites!

Ficou parado, envolto em seus trapos olhando para baixo, para Cibola, a Cidade Prometida, Cidade dos Sonhos. Ele era um destroço. O pulso que havia quebrado ao pular o gradil da escada que circundava o reservatório da Cheery Oil, ainda não sarado de todo, era uma protuberância grotesca envolvida em ataduras sujas e esfiapadas. Todos os ossos dos dedos daquela mão tinham se encolhido de alguma maneira, transformando-a em uma garra de Quasímodo. O braço esquerdo era uma massa de tecido queimado do cotovelo ao ombro, em lenta cicatrização. Não estava mais supurando nem cheirava mal, porém a carne nova se apresentava sem pêlos e rosada, como a pele de uma boneca barata. Seu rosto sorridente de louco estava queimado de sol, descascando e ficando barbado, coberto de cicatrizes produzidas pelo tombo que levara da bicicleta, quando a roda dianteira se soltara do resto da estrutura. Usava uma desbotada camisa azul, marcada por crescentes círculos de manchas de suor, e calças imundas de brim. Sua mochila, que tinha sido nova não muito tempo atrás, agora assumira o estilo e a substância do dono — uma alça se rompera, Lata de Lixo a amarrara o melhor possível e agora ela lhe pendia das costas enviesadamente, como a persiana de uma casa mal-assombrada. Estava empoeirada, as dobras cheias de areia do deserto. Calçava tênis de cano longo, agora amarrados com pedaços de barbante, e deles subiam os tornozelos sem meias, arranhados e sujos de areia.

Ele contemplou a cidade, muito além e abaixo. Ergueu o rosto para o inóspito céu de cor cinza-chumbo e para o sol abrasador que o envolvia com o calor de uma fornalha.

Gritou. Foi um grito selvagem e triunfante, muito parecido com aquele que Susan Stern soltara ao rachar o crânio de Roger Rabbit com a coronha da sua própria espingarda.

Começou a executar uma dança vitoriosa, arrastando os pés na superfície quente e tremeluzente da Interestadual 15, enquanto o vento siroco do deserto soprava areia através da rodovia e os picos azuis das cordilheiras Pahranagat e Spotted serrilhavam os dentes indiferentemente contra o céu brilhante, como vinham fazendo por milênios. Do outro lado da rodovia, um Lincoln Continental e um T-Bird estavam quase sepultados na areia, seus ocupantes mumificados por trás dos vidros de segurança. Mais adiante, do lado de Lata de Lixo, havia uma picape capotada, toda coberta, com exceção das rodas e painéis da carroceria.

Ele dançou. Seus pés, enfiados nos tênis surrados e deformados, tamborilavam na auto-estrada numa espécie embriagada de jiga. A fralda esfarrapada da camisa agitava-se ao vento. O cantil chocalhava contra a mochila. As pontas esfiapadas das ataduras flutuavam ao quente hálito do vento. A pele queimada, lisa e rosada, reluzia cruamente. Veias parecendo molas de relógio se avolumavam nas suas têmporas. Agora fazia uma semana que estava na frigideira de Deus, movendo-se para sudoeste através de Utah e da parte superior do Arizona, para então entrar em Nevada. Estava tão louco quanto o chapeleiro de Alice.

Ele cantava monotonamente enquanto dançava, repetindo sempre as mesmas palavras de uma canção que tinha sido muito popular na época em que ficara internado em Terre Haute. Era uma canção chamada "Down to the Nightclub", de autoria de um grupo negro conhecido como Tower of Power. As palavras, no entanto, eram dele próprio. Cantou:

— Ci-a-bola, Ci-a-bola, bam-bam, bam-bam, *bam*! Ci-a-bola, Ci-a-bola, bam-bam, *bam*! — Cada *bam!* era seguido por um pequeno salto, até que por fim o calor fez tudo girar, o céu de um azul berrante adquiriu um cinza crepuscular e ele caiu na estrada quase desfalecido, o coração sobrecarregado batendo loucamente no peito árido. Com o resto de suas forças, balbuciando e rindo, ele arrastou-se até a picape capotada e deitou-se em sua reduzida sombra, tremendo ao calor e ofegando.

— Cibola! — grasnou. — Bam-bam-*bam*!

Tirou o cantil do ombro com a sua garra e o sacudiu. Estava quase vazio. Não importava. Beberia até a última gota e ficaria ali até o sol se pôr. Depois desceria a rodovia até Cibola, a cidade lendária, a Sete-em-Uma. Esta noite beberia das fontes perenes folheadas a ouro. Mas não até que o sol assassino se fosse. Deus era o maior incendiário de todos. Muito tempo atrás, um garoto chamado Donald Merwin Elbert havia tacado fogo no cheque de pensão da velha Sra. Semple. Esse mesmo garoto incendiara a Igreja Metodista em Powtanville, e nada restara de Donald Merwin Elbert nessa carapaça, ele tinha certamente sido cremado junto com os tanques de óleo em Gary, Indiana. Dúzias deles, e tinham voado pelos ares como uma girândola de fogos de artifício, e bem a tempo do Quatro de Julho, também. Lindo. E na esteira dessa conflagração só restara o Homem da Lata de Lixo, seu braço esquerdo um cozido rachado e em ebulição, um fogo dentro de seu corpo que jamais iria sair... pelo menos não até que seu corpo estivesse tão enegrecido como carvão.

E esta noite beberia a água de Cibola, sim, e ela teria sabor de vinho.

Ele virou o cantil e sua garganta deglutiu o que restava da água, morna e insossa, que desceu gorgolejando para o estômago. Feito isso, atirou o cantil no deserto. O suor brotava de sua testa como orvalho. Ele ficou tremendo deliciosamente com a câibra da água ingerida.

— Cibola! — murmurou. — Cibola! Estou chegando! Farei o que você quiser! Minha vida por você! Bam-bam-*bam*!

A sonolência começava a invadi-lo agora que a sede fora um pouco saciada. Estava quase dormindo quando um pensamento polar deslizou através do fundo de sua mente como a lâmina gélida de um estilete.

E se Cibola tivesse sido uma miragem?

— Não — murmurou. — Nã-nã-não.

No entanto, a simples negação não expulsou o pensamento. A lâmina espetava e sondava, mantendo o sono afastado. E se tivesse bebido sua última água, comemorando uma miragem? À sua própria maneira reconheceu sua loucura, que isto é o tipo de coisa que só uma pessoa louca faz, claro. Se houvesse sido uma miragem, morreria ali no deserto para ser jantado pelos abutres.

Por fim, incapaz de suportar por mais tempo a hedionda possibilidade, levantou-se penosamente e retornou à estrada, lutando contra as ondas de desfalecimento e náusea que queriam subjugá-lo. No sopé da colina olhou ansiosamente para a extensa e nivelada planície abaixo, pontilhada de iúcas, amarilhos e mantilhas-do-diabo. Sua respiração ficou presa na garganta e desprendeu-se num suspiro, como uma manga de tecido sobre um espigão.

Estava lá!

Cibola, tornada lenda pelo antigos, procurada por muitos, mas descoberta pelo Homem da Lata de Lixo!

Muito abaixo no deserto e circundada por montanhas azuis, ela própria azulada pela névoa da distância, suas torres e avenidas cintilando no dia do deserto. Havia palmeiras... ele podia ver palmeiras... e movimento... e *água*!

— Ah, Cibola... — cantarolou e cambaleou de volta para a sombra da picape. Estava mais distante do que parecia, ele sabia disso. Esta noite, depois que a tocha de Deus abandonasse o céu, ele iria caminhar como jamais caminhara antes. Alcançaria Cibola e seu primeiro ato seria mergulhar de cabeça na primeira fonte que encontrasse. Então encontraria *ele*, o homem que o convocara para vir aqui. O homem que o atraíra através de planícies e montanhas e, finalmente, para o deserto.

Aquele que *É* — o homem escuro, o incorrigível. Ele aguardava o Homem da Lata de Lixo em Cibola, e *dele* eram os exércitos da noite, *dele* eram os cavaleiros dos mortos de rosto pálido que irrompiam do oeste para a própria face do sol nascente. Chegariam furiosos e rindo, cheirando a suor e pólvora. Haveria gritos, mas Lata de Lixo pouco ligava para gritos; havia estupro e dominação, coisas para as quais ligava ainda menos; haveria assassinatos, mas isso era imaterial...

... e haveria um Grande Incêndio.

Isso era o que mais importava para ele. Nos sonhos o homem escuro lhe aparecia e abria os braços, de pé em um lugar alto, mostrando a Lata de Lixo um país em chamas. Cidades explodindo como bombas. Lavouras transformadas em fileiras de fogo. Os próprios rios de Chicago, Pittsburgh, Detroit e Birmingham estavam incandescentes com petróleo flutuando sobre suas águas. E o homem escuro dissera-lhe uma coisa muito simples nos seus sonhos, uma coisa que o mantivera em movimento: *Eu lhe darei um alto posto em minha artilharia. Você é o homem que quero.*

Ele virou de lado, a face e as pálpebras escoriadas, irritadas pela areia soprada pelo vento. Estivera perdendo a esperança — sim, vinha perdendo a esperança desde que a roda se desprendera de sua bicicleta. Afinal de contas, parecia que Deus, o Deus dos xerifes-matadores-de-pais, o Deus de Carley Yates, era mais forte do que o homem escuro, afinal, ao que parecia. Ainda assim, ele mantivera a fé e continuava em frente. Por fim, quando tudo indicava que iria morrer tostado naquele deserto antes mesmo de chegar a Cibola, onde o homem escuro o esperava, conseguira avistá-la, muito além e abaixo, sonhando ao sol.

— Cibola! — sussurrou e dormiu.

* * *

Tivera o primeiro daqueles sonhos em Gary, mais de um mês atrás, depois de haver queimado seu braço. Fora dormir aquela noite certo de que estava à beira da morte; ninguém podia queimar-se até aquele ponto e continuar vivo. Um refrão se repetia dentro de sua cabeça: *Viva pela tocha, morra pela tocha. Viva por ela, morra por ela.*

Suas pernas entregaram os pontos num parque de cidade pequena e ele tinha caído, seu braço esquerdo estatelado e afastado dele como uma coisa morta, a manga da camisa queimada. A dor era gigantesca, incrível. Ele jamais sonhara que existisse semelhante dor no mundo. Estivera correndo alegremente de um conjunto de tanques para o seguinte, fixando rústicos artefatos de tempo, cada um construído de um tubo de aço e uma mistura de parafina inflamável, separada de uma pequena quantidade de ácido por uma lingüeta de aço. Ele tinha enfiado esses artefatos nos canos de esgotamento no topo dos tanques. Quando o ácido corroesse o aço, a parafina entraria em ignição, o que causaria a explosão dos tanques. Ele havia planejado situar-se no lado oeste de Gary, perto da confusão de trevos que levavam a várias estradas na direção de Chicago ou Milwaukee, antes que qualquer um deles explodisse. Queria assistir ao espetáculo enquanto toda a cidade imunda fosse pelos ares numa tormenta de fogo.

Mas regulara ou construíra mal o último artefato, que se incendiara enquanto ele trabalhava na abertura da tampa do cano de esgotamento com uma chave de grifo. Houvera um ofuscante clarão branco cegante quando a parafina em combustão foi vomitada do tubo, cobrindo de fogo seu braço esquerdo. Aquilo não era nenhum envoltório indolor de fluido de isqueiro, para ser agitado no ar e depois jogado fora como um fósforo grande. Era uma agonia equivalente a enfiar o braço dentro de um vulcão.

Berrando, ele correra loucamente ao redor do topo do tanque, batendo no gradil que chegava até a cintura como um pino de boliche humano. Se o gradil não estivesse lá, ele teria mergulhado pela borda e caído de ponta-cabeça, como uma tocha caída num poço. Apenas um acaso salvou sua vida; seus pés se emaranharam um no outro e ele caiu com o braço esquerdo preso debaixo do corpo, apagando as chamas.

Sentou-se, ainda semi-enlouquecido de dor. Mais tarde pensaria que somente a pura sorte — ou o desígnio do homem escuro — o salvara de morrer queimado. A maioria do jato de parafina tinha errado o alvo. Por isso ele estava agradecido — mas seu agradecimento veio mais tarde. Na hora só pôde gritar e rolar de um lado para outro, mantendo o braço crispado afastado do corpo, enquanto a pele fumegava, rachava e se contraía.

Vagamente, enquanto a luz se desvanecia do céu, ocorreu-lhe que já havia instalado uma dúzia de artefatos de tempo, que entrariam em ação a qualquer momento. Morrer e livrar-se daquele sofrimento intenso seria maravilhoso; morrer devorado pelas chamas seria o horror absoluto.

De algum modo arrastara-se até a base do tanque e se afastara cambaleando, indo de um lado para outro entre o tráfego morto, mantendo o braço esquerdo "churrasqueado" afastado do corpo.

Quando chegou a um pequeno parque, perto do centro da cidade, já era crepúsculo. Sentou-se na grama entre duas quadras para jogo de amarelinha, tentando pensar no que fazer em relação às queimaduras. Passe manteiga nelas, era o que teria dito a mãe de Donald Merwin Elbert. Mas isto era para pele escaldada ou quando o *bacon* fritando espirrava muito alto e salpicava a gente com gordura quente. Ele não conseguia se imaginar passando manteiga em cima da mixórdia rachada e enegrecida entre seu cotovelo e ombro; nem sequer podia imaginar-se tocando-a.

Mate-se. Era isto, esta era a solução. Ele mesmo acabaria com seu sofrimento, como um cachorro velho...

Houve uma súbita e gigantesca explosão no lado leste da cidade, como se o tecido de sua existência tivesse sido rasgado ao meio bruscamente. Um pilar líquido de fogo disparou para cima contra o crescente azul-índigo do crepúsculo. Ele apertou os olhos até lacrimejarem, em fendas de protesto contra isso.

Mesmo em sua agonia, o fogo lhe foi agradável... mais ainda, deixou-o deliciado, realizado. O fogo era o melhor remédio, melhor ainda do que a morfina que encontrara no dia seguinte (pelo seu bom comportamento na prisão ele havia trabalhado na enfermaria, bem como na biblioteca e na oficina mecânica, de modo que tinha conhecimento sobre morfina, Elavil e o Complexo Darvon). Não relacionou sua presente agonia com o pilar de fogo. Sabia apenas que o fogo era bom, o fogo era lindo, o fogo era algo de que necessitava e sempre necessitaria. Maravilhoso fogo!

Momentos depois, explodiu um segundo tanque, e mesmo ali, a 5 quilômetros de distância, podia sentir o calor e o deslocamento de ar. Outro tanque explodiu, depois mais um. Uma leve pausa, e então seis deles foram pelos ares em uma fileira chocalhante; a claridade lá era agora ofuscante demais para olhar, mas ele olhou assim mesmo, sorrindo, os olhos repletos de chamas amarelas, o braço ferido esquecido e esquecidos os pensamentos suicidas.

Todos eles levaram mais de duas horas explodindo e, a esta altura, a noite já caíra mas não havia escuridão, a noite era amarela e alaranjada, fabricante de chamas. Todo o arco oriental do horizonte dançava em fogo. Fez com que se lembrasse de um gibi de clássicos ilustrados que tivera na infância, uma adaptação de *A Guerra dos Mundos*, de H. G. Wells. Agora, tantos anos depois, o garoto que possuíra esse gibi se fora, mas o Homem da Lata de Lixo estava aqui e era dono do maravilhoso e terrível segredo do raio da morte dos marcianos.

Era hora de deixar o parque. A temperatura já subira 10°. Devia seguir para oeste, ficar adiante do fogo tal como fizera em Powtanville, distanciando-se do expansivo arco de destruição. Contudo, não estava em condições de correr. Assim, adormeceu sobre a grama e o brilho do fogaréu dançou sobre o rosto de uma criança cansada e maltratada.

No seu sonho apareceu o homem escuro no seu manto encapuzado, o rosto invisível... ainda assim, o Homem da Lata de Lixo achou que já tinha visto esse homem antes. Quando os fregueses da loja de doces e do bar lá em Powtanville o apupavam, parecia que esse homem encontrava-se entre eles, silencioso e pensativo. Quando trabalhava no lava-jato (ensaboar os faróis, abaixar os limpadores de pára-brisa, ensaboar os quebra-ventos, ei, chefe, quer que dê um polimento nisso?), usando a luva de esponja na mão direita até a mão dentro dela ficar parecendo um pálido peixe morto, as unhas tão brancas como marfim novo, tinha a sensação de ter visto o rosto desse homem, belicoso e sorrindo com alegria lunática por trás da gorgolejante camada de água rolando pelo pára-brisa abaixo. Quando o xerife o enviou para o hospício em Terre Haute, esse homem era o sorridente auxiliar de psiquiatria, em pé e com o rosto acima de sua cabeça na sala onde aplicavam os choques, as mãos sobre os controles (*Vou fritar seu cérebro, garoto, ajudá-lo de modo que possa passar de Donald Merwin Elbert para o Homem da Lata de Lixo, gostaria de um polimento nisso?*), pronto para mil volts crepitando para dentro de seu cérebro. Ele conhecia muito bem esse homem escuro, com um rosto que nunca podia se ver inteiramente, as mãos hábeis no manuseio de todos os instrumentos num convés de espostejar baleias, os olhos além das chamas, o sorriso do além-túmulo do mundo.

— Farei o que você quiser — disse no sonho, agradecido. — Darei a vida por você!

O homem escuro erguera os braços dentro das vestes, dando ao seu manto o formato de uma pipa negra. Estavam em lugar muito alto e, abaixo deles, a América jazia em chamas.

Eu lhe darei um alto posto em minha artilharia. Você é o homem que quero.

Então ele viu um exército de 10 mil homens e mulheres, refugos de todo tipo, seguindo através do deserto para as montanhas, a besta brutal de um exército que vira finalmente que sua hora era chegada; eles lotavam caminhões, jipes, utilitários, *trailers* e tanques; cada um daqueles soldados usava uma pedra negra pendurada ao pescoço e, incrustada em algumas dessas pedras, havia uma forma vermelha que tanto podia ser um Olho quanto uma Chave. E na vanguarda, no alto de um gigantesco caminhão-tanque com pneus macios, ele viu a si mesmo e sabia que o veículo estava carregado de *napalm* gelatinoso... e atrás dele, em coluna, vinham caminhões carregados com bombas de pressão, minas Teller e explosivos plásticos; lança-chamas e foguetes de sinalização; mísseis rastreadores térmicos; granadas, metralhadoras e rampas para lançamento de foguetes. A dança da morte estava prestes a começar, e as cordas de violinos e guitarras estavam fumegando, e o odor de enxofre e cordite enchia o ar.

O homem escuro tornou a erguer os braços e quando os deixou cair tudo ficou frio e silencioso, o incêndio se foi, até mesmo as cinzas esfriaram, e por apenas um momento ele foi apenas Donald Merwin Elbert de novo, pequeno, temeroso e confuso. Por somente este momento, desconfiou de que não passava de mais um peão no enorme jogo de xadrez do homem escuro, que ele havia sido logrado.

Depois viu que o rosto do homem escuro não estava mais inteiramente escondido; duas brasas vermelhas de carvão ardiam nos poços afundados onde deveriam estar seus olhos, e iluminavam um nariz tão fino como uma lâmina.

— Farei tudo que você quiser — disse Lata de Lixo, agradecido no sonho. — Darei minha vida por você! Minha alma por você!

— Eu o designarei para incendiar — disse gravemente o homem escuro. — Você precisa vir a minha cidade, e lá tudo será explicado.

— Onde? Onde? — Ele estava agoniado de esperança e expectativa.

— No oeste — disse o homem escuro, se desvanecendo. — No oeste, além das montanhas.

Ele acordou então, mas ainda era noite, e a noite ainda brilhava. As chamas estavam mais próximas. O calor era sufocante. Casas estavam explodindo. As estrelas tinham desaparecido, encobertas por uma espessa nuvem de combustível queimado. Começara uma fina nuvem fuliginosa. Os quadros do jogo de amarelinha estavam cobertos de neve negra.

Agora que ele tinha um objetivo, descobriu que podia caminhar. Manquejou para oeste e, de tempos em tempos, via outras pessoas abandonando Gary, olhando para a conflagração por sobre os ombros. Tolos, pensou Lata de Lixo, quase afetuosamente. No devido tempo vocês vão arder. Eles mal o notaram; achavam que não passava de outro sobrevivente. Desapareceram na fumaça e algum tempo após o amanhecer o Homem da Lata de Lixo manquejou através da divisa do estado de Illinois. Chicago estava ao norte dele, Joliet a sudoeste, o fogo perdido no seu próprio horizonte obscurecido pela fumaça lá atrás. Aquele tinha sido o amanhecer de 2 de julho.

Ele havia esquecido seus sonhos de incendiar Chicago até o solo — seus sonhos de mais reservatórios de combustível e trens de carga cheios de gás de baixa pressão, parados em desvios ferroviários e de cortiços construídos de troncos secos. Ele não ligava a mínima para a Cidade dos Ventos. Nessa tarde invadiu o consultório de um médico em Chicago Heights e roubou uma caixa de morfina. A morfina arrefeceu um pouco a dor, porém tinha um efeito colateral mais importante: fazia-o se preocupar menos com a dor que *sentia.*

Pegou um enorme pote de vaselina numa drogaria e usou-a no braço queimado com uma camada de 2 centímetros de espessura. Sentia uma sede terrível; parecia querer beber água a todo instante. Fantasias do homem escuro iam e vinham em sua mente como moscas-varejeiras. Quando desmoronou, ao crepúsculo, já começara a pensar que a cidade indicada pelo homem escuro devia ser Cibola, a Sete-em-Uma, a Cidade Prometida.

Nessa noite o homem escuro voltou a aparecer-lhe em sonho e, com uma risadinha sardônica, confirmou que era isso mesmo.

* * *

O Homem da Lata de Lixo despertou dessas confusas lembranças de sonhos para o frio tiritante do deserto. No deserto era sempre gelo ou fogo — não havia meio-termo.

Gemendo um pouco, ele se levantou, encolhendo-se o mais que podia. No alto, 1 trilhão de estrelas cintilavam, quase parecendo ao alcance dos dedos, banhando o deserto com sua fria luz espectral.

Caminhou de volta à estrada, careteando ante a sensibilidade de sua pele tenra e seus muitos padecimentos e dores. Agora pouco importavam para ele. Fez uma pausa momentânea olhando para a cidade ao longe, sonhando na noite (havia pequenas fagulhas de luz aqui e ali, como fogueiras elétricas de acampamento). Então começou a caminhar.

* * *

Quando a aurora começou a tingir o céu, horas mais tarde, Cibola parecia quase tão distante como quando a vira pela primeira vez, do alto da elevação. Ele bebera tolamente toda a sua água, esquecendo como as coisas pareciam aumentar de tamanho naquele lugar. Não ousava caminhar muito depois de o sol nascer, por causa da desidratação. Teria que se deitar novamente antes que o sol readquirisse toda a sua potência.

Uma hora depois do amanhecer, chegou até um Mercedes-Benz fora da estrada, o lado direito enterrado na areia até os painéis das portas. Abriu uma das portas do lado esquerdo e empurrou para fora os dois ocupantes, enrugados e com aspecto simiesco — uma velha usando um monte de braceletes e um velho de cabelos brancos ostentosos. Resmungando, Lata de Lixo tirou as chaves da ignição, contornou o carro e abriu o porta-malas. As malas do casal não estavam trancadas. Ele pendurou uma porção de roupas sobre as janelas do Mercedes, firmando-as com pedras. Agora possuía uma caverna fresca e penumbrosa.

Rastejou para dentro e começou a dormir. Quilômetros a oeste, a cidade de Las Vegas reluzia à claridade do sol de verão.

* * *

Ele não sabia dirigir, nunca lhe tinham ensinado na prisão, mas sabia pedalar uma bicicleta. Em 4 de julho, o dia em que Larry Underwood descobriu que Rita Blakemoor exagerara nas suas pílulas e morrera durante o sono, o Homem da Lata de Lixo conseguiu uma bicicleta de dez marchas e começou a pedalar. A princípio seu progresso foi lento, porque o braço esquerdo incomodava. Caiu duas vezes naquele primeiro dia, uma delas diretamente sobre a queimadura, o que lhe causou uma agonia terrível. Àquela altura a queimadura estava supurando livremente através da vaselina e o cheiro era nauseante. Vez por outra ele pensava em gangrena, mas esforçava-se para não pensar a respeito por muito tempo. Começou a misturar a vaselina com um ungüento anti-séptico, sem saber se seria útil, mas sentindo que certamente não iria piorar. A mistura produziu um líquido leitoso e viscoso parecido com sêmen.

Pouco a pouco, foi se ajustando à bicicleta, passando a conduzi-la quase com só uma das mãos, e percebeu que podia aumentar a velocidade. A terra se aplainara e, na maior parte do tempo, era-lhe possível manter a bicicleta rodando com grande rapidez. Mantinha-se firme, apesar da queimadura e da tonteira por dopar-se constantemente com morfina. Bebeu litros de água e comeu vorazmente. Avaliava as palavras do homem escuro: *Eu lhe darei um alto posto em minha artilharia. Você é o homem que eu quero.* Como estas palavras eram maravilhosas! Alguém já o quisera de fato antes? As palavras brincavam sem cessar em sua mente enquanto pedalava debaixo do sol quente do Meio-Oeste. E começou a cantarolar baixinho a melodia de uma cançoneta intitulada "Down to the Nightclub". As palavras (Cia-bola! Bam-bam-*bam*!) se encaixaram à perfeição. Ele ainda não estava tão insano como ficaria, mas progredia.

A 8 de julho, o dia em que Nick Andros e Tom Cullen viram búfalos pastando no condado de Comanche, Kansas, o Homem da Lata de Lixo cruzou o Mississippi no quadrângulo das cidades de Davenport, Rock Island, Bettendorf e Moline. Estava no Iowa.

No dia 14, o dia em que Larry Underwood acordou perto da grande casa branca no leste de New Hampshire, o Homem da Lata de Lixo cruzou o Missouri ao norte de Council Bluffs e entrou em Nebraska. Já havia recuperado parte do uso da sua mão esquerda, e os músculos das pernas estavam em forma. Deu maior velocidade à bicicleta, sentindo uma enorme necessidade de apressar-se.

Foi na parte ocidental do Missouri que suspeitou pela primeira vez de que o próprio Deus poderia interferir no destino do Homem da Lata de Lixo. Havia alguma coisa de errado em relação a Nebraska, algo terrivelmente errado. Algo que o deixava temeroso. Tinha a mesma aparência de Iowa... mas ao mesmo tempo não tinha. O homem escuro lhe aparecera em sonhos todas as noites anteriores, mas deixou de aparecer quando ele entrou em Nebraska.

Começou então a sonhar com uma velha. Nesses sonhos via-se deitado de bruços em um milharal, quase paralisado de ódio e medo. Era uma radiante manhã. Podia ouvir bandos de corvos crocitando. Diante dele havia uma cortina de enormes folhas de milho parecendo espadas. Não desejando, mas incapaz de se conter, afastava as folhas com mãos trêmulas e espiava entre elas. Viu uma velha casa no meio de uma clareira. A casa era amparada por macacos a óleo ou algo parecido. Havia uma macieira com um balanço de pneu pendendo de um dos galhos. E, sentada no alpendre da casa, uma velha negra tocava guitarra e cantava alguns *spirituals* dos velhos tempos. As canções variavam de um sonho para outro e Lata de Lixo conhecia a maioria delas porque tinha uma vez conhecido uma mulher, mãe de um garoto chamado Donald Merwin Elbert, que entoava essas mesmas canções enquanto realizava suas tarefas domésticas.

Esse sonho era um pesadelo, mas não apenas porque algo excessivamente horrível acontecia no final dele. A princípio, qualquer um diria que, naquele sonho inteiro, não havia nenhum elemento aterrador. Milharal? Céu azul? Velha? Balanço de pneu? O que havia de assustador nessas coisas? Velhas não jogam pedras nem escarnecem, especialmente velhas que cantam *spirituals* louvando Jesus, como "In That Great Getting-Up Morning" e "Bye-and-Bye, Sweet Lord, Bye-and-Bye". Os Carley Yates do mundo é que jogam pedras.

No entanto, muito antes de o sonho terminar, ele ficava paralisado de medo, como se não fosse uma velha que estivesse espionando, mas sim algum segredo, alguma luz quase escondida que parecia pronta a irromper em torno da velha, a envolvê-la com um brilho tão flamejante que os tanques incendiados em Gary pareciam meras velas acesas em comparação — uma luz tão brilhante que transformaria seus olhos em cinzas. E, durante esta parte do sonho, tudo que pensava era: *Ah, por favor, leve-me para longe dela, não quero me aliar com essa bruxa velha, por favor, leve-me para fora de Nebraska!*

Então, fosse qual fosse a canção tocada no momento, havia uma interrupção discordante, abrupta. Ela olhava diretamente para o lugar onde ele espiava, através de uma pequena abertura no amplo rendilhado das folhas. O rosto dela era velho e sulcado de rugas, os cabelos tão ralos que deixavam à mostra o crânio marrom, porém os olhos reluziam como diamantes, repletos daquela luz que ele temia.

Numa voz velha e cacarejada, porém forte, ela gritava: *Doninhas no milharal!* E ele sentia a mudança em si mesmo, olhava para baixo e via que se tornara uma doninha, uma coisa peluda, esguia e negro-acastanhada, de nariz comprido e afilado, olhos que se reduziam a pontinhos negros, os dedos transformados em garras. Ele era uma doninha, uma coisa covardemente noturna, espreitando os fracos e pequenos.

Ele então começava a gritar e era acordado pelos próprios gritos, suando em bicas, os olhos esbugalhados. Suas mãos voavam pelo corpo, garantindo a si mesmo que todas as partes humanas ainda estavam lá. Ao final desta verificação à beira do pânico, ele agarrava a cabeça, certificando-se de que era ainda uma cabeça *humana* e não algo comprido, esguio e aerodinâmico, peludo e em forma de bala.

Percorreu 650 quilômetros de Nebraska em três dias, impulsionado principalmente por um terror de alta octanagem. Atravessou para o Colorado perto de Julesburg e o sonho começou a se desvanecer, ganhando tonalidades crescentes de sépia.

(No que se refere à parte de Mãe Abagail, ela despertou na noite de 15 de julho — pouco depois de o Homem da Lata de Lixo ter passado ao norte de Hemingford Home — com terrível calafrio e uma sensação que era tanto de medo quanto de piedade de quem ou do que ainda não conhecia. Achou que podia ter estado sonhando com o seu neto Anders, que morrera estupidamente num acidente de caça quando tinha apenas seis anos.)

No dia 18 de julho, agora a sudoeste de Sterling, Colorado, e ainda a alguns quilômetros de Brush, ele conheceu O Garoto.

* * *

Lata de Lixo acordou exatamente enquanto o crepúsculo estava caindo. Apesar das roupas que pendurara sobre as janelas, o Mercedes tinha ficado quente. Sua garganta era um poço seco que havia sido esfregado com lixa. As têmporas latejavam e saltavam. Ao espichar a língua e tocá-la com o dedo, teve a sensação de que era um graveto seco. Erguendo-se, pôs a mão sobre o volante do Mercedes e depois recuou com um chiado escaldado de dor, tendo que enrolar a fralda da camisa em volta da maçaneta para poder sair. Achava que iria simplesmente *sair*, mas tinha superestimado sua força e subestimado o quanto a desidratação progredira neste anoitecer de agosto: suas pernas fraquejaram e ele caiu na estrada, que também estava quente. Gemendo, apalpou seu caminho à sombra do Mercedes como um lagostim aleijado. Sentou-se ali, braços e cabeça oscilando entre os joelhos erguidos, ofegante. Olhou morbidamente para os dois corpos que retirara do carro, a mulher com seus braceletes nos braços e o homem com seu emaranhado de ostentoso cabelo branco acima do rosto simiesco mumificado.

Ele devia ir para Cibola antes que o sol raiasse na manhã seguinte. Se não o fizesse, iria morrer... e com sua meta ao alcance de vista! Certamente o homem escuro não poderia ser tão cruel assim — certamente que não!

— Minha vida pela sua — sussurrou o Homem da Lata de Lixo. Quando o sol havia baixado além da linha das montanhas, ele se pôs de pé e começou a andar na direção das torres, minaretes e avenidas de Cibola, onde as luzes cintilantes surgiam de novo.

À medida que o calor do dia cedeu lugar ao frio da noite do deserto ele descobriu-se em melhores condições de caminhar. Seus tênis rachados e amarrados com barbante batiam contra a superfície da I-15. Ele pelejava à frente, sua cabeça pendendo como a floração de um girassol agonizante, e ele não viu o letreiro verde iluminado que dizia LAS VEGAS 30 quando passou por ele.

Estava pensando no Garoto. De direito, O Garoto deveria estar com ele agora. Os dois deveriam estar seguindo para Cibola juntos, com os canos de descarga de seu Ford 32 envenenado reverberando ecos do deserto. Mas O Garoto se provara indigno e Lata de Lixo tinha se embrenhado sozinho naquele ermo.

Seus pés subiam e caíam no asfalto.

— Ci-a-bo-la! — ele grasnou. — Bam-bam-*bam*!

Por volta da meia-noite ele fraquejou ao lado da estrada e caiu num cochilo inquieto. A cidade estava mais perto agora.

Ele iria conseguir.

Estava quase certo de que conseguiria.

* * *

Ouviu O Garoto muito tempo antes de vê-lo. Foi o rugido pesado e crepitante de canos de descarga abertos trovejando na direção dele vindo do leste, marcando o dia. O som estava subindo a Auto-Estrada 34 da direção de Yuma, Colorado. Seu primeiro impulso foi se esconder, do jeito como se escondera dos poucos sobreviventes que tinha visto desde Gary. Mas desta vez alguma coisa o fez continuar onde estava, montado na sua bicicleta no acostamento da estrada, olhando apreensivo por sob o ombro.

O estrondo ficava cada vez mais alto, e depois o sol estava refletindo cromado e

(*???FOGO???*)

alguma coisa brilhante e laranja.

O motorista o viu. Reduziu a marcha fazendo o carro soltar estampidos como uma rajada de metralhadora. Borracha da Goodyear se desgastou no asfalto em amostras quentes. E depois o carro estava ao lado dele, não inutilmente, mas resfolegando como um animal mortífero que pode ou não ser domado, e o motorista estava saindo. Mas a princípio Lata de Lixo só tinha olhos para o carro. Ele entendia de carros, gostava de carros, muito embora nunca tivesse obtido uma permissão de aprendizado. Este carro era uma beleza, carro em que alguém trabalhara durante anos, investindo milhares de dólares nisso, o tipo de coisa que costumava se ver em exposições de automóveis raros, um trabalho de amor.

Era um Ford 1932, mas o proprietário não tinha se restringido nem interrompido as habituais inovações de "envenenamento" feitas por encomenda. Ele havia circulado por aí, transformando o Ford numa paródia de todos os carros genuinamente americanos, um cintilante veículo de ficção científica, com chamas pintadas à mão se destacando dos canos de descarga. A pintura era de um dourado fosco. Os cromados, que se estendiam por toda a extensão do carro, refletiam o sol violentamente. O pára-brisa era uma bolha convexa. Os pneus traseiros eram os gigantescos Wide Ovals da Goodyear, os vãos das rodas cortados até uma altura e profundidade exageradas para acomodá-los. Destacando-se da capota como um estranho tubo de calefação estava um supercompressor. Destacando-se do teto, em preto denso mas salpicado de pintas vermelhas como brasas, estava uma barbatana de tubarão de aço. Escritas de ambos os lados estavam duas palavras, inclinadas para trás a indicar velocidade. O GAROTO, elas diziam.

— Ei, você aí, alto e feio — disse o motorista em voz arrastada. Lata de Lixo desviou sua atenção das chamas pintadas para o piloto daquela bomba rolante.

Ele tinha cerca de 1,60m de altura. Seu cabelo estava empilhado e encaracolado à base de muita brilhantina. Só o cabelo lhe dava mais uns 7 centímetros de altura. Os cachos se encontravam todos acima do seu colarinho, no que era não apenas um rabo-de-pato, mas o avatar de todos os penteados rabo-de-pato um dia preferidos pelos *punks* e marginais do mundo. Usava botas pretas pontudas. Os lados eram elásticos. Os saltos, que davam ao Garoto mais uns 7 centímetros, trazendo-o à altura respeitável de 1,74m, eram Cubans em camadas. Os *jeans* desbotados e cavilhados eram tão justos que se podia perceber as moedas em seus bolsos. Eles delineavam cada pequena nádega elegante numa espécie de escultura azul e faziam sua virilha parecer como se a tivesse talvez estofado com uma sacola de camurça cheia de bolas de golfe. Usava uma camisa de seda estilo faroeste de uma inusitada cor de vinho borgonha. Era decorada com atavios amarelos e botões imitando safiras. As abotoaduras pareciam de osso polido — Lata de Lixo descobriu mais tarde que eram mesmo. O Garoto tinha dois pares, um feito de molares humanos, o outro, de incisivos de um *doberman*. Por cima desse prodígio de camisa, apesar do calor do dia, envergava uma jaqueta de motoqueiro de couro preto, com uma águia nas costas. Estava entrecruzada com zíperes, os dentes reluzindo como diamantes. Das ombreiras e do cinto balançavam três pés de coelho: um era branco, outro castanho e o terceiro de um verde brilhante do Dia de São Patrício. Essa jaqueta, até mais prodigiosa que a camisa, rangia presunçosamente, lustrada com óleo. Acima da águia, desta vez escritas em fio de seda branca, estavam as palavras O GAROTO. O rosto que agora se erguia para o Homem da Lata de Lixo de entre a alta pilha de cabelo reluzente e o colarinho revirado da reluzente jaqueta de motoqueiro era fino e pálido, um rosto de boneca, com lábios cheios mas impecavelmente esculpidos, olhos cinzentos sem vida, testa larga sem qualquer marca ou sutura, estranhas faces carnudas. Ele parecia o Elvis bebê.

Dois cinturões de armas entrecruzavam-se na sua barriga plana e um .45 enorme sobressaía de cada coldre bamboleante nos quadris.

— Ei, cara, o que é que você *diz*? — O Garoto arrastou as palavras.

A única coisa que Lata de Lixo pôde *pensar* em dizer foi:

— Gosto do seu carro.

Era a coisa certa. Talvez a *única* coisa. Cinco minutos depois, Lata de Lixo estava no banco do carona e o carro envenenado acelerou acima da velocidade de passeio do Garoto, que era de cerca de 150km/h. A bicicleta que Lata de Lixo pedalara por todo o caminho desde o Illinois oriental estava se reduzindo a um pontinho no horizonte.

Timidamente, o Homem da Lata de Lixo sugeriu que, a tal velocidade, O Garoto não conseguiria ver um destroço ou um bloqueio na estrada caso deparassem com um (já tinham passado por vários, aliás; O Garoto simplesmente ziguezagueava em torno deles, os pneus Wide Ovals berrando protestos não ouvidos).

— Ei, rapaz — disse O Garoto —, eu tenho reflexos, noção de *timing*. Já consegui três quintos de segundo. Acredita nisso?

— Sim, senhor — disse Lata de Lixo debilmente. Sentia-se como um homem que simplesmente usara uma vara para cutucar um ninho de cobras.

— Gosto de você, rapaz — disse O Garoto na sua voz estranha e arrastada. Seus olhos de boneca fitavam a estrada bruxuleante por sobre o volante alaranjado fluorescente. Enormes dados de isopor, com caveiras representando as pintas, balançavam e pulavam do espelho retrovisor. — Pega uma cerveja aí no banco de trás.

Eram latas de cerveja Coors e estavam quentes. O Homem da Lata de Lixo detestava cerveja. Bebeu uma rápido e disse que estava muito boa.

— Ei, rapaz — disse O Garoto. — Coors é a *única* cerveja. Eu só *mijaria* Coors, se pudesse. Acredita nessa babaquice feliz?

Lata de Lixo disse que de fato acreditava na babaquice feliz.

— Me chamam de O Garoto lá em Shreveport, Louisiana, tá sabendo? Esta besta aqui ganhou todos os grandes prêmios de exibição de carros lá no Sul. Acredita nesta babaquice feliz?

O Homem da Lata de Lixo disse que acreditava e pegou outra cerveja quente. Parecia o melhor a fazer naquelas circunstâncias.

— Como é que chamam você, rapaz?

— O Homem da Lata de Lixo.

— O *quê*?! — Por um horrível momento, os olhos sem vida de boneca pousaram no rosto de Lata de Lixo. — Está me gozando, rapaz? Ninguém faz gozação com O Garoto. É melhor acreditar *nessa* babaquice feliz.

— Acredito — disse Lata de Lixo com sinceridade —, mas é assim que me chamam. Porque eu costumava tacar fogo nas latas de lixo e caixas de correio, essa porra toda. Queimei o cheque de pensão da velha Sra. Semple. Fui mandado para o reformatório por causa disso. E também incendiei a igreja metodista em Powtanville, Indiana.

— *É mesmo?* — perguntou O Garoto, deliciado. — Rapaz, você parece tão louco como um rato numa latrina! Está tudo bem. Gosto de gente doida. Eu mesmo sou um doidão. Deu um branco na porra da minha cuca. Homem da Lata de Lixo, hã? Gosto disso. Formamos uma dupla. A porra do Garoto e a porra do Homem da Lata de Lixo. Aperte os ossos, Lixo.

O Garoto ofereceu a mão. Lixo apertou-a o mais rápido que pôde para que O Garoto voltasse a ter ambas as mãos de volta ao volante. Contornaram zunindo uma curva e havia um caminhão bloqueando quase toda a estrada. Lata de Lixo pôs as mãos sobre a face, preparado para fazer uma transição imediata para o plano astral. O Garoto nem pestanejou. O carro desviou-se ao longo do lado esquerdo da estrada como uma barata-d'água e eles tiraram um fino da cabine do caminhão, com uma demão de pintura sendo poupada.

— Por pouco — disse Lata de Lixo quando sentiu que podia falar sem um tremor na voz.

— Ei, rapaz — retrucou O Garoto, categórico. — Quer ensinar a missa ao vigário? Como está essa cerveja? Boa paca, não está? Levanta o astral depois de pedalar aquela bicicleta de criança, não é?

— Claro que sim — disse o Homem da Lata de Lixo e tomou outro grande gole de cerveja quente. Ele era ruim da cabeça, mas não o bastante para incorrer no desagrado do Garoto enquanto ele estava dirigindo. De jeito nenhum.

— Bem, não faz nenhum sentido ficar rodando sem destino pela porra desse mato — continuou O Garoto, esticando o braço por sobre o assento para pegar sua própria lata de cerveja. — Acho que estamos indo para o mesmo lugar.

— Acho que sim — respondeu Lixo, cauteloso.

— Seguir em frente — disse O Garoto. — Ir para o oeste. Botar o pé na porra da estrada. Acredita nessa babaquice feliz?

— Acho que sim.

— Você tem sonhado com aquele homem escuro em traje de vôo preto, não tem?

— Você quer dizer de sacerdote.

— Eu sempre sei o que quero dizer e digo o que pretendo — replicou O Garoto, categórico. — Não vem me ensinar, seu babaquinha, vê se aprende comigo. É um traje de vôo preto, e o cara usa óculos de aviador. Como num filme de John Wayne sobre a Segunda Grande Guerra. Óculos tão grandes que não se pode nem ver a porra do rosto dele. Um troço assustador pra cacete, não é?

— É — respondeu Lata de Lixo e bebericou a cerveja quente. Sua cabeça começava a zumbir.

O Garoto debruçou-se sobre o volante cor de laranja e começou a imitar um piloto de caça — um daqueles que servira na Segunda Guerra, presumivelmente — num combate aéreo. O carro ziguezagueava alarmantemente de um lado para o outro da estrada enquanto ele imitava *loops*, mergulhos e voltas longitudinais.

— *Neeeyaaahhh... ehhehehеh... buddabudda-budda...* toma esta, seu chucrute escroto... Capitão! Bandidos às doze horas!... Vire o canhão refrigerado a ar para eles, seu babaca fodido... *takka... takka... takka-takka-takka*! Nós pegamos eles, senhor! Tudo limpo... *Que BARAAATO! Missão cumprida, rapazes! Que BARAAATOOO!*

Seu rosto era inexpressivo enquanto continuava na sua fantasia; nem um único fio do cabelo brilhantinado se desalinhou enquanto ele jogava o carro aos solavancos de volta a sua faixa e se aprumava na estrada. O coração do Homem da Lata de Lixo batia pesadamente no peito. Um leve brilho de suor untou seu corpo. Acabou sua cerveja. Precisava urinar.

— Mas ele não me assusta — disse O Garoto, como se o tópico anterior da conversa nunca tivesse sido abandonado. — Nem um pouco, porra. Ele é um cara durão, mas O Garoto aqui já lidou com durões antes. Eu adulo eles e depois os derrubo, tal como diz o Chefe. Você acredita nessa babaquice feliz?

— Claro — disse Lixo.

— Você saca o Chefe?

— Claro — disse Lixo. Ele não fazia a menor idéia de quem era ou tinha sido o Chefe.

— É *melhor* para você sacar o Chefe. Escute aqui, sabe o que vou fazer?

— Ir para o oeste? — arriscou Lata de Lixo. Isto parecia seguro.

O Garoto o olhou com impaciência.

— *Depois* que chegar lá, porra! *Depois!* Sabe o que vou fazer depois?

— Não. O quê?

— Vou baixar o facho por uns tempos. Analisar a situação. Pode sacar essa babaquice feliz?

— Claro — disse Lixo.

— Nota dez, porra. Não venha me ensinar, eu ensino toda a porra pra você. Apenas analisar. Analisar o grande homem. Depois...

O Garoto caiu em silêncio, meditando sobre o topo do volante alaranjado.

— Depois o quê?

— Vou derrubá-lo. Mandá-lo para a casa do cacete. Botá-lo para pastar naquela porra do rancho dos Cadillacs. Acredita nisso?

— É claro.

— Aí vou assumir — continuou O Garoto, cheio de confiança. — Tomar as rédeas dele e deixá-lo no rancho dos Cadillacs. Você fica comigo, Lata de Lixo, ou seja lá a porra como se chame. Não vamos mais comer porco e feijão. Vamos comer mais galinhas do que qualquer homem jamais viu.

O carro envenenado rugia estrada abaixo com as chamas pintadas se destacando do cano de descarga. O Homem da Lata de Lixo sentava-se no banco do carona, uma lata de cerveja quente no colo e perturbação em sua mente.

* * *

Era quase o alvorecer de 5 de agosto quando o Homem da Lata de Lixo entrou em Cibola, também conhecida como Las Vegas. Em algum lugar dos últimos 8 quilômetros ele havia perdido o tênis esquerdo e agora, enquanto descia a rampa de saída em curva, suas passadas faziam um som de *slap-TUMP*, *slap-TUMP*, *slap-TUMP*, parecendo a aba de um pneu vazio.

Estava quase conseguindo, mas um pequeno assombro voltou enquanto descia a Strip, que estava atulhada de carros abandonados e um bocado de gente morta, a maioria bem picada pelos abutres. Ele havia conseguido. Estava aqui em Cibola. Tinha sido testado e fora aprovado no teste.

Ele viu uma centena de cabarés decrépitos. Havia letreiros que diziam CAÇA-NÍQUEIS LIBERAIS, e CAPELA DE CASAMENTOS BLUEBELL e CASAMENTOS DE 60 SEGUNDOS PARA DURAR A VIDA INTEIRA! Viu um Rolls-Royce Silver Ghost que havia entrado pelo meio da vitrine de uma livraria para adultos. Viu uma mulher nua pendendo de um poste, virada de cabeça para baixo. Viu duas páginas do *Sun* de Las Vegas impelidas pelo vento. A manchete aparecia a cada vez que o jornal girava pelo chão: A EPIDEMIA *PIORA*, WASHINGTON SILENCIA. Viu um gigantesco cartaz anunciando: NEIL DIAMOND! NO AMERICANA HOTEL. 15 DE JUNHO–30 DE AGOSTO! Alguém rabiscara as palavras QUE MORRA LAS VEGAS PELOS SEUS PECADOS!, na vitrine de uma joalheria que parecia especializada em nada mais que alianças de noivado e casamento. Viu um piano de cauda jazendo emborcado no meio da rua como se fosse um enorme cavalo de pau inútil. Seus olhos se inundaram daqueles assombros.

Enquanto avançava, começou a ver outros letreiros, suas luzes de néon apagadas neste meio de verão pela primeira vez em anos. Flamingo. The Mint. Dunes. Sahara. Glass Slipper. Imperial. Mas onde estavam as pessoas? Onde estava a água?

Mal sabendo para onde ir, deixou que os pés escolhessem seu próprio caminho. Dobrou a esquina da Strip. Sua cabeça pendeu à frente, o queixo descansou sobre o peito. Cochilou enquanto caminhava. E quando seus pés tropeçaram no meio-fio, quando caiu para a frente e ganhou um nariz sangrando sobre a calçada, quando olhou para cima e viu o que estava lá, mal pôde acreditar. O sangue escorria do seu nariz sem ser notado e ensopava a camisa azul esfarrapada. Era como se ainda estivesse cochilando e este fosse o seu sonho.

Um alto edifício branco se espichava contra o céu do deserto, um monólito no deserto, um obelisco, um monumento, cada parte dele tão magnífica quanto a Esfinge ou a Grande Pirâmide. As janelas da fachada oriental refletiam o fogo do sol nascente como um presságio. Diante desse edifício deserto, branco como osso, flanqueando a porta de entrada, estavam duas enormes pirâmides de ouro. Sobre o toldo havia um grande medalhão de bronze e esculpida nele, em baixo-relevo, estava a cabeça de um leão rugente.

Encimando isto, também em bronze, a prosaica mas poderosa legenda: MGM GRAND HOTEL.

Mas o que atraiu seus olhos foi o que se erguia no quadrângulo relvado entre o estacionamento e a porta de entrada. Lata de Lixo olhou fixamente, um tremor orgástico consumindo-o com tanta intensidade que por um momento só pôde apoiar-se nas mãos ensangüentadas, a ponta solta da atadura se arrastando entre elas, e contemplar o chafariz com seus olhos azuis opacos, olhos que estavam agora meio cegos pela claridade ofuscante. Um pequeno gemido começou a escapar de sua garganta.

O chafariz estava funcionando. Era uma suntuosa construção de pedra e marfim, marchetada e incrustada de ouro. Luzes coloridas brincavam sobre o repuxo, tornando a água púrpura, depois alaranjada, a seguir vermelha e por fim verde. O tamborilar constante enquanto o borrifo caía de volta no tanque era muito alto.

— Cibola — murmurou ele e pelejou para se levantar. Seu nariz ainda gotejava sangue.

Começou a cambalear em direção ao chafariz. Seu cambaleio tornou-se um trote. O trote virou uma corrida, a corrida uma disparada, a disparada um galope alucinado. Seus joelhos esfolados erguiam-se como pistões quase até o pescoço. Uma palavra começou a escapar de sua boca, uma palavra longa como uma serpentina de papel desenrolando-se para o alto, atraindo gente às janelas muito acima (e o que viam as pessoas? Deus, talvez, ou o demônio, mas certamente não o Homem da Lata de Lixo). A palavra ficava cada vez mais alta e estridente, cada vez mais longa à medida que ele se aproximava do chafariz.

E a palavra era:

— CIIIIBOLAAAAA!

O "A" final se prolongou indefinidamente, o som de todos os prazeres que todas as pessoas que viveram neste mundo tinham algum dia conhecido, e só terminou quando ele colidiu com a borda do chafariz à altura do peito, impeliu-se sobre ela e caiu do outro lado, para um banho de frescor e compaixão incríveis. Ele podia sentir os poros do corpo abrindo-se como um milhão de bocas, absorvendo a água como uma esponja. Gritou. Baixou a cabeça, resfolegou na água e expeliu-a de volta numa combinação de espirro e tosse que cuspiu sangue, água e muco de encontro à parede do chafariz. Baixando de novo a cabeça, ele bebeu como uma vaca sedenta.

— Cibola! Cibola! — gritava Lixo extasiado. — Minha vida por você!

Percorreu o tanque em nado cachorrinho, bebeu outra vez, depois escalou a borda e se deixou cair na grama com um baque desajeitado. Tudo tinha valido a pena, como tinha valido! Foi acometido de cãibras estomacais e de repente vomitou com um grunhido alto. Até mesmo vomitar parecia grandioso.

Ele se levantou e, segurando-se na borda do chafariz com a mão em garra, tornou a beber. Desta vez seu estômago aceitou a dádiva gratamente.

Derramando água como um odre repleto, cambaleou até os degraus de alabastro que levavam às portas desse lugar fabuloso, degraus que passavam entre as pirâmides de ouro. No meio dos degraus, uma nova cãibra o acometeu, fazendo-o vergar-se. Quando passou, ele prosseguiu corajosamente em frente. As portas eram giratórias, e ele reuniu toda a sua débil força para empurrar uma delas. Entrou num saguão maciamente atapetado que parecia estender-se por quilômetros. O tapete sob seus pés era espesso, fofo e tinha cor de arando. Havia um balcão de registro, uma mesa de correio e outra para chaves, os guichês dos caixas. Tudo vazio. À sua direita, além de um gradil ornamental, ficava o cassino. O Homem da Lata de Lixo olhou o ambiente reverentemente — as fileiras compactas dos caça-níqueis, como soldados perfilados numa pausa do desfile, além delas a roleta e a mesa de dados, as balaustradas de mármore circundando as mesas de bacará.

— Quem está aí? — coaxou Lixo, mas não veio resposta.

Ficou com medo então, porque este era um lugar de fantasmas, um lugar onde monstros poderiam espreitar, mas o medo estava enfraquecido pela exaustão. Desceu trôpego os degraus para o cassino e passou pelo Cub Bar, onde Lloyd Henreid sentava-se silenciosamente nas sombras profundas, observando-o e segurando um copo de água Poland.

Lixo chegou a uma mesa forrada de baeta verde, sobre a qual estava a mítica legenda: O CRUPIÊ DEVE CHEGAR A 16 E NÃO PASSAR DE 17. Lixo subiu na mesa e pegou no sono instantaneamente. Logo, quase meia dúzia de homens parou em volta do maltrapilho adormecido que era o Homem da Lata de Lixo.

— O que vamos fazer com ele? — perguntou Ken DeMott.

— Deixá-lo dormir — respondeu Lloyd. — Flagg quer ele.

— Ah, é? E onde diabo *está* Flagg, de qualquer modo? — perguntou outro.

Lloyd virou-se para encarar o homem, que era calvo e bem uns 30 centímetros mais alto do que ele. Não obstante, o homem recuou um passo diante do olhar de Lloyd. A pedra em torno do pescoço de Lloyd era a única não inteiramente preta; no centro brilhava uma pequena e inquietante fenda vermelha.

— Está tão ansioso para vê-lo, Hec? — perguntou Lloyd.

— Não — replicou o calvo. — Ei, você sabe que eu não...

— Claro. — Lloyd baixou a vista para o homem que dormia sobre a mesa de vinte-e-um. — Flagg deve estar por perto — disse. — Esteve esperando por este cara. Este cara é algo especial.

Na mesa, alheio a tudo isto, o Homem da Lata de Lixo dormia.

* * *

Lixo e O Garoto passaram a noite de 18 de julho num motel em Golden, Colorado. O Garoto escolheu dois quartos com uma porta comunicante. A porta comunicante estava trancada. O Garoto, agora já bem de porre, resolveu este problema menor estourando a fechadura com três balas de um de seus revólveres .45.

O Garoto ergueu uma pequena bota e chutou a porta, que se escancarou numa fina névoa de fumaça de disparo de arma.

— Outra porra de uma nota A — disse ele. — Que quarto? A escolha é sua, Lixinho.

O Homem da Lata de Lixo optou pelo quarto da direita e por um instante ficou sozinho. O Garoto tinha ido a algum lugar. Lata de Lixo ficou lentamente considerando a idéia de simplesmente cair fora de fininho antes que algo ruim de fato acontecesse — tentando equilibrar esta possibilidade contra a sua falta de transporte —, quando O Garoto retornou. Lata de Lixo ficou alarmado ao ver que ele empurrava um carrinho de supermercado cheio de embalagens de cerveja Coors. Os olhos de boneca estavam agora injetados e orlados de vermelho. O penteado à *pompadour* estava se emaranhando como uma mola de relógio quebrada e se expandindo, e cachos de cabelo gorduroso agora caíam pelas orelhas e face do Garoto, fazendo-o parecer algum perigoso (embora absurdo) homem das cavernas que encontrara uma jaqueta de couro deixada por um viajante do tempo e a vestira. Os pés de coelho balançavam de um lado para o outro no cinto da jaqueta.

— Está quente — disse O Garoto —, mas quem é que liga para isso, estou certo?

— Absolutamente certo — disse Lata de Lixo.

— Tome uma cerveja, babaca — disse O Garoto e entregou-lhe uma lata. Quando Lata de Lixo puxou a lingüeta, espuma voou no seu rosto e O Garoto irrompeu num riso estranhamente contido, segurando a barriga plana com as duas mãos. Lixo sorriu debilmente. Decidiu que mais tarde nessa noite, depois que aquele pequeno monstro houvesse sucumbido ao sono, ele cairia fora. Já agüentara o suficiente. E aquilo que O Garoto dissera sobre o sacerdote negro... Os medos de Lata de Lixo a respeito disso eram tão grandes que ele nem sequer podia fazê-los se aglutinar. Dizer coisas desse tipo, mesmo de brincadeira, era como cagar no altar de uma igreja ou erguer o rosto para o céu numa tempestade e pedir que um raio o atingisse.

O pior de tudo era que ele não achava que O Garoto estivera brincando.

O Homem da Lata de Lixo não tinha nenhuma intenção de subir as montanhas e contornar todas aquelas curvas sinuosas com este anão maluco que bebia o dia inteiro (e aparentemente a noite inteira) e que falava em derrubar o homem escuro e colocar-se no lugar dele.

Enquanto isso, O Garoto havia bebido duas cervejas em dois minutos, esmagado as latas e as jogado indiferentemente sobre uma das duas camas do quarto. Ele estava olhando mal-humorado para a Chromacolor RCA, com outra lata de cerveja na mão esquerda e na direita o .45 que usara para arrombar a porta comunicante.

— Nem tem porra nenhuma de eletricidade, portanto para que precisamos de uma porra de TV? — disse ele. À medida que ficava mais bêbado, seu sotaque sulista se tornava mais pronunciado, pondo irritação em suas palavras. — Não que eu deteste TV. Adoro isso que todos os babacas perderam, mas, puta que o pariu, onde está o HBO? Cadê a porra dos jogos? Onde está o Canal Playboy? Esse era uma boa, Lixinho. Quero dizer, eles nunca mostravam os caras fazendo o serviço completo, comendo e lambendo a velha xota peluda, sabe o que quero dizer? Mas algumas daquelas donas tinham as pernas arreganhadas até seus *queixos*, sabe de que porra estou falando?

— Claro — disse Lata de Lixo.

— Você é esperto paca. Mas não venha ensinar missa ao vigário.

O Garoto olhou para a TV desativada.

— Sua porra inútil — disse e disparou no aparelho. O tubo de imagem implodiu com um grande estrondo abafado. Vidro se espalhou voando pelo carpete. Lata de Lixo ergueu o braço para proteger os olhos e sua cerveja se derramou sobre o náilon verde quando fez o movimento.

— Ei, veja o que você fez, seu babaca! — exclamou O Garoto, num tom grandemente ultrajado. De repente, o .45 estava apontado para Lixo, seu orifício tão grande e escuro quanto o da chaminé de um transatlântico. Lata de Lixo sentiu sua virilha entorpecida. Achou que estava mijando nas calças, mas não podia dizer com certeza.

— Vou ventilar sua máquina de pensar por causa disso — declarou O Garoto. — Você derramou a cerveja. Se fosse qualquer outra marca, eu não me importaria, mas foi a *Coors* que derramou! Eu só *mijaria* Coors, se pudesse, acredita nesta babaquice feliz?

— Claro — sussurrou Lixo.

— E você acha que continuam fabricando Coors nesses dias, Lixo? Esta porra lhe parece provável?

— Não — sussurrou Lata de Lixo. — Acho que não.

— Está certo pra cacete. É uma indústria extinta. — Ergueu levemente a arma. Lata de Lixo achou que era o fim de sua vida, o fim de sua vida, com certeza. Então, O Garoto baixou a arma de novo... levemente. Tinha uma expressão absolutamente vaga no rosto. Lata de Lixo achou que esta expressão indicava pensamento profundo. — Vou lhe dizer uma coisa, Lixo. Você vai pegar outra lata e enxugá-la. Se puder enxugar a lata toda, não vou mandar você para o rancho dos Cadillacs. Acredita nessa babaquice feliz?

— O que... o que é enxugar?

— Porra, cara, você é burro como uma porta! É beber de um gole só, sem parar, enxugar é isso! Onde é que foi criado, na porra da África? Você vai fazer isto direitinho, Lixo, sem vacilar. Se eu tiver que enfiar uma bala, vai ser direto no seu olho. Este escroto aqui está carregado com balas dundum. Elas o arrebentam todo por dentro, transformam você na porra de um banquete para as baratas. — Ele gesticulou com a arma, os olhos vermelhos fixos em Lata de Lixo. Havia um salpico de espuma de cerveja no seu lábio superior.

Lata de Lixo foi até a embalagem de cerveja, pegou uma lata e puxou a lingüeta.

— Vá em frente. Beba tudo. E se der um vacilo e vomitá-la, você está fodido.

Lata de Lixo aprumou a lata. A cerveja desceu aos borbotões. Ele engoliu convulsivamente, seu pomo-de-adão subindo e descendo como um macaco num galho. Quando a lata se esvaziou, ele a deixou cair entre os pés, travou uma batalha aparentemente interminável com sua goela e ganhou a vida de volta em um longo e ecoante arroto. O Garoto jogou a pequena cabeça para trás e riu com um prazer sonoro. Lixo vacilou sobre seus pés com um débil sorriso. Estava completamente bêbado.

O Garoto repôs a arma no coldre.

— *OK.* Não foi nada mal, Homem da Lata de Lixo. Não foi um vexame fodido.

O Garoto continuou a beber. Latas vazias se empilhavam sobre a cama do motel. Lata de Lixo mantinha uma lata de Coors entre os joelhos e tomava um gole toda vez em que O Garoto parecia estar olhando-o com desaprovação. O Garoto resmungava sem parar, sua voz ficando cada vez mais baixa e mais sulista à medida que as latas vazias se amontoavam. Ele falava dos lugares onde tinha estado. Corridas que tinha vencido. Um lote de droga que contrabandeara através da fronteira do México num caminhão de lavanderia com um semimotor 442 sob o capô. Coisa chata, disse ele. Todo tipo de droga era uma coisa chata pra cacete. Ele nunca foi chegado a drogas, mas, porra, depois que um cara serve de mula para alguns carregamentos dessa merda, ele poderia até limpar o rabo com papel higiênico de ouro. Por fim, começou a ficar com sono, os olhinhos vermelhos se fechando por períodos cada vez mais longos, depois voltando relutantemente para meio-pau.

— Nós vamos pegá-lo, Lixinho — resmungou O Garoto. — Vou para lá, dar uma sacada na situação, continuar puxando o saco do filho-da-puta até ver como a banda toca. Mas puto nenhum fica dando ordens pro Garoto aqui. Não por muito tempo. Não sou capacho. Se entro numa parada, eu dou as ordens, este é o meu estilo. Não sei quem ele é ou de onde vem, ou como pode invadir a porra das nossas máquinas de pensar, mas vou botá-lo pra correr — um enorme bocejo — da porra da cidade. Vou cortar a onda dele, mandá-lo para o rancho dos Cadillacs. Fique comigo, Lata, ou seja lá como você se chame.

Ele desabou lentamente para trás, na cama. A lata de cerveja, recém-aberta, caiu de sua mão relaxada. Mais Coors se derramou sobre o carpete. A embalagem de cerveja acabara e, pelas contas de Lata de Lixo, só O Garoto "enxugara" 21 latas. Lixo não conseguia entender como um homem tão pequeno era capaz de beber tanta cerveja, mas *entendia* que a hora era chegada: a hora de cair fora. *Sabia* disso, mas sentia-se bêbado e fraco. O que desejava mais que tudo era dormir um pouco. Estaria tudo bem, não estaria? Ao que tudo indicava, O Garoto tinha condições de dormir como um tronco a noite toda, talvez até a metade da manhã seguinte. Tempo de sobra para ele tirar uma pequena soneca.

Portanto seguiu para o outro quarto (na ponta dos pés, apesar do estado semicomatoso) e fechou a porta comunicante o melhor que podia — o que não adiantava muita coisa. A força das balas a tinha empenado. Havia um despertador sobre a cômoda. Lixo acertou os ponteiros para meia-noite, uma vez que não sabia (e também não importava) que horas eram na realidade, e depois fixou o alarme para as cinco horas. Deitou em uma das camas sem sequer parar para tirar os tênis. Em cinco minutos estava adormecido.

Acordou algum tempo depois, no túmulo escuro da manhã, com o odor de cerveja e vômito soprando através de seu rosto numa pequena rajada seca. Havia alguma coisa na cama com ele, alguma coisa quente, macia e contorcida. Seu primeiro pensamento em pânico foi de que uma doninha tinha de alguma forma saído direto daquele seu sonho com Nebraska para o mundo real. Soltou um pequeno gemido lamuriento ao perceber que o animal na cama com ele, embora não fosse grande, era bem maior que uma doninha. A cerveja lhe dera uma dor de cabeça que perfurava impiedosamente suas têmporas.

— Segura aqui — sussurrou O Garoto no escuro. A mão de Lata de Lixo foi agarrada e conduzida para algo duro, cilíndrico e pulsante como um pistão. — Me bate uma bronha. Vamos, me bate uma bronha. Você sabe fazer, percebi isso na primeira vez em que olhei pra você. Vamos lá, seu punheteiro fodido, me bate uma bronha!

Lata de Lixo sabia como fazer. De muitas maneiras, era um alívio. Sabia disso das longas noites na prisão. Diziam que era errado, que isso era veadagem, mas o que os veados faziam era melhor do que alguns dos outros faziam, aqueles que passavam as noites afiando cabos de colher para servir de estilete e aqueles que apenas ficavam deitados nos seus catres, estalando os nós dos dedos e olhando para você e rindo.

O Garoto pôs a mão de Lata de Lixo na espécie de arma em que ele era perito. Fechou a mão em torno dela e começou. Depois que acabasse, O Garoto cairia no sono de novo. E então ele poderia escapulir.

O resfolegar do Garoto foi se tornando raivoso. Começou a martelar com os quadris ao ritmo da manipulação de Lixo, que a princípio não notou que O Garoto estava também desafivelando seu cinto, depois baixando a calça e a cueca até os joelhos. Lixo deixou. Não importava que O Garoto quisesse enrabá-lo. Já tinha sido enrabado antes. Aquilo não matava. Não era veneno.

Então sua mão se imobilizou. O que quer que estivesse pressionando contra seu ânus não era carne. Era aço frio.

E, de súbito, ele *soube* o que era.

— Não — sussurrou. Seus olhos estavam arregalados e aterrorizados no escuro. Agora pôde ver indistintamente aquele rosto de boneca homicida no espelho, pendendo por sobre seu ombro com o cabelo caído nos olhos vermelhos.

— Sim — sussurrou de volta O Garoto. — E você não vai querer perder uma estocada, Lixinho. Nem uma porra de uma *estocada*. Ou eu poderia apenas puxar o gatilho neste rabo. Explodir toda a sua fábrica de merda até o inferno. São balas dundum, Lixinho. Acredita nesta babaquice feliz?

Choramingando, Lata de Lixo recomeçou a masturbá-lo. Seus gemidos se tornaram pequenos arquejos de dor enquanto o cano do .45 abria caminho dentro dele, girando, acanalando, rasgando. E não é que isto o estava excitando? Estava.

Por fim, sua excitação ficou evidente para O Garoto.

— Está gostando, não está? — arfou O Garoto. — Eu sabia que você ia gostar, seu escroto. Você gosta de ter isso enfiado no cu, não gosta? Diz que sim, escroto. Diz que sim ou vai direto pro inferno!

— Sim — lamuriou-se Lata de Lixo.

— Quer que eu bata uma bronha em você?

Ele não queria. Excitado ou não, ele não queria. Mas sabia que era melhor não dizer isso.

— Sim.

— Eu não tocaria na sua pica nem se ela fosse diamante. Faça você mesmo. Por que acha que Deus o fez nascer com duas mãos?

Quanto tempo durou? Só Deus saberia, não o Lata de Lixo. Um minuto, uma hora, uma eternidade — que diferença fazia? Teve certeza de que, no instante do orgasmo do Garoto, ele sentiria duas coisas simultaneamente: o jato quente do sêmen do pequeno monstro na sua barriga e a agonia de uma bala dundum abrindo-se em leque através de seus órgãos vitais. O enema definitivo.

Então os quadris do Garoto se imobilizaram e seu pênis terminou as convulsões na mão de Lata de Lixo, cujo pulso se tornou lustroso, como uma luva de borracha. Um instante depois, o revólver foi retirado. Lágrimas silenciosas de alívio escorreram pelas faces de Lata de Lixo. Ele não estava com medo de morrer, pelo menos não a serviço do homem escuro, mas não queria morrer neste quarto escuro de motel nas mãos de um psicopata. Não antes de ter visto Cibola. Teria orado para Deus, mas sabia instintivamente que Deus fazia ouvidos moucos àqueles que se haviam comprometido com o homem escuro. E o que Deus tinha feito algum dia pelo Lata de Lixo? Ou tampouco por Donald Elbert Merwin, por falar nisso?

No silêncio resfolegante, a voz do Garoto se elevou numa canção, desafinada, rachada, rastejando em direção ao sono:

— *Meus cupinchas e eu estamos ficando bem conhecidos... é, os bandidos nos conhecem e estão nos abandonando...*

Ele começou a ressonar.

Agora irei embora, pensou Lata de Lixo, mas receava acordar O Garoto caso se movesse. *Partirei tão logo tenha certeza de que ele esteja realmente adormecido. Cinco minutos. Não levaria mais tempo que isso.*

Mas no escuro ninguém sabe quanto tempo são cinco minutos; seria justo dizer que, no escuro, cinco minutos não existem. Esperou. Rolava para dentro e fora de um cochilo sem saber que havia cochilado. Antes de muito tempo, acabou pegando mesmo no sono.

Estava numa estrada escura que era muito alta. As estrelas pareciam próximas o bastante para serem alcançadas e tocadas; parecia que se podia simplesmente pegá-las do céu e enfiá-las num pote, como pirilampos. O frio era de amargar. Estava escuro. Indistintamente, crestado com o brilho das estrelas, ele pôde ver as faces da rocha viva através da qual esta estrada tinha sido cortada.

E algo caminhava para ele na escuridão.

E a seguir a voz *dele*, vindo da nada, vindo de toda parte: *Nas montanhas eu lhe darei um sinal, lhe mostrarei meu poder. Irei lhe mostrar o que acontece àqueles que se colocam contra mim. Espere. Observe.*

Olhos vermelhos começaram a se abrir no escuro, como se alguém tivesse fixado três dúzias de lâmpadas de perigo providas de capuzes, e agora esse alguém estivesse puxando os capuzes em pares. Eram olhos, e rodearam o Homem da Lata de Lixo num círculo tresloucado. De início pensou que eram olhos de doninhas, mas, à medida que o círculo se estreitava à sua volta, percebeu que eram grandes lobos da montanha, as orelhas projetadas à frente, espuma gotejando de seus focinhos escuros.

Ele estava com medo.

Eles não são para você, meu bom e fiel servo. Vê?

E os lobos se foram. Assim, de repente, os ofegantes lobos cinzentos se foram.

Observe, disse a voz.

Espere, disse a voz.

O sonho terminou. Ele acordou para descobrir a brilhante luz do sol penetrando pela janela do quarto de motel. O Garoto estava de pé diante dela, parecendo nem um pouco afetado pela sua rodada de cerveja com a agora defunta Adolph Coors Company na noite anterior. Seu cabelo estava penteado na antiga forma de remoinhos e caracóis reluzentes, e ele admirava seu reflexo no vidro. Havia pendurado sua jaqueta de couro no encosto de uma cadeira. Os pés de coelho balançavam do cinto como pequenos cadáveres pendendo da forca.

— Ei, seu escroto! Pensei que ia ter que lubrificar sua mão de novo para acordá-lo. Vamos, temos um grande dia pela frente. Aquela parada vai acontecer hoje, estou certo?

— Claro que está — replicou Lata de Lixo com um sorriso esquisito.

* * *

Quando o Homem da Lata de Lixo emergiu do sono na noite de 5 de agosto, ainda se encontrava deitado sobre a mesa de vinte-e-um no cassino do MGM Grand Hotel. Sentado ao contrário numa cadeira diante dele estava um homem jovem com cabelos escorridos cor de palha e óculos de sol espelhados. A primeira coisa que Lixo notou foi a pedra pendurada em volta do seu pescoço, no V de sua camisa esporte aberta. Preta, com uma fenda vermelha no centro. Como o olho de um lobo na noite.

Tentou dizer que estava sedento e só conseguiu uma débil interjeição.

— Acho que você certamente passou um bom tempo debaixo de sol forte — disse Lloyd Henreid.

— Você é *ele?* — sussurrou Lixo. — Você é...

— O chefão? Não sou ele. Flagg está em Los Angeles, mas sabe que você chegou aqui. Falei com ele no rádio esta tarde.

— Ele está vindo?

— O quê?! Só para ver *você?* Não, porra! Ele chegará aqui na hora que quiser. Eu e você, cara, nós somos apenas arraia-miúda. Ele vai chegar na hora que quiser. — E repetiu a pergunta que fizera ao homem alto naquela manhã, não muito depois de Lata de Lixo ter apagado. — Está ansioso para vê-lo?

— Sim... não... não sei.

— Bem, seja lá de que modo vai ser, você terá sua chance.

— Tenho sede...

— Certo. Aqui está. — Passou-lhe uma bojuda garrafa térmica cheia de Kool-Aid sabor cereja. Lata de Lixo a esvaziou de um gole, depois se vergou, segurando o estômago e gemendo. Quando a cãibra passou, ele olhou para Lloyd com gratidão muda.

— Acha que poderia comer alguma coisa? — perguntou Lloyd.

— Sim, acho que sim.

Lloyd virou-se para um homem parado atrás deles. O homem estava ociosamente girando uma roleta, e depois deixando a bolinha branca saltar e chocalhar.

— Roger, vá dizer a Whitney ou a Stephanie-Ann que preparem dois hambúrgueres com fritas para este homem. Não, merda, em que é que estou pensando? Ele vai vomitar essa porra toda por aí. Sopa. Façam uma sopa. Tudo bem, meu chapa?

— Qualquer coisa — disse Lixo, agradecido.

— Temos um cara aqui — disse Lloyd —, chamado Whitney Horgan, que era açougueiro. Ele é um gordão, um saco de merda, mas não é que o cara sabe cozinhar? E eles tinham de tudo aqui! Todos os geradores ainda funcionavam quando viemos para cá, e os *freezers* estavam abarrotados! Las Vegas é do cacete! Não é a porra do lugar mais legal que você já viu?

— É — disse Lixo. Já estava gostando de Lloyd e nem sequer sabia seu nome. — É Cibola.

— O quê?

— Cibola. Procurada por muitos.

— Ah, sim, um bocado de gente andou procurando por ela, mas a maioria foi embora meio decepcionada. Bem, chame-a como quiser, meu chapa... parece que você quase se cozinhou para chegar aqui. Como se chama?

— Homem da Lata de Lixo.

Lloyd não pareceu achar um nome de todo esquisito.

— Com um nome desses, aposto que você era um ciclista. — Ele estendeu a mão. As pontas de seus dedos ainda tinham cicatrizes da sua estada na prisão de Phoenix, onde quase morrera de fome. — Sou Lloyd Henreid. Prazer em conhecê-lo, Lixo. Bem-vindo a bordo do bom navio *Pirulito.*

Lata de Lixo apertou a mão oferecida e teve de se esforçar para não chorar de gratidão. Até onde podia se lembrar, esta foi a primeira vez em sua vida que alguém lhe oferecera um cumprimento. Estava aqui. Tinha sido aceito. Depois de muito tempo estava *dentro de alguma coisa.* Teria atravessado dois desertos para usufruir deste momento, e também teria queimado o outro braço e as duas pernas.

— Obrigado — murmurou. — Obrigado, Sr. Henreid.

— Merda, irmão... se você não me chamar de Lloyd, vou jogar fora a porra da sua sopa.

— Lloyd, então. Obrigado, Lloyd.

— Assim está melhor. Depois que comer, vou levá-lo para cima e colocá-lo num quarto só seu. Vamos ter você fazendo alguma coisa amanhã. O chefão lhe arranjou uma tarefa, acho, mas até então há um monte de coisa para você fazer. Conseguimos pôr uma parte do hotel de novo em funcionamento, mas nem chega perto da sua capacidade total. Há uma equipe lá na represa Boulder, tentando restabelecer a energia elétrica. Há outra trabalhando nos suprimentos de água. Temos grupos de batedores arregimentando de seis a oito pessoas por dia, mas vamos manter você fora dessa missão por enquanto. Parece que já pegou sol suficiente para um mês.

— Acho que sim — disse Lata de Lixo com um sorriso fraco. Já estava disposto a dar sua vida por Lloyd Henreid. Reunindo toda a sua coragem, apontou para a pedra na garganta de Lloyd. — Isso...

— É, nós todos que somos uma espécie de chefes as usamos. Idéia *dele*. É âmbar-negro. Não se trata afinal de uma pedra, você sabe. É como uma bolha de óleo.

— Quero dizer... a luz vermelha, o olho.

— Parece como aquilo para você também, hã? É uma fenda. Especial *dele*. Não sou o cara mais esperto que ele recrutou, nem sequer o mais esperto nas velhas e boas batalhas perdidas da vida, nem sou uma aposta de risco. Mas sou... merda, creio que se poderia dizer que sou mascote dele. — Olhou detidamente para Lixo. — Talvez você fosse também, quem sabe? Não eu, com certeza. Ele é do tipo fechado, Flagg é. De qualquer modo, ouvimos falar que você é especial. Eu e Whitney. Este não é o treinamento regular, afinal. Muitos vindo para observação especial de muitos. — Fez uma pausa. — Embora eu acredite que *ele* poderia, se quisesse fazê-lo. Acho que *ele* poderia observar qualquer um.

Lata de Lixo assentiu.

— Ele pode fazer magia — continuou Lloyd, sua voz ficando levemente áspera. — Eu vi. E odiaria fazer parte dos que estão contra ele, sabe?

— Sim — replicou Lata de Lixo. — Vi o que aconteceu com O Garoto.

— Que garoto?

— O cara com quem eu estava até chegarmos às montanhas. — Ele deu de ombros. — Mas não quero falar sobre isso.

— Certo, cara. Aqui vem sua sopa. E Whitney pôs um hambúrguer do lado, afinal. Você vai adorar. O cara faz hambúrgueres sensacionais. Mas tente não vomitar, *OK*?

— *OK*.

— Bem, tenho lugares para ir e gente para ver. Se meu velho cupincha Poke me visse agora, jamais acreditaria. Sou o perneta mais ocupado num concurso de chutar bundas. Vejo você mais tarde.

— Certo — disse Lata de Lixo e depois acrescentou, quase timidamente: — E obrigado. Obrigado por tudo.

— Não me agradeça — disse Lloyd, amigável. — Agradeça a *ele*.

— Eu o faço — replicou Lixo. — Todas as noites. — Mas falava para si mesmo. Lloyd já estava a meio caminho da descida para o saguão, falando com o homem que trouxera a sopa e o hambúrguer. Lata de Lixo observou-os com ternura até sumirem de vista e então começou a mastigar, comendo vorazmente até quase acabar com tudo. Ele teria se sentido ótimo se não tivesse olhado a tigela de sopa. Era sopa de tomate, e tinha cor de sangue.

Empurrou a tigela para o lado, de repente sem apetite. Era perfeitamente justificável para ele ter dito a Lloyd Henreid que não queria falar a respeito do Garoto; outra coisa bem diferente era querer parar de *pensar* no que havia acontecido com ele.

Caminhou até a roleta, bebendo o copo de leite que viera junto com a comida. Deu um giro indolente na roleta e deixou cair a bolinha branca no prato. Ela rolou em volta da borda, depois bateu nas ranhuras abaixo e começou a se agitar de um lado para outro. Ele pensou no Garoto. Especulou se alguém viria para mostrar o seu quarto. Pensou no Garoto. Imaginou se a bola iria cair num número vermelho ou preto... mas pensava principalmente no Garoto. A bola irrequieta e balouçante caiu numa das ranhuras, desta vez para valer. A roleta parou. A bola estava assentada debaixo do duplo zero verde.

Rodada vai para a casa.

* * *

No dia sem nuvens em que seguiram para oeste a partir de Golden direto para as Rochosas ao longo da Interestadual 70, O Garoto desistira da Coors em favor de uma garrafa de uísque Rebel Yell. Mais duas garrafas aninhavam-se entre eles na corcova do eixo motor, cada qual caprichosamente embrulhada em uma caixa vazia de leite longa vida, de modo que não virassem e se quebrassem. O Garoto tomava um gole da garrafa, arrematava com um gole de Pepsi-Cola e depois gritava *cacete!* ou *iarru!* ou *máquina do sexo!*, no máximo dos seus pulmões. Assinalou várias vezes que só *mijaria* Rebel Yell, se pudesse. Perguntou a Lata de Lixo se ele acreditava nesta babaquice feliz. Lata de Lixo, pálido de pavor e ainda de ressaca pelas três cervejas da noite anterior, disse que sim.

Nem mesmo O Garoto podia disparar a 120km/h nessas estradas. Reduziu para 90 e resmungou consigo mesmo a respeito daquelas montanhas fodidas. Depois ele se animou.

— Quando chegarmos a Utah e Nevada, vamos recuperar um bocado de tempo perdido, Lixinho. Este queridinho aqui faz mais de 200 numa reta. Acredita nesta babaquice feliz?

— Claro que é um belo carro — disse Lata de Lixo com um sorriso que lembrava um cachorro com o rabo entre as pernas.

— Pode apostar seu cu. — Deu um gole no uísque. Arrematou com Pepsi. Gritou *iarru!*, com toda a força dos pulmões.

Lixo olhava morbidamente para o cenário que passava, que estava agora banhado pelo sol do meio da manhã. A Interestadual 70 tinha sido aberta a dinamite bem na orla da montanha, e às vezes eles viajavam entre enormes penhascos. Os penhascos apareceram no seu sonho da noite anterior. Iriam aqueles olhos vermelhos aparecer de novo depois que escurecesse?

Ele deu de ombros.

Pouco mais tarde percebeu que a velocidade deles tinha caído de 90 para 60km. Depois para 50km. O Garoto praguejava horrenda e monotonamente consigo mesmo. O carro envenenado serpenteava para dentro e fora do tráfego que engrossava constantemente, todo ele deteriorado e mortalmente silencioso.

— Que porra é esta?! — rugiu O Garoto. — Que foi que eles fizeram? Todos resolveram morrer a 3 mil metros de altitude, caralho? *Ei, abram caminho, seus fodidos! Estão me ouvindo? Saiam da porra do meu caminho!*

Lata de Lixo encolheu-se.

Dobraram uma curva e depararam com um horrendo engavetamento de quatro carros que bloqueava por completo as pistas da I-70 na direção oeste. Um homem morto coberto de sangue, que havia coagulado até uma desigual superfície esmaltada fendida já há um bom tempo, jazia estatelado de cara na estrada. Perto dele estava uma boneca Chatty Cathy quebrada. Todo o caminho em volta do engavetamento à esquerda estava bloqueado por postes de *guardrails* de aço com 1,80m de altura. À direita, a terra desaparecia na distância nevoenta.

O Garoto deu um gole no uísque e girou o carro em direção ao abismo.

— Segure-se, Lixinho — sussurrou —, nós vamos contornar.

— Não tem espaço — coaxou Lata de Lixo. Sua garganta parecia o lado de um arquivo de aço.

— Tem sim, espaço bastante — sussurrou O Garoto, os olhos brilhando. Começou a conduzir o carro para fora da estrada. As rodas da direita estavam agora silvando na terra do acostamento.

— Não conte comigo — disse Lata de Lixo apressadamente e agarrou a maçaneta.

— Sente-se aí — ordenou O Garoto —, ou vai virar um escroto morto!

Lixo virou a cabeça e olhou para o orifício do .45. O Garoto ria tensamente.

Lata de Lixo voltou a sentar-se. Ele queria fechar os olhos mas não conseguia. No seu lado do carro, os últimos 15 centímetros de acostamento sumiram de vista. Agora olhava direto para baixo, para uma extensa paisagem de pinheiros cinza-azulados e enormes pedras que tinham rolado do alto. Imaginava os pneus do carro a 10 centímetros do abismo... agora 5...

— Mais um pouquinho — entoou O Garoto, seus olhos arregalados, o sorriso enorme. Suor porejou daquela testa pálida de boneca em gotas claras perfeitas. — Só... mais... um.

Terminou precipitadamente. Lata de Lixo sentiu a traseira direita do carro deslizar de súbito para fora e perigosamente para baixo. Ouviu coisas caindo, primeiro seixos, depois pedras maiores. Gritou. O Garoto praguejava horrivelmente, reduzia para a primeira marcha e pisava fundo no acelerador. Da esquerda, onde passaram raspando pelo cadáver de uma kombi VW, veio um grito horrível de metal esmigalhado.

— *Voa!* — gritava O Garoto. — *Como a porra de um pássaro! VOA, cacete!*

As rodas traseiras giraram. Por um momento, o desvio para o abismo pareceu aumentar. Depois o carro impeliu-se à frente, aprumou-se, e estavam de volta à estrada no lado oposto do engavetamento, deixando marcas de pneus.

— *Eu disse que o carro ia conseguir!* — gritou O Garoto em triunfo. — *Porra! Não passamos? Nós passamos, Lixinho, seu puto covarde de merda!*

— Nós passamos — disse Lata de Lixo baixinho. Estava todo crispado. Não conseguia controlar isto. E depois, pela segunda vez desde que encontrara O Garoto, disse inconscientemente a única coisa que poderia salvar-lhe a vida. Se não a dissesse, O Garoto por certo o teria matado; esta seria a sua excêntrica maneira de comemorar.

— Grande manobra, campeão. — Ele nunca chamara ninguém de "campeão" em toda a sua vida.

— Ora... não foi lá essas coisas — disse O Garoto, esnobando. — Tem pelo menos mais dois caras no país que poderiam fazer isso. Acredita nesta babaquice feliz?

— Se assim diz, é isso aí, Garoto.

— Não me diga nada, queridinho, eu é que digo a você, porra! Bem, aqui vamos nós. Tudo no trabalho de um dia.

Mas não progrediram por muito tempo. O carro envenenado do Garoto foi parado uns bons 15 minutos depois, a 2.800 quilômetros ou mais desde o seu ponto de origem em Shreveport, Louisiana.

— Eu não acredito — disse O Garoto. — Puta que o pariu... eu não *ACREDITO*!

Escancarou a porta do lado do motorista e saltou, a garrafa de uísque quase todo consumido ainda aferrada na mão esquerda.

— *SAIAM DA MINHA ESTRADA!* — rugiu O Garoto, dançando ao redor nos saltos altos grotescos de suas botas, uma força de destruição da natureza em miniatura, como um terremoto engarrafado. — *SAIAM DA MINHA ESTRADA, SEUS FILHOS-DA-PUTA, VOCÊS ESTÃO MORTOS, DEVIAM ESTAR NA PORRA DO CEMITÉRIO, NÃO TÊM NADA A VER COM A PORRA DA MINHA ESTRADA!*

Arremessou a garrafa de Rebel Yell, que voou, emborcou e aspergiu gotas ambarinas. Espatifou-se numa centena de pedaços contra a lateral de um velho Porsche. O Garoto permaneceu em silêncio, ofegando e cambaleando um pouco sobre os pés.

Desta vez o problema não era tão simples quanto o engavetamento de quatro carros. Desta vez o problema era somente o tráfego. As pistas rumo leste estavam ali separadas daquelas rumo oeste por um canteiro central com uns 100 metros de extensão. O carro envenenado provavelmente poderia passar de um lado para o outro da estrada, mas a condição de ambas as vias era a mesma: as quatro pistas estavam abarrotadas com seis pistas de tráfego, pára-choque contra pára-choque, uma lateral contra outra. Os acostamentos estavam igualmente congestionados. Alguns motoristas tinham até mesmo tentado usar o próprio canteiro central, embora fosse rústico, irregular e cheio de pedras que sobressaíam do fino solo cinzento como dentes de dragão. Talvez veículos de suspensão alta com tração nas quatro rodas tivessem obtido algum sucesso ali, mas o que Lata de Lixo via sobre o canteiro central era um cemitério de automóveis de ferro rolante de Detroit destruído, arranhado e amassado. Era como se uma loucura em massa tivesse infectado todos os motoristas e eles houvessem decidido realizar um concurso apocalíptico de demolição ou uma gincana lunática bem ali no alto da I-70. No cume das Rochosas do Colorado, pensou Lata de Lixo, eu vi chover Chevrolets no céu. Ele quase riu e apressadamente cobriu a boca. Se O Garoto o pegasse rindo agora, o mais provável é que ele nunca riria de novo.

O Garoto veio caminhando de volta nas suas botas de saltos altos, o cabelo esmeradamente penteado reluzindo. Tinha o rosto de um basilisco anão. Os olhos estavam saltados de fúria.

— Não vou abandonar meu carro, porra — disse ele. — Você me ouviu? De jeito nenhum. Não vou abandoná-lo. Você pode caminhar, Lixinho. Dê uma circulada por aí para ver até onde vai a porra desse engarrafamento. Pode ser que tenha um caminhão virado na estrada, não sei. O que sei é que não podemos voltar. Perdemos o acostamento. Teremos que descer todo o caminho. Mas se isso não for apenas um caminhão virado ou coisa parecida, estou cagando e andando. Pularei por cima desses filhos-da-puta, um de cada vez, e os empurrarei direto para a porra do abismo. Posso fazer isso, e é melhor você acreditar *nessa* babaquice feliz. Mova-se, filho.

Lixo não argumentou. Começou a caminhar cuidadosamente estrada acima, esgueirando-se entre os carros engarrafados. Estava pronto a desistir e correr se O Garoto começasse a atirar. Mas O Garoto não o fez. Quando Lata de Lixo já caminhara pelo que julgava ser uma distância segura (isto é, fora do alcance da pistola), ele subiu em cima de um caminhão-tanque e olhou para trás. O Garoto, uma miniatura de um marginal do inferno, verdadeiramente do tamanho de uma boneca daquela distância, estava recostado no seu carro envenenado, bebendo. Lata de Lixo pensou em acenar-lhe, mas depois decidiu que era má idéia.

* * *

O Homem da Lata de Lixo começou a caminhar naquele dia por volta das dez e meia da manhã, horário diurno de montanha. A caminhada era lenta — ele com freqüência tinha de passar por cima de capôs e tetos dos carros e caminhões, que estavam tão estreitamente engarrafados — e na hora em que deparou com o primeiro letreiro de TÚNEL FECHADO, já eram 3h15 da tarde. Tinha andado cerca de 15 quilômetros. Não era muito — não para alguém que atravessara 20% do país de bicicleta —, mas, considerando os obstáculos, ele achou que 15 quilômetros era bastante assustador. Podia ter voltado muito tempo antes para dizer ao Garoto que era impossível... se é que ele alguma vez teve quaisquer intenções de voltar. Não tinha, claro. Lata de Lixo nunca lera muito sobre história (depois da terapia de eletrochoque, a leitura se tornara algo um tanto penoso para ele), mas não precisava saber que, nos tempos antigos, reis e imperadores costumavam matar os portadores de más notícias num piscar de olhos. O que sabia era o bastante: já conhecia o suficiente do Garoto para não querer vê-lo nunca mais.

Ficou analisando o letreiro, letras pretas sobre um campo laranja em forma de diamante. Tinha sido nocauteado e deitava-se debaixo de uma roda do que parecia ser o mais velho Yugo do mundo. TÚNEL FECHADO. *Que* túnel? Espiou à frente, protegendo os olhos com as mãos, e achou que podia ver *alguma coisa.* Caminhou mais uns 300 metros, passando por cima de carros quando preciso, e chegou a uma confusão alarmante de veículos destruídos e corpos mortos. Alguns dos carros e caminhões tinham pegado fogo até os eixos. Muitos eram veículos militares. Muitos dos corpos estavam vestidos de cáqui. Além da cena dessa batalha — Lixo estava inteiramente certo de que tinha sido uma batalha —, o engarrafamento recomeçava. E além dele, a leste e oeste, o tráfego desaparecia nos orifícios gêmeos do que um enorme letreiro pregado na rocha viva proclamava que estavam no TÚNEL EISENHOWER.

Caminhou para mais perto, o coração acelerado, sem sequer saber o que pretendia. Aqueles orifícios gêmeos, forçando seu caminho na rocha, o intimidaram e, à medida que chegava mais perto, a intimidação tornou-se um terror completo. Ele teria entendido perfeitamente os sentimentos de Larry Underwood em relação ao túnel Lincoln; nesse instante eles eram almas gêmeas que não se conheciam, na emoção partilhada de medo supremo.

A principal diferença era que, enquanto a passarela de pedestres do túnel Lincoln ficava acima da pista de rolamento, aqui era tão baixa que alguns carros tinham de fato tentado prosseguir com duas rodas sobre a passarela e as duas outras no asfalto. O túnel tinha 3,5 quilômetros de comprimento. A única maneira de atravessá-lo seria rastejar ao longo de carro a carro na escuridão de breu. Isto levaria horas.

O Homem da Lata de Lixo sentiu os intestinos se liquefazerem.

Permaneceu olhando para o túnel por longo tempo. Larry Underwood, mais de um mês atrás, entrara no seu túnel apesar do medo. Após uma prolongada contemplação, o Homem da Lata de Lixo deu meia-volta e recomeçou a caminhar na direção do Garoto, os ombros arriados, os cantos da boca tremendo. Não foi apenas a ausência de qualquer espaço fácil para caminhar que o fez voltar, ou a extensão do túnel (Lixo, que passara toda a sua vida em Indiana, não fazia idéia do quão extenso era o túnel Eisenhower). Larry Underwood tinha sido impelido (e talvez controlado) por um traço subjacente de egoísmo, pela simples lógica da sobrevivência: Nova York era uma ilha, e ele precisava sair dela. O túnel era o meio mais rápido. Portanto, caminharia através dele o mais depressa que pudesse; iria fazer isto do modo como se aperta o nariz e engole rápido quando se sabe que o remédio é amargo. Lata de Lixo era uma coisa espancada, acostumada a aceitar os golpes e agressões tanto do destino quanto de sua própria natureza inexplicável... e fazer isto de cabeça baixa. Ele havia sido inteiramente emasculado, quase sofrido uma lavagem cerebral, pelo seu encontro cataclísmico com O Garoto. Tinha sido conduzido a velocidades altas o bastante para induzir dano cerebral. Havia sido ameaçado de morte se não bebesse direto uma lata de cerveja e sem vomitar depois. Fora sodomizado com um cano de revólver. Estivera perto de ser jogado 300 metros abaixo da beira do abismo. Coroando tudo isto, poderia ele reunir coragem suficiente para rastejar através de um buraco perfurado direto através da base da montanha, um buraco onde poderia encontrar quem sabe quais horrores na escuridão? Ele não poderia. Outros, talvez, mas não o Homem da Lata de Lixo. E havia também uma certa lógica na idéia de voltar. Era a lógica do espancado e do semilouco, claro, mas ainda tinha o seu próprio encanto perverso. Ele *não* estava numa ilha. Se tivesse que retroceder pelo resto do dia e todo o dia seguinte a fim de encontrar uma estrada que contornasse as montanhas em vez de passar por dentro delas, ele o faria. Fora obrigado pelo Garoto, era verdade, mas achava que ele poderia ter mudado de idéia e já partido, apesar de sua declaração em contrário. Ou poderia estar caído de bêbado. Ou poderia mesmo (embora Lixo na verdade duvidasse de que uma boa sorte, tão extraordinária, algum dia lhe sorrisse) estar simplesmente morto. Na pior das hipóteses, se O Garoto ainda estivesse lá, observando e esperando, Lata de Lixo poderia esperar até escurecer e então rastejar, passando por ele como

(uma doninha)

algum pequeno animal sob os arbustos. Depois ele iria continuar para leste até encontrar a estrada que estava procurando.

Chegou de volta ao caminhão-tanque de cujo topo tinha visto pela última vez O Garoto e seu mítico carro envenenado, fazendo um tempo melhor na viagem de volta. Desta vez ele não subiu aonde pudesse ser claramente silhuetado contra o céu do anoitecer, mas começou a engatinhar de um carro para outro, tentando ser bem silencioso. O Garoto poderia estar alerta e de tocaia. Nunca se sabia, com um cara como O Garoto... e não valia a pena correr riscos. Viu-se desejando ter apanhado a arma de algum dos soldados, muito embora nunca tivesse usado uma arma na vida. Continuou a engatinhar, os seixos da estrada mordendo dolorosamente suas mãos espalmadas. Eram oito horas, e o sol tinha se posto detrás das montanhas.

Lata de Lixo parou atrás da capota de um Porsche. O Garoto tinha tirado a garrafa da boca e erguido cuidadosamente os olhos sobre ela. Sim, lá estava o carro do Garoto, com sua pintura vistosa em flocos de ouro, seu pára-brisa convexo e a barbatana de tubarão cortando o céu da tardinha cor de sangue. O Garoto estava caído atrás do volante Day-Glo, de olhos fechados e boca aberta. O coração de Lata de Lixo ribombava uma canção de vitória retumbante no seu peito. *Caído de bêbado!*, proclamavam seus batimentos sincopados. *Caído de bêbado! Por Deus! Caído de bêbado!* Lixo achava que poderia estar a uns 30 quilômetros a leste dali antes que O Garoto sequer acordasse da ressaca.

Ainda assim, estava cauteloso. Deslocava-se de um carro para outro como uma barata-d'água atravessando a superfície imóvel de um lago, contornando o carro envenenado à sua esquerda, apressando-se através das brechas crescentes. Agora o carro estava às nove horas à sua esquerda, depois sete, agora seis e diretamente atrás dele. Agora, para pôr distância entre ele e aquele louco...

— Seu idiota chupador de pau! Pare onde está!

Lixo imobilizou-se sobre suas mãos e joelhos. Mijou nas calças e sua mente se dissolveu numa escuridão de pânico loucamente agitada.

Voltou-se pouco a pouco, os tendões de seu pescoço rangendo como as dobradiças de uma porta de casa mal-assombrada. E lá estava O Garoto, radiante em uma camisa iridescente de verde e dourado e calças de veludo cotelê desbotadas pelo sol. Havia um .45 em cada mão e uma horrenda careta de ódio em seu rosto.

— Eu estava apenas che-checando este caminho — Lata de Lixo ouviu-se dizendo. — Para ter certeza de que a ba-ba-barra estava limpa.

— Certo... você estava checando de gatinhas, seu escroto! Eu limparei a porra da sua barra. Levante-se!

De alguma maneira, Lata de Lixo conseguiu se levantar e manteve-se de pé apoiado na maçaneta de um carro à sua direita. Os orifícios gêmeos dos .45 do Garoto pareciam tão grandes quanto os orifícios gêmeos do túnel Eisenhower. Estava frente a frente com a morte. Não havia quaisquer palavras que pudessem evitar isto agora.

Dedicou uma prece silenciosa ao homem escuro: *Por favor... se for de sua vontade... minha vida por você!*

— O que há por lá? — perguntou O Garoto. — Uma colisão?

— Um túnel. Totalmente engarrafado. É por isso que voltei, para lhe contar. Por favor...

— Um túnel — gemeu O Garoto. — Só me faltava essa porra! — A carranca retornou. — Está mentindo pra mim, sua bichona escrota?

— *Não!* Juro que não! O letreiro dizia túnel Isenhower. Acho que é o que dizia, mas tenho dificuldade com palavras compridas. Eu...

— Cala a porra dessa boca! A que distância?

— Doze quilômetros. Talvez mais.

O Garoto ficou calado por um momento, olhando a oeste ao longo da estrada. Depois fitou Lata de Lixo com um olhar cintilante.

— Está querendo me dizer que este engarrafamento tem *12 quilômetros*? Está mentindo, saco de merda! — O Garoto pôs ambas as armas a meio gatilho. Lata de Lixo, que não distinguiria meio gatilho de gatilho pleno, nem gatilho pleno de um saco de rãs, guinchou como uma mulher e pôs as mãos sobre os olhos.

— *Sem sacanagem! Sem sacanagem!* — gritou. — *Eu juro! Juro!*

O Garoto olhou para ele por um bom tempo. Por fim, baixou o cão das armas.

— Vou matar você, Lixinho — disse ele, sorrindo. — Vou tirar a porra de sua vida. Mas primeiro vamos voltar até aquele engavetamento que contornamos esta manhã. Você vai empurrar a kombi pelo abismo. Depois vou voltar e descobrir outro caminho por aí. Não vou abandonar a porra do meu carro — acrescentou, petulante. — De jeito *nenhum*!

— Por favor, não me mate — sussurrou Lata de Lixo. — Por favor, não!

— Se você conseguir empurrar aquela kombi VW no abismo em menos de 15 minutos, talvez eu não faça isto — disse O Garoto. — Acredita nesta babaquice feliz?

— Sim — disse Lata de Lixo, mas dera uma boa olhada naqueles olhos brilhando de modo sobrenatural, e não acreditou na babaquice feliz.

Caminharam de volta ao engavetamento, Lata de Lixo seguindo à frente do Garoto sobre pernas de borracha vacilantes. O Garoto caminhava de modo afetado, sua jaqueta de couro crepitando suavemente nas suas dobras secretas. Havia um vago e quase doce sorriso nos seus lábios de boneca.

* * *

Na hora em que chegaram ao engavetamento, o lusco-fusco quase se fora. A kombi estava tombada de lado, os cadáveres de seus três ou quatro ocupantes um emaranhado de braços e pernas que piedosamente era difícil de ver na luz que declinava com rapidez. O Garoto passou pela kombi e parou no acostamento, olhando para o lugar que tinham contornado cerca de dez horas antes. Uma das marcas de pneu continuava lá, mas a outra tinha sumido à beira do abismo.

— Nada — disse O Garoto, decisivo. — Nunca mais faça isso por aqui de novo, a não ser que a gente faça algum movimento e uma chanfradura, primeiro. Não me diga nada, eu digo a você.

Por um breve momento, Lata de Lixo entreteve a idéia de correr até O Garoto e tentar empurrá-lo no abismo. Então O Garoto voltou-se. Sacara as armas e as apontava casualmente para o peito de Lata de Lixo.

— Ora, Lixinho, você estava tendo maus pensamentos. Não tente me dizer que não. Posso ler você como se fosse a porra de um livro aberto.

Lata de Lixo sacudiu violentamente a cabeça em protesto.

— Não cometa nenhum erro comigo, Lixinho. É a única coisa em todo mundo que você não vai querer fazer. Agora comece a empurrar aquela kombi. Tem 15 minutos.

Havia um Austin estacionado perto do canteiro central quebrado. O Garoto abriu a porta do carona, puxou casualmente para fora o cadáver inchado de uma adolescente (o braço dela soltou-se na sua mão e ele o jogou fora com o ar ausente de um homem que tivesse acabado com a coxa de peru que estivera mordiscando) e sentou-se no assento de costas curvas com seus pés de fora, no asfalto. Gesticulou bem-humorado com seus revólveres para a forma encurvada e estremecida de Lata de Lixo.

— Não perca tempo, bom parceiro. — Ele jogou a cabeça para trás e cantou: — Ah... chegou Johnny com sua pica na mão, é um homem de um bago só e está FORA do ro-deei-o... está certo, Lixinho, seu fodido de merda, bota força nisso, só restam 12 minutos... toda a força à esquerda e toda a força à direita, vamos, seu burro fodido, acerte seu pé direito...

Lixo inclinava-se contra a kombi. Firmou as pernas e empurrou. A kombi moveu-se talvez 5 centímetros para a beira do abismo. No seu coração, a esperança — aquela erva daninha indestrutível do coração humano — recomeçara a brotar. O Garoto era irracional, impulsivo, o que Carley Yates e seus parceiros de sinuca teriam chamado de louco de pedra. Talvez, se ele realmente conseguisse empurrar a kombi no abismo e limpar o caminho para o precioso carro envenenado, o lunático o deixasse viver.

Talvez.

Ele baixou a cabeça, agarrou a beirada da carroceria da kombi e empurrou com todas as suas forças. A dor chamejou no seu braço recentemente queimado, e ele soube que o frágil tecido novo em breve se romperia. Depois a dor se transformaria em agonia.

A kombi moveu-se uns 8 centímetros. O suor gotejava do cenho de Lata de Lixo e escorria por seus olhos, ardendo como óleo de máquina aquecido.

— Ah, chegou Johnny, com sua pica na mão, é um homem de um bago só e está FORA do ro-deeeei-o! — cantou O Garoto. — Bem, toda a força à esquerda e toda...

A canção quebrou-se como um graveto frágil. Lata de Lixo olhou apreensivo para cima. O Garoto pulara fora do assento do Austin. Estava em pé de perfil para Lixo, olhando através daquela parte da estrada para as pistas a leste. Uma encosta rochosa e coberta de mato se elevava além delas, empanando metade do céu.

— Que porra foi *isso*? — sussurrou O Garoto.

— Não ouvi na...

Então ele *ouviu* alguma coisa. Ouviu um pequeno chocalhar de seixos e pedras do outro lado da estrada. O sonho voltou-lhe em repentina e total lembrança que congelou seu sangue e evaporou toda a saliva em sua boca.

— *Quem está aí?* — gritou O Garoto. — *É melhor me responder! Responda, caralho, ou vou começar a atirar!*

E ele *foi* atendido, mas não por qualquer voz humana. Um uivo elevou-se na noite como uma sirene áspera, primeiro subindo e depois caindo rapidamente para um rosnado gutural.

— Santo Deus! — exclamou O Garoto, e sua voz soou subitamente fina.

Descendo a encosta do lado mais afastado da estrada e atravessando o canteiro central vinham lobos, lobos de montanha cinzentos e lúgubres, os olhos vermelhos, suas mandíbulas abertas e gotejando baba. Havia mais de uma dúzia. Lata de Lixo, num êxtase de terror, urinou de novo nas calças.

O Garoto contornou o porta-malas do Austin, nivelou seus .45 e começou a disparar. Chamas lambiam dos canos; o som dos tiros soou e ressoou das paredes da montanha, parecendo como se uma artilharia estivesse em ação. O Homem da Lata de Lixo gritou e enfiou os dedos indicadores nos ouvidos. A brisa noturna esfarrapou a fumaça de pólvora, fresca, madura e quente. O aroma de cordite ardeu em seu nariz.

Os lobos se acercavam, nem mais rápidos nem mais lentos, num passo acelerado. Os olhos deles... Lata de Lixo descobriu-se incapaz de desviar a vista daqueles olhos. Não eram os olhos de lobos comuns; disso estava plenamente convencido. Eram os olhos de seu Amo, pensou. O Amo deles e *seu* Amo também. De repente, lembrou-se de uma prece e não sentiu mais medo. Tirou os dedos dos ouvidos. Ignorou a umidade que se espalhava nas entrepernas. Começou a sorrir.

O Garoto esgotara a munição de ambas as armas, abatendo três dos lobos ao fazê-lo. Recolocou as armas nos coldres sem fazer qualquer tentativa para recarregá-las e voltou-se para oeste. Deu cerca de dez passos e depois parou. Mais lobos desciam das pistas a oeste, serpenteando para dentro e para fora da massa volumosa de carros engavetados como esfarrapadas bandeirolas de neblina. Um deles ergueu o focinho para o céu e uivou. Seu uivo foi acompanhado por um segundo, o segundo por um terceiro, o terceiro por um coro completo. Depois continuaram a avançar.

O Garoto começou a recuar. Estava tentando agora municiar um de seus revólveres, mas as balas escapuliam por entre seus dedos nervosos. De repente, ele desistiu. A arma caiu de sua mão e reverberou na estrada. Como se tivesse sido um sinal, os lobos investiram sobre ele.

Com um alto e esganiçado grito de medo, O Garoto virou-se e correu para o Austin. Enquanto corria, seu segundo revólver caiu do coldre baixo e quicou pela estrada. Com um rosnado baixo e dilacerante, o lobo mais próximo saltou sobre ele no justo momento em que O Garoto mergulhava no Austin e batia a porta.

Ele conseguiu, por pouco. O lobo sacudiu a porta, rosnando, seus olhos vermelhos se revirando horrivelmente. Os outros lobos se juntaram ao primeiro e em breve o carro estava cercado de lobos. De dentro, o rosto do Garoto era uma pequena lua branca espiando para fora.

Então um dos lobos se aproximou do Homem da Lata de Lixo, sua cabeça triangular abaixada, os olhos reluzindo como lanternas de tempestade.

Minha vida por você...

Firmemente, pelo menos agora sem medo, Lixo foi ao encontro dele. Estendeu sua mão queimada e o lobo a lambeu. Após um momento, o lobo sentou-se sobre as patas, enrolando sua cauda felpuda e lustrosa.

O Garoto olhava para ele, a boca escancarada.

Com um sorriso nos olhos, o Homem da Lata de Lixo fez um gesto obsceno com o dedo médio.

Com os *dois* dedos médios.

E gritou:

— Foda-se! Você já era! Está me ouvindo? *ACREDITA NESTA BABAQUICE FELIZ? FODA-SE! NÃO ME DIGA NADA, EU DIREI A VOCÊ!*

A boca do lobo fechou-se gentilmente na mão boa de Lata de Lixo, que olhou para baixo. O lobo se pôs de pé outra vez, puxando-o delicadamente. Puxando-o para oeste.

— Tudo bem — disse Lata de Lixo, sereno. — *OK*, garoto.

Ele começou a caminhar e o lobo seguiu atrás dele, andando como um cão adestrado. Mais cinco se juntaram a eles, vindo do meio dos carros engavetados. Agora ele caminhava com um lobo à frente dele, outro atrás e dois de cada lado, como um dignitário escoltado.

Fez uma pausa uma vez e olhou para trás por sobre o ombro. Nunca esqueceu o que viu: um anel de lobos sentados pacientemente num círculo cinzento em volta do pequeno Austin, e o pálido círculo do rosto do Garoto olhando para fora, sua boca abrindo-se por trás da janela. Os lobos pareciam rir para O Garoto, suas línguas pendendo das bocas. Pareciam estar lhe perguntando quanto tempo levaria antes que ele apelasse ao homem escuro para sair do sufoco das velhas Batalhas Perdidas. Simplesmente quanto tempo?

Lata de Lixo imaginou quanto tempo aqueles lobos esperariam sentados em volta do velho Austin, cercando-o num círculo de dentes. A resposta, claro, era enquanto durasse. Dois dias, três, até mesmo quatro, talvez. O Garoto ficaria sentado ali, olhando para fora. Sem nada para comer (isto é, a não ser que a adolescente que jogara para fora tivesse tido um passageiro), nada para beber, a temperatura abrasadora no interior do pequeno carro, talvez equivalendo ao efeito de uma estufa. Os cães de guarda do homem escuro esperariam até que O Garoto morresse de fome ou até que ficasse louco o bastante para abrir a porta e tentar uma fuga. Lata de Lixo dava risadinhas na escuridão. O Garoto não era muito grande. Não renderia mais que um naco de carne para cada lobo. E o que comessem poderia muito bem envenená-los.

— Estou certo? — gritou ele e gargalhou para as estrelas brilhantes. — Não venha dizer para *mim* se você acredita nesta babaquice feliz! Eu é que digo para *VOCÊ*, porra!

Suas companhias cinzentas fantasmagóricas caminhavam sisudas ao lado dele, indiferentes aos seus gritos. Quando alcançaram o carro envenenado do Garoto, o lobo à retaguarda dele desviou-se até o carro, farejou um dos pneus Wide Ovals e depois, com um arreganho de dentes sardônico, levantou a pata e urinou nele.

Lata de Lixo teve que rir. Riu até lágrimas brotarem dos olhos e escorrerem por suas faces fendidas e com barba por fazer. Sua loucura, como uma frigideira fina, só queria agora o sol do deserto para colocá-la em ebulição e completá-la, para dar-lhe aquele toque final sutil de sabor.

Continuaram caminhando, Lata de Lixo e sua escolta. À medida que o tráfego se tornava mais denso, os lobos ou se contorciam debaixo dos carros, com seus ventres se arrastando na estrada, ou passavam por cima de capôs ou tetos perto dele — companhias silenciosas e sangüíneas com olhos vermelhos e dentes brilhantes. Quando, passando um pouco da meia-noite, alcançaram o túnel Eisenhower, Lata de Lixo não hesitou e seguiu em frente firmemente na coalheira do lado rumando para oeste. Como poderia ter medo agora? Como poderia ter medo com guardiões como aqueles?

Era uma longa viagem, e ele havia perdido toda a noção do tempo quando ela mal havia começado. Seguia em frente cegamente de um carro para o seguinte. Uma vez sua mão afundou em algo molhado e doentiamente macio, e houve um bafo de gás fedorento. Mesmo então, ele não vacilou. De tempos em tempos, via olhos vermelhos no escuro, sempre erguidos à frente, sempre conduzindo-o adiante.

Pouco mais tarde, ele sentiu um novo frescor no ar e começou a apressar-se, uma vez perdendo o equilíbrio e caindo do capô de um carro para bater dolorosamente com o crânio no pára-choque do seguinte. Pouco tempo depois disso, olhou para cima e viu de novo as estrelas, agora empalidecendo ante o romper da aurora. Estava fora.

Sua escolta desaparecera. Mas Lata de Lixo caiu de joelhos e agradeceu numa prece longa e desconexa. Ele vira a mão do homem escuro atuando, e a vira plenamente.

Apesar de tudo que tinha passado desde que acordara na manhã anterior, para ver O Garoto admirando seu penteado no espelho do quarto do Golden Motel, Lixo estava tenso demais para dormir. Em vez disso caminhou, deixando o túnel para trás. O tráfego também estava congestionado no sentido oeste do túnel, mas tinha melhorado o suficiente para caminhar confortavelmente antes que houvesse progredido 3 quilômetros. Ao longo do canteiro central, nas pistas sentido leste, a fila de carros que estiveram esperando para usar o túnel se estendia cada vez mais.

Ao meio-dia, ele começou a descer do Vail Pass para a própria cidade de Vail, passando pelos condomínios e conjuntos residenciais. Agora a fraqueza quase o havia derrotado. Quebrou uma janela, destrancou uma porta, encontrou uma cama. E isso foi tudo de que se lembrou até o início da manhã seguinte.

* * *

A beleza do fanatismo religioso é que ele tem o poder de explicar tudo. Uma vez que Deus (ou Satã) seja aceito como a causa primeira de tudo que acontece no mundo mortal, nada é deixado ao acaso... ou mudança. Uma vez que frases encantatórias tais como "vemos agora obscuramente através de um espelho" e "misteriosos são os meios como Ele escolhe seus prodígios a realizar" sejam dominadas, a lógica pode ser alegremente jogada pela janela. O fanatismo religioso é um dos poucos meios infalíveis para responder às fantasias do mundo, porque ele elimina por completo o puro acidente. Para o verdadeiro fanático religioso, isto é *tudo* que importa.

Foi provavelmente por esta razão que Lata de Lixo conversou com um corvo por quase vinte minutos na estrada a oeste de Vail, convencido de que o pássaro era ou um emissário do homem escuro... ou o próprio homem escuro. O corvo o fitou silenciosamente por longo tempo do alto fio telefônico onde se havia empoleirado, para só voar indo embora quando estivesse entediado ou faminto... ou até que a efusão de louvor e promessas de lealdade de Lata de Lixo fosse completada.

Ele conseguiu outra bicicleta perto de Grand Junction, e por volta de 25 de julho estivera pedalando através do estado de Utah na Rodovia 4, que liga a I-89 no leste, à grande opção para sudoeste da I-15, que segue do norte de Salt Lake City por todo o caminho até San Bernardino, na Califórnia. E quando a roda dianteira da sua nova bicicleta decidiu separar-se de repente de toda a estrutura e seguir em disparada no deserto por sua própria conta, Lata de Lixo foi expelido por cima do guidom para pousar na sua cabeça, um baque que poderia ter fraturado seu crânio (ele estava a 60 quilômetros quando aconteceu, e não usava capacete). Ainda assim, foi capaz de levantar-se menos de cinco minutos depois, com sangue escorrendo sobre o rosto de meia dúzia de cortes e lacerações, capaz de executar sua pequena dança careteira e embaralhada, capaz de entoar:

— *Cii-a-bo-la, minha vida por você, Ci-a-bola, pam, pam, pam!*

Não havia realmente nada tão reconfortante para o espírito abatido ou um crânio rachado do que uma boa dose forte de "Seja feita vossa vontade".

* * *

A 7 de agosto, Lloyd Henreid foi ao quarto onde o desidratado e semidelirante Homem da Lata de Lixo fora instalado no dia anterior. Era um quarto confortável no 13º andar do MGM Grand Hotel. Havia uma cama redonda com lençóis de seda e um espelho redondo que parecia ter o tamanho exato da cama, fixado no teto.

Lata de Lixo olhou para Lloyd.

— Como se sente, Lixo? — perguntou Lloyd, olhando de volta.

— Bem — respondeu Lata de Lixo. — Melhor.

— Comida, água e repouso, isto é tudo de que você precisa. Eu lhe trouxe roupas limpas. Tive que adivinhar o tamanho.

— Parecem boas. — Lixo na verdade nunca fora capaz de lembrar seu tamanho. Pegou os *jeans* e a camisa que Lloyd oferecia.

— Desça para o café-da-manhã depois que se vestir — disse Lloyd, falando quase com deferência. — Costumamos comer na *deli*.

— Tudo bem.

Havia um zunzum de conversa na *delicatessen*, e ele parou do lado de fora, de repente dominado pelo medo. Todos olhariam para ele quando entrasse. Olhariam e ririam. Alguém começaria a rir baixinho no fundo do salão, alguém mais se juntaria, e então todo o lugar seria um tumulto de riso e dedos apontados.

Ei, esconda seus fósforos, vem aí o Homem da Lata de Lixo!

Ei, Lixo! O que disse a velha Sra. Semple quando você tacou fogo no cheque da pensão dela?

Você mija muito na cama, Lixo?

O suor porejou da sua pele, fazendo-o sentir-se pegajoso apesar da ducha que tomara depois da saída de Lloyd. Ele se lembrou de seu rosto no espelho do banheiro, coberto de crostas de ferida cicatrizando lentamente, seu corpo, macilento demais, os olhos, pequenos demais para suas órbitas escancaradas. Sim, eles ririam. Ficou ouvindo o rumor da conversa, o tilintar dos talhares de prata, e achou que simplesmente deveria escapulir.

Depois, pensou no modo como o lobo havia tomado sua mão, tão gentilmente, e o conduzira para longe do túmulo metálico do Garoto. Então, Lixo aprumou os ombros e entrou no recinto.

Algumas pessoas ergueram a vista brevemente, depois retomaram sua refeição e sua conversa. Lloyd, sentado a uma grande mesa no centro do salão, ergueu um braço e acenou para ele. Lixo abriu caminho por entre as mesas e por baixo de um desativado placar eletrônico Keno. Havia mais três pessoas na mesa. Todos comiam ovos mexidos com presunto.

— Sirva-se — disse Lloyd. — É uma espécie *de self-service.*

Lata de Lixo pegou uma bandeja e serviu-se. O homem detrás do balcão, gordo e vestindo roupas sujas de cozinheiro, olhou para ele.

— É o Sr. Horgan? — perguntou Lata de Lixo timidamente.

Horgan sorriu, expondo a boca com dentes faltando.

— É isso aí, mas ninguém aqui me chama assim, rapaz. Pode me chamar de Whitey. Está se sentindo melhor? Quando chegou aqui você parecia um caco.

— Muito melhor, claro.

— Sirva-se à vontade. Tudo que quiser. Mas vá devagar com as batatas fritas. Eu o faria, pelo menos. As batatas estão velhas e duras. É bom ter você aqui, garoto.

— Obrigado — disse Lixo.

Ele seguiu de volta à mesa de Lloyd.

— Lixo, este aqui é Ken DeMott. O cara ficando careca é Hector Drogan. E este garoto tentando deixar crescer no rosto os pêlos que sobram no seu cu chama a si mesmo de Maioral.

Todos acenaram de cabeça para ele.

— Este é o nosso novo companheiro — apresentou Lloyd. — Chama-se o Homem da Lata de Lixo.

Mãos se apertaram. Lixo começou a se concentrar nos ovos mexidos. Olhou para o rapaz com a barba irregular e disse, em voz baixa e polida:

— Poderia me passar o sal, Sr. Maioral?

Houve um momento de surpresa enquanto se entreolharam e depois todos gargalharam. Lixo olhou para eles, sentindo o pânico crescer no seu peito, e depois escutou o riso, realmente o *escutou*, tanto na mente quanto nos seus ouvidos, e compreendeu que não havia nenhuma maldade nele. Ninguém ali iria perguntar-lhe por que não tinha incendiado a escola em vez da igreja. Ninguém ali iria importuná-lo a respeito do cheque de pensão da Sra. Semple. Ele poderia sorrir também, se quisesse. E ele o fez.

— Sr. *Maioral* — Hector Drogan gargalhava. — Esta é boa, Maioral, você bem que estava merecendo. Sr. *Maioral.* Adorei. *Seeenhor Maaaioral.* Cara, essa é boa paca!

Maioral passou o sal para Lata de Lixo.

— Apenas Maioral, isto me basta o tempo todo. É só não me chamar de Sr. Maioral que não irei chamá-lo de Sr. Lixo, tudo bem?

— Tudo bem — disse Lata de Lixo, ainda sorrindo. — Está ótimo.

— Ah, Sr. *Maaaioral?* — disse Heck Drogan num recatado falsete. A seguir irrompeu de novo em risos. — Maioral, você nunca vai se livrar dessa. Juro que não.

— Talvez não, mas tenho certeza de que vou saber conviver com isso — disse o Maioral e levantou-se com seu prato para buscar mais ovos. Sua mão fechou-se por um momento no ombro de Lata de Lixo enquanto saía da mesa. A mão era quente e firme. Era o tipo de mão amistosa que não aperta ou belisca.

Lata de Lixo voltou-se para seus ovos, sentindo-se cálido e bem por dentro. Este calor e bondade eram tão estranhos à sua natureza que parecia quase uma doença. Enquanto comia, tentava isolar e compreender aquilo. Ergueu a vista, olhou para os rostos à sua volta e achou que poderia compreender o que era.

Felicidade.

Que grupo bacana de pessoas, pensou.

E logo a seguir: *Estou em casa.*

* * *

Naquele dia ele foi deixado à vontade para dormir, mas no dia seguinte estava seguindo de ônibus para a represa de Boulder com um grupo de outras pessoas. Passaram todo o dia enrolando arame de cobre em volta dos fusos de motores queimados. Ele trabalhava numa bancada com vista para a água — o lago Mead — e ninguém o supervisionava. Lata de Lixo presumiu que não havia capataz ou algo parecido porque todos adoravam o que estavam fazendo, tanto como ele próprio.

Aprendeu diferentemente no dia seguinte.

* * *

Eram 10h15 da manhã. Lata de Lixo estava sentado na bancada, enrolando arame, sua mente a milhões de quilômetros de distância enquanto os dedos faziam seu trabalho. Mentalmente compunha um salmo de louvor para o homem escuro. Ocorrera-lhe que deveria arranjar um livro grande (um Livro, realmente) e começar a escrever alguns de seus pensamentos acerca *dele*. Seria o tipo de Livro que as pessoas desejariam ler algum dia. Pessoas que sentissem o mesmo que Lata de Lixo em relação a *ele*.

Ken DeMott aproximou-se, e parecia pálido e assustado sob o seu bronzeado de sol do deserto.

— Vamos — disse ele. — O trabalho está encerrado. Vamos voltar a Las Vegas. Todo mundo. Os ônibus estão lá fora.

— Hã? Por quê? — Lata de Lixo pestanejou para ele.

— Não sei. É ordem *dele*. Lloyd a transmitiu. Mexa-se, Lixinho. E é melhor não fazer perguntas quando o incorrigível está envolvido.

Ele não fez perguntas. Lá fora, na Hoover Drive, três ônibus da Escola Pública de Las Vegas estavam estacionados, os motores ligados. Homens e mulheres embarcavam. Havia pouca conversa; a volta para Vegas no meio da manhã era a antítese do habitual transporte de ida e volta do trabalho. Não houve gracejos, fofoquinhas, nem nada das habituais zombarias leves entre as vinte e poucas mulheres e os trinta e poucos homens. Todo mundo estava fechado em copas.

Enquanto se aproximavam da cidade, Lata de Lixo ouviu um homem do outro lado dele dizer baixinho ao colega de assento:

— É Heck. Heck Drogan. Puta merda, como é que aquela assombração descobre as coisas?

— Cale a boca — disse o outro e lançou um olhar desconfiado para Lata de Lixo.

Lixo percebeu o olhar e olhou pela janela para o deserto que passava. Sua mente estava mais uma vez perturbada.

* * *

— Ah, meu Deus — disse uma das mulheres enquanto desembarcavam, mas o único comentário foi o dela.

Lata de Lixo olhou em volta, intrigado. Todo mundo estava aqui, assim parecia, todo mundo em Cibola. Tinham sido todos chamados de volta, com exceção de uns poucos batedores que estariam em algum lugar desde a península mexicana ao Texas ocidental. Eles foram reunidos num impreciso semicírculo em volta do chafariz, seis e sete de fundo, mais de quatrocentos ao todo. Alguns daqueles na retaguarda subiram em cadeiras do hotel para que pudessem ver, e até Lata de Lixo chegou mais perto. Pensava que era para o chafariz que estavam olhando. Espichando o pescoço, pôde ver que havia alguma coisa jazendo no gramado diante do chafariz, mas não conseguiu distinguir o que era.

Alguém o agarrou pelo cotovelo. Era Lloyd. Seu rosto parecia branco e tenso.

— Estive procurando por você. *Ele* quer vê-lo mais tarde. Enquanto isso, temos essa coisa. Droga, detesto isso. Venha. Preciso de ajuda e você foi escolhido.

A cabeça de Lata de Lixo rodopiava. *Ele* queria vê-lo. *Ele!* Mas, nesse ínterim, havia isto... o que quer que *isto* fosse.

— O que é, Lloyd? O que é isto?

Lloyd não respondeu. Ainda agarrando levemente o braço de Lata de Lixo, ele o conduziu até o chafariz. A multidão abriu caminho, quase se esquivando deles. O estreito corredor que atravessaram parecia estar isolado por uma fria camada de aversão e medo.

De pé diante da multidão estava Whitney Horgan, que fumava um cigarro. Um de seus tênis Hush Puppies estava apoiado sobre o objeto que Lata de Lixo não conseguira distinguir antes. Era uma cruz de madeira. Sua peça vertical tinha 3,50m de comprimento. Parecia uma rústica letra *t* minúscula.

— Todo mundo presente? — perguntou Lloyd.

— Sim — disse Whitey. — Acho que estão. Winky fez a chamada. Temos nove caras fora do estado. Flagg disse para não nos preocuparmos com eles. Como está agüentando a barra, Lloyd?

— Estarei nos trinques — disse Lloyd. — Bem, não exatamente, mas você sabe... poderei agüentar isso.

Whitey empinou a cabeça na direção de Lata de Lixo.

— O quanto esse garoto sabe?

— Não sei de nada — disse Lata de Lixo, mais confuso do que nunca. Esperança, reverência e pavor travavam uma incerta batalha dentro dele. — O que é isto? Alguém comentou alguma coisa sobre Heck...

— É, trata-se de Heck — disse Lloyd. — Ele esteve consumindo droga. Cocaína injetável, não que eu tenha algo contra essa porra. Prossiga, Whitey, mande-os trazê-lo para fora.

Whitey se afastou de Lloyd e Lixo, passando por cima de um buraco retangular no solo. O buraco tinha sido emparedado com cimento. Parecia ter exatamente o tamanho e profundidade certos para acolher a ponta inferior da cruz. Enquanto Whitney "Whitey" Horgan subia os largos degraus entre as pirâmides de ouro, o Homem da Lata de Lixo sentiu que toda a saliva de sua boca secava. Voltou-se subitamente, primeiro para a multidão silenciosa, esperando na sua forma de crescente sob o céu azul, depois para Lloyd, que continuava pálido e silencioso, olhando para a cruz e espremendo a cabeça branca de uma espinha no seu queixo.

— Você... nós... vamos pregá-lo? — Lata de Lixo conseguiu dizer por fim. — É disso que se trata?

Lloyd procurou de súbito no bolso de sua camisa desbotada.

— Sabe, consegui uma coisa para você. *Ele* me deu isto para entregar a você. Não posso obrigá-lo a aceitar, mas é uma coisa danada de boa para mim ter sido lembrado de pelo menos fazer a entrega. Aceita?

Do bolso da lapela ele extraiu um refinado cordão de ouro com uma pedra de âmbar-negro na extremidade. A pedra fendida por um minúsculo ponto vermelho, tal como a de Lloyd. Ele a balançou diante dos olhos do Homem da Lata de Lixo como se fosse um amuleto hipnótico.

A verdade estava nos olhos de Lloyd, clara demais para não ser reconhecida, e Lata de Lixo soube que nunca mais poderia chorar e humilhar-se — não diante *dele*, não diante de qualquer um, mas especialmente não diante *dele* —, e alegar que não havia entendido. *Pegue isto e você terá tudo*, diziam os olhos de Lloyd. *E o que é uma parte de tudo? Ora, Heck Drogan, claro. Heck e o buraco revestido de cimento no chão, o buraco grande apenas o suficiente para receber a extremidade inferior da cruz de Heck.*

Entendeu o braço para a pedra lentamente. Sua mão parou pouco antes de os dedos estendidos tocarem o cordão de ouro.

Está é minha última chance. Minha última chance de ser Donald Merwin Elbert.

Mas outra voz, uma que falava com mais autoridade (mas com certa gentileza, como mão fria em testa febril), disse-lhe que a hora das escolhas passara havia muito tempo. Se escolhesse Donald Merwin Elbert agora, ele morreria. Tinha ansiado pelo homem escuro por sua livre e espontânea vontade (se é que tal coisa existia para os Latas de Lixo do mundo), tinha aceitado os favores do homem escuro. O homem escuro o havia salvado da morte nas mãos do Garoto (que o homem escuro pudesse ter *mandado* O Garoto justamente com esse propósito nunca passou pela cabeça de Lata de Lixo), e certamente isto significava que sua vida era agora um débito que tinha de saldar com o mesmo homem escuro... o homem que alguns aqui chamavam de Turista Andarilho. Sua vida! Ele já não a havia oferecido repetidamente?

Mas e sua alma... ofereceu também sua alma?

Perdido por um, perdido por mil, pensou o Homem da Lata de Lixo e, gentilmente, pôs uma das mãos em torno da corrente de ouro e a outra em volta da pedra negra. A pedra era fria e macia. Ele a manteve no seu punho por um momento só para ver se poderia aquecê-la. Não achou que seria capaz de fazê-lo, e tinha razão. Portanto, a pendurou no pescoço, onde caía sobre sua pele como uma minúscula bola de gelo.

Mas ele não ligou para esta sensação gélida.

A sensação gélida contrabalançava o fogo que sempre estava em sua mente.

— Apenas diga para si mesmo que você não o conhece — disse Lloyd. — Eu me refiro a Heck. É o que sempre faço. Isto torna mais fácil. Isto...

Duas das amplas portas do hotel se escancararam. Gritos aterrorizados e frenéticos chegaram até eles. A multidão suspirou.

Um grupo de nove desceu os degraus. Hector Drogan estava no centro. Lutava como um tigre capturado em uma rede. Seu rosto estava pálido exceto por dois borrões de cor febris subindo de seus malares. Rios de suor escorriam de cada centímetro de sua pele. Estava seminu e cinco homens o seguravam. Um deles era Maioral, o garoto que Heck estivera provocando por causa do seu nome.

— Maioral! — Hector balbuciava. — Ei, Maioral, que você diz? Dê uma pequena ajuda para o garoto aqui, *OK*? Diga a eles para desistirem disso... eu posso me limpar, juro por Deus que posso limpar minha barra! O que diz? Uma ajudinha! *Por favor*, Maioral!

Maioral não disse nada; simplesmente apertou mais o braço inútil de Heck. Era resposta suficiente. Hector Drogan recomeçou a chorar. Foi arrastado implacavelmente através do pavilhão até o chafariz.

Atrás dele, caminhando em linha como um solene cortejo fúnebre, vinham três homens: Whitney Horgan, carregando uma bolsa de viagem grande; um homem chamado Roy Hoopes, com uma escada; e Winky Winks, um homem calvo cujos olhos se repuxavam constantemente. Winky carregava uma prancheta com uma folha datilografada presa nela.

Heck foi arrastado até o pé da cruz. Um horrível odor covarde de medo irradiava-se dele; seus olhos reviraram-se, mostrando os brancos lodosos, como os olhos de um cavalo abandonado numa tempestade de trovões.

— Ei, Lixinho — disse ele asperamente enquanto Roy Hoopes colocava a escada atrás dele. — Lata de Lixo, peça a eles para que parem com isto, parceiro. Diga a eles que posso me limpar. Diga a eles que um susto desses é melhor do que todas as porras dos centros de reabilitação do mundo. Diga a eles, cara.

Lata de Lixo ficou olhando para os pés. Enquanto inclinava o pescoço, a pedra negra balançava para fora de seu peito e para dentro do seu campo de visão. A fenda vermelha, o olho, parecia estar olhando acima fixamente para ele.

— Não o conheço — murmurou.

Com o rabo do olho, ele viu Whitey se apoiar num joelho, um cigarro pendendo do canto da boca, seu olho esquerdo semicerrado por causa da fumaça. Ele abriu a bolsa de viagem e foi tirando pregos de madeira afiados. Para horror do Homem da Lata de Lixo, eles pareciam quase tão grandes quanto cunhas de tenda. Depositou os pregos sobre o gramado e depois tirou da bolsa uma enorme marreta de madeira.

Apesar de todas as vozes murmurantes ao redor deles, as palavras de Lata de Lixo pareciam ter penetrado na névoa de pânico da mente de Hector Drogan.

— O que quer *dizer*? Não me conhece? — gritou ele selvagemente. — Tomamos o café-da-manhã juntos dois dias atrás! Você chamou este garoto aqui de Sr. Maioral. *O que quer dizer com essa de que não me conhece, seu mentiroso de merda?*

— Não o conheço mesmo — repetiu Lixo, um pouco mais claramente desta vez. E o que sentiu foi quase uma sensação de alívio. Tudo que via ali diante dele era um estranho, um estranho que parecia um pouco com Carley Yates. Sua mão foi para a pedra e se enrolou em torno dela. A frieza da pedra o deixou mais confiante.

— *Seu mentiroso!* — gritou Heck. Ele recomeçou a lutar, seus músculos se flexionando e bombeando, o suor escorrendo de seu peito e braço nus. — *Seu mentiroso! Você me conhece! Conhece sim, mentiroso!*

— Não, não conheço. Não o conheço nem *quero* conhecer.

Heck recomeçou a gritar. Os quatro homens que o agarravam fizeram-no deitar, ofegante e quase sem fôlego.

— Vão em frente — disse Lloyd.

Heck foi arrastado para trás. Um dos homens que o agarravam arremessou a perna e deu-lhe uma rasteira. Ele aterrissou meio sobre a cruz e meio fora dela. Enquanto isso, Winky começara a ler a folha datilografada presa na prancheta numa voz alta que fatiava os gritos de Heck como o gemido de uma serra circular.

— Atenção, atenção, atenção! Por ordem de Randall Flagg, Líder do Povo e Primeiro Cidadão, este homem, Hector Alonzo Drogan, está condenado a ser executado por crucificação, punição assim ordenada pelo crime de uso de droga!

— *Não! Não! Não!* — gritou Heck em frenético contraponto. Seu braço esquerdo, untuoso de suor, escapou do aperto de Maioral e, instintivamente, Lixo ajoelhou-se e o repôs para baixo, forçando-o contra um braço da cruz. Um segundo depois, Whitey estava ajoelhado ao lado de Lata de Lixo com a marreta de madeira e dois pregos rústicos. O cigarro ainda pendia do canto de sua boca. Ele parecia um homem prestes a fazer um pequeno serviço de carpintaria no quintal dos fundos.

— Isso, segure-o exatamente assim, Lixo. Vou pregá-lo. Não vai levar nem um minuto.

— Uso de droga não é permitido nesta Sociedade do Povo porque prejudica a capacidade do usuário em contribuir plenamente para a Sociedade do Povo — proclamava Winky. Ele falava rápido, como um leiloeiro, e seus olhos se uniam, rangiam e se agitavam. — Especificamente neste caso, o acusado Hector Drogan foi flagrado com toda a parafernália de drogado e com um amplo suprimento de cocaína.

Agora os gritos de Heck alcançaram uma estridência que poderia muito bem ter estilhaçado cristal, se por ali houvesse algum cristal para ser estilhaçado. Sua cabeça chicoteava de um lado a outro. Havia espuma nos seus lábios. Estrias de sangue escorriam de seus braços enquanto seis dos homens, inclusive Lata de Lixo, erguiam a cruz para o fosso cimentado. Agora Hector Drogan silhuetava-se contra o céu com sua cabeça arremessada para trás num ricto de dor.

— ... isto é feito para o bem da Sociedade do Povo — gritava Winky inflexivelmente. — Esta comunicação termina com um aviso solene e saudações ao Povo de Las Vegas. Deixemos que este anúncio dos verdadeiros fatos seja pregado acima da cabeça do descrente, e deixemos que seja marcado com o sinete do Primeiro Cidadão, *RANDALL FLAGG.*

— *Ah, meu Deus, isso DÓI!* — berrou Hector Drogan acima deles. — *Ah, meu Deus meu Deus Deus Deus!*

A multidão permaneceu por quase uma hora, cada pessoa com medo de ficar marcada como tendo sido a primeira a se retirar. Havia desagrado em muitas faces, uma espécie de excitamento entorpecido em muitas outras... mas se houvesse um denominador comum, era medo.

O Homem da Lata de Lixo não estava assustado, porém. Por que deveria ter ficado assustado? Ele não tinha conhecido o homem.

Não o tinha conhecido, afinal.

* * *

Às 10h15 daquela noite, Lloyd voltou ao quarto do Homem da Lata de Lixo. Olhou para ele e disse:

— Você está vestido. Ótimo. Pensei que já tivesse ido para a cama.

— Não — respondeu Lata de Lixo. — Estou de pé. Por quê?

A voz de Lloyd baixou.

— É agora, Lixinho. Ele quer vê-lo. Flagg.

— Ele...?

— É.

Lata de Lixo ficou eufórico.

— Onde ele está? Minha vida por ele, ah, sim...

— No terraço — disse Lloyd. — Chegou logo depois que acabamos de cremar o corpo de Drogan. Veio da Costa. Ele estava bem aqui quando Whitey e eu voltamos do aterro sanitário. Ninguém nunca o vê chegar ou partir, Lixo. Mas sempre se sabe quando vai partir de novo. Ou quando ele volta. Vamos, vamos indo.

* * *

Quatro minutos depois, o elevador chegava ao último andar e o Homem da Lata de Lixo desembarcou, o rosto animado, os olhos muito abertos. Lloyd não saltou.

Lixo se voltou para ele.

— Você não...?

Lloyd forçou um sorriso, mas foi uma tentativa frustrante.

— Não, ele quer ver você sozinho. Boa sorte, Lixo.

E antes que Lata de Lixo pudesse dizer alguma coisa, a porta do elevador deslizou para fechar-se e Lloyd sumiu de vista.

Lata de Lixo olhou em torno. Estava em um amplo e suntuoso corredor. Havia duas portas... e a que ficava no final se abriu lentamente. Estava escuro lá. Mas Lixo podia distinguir uma forma parada à porta. E olhos. Olhos vermelhos.

Com o coração tamborilando lentamente no peito, a boca seca, Lata de Lixo começou a caminhar em direção àquela forma. Enquanto o fazia, o ar foi parecendo ficar cada vez mais frio. Seus braços curtidos pelo sol se arrepiaram. Em algum lugar, bem fundo dentro dele, o cadáver de Donald Merwin Elbert revirou-se na sepultura e pareceu gritar.

Depois, aquietou-se de novo.

— O Homem da Lata de Lixo — disse uma voz grave e agradável. — Como é bom tê-lo aqui. Muito bom mesmo!

As palavras lhe caíram da boca como poeira:

— Minha... minha vida por você.

— Sim — disse suavemente a forma parada à porta. Os lábios se entreabriram e dentes brancos exibiram-se num sorriso. — Mas não acho que tenha vindo para isso. Entre. Deixe-me olhar para você.

Os olhos cintilando, o rosto tão estonteado como o de um sonâmbulo, Lata de Lixo entrou no aposento. A porta se fechou e ficaram na penumbra. A mão terrivelmente quente se fechou sobre a de Lata de Lixo, naquele momento gelado... e, de súbito, ele ficou em paz.

Flagg disse:

— Há trabalho para você no deserto, Lixo. Um grande trabalho. Se você quiser.

— Qualquer coisa — murmurou Lata de Lixo. — Farei qualquer coisa.

Randall Flagg deslizou um braço em torno de seus ombros fatigados.

— Colocarei você para incendiar — disse ele. — Venha, vamos beber alguma coisa e falar a respeito.

* * *

E, por fim, aquele incêndio era imenso.

Capítulo Quarenta e Nove

QUANDO LUCY SWANN ACORDOU, faltavam 15 minutos para a meia-noite pelo relógio Pulsar modelo feminino que ela usava. Havia relâmpagos silenciosos a oeste, onde ficavam as montanhas — as *Rochosas*, retificou com certa reverência. Antes desta viagem ela nunca estivera a oeste de Filadélfia, onde morava seu cunhado. Havia morado.

A outra metade do saco duplo de dormir estava vazia; era isso que a tinha acordado. Pensou em apenas virar para o outro lado e continuar a dormir — ele voltaria para a cama quando estivesse pronto —, mas então levantou-se e caminhou silenciosamente para onde imaginava encontrá-lo, no lado oeste do acampamento. Caminhou com cautela, sem incomodar vivalma. Exceto o juiz, claro; seu turno de vigia era das dez à meia-noite e ninguém jamais surpreenderia o juiz Farris cochilando em serviço. O juiz tinha setenta anos e se juntara ao grupo em Joliet. Agora eram 19 ao todo: 15 adultos, três crianças e Joe.

— Lucy? — chamou o juiz em voz baixa.

— Sim. O senhor viu...

Uma risadinha contida.

— Claro que vi. Ele foi lá para a rodovia. Para o mesmo lugar da noite de ontem e anteontem.

Ela chegou mais perto e viu que ele tinha sua Bíblia aberta sobre os joelhos.

— Juiz, vai prejudicar sua vista lendo no escuro.

— Bobagem. O brilho das estrelas é a melhor luz para isto aqui. Talvez a única luz. O que acha disto? "*Não tem porventura o homem um tempo designado sobre a Terra? Não são seus dias como os dias de um assalariado? Como o servo que aspira pela sombra e como o assalariado que espera a paga pelo seu trabalho: assim me deram por herança meses de vaidade, e noites de trabalho me foram designadas. Deitando-me a dormir, então digo: Quando me levantarei? Mas comprida é a noite, e farto-me de me voltar na cama até a alva.*"

— Isso é profundo — disse Lucy sem muito entusiasmo. — Muito bonito, juiz.

— Não é bonito, é Jó. Nada existe de bonito no Livro de Jó, Lucy. — Ele fechou a Bíblia. — "*E farto-me de me voltar na cama até a alva.*" Aí está seu homem, Lucy; isto retrata Larry Underwood à perfeição.

— Sei disso — replicou ela e suspirou. — Se ao menos eu soubesse o que há de errado com ele...

O juiz, que tinha suas suspeitas, ficou calado.

— Não podem ser os sonhos — disse ela. — Ninguém os tem tido mais, a não ser que Joe seja a exceção. E Joe... ele é diferente.

— É, sim. Pobre garoto.

— E todo mundo está saudável. Pelo menos desde que a Sra. Vollman morreu. — Dois dias após o juiz ter se juntado ao grupo, um casal que se apresentou como Dick e Sally Vollman tinha chegado com Larry e seu sortido séquito de sobreviventes. Lucy achou bastante improvável que a gripe houvesse poupado um homem e sua esposa e desconfiou de que o casamento deles fosse do tipo consensual e extremamente recente. Ambos estavam na casa dos quarenta anos e pareciam muito apaixonados. Então, uma semana atrás, na casa da velha em Hemingford Home, Sally Vollman adoecera. Acamparam por dois dias, esperando impotentes que ela melhorasse ou morresse. Ela havia morrido. Dick Vollman continuava com eles, mas era um homem diferente — calado, pensativo, pálido.

— Larry está levando isto tudo muito a sério, não está? — perguntou ela ao juiz Farris.

— Larry é um homem que encontrou a si mesmo relativamente tarde na vida — disse o juiz, pigarreando. — Pelo menos, assim me parece. Quando isso acontece aos homens, eles nunca se mostram seguros. Eles são todas as coisas de que nos falam os livros de civismo acerca de como deveriam ser os bons cidadãos: dedicados mas nunca fanáticos, respeitadores dos fatos que envolvem cada situação mas nunca deturpando tais fatos, pouco à vontade em postos de liderança mas raramente rejeitando uma responsabilidade que lhes tenha sido oferecida... ou a confiança neles depositada. Eles se tornam os melhores líderes em uma democracia, porque é improvável que se apaixonem pelo poder. Pelo contrário. E quando as coisas dão errado... quando morre uma Sra. Vollman...

O juiz interrompeu a si mesmo:

— Poderia ter sido diabetes? Acho bem provável. A pele cianótica, a rápida entrada em coma... é possível, é possível. Mas, se assim foi, onde estava sua insulina? Poderia ela ter se deixado morrer? Poderia ter sido suicídio?

O juiz fez uma pausa para refletir, as mãos entrelaçadas debaixo do queixo. Parecia uma negra ave de rapina à espreita.

— O que quer dizer acerca de quando as coisas dão errado? — incentivou ela gentilmente.

— Quando as coisas dão errado... quando uma Sally Vollman morre, seja de diabetes, de hemorragia interna ou do que for... um homem como Larry culpa a si mesmo. Os homens idolatrados pelos livros cívicos raramente têm um bom final. Melvin Purvis, o superagente federal dos anos 30, matou-se com sua própria pistola de serviço em 1959. Quando Lincoln foi assassinado, era um homem prematuramente envelhecido, à beira de um colapso nervoso. Estamos acostumados a testemunhar a decadência dos presidentes diante de nossos próprios olhos, de mês a mês e até de semana, em cadeia nacional de TV... com exceção de Nixon, é claro, que cobiçava o poder como um morcego-vampiro cobiça o sangue, e Reagan, que parecia um tanto imbecil demais para envelhecer. Acho que Gerald Ford também era assim.

— Creio que existe algo mais — disse Lucy tristemente.

Ele olhou para ela com ar indagador.

— Como foi isso? Já me saturei de vê-lo voltar-se na cama até a alva.

Ele assentiu e ela acrescentou:

— Uma bela descrição de um homem apaixonado, não é?

O juiz olhou para ela, surpreso por vê-la saber tudo sobre uma coisa que ele não diria. Lucy deu de ombros, sorriu com um trejeito amargo dos lábios.

— As mulheres sabem — disse. — As mulheres quase sempre sabem.

Antes que o juiz pudesse replicar, ela já seguia rumo à rodovia, onde Larry deveria estar, sentado e pensando em Nadine Cross.

* * *

— Larry?

— Estou aqui — respondeu ele, lacônico. — O que está fazendo ainda acordada?

— Senti frio — disse ela. Larry sentava-se de pernas cruzadas numa pedra à beira da estrada, como que meditando. — Há lugar para mim?

— Claro. — Ele cedeu-lhe espaço. A pedra continuava um pouco aquecida com o calor daquele dia, que agora estava amainando. Ela sentou-se. Larry a enlaçou com um braço. Segundo os cálculos de Lucy, deviam estar a uns 80 quilômetros a leste de Boulder. Se começassem a rodar pelas nove da manhã, chegariam à Zona Franca de Boulder para o almoço.

Foi o homem no rádio que a chamou de Zona Franca de Boulder; seu nome era Ralph Brentner e ele disse (com algum embaraço) que a Zona Franca de Boulder era principalmente um prefixo de rádio, mas Lucy gostou do nome, pelo modo como soava. Parecia correto. Parecia como um novo começo. E Nadine Cross havia adotado o nome com um zelo quase religioso, como se ele fosse um talismã.

Três dias depois que Larry, Nadine, Joe e Lucy haviam chegado a Stovington e encontrado o centro de epidemias deserto, Nadine sugerira que arranjassem um rádio da faixa do cidadão e começassem a tentar os quarenta canais. Larry aceitara a idéia de muito bom grado — da maneira como aceitava a maioria das idéias, pensou Lucy. Ela não compreendia Nadine Cross de jeito nenhum. Larry estava gamado por aquela mulher, era óbvio, porém Nadine não queria ligar-se muito a ele fora da rotina diária.

De qualquer modo, a idéia do rádio FC tinha sido boa, ainda que produzida por um cérebro que era um bloco de gelo (exceto em relação a Joe). Seria o meio mais fácil de localizar outros grupos, dissera Nadine, e combinarem um ponto de encontro.

Isto provocara debates perplexos no grupo, que naquela ocasião já totalizava seis pessoas com a inclusão de Mark Zellman, que tinha sido soldador na parte norte de Nova York, e Laurie Constable, uma enfermeira de 26 anos. E a perplexa discussão levara a outro debate perturbado relativo aos sonhos.

Laurie o iniciara, protestando que eles sabiam *exatamente* para onde estavam indo. Seguiam o engenhoso Harold Lauder e seu grupo para Nebraska. É claro que assim faziam, e pelo mesmo motivo. A força dos sonhos era simplesmente poderosa demais para ser negada.

Após idas e vindas sobre o tema, Nadine ficara histérica. Ela não tivera sonhos — repetindo: *nenhum dos malditos sonhos*. Se eles queriam praticar auto-hipnose mutuamente, tudo bem. Enquanto houvesse uma base racional atraindo-os para Nebraska, como o aviso na instalação de Stovington, ótimo. No entanto, queria deixar bem claro que não estava acompanhando o grupo baseando-se num punhado de balelas metafísicas. Se todos eles concordassem com isso, ela preferia depositar sua fé em rádios, não em visões.

Mark se virara para a tensa Nadine com um sorriso amistoso, dizendo:

— Se você não tem tido sonhos, como é que me fez acordar esta noite, quando falava durante o sono?

Nadine ficou branca como papel.

— Está me chamando de mentirosa? — quase gritou. — Porque, se estiver, um de nós dois vai sair deste grupo agora mesmo! — Joe encolheu-se contra ela, estremecendo.

Larry contornara o dilema ao concordar com a idéia do rádio FC. E assim, na última semana, mais ou menos, começaram a captar transmissões, não de Nebraska (uma idéia abandonada antes mesmo de concretizada — os sonhos lhes disseram que não fossem para lá, mas até mesmo os sonhos vinham se desvanecendo, perdendo a insistência), mas sim de Boulder, Colorado, novecentos e tantos quilômetros para oeste — sinais irradiados pelo potente transmissor de Ralph.

Lucy ainda recordava os rostos eufóricos, quase extasiados dos outros enquanto o sotaque arrastado de Oklahoma de Ralph Brentner soava anasalado em meio à estática.

— Aqui é Ralph Brentner, Zona Franca de Boulder. Se está me ouvindo, responda pelo Canal 14. Repetindo: Canal 14.

Podiam ouvi-lo, porém não possuíam um transmissor com potência suficiente para responder, não por enquanto. No entanto, haviam chegado mais perto e, desde aquela transmissão inicial, ficaram sabendo que a velha, chamada Abagail Freemantle (embora Lucy sempre pensasse nela como Mãe Abagail) e seu grupo tinham sido os primeiros a chegar, mas desde então as pessoas vinham chegando em duplas e trios, e até em grupos grandes de trinta. Já havia duzentas pessoas em Boulder quando Brentner fez o primeiro contato com eles; neste entardecer, ao conversarem de lá para cá — o FC deles agora já estava a uma distância em que era alcançado com facilidade —, eles já somavam 350 pessoas. O próprio grupo deles estava com quase quatrocentas.

— Um centavo por seus pensamentos — disse Lucy a Larry, pondo a mão no braço dele.

— Estava pensando nesse relógio e na morte do capitalismo — respondeu ele, apontando para o Pulsar de Lucy. — Antes era lutar com unhas e dentes e vencer... ou perecer. Quem lutasse com mais dureza ficava com o Cadillac vermelho, azul e branco e com o relógio Pulsar. Agora temos a verdadeira democracia. Qualquer dama na América pode ter um Pulsar digital e um casaco de *mink* azulado. — Ele riu.

— Talvez — disse ela —, mas quero lhe dizer uma coisa, Larry. Posso não saber muita coisa sobre capitalismo, mas sei algo sobre este relógio de mil dólares. Sei que não é tão bom quanto se pensa.

— Não? — Larry se virou para ela, surpreso e sorrindo. Era apenas um leve sorriso, mas autêntico. Lucy ficou feliz em ver o sorriso dele... um sorriso dirigido a ela. — Por que não?

— Porque ninguém mais sabe que horas são — disse Lucy, petulante. — Quatro ou cinco dias atrás, perguntei ao Sr. Jackson, a Mark e a você, um depois do outro, e todos me deram horas diferentes e disseram que seus relógios tinham parado pelo menos uma vez... Lembra-se daquele lugar onde marcam a hora do mundo? Li um artigo numa revista, certa vez, quando estava num consultório médico. Era impressionante. Eles haviam acertado o tempo até o micromicrossegundo. Dispunham de pêndulos, de relógios de sol, tudo que se possa imaginar. Agora às vezes fico pensando nesse lugar e isso simplesmente me deixa furiosa. Todos os relógios já devem ter parado, mas trago no pulso um relógio Pulsar de mil dólares, que surrupiei de uma joalheria, e ele não marca o tempo corrigido até o segundo solar, como deveria. Por causa da gripe. Dessa maldita gripe!

Ela se calou e eles ficaram sentados juntos, sem falar por algum tempo. Então Larry apontou para o céu.

— Veja!

— O quê? Onde?

— Três horas em ponto. Duas, agora.

Ela olhou, mas só viu o que ele estava apontando depois que Larry pressionou as mãos cálidas contra os lados de seu rosto, virando-o para o quadrante correto do céu. Então ela viu e a respiração ficou presa na sua garganta. Uma luz viva, brilhante como uma estrela, mas firme, sem tremeluzir. Ela voou rapidamente, cruzando o céu na direção leste-oeste.

— Meu Deus! — exclamou ela. — É um avião, não é, Larry? Um avião?

— Não. É um satélite terrestre. Ficará girando e girando lá no alto, provavelmente pelos próximos setecentos anos.

Sentaram-se e observaram até o satélite desaparecer por trás da massa escura das Rochosas.

— Larry — disse ela suavemente. — Por que Nadine não admite? A respeito dos sonhos?

Ele enrijeceu quase imperceptivelmente, fazendo Lucy desejar não ter abordado o assunto. Entretanto, agora que já o fizera, estava determinada a seguir em frente... a não ser que ele a cortasse inteiramente.

— Ela diz que nunca tem quaisquer sonhos.

— Mas deve tê-los, sim... Mark estava certo sobre isso. E ela fala durante o sono. Falava tão alto uma noite que chegou a me acordar.

Ele olhava para ela agora. Após um longo momento, perguntou:

— O que dizia ela?

Lucy pensou, tentando recordar corretamente.

— Ela se debatia no saco de dormir, enquanto repetia: "Não, isso é frio demais, não, eu não suportaria que você fizesse isso, é frio demais, muito frio!" Então, começou a puxar os cabelos. Começou a puxar os próprios cabelos no sono. E a gemer. Cheguei a ter calafrios.

— As pessoas podem ter pesadelos, Lucy. Isto não significa que sejam sobre... bem, sobre *ele*.

— É melhor não se falar muito nele depois do escurecer, não acha?

— Sim, é melhor.

— Ela age como se estivesse se desembaraçando, Larry. Entende o que eu quero dizer?

— Entendo. — Ele sabia. Embora Nadine insistisse em dizer que não sonhava, houvera círculos castanhos sob seus olhos na hora em que chegaram a Hemingford Home. Sua massa magnífica de fartos cabelos estava perceptivelmente mais branca. E se alguém a tocasse, ela saltava. Ela *se encolhia*.

— Você a ama, não? — perguntou Lucy.

— Ah, Lucy — disse ele, em tom de reprovação.

— Não, eu só queria saber... — Sacudiu violentamente a cabeça ao ver a expressão dele. — Preciso dizer isto. Percebo a maneira como olha para ela... a maneira como ela olha para você às vezes, quando você está ocupado com alguma coisa e... é visível. Ela o ama, Larry. No entanto, tem medo.

— Medo de quê? Medo de *quê*?

Larry recordou sua tentativa de fazer amor com ela, três dias após o fiasco de Stovington. Desde então, Nadine ficara cada vez mais reservada — ainda se mostrava alegre às vezes, mas agora era óbvio que se *esforçava* para parecer alegre. Joe tinha pegado no sono. Larry fora sentar-se ao lado dela e, por algum tempo, ficaram conversando, não sobre a situação atual, mas sobre as velhas coisas, as coisas seguras. Larry tentara beijá-la. Ela o repeliu, virando a cabeça, mas antes que ele sentisse as coisas que Lucy acabara de lhe dizer. Ele havia tentado de novo, sendo rude e gentil ao mesmo tempo, desejando-a com uma ânsia desesperada. E por um instante apenas ela havia cedido a ele, mostrado a ele como poderia ser, se...

Então ela rompeu o contato e foi embora, os braços cruzados sobre os seios, as mãos segurando os cotovelos, a cabeça baixa.

Não torne a fazer isto, Larry. Por favor, não. Ou pegarei Joe e irei embora.

Por quê? Por que, Nadine? Por que isso tem de ser tão complicado assim?

Ela não havia respondido. Simplesmente permanecera naquela postura de cabeça baixa, já tendo se iniciado aqueles pontos escuros debaixo dos olhos.

Se pudesse contar-lhe, eu o faria, disse ela por fim e se afastou sem olhar para trás.

— Tive uma amiga que certa vez agiu mais ou menos assim — disse Lucy. — Foi no meu último ano no ginásio. O nome dela era Joline. Joline Majors. Ela não estava mais no colégio. Largou os estudos quando se casou com seu namorado, que era da Marinha. Joline estava grávida quando se casaram, mas ela perdeu o bebê. O marido ficava ausente por muito tempo e Joline... bem, ela gostava de divertir-se. Adorava cair na gandaia e o marido era um bocado ciumento. Avisou-a de que se descobrisse o que ela fazia na sua ausência, quebraria seus dois braços e lhe deixaria o rosto desfigurado. Você pode imaginar que vida deve ter sido? O marido chega em casa e diz: "Estou embarcando agora, meu amor. Me dê um beijo e depois daremos uma boa trepada. Por falar nisso, se eu voltar e alguém me disser que você andou transando por aí, quebro-lhe os braços e desfiguro o seu rosto."

— É, isso não foi uma boa.

— Então, passado algum tempo, ela conheceu um cara — continuou Lucy. — Ele era assistente do instrutor de educação física na Burlington High. Eles ficavam se esgueirando, sempre olhando por cima dos ombros, e não sei se o marido dela botou alguém para espioná-los, mas, passado algum tempo, isto deixou de preocupar. E foi aí que Joline começou a ficar realmente grilada. Sempre que via um homem esperando o ônibus na esquina, ela achava que era um dos amigos do marido. Ou então o vendedor que se registrava no motel, atrás dela e de Herb. Ela pensava isto mesmo se o motel ficasse no interior do estado de Nova York. Ou até mesmo o guarda que lhes dava informações a respeito do local de um piquenique. Isto se tornou tão grave que ela soltava um gritinho se o vento fazia uma porta bater, e pulava toda vez que alguém subia suas escadas. E como morava num prédio dividido em sete pequenos apartamentos, sempre havia alguém subindo as escadas. Herb ficou assustado e a largou. Ele não tinha medo do marido de Joline... passou a ter medo *dela*. E pouco antes que seu marido voltasse de licença, Joline teve um colapso nervoso. Tudo porque gostava de fazer amor um pouco demais...

e porque o marido era louco de ciúmes. Nadine me lembra esta garota, Larry. Lamento por ela. Não gosto muito de Nadine, acho, mas lamento sinceramente. Ela parece estar muito mal.

— Está querendo dizer que Nadine tem medo de mim, da maneira como essa garota tinha medo do marido?

Lucy respondeu:

— Talvez. E lhe digo mais isto: quem quer que seja o marido de Nadine, ele não está aqui.

Larry gargalhou, um tanto sem jeito.

— Será melhor irmos dormir. Amanhã vai ser um dia duro.

— Sim — disse Lucy, achando que ele não entendera uma palavra do que tinha dito. E de repente irrompeu em lágrimas.

— Ei! — disse ele. — Ei! — Tentou enlaçá-la com o braço.

Ela o repeliu.

— Você está conseguindo de mim o que quer. Não precisa fazer isso!

Ainda havia nele o bastante do antigo Larry para especular se as palavras de Lucy não teriam sido ouvidas no acampamento.

— Lucy, eu nunca torci seu braço — replicou, carrancudo.

— Ah, como pode ser tão *idiota*? — gritou ela, dando-lhe um tapa na perna. — Por que os homens são tão idiotas, Larry? Tudo que podem ver é o que está preto no branco. Não, você nunca torceu meu braço. E não sou como *ela*. Você poderia torcer-lhe o braço e ela ainda cuspiria no seu olho e cruzaria as pernas. Os homens têm nomes para garotas como eu, que escrevem nas paredes dos banheiros, ouvi dizer. Mas tudo é assim, tudo se resume em precisar de alguém que seja terno, em precisar de *ternura*. Precisar de amor. Será assim tão horrível?

— Não, não é. No entanto, Lucy...

— No entanto, você não acredita nisso — replicou ela, ressentida. — Portanto, continue atrás da Senhorita Altaneira e, nesse meio-tempo, vá curtindo com a Lucy depois do pôr do sol.

Ele ficou calado, assentindo. Era verdade cada palavra que ela dizia. Estava demasiado cansado, por demais exaurido, para discutir aquilo. Ela pareceu perceber, seu rosto suavizou-se e pousou a mão no braço dele.

— Se conseguir apanhá-la, Larry, serei a primeira a atirar-lhe um buquê. Jamais guardei ressentimento na vida. Apenas... tente não parecer tão desapontado.

— Lucy...

A voz dele elevou-se subitamente, áspera com inesperada energia, e por um momento os braços dele se arrepiaram.

— Por acaso considero o amor muito importante, só o amor poderá nos conduzir através disso, os bons relacionamentos. Pior é o ódio contra nós, porque representa o vazio. — A voz dela baixou de tom. — Você tem razão. Já é tarde. Vou para a cama. Você vem?

— Sim — respondeu ele e levantou-se. Hesitou, olhando para ela. — Eu te amo tanto quanto posso, Lucy.

— Sei disso — replicou ela e deu-lhe um sorriso cansado. — Sei disso muito bem, Larry.

Desta vez, quando ele a enlaçou com o braço, Lucy não o repeliu. Caminharam juntos de volta ao acampamento, fizeram amor timidamente e dormiram.

* * *

Nadine despertou como um gato no escuro uns vinte minutos depois que Larry Underwood e Lucy Swann voltaram ao acampamento, dez minutos depois que terminaram seu ato de amor e caíram no sono.

A férrea voz estridente do terror cantava em suas veias.

Alguém me quer, pensou, enquanto o disparar em seu coração se reduzia. Seus olhos, dilatados e repletos de escuridão, voltaram-se para onde os galhos altos de um olmo rendilhavam o céu com sombras. *É isso. Alguém me quer. É verdade.*

No entanto... é tão frio.

Seus pais e seu irmão tinham morrido em um acidente de carro quando ela estava com seis anos; ela não os acompanhara naquele dia para visitar seus tios, sendo deixada para brincar com uma amiga que morava na mesma rua. Eles tinham se gostado fraternalmente da melhor maneira, ela se recordava. O irmão não havia sido como ela, roubada menininha de um berçário de orfanato à idade de quatro meses e meio. As origens do irmão haviam sido claras. Ele tinha sido — trombetas, por favor — *Independente.* Mas Nadine pertencera para todo o sempre apenas a Nadine. Era uma filha da terra.

Depois do acidente, tinha ido morar com os dois únicos parentes que lhe restavam. Nas White Mountains, a leste de New Hampshire. Recordava que eles a haviam levado a passeio no monte Washington pelo trem de cremalheira no seu aniversário de oito anos. A altitude fizera seu nariz sangrar e os tios ficaram zangados com ela. Eles eram muito idosos, estavam com cinqüenta e poucos anos quando ela completara 16, o ano em que correra rapidamente pela grama orvalhada, ao luar — a noite do vinho, quando os sonhos se condensavam no ar rarefeito como o leito noturno da fantasia. Uma noite de amor. E se o rapaz a alcançasse, ela teria que entregar a ele fosse qual fosse o prêmio que lhe competia dar. E o que importava, se ele a alcançasse? Eles tinham corrido, não era isso o que importava?

Mas ele não a alcançara. Uma nuvem havia encoberto a lua. O orvalho começou a ficar pegajoso, desagradável, amedrontador. De algum modo, o gosto do vinho em sua boca passara a ter um sabor de saliva eletrizada, ligeiramente ácido. Ocorrera uma espécie de metamorfose, uma sensação de que ela deveria, *precisava* esperar.

E onde estivera ele então, o seu pretenso e escuro noivo? Em que ruas, em que estradas vicinais, cronometrando o tempo ao longo da escuridão suburbana do exterior enquanto no interior o tinido frágil da conversa rompia o mundo em seções perfeitas e racionais? Que ventos frios eram os dele? Quantos bastões de dinamite em sua mochila surrada? Quem sabia como se chamava quando ela estava com 16 anos? Que idade teria? Onde havia sido o seu lar? Que tipo de mãe o amamentara? Nadine só tinha certeza de que era um órfão como ela, que o tempo dele ainda estaria por vir. Ele caminhava principalmente por estradas que nem sequer haviam sido abertas, enquanto ela só tinha um pé nessas mesmas estradas. A encruzilhada onde se encontrariam ainda estava muito distante. Ele era americano, ela sabia disso, um homem que gostaria de leite e torta de maçã, um homem que apreciaria a beleza doméstica das toalhas de mesa em xadrez vermelho e riscadinho. Seu lar era a América, e seus caminhos eram os caminhos secretos, percorrendo as rodovias às ocultas, as ferrovias subterrâneas cujas indicações são escritas em runas. Ele era o outro homem, o outro rosto, o incorrigível, o Turista Andarilho, e os saltos gastos de suas botas repicavam ao longo dos caminhos perfumados da noite de verão.

Quem sabe quando chega o noivo?

Nadine havia esperado por ele, o vaso que não se quebra. Aos 16 anos ela quase caíra, o que quase se repetira na universidade. Os dois pretendentes tinham ido embora furiosos e perplexos, da maneira como Larry estava agora, pressentindo as encruzilhadas dentro dela, o senso de algum ponto de junção, místico e predeterminado.

Boulder era o lugar onde as estradas se bifurcavam.

A hora se aproximava. *Ele* havia chamado, a convidara para vir.

Após a universidade ela mergulhara no trabalho, partilhara uma casa alugada com mais duas garotas. Que duas garotas? Bem, elas iam e vinham. Apenas Nadine ficava, recebia bem os rapazes que suas mutantes companheiras levavam em casa, porém ela própria jamais tivera um. Imaginava que falassem a seu respeito, que a chamassem de solteirona encalhada, talvez até mesmo especulassem que fosse uma lésbica cuidadosamente circunspecta. Não era verdade. Ela estava simplesmente...

Intacta.

Esperando.

Às vezes parecia-lhe que uma mudança era iminente. No fim do dia, enquanto guardava brinquedos na sala de aula silenciosa, fazia uma pausa repentina, os olhos trêmulos e vigilantes, uma das mãos segurando uma esquecida caixa de surpresas. E pensava: *Está chegando uma mudança... um grande vento vai soprar.* Em certas ocasiões, quando tinha tal pensamento, flagrava-se olhando para trás, por sobre o ombro, como alguém perseguido. Então a sensação parava e ela ria, perturbada.

Seu cabelo começara a ficar grisalho aos 16 anos, aquele mesmo ano em que havia sido perseguida mas não capturada — apenas alguns fios a princípio, cintilando visivelmente em todo o negror da cabeleira, mas não grisalhos, não, esta era a palavra errada... *brancos*, tinham sido fios *brancos*.

Anos depois, ela comparecera a uma festa no porão de um prédio de fraternidade universitária. As luzes haviam sido amortecidas e, após algum tempo, as pessoas foram saindo, em duplas. Muitas das garotas — entre as quais Nadine — tinham pedido dispensa de passar aquela noite em seus dormitórios. Ela estava plenamente decidida a... levar aquilo até o fim... porém algo que ficara sepultado sob os meses e anos a impedira de cumprir sua resolução. Na manhã seguinte, à fria claridade das sete horas, olhara para sua imagem em um dia de uma longa fila de espelhos, no banheiro do dormitório, e viu que o branco avançara de novo, aparentemente da noite para o dia — embora isso, claro, fosse impossível.

Desta maneira, os anos foram passando, marcando o tempo como as estações numa época de seca, e houvera sensações, sim, *sensações*, e às vezes, na escura sepultura da noite, ela havia despertado com frio e calor ao mesmo tempo, banhada de suor, deliciosamente viva e cônscia na trincheira de sua cama, pensando em sexo esquisito numa espécie de sórdido êxtase. Rolando em líquido quente. Gozando e mordendo ao mesmo tempo. E, nas manhãs seguintes, ia ao espelho e fantasiava que via mais branco nos cabelos.

Ao longo daqueles anos ela foi, externamente, apenas Nadine Cross: doce, boa com as crianças, boa na sua profissão, solteira. Algum tempo atrás, uma mulher assim teria provocado comentários e curiosidade na vizinhança, mas os tempos haviam mudado. E sua beleza era tão singular que de alguma forma parecia perfeitamente certo para ela ser simplesmente como era.

Agora os tempos estavam mudando novamente.

Agora a mudança estava vindo e nos seus sonhos ela havia começado a conhecer seu noivo, a compreendê-lo um pouco, embora jamais lhe tivesse visto o rosto. Ele era o homem por quem estivera esperando. Queria ir para ele... e não queria. Fora destinada àquele homem. Estava destinada a ele, porém ele a aterrorizava.

Então surgira Joe, e depois dele, Larry. E as coisas se tornaram terrivelmente complicadas. Ela começou a sentir-se como um prêmio disputado num cabo-de-guerra. Sabia que sua pureza, sua virgindade, de algum modo, eram importantes para o homem escuro. Que, se deixasse que Larry a possuísse (ou qualquer outro homem), o sombrio encantamento terminaria. E ela sentia-se atraída por Larry. Havia decidido, deliberadamente, que ele a teria — mais uma vez, resolvera ir até o fim daquilo. Que ele a possuísse, que isso terminasse, que tudo terminasse. Sentia-se cansada e Larry estava certo. Ela havia esperado demais pelo outro, ao longo de muitos anos secos.

Mas Larry *não* estava certo... ou assim havia parecido de início. Ela havia repelido as investidas iniciais dele com uma espécie de desdém, da maneira como uma égua enxotaria uma mosca pousada em sua cauda. Lembrava-se de ter pensado: *Se isso é tudo que existe para ele, quem me culparia por rejeitar sua proposta?*

Ela o seguira, porém. Isto era um fato. Mas ela tinha sido frenética em alcançar outras pessoas, não só por causa de Joe, mas porque havia chegado quase ao ponto de abandonar o garoto e seguir para oeste por conta própria para encontrar o homem. Somente os anos de responsabilidade arraigada pelas crianças entregues a seus cuidados é que a impediram de fazer isto... e sabia que Joe morreria se fosse entregue à própria sorte.

Num mundo em que tantos já morreram, provocar mais morte é certamente o mais grave dos pecados.

Assim decidira ir com Larry, que era, afinal, melhor do que nada ou ninguém.

No entanto, isto veio a demonstrar que havia muito mais em Larry Underwood do que ser nada ou ninguém — ele era como uma dessas ilusões de ótica (talvez até para si mesmo), em que a água parece rasa com apenas 5 ou 10 centímetros de profundidade, mas que, quando a gente introduz a mão, de repente vê que a água molha o braço até o ombro. A maneira como ele ficara conhecendo Joe era uma coisa. A maneira como Joe se apegara a ele era outra; a sua reação enciumada ao crescente relacionamento entre os dois era uma terceira. Na concessionária de motocicletas em Wells, Larry entregara os dedos de ambas as mãos ao capricho do menino e vencera.

Se eles não estivessem concentrando sua plena atenção na tampa que cobria o reservatório de gasolina, teriam visto a boca de Nadine abrir-se num vagoroso *o* de surpresa. Ela ficara observando-os, incapaz de mover-se, seu olhar concentrado na brilhante linha de metal do pé-de-cabra, esperando que ele primeiro escorregasse e depois caísse. Só depois que a operação foi concluída é que ela percebeu que estivera esperando que os gritos começassem.

Depois a tampa foi erguida e ela foi confrontada com seu próprio erro de julgamento, um erro tão profundo que foi fundamental. Naquele caso ele tinha conhecido Joe melhor que ela, e sem qualquer treinamento especial e com tempo de intimidade muito mais curto. Apenas a percepção tardia permitiu-lhe entender quão importante tinha sido o episódio da guitarra, quão rápida e fundamentalmente ele havia definido o relacionamento entre Larry e Joe. E o que estava no centro desse relacionamento?

Ora, dependência, é claro — o que mais poderia ter causado o acesso de ciúme que a consumia? Se Joe tivesse ficado dependente de Larry, isto teria sido uma coisa normal e aceitável. O que a incomodava era que Larry também dependia de Joe, precisava de Joe de uma maneira que ela não precisava... *e Joe sabia disso.*

Teria sido tão errado seu julgamento sobre o caráter de Larry? Ela achava que agora a resposta era sim. Aquele exterior nervoso e automático era um verniz que estava se desgastando pelo uso constante. O simples fato de Larry ter mantido todos eles unidos naquela viagem falava sobre sua determinação.

A conclusão parecia clara. Por sob sua decisão de deixá-lo fazer amor com ela, havia uma parte sua ainda comprometida com o outro homem... e fazer amor com Larry seria como matar para sempre aquela parte de si mesma. Nadine não tinha certeza de poder fazer isto.

E ela não era a única a sonhar com o homem escuro agora.

Isto a perturbara no início, depois a apavorara. O medo era tudo que existia quando só tinha Joe e Larry com quem comparar notas; quando encontraram Lucy Swann e ela contou que tivera o mesmo tipo de sonho, o medo se tornou uma espécie de terror frenético. Não era mais possível dizer para si mesma que os sonhos deles apenas *pareciam* com os dela. E se todos os sobreviventes os viessem tendo? E se a hora do homem escuro soara finalmente — não apenas para ela, *mas para todos que tinham restado no planeta?*

Mais do que qualquer outra, esta idéia criou dentro dela as emoções conflitantes de absoluto terror e forte atração. Ela se apegara à sugestão de Stovington com uma ânsia que era quase pânico. Pela natureza de sua função, como um símbolo de sanidade e racionalidade contra a crescente maré de magia negra que sentia à sua volta. Mas Stovington também fora um projeto abandonado; era um arremedo de paraíso seguro que ela havia construído para ficar em sua mente. O símbolo de sanidade e racionalidade era um necrotério.

À medida que avançavam para oeste, recolhendo sobreviventes, sua esperança de que, de alguma forma, aquilo terminasse para ela sem um confronto foi morrendo pouco a pouco. Morreu enquanto Larry crescia em sua estima. Ele estava dormindo com Lucy Swann agora, mas o que importava isso? Falavam dela por causa disso. Os outros vinham tendo dois sonhos opostos: o homem escuro e a velha. A velha parecia representar alguma espécie de força elementar, tal como o homem escuro. A velha era o núcleo em torno do qual os outros se reuniam gradualmente.

Nadine jamais sonhara com ela.

Somente com o homem escuro. E quando os sonhos dos outros haviam se desvanecido, tão inexplicavelmente como tinham surgido, os seus próprios sonhos ganharam mais força e nitidez.

Nadine sabia muita coisa que eles ignoravam. O nome do homem escuro era Randall Flagg. Aqueles que, no oeste, se opuseram a ele foram crucificados ou levados à loucura de algum modo, ou libertados para vaguearem pela bacia fervente do Vale da Morte. Havia pequenos grupos de pessoas com formação técnica em São Francisco e Los Angeles, mas apenas temporários; em breve estariam indo para Las Vegas, onde aumentava a concentração principal de seus seguidores. Para ele não havia pressa. O verão agora ia descambando. Em breve, as Rochosas ficariam cobertas de neve, e enquanto houvesse arados para limpá-las, eles não seriam capazes de manter calor suficiente nos seus corpos para manejar os arados. Haveria um longo inverno para consolidar isto. E no próximo abril... ou maio...

Nadine deitou-se no escuro, olhando para o céu.

Boulder era sua última esperança. A velha era sua última esperança. A sanidade e racionalidade que esperara encontrar em Stovington começaram a ganhar corpo em Boulder. Eles eram os bons, pensou, os bons sujeitos. Como se pudesse ser assim tão simples para ela, presa à alucinada teia de desejos conflitantes.

Soando incessantemente como um acorde dominante, havia a sua firme crença de que o assassinato, neste mundo dizimado, era o pecado mais grave. No entanto, seu coração lhe dizia, firme e sem questionar, que a atividade de Randall Flagg era a morte. Mas, ah, como desejava seu beijo frio — mais do que desejara os beijos do garotão do ginásio ou do rapaz da universidade... e mais ainda, receava, do que o beijo e o abraço de Larry Underwood.

Estaremos em Boulder amanhã, pensou ela. *Talvez então eu fique sabendo se esta viagem chegou ao fim ou...*

O fogo de uma estrela cadente riscou o céu e, como criança, ela fez um pedido.

Capítulo Cinqüenta

A AURORA DESPONTAVA E PINTAVA O CÉU do leste com uma delicada tonalidade rósea. Stu Redman e Glen Bateman estavam a meio caminho da montanha Flagstaff, em West Boulder, onde surgem as primeiras elevações das Rochosas, alçando-se das planícies lisas como uma visão pré-histórica. À claridade do alvorecer, Stu pensou que os pinheiros emaranhados entre as faces de pedras nuas e quase perpendiculares assemelhavam-se a veias, entrecruzando a mão de um gigante que assomara da terra. Em algum lugar a leste, Nadine Cross estava afinal caindo num sono leve e insatisfatório.

— Vou ter uma dor de cabeça esta tarde — disse Glen. — Acho que desde os tempos de estudante que não passo uma noite inteira bebendo.

— O nascer do sol vale a pena — comentou Stu.

— Sim, vale. É uma beleza. Já tinha visto as Rochosas antes?

— Nunca — disse Stu. — Mas estou feliz por ter vindo. — Ele ergueu um odre de vinho e tomou um gole. — Estou na maior confusão. — Ele contemplou a paisagem por um momento, em silêncio, depois se virou para Glen, com um sorriso forçado. — O que irá acontecer agora?

— Acontecer? — Glen ergueu as sobrancelhas.

— Claro. Foi por isso que trouxe você aqui em cima. Eu disse a Frannie: "Vou botar ele de porre e depois escarafunchar-lhe os miolos." Ela disse que estava ótimo.

Glen sorriu.

— Não há folhas de chá no fundo de uma garrafa de vinho.

— Não, mas ela me explicou exatamente o que você costumava fazer. Sociologia. O estudo de interação em grupo. Portanto, faça algumas suposições eruditas.

— Ponha prata na minha mão, ó aspirante ao conhecimento!

— Esqueça a prata, careca. Amanhã eu o levo ao First National Bank de Boulder e lhe dou 1 milhão de dólares. O que acha disso?

— Falando sério, Stu... o que você quer saber?

— As mesmas coisas que aquele cara mudo, Andros, quer saber, suponho. O que vai acontecer em seguida. Não sei como ser mais claro do que isso.

— Haverá uma sociedade — disse Glen lentamente. — De que tipo? É impossível prever no momento. Há quase quatrocentas pessoas aqui agora. Acredito que, na proporção que estão chegando, mais a cada dia, por volta do início de setembro seremos 1.500. Quatro mil e quinhentos no início de outubro, e talvez uns oito mil quando cair a neve de novembro, fechando as estradas. Anote isto como a previsão número 1.

Para divertimento de Glen, Stu de fato tirou um bloco de anotações do bolso traseiro dos *jeans* e tomou nota do que ele acabara de dizer.

— É difícil de acreditar — disse Stu. — Cruzamos o país de cabo a rabo e não chegamos a ver cem pessoas.

— Sim, mas elas estão chegando, não estão?

— Estão... num pinga-pinga.

— Que diabo é isso? — perguntou Glen, sorrindo.

— Pinga-pinga. Minha mãe costumava dizer assim. Está esnobando a maneira da minha mãe falar?

— Nunca vai chegar o dia em que perderei o amor por minha própria pele para esnobar uma mãe do Texas, Stuart. Bem, eles estão chegando, é claro. Ralph está em contato com cinco ou seis grupos neste exato momento, e isto fará com que sejamos quinhentos pelo fim de semana. — Glen sorriu de novo. — Mãe Abagail está lá, sentada ao lado dele na "estação de rádio" de Ralph, mas ela não quer falar no FC. Diz que tem medo de ser eletrocutada.

— Frannie adora aquela velha — disse Stu. — Em parte, porque ela entende muito de fazer partos, mas também porque simplesmente... adora Mãe Abagail. Sabia?

— Claro. Quase todos nós a adoramos.

— Oito mil pessoas pelo inverno! — exclamou Stu. — Ah, cara.

— É apenas aritmética. Digamos que a gripe acabou com 99% da população. Talvez não tenha chegado a este nível, mas vamos ficar nesse número só para ter apoio para os pés. Se a gripe foi 99% fatal, isto significa que eliminou perto de 218 milhões de pessoas, somente neste país. — Ele olhou para o rosto chocado de Stu e assentiu sombriamente. — Talvez não tenha sido tão ruim assim, mas dá para fazermos uma boa suposição da estimativa mais aproximada da realidade. Isto faz os nazistas parecerem principiantes, não é mesmo?

— Santo Deus! — exclamou Stu numa voz seca.

— Isso, no entanto, ainda deixaria mais de 2 milhões de pessoas, um quinto da população pré-epidemia de Tóquio, um quarto da população pré-epidemia de Nova York. Este número só neste país. Bem, acredito que 10% desses 2 milhões talvez não tenham sobrevivido à situação após a gripe. Pessoas como o pobre Mark Braddock, com seu apêndice supurado, mas também por causa de acidentes, suicídios e, claro, também homicídios. Isto nos reduz a 1,8 milhão. No entanto, suspeitamos da existência de um Adversário, não é? O homem escuro sobre quem temos sonhado. A oeste há sete estados que poderiam ser legitimamente chamados de território dele... se é que ele de fato existe.

— Acho que ele existe, com certeza — disse Stu.

— Também é a minha opinião. No entanto, estará ele dominando todas as pessoas naquela parte do país? Seria como comparar Mãe Abagail dominando automaticamente as pessoas nos outros 41 estados continentais. Acredito que as coisas tenham se mantido num fluxo lento e que esta situação começa a chegar a seu fim. As pessoas estão começando a se agrupar. Quando discutimos isto pela primeira vez, lá em New Hampshire, fantasiei dezenas de pequenas sociedades isoladas. O que deixei de fora... porque ainda não sabia nada a respeito... foi a atração total, mas irresistível, desses dois sonhos opostos. Era como um fato novo que ninguém poderia prever.

— Está insinuando que terminaremos com 900 mil pessoas e *ele* com outras 900 mil?

— Não. Em primeiro lugar, o próximo inverno irá cobrar seu preço. Cobrará esse preço aqui, e a situação ficará muito mais dura para os pequenos grupos que não nos alcançarem antes da neve. Já percebeu que não temos um médico sequer na Zona Franca? Nossa equipe médica se resume a um veterinário e à própria Mãe Abagail, que já esqueceu mais da medicina popular do que teremos chance de aprender. Ainda assim, parecem engenhosos, tentando aplicar uma placa de aço no crânio do paciente se ele leva um tombo e bate com a cabeça no chão, certo?

Stu deu uma risadinha.

— O velho companheiro Rolf Dannemont provavelmente empunharia seu rifle Remington e me meteria uma bala.

— Acredito que a população total americana possa baixar para 1,6 milhão na próxima primavera... e esta é uma estimativa otimista. Desse número, espero que fiquemos com o milhão.

— Um milhão de pessoas — disse Stu, impressionado. Olhou para a esparramada e principalmente deserta cidade de Boulder, agora brilhando enquanto o sol começava a içar-se sobre o horizonte oriental. — Simplesmente não consigo imaginar isto. Esta cidade iria inchar até estourar.

— Boulder não tem como receber tanta gente. Sei que isto confunde a mente quando caminhamos pelas ruas vazias da cidade e na direção de Table Mesa, porém a cidade não comportaria essa gente toda. Teremos que disseminar as comunidades à nossa volta. A situação que temos é a de uma gigantesca comunidade, com o resto do país, a leste daqui, absolutamente vazio.

— Por que acha que a maioria ficará conosco?

— Por um motivo bastante não-científico — disse Glen, alisando com a mão o que lhe restava de cabelos. — Gosto de acreditar que a maioria das pessoas é boa. E acredito que os realmente maus, quem quer que sejam, estejam dirigindo o espetáculo a oeste daqui. No entanto, tenho um palpite... — Ele se interrompeu.

— Vamos lá, desembuche.

— Eu o farei porque estou bêbado. Mas isto fica entre nós, Stuart.

— Tudo bem.

— Me dá sua palavra?

— Tem a minha palavra.

— Acho que ele vai ficar com a maioria dos técnicos — disse Glen por fim. — Não me pergunte por quê, é apenas um palpite. Só que os técnicos, em sua maioria, gostam de trabalhar em um ambiente de disciplina rígida e objetivos claros. Eles gostam quando os trens circulam no horário. O que temos no momento aqui em Boulder é uma zorra total, com todos andando de um lado para o outro e cuidando da própria vida.... e temos de fazer algo a respeito do que meus alunos teriam chamado de "juntar a nossa merda". Mas aquele outro sujeito... aposto como terá os trens circulando no horário e suas tropas em prontidão. Afinal, os técnicos são tão humanos quanto qualquer um de nós; irão para onde são mais desejados. Desconfio de que nosso Adversário quer abocanhar o máximo que puder. Os fazendeiros que se danem, porque ele logo contará com alguns homens que possam limpar a poeira daqueles silos de mísseis no Idaho e colocá-los de novo em operação. O mesmo para os tanques de guerra e helicópteros, talvez um ou dois bombardeiros B-52, para variar. Embora eu duvide que ele vá tão longe... de fato, tenho certeza. Nós saberíamos. Neste exato momento, é provável que esteja concentrado em restabelecer a eletricidade... talvez ele ache necessário se permitir um ou dois expurgos. Roma não se fez num dia e ele sabe disso. Tem tempo de sobra. Mas quando vejo o sol se pôr ao entardecer... estou falando sério, Stuart... fico com medo. Não é nenhum pesadelo que irá me assustar. Para isso, tudo que preciso fazer é pensar neles lá do outro lado das Rochosas, ocupados como formigas operárias.

— O que deveríamos fazer?

— Precisaria dar-lhe uma lista? — replicou Glen, sorrindo.

Stuart gesticulou para seu surrado caderno de notas, tendo na sua capa cor-de-rosa duas dançarinas de discoteca e as palavras BOOGIE DOWN!

— Desembuche — disse.

— Está brincando?

— De jeito nenhum. Você mesmo disse, Glen, que precisamos juntar nossa merda em algum lugar. Também acho. Está ficando mais tarde a cada dia que passa. Não podemos ficar aqui, de braços cruzados, e ouvindo a faixa do cidadão. Podemos acordar uma bela manhã e encontrar esse cara irrecuperável entrando em Boulder à frente de uma coluna blindada, completada com reforço aéreo.

— Não espere por ele amanhã — disse Glen.

— Não. Mas e quanto ao próximo mês de maio?

— É possível — disse Glen em voz baixa. — Sim, bastante possível.

— E o que acha que nos acontecerá?

Glen não respondeu com palavras. Fez um gesto explícito de apertar o gatilho com o indicador da mão direita e então, apressadamente, bebeu o resto do vinho.

— É — disse Stu. — Então temos de começar a organizar tudo.

Glen fechou os olhos. A claridade do dia que começava lhe tocou a face e a testa franzidas.

— Tudo bem — disse ele. — É o seguinte, Stu. Primeiro: recriar a América. A Pequena América. Por meios honestos e desonestos. Organização e governo antes de mais nada. Se isso começar agora, podemos formar o tipo de governo que desejarmos. Se esperarmos até que a população triplique, teremos sérios problemas.

"Digamos: se convocarmos uma assembléia para uma semana a contar de hoje, ela cairia em 18 de agosto. Com comparecimento de todos. Antes da assembléia, deveria haver um Comitê de Organização *ad hoc*. Um comitê de sete pessoas, digamos. Eu, você, Andros, Fran, Harold Lauder, talvez, e mais dois. A função do comitê seria criar uma agenda para a assembléia de 18 de agosto. E posso lhe dizer, agora mesmo, quais seriam alguns dos itens da agenda."

— Vamos lá.

— Primeiro, leitura e ratificação da Declaração de Independência. Segundo, o mesmo sobre a Constituição. Terceiro, o mesmo sobre a Carta de Direitos. Toda ratificação deve ser feita por voto oral.

— Céus, Glen, todos somos americanos...

— Não, aí é que você se engana — retrucou Glen, abrindo os olhos, que pareciam encovados e injetados. — Somos um bando de sobreviventes sem qualquer tipo de governo. Somos uma miscelânea de grupos etários, religiosos, sociais e raciais. Governo é uma *idéia*, Stu. O que realmente é isto tudo, uma vez que se corte a burocracia e a baboseira. Vou mais longe. É uma persuasão, nada senão uma trilha de lembrança embotada através do cérebro. O que temos pela frente agora é uma defasagem cultural. A maioria dessas pessoas ainda acredita em governo por representação, a República, o que imaginam como sendo "democracia". No entanto, a defasagem cultural nunca dura muito. Após algum tempo, as pessoas começarão a ter as reações corajosas: o presidente está morto, o Pentágono fechou para balanço, nada está sendo debatido no Congresso a não ser pelas baratas e cupins. Em breve as pessoas aqui vão acordar para o fato de que as velhas normas já eram e que elas podem reestruturar a sociedade e qualquer antiga norma a seu bel-prazer. Nós queremos... *precisamos*... capturá-las antes que acordem e cometam alguma loucura.

Ele levantou o dedo para Stu.

— Se alguém pedir a palavra nessa assembléia de 18 de agosto e propuser que Mãe Abagail seja colocada no comando absoluto, tendo a mim, você e aquele Andros como seus assessores, todos aprovariam a proposta por aclamação, abençoadamente inconscientes de que acabaram de votar pela primeira ditadura a operar na América desde Huey Long.

— Ah, não posso acreditar nisso! Aqui há pessoas com grau universitário, advogados, ativistas políticos...

— Talvez costumassem ser. Hoje não passam de um bando de pessoas cansadas e assustadas, ignorando qual será seu destino. Alguns irão gritar, discordando, mas calarão a boca quando lhes for dito que Mãe Abagail e seus assessores abdicarão do poder em sessenta dias. Não, Stu, é muito importante que a primeira providência seja a ratificação do *espírito* da antiga sociedade. Isto é o que quero dizer, sobre recriar a América. Tem de ser assim, enquanto estivermos operando sob a direta ameaça do homem a quem chamamos de Adversário.

— Prossiga.

— Certo. O próximo item da agenda deve ser o de tocarmos o governo como se dirigíssemos um condado da Nova Inglaterra. Democracia perfeita. Enquanto formos relativamente poucos, tudo funcionará à perfeição. Só que, em vez de uma junta de pessoas selecionadas, teremos sete... representantes, suponho. Representantes da Zona Franca. O que lhe parece?

— Parece ótimo.

— Também acho. E providenciaremos para que as pessoas eleitas sejam as mesmas que integraram o comitê *ad hoc*. Apressaremos todo mundo e encerraremos a votação antes que as pessoas possam fazer qualquer *lobby* por seus amigos. Podemos escolher pessoas que nos indiquem e depois nos apóiem. A votação transcorrerá tão fácil quanto merda escorrendo no cano de esgoto.

— Bem pensado — disse Stu, cheio de admiração.

— Claro — replicou Glen, sombrio. — Se você quiser provocar um curto-circuito num processo democrático, pergunte a um sociólogo.

— O que virá em seguida?

— Isto vai se tornar muito popular. O item dirá: "Decidido: é concedido a Mãe Abagail poder absoluto de veto sobre qualquer ato proposto pela Junta."

— Céus! Acha que ela concordará com isso?

— Creio que sim. Porém não acho que ela algum dia esteja apta a exercer seu poder de veto, não em qualquer circunstância que eu consiga prever. Não vamos esperar que aqui haja um governo viável, a menos que a tornemos sua chefe titular. Ela é a coisa que todos nós temos em comum. Todos tivemos uma experiência paranormal girando em torno dela. E Mãe Abagail tem... ela irradia uma espécie de aura. Todos usam o mesmo punhado de adjetivos para descrevê-la: bondosa, gentil, velha, sábia, inteligente, compreensiva. Essas pessoas tiveram um sonho que as deixou apavoradas e outro capaz de fazer com que se sentissem a salvo e seguras. Elas amam a fonte do sonho bom e confiam mais nela, por causa do sonho que as aterrorizou. E podemos deixar claro para Mãe Abagail que será apenas nossa líder nominal. Acho que é como ela preferiria. Já está velha, cansada...

Stu sacudia a cabeça.

— Ela pode estar velha e cansada, mas considera este problema do homem escuro como uma cruzada religiosa, Glen, e também não é a única, você sabe disso.

— Está insinuando que talvez ela quisesse tomar parte ativa?

— Talvez não fosse tão ruim — assinalou Stu. — Afinal, foi com *ela* que sonhamos, não com uma Junta de Representantes.

Glen sacudia a cabeça.

— Não, recuso-me a aceitar a idéia de que somos todos peões em algum jogo pós-Apocalipse, do bem e do mal, com ou sem sonhos. Pelo amor de Deus, isto é irracional!

Stu deu de ombros.

— Bem, não vamos nos ater a detalhes agora. Acho excelente a idéia de dar a ela o poder de veto. De fato, acredito que devíamos dar-lhe também o poder de propor, bem como de dispor.

— Mas não o poder absoluto quanto a isto — respondeu Glen de imediato.

— Isto não. As idéias dela seriam ratificadas pela Junta de Representantes — replicou Stu, acrescentando astutamente: — Mas poderíamos, de qualquer modo, nos ver aprovando suas decisões sem discutir, e não o contrário.

Fez-se um longo silêncio. Glen apoiava a testa na mão. Por fim, disse:

— É, você tem razão. Ela não pode ser apenas uma figura de proa... e vamos ter de aceitar a possibilidade de que Mãe Abagail possa ter suas próprias idéias. E é aí que volto a guardar a minha turva bola de cristal, Texano Oriental. Porque ela é aquilo que nós, os militantes na Sociologia, chamaríamos de diferencial direcionado.

— Quem é o outro?

— Deus? Thor? Alá? Não importa. O que isto significa é que o que ela diz não tem de ser necessariamente direcionado para o que esta sociedade necessita ou para os costumes que irá adotar. Ela estaria ouvindo outra voz. Como Joana d'Arc. Você me faz ver que talvez estejamos aqui lidando com uma teocracia.

— Teo... o quê?

— Sob um governo de Deus — disse Glen. Ele não pareceu muito feliz com isso. — Quando você era garotinho, Stu, nunca imaginou que, quando adulto, poderia tornar-se um dos sete sumos sacerdotes e/ou sacerdotisas de uma velha negra de 108 anos de Nebraska?

Stu fitou-o fixamente. Por fim, disse:

— Ainda sobrou um pouco daquele vinho?

— Já era.

— Merda!

— É isso aí — disse Glen.

Ficaram se encarando mutuamente e, de súbito, começaram a gargalhar.

* * *

Sem a menor dúvida, aquela era a mais bela casa em que Mãe Abagail já vivera e, sentada ali, no alpendre revestido de tela, ela recordava um caixeiro-viajante que chegara em Hemingford em 1936 ou 1937. Bem, ele era o sujeito de fala mais macia que já conhecera na vida; seria capaz até de encantar os pássaros nos galhos das árvores. Ela perguntara àquele homem, chamado Sr. Donald King, o que tinha a tratar com Abby Freemantle, e ele respondera:

— Meu negócio, dona, é prazer. O *seu* prazer. A senhora gosta de ler? De ouvir rádio, por acaso? Ou talvez prefira apenas pousar os velhos pés cansados sobre uma banquetinha e ficar ouvindo o mundo enquanto ele rola pela grande pista de boliche do universo?

Ela havia admitido que apreciava todas aquelas coisas, mas não que seu rádio Motorola fora vendido um mês antes para pagar por noventa fardos de feno.

— Bem, são essas coisas que eu vendo — disse-lhe o fala-macia. — Isto aqui pode ser chamado de aspirador de pó Electrolux, complementado com todos os acessórios, mas, na realidade, ele é de fato um poupador de tempo. Ligue-o na tomada e terá um leque inteiro de novas possibilidades de lazer em sua vida. Quanto aos pagamentos, serão quase tão fáceis quanto se tornarão seus trabalhos domésticos.

Estavam então no auge da Depressão, ela não pudera sequer arranjar 20 *cents* para as fitas de cabelo com que presenteava as netas nos aniversários. Portanto, não havia como ficar com aquele aspirador Electrolux. No entanto, aquele Sr. Donald King, de Peru, Indiana, não tinha o maior papo de vendedor que já se ouviu? Ora, como tinha! Ela jamais tornara a vê-lo, porém nunca esquecera seu nome. Podia apostar que ele iria partir o coração de alguma dama branca. Abby só veio a ter um aspirador depois da guerra contra os nazistas, quando parecia que, de repente, todo mundo podia comprar o que quisesse, e até os brancos pobretões podiam ter um Mercury escondido sob o telheiro dos fundos.

Esta casa de agora, que Nick lhe dissera estar situada no bairro Mapleton Hill de Boulder (Mãe Abagail apostava que não houvera muitos negros morando *ali* antes que a epidemia se alastrasse), possuía todas as engenhocas, inclusive algumas que desconhecia. Lavadora de pratos. *Dois* aspiradores, um destinado exclusivamente ao andar de cima. Trituradores de lixo na pia. Forno de microondas. Máquinas de lavar e secar roupas. Havia uma engenhoca na cozinha, com todo o aspecto de uma caixa de aço. Ralph Brentner, o amigo de Nick, explicara-lhe que era um "compactador de lixo", que se podia pôr dentro dele 50 quilos de detritos e receber de volta um bloquinho de lixo prensado, do tamanho de um escabelo. Os prodígios nunca acabavam.

Bem, por falar nisso, alguns já tinham.

Sentada na cadeira de balanço do alpendre, seus olhos por acaso pousaram sobre uma placa de tomada elétrica fixada no rodapé. Provavelmente, no verão, os antigos residentes ficassem no alpendre, ouvindo rádio ou vendo jogos de beisebol naquela interessante TV arredondada. No país inteiro, nada era mais comum do que aquelas plaquinhas nas paredes, com seus orifícios e fendas. Ela as tivera até mesmo em sua velha choupana em Hemingford. Ninguém ligava a mínima para tais plaquinhas... a não ser que parassem de funcionar. Então, percebia-se que boa parte da vida das pessoas dependia delas. Todo aquele tempo de lazer, aquele prazer que Don King lhe declamara... vinha daquelas plaquinhas instaladas na parede. Com a interrupção da energia elétrica, podia-se usar todas aquelas engenhocas, como o forno de microondas ou o compactador de lixo, também como cabideiro para pendurar chapéus e casacos.

Deus do Céu! Sua própria casinha tinha sido mais bem equipada para lidar com a morte daquelas plaquinhas do que era esta casa. Aqui, alguém precisava apanhar água lá no córrego Boulder, e que tinha de ser fervida antes de ser consumida, por medida de segurança. Na sua velha casa Abagail tinha sua própria bomba de mão. Aqui, Nick e Ralph tiveram de trazer de caminhão um troço horrendo chamado Port-O-Sam, ou seja, um sanitário portátil, que colocaram no quintal dos fundos. Na sua casa ela dispunha de sua própria latrina externa. Ela trocaria num segundo a lavadora-secadora Maytag por sua velha tina de lavar roupa, mas conseguira com que Nick arranjasse uma nova para ela, e Brad Kitchner encontrara-lhe em algum lugar uma tábua de esfregar e um pouco do velho e bom sabão de lixívia. Eles provavelmente achavam que ela era uma velha chata, querendo lavar pessoalmente sua roupa — mas limpeza para ela era quase um ato de devoção. Nunca em sua vida mandara lavar roupa fora, e não era agora que ia começar. Sofria seus próprios acidentes de vez em quando, como todos os idosos, mas enquanto pudesse ela mesma lavar, aqueles acidentes eram problema dela e de mais ninguém.

Em breve a energia seria restabelecida, claro. Era uma das coisas que Deus lhe mostrava nos sonhos. Ela sabia de muitas coisas boas que iriam acontecer aqui — algumas através de seus sonhos, outras graças ao seu próprio bom senso. Tudo estava entrelaçado demais para se poder fazer uma separação.

Em breve todas essas pessoas iam parar de correr às tontas como galinhas com as cabeças decepadas e começariam a se reunir. Ela não era socióloga como Glen Bateman (que sempre a olhava como um *bookmaker* examinando uma nota falsa de 10 dólares), mas sabia que as pessoas sempre se reuniam depois de um certo tempo. A maldição e a bênção do gênero humano eram sua camaradagem. Ora, se algumas pessoas viessem flutuando Mississippi abaixo no teto de uma igreja durante uma inundação, elas começariam um jogo de bingo tão logo o teto encalhasse num banco de areia.

Primeiro, iriam querer instaurar uma espécie de governo, talvez algum que girasse em torno dela. Claro que não permitiria isso, por mais que apreciasse a idéia; não seria da vontade de Deus. Eles que cuidassem de tudo que tivesse a ver com esta terra — obter a energia de volta? Ótimo. A primeira coisa que ela iria fazer seria testar aquele "compactador de lixo". Restabeleceriam o fornecimento de gás, para que não congelassem seus traseiros no próximo inverno. Que votassem suas resoluções, assim estava ótimo. Ela não meteria o bedelho nesta parte. Insistiria para que Nick tivesse um cargo na administração, e talvez Stu. Aquele texano parecia decente, sabia manter a boca fechada quando seus miolos não estavam funcionando bem. Ela supunha que talvez quisessem aquele rapazola gorducho, aquele tal de Harold. Ela não se oporia, mas na verdade não gostava dele. Harold a deixava nervosa. O tempo todo sorrindo, mas o sorriso nunca lhe chegava aos olhos. Ele era simpático, dizia as coisas certas, mas os olhos eram como duas pedrinhas frias se salientando do chão.

Ela achava que aquele Harold tinha algum tipo de segredo. Alguma coisa fedorenta e imprestável, embrulhada numa compressa malcheirosa, dentro de seu coração. Não fazia idéia do que poderia ser; não seria da vontade de Deus que visse isso, de maneira que o assunto não devia ser importante ao plano Dele para aquela comunidade. Ao mesmo tempo, ficava perturbada ao pensar naquele jovem gordo participando dos conselhos supremos comunitários... mas nada diria sobre isso.

Quanto a ela, pensava complacentemente sentada na cadeira de balanço, seu lugar nos conselhos e deliberações teria a ver somente com o homem escuro.

Ele não tinha nome, embora gostasse de chamar a si mesmo de Flagg... pelo menos por enquanto. E seu trabalho já havia começado do outro lado das montanhas. Abby não conhecia os planos dele; estavam tão velados a seus olhos quanto os segredos abrigados no coração de Harold. Mas não precisava saber dos detalhes. O objetivo claro e simples do homem escuro era destruir todos eles.

Sua compreensão a respeito dele era surpreendentemente sofisticada. Todas as pessoas que foram atraídas para a Zona Franca vinham vê-la e Abby as recebia, embora às vezes a deixassem cansada... e todas desejavam contar-lhe que haviam sonhado com ela e com *ele*. Tinham pavor dele e Abagail assentia, as confortava e tranqüilizava o melhor que podia, mas em particular achava que a maioria delas não reconheceria este Flagg se acaso o encontrasse na rua... a não ser que ele *quisesse* ser notado. Poderiam *senti-lo* — um calafrio, do tipo que se tem quando a morte passou por perto, uma súbita sensação de calor como um relance febril, ou uma aguda e momentânea dor perfurante nos ouvidos ou nas têmporas. Mas as pessoas se iludiam ao imaginá-lo com duas cabeças, ou seis olhos, ou grandes chifres pontudos brotando de suas têmporas. Ele provavelmente não diferia muito do leiteiro ou do carteiro.

Ela adivinhava que por trás do mal consciente havia um inconsciente vazio. Era isso que distinguia os filhos das trevas na Terra; eles não podiam construir coisas, somente destruí-las. Deus, o Criador, fizera o homem à Sua imagem, isto significando que cada homem e mulher vivendo sob a luz de Deus era um criador de alguma espécie, uma pessoa com ânsia de estender a mão e modelar o mundo em algum padrão racional. O homem escuro queria — era capaz disso — apenas demolir. Anti-Cristo? Poder-se-ia muito bem dizer anticriação.

Ele teria seus seguidores, claro; *isso* não era nada novo. Era um mentiroso, e seu pai era o Pai das Mentiras. Pareceria aos seus acólitos como um enorme letreiro em néon, pendurado muito alto no céu, ofuscando-lhes a visão com crepitantes fogos de artifício. Aqueles aprendizes de destruição não seriam capazes de notar que, como um letreiro em néon, ele só podia produzir os mesmos padrões simples, repetidamente. Não estariam aptos a perceber isso. Quando se libera o gás que forma os lindos padrões deste complexo sortimento de tubos, ele flutua silenciosamente para longe e se dissipa, deixando para trás nada mais que um bafejo ou cheiro.

Alguns tirariam suas próprias deduções com o tempo — seu reino jamais seria um reino de paz. Os postos de sentinelas e o arame farpado nas fronteiras de sua terra estariam lá, não só para manter os convertidos em confinamento como também inibir possíveis invasores.

Ele venceria?

Abby não tinha certeza. Sabia que o homem escuro estaria tão cônscio dela como ela estava dele. Nada daria a ele maior prazer do que ver seu corpo negro esquelético pendendo de uma cruz de postes telefônicos para ser bicado pelos corvos. Ela sabia que alguns deles, além dela mesma, haviam sonhado com crucificação, mas somente uns poucos. Estes tinham contado somente a ela, a ninguém mais. E nenhum deles respondeu à pergunta:

Ele venceria?

Não competia a ela saber, tampouco. Deus trabalhava com discrição, utilizando meios que fossem do Seu agrado. Agradara-Lhe deixar que os Filhos de Israel suassem e se vergassem ao peso do jugo egípcio durante gerações. Agradara-Lhe enviar José para a escravidão, seu belo capote multicolorido rasgado rudemente de suas costas. Agradara-Lhe permitir que Jó recebesse a visita de cem pragas, como fora do Seu agrado permitir que Seu único Filho fosse pendurado a uma cruz com uma piada de mau gosto escrita sobre Sua cabeça.

Deus era um jogador — se tivesse sido um mortal, estaria à vontade debruçado sobre um tabuleiro de xadrez do alpendre do armazém de Pop Mann, lá em Hemingford Home. Ele tanto jogava com peças vermelhas ou pretas, pretas ou brancas. Abby refletiu que, para Ele, o jogo mais do que justificava o esforço, o jogo *era* o próprio esforço. Ele prevaleceria quando julgasse chegado o momento certo. Só que não necessariamente neste ano ou nos próximos mil anos... e ela não iria superestimar a habilidade e a astúcia do homem escuro. Se ele era gás néon, então ela era a diminuta partícula de poeira negra que uma pesada nuvem de chuva forma sobre a terra ressequida. Apenas outro soldado raso — e há muito passado da idade de ser reformado, era verdade! — a serviço do Senhor.

— Seja feita a Vossa vontade! — disse ela e enfiou a mão no bolso do avental e tirou um pacote de amendoim. Seu último médico, o Dr. Staunton, lhe dissera para evitar alimentos salgados, mas do que sabia ele? Havia sobrevivido a ambos os médicos que supostamente deveriam aconselhá-la sobre sua saúde desde o seu 86º aniversário, e comeria amendoins sempre que tivesse vontade. Eles machucavam terrivelmente suas gengivas, mas... ora, não eram deliciosos?

Enquanto mascava os amendoins, Ralph Brentner veio até sua calçada, o chapéu com a pena enfiada na fita puxado bem para trás da cabeça. Quando bateu à porta do alpendre, ele tirou o chapéu.

— Está acordada, Mãe?

— Ora, se estou — disse ela, com a boca cheia de amendoins. — Entre, Ralph. Não estou mastigando com os dentes, mas com as gengivas, e dói terrivelmente.

Ralpf riu e entrou.

— Há um pessoal lá fora, diante do portão, que gostaria de lhe dar um alô, se não estiver muito cansada. Chegaram faz uma hora. Eu diria que se trata de um grupo e tanto. O líder é um daqueles caras cabeludos, mas parece bem à vontade com isso. Chama-se Larry Underwood.

— Ora, traga-os aqui, Ralph, está tudo bem.

— Ótimo. — Ele virou-se para sair.

— Onde está Nick? — perguntou ela. — Não o vi hoje nem ontem. Está ficando importante demais para esnobar os amigos?

— Ele foi até o reservatório — explicou Ralph. — Ele e aquele eletricista, Brad Kitchner, foram dar uma olhada na usina de energia. — Ele esfregou o lado do nariz. — Passei a manhã fora. Imaginei que todos os caciques deveriam deixar pelo menos um índio para pôr as coisas em ordem.

Mãe Abagail gargalhou. Ela *gostava* de Ralph. Era uma alma simples, mas sagaz. Ele tinha um instinto para como as coisas funcionavam. Não se surpreendeu que tivesse montado sozinho o que todos agora chamavam de Rádio da Zona Franca. Era o tipo de homem que não teria medo de tentar usar epóxi na bateria de um trator quando ela começasse a se rachar, e se o epóxi não resolvesse, ora, era só tirar seu chapéu deformado e coçar a cabeça calva e dar aquele sorriso, como quando era um guri de 11 anos de idade, com seus afazeres feitos e sua vara de pescar apoiada no ombro. Ele era o tipo de cara a se ter por perto quando as coisas não corriam bem e o tipo de homem que sempre, de algum modo, ficava aliviado quando tudo corria bem para os demais. Era capaz de colocar o tipo certo de válvula na bomba da bicicleta quando ela não combinava com um pneu mais largo do que o tipo usual, e sabia o que estava causando aquele zumbido engraçado no seu forno só de olhar para ele. Mas quando tinha de lidar com o relógio de ponto de uma firma, ele de algum modo sempre acabava batendo o ponto de entrada atrasado e o ponto de saída mais cedo, sendo logo despedido. Ele sabia que se poderia adubar o milho com estrume de porco, se fosse misturado corretamente, e sabia como preparar picles, mas nunca seria capaz de entender como funcionava um financiamento para comprar carro, ou imaginar como os vendedores conseguiam enrolá-lo a cada vez. Um formulário de pedido de emprego preenchido por Ralph Brentner pareceria como se tivesse sido através de um misturador Hamilton-Beach... erros de grafia, amarrotado, com borrões de tinta e impressões digitais gordurosas. Seu currículo parecia um tabuleiro de xadrez que dera a volta ao mundo num cargueiro sem rota fixa. Mas quando o próprio tecido do mundo começou a se rasgar, foram os Ralph Brentners da vida que não tiveram medo de dizer: "Vamos aplicar um pouco de epóxi aqui e ver se irá segurar." E com mais freqüência que não, a coisa funcionava.

— Você é um grande sujeito, Ralph, sabia disso? Você é único.

— Ora, a senhora também, Mãe. Não que seja um sujeito, mas a senhora sabe o que quero dizer. De qualquer modo, esse tal Redman andou por aí enquanto estivemos trabalhando. Queria falar com Nick sobre participar de uma espécie de comitê.

— E o que disse Nick?

— Ah, escreveu umas duas páginas. Mas o que resultar disso estará bom para mim, se estiver bom para Mãe Abagail. Está?

— Bem, o que é que uma velha dama como eu tem a dizer sobre tais assuntos?

— Muita coisa — disse Ralph com ar sério, quase chocado. — A senhora é o motivo por estarmos aqui. Acho que faremos tudo que a senhora quiser.

— O que eu quero é continuar vivendo livre, como sempre vivi, como americana.

— Bem, tudo será assim.

— Os outros pensam do mesmo modo, Ralph?

— Pode apostar que sim.

— Então está tudo bem. — Ela balançou-se serenamente na cadeira. — Já é tempo de tudo entrar nos eixos. Há toda essa gente vagando por aí... A maioria apenas esperando que alguém lhes diga onde se acocorar e ficar.

— Então, posso ir em frente?

— Com quê?

— Bem, Nick e Stu me perguntaram se eu poderia encontrar uma impressora e botá-la em funcionamento, se eles me dessem alguma eletricidade para acioná-la. Eu disse que não precisava de eletricidade nenhuma. Basta dar um pulo no ginásio e pegar o maior mimeógrafo manual que pudesse encontrar. Eles estão querendo alguns panfletos. — Sacudiu a cabeça. — Eles querem setecentos, imagine! Ora, afinal somos apenas quatrocentos e poucos.

— E tem mais uns vinte esperando lá no portão, talvez pegando uma insolação enquanto jogamos conversa fora. Vá buscá-los.

— É pra já — disse ele, começando a ir.

— Ah, Ralph?

Ele se virou.

— Pode imprimir mil — disse ela.

* * *

Eles passaram enfileirados pelo portão aberto por Ralph, e Abby sentiu seu pecado, aquele que ela considerava a mãe do pecado. O pai do pecador era o roubo; cada um dos Dez Mandamentos reduzia-se a "Não furtarás". Matar era o roubo de uma vida, adultério era o roubo de uma esposa, a cobiça sendo o roubo secreto, sorrateiro, que ocorria no fundo do coração. Blasfêmia era o roubo do nome de Deus, surrupiado da Casa do Senhor e enviado para percorrer as ruas como uma prostituta empertigada. Ela jamais tivera tendência para o roubo; no máximo, escamoteava algo insignificante, de vez em quando.

A mãe do pecado era o orgulho.

O orgulho era o lado feminino de Satã na raça humana, o óvulo silencioso do pecado, sempre fértil. O orgulho impedira Moisés de chegar a Canaã, onde as uvas eram tão grandes que os homens tinham de carregá-las em tipóias. *Quem extraiu água da rocha quando estávamos sedentos?*, perguntaram os Filhos de Israel e Moisés respondeu: *Fui eu.*

Ela sempre tinha sido uma mulher orgulhosa. Sentia orgulho do chão que lavava, apoiada nas mãos e joelhos (mas Quem lhe dera as mãos, os joelhos, a própria água com que lavava?), orgulho dos filhos, que tinham sido cidadãos decentes — nenhum na cadeia, nenhum dominado pela bebida ou drogas, nenhum dando escapadas para lençóis alheios —, mas as mães dos filhos eram as filhas de Deus. Ela sentia orgulho de sua vida, porém não era ela quem tinha feito sua vida. O orgulho era a maldição da vontade e, sendo mulher, o orgulho tinha seus caprichos. Aos 108 anos, Abby ainda não aprendera todas as fantasias do orgulho e tampouco superara seus encantos.

E quando os recém-chegados passaram enfileirados pelo portão, ela pensou: *Foi a mim que eles vieram ver.* E, no rastro desse pecado, uma série de metáforas blasfemas surgiu em sua mente sem ser convidada: como cruzavam o portão em fila por um, parecendo comungantes, seu jovem líder com os olhos principalmente baixos, tendo ao lado uma mulher de cabelos claros, um menino logo atrás dele com uma mulher de olhos escuros, cujos cabelos negros eram raiados de fios grisalhos. E os demais atrás deles, em fila.

O rapaz subiu os degraus do alpendre, mas sua mulher ficou parada atrás dele. O líder tinha cabelos compridos, como Ralph anunciara, mas limpos. Ostentava uma vasta barba louro-avermelhada. Tinha feições fortes, marcadas por linhas finas recentes de preocupação, em torno da boca e cruzando a testa.

— A senhora é mesmo real — disse ele suavemente.

— Ora, sempre pensei que fosse — respondeu ela. — Sou Abagail Freemantle, mas quase todos aqui me chamam de Mãe Abagail. Seja bem-vindo ao nosso lar.

— Obrigado — disse ele em voz rouca e Abagail percebeu que o rapaz lutava para conter as lágrimas. — Estou... estamos muito contentes por chegar aqui. Meu nome é Larry Underwood.

Abby estendeu a mão, que ele apertou levemente, com reverência. Ela voltou a sentir aquela pontada de orgulho, aquela arrogância. Era como se o rapaz pensasse que ela tivesse um fogo que o queimaria.

— Eu... sonhei com a senhora — disse ele de modo desajeitado.

Ela sorriu e assentiu. Ele se virou rigidamente, quase tropeçando. Desceu os degraus, os ombros encurvados. Ele voltaria ao seu normal, pensou ela. Sim, agora que estava aqui e descobrisse que não tinha mais que carregar nos ombros todo o peso do mundo. Um homem que duvida de si mesmo não deveria esforçar-se tanto e por tanto tempo, não até que amadurecesse, e aquele Larry Underwood ainda estava um pouco verde. Mas mesmo assim gostou dele.

A mulher dele, uma gracinha de olhos cor de violeta, se aproximou em seguida. Olhou atrevida para Mãe Abagail, mas não desdenhosamente.

— Sou Lucy Swann. É um prazer conhecê-la. — Embora estivesse usando calças, ela fez uma pequena mesura.

— Fico satisfeita por ter vindo, Lucy.

— A senhora se incomodaria se eu perguntasse... bem... — Agora ela baixou a vista e começou a enrubescer intensamente.

— Cento e oito, pela última contagem — disse Abagail amavelmente. — Alguns dias tenho a impressão de ser o dobro.

— Sonhei com a senhora — disse Lucy, e então retirou-se, um tanto confusa.

A de olhos escuros e o menino aproximaram-se em seguida. A mulher fitou-a com gravidade, quase inexpressiva; o rosto do menino exibia a mais franca surpresa. Estava tudo bem com o garoto. No entanto, havia algo naquela mulher que fez Abagail sentir um frio tumular. *Ele está aqui*, pensou. *Ele vem na forma desta mulher... pois eis que ele surge em outras formas que não a sua... de lobo... de corvo... de serpente.*

Ela não estava imune de temer por si mesma e por um instante achou que aquela mulher estranha, com fios brancos no cabelo, estenderia as mãos, quase casualmente, e apertaria seu pescoço. Por um instante, a sensação se manteve, Mãe Abagail realmente fantasiava que o rosto da mulher se fora e ela estava olhando num buraco no tempo e no espaço, um buraco do qual dois olhos, escuros e amaldiçoados, a fitavam — olhos que estavam perdidos, desfigurados e desamparados.

Mas era apenas uma mulher, e não *ele.* O homem escuro jamais ousaria aparecer ali, mesmo numa forma que não era a dele. Esta era apenas uma mulher — muito bonita, também —, com um rosto expressivo e sensível e um braço passado em torno dos ombros do menino. Ela esteve apenas sonhando acordada por um momento. Por certo isto foi tudo.

Para Nadine Cross, o momento foi de confusão. Sentira-se perfeitamente bem quando o grupo atravessara o portão. Estivera tudo bem até que Larry começara a falar na velha senhora. Então, fora invadida por um senso quase atordoante de repulsa e terror. A velha podia... podia o quê?

Podia ver.

Sim, ela temia o que a velha pudesse ver em seu íntimo, onde as trevas já haviam sido plantadas e vicejavam. Ela temia que a velha se erguesse da cadeira de balanço e a denunciasse, exigindo que abandonasse Joe e fosse procurar aqueles (*ele*) com quem pretendia ficar.

As duas, cada qual com seus temores, se entreolharam, avaliando uma à outra. Foi um breve momento, mas que pareceu interminável para ambas.

Ele está nela — o diabrete do demônio, pensou Abby Freemantle.

Todo o poder deles está bem aqui, pensou Nadine, por seu turno. *Ela é tudo que possuem, embora possam pensar o contrário.*

Joe estava ficando inquieto ao lado dela, puxando-a pela mão.

— Olá — disse ela em voz baixa e apática. — Sou Nadine Cross.

— Sei quem você é — retrucou a velha.

As palavras pairaram no ar, cortando de súbito qualquer outra conversa. As pessoas se viravam, intrigadas, procurando saber se alguma coisa estava acontecendo.

— Sabe? — perguntou Nadine suavemente. De súbito parecia que Joe era a sua proteção, a única.

Ela passou o menino lentamente para a sua frente, como um refém. Os estranhos olhos cor de mar de Joe ergueram-se para Mãe Abagail.

— Este é Joe — apresentou Nadine. — Também sabe quem é ele?

Os olhos de Mãe Abagail permaneceram fixados nos da mulher que se apresentara como Nadine Cross, porém uma fina camada de transpiração brotara em sua nuca.

— Não acho que Joe seja o nome dele, assim como o meu não é Cassandra — replicou ela. — E não creio que você seja a mãe dele.

Baixou os olhos para o menino com algo parecido com alívio, incapaz de reprimir uma esquisita sensação de que a mulher, de algum modo, havia vencido — que pusera o garoto entre as duas, usara-o para impedi-la de cumprir o seu dever, qualquer que fosse... ah, mas fora tudo tão repentino... e ela não estivera preparada para tanto!

— Qual é o seu nome, filho? — perguntou ao menino.

Ele remexeu-se como se tivesse um osso entalado na garganta.

— Ele não vai lhe dizer — interveio Nadine, pousando a mão no ombro dele. — Ele não pode lhe dizer. Não creio que ele lem...

Joe lançou a voz para fora, e isto pareceu ter rompido o bloqueio.

— *Leo!* — exclamou, com súbita força e grande clareza. — Leo Rockway, este sou eu! Sou Leo!

Em seguida, correu para os braços de Mãe Abagail, aos risos. Isto provocou uma risada geral e até aplausos do grupo. Nadine ficou virtualmente ignorada, e Abby sentiu de novo que algum foco vital, alguma chance vital, havia desaparecido.

— Joe — chamou Nadine. O rosto dela estava outra vez distante e sob controle.

O menino afastou-se um pouco de Mãe Abagail e olhou para ela.

— Vamos embora — disse Nadine, e agora olhava firmemente para Abby, falando diretamente para ela, não para o menino. — Ela é velha. Você vai machucá-la. Ela é muito velha e... não muito forte.

— Ah, acho que sou forte o bastante para curtir um pouco um garotão como ele — disse Mãe Abagail, mas sua voz soou estranhamente incerta aos seus próprios ouvidos. — Ele parece ter passado por maus bocados.

— Bem, ele está cansado agora. E a senhora também, pelo aspecto. Vamos, Joe.

— Gosto dela — disse o menino, sem se mover.

Nadine pareceu contrair-se ao ouvi-lo. Sua voz se aguçou:

— Vamos embora, Joe!

— *Meu nome não é Joe! Leo! Leo! Este é meu nome!*

O grupo de peregrinos aquietou-se novamente, percebendo que algo inesperado acontecia, mas ninguém podia dizer o que seria.

Os olhos das duas mulheres se entrecruzaram como sabres.

Sei quem você é, diziam os olhos de Abby.

Sim, responderam os olhos de Nadine. *E eu a conheço.*

Mas desta vez foi Nadine quem baixou a vista primeiro.

— Tudo bem — disse ela. — Leo, ou seja lá como preferir. Vamos embora antes que você a canse.

Ele deixou com relutância os braços de Abagail.

— Venha me visitar sempre que quiser — disse Abagail, porém não ergueu a vista para incluir Nadine.

— Está bem — disse o menino e soprou-lhe um beijo. O rosto de Nadine estava pétreo. Ela nada falou. Quando caminhava para o portão, o braço nos ombros do menino mais parecia uma corrente do que um consolo. Mãe Abagail ficou olhando para eles, cônscia de que perdia o foco novamente. Não vendo mais as feições da mulher, o senso de revelação começou a turvar-se. Não mais tinha certeza do que sentira. Evidentemente, ela era apenas outra mulher... não era?

O rapaz, Underwood, estava parado na base dos degraus, e seu rosto era como uma nuvem de tempestade.

— Por que fez isso? — perguntou a Nadine e, embora tivesse baixado a voz, Mãe Abagail pôde ouvi-lo perfeitamente.

Nadine não lhe deu a menor atenção. Passou por ele sem uma palavra. O menino olhou para Larry de um modo suplicante, mas a responsável era Nadine, pelo menos por enquanto, e ele deixou-se levar.

Houve um momento de silêncio e, de súbito, ela sentiu que uma perda o preenchia, embora ele precisasse ser preenchido...

... não precisava?

Não era sua *função* preenchê-lo?

E uma voz indagou suavemente: *É isso? Isso é que é seu trabalho? É por isso que Deus a trouxe aqui, mulher? Para ser a Recepcionista Oficial dos portões da Zona Franca?*

Não consigo pensar, protestou ela. *A mulher estava certa: ESTOU cansada.*

Ele surge em outras formas que não a sua própria, persistia a pequena voz interior. *Lobo, corvo, serpente... mulher.*

O que isto significava? O que havia acontecido aqui? O quê, em nome de Deus?

Aqui estava eu, sentada complacentemente e esperando ser paparicada — sim, era exatamente o que estava fazendo, não adianta negar — e agora aparece essa mulher e estou esquecendo o que aconteceu. Mas havia alguma coisa sobre essa mulher... não havia? Tem certeza? Tem certeza, Abby?

Houve um instante de silêncio e então todos pareceram estar olhando para ela, esperando a prova que lhes daria. E ela não o estava fazendo. A mulher e o menino já estavam fora de vista; tinham saído como se fossem os verdadeiros crentes, ela não passando de um Sinédrio falso e sorridente que eles perceberam imediatamente.

Ah, mas estou velha! Isto não é justo!

Outra voz logo se seguiu a esta, pequena, baixa e racional, uma voz que não era a dela: *Não tão velha para saber que a mulher é...*

Agora outro homem aproximou-se, de modo hesitante e deferente.

— Olá, Mãe Abagail — disse. — Meu nome é Zellman. Mark Zellman. De Lowville, Nova York. Sonhei com a senhora.

E ela se viu confrontada com um súbito dilema, uma escolha que ficaria nítida apenas por um instante em sua mente idosa. Poderia responder à apresentação deste homem, tagarelar com ele um pouco para deixá-lo à vontade (mas não por demais à vontade; não era exatamente isso que ela queria), e então passar para o seguinte, o seguinte e o seguinte, recebendo suas homenagens como folhas novas de palma, ou poderia ignorá-lo e aos demais. Poderia seguir o fio de seu pensamento até as profundezas de si mesma, buscando o que quer que o Senhor pretendia dar-lhe a conhecer.

A mulher é...

... o quê?

Isso importava? A mulher já se fora.

— Tive um sobrinho-neto que morou certa vez no norte do estado de Nova York — disse ela descontraída a Mark Zellman. — Numa cidade chamada Rouse's Point. Bem encostada a Vermont, no lago Champlain, isso mesmo. Imagino que nunca tenha ouvido falar, não é?

Mark Zellman respondeu que, claro, já ouvira falar; quase todos no estado de Nova York conheciam aquela cidade. Ele já estivera lá? O rosto dele se rompeu tragicamente. Não, nunca tinha ido lá, mas sempre o desejara.

— Pelo que Ronnie dizia nas suas cartas, você não perdeu grande coisa — disse ela, e Zellman voltou a ficar contente.

Os demais foram até ela apresentar cumprimentos, como tinham feito os grupos que os precederam, tal como fariam outros nos dias e semanas vindouros. Um adolescente chamado Tony Donahue. Um homem de nome Jack Jackson, que era mecânico de automóveis. Uma jovem enfermeira diplomada chamada Laurie Constable — esta chegava bem na hora. Um velho chamado Richard Farris, a quem todos chamavam de Juiz; ele a encarou fixamente e quase a fez sentir-se constrangida de novo. Dick Vollman. Sandy DuChiens — belo nome francês. Harry Dunbarton, um vendedor de óculos apenas três meses atrás. Andrea Terminello. Um Smith. Um Rennett. E uma infinidade de outros. Abby falou com todos eles, assentiu, sorriu e os deixou à vontade, porém o prazer que sentira em outros dias não existia hoje, e ela só sentia dores nos pulsos, dedos e joelhos, havendo ainda uma agoniante suspeita de que precisava usar o sanitário portátil e, caso demorasse muito, acabaria manchando o vestido.

Tudo isso e mais a sensação, se desvanecendo agora (e que iria embora por completo ao cair da noite), de que deixara escapar algo de suma importância do qual poderia se lamentar muito mais tarde.

* * *

Ele pensava melhor quando escrevia, por isso botava no papel tudo que poderia ser de importância em linhas gerais, usando duas canetas com ponta de feltro: uma azul e uma preta. Nick Andros sentava-se no estúdio da casa em Baseline Drive que dividia com Ralph Brentner e sua esposa, Elise. Já estava quase escuro. A casa era uma beleza, assentada abaixo da massa da montanha Flagstaff, porém bastante acima da cidade de Boulder, de modo que, da janela panorâmica da sala de estar, as ruas e estradas pareciam distender-se como um gigantesco tabuleiro de xadrez. Na parte externa, a vidraça dessa janela fora tratada com alguma técnica reflexiva prateada, permitindo que os moradores vissem o exterior, mas impedindo que os transeuntes tivessem qualquer visão do interior. Nick calculava que aquela casa valesse de 450 mil a 500 mil dólares — achando-se misteriosamente ausentes o proprietário e sua família.

Em sua longa jornada de Shoyo a Boulder, primeiro sozinho, depois com Tom Cullen e os outros, ele passara por dezenas de cidades e povoados. Em todos, as casas não passavam de malcheirosas capelas mortuárias. Não havia motivos para que Boulder fosse diferente... mas era. Havia cadáveres ali, sim, milhares deles, e algo precisava ser feito antes que os dias secos e quentes terminassem e começasse a chover, provocando uma decomposição mais rápida e possíveis enfermidades... só que ali não havia cadáveres suficientes. Nick gostaria de saber se mais alguém, além dele e Stu Redman, chegara a notar isso. Lauder, talvez. Lauder percebia quase tudo.

Para cada residência ou prédio público atulhados de cadáveres, havia dez outros inteiramente vazios. Em algum momento durante o último espasmo da epidemia, a maioria dos cidadãos de Boulder, doentes ou saudáveis, abandonara a cidade. Por quê? Bem, ele achava que isso realmente não importava e que talvez nunca ficasse sabendo. Permanecia o espantoso fato de que Mãe Abagail, sem saber, conseguira conduzi-los para talvez a única cidade dos Estados Unidos que ficara limpa das vítimas da epidemia. Isso bastava para que até mesmo um agnóstico como ele se perguntasse onde ela conseguira tal informação.

Nick ocupara três cômodos no térreo da casa, e eram belos cômodos, mobiliados com pinho nodoso. Nenhuma pressão por parte de Ralph o levara a ampliar seu espaço — ele já se sentia como um intruso, mas gostava deles —, e até sua viagem de Shoyo até Hemingford Home ele não havia percebido o quanto sentia falta de outros rostos. Ele ainda não tinha se fartado.

E a casa era a melhor em que alguém já poderia ter vivido, isso era. Ele tinha sua entrada independente pela porta dos fundos e mantinha sua bicicleta de dez marchas estacionada debaixo do beiral baixo e pendente da porta, onde ela permanecia afundada até o eixo em gerações de folhas de álamo apodrecendo fragrantemente. Ele tinha o começo de uma coleção de livros, algo que sempre desejara e nunca fora capaz de ter em seus anos de perambulação. Tinha sido um leitor compulsivo naqueles dias (durante esses novos dias, raramente pareceu ser hora de sentar e ter uma longa conversa com um livro), e alguns dos livros nas prateleiras — prateleiras que ainda continuavam amplamente vazias — eram velhos amigos, a maioria deles originalmente emprestada de bibliotecas que cobravam 2 *cents* por dia; nos últimos poucos anos ele nunca passara tempo suficiente em uma cidade para obter um cartão regular de biblioteca. Outros eram livros que ainda não tinha lido, livros que as bibliotecas o haviam induzido a procurar. Enquanto sentava-se ali no estúdio com suas canetas e papel, um desses livros apoiava-se na mesa ao lado de sua mão direita — *Ponha Fogo Nesta Casa*, de William Styron. Ele havia usado como marcador uma nota de 10 dólares que encontrara na rua. Havia um monte de dinheiro nas ruas, que o vento soprava ao longo das sarjetas, e ele ainda se surpreendia e divertia com a quantidade de pessoas — inclusive ele — que paravam para pegá-lo. E por quê? Os livros eram grátis agora. As *idéias* eram grátis. Às vezes esse pensamento o divertia. Às vezes o assustava.

O papel em que estava escrevendo veio de um caderno espiral em que guardava todos os seus pensamentos — o conteúdo do caderno era meio diário, meio lista de compras. Ele havia descoberto uma profunda inclinação para fazer listas; achava que um de seus ancestrais devia ter sido contador. Quando sentia sua mente perturbada, descobrira que fazer uma lista costumava acalmá-la de novo.

Voltou à página branca diante dele, fazendo rabiscos disformes na margem.

Parecia-lhe que tudo quanto necessitavam ou queriam da vida antiga achava-se estocado na central elétrica deserta a leste de Boulder, como um tesouro empoeirado num armário às escuras. Uma sensação desagradável parecia estar dominando as pessoas reunidas em Boulder, algo apenas um tanto submerso, logo abaixo da superfície — sendo todas elas um bando assustado de garotos vagando pela casa assombrada local após o escurecer. De algumas maneiras, o lugar era como uma cidade fantasma repugnante.

Havia uma sensação de que a permanência ali em Boulder era uma coisa estritamente temporária. Um homem chamado Impening havia morado em Boulder, trabalhando em uma das turmas de vigilância na fábrica da IBM situada na Diagonal Boulder-Longmont. Impening parecia determinado a produzir inquietação. Vivia dizendo a todos que em 1984 houvera em Boulder 4 centímetros de neve em 14 de setembro, e que por volta de novembro ali faria frio suficiente para congelar os bagos de um macaco de bronze. Este era o tipo de conversa em que Nick gostaria de dar um basta. Se Impening pertencesse ao Exército, já teria sido preso pelo que andava falando; esta porém era uma lógica vazia, caso houvesse alguma lógica, afinal. O importante era que as palavras de Impening perderiam força se as pessoas pudessem se mudar para casas com as luzes acendendo e caldeiras exalando ar quente através das grelhas ao toque de um dedo num botão. Se isso não acontecesse antes das primeiras nevascas, Nick receava que todos simplesmente começassem a ir embora, e então nem todas as assembléias, representantes e ratificações do mundo poriam um paradeiro nisso.

Segundo Ralph, na central elétrica não havia muito o que corrigir, pelo menos que saltasse aos olhos. As turmas encarregadas de seu funcionamento haviam desligado parte da maquinaria; a outra parte desligara-se automaticamente. Dois ou três motores das grandes turbinas estavam queimados, talvez em decorrência de algum afluxo final de energia. Ralph disse que teriam de substituir parte da fiação, mas ele e Brad Kitchener, auxiliados por uma dúzia de homens, dariam conta disso. Haveria necessidade de uma turma bem mais numerosa para remover a fiação de cobre queimada e enegrecida dos geradores queimados das turbinas, sendo instalada em seguida uma nova fiação de cobre. Havia fartura de fio de cobre nas lojas de ferragens de Denver; Ralph e Brad tinham ido lá na semana anterior para verificar pessoalmente. Com a energia humana eles achavam que podiam restabelecer o fornecimento de energia elétrica já no Dia do Trabalho, ou seja, na primeira segunda-feira de setembro.

— Então daremos a festa mais danada de boa que esta cidade já viu — disse Brad.

Lei e Ordem. Aí estava algo que mais o perturbava. Stu Redman poderia incumbir-se disso? Ele não queria, mas Nick achava que talvez pudesse convencê-lo a aceitar. Caso não desse resultado, recorreria a Glen, amigo de Stu. O que de fato o deixava preocupado era a lembrança, ainda recente e dolorosa demais para ser analisada com mais minúcias, de sua breve e terrível passagem como carcereiro em Shoyo. Vince e Billy morrendo. Mike Childress pulando em cima de sua refeição e gritando, em petulante desafio: *Greve de fome! Estou fazendo uma porra de greve de fome!*

Doía-lhe pensar que pudessem precisar de tribunais e prisões em Boulder... talvez mesmo de um carrasco. Céus, afinal aquele era o povo de Mãe Abagail, não do homem escuro! Entretanto, Nick desconfiava de que o homem escuro não se daria ao trabalho de enfrentar trivialidades como tribunais e cadeias. Seu castigo seria rápido, certeiro e duro. Não precisaria ameaçar com prisão quando os cadáveres pendessem das cruzes de postes telefônicos ao longo da I-15 para serem bicados pelos pássaros.

Nick esperava que a maioria das infrações fosse de pouca monta. Já houvera diversos casos de embriaguez e comportamento desordeiro. Um garoto, de fato ainda muito jovem para dirigir, estivera movimentando uma enorme draga pela Broadway, afugentando as pessoas das ruas. Por fim, colidira com um veículo parado, um pequeno furgão de padaria, e batera com a testa — e, na opinião de Nick, o acidente saíra barato. As pessoas que o tinham visto sabiam que era jovem demais para a tarefa, mas ninguém se sentira com coragem suficiente para impedi-lo.

Autoridade. Organização. Ele escreveu no bloco e depois fez um círculo duplo nas palavras. O fato de formarem o povo de Mãe Abagail não os imunizava contra fraqueza, estupidez ou más companhias. Nick ignorava se seriam ou não os filhos de Deus, mas quando Moisés descera da montanha, aqueles que não se empenhavam em adorar o bezerro de ouro distraíam-se no jogo de dados, e ele sabia disso. Em Boulder tinham de enfrentar a possibilidade de que alguém se ferisse durante um jogo de carteado ou se alguém seria morto a tiros por causa de uma mulher.

Autoridade. Organização. Circulou de novo as palavras, que estavam como prisioneiras atrás de uma tríplice estacada. Como se davam bem juntas... e que péssimo som produziam!

* * *

Não muito tempo depois, Ralph entrou.

— Conseguimos mais gente chegando amanhã, Nick, e um verdadeiro desfile no dia seguinte: coisa para mais de trinta pessoas.

"Ótimo", Nick escreveu. "Em breve teremos um médico. Assim diz a lei de probabilidades."

— É — disse Ralph. — Graças a Deus estamos nos transformando numa cidade normal.

Nick assentiu.

— Tive uma conversa com o líder do grupo que chegou hoje. Chama-se Larry Underwood. Um cara esperto, Nick. Esperto paca.

Nick ergueu as sobrancelhas e deixou um ponto de interrogação no ar.

— Bem, vamos ver — disse Ralph, que sabia o que significava o ponto de interrogação: dê mais informação, se puder. — Ele é seis ou sete anos mais velho que você, acho, e talvez oito ou nove anos mais jovem que Redman. Mas é o tipo de homem que você disse que devíamos estar procurando. Ele faz as perguntas certas.

Outro ponto de interrogação.

— Quem está no comando, por exemplo — disse Ralph. — O que vem a seguir, quem se incumbe disso.

Nick assentiu. Sim — as perguntas certas.

Mas seria o homem certo? Ralph poderia ter razão. Mas também poderia não ter.

"Tentarei me encontrar com ele amanhã para dizer um alô", escreveu Nick numa outra folha de papel.

— É, você deveria. Ele é legal. — Ralph arrastou os pés. — E conversei com a Mãe pouco antes de esse Underwood e seu grupo aparecerem para as apresentações. Conversei com ela como você queria que eu fizesse.

Mais um ponto de interrogação.

— Ela diz que devíamos seguir em frente, nos pôr em movimento. Ela diz que há pessoas vadiando e que elas precisam de líderes para lhes dar o que fazer.

Nick recostou-se na cadeira e riu silenciosamente. Depois escreveu:

"Eu tinha quase certeza de que ela acharia isto. Falarei com Stu e Glen amanhã. Imprimiu os panfletos?"

— Ah! Aqueles! Sim, merda — disse Ralph. — Foi nisso que perdi a maior parte da tarde.

Ele mostrou a Nick uma prova, ainda cheirando fortemente a tinta do mimeógrafo. A impressão era em tipos grandes e chamativos. O próprio Ralph o redigira:

ASSEMBLÉIA GERAL!!!
UMA JUNTA DE REPRESENTANTES
SERÁ INDICADA E ELEITA!

18 de agosto de 1990, às 20h30

Local: Canyon Boulevard Park & Bandshell (TEMPO BOM)
Chautauqua Auditório no Parque Chautauqua (TEMPO RUIM)

SERÃO SERVIDOS REFRESCOS
APÓS A ASSEMBLÉIA

Mais abaixo havia dois mapas rudimentares para os recém-chegados e para aqueles que não gastaram muito tempo explorando os logradouros de Boulder. Abaixo dos mapas, em letras pequenas, havia os nomes combinados entre ele, Stu e Glen, após uma discussão mais cedo naquele dia:

Comitê Ad Hoc

Nick Andros
Glen Bateman
Ralph Brentner
Richard Ellis
Fran Goldsmith
Stuart Redman
Susan Stern

Nick apontou para a linha que falava em refrescos e ergueu as sobrancelhas.

— Ah, sim. Bem, Frannie chegou e sugeriu que poderíamos reunir mais gente se oferecêssemos alguma coisa. Ela e aquela sua amiga, Patty Kroger, vão cuidar disso. Biscoitos e Za-Rex. — Ralph fez uma careta. — Se eu tivesse de escolher entre beber Za-Rex e mijo, teria que me sentar para pensar. Você pode ficar com meu refresco, Nick.

Nick sorriu.

— O único reparo que tenho a fazer — continuou Ralph, mais sério — é terem me colocado nesse comitê. Sei o que a palavra significa. Quer dizer: "Parabéns, você ficou com todo o trabalho duro." Bem, não que isso faça diferença, porque batalhei a vida inteira. Só que comitês, supostamente, devem incluir cabeças pensantes, e não sou bem o tipo de homem com idéias.

No seu bloco, Nick esboçou rapidamente uma grande estrutura de FC, tendo ao fundo uma torre de rádio com raios de eletricidade partindo de seu topo.

— Ah, isso é muito diferente — disse Ralph em tom sombrio.

"Você será ótimo", escreveu Nick. "Pode crer."

— Se assim diz... bem, farei uma tentativa. Mas continuo achando que estaria mais bem servido com o tal do Underwood.

Nick sacudiu a cabeça e bateu no ombro de Ralph. Este lhe desejou boa-noite e seguiu para o andar de cima. Depois que ele se foi, Nick ficou olhando pensativo para o panfleto. Se Stu e Glen tivessem visto cópias — e tinha certeza de que a esta altura já teriam visto —, saberiam que ele retirara, unilateralmente, o nome de Harold Lauder da lista de integrantes do comitê *ad hoc* elaborada por eles. Era difícil saber como aceitariam sua decisão, mas o fato de ainda não terem aparecido talvez fosse um bom sinal. Eles poderiam querê-lo para fazer alguma barganha política e, sendo preciso, aceitaria, apenas para manter Harold fora da cúpula. Se quisessem um nome, ele indicaria Ralph, que não desejaria o posto, de qualquer modo, embora fosse dono de uma sagacidade nata e a capacidade quase inestimável de captar todos os detalhes de um problema. Seria um elemento essencial num comitê permanente, e ele achava que Stu e Glen já tivessem cabalado o comitê entre os amigos. Se ele queria Lauder de fora, seus companheiros teriam de concordar. Para que essa liderança marchasse sem tropeços, era indispensável não haver discordância entre eles. Ei, mãe, como aquele homem conseguiu tirar um coelho da cartola? Bem, filho, não tenho certeza, mas acho que poderia ter usado o velho truque de "desviar a atenção com biscoitos e Za-Rex". Sempre funciona.

Voltou à página em que estivera rabiscando quando Ralph entrou. Olhou para as palavras que havia circulado não apenas uma, mas três vezes, como se para gravá-las bem. *Autoridade. Organização.* De repente, escreveu outra abaixo delas — havia espaço. Agora as palavras no círculo triplo eram:

Autoridade. Organização. Política.

Mas ele não estava tentando tirar Lauder de campo só porque sentia que Stu e Glen Bateman tentavam tomar para si o que era realmente seu jogo. Sentia porém um certo ressentimento, com certeza. Seria muito estranho se não sentisse. De algum modo, ele, Ralph e Mãe Abagail tinham fundado a Zona Franca de Boulder.

Temos agora centenas de pessoas e milhares se encontram a caminho, se Bateman está certo, pensou, batendo o lápis contra as palavras circuladas. Quanto mais olhava para elas, mais feias pareciam. *Mas quando Ralph, eu, Mãe, Tom Cullen e o resto de nosso grupo chegamos aqui, as únicas coisas viventes eram os gatos e o cervo que veio do parque estadual para pastar nos jardins das pessoas... e até nas lojas. Lembra daquele que de alguma forma entrou no supermercado Table Mesa e depois não conseguia sair? Estava louco, correndo de um lado para outro entre as gôndolas, derrubando coisas, caindo, depois se levantando e correndo de novo.*

Somos recém-chegados, certo, não faz nem um mês que aqui chegamos, mas fomos os primeiros*! Portanto, há um pouco de ressentimento. Mas não é por essa razão que quero Harold fora. Eu o quero fora porque não confio nele. Harold sorri o tempo todo, mas há um compartimento estanque*

(*sorriso estanque?*)

entre sua boca e seus olhos. Houve uma rixa entre ele e Stu, por causa de Frannie, e os três dizem que acabou, mas fico me perguntando se acabou mesmo. Às vezes vejo Frannie olhando para Harold, parecendo pouco à vontade. Ela parece como se tentando imaginar o quanto "acabou" realmente. Ele é realmente brilhante, mas sua instabilidade me preocupa.

Nick sacudiu a cabeça. Isso não era tudo. Em mais de uma ocasião ele havia especulado se Harold não seria louco.

É principalmente aquele sorriso. Não quero ter de partilhar segredos com alguém que sorri daquele jeito e parece como se não tivesse dormido bem à noite.

Lauder não. Eles terão de concordar com isso.

Nick fechou o caderno e o guardou na última gaveta da escrivaninha. A seguir se levantou e começou a tirar as roupas, ansioso por uma chuveirada. Estava se sentindo obscuramente sujo.

O mundo, pensou, não segundo Garp, mas segundo a supergripe. Este admirável mundo novo. Mas não lhe parecia particularmente admirável, ou particularmente novo. Era como se alguém tivesse posto uma enorme bomba de cerejeira na caixa de brinquedos de uma criança. Houvera uma grande explosão e tudo voara por toda parte. Brinquedos se esparramaram de um canto para outro da sala de jogos. Alguns ficaram irremediavelmente perdidos, outros podiam ser consertados, porém a maioria tinha sido esparramada. Aquelas coisas ainda estavam quentes demais para manipular, mas ficaria tudo bem depois que esfriassem.

Enquanto isso, a tarefa era pôr as coisas em ordem. Jogar fora tudo que não prestasse. Aproveitar os brinquedos que podiam ser consertados. Anotar tudo que ainda estivesse em perfeito estado. Arranjar uma nova caixa de brinquedos para guardar as coisas, uma bela caixa de brinquedos nova. Uma caixa de brinquedos *forte*. Existe uma facilidade assustadora e doentia — e uma clara atração — no modo como as coisas podem ser explodidas em pedaços. O difícil é juntar tudo de novo. Pôr em ordem. Consertar. Listar. E descartar as coisas que não prestam mais, evidentemente.

Exceto... pode você *algum dia* jogar fora as coisas que não estão boas?

Nick parou a meio caminho do banheiro, nu, com as roupas nos braços.

Ah, a noite estava tão silenciosa... mas todas as noites não eram todas sinfonias de silêncio? Por que seu corpo de repente tinha se arrepiado?

Ora, porque ele de súbito percebeu que não havia brinquedos que o Comitê da Zona Franca devesse catar, nem sequer havia brinquedos. De repente, sentiu que tinha juntado algum bizarro círculo costurado do espírito humano — ele, Redman, Bateman e Mãe Abagail, sim, até mesmo Ralph com seu enorme rádio e seu equipamento que enviava sinais da Zona Franca para todos os lados do continente morto. Cada um tinha uma agulha e talvez estivessem funcionando em conjunto para produzir um cobertor aquecido contra o frio do inverno... ou talvez tivessem apenas, após uma breve pausa, recomeçado a fazer uma mortalha para o gênero humano, iniciando seu trabalho pelos pés e seguindo por todo o caminho acima.

* * *

Depois do amor, Stu preparou-se para dormir. Estivera dormindo pouco ultimamente, e passara a noite anterior bebendo com Glen Bateman e fazendo planos para o futuro. Frannie pusera seu robe e tinha chegado à sacada.

O prédio em que moravam se situava no centro da cidade, na esquina da Pearl Street com a Broadway. O apartamento ficava no terceiro andar e abaixo ela podia ver o cruzamento, com a Pearl correndo de leste para oeste e a Broadway seguindo de norte para sul. Ela gostava do lugar, onde tinham os pontos cardeais bem demarcados. A noite era quente e sem vento, a rocha negra do céu manchada por um milhão de estrelas. À sua claridade fraca e gelada, Fran podia ver as placas das Flatirons elevando-se a oeste.

Ela deslizou a mão do pescoço às coxas. O robe que usava era de seda e nada vestia por baixo. Sua mão passou suavemente pelos seios e então, em vez de continuar lisa e reta até a branda elevação do púbis, desenhou um arco no ventre, seguindo uma curvatura que sequer era percebida duas semanas antes.

Sua gravidez começava a se evidenciar, não muito ainda, mas Stu comentara a respeito nesta noite. A pergunta dele tinha sido casual, embora com um toque de comicidade: *Por quanto tempo ainda podemos fazer sem que eu... hã, sem que eu aperte ele?*

Ou *ela*, havia respondido Fran, divertida. *Que tal quatro meses, chefe?*

Excelente, respondera Stu, deslizando deliciado para dentro dela.

Uma conversa anterior tinha sido muito séria. Não muito depois da chegada a Boulder, Stu contou-lhe que havia falado sobre o bebê com Glen, o qual comentara, muito cautelosamente, que o germe ou vírus da supergripe ainda poderia estar ativo. Assim sendo, era possível que o bebê morresse. Era uma idéia inquietante (Glen não falhava, pensou ela: sempre se podia contar com ele para uma ou duas Idéias Inquietantes), mas certamente, se a mãe era imune, o bebê...?

Ainda assim, havia ali muita gente que perdera filhos na epidemia.

Certo, mas isto significaria...

Significaria o quê?

Bem, em primeiro lugar, poderia significar que todas as pessoas ali eram apenas um epílogo da raça humana, uma breve coda. Ela não queria acreditar nisso, não *podia* acreditar. Se fosse verdade...

Alguém vinha subindo a rua, dando voltas para contornar um caminhão-basculante que enguiçara com duas rodas sobre a calçada e junto à parede de um restaurante chamado Pearl Street Kitchen. O homem trazia um blusão leve jogado sobre o ombro. Em uma das mãos carregava o que tanto poderia ser uma garrafa quanto uma arma de cano longo. Na outra tinha uma folha de papel, talvez com um endereço escrito, a julgar pelo modo como verificava os números da rua. Por fim, parou diante do prédio de Fran. Olhava para a porta como se tentando decidir o que fazer. Frannie achou que ele parecia um pouco como um detetive particular de alguma série de TV. Ela estava a menos de 6 metros acima da cabeça dele e viu-se num daqueles dilemas. Se falasse com ele, poderia assustá-lo. Se não falasse, o homem começaria a bater e acordaria Stu. E afinal o que estava fazendo empunhando uma arma... se *era* mesmo uma arma?

De repente, ele espichou o pescoço e olhou para cima, talvez procurando alguma luz acesa no prédio. Frannie ainda olhava para baixo. Os olhos de ambos se encontraram diretamente.

— Santo Deus! — exclamou o homem na calçada. Ele deu um passo involuntário para trás, tropeçou no meio-fio caiu sentado duramente na sarjeta.

— Ah! — exclamou Frannie no mesmo momento, também recuando na sacada. Havia uma planta trepadeira em um enorme vaso de cerâmica em pedestal atrás dela. As costas de Frannie se chocaram com o vaso. O vaso oscilou, quase decidido a viver um pouco mais, porém terminou caindo sobre os ladrilhos da sacada, com um baque ruidoso.

No quarto, Stu grunhiu, virou-se e se aquietou de novo.

Frannie, talvez previsivelmente, teve um acesso de riso. Tapou a boca com as mãos, beliscou os lábios com força, mas os risinhos continuaram escapando numa série de sussurros breves e roucos. O furacão Grace ataca de novo, pensou, enquanto ria-sussurrava como louca, dentro das mãos em concha. Se ele tivesse uma guitarra, eu poderia deixar o maldito vaso cair-lhe na cabeça. *O sole mio... CRASH!* Seu ventre doeu de tanto tentar segurar o riso.

Um sussurro conspiratório abriu caminho lá de baixo:

— Ei, você aí na sacada... *Pssst!*

— *Psssit* — sussurrou Frannie para si mesma. — *Psssit*, essa é boa.

Tinha que sair dali antes que ele começasse a zurrar como um jumento. Jamais fora capaz de conter o riso, depois de começado. Correu rapidamente através do quarto escuro, pegou um quimono mais substancial — e recatado — atrás da porta do banheiro e desceu o corredor esforçando-se para vestir o traje que, colado a seu rosto, funcionava como uma máscara de borracha. Chegou ao patamar e desceu um lance de escadas antes de deixar o riso escapar livremente. Desceu os dois últimos lances, agora dando boas risadas.

O homem — era um rapaz, via agora — já se levantara e sacudia a poeira. Era esguio e bem-proporcionado, a maior parte do rosto coberta por uma barba que podia ser loura ou talvez quase ruiva à luz do dia. Ele tinha círculos escuros debaixo dos olhos, mas exibia um pequeno sorriso pesaroso.

— O que foi que derrubou? — perguntou ele. — Parecia um piano.

— Foi um vaso — disse ela. — Ele... ele... — O acesso de riso voltou a dominá-la, e Frannie só pôde apontar um dedo para ele, rir baixinho, sacudir a cabeça e então voltar a segurar o ventre dolorido. Lágrimas rolavam por suas faces. — Você parecia muito engraçado... sei que não deveria falar assim para quem nem conheço, mas... ah, poxa! Estava mesmo *engraçado*!

— Se isto acontecesse nos velhos tempos — disse ele, sorrindo —, minha primeira providência seria processá-la em 150 mil dólares, pelo menos. De cara. Meritíssimo, olhei para cima e lá estava esta moça, me observando. Sim, acho que fazia caretas. O rosto, pelo menos, estava contorcido. Decidiremos em favor do queixoso, este pobre rapaz. E também em favor do oficial de justiça. Haverá um recesso de dez minutos.

Riram juntos por algum tempo. O rapaz vestia *jeans* desbotados e uma camisa azul-escura. A noite de verão era cálida e agradável, e Frannie começava a alegrar-se por ter descido.

— Por acaso seu nome não seria Fran Goldsmith?

— Por acaso, sim. Só que não o conheço.

— Sou Larry Underwood. Eu e meu grupo chegamos hoje. Na verdade, eu procurava por um cara chamado Harold Lauder. Disseram-me que estava morando na Pearl Street, 261, junto com Stu Redman, Frannie Goldsmith e mais algumas pessoas.

Isto conteve as risadinhas de Fran.

— Harold morou neste prédio tão logo chegamos a Boulder, mas já faz um bom tempo que se mudou. Agora mora na Arapahoe, que fica no lado oeste da cidade. Se quiser, posso lhe dar o endereço e explicar como chegar lá.

— Eu ficaria muito grato. Mas esperarei até amanhã. Não quero correr mais riscos esta noite.

— Conhece Harold? — perguntou ela.

— Sim e não — disse Larry. — Tal como conheço e não conheço você. Aliás, para ser franco, devo dizer que em nada se assemelha com a pessoa que imaginei. Eu a fantasiei como uma loura tipo Valkyrie, saída direto de uma ilustração de Frank Frazetta, talvez com uma pistola .45 em cada quadril. Mas, de qualquer modo, é um prazer conhecê-la. — Ele estendeu a mão, que Frannie apertou com um leve sorriso de surpresa.

— Acho que não faço a menor idéia do que você está falando.

— Sente-se no meio-fio por um minuto e explicarei.

Ela sentou-se. Uma brisa ligeira percorria a rua, levantando restos de papel e fazendo os velhos olmos se agitarem no gramado do tribunal, a três quarteirões dali.

— Eu trouxe uma coisa para Harold Lauder — disse Larry. — Mas é para ser uma surpresa. Portanto, se o encontrar antes de mim, nem uma palavra a respeito.

— Claro — disse Frannie. Ela estava mais aturdida do que nunca.

Ele ergueu a arma de cano longo, que afinal não era arma nenhuma, mas sim uma garrafa de vinho de gargalo comprido. Ela virou o rótulo para a luz das estrelas e conseguiu ler a custo apenas as letras maiores — BORDEAUX no alto e, ao fundo, o ano: *1947*.

— A melhor vindima do vinho Bordeaux neste século — informou ele. — Pelo menos era o que dizia um velho amigo meu. Seu nome era Rudy. Que sua alma descanse em paz com o amor de Deus.

— Mas 1947... foi há 43 anos. Será que não... bem, não se estragou?

— Rudy costumava dizer que um bom Bordeaux nunca se estraga. De qualquer modo, eu o carreguei por todo o caminho desde Ohio. Se é um vinho ruim, será por certo o vinho ruim mais viajado.

— O vinho é para Harold?

— O vinho e mais alguma coisa. — Ele tirou algo do bolso do blusão e estendeu a ela.

Fran não precisou virá-lo para a luz das estrelas a fim de ler a marca. Começou a rir.

— Chocolate Payday! — exclamou. — É o preferido de Harold... mas como ficou sabendo disso?

— Aí é que está a história.

— Então me conte!

— Muito bem. Era uma vez um sujeito chamado Larry Underwood que foi da Califórnia a Nova York para ver sua velha e querida mãe. Esta não foi a única razão por ter vindo, e as outras razões são um pouco menos agradáveis, mas vamos nos ater à razão do bom rapaz, certo?

— Por que não? — concordou Fran.

— E eis que a Fada Má do Oeste, ou alguns babacas do Pentágono, castigou o país com uma grande epidemia, e antes que se pudesse dizer "Aí vem a Capitão Viajante", praticamente toda a população de Nova York estava morta, inclusive a mãe de Larry.

— Sinto muito. Também perdi meus pais.

— É... os pais e mães de todo mundo. Se todos nós fôssemos enviar cartões de condolências, não restaria mais nenhum. Mas Larry foi um dos sortudos. Ele saiu da cidade com uma dama chamada Rita, que não estava muito bem preparada para lidar com o que aconteceu. E, infelizmente, Larry não estava muito bem preparado para lidar com o problema dela.

— Ninguém estava preparado.

— Mas alguns se adaptaram mais rápido do que outros. Seja como for, Larry e Rita seguiram para a costa do Maine. Chegaram a alcançar Vermont, e lá a dama preferiu pôr fim a tudo com uma superdosagem de soníferos.

— Ah, Larry, que tristeza!

— Larry levou isto muito a sério. De fato, encarou isto mais ou menos como julgamento divino sobre sua força de caráter. Além disso, uma ou duas pessoas já lhe tinham dito que seu traço de caráter mais incorruptível era uma dose esplêndida de egoísmo, que cintilava como uma madona de Day-Glo afixada no painel de um Cadillac 59.

Frannie estirou-se um pouco para trás na calçada.

— Espero que não a esteja incomodando, mas tudo isto ficou revirando dentro de mim por um longo tempo, e tem a ver com o papel que Harold representa na história. Tudo bem?

— Tudo bem.

— Obrigado. Creio que, desde que chegamos aqui e conhecemos aquela velha hoje, venho procurando um rosto amigável com quem pudesse desabafar. Simplesmente pensei que seria o de Harold. De qualquer modo, Larry continuou seguindo para o Maine porque parecia não haver qualquer outro lugar para onde ir. Já vinha padecendo de sonhos muito ruins na ocasião, mas uma vez que estava sozinho não tinha como saber que outras pessoas também padeciam dos mesmos pesadelos. Presumiu simplesmente que fosse outro sintoma de seu continuado colapso mental. Mas finalmente chegou a uma cidadezinha costeira chamada Wells, onde encontrou uma mulher chamada Nadine Cross e um menino estranho cujo nome se descobriu ser Leo Rockway.

— Wells — murmurou ela com admiração.

— De qualquer modo, os três viajantes tiraram a sorte com uma moeda para ver qual direção tomariam na Nacional 1. Como deu coroa, rumaram para o sul, onde finalmente chegaram a...

— Ogunquit! — exclamou Frannie, deliciada.

— Isso mesmo. E lá, em um celeiro, através de letras enormes, fiz meu primeiro contato com Harold Lauder e Frances Goldsmith.

— O aviso de Harold! Ah, Larry, como ele ficará contente!

— Seguimos as indicações no celeiro até Stovington, e depois as indicações de Stovington até Nebraska, e depois as indicações da casa de Mãe Abagail até Boulder. Conhecemos pessoas no caminho. Uma delas foi uma garota chamada Lucy Swann, que agora é minha mulher. Gostaria de apresentá-la a você. Creio que vai gostar dela.

"Mas então aconteceu alguma coisa que Larry realmente não desejava. Seu pequeno grupo de quatro cresceu para seis. Os seis encontraram mais quatro ao norte do estado de Nova York e nosso grupo absorveu o deles. Quando chegamos ao aviso de Harold na casa de Mãe Abagail, já éramos 16 pessoas e encontramos mais três no justo momento em que partíamos. Larry ficou responsável por esse corajoso bando. Não houve votação nem nada parecido. Simplesmente foi *isso*. E na verdade ele não queria assumir a responsabilidade. Aquilo era um fardo que o fazia passar noites em claro. Começou a tomar pílulas. Mas é engraçado o modo como a mente luta com a mente. Eu não podia continuar com aquilo. Era uma questão de auto-respeito. E eu... ele... vivia com medo de estragar tudo, de acordar a qualquer manhã e encontrar alguém morto no saco de dormir, tal como aconteceu com Rita naquela ocasião em Vermont. Então todos lhe apontariam o dedo, acusando: 'É culpa sua. Devia ter agido melhor, portanto é o culpado.' E isto era algo que eu não podia comentar, nem mesmo com o juiz."

— Quem é o juiz?

— O juiz Farris. Um velho de Peoria. Imagino que foi de fato juiz lá pelo início dos anos 50, um juiz itinerante ou coisa que o valha, mas já estava aposentado havia muito tempo quando a gripe surgiu. É porém um sujeito muito capaz. Quando olha para a gente, poderíamos jurar que tem olhos de raios X. De qualquer modo, Harold foi importante para mim. Ficou mais importante à medida que o grupo aumentava. Em proporção direta, se poderia dizer. — Larry deu uma risadinha. — Aquele celeiro. Caramba! A última linha daquele aviso, a que trazia o seu nome, foi escrita tão baixo que pude imaginá-lo escrevendo com o traseiro empinado ao vento.

— Sim. Eu estava dormindo quando ele o pintou. Se não, o teria impedido.

— Comecei a ter certa noção dele — continuou Larry. — Encontrei um invólucro de Payday na cúpula daquele celeiro em Ogunquit e depois junto à inscrição entalhada na viga...

 — Que inscrição?

Ela sentiu que Larry a estava inspecionando no escuro e puxou o quimono para mais junto do corpo... não num gesto de recato, porque não sentia nenhuma ameaça por parte daquele homem, mas por puro nervosismo.

— Apenas as iniciais dele — disse Larry casualmente. — H. E. L. Se aquilo tivesse sido o fim de tudo, eu não estaria aqui agora. Mas, depois, na concessionária de motos em Wells...

— Nós estivemos lá!

— Sei que estiveram. Vi que faltavam duas motos. O que mais me impressionou foi que Harold havia sugado gasolina do tanque subterrâneo. Você deve tê-lo ajudado, Fran. Quase perdi meus dedos fazendo isso.

— Não, não precisei ajudá-lo. Harold andou de um lado para outro até encontrar uma coisa que chamou de bocal do respiradouro...

Larry soltou um grunhido e bateu na testa.

— O bocal do respiradouro! Meu Deus! Nem mesmo procurei verificar por onde eles ventilavam o reservatório! Quer dizer que ele apenas deu algumas voltas... puxou uma tampa... e enfiou a mangueira dentro?

— Bem... foi isso.

— Esse Harold! — disse Larry num tom de admiração que Frannie jamais ouvira antes, pelo menos não em relação ao nome de Harold Lauder. — Bem, aí está um dos truques que não captei. De qualquer modo, chegamos a Stovington. E Nadine ficou tão descontrolada que desmaiou.

— Pois eu chorei — disse Fran. — Berrei a ponto de pensar que nunca ia parar. Já imaginava que, ao chegarmos lá, alguém viria nos dar as boas-vindas, dizendo: "Olá! Podem entrar, a lanchonete fica logo à esquerda!" — Ela sacudiu a cabeça. — Parece uma tolice, recordando agora.

— Não desanimei. O Intrépido Harold esteve lá antes de mim, deixou seu aviso e foi embora. Eu me sentia como um sujeito inexperiente do Leste seguindo as indicações do índio, como em *O Desbravador*.

O conceito dele sobre Harold ao mesmo tempo fascinava e espantava Frannie. Não tinha sido Stu quem realmente estivera liderando o grupo desde que deixaram Vermont e partiram para Nebraska? Sinceramente, ela não conseguia se lembrar. A esta altura todos tinham ficado preocupados com os sonhos. Larry agora recordava-lhe coisas que ela havia esquecido... ou pior, não reconhecia. Harold arriscando a vida para escrever aquele aviso no celeiro — tinha-lhe parecido um risco tolo, mas resultara em algum benefício, afinal. E extrair gasolina daquele tanque subterrâneo... aparentemente tinha parecido a Larry uma façanha, mas que Harold considerara uma coisa trivial. Isto fez com que se sentisse insignificante e culpada. Todos mais ou menos presumiam que não passava de um risonho coadjuvante. No entanto, ele executara um bocado de truques nas últimas seis semanas. Estivera tão apaixonada por Stu que fora preciso aparecer aquele perfeito estranho para apontar-lhe algumas verdades a respeito de Harold? O que tornava a situação ainda mais desconfortável era o fato de que, após sentir-se firme nos dois pés, Harold se tornara inteiramente adulto em relação a ela e Stuart.

Larry disse:

— Portanto, lá em Stovington estava outro aviso caprichado, dando a numeração das estradas, certo? E voejando sobre a relva ali perto, encontrei outro invólucro de chocolate Payday. Tive a sensação de que, em vez de ficar seguindo galhos quebrados e capim amassado, estava na trilha do chocolate de Harold. Bem, não seguimos inteiramente a rota de vocês. Dobramos para norte, perto de Gary, Indiana, porque havia um tremendo incêndio, ainda ardendo em vários pontos. Era como se cada maldito reservatório de gasolina da cidade tivesse explodido. De qualquer modo, foi nesse desvio de rota que recolhemos o juiz e seguimos para Hemingford Home... a essa altura já sabíamos que ela partira, por causa dos sonhos, você sabe, mas todos queríamos conhecer o lugar, mesmo sem ela. O milharal... o balanço feito com o pneu... entende o que quero dizer?

— Entendo — respondeu Frannie, baixinho. — Claro que entendo.

— E eu quase enlouquecendo o tempo todo, pensando que alguma coisa podia acontecer, que íamos ser atacados por uma gangue de motoqueiros ou coisa parecida, que nossa água acabaria, sei lá.

"Minha mãe tinha um livro, que ganhou de sua avó ou sei lá quem. Chamava-se *Nos passos Dele*. Continha todas essas historinhas com sujeitos com problemas terríveis. Em sua maioria, eram problemas éticos. O autor dizia que para resolver os problemas bastaria a gente perguntar: 'O que faria Jesus?' Isto resolvia a situação de imediato. Sabe o que acho? Esta é uma pergunta zen: não realmente uma pergunta, mas sim uma forma de clarear a mente, como ficar dizendo *Om* e fitando a ponta do nariz."

Fran sorriu. Ela sabia o que sua mãe teria dito a respeito de uma coisa *dessas*.

— Então, quando realmente comecei a ficar emaranhado em dúvidas, Lucy, é a minha garota, já lhe contei?, Lucy costumava dizer: "Depressa, Larry, faça a pergunta!"

— E o que faria Jesus? — perguntou Fran, divertida.

— Não. O que faria *Harold*? — respondeu Larry, muito sério. Fran estava à beira da incredulidade total. Como desejaria estar por perto quando Larry conhecesse Harold! Qual seria a reação dele, afinal?

— Acampamos no terreiro de uma fazenda, certa noite, e estávamos praticamente sem água. Havia um poço lá, mas era impossível conseguirmos água, porque, sem energia elétrica, a bomba não funcionaria. E Joe... perdão, Leo, seu verdadeiro nome é Leo... bem, Leo ficava perambulando em volta e repetindo: "Tô de sede, Larry, sede muito agora." E isto estava me dando nos nervos. Eu podia ver a irritação se acumulando e, se ele continuasse com a ladainha, eu acabaria lhe dando uns cascudos. Que belo sujeito, hã? Pronto para bater numa criança aflita. Mas ninguém muda de uma hora para outra. Tive tempo de sobra para me corrigir.

— E você os trouxe intactos desde o Maine — disse Frannie. — Infelizmente, um dos nossos morreu. Seu apêndice estourou. Stu tentou operá-lo, mas não deu certo. No cômputo geral, Larry, acho que você se saiu muito bem.

— Harold e eu é que nos saímos muito bem — corrigiu ele. — De qualquer modo, Lucy disse: "Depressa, Larry, faça a pergunta!" Então, a fiz. Na fazenda havia um cata-vento que fazia a água subir até o celeiro. Estava girando muito bem, porém nenhuma água saía das torneiras do celeiro. Então, abri a enorme caixa ao pé do cata-vento que abriga todo o mecanismo e vi que o eixo-motor principal escapara do seu orifício. Recoloquei-o e pronto! Ali estava toda a água que se poderia desejar. Fresca e saborosa. Graças a Harold.

— Graças a *você*. Harold não estava presente, Larry.

— Bem, ele estava na minha cabeça. E agora estou aqui e trouxe para ele o vinho e as barras de chocolate. — Ele a olhou de esguelha. — Eu meio que pensei que ele poderia ser seu homem.

Ela sacudiu a cabeça e olhou para baixo, para os dedos cerrados.

 — Não. Ele... Harold, não.

Larry ficou calado por um longo tempo, mas Frannie percebia que olhava para ela. Por fim, ele disse:

— Muito bem, onde foi que errei? A respeito de Harold?

Ela se levantou.

— Tenho que entrar agora. Foi bom conhecê-lo, Larry. Apareça amanhã para conhecer Stu. Traga a sua Lucy, se ela não estiver ocupada.

— O que há sobre ele? — insistiu Larry, também se levantando.

— Ah, não sei — disse ela, tensa, sentindo-se de repente à beira das lágrimas. — Suas palavras me fazem sentir como se... se houvesse tratado Harold mal... e não sei... por que ou como fiz isso... Serei culpada por não amá-lo como amo Stu? Será que a culpa é minha?

— Não, claro que não! — exclamou Larry, confuso. — Escute, sinto muito. Perdoe a minha chegada intempestiva. Vou embora.

— Ele *mudou*! — explodiu Frannie. — Não sei como nem por quê. Às vezes penso que poderia ser para melhor... mas não sei... sinceramente não sei. Há ocasiões em que tenho medo.

— Medo de Harold?

Ela não respondeu, limitando-se a olhar para os pés. Achava que já havia falado além da conta.

— Não ia me explicar como chegar lá? — perguntou ele gentilmente.

— É fácil. Siga em frente pela Arapahoe até ver o parquezinho... o Eben G. Fine Park, acho que é este o nome. O parque fica à direita. A casinha de Harold é à esquerda, bem em frente ao parque.

— Fico muito grato. Foi um prazer conhecê-la, Fran, com vaso quebrado e tudo.

Ela sorriu, mas apenas superficialmente. Todo o estonteante bom humor desaparecera da noite.

Larry ergueu a garrafa de vinho e ofereceu um pequeno sorriso enviesado.

— E se por acaso estiver com ele antes de mim, guarde segredo, combinado?

— Claro.

— Boa-noite, Frannie.

Ele seguiu de volta por onde viera. Fran ficou observando-o até que sumiu de vista. Então, subiu a escada e enfiou-se na cama ao lado de Stu, que ainda dormia profundamente.

Harold, pensou ela, puxando as cobertas até o queixo. Como poderia contar ao tal de Larry, que parecia tão bom na sua maneira estranhamente desligada (mas todos eles não estavam desligados agora?), que Harold Lauder era gordo, adolescente e desorientado? Deveria contar-lhe que um dia, não muito tempo atrás, surpreendera o esperto e despachado Harold, o-que-Jesus-faria-Harold?, aparando o gramado vestido só de sunga e chorando? Deveria contar-lhe que o Harold às vezes carrancudo e freqüentemente amedrontado que chegara a Boulder vindo de Ogunquit se transformara num político decidido, do tipo que dá tapinhas nas costas e acolhe todo mundo cordialmente mas que, não obstante, olhava para a gente com as pupilas opacas e frias de um lagarto-gila?

Frannie concluiu que esta noite ia demorar muito para pegar no sono. Harold apaixonara-se perdidamente por ela, que se apaixonara perdidamente por Stu Redman, e sem dúvida este era um velho e duro mundo. E agora, a cada vez que o vejo, sinto *calafrios*. Mesmo parecendo ter perdido uns 5 quilos, mesmo não tendo tantas espinhas como antes, fico...

Sua respiração ficou audivelmente presa na garganta, e ela se ergueu apoiada nos cotovelos, os olhos arregalados no escuro.

Alguma coisa se movera dentro dela.

Levou as mãos à ligeira protuberância no meio do corpo. Ah, por certo ainda era cedo demais para isso... Tinha sido apenas sua imaginação. Exceto que...

Exceto que não fora imaginação.

Voltou a deitar-se devagar, o coração batendo com força. Ela quase acordou Stu, mas preferiu não fazê-lo. Se ao menos o bebê fosse dele, e não de Jess! Se fosse de Stu, ela o acordaria para partilharem aquele momento. No seu próximo bebê o faria. Se *houvesse* um próximo bebê, é claro.

E então o movimento repetiu-se, tão leve que só poderia ter sido gases. Mas ela sabia que não era. Era o bebê. E o bebê estava vivo.

— Ah, que glória! — murmurou para si mesma e se recostou. Larry Underwood e Harold Lauder foram esquecidos. Tudo quanto lhe sucedera desde que sua mãe ficara doente fora esquecido. Esperou pela repetição do movimento, procurando ouvir aquela presença dentro de si e adormeceu, ainda ouvindo. Seu bebê estava vivo.

* * *

Sentado numa cadeira do gramado da pequena casa que escolhera para si, Harold olhava para o céu e pensava em uma velha canção de *rock and roll.* Ele detestava *rock*, mas podia se lembrar desta, quase linha por linha, inclusive o nome do grupo que a interpretava: Kathy Young and the Innocents. O cantor ou cantora solista, fosse quem fosse, tinha uma voz aguda, ansiosa e esganiçada que às vezes lhe prendia a atenção por completo. Uma jóia de ouro, na opinião dos DJs. Um Sopro do Passado. Um Disco que Faz Diferença. A solista aparentava ter 16 anos, era pálida, loura e sem graça. Soava como se estivesse cantando para um retrato que passava a maior parte do tempo enterrado em uma gaveta da cômoda, um retrato só retirado de lá na calada da noite, quando todos na casa estivessem dormindo. Ela soava como se desesperançada. O retrato para o qual cantava talvez houvesse sido escamoteado do anuário da irmã mais velha — era uma foto do galã local, capitão do time de futebol e presidente do Conselho Estudantil. O tal galã estaria transando com a animadora de torcida em alguma alameda deserta dos namorados, enquanto na periferia esta garota feia e sem peitos, com uma espinha no canto da boca, cantava:

— *Mil estrelas no céu... me deixem perceber... que você é meu único amor... diga que me ama... que você é meu, todo meu...*

Havia no céu desta noite muito mais de mil estrelas, porém não eram estrelas de enamorados. Ali não havia nada semelhante a uma suave coifa da Via Láctea. Ali, a 1.500 metros acima do nível do mar, elas eram tão agressivas e cruéis como 1 bilhão de buracos em veludo negro, estocadas no furador de gelo de Deus. Eram estrelas dos inimigos e, por causa disso, Harold se sentia apto a formular um pedido a elas. Querer-eu-quero, pedir-eu-mereço, aceitem-o-pedido-que-esta-noite-faço. Caiam mortos, camaradas.

Sentou-se silenciosamente com a cabeça inclinada para trás, como um astrônomo em meditação. Seus cabelos estavam mais compridos do que nunca, embora não mais sujos, empastados e embaraçados. Também não exalava mais o odor de uma mijada em um monte de feno. Até mesmo as marcas das espinhas estavam clareando, agora que deixara de comer doces. E trabalhando duro e andando tanto, começava a perder algum peso e a adquirir uma aparência bastante aceitável. Havia vezes, nas últimas poucas semanas, em que ao passar por alguma superfície reflexiva, ele dava uma olhada por sobre o ombro, espantado, como se tivesse captado o vislumbre de um completo desconhecido.

Remexeu-se na cadeira. Havia um livro em seu colo, um volume comprido com lombada em azul marmóreo e capas imitando couro. Ele o mantinha escondido sob uma laje da lareira da casa sempre que se ausentava. Se alguém encontrasse aquele livro, isto significaria o seu fim em Boulder. Na capa do livro havia duas palavras impressas em dourado: LIVRO-RAZÃO. Era o diário que ele iniciara após ter lido o de Fran. Já enchera as primeiras sessenta páginas com sua caligrafia apertada, de uma margem a outra. Não havia parágrafos, apenas um bloco sólido de escrita, uma vazão de ódio, como pus fluindo de um abscesso cutâneo. Ele nunca imaginara guardar tanto ódio dentro de si. A esta altura, achava que já teria exaurido o fluxo, mas ele tinha apenas começado. Era como aquela velha piada. Por que o solo estava todo branco após a última resistência de Custer? Porque os índios continuavam vindo, vindo, vindo...

E por que ele odiava?

Sentou-se ereto, como se a pergunta tivesse vindo lá de fora. Era uma pergunta de difícil resposta, exceto para alguns poucos eleitos. Einstein não afirmara que no mundo havia apenas seis pessoas capazes de entender todas as implicações de $E = mc^2$? E quanto à equação dentro de seu próprio crânio? A relatividade de Harold. A velocidade da praga. Ah, ele poderia encher o dobro daquelas páginas já escritas falando sobre isso, tornando-se mais obscuro, mais arcano, até finalmente ficar perdido no mecanismo dele próprio e ainda assim sem chegar perto do eixo principal. Estava talvez... estuprando a si mesmo. Seria isso? De qualquer modo, estava bem próximo. Um ato obsceno e contínuo de sodomia. Os índios vindo e vindo.

Em breve estaria deixando Boulder. Dentro de um mês ou dois, não mais que isso. Quando finalmente acertasse um método de fixar seus motivos. Então, partiria para oeste. E quando lá chegasse, abriria sua boca e vomitaria tudo que sabia sobre este lugar. Iria contar-lhe o que acontecia nas assembléias públicas e, mais importante, nas reuniões privadas. Estava certo de que participaria do Comitê da Zona Franca. Seria bem recebido e recompensado pelo líder de lá... não com um final do ódio, mas com o veículo perfeito para isso: um Cadillac Ódio, comprido e brilhando sombriamente. Entraria nele, que o conduziria com seu ódio contra toda essa gente daqui. Ele e Flagg chutariam esta colônia miserável como se fosse um formigueiro. Mas primeiro iria ajustar contas com Redman, o homem que lhe mentira e roubara sua mulher.

Certo, Harold, mas por que você odeia?

Não, não havia nenhuma resposta satisfatória para isso, apenas uma espécie de... de endosso para o próprio ódio. Era sequer uma pergunta justa? Ele achava que não. Era o mesmo que perguntar a uma mulher por que ela dera à luz um bebê deformado.

Houvera uma época, uma hora ou um instante, em que contemplara o encerramento do ódio. Tinha sido logo após acabar de ler o diário de Fran e descobrir que ela estava irrevogavelmente comprometida com Stu Redman. Este súbito conhecimento agira sobre ele tal como um jato de água fria age sobre uma lesma, fazendo-a contrair-se como uma bolinha rígida, em vez de permanecer como um organismo espichado, sondando indolentemente. Naquela hora ou instante, ele percebeu que podia simplesmente *aceitar o que era*, um conhecimento que tanto o extasiou quanto aterrorizou. Pois naquele espaço de tempo ele soube que poderia tornar-se uma nova pessoa, um novo Harold Lauder clonado do antigo pelo aguçado e interveniente bisturi da epidemia de supergripe.

Mais claramente do que qualquer dos outros, ele percebeu qual era a finalidade da Zona Franca de Boulder. As pessoas não eram mais as mesmas. Aquela sociedade provinciana não guardava semelhança com nenhuma outra sociedade dos EUA pré-epidemia. Eles não viam isso porque não se colocavam como um observador independente, a exemplo do que ele fazia. Homens e mulheres estavam vivendo juntos sem qualquer desejo aparente de reinstituir a cerimônia do casamento. Grupos inteiros viviam em pequenas subcomunidades, à maneira de comunas. Não havia muita disputa. As pessoas pareciam conviver bem. E, o mais estranho de tudo, nenhuma delas parecia estar questionando as profundas implicações teológicas dos sonhos... e da epidemia em si. A própria Boulder era uma sociedade clonada, uma *tabula* tão *rasa* que era incapaz de sentir sua própria beleza nova.

Harold a sentia, e a odiava.

Muito além das montanhas havia outra criatura clonada. Uma extração de sombria malignidade, uma única célula selvagem, arrancada do corpo agonizante da velha estrutura política, um representante solitário do carcinoma que estivera devorando a velha sociedade viva. Uma única célula, mas que já começara a se reproduzir, gerando outras células malignas. No tocante à sociedade, isto significava a antiga luta, o esforço do tecido saudável para rejeitar a incursão maligna. Contudo, para cada célula individual, havia a velha e antiga pergunta, aquela que remontava ao Jardim do Éden — deve-se ou não comer a maçã? Lá no oeste, todos já a estavam comendo, numa orgia de torta e ponche de maçã. Os assassinos do Éden estavam lá, os fuzileiros negros.

E ele próprio, ao defrontar-se com o conhecimento de que era livre para *aceitar o que era*, rejeitara a nova oportunidade. Aceitá-la seria o mesmo que se matar. O fantasma de cada nova humilhação já sofrida clamava contra isso. Seus sonhos e ambições assassinados tinham retornado à vida espectral, perguntando se ele podia esquecê-los com tanta facilidade. Na nova sociedade da Zona Franca ele só podia ser Harold Lauder. Lá do outro lado ele poderia ser um príncipe.

A malignidade o atraía. Era como um parque de diversões negro — rodas-gigantes com as luzes apagadas, girando acima de uma paisagem negra, um espetáculo mambembe interminável preenchido por aberrações como ele próprio e, na tenda principal, os leões comiam os espectadores. O que mais o atraía era essa dissonante música do caos.

Abriu seu diário e escreveu com firmeza à luz das estrelas:

12 de agosto de 1990 (início da manhã).

Dizem que os dois grandes pecados humanos são o orgulho e o ódio. São mesmo? Prefiro pensar neles como as duas grandes virtudes. Desistir do orgulho e do ódio é o mesmo que dizer que você passa para o lado do bem do mundo. Aceitá-los, divulgá-los, é mais nobre; significa que o mundo deve mudar para o nosso bem. Estou embarcando numa grande aventura.

HAROLD EMERY LAUDER

Ele fechou o livro. Entrou em casa, colocou o livro em seu esconderijo sob a lareira e repôs com cuidado a laje afastada. Foi até o banheiro, firmou o lampião Coleman em cima da pia, para que iluminasse o espelho, e durante os 15 minutos seguintes ensaiou sorrisos. Estava ficando excelente nisso.

Capítulo Cinqüenta e Um

OS CARTAZES DE RALPH ANUNCIANDO a assembléia de 18 de agosto foram espalhados por toda Boulder. Houve um bocado de comentários animados, principalmente a respeito das boas e más qualidades dos sete integrantes do comitê *ad hoc*.

Mãe Abagail tinha ido exausta para a cama, antes que a claridade desaparecesse do céu. O dia inteiro fora uma corrente interminável de visitantes, todos querendo saber sua opinião. Ela respondia que considerava muito boas as escolhas para o comitê. As pessoas estavam ansiosas em saber se ela faria parte de um comitê mais permanente, e se algum dia ele seria formado durante a grande assembléia. Ela respondia que seria um cargo demasiado cansativo, mas que daria toda a ajuda que pudesse a um comitê de representantes eleitos, caso eles o desejassem. Garantiram-lhe, vezes sem conta, que qualquer comitê permanente que recusasse sua ajuda seria derrubado maciçamente, e isto logo ficou bem claro. Mãe Abagail foi para a cama cansada porém satisfeita.

O mesmo aconteceu com Nick Andros essa noite. Em um único dia, graças a um único volante, impresso em mimeógrafo manual, a Zona Franca se transformara de um grupo desordenado em uma comunidade de votantes potenciais. Eles gostaram da idéia, que lhes dava a noção de pertencer a um lugar após um longo período de queda livre.

Naquela tarde Ralph o levou de carro até a central de energia. Ele, Ralph e Stu haviam concordado em uma reunião preliminar na casa de Stu e Frannie, dois dias mais tarde. Isto permitiria que os sete integrantes do comitê tivessem mais dois dias para ouvir os comentários das pessoas.

Nick sorriu, pondo as mãos em concha sobre os ouvidos inúteis.

— A leitura labial é ainda melhor — disse Stu. — Sabe, Nick, estou começando a achar que realmente vamos conseguir algo desses motores avariados. Aquele Brad Kitchner é uma fera para trabalhar. Se conseguirmos uns dez como ele, teremos esta cidade inteira funcionando à perfeição em 1º de setembro.

Nick fez para ele o gesto de unir o polegar e o indicador em círculo antes de entrarem na usina.

* * *

Naquela tarde, Larry Underwood e Leo Rockway seguiram pela Arapahoe Street na direção oeste, rumo à casa de Harold. Larry levava a mochila que carregara durante toda a viagem através do país, mas tudo que continha agora era uma garrafa de vinho e meia dúzia de Paydays.

Lucy estava fora, com um grupo que se prontificara a limpar as ruas e estradas de Boulder, removendo os veículos enguiçados que as bloqueavam. O problema era que estavam trabalhando por sua própria conta — esta era uma operação esporádica, que só funcionava quando algumas pessoas se juntavam para levá-la a cabo. Um mutirão para retirar destroços em vez de um mutirão de costura, pensou Larry, e seu olho captou um dos cartazes com o título ASSEMBLÉIA GERAL, pregado a um poste telefônico. Talvez aí estivesse a resposta. Que diabo, todos queriam trabalhar, mas precisavam de alguém que coordenasse as coisas e lhes dissesse o que fazer. Ele achava que, mais do que tudo, as pessoas queriam limpar a evidência do que tinha acontecido aqui no início do verão (e será que já seria o fim do verão?), tal como se usa um apagador para limpar palavras sujas de um quadro-negro. Talvez não possamos fazer isso de um extremo a outro do país, pensou Larry, mas deveríamos fazê-lo aqui em Boulder antes que chegue a neve, se a Mãe Natureza cooperar.

Um ruído de vidro estilhaçado o fez virar-se. Leo apanhara uma pedra de bom tamanho do jardim de alguém e a jogara no vidro de trás de um velho Ford. Um adesivo colado no pára-choque traseiro do Ford dizia: LEVE SEU TRASEIRO ATÉ O PASSO NAS MONTANHAS — *COLD CREEK CANYON.*

— Não faça isso, Joe.

— Sou Leo.

— Leo — corrigiu Larry. — Não faça isso.

— Por que não? — perguntou Leo, complacentemente, e por um longo momento Larry não atinou com uma resposta satisfatória.

— Porque faz um ruído feio — disse ele por fim.

— Tudo bem.

Continuaram caminhando. Larry pôs as mãos nos bolsos. Leo fez o mesmo. Larry chutou uma lata. Leo desviou-se do seu caminho para chutar uma pedra. Larry começou a assoviar uma melodia. Leo emitiu um sopro sussurrante para acompanhar. Larry afagou os cabelos do menino e Leo ergueu para ele aqueles estranhos olhos de chinês, sorrindo. E Larry pensou: *Pelo amor de Deus, estou me apegando a ele. Era só o que faltava!*

Chegaram ao parque que Frannie havia mencionado. Na calçada fronteira havia uma casa verde com persianas brancas. Um carrinho de mão cheio de tijolos estava no caminho cimentado que levava à porta da frente, tendo junto a ele uma tampa de lixo cheia daquela mistura para argamassa do tipo faça-você-mesmo, à qual bastava adicionar água. Agachado ao lado dela, de costas para a rua, estava um sujeito de ombros largos, sem camisa e mostrando vestígios de uma extensa queimadura de sol, ainda descascando. Empunhava uma colher de pedreiro. Estava levantando uma mureta em volta de um canteiro.

Larry pensou nas palavras de Fran: *Ele está mudado... não sei como ou por quê, nem mesmo se foi para melhor... e às vezes sinto medo.*

Então ele adiantou-se e disse exatamente o que planejara nos seus longos dias atravessando o país:

— Você deve ser Harold Lauder, não?

Harold virou-se bruscamente, surpreso, um tijolo numa das mãos e na outra a colher de pedreiro, semi-erguida como uma arma. Pelo canto do olho, Larry achou ter visto Leo encolher-se para trás. Seu primeiro pensamento foi, sem a menor dúvida, de que Harold em nada se assemelhava ao tipo que havia imaginado. O segundo pensamento teve a ver com a colher de pedreiro: *Meu Deus, será que ele pretende me atacar com essa coisa?* Harold tinha o rosto sério e tenso, os olhos apertados e sombrios. Os cabelos caíam numa onda frouxa sobre a testa suada. Os lábios estavam comprimidos, quase lívidos.

E então houve uma transformação tão súbita e completa que Larry, mais tarde, jamais conseguiu acreditar ter visto aquele tenso e carrancudo Harold exibindo o rosto de um homem mais propenso a usar a colher de pedreiro para emparedar alguém em algum nicho de porão do que construir uma mureta ao redor de um canteiro de flores.

Ele sorriu, um sorriso amplo e inofensivo que produziu duas diminutas covinhas nos cantos da boca. Seus olhos perderam a sombra ameaçadora (tinham cor verde-garrafa, e como olhos tão claros e sem energia teriam parecido ameaçadores, ou mesmo sombrios?). Ele enfiou a colher de pedreiro na argamassa — *chunk!* —, limpou as mãos nos lados da calça *jeans* e avançou, estendendo a mão direita. Larry pensou: *Meu Deus, ele é apenas um garoto, muito mais novo do que eu. Se já tem 18 anos, poderei comer as velas de seu último bolo de aniversário.*

— Creio que não o conheço — disse Harold, sorrindo ao apertar-lhe a mão. Tinha um aperto firme e a mão de Larry foi sacudida para baixo e para cima exatamente três vezes, antes de ser solta. Isto fez Larry recordar da vez em que trocara um aperto de mãos com George Bush no tempo em que este era candidato à presidência. Tinha sido em um rali político ao qual comparecera a conselho de sua mãe, muitos anos atrás. Se você não tem dinheiro para o cinema, então vá ao zoológico. Se não tem dinheiro para o zoológico, então vá ver um político.

O sorriso de Harold, no entanto, era contagiante, e Larry o retribuiu. Rapazola ou não, aperto de mão de político ou não, o sorriso o impressionou como absolutamente autêntico e, após todo esse tempo, após todos aqueles invólucros de chocolate, finalmente Harold Lauder estava à sua frente, em carne e osso.

— Não, não me conhece — disse Larry. — Mas eu o conheço bem.

— Ah, então é isso! — exclamou Harold, e seu sorriso se ampliou. Se ampliar um pouquinho mais, pensou Larry divertido, os cantos da boca se encontrarão na nuca e os dois terços superiores de sua cabeça cairão.

— Eu o segui através do país, desde o Maine — explicou Larry.

— Está brincando! Fez mesmo isso?

— Exatamente. — Ele abriu a mochila. — Aqui, eu lhe trouxe uma coisa. — Tirou a garrafa de Bordeaux e a pôs na mão de Harold.

— Ora, não precisava fazer isso — disse Harold, olhando para a garrafa com certo espanto. — É de 1947?

— Uma boa safra — disse Larry. — E tem mais isto aqui.

Depositou quase meia dúzia de Paydays na outra mão de Harold. Uma das barras escorregou por entre seus dedos e caiu no gramado. Harold abaixou-se para pegá-la e, enquanto o fazia, Larry captou um relance daquela expressão anterior.

Depois Harold se ergueu de novo, sorrindo.

— Como você sabia?

— Segui suas pistas... e seus invólucros de chocolate.

— Ora, raios me partam! Vamos entrar. Precisamos mastigar alguma coisa, como meu pai costumava dizer. Seu garoto aceitaria uma Coca?

— Claro. Não é mesmo, L...?

Olhou em torno, porém Leo não estava mais perto dele. Recuara uma boa distância na calçada e olhava para umas rachaduras no concreto como se fossem do seu maior interesse.

— Ei, Leo! Quer uma Coca?

Leo murmurou algo que não conseguiu ouvir.

— Fale mais alto! — gritou Larry, irritado. — Para que foi que Deus dotou você de voz? Perguntei se quer uma Coca!

De modo quase inaudível, o garoto respondeu:

— Acho que vou ver se mãe-Nadine já voltou.

— Mas que diabo! Acabamos de chegar aqui!

— Quero ir embora! — disse Leo, erguendo os olhos do chão. O sol lhe bateu em cheio nos olhos e Larry pensou: *O que significa isso, em nome de Deus? Ele está quase chorando.*

— Só um momentinho — disse Larry para Harold.

— Claro — respondeu ele, sorridente. — Meninos às vezes são tímidos. Eu era.

Larry foi até Leo e abaixou-se para ficar à altura dele.

— Qual é o problema, garoto?

— Eu só quero ir embora — disse Leo, desviando o olhar. — Quero mãe-Nadine.

— Bem, você... — Larry se interrompeu, sem saber o que dizer.

— Quero voltar. — Olhou brevemente para Larry, seus olhos passando por cima do ombro dele e indo até onde estava Harold, no meio de seu gramado. Depois ele voltou a olhar para o chão. — Por favor.

— Você não gosta de Harold?

— Não sei... está tudo bem com ele... só quero voltar.

Larry suspirou.

— Sabe voltar sozinho?

— Sei.

— *OK.* Mas continuo achando que deveria entrar e tomar uma Coca. Há muito tempo que venho esperando conhecer Harold. Você sabe disso, não sabe?

— Se... sei.

— E depois voltaríamos juntos.

— Não vou entrar naquela casa — sibilou Leo e por um momento voltou a ser Joe, com os olhos se tornando opacos e selvagens.

— *OK* — replicou Larry prontamente e levantou-se. — Vá direto para casa. Depois saberei se fez isso. E não fique vagando pelas ruas.

— Tudo bem. — De repente, Leo começou a falar rapidamente, naquele sussurro baixo e sibilante: — Por que não volta comigo agora mesmo? A gente volta junto, hein, Larry? Por favor! Vamos?

— Puxa, Leo, você...

— Deixa pra lá — disse o garoto, e antes que Larry pudesse dizer algo mais ele já estava correndo. Larry ficou parado, observando até ele desaparecer. Então voltou até Harold, o cenho franzido.

— Está tudo bem — disse Harold. — Garotos são esquisitos.

— Bem, este certamente é, mas acho que tem esse direito. Ele passou por maus bocados.

— Aposto que sim — replicou Harold e por um breve instante Larry ficou desconfiado. Sentiu que a pronta simpatia de Harold por um menino que não conhecia era tão artificial quanto ovos em pó. — Bem, vamos entrar — convidou Harold. — Se quer saber, você é a minha primeira visita. Frannie e Stu estiveram aqui algumas vezes, mas eles quase não contam. — Seu riso transformou-se em sorriso, um sorriso ligeiramente triste, e Larry de repente sentiu pena daquele rapazola, porque na realidade não passava disso. Vivia solitário e ali estava Larry, o mesmo velho Larry de sempre, nunca tendo uma palavra generosa para alguém, julgando a pessoa cheio de empolação. Não era justo. Era hora de parar de ser tão desconfiado.

— Obrigado pelo convite — respondeu ele.

A sala de estar era pequena mas confortável.

— Vou trazer alguns móveis novos para cá, quando der uma volta por aí — declarou Harold. — Coisa moderna, em cromado e couro. Como diz o comercial: "Que se dane o orçamento! Eu tenho um MasterCard!"

Larry riu a valer.

— Há alguns copos decentes no porão. Vou buscá-los. Sente-se naquela cadeira verde. É a menos ruim.

Larry teve um último pensamento duvidoso durante este desabafo: *Ele até mesmo fala como um político: suave, rápido e loquaz.*

Harold saiu, e Larry sentou-se na cadeira verde. Ouviu uma porta se abrindo e depois as pisadas fortes de Harold descendo um lance de escadas. Olhou em torno. Nenhum daqueles aposentos era digno de nota, mas com um tapete felpudo e uma bela mobília moderna tudo ficaria ótimo. O melhor detalhe naquela sala era a lareira de pedra com sua chaminé. Um belo trabalho, esmeradamente feito à mão. Entretanto, havia uma laje frouxa na lareira. Larry teve a impressão de que se soltara e fora recolocada com desleixo. Do jeito como estava, parecia uma peça de quebra-cabeça deslocada ou um quadro pendurado torto na parede.

Levantando-se, pegou a laje da lareira. Harold ainda remexia em algum lugar do porão. Larry ia recolocar a laje da maneira correta quando viu um livro na concavidade, sua capa agora levemente polvilhada com o pó da laje, mas não o bastante para cobrir as duas palavras impressas em dourado: LIVRO-RAZÃO.

Sentindo-se levemente envergonhado, como se estivesse espionando intencionalmente, ele repôs a laje no lugar quando as passadas de Harold retomaram a subida. Desta vez o encaixe foi perfeito, e quando Harold entrou na sala de estar com uma taça bojuda em cada mão, Larry estava de novo sentado na cadeira verde.

— Levei um minuto para lavá-las na pia lá embaixo — disse Harold. — Estavam meio empoeiradas.

— Parecem ótimas — disse Larry. — Olhe, não ouso jurar que o vinho não se estragou. Talvez já tenha virado vinagre.

— Quem não arrisca não petisca — disse Harold, sorrindo.

Aquele sorriso fez Larry sentir-se pouco à vontade e de repente ele se viu pensando no livro-razão — seria de Harold ou havia pertencido ao antigo dono da casa? E se fosse de Harold, o que poderia estar escrito nele?

* * *

Abriram a garrafa de Bordeaux e, para seu mútuo prazer, constataram que o vinho estava excelente. Meia hora mais tarde, estavam ligeiramente altos, Harold um pouco mais que Larry. Ainda assim, o sorriso de Harold permanecera. De fato, até se ampliara.

A língua um tanto afrouxada pelo vinho, Larry comentou:

— Vi os cartazes sobre a grande assembléia do dia 18. Como é que seu nome não consta daquele comitê, Harold? Acho que seria uma escolha natural, em se tratando de um sujeito como você.

O sorriso de Harold se ampliou mais, beatífico.

— Bem, sou jovem demais. Talvez achem que não tenho experiência suficiente.

— Pois acho isso vergonhoso. — Acharia mesmo? O sorriso. A expressão suspeita, sombria, quase imperceptível. Acharia mesmo? Larry não sabia.

— Bem, quem pode prever o dia de amanhã? — replicou Harold. — Cada cão tem o seu dia.

* * *

Larry foi embora por volta das cinco horas. Sua despedida de Harold foi amistosa; Harold apertou-lhe a mão, sempre sorrindo, disse-lhe para voltar sempre. Larry, no entanto, teve a impressão de que o outro pouco se importava se algum dia ele voltasse àquela casa.

Caminhou lentamente pela passagem cimentada que levava à calçada e se virou para acenar, porém Harold já havia entrado. A porta foi trancada. Estivera bem fresco na sala porque as persianas se achavam baixadas, fazendo com que tudo lá dentro parecesse ótimo. No entanto, de pé na calçada, ocorreu-lhe de repente que aquela era a única casa que visitara em Boulder que mantinha persianas e cortinas cerradas. Mas refletiu que ainda havia inúmeras residências na cidade com as persianas baixadas. Eram as casas dos mortos. Quando adoeceram, aquelas pessoas cerraram suas cortinas contra o mundo, para poderem morrer em privacidade, como prefere qualquer animal ao sentir que seu fim está próximo. Os vivos — talvez reconhecendo subconscientemente o fato da morte — escancaram suas persianas e cortinas.

Estava com uma leve dor de cabeça por causa do vinho e tentou dizer a si mesmo que o calafrio que sentia era resultado disso, parte de uma pequena ressaca, justa punição por encher a cara de um bom vinho como se fosse um moscatel barato. Mas isso não iria abatê-lo — não iria mesmo. Ele olhou rua acima e abaixo e pensou: *Graças a Deus pela visão de túnel. Graças a Deus pela percepção seletiva. Porque, sem isso, todos nós poderíamos muito bem fazer parte de uma história de Lovecraft.*

Seus pensamentos estavam confusos. De súbito, ficou convencido de que Harold o espionava por entre as frestas de suas persianas, suas mãos se abrindo e fechando num gesto de estrangulamento, o sorriso transformado em um olhar de soslaio de ódio... *Cada cão tem o seu dia.* Ao mesmo tempo ele se lembrou daquela noite em Bennington, quando dormia no palco da concha acústica e acordara com a horrível sensação de que havia alguém lá... e depois ouvindo (ou foi apenas sonho?) o som empoeirado de botas seguindo para oeste.

Pare com isso. Pare com isso. Pare de bancar o esquisito.

Cemitério, sua mente associou livremente. *Pelo amor de Deus, pare com isso, eu gostaria de nunca ter pensado nos mortos, nos mortos atrás de todas essas persianas baixadas, reposteiros corridos e cortinas cerradas, no escuro, como no túnel Lincoln. Cristo, e se todos eles começarem a se mover e se agitar? Santo Deus, pare com isso...*

E de repente viu-se pensando numa visita ao zôo do Bronx com sua mãe quando era pequeno. Eles tinham ido até o recinto dos macacos e o odor ali o atingiu como uma coisa física, um punho direcionado não só ao seu nariz, mas também para dentro dele. Ele havia se virado para escapulir dali, mas fora impedido por sua mãe.

Apenas inspire normalmente, Larry, ela tinha dito. *Em cinco minutos você nem vai mais notar este cheiro desagradável.*

Portanto ele ficou, mas sem acreditar nela, apenas lutando para não vomitar (mesmo tendo apenas sete anos, ele achava que não havia nada pior do que vomitar), e resultou que tinha razão. Quando consultou seu relógio no momento seguinte, constatou que estiveram no recinto dos macacos por meia hora, e não podia entender por que as senhoras que se aproximavam tapavam de repente seus narizes com as mãos e pareciam enjoadas. Comentou isto com a mãe e Alice Underwood achara graça.

Ah, ainda cheira mal, certo, só que não para você.

Como assim, mãe?

Não sei. Todo mundo pode fazer isso. Agora diga apenas a si mesmo: "Vou sentir de novo o quanto cheira REALMENTE mal o recinto dos macacos", e depois inspire profundamente.

Assim ele fez e o fedor continuou, sendo até mais forte e pior do que era quando chegaram. E os cachorros-quentes e a torta que comera começaram a subir por ele e uma grande náusea o acometeu. Ele disparou para a porta e o ar puro atrás dela e conseguiu — dificultosamente — segurar o vômito.

Isto é percepção seletiva, pensou agora, *e ela sabia do que se tratava mesmo que não soubesse que assim era chamada.* Este pensamento mal se completara em sua mente antes que ouvisse a voz de sua mãe dizendo: *Apenas diga para si mesmo: "Vou sentir de novo o quanto cheira REALMENTE mal a cidade de Boulder."* E ele *estava* sentindo o cheiro — isso mesmo, estava sentindo-o. Sentia o cheiro do que estava por trás de todas as portas fechadas e persianas baixadas e cortinas cerradas, sentia o cheiro da decomposição em andamento até mesmo neste lugar que tinha morrido quase deserto.

Apressou o passo, não correndo, mas chegando bem próximo a isso, carregando consigo aquele ranço intenso e sumarento que ele — e todo mundo — tinha parado conscientemente de sentir porque estava em toda parte, estava em tudo, estava colorindo seus pensamentos, e a pessoa não suspendia suas persianas nem se estivesse fazendo amor, porque os mortos jaziam das persianas baixadas e os vivos ainda queriam olhar para o mundo lá fora.

A ânsia de vômito queria subir dentro dele, não de cachorro-quente e torta de cereja agora, mas de vinho e chocolate Payday. Porque este era um recinto dos macacos do qual ele nunca seria capaz de sair, a não ser que se mudasse para uma ilha onde ninguém jamais viveu. E embora ainda detestasse vomitar mais do que tudo, ele agora ia...

— Larry! Você está bem?

Levou tamanho susto que sua garganta emitiu um pequeno ruído — *"Iiik!"* — e ele saltou. Era Leo, sentado no meio-fio a uns três quarteirões além do de Harold. Tinha uma bola de pingue-pongue e a fazia quicar no concreto.

— O que está fazendo aqui? — perguntou Larry. Seus batimentos cardíacos foram lentamente se normalizando.

— Eu queria ir para casa com você — explicou Leo, acanhado —, mas não queria entrar na casa daquele cara.

— Por que não? — perguntou Larry, sentando-se junto dele.

Leo encolheu os ombros e tornou a concentrar-se na bola de pingue-pongue, que fazia um pequeno som de *ploc! ploc!*, enquanto batia no chão e saltava de volta para a sua mão.

— Não sei.

— Leo?

— O que é?

— Isso é muito importante para mim. Porque gosto de Harold... e não gosto dele. Sinto as duas coisas ao mesmo tempo. Já se sentiu assim sobre uma pessoa?

— Eu só sinto uma coisa sobre ele. — *Ploc! Ploc!*

— O quê?

— Medo — respondeu Leo com simplicidade. — Podemos ir para casa e ver minha mãe-Nadine e minha mãe-Lucy?

— Claro.

Continuaram descendo a Arapahoe por algum tempo, sem falar, Leo ainda quicando a bola de pingue-pongue e apanhando-a de volta com destreza.

— Lamento por você ter esperado tanto tempo — disse Larry.

— Ah, tudo bem.

— Não. Se eu realmente soubesse, teria me apressado.

— Eu tinha uma coisa para fazer. Achei esta bola no gramado de alguém. É uma bola de pongue-pingue.

— Pingue-pongue — corrigiu Larry com ar ausente. — Por que acha que Harold baixa as persianas da casa dele?

— Acho que é para ninguém ver lá dentro — disse Leo. — Pra ele poder fazer coisas escondidas. É como as pessoas mortas, não é? — *Ploc! Ploc!*

Continuaram caminhando, chegaram ao cruzamento com a Broadway e dobraram para o sul. Agora já viam outras pessoas nas ruas; mulheres olhando as roupas nas vitrines, um homem com uma picareta, voltando de algum lugar, outro homem vasculhando casualmente uma caixa de apetrechos de pescaria através da vitrine quebrada de uma loja de artigos esportivos. Larry viu Dick Vollman, de seu grupo, pedalando em outra direção. Ele acenou para Larry e Leo, que acenaram de volta.

— Coisas escondidas — murmurou Larry, não mais interessado em sondar o menino.

— Talvez ele esteja orando para o homem escuro — disse Leo casualmente e Larry estremeceu como se fustigado por um choque elétrico de fio desencapado. Leo não percebeu. Estava fazendo a bola quicar duplamente, primeiro fora da calçada, depois apanhando o richochete da parede de tijolos pela qual passavam... *ploc!*

— Você acha mesmo? — perguntou Larry, esforçando-se para soar casual.

— Não sei. Mas ele não é como nós. Sorri demais. Bem, acho que pode ter vermes dentro dele, que fazem ele sorrir. Vermes grandes e brancos, comendo seu cérebro. Como larvas.

— Joe... quero dizer, Leo...

Os olhos de Leo — escuros, remotos e amendoados — brilharam subitamente. Ele sorriu.

— Veja, lá está Dayna. Gosto dela. Ei, Dayna! — gritou, acenando. — Tem chicletes?

Dayna, que lubrificava a roda dentada de uma levíssima bicicleta de dez marchas, virou-se e sorriu. Enfiou a mão no bolso da camisa e exibiu em leque tabletes de goma de mascar, como se fosse uma mão de pôquer. Com um riso de alegria, Leo correu até ela, os cabelos compridos esvoaçando, a bola de pingue-pongue aferrada em uma das mãos, enquanto Larry ficava observando-o. Aquela idéia de vermes brancos por trás do sorriso de Larry... onde foi que Joe (não, Leo, ele é Leo, pelo menos acho que seja) buscou uma idéia tão sofisticada — e tão horrível — como essa? O menino estivera num semitranse. E não era o único. Quantas vezes, nos poucos dias de sua estada ali, Larry já não vira alguém parar de repente na rua, ficar olhando para o nada apaticamente por um momento e depois seguir em frente? As coisas haviam mudado. O alcance global da percepção humana parecia ter subido um ponto.

Era assustador como o inferno.

Larry pôs seus pés em movimento e caminhou até onde Leo e Dayna dividiam agora a goma de mascar.

***

Nessa tarde, Stu encontrou Frannie lavando roupa no pequeno pátio dos fundos do prédio onde moravam. Ela enchera de água uma tina baixa de lavar roupa, despejara nela quase meia caixa de sabão em pó e mexera tudo com um cabo de vassoura até conseguir uma espuma fraca. Duvidava que estivesse fazendo a coisa certa, mas de modo algum procuraria Mãe Abagail exibindo sua ignorância. Jogou as roupas na água fria como gelo, depois pulou carrancuda para dentro da tina e começou a pisotear, como um siciliano esmagando uvas. *Seu novo modelo Maytag 5000,* ela pensou. *Com o Método de Esfregação por Dois Pés, perfeito para todos os tecidos de cores fortes, peças íntimas delicadas e...*

Ela virou-se e contemplou seu homem, parado junto ao portão do pátio e espiando com ar divertido. Frannie parou, meio sem fôlego.

— Ah-ah, muito engraçado! Há quanto tempo espiava, espertinho?

— Uns dois minutos. Afinal, como se chama isso? Dança de acasalamento dos patos selvagens?

— Mais uma, ah-ah! — Ela o encarou friamente. — Mais uma piadinha dessas e vai passar a noite no sofá, ou lá na Flagstaff, com seu amigo Glen Bateman.

— Escute, eu não pretendia...

— Aqui estão também suas roupas, Sr. Stuart Redman. Você pode ser um dos Pais Fundadores e tudo o mais, porém ainda deixa marcas ocasionais nas suas cuecas.

Stu sorriu, o sorriso se alargando até cair na gargalhada.

— Isso é grosseria, querida.

— No presente momento não me sinto particularmente educada.

— Bem, pule fora daí um instante. Preciso falar com você.

Ela o fez com satisfação, embora tendo de lavar os pés antes de entrar. Seu coração disparava, não de felicidade, mas sim lugubremente, como uma peça fiel de mecanismo sendo usada de modo indevido por alguém notadamente incapaz. Se era assim que minha tataravó lavava roupa, pensou Frannie, então talvez ela merecesse o lugar que finalmente se tornou a preciosa sala de visita de minha mãe. Talvez ela considerasse isso como um jogo de azar, ou algo parecido.

Ela olhou desanimada para a parte inferior das pernas e para os pés. Ainda havia uma fina camada de espuma de sabão cinzenta grudada. Limpou-a com desprazer.

— Quando minha esposa lavava roupa — disse Stu —, ela usava... como é mesmo o nome? Tábua de esfregar, acho. Recordo que minha mãe tinha três.

— Sei disso — respondeu Frannie, irritada. — Eu e June Brinkmeyer perambulamos por metade da cidade procurando uma. Não encontramos nada. A tecnologia ataca outra vez.

Ele sorria de novo.

Frannie pôs as mãos na cintura.

— Está debochando de mim, Stuart Redman?

— Não. Só estava pensando que sei onde lhe arranjar uma tábua de esfregar. Para Juney também, se ela quiser.

— Onde?

— Deixe-me dar uma espiada primeiro. — O sorriso desapareceu e ele passou os braços em torno dela e encostou a testa na de Frannie. — Você sabe que fico grato por estar lavando minhas roupas — disse — e sei que uma mulher grávida tem melhor noção do que seu homem quanto ao que ela pode ou não fazer. Mas então, Frannie, por que se preocupar?

— *Por quê?* — Ela o fitou com perplexidade. — Bem, o que acha que vai vestir? Quer andar por aí de roupas sujas?

— As lojas estão repletas de roupas, Frannie. E meu número é fácil de achar.

— O quê?! Está querendo jogar fora as roupas velhas só porque estão *sujas*?

Ele deu de ombros, meio sem graça.

— Não tem outro jeito — disse ela. — Voltamos ao velho sistema, Stu. Como as caixas que usavam para pôr o Bic Mac ou se devolvia o casco para comprar outra garrafa cheia. Não há outro jeito de recomeçar tudo.

Ele a beijou de leve.

— Está bem. Só que o próximo dia de lavar roupa é a minha vez, ouviu bem?

— Certo. — Ela sorriu, um tanto acanhada. — E quanto tempo isso vai durar? Até eu ter o bebê?

— Até conseguirmos a eletricidade de volta — disse Stu. — Então vou lhe trazer a maior e mais reluzente lavadora que já se viu. Eu mesmo farei a ligação.

— Oferecimento aceito. — Ela o beijou com firmeza e ele retribuiu o beijo, movendo as mãos fortes inquietamente por entre os cabelos dela. O resultado foi uma calidez crescente (fogo, vamos falar claro, estou com fogo, ele sempre me deixa afogueada quando faz isso), que primeiro enrijeceu seus mamilos e depois estendeu-se para baixo, até o baixo-ventre. — É melhor você parar — disse ela meio sem fôlego —, a menos que pretenda fazer mais do que falar.

— A gente talvez possa falar depois.

— As roupas...

— Deixá-las de molho é bom para amolecer a sujeira — disse ele, sério. Frannie começou a rir e ele imobilizou sua boca com um beijo. Enquanto a erguia, colocava-a de pé e a levava para dentro, ela sentiu o calor do sol em seus ombros e imaginou: *Fazia tanto calor antes? Era tão forte? Desfez cada sarda em minhas costas... seria ação dos raios ultravioleta ou da altitude? Será assim cada verão? Tão quente?*

E então ele estava fazendo coisas com ela, mesmo na escada fazia coisas com ela, começava a despi-la, deixava-a afogueada e a fazia amá-lo.

* * *

— Não, você vai ficar sentada — disse ele.

— Mas...

— É isso mesmo, Frannie.

— Stuart, elas irão *coagular* ou coisa parecida. Pus meia caixa de sabão em pó na tina...

— Não se preocupe.

Portanto, ela ficou sentada na cadeira do gramado, à sombra lançada pelo prédio. Stuart levara duas cadeiras quando desceram. Então, tirou os sapatos, as meias, arregaçou as calças até acima dos joelhos e entrou na tina. Quando começou a pisotear as roupas molhadas, com expressão séria, Frannie desatou a rir descontroladamente.

Stu olhou para ela e disse:

— Vai querer passar a noite no sofá?

— Não, Stuart — disse ela, repentinamente séria. Logo a seguir, recomeçou com os risinhos... até as lágrimas escorrerem e ela sentir o estômago entorpecido, dolorido. Após conseguir controlar-se um pouco, perguntou: — Pela terceira e última vez, o que queria falar comigo?

— Ah, sim. — Ele continuou pisoteando as roupas na tina, de um lado para o outro, a esta altura produzindo uma boa camada de espuma. Uma calça *jeans* flutuou à superfície e Stuart a empurrou para baixo com uma forte pisada, o que lançou um esguicho cremoso de espuma no gramado. Frannie pensou: *Isto parece um pouco com... ah, não, pare com isso, antes que comece a rir como louca e termine abortando!*

— Teremos aquela primeira reunião *ad hoc* esta noite — disse Stu.

— Arranjei duas embalagens de cerveja, biscoitos de queijo, pasta de queijo, um pouco de pimentão que ainda deve...

— A questão não é essa, Frannie. Dick Ellis disse hoje que quer ficar fora do comitê.

— Ele disse? — exclamou ela, surpresa. Dick não a havia impressionado como o tipo de homem que recuasse de responsabilidades.

— Ele disse que trabalhará de bom grado em qualquer função tão logo a gente consiga um médico de verdade, mas no momento é impossível. Tivemos mais 25 pessoas chegando, uma delas com uma perna gangrenada. A mulher parece que arranhou a perna quando rastejava por baixo de uma cerca de arame farpado enferrujado.

— Ah, isso é lamentável!

— Dick a salvou... Dick e aquela enfermeira que chegou com Underwood. Uma moça alta e bonita, chamada Laurie Constable. Dick falou que a mulher teria morrido sem a ajuda de Laurie. De qualquer modo, tiveram que amputar a perna à altura do joelho, e ambos estão exaustos. Levaram três horas. Além disso, estão às voltas com um garotinho sofrendo convulsões e Dick está ficando louco tentando imaginar se é epilepsia, algum tipo de pressão craniana ou talvez diabetes. Já tiveram vários casos de intoxicação alimentar. Pessoas têm comido coisas que já se estragaram, e Dick diz que se não imprimirmos rapidamente um panfleto, ensinando como escolher suprimentos, algumas pessoas irão morrer. Vejamos, onde estava eu? Ah, dois braços quebrados, um caso de gripe...

— Meu Deus! Você disse *gripe*?

— Calma. É a gripe comum. Aspirina derruba a febre facilmente... e ela não volta a subir. Nada de manchas negras no pescoço, tampouco. Mas Dick não tem certeza de quais antibióticos usar, se é que existe algum, e está fundindo a cuca tentando descobrir. E também receia que a gripe se espalhe e as pessoas entrem em pânico.

— Quem está com a gripe?

— Uma senhora chamada Rona Hewett. Veio andando desde Laramie, em Wyoming, e Dick diz que está pronta para pegar um micróbio.

Fran assentiu.

— Para sorte nossa, esta Laurie Constable parece estar gamada por Dick, embora ele tenha o dobro da idade dela. Acho que isso é ótimo.

— Muito nobre de sua parte dar-lhes o selo de sua aprovação, Stuart.

Ele sorriu.

— Seja como for, Dick tem 48 anos e um pequeno problema cardíaco. Neste exato momento, ele acha que não pode acumular outras funções... está praticamente estudando para ser médico, pelo amor de Deus! — Olhou seriamente para Fran. — Posso entender por que Laurie está caída por ele. Dick é algo mais próximo de um herói que temos por aqui. Não passa de um veterinário rural e vive apavorado, com medo de matar alguém. E sabe que a cada dia aparece mais gente, pessoas que chegam cheias de problemas de saúde.

— Se é assim, precisamos de mais alguém para o comitê.

— É. Ralph Brentner indicou esse Larry Underwood e, pelo que você diz, ele parece ter vindo a calhar.

— Sim. Veio mesmo. Acho que seria ótimo. E encontrei a mulher dele na cidade. Chama-se Lucy Swann. É um doce de pessoa e tem muita admiração por Larry.

— Acho que toda mulher que se preze é assim. No entanto, Frannie, tenho de ser sincero com você: não gosto da maneira como ele desabafou a história de sua vida com alguém que acabara de conhecer.

— Creio que ele só fez isso porque estive com Harold desde o começo. Imagino que não tenha entendido por que fiquei com você e não com Harold.

— Gostaria de saber qual a impressão que ele teve de Harold.

— Pergunte a ele e saberá.

— Acho que o farei.

— Vai convidá-lo para integrar o comitê?

— É mais provável que não. — Ele se levantou. — Gostaria de indicar aquele velhinho que chamam de o juiz. Mas afinal ele está com setenta anos, é idoso demais.

— Falou com ele sobre Larry?

— Não, mas Nick falou. Nick Andros é um cara muito inteligente, Fran. Modificou algumas propostas feitas por Glen e por mim. Glen não gostou muito, mas acabou concordando que as idéias de Nick são boas. Seja como for, o juiz disse a Nick que Larry é justamente a pessoa que procuramos. Disse que Larry andou por aí tentando descobrir algo de útil para fazer, e que é ainda melhor do que se julga.

— Eu chamaria isso de uma recomendação pra lá de boa.

— Sem dúvida — concordou Stu. — De qualquer modo, primeiro preciso saber o que ele pensa de Harold antes de convidá-lo para embarcar.

— Por que essa prevenção contra Harold? — perguntou ela, inquieta.

— Seria melhor perguntar a respeito de *você*, Fran. Ainda se sente responsável por ele.

— É mesmo? Não sei disso. Mas, quando penso nele, ainda me sinto um pouco culpada... posso lhe dizer o motivo.

— Por quê? Porque a tomei dele? Fran, você algum dia o quis?

— Claro que não. — Ela quase estremeceu.

— Menti para ele uma vez — confessou Stu. — Bem... não foi realmente uma mentira. Foi no dia em que nós três nos conhecemos, no Quatro de Julho. Acho que desde então ele sentiu o que estava por vir. Eu disse que você não me interessava. Como eu iria saber naquela hora se a desejaria ou não? Nos livros pode haver essa coisa de amor à primeira vista, mas na vida real...

Ele se interrompeu e um lento sorriso se formou em seu rosto.

— Está rindo de quê, Stuart Redman?

— Estava apenas pensando — disse ele — que na vida real isto me tomou pelo menos... — Ele esfregou o queixo, pensando. — Ah, vamos dizer que levou quatro horas.

Ela beijou-lhe a face.

— Isso foi muito gentil.

— É a verdade. Seja como for, acho que ele ainda guarda rancor contra mim pelo que eu disse.

— Ele jamais disse uma palavra mesquinha contra você, Stu... ou contra alguém mais.

— Não — concordou Stu. — Ele *sorri.* É disso que não gosto.

— Acha que ele está... planejando vingança, ou algo assim?

Stu sorriu e se levantou.

— Não. Harold, não. Glen acha que o Partido de Oposição pode começar simplesmente a formar-se em torno de Harold. Tudo bem. Só espero que ele não venha a estragar o que estamos fazendo agora.

— Lembre-se apenas de que ele está assustado e solitário.

— E ciumento.

— Ciumento? — Ela pensou a respeito, depois sacudiu a cabeça. — Não acredito nisso... realmente não. Falei com ele e acho que eu saberia. Ele pode estar se sentindo rejeitado, porém. Creio que esperava fazer parte do comitê...

— Esta foi uma das decisões unilaterais... esta é a palavra certa?... tomadas por Nick que tivemos de acatar. O que pesou de fato foi que nenhum de nós confia plenamente nele.

— Em Ogunquit — disse ela —, Harold foi o garoto mais insuportável que se poderia imaginar. No entanto, boa parte disso era compensação pela sua situação familiar, creio... para eles deve ter parecido como se Harold tivesse sido chocado de um ovo de um pássaro ou algo assim. Mas depois da gripe ele pareceu mudar. Pelo menos mudou em relação a mim. Parecia estar tentando ser... bem, um homem. Depois mudou de novo. Da noite para o dia. Começou a sorrir o tempo todo. Aliás, nem se conseguia mais se conversar direito com ele. Vivia... concentrado em si mesmo. Tal como as pessoas ficam quando se convertem a uma religião ou lêem... — Ela se interrompeu de repente e seus olhos assumiram uma expressão momentânea de sobressalto, bem parecida com medo.

— Lêem o quê? — perguntou Stu.

— Alguma coisa que modifique suas vidas — disse ela. — *Das Kapital. Mein Kampf.* Ou talvez cartas de amor interceptadas.

— Do que está falando?

— Hã? — Ela olhou em torno para ele, como se saindo de um devaneio profundo. Depois sorriu. — Nada. Você vai se encontrar com Larry Underwood?

— Claro... se você estiver bem.

— Estou melhor do que bem... estou definitivamente ótima. Vá, se apresse. A reunião é às sete. Se for rápido, dá tempo de voltar aqui para uma ceia antes da reunião.

— Tudo bem.

Ele já estava no portão que separava o pátio dos fundos do da frente quando ela o chamou.

— Não esqueça de perguntar-lhe o que achou de Harold.

— Não se preocupe. Vou perguntar.

— E observe o olhar dele quando responder.

* * *

Quando Stu perguntou casualmente a Larry qual a impressão que tivera de Harold (a esta altura não mencionou a vaga no comitê, afinal), os olhos dele se arregalaram, intrigados.

— Fran lhe contou sobre a minha fixação em Harold, não é?

— Sim.

Estavam na sala de estar de uma casinha situada na área de Table Mesa. Na cozinha Lucy empenhava-se em preparar o jantar, aquecendo alimentos enlatados sobre uma grelha que Larry montara para ela, funcionando com gás de botijão. Ela cantava trechos de "Honky Tonk Women" enquanto trabalhava, parecendo muito feliz.

Stu acendeu um cigarro. Reduzira a quantidade a não mais que cinco ou seis por dia; nem queria imaginar Dick Ellis operando-o de câncer no pulmão.

— Bem, durante todo o tempo em que segui Harold, dizia para mim mesmo que, com toda a certeza, ele não seria como o imaginava. E não é mesmo, embora eu ainda continue procurando descobrir o que *há* com ele. Recebeu-me na maior cordialidade. Um bom anfitrião. Abriu a garrafa de vinho que lhe trouxe e brindamos à nossa saúde. Apreciei o encontro. Mas...

— Mas?

— Quando eu e Leo chegamos o surpreendemos de costas. Ele construía uma mureta em volta do canteiro de flores e então se virou depressa. Creio que só percebeu nossa chegada quando falei. E por um minuto, enquanto o encarava, fiquei pensando: "Santo Deus, o cara quer me matar!"

Lucy apareceu à porta.

— Fica para jantar, Stu? Há comida suficiente.

— Obrigado, mas Frannie me espera. Só posso ficar mais uns 15 minutos.

— Sério?

— Fica para outra vez, Lucy, obrigado.

— *OK* — disse ela e voltou para a cozinha.

— Você só veio para perguntar sobre Harold? — quis saber Larry.

— Não — disse Stu, chegando a uma decisão. — Vim perguntar-lhe se faria parte do nosso pequeno comitê *ad hoc*. Um dos candidatos, Dick Ellis, recusou-se a participar.

— Então é isso, hein? — Larry foi até a janela e olhou para a rua silenciosa. — Pensei que poderia ser soldado raso outra vez.

— A decisão é sua, claro. Precisamos de mais uma pessoa e você foi recomendado.

— Por quem, se não se importa em...

— Perguntamos por aí. Frannie acha que você seria um grande acréscimo. E Nick Andros disse... bem, ele não pode falar, mas se comunica. Ele se entendeu com um dos que chegaram com você. O juiz Farris.

Larry pareceu satisfeito.

— Quer dizer que o juiz me indicou, hã? Isto é formidável. Mas quer saber de uma coisa? Vocês deviam convidá-lo. É um cara inteligente pra cacete.

— Foi o que Nick disse. Mas o juiz está com setenta anos, e nossos recursos médicos são bastante rudimentares.

Larry virou-se para fitá-lo, com um meio sorriso.

— Este comitê não é tão temporário como parece, certo?

Stu sorriu e relaxou um pouco. Ainda não decidira realmente como se sentia em relação a Larry Underwood, mas estava bem claro que ele não nascera ontem.

— Be... bem, vamos colocar assim. Gostaríamos que nosso comitê fosse eleito por tempo integral.

— De preferência sem oposição — disse Larry. Seus olhos fixos em Stu eram amistosos mas penetrantes... muito penetrantes. — Aceitaria uma cerveja?

— Desculpe, mas não. Duas noites atrás tomei um porre com Glen Bateman. Fran é uma garota paciente, mas sua paciência tem limites. E então, Larry? Quer embarcar nesta canoa conosco?

— Acho que... ah, diabo, aceito. Achei que nada no mundo me tornaria mais feliz do que chegar aqui e descarregar meu pessoal, deixando que outra pessoa assumisse o comando, para variar. No entanto, o que aconteceu é que nunca me senti mais entediado na vida.

— Vamos ter uma pequena reunião esta noite em minha casa para discutirmos a grande assembléia do dia 18. Acha que poderia ir?

— Claro. Posso levar Lucy?

Stu sacudiu lentamente a cabeça.

— Nem uma palavra a ela sobre isso. Queremos manter sigilo por enquanto.

O sorriso de Larry evaporou-se.

— Não tenho muito jeito para essas intrigas palacianas. Prefiro fazer tudo às claras para poupar aborrecimentos posteriores. Acho que a tragédia aconteceu em junho porque gente demais estava mantendo sigilo demais. Não foi um ato divino. Foi um ato de cretinice humana.

— Antes de mais nada, não queremos criar problemas com a Mãe — disse Stu, que sorria, relaxado. — Por acaso concordo com você. Mas sua opinião seria a mesma em tempo de guerra?

— Não estou entendendo.

— O homem com quem sonhamos. Duvido que tenha desaparecido.

Larry pareceu sobressaltado, refletindo.

— Glen diz que compreende por que ninguém fala a respeito — continuou Stu —, embora todos tenhamos sido avisados. As pessoas ainda estão em estado de choque, com a sensação de que atravessaram o inferno para chegar aqui. Tudo que desejam agora é lamber as feridas e enterrar a cabeça no chão. Entretanto, se Mãe Abagail está aqui, então *ele* está lá. — Stu moveu a cabeça na direção da janela, de onde se tinha uma vista das Flatirons, elevando-se na bruma do auge do verão. — Aqui, talvez a maioria das pessoas não esteja pensando nele, mas aposto quanto quiser como ele está pensando em nós.

Larry relanceou para a porta que levava à cozinha, mas Lucy tinha saído para falar com Jane Hovington, na casa vizinha.

— Você acha que ele está atrás de nós — disse em voz baixa. — É um belo pensamento para se ter logo antes do jantar. Abre o apetite.

— Larry, eu mesmo não tenho certeza de nada. Mas Mãe Abagail diz que isto não vai terminar, de um modo ou de outro, enquanto ele não acabar conosco... ou nós acabarmos com ele.

— Espero que ela não ande comentando isso por aí. Todo mundo acabaria fugindo para a Austrália.

— Pensei que você fosse dos que não gostam muito de sigilo.

— E sou, mas isto... — Larry interrompeu-se. Stu sorria gentilmente e Larry sorriu de volta, mas com uma expressão um tanto amarga. — *OK*, você venceu. Discutiremos a coisa e ficaremos de bico fechado.

— Ótimo. Vejo você às sete, então.

— Pode contar com isso.

Caminharam juntos até a porta.

— Agradeça a Lucy pelo convite para jantar — disse Stu. — Frannie e eu aceitaremos, qualquer dia desses.

— *OK.* — Quando Stu chegou à porta, Larry o chamou: — Ei.

Stu voltou-se, com um ar indagador.

— Há um menino — disse Larry lentamente — que veio do Maine com a gente. Seu nome é Leo Rockway e tem tido problemas. Eu e Lucy mais ou menos o partilhamos com uma mulher chamada Nadine Cross. Essa Nadine é uma pessoa um tanto fora do comum, entende?

Stu assentiu. Ouvira comentários acerca de uma pequena e peculiar cena entre Mãe Abagail e a tal Nadine, quando Larry chegara com seu grupo.

— Nadine cuidava de Leo antes que eu os encontrasse. Leo parece ler as pessoas. Aliás, não é o único. Talvez sempre tenha havido gente assim, mas isso parece ter aumentado um pouco desde a gripe. E Leo... ele se recusou a entrar na casa de Harold. Nem mesmo quis pisar no gramado. É uma coisa... um tanto esquisita, não é?

— Sem dúvida — concordou Stu.

Entreolharam-se pensativamente por um momento, e então Stu foi para casa jantar. Fran pareceu preocupada, mas pouco falou. E enquanto ela lavava os últimos pratos num balde de plástico cheio de água morna, as pessoas foram chegando para a primeira reunião do Comitê *Ad Hoc* da Zona Franca.

* * *

Depois de Stu ter saído para a casa de Larry, Frannie correu para seu quarto no andar de cima. No canto do armário estava o saco de dormir que havia carregado através do país, afivelado à traseira de sua moto. Ela havia guardado seus pertences pessoais numa pequena sacola com zíper. A maioria desses pertences estava distribuída agora pelo apartamento que ela e Stu dividiam, mas alguns não tinham encontrado um lugar e descansavam agora ao pé do saco de dormir. Havia vários frascos de creme de limpeza — ela sofrera um súbito ataque de urticária após as mortes de seu pai e de sua mãe, mas agora já havia regredido —, uma caixa de miniabsorventes para o caso de começar a sangrar (ela ouvira falar que às vezes isso acontecia com grávidas), duas caixas de charutos baratos, numa delas escrito É UM MENINO!, e na outra É UMA MENINA! O último item era o seu diário.

Ela o pegou e ficou examinando-o especulativamente. Escrevera nele apenas oito ou nove vezes desde a chegada a Boulder, e a maioria das anotações tinha sido curta, quase elíptica. O grande fluxo de palavras tinha vindo e ido enquanto ainda estavam na estrada... como placenta, ela pensou um tanto pesarosa. Não escrevera nada nos últimos quatro dias e suspeitou de que o diário pudesse ter por fim escapado por completo da sua mente, embora houvesse pretendido firmemente ser mais assídua quando as coisas se assentassem um pouco. Por causa do bebê. Agora, contudo, estava mais uma vez em sua mente.

Tal como as pessoas ficam quando se convertem a uma religião... ou lêem alguma coisa que muda suas vidas... como cartas de amor interceptadas...

De repente pareceu-lhe que o livro tinha ganhado peso, e que o próprio ato de abrir sua capa podia fazer o suor brotar de sua testa e... e...

Ela olhou para trás de repente por sobre o ombro, seu coração batendo selvagemente. Algo havia se movido ali?

Um camundongo, talvez, escondendo-se atrás da parede. Por certo nada mais do que isso. Mais provavelmente produto de sua imaginação. Não havia nenhuma razão, nenhuma razão, afinal, para ela estar pensando tão subitamente no homem do manto preto, no homem com o cabide. Seu bebê estava vivo e a salvo e isto era apenas um livro e, de qualquer modo, não havia nenhum meio de saber se um livro tinha sido lido. E mesmo se houvesse, seria impossível dizer se a pessoa que o tinha lido fora Harold Lauder.

Ainda assim, abriu o diário e começou a virar lentamente as páginas, obtendo instantâneos do passado recente como fotografias em preto-e-branco tiradas por um amador. Filmes mentais domésticos.

Esta noite estivemos admirando-as e Harold discorria sobre cor & textura & tom quando Stu deu-me uma piscadela sóbria. Droga, pisquei de volta...

Harold objetará quanto aos princípios gerais, é claro. Porra, Harold, vê se cresce!

... e eu podia vê-lo se preparando com um dos seus Comentários Esnobes Patenteados Harold Lauder...

(Meu Deus, Fran, por que você algum dia disse todas essas coisas sobre ele? A troco de quê?)

Bem, você conhece Harold... sua arrogância... todas aquelas palavras & pronunciamentos pomposos... um garotinho inseguro...

Isso foi a 12 de julho. Pestanejando, passou adiante rapidamente, folheando as páginas agora, apressada para chegar ao fim. Frases ainda saltando acima, parecendo colidir com ela: *De qualquer modo, Harold cheirava bem limpo, para variar... o hálito de Harold afugentaria um dragão esta noite...* E outra, parecendo quase profética: *Ele acumula objeções como tesouros de pirata.* Mas com que fim? Alimentar seus próprios sentimentos de superioridade e perseguição secretos? Ou era uma questão de represália?

Ah, ele está fazendo uma lista... e conferindo-a duas vezes... ele vai descobrir... quem é bom e quem é mau...

Depois, em 1º de agosto, apenas duas semanas atrás. A anotação começava no pé da página. *Nenhuma anotação na noite passada, eu estava feliz demais. Algum dia já me senti tão feliz? Acho que não. Stu e eu estamos juntos. Nós*

Fim da página. Ela virou para a seguinte. As primeiras palavras no alto da página eram *fizemos amor duas vezes.* Mas elas mal atraíram seus olhos, porque sua visão baixou até o meio da página. Lá, ao lado de uma opinião sobre seu instinto maternal estava alguma coisa que lhe chamou a atenção e a deixou gélida, quase congelada.

Era uma escura e suja impressão digital de polegar.

Seus pensamentos dispararam loucamente: eu dirigia uma moto o dia inteiro, todos os dias. Claro, a gente procura se limpar a cada oportunidade, mas as mãos se sujam e...

Ela estendeu a mão, percebendo sem qualquer surpresa que tremia horrivelmente. Pôs o polegar sobre a mancha. Era bem maior que seu dedo.

Bem, claro que é, disse para si. Quando você mancha alguma coisa, o borrão naturalmente fica maior. É isso, não é mais nada além *disso*...

Mas esta impressão digital não estava borrada. As pequenas linhas, curvas e espirais apareciam claramente, na sua maior parte.

E a mancha não era de graxa ou óleo, não adiantava querer se enganar.

Era de chocolate seco.

Payday, pensou Fran, empalidecendo. *Barra de doce com cobertura de chocolate.*

Por um momento, receou até virar a cabeça — temia que pudesse ver o riso de Harold pendendo acima de seu ombro, como o sorriso do gato de Cheshire, em *Alice*. Os lábios grossos de Harold movendo-se enquanto ele dizia solenemente: *Todo cão tem seu dia, Frannie. Todo cão tem seu dia.*

Mas mesmo se Harold tivesse passado os olhos pelo seu diário, isto significava que ele tramava alguma vingança secreta contra ela e Stu ou qualquer dos outros? Claro que não.

Mas Harold está mudado, sussurrou uma voz interior.

— Droga, ele não mudou tanto assim! — gritou para o quarto vazio. Ela encolheu-se ligeiramente ao som da própria voz, depois emitiu um riso trêmulo. Desceu para o andar de baixo e começou a preparar o jantar, que seria mais cedo esta noite por causa da reunião... mas de repente aquela reunião deixou de ser tão importante como lhe parecera antes.

Trechos das Minutas da Reunião do Comitê Ad Hoc
13 de agosto de 1990

A reunião teve lugar no apartamento de Stu Redman e Frances Goldsmith. Estiveram presentes todos os membros do comitê, quais sejam: Stuart Redman, Frances Goldsmith, Nick Andros, Glen Bateman, Ralph Brentner, Susan Stern e Larry Underwood...

Stu Redman foi escolhido como mediador e Frances Goldsmith como secretária...

Estas anotações (mais uma completa cobertura de cada arroto, gorgolejo e similares, tudo foi gravado em fitas cassete Memorex, para quem for louco o bastante para querer ouvir) serão colocadas em uma caixa-forte do First Bank de Boulder...

Stu Redman apresentou um relatório sobre o tema intoxicação alimentar, escrito por Dick Ellis e Laurie Constable (uma olhada de banda captou SE VOCÊ FOR COMER, LEIA ISTO PRIMEIRO!). Ele disse que Nick queria o relatório impresso e afixado por toda Boulder antes da grande assembléia de 18 de agosto, porque já tivera 15 casos de intoxicação entre nós, dois deles bastante sérios. Por uma votação unânime, ficou decidido que Ralph mimeografaria mil cópias das instruções de Dick e que dez pessoas o ajudariam a espalhá-las por toda a cidade...

A seguir, Susan Stern apresentou outro item que Dick e Laurie queriam submeter à reunião (todos desejaríamos que um dos dois pudesse ter comparecido). Ambos consideram ser necessária a formação de um Comitê de Sepultamentos; Dick acha que isto deveria ser anotado na agenda da assembléia pública, sendo apresentado não como risco à saúde — devido à possibilidade de gerar pânico —, mas como "a coisa decente a ser feita".

Todos sabemos que, surpreendentemente, há poucos cadáveres em Boulder em proporção à sua população pré-epidemia, porém ignoramos o motivo... não que isso interesse muito agora. Contudo, ainda há milhares de cadáveres que devem ser sepultados se pretendemos aqui permanecer.

Stu perguntou quão grave era o problema no momento. Sue disse achar que a situação só ficaria realmente séria no outono, quando o tempo quente e seco em geral se torna úmido.

Larry Underwood propôs uma moção, que acrescentamos à sugestão de Dick, de que um Comitê de Sepultamentos constasse da agenda para 18 de agosto. A moção foi aprovada por unanimidade.

Ralph Brentner leu então os comentários por escrito de Nick, que cito aqui literalmente:

"Uma das questões mais importantes a ser conduzida por este comitê é se concordamos ou não em dar pleno conhecimento a Mãe Abagail. Deverá ser dito a ela tudo que ocorra em nossas reuniões, sejam elas abertas ou fechadas? A pergunta também pode ser formulada de outro modo: deverá Mãe Abagail tomar pleno conhecimento deste comitê — e do comitê permanente que se seguirá a ele? E deverá o comitê ser posto a par dos contatos mantidos por ela com Deus ou lá quem seja... particularmente os sigilosos?

"Isto pode soar como tolice, mas permitam-me explicar, porque realmente se trata de uma questão pragmática. Teremos que estabelecer imediatamente o lugar de Mãe Abagail na comunidade, pois nosso problema não consiste apenas em firmarmos nossos pés outra vez. Se isto fosse tudo, para começar nem precisaríamos dela. Como todos sabemos, existe outro problema referente ao homem que às vezes chamamos de homem escuro ou, como diz Glen, o Adversário. Minha prova da existência dele é muito simples, e creio que a maioria das pessoas em Boulder apoiaria meu raciocínio — se, afinal, quiserem refletir sobre ele. É o seguinte: sonhei com Mãe Abagail e ela existia; sonhei com o homem escuro e portanto ele deve existir, embora nunca o tenha visto. Aqui as pessoas amam Mãe Abagail, como eu também amo. Entretanto, não iremos muito longe — de fato, não iremos a lugar algum —, se não obtivermos a aprovação dela para o que estamos fazendo.

"Assim, no início desta tarde eu a procurei e fiz-lhe a pergunta diretamente, sem nenhum rodeio: A senhora continuará conosco? Ela respondeu que sim — mas não sem condições. Foi irredutível quanto a isso. Disse que teríamos plena liberdade para dirigir a comunidade em 'todos os assuntos mundanos', foi a expressão que usou. Limpeza pública, ocupação das casas, restabelecimento da energia.

"No entanto foi bem clara quanto a querer ser consultada sobre todas as questões relativas ao homem escuro. Ela acredita que todos fazemos parte de um jogo de xadrez entre Deus e Satã; que neste jogo o principal agente de Satã é o Adversário, cujo nome ela diz ser Randall Flagg ('o nome que ele usa no momento', conforme declarou); que por motivos que só Ele sabe, Deus a escolheu como o seu agente nesta questão. Ela acredita, e nisto por acaso concordo com ela, que estamos na iminência de uma luta, cujo resultado será nós ou ele. A Mãe acha que esta luta é a coisa mais importante e não abre mão de ser consultada quando nossas deliberações se referirem a isto... ou a *ele*.

"Ora, não quero me imiscuir nas implicações religiosas de tudo isto ou argumentar se ela está certa ou errada. No entanto, fica evidente que, pondo-se de lado todas as implicações, temos uma situação que *devemos* enfrentar. Assim, tenho uma série de moções a apresentar."

Houve alguma discussão sobre a declaração de Nick.

Nick apresentou a seguinte moção: Podemos nós, como um Comitê, concordar em não discutir as implicações teológicas, religiosas ou sobrenaturais do tema Adversário durante nossos encontros? Por unanimidade o comitê concordou em abolir discussões sobre tais temas, pelo menos enquanto estivermos "em sessão".

Depois, Nick apresentou outra moção: Podemos concordar em que a atividade principal do comitê, privada e secreta, é a questão de como lidar com esta força conhecida como o homem escuro, o Adversário ou Randall Flagg? Glen Bateman apoiou a moção, acrescentando que, de tempos em tempos, poderiam surgir outras questões — como o real motivo para o Comitê de Sepultamento — que só deviam ser do conhecimento dos empossados. A moção foi aprovada por unanimidade.

Nick então apresentou sua moção original, a de mantermos Mãe Abagail informada de todos os assuntos públicos e privados discutidos pelo comitê.

Esta moção também teve aprovação unânime.

Estando resolvido o caso de Mãe Abagail por enquanto, o comitê passou então para o tema homem escuro em si, a pedido de Nick. Ele propôs que enviássemos três voluntários ao oeste, que se juntariam aos seguidores do homem escuro a fim de obter informações sobre o que de fato está acontecendo lá.

Sue Stern imediatamente se ofereceu. Após calorosa discussão, Stu deu a palavra a Glen Bateman, que apresentou a seguinte moção: *Fica resolvido* que ninguém do nosso comitê *ad hoc* ou do comitê permanente será aceito como voluntário para esse reconhecimento de terreno. Sue Stern quis saber por que não.

Glen: "Todos respeitamos seu desejo honesto de ajudar, Susan, mas o fato é que simplesmente não sabemos se o voluntário enviado voltará, ou quando ou em que estado. Nesse meio-tempo, temos a tarefa nada insignificante de colocar as coisas nos trinques aqui em Boulder, se me perdoam a gíria. Se você partir, teremos de preencher sua vaga com alguém que precisaria ser posto a par das medidas já tomadas e postas em prática. Não creio que estejamos em condições de desperdiçar tanto tempo."

Sue: "Suponho que esteja certo... ou pelo menos sendo sensível... mas às vezes *especulo* se aquelas duas coisas não são sempre as mesmas. Ou até *habitualmente* as mesmas. O que você está realmente dizendo é que não podemos mandar ninguém do comitê porque somos todos tremendamente indispensáveis. Assim, nós simplesmente... simplesmente... não sei..."

Stu: "Ficamos na sombra e água fresca?"

Sue: "Sim. Obrigada. É exatamente o que quero dizer. Ficamos na sombra e água fresca e mandamos alguém para lá, talvez para ser crucificado num poste telefônico, talvez alguma coisa até pior."

Ralph: "O que diabo poderia ser pior?"

Sue: "Não sei. Mas se alguém sabe, esse alguém é Flagg. Simplesmente detesto isto."

Glen: "Você pode detestar, mas definiu nossa situação muito sucintamente. Somos políticos aqui. Os primeiros políticos da nova era. Temos apenas de esperar que nossa causa seja mais do que simplesmente uma das causas pelas quais os políticos mandaram gente para situações de vida ou morte antes desse momento."

Sue: "Nunca pensei em virar política."

Larry: "Bem-vinda ao clube."

A moção de Glen para que nenhum integrante do comitê *ad hoc* fosse enviado como batedor foi aprovada — sem muito entusiasmo — por unanimidade. Fran Goldsmith então perguntou a Nick que tipo de qualificações deveríamos buscar em possíveis agentes infiltrados e o que deveríamos esperar que descobrissem.

Nick: "Ignoramos o que há para sabermos até que eles voltem. Se voltarem. A questão é: não temos a menor idéia do que ele está fazendo por lá. Somos mais ou menos como pescadores usando iscas humanas."

Stu disse que, na sua opinião, o comitê deveria selecionar as pessoas que pretendia utilizar, havendo concordância geral a respeito. Por votação do comitê, a maior parte da discussão do assunto foi transcrita literalmente nesses trechos em fitas cassete. Parecia importante ter um registro permanente de nossas decisões sobre a questão dos batedores (ou espiões), porque resultava tão delicada quanto inquietante.

Larry: "Tenho alguém que gostaria de indicar, se puder. Suponho que soará meio estranho para aqueles de vocês que não o conhecem, mas poderia ser realmente uma boa idéia. Refiro-me ao juiz Farris."

Sue: "O quê?! Aquele velho? Larry, você deve estar louco!"

Larry: "Ele é o velho mais arguto que já conheci. Ele tem apenas setenta anos, a propósito. Ronald Reagan foi presidente com mais idade do que isso."

Fran: "Não é o que eu chamaria de recomendação muito forte."

Larry: "Mas ele está em perfeita forma. E creio que o homem escuro poderia não desconfiar se mandássemos um caco velho como Farris para espioná-lo... e temos de levar em conta as suspeitas dele, vocês sabem. Ele *deve* estar esperando uma ação como essa, e não ficaria inteiramente surpreso se ele tiver guardas de fronteira monitorando pessoas que chegam lá com um potencial 'perfil de espião'. E, isto pode parecer brutal, eu sei, em especial para Fran... mas se o perdermos, não estaremos perdendo alguém com bons cinqüenta anos pela frente."

Fran: "Você está certo. Parece brutal."

Larry: "Tudo que desejo acrescentar é que sei que o juiz aceitaria. Ele de fato quer ajudar. E realmente acho que ele poderia se sair bem."

Glen: "Um ponto bem abordado. O que mais alguém acha?"

Ralph: "Acompanharei outra opinião, porque não conheço o cavalheiro. Mas não acho que deveríamos descartá-lo só porque está velho. Afinal, é só olhar para quem está responsável por este lugar: uma velha dama que já passou dos cem anos."

Glen: "Outro ponto bem abordado."

Stu: "Você soa como um árbitro de tênis, carequinha."

Sue: "Ouça, Larry. E se ele iludir o homem escuro e depois cair morto por um ataque cardíaco enquanto estiver pondo os bofes para fora querendo voltar para cá?"

Stu: "Isso poderia acontecer com qualquer um. Ou até mesmo um acidente."

Sue: "Concordo... mas com um homem velho as possibilidades se elevam."

Larry: "É verdade, mas você não conhece o juiz, Sue. Se conhecesse, veria que as vantagens superam as desvantagens. Ele é realmente esperto. A defesa encerra o seu ponto."

Stu: "Creio que Larry está certo. É o tipo de coisa que Flagg não esperaria. Apóio a moção. Todos a favor?"

Foi aprovada por unanimidade.

Sue: "Bem, aprovei seu candidato, Larry... Talvez agora você aprove o meu."

Larry: "Sim, política é isso, tudo bem. [Todos riram.] E quem é?"

Sue: "Dayna."

Ralph: "Que Dayna?"

Sue: "Dayna Jurgens. É mais corajosa do que qualquer mulher que já conheci. Claro, sei que ela não está com setenta, mas acho que se lhe apresentarmos a idéia, topará."

Fran: "Sim... se realmente tivermos que fazer isso, ela será boa. Apóio a indicação."

Stu: "*OK*... Dayna Jurgens foi indicada e apoiada para a missão. Todos a favor?"

O comitê aprovou unanimemente.

Glen: "Muito bem... quem é o terceiro?"

Nick (lido por Ralph): "Se Fran desaprovou o de Larry, receio que vai *realmente* desaprovar o meu. Indico...

Ralph: "Nick, você está louco! Não pode querer fazer isso!"

Stu: "Vamos, Ralph, acabe de ler."

Ralph: "Bem... aqui diz que ele quer indicar... Tom Cullen."

Protestos do comitê.

Stu: "Calma, Nick está com a palavra. Ele esteve escrevendo como um condenado, então é melhor você ler, Ralph."

Nick: "Primeiramente, conheço Tom tão bem quanto Larry conhece o juiz, e provavelmente até melhor. Ele adora Mãe Abagail. Faria qualquer coisa por ela, inclusive ser assado em fogo lento. É isso mesmo que quero dizer... não é piada. Ele tacaria fogo em si por ela, se Mãe Abagail lhe pedisse isso."

Fran: "Ninguém está discutindo essa questão, mas Tom é..."

Stu: "Pare, Fran... Nick está com a palavra."

Nick: "Meu segundo ponto é o mesmo que Larry defendeu sobre o juiz. O Adversário não vai esperar que mandemos uma pessoa retardada como espião. Suas reações combinadas a esta idéia talvez sejam o melhor argumento a favor dela.

"Meu terceiro e último ponto é o seguinte: embora Tom possa ser retardado, ele *não* é idiota. Ele salvou minha vida uma vez quando apareceu um tornado, e reagiu muito mais rápido do que qualquer outro que conheço teria feito. Tom é infantil, mas até mesmo uma criança pode aprender a fazer certas coisas se é treinada e ensinada, e depois treinada mais uma vez. Afinal, não vejo nenhum problema em dar a Tom uma história muito simples para memorizar. No final, eles irão provavelmente presumir que nós o enviamos porque..."

Sue: "Porque não o queremos poluindo nossa combinação genética? Ora, isso é bom."

Nick: "... porque ele *é* retardado. Tom pode até mesmo dizer que é louco para as pessoas que o enviam e gostaria de voltar para elas. O único imperativo que teria de ser incutido nele seria nunca mudar sua história, não importa o que aconteça."

Fran: "Ah, não, não posso acreditar..."

Stu: "Calma, Nick está com a palavra. Vamos manter tudo ordenadamente."

Fran: "Certo... desculpe."

Nick: "Alguns de vocês podem achar que por Tom ser retardado seria mais fácil sacudi-lo de sua história do que ocorreria com alguém com uma inteligência mais ampla, porém..."

Larry: "É."

Nick: "... porém, na verdade, o contrário é verdadeiro. Se eu disser a Tom que simplesmente *deve* se ater à história que eu der a ele, *se ater não importa o que aconteça*, ele o fará. Uma pessoa pretensamente normal só poderia suportar tantas horas de tortura sob a água, ou tantos choques elétricos, ou tantas farpas debaixo das unhas..."

Fran: "Isso não iria ocorrer, iria? *Iria?* Quero dizer, ninguém realmente acha que poderia ocorrer, não é?"

Nick: "... antes de dizer: '*OK*, desisto. Vou lhes contar tudo que sei.' Tom simplesmente não o faria. Se lhe inculcarem bastante sua história, ele não vai apenas decorá-la; irá quase acreditar que *é* verdade. Ninguém será capaz de dobrá-lo. Só quero deixar claro que acho, de inúmeras maneiras, que o retardo mental de Tom é realmente um trunfo numa missão como essa. 'Missão' soa como uma palavra pretensiosa, mas é exatamente isso."

Stu: "Isso é tudo, Ralph?"

Ralph: "Há um pouco mais."

Sue: "Se Tom realmente começar a acreditar na sua história de cobertura, Nick, como diabos ele saberá que chegou a hora de voltar?"

Ralph: "Desculpe, madame, mas parece que é mais ou menos disso que se trata."

Sue: "Ah."

Nick (lido por Ralph): "Tom pode receber uma sugestão pós-hipnótica antes de ser enviado. Mais uma vez, isto não se trata apenas de lavagem cerebral; quando tive esta idéia, perguntei a Stan Nogotny se poderia tentar hipnotizar Tom. Stan me disse que às vezes costumava fazer isto como brincadeira de salão em festas. Bem, Stan não achava que fosse funcionar... mas Tom ficou hipnotizado por cerca de seis segundos."

Stu: "Eu ficaria. O velho Stan sabe como fazer isto, hã?"

Nick: "A razão por que achei que Tom possa ser ultra-susceptível remonta à época em que o conheci em Oklahoma. Ele aparentemente desenvolveu a aptidão, durante muitos anos, de hipnotizar *a si mesmo* até um certo grau. Isto o ajuda a fazer ligações. Ele não pôde entender o que eu era até aquele dia em que o encontrei... por que eu não podia falar com ele ou responder às suas perguntas. Continuei pondo minha mão na boca e depois na garganta para mostrar que era mudo, mas ele não entendeu, afinal. Então, de uma vez só, ele simplesmente se desligou. Não sei explicar de maneira melhor que essa. Ele ficou perfeitamente imóvel. Seus olhos perderam-se na distância. Depois emergiu do transe, exatamente do modo como emerge um paciente quando o hipnotizador lhe diz que é hora de acordar. E ele soube. Simplesmente assim. Foi para dentro de si mesmo e voltou com a resposta."

Glen: "É realmente espantoso."

Stu: "Por certo que é."

Nick: "Pedi que Stan desse a ele uma sugestão pós-hipnótica quando tentamos isto, já faz agora uns cinco dias. A sugestão foi que quando Stan dissesse "Eu certamente gostaria de ver um elefante", Tom sentisse uma grande ânsia de ir para a esquina e plantar uma bananeira. Stan incutiu isto nele por cerca de meia hora e depois o acordou. Tom saiu correndo até a esquina e plantou uma bananeira. Todos os brinquedos e bolas de gude caíram dos seus bolsos. Depois ele sentou-se, sorriu para nós e disse: "Agora fico imaginando: por que Tom Cullen saiu e fez isso?"

Glen: "Posso simplesmente ouvi-lo, também."

Nick: "Seja como for, toda essa elaborada coisa de hipnose é apenas uma introdução para duas questões muito simples. Primeira, podemos plantar uma sugestão pós-hipnótica a que Tom responda dentro de um determinado tempo. A maneira óbvia seria fazer isto durante a lua cheia. Segunda, ao colocá-lo em hipnose profunda, quando ele voltar, obteremos uma lembrança quase perfeita de tudo que ele viu."

Ralph: "Assim termina o que Nick escreveu. Ufa!"

Larry: "Para mim se assemelha àquele velho filme *Sob o Domínio do Mal*."

Stu: "O quê?!"

Larry: "Nada."

Sue: "Tenho uma pergunta, Nick. Você também programaria Tom... imagino que seja a palavra correta... para não dar nenhuma informação acerca do que estamos fazendo?"

Glen: "Nick, deixe-me responder a isto, e se você achar que seja diferente, basta acenar com a cabeça. Eu diria que Tom não precisa ser programado, afinal. Deixe-o vazar toda e qualquer coisa que saiba a nosso respeito. Estamos mantendo entre quatro paredes tudo que se refere a Flagg, de qualquer modo, e não vamos fazer muito mais que ele não possa adivinhar por sua própria conta... mesmo que sua bola de cristal esteja avariada."

Nick: "Exatamente."

Glen: "Muito bem... estou apoiando a moção de Nick no ato. Acho que temos tudo para vencer e nada para perder. É uma idéia tremendamente ousada e original."

Stu: "Foi tudo apresentado e apoiado. Podemos debater mais se vocês quiserem, mas só um pouco. Ficaremos aqui toda a noite, se não formos rápidos. *Há* algo mais a discutir?"

Fran: "Pode apostar que sim. Você disse que temos tudo para vencer e nada para perder, Glen. Bem, e quanto a Tom? E quanto às nossas próprias malditas *almas*? Talvez vocês rapazes não se importem em pensar sobre pessoas enfiando... coisas... sob as unhas de Tom e dando-lhe choques elétricos, mas isto me incomoda. Como podem ser tão frios assim? E, Nick, hipnotizá-lo de modo que ele proceda como... uma galinha com a cabeça enfiada num saco! Vocês deviam se envergonhar! Pensava que Tom fosse *amigo* de vocês!"

Stu: "Fran..."

Fran: "Não, tenho que falar. Não vou lavar minhas mãos do comitê ou mesmo cair fora zangada se for voto vencido, mas vou dizer o que penso. Vocês realmente querem pegar aquele doce e desligado rapaz e transformá-lo num avião U-2 humano? Nenhum de vocês entende que isto é o mesmo que iniciar toda a velha merda de novo? Não conseguem ver isto? O que fazemos se o matarem, Nick? O que fazemos se matarem *todos* eles? Criar alguns vírus novos? Uma versão melhorada do Capitão Viajante?"

Houve uma pausa enquanto Nick escrevia uma resposta.

Nick (lido por Ralph): "As coisas que Fran trouxe à baila me afetaram muito profundamente, mas mantenho meu voto. Não, não me sinto bem quanto a lançar Tom às feras, e não me sinto bem em relação a enviá-lo para uma situação em que poderia ser torturado e depois morto. Só gostaria de assinalar de novo que ele estaria fazendo isto por *Mãe Abagail* e pelas idéias dela, pelo Deus dela, e não por nós. E também creio realmente que temos de usar quaisquer meios à nossa disposição para pôr fim à ameaça que este ser representa. Ele está crucificando pessoas por lá. Tenho certeza disso através de meus sonhos, e sei que alguns de vocês também tiveram esse sonho. A própria Mãe Abagail sonha com isso. E sei que Flagg é o mal. Se alguém desenvolver uma nova cepa da Capitão Viajante, Fran, pode crer que será ele, para usar contra nós. Gostaria de detê-lo enquanto ainda podemos."

Fran: "Tudo isso é verdade, Nick, não discuto. Sei que ele é mau. Por tudo que *sei*, ele pode ser o Diabrete de Satã, como diz Mãe Abagail. Mas estamos pondo nossa mão no mesmo comutador a fim de detê-lo. Lembra-se de *A Revolução dos Bichos*? 'Eles olharam dos porcos para os homens e não puderam ver a diferença.' Acho que o que realmente desejo ouvir de você — mesmo se for pela voz de Ralph — é que se *temos* de acionar esse comutador a fim de detê-lo... se o *fizermos*... é que seremos bem-sucedidos. Garante isso?"

 Nick: "Não com certeza, acho. Não com certeza."

Fran: "Neste caso, meu voto é não. Se devemos enviar pessoas para o oeste, pelo menos enviemos pessoas que saibam o que estão fazendo."

Stu: "Alguém mais?"

Sue: "Também sou contra, porém por motivos mais práticos. Se vamos prosseguir com este plano, terminaremos com um velho e um debilóide. Desculpem pela palavra, também gosto dele, mas isto é o que ele é. Sou contra e agora calarei a boca."

Glen: "Proceda à votação, Stu."

Stu: "*OK*. Vamos percorrer a mesa. Eu voto a favor. Frannie?"

Fran: "Sou contra."

Stu: "Glen?"

Glen: "Sim."

Stu: "Suze?"

Sue: "Não."

Stu: "Nick?"

Nick: "Sim."

Stu: "Ralph?"

Ralph: "Bem... também não gosto muito disso, mas se Nick aprova, eu o acompanho. Sim."

Stu: "Larry?"

Larry: "Posso ser franco? Acho que a idéia cheira tão mal que me sinto como num sanitário público. Isto é o tipo de coisa que você consegue quando está por cima, acho. Um lugar fodido para se estar. Voto a favor."

Stu: "Moção aprovada por cinco a dois."

Fran: "Stu?"

Stu: "Sim?"

Fran: "Eu gostaria de mudar meu voto. Se realmente vamos botar o Tom nessa coisa, é melhor o fazermos juntos. Desculpe-me por ter feito tanta onda, Nick. Sei que isto o magoa... posso ler no seu rosto. É uma coisa tão louca! Por que algo assim tem de acontecer? Isso por certo não é igual a estar no comitê de formatura da faculdade, eu lhes digo. Frannie vota a favor."

Sue: "Eu também, então. Frente unida. Nixon Bate Pé Firme e Diz: Não Sou Um Escroque. A favor."

Stu: "Votação unânime. Sete a zero. Aqui está um lenço, Fran. E gostaria de registrar isso para demonstrar que a amo."

Larry: "Feita esta observação, acho que deveríamos suspender a sessão."

Stu: "Foi apresentado, e aprovado pelo papai aqui, que devemos suspender. Aqueles a favor, que levantem as mãos. Os que se opõem, preparem-se para ganhar uma lata de cerveja na cabeça."

A suspensão ganhou por sete a zero.

* * *

— Vai para a cama, Stu?

— Vou. Já é tão tarde assim?

— Quase meia-noite. Tarde o suficiente.

Stu se afastou da sacada. Estava só de cuecas, nada mais; a alvura da peça era quase ofuscante contra sua pele bronzeada. Fran, apoiada na cama com um lampião

Coleman sobre a mesinha-de-cabeceira a seu lado, viu-se novamente espantada ante a intensidade profunda do seu amor por ele.

— Pensando na reunião?

— Sim. Estava. — Ele serviu-se de um copo de água sobre a mesa-de-cabeceira e fez uma careta ao sentir o gosto insosso da água fervida.

— Achei que você foi um mediador maravilhoso. Glen o convidou para a mesma função na assembléia pública, não é? Isto o incomoda? Você recusou?

— Não, falei que aceitava. Acho que posso fazer isso. Estava pensando em enviarmos essas três pessoas através das montanhas. É uma atitude suja enviarmos espiões. Mas você tinha razão, Frannie. O único problema é que Nick também estava certo. Num caso como esse, o que é que se pode fazer?

— Vote em sua consciência e então tenha a melhor noite de sono que puder, assim acho. — Esticando o braço, ela se preparou para apagar o lampião Coleman. — Pronto para a luz?

— Apague. — Fran apagou a luz, e Stu enfiou-se na cama, ao seu lado. — Boa-noite, Frannie — disse. — Eu te amo.

Ela ficou olhando para o teto. Estava em paz quanto a Tom Cullen... mas aquela impressão digital manchada de chocolate permanecia na sua mente.

Cada cão tem seu dia, Fran.

Talvez eu devesse contar a Stu agora mesmo, pensou. No entanto, se havia algum problema, era problema dela. Teria apenas que esperar... vigiar... e ver se acontecia alguma coisa.

Levou um bom tempo até pegar no sono.

Capítulo Cinqüenta e Dois

NAS PRIMEIRAS HORAS DA MANHÃ, Mãe Abagail jazia insone em sua cama. Estava tentando orar.

Levantou-se sem acender uma luz e ajoelhou-se na sua camisola branca de algodão. Pressionou a fronte contra sua Bíblia, que estava aberta nos Atos dos Apóstolos. A conversão do velho e teimoso Saulo na estrada de Damasco. Ele tinha sido cegado pela luz, e na estrada de Damasco as escamas haviam caído de seus olhos. Atos era o último livro da Bíblia em que a doutrina era apoiada por milagres, e o que eram os milagres senão a mão divina de Deus atuando sobre a Terra?

E, ah, havia escamas nos seus olhos e algum dia eles ficariam livres para enxergar?

Os únicos sons no quarto eram o débil chiado da lamparina a óleo, o tiquetaquear do despertador Westclox, e a sua voz baixa e sussurrante.

— Mostrai meu pecado, Senhor. Eu não sei qual é. Sei que fui embora e perdi alguma coisa que queríeis que eu visse. Não consigo dormir, não consigo tirar uma soneca, e não Vos sinto, Senhor. Sinto como se estivesse orando para um telefone mudo, e este é um tempo ruim para isso acontecer. Como Vos ofendi? Estou ouvindo, Senhor. Ouvindo aquela vozinha baixa em meu coração.

E ela ouviu. Pôs seus dedos artríticos unidos sobre os olhos, inclinou-se ainda mais à frente e tentou ler sua mente. Mas tudo estava escuro lá, escuro como a sua pele, escuro como a terra lavrada que espera pela boa semente.

Por favor, meu Senhor, meu Senhor, por favor, meu Senhor...

Mas a imagem que surgiu foi um solitário trecho de estrada de terra em meio a um mar de milho. Havia uma mulher com um saco de aniagem cheio de galinhas recém-abatidas. E as doninhas chegaram. Elas dispararam à frente e fizeram investidas contra o saco. Podiam sentir o cheiro de sangue — o velho sangue do pecado e o sangue fresco do sacrifício. Ela ouviu a velha erguer a voz para Deus, mas seu tom era débil e gemente, uma voz petulante, não implorando humildemente que fosse feita a vontade de Deus, qualquer que pudesse ser o lugar dela no esquema das coisas daquela vontade, mas exigindo que Deus a salvasse, de modo que pudesse concluir o trabalho... o seu trabalho... como se ela conhecesse a Mente de Deus e pudesse subordinar Sua vontade à dela. As doninhas ficaram mais ousadas ainda; o saco de aniagem começou a se esfrangalhar à medida que elas o mordiam e puxavam. Seus dedos estavam muito velhos, fracos demais. E quando as galinhas acabassem, as doninhas ainda estariam famintas e investiriam contra ela. Sim. Elas iriam...

E depois as doninhas foram dispersadas, tinham corrido guinchando para a noite, abandonando o conteúdo do saco semidevorado, e ela pensou, exultante: *Deus me salvou, afinal! Louvado seja Seu Nome! Deus salvou Sua boa e fiel serva.*

Não foi Deus, velha. Fui eu.

Na sua visão, ela virou-se, o medo saltando candente na sua garganta com um gosto semelhante a cobre novo. E lá, abrindo seu caminho para fora do milharal como um esfarrapado fantasma prateado, estava um enorme lobo cinzento das montanhas Rochosas, suas mandíbulas abertas num riso sardônico, os olhos em fogo. Havia uma coleira de prata lavrada em volta de seu grosso pescoço, uma coisa de uma beleza agradável e bárbara, e dela oscilava uma pequena pedra de âmbar-negro... e no centro havia uma pequena fenda rubra, como um olho. Ou uma chave.

Ela se benzeu, fez o sinal contra o mau-olhado para esta pavorosa aparição, mas as mandíbulas do lobo apenas se alargaram mais, e entre elas sacudia-se o músculo rosado e nu da sua língua.

Estou vindo buscar você, Mãe. Não agora, mas em breve. Corremos atrás de você como os cães correm atrás dos cervos. Sou todas as coisas que imagina, porém ainda mais. Sou o homem que faz magia. Sou o homem que fala para os mais novos. Seu próprio povo me conhece melhor, Mãe. Ele me chama de João, o Conquistador.

Saia! Deixe-me em paz em nome do Deus Todo-Poderoso!

Mas ela estava tão aterrorizada! Não pelas pessoas ao seu redor, que no sonho eram representadas pelas galinhas no saco, mas por si mesma. Tinha medo na alma, *temia* por sua alma.

O seu Deus não tem poder sobre mim, Mãe. O vaso dele é fraco.

Não! Não é verdade! Minha força é a força de dez, eu me elevarei com asas, como as águias...

O lobo, no entanto, apenas sorriu e chegou mais perto. Ela se encolheu para evitar o hálito da fera, que era intenso e fétido. Este era o terror do meio-dia e o terror que surge à meia-noite, e ela estava com medo. Estava no ápice do medo. E o lobo, ainda sorridente, começou a falar em duas vozes, perguntando e respondendo a si mesmo.

— *Quem extraiu água da rocha, quando estávamos sedentos?*

— *Fui eu* — respondeu o lobo numa voz petulante, meio grasnada, meio enrouquecida.

— *Quem nos salvou quando desfalecemos?* — perguntou o lobo sorridente, seu focinho agora a centímetros dela, o hálito recendendo a um matadouro em pleno funcionamento.

— *Fui eu* — respondeu a voz uivante, chegando mais perto ainda, o focinho sorridente repleto de morte brutal, os olhos vermelhos e atrevidos. — *Ah, fiquem de joelhos e louvem meu nome, sou o doador da água no deserto, louvem meu nome, sou o bom e fiel servo que leva a água ao deserto, e meu nome é também o nome de meu Mestre...*

 A boca do lobo arreganhou-se ao máximo para devorá-la.

* * *

— ... meu nome — murmurou ela. — Louvem o meu nome, louvem a Deus, do qual fluem todas as bênçãos, louvem o nome Dele, ó criaturas aqui de baixo...

Erguendo a cabeça, ela olhou em torno do quarto, numa espécie de estupor. Sua Bíblia tinha caído ao chão. A claridade do alvorecer surgia na janela que dava para o leste.

— Ah, meu Senhor! — gritou em voz alta e trêmula.

Quem extraiu água da rocha quando estávamos sedentos?

Seria isso? Santo Deus, seria isso? Seria por isso que as escamas tinham lhe coberto os olhos, tornando-a cega para as coisas que devia saber?

Lágrimas amargas começaram a cair de seus olhos e ela se pôs de pé, lenta e dolorosamente. Caminhou até a janela. A artrite fincava agulhas duras e afiadas nas juntas de suas coxas e joelhos.

Olhou para fora e soube o que tinha de fazer agora.

Retornou para junto do armário e puxou a camisola branca de algodão, por cima da cabeça. Deixou-a cair no chão. Agora estava nua, revelando um corpo tão franzido pelas rugas que poderia ter sido o leito do grande rio do tempo.

— Será feita Vossa vontade — disse e começou a vestir-se.

Uma hora mais tarde, ela caminhava lentamente pela Mapleton Avenue na direção dos desfiladeiros estreitos e emaranhados de vegetação, além da cidade.

* * *

Stu estava na usina elétrica com Nick, quando Glen chegou precipitadamente. Sem mais rodeios, ele soltou a bomba:

— Mãe Abagail. Ela desapareceu.

Nick olhou bruscamente para ele.

— Do que está falando? — perguntou Stu, ao mesmo tempo afastando Glen para longe da turma que enrolava fio de cobre em uma das turbinas queimadas.

Glen assentiu. Percorrera de bicicleta os 8 quilômetros até ali e ainda estava sem fôlego.

— Fui procurá-la para falar-lhe um pouco sobre a reunião da noite passada, e para rodar a fita, se ela quisesse ouvir. Queria saber a opinião dela a respeito de Tom, porque me sentia incomodado com toda essa idéia... a opinião de Frannie meio que atuou sobre mim nas horas mortas, acho. Queria estar lá, bem, porque Ralph disse que há mais dois grupos chegando hoje, e você sabe como ela gosta de recepcioná-los. Cheguei lá por volta de oito e meia. Ela não atendeu à minha batida, então entrei. Pensei em encontrá-la dormindo e simplesmente iria embora... mas quis me certificar de que não estava... se não tinha morrido ou sofrido qualquer coisa... afinal, na idade dela...

O olhar de Nick não se afastava dos lábios de Glen.

— Só sei que ela não estava lá. E encontrei isto em seu travesseiro. — Glen estendeu-lhe uma toalha de papel. Nela estava escrita em garranchos grandes e trêmulos a seguinte mensagem:

Preciso me afastar por algum tempo exatamente agora. Pequei e me gabei de conhecer a Mente de Deus. Meu pecado foi o ORGULHO, e Ele quer que eu encontre meu lugar em Sua obra novamente.

Logo estarei com vocês, ser for a vontade de Deus.

Abby Freemantle

— Puta que pariu — disse Stu. — O que faremos agora? O que acha, Nick?

Nick pegou o bilhete e leu de novo. Devolveu-o a Glen. A fúria havia sumido de seu rosto e ele apenas parecia triste.

— Acho que precisamos antecipar aquela assembléia para esta noite — sugeriu Glen.

Nick sacudiu a cabeça. Pegou seu bloco, escreveu, destacou a folha e entregou-a para Glen. Stu leu por cima do ombro dele.

"O homem põe e Deus dispõe. Mãe Abagail gostava de falar isto, costumava citar com freqüência. Glen, você mesmo disse que ela era dirigida por algo mais: Deus, a mente dela, seus delírios, seja o que for. O que fazer? Ela se foi. Não podemos alterar isto."

— Mas o tumulto... — começou Stu.

— Claro, vai haver tumulto — disse Glen. — Nick, não deveríamos, pelo menos, reunir o comitê para debater isto?

Nick escreveu:

"Para quê? Por que fazermos uma reunião que não vai resolver nada?"

— Bem, poderíamos formar um grupo de busca. Ela não deve ter ido muito longe.

Nick fez um círculo duplo em torno da frase *O homem põe e Deus dispõe.* Mais abaixo, escreveu: "Se a encontrarem, como vão trazê-la? Acorrentada?"

— Santo Deus, não! — exclamou Stu. — Mas não podemos deixá-la vagando por aí, Nick! Ela enfiou na cabeça a idéia louca de que ofendeu a Deus. E se achar que tem de se internar no deserto, como algum cara do Velho Testamento?

Nick escreveu: "Tenho quase certeza de que foi exatamente o que ela fez."

— Ora, deixe disso!

Glen pôs a mão no braço de Stu.

— Baixe o facho um minuto, Texano Oriental. Vamos analisar as implicações disso.

— Que se danem as implicações! Não vejo qualquer implicação em se deixar uma mulher idosa andar por aí a esmo, dia e noite, até morrer abandonada às intempéries!

— Ela *não é* uma velha qualquer! Ela é Mãe Abagail, e por aqui era considerada o próprio papa! Se o próprio papa decidir que tem de ir a pé até Jerusalém, você discutiria com ele, se é um católico praticante?

— Droga, não é a mesma coisa e você sabe muito bem!

— É a mesma coisa, *sim*! *É.* Pelo menos o povo da Zona Franca vai entender assim. Stu, você pode afirmar, com certeza, que Deus *não* disse a ela que se internasse nos ermos?

— Nã-ão... mas...

Nick estivera escrevendo e então mostrou o papel a Stu, o qual ficou perplexo com algumas das palavras. A caligrafia de Nick geralmente era impecável, mas agora parecia apressada, quase impaciente:

"Stu, isto não muda nada, exceto que provavelmente afetará o moral da Zona Franca. Talvez nem mesmo afete. As pessoas não irão se dispersar apenas porque ela está ausente. Isto significa que não precisamos contar em nossos planos com ela, pelo menos já. Talvez seja melhor assim."

— Vou enlouquecer! — exclamou Stu. — Às vezes falamos dela como um obstáculo a ser contornado, como se fosse um bloqueio de estrada. Outras vezes, vocês se referem a Mãe Abagail como se fosse o papa, que não poderia fazer nada de errado, mesmo querendo. Pois acontece que *gosto* dela! O que pretende, Nick? Que alguém tropece no cadáver dela neste outono, num daqueles desfiladeiros apertados a oeste da cidade? Quer que a deixemos lá, para que se transforme em um... banquete sagrado para os corvos?

— Stu — disse Glen gentilmente. — Foi ela quem tomou a decisão.

— Ah, *droga*, que confusão! — disse Stu.

* * *

Ao meio-dia, a notícia do desaparecimento de Mãe Abagail já se espalhara pela comunidade. Conforme previsto por Nick, a sensação geral foi mais de dolorosa resignação do que de alarme. A comunidade achava que ela devia ter-se ausentado a fim de "orar por orientação" para ajudá-los a escolher o caminho certo a seguir na assembléia geral do dia 18.

— Não quero blasfemar chamando-a de Deus — disse Glen durante um rápido almoço no parque —, mas ela é uma espécie de Deus-por-procuração. Pode-se medir a força da crença de qualquer sociedade observando o quanto essa fé enfraquece, quando seu objetivo empírico é removido.

— Assino embaixo, de novo.

— Quando Moisés sacrificou o bezerro de ouro, os israelitas pararam de adorá-lo. Quando uma enchente inundou o templo de Baal, os malaquitas decidiram que Baal não era um deus com essa bola toda. Mas Jesus saiu para o almoço por 2 mil anos, e as pessoas não só continuavam seguindo seus ensinamentos, como viveram e morreram acreditando que ele finalmente voltaria, e foi a coisa mais simples quando voltou. É assim que a Zona Franca se sente em relação à Mãe Abagail. Essas pessoas estão perfeitamente certas de que ela vai voltar. Já falou com elas?

— Falei — disse Stu. — E não posso acreditar. Há uma velha perambulando por aí e todos dizem que está bem. Eu gostaria de saber se ela trará os Dez Mandamentos em lousas de pedra, a tempo para a assembléia.

— Talvez ela o faça — disse Glen gravemente. — De qualquer modo, nem todos estão dizendo "Está bem". Ralph está praticamente arrancando os cabelos.

— Ótimo para Ralph. — Stu encarou Glen. — E quanto a você, careca? Onde se situa em tudo isso?

— Gostaria que não me chamasse assim. Não me dignifica em nada. No entanto, lhe direi que chega a ser um tanto engraçado. O velho Texano Oriental parece mais imune ao Evangelho que ela semeou nesta comunidade do que o velho e agnóstico urso sociólogo. Acho que ela voltará. Sei lá como, mas é o que acho. O que Frannie pensa a respeito?

— Não sei. Não a vi durante toda a manhã. Que me conste, deve estar por aí comendo gafanhotos e mel silvestre com Mãe Abagail. — Stu contemplou as Flatirons, erguendo-se muito alto à brisa azulada do início de tarde. — Céus, Glen, só espero que a velha senhora esteja bem.

* * *

Fran nem sequer sabia do desaparecimento de Mãe Abagail. Passara a manhã na biblioteca, lendo sobre jardinagem. Não foi a única pesquisadora. Viu duas ou três pessoas com livros sobre agricultura, um rapaz de óculos com cerca de 25 anos debruçado sobre um livro chamado *Sete Fontes Independentes de Energia para o seu Lar*, e uma bela lourinha de seus 14 anos às voltas com uma surrada brochura intitulada *600 Receitas Simples*.

Saiu da biblioteca por volta do meio-dia e desceu a Walnut Street. A meio caminho de casa encontrou Shirley Hammet, a mulher mais velha que viajara com Dayna, Susan e Patty Kroger. A melhora de Shirley fora impressionante desde então. Agora parecia uma alegre e simpática matrona circulando pela cidade.

Ela parou e cumprimentou Fran.

— Quando acha que ela vai voltar? Estive perguntando a todo mundo. Se essa cidade tivesse um jornal, eu escreveria para a seção Cartas dos Leitores. Por exemplo: "O que acha da posição do senador Bunghole sobre a escassez de combustível?" Mais ou menos assim.

— Quando e quem vai voltar?

— Mãe *Abagail*, é claro. Por onde tem andado, menina?

— Afinal do que se trata? — perguntou Frannie, alarmada. — O que aconteceu?

— Simplesmente que ninguém sabe ao certo. — E Shirley então lhe contou o que acontecera enquanto Fran estivera na biblioteca.

— Quer dizer... que ela se foi? — perguntou Frannie, franzindo o cenho.

— Sim. Mas é claro que ela voltará — acrescentou Shirley confidencialmente. — Assim dizia o bilhete.

— Que era a vontade de Deus?

— Isto é só uma maneira de dizer, tenho certeza — replicou Shirley e olhou para Fran com certa frieza.

— Bem... assim espero. Obrigada por me contar, Shirley. Ainda está tendo dores de cabeça?

— Ah, não. Elas acabaram. Estarei votando em você, Fran.

— Hã? — Sua mente estava distante, em busca de novas informações, e por um momento não teve a menor idéia do que Shirley poderia estar falando.

— Para o *comitê* permanente!

— Ah, sim, obrigada. Nem mesmo sei se vou aceitar o cargo.

— Você será ótima. Você e Susy. Vá em frente, Fran. A gente se vê.

Despediram-se e Fran se apressou de volta ao apartamento, querendo ver se Stu sabia de mais alguma coisa. Acontecendo tão logo após sua reunião da noite passada, o desaparecimento da velha senhora bateu em seu coração como uma espécie de medo supersticioso. Não gostava da impossibilidade de comunicarem a Mãe Abagail suas decisões principais — como aquela de enviar gente para o oeste —, para que ela opinasse a respeito. Com sua partida, Fran sentia que a responsabilidade cairia sobre seus próprios ombros.

Chegando em casa, encontrou-a vazia. Por 15 minutos deixara de encontrar Stu. O bilhete debaixo do açucareiro dizia: "Estarei de volta às nove e meia. Estou com Ralph e Harold. Não se preocupe. Stu."

Ralph e Harold?, pensou e sentiu uma súbita pontada de medo que nada tinha a ver com Mãe Abagail. Ora, por que deveria recear por Stu? Meu Deus, se Harold tentasse alguma coisa... bem, fizesse alguma graça... Stu o partiria ao meio. A não ser... a não ser que Harold o pegasse à traição ou algo assim, e...

Fran apertou os cotovelos, sentindo frio, e imaginou o que Stu poderia estar fazendo com Ralph e Harold.

Volto às nove e meia.

Meu Deus, parecia tempo demais.

Ela ficou na cozinha por mais um momento, olhando para a sua mochila, que colocara sobre a bancada.

Estou com Ralph e Harold.

Portanto a pequena casa que Harold habitava na Arapahoe estaria deserta até às nove e meia daquela noite. A não ser, é claro, que eles estivessem lá. E se estivessem, ela poderia juntar-se a eles e satisfazer sua curiosidade. Poderia pedalar até lá rapidamente. Se não encontrasse ninguém lá, poderia descobrir algo que tranqüilizaria sua mente... ou... mas não se permitiria pensar a respeito.

Tranqüilizar sua mente?, atiçou a voz interior. *Ou simplesmente deixá-la mais louca? Suponhamos que você DESCUBRA alguma coisa fora do comum. E aí? O que fará sobre isso?*

Ela não sabia. De fato, não tinha sequer o mais leve vislumbre de uma idéia.

Não se preocupe. Stu.

Mas *havia* preocupação. Aquela impressão digital no seu diário era indício de preocupação. Porque um homem capaz de roubar o diário de alguém e imiscuir-se nos seus pensamentos é um homem sem muitos princípios ou escrúpulos. Um homem assim pode esgueirar-se por trás de alguém a quem odeia e empurrá-lo de uma elevação. Ou usar uma pedra. Ou uma faca. Ou uma pistola.

Não se preocupe. Stu.

Porém, se Harold fizesse tal coisa, seria o seu fim em Boulder. O que poderia fazer, então?

Fran não sabia. Não sabia se Harold era do tipo de homem que fantasiara — ainda não, claro —, mas, no fundo do coração, sabia da existência de um lugar para gente assim. Ah, sabia realmente.

Colocou a mochila às costas em gestos rápidos e nervosos e caminhou para a porta. Três minutos mais tarde, pedalava pela Broadway em direção à Arapahoe ao radioso sol da tarde, pensando: *Eles devem estar na sala de Harold, bebendo café, falando sobre Mãe Abagail, e tudo estará numa boa.*

* * *

Mas a casinha de Harold estava escura, deserta... e fechada.

Tal fato em si era uma espécie de fenômeno em Boulder. Nos velhos tempos a casa ficaria trancada na ausência dos moradores, para ninguém entrar e roubar a televisão, o estéreo ou as jóias da esposa do proprietário. Agora, no entanto, estéreos e aparelhos de TV eram de graça, embora de nada servissem sem energia elétrica. Quanto às jóias, qualquer um poderia ir a Denver e recolher um saco delas, a qualquer momento.

Por que trancou sua porta, Harold, quando não há nada para ser roubado? Será que é porque ninguém teme tanto ser roubado quanto um ladrão? Será por isso?

Ela não era do tipo que espiava pelo buraco de fechadura. Já se resignara a ir embora quando lhe ocorreu tentar as janelas do porão. Ficavam logo acima do nível do solo, opacas de sujeira. A primeira que experimentou deslizou relutantemente no trilho, deixando cair terra no piso do porão.

Fran olhou em torno, porém o mundo estava quieto. Ninguém exceto Harold optara por morar tão longe, na Arapahoe, por enquanto. O que também era estranho. Harold podia sorrir até rachar as faces, dar tapinhas nas costas dos outros e passar parte do dia em convívio com as pessoas, oferecer ajuda de bom grado sempre que solicitado — às vezes até quando não solicitado. Na verdade, era altamente conceituado em Boulder. Só que o lugar que escolhera para morar... bem, isso já era outra coisa, não? Isso exibia um aspecto levemente diferente de como Harold via a sociedade e seu lugar dentro dela... talvez. Ou talvez ele simplesmente gostasse da quietude.

Fran introduziu-se pela janela, sujando a blusa, e caiu no chão, lá dentro. Agora a janela do porão estava ao nível dos seus olhos. Não era mais ginasta do que abelhuda, e teria que subir em alguma coisa para poder sair dali.

Olhou em torno. O porão havia sido adaptado como área de brinquedos e jogos. O tipo de coisa de que seu pai sempre falava mas que nunca tinha feito, pensou com uma leve pontada de tristeza. As paredes eram de pinho nodoso, com alto-falantes quadrifônicos embutidos. O teto era rebaixado e havia uma grande estante repleta de jogos de quebra-cabeça e livros, um trem elétrico, um jogo eletrônico de corridas de carros. Havia também um jogo pneumático de hóquei, sobre o qual Harold pusera indiferentemente uma embalagem de Coca. Ali havia sido o recanto das crianças, com pôsteres pregados às paredes — o maior mostrando o presidente George Bush saindo de uma igreja no Harlem, as mãos erguidas bem alto, ostentando um amplo sorriso. Em enormes letras vermelhas, a legenda dizia: VOCÊ NÃO VAI QUERER IMPINGIR NENHUM *BOOGIE-WOOGIE* AO REI DO *ROCK AND ROLL*!

De repente, ela sentiu mais tristeza do que sentira desde... bem, desde que não podia se lembrar, para falar a verdade. Atravessara fases de choques, medo e profundo terror, e um pesar que era uma total selvageria complacente, mas aquela tristeza funda e dolorosa era algo novo. Com ela veio uma súbita onda de saudade de Ogunquit, do oceano, das boas montanhas e pinheiros do Maine. Sem nenhuma razão, afinal, ela de súbito pensou em Gus, o atendente do estacionamento praiano de Ogunquit, e por um momento pensou que seu coração se partiria de pesar e tristeza. O que fazia ali, imprensada entre as planícies e as montanhas que dividiam o país em dois? Ali não era o seu lugar. Não pertencia àquela região.

Um soluço escapou-lhe e soou tão aterrorizado e solitário que ela tapou a boca com as mãos pela segunda vez neste dia. *Já chega, Frannie, menininha boba. Você não pode superar com demasiada rapidez uma coisa de tal magnitude. Um pouco de cada vez. Se tiver que chorar, chore mais tarde, não aqui no porão de Harold Lauder. A obrigação em primeiro lugar.*

Passou pelo pôster a caminho das escadas e um sorrisinho amargo repuxou-lhe o rosto ao passar pela expressão incansavelmente sorridente e calorosa de George Bush. Eles certamente lhe impingiram um pouco de *boogie-woogie*, ela pensou. Alguém o fez, seja como for.

Quando chegou ao alto das escadas do porão, teve certeza de que a porta estaria trancada, mas abriu-a facilmente. A cozinha estava imaculadamente limpa, a louça do almoço lavada e secando no escorredor, o pequeno fogareiro a gás lavado e reluzente... mas ainda pairava no ar um cheiro gorduroso de fritura, como um fantasma do Harold de antigamente, o Harold que se havia apresentado nesta parte de sua vida entrando na casa dela ao volante do Cadillac de Roy Brannigan, enquanto ela sepultava o pai.

Certamente seria muita falta de sorte se Harold escolhesse este exato momento para voltar, pensou. O pensamento a fez olhar de repente por sobre o ombro. Meio que esperava ver Harold parado à porta que levava à sala de estar, sorrindo para ela. Não havia ninguém ali, mas seu coração começara a bater desagradavelmente contra a caixa torácica.

Não havia nada na cozinha, então ela passou para a sala de estar.

Estava tão escuro ali que a deixou inquieta. Harold não apenas trancava as portas, como também baixava as persianas. Mais uma vez ela sentiu como se estivesse testemunhando uma manifestação exterior inconsciente da personalidade de Harold. Por que alguém manteria suas persianas baixas numa pequena cidade onde era desse modo que os vivos vinham a saber e marcavam as casas dos mortos?

A sala de estar, como a cozinha, estava caprichosamente limpa, mas a mobília era antiga e um pouco surrada. O detalhe mais bonito do cômodo era a lareira, uma enorme obra em pedra, tendo à frente uma cornija grande o bastante para alguém sentar. Ela sentou-se ali por um instante, olhando em volta pensativamente. Ao mexer o corpo, sentiu uma laje solta sob o traseiro. Ia levantar-se para examiná-la quando alguém bateu à porta.

O medo desabou sobre ela como um peso sufocante de penas. Um súbito terror paralisou-a. Sua respiração cessou e só mais tarde percebeu que havia urinado um pouco.

A batida se repetiu, uma meia dúzia de pancadas firmes e rápidas.

Meu Deus, pensou. *Pelo menos as persianas estão baixadas, graças aos céus por isso.*

Tal pensamento foi seguido por uma súbita e fria certeza de que deixara sua bicicleta lá fora, onde qualquer um podia vê-la. Deixara mesmo? Tentou pensar desesperadamente, mas por um longo momento nada recordou senão um balbucio de tolices inquietantemente familiares: *Antes de removeres o cisco do olho do próximo, tira a tora do teu...*

A batida soou de novo, junto com uma voz de mulher:

— Alguém em casa?

Fran ficou absolutamente imóvel. De repente lembrou que estacionara a bicicleta nos fundos, debaixo do varal de roupas de Harold, não visível da frente da casa. Mas se a visitante decidisse experimentar a porta dos fundos...

A maçaneta da porta da frente — Frannie podia vê-la através do pequeno vestíbulo — começou a girar para diante e para trás em frustrados semicírculos.

Seja ela quem for, espero que, como eu, não tenha o hábito de espiar pelo buraco da fechadura, pensou Frannie e depois teve de apertar as duas mãos sobre a boca para conter um insano acesso de riso. Foi então que baixou os olhos para os *shorts* de algodão e viu até que ponto havia se assustado. *Pelo menos não me caguei de medo*, pensou. *Até agora, não.* O riso borbulhou de novo, histérico e amedrontado, logo abaixo da superfície.

Então, com indescritível sensação de alívio, ela ouviu pisadas se afastando da porta e descendo o caminho cimentado do jardim de Harold.

O que Fran fez a seguir foi por um impulso inconsciente. Correu silenciosamente até o vestíbulo onde ficava a porta da frente e colou um olho na pequena fenda entre a persiana e a borda da janela. Viu uma mulher com cabelo escuro comprido raiado de branco. Ela subiu numa pequena motoneta Vespa que estava estacionada no meio-fio. Quando o motor ganhou vida, ela jogou os cabelos para trás e o prendeu com grampos.

É a tal Nadine Cross — aquela que chegou com Larry Underwood! Será que conhece Harold?

Então Nadine ligou a motoneta, deu partida com um pequeno solavanco e logo sumiu de vista. Fran soltou um longo suspiro e suas pernas ficaram bambas. Abriu a boca para soltar a gargalhada que estivera borbulhando sob a superfície, já sabendo como soaria — trêmula e aliviada. Mas em vez disso irrompeu em lágrimas.

Cinco minutos depois, nervosa demais para continuar qualquer busca, esforçava-se em passar pela janelinha do porão, trepada numa cadeira de vime que puxara para perto. Uma vez do lado de fora, conseguiu empurrar a cadeira até uma distância suficiente para ninguém perceber que fora usada como meio de fuga. Ainda estava fora da posição original, mas as pessoas raramente notavam tais coisas... e nem mesmo parecia que Harold freqüentasse o porão, exceto para estocar Coca-Cola.

Recolocou a janela no lugar e caminhou para sua bicicleta. Ainda se sentia fraca e aturdida e um pouco nauseada com o susto. Pelo menos, meus *shorts* estão secando, pensou. Na próxima vez que invadir uma casa, Frances Rebecca, lembre-se de usar suas calcinhas impermeáveis.

Pedalou para fora do pátio de Harold e deixou a Arapahoe Street o mais rápido que pôde, chegando ao centro da cidade pelo Canyon Boulevard. Quinze minutos depois, entrava em seu apartamento.

O lugar estava em completo silêncio.

Ela abriu seu diário, olhou para a impressão digital de chocolate e se perguntou onde estaria Stu.

Especulou se Harold estaria com ele.

Ah, Stu, volte para casa, por favor, preciso de você.

* * *

Depois do almoço, Stu se despedira de Glen e voltara para casa. Ficara sentado na sala de estar, alheado, imaginando onde estaria Mãe Abagail e também perguntando-se se Nick e Glen não teriam razão em deixar tudo como estava. Então, bateram à porta.

— Stu! — chamou Ralph Brentner. — Ei, Stu, você está em casa?

Harold Lauder o acompanhava. O sorriso de Harold estava fora do ar hoje, mas não desaparecera de todo; ele parecia um cordial pranteador tentando ficar sério para a cerimônia de sepultamento.

Perturbado pelo desaparecimento de Mãe Abagail, Ralph encontrara Harold meia hora atrás, voltando para casa após ter ajudado um grupo que recolhia água no riacho Boulder. Ralph apreciava Harold, que sempre parecia encontrar tempo para ouvir e ser solidário com qualquer um que tivesse uma história triste para contar... sem dar a impressão de querer algo em troca. Ralph soltara toda a história do desaparecimento de Mãe Abagail, incluindo seus temores de que ela sofresse um ataque cardíaco ou fraturasse um dos seus frágeis ossos, isto se não morresse por passar a noite ao relento.

— E você sabe que aqui chove a cada maldito fim de tarde — encerrou Ralph enquanto Stu fazia café. — Se ela ficar encharcada, certamente pegará um resfriado. E depois? Pneumonia, acho.

— O que podemos fazer a respeito? — perguntou-lhes Stu. — Não podemos forçá-la a voltar, se ela não quiser.

— Bem, claro que não — concordou Ralph. — Mas Harold teve uma idéia muito boa.

Stu desviou o olhar para ele.

— Como vai indo, Harold?

— Muito bem. E você?

— Ótimo.

— E Fran? Tem cuidado bem dela? — Os olhos de Harold não abandonavam os de Stu, mantendo-se levemente jocosos, com um brilho agradável, mas Stu teve uma sensação momentânea de que aquele olhar sorridente era como o sol no charco da pedreira de Brakeman, na sua terra natal, a água parecia muito atraente, mas descia a profundidades que o sol nunca alcançava, e quatro meninos haviam perdido a vida ao longo dos anos naquele lugar que todos consideravam tão aprazível.

— O melhor que posso — respondeu. — Qual é a sua idéia, Harold?

— Bem, olhe, eu apóio o ponto de vista de Nick. E o de Glen também. Eles reconhecem que a Zona Franca vê Mãe Abagail como um símbolo teocrático... e pode-se dizer que eles estão agora qualificados a falar pela Zona, não estão?

Stu sorveu um gole de café.

— O que quer dizer com "símbolo teocrático"?

— Eu chamaria de um símbolo terreno de uma aliança feita com Deus — disse Harold, e seus olhos ficaram levemente velados. — Como a Santa Comunhão ou as vacas sagradas da Índia.

Stu inflamou-se um pouco ao ouvi-lo.

— É, muito bom. Essas vacas... lá na Índia deixam que elas perambulem pelas ruas, atravancando o trânsito, certo? Elas podem entrar e sair das lojas, bem como ir embora da cidade.

— Isso mesmo — concordou Harold. — No entanto, a maioria dessas vacas é doente, Stu. Estão sempre à beira da inanição. Algumas são tuberculosas. E tudo porque são um símbolo agregado. As pessoas convenceram-se de que Deus cuidará delas, da mesma forma como a nossa gente convenceu-se de que Deus cuidará de Mãe Abagail. Mas tenho minhas dúvidas sobre um Deus que diz ser certo deixar uma pobre vaca idiota vagar por aí em sofrimento.

Ralph pareceu momentaneamente desconcertado e Stu adivinhava o que ele sentia. Era o que ele também sentia, e isto lhe dava uma medida de seus sentimentos em relação a Mãe Abagail. Achava que Harold estava beirando a blasfêmia.

— Seja como for — disse Harold prontamente, descartando as vacas sagradas da Índia —, não podemos alterar a maneira como as pessoas se sentem em relação a ela...

— E nem desejamos — acrescentou Ralph rapidamente.

— Certo! — exclamou Harold. — Afinal, foi ela quem nos reuniu, e não exatamente por onda curta, tampouco. Minha idéia é que montemos em nossas motos e passemos a tarde fazendo um reconhecimento do lado oeste de Boulder. Se permanecermos razoavelmente próximos uns dos outros, manteremos contato por *walkie-talkie.*

Stu assentiu. Era o tipo de coisa que ele queria fazer o tempo todo. Vacas sagradas ou não, Deus ou não, simplesmente não era certo deixar Mãe Abagail perambular sozinha pelos arredores. Aquilo nada tinha a ver com religião; algo assim era apenas negligência insensível.

— E se a encontramos — disse Harold —, poderemos perguntar-lhe se precisa de alguma coisa.

— Como uma carona de volta à cidade — sugeriu Ralph.

— Pelo menos poderemos monitorá-la — completou Harold.

— Tudo bem — disse Stu. — Acho que é uma idéia danada de boa. Deixe-me apenas escrever um bilhete para Fran.

Mas enquanto ele garatujava o bilhete, continuou sentindo uma ânsia de olhar por cima do ombro para Harold — para ver o que Harold estava fazendo às suas costas e qual a expressão que tinha nos olhos.

* * *

Harold tinha pedido e obtido o trecho sinuoso de estrada entre Boulder e Nederland, porque o considerava a área menos provável. Achava que se nem ele conseguiria caminhar de Boulder a Nederland em um dia, muito menos aquela velha caduca. No entanto, seria um passeio agradável e lhe daria tempo para meditar.

Agora, faltando 15 para as sete, decidiu regressar. A Honda estava estacionada em uma área de descanso e ele sentava a uma mesa de piquenique, tomando uma Coca e comendo biscoitos. O *walkie-talkie* que pendia do guidom da moto, com sua antena esticada ao máximo, crepitou fracamente. Era Ralph Brentner. Eles só tinham rádios de curto alcance, e Ralph estava em algum lugar no alto da montanha Flagstaff.

— ... Anfiteatro Aurora... nem sinal dela... a chuvarada já acabou por aqui.

Depois a voz de Stu, mais forte e mais próxima. Estava no parque Chautauqua, a apenas 6 quilômetros da posição de Harold:

— Repita, Ralph.

A voz de Ralph soou novamente, na verdade gritando. Talvez ele acabasse tendo um enfarte, uma bela maneira de encerrar o dia.

— Nem sinal dela por aqui! Estou descendo, antes que escureça! Câmbio!

— Dez-quatro — disse Stu, soando desanimado. — Harold, está ouvindo? — Harold levantou-se, limpando as mãos sujas de biscoito nos lados dos *jeans*. — Harold? Chamando Harold Lauder! Está na escuta, Harold?

Harold estirou o dedo médio — o dedo-vá-se-foder, como chamavam aqueles trogloditas lá no ginásio de Ogunquit — para o *walkie-talkie*; a seguir apertou o botão e respondeu em voz agradável, mas com a nota exata de desencorajamento:

— Estou na escuta. Tinha me afastado um pouco... pensei ter visto alguma coisa na vala do acostamento. Era só uma jaqueta velha. Câmbio.

— Sim, *OK*. Por que não desce para o Chautauqua, Harold? Esperaremos aqui por Ralph.

Gosta de dar ordens, hein, seu escroto? Talvez eu tenha algo reservado para você. Sim, talvez tenha mesmo.

— Harold, está na escuta?

— Sim, desculpe, estava distraído. Posso chegar aí em 15 minutos.

— *Está na escuta, Ralph?* — berrou Stu, fazendo Harold pestanejar. Ele tornou a fazer o gesto obsceno com o dedo, sorrindo furtivamente enquanto isso. Aqui pra você, seu filho-da-puta do Oeste Selvagem.

— Entendido. Vocês estarão no parque Chautauqua — soou debilmente a voz de Ralph em meio à estática. — Estou a caminho. Câmbio e desligo.

— Estou a caminho também — disse Harold. — Câmbio e desligo.

Ele desligou o *walkie-talkie*, embutiu a antena e tornou a pendurá-lo no guidom. Mas ficou sentado na moto por um instante, sem dar partida no motor. Estava usando uma japona de excedentes do Exército. O forte acolchoamento era confortável quando se pilotava uma moto acima de 1.800 metros de altitude, mesmo no verão. Mas a japona servia a outro propósito. Possuía vários bolsos enormes, e num deles estava um Smith & Wesson .38. Harold pegou a arma e a fez girar várias vezes nas palmas das mãos. Estava plenamente carregada e pesava nas suas mãos, como se o revólver percebesse que seus propósitos eram graves: morte, destruição, assassinato.

Esta noite?

Por que não?

Iniciara essa expedição na esperança de que pudesse ficar a sós com Stu pelo tempo suficiente de fazer aquilo. Agora parecia que ia ter essa chance no parque Chautauqua em menos de 15 minutos. Mas a viagem servira também a outro propósito.

Não pretendera fazer todo o trajeto até Nederland, uma cidadezinha miserável aninhada muito acima de Boulder, uma cidade cuja única reivindicação à fama era o fato de que Patty Hearst tinha permanecido lá durante seus tempos de fugitiva. Entretanto, à medida que ia subindo, com a Honda ronronando suavemente entre suas pernas, o ar tão frio como a lâmina de uma navalha cega contra seu rosto, algo acontecera.

Se você colocar um ímã na ponta de uma mesa e um pedaço de aço na outra, nada acontece. Se você mover o aço para mais perto do ímã aos poucos (ele manteve essa imagem na mente por um instante, saboreando-a, lembrando a si mesmo de anotar isto no seu diário quando o pegasse esta noite), virá uma hora em que o empurrãozinho que dá no pedaço de aço parece impeli-lo mais longe do que deveria. O aço pára, mas parece fazer isto com tanta relutância como se ganhando vida, e parte de sua vivacidade é um ressentimento da lei da física que se refere à inércia. Com mais um empurrãozinho ou dois, você pode quase — ou talvez até realmente — ver o aço tremendo na mesa, parecendo dançar e vibrar levemente, como um daqueles feijões saltadores mexicanos que se pode comprar em lojas de produtos exóticos, aqueles que parecem como nós de madeira, mas na verdade têm uma larva viva no seu interior. Mais um empurrão e o equilíbrio entre fricção/inércia e a atração do ímã começa a agir de outro modo. O pedaço de aço, inteiramente vivo agora, move-se por conta própria, cada vez mais rápido, até que finalmente beija o ímã e fica grudado nele.

Um horrível e fascinante processo.

Quando o mundo terminou, em junho último, a força do magnetismo ainda não tinha sido compreendida, embora Harold achasse (sua mente nunca tivera uma tendência racional científica) que os físicos que estudavam tais coisas pensassem que estavam intimamente entrelaçadas com o fenômeno da gravidade, e essa gravidade era a pedra angular do universo.

Em seu caminho para Nederland, seguindo para oeste, *subindo*, sentindo o ar ficar mais frio, vendo nuvens de trovoadas lentamente se avolumando em volta dos mais altos picos muito além de Nederland, Harold havia sentido esse processo começar em si mesmo. Ele estava se aproximando do ponto de equilíbrio... e não muito além disso ele alcançaria o ponto de mudança. Ele era o pedaço de aço a apenas aquela distância do ímã em que um pequeno empurrão o envia mais longe do que a força conferida faria sob circunstâncias mais comuns. Ele podia sentir a dança em si mesmo.

Era a coisa mais próxima a uma experiência sagrada que ele já tivera. O jovem rejeita o sagrado, porque aceitar isso significa aceitar a morte final de todos os objetos empíricos, e Harold também rejeitava isso. A velha era uma espécie de psíquica, tinham-lhe dito, e assim também era Flagg, o homem escuro. Eles eram estações de rádio em carne e osso, nada mais que isso. Seu poder real se apoiaria em sociedades que se aglutinavam em torno de sinais, que eram tão diferentes um do outro. Assim ele tinha pensado.

Mas montado na sua moto no final da esburacada rua principal de Nederland, com a luz neutra da Honda reluzindo como um olho de gato, ouvindo o gemido invernal do vento nos pinheiros e abetos, ele tinha feito algo mais do que mera atração magnética. Experimentara uma força estupenda e irracional que vinha do oeste, uma atração tão grande que, se a contemplasse mais atentamente, ficaria louco. Ele sabia que, caso se aventurasse muito longe do braço da balança, qualquer vontade própria seria anulada. Ele ficaria exatamente como estava agora, de mãos vazias.

E por isso, embora não tivesse culpa, o homem escuro o mataria.

Assim, ele voltou atrás, sentindo o frio alívio do pré-suicida que volta de um longo período de consideração sobre uma profunda queda no vazio. Mas ele podia ir esta noite, se quisesse. Sim, podia matar Redman com uma única bala disparada à queima-roupa. Depois era só controlar-se, ficar frio até que o caipira do Oklahoma chegasse. Outro disparo na têmpora. Ninguém se alarmaria com os estampidos; a caça era farta e muita gente se acostumara a abater os cervos que desciam para perambular na cidade.

Faltavam dez para as sete agora. Lá pelas sete e meia já teria dado cabo dos dois. Fran só daria o alarme lá pelas dez e meia ou mais. A esta altura ele já estaria bem longe, seguindo para oeste em sua Honda, tendo seu livro-razão na mochila. Mas nada disso aconteceria se continuasse ali sentado na moto, deixando o tempo passar.

A moto pegou à segunda tentativa. Era uma boa máquina. Harold sorriu. Ele positivamente irradiava contentamento. Começou a rodar para o parque Chautauqua.

* * *

O crepúsculo começava quando Stu ouviu a moto de Harold se aproximando do parque. Pouco depois viu o farol dianteiro da Honda brilhando intermitentemente entre as árvores que margeavam a íngreme alameda de subida. Depois avistou a cabeça de Harold enfiada no capacete, olhando à direita e à esquerda, procurando-o.

Stu, sentado na beira de uma pedra usada como churrasqueira, acenou e gritou. Após um minuto, Harold o viu, retribuiu o aceno, pondo a moto em segunda marcha.

Depois da tarde que os três haviam passado, Stu sentia-se bastante melhor em relação a Harold... melhor do que nunca estivera, de fato. A idéia dele fora excelente, embora não tivesse dado resultado. E Harold insistira em pegar a estrada de Nederland... devia ter passado um frio terrível apesar da pesada japona. Quando ele freou a moto, Stu viu que o sorriso perpétuo mais parecia uma careta; seu rosto estava tenso e muito pálido. Sem dúvida, decepcionado porque as buscas em nada resultaram, pensou Stu.

— Nada mesmo, hein? — ele perguntou a Harold, saltando entorpecidamente do alto da pedra de churrasco.

— Nadinha — disse Harold. O sorriso reapareceu, mas de modo mecânico, sem força, como um ricto. Seu rosto ainda parecia estranho e mortalmente pálido. Tinha as mãos enfiadas nos bolsos da japona.

— Não importa. Foi uma boa idéia. Por tudo que sei, a esta hora ela já deve ter voltado para casa. Se não voltou, podemos recomeçar a busca amanhã.

— Seria mais ou menos como procurar um cadáver.

Stu suspirou.

— Talvez... sim, talvez. Por que não volta para jantar comigo, Harold?

— O quê? — Harold pareceu encolher-se à claridade difusa sob as árvores. Seu sorriso parecia mais tenso do que nunca.

— Jantar — disse Stu pacientemente. — Olhe, Frannie também ficará satisfeita em revê-lo. Sem sacanagem. Ficará mesmo.

— Bem, talvez — disse Harold, ainda parecendo desconfortável. — Só que eu... bem, tive uma queda por ela, você sabe. Talvez seja melhor se nós... hã... deixássemos passar um tempo. Não é nada pessoal. Sei que vocês dois estão indo muito bem juntos. — Seu sorriso brilhou com renovada sinceridade. Era infeccioso; e Stu retribuiu.

— Você é quem sabe, Harold. Mas a porta está aberta, a qualquer hora.

— Obrigado.

— Não, eu é que agradeço — disse Stu em tom sério.

Harold pestanejou.

— A mim?

— Por ter ajudado na busca quando todo mundo mais decidiu deixar a natureza seguir seu curso. Mesmo que não tenha dado em nada. Quer trocar um aperto de mão?

Stu estendeu sua mão. Harold a fitou apaticamente por um instante, dando a Stu a impressão de que se recusaria. Então, Harold tirou a mão direita do bolso da japona — ela pareceu enganchar-se em alguma coisa, talvez no zíper — e apertou brevemente a mão de Stu. A mão de Harold estava quente e um pouco suada.

Stu deu um passo à frente dele, olhando para a ladeira.

— Ralph já deveria ter chegado aqui. Espero que não tenha sofrido um acidente ao descer aquela montanha terrível. Ele... ah, aí vem ele.

Stu caminhou até a beira da alameda; um segundo farol dianteiro brilhava agora na subida e brincando de esconde-esconde entre a cortina das árvores.

— Sim, é ele — disse Harold naquela voz desligada, por trás de Stu.

— Tem alguém com ele.

— O quê?!

— Veja! — Stu apontou para um segundo farol de motocicleta, seguindo atrás do primeiro.

— Ah... — De novo aquela esquisita voz opaca, que fez Stu se virar.

— Você está bem, Harold?

— Apenas cansado.

O segundo veículo pertencia a Glen Bateman; era uma bicicleta motorizada de baixa potência, a coisa mais próxima de uma moto que ele utilizaria, e que faria a Vespa de Nadine parecer uma Harley. E na garupa de Ralph vinha Nick Andros. Nick queria convidar todos para tomar um café ou uma dose de conhaque na casa que dividia com Ralph. Stu concordou e Harold recusou, ainda parecendo tenso e fatigado.

Ele está muito desapontado, pensou Stu, refletindo que aquela não era apenas a primeira vez que já sentira empatia por Harold, mas que talvez já a estivesse devendo há muito. Renovou o convite de Nick, porém Harold limitou-se a sacudir a cabeça, dizendo que já tivera o suficiente por um dia. Os outros imaginaram que ele queria ir para casa, dormir um pouco.

* * *

Ao chegar em casa, Harold tremia tanto que mal conseguiu enfiar a chave na fechadura. Quando logrou abrir a porta, entrou rapidamente, como se desconfiasse que um maníaco pudesse esgueirar-se pelo caminho, atrás dele. Bateu a porta, passou a chave na fechadura, colocou a corrente de segurança. Então recostou-se contra a porta durante um instante, a cabeça virada para trás e os olhos fechados, sentindo-se à beira de lágrimas histéricas. Assim que conseguiu controlar-se, cruzou o vestíbulo, entrou na sala de estar e acendeu todos os lampiões a gás.

Sentou-se na sua poltrona preferida e fechou os olhos. Quando o coração começou a bater com mais normalidade, ele foi até a lareira, retirou a laje solta e apanhou seu LIVRO-RAZÃO. Isto o acalmou. Um livro-razão está sempre ao alcance quando se quer ter uma noção de dívida, contas extraordinárias, juros acumulados. Era onde, por fim, registrava-se o pagamento de todas as contas.

Voltando a sentar-se, folheou o livro até a página onde ele havia parado, hesitou e então escreveu: "*14 de agosto de 1990.*" Ficou escrevendo por quase uma hora, a caneta abrindo caminho do começo ao fim de cada linha, página após página. Ao terminar, leu o que escrevera, friccionando distraidamente a mão direita dolorida.

Recolocou o livro no esconderijo e repôs a laje. Estava calmo agora; anotara tudo que precisava extravasar; passara para o papel seu terror e fúria, e sua resolução continuava forte. Isso era bom. Às vezes o ato de escrever coisas fazia-o sentir-se mais irrequieto, e eram essas as ocasiões em que sabia ter escrito falsamente, ou sem o esforço requerido para afiar o gume cego da verdade até se tornar um gume cortante — que produziria sangue. Mas esta noite ele podia guardar o livro com uma mente calma e serena. A raiva, o medo e a frustração haviam sido transferidos em segurança para o livro, tendo por cima uma pedra a escondê-lo enquanto dormia.

Harold alçou uma das persianas e olhou para a rua silenciosa. Erguendo a vista para as Flatirons, pensou calmamente no quão perto estivera de ir em frente fosse como fosse, apenas sacando o .38 e acabando com todos os quatro. Isso poria fim ao seu hipócrita e malcheiroso comitê *ad hoc.* Quando os liquidasse, não sobraria nem a porra de um quórum.

Mas, no último momento, um esfiapado cordão de sanidade se mantivera firme, em vez de arrebentar. Ele fora capaz de soltar a arma e apertar a mão do maldito traidor. Como pudera fazê-lo, jamais saberia, mas graças a Deus conseguira. A marca do gênio é a sua aptidão em adiar — e assim ele faria.

Estava sonolento agora. Aquele tinha sido um dia longo e movimentado.

Desabotoando a camisa, Harold apagou dois dos lampiões e levou o terceiro para o seu quarto. Quando cruzou a cozinha, estacou de repente, gelado.

A porta que dava para o porão estava aberta.

Foi até ela, segurando o lampião no alto, e desceu os três primeiros degraus. O medo apertou seu coração, expulsando a tranqüilidade.

— Quem está aí? — chamou. Não houve resposta. Podia ver a mesa do jogo pneumático de hóquei. Os pôsteres. No canto mais afastado, um conjunto de malhos de croqué colocados na sua prateleira.

Ele desceu mais três degraus.

— Tem alguém aí?

Não; ele sentia que não havia. Contudo, isto não afastou seu medo.

Desceu os degraus restantes, mantendo o lampião bem acima da cabeça; no outro lado do porão uma monstruosa sombra dele, tão imensa e negra como o gorila da rua Morgue, repetia seus movimentos.

Havia alguma coisa no chão, ali mais adiante? Sim. Havia.

Ele passou por trás da pista dos carros de corrida e foi até abaixo da janela por onde Fran entrara. No piso havia montículos de terra espalhada, de tom castanho-claro. Ele pousou o lampião perto do peitoril. No centro daquela terra espalhada, tão claramente como uma impressão digital, havia a marca de uma sapatilha ou tênis... não um padrão de linhas ziguezagueantes, mas grupos de círculos e linhas. Ficou olhando para aquilo, queimando em sua mente, e então chutou a terra, que se elevou numa nuvem leve de pó, destruindo a marca. Seu rosto estava lívido como uma cabeça de cera à luz do lampião Coleman.

— Você vai me pagar! — exclamou baixinho. — Quem quer que seja, juro que vai me pagar! Sim, vai pagar! Ora, se vai!

Tornou a subir a escada e vasculhou a casa de cabo a rabo, em busca de quaisquer outros sinais de profanação. Nada encontrou. Terminou na sala de estar, agora não mais sonolento. Acabara de concluir que alguém — um garoto, talvez — invadira a casa por curiosidade, quando então o pensamento no LIVRO-RAZÃO explodiu em sua mente como um clarão num céu de meia-noite. O motivo da invasão era tão óbvio, tão terrível, que quase o omitira por completo.

Correu até a lareira, levantou a laje e arrebatou o LIVRO-RAZÃO do esconderijo. Pela primeira vez, teve total noção do quanto aquele livro era perigoso. Se alguém o encontrasse, tudo estava acabado. Ele, mais que ninguém, sabia disso; afinal, tudo não começara por causa do diário de Fran?

O LIVRO-RAZÃO. Aquela pegada no porão. Esta última significava que a primeira tinha sido descoberta? Claro que não. Mas como ter certeza? Não *havia* como saber, esta era a pura e maldita verdade da questão.

Harold recolocou a laje e levou o LIVRO-RAZÃO para seu quarto. Colocou-o sob o travesseiro, junto com o Smith & Wesson, refletindo que deveria queimá-lo mas sabendo que jamais poderia. O que escrevera de melhor em toda a sua vida estava entre aquelas capas, os únicos escritos que resultaram da crença e comprometimento pessoais.

Deitou-se, resignado a uma noite insone, a mente disparando incessantemente em busca de possíveis esconderijos. Debaixo de uma tábua de assoalho frouxa? Nas costas de um armário? E que tal usar o velho truque da carta furtada e deixá-lo audaciosamente em uma das prateleiras, um volume entre muitos outros volumes, flanqueado por uma coleção de livros condensados na *Reader's Digest* de um lado e por um exemplar de *A Mulher Total* do outro? Não, seria arriscar demais. Ele jamais conseguiria ausentar-se de casa em paz. Não, ele queria o livro a seu alcance, onde pudesse vê-lo.

Por fim, começou a devanear e sua mente, agora começando a ficar entorpecida por um início de sonolência, seguindo à deriva sem qualquer rumo consciente, um fliperama em câmera lenta. Ele pensou: *Ele precisa ser escondido, eis a questão... se eu não tivesse lido o que ela realmente pensava a meu respeito... sua hipocrisia... se ela tivesse...*

Harold sentou-se aprumado na cama, um pequeno grito em sua boca, os olhos arregalados.

Ficou sentado assim por um longo tempo e a seguir começou a tremer. Ela saberia? Aquela pegada no porão seria de Fran? Diários... anotações... livros-razão...

Finalmente tornou a deitar-se, mas demorou muito a pegar no sono. Continuou especulando se Fran Goldsmith costumava usar tênis ou sapatilhas. E se usasse, qual seria o seu número?

Padrões do número de calçado revelavam os padrões da alma. Quando pegou no sono, seus sonhos foram inquietos e mais de uma vez chorou deploravelmente no escuro, como se isso afastasse coisas que já tinham sido assimiladas para sempre.

* * *

Stu chegou às 9h15 da noite. Fran estava enrodilhada na cama de casal, usando uma camisa dele que lhe chegava quase aos joelhos — e lendo um livro intitulado *Cinqüenta Plantas Amigas.* Levantou-se quando ele chegou.

— Onde foi que esteve? Estava preocupada!

Stu contou-lhe sobre a idéia de Harold de saírem à procura de Mãe Abagail, a fim de que, pelo menos, ficassem de olho nela. Não mencionou as vacas sagradas. Desabotoando a camisa, concluiu:

— Não a levamos conosco, meu bem, porque não sabíamos onde encontrá-la.

— Estava na biblioteca — disse ela, observando-o enquanto ele tirava a camisa e a enfiava no saco de roupa para lavar, pendurado atrás da porta. Ele era inteiramente peludo, peito e costas, e ela descobriu-se pensando que, até conhecer Stu, sempre achara os homens peludos levemente repulsivos. Supôs que seu alívio por tê-lo de volta estava lhe pondo minhocas na cabeça.

Harold tinha lido seu diário, sabia disso agora. Ficara terrivelmente apavorada ante a idéia de que podia dar um jeito de ficar a sós com Stu e... bem, fazer alguma coisa com ele. Mas por que agora, hoje, precisamente quando ela havia descoberto? Se Harold deixara o cão adormecido por esse tempo todo, não era mais lógico presumir que não queria acordar o cão, afinal? E não era também possível que, ao ler seu diário, Harold percebesse a futilidade de persegui-la constantemente? Culminando com a notícia do desaparecimento de Mãe Abagail, ela chegara a um estado de ânimo que a impeliria a ver maus presságios até em entranhas de galinha, mas o fato era que, se Harold simplesmente lera o seu diário, não estivera lendo uma confissão para os crimes do mundo. Se contasse a Stu o que descobrira, apenas faria papel de tola e o deixaria irritado com Harold... e provavelmente com ela própria por ser tão tola, em primeiro lugar.

— Nenhum sinal dela, Stu?

— Nada.

— Como é que Harold parecia?

Stu estava despindo as calças.

— Bastante acabrunhado. Lamentava que sua idéia não tivesse dado certo. Convidei-o para jantar sempre que quiser vir. Espero que você não se importe. Sabe, acho que até poderia gostar daquele chato. Você jamais me convenceria disso naquele dia em que conheci os dois, em New Hampshire. Acha que foi errado convidá-lo?

— Não — respondeu ela, após uma pausa para refletir. — Não, eu gostaria de ficar em bons termos com Harold. — *Mas fiquei aqui plantada, pensando que Harold estaria planejando estourar seus miolos,* pensou, *enquanto você o convidava para jantar. Vá se entender a imaginação das grávidas!*

 Stu disse:

— Se Mãe Abagail não aparecer até o dia raiar, pensei em perguntar a Harold se gostaria de fazer outra busca comigo.

— Eu também gostaria de ir — disse Fran rapidamente. — E há mais alguns por aí que não acreditam inteiramente que ela esteja sendo alimentada pelos corvos. Dick Vollman é um deles. E Larry Underwood é outro.

— Tudo bem — disse Stu, juntando-se a ela na cama. — Escute, o que está usando por baixo desta camisa?

— Um homem forte e grandalhão como você devia ser capaz de descobrir, sem precisar da minha ajuda — respondeu Fran, recatada.

Afinal, ela não usava nada.

* * *

Às oito da manhã seguinte o grupo de busca começou modestamente com meia dúzia de pessoas — Stu, Fran, Harold, Dick Vollman, Larry Underwood e Lucy Swann. Por volta do meio-dia, o grupo engrossara para vinte, e ao crepúsculo (acompanhado pela habitual e breve pancada de chuva com relâmpagos nos contrafortes das montanhas) mais de cinqüenta pessoas vasculhavam o matagal a oeste de Boulder, chapinhando através de riachos, subindo e descendo desfiladeiros e invadindo as transmissões FC uns dos outros.

Um estranho ânimo de pavor conformado substituíra gradualmente a aceitação da véspera. Apesar da poderosa força dos sonhos que elevara Mãe Abagail a uma posição semidivina na Zona Franca, a maioria das pessoas havia sofrido o suficiente para ser realista a respeito de sobrevivência: a velha já passara bem dos cem anos e havia ficado a noite toda ao relento. E agora vinha uma segunda noite.

O sujeito que abrira caminho à força através do país, da Louisiana a Boulder, liderando um grupo de 12 pessoas, resumia à perfeição este sentimento. Chegara com sua gente ao meio-dia da véspera. Ao saber que Mãe Abagail desaparecera, este homem, chamado Norman Kellogg, atirara ao chão o seu boné de beisebol dos Astros, exclamando:

— Que maldita falta de sorte a minha! Quem vocês botaram para procurá-la?

Charlie Impening, que se tornara mais ou menos o arauto de más notícias da Zona Franca (fora ele quem dera a notícia de neve em setembro), começou a sugerir aos demais que, se Mãe Abagail caíra fora, talvez fosse um sinal para que todos fizessem o mesmo. Afinal, Boulder ficava perto demais. Perto demais de quê? Não importa, todos sabiam o que significava perto demais, de maneira que Nova York ou Boston fariam seu filho Mavis Impening sentir-se muitíssimo mais seguro. Não encontrou adeptos. Estavam todos cansados e prontos para se fixar ali. Se ficasse frio demais e não houvesse aquecimento, eles poderiam se mudar, mas não antes. Eles estavam se recuperando. Perguntaram educadamente a Impening se ele planejava ir embora sozinho. Ele disse que ia esperar até que mais algumas pessoas enxergassem a realidade. Chamado a opinar, Glen Bateman disse que Charlie Impening daria um péssimo Moisés.

"Medo resignado" foi o máximo a que chegaram os sentimentos da comunidade, acreditava Glen Bateman, porque eles ainda eram pessoas de natureza racional, apesar de todos os sonhos, apesar do seu medo arraigado em relação a seja lá o que estivesse acontecendo a oeste das Rochosas. A superstição, como o verdadeiro amor, precisa de tempo para amadurecer e refletir sobre si mesma. Quando se termina a construção de um celeiro, dizia ele a Nick, Stu e Fran após a escuridão ter encerrado as buscas por aquela noite, costuma-se pendurar uma ferradura acima da porta para dar sorte. Mas se um dos pregos se solta e a ferradura fica pendendo por uma ponta, mesmo assim não se abandona o celeiro.

— Chegará o dia em que nós ou nossos filhos *poderemos* abandonar o celeiro, caso a ferradura deixe a sorte fugir, mas isso vai levar anos. Neste exato momento, todos nos sentimos um tanto estranhos e perdidos. Mas isso passará, creio. Se Mãe Abagail está morta... e Deus sabe que espero que não esteja... isto provavelmente não poderia ter vindo em momento melhor para a saúde mental desta comunidade.

Nick escreveu:

"Mas se ela iria ser um empecilho para nosso Adversário, a nêmese dele, alguém a pôs aqui para equilibrar os pratos da balança."

— Sim, eu sei — disse Glen, sombrio. — Eu sei. Os dias em que a ferradura já não importa mais podem realmente estar passando... ou já passaram. Acredite-me, eu sei.

Frannie interveio:

— Você não acredita de fato que nossos netos vão ser nativos supersticiosos, não é, Glen? Queimando bruxas e cuspindo nos dedos para dar sorte?

— Não sei ler o futuro, Fran — replicou Glen e à luz do lampião seu rosto parecia velho e gasto, o rosto, talvez, de um mágico fracassado. — Nem mesmo conseguia ver o efeito que Mãe Abagail vinha exercendo na comunidade até Stu me apontar isto naquela noite na montanha Flagstaff. Mas uma coisa eu sei: estamos todos nesta cidade por causa de dois acontecimentos. A supergripe, que podemos atribuir à estupidez do gênero humano. Não importa se fomos nós, os russos ou os letões. Quem esvaziou o cântaro perde importância diante da verdade geral: *Ao final de todo o racionalismo, a sepultura de concreto.* As leis da física, as leis da biologia, os axiomas da matemática, tudo faz parte do trajeto da morte, porque somos aquilo que somos. Se não fosse a Capitão Viajante, teria sido qualquer outra coisa. A moda era culpar a "tecnologia", mas a "tecnologia" é o tronco da árvore, não suas raízes. As raízes são o racionalismo, e eu assim definiria essa palavra: "Racionalismo é a idéia de que podemos sempre compreender tudo sobre o estado do ser." É um trajeto da morte, sempre foi. Assim, podem culpar o racionalismo pela supergripe, se quiserem. Mas o outro motivo por estarmos aqui são os sonhos, e sonhos são *irracionais.* Concordamos em não falar sobre este simples fato enquanto estamos em comitê, mas não estamos em comitê agora. Portanto, direi o que todos sabemos ser verdade: estamos aqui a mando de forças que não compreendemos. Para mim, isso significa que podemos estar começando a aceitar... apenas subconscientemente agora, e com um monte de deslizes deixados para trás devido à defasagem cultural... uma definição diferente da existência. A idéia de que jamais entenderemos *tudo* sobre o estado do ser. E se racionalismo é uma viagem mortal, então o irracionalismo poderia muito bem ser uma viagem vital... pelo menos até prova em contrário.

Falando muito lentamente, Stu comentou:

— Bem, tenho lá minhas superstições. Andei rindo disso, mas tenho. Sei que não faz a menor diferença se um sujeito acende dois ou três cigarros num fósforo, mas dois não me deixam nervoso e três sim. Não passo debaixo de escadas e pouco estou ligando se um gato preto cruza o meu caminho. Mas viver sem nenhuma ciência... adorando o sol, talvez... pensando que monstros estão jogando boliche no céu quando troveja... alto lá, nada disso faz meu gênero, careca. Ora, a mim me parece um tipo de escravidão.

 — Mas suponha que tais coisas sejam verdade — disse Glen baixinho.

— Que coisas?

— Suponhamos que a era do racionalismo passou. Eu mesmo estou quase certo disso. Ela já chegou e já se foi antes, estão sabendo? Ela quase nos deixou na década de 1960, a assim chamada Era de Aquário, e chegou bem perto de tirar férias permanentes durante a Idade Média. E suponhamos... suponhamos... que quando o racionalismo se vai, é como se um vívido deslumbramento se imponha por algum tempo e possamos ver... — Ele se interrompeu, desviando o olhar.

— Ver o quê? — perguntou Fran.

Ele ergueu os olhos para os dela; estavam cinzentos e estranhos, parecendo cintilar com sua própria luz interior.

— Magia negra — disse suavemente. — Um universo de prodígios onde a água flui montanha acima, gigantes vivem nos bosques mais profundos e dragões sob as montanhas. Prodígios brilhantes, poder branco. "Levanta-te, Lázaro." Água transformada em vinho. E... apenas talvez... a expulsão dos demônios.

Ele fez uma pausa, depois sorriu.

— A viagem vital.

— E o homem escuro? — perguntou Fran, baixinho.

Glen deu de ombros.

— Mãe Abagail o chama de Diabrete do Demônio. Talvez ele seja apenas o último mago do pensamento racional, reunindo as ferramentas da tecnologia contra nós. E talvez haja algo mais, algo bem mais sombrio. Só sei que ele *existe*, e não creio mais que a sociologia, a psicologia ou qualquer outra *logia* darão cabo dele. Acho que só a magia branca o fará... e a nossa maga branca está por aí, em algum lugar, perambulando e sozinha. — A voz de Glen quase falhou e ele baixou a vista rapidamente.

Lá fora já estava escuro e uma brisa vindo das montanhas lançou uma nova rajada de chuva contra a vidraça da sala de estar de Stu e Fran. Glen acendia seu cachimbo. Stu tirara um punhado de moedas do bolso e as sacudia para cima e para baixo, para depois abrir as mãos e ver quantas tinham dado cara e quantas dado coroa. Nick fazia elaborados rabiscos na primeira folha do bloco, e na sua mente ele via as ruas vazias de Shoyo e ouvia — sim, ouvia — uma voz sussurrar: *Ele está vindo para você, mudinho. Está mais perto agora.*

Após algum tempo, Glen e Stu acenderam um fogo na lareira e todos ficaram observando as chamas sem dizer muita coisa.

* * *

Depois que eles se foram, Fran sentia-se desanimada e infeliz. Stu sentia-se do mesmo jeito. Ele parece cansado, pensou ela. Devíamos ficar em casa amanhã, apenas ficar em casa, para conversarmos e tirar uma soneca à tarde. Devíamos ir com mais calma. Ela olhou para o lampião Coleman e ansiou em vez disso pela luz elétrica, a brilhante luz elétrica que se obtinha com a simples pressão num interruptor na parede.

Sentiu os olhos arderem com lágrimas e disse furiosa a si mesma para não começar, não acrescentar mais isto aos problemas que já tinham, porém a parte dela que controlava os canais lacrimais não estava inclinada a ouvir.

Então, de súbito, Stu se animou.

— Por Deus! Não é que quase me esqueci?

— Esqueceu o quê?

— Vou lhe mostrar! Espere bem aqui! — Dirigiu-se à porta e seus passos rápidos ecoaram pelas escadas. Fran foi até a porta e um momento depois o viu subindo de volta. Trazia algo na mão e era uma... uma...

— Stuart Redman, onde conseguiu *isso*? — perguntou, agradavelmente surpresa.

— Na loja Música e Artes Populares — disse ele, sorrindo.

Fran pegou a tábua de lavar roupa e virou-a para um lado e para outro. O brilho da luz refletia-se na superfície cor de anil.

— Música e Artes...?

— Descendo a Walnut Street.

— Uma tábua de lavar numa loja de *música*?

— É, também havia uma tina danada de boa, mas alguém já tinha feito um furo nela para transformá-la num baixo.

Ela começou a rir. Pôs a tábua de lavar sobre o sofá, achegou-se a Stu e o abraçou com força. As mãos dele subiram para os seios de Fran e ela apertou-o ainda mais.

— O doutor disse que o bebê precisa de música amorosa — sussurrou ela.

— Hã?

Ela pressionou a face contra o pescoço dele.

— Parece que esse tipo de música o faz sentir-se ótimo. É o que a canção diz, de qualquer modo. Você pode fazer com que eu me sinta ótima, Stu?

Sorrindo, ele a ergueu nos braços.

— Bem — disse —, acho que poderia pelo menos tentar.

* * *

Às 2h15 da tarde seguinte Glen Bateman irrompeu no apartamento sem bater. Fran se encontrava na casa de Lucy Swann, onde as duas tentavam fazer um bolo. Stu estava lendo um faroeste de Max Brand. Ergueu a vista e viu Glen, seu rosto pálido e chocado, os olhos arregalados, e jogou o livro no chão.

— Stu — disse Glen. — Ah, cara, estou contente que esteja aqui.

— Algo errado? — perguntou Stu incisivamente. — Alguém... alguém a encontrou?

— Não — disse Glen. Ele sentou-se abruptamente, como se suas pernas tivessem fraquejado. — Não são más notícias. São boas. Mas trata-se de algo muito estranho.

— O que é?

— Kojak. Tirei um cochilo depois do almoço e, quando me levantei, Kojak estava no alpendre, adormecido. Está que é só pele e osso. Parece ter sido batido num liquidificador com lâminas rombudas, mas é ele.

— Está falando do cachorro? *Aquele* Kojak?

— Exatamente.

— Tem certeza?

— O mesmo cão com a etiqueta que diz "Woodsville, N.H.". A mesma coleira vermelha. O mesmo *cão*. Ele está realmente esquelético e andou brigando. Dick Ellis... ah, o Dick ficou supercontente em cuidar de um animal, só para variar... ele diz que Kojak perdeu um olho para sempre. Arranhões feios nos flancos e na barriga, alguns deles infeccionados, mas Dick cuidará deles. Deu-lhe um sedativo e passou ataduras por sua barriga. Segundo Dick, deve ter brigado com um lobo, talvez mais de um. Sem vestígio de raiva, porém. Ele está limpo. — Glen sacudiu a cabeça lentamente e duas lágrimas escorreram por suas faces. — O danado do cachorro veio atrás de mim. Por

Deus, como lamento tê-lo deixado para trás, forçando-o a vir por sua própria conta, Stu. Estou me sentindo mal paca por causa disso.

— Não daria para trazê-lo, Glen. Não de motocicleta.

— Sim, mas... ele me *seguiu*, Stu. É o tipo de coisa que a gente lê na *Star Weekly*... Cão Fiel Segue o Dono por 3 mil Quilômetros. Como pôde fazer uma coisa dessas? Como?

— Talvez do mesmo modo como fizemos. Cachorros sonham, você sabe... por certo que sonham. Você nunca viu um adormecido no chão da cozinha, as patas se agitando? Havia um velho companheiro em Arnette, Vic Palfrey, que costumava dizer que os cães tinham dois tipos de sonho, o bom e o ruim. O bom é quando as patas se agitam. O mau é o sonho rosnante. Acorde um cão no meio do sonho rosnante, o sonho ruim, e ele vai estar pronto para morder você, pode apostar.

Glen sacudiu a cabeça de um modo apático.

— Você está dizendo que ele *sonhou*...

— O que estou dizendo não é nem um pouco mais engraçado do que você esteve falando a noite passada — repreendeu Stu.

Glen sorriu e assentiu.

— Ah, posso falar baboseiras por horas sem fim. Sou um dos maiores papos-furados em tempo integral. É quando algo realmente *acontece*.

— Faça o que eu digo e não faça o que eu faço.

— Não fode, Texano Oriental. Quer ir lá ver o meu cachorro?

— Claro.

* * *

A casa de Glen ficava na Spruce Street, a dois quarteirões do Boulderado Hotel. A planta trepadeira na parede do alpendre estava em boa parte morta, como estavam todos os gramados e a maioria das flores em Boulder — sem a rega diária dos cidadãos, o clima árido havia triunfado.

Havia no alpendre uma pequena mesa redonda com gim e tônica. ("Essa coisa não é horrível pra cacete sem gelo?", perguntou Stu, e Glen respondeu: "Você não nota muita diferença depois do terceiro.") Ao lado da bebida havia uma bandeja com cinco cachimbos, e exemplares de *Zen* e a *Arte da Manutenção de Motocicletas*, *Minha Vida no Beisebol* e *Meu Gatilho é Rápido*, todos abertos em lugares diferentes. Também havia um saco aberto de petiscos de queijo.

Kojak estava deitado no alpendre, o focinho machucado apoiado pacificamente nas patas dianteiras. O cão estava esquálido e dolorosamente maltratado, mas Stu o reconheceu, mesmo tendo-o conhecido brevemente. Stu se agachou e começou a acariciar a cabeça de Kojak. O cão acordou e olhou todo satisfeito para ele. E sorriu, no modo como os cachorros parecem sorrir.

— Ora, este é um bom cachorro — disse Stu, sentindo um ridículo nó na garganta. Como um baralho de cartas rapidamente distribuídas com as faces voltadas para cima, ele parecia ver cada cachorro que tivera desde que sua mãe o presenteara com Old Spike, quando tinha apenas cinco anos de idade. Um monte de cachorros. Talvez não um para cada carta do baralho, mas ainda assim um monte de cachorros. Um cachorro era uma boa coisa para se ter e, até onde sabia, Kojak era o único em Boulder. Ele olhou acima para Glen e depois de novo para baixo rapidamente. Imaginou que até mesmo velhos sociólogos carecas que liam três livros ao mesmo tempo não gostavam de ser flagrados chorando.

— Bom cachorro — repetiu, e Kojak bateu o rabo contra as tábuas do alpendre, presumivelmente concordando que era de fato um bom cachorro.

— Estou indo lá dentro por um minuto — disse Glen, rudemente. — Preciso ir ao banheiro.

— Vá — disse Stu sem olhar para cima. — Ei, garotão, diga lá, velho Kojak, você foi um bom garoto, não é mesmo?

O rabo de Kojak bateu com satisfação.

— Você não pode rolar? Brinque de morto, garoto. Role.

Kojak obedientemente rolou sobre as costas, as patas traseiras arreganhadas, as dianteiras erguidas no ar. O rosto de Stu ficou preocupado ao passar a mão gentilmente sobre a sanfona branca rígida de ataduras que Dick Ellis havia colocado. Mais acima pôde ver arranhões vermelhos e de aparência inchada que sem dúvida evoluíram para sangue coagulado por baixo das ataduras. Alguma coisa o atacara, por certo, e não havia sido outro cão errante. Um cão teria visado o focinho ou a garganta. O que havia acontecido com Kojak era obra de alguma forma de vida inferior à de um cachorro. Mais selvagem. Uma alcatéia de lobos, talvez, mas Stu duvidava que Kojak pudesse escapar de uma alcatéia. De qualquer modo, ele tivera sorte em não ter sido estripado.

A porta telada bateu quando Glen voltou para o alpendre.

— O que quer que o tenha atacado por pouco não lhe tirou a vida — disse Stu.

— Os ferimentos foram profundos e ele perdeu um bocado de sangue — concordou Glen. — Simplesmente não me perdôo por tê-lo abandonado para passar por isso.

— E Dick falou em lobos.

— Lobos ou talvez coiotes... mas ele achou improvável que coiotes tivessem feito um trabalho assim, e assino embaixo.

Stu bateu no traseiro de Kojak e o cão rolou de volta sobre a barriga.

— Como é possível que todos os cães tenham morrido e ainda existam tantos lobos num lugar... e a leste das Rochosas, por falar nisso... para atacar um bom cachorro como este?

— Acho que nunca saberemos — disse Glen. — Como também nunca saberemos por que a maldita epidemia levou os cavalos mas não as vacas, matou a maioria das pessoas mas nos poupou. Nem vou esquentar a cabeça pensando nisso. Quero somente arranjar um bom suprimento de ração canina e mantê-lo alimentado.

— É... — Stu olhou para Kojak, cujos olhos tinham se fechado. — Ele foi dilacerado, mas seus órgãos vitais ainda estão intactos... percebi isso quando ele rolou. Poderíamos agora ficar de olho numa cadela para ele, não é?

— Sim, é isso aí — disse Glen pensativamente. — Quer um gim-tônica quente, Texano Oriental?

— Diabo, não. Posso não ter cursado mais que um ano de escola profissionalizante, mas não sou nenhum bárbaro fodido. Conseguiu cerveja?

— Ah, acho que posso arranjar uma lata de Coors. Quente, porém.

— Aceito. — Ele começou a seguir Glen para a casa, depois parou, com a mão na porta telada, a fim de olhar de novo para o cachorro adormecido. — Durma bem, garoto — disse. — É bom ter você aqui.

Ele entrou com Glen.

* * *

Mas Kojak não estava adormecido.

Jazia em algum estado intermediário, onde a maioria dos seres vivos passava considerável parte de tempo quando estavam gravemente feridos, mas não gravemente o bastante para estar na sombra da morte. Um comichar intenso fazia sua barriga arder como fogo, a coceira da cura. Glen teria de passar horas tentando distraí-lo, para que Kojak não arrancasse as ataduras para se coçar, reabrindo os ferimentos e tornando a infeccioná-los. Mas isto, contudo, seria mais tarde. No exato momento, Kojak (que se imaginava como Big Steve, seu nome original) satisfazia-se em pairar naquele lugar intermediário. Os lobos haviam caído sobre ele em Nebraska, enquanto ainda farejava desanimado em volta da casa de Mãe Abagail, sustentada por macacos a óleo na cidadezinha de Hemingford Home. O cheiro do HOMEM — a *sensação* do HOMEM — o levara até esse lugar e ali parava. Para onde ele fora? Kojak não sabia. Então os lobos, quatro lobos, saíram do milharal como espíritos maltrapilhos dos mortos. Seus olhos queimavam quando fitavam Kojak, os beiços se arreganhavam para trás, exibindo os dentes, enquanto emitiam rosnados graves e horripilantes que revelavam suas intenções. Kojak recuara, também rosnando, as patas enrijecidas e escavando a terra da soleira de Mãe Abagail. À esquerda pendia o balanço de pneu, projetando sua profunda sombra arredondada. O lobo líder atacou exatamente quando os quartos traseiros de Kojak deslizaram para a sombra projetada pelo alpendre. O lobo investiu agachado, procurando o ventre, sendo seguido pelos outros. Kojak saltou para o focinho arreganhado do líder, oferecendo a ele a visão de sua barriga. Quando o líder começou a morder e arranhar, Kojak fincou-lhe os dentes na garganta, as presas penetrando fundo, tirando sangue. O lobo uivou e tentou libertar-se, subitamente acovardado. Conforme ele recuava, as mandíbulas de Kojak se fechavam com velocidade de relâmpago sobre o focinho macio do inimigo. O lobo soltou um uivo profundo, um grito abjeto, ao sentir o focinho aberto até os beiços, reduzido a tiras e tendões. Fugiu ganindo de agonia, sacudindo a cabeça loucamente de um lado para outro, salpicando gotas de sangue à esquerda e à direita, e na rude telepatia partilhada por todos os animais da mesma linhagem, Kojak pôde ler o pensamento incessante do adversário em fuga:

(*vespas em mim ah vespas e vespas em minha cabeça vespas estão em minha cabeça*)

E então os outros o atacaram, um pela esquerda, outro pela direita, como enormes balas rombudas, o último do trio enfiando-se por baixo, rindo, abocanhando, pronto para desventrá-lo. Kojak saltara para a direita, ganindo asperamente, querendo enfrentar primeiro aquele para poder mergulhar debaixo do alpendre. Se conseguisse enfiar-se ali, poderia resistir a eles, talvez para sempre. Agora, deitado no alpendre, ele reviveu a batalha em uma espécie de câmera lenta: os rosnados e uivos, as investidas e recuos, o cheiro de sangue que lhe havia penetrado no cérebro e aos poucos o transformara em uma espécie de máquina de lutar, só mais tarde vindo a perceber seus próprios ferimentos. Enviou o lobo à sua direita pelo mesmo caminho do primeiro, um dos olhos inutilizado e um enorme, escancarado e provavelmente mortal ferimento no lado da garganta. No entanto, o lobo também causara seus danos; a maioria dos ferimentos era superficial, porém dois dos arranhões penetraram fundo, feridas que custariam a fechar, deixando uma cicatriz torcida, como um *t* minúsculo. Mesmo quando se tornou um cão velho, muito velho (Kojak viveria mais 16 anos, muito depois de Glen Bateman ter morrido), aquelas cicatrizes doíam e latejavam nos dias úmidos. Ele conseguira libertar-se, conseguira rastejar para baixo do alpendre e, quando um dos dois lobos remanescentes, alucinado pelo cheiro de sangue, tentou espremer-se atrás dele, Kojak saltou sobre o adversário, cravou os dentes e dilacerou-lhe a garganta. O outro recuou quase até a borda do milharal, ganindo inquietamente. Se Kojak o perseguisse, querendo mais briga, ele teria fugido com o rabo entre as pernas. Mas Kojak não saiu, não naquele momento. Estava esgotado. Só podia deitar de lado, ofegando rápida e fracamente, lambendo as feridas e rosnando do fundo do peito toda vez que via aproximar-se a sombra do lobo remanescente. Então escureceu e uma meia-lua enevoada cruzou o céu acima de Nebraska. E a cada vez que o último lobo ouvia Kojak vivo, presumivelmente disposto à luta, fugia ganindo. Algum tempo após a meia-noite, ele foi embora, deixando Kojak a sós para descobrir se viveria ou morreria. Nas primeiras horas da manhã ele havia sentido a presença de algum outro animal, algo que o deixou aterrorizado, emitindo uma série de suaves gemidos. Era qualquer coisa no milharal, uma coisa caminhando no milharal, talvez procurando-o. Kojak ficou trêmulo, esperando para ver se a coisa o encontraria, aquela coisa horrível que tanto parecia ser um Homem quanto um Lobo e um Olho, uma coisa como um antigo crocodilo, lá no milharal. Algum tempo (não registrado) mais tarde, após a lua ter ido embora, Kojak sentiu que a coisa se fora. Adormeceu. Ficou lá, encolhido debaixo do alpendre, durante três dias, só saindo quando impelido pela fome ou sede. Uma poça d'água se formara no pátio, abaixo do bocal da bomba de mão. Na casa havia todo tipo de restos saborosos, muitos deles sobras da refeição que Mãe Abagail preparara para o grupo de Nick. Ao sentir que estava em condições de continuar, Kojak soube para onde ir. Nada havia farejado para isso; era uma sensação de calor proveniente de seu próprio tempo, mortal e profundo, um brilhante bolsão de calor que vinha do oeste. Então ele se foi, claudicando sobre três patas pela maioria dos últimos 8 mil quilômetros, a dor sempre mordendo seu ventre. De tempos em tempos, conseguia farejar o HOMEM, o que o deixava ciente de estar no rumo certo. E por fim chegara a Boulder. O HOMEM estava ali. Não havia lobos. Não experimentou nenhuma noção da Coisa sombria... do Homem com fedor de lobo, daquele Olho que podia ver o que quisesse, caso se virasse na direção certa. Por enquanto, tudo estava ótimo. E assim pensando (até onde os cães podem pensar, em sua cautelosa relação com um mundo visto quase inteiramente através dos instintos), Kojak se sentiu à deriva, mergulhando mais fundo, agora para um sono real, agora para um sonho, um sonho bom de caçar coelhos através dos trevos e capim rabo-de-rato que lhe chegavam à altura da barriga e umedecidos por suave orvalho. Seu nome era Big Steve. O lugar ficava bem longe dali, e os coelhos saltitavam por toda parte naquela manhã cinzenta e interminável.

Enquanto sonhava, suas patas estremeciam.

Capítulo Cinqüenta e Três

Trechos da ata da reunião do Comitê Ad Hoc,
17 de agosto de 1990

ESTA REUNIÃO TEVE LUGAR na casa de Larry Underwood, na rua 42, distrito de Table Mesa. Todos os integrantes do comitê estavam presentes...

O primeiro item da pauta referia-se à eleição do comitê provisório como comitê permanente de Boulder. Fran Goldsmith pediu a palavra.

Fran: "Tanto eu quanto Stu concordamos em que a maneira melhor e mais fácil de todos nós sermos eleitos consistiria na ratificação de todos os nomes por Mãe Abagail. Isto nos pouparia o problema de termos vinte pessoas indicadas pelos amigos, possivelmente estragando tudo. Agora, porém, teremos de agir de outro modo. Não vou sugerir nada que não seja perfeitamente democrático e todos vocês estão a par do plano, seja como for, mas quero enfatizar novamente que cada um de nós precisa estar seguro de quem nos indicará e nos apoiará. Claro que não podemos fazer isto uns pelos outros — assim ficaria muito parecido com a Máfia. E se vocês não encontrarem uma pessoa para indicá-los e outra para apoiá-los, seria melhor desistirem."

Sue: "Uau! Isso é dissimulação, Fran."

Fran: "Sim, é, um pouco."

Glen: "Estamos voltando ao assunto da moralidade do comitê, e embora eu tenha certeza de que todos nós o consideraremos um tópico infinitamente fascinante, gostaria de vê-lo adiado pelos próximos poucos meses. Acho que temos de concordar que estamos servindo ao melhor interesse da Zona Franca e deixar isso como está."

Ralph: "Você parece um pouco chateado, Glen."

Glen: "*Estou* um pouco chateado. Admito. O próprio fato de que passamos tempo demais comendo nossos próprios fígados a respeito deste assunto nos daria uma indicação muito boa de para que lado pendem nossos corações."

Sue: "A estrada para o inferno é pavimentada com..."

Glen: "Boas intenções, sei disso, e uma vez que todos nós parecemos preocupados com nossas intenções, devemos estar certamente na estrada para o céu."

Glen disse a seguir que pretendia falar ao comitê sobre nossos batedores, espiões ou qualquer nome que se queira dar, mas em vez disso achava melhor propor uma moção para que nos reuníssemos a fim de discutir o tema no dia 19. Stu perguntou a ele por quê.

Glen: "Porque talvez nem todos estejamos aqui no dia 19. Alguém poderia ser destituído. É uma possibilidade remota, mas ninguém realmente sabe o que um grupo grande de pessoas vai fazer quando estão todas reunidas num lugar. Devemos ter o máximo de cuidado."

Isto causou um momento de silêncio e a seguir o comitê aprovou por unanimidade uma reunião para o dia 19 — como Comitê Permanente —, a fim de discutir a questão dos batedores... ou espiões... ou fosse o que fosse.

Foi dada a palavra a Stu, que expôs ao comitê um terceiro item de trabalho, referente a Mãe Abagail.

Stu: "Como todos sabemos, ela partiu por motivos pessoais. Seu bilhete diz que 'ficará fora por algum tempo', o que é bastante vago, e que voltará 'se for da vontade de Deus'. Bem, isto não é nada estimulante. Durante três dias despachamos grupos de busca e nada encontramos. Não queremos simplesmente arrastá-la de volta, caso ela não queira voltar, mas se ela estiver caída em algum lugar, com uma perna quebrada ou inconsciente, bem, aí é outra questão. Parte do problema agora é que não temos gente suficiente para pesquisar todos os locais agrestes em torno de Boulder. Outra parte é que exatamente a mesma coisa vem retardando os trabalhos na central energética. Simplesmente não há organização. Assim, estou pedindo permissão para colocar na agenda da grande assembléia de amanhã à noite este caso dos grupos de busca, assim como os da usina de força e da equipe de sepultamento. E eu gostaria que Harold Lauder fosse o encarregado, porque a idéia foi dele, para começar."

Glen disse não acreditar que algum grupo de busca encontrasse notícias muito boas, após cerca de uma semana. Afinal, a senhora em questão está com 108 anos de idade. O comitê concordou em peso e depois votou. A moção foi aprovada por unanimidade, tal como Stu a expusera. Para tornar este registro tão honesto quanto possível, eu deveria acrescentar que houve várias expressões de dúvida quanto a Harold ser o encarregado... mas, como apontou Stu, a idéia partira dele, para início de conversa, e não dar-lhe o comando do grupo de busca seria uma bofetada direta no rosto.

Nick: "Retiro minha objeção a Harold, mas não minhas restrições básicas. Simplesmente não simpatizo muito com ele."

Ralph Brentner perguntou se Stu ou Glen redigiriam a moção de Stu sobre o grupo de busca, a fim de acrescentá-la à agenda, a qual pretende mimeografar no ginásio esta noite. Stu disse que o faria com prazer.

Larry Underwood então propôs que a sessão fosse suspensa. Ralph o acompanhou e a proposta foi votada por unanimidade.

Frances Goldsmith, secretária

* * *

Na noite seguinte, o comparecimento à reunião foi quase total e pela primeira vez Larry Underwood, embora estando na Zona Franca por apenas uma semana, teve uma noção de quão grande estava se tornando a comunidade. Uma coisa era ver pessoas indo e vindo pelas ruas, em geral sozinhas ou em duplas. Outra bem diferente era vê-las reunidas num só lugar — no Auditório Chautauqua. O recinto estava apinhado, cada assento ocupado, havendo pessoas sentadas nos corredores e de pé no fundo do salão. Formavam uma multidão curiosamente reprimida, murmurando mas não tagarelando. Pela primeira vez, desde sua chegada a Boulder, havia chovido o dia inteiro, uma garoa que parecia pairar suspensa no ar, tornando o ambiente mais enevoado do que molhado. E mesmo com aquela reunião de quase seiscentas pessoas, podia-se ouvir o quieto som da chuva no telhado. O som mais alto no interior era o farfalhar constante de papel enquanto os presentes examinavam as agendas mimeografadas que haviam sido empilhadas em duas mesinhas, logo após as portas duplas da entrada.

Esta agenda dizia:

ZONA FRANCA DE BOULDER
Agenda da Assembléia Geral
18 de agosto de 1990

1. Ver se a Zona Franca concordará em ler e ratificar a Constituição dos Estados Unidos da América.
2. Ver se a Zona Franca concordará em ler e ratificar a Carta de Direitos da Constituição dos Estados Unidos da América.
3. Ver se a Zona Franca indicará e elegerá uma chapa de sete representantes para atuar como junta de governo.
4. Ver se a Zona Franca concordará em vetar o poder de Abagail Freemantle sobre qualquer e todos os assuntos acordados pelos representantes.
5. Ver se a Zona Franca aprovará um Comitê de Sepultamentos de pelo menos vinte pessoas para enterrar decentemente aquelas que morreram da epidemia de supergripe em Boulder.
6. Ver se a Zona Franca aprovará um Comitê de Energia de pelo menos sessenta pessoas, inicialmente para restaurar a eletricidade antes do inverno.
7. Ver se a Zona Franca aprovará um Comitê de Busca de pelo menos 15 pessoas para descobrir o paradeiro de Abagail Freemantle, se possível.

Larry descobriu que suas mãos nervosas estiveram ocupadas em dobrar aquela agenda, cujo teor sabia de cor, quase palavra por palavra, para transformá-la em um aviãozinho de papel. Participar do comitê *ad hoc* era uma espécie de diversão, como um jogo — crianças brincando de processo parlamentar na sala de estar de alguém, sentadas em grupo e bebendo refrigerantes, comendo uma fatia do bolo feito por Frannie, discutindo os temas. Até mesmo a questão de enviarem espiões ao outro lado da montanha, diretamente no colo do homem escuro, havia parecido uma brincadeira, em parte por ser uma coisa que ele não se imaginava fazendo pessoalmente. Era preciso ter perdido todo o amor à vida para enfrentar semelhante pesadelo vivo. Mas nas suas reuniões fechadas, com a sala confortavelmente iluminada por lampiões Coleman, aquilo parecera certo. E se o juiz, Dayna Jurgens ou Tom Cullen fossem apanhados, parecia —

nas reuniões fechadas pelo menos — algo de somenos importância, tal como a perda de uma torre ou uma rainha num jogo de xadrez.

Mas agora, sentado na parte central da platéia, ladeado por Lucy e Leo (não vira Nadine o dia inteiro e Leo também parecia ignorar seu paradeiro: "Fora" tinha sido a sua desinteressada resposta), ele compreendeu a verdade daquilo e teve a sensação de um bate-estacas contra seu estômago. Não era brincadeira. Havia 580 pessoas ali, a maioria delas não tendo a menor idéia de que Larry Underwood não era um cara legal ou de que a primeira pessoa de quem procurara cuidar após a epidemia morrera por superdosagem de remédios.

Suas mãos estavam úmidas e geladas. Tentavam novamente transformar a agenda em um aviãozinho de papel e ele as imobilizou. Lucy tomou uma delas, apertou-a e sorriu para ele. Larry só conseguiu retribuir com um arremedo de sorriso que mais parecia uma careta e, no fundo do coração, ouviu a voz da mãe: *Falta alguma coisa em você, Larry.*

O pensamento lhe causou pânico. Haveria um meio de escapar àquilo ou as coisas já tinham ido longe demais? Não queria esse fardo sobre os ombros. Na reunião fechada já propusera uma moção que poderia enviar o juiz Farris para a morte. Se fosse destituído por votação, sendo alguém eleito para seu posto, teriam de fazer nova votação para enviar o juiz, não teriam? Claro que teriam. E votariam para enviar alguém mais. Quando eu for indicado por Laurie Constable, basta que eu fique de pé e me recuse. Claro, ninguém pode me forçar, certo? Não se eu decidir que quero ficar fora. E, que diabo, quem precisa dessa merda que eu sou?

Wayne Stukey, tanto tempo atrás, dizendo na praia: *Há um lado durão em sua natureza, cara.*

Lucy disse, baixinho:

— Você estará ótimo.

Ele sobressaltou-se.

— Hã?

— Eu disse que você estará ótimo. Não é mesmo, Leo?

— Ah, sim — disse Leo, sacudindo a cabeça em confirmação. Seus olhos não se afastavam da platéia, como se não conseguisse entender o seu tamanho. — Ótimo.

Você não entende, sua besta quadrada, pensou Larry. Está segurando minha mão e não compreende que eu poderia tomar uma decisão ruim, matando vocês dois. Já estou a caminho de matar o juiz Farris e ele vai apoiar a porra de minha indicação. Que confusão isso se tornou. Um ligeiro som escapou de sua garganta.

— Você disse alguma coisa? — perguntou Lucy.

— Não.

A seguir Stu cruzava o palco em direção ao pódio, sua suéter vermelha e calças *jeans* muito vivas e claras à iluminação forte das lâmpadas de emergência, funcionando graças a um gerador Honda que Brad Kitchner e parte de sua equipe da usina de força haviam instalado. Os aplausos começaram em algum ponto no meio do salão, Larry nunca soube com certeza onde, e sua parte cínica ficou sempre convencida de que fora uma trama urdida por Glen Bateman, o especialista local na arte/ofício de manipular multidões. De qualquer modo, não importava muito. As primeiras palmas solitárias incharam para um trovão de aplausos. No palco, Stu fez uma pausa junto ao pódio, parecendo comicamente pasmo. Os aplausos foram secundados por saudações e assobios agudos.

Então toda a platéia levantou-se, os aplausos aumentaram até virar um som semelhante ao de chuva forte, com todos gritando "*Bravo! Bravo!*". Stu ergueu as mãos, porém a ovação não cessou, pelo contrário, redobrou de intensidade. Larry olhou de esguelha para Lucy e viu que ela aplaudia no maior entusiasmo, os olhos fixos em Stu, a boca encurvada em um trêmulo mas triunfante sorriso. Ela chorava. Do outro lado, Leo também aplaudia, batendo palmas com tanta força que, pensou Larry, suas mãos acabariam caindo se o garoto continuasse assim por muito tempo. No auge de sua alegria, o vocabulário recém-recuperado de Leo o tinha abandonado, assim como o inglês às vezes abandona uma pessoa que o aprende como segunda língua. Leo só conseguia uivar, ruidosa e entusiasticamente.

Brad e Ralph também haviam adaptado um amplificador de força ao gerador. Stu soprou no microfone e então falou:

— Senhoras e senhores...

Mas os aplausos continuaram.

— Senhoras e senhores, se quiserem retomar seus assentos...

Mas ninguém estava disposto a sentar-se de novo. Os aplausos rugiam e Larry olhou para baixo, porque sentia as mãos doendo. Só então percebeu que aplaudia tão freneticamente como os demais.

— Senhoras e senhores...

Os aplausos trovejavam e ecoavam. Mais acima, uma família de andorinhas que fixara residência naquele excelente e privativo local após o surto da epidemia agora voejava loucamente, revoluteando e mergulhando, ansiosa por sair para um local onde não houvesse gente.

Estamos aplaudindo a nós mesmos, pensou Larry. Estamos aplaudindo o fato de estarmos aqui vivos, juntos. Talvez estejamos novamente dizendo olá ao próprio grupo, sei lá. Olá, Boulder. Finalmente. É bom estar aqui, é ótimo estar vivo!

— Senhoras e senhores, queiram sentar-se, por favor, eu apreciaria muito se o fizerem.

Os aplausos começaram a diminuir gradativamente. Agora se podia ouvir as fungadelas das senhoras — e de alguns homens também. Narizes eram assoados. As conversas eram sussurradas. Houve aquele som roçagante de auditório quando as pessoas retomaram seus assentos.

— Fico contente por estarem todos aqui — disse Stu. — Também estou contente por eu mesmo estar aqui. — Houve um chiado no amplificador e Stu murmurou "Droga de engenhoca!", comentário que foi claramente captado e transmitido. Houve um ondular de riso e Stu enrubesceu. — Acho que vamos ter de nos acostumar com essas coisas outra vez — disse, e isto produziu nova explosão de aplausos.

Quando o silêncio retornou, Stu prosseguiu:

— Para aqueles que não me conhecem, sou Stu Redman, oriundo de Arnette, Texas, embora, permitam-me dizer, isto pareça bem distante daqui onde estou agora. — Ele pigarreou e o microfone chiou brevemente, fazendo-o recuar um passo, assustado. — Sinto-me um bocado nervoso aqui em cima, portanto conto com a ajuda de vocês para...

— Nós o ajudaremos, Stu! — gritou Harry Dunbarton exuberantemente, provocando risadas apreciativas. Parece uma reunião de acampamento, pensou Larry. Logo, todos estarão cantando hinos. Se Mãe Abagail estivesse aqui, aposto que já estariam.

— Da última vez em que tive tanta gente olhando para mim, foi quando nosso timinho de futebol do ginásio conseguiu chegar às finais, e na época todos nós tínhamos que encarar mais 21 sujeitos, sem falar naquelas garotas de saia curtinha.

Mais gargalhadas.

Lucy sussurrou no ouvido de Larry:

— Com que Stu está preocupado? Ele preenche todos os requisitos!

Larry assentiu.

— Mas se vocês todos me apoiarem — continuou Stu —, poderei dar conta do recado.

Mais aplausos. A multidão ali reunida aplaudiria até o discurso de renúncia de Nixon e ainda pediria que ele bisasse ao piano, pensou Larry.

— Em primeiro lugar, quero falar a vocês sobre o comitê *ad hoc* e qual o motivo que me traz aqui, afinal. Sete pessoas dentre nós decidiram reunir-se e programar este encontro, para que pudéssemos nos organizar de algum modo. Há muita coisa por fazer, e gostaria de apresentar-lhes cada membro do nosso comitê. Espero que tenham guardado alguns aplausos para eles, pois uniram esforços para elaborar a agenda que todos vocês agora têm em mãos. Para começar, a Srta. Frances Goldsmith. Levante-se, Frannie, e deixe que vejam como você parece usando um vestido.

Fran levantou-se. Usava um belo vestido verde e um modesto colar de pérolas que, nos velhos tempos, teriam custado 2 mil dólares. Foi francamente aplaudida, os aplausos acompanhados por alguns assobios de galanteio.

Fran se sentou, bastante ruborizada, e antes que os aplausos cessassem por completo, Stu prosseguiu:

— O Sr. Glen Bateman, de Woodsville, New Hampshire.

Glen se levantou e foi aplaudido. Acenou para todos e a platéia rugiu sua aprovação.

Stu apresentou Larry, que se levantou, cônscio de que Lucy sorria para ele, e então ficou perdido em meio ao cálido vagalhão de aplausos que lhe eram dirigidos. Uma vez, pensou, em outro mundo, haveria concertos, e assim este tipo de aplauso seria reservado para o encerramento do espetáculo, com uma pequena canção chamada "Garota, você saca o seu homem?". Isto aqui era melhor. Ele ficou de pé apenas um segundo, porém pareceu muito mais tempo. Agora sabia que não recusaria sua indicação.

Stu apresentou Nick por último, e ele obteve a mais prolongada e mais ruidosa ovação.

Terminados os aplausos, Stu disse:

— Isto não constava da agenda, mas seria bom se pudéssemos começar cantando o hino nacional. Acho que todos vocês se lembram da letra e da melodia.

Houve aquele som rastejante, de pés se movendo, quando as pessoas começaram a se levantar. Outra pausa, enquanto todos esperavam que alguém começasse. Então uma voz doce, jovem e feminina elevou-se no ar, mas solitária no início: "Ah, digam que podem..." Era a voz de Frannie, mas por um momento Larry teve a impressão de que estava sublinhada por outra voz, a dele, e o lugar não era Boulder, mas sim a parte alta de Vermont, e o dia era o Quatro de Julho, a república completava 214 anos de idade e Rita jazia morta na tenda atrás dele, a boca inundada de vômito esverdeado e tendo um frasco de pílulas na mão enrijecida.

Um calafrio gelado o acometeu e de repente sentiu que estavam sendo vigiados, espionados por algo que, como nas palavras da velha canção dos The Who, enxergava por quilômetros de distância. Alguma coisa apavorante, sombria e alienígena. Por um breve momento sentiu uma ânsia de fugir dali, começar a correr sem parar. Não havia nenhum jogo naquele lugar. Aquilo era um negócio sério; negócio de matar. Talvez pior.

Então outras vozes se juntaram no hino. "... podem ver, ao primeiro brilho da aurora", e Lucy estava cantando, segurando sua mão e chorando outra vez. E outros também choravam, a maioria chorava, chorava pelo perdido, amargo e desaparecido sonho americano, um sonho em cromado e rodas, movido a combustível, saindo da linha de montagem. De súbito, o pensamento de Larry não estava mais em Rita morta na tenda, mas nele e em sua mãe no Yankee Stadium — era 29 de setembro, os Yankees estavam apenas a um jogo e meio do líder Red Sox, e tudo podia acontecer. Havia 55 mil pessoas no estádio, todas de pé, os jogadores no campo com os bonés sobre o coração, Guidry na elevação do lançador, Rickey Henderson de pé na extrema esquerda ("... ao último fulgor do crepúsculo..."), e acesos os refletores ao lusco-fusco purpúreo do entardecer, mariposas e insetos voadores noturnos chocando-se suavemente contra eles. E em volta de tudo, Nova York, apinhada, cidade da noite e da luz.

Larry uniu sua voz ao coro e, terminado o hino, os aplausos espocando mais uma vez, ele também chorava um pouco. Rita se fora. Alice Underwood se fora. Nova York se fora. A *América* se fora. Mesmo que pudessem derrotar o homem escuro, Randall Flagg, qualquer coisa que pudessem fazer, nada seria igual àquele mundo de ruas escuras e sonhos vívidos.

* * *

Suando intensamente debaixo das brilhantes luzes de emergência, Stu expôs os primeiros itens: leitura e ratificação da Constituição e da Carta dos Direitos. Cantar o hino nacional também o afetara profundamente, e ele não foi o único. Metade da platéia, talvez mais, estava em lágrimas.

Ninguém exigiu uma leitura real de cada documento — o que teria sido um direito sob o processo parlamentarista —, pelo que Stu ficou profundamente grato. Não era muito bom em leituras. A seção "lida" de cada item foi aprovada pelos cidadãos da Zona Franca. Glen Bateman levantou-se e propôs que aceitassem ambos os documentos como governando a lei da Zona Franca.

— Tem minha aprovação! — gritou uma voz ao fundo.

— Proposto e aprovado — disse Stu. — Aqueles que estão a favor, digam sim!

— *SIM!* — O brado subiu até o teto. Kojak, que estivera dormindo junto à cadeira de Glen, ergueu os olhos, piscou e tornou a apoiar o focinho sobre as patas. Um momento mais tarde, voltou a erguer a vista, quando a platéia aplaudiu estrondosamente a si mesma.

Encerrada esta preliminar, Stu sentiu a tensão esgueirar-se por seus músculos. Agora, pensou, vamos ver se há surpresas desagradáveis à nossa espera.

— O terceiro item de nossa agenda diz — começou ele e então pigarreou para limpar a garganta novamente. O microfone emitiu um guincho estridente, fazendo-o suar ainda mais. Fran olhava tranqüilamente para ele, fazendo sinal para que continuasse. — Aqui diz: "Providenciar para que a Zona Franca indique e eleja um quadro de sete representantes da Zona Franca." Isto significa...

— Sr. Presidente? Sr. Presidente!

Stu ergueu os olhos de suas notas rascunhadas e sentiu uma onda de puro medo, seguida por algo semelhante a uma premonição. Era Harold Lauder. Estava vestido de terno e gravata, os cabelos bem penteados, agora de pé na metade do corredor central. Certa vez Glen disse achar que a oposição poderia aglutinar-se em torno de Harold. Mas tão cedo? Ele esperava que não. Por um breve momento pensou intensamente em não dar a palavra a Harold — mas Nick e Glen já o tinham alertado sobre os perigos inerentes em deixar qualquer parte daquilo parecer feito a toque de caixa. Imaginou se estivera enganado quanto a Harold ter se tornado um novo homem. Tudo indicava que ia descobrir isso ali mesmo.

— A presidência dá a palavra a Harold Lauder.

Cabeças se viraram, pescoços espichados para ver Harold melhor.

— Eu gostaria de propor que aceitemos o quadro do comitê *ad hoc in toto* como comitê permanente. Se ele funcionar, é claro. — Harold sentou-se.

Houve um momento de silêncio. Stu pensou, desnorteadamente: *Toto? Toto? Não era o nome do cachorro em* O Mágico de Oz?

Então os aplausos se intensificaram novamente, enchendo o recinto junto com gritos de "Apoiado!". Harold permanecia placidamente acomodado em seu assento, sorrindo e falando para as pessoas que lhe davam tapinhas nas costas.

Stu precisou bater várias vezes com o martelo para obter silêncio.

Ele planejou tudo isso, Stu pensou. *Essas pessoas irão nos eleger, mas será de Harold que se lembrarão. Ainda assim, ele chegou à raiz da coisa de uma maneira que nenhum de nós pensou, nem mesmo Glen. Foi praticamente uma tremenda jogada de gênio.* Então, por que estaria tão preocupado? Ciúmes, talvez? Será que suas boas intenções em relação a Harold, assumidas ainda na véspera, já estavam indo pro espaço?

— Há uma moção apresentada! — Stu gritou ao microfone, ignorando o chiado desta vez. — Uma moção foi apresentada, companheiros! — Bateu o martelo e o alarido se reduziu a um murmúrio. — Foi proposto e apoiado que aceitemos o comitê *ad hoc* como Comitê Permanente da Zona Franca de Boulder. Antes de passarmos à discussão da proposta ou à votação, devo perguntar se algum integrante do comitê *ad hoc* tem alguma objeção ou intenção de renunciar.

Silêncio na platéia.

— Muito bem — disse Stu. — Vamos discutir a moção?

— Não creio que haja necessidade de qualquer discussão, Stu — declarou Dick Ellis. — É uma grande idéia. Vamos logo votar!

Isto foi acolhido com aplausos, de modo que Stu não precisou mais insistir no assunto. Charlie Impening acenava com a mão pedindo a palavra, mas Stu ignorou-o — um bom caso de percepção seletiva, como diria Glen Bateman — e convocou a votação.

— Aqueles a favor da moção de Harold Lauder, por favor, confirmem dizendo sim.

— *Sim!* — gritaram, assustando novamente as andorinhas.

— Alguém contra?

Ninguém se manifestou, nem mesmo Charlie Impening — pelo menos verbalmente. Assim, Stu passou para o tema seguinte sentindo-se meio aturdido, como se alguém — mais precisamente Harold Lauder — tivesse chegado sorrateiro por trás e lhe batido na cabeça com um porrete.

* * *

— Vamos desmontar e empurrá-las um pouco, está bem? — pediu Frannie, parecendo cansada.

— Claro. — Stu saltou da bicicleta e caminhou ao lado dela. — Está se sentindo bem, Fran? O bebê incomoda?

— Não. Estou apenas cansada. É 1h15 da madrugada... ou será que você não reparou?

— Sim, já é bem tarde — concordou Stu e começaram a empurrar as bicicletas lado a lado em amistoso silêncio. A assembléia prosseguira até uma hora atrás, a maior parte da discussão focalizada nos grupos de busca por Mãe Abagail. Todos os demais assuntos foram aprovados com um mínimo de discussão, embora o juiz Farris tivesse proporcionado uma valiosa informação que explicava por que havia tão poucos cadáveres em Boulder. Segundo os quatro últimos números de *Camera*, o jornal diário local, espalhara-se pela comunidade um desenfreado rumor de que a supergripe se originara nas instalações do Centro de Observação Atmosférica de Boulder, na Broadway. Porta-vozes do Centro — os poucos que continuavam de pé — protestaram, alegando que isso era pura tolice. E que qualquer um que duvidasse teria livre acesso à instalação, onde nada encontraria de mais perigoso do que os indicadores de poluição atmosférica e dispositivos vetoriais do vento. Mesmo assim os boatos persistiram, talvez alimentados pela comoção histérica daqueles dias finais de junho. O Centro havia sido explodido a bomba ou incendiado, após o que grande parte da população de Boulder pusera-se em fuga. O Comitê de Sepultamentos e o Comitê de Energia Elétrica haviam sido aprovados, com uma emenda de Harold Lauder — que parecia quase surpreendentemente preparada para a assembléia — para que cada comitê fosse acrescido de dois membros a cada aumento de cem pessoas na população total da Zona Franca.

O Comitê de Busca também foi eleito sem oposição, mas a discussão sobre o desaparecimento de Mãe Abagail tinha sido demorada. Glen aconselhara Stu antes da assembléia a não limitar a discussão a esse tópico, a não ser se absolutamente necessário; era preocupante para todos eles, especialmente a idéia de que sua líder espiritual acreditava ter cometido algum tipo de pecado. Era melhor que todos desabafassem.

No verso de seu bilhete, Abagail rabiscara duas referências bíblicas: Provérbios 11:1-3 e Provérbios 21:28-31. O juiz Farris havia procurado as referências com a cuidadosa diligência de um advogado elaborando uma petição e, ao início do debate, levantou-se e os leu em sua voz rachada e apocalíptica de velho. Os versículos do 11º capítulo de Provérbios diziam: "Balança enganosa é abominação para o Senhor, mas o peso justo é o seu prazer. Vindo a soberba, virá também a afronta, mas com os humildes está a sabedoria. A sinceridade dos sinceros os encaminhará, mas a perversidade dos desleais os destruirá." A citação do capítulo 21 era similar: "A testemunha mentirosa perecerá, mas o homem que ouve falará sem imputação. O homem ímpio endurece o seu rosto, mas o reto considera o seu caminho. Não há sabedoria, nem inteligência, nem conselho contra o Senhor. O cavalo prepara-se para o dia da batalha, mas do Senhor vem a vitória."

A conversa que se seguiu (não poderia ser outra) à leitura pelo juiz desses versículos bíblicos estendeu-se além da conta (às vezes sendo até cômica). Um homem declarou sobriamente que se os números dos capítulos fossem aumentados poder-se-ia chegar a 31, o número de capítulos do Apocalipse. O juiz levantou-se de novo para dizer que o Apocalipse tinha somente 28 capítulos, pelo menos na Bíblia *dele*, e que, de qualquer modo, 21 mais 11 davam 32 e não 31. O pretenso numerólogo resmungou, porém não disse mais nada.

Outro sujeito declarou ter visto luzes no céu na noite anterior ao desaparecimento de Mãe Abagail e que o profeta Isaías confirmara a existência de discos voadores... de modo que era melhor todos fumarem um cachimbo da paz coletivo, não era? O juiz Farris levantou-se uma vez mais, agora para assinalar que o homem confundira Isaías com Ezequiel e que a referência exata não era a discos voadores, mas a "uma roda dentro de uma roda", sendo o próprio juiz de opinião de que os únicos discos voadores de existência comprovada eram os pratos que às vezes voavam durante brigas conjugais.

Boa parte da outra discussão foi uma nova apresentação dos sonhos, que tinham cessado por completo, até onde se sabia, e agora pareciam eles próprios um tanto em forma de sonho. Uma pessoa após outra levantou-se para protestar contra a acusação de Mãe Abagail a si mesma, a respeito do orgulho. Tais pessoas mencionaram a sua cortesia e a aptidão para deixar alguém à vontade apenas com uma palavra ou frase. Ralph Brentner, que parecia atemorizado pelo tamanho da multidão e quase ficara de boca amarrada — mas decidido a vender seu peixe —, levantou-se e falou dessa capacidade de Mãe Abagail por quase cinco minutos, acrescentando ao final que jamais conhecera mulher mais refinada, desde que sua mãe morrera. Ao voltar a sentar-se, estava à beira das lágrimas.

Analisada em conjunto, a discussão fez Stu recordar com desconforto de um velório. Isso lhe disse que, no fundo, todos já estavam quase propensos a dar Mãe Abagail por morta. Se voltasse agora, Abby Freemantle seria acolhida com alegria, continuaria sendo procurada, ouvida... mas ela também perceberia, pensou Stu, que sua posição sofrera uma sutil mudança. Se ocorresse um confronto entre ela e o Comitê da Zona Franca, desapareceria o prejulgamento de que venceria, com poder de veto ou não. Mãe Abagail se fora, mas a comunidade continuava a existir. A comunidade não esqueceria isso, embora já estivesse meio esquecido o poder dos sonhos que haviam reunido todos eles.

Após a reunião, mais de vinte pessoas ficariam sentadas por algum tempo no gramado atrás do Chautauqua; a chuva cessara, as nuvens esfiapavam-se e o anoitecer era agradavelmente fresco. Stu e Fran tinham ficado sentados com Larry, Lucy, Leo e Harold.

— Você quase nos roubou a cena esta noite — disse Larry a Harold. Cutucou Frannie com o cotovelo. — Eu não lhe disse que ele era de primeira classe?

Harold limitava-se a sorrir, dando de ombros.

— Foram duas idéias que tive, nada mais. Vocês sete puseram as coisas em movimento outra vez. Certamente tiveram pelo menos o privilégio de ver isto se desenvolvendo do início ao fim.

Agora, 15 minutos depois de deixarem aquela reunião improvisada e ainda a dez minutos de casa, Stu repetia:

— Tem certeza de que está se sentindo bem?

— Tenho. Minhas pernas é que estão um pouco cansadas, nada mais.

— Tem que ir com calma, Frances.

— Não me chame assim, você sabe que detesto.

— Desculpe. Não faço mais, Frances.

— Todos os homens são uns escrotos.

— Estou tentando melhorar meu comportamento, Frances... sinceramente.

Ela mostrou-lhe a língua, que chegou a um interessante ponto, mas ele podia dizer-lhe que não estava sinceramente de caçoada e deixou passar. Ela parecia pálida e um tanto apática, em assustado contraste com a Frannie que tinha cantado o hino nacional poucas horas antes.

 — Alguma coisa a entristece, meu bem?

Ela fez que não com a cabeça, mas ele achou ter visto lágrimas em seus olhos.

— O que é? Me conte.

— Não há nada. Esse é que é o problema. Nada é o que está me incomodando. Acabou, e finalmente percebi que não há mais nada. Menos de seiscentas pessoas cantando o hino. Foi algo que me ocorreu de repente. Não tem mais quiosques de cachorro-quente. As barcas de roda não estão mais contornando Coney Island à noite. Ninguém está mais tomando a saideira no Space Needle, em Seattle. Alguém finalmente descobriu um meio de acabar com o tráfico de drogas na Zona de Combate de Boston e com a prostituição em Times Square. Eram coisas terríveis, mas acho que a cura foi bem pior do que a doença. Entende o que quero dizer?

— Sim, entendo.

— No meu diário eu tinha uma pequena seção chamada "Coisas a Recordar". Para que o bebê soubesse... ah, todas as coisas que nunca saberá. E fico triste quando penso nisso. Eu devia ter chamado a seção de "Coisas que se Foram". — Ela soluçou um pouco e parou a bicicleta para poder tapar a boca com o dorso da mão e conter os soluços.

— Percebi que todo mundo está se sentindo da mesma maneira — disse Stu, pondo um braço em torno dela. — Esta noite muita gente vai chorar até pegar no sono, pode crer.

— Não entendo como se pode lamentar por um país inteiro — replicou ela, o choro aumentando —, mas creio que é possível. Aquelas... aquelas pequenas coisas do cotidiano insistem em penetrar na minha mente. Vendedores de carros. Frank Sinatra. Old Orchard Beach em julho apinhada de gente, a maioria vindo de Quebec. Aquele imbecil na MTV... Randy, acho que o nome era esse. Aqueles tempos... ah, meu Deus, estou percebendo um daqueles poemas de te-terror de Rod Muh-McKuen!

Ele a abraçou, dando-lhe tapinhas nas costas, e recordou uma vez em que sua tia Betty tivera um acesso de choro por causa de um bolo que ficara solado. Estava com uns sete meses de gravidez de sua priminha Laddie, e Stu ainda se lembrava dela enxugando os olhos com a ponta de um pano de prato, dizendo a ele que não ligasse, que qualquer grávida estava a dois passos da enfermaria de loucos, porque os fluidos expelidos por suas lágrimas misturavam-se todos, como em um ensopado.

Após algum tempo, Frannie disse:

— Tudo bem, tudo bem. Já estou melhor. Vamos.

— Frannie, eu te amo — disse ele e tornaram a pegar as bicicletas.

Ela perguntou a ele:

— Do que é que você se lembra melhor? Qual a coisa?

— Bem, você sabe... — disse ele e se interrompeu com uma breve risada.

— Não, não sei, Stuart.

— É loucura.

— Me conte.

— Não sei se quero contar. Você começará a procurar os pescadores para ouvir as lorotas deles.

— *Me conte!* — Ela já vira Stu em diversos estados de ânimo, mas esta inquietude embaraçosa era nova para ela.

— Nunca contei a ninguém — disse ele —, mas estive pensando nisso nas duas últimas semanas. Algo aconteceu comigo lá para os idos de 1982. Eu estava trabalhando no posto de gasolina de Bill Hapscomb. Ele costumava me dar um bico quando eu estava de folga na fábrica de calculadoras. Era em meio expediente, das onze da noite até fechar, que era por volta das três da madrugada naquele tempo. Não havia muito movimento depois que o pessoal saído do turno de três às onze na fábrica de papel parava para abastecer... muitas noites não havia um único carro parando para abastecer entre meia-noite e três da madrugada. Eu ficava lá sentado e lia um livro ou uma revista, e diversas noites até cochilava, sabe disso?

— Sei. — Ela sabia. No olho de sua mente ela podia vê-lo, o homem que se tornaria seu amante na plenitude dos tempos e na peculiaridade dos acontecimentos, um homem de ombros largos dormindo numa cadeira de plástico com um livro aberto e o rosto baixado para o colo. Ela o via dormindo numa ilha de luz branca, uma ilha circundada por um grande mar interior na noite do Texas. Ela o amava assim retratado, bem como o amava em todos os retratos que sua mente esboçava.

— Bem, já eram 2h15 da madrugada e eu estava sentado com os pés em cima da mesa de Hap, lendo um livro de faroeste... Louis L'Amour, Elmore Leonard, um desses caras, e aí apareceu aquele velho Pontiac grande, com todos os vidros baixados e o alto-falante a todo o volume tocando loucamente Hank Williams. Até mesmo me lembro da canção... era "Movin' On". Esse cara, nem jovem nem velho, estava sozinho. Era um homem bem-apessoado, mas de certo modo um pouco assustador... quero dizer, ele parecia como se pudesse fazer coisas assustadoras sem pensar muito a respeito. Tinha cabelos pretos bastos e encaracolados. Havia uma garrafa de vinho aninhada entre suas pernas e dois dados de plástico pendendo do espelho retrovisor. Ele pede gasolina especial, eu digo *OK*, mas por um minuto apenas fiquei parado ali, olhando para ele. Porque achei que o conhecia. Tentava me lembrar de onde.

Estavam na esquina agora; seu prédio ficava do outro lado da rua. Pararam ali. Frannie o fitava detidamente.

— Portanto, eu disse: "Não conheço você? Por acaso não é lá daquelas bandas de Corbett ou Maxin?" Mas realmente não parecia que eu o conhecesse dessas duas cidades. E ele diz: "Não, mas uma vez passei por Corbett com minha família, quando ainda era garoto. Parece que passei por cada pedaço do país quando era garoto. Meu pai era da Força Aérea."

Stu continuou narrando:

— Então voltei para trás e abasteci seu carro, e o tempo todo fiquei pensando nele, tentando situar seu rosto, e de repente me ocorreu. De repente eu soube. E fiquei pau da vida comigo mesmo, porque o homem ao volante do Pontiac supostamente deveria estar morto.

— Quem era ele, Stuart? Quem *era*?

— Não, deixe-me contar ao meu modo, Frannie. Não que não seja uma história louca, não importa o jeito como é contada. Voltei à janela e disse: "São 6 dólares e 30 centavos." Ele me deu duas notas de 5 dólares mandou-me guardar o troco. E eu disse: "Acho que poderia reconhecê-lo agora." E ele: "Bem, talvez possa", e então me dá aquele gélido e estranho sorriso, e o tempo todo Hank Williams está cantando acerca de ir para a cidade. Digo: "Se você é quem estou pensando, deveria estar morto." Ele responde: "Você não pode acreditar em tudo que lê, cara." E eu: "Você gosta de Hank Williams, certo?" Foi tudo que pude imaginar para dizer. Porque vi, Frannie, que se não dissesse alguma coisa, ele ia simplesmente erguer o vidro da janela e cair na estrada... e eu queria que se fosse, e ao mesmo tempo *não* queria. Não ainda. Não até que tivesse certeza. Não sabia à época que uma pessoa nunca tem certeza de um monte de coisas, não importa o quanto queira ter.

Stu fez uma pausa e continuou:

— Ele diz: "Hank Williams é um dos melhores. Gosto de música de estrada." Depois acrescenta: "Estou indo para Nova Orleans. Vou dirigir a noite toda, dormir o dia inteiro amanhã, depois farrear a noite toda. Não é a mesma coisa? Nova Orleans?" Eu digo: "Como o quê?" E ele: "Bem, você sabe." E eu digo: "Bem, é tudo o Sul, embora haja muito mais árvores por aquele caminho abaixo." Isso o faz rir e ele diz: "Talvez eu veja você de novo." Mas eu não sabia se queria revê-lo, Frannie. Porque ele tinha os olhos de um homem que esteve tentando enxergar no escuro por muito tempo e talvez tenha começado a ver o que existe lá. Creio que se algum dia tivesse visto esse tal de Flagg, seus olhos deveriam ser desse tipo.

Stu sacudiu a cabeça enquanto eles empurravam suas bicicletas ao longo da rua e as estacionavam.

— Estive pensando nisso. Pensei em arranjar alguns dos discos dele depois disso, mas eu não os queria. A voz dele... é uma boa voz, mas me causa arrepios.

— Stuart, de quem você está *falando*?

— Lembra-se de um grupo de *rock* chamado The Doors? O homem que parou no posto de gasolina em Arnette naquela noite era Jim Morrison. Tenho certeza.

Fran ficou boquiaberta.

— Mas ele morreu! Ele morreu na França! Ele... — Então se interrompeu. Porque houvera alguma coisa esquisita em relação à morte de Morrison, não houvera? Alguma coisa secreta.

— É mesmo? — perguntou Stu. — Fico imaginando. Talvez tenha morrido e o cara que vi se parecesse com ele, mas...

— Você acha realmente que se parecia? — perguntou ela.

Estavam sentados nas escadas do seu prédio agora, os ombros se tocando, como crianças pequenas esperando que a mãe as chamasse para jantar.

— Sim — disse ele. — Acho. E até este verão pensava que seria para sempre a coisa mais estranha que já me aconteceu. Mas estava errado.

— E você nunca contou a ninguém — espantou-se ela. — Você viu Jim Morrison anos depois de ele estar supostamente morto e nunca contou a ninguém. Stuart Redman, Deus devia ter-lhe dado um cadeado no lugar da boca quando o pôs no mundo.

Stu sorriu.

— Bem, os anos foram passando, como se diz nos livros, e toda vez que pensava naquela noite... o que acontecia de tempos em tempos... eu ficava cada vez mais certo de que não era ele, afinal. Apenas alguém que se parecia um pouco com ele. E tirei isso da cabeça de uma vez por todas. Mas, nas últimas poucas semanas, me descobri novamente intrigado com o assunto. E penso cada vez mais que era ele. Diabo, ele bem que poderia estar vivo exatamente agora. Seria engraçado paca, não é?

— Se ele estiver vivo — disse ela —, não se encontra aqui.

— Não — concordou Stu —, eu não esperaria que estivesse. Vi os olhos dele, entende?

Ela pôs a mão no braço dele.

— É uma história e tanto.

— É, e provavelmente há 20 milhões de pessoas neste país com uma história parecida... só que relativa a Elvis Presley ou Howard Hughes.

— Não há mais tanta gente.

— Não... não há mais. O Harold foi uma parada esta noite, não?

— Creio que está querendo mudar de assunto.

— Creio que você está certa.

— Sim — concordou ela. — Ele foi.

Stu sorriu ao tom preocupado dela e ao leve franzir de sobrancelhas.

— Ele a incomodou um pouco, não foi?

— Sim, mas eu não diria tanto. Você está do lado dele agora.

— Ora, não está sendo justa, Fran. Isso também me incomodou. Já havíamos tido duas reuniões anteriores... tudo perfeitamente planejado para funcionar... pelo menos era o que pensávamos... e então surge Harold. Ele dá uma alfinetada aqui, outra ali, e depois diz: "Não era isso mesmo que pretendiam?" E respondemos: "Sim, era isso mesmo, obrigado, Harold. Você está certo." — Stu sacudiu a cabeça. — Instigar todo mundo para uma eleição geral, como é que nunca pensamos nisso, Fran? Foi um tiro *na mosca.* E nunca sequer *discutimos* isso!

— Na verdade, nenhum de nós sabia qual era o estado de ânimo dos outros durante a assembléia. Imaginava... especialmente depois do sumiço de Mãe Abagail... que todos estivessem irritados, talvez até mesquinhos. Com aquele Impening falando para eles como um corvo agourento...

— Eu me pergunto se ele deveria ser calado de algum modo — comentou Stu, pensativo.

— Só que não foi como eu pensava. Eles estavam tão... *exuberantes* pelo simples fato de se reunir. Percebeu isso?

— Sim, percebi.

— Foi quase um desses *revivals* religiosos realizados em tendas. Não creio que Harold tivesse planejado isso. Ele simplesmente agarrou o momento.

— Não sei o que pensar sobre ele — disse Stu. — Naquela noite, depois que procuramos por Mãe Abagail, cheguei a sentir pena. Quando Ralph e Glen chegaram, ele parecia terrivelmente abatido, como se fosse desfalecer ou algo assim. No entanto, quando estivemos conversando no gramado há pouco, quando todos o felicitavam, ele parecia inchado como um sapo. Dava a impressão de sorrir da boca para fora, enquanto por dentro dizia: "Estão vendo agora como o comitê de vocês não vale nada, bando de idiotas?" Ele é como um daqueles quebra-cabeças que a gente nunca podia imaginar quando era criança. Os puxadores de dedos chineses ou aqueles três anéis de aço que se separam se a gente os puxar da maneira correta.

Fran estendeu os pés e olhou para eles.

— Por falar em Harold, você nota alguma coisa engraçada em meus pés, Stuart?

Stu fitou-lhe os pés com atenção.

— De modo algum. Vejo apenas que está usando aqueles tênis curiosos lá do fim da rua. E estão enormes nos seus pés, claro.

Ela deu um tapinha em Stu.

— Este modelo de tênis é excelente para os pés, como as melhores revistas anunciam. Aliás, para sua informação, eu calço 37, um tamanho relativamente pequeno.

— Afinal, o que têm seus pés a ver com alguma coisa? Já é tarde, meu bem.

Stu começou a empurrar a bicicleta e Fran o imitou.

— Nada, acho. Acontece que Harold não parou de olhar para os meus pés o tempo todo. Depois da assembléia, quando estávamos sentados no gramado, conversando. — Ela balançou a cabeça e franziu ligeiramente a testa. — Ora, por que Harold Lauder estaria interessado em meus pés?

* * *

Quando Larry e Lucy chegaram em casa, vinham sozinhos, caminhando de mãos dadas. Pouco antes, Leo fora para a casa onde morava com "mãe-Nadine".

Agora, ao caminharem para a porta, Lucy disse:

— Foi uma assembléia e tanto. Nunca pensei... — As palavras ficaram presas na sua garganta quando uma forma escura se destacou das sombras do alpendre. Larry sentiu o medo candente saltar em sua garganta. *É ele*, pensou loucamente. *Veio atrás de mim... e vou ver seu rosto.*

Mas então especulou como pudera pensar tal coisa, já que a sombra era Nadine Cross, nada mais. Trajava um vestido de tecido macio cinza-azulado, os cabelos soltos caindo sobre os ombros e pelas costas, uma cabeleira negra raiada de fios alvíssimos.

Ela faz Lucy parecer um carro usado num pátio de especuladores, pensou ele quase sem querer e odiou-se pela comparação. Era o velho Larry falando... o velho Larry falando... o velho Larry? Seria melhor dizer o velho Adão.

— Nadine! — exclamou Lucy, trêmula, levando a mão ao peito. — Você me deu o maior susto de minha vida! Pensei que... bem, nem sei o que pensei.

Nadine ignorou Lucy.

— Posso falar com você? — perguntou a Larry.

— Quê? Agora? — Ele olhou de esguelha para Lucy, ou pensou ter olhado... mais tarde não seria capaz de recordar como ela ficara naquele momento. Foi como se tivesse sido eclipsada, mas por uma estrela escura, em vez de brilhante.

— Agora. Tem de ser agora.

— Pela manhã não seria...

— Tem de ser agora, Larry. Ou nunca mais.

Larry tornou a olhar para Lucy e desta vez pôde vê-la, notar a resignação em seu rosto enquanto olhava alternadamente dele para Nadine. Notou também a mágoa.

— Eu entro em um minuto, Lucy.

— Ah, não, não entrará — disse ela, apática. Lágrimas começaram a reluzir nos seus olhos. — Não entrará. Duvido muito.

— Dez minutos, então.

— Dez minutos, dez anos — disse Lucy. — Ela veio buscar você. Trouxe a coleira e a focinheira, Nadine?

Para Nadine, Lucy Swann não existia. Seus olhos fixavam-se apenas em Larry, aqueles olhos escuros e grandes. Para Larry, seriam sempre os olhos mais estranhos e mais belos que já vira, olhos que se voltam para a gente, calmos e profundos, quando estamos feridos, com problemas, ou talvez apenas desorientados pelo pesar.

— Não vou demorar, Lucy — disse Larry automaticamente.

— Ela...

— Entre.

— Sim. Acho que vou entrar. Ela chegou. Fui dispensada.

Lucy subiu os degraus correndo, tropeçou no último, reequilibrou-se, empurrou a porta para entrar e bateu-a atrás de si com um estrondo que abafou os soluços que haviam começado.

Nadine e Larry entreolharam-se por muito tempo, como que fascinados. É assim que acontece, pensou ele. Quando você capta os olhos de alguém do outro lado de um salão e nunca mais os esquece, ou se vê alguém na extremidade oposta de uma plataforma superlotada do metrô que poderia ser seu sósia, ou ouve uma risada na rua que poderia ter sido a risada da sua primeira namorada...

Mas havia um travo muito amargo na sua boca.

— Vamos caminhar até a esquina e voltar — disse Nadine em voz baixa. — Faria isso?

— É melhor eu entrar e ficar com ela. Você escolheu uma péssima hora para vir aqui.

— Por favor, é só ir até a esquina e voltar. Se quiser, eu lhe suplico de joelhos. Se for isto que quiser. Pronto, está vendo?

E, para seu horror, ela caiu de joelhos, erguendo um pouco a saia para que pudesse fazê-lo, exibindo-lhe as pernas nuas, deixando-o curiosamente certo de que ela estava completamente nua por baixo da saia. Por que pensava isso? Não sabia. Os olhos de Nadine fixavam-se nele, fazendo sua cabeça rodar, e houve uma nauseante sensação de poder envolvida em algum lugar aqui, envolvida com tê-la ajoelhada diante de si, a boca nivelada com...

— Levante-se! — disse ele asperamente. Tomou-lhe as mãos e puxou-a de pé, tentando não ver o modo como a saia subia ainda mais antes de cair de volta no lugar; as coxas dela tinham a cor de creme, aquele tom de branco que não é pálido e sem vida, mas sim vigoroso, saudável e provocante. — Vamos — instou ele, quase totalmente enervado.

Seguiram para oeste, na direção das montanhas, que eram uma presença negativa mais adiante, retalhos triangulares de escuridão borrando as estrelas que surgiram depois da chuva. Caminhar na direção daquelas montanhas à noite sempre o deixara estranhamente inquieto, mas de algum modo destemido, e agora com Nadine a seu lado, a mão dela repousando levemente na dobra de seu cotovelo, tais sensações pareceram se intensificar. Ele sempre tivera sonhos vívidos, e os tivera três ou quatro noites atrás, acerca daquelas montanhas; sonhara que havia gigantes nela, criaturas horrendas com olhos verdes brilhantes, as desproporcionais cabeças de cretinos hidrocefálicos e com poderosas mãos de dedos curtos. Mãos de estrangulador. Gigantes idiotas, guarnecendo os desfiladeiros das montanhas. Esperando até que a hora dele fosse chegada — a hora do homem escuro.

Uma brisa suave serpenteou rua abaixo, soprando papéis à sua frente. Passaram pelo King Sooper's, com alguns carrinhos de compras parados no grande estacionamento como sentinelas mortas, fazendo-o pensar no túnel Lincoln. Encontrara criaturas assim no túnel Lincoln. Estavam mortas, mas isso não significava que todos os gigantes nesse seu novo mundo estivessem mortos.

— É difícil — disse Nadine, ainda em voz baixa. — Ela torna tudo isso difícil porque está certa. Eu quero você agora. E receio que seja tarde demais. Quero permanecer aqui.

— Nadine...

— *Não!* — disse ela furiosamente. — Deixe-me terminar. *Quero permanecer aqui*, será que não consegue entender? E se estivermos juntos, serei capaz disso. Você é minha última chance — disse ela, a voz entrecortada. — Joe se foi agora.

— Não, não se foi — replicou Larry, sentindo-se lerdo, estúpido e desnorteado. — Nós o deixamos com você a caminho de casa. Ele não está lá?

— Não. Quem está é um garoto chamado Leo Rockway, adormecido na cama dele.

— O que está...

— Ouça — insistiu ela. — Ouça-me, você não pode *ouvir*? Enquanto tive Joe, eu estava bem. Eu podia... ser tão forte como tinha de ser. Mas ele não precisa mais de mim. E sinto falta de ser necessária.

— Ele precisa de você!

— Claro que precisa — retrucou Nadine, e Larry sentiu medo de novo. Ela não estava mais falando sobre Joe; ele não sabia sobre *quem* ela falava. — Ele precisa de mim. É disso que tenho medo. É por isso que vim procurá-lo. — Ela parou diante dele e olhou para cima, seu queixo de lado. Larry pôde aspirar-lhe um secreto perfume de limpeza e a desejou. Mas parte dele retornava a Lucy. Era a parte de que precisava, se pretendia fixar-se aqui em Boulder. Se a largasse e fosse com Nadine, poderiam escapulir de Boulder ainda esta noite. Tudo estaria acabado para ele. O velho Larry triunfante.

— Tenho de ir para casa — disse ele. — Sinto muito. Você terá que sair dessa por conta própria, Nadine. — *Sair dessa por conta própria* não eram as palavras que ele vinha usando com as pessoas de uma forma ou outra, por toda a sua vida? Por que tinham de aflorar desta maneira, quando sabia que estava certo? Por que ainda o prendiam e amarravam e o faziam duvidar de si mesmo?

— Faça amor comigo — disse Nadine e pôs os braços em volta do seu pescoço. Pressionou o corpo contra ele e Larry soube que, pela frouxidão, calor e elasticidade daquele corpo, ele estivera certo, que ela usava o vestido e nada mais. Nua por baixo, pensou, e isto o excitou tremendamente. — Está tudo bem, posso sentir você — disse ela e começou a se esfregar contra ele, de lado, para cima e para baixo, criando uma deliciosa fricção. — Faça amor comigo e será o fim disso. Estarei salva. Salva. Estarei salva.

Ele ergueu os braços e, mais tarde, nunca veio a saber como foi capaz de fazê-lo, quando podia ter se enfiado no calor dela em apenas três rápidos movimentos e uma estocada, do jeito como ela queria, mas, de alguma maneira, ergueu os braços, afastou as mãos que o enlaçavam e empurrou-a com tal força que Nadine tropeçou e quase caiu, soltando um gemido baixo.

— Larry, se você soubesse...

— Bem, não sei. Por que não tenta me contar em vez de... de me estuprar?

— Estuprar! — repetiu ela, rindo descontroladamente. — Ah, essa é boa! Ah, o que está dizendo! Eu! Estuprar *você*! Ora, Larry!

— Seja o que for que queira de mim, já poderia ter tido. Poderia ter tido na semana passada ou na anterior. Na semana retrasada em que lhe pedi. Desejaria que você tivesse aceitado.

— Era cedo demais — sussurrou ela.

— E agora é tarde demais — replicou ele, odiando o som brutal da sua voz mas incapaz de controlá-la. Ainda estremecia todo por desejá-la, portanto como poderia falar em outro tom? — O que você vai fazer, hã?

— Tudo bem. Adeus, Larry.

Ela estava lhe virando as costas. Nesse instante ela era mais do que Nadine lhe virando as costas para sempre. Ela era a higienista. Era Yvonne, com quem partilhara um apartamento em Los Angeles — ela o entediara e então ele simplesmente enfiara os sapatos e caíra fora, deixando-a para bancar sozinha o aluguel. Ela era Rita Blakemoor.

Pior que tudo, ela era sua mãe.

— Nadine?

Ela não se voltou. Era um vulto escuro só distinguível dos outros vultos escuros quando atravessou a rua. Depois desapareceu por completo contra o pano de fundo negro das montanhas. Ele chamou-a mais uma vez e ela não respondeu. Havia algo de aterrorizante na maneira como ela o abandonou, no modo como simplesmente se fundira àquela paisagem negra.

Ele ficou parado em frente à King Sooper's, as mãos crispadas, o cenho coberto com pérolas de suor apesar do frescor da noite. Seus fantasmas agora o acompanhavam, e por fim ele soube qual era o pagamento por não ser um cara legal; jamais claro acerca de suas próprias motivações, jamais capaz de distinguir a dor da ajuda, exceto pela norma do polegar, jamais podendo livrar-se do gosto acre da dúvida na boca e...

Sua cabeça se ergueu num gesto brusco. Os olhos se dilataram, parecendo saltar do rosto. O vento aumentara de novo, produzia um estranho som ululante em alguma varanda vazia e, ao longe, ele julgou ouvir tacões de botas ecoando na noite, tacões de botas descendo as montanhas em algum ponto e aproximando-se dele à rajada gélida daquela brisa da madrugada.

Tacões de botas imundas marcando sua passagem na sepultura do oeste.

* * *

Lucy o ouviu entrar e seu coração disparou loucamente. Ordenou ao coração que amenizasse seus batimentos, que Larry provavelmente só voltara para buscar suas coisas, mas ele continuou em disparada. *Ele me escolheu*, era o pensamento que martelava no seu cérebro, acentuado pelos batimentos alucinados do coração. *Ele prefere a mim...*

Apesar de sua excitação e esperança, que se sentia impotente para controlar, ela enrijeceu, deitada de costas na cama, e ficou esperando, olhando apenas para o teto. Ela havia apenas lhe contado a verdade quando disse que, para ela e para garotas como sua amiga Joline, a única falha era necessidade excessiva de amar. Mas ela sempre tinha sido fiel. Não era nenhuma leviana. Nunca havia enganado seu marido e de igual modo procedera com Larry, e se nos anos antes de tê-lo conhecido não tivesse sido exatamente uma freira... bem, passado era passado. Não se podia pegar de volta as coisas já feitas e consertá-las de novo. Os deuses poderiam ter tal poder, mas ele não se estendia aos homens e mulheres, o que talvez fosse uma boa coisa. Tivesse sido ao contrário, as pessoas provavelmente morreriam de velhice ainda tentando reescrever sua adolescência.

Talvez se pudesse perdoar sabendo que o passado é inalcançável.

Lágrimas estavam rolando por suas faces.

A porta se abriu com um estalido e ela o viu, apenas uma silhueta.

— Lucy? Está acordada?

— Estou.

— Posso acender o lampião?

— Se quiser...

Ela ouviu o breve chiado do gás e então veio a luz, transformada em um fio de chama, revelando-o. Larry parecia pálido e abatido.

— Preciso dizer uma coisa.

— Não, não precisa. Apenas venha para a cama.

— Tenho que falar. Eu... — Ele pressionou a mão contra a testa e passou-a pelo cabelo.

— Larry? — Ela sentou-se na cama. — Você está bem?

Ele falou como se não a tivesse ouvido, e falou sem olhar para ela.

— Eu te amo. Se você me quiser, me terá. Mas não sei ao certo se está recebendo grande coisa. Nunca serei o melhor para você, Lucy.

— Vou correr o risco. Venha para a cama.

Ele o fez. E eles fizeram. Quando o amor terminou, ela disse que o amava. Deus sabia que era verdade, mas Lucy deduziu que ele não havia dormido por muito tempo. Houve um momento na noite em que ela acordou (ou sonhou que acordou) e pareceu-lhe ver Larry diante da janela, espiando para fora, a cabeça inclinada na postura de quem ouve, as linhas de luz e sombra dando ao seu rosto a aparência de uma máscara desfigurada. Entretanto, à claridade do dia, ela ficou mais certa de que deveria ter sido um sonho; à luz do dia, ele pareceu ser o Larry de sempre.

Foi só três dias depois que souberam, por Ralph Brentner, que Nadine se mudara para a casa de Harold Lauder.

Ao ouvir isto, o rosto de Larry pareceu retesar-se um pouco, mas foi só por um momento. E embora se detestasse por isso, Lucy respirou um pouco melhor com a notícia dada por Ralph. Parecia que tudo terminara.

* * *

Nadine voltou em casa logo após estar com Larry. Entrou, foi à sala de estar e acendeu o lampião. Carregando-o no alto, dirigiu-se aos fundos da casa, parando apenas um instante para deixar a luz entrar no quarto do menino. Queria conferir se havia contado a verdade a Larry. Havia.

Leo jazia emaranhado numa confusão de cobertas, vestido somente de *shorts*... mas os cortes e arranhões estavam desbotados, quase todos desaparecidos, e o bronzeado perene que obtivera por andar praticamente nu também havia esmaecido. Ele não era mais Joe, e sim apenas outro menino, dormindo após um dia movimentado.

Nadine recordou a noite em que, quase adormecendo, despertara para descobrir que ele não estava ao seu lado. Isso tinha sido em North Berwick, Maine — a quase um continente inteiro de distância agora. Ela o havia seguido até a casa onde Larry dormia no alpendre. Larry dormindo lá dentro, Joe esperando lá fora, brandindo sua faca em muda selvageria, sem nada entre eles senão a tela fina e facilmente cortável. E ela o fizera recuar.

O ódio brotou em Nadine como um jato súbito, soltando brilhantes fagulhas, semelhantes às da pedra batendo no aço. O lampião tremeu na sua mão, produzindo sombras loucas saltitantes e dançantes. Devia ter permitido que Joe o fizesse! Ela mesma devia ter aberto a porta telada para Joe, deixando que ele entrasse para esfaquear, cortar, rasgar e perfurar, estripar e destruir. Devia ter...

Mas agora o garoto se revirou na cama, emitindo um gemido, como se prestes a acordar. Suas mãos se ergueram, agitando-se no ar, parecendo querer afugentar uma sombra negra num sonho. E Nadine recuou, uma veia latejando fortemente na têmpora. Ainda havia algo de estranho no menino, e ela não gostou da maneira como o via mover-se no sonho, como se tivesse captado seus pensamentos.

Tinha de prosseguir agora. Precisava agir depressa.

Foi para seu próprio quarto. Havia um tapete no chão, uma cama estreita de velha solteirona. Isso era tudo. Não havia sequer um quadro. O quarto era totalmente desprovido de personalidade. Ela abriu a porta do armário e estendeu o braço para as roupas penduradas nos cabides, vasculhando atrás delas. Estava de joelhos agora e suava.

Apanhou uma caixa vivamente colorida, tendo na frente uma foto de adultos risonhos, adultos reunidos e jogando. Era um jogo que tinha pelo menos 3 mil anos de idade.

Havia encontrado a prancheta mediúnica em uma loja de presentes no centro da cidade, mas não ousava usá-la na casa, não com o menino ali. De fato, não ousara usá-la ainda... até hoje. Algo a impelira para aquela loja e quando vira a prancheta, acondicionada em sua alegre caixa cinzenta, surgira em seu íntimo uma luta terrível — o tipo de conflito que os psicólogos chamam de aversão/compulsão. Nadine estivera suando à ocasião como agora, querendo duas coisas: se apressar para fora daquela loja sem olhar para trás e surrupiar a caixa, aquela caixa terrivelmente alegre, levando-a para casa. A segunda coisa a assustava mais, porque não parecia ser da sua própria vontade.

Por fim, acabou levando a caixa.

Isso ocorrera quatro dias antes. A cada noite, a compulsão se tornara mais forte até esta noite, quando, meio insana por medos que não compreendia, tinha ido procurar Larry sem usar nada sob seu vestido cinza-azulado. Quisera pôr um ponto final em seus medos para sempre. Esperando no alpendre até que todos voltassem da assembléia, tivera certeza de que finalmente fizera o que era devido. No seu íntimo residira aquela sensação, ligeiramente inebriante, esfuziante, que não vivenciava desde que havia corrido pelo relvado úmido de orvalho com o garoto a persegui-la. Só que desta vez o rapaz a pegaria. Deixaria que ele o pegasse. Isto seria o fim.

No entanto, quando a tinha pegado, ele a rejeitara.

Nadine se levantou, segurando a caixa junto ao peito, e apagou o lampião. Ele a menosprezara, e não diziam que nem no inferno havia fúria comparável a...? Uma mulher desprezada podia perfeitamente fazer um pacto com o demônio... ou com seu preposto.

Ela parou apenas o tempo suficiente para pegar a grande lanterna de pilha em cima da mesa, no vestíbulo. Das profundezas da casa, o menino gritou em seu sono, gelando-a por um instante, fazendo seus cabelos se arrepiarem.

Então, saiu.

Sua Vespa estava estacionada junto ao meio-fio, a mesma que usara dias antes para ir à casa de Harold Lauder. Por que tinha ido lá? Não trocara uma dúzia de palavras com ele desde que chegara a Boulder. No entanto, em sua confusão sobre a prancheta, aterrada pelos sonhos que continuavam a povoar seu sono, depois que os sonhos de todos os demais tinham cessado, parecera-lhe que devia conversar a respeito com Harold. Sentira receio desse impulso, também se lembrou enquanto enfiava a chave na fenda de ignição da Vespa. Tal como a súbita ânsia de pegar a prancheta (*Surpreenda seus amigos! Anime suas reuniões!*, dizia a caixa), parecera ser uma idéia que lhe fora projetada do exterior. Idéia *dele*, talvez. No entanto, ao chegar à casa de Harold, ele havia saído. A casa estava trancada, era a única casa trancada que tinha visto em Boulder, além de ter as persianas arriadas. Ela até que gostaria disso, apesar da decepção momentânea por não encontrar Harold. Se estivesse em casa, ele a convidaria a entrar e trancaria a porta em seguida. Poderiam ter ido para a sala de estar e conversado, poderiam até ter feito amor ou coisas indizíveis juntos, sem que ninguém ficasse sabendo.

A casa de Harold era um lugar privativo.

— O que está acontecendo comigo? — sussurrou para a escuridão, que no entanto nada lhe respondeu. Ela deu partida na Vespa, e o ronco borbulhante do motor pareceu profanar a noite. Nadine passou a marcha e partiu. Para oeste.

Com o movimento, o ar frio da noite fustigava-lhe o rosto, fazendo-a se sentir finalmente melhor. Um vento noturno, soprando para longe as teias de aranha. Você sabe, não sabe? Quando todas as alternativas são eliminadas, o que você faz? Escolhe aquela que sobrou. Escolhe qualquer aventura sombria que lhe signifique algo. Você deixou Larry ficar com aquela criaturinha idiota que rebolava o traseiro dentro das calças compridas apertadas, com um vocabulário monossilábico e mente de revista de cinema. Vá atrás deles. Arrisque... o que quer que haja para ser arriscado.

Principalmente arrisque a si mesma.

A rua desenrolava-se à sua frente, à luz do pequeno farolete dianteiro da Vespa. Precisou reduzir para segunda quando a rua começou a se elevar; estava na Baseline Road agora, encaminhando-se para a montanha negra. Que eles tenham suas assembléias. Eles estavam preocupados em restaurar a energia elétrica; seu amado preocupava-se com o *mundo.*

O motor da Vespa engasgou, esforçou-se e quase morreu. Uma horrível mas *sexy* espécie de medo começou a dominá-la, e o vibrante selim da motoneta passou a esquentá-la por baixo (*ora, você está com tesão, Nadine,* pensou com incômodo bom humor, *maliciosa, maliciosa, MALICIOSA*). À sua direita havia um abismo a prumo. Ali, nada mais além da morte. E acima? Bem, ela iria ver. Era tarde demais para voltar e essa simples idéia a fez sentir-se paradoxal e deliciosamente livre.

* * *

Uma hora mais tarde, ela chegava ao Anfiteatro Aurora — só que a aurora ainda demoraria três horas ou mais. O anfiteatro ficava no topo da montanha Flagstaff, e quase todos na Zona Franca já tinham estado ali para acampar pouco depois de chegarem a Boulder. Num dia límpido — como era a maioria dos dias em Boulder, pelo menos durante o verão — podia-se ver dali a cidade e a I-25 estirando-se ao sul na direção de Denver e depois mergulhando nas brumas da distância até o Novo México e 300 quilômetros além. A leste ficavam as terras planas, estendendo-se até Nebraska, e mais perto o Boulder Canyon, uma fenda entre montanhas, as paredes cobertas de pinheiros e abetos. Em verões passados, praticantes de asa-delta haviam aproveitado as correntes termais sobre o Anfiteatro Aurora como se fossem pássaros.

Agora, Nadine via apenas o que era revelado pelo clarão da lanterna de pilhas que deixara sobre uma mesa de piquenique, perto do abismo. Havia um grande bloco para esboços e, agachada sobre uma página em branco, estava a prancheta de três quinas, como uma aranha triangular. Projetando-se do seu ventre, como o ferrão de aranha, havia um lápis tocando ligeiramente o bloco de papel.

Nadine encontrava-se em um estado febril, metade euforia, metade terror. Subir até ali montada laboriosamente em sua Vespa, que decididamente não fora feita para escalar montanhas, fizera-a sentir quase o mesmo que Harold havia sentido em Nederland. Ela podia *pressenti-lo.* Mas enquanto Harold sentira aquilo de uma maneira inteiramente precisa e tecnológica, como um pedaço de aço atraído por um ímã, uma *atração para a frente,* Nadine o sentia como uma espécie de evento místico, um cruzamento de fronteira. Era como se aquelas montanhas, das quais estava apenas no sopé, fossem uma terra de ninguém entre duas esferas de influência — Flagg no oeste, a velha no leste. E ali a magia fluía nos dois sentidos, mesclando-se, formando sua própria composição, que não pertencia nem a Deus nem a Satã, sendo inteiramente pagã. Sentia como se estivesse num lugar mal-assombrado.

E a prancheta...

Ela abrira indiferentemente a caixa marcada de cores vivas, com a inscrição MADE IN TAIWAN, deixando-a receber o vento. A prancheta em si era apenas um pedaço de madeira compensada ou gipsita, precariamente estampada. Não fazia diferença. Era uma ferramenta que usaria apenas uma vez — só *ousaria* usar uma vez —, e mesmo uma ferramenta de fabricação rústica serve à sua finalidade: arrombar uma porta, fechar uma janela, escrever um NOME.

As palavras na caixa anunciavam: *Surpreenda seus amigos! Anime suas reuniões!*

Como era mesmo a canção que Larry às vezes berrava, sentado na sua Honda, enquanto seguiam pela estrada? *Alô, Central, o que há com sua linha? Quero falar com...*

Falar com quem? Ora, esta era a questão, não era?

Ela se lembrou da época em que usara a prancheta na faculdade, mais de 12 anos atrás... mas bem que poderia ter sido ontem. Ela subira para perguntar a alguém no terceiro andar do dormitório, uma garota chamada Rachel Timms, sobre a tarefa na turma de recuperação em literatura de que participavam. O quarto estava repleto de garotas, seis ou oito pelo menos, dando risadinhas e gargalhando. Nadine lembrava-se de ter pensado que estavam drogadas com alguma coisa, maconha ou até algo mais pesado.

— Parem com isso! — disse Rachel, ela própria rindo. — Como podem esperar que os espíritos se comuniquem se vocês estão agindo como um bando de idiotas?

A idéia de idiotas risonhas as atingiu como algo deliciosamente engraçado, e um vendaval de novo riso feminino assolou o quarto por um instante. A prancheta tinha sido fixada do mesmo jeito que agora, uma aranha triangular sobre três pernas atarracadas, lápis apontado para baixo. Enquanto elas riam, Nadine pegou um maço de páginas tamanho grande rasgadas de um caderno de esboços de desenhista e separou aquelas "mensagens do plano astral" que já tinham chegado.

Tommy diz que você esteve usando de novo aquela ducha sabor morango.

Mamãe diz que está ótima.

Chunga! Chunga!

John diz que você não vai peidar tanto se parar de comer aqueles GRÃOS DE CAFETERIA!!!

E outras, tão tolas quanto.

Agora os risos se aquietaram o suficiente para que pudessem recomeçar. Três garotas sentaram-se na cama, cada qual com as pontas dos dedos colocadas num lado diferente da prancheta. Por um momento, nada aconteceu. Depois, a tábua trepidou.

— Você é que fez isso, Sandy! — acusou Rachel.

— Não fiz!

— *Shhh!*

A tábua trepidou de novo e as garotas se calaram. Ela se moveu, parou, moveu-se de novo. Formou a letra P.

— Por... — começou a garota chamada Sandy.

— Porra para você também — disse uma outra e todas irromperam em risos mais uma vez.

— *Shhh!* — repreendeu Rachel severamente.

A prancheta começou a se mover mais rapidamente, traçando as letras A, P, A, I.

— Papai querido, sua neném está aqui — disse uma garota chamada Patty-alguma-coisa e depois riu. — Deve ser meu pai, ele morreu de ataque cardíaco quando eu tinha três anos.

— Está escrevendo algo mais — disse Sandy.

D, I, Z, a prancheta soletrou laboriosamente.

— O que está havendo? — sussurrou Nadine para uma garota alta e de feições eqüinas que não conhecia. Essa garota olhava com as mãos enfiadas nos bolsos e um ar aborrecido no rosto.

— Um bando de garotas brincando com alguma coisa que não entendem — disse a garota com feições eqüinas. — É *isso* que está havendo — concluiu num sussurro mais baixo ainda.

— PAPAI DIZ QUE PATTY — citou Sandy. — É o seu velho e querido pai, está bem, Pats.

Outra explosão de risos.

A garota com feições eqüinas usava óculos. Agora tirou as mãos dos bolsos do macacão que vestia e usou-as para retirar os óculos. Ela os poliu e explicou depois a Nadine, ainda num sussurro:

— A prancheta é a ferramenta usada pelos psíquicos e médiuns. Cinesteólogos...

— Ólogos o quê?

— Cientistas que estudam o movimento e a interação de músculos e nervos.

— Ah.

— Eles alegam que a prancheta está na realidade reagindo a pequenos movimentos musculares, provavelmente guiados pelo subconsciente em vez de pela mente consciente. Claro que médiuns e psíquicos alegam que a prancheta é movida por entidades do mundo espiritual...

Outra irrupção de riso histérico veio das garotas agrupadas em volta da tábua. Nadine olhou por sobre o ombro da garota com feições eqüinas e leu a mensagem: PAPAI DIZ QUE PATTY DEVIA PARAR DE IR...

— ... ao banheiro demais — sugeriu outra garota no círculo de espectadores e todas riram mais um pouco.

— Seja como for, elas estão apenas brincando com isso — disse a cara de cavalo com um fungado desdenhoso. — É muita burrice. Tanto médiuns quanto cientistas concordam que a escrita automática pode ser perigosa.

— Os espíritos estão hostis esta noite, não acha? — perguntou Nadine suavemente.

— Talvez os espíritos sejam *sempre* hostis — disse a cara de cavalo, dando-lhe um olhar incisivo. — Ou você poderia obter uma mensagem de sua mente subconsciente a qual está totalmente despreparada para receber. Há casos documentados de escrita automática ficando inteiramente fora de controle, sabe? Pessoas têm ficado loucas.

— Ah, isto já é forçar demais a barra. É apenas um *jogo.*

— Jogos às vezes se tornam muito sérios.

A mais alta explosão de riso pôs um ponto final no comentário da cara de cavalo antes que Nadine pudesse replicar. A garota chamada Patty-alguma-coisa tinha caído da cama e jazia no chão, agarrando o estômago, rindo e chutando com os pés fracamente. A mensagem completada dizia: PAPAI DIZ QUE PATTY DEVERIA PARAR DE IR ÀS CORRIDAS SUBMARINAS COM LEONARD KATZ.

— *Você* fez isso! — disse Patty para Sandy enquanto finalmente se sentava de novo.

— Não fiz, Patty! Juro!

— Foi o seu pai! Do Grande Além! Do Lado de Lá! — disse a Patty outra garota numa voz de Boris Karloff que Nadine achou realmente muito boa. — Lembre-se apenas de que ele vai estar de olho em você da próxima vez em que tirar suas calcinhas no banco traseiro do Dodge de Leonard.

Outra explosão de risos com esta tirada. Enquanto se extinguia, Nadine impeliu-se à frente e aferrou o braço de Rachel. Pretendia perguntar sobre a tarefa e depois escapar discretamente.

— Nadine! — gritou Rachel, seus olhos cintilantes e alegres. Suas bochechas estavam rosadas. — Sente-se, vamos ver se os espíritos têm uma mensagem para você!

— Não. Na verdade eu só vim para pegar a tarefa para a recuperação em li...

— Ah, *dane-se* a tarefa para a recuperação em literatura! Isto é *importante*, Nadine! Isso é um barato! Você precisa experimentar. Venha, sente-se aqui junto comigo. Janey, você fica do outro lado.

Janey sentou-se do lado oposto a Nadine e, com a insistência repetida de Rachel Timms, ela descobriu-se com oito dedos de suas mãos tocando levemente a prancheta. Por alguma razão, olhou por sobre o ombro para a garota com feições eqüinas. Ela sacudiu a cabeça para Nadine uma vez, deliberadamente, e as fluorescentes acima ricochetearam nas lentes de seus óculos e transformaram seus olhos num par de amplos clarões brancos de luz.

Ela sentira um momento de medo à ocasião, lembrou-se enquanto estava de pé olhando para outra prancheta ao brilho de uma lanterna de seis pilhas, mas seu comentário para a garota com cara de cavalo se repetia — era só um *jogo*, pelo amor de Deus, e que coisa horrível poderia possivelmente acontecer no meio de um bando de garotas que riam à toa? Se houvesse uma atmosfera mais hostil para a produção de espíritos genuínos, hostis ou amistosos, Nadine não sabia o que poderia resultar.

— Agora todo mundo calado — ordenou Rachel. — Espíritos, têm uma mensagem para nossa irmã Nadine Cross?

A prancheta não se moveu. Nadine sentiu-se levemente embaraçada.

— Uni-du-ni-tê — disse a garota que imitara Boris Karloff numa imitação igualmente bem-sucedida da voz de Alceu do desenho animado. — Os espíritos já vão falar.

Mais risos.

— *Shhh!* — fez Rachel.

Nadine decidiu que se uma das duas outras garotas não começasse a mover a prancheta tão logo soletrasse qualquer outra mensagem tola que tivessem para ela, faria isso ela própria — virá-la ao contrário para soletrar algo curto e doce, como BU! Assim conseguiria sua tarefa e iria embora.

Tão logo estava prestes a fazer isto, a prancheta trepidou rudemente sob seus dedos. O lápis deixou uma escura risca em diagonal na página nova.

— Ei! Nada de espíritos malignos — disse Rachel num tom de voz vagamente inquieto. — Você fez isso, Nadine?

— Não.

— Janey?

— Nada disso. Juro.

A prancheta se agitou se novo, quase expelindo seus dedos para fora e deslocando-os para a margem superior esquerda do papel.

— Caramba — disse Nadine. — Estão sentindo...

Elas estavam, todas elas, embora nem Rachel nem Jane Fargood falassem a ela sobre isto mais tarde. E ela nunca mais se sentira particularmente bem-vinda em qualquer alojamento feminino depois daquela noite. Era como se tivessem certo receio de se aproximarem dela depois disso.

A prancheta começou de repente a trepidar debaixo de seus dedos; era como tocar de leve o pára-lama de um carro ligado suavemente em marcha lenta. A vibração era constante e inquietante. Não era o tipo de movimento que uma pessoa poderia causar sem ser claramente óbvia a respeito.

As garotas tinham ficado em silêncio. Seus rostos exibiam todos uma expressão peculiar, uma expressão comum aos rostos de todas as pessoas que participam de uma sessão espírita onde alguma coisa inesperadamente autêntica ocorreu — quando a tábua começa a girar, quando nós de dedos invisíveis batem na parede ou quando o médium começa a expelir teleplasma cinzento e enfumaçado pelas narinas. Esta é uma lívida expressão de *espera*, meio desejando que cesse aquilo que começou, seja lá o que for, e meio desejando que continue. É uma expressão de excitamento pavoroso e aturdido... e quando ostenta esse aspecto específico, o rosto humano parece mais como o crânio que sempre jaz a milímetros abaixo da pele.

— Parem com isso! — gritou de súbito a cara de cavalo. — Parem imediatamente ou irão se lamentar!

E Jane Fargood gritou numa voz repleta de medo:

— *Não consigo tirar meus dedos dela!*

Alguém soltou um gritinho arrotado. No mesmo instante, Nadine percebeu que seus próprios dedos estavam também grudados na tábua. Os músculos de seus braços se contraíram num esforço para puxar as pontas dos dedos da prancheta, mas eles não saíam do lugar.

— Tudo bem, basta de gozação — disse Rachel, em voz tensa e assustada. — Quem...

E de repente a prancheta começou a escrever.

Movia-se com impressionante velocidade, arrastando seus dedos junto, estalando seus braços para todos os lados de um jeito que seria engraçado não fossem as expressões capturadas e indefesas nos rostos das três garotas. Nadine pensou mais tarde que era como se os seus braços tivessem ficado presos numa máquina de exercício. A escrita antes havia sido em letras enviesadas e imperfeitas — mensagens que pareciam como se escritas por uma criança de sete anos. Esta aqui era uma caligrafia uniforme e poderosa... letras de fôrma grandes e inclinadas que açoitavam através da página branca. Havia alguma coisa tanto inflexível quanto maligna naquela caligrafia.

NADINE, NADINE, NADINE, a prancheta rodopiante escreveu. COMO TE AMO NADINE SEJA MEU AMOR MINHA NADINE SEJA MINHA RAINHA SE VOCÊ SE VOCÊ SE VOCÊ FOR PURA PARA MIM SE VOCÊ FOR LIMPA PARA MIM SE VOCÊ FOR SE VOCÊ FOR MORTA PARA MIM MORTA VOCÊ FOR

A prancheta arremeteu, disparou e recomeçou, mais abaixo.

VOCÊ FOR MORTA COM O RESTO DELES VOCÊ FOR NO LIVRO DOS MORTOS COM O RESTO DELES NADINE ESTÁ MORTA COM ELES NADINE ESTÁ PUTREFATA COM ELES A NÃO SER A NÃO SER

Parou. Trepidou. Nadine pensou, esperou — ah, como esperou — que estivesse acabado, e então ela disparou de volta à margem da folha e recomeçou. Jane berrou deploravelmente. Os rostos das outras estavam chocados de assombro e desalento.

O MUNDO O MUNDO EM BREVE O MUNDO ESTÁ MORTO E NÓS NÓS NÓS ESTAMOS NÓS ESTAMOS NÓS

Agora as letras pareceram *gritar* através da página:

NÓS ESTAMOS NA CASA DOS MORTOS NADINE

A última palavra uivou em destaque através da página em letras maiúsculas de 1,25 centímetros de altura e depois a prancheta rodopiou da tábua, deixando um comprido risco de grafite para trás, como um grito. Ela caiu no chão e se partiu em duas.

Houve um instante de silêncio chocado e imóvel, e então Jane Fargood irrompeu num choro alto e histérico. A coisa havia terminado com a zeladora subindo para ver o que estava ocorrendo de errado, Nadine recordou, e esteve prestes a chamar a enfermaria para Jane quando a garota conseguiu recuperar um pouco o controle.

Durante toda a confusão, Rachel Timms sentara-se na cama, calma e pálida. Quando a zeladora e a maioria das outras garotas (inclusive a cara de cavalo, que indubitavelmente sentia que uma profetisa não goza de muita honra em sua própria terra) saíram, ela havia perguntado a Nadine numa voz monótona e estranha:

— Quem era, Nadine?

— Não sei — Nadine respondera com toda a sinceridade. Ela não fizera a menor idéia. Não à ocasião.

— Não reconheceu a caligrafia?

— Não.

— Bem, talvez seja melhor levar este... este bilhete do além ou lá o que seja... e voltar para seu quarto.

— Foi você quem me pediu para sentar! — Nadine flamejou para ela. — Como eu ia saber que alguma coisa como... como isso iria acontecer? Só aceitei me sentar à prancheta por educação, pelo amor de Deus!

Rachel tivera ao menos a gentileza de enrubescer a isto; tinha até mesmo pedido desculpas. Mas Nadine pouco tornara a ver a garota depois disso, e Rachel Timms tinha sido uma das poucas garotas de quem se sentira muito íntima durante seus primeiros três semestres na faculdade.

De lá para cá, ela nunca voltara a tocar numa daquelas aranhas triangulares feitas de madeira compensada.

Mas o tempo tinha... bem, tinha desabado por aí finalmente, não tinha?

Sim, de fato.

Com o coração batendo audivelmente, Nadine sentou-se no banco de piquenique e pressionou os dedos ligeiramente em dois dos três lados da prancheta. Pôde senti-la começando a se mover sob a polpa de seus dedos quase de imediato, e então pensou em um carro parado, com o motor ligado. Quem seria o motorista? Quem era ele, *realmente*? Quem subiria no carro, bateria a porta e colocaria as mãos enegrecidas pelo sol sobre o volante? Um motorista cujos pés brutais e pesados, calçando velhas e empoeiradas botas de vaqueiro, pisariam no acelerador e a levaria para... onde?

Para onde está nos levando, motorista?

Sem qualquer ajuda ou esperança de socorro, Nadine sentou-se ereta no banco, na crista da montanha Flagstaff, em meio ao negrume da madrugada, os olhos arregalados, experimentando, mais forte do que nunca, a sensação de encontrar-se na fronteira. Olhava para o leste, mas sentia a presença *dele* vindo de trás de si, pressionando-a pesadamente, arrastando-a para baixo como pesos atados aos pés de uma mulher morta: a presença escura de Flagg, chegando em ondas constantes e inexoráveis.

Em algum lugar, o homem escuro estava longe na noite, e ela pronunciou duas palavras, como um encantamento, a todos os espíritos que já existiram — encantamento e convite:

— Fale comigo.

E, sob seus dedos, a prancheta começou a escrever.

Capítulo Cinqüenta e Quatro

Trechos das minutas da reunião
do Comitê Permanente da Zona Franca
19 de agosto de 1990

ESTA REUNIÃO TEVE LUGAR no apartamento de Stu Redman e Fran Goldsmith. Todos os membros do Comitê da Zona Franca estavam presentes.

Stu Redman ofereceu congratulações a todos nós, inclusive a si mesmo, pela eleição para o Comitê Permanente. Propôs que fosse feita uma carta de agradecimento a Harold Lauder, assinada por todos do comitê. A moção foi aprovada por unanimidade.

Stu: "Uma vez que já cuidamos das velhas questões, Glen Bateman tem dois itens a apresentar. Não sei mais do que vocês quais são os assuntos, mas desconfio de que um deles tem a ver com a próxima assembléia geral. Confere, Glen?"

Glen: "Aguardarei minha vez."

Stu: "É típico de você. A principal diferença entre um velho bêbado e um velho professor universitário careca é que o professor espera sua vez antes de começar a falar pelos cotovelos."

Glen: "Agradeço a você por essas pérolas de sabedoria, Texano Oriental."

Fran disse que entendia que Stu e Glen fizessem suas gozações particulares, mas queria saber se poderiam ir direto ao ponto, tal como todos os seus programas preferidos de TV começam impreterivelmente às nove. Este comentário foi saudado com mais risos do que talvez merecesse.

O primeiro item de importância foi o de nossos batedores no oeste. Recapitulando, o comitê decidiu pedir ao juiz Farris, a Tom Cullen e a Dayna Jurgens que fossem. Stu sugeriu que as pessoas que os indicaram fossem as mesmas a abordar o assunto com seus próprios indicados — ou seja, Larry pergunta ao juiz, Nick terá de falar com Tom — com a ajuda de Ralph Brentner — e Sue falará com Dayna.

Nick disse que convencer Tom poderia levar alguns dias, e Stu disse que abordaria a questão de quando enviá-los. Larry disse que não poderiam ser enviados juntos, sob o risco de serem capturados juntos. Continuou dizendo que tanto o juiz quanto Dayna provavelmente suspeitariam de que enviaríamos mais de um espião, mas desde que não soubessem seus nomes, não poderiam dar com a língua nos dentes. Fran disse que a expressão "dar com a língua nos dentes" dificilmente cabia aqui, considerando o que o homem no oeste poderia fazer com eles — se fosse um homem.

Glen: "Eu não seria tão pessimista se fosse você, Fran. Se dermos ao Adversário crédito por até mesmo um tantinho de inteligência, ele saberá que não daríamos aos nossos agentes... acho que poderíamos chamá-los assim... qualquer informação que considerássemos vital para seus interesses. Ele deverá saber que a tortura pouco lhe será útil."

Fran: "Você quer dizer que ele lhes dará uns cascudos e dirá que nunca mais façam isso? Pois acredito que poderia torturá-los, simplesmente porque tortura é uma das coisas de que ele *gosta*. O que diz a isso?"

Glen: "Acho que não há muito que eu *possa* dizer."

Stu: "Essa decisão foi tomada, Frannie. Todos nós concordamos que estaríamos mandando gente nossa para uma missão perigosa, e todos sabemos que tomar tal decisão não foi nada divertido."

Glen sugeriu que concordássemos experimentalmente com a seguinte agenda: o juiz partiria em 26 de agosto, Dayna no dia 27 e Tom no dia 28, nenhum deles sabendo sobre os outros e cada qual partindo por uma estrada diferente. Isso daria o tempo necessário para preparar Tom, acrescentou.

Nick disse que, à exceção de Tom Cullen, a quem será dito quando voltar, através de uma sugestão pós-hipnótica, aos outros dois deve ser dito que terão liberdade de voltar quando sua própria discrição assim indicar, mas que o clima seria um fator — pode nevar forte nas montanhas na primeira semana de outubro. Nick sugeriu que cada um deles fosse aconselhado a não ficar mais de três semanas no oeste.

Fran disse que eles poderiam fazer um giro pelo sul, caso a neve caia cedo nas montanhas, mas Larry discordou, assinalando que a cordilheira Sangre de Cristo ficaria no caminho, a não ser que todos desçam até o México. E, se tiverem de fazer isso, só tornariam a vê-los na primavera.

Larry disse que, sendo este o caso, talvez devêssemos dar uma dianteira ao juiz. Ele sugeriu 21 de agosto, depois de amanhã.

Isto encerrou a questão dos batedores... ou espiões, se preferirem.

Glen então tomou a palavra, e agora estou citando a fita gravada.

Glen: "Quero propor a convocação de outra assembléia geral a 25 de agosto e vou sugerir algumas coisas que poderíamos abordar nessa reunião. Para começar, indicaria algo que talvez os surpreenda. Estivemos presumindo que totalizamos umas seiscentas pessoas na Zona Franca, e Ralph tem mantido registros admiráveis e acurados do número de *grupos grandes* que chegam. É com base nesses números que temos estimado nossa população. Entretanto, também há pessoas chegando a torto e a direito, talvez numa proporção de dez por dia. Então, hoje cedo fui com Leo Rockway ao auditório do Chautauqua e contamos todos os assentos. Há seiscentos e sete lugares. Muito bem, isto não lhes diz alguma coisa?"

Sue Stern disse que a contagem deveria estar errada, porque vira pessoas de pé ao fundo e sentadas nos corredores quando já não havia assentos disponíveis. Então, todos compreendemos aonde Glen queria chegar, e acho que seria bem apropriado dizer que o comitê ficou chocado.

Glen: "Não temos nenhum meio de avaliar acuradamente quantos estavam sentados ou em pé, mas creio que cem seria uma estimativa bastante conservadora. Portanto, como podem ver, estamos com mais de setecentas pessoas aqui na Zona. Como resultado dos achados que Leo e eu fizemos, proponho que um dos itens a ser inserido na agenda seja a formação de um Comitê de Recenseamento."

Ralph: "Bem, quero ser um filho-da-puta se isto não é comigo!"

Glen: "Não, não é culpa sua. Você é o homem dos sete instrumentos, Ralph, e acho que todos concordamos em que vem fazendo um excelente trabalho..."

Larry: "Assino embaixo."

Glen: "... Mas mesmo se estivéssemos recebendo quatro solitários por dia, isso ainda acrescenta quase trinta por semana. E meu palpite é de que estejamos recebendo mais de 12 ou 14. Eles simplesmente não chegam a nós e se anunciam, vocês sabem, e com Mãe Abagail ausente, não há um único lugar onde se possa contá-los tão logo tenham chegado."

Frannie Goldsmith então apoiou a moção de Glen de que o comitê inserisse um Comitê de Recenseamento na agenda para a assembléia de 25 de agosto, o mencionado comitê sendo responsável pela manutenção de uma lista contendo cada habitante da Zona Franca.

Larry: "Sou totalmente a favor se houver alguma razão boa e prática para fazer isso. Mas..."

Nick: "Mas o quê, Larry?"

Larry: "Bem... já não temos coisas demais com que nos preocupar para ficar jogando conversa fora com um monte de burocracia de merda?"

Fran: "Vejo um motivo válido exatamente agora, Larry."

Larry: "E qual é?"

Fran: "Bem, se Glen estiver certo, isto significa que vamos precisar arranjar um local maior para a próxima assembléia. É a única solução. Se tivermos oitocentas pessoas aqui por volta do dia 25, jamais poderemos amontoá-los no auditório do Chautauqua."

Ralph: "Meu Deus, jamais pensei nisso. Eu *disse* a vocês que não estava apto para este trabalho."

Stu: "Relaxe, Ralph, você está indo muito bem."

Sue: "Bem, então onde é que vamos realizar a maldita assembléia?"

Glen: "Espere aí, espere aí. Uma coisa de cada vez. Há uma droga de uma moção esperando ser votada."

Foi votada e ganhou por unanimidade a inserção do Comitê de Recenseamento na agenda para a próxima assembléia.

Stu propôs então que a assembléia de 25 de agosto se realizasse no Auditório Munsiger, na Universidade de Colorado, cuja capacidade é maior — cerca de mil pessoas.

Glen pediu a palavra, que lhe foi concedida novamente.

Glen: "Antes de continuarmos, gostaria de assinalar que existe outra boa razão para se ter um Comitê de Recenseamento, uma bem mais séria do que saber a quantidade de pasta para os biscoitinhos aperitivos a levar para o grupo. *Deveríamos* saber quem está chegando... mas também quem está partindo. Acho que tem gente indo embora, entendem? Talvez seja apenas paranóia, mas eu poderia jurar que não vi mais rostos que costumava ver antes. Seja como for, após nossa ida ao Auditório Chautauqua, Leo e eu fomos à casa de Charlie Impening. E querem saber? A casa está vazia, os pertences de Charlie sumiram, até o diploma universitário dele."

Houve alguns comentários surpresos do comitê e também alguns xingamentos que, embora interessantes, não se enquadram neste registro.

Ralph perguntou então que vantagem teríamos em saber quem está partindo. Sugeriu que, se pessoas como Impening queriam ficar do lado do homem escuro, então que bons ventos as levassem. Vários do comitê o aplaudiram e Ralph corou como um colegial, se me permitem acrescentar isso.

Sue: "Não, eu compreendo o ponto de vista de Glen. Isso equivaleria a uma constante drenagem de informação."

Ralph: "Bem, e o que poderíamos fazer? Botá-los na cadeia?"

Glen: "Por mais feio que pareça, acho que deveríamos considerar seriamente esta questão."

Fran: "Nem pensar. Enviar espiões... isso ainda posso engolir, mas prender pessoas que vieram para cá, só porque discordam da maneira como estamos agindo? Por Deus, Glen! Isso é coisa de polícia secreta!"

Glen: "Sim, concordo, mas acontece que nossa situação aqui é extremamente precária. Você me coloca na posição de defensor da repressão, o que considero muito injusto. Estou perguntando a vocês se querem permitir que continue uma evasão de cérebros, em vista de nosso Adversário."

Fran: "Ainda continuo detestando isso. Nos anos 50, Joe McCarthy tinha como alvo o comunismo. Nós temos o nosso homem escuro. Como é maravilhoso para nós."

Glen: "Fran, você está preparada para correr o risco de que alguém possa ir embora daqui com uma peça importante de informação no bolso? A de que Mãe Abagail se foi, por exemplo?"

Fran: "Charlie Impening pode dizer isso a ele. Que outras peças importantes de informação nós temos, Glen? Na maior parte do tempo não ficamos perambulando por aí sem nenhum indício?"

Glen: "Quer que ele fique a par da nossa força numérica? De como estamos indo na parte técnica? Que nem sequer ainda dispomos de um médico?"

Fran disse que preferia isso a começarmos a trancafiar as pessoas porque não gostavam do modo como fazíamos as coisas. Stu então propôs que arquivássemos toda idéia de prender pessoas por opiniões contrárias. A moção foi aprovada com Glen votando contra.

Glen: "É bom se acostumarem com a idéia de que terão de lidar com isso cedo ou tarde... e provavelmente mais cedo. Charlie Impening dar com a língua nos dentes para Flagg já é ruim o bastante. Vocês só têm que perguntar a si mesmos se querem multiplicar o que Impening sabe por algum fator *x* teórico. Bem, não importa, vocês já puseram em votação. Porém há mais uma coisa... fomos eleitos indefinidamente, algum de vocês já pensou nisso? Não sabemos se nosso mandato é de seis semanas, seis meses ou seis anos. Minha sugestão é de que fosse de um ano... o que nos levaria ao fim do começo, nas palavras de Harold. Eu gostaria de ver a idéia do mandato de um ano na agenda da próxima assembléia geral.

"Mais um último item e termino. Governar por reuniões dos cidadãos... que é essencialmente o que temos... será ótimo por algum tempo, até ficarmos com uma população de umas três mil pessoas, mas quando as coisas extrapolarem, a maioria dos presentes nas assembléias será formada de claques e elementos dissidentes... a fluorização causa esterilidade, pessoas querendo algum tipo de bandeira, coisas desse tipo. Minha sugestão é de que precisamos refletir seriamente na maneira de transformarmos Boulder em uma República, em fins do próximo inverno ou começo da primavera."

Houve alguma discussão informal sobre a última proposta de Glen, mas nenhuma ação foi tomada nesta reunião. Nick teve a palavra e passou algo a Ralph para ser lido.

Nick: "Estou escrevendo isto na manhã do dia 19, em preparação para a reunião desta noite, e Ralph terá que ler isto como a última ordem de serviço. Ser mudo é às vezes muito difícil, mas tentei pensar em todas as ramificações possíveis do que estou prestes a propor. Gostaria de ver isto incluído na agenda de nossa próxima assembléia geral: 'Providenciar para que a Zona Franca crie um Departamento da Lei e da Ordem, tendo Stu Redman como chefe.'"

Stu: "Isto é um tremendo abacaxi para eu descascar, Nick."

Glen: "Interessante. Vai de encontro ao que justamente acabamos de debater. Deixe-o acabar, Stuart... você terá sua vez."

Nick: "O quartel-general deste Departamento da Lei e da Ordem seria a sede do condado de Boulder. Stu teria o poder de delegar trinta homens para assessorá-lo e, acima de trinta, só por uma maioria de votos do Comitê da Zona Franca e, acima de setenta, por uma maioria de votos das assembléias gerais da Zona Franca. Eis a resolução que gostaria de ver na próxima agenda. Claro que podemos aprovar até ficarmos roxos de vergonha, o que nada traria de positivo, a menos que Stu continue."

Stu: "Acertou em cheio!"

Nick: "Já crescemos o suficiente para *precisarmos* realmente de um arremedo de lei. Sem isso, será o caos. Temos o caso daquele garoto Gehringer dirigindo velozmente aquele carro acima e abaixo da Pearl Street. Ele por fim bateu com o carro e teve a sorte de safar-se com apenas um corte na testa. Podia ter morrido, ter matado alguém. Ora, todos os que o viram fazendo aquilo sabiam que resultaria em problema. B-E-B-I-D-A atrai problemas, como diria Tom Cullen. No entanto, ninguém achou que devia impedi-lo, porque não tinham autoridade para isso. Essa foi uma coisa. Depois houve o caso de Rich Moffat. Talvez alguns de vocês conheçam Rich, mas, para quem não o conhece, ele talvez seja o único alcoólatra inveterado da Zona. É um sujeito meio decente quando sóbrio, mas perde a noção das coisas quando está bêbado, e ele passa um bocado de tempo bebendo. Há três ou quatro dias, estava alto e resolveu quebrar todas as janelas de vidro laminado da Arapahoe Street. Bem, falei com ele depois de passada a bebedeira... na minha maneira de falar, por escrito. Ele ficou muito envergonhado e apontou para o que fizera, dizendo: 'Olhe só para isso, veja o que fiz! Cacos de vidro por toda a calçada! E se alguma criança se cortasse? A culpa seria minha!'"

Ralph: "Não sinto a menor pena de gente assim. Nenhuma."

Fran: "Ora, vamos, Ralph! Todos sabem que o alcoolismo é uma doença!"

Ralph: "Doença o cacete! Não passa de vício, isso sim!"

Stu: "E vocês dois parece que beberam. Vamos lá, baixem o facho!"

Ralph: "Desculpe, Stu. Vou me limitar a ler a carta de Nick."

Fran: "E ficarei calada por pelo menos dois minutos, Sr. Presidente. Prometo."

Nick: "Para resumir uma longa história, arranjei uma vassoura e Rich varreu toda a porcaria que tinha feito. Aliás, varreu muito bem. No entanto, estava certo ao perguntar por que ninguém o impediu. Nos velhos tempos, caras como Rich nem tinham condições de bancar o porre de alta tensão que desejavam; ficavam na bebida barata e batizada. Mas agora temos um sortimento incrível de bebida de todo tipo nas prateleiras, é só pegar e levar. Além disso, acho que jamais permitiriam a Rich quebrar mais do que a primeira vidraça, mas ele quebrou todas as janelas do lado ímpar da rua por três quarteirões. Só parou porque ficou cansado. E eis mais um exemplo: tivemos o caso de um homem, cujo nome não vou mencionar, que encontrou sua mulher, cujo nome também omitirei, passando todo o seu tempo ocioso à tarde em companhia de uma terceira pessoa. Imagino que todos saibam de quem estou falando."

Sue: "Claro, acho que sabemos. O grandalhão brigão."

Nick: "Seja como for, o homem em questão surrou a terceira pessoa e também a mulher envolvida. Ora, acho que não nos interessa saber quem tinha ou não razão..."

Glen: "Você está enganado nisso, Nick."

Stu: "Deixe o homem terminar, Glen."

Glen: "Vou deixar, mas há um ponto a que quero retornar."

Stu: "Ótimo. Prossiga, Ralph."

Ralph: "Sim... vamos até o final agora."

Nick: "... porque o importante é que esse homem cometeu um delito grave, agressão e espancamento, mas continua circulando livre por aí. Dos três casos, esse é o que mais preocupa os cidadãos. Estamos vivendo numa sociedade heterogênea, uma verdadeira mistura, e vamos enfrentar todo tipo de conflitos e atritos. Não creio que nenhum de nós queira uma sociedade de fronteira aqui em Boulder. Pensem na situação que teríamos se o homem em questão houvesse pegado um .45 em alguma casa de penhores e matasse as outras duas pessoas, em vez de surrá-las. Então estaríamos com um assassino à solta."

Sue: "Meu Deus, Nick, o que é isso? O pensamento do dia?"

Larry: "É, é horrível, mas ele está certo. Há um velho ditado, acho que da Marinha, que diz: 'Qualquer coisa que possa dar errado *dará*.'"

Nick: "Stu já é o nosso mediador público e privado, isto significando que as pessoas o vêem como uma figura de autoridade. E, pessoalmente, acho que Stu é um bom homem para a função."

Stu: "Obrigado pelas palavras gentis, Nick. Acho que você nunca notou que uso botas de tacão alto. Falando sério, porém... aceitarei a indicação, se é o que deseja. Não quero realmente o maldito posto... pelo que vi lá no Texas, o trabalho policial consiste principalmente em limpar vômito da camisa quando sujeitos como Rich Moffat botam os bofes para fora, ou tirar das ruas idiotas como esse garoto Gehringer. Tudo que peço é que, quando levarmos o assunto para a assembléia geral, coloquemos neste cargo o mesmo limite de um ano que iremos propor para nossos cargos no comitê. E quero deixar bem claro que vou cair fora depois de completado um ano. Se a idéia for aceita, é claro."

Glen: "Acho que posso falar por todos nós ao dizer que é isso aí. Quero agradecer a Nick por sua moção e deixar registrado que se trata de uma tacada de gênio. E apóio a moção."

Stu: "Muito bem, a moção está aprovada. Algo mais a ser discutido?"

Fran: "Sim, há algo mais. Tenho uma pergunta. E se alguém estourar sua cabeça?"

Stu: "Não acredito que..."

Fran: "Não, você não *acredita*. Não acredita mesmo! Bem, o que é que Nick irá me dizer se tudo o que acham estiver *errado*? 'Ah, sinto muito, Fran?' É isso que ele irá dizer? 'Seu homem está caído na sede do condado com um — buraco de bala na cabeça e acho que cometemos um *erro*'? Pelo amor de Deus, vou ter um *bebê* e vocês querem que ele seja *Pat Garrett*?!"

Houve mais dez minutos de discussão, em sua maior parte irrelevante; e Fran, obediente secretária de atas, permitiu-se um bom choro antes de recuperar o controle. A votação para indicação de Stu como xerife da Zona Franca foi de 6 a 1, e desta vez Fran não modificou seu voto. Glen pediu a palavra uma última vez, antes que fosse encerrada a reunião.

Glen: "Isto é só uma idéia novamente, não uma moção, nada para ser votado, mas algo que deve ser bem pensado. Voltando ao terceiro exemplo de Nick sobre problemas de lei e ordem: ele descreveu o caso e terminou dizendo que a nós não importava quem estava certo ou errado. Acho que ele estava errado. Acredito que Stu seja um dos homens mais justos que já conheci. *No entanto, a aplicação da lei sem um sistema judiciário não é justiça.* É apenas vigilância, regida pelos punhos. Suponhamos agora que o sujeito, que todos conhecemos, tivesse pegado um .45 e matado com ele sua mulher e o amante dela. Suponhamos ainda que Stu, como nosso xerife, o trancafiasse no xadrez. E depois? Por quanto tempo mantê-lo preso? Legalmente, não poderíamos sequer prendê-lo, pelo menos segundo a Constituição que adotamos em nossa assembléia da noite passada, porque, segundo ela, um homem é inocente até que seja provada sua culpa em julgamento. Ora, na *verdade*, todos sabemos que o trancafiamos. Não nos sentiríamos seguros com ele circulando pelas ruas! Então fizemos isso, embora gritantemente anticonstitucional, porque quando a segurança e a constitucionalidade estão em campos opostos, a segurança deve prevalecer. Contudo, compete a nós tornar segurança e constitucionalidade sinônimos, o mais rápido que pudermos. Precisamos pensar em um sistema judiciário."

Fran: "Isso é muito interessante e concordo que seja algo em que devemos pensar, mas no momento proponho adiarmos. É tarde, estou muito cansada."

Ralph: "Caramba, apóio a proposta. Vamos falar de justiça na próxima vez. Nesse exato momento, minha cabeça não está muito boa, está girando sem parar. Esse negócio de reinventar o país é mais difícil do que parecia a princípio."

Larry: "Amém."

Stu: "Há uma moção para adiar. Todos estão de acordo?"

A proposta de adiamento foi aprovada por unanimidade.

Frances Goldsmith, secretária

* * *

— Por que está parando? — perguntou Fran quando Stu pedalou a bicicleta lentamente para o meio-fio e pousou o pé no chão. — Ainda falta um quarteirão. — Os olhos dela ainda estavam vermelhos do choro durante a reunião. Stu achou que nunca a vira com aspecto tão fatigado.

— Essa história de ser xerife... — começou ele.

— Stu, não quero falar sobre isso.

— Alguém teria de assumir o cargo, meu bem. E Nick estava certo. Sou a escolha lógica.

— Que se dane a lógica! E quanto a mim e ao bebê? Não enxerga nenhuma lógica em nós, Stu?

— Eu devia saber o que você quer para o bebê — disse ele suavemente. — Você já não me disse isso tantas vezes? Quer vê-lo criado num mundo que não esteja tão totalmente louco. Quero coisas seguras para ele... ou ela. Também quero isso. Mas não vou dizer tais coisas na frente dos outros. Isto é algo entre nós dois. E você e o bebê são as principais razões por ter concordado.

— Sei disso — disse ela em voz baixa e sufocada.

Stu pôs os dedos sob o queixo dela e a fez erguer o rosto. Sorriu para Fran, que fez um esforço para sorrir de volta. Era um sorriso cansado, as lágrimas rolavam pelas faces, porém era melhor do que nenhum sorriso, afinal.

— Tudo vai correr bem — disse ele.

Ela sacudia a cabeça de um lado para outro, lentamente. Algumas lágrimas voaram para a cálida noite de verão.

— Acho que não — replicou ela. — Sinceramente, acho que não.

* * *

Ela ficou muito tempo acordada durante a noite, pensando que o calor só podia provir do fogo — Prometeu teve o fígado bicado por isso — e que o amor está sempre comprometido com sangue.

Então foi tomada por singular certeza, tão entorpecedora quanto uma anestesia furtiva, de que terminariam em uma torrente de sangue. O pensamento a fez colocar as mãos protetoramente sobre o ventre e, pela primeira vez em semanas, viu-se pensando no seu sonho: o homem escuro com seu sorriso... e seu cabide retorcido.

* * *

Além de procurar por Mãe Abagail com um grupo de voluntários selecionados em seu tempo de folga, Harold Lauder fazia parte do Comitê de Sepultamento. Passou o dia 21 de agosto na carroceria de um caminhão-basculante com mais cinco homens, todos usando botas, trajes protetores e grossas luvas de borracha Playtex. Chad Norris, o chefe do Comitê de Sepultamento, encontrava-se no lugar que denominara, com uma calma quase espantosa, de Sítio de Sepultamento nº 1. Ficava 15 quilômetros a sudoeste de Boulder, numa área que certa época fora destinada à mineração de carvão. O local era tão agreste e estéril quanto as montanhas lunares sob o ardente sol de agosto. Chad aceitara o posto relutantemente, porque um dia tinha sido ajudante de coveiro em Morristown, Nova Jersey.

— Não há nada de enterramento nisto — dissera ele naquela manhã no terminal de ônibus Greyhound, entre as ruas Arapahoe e Walnut, que se tornara a base de operação do Comitê de Sepultamento. Ele acendera um Winston com um fósforo de madeira e sorria para os vinte homens sentados em torno. — Quero dizer, trata-se de um enterramento, mas não de um enterramento *enterrado*, se é que me entendem.

Houve alguns sorrisos tensos, o de Harold sendo o mais amplo entre eles. Seu estômago roncava constantemente porque não ousara comer nada como café-da-manhã. Não tivera certeza de poder conservar o alimento dentro de si, considerando-se a natureza do trabalho. Podia ter ficado com as turmas de busca a Mãe Abagail e ninguém murmuraria uma palavra de protesto, embora fosse óbvio para qualquer homem pensante na Zona Franca (se *houvesse* algum homem pensante na Zona Franca além dele — uma questão a se discutir) que procurá-la com a ajuda de apenas 15 homens era um exercício inútil ao se considerarem os milhares de quilômetros quadrados de florestas e planícies vazias ao redor. E, naturalmente, ela talvez nem tivesse *saído* de Boulder, hipótese em que ninguém parecia ter pensado (o que não constituía nenhuma surpresa para Harold). Ela bem que poderia ter se instalado em alguma casa, situada em qualquer ponto além do centro da cidade, e talvez nunca fosse encontrada, a não ser que se fizesse uma busca de casa em casa. Redman e Andros não tinham dito qualquer palavra de protesto ao ouvirem a sugestão de Harold para que o Comitê de Busca aproveitasse um fim de semana para trabalhar, uma espécie de busca ao entardecer. Isso disse a Harold que também eles já davam o caso como encerrado.

Ele poderia ter ficado no Comitê de Busca, porém quem é mais apreciado em qualquer comunidade? Quem é a pessoa mais confiável? Ora, o cara que faz o trabalho sujo, claro, e o faz com um sorriso. O cara que faz o trabalho que ninguém tem coragem de fazer.

— Vai ser como sepultar madeira empilhada — Chad disse a eles. — Se puderem enfiar isso na cabeça, tudo correrá bem. Alguns de vocês talvez vomitem no começo. Não há nenhuma vergonha nisso; basta que se retirem para algum lugar onde os outros não possam ver. Depois de vomitarem, acharão mais fácil pensar dessa maneira: madeira empilhada. Nada mais que madeira empilhada.

Os homens se entreolharam desconfortavelmente.

Chad os dividiu em equipes de seis homens. Ele e os outros dois foram preparar um lugar para onde seriam levados os corpos. Cada equipe recebeu uma zona específica da cidade onde atuar. O caminhão de Harold passara o dia na área de Table Mesa, abrindo caminho lentamente para oeste, a partir da rampa de saída do posto de pedágio Denver-Boulder. Subiram a Martin Drive até o cruzamento com a Broadway. Desceram a rua 39 e retornaram à 14, com casas suburbanas em uma extensão de terreno agora com uns trinta anos de idade, retroagindo ao tempo da explosão populacional de Boulder.

Chad conseguira máscaras contra gás no arsenal da Guarda Nacional, porém só teriam de usá-las depois do almoço (almoço? Que almoço? O de Harold consistiu em uma torta de maçã Berry's, e isso fora tudo que pudera ingerir). Depois entraram na igreja dos mórmons, na parte baixa da Table Mesa Drive. As pessoas haviam corrido para ali, já infectadas pela epidemia, e era onde tinham morrido, mais de setenta, exalando um fedor terrível.

— Madeira empilhada — repetiu um dos parceiros de Harold, em voz aguda, nauseada e risonha. Harold o contornara em passos trôpegos. Chegou a uma quina do aprazível prédio de tijolos, que outrora fora utilizada como seção eleitoral em anos de votação. Ali despejou todo o recheio de torta de maçã e concluiu que Norris estivera certo: sentiu-se bem melhor de estômago vazio.

O trabalho de esvaziar a igreja exigiu-lhes duas viagens e a maior parte da tarde. Vinte homens, pensou Harold, para dar fim a todos os cadáveres em Boulder. Chegava a ser engraçado. Boa parte dos residentes fugira de Boulder como coelhos com medo do Centro de Observações Atmosféricas, mas *ainda*... Harold supôs que se o Comitê de Sepultamentos crescesse com a população, seria possível já terem colocado a maioria dos corpos debaixo da terra quando caísse a primeira nevasca forte (não que ele esperasse ainda estar ali à ocasião) e a maioria das pessoas jamais saberia o quanto fora real o perigo de uma nova epidemia — uma epidemia à qual não estavam imunes.

O Comitê da Zona Franca estava repleto de idéias brilhantes, pensou ele com desdém. O comitê seria excelente... enquanto seus membros pudessem contar com o bom e velho Harold Lauder para verificar se os cordões de seus sapatos estavam amarrados, claro. O bom e velho Harold se presta bem para isso, mas não é bom o suficiente para participar da porra do Comitê Permanente. Ah, claro que não. Ele nunca prestou o suficiente nem para arranjar uma garota para ser seu par no baile de formatura no Ginásio Ogunquit, nem mesmo uma feiosa. Santo Deus, não, não Harold. Lembrem-se, rapazes, quando descemos diretamente àquele proverbial lugar onde o mamífero peludo esvaziou os intestinos no capinzal, isto não é nenhuma questão lógica, analítica, nem mesmo uma questão de bom senso. Quando descemos àquele lugar, tudo se resume a uma porra de um concurso de beleza.

Bem, alguém se lembra. Alguém está fazendo o registro, rapazes. E o nome desse alguém é — por favor, um rufar de tambor, maestro — Harold Emery Lauder.

Assim, ele retornou à igreja limpando a boca e sorrindo o melhor que podia, assentindo que estava pronto para continuar. Alguém lhe bateu nas costas e o sorriso de Harold aumentou, enquanto ele pensava: *Algum dia ainda vai perder sua mão por causa disso, seu babaca.*

Fizeram o último carregamento às 16h15. A carroceria do caminhão seguiu lotada com os últimos cadáveres mórmons. Na cidade, o caminhão precisou tecer laboriosamente o seu trajeto, indo de um lado para outro no trânsito bloqueado pelos veículos parados e abandonados, mas na Colorado 119 três carros-guincho haviam trabalhado o dia inteiro, removendo os veículos abandonados ou abalroados e depositando-os nas valas dos dois lados da estrada. Ali jaziam eles, como brinquedos capotados de alguma criança-gigante.

No local de sepultamento, os outros dois caminhões cor de laranja estavam já estacionados. Homens perambulavam por ali, agora sem as luvas, os dedos brancos e franzidos nas pontas por suarem o dia inteiro contra a borracha. Eles fumavam e conversavam trivialidades. Quase todos estavam muito pálidos.

Norris e seus dois auxiliares tinham conseguido transformar a tarefa em uma ciência. Estenderam uma enorme folha de plástico sobre o solo de cascalho. Norman Kellog, o homem da Louisiana que dirigia o caminhão de Harold, rodou em ré até a borda do plástico. A traseira da caçamba desceu com estrondo e os primeiros cadáveres caíram sobre o plástico estendido, como bonecos de trapo parcialmente enrijecidos. Harold quis virar-se, porém receou que os outros considerassem isso uma fraqueza. Não se importava muito em ver os corpos caindo; pior era o barulho que faziam ao bater no que seria sua mortalha. O ronronar do motor do caminhão se intensificou e houve um gemido hidráulico quando a caçamba começou a erguer-se. Agora os cadáveres caíam para fora como uma grotesca chuva humana. Harold sentiu um instante de piedade, uma sensação tão profunda que chegava a doer. *Madeira empilhada*, pensou. *Estava para lá de certo. Ali estava tudo que restava... madeira empilhada.*

— *Eia!* — gritou Chad Norris e Kellog impeliu o caminhão à frente e fez a caçamba voltar à posição normal. Chad e seus ajudantes pisaram no plástico, todos carregando ancinhos. Agora Harold desviou a vista, fingindo examinar o céu em busca de indícios de chuva, e não foi o único, mas ele ouviu um som que o assombraria nos seus sonhos, o som de moedas caindo dos bolsos de homens e mulheres mortos enquanto Chad e seus ajudantes usavam os ancinhos, espalhando os cadáveres uniformemente. As moedas caindo sobre o plástico produziam um som que lembrava Harold absurdamente o de fichas de jogo despejadas numa bandeja. O fedor doentio-adocicado de decomposição se espalhou no ar quente.

Quando olhou de volta, três deles estavam erguendo as bordas da mortalha de plástico, grunhindo com o esforço, os músculos dos braços retesados. Alguns dos outros homens, Harold entre eles, ajudaram na tarefa. Chad Norris surgiu com um enorme grampeador industrial. Vinte minutos depois, essa parte do serviço estava concluída e o plástico jazia no solo como uma cápsula de gelatina gigante. Norris subiu na cabine de um buldôzer amarelo-vivo e ligou o motor. A prancha de escavar entrou em ação. O buldôzer rolou à frente.

Um homem chamado Weizak, também do caminhão de Harold, se afastou da cena com os passos saltitantes de um fantoche descontrolado. Um cigarro tremia entre seus dedos.

— Cara, não consigo ver isso — disse ele ao passar por Harold. — Chega a ser meio engraçado. Só hoje descobri que sou judeu.

O buldôzer empurrou o enorme embrulho de plástico para um comprido corte retangular no solo. Chad recuou, desligou o motor e desceu da cabine. Fazendo sinal para os homens se agruparem, ele caminhou até um dos caminhões e pôs um pé calçado de bota sobre o estribo.

— Sem vivas de torcida organizada, rapazes — disse ele —, mas vocês se saíram tremendamente bem. Enterramos perto de mil unidades hoje, acho.

Unidades, pensou Harold.

— Sei que esse tipo de trabalho exige um bocado de um homem. O comitê está nos prometendo mais dois homens antes do fim da semana, mas sei que isso não muda o jeito como vocês se sentem... ou o jeito como eu me sinto, por falar nisso. Tudo que quero dizer é que, se para alguns de vocês isto foi uma barra pesada, não se sintam na obrigação de agüentar mais um dia desse serviço e não precisam se preocupar em me evitar se cruzarem comigo nas ruas. Mas se algum de vocês acha que não pode suportar, é tremendamente importante que encontre alguém para substituí-lo amanhã. Até onde é da minha conta, este é o serviço mais importante na Zona Franca. A situação não é tão ruim agora, mas se ainda tivermos 20 mil cadáveres em Boulder quando vier o tempo chuvoso, as pessoas vão ficar doentes. Se acharem que podem continuar, eu os verei amanhã de manhã no terminal de ônibus.

— Estarei lá — disse alguém.

— Eu também — disse Norman Kellogg. — Depois de um banho de seis horas esta noite.

Risadas.

— Conte comigo — ecoou Weizak.

— Comigo também — disse Harold, baixinho.

— É um trabalho sujo — continuou Norris numa voz baixa e cheia de emoção. — Vocês são bons homens. Duvido se o resto deles reconhecerá isto algum dia.

Harold teve uma sensação de união, de camaradagem, e lutou contra isso, subitamente temeroso. Isto não fazia parte do plano.

— Te vejo amanhã, Falcão — disse Weizak e apertou-lhe o ombro.

O sorriso de Harold foi perplexo e defensivo. *Falcão?* Que tipo de piada era essa? De mau gosto, claro. Sarcasmo barato. Chamar de Falcão o gordo e espinhento Harold Lauder. Ele sentiu o velho e sombrio ódio ressurgir, desta vez dirigido a Weizak, um ódio que depois parou de crescer, em súbita confusão. Ele *não era* mais gordo. Nem sequer podia ser chamado de robusto. Suas espinhas haviam desaparecido ao longo das últimas sete semanas. Weizak não sabia que ele tinha sido o alvo de gozações na escola. Weizak não sabia que o pai de Harold lhe perguntara uma vez se ele era homossexual. Weizak não sabia que Harold tivera de carregar a cruz de ter uma irmã popular. E, se tivesse sabido, Weizak não teria ligado a mínima.

Harold subiu na carroceria de um dos caminhões, sua mente se revolvendo desamparadamente. De súbito, todos os rancores antigos, as velhas mágoas e as contas não ajustadas pareceram tão inúteis quanto o papel-moeda que entupia todas as caixas registradoras do país.

Poderia ser verdade? Poderia mesmo? Ele ficou em pânico, sozinho e assustado. Não, decidiu por fim. Era impossível ser verdade. Porque, vamos considerar: se você tem força de vontade suficiente para resistir ao baixo conceito dos outros, quando eles o consideram um maricas, um constrangimento ou apenas um velho saco de merda, então tem de ter força de vontade suficiente para resistir a...

Resistir a quê?

À *boa* opinião dos outros a seu respeito?

Esse tipo de lógica não era... bem, esse tipo de lógica era loucura, não era?

Uma velha citação aflorou-lhe à mente perturbada: a justificativa de um general para o confinamento de nipo-americanos durante a Segunda Guerra Mundial. Quando observaram a este general que nenhum ato de sabotagem ocorrera na Costa Oeste, onde era maior a concentração de japoneses naturalizados, ele respondera: "O próprio fato de não ter havido sabotagem já é um indício de mau agouro."

Este era ele?

Era?

O caminhão deles parou no pátio de estacionamento do terminal da Greyhound. Harold saltou por sobre a lateral da carroceria, refletindo que até sua coordenação havia melhorado mil por cento, fosse pelo peso que perdera, por seu exercício constante ou por ambas as coisas.

O pensamento lhe retornou, teimoso, recusando-se a ser sepultado: *Eu poderia ser um esteio desta comunidade.*

Mas eles o tinham esnobado.

Isso não importa. Tenho cérebro para arrombar a porta que bateram na minha cara. E creio que terei peito para abri-la, mesmo que não esteja trancada.

Porém...

Pare com isso! Pare! Você poderia muito bem estar usando algemas e correntes nas pernas com essa palavra impressa em todas elas. Porém! Porém! Porém! Será que não pode parar com isso, Harold? Não pode, pelo amor de Deus, descer da porra deste seu pedestal?

— Ei, cara, você está legal?

Harold sobressaltou-se. Era Norris, voltando do escritório do despachante, que passara a ser o seu. Parecia cansado.

— Eu? Ah, estou ótimo. Estava só pensando.

— Bem, continue. Parece que, toda vez que faz isso, você imprime dinheiro para este negócio.

Harold sacudiu a cabeça.

— Não é verdade.

— Não? — Chad não insistiu. — Quer que o deixe em algum lugar?

— Não precisa. Tenho meu helicóptero.

— Quer saber de uma coisa, Falcão? Acho que a maioria desses caras vai mesmo voltar amanhã.

— Eu também vou. — Harold caminhou até sua moto e subiu nela. Viu-se saboreando seu novo apelido, embora um tanto a contragosto.

Norris sacudiu a cabeça.

— Eu nunca teria acreditado nisso. Imaginei que, uma vez tivessem visto o que era o serviço, os rapazes procurariam um monte de outras coisas com que se ocupar.

— Vou lhe dizer o que acho — disse Harold. — Acho que é mais fácil realizar um trabalho sujo para si mesmo do que fazê-lo para outra pessoa. Alguns desses rapazes... creio que é a primeira vez em suas vidas que não trabalham para um patrão.

— É, acho que faz algum sentido. Vejo você amanhã, Falcão.

— Às oito — confirmou Harold e seguiu com a moto pela Arapahoe, entrando na Broadway. À sua direita, uma equipe formada principalmente por mulheres manobrava um carro-guincho e um guindaste, endireitando um veículo que havia capotado. O grupo havia atraído uma respeitável multidão. Este lugar está se arrumando, pensou Harold. Não reconheço metade dessas pessoas.

Seguiu em frente rumo a sua casa, a mente preocupada e matutando o problema que julgara ter resolvido há muito tempo. Ao chegar em casa havia uma pequena Vespa branca estacionada junto ao meio-fio. E uma mulher sentada nos degraus da entrada.

* * *

Ela se levantou quando Harold começou a subir a aléia e estendeu a mão. Era uma das mulheres mais extraordinárias que já vira — já a tinha visto antes, claro, mas não tão de perto.

— Sou Nadine Cross — disse ela. Tinha uma voz grave, quase rouca. O seu aperto de mão era firme e calmo. Os olhos de Harold desceram involuntariamente para o corpo dela por um instante, um hábito que sabia ser detestado pelas garotas, mas que não conseguia conter. Mas ela não pareceu se importar. Usava *slacks* claros, em sarja de algodão, que aderiam às pernas longas, e uma blusa sem mangas feita de um tecido sedoso azul-claro. Não usava sutiã, adivinhou ele. Que idade teria? Trinta? Trinta e cinco? Talvez mais jovem. Estava ficando prematuramente grisalha.

No corpo inteiro?, indagou aquela parte de sua mente que vivia incessantemente excitada (e, aparentemente, sempre virginal), fazendo seu coração acelerar um pouco.

— Harold Lauder — respondeu ele, sorrindo. — Você chegou com o grupo de Larry Underwood, não é?

— Isso mesmo.

— Seguiram Stu e Frannie e a mim através do Grande Vazio, estou sabendo. Larry me visitou na semana passada. Trouxe uma garrafa de vinho e algumas barras de chocolate. — Suas palavras soavam de maneira falsa e distante. De repente, Harold compreendeu que Nadine sabia que ele a estava catalogando, despindo-a mentalmente. Lutou contra a ânsia de lamber os lábios e venceu... pelo menos por enquanto. — Ele é um cara superlegal.

— Larry? — Ela riu um pouco, um som estranho e um tanto enigmático. — Sim, Larry é um príncipe.

Os dois entreolharam-se por um momento. Harold jamais havia sido examinado por uma mulher cujos olhos fossem tão francos e especulativos. Ficou de novo cônscio de sua excitação, de um cálido nervosismo no ventre.

— Bem — disse ele. — Em que posso servi-la esta tarde, Srta. Cross?

— Para começar, pode me chamar de Nadine. E também poderia me convidar para jantar. Isso nos tomaria algum tempo.

Aquele senso de excitação nervosa começou a se espalhar.

— Aceitaria ficar para jantar, Nadine?

— Com imenso prazer — respondeu ela e sorriu. Quando pousou a mão no antebraço dele, Harold sentiu uma espécie de pequeno choque elétrico. Os olhos dela não se desviavam dos seus. — Muito obrigada.

Ele enfiou a chave no buraco da fechadura, pensando: *Agora ela vai perguntar por que tranco a porta e vou ficar gaguejando, procurando uma resposta, parecendo um tolo.*

Mas Nadine nada perguntou.

* * *

Não foi ele quem preparou o jantar; foi ela.

Harold chegara ao ponto em que achava impossível produzir uma refeição pelo menos decente à base de enlatados, mas Nadine saiu-se muito bem. Recordando de súbito o que estivera fazendo o dia inteiro, ele perguntou se ela aguardaria uns vinte minutos (e Nadine por certo estaria ali por causa de uma questão muito mundana, alertou-se Harold, em desespero), enquanto ele tomava um banho.

Quando voltou — tendo usado dois bons baldes de água para limpar-se — ela manejava coisas na cozinha. A água fervia alegremente no fogão a botijão de gás. Quando Harold entrou na cozinha, Nadine despejou meia xícara de macarrão dentro da panela. Algo líquido fervia em fogo brando no outro bico de gás, dentro de uma caçarola. Ele inspirou um aroma combinado de sopa de cebola, vinho tinto e cogumelos. Seu estômago roncava. O dia de trabalho penoso mal terminara, mas agora era de repente substituído por um voraz apetite.

— O cheiro está fantástico — disse ele. — Você não deveria estar cozinhando, mas não lamento por isso.

— É uma caçarola de estrogonofe — disse ela, virando-se para sorrir-lhe. — Estritamente improvisada, lamento dizer. Carne enlatada não é um dos ingredientes recomendados quando este prato é feito nos restaurantes mais finos do mundo, porém... — Ela deu de ombros, indicando as limitações a que todos ali estavam submetidos.

— Foi muita gentileza sua se dar a este trabalho.

— De jeito nenhum! — Ela lançou-lhe outro olhar especulativo, virou-se a meio para ele, o tecido sedoso da blusa retesado sobre o seio esquerdo, moldando-o suavemente. Harold sentiu um calorão subindo por seu pescoço e desejou não ter uma ereção. — Nós vamos ser muito bons amigos — disse ela.

— Vamos... mesmo?

— Sim. — Ela voltou-se para o fogão, parecendo encerrar o assunto e deixando Harold diante de inúmeras possibilidades.

Depois disso, a conversa consistiu estritamente em trivialidades... Fofocas sobre a Zona Franca, em sua maior parte. Já havia um farto suprimento disso. Em dado momento, quando estavam em meio à refeição, ele tentou perguntar-lhe de novo o que a havia trazido ali, mas ela limitou-se a sorrir e sacudir a cabeça.

— Gosto de ver um homem comer bem.

Por um instante, Harold imaginou que Nadine devia estar falando sobre outra pessoa e então percebeu que era com *ele*. E comeu; serviu-se três vezes de estrogonofe e, em sua opinião, a carne enlatada não desmereceu o prato em absoluto. A conversa parecia fluir sem dificuldade, deixando-o livre para aquietar o leão em sua barriga e olhar para ela.

Achara-a impressionante? Ela era linda. Madura e linda. Os cabelos, que puxara para trás num rabo-de-cavalo a fim de cozinhar com mais facilidade, estavam entremeados por fios alvíssimos, não grisalhos como pensara a princípio. Os olhos eram escuros e sérios e quando se focalizavam nos dele sem hesitação, Harold sentia-se confuso. A voz de Nadine era baixa e confidencial. O som daquela voz começou a afetá-lo de uma forma que tanto tinha de desconfortável quanto de quase excruciantemente agradável.

Terminada a refeição, Harold começou a levantar-se, mas ela o impediu.

— Café ou chá?

— Na verdade, eu poderia...

— Poderia, mas não vai. Café, chá... ou eu? — Ela sorriu então, não o sorriso de alguém que fez um comentário de pequeno risco ("conversa audaciosa", como diria sua velha e querida mãe, a boca franzida numa linha desaprovadora), mas um pequeno sorriso lento, sumarento como o creme encimando uma sobremesa. E, de novo, aquele olhar especulativo.

Com o cérebro rodopiando, Harold replicou com insana despreocupação:

— Os dois últimos — e mal conseguiu conter um acesso de incontidas risadinhas adolescentes, tendo de empregar um poderoso esforço.

— Bem, vamos começar com chá para dois — disse Nadine e foi para o fogão.

Sangue quente latejou na cabeça de Harold no instante em que ela virou as costas, indubitavelmente fazendo seu rosto enrubescer como uma beterraba. *Você é o próprio Sr. Cortês!*, censurou-se febrilmente. *Você interpretou mal um comentário perfeitamente inocente como o maldito idiota que é, e talvez tenha estragado uma ocasião perfeita. E isso lhe cai como uma luva! Cai tremendamente!*

Na hora em que trouxe as canecas fumegantes de chá preto para a mesa, o intenso rubor de Harold tinha se reduzido um pouco e ele se manteve sob controle. O aturdimento se transformara tão abruptamente em desespero que ele sentiu (não pela primeira vez) que seu corpo e mente tinham sido enfiados a contragosto no vagão de uma enorme montanha-russa feita de pura emoção. Ele odiava isto, mas sentia-se impotente para se livrar.

Se ela estivesse interessada em mim, afinal, pensou ele (e só Deus sabe por que estaria, acrescentou desalentado para si mesmo), sem dúvida eu creditaria isso ao expor o pleno alcance de minha inteligência imatura.

Bem, ele já fizera coisas assim e supôs que poderia conviver com o conhecimento de que o fizera novamente.

Nadine fitou-o por sobre a borda da xícara de chá, exibindo aqueles olhos desconcertantemente francos, e sorriu de novo, e o farrapo de equanimidade que fora capaz de reunir desapareceu de imediato.

— Posso ajudá-la em alguma coisa? — perguntou. Isto soou como uma frase de duplo sentido, porém tinha que dizer qualquer coisa, pois ela devia ter vindo com algum objetivo em vista. Estava tão confuso que não conseguiu distender os lábios em seu sorriso de autoproteção.

— Pode — disse ela, depositando a xícara no pires, com ar decidido. — Sim, você pode. Talvez a gente possa se ajudar mutuamente. Quer vir para a sala de estar?

— Claro. — A mão dele tremia. Quando depositou a xícara, derramou um pouco do chá no pires. Ao segui-la até a sala de estar, reparou que os *slacks* de Nadine (que nada tinham de frouxos, sua mente tagarelou) aderiam uniformemente às nádegas. Harold lera em algum lugar, talvez numa das revistas que guardava no fundo do armário de seu quarto, atrás das caixas de sapatos, que era a linha das calcinhas que rompia a uniformidade da aderência dos *slacks* da maioria das mulheres. A mesma revista dizia que se a mulher quisesse apresentar realmente aquela aparência lisa e uniforme, deveria usar meia-calça ou nenhuma calcinha, em absoluto.

Ele engoliu em seco. Tentou, pelo menos. Em sua garganta parecia haver uma espécie de bloqueio.

A sala de estar estava na penumbra, iluminada apenas pela claridade que se filtrava através das persianas baixadas. Passava das seis e meia, e lá fora a tardinha já ia se tornando crepúsculo. Harold foi até uma das janelas para levantar a persiana e deixar entrar mais luz, quando ela pousou a mão no seu braço. Virou-se para Nadine com a boca seca.

— Não. Gosto delas arriadas. Isso nos dá privacidade.

— Privacidade — grasnou Harold com a voz de um papagaio velho.

— Para que eu possa fazer isto — disse ela, avançando levemente para os braços dele.

O corpo de Nadine pressionou-se franca e inteiramente contra o dele. Era a primeira vez na vida de Harold que algo assim lhe acontecia, de maneira que sua surpresa foi total. Podia sentir a pressão macia e individual de cada seio através da blusa azul e sedosa de Nadine. O ventre dela, firme porém vulnerável, achatou-se sobre o seu, não recuando ao sentir a ereção. Ela exsudava um cheiro adocicado, talvez de perfume — ou talvez fosse apenas *seu próprio cheiro*. Aquilo parecia um segredo contado que irrompe, revelador, sobre o ouvinte. As mãos de Harold encontraram os cabelos de Nadine e mergulharam neles.

Por fim houve o beijo, mas ela não recuou, seu corpo permanecendo contra o dele como uma pequena fogueira. Nadine talvez fosse uns 10 centímetros mais baixa, pois tinha de erguer o rosto para o dele. Ocorreu vagamente a Harold que aquela era uma das ironias mais divertidas da sua vida: quando o amor — ou um equivalente razoável — finalmente o encontrara, era como se houvesse deslizado enviesadamente para as páginas de uma história de amor água-com-açúcar de uma revista feminina. Certa vez, em uma carta não-assinada para a revista *Redbook*, ele afirmara que os autores de tais histórias eram um dos poucos argumentos convincentes em prol da eugenia compulsória.

Agora, no entanto, o rosto de Nadine se erguia para o seu, os lábios estavam úmidos e entreabertos, os olhos brilhavam e quase... quase... sim, quase cintilavam como estrelas. O único detalhe não estritamente compatível com o conceito que a *Redbook* fazia da vida era a sua ereção, verdadeiramente espantosa.

— Agora — disse ela. — No sofá.

Os dois chegaram lá de algum modo e então ficaram enredados. Ela soltou os cabelos, que lhe fluíram sobre os ombros; seu perfume parecia estar por toda parte. As mãos de Harold apalpavam os seios e ela não se *incomodava*; na verdade, se contorcia e retorcia, permitindo um acesso mais livre à mão dele. Ele não a acariciava; na sua urgência frenética, ele quase a violentava.

— Você é virgem — disse Nadine. Não era uma pergunta... e seria mais fácil não ter de mentir. E ele confirmou.

— Então vamos fazer isto primeiro. Da próxima vez será mais lento. E melhor.

Nadine desabotoou-lhe os *jeans*, que se abriram, deixando caminho para o zíper da braguilha. Ela traçou de leve uma linha com o indicador através do ventre de Harold, logo abaixo do umbigo. A carne dele estremeceu e saltou ao seu toque.

— Nadine...

— Psss! — O rosto dela estava oculto pela massa de cabelos, impedindo que ele visse sua expressão.

O zíper foi puxado e a Coisa Ridícula, tornada ainda mais ridícula pelo algodão branco na qual estava enfaixada (graças a Deus ele mudara de roupa após o banho), pulou fora como um boneco de mola. A Coisa Ridícula não se dava conta da sua própria aparência cômica, pois sua questão era terrivelmente séria. A questão da virgindade é sempre terrivelmente séria — não prazer, mas experiência.

— Minha blusa...

— Eu posso...?

— Sim, é o que quero. E então vou cuidar de você.

Cuidar de você. As palavras ecoaram para dentro de sua mente como pedras atiradas em um poço, e então ele começou a chupar seu peito com sofreguidão, sentindo o gosto salgado e doce dela.

— Harold, que delícia — disse ela com um suspiro. *Cuidar de você*, as palavras retiniram e martelaram em sua mente.

As mãos de Nadine deslizaram para dentro da cintura de sua sunga e os *jeans* escorregaram até os tornozelos, com um tilintar de chaves.

— Levante-se — sussurrou ela, e Harold obedeceu.

Levou menos de um minuto. Ele gritou alto com a potência de seu clímax, incapaz de conter-se. Foi como se alguém tivesse encostado um fósforo aceso a toda uma rede de nervos logo abaixo da pele, nervos que mergulhavam fundo para formar todo o emaranhado de sua virilha. Agora compreendia por que tantos escritores faziam aquela conexão entre orgasmo e morte.

Depois ele se deitou em meio à penumbra, a cabeça recostada no sofá, o peito arqueado, a boca aberta. Receava olhar para baixo. Achava que jatos de sêmen deviam estar espalhados por toda parte.

Jovem parceiro, fizemos jorrar petróleo!

Harold olhou para ela, constrangido pela rapidez com que terminara. Entretanto, Nadine apenas lhe sorria, com aqueles olhos escuros e calmos que pareciam saber tudo, os olhos de uma garotinha muito nova em uma pintura vitoriana. Uma menina que sabia demais, talvez, a respeito do próprio pai.

— Sinto muito — murmurou ele.

— Por quê? Pelo quê? — disse ela sem parar de fitá-lo.

— Você não tirou muito proveito disso.

— *Au contraire*, senti uma enorme satisfação. — Ela fez uma pausa. — Você é jovem. Podemos repetir quantas vezes quiser.

Ele a fitou, incapaz de falar qualquer coisa.

— Mas você precisa saber de uma coisa. — Ela pousou a mão levemente sobre ele. — Aquilo que me disse sobre ser virgem... Bem, eu também sou.

— Você... — A expressão de espanto dele devia ser cômica, porque Nadine lançou a cabeça para trás e riu.

— Não há espaço para a virgindade em sua filosofia, Horácio?

— Não... sim... mas...

— Sou virgem. E assim vou continuar. Porque estou guardando minha virgindade para outra pessoa.

— Quem?

— Você sabe quem.

Ele a encarou, subitamente todo gelado. Ela enfrentou seu olhar, mostrando absoluta calma.

— *Ele?*

Nadine virou-se meio de lado e concordou.

— De qualquer modo, posso ensinar-lhe coisas — disse ela, ainda sem encará-lo. — Nós dois podemos fazer coisas. Coisas que você jamais... ora, retiro o que disse. Talvez você tenha *sonhado* com elas, porém nunca sonhou que as faria. Podemos brincar. Podemos nos embriagar com isso. Podemos chafurdar nisso. Podemos... — Nadine se interrompeu e olhou para ele com uma expressão tão felina e sensual que Harold recomeçou a ficar excitado. — Podemos fazer qualquer coisa... tudo... menos essa coisinha. E essa coisinha, afinal, não é tão importante assim, não é?

Imagens rodopiaram loucamente no cérebro de Harold. Estolas de seda... botas... couro... borracha. Puxa vida! *Fantasias de um colegial.* Uma estranha espécie de sexo solitário. Mas isto era tudo uma espécie de sonho, não era? Uma fantasia brotada da fantasia, filha de um sonho sombrio. Ele queria todas aquelas coisas, queria *ela*, porém também queria mais.

A questão era: até que ponto fixaria a situação?

— Você pode me contar tudo — disse ela. — Serei sua mãe, ou sua irmã, ou sua puta, ou sua escrava. Tudo que quiser fazer, é só me contar, Harold.

Como isto ecoava em sua mente! Como o intoxicava!

Ele abriu a boca e a voz que emergiu foi tão dissonante quanto o badalar de um sino rachado.

— Mas por um preço. Não é correto? Por um preço. Porque nada é de graça. Nem mesmo agora, quando tudo está dando sopa por aí, esperado para ser apanhado.

— Eu quero o que você quiser — disse ela. — Sei o que está no seu coração.

— Ninguém sabe disso.

— O que está no seu coração está escrito no seu livro-razão. Eu poderia lê-lo... sei onde ele está... mas não preciso fazer isso.

Ele teve um sobressalto e olhou para ela com terrível sensação de culpa.

— Ele costumava estar debaixo daquela laje solta ali — disse ela, apontando para a lareira. — Mas você o trocou de lugar. Agora está atrás da isolação no sótão.

— Como sabe disso? *Como você sabe?*

— Sei porque ele me contou. Ele... você poderia dizer que ele me escreveu uma carta. E o que é mais importante, ele me contou sobre *você*, Harold. Como o texano tomou sua mulher e depois o excluiu do Comitê da Zona Franca. Ele *quer* nós dois juntos, Harold. E ele é generoso. A partir de agora até quando partirmos daqui, há um recesso pra nós dois.

Ela o tocou e sorriu.

— Então, a partir de agora é tempo de diversão. Está sabendo?

— Eu...

— Não — respondeu ela. — Você não sabe. Ainda não. Mas saberá, Harold. Saberá.

De modo insano, ocorreu-lhe dizer a ela que o chamasse de Falcão.

— E depois, Nadine? O que ele quer depois?

— O que você quiser. E o que eu quero. O que você quase fez com Redman na primeira noite em que saíram para procurar a velha... mas numa escala muito maior. E quando estiver feito, podemos ir nos juntar a ele, Harold. Podemos ficar com ele. Podemos permanecer com ele. — Os olhos dela semicerraram-se numa espécie de êxtase. Talvez paradoxalmente, o fato de ela amar o outro mas entregar-se a ele... poderia realmente usufruir isso... atiçou de novo seu desejo, quente e opressivo.

— E se eu não aceitar? — perguntou ele, os lábios frios e exangues.

Ela deu de ombros e o movimento fez os seios oscilarem sedutoramente.

— A vida continua, não é mesmo, Harold? Tentarei outro meio de fazer a coisa que tenho de fazer. Você segue em frente. Cedo ou tarde, encontrará uma garota que queira fazer essa... coisinha para você. Entretanto, essa coisinha fica muito tediosa depois de algum tempo. Tediosa demais.

— Como pode saber? — perguntou ele e deu um sorriso enviesado para ela.

— Sei porque sexo é vida em miniatura e a vida é tediosa... tempo perdido numa variedade de salas de espera. Você poderia obter suas pequenas glórias aqui, Harold, mas a troco de quê? No todo será uma vida enfadonha, para baixo, e você sempre recordará de mim sem a blusa, e sempre imaginará como eu parecia completamente nua. Você imaginará como teria sido me ouvir falando sacanagens para você... ou espalhando mel sobre seu corpo... e depois lambê-lo todo... e você imaginará...

— Pare com isso. — Ele tremia todo.

Mas ela não parou.

— Acho que também imaginará como teria sido no *seu* lado do mundo — disse ela. — Mais do que qualquer coisa e tudo o mais, talvez...

— Eu...

— Decida, Harold. Vai pôr minha blusa de volta ou tirar minha roupa toda?

Por quanto tempo ele pensou? Não sabia dizer. Mais tarde, nem mesmo teve certeza de ter meditado sobre o assunto. No entanto, ao falar, as palavras tiveram um sabor de morte em sua boca.

— No quarto. Vamos para o quarto.

Nadine sorriu para ele, um sorriso de triunfo com tal promessa sensual que Harold estremeceu, evitando sorrir em resposta.

Ela pegou-lhe a mão.

E Harold Lauder sucumbiu ao seu destino.

Capítulo Cinqüenta e Cinco

A CASA ONDE O JUIZ MORAVA dava para um cemitério.

Ele e Larry estavam sentados no alpendre dos fundos depois do jantar, fumando charutos e contemplando o sol que se punha, desbotando para um alaranjado pálido ao redor das montanhas.

— Quando eu era menino — disse o juiz —, morávamos a uma distância em que se podia ir a pé até o melhor cemitério de Illinois. Chamava-se Monte da Esperança. Toda noite depois do jantar, meu pai, então com seus sessenta anos, ia dar um passeio. Às vezes eu ia com ele. E se o passeio por acaso nos fazia passar por aquele cemitério perfeitamente bem cuidado ele dizia: "O que você acha, Teddy? Existe alguma esperança?" E eu respondia: "Há o Monte da Esperança." E toda vez dávamos gargalhadas, como se aquela fosse a primeira. Costumo pensar que caminhávamos por ali só para ele poder partilhar aquela piada comigo. Meu pai era um homem de posses, porém esta era a piada mais engraçada que parecia conhecer.

O juiz deu uma baforada, o queixo baixo, os ombros encurvados elevados.

— Ele morreu em 1937, quando eu ainda era adolescente — continuou. — Tenho sentido sua falta desde então. Um garoto não precisa de um pai a menos que ele seja um bom pai, mas um bom pai é indispensável. Nenhuma esperança senão o Monte da Esperança. Como ele gostava disso! Estava com 78 anos quando faleceu. Morreu como um rei, Larry. Ele estava sentado no trono no menor cômodo da nossa casa, com o jornal no colo.

Larry, incerto a como responder a este acesso de nostalgia um tanto bizarro, nada comentou.

O juiz suspirou.

— Não demora muito vai haver uma pequena operação por aqui — disse ele. — Isto é, se vocês puderem restaurar a energia. Se não puderem, as pessoas vão ficar nervosas e começar a seguir para o sul antes que o mau tempo chegue e as retenha aqui.

— Ralph e Brad garantem que vão restaurar a energia. Confio neles.

— Então vamos esperar que sua confiança seja bem fundada, não é? Talvez seja uma boa coisa a velha ter desaparecido. Talvez ela soubesse que seria melhor assim. Talvez as pessoas devessem ter liberdade para julgar por si mesmas o que são as luzes no céu, se uma árvore tem um rosto ou se o rosto era apenas um truque de luz e sombra. Entende o que quero dizer, Larry?

— Não, juiz — respondeu Larry com franqueza. — Não sei se entendo.

— Eu me pergunto se precisaremos reinventar toda aquela cansativa história de deuses, salvadores e o além na eternidade antes de reinventarmos a privada com descarga. É o que eu queria dizer. Eu me pergunto se esta é a hora apropriada para os deuses.

— Acha que ela está morta?

— Já faz seis dias que ela se foi. O Comitê de Busca não encontrou a menor pista. Sim, acho que está morta, porém não tenho certeza. Era uma mulher surpreendente, completamente diversa de qualquer estruturação racional. Talvez um dos motivos por estar contente pelo desaparecimento dela deva-se a eu ser um velho rabugento racional. Gosto de cumprir minhas tarefas diárias e regar meu jardim... viu como consegui recuperar as begônias? Estou bastante orgulhoso disso... ler meus livros, fazer anotações para meu próprio livro sobre a epidemia. Gosto de fazer tudo e depois tomar um copo de vinho antes de ir para a cama e adormecer com a consciência em paz. Sim. Nenhum de nós quer saber de portentos e augúrios, pouco importando o quanto apreciemos histórias fantásticas e filmes de terror. Nenhum de nós quer *realmente* ver uma Estrela no Oriente ou uma coluna de fogo à noite. Queremos paz, racionalidade e rotina. Se tivermos que ver Deus no rosto negro de uma velha, isto nos fará recordar que existe um demônio para cada deus... e nosso demônio pode estar mais perto do que desejaríamos.

— Esse é o motivo por que vim aqui — disse Larry constrangidamente. Preferia que o juiz não tivesse falado no seu jardim, seus livros, suas anotações e seu copo de vinho antes de deitar. Ele tivera uma idéia nem um pouco brilhante numa reunião de amigos e fizera uma alegre sugestão. Agora imaginava se havia qualquer forma de prosseguir sem parecer um idiota cruel e oportunista.

— Sei por que está aqui. E aceito.

Larry teve um sobressalto, fazendo ranger o vime de sua cadeira.

— Quem lhe disse? Para todos os efeitos, isso deveria ser muito sigiloso, juiz. Se alguém do comitê andou vazando, estaremos numa enrascada dos diabos.

O juiz ergueu a mão coberta de manchas hepáticas, interrompendo-o. Seus olhos pestanejaram no rosto surrado pelo tempo.

— Calma, meu garoto, calma. Ninguém do seu comitê andou tagarelando, não que eu saiba, e olhe que mantenho meus ouvidos colados no solo. Não, eu mesmo sussurrei o segredo para mim. Por que você viria aqui esta noite? Seu rosto é um livro aberto, Larry. Espero que não se meta a jogar pôquer... Quando estava falando sobre meus prazeres simples, pude ver seu rosto enrijecer e desanimar-se... enquanto nele aparecia uma expressão meio cômica e...

— Isso é tão engraçado? O que eu deveria fazer? Mostrar-me feliz sobre... sobre...

— Enviar-me ao oeste — completou o juiz, baixinho. — Para espionar a terra. Não é isto?

— Exatamente.

— Eu me perguntava quanto tempo levaria para a idéia vir à tona. É tremendamente importante, claro, tremendamente necessário que seja garantida à Zona Franca a chance plena de sobreviver. Não fazemos a menor idéia do que está acontecendo lá do outro lado. É o mesmo como se ele estivesse atuando na face escura da lua.

— Se é que ele realmente está por lá.

— Ah, claro que está. Em uma forma ou outra, ele está. Jamais duvide disso. — O juiz tirou um cortador de unhas do bolso da calça e começou a aparar as dele, os pequeninos cliques metálicos do cortador pontuando sua fala. — Diga-me uma coisa: o comitê já discutiu o que pode acontecer se concluirmos que a permanência do outro lado é melhor? Se resolvermos ficar por lá?

Larry ficou estupefato ante a idéia. Disse ao juiz que, pelo melhor que sabia, a hipótese não ocorrera a nenhum deles.

— Imagino que ele tenha restaurado a energia elétrica — comentou o juiz com enganosa lentidão. — Há uma atração nisso, você sabe. Obviamente, esse tal Impening se sentiu atraído.

— Que bons ventos levem quem não presta — replicou Larry, carrancudo.

O juiz riu, longa e cordialmente. Quando parou, disse:

— Partirei amanhã. Num Land-Rover, acho. Para o norte do Wyoming e depois para oeste. Graças a Deus, ainda dirijo bem o suficiente! Cruzarei o Idaho em linha reta, rumo ao norte da Califórnia. Posso levar duas semanas na ida, um pouco mais na volta. Pode haver neve na volta.

— Sim. Discutimos esta possibilidade.

— Além disso, estou velho. Os velhos são propensos a ataques de coração e de estupidez. Imagino que estejam mandando reforços, não?

— Bem...

— Não, creio que você não pode falar sobre isso. Retiro a pergunta.

— Olhe, o senhor pode recusar. Ninguém está apontando uma arma para sua ca...

— Está tentando eximir-se de sua responsabilidade para comigo? — perguntou o juiz, incisivo.

— Talvez. Talvez eu ache que suas chances de voltar sejam de uma em dez. E de voltar com informações que nos permitam tomar decisões sejam de uma em vinte. Talvez só esteja tentando dizer, de maneira gentil, que eu poderia ter cometido um erro. Talvez o senhor seja idoso demais.

— Estou idoso demais para aventuras — disse o juiz, abandonando o cortador de unhas —, mas espero não ser tão velho para fazer o que considero certo. Há uma velha em algum lugar por aí que talvez tenha sofrido uma morte deplorável porque tomou a atitude que considerou correta. E que foi levada a isso por uma fantasia religiosa, não duvido. Porém as pessoas que se empenham em fazer a coisa certa sempre parecem malucas. Eu irei. Passarei frio. Meus intestinos não funcionarão devidamente. Estarei solitário. Sentirei falta das minhas begônias, mas... — Ele ergueu os olhos para Larry e suas pupilas reluziram no escuro. — Também serei esperto.

— Acredito que sim — disse Larry e sentiu a ardência das lágrimas nos cantos dos olhos.

— Como está Lucy? — perguntou o juiz, aparentemente encerrando o assunto da sua partida.

— Bem — disse Larry. — Nós dois vamos indo muito bem.

— Sem problemas?

— Negativo — ele respondeu e pensou em Nadine. Algo sobre o desespero dela, na última vez em que a vira, ainda o perturbava profundamente. *Você é minha última chance*, ela dissera. Um jeito estranho de falar, quase suicida. E que ajuda havia para ela? Psiquiatria? Isso era uma piada, se o máximo que tinham ali, em termos médicos, era um veterinário, um médico para cavalos. Até mesmo o Disque Oração sumira do mapa.

— É bom que você esteja com Lucy — disse o juiz —, mas imagino que esteja preocupado com a outra mulher.

— Sim, estou. — O que se seguiu foi extremamente difícil de dizer, mas ter desabafado com outra pessoa o fez sentir-se muito melhor. — Acho que ela talvez esteja pensando em suicídio — acrescentou rapidamente. — Não por minha causa, por favor, não pense que uma garota se mataria só porque não conquistou o velho e *sexy* Larry Underwood. Mas o menino do qual tomava conta saiu da concha, e creio que isso a fez sentir-se solitária, sem ninguém dependendo de sua ajuda.

— Se a depressão dela ser tornar uma coisa cíclica e crônica, é possível que se mate mesmo — declarou o juiz, com gélida indiferença.

Larry olhou para ele, chocado.

— Mas você só pode ser um único homem — disse o juiz. — Não é mesmo?

— Claro.

— E já fez sua escolha?

— Fiz.

— Para sempre?

— Sim, definitiva.

— Então siga em frente — disse o juiz com grande alívio. — Pelo amor de Deus, cresça! Desenvolva um pouco de hipocrisia. Hipocrisia demais é uma coisa feia, Deus sabe disso, porém uma pequena dose, aplicada sobre todos os seus escrúpulos, é de absoluta necessidade! Representa para a alma o mesmo que um bloqueador solar representa para a pele durante o calor do verão. Só você pode dominar sua alma, e de vez em quando algum psicólogo babaca questionará sua capacidade de sequer fazer isso. Cresça! Sua Lucy é uma excelente mulher. Assumir responsabilidade demais por ela e por sua própria alma é um dos meios mais populares de a humanidade cortejar o desastre.

— Gosto de conversar com o senhor — disse Larry, perplexo e divertido pela franca generosidade do comentário.

— Talvez seja porque eu esteja dizendo exatamente o que você quer ouvir — replicou o juiz, com ar sereno. E acrescentou: — Há muitas maneiras de alguém cometer suicídio, você sabe.

Antes que se passasse muito tempo, Larry teve ocasião de recordar este comentário em amargas circunstâncias.

* * *

Às 8h15 da manhã seguinte o caminhão de Harold partia do terminal da Greyhound para retornar à área de Table Mesa. Harold, Weizak e dois outros viajavam na carroceria. Norman Kellogg e outro homem seguiam na cabine. Achavam-se no cruzamento da Arapahoe com a Broadway quando um Land-Rover tinindo de novo se aproximou deles lentamente.

Weizak acenou e gritou:

— Para onde está indo, juiz?

Parecendo um tanto cômico em uma camisa de lã e sobretudo, o juiz parou junto deles.

— Acho que vou passar o dia em Denver — disse brandamente.

— Será que essa coisa consegue levá-lo até lá? — perguntou Weizak.

— Acredito que sim, se ficar longe das estradas principais.

— Bem, se passar por uma daquelas livrarias pornôs, não poderia nos trazer uma mala cheia?

O gracejo foi saudado com gargalhadas gerais — inclusive do juiz —, excetuando-se Harold. Ele parecia pálido e abatido esta manhã, como se não tivesse dormido bem. Aliás dormira pessimamente. Conforme Nadine prometera, ele realizara um bocado de suas fantasias durante a noite. Fantasias da variedade úmida, digamos. Ele mal podia esperar a chegada de mais uma noite, e a piada de Weizak sobre pornografia extraiu-lhe apenas uma sombra de sorriso, agora que tivera uma pequena experiência em primeira mão. Nadine ainda dormia quando ele saíra. Antes de se renderem ao cansaço, por volta das duas da madrugada, ela lhe dissera que desejava ler o livro-razão. Harold consentira, se ela assim desejasse. Talvez estivesse se escravizando a ela, mas sentia-se confuso demais no momento para ter certeza.

Agora Kellogg estava debruçado para fora da cabine do caminhão a fim de dirigir-se ao juiz.

— Vá com cuidado, tio. Está bem? Há uns caras esquisitos pelas estradas hoje em dia.

— Há mesmo — replicou o juiz com um sorriso estranho. — E vou mesmo tomar cuidado. Um bom dia para vocês, cavalheiros. Para você também, Sr. Weizak.

Isto provocou outra explosão de risos, e eles partiram.

* * *

O juiz não rumou para Denver. Quando chegou à Rodovia 36, seguiu direto por ela até a Rodovia 7. O sol da manhã era brilhante e suave, e nessa estrada secundária não havia excesso de veículos parados bloqueando a passagem. Na cidade de Brighton a coisa piorou; a certa altura ele teve de abandonar a estrada e rodar através do campo de futebol do ginásio local, a fim de evitar um engarrafamento colossal. Continuou rumo leste até chegar à I-25. Ali, uma virada à direita o levaria para Denver. Em vez disso, dobrou à esquerda — para o norte —, tomando a rampa de descida. Meio caminho abaixo, pôs a transmissão em ponto morto e tornou a olhar à esquerda, para oeste, onde as Rochosas se erguiam serenamente contra o céu azul, com Boulder jazendo na sua base.

Ele dissera a Larry que estava velho demais para aventuras, mas que Deus o perdoasse, porque era mentira. Seu coração não batia com este ritmo rápido por vinte anos, o ar nunca parecera tão doce, as cores nunca tão vívidas. Ele pegaria a I-25 até Cheyenne e então seguiria para oeste em direção a qualquer coisa que o aguardasse além das montanhas. Sua pele, ressequida pela idade, ainda assim contraiu-se e arrepiou-se um pouco ao pensamento. Seguiria rumo oeste pela I-80 até Salt Lake City, depois cruzaria Nevada até Reno. Então rumaria de novo para o norte, mas isso pouco importava, porque em algum lugar entre Salt Lake City e Reno, talvez até mais cedo, ele seria detido, interrogado, e provavelmente mandado para algum lugar a fim de ser interrogado de novo. E em qualquer desses lugares, um convite seria feito.

Não era nem mesmo impossível pensar que poderia conhecer o homem escuro pessoalmente.

 — Continue em frente, velho — disse a si mesmo suavemente.

Pôs o Rover em movimento e desceu até o posto de pedágio. Havia três pistas na direção norte, todas relativamente vazias. Tal como previra, congestionamentos e múltiplos acidentes em Denver tinham efetivamente prejudicado o fluxo de tráfego. O tráfego era pesado do outro lado da pista central — os pobres tolos que tinham seguido para o sul, na cega esperança de que lá seria melhor —, mas aqui a situação estava boa. Pelo menos por enquanto.

O juiz Farris continuou dirigindo, contente por estar começando sua missão. Havia dormido mal a noite passada. Iria dormir melhor esta noite, sob as estrelas, envolto firmemente em dois sacos de dormir. Imaginou se tornaria a ver Boulder e achou que as chances talvez fossem poucas. E ainda assim sua empolgação era imensa.

Este era um dos melhores dias de sua vida.

* * *

No início daquela tarde, Nick, Ralph e Stu pedalaram até o norte da cidade e pararam à frente de uma pequena casa de estuque onde Tom Cullen morava sozinho. A casa já se tornara um ponto de referência para os "velhos" residentes de Boulder. Stan Nogotny disse que era como se católicos, batistas e adventistas do Sétimo Dia tivessem se juntado aos democratas e adeptos do reverendo Moon para criar uma Disneylândia político-religiosa.

O gramado em frente à casa era uma extravagante exibição de estátuas. Havia uma dúzia de imagens da Virgem Maria, algumas delas aparentemente no ato de alimentar flamingos de plástico cor-de-rosa. O maior dos flamingos era mais alto que o próprio Tom e ancorava-se ao solo numa só pata que terminava num espigão de 1,50m. Havia um poço dos desejos gigante, tendo um enorme Jesus de plástico fosforescente-no-escuro de pé na cuba ornamental com as mãos estendidas... aparentemente abençoando os flamingos cor-de-rosa. Ao lado do poço dos desejos estava uma enorme vaca de gesso que parecia beber de um chafariz para pássaros.

A porta se abriu e Tom saiu ao encontro deles, nu da cintura para cima. Visto de longe, pensou Nick, qualquer um o tomaria como um escritor ou pintor fantasticamente viril, com seus brilhantes olhos azuis e aquela farta barba louro-arruivada. Visto mais de perto, a impressão mudava para alguém não tanto intelectual... talvez algum tipo de artesão da contracultura que substituíra a originalidade por um estilo *kitsch*. E quando mais perto ainda, sorrindo e falando aos borbotões, percebia-se com certa tristeza que Tom Cullen tinha um parafuso a menos na cabeça.

Nick sabia que uma das razões por que sentia uma forte empatia por Tom resultava de ele próprio ter sido considerado retardado mental, primeiro porque sua deficiência o impedira de aprender a ler e escrever, depois porque as pessoas simplesmente achavam que quem era surdo-mudo devia ser mentalmente retardado. Vez por outra, ouvira todas as gírias relativas à condição: *Tem um parafuso frouxo. É debilóide, lelé da cuca. Não regula bem das idéias. Sofre da bola.*

Ele recordou a noite em que parara para tomar cerveja no Zack's, a espelunca nos arredores de Shoyo — a noite em que Ray Booth e seus cupinchas o tinham atacado. O atendente postado na extremidade do balcão inclinou-se confidencialmente sobre ele para falar a um freguês. Sua mão meio que tapava a boca, de modo que Nick só pôde

* *Stew* = ensopado em inglês, que tem a mesma pronúncia de Stu. (N. do T.)

captar fragmentos do que ele dizia. Nick, porém, não precisara especular muito mais do que isso. *Surdo-mudo... talvez retardado... quase todos esses caras são retardados...*

Mas, entre todas as expressões feias aplicadas ao retardo mental, havia uma que se *encaixava* à perfeição em Tom Cullen. Era uma que Nick aplicara a ele com freqüência, e com grande compaixão no silêncio de sua própria mente. A frase era: *Ele não está jogando com um baralho completo.* Isto era o que havia de errado com Tom. Era o que o prejudicava. E o lamentável caso de Tom era que faltavam muito poucas cartas, e cartas não muito valiosas, afinal. Mas sem aquelas cartas ele não podia fazer um bom jogo, qualquer jogo. Não se podia nem jogar paciência com aquelas cartas faltando no baralho.

— Nicky! Estou tão contente em te ver! Minha nossa, como estou! Tom Cullen está muito contente! — Passou os braços pelo pescoço de Nick e abraçou-o com força. Nick sentiu seu olho ruim umedecer com lágrimas por trás da venda preta que ainda usava em dias ensolarados como aquele. — E Ralph também veio! E esse outro. Você... como é mesmo?

— Sou... — começou Stu, mas Nick o silenciou com um brusco gesto cortante da mão esquerda. Ele andara praticando mnemônica com Tom, e parecia funcionar. Se a pessoa pudesse associar alguma coisa que conhecesse com um nome que queria lembrar, isto com freqüência acendia uma luz e ela lembrava. Rudy havia praticado isto com Nick, em todos aqueles longos anos atrás.

Ele agora tirou seu bloco do bolso e escreveu nele. Depois o passou a Ralph para que lesse em voz alta.

Franzindo um pouco o cenho, Ralph assim o fez:

— O que você gosta de comer que vem numa tigela com carne, legumes e molho?

Tom parou de súbito, a animação sumindo de seu rosto. A boca pendeu aberta frouxamente e ele agora era o próprio retrato do idiota.

Stu remexeu-se com desconforto e disse:

— Nick, não acha que devíamos...

Nick levou um dedos aos lábios pedindo silêncio e, no mesmo instante, a animação de Tom retornou.

— Stew! — disse ele, cabriolando e rindo. — Você é Stew!*

Ele olhou para Nick buscando confirmação, e este lhe fez um V de vitória.

Tom continuou:

— B-E-B-I-D-A, isto pede um ensopado, Tom Cullen sabe disso, todo *mundo* sabe disso!

Nick apontou para a porta da casa de Tom.

— Querem entrar? Minha nossa, é claro! Todos nós vamos entrar. Tom estava decorando sua casa!

Ralph e Stu entreolharam-se enquanto seguiam Nick e Tom até os degraus do alpendre. Tom vivia "decorando". Ele não "mobiliava", porque a casa já era mobiliada quando se mudara para lá. Entrar ali era como penetrar em um mundo da carochinha absolutamente de pernas para o ar.

Uma enorme gaiola dourada, com um papagaio verde empalhado e cuidadosamente preso ao poleiro com arames, pendia logo depois da porta de entrada e Nick precisou mergulhar por baixo dela. A coisa era que as decorações de Tom não pareciam apenas uma renda irlandesa tecida ao acaso, pensou Nick. Isto tornaria a casa em algo não mais extraordinário do que retalhos vendidos num bazar de caridade. Mas havia algo mais ali, algo que parecia chegar logo além do que a mente comum poderia captar como um padrão. Em um grande bloco quadrado acima da lareira na sala de estar havia uma grande coleção de anúncios de cartões de crédito, todos eles centralizados e cuidadosamente montados. SEU CARTÃO VISA É BEM-VINDO AQUI. DIGA APENAS MASTERCARD. ACEITAMOS AMERICAN EXPRESS. DINER'S CLUB. Agora vinha a pergunta: como é que Tom sabia que todos aqueles anúncios faziam parte de um conjunto específico? Ele não sabia ler, mas, de algum modo, captara o padrão.

Assentado sobre a mesinha de centro, havia um grande hidrante de isopor. No peitoril da janela, onde captava a luz solar e refletia refrescantes leques de luz azulada na parede, estava uma sinaleira de radiopatrulha.

Tom os conduziu num giro por toda a casa. A sala de jogos no andar térreo estava repleta de pássaros e animais empalhados que Tom descobrira numa loja de taxidermia; os pássaros haviam sido presos a cordas de piano quase invisíveis e pareciam voejar de um lado para o outro: corujas, gaviões e até uma águia de cabeça branca com penas comidas pelas traças e com um olho de vidro amarelo faltando. Uma marmota erguia-se sobre as patas traseiras a um canto, um esquilo em outro, um gambá no terceiro canto e uma doninha no quarto. No centro do cômodo estava um coiote, de certo modo parecendo centralizar a atenção de todos os animais de menor porte.

O corrimão das escadas tinha sido envolto em tiras de papel Contact brancas e vermelhas, de modo a parecer um poste de barbearia. O corredor superior mostrava aviões de caça presos em mais cordas de piano — Fokkers, Spads, Stukas, Spitfires, Zeros, Messerschmitts. O piso do banheiro tinha sido pintado de um azul-ferrete reluzente e sobre ele estava a extensa coleção de barcos de brinquedo de Tom, navegando em um mar esmaltado em volta de quatro ilhas e um continente de porcelana branca: os pés da banheira e a base do vaso sanitário.

Por fim, Tom os levou de volta para o térreo e eles se sentaram sob a montagem dos cartões de crédito e de frente para uma foto em 3-D de John e Robert Kennedy contra um fundo de nuvens orladas de dourado. A legenda abaixo proclamava: IRMÃOS REUNIDOS NO CÉU.

— Vocês gostam da decoração de Tom? O que acham? É bonita?

— Muito bonita — declarou Stu. — Diga-me: aqueles pássaros lá embaixo... eles não dão nos seus nervos? Não metem medo?

— Minha nossa, não! — exclamou Tom, atônito. — Eles estão cheios de serragem!

Nick entregou um bilhete a Ralph.

— Tom, Nick quer saber se não se importa em ser hipnotizado novamente. Como Stan fez naquele dia. Agora é importante. Não é apenas uma brincadeira. Nick diz que lhe explicará tudo depois.

— Vão em frente — disse Tom. — *Vocêêê... está ficando... com muuuuito sono... certo?*

— É isso aí — disse Ralph.

— Vocês querem que eu olhe para o relógio de novo? Eu não me importo. Vocês sabem, quando ficam balançando ele pra lá e pra cá? *Muuuuuito sooono.* — Tom olhou para eles em dúvida. — Só que eu não estou com muito sono. Minha nossa, não. Fui dormir cedo a noite passada. Tom Cullen sempre se deita cedo porque não tem televisão para assistir.

Stu disse suavemente:

— Tom, você gostaria de ver um elefante?

Os olhos de Tom se fecharam de imediato e sua cabeça pendeu frouxa à frente. Sua respiração se aprofundou para longos e lentos haustos. Stu observou isto com grande surpresa. Nick lhe tinha dado a frase-chave, porém Stu não sabia se queria ou não acreditar que funcionasse. E jamais esperara que pudesse acontecer tão rápido.

— É como colocar uma galinha com a cabeça debaixo da asa — disse Ralph, maravilhado.

Nick passou a Stu seu "roteiro" já preparado para este encontro. Stu olhou para Nick por um longo momento. Nick desviou a vista, depois acenou sério para que Stu prosseguisse.

— Tom, você pode me ouvir? — perguntou Stu.

— Sim, posso ouvir você — disse Tom, e a qualidade de sua voz fez Stu olhar para cima incisivamente.

Soava diferente da voz normal de Tom, mas de uma forma que Stu não entendia plenamente. Recordava-lhe algo que acontecera quando estava com 18 anos e se formando no ginásio. Eles estiveram no vestiário dos rapazes antes da cerimônia, todos os caras com quem estudara desde... bem, desde o primeiro dia do primeiro ano do curso primário em pelo menos quatro casos, e um tempo quase tão longo em muitos outros. E apenas por um momento ele vira o quanto seus rostos tinham mudado entre aqueles velhos dias, aqueles primeiros dias, e aquele momento de percepção, de pé sobre o piso de ladrilhos do vestiário com a beca em suas mãos. A visão da mudança deu-lhe calafrios à ocasião e lhe produzia o mesmo efeito agora. Os rostos que tinha fitado não eram mais rostos de crianças... mas tampouco se haviam tornado rostos de homens. Eram rostos no limbo, rostos percebidos perfeitamente entre dois bem definidos estados do ser. Esta voz, brotando da terra em sombras que era o subsconsciente de Tom Cullen, parecia a voz do homem para sempre negado.

Mas esperavam que prosseguisse, e ele fez o que devia.

— Sou Stu Redman, Tom.

— Sim, Stu Redman.

— Nick está aqui.

— Sim, Nick está aqui.

— Ralph Brentner também está aqui.

— Sim, Ralph também está.

— Nós somos seus amigos.

— Eu sei.

— Gostaríamos que fizesse uma coisa, Tom. Para a Zona Franca. E é perigoso.

— Perigoso...

A preocupação percorreu o rosto de Tom, como uma nuvem pesada cruzando lentamente um milharal em pleno verão.

— Eu vou ficar com medo? Terei que... — Ele se interrompeu. Suspirou.

Stu olhou para Nick, perturbado.

Nick fez com a boca uma mímica de *sim.*

— É *ele* — disse Tom e suspirou apavorado. Era como o som que o vento cortante de novembro faz ao passar entre carvalhos desfolhados. Stu sentiu de novo aquele estremecimento interior. Ralph empalidecera.

— Quem, Tom? — perguntou Stu brandamente.

— Flagg. O nome dele é Randy Flagg. O homem escuro. Você quer que eu... — De novo aquele suspiro doentio, amargo e prolongado.

— Como é que o conhece, Tom? — perguntou Stu. Isto não estava no roteiro.

 — Sonhos... vejo o rosto dele em sonhos.

Vejo o rosto dele em sonhos. Contudo, nenhum deles lhe vira o rosto. Estava sempre oculto.

— Você o vê?

— Sim...

— Como é ele, Tom?

Tom nada falou por um bom tempo. Stu concluiu que ele não responderia e já se preparava para voltar ao "roteiro" quando Tom disse:

— Ele parece como qualquer um que a gente vê na rua. Mas, quando sorri, os pássaros caem mortos das linhas telefônicas. Quando olha para a gente de certa maneira, a nossa próstata dói e nossa urina queima. A relva fica amarela e morre, quando ele cospe. Ele está sempre fora. Ele veio do tempo. Não sabe quem é. Tem o nome de mil demônios. Jesus o jogou em meio a uma vara de porcos certa vez. Seu nome é Legião. Ele tem medo de nós. Estamos dentro. Ele conhece magia. Pode chamar os lobos e viver nos corvos. Ele é o rei de lugar nenhum. Mas tem medo de nós. Tem medo do... dentro.

Tom silenciou.

Os outros três se entreolharam, pálidos como mármore de sepultura. Ralph havia tirado o chapéu da cabeça e o amassava convulsivamente nas mãos, Nick pusera uma das mãos sobre os olhos. A garganta de Stu parecia ter-se transformado em gelo seco.

Seu nome é Legião. Ele é o rei de lugar nenhum.

— Pode dizer mais alguma coisa sobre ele? — perguntou Stu em voz baixa.

— Só que também tenho medo dele. Mas vou fazer o que vocês querem. Porém Tom... está morrendo de medo! — E tornou a soltar aquele suspiro pavoroso.

— Tom — disse Ralph de súbito. — Você sabe se Mãe Abagail... sabe se ela ainda está viva?

Ralph tinha o rosto desesperadamente tenso, o rosto de um homem que aposta tudo numa só cartada.

— Ela está viva — disse Tom, e Ralph reclinou-se na cadeira, tomando uma grande inspiração de ar. — Mas ainda não está de bem com Deus — acrescentou Tom.

— Não está de bem com Deus? Por que não, Tommy?

— Ela está no deserto, Deus a ergueu até o deserto, ela não teme o terror que voa até o meio-dia nem o terror que rasteja à meia-noite... nem a serpente a pica nem a abelha a ferroa... mas ela ainda não fez as pazes com Deus. Não foi a mão de Moisés que tirou água da pedra. Não foi a mão de Abagail que enxotou as doninhas com as barrigas vazias. Ela tem de ser punida. Ela verá, mas verá tarde demais. Haverá morte. A morte *dele.* Ela morrerá do lado errado do rio. Ela...

— Faça-o parar — gemeu Ralph. — Pode fazer isto?

— Tom — disse Stu.

— Sim?

— Você é o mesmo Tom que Nick conheceu no Oklahoma? Você é o mesmo Tom que conhecemos quando está acordado?

— Sim, mas sou mais do que aquele Tom.

— Não entendi.

Tom se moveu ligeiramente. O rosto adormecido era calmo.

— Eu sou o Tom de Deus.

Totalmente acovardado agora, Stu quase deixou os bilhetes de Nick caírem no chão.

— Você disse que fará o que quisermos.

— Sim.

— Mas entenda... você acha que voltará?

— Isso é uma coisa que não posso ver nem dizer. Para onde é que eu vou?

— Para o oeste, Tom.

Tom gemeu. Foi um som que arrepiou os cabelos na nuca de Stu. *Para o que nós o estamos enviando?* Talvez ele soubesse. Talvez tivesse estado lá, só que em Vermont, em labirintos de corredores, onde o eco dava a impressão de que passadas o seguiam. E se aproximavam.

— Para o oeste — disse Tom. — Oeste, sim.

— Estamos enviando você para espiar, Tom. Espiar e observar. Depois voltará para cá.

— Voltarei para contar.

— Pode fazer isso?

— Posso. A não ser que me peguem e me matem.

Stu pestanejou. Todos pestanejaram.

— Você irá sozinho, Tom. Sempre para oeste. Pode achar o caminho do oeste?

— É onde o sol se põe.

— Exato. E se alguém perguntar por que está lá, deverá dizer que o expulsaram da Zona Franca...

— Me expulsaram. Expulsaram Tom. Me mandaram para a estrada.

— ... porque você tinha a cabeça fraca.

— Expulsaram Tom porque Tom tem cabeça fraca.

— ... e porque você poderia ter uma mulher e ela poderia ter filhos retardados.

— Filhos retardados como Tom.

O estômago de Stu rolava para diante e para trás sem que ele nada pudesse fazer. Sua cabeça era como um pedaço de ferro que houvesse aprendido a suar. Como se estivesse padecendo de uma terrível e debilitante ressaca.

— Agora repita o que irá dizer se alguém perguntar por que você está no oeste.

— Que expulsaram Tom porque Tom tinha a cabeça fraca. Minha nossa, sim! Tinham medo que eu ficasse com uma mulher, do jeito que vocês fazem com o pau nelas quando vão para a cama. E fazer filhos retardados nelas.

— Está certo, Tom. Está...

— Me expulsaram — continuou ele na sua voz lamentosa. — Expulsaram Tom de sua linda casa e botaram os pés dele na estrada.

Stu passou a mão trêmula sobre os olhos. Depois olhou para Nick, que pareceu dobrar, e a seguir triplicar, na sua visão.

— Nick, não sei como terminar — disse, desalentado.

— Termine — disse Tom inesperadamente. — Não me deixe aqui fora, no escuro.

Forçando-se, Stu continuou:

— Tom, você sabe como é a lua cheia?

— Sei... grande e redonda.

— Não se trata da metade da lua, nem da maioria da lua.

— Não — disse Tom.

— Quando vir aquela lua grande e redonda, você voltará para o leste. Voltará para nós, para sua casa, Tom.

— Sim, quando eu vir a lua grande, voltarei — concordou Tom. — Voltarei para casa.

— E quando estiver voltando para casa, você vai viajar à noite e dormir de dia.

 — Viajar à noite, dormir de dia.

— Exato. E faça o possível para ninguém ver você.

— Ninguém me ver.

— Mesmo assim, Tom, alguém poderia vê-lo.

— É, alguém poderia.

— Se for só uma pessoa a vê-lo, Tom, você deve matá-la.

— Matá-la — repetiu Tom, em dúvida.

— Se for visto por mais de uma, fuja.

— Fuja — disse Tom, mais confiante.

— Mas tente fazer tudo para não ser visto. Pode repetir tudo isso?

— Sim. Voltar com a lua grande. Não a meia-lua, nem aquela que parece uma lasca de unha. Viajar à noite, dormir de dia. Não deixar ninguém me ver. Se uma pessoa me vir, matá-la. Se for mais de uma, fugir. Mas fazer tudo para ninguém me ver.

— Está muito bom. Agora quero você acordando em poucos segundos, *OK*?

— *OK*.

— Quando eu perguntar sobre o elefante você acorda, certo?

— Certo.

Stu recostou-se com um longo e trêmulo suspiro.

— Graças a Deus, acabou.

Nick concordou com o olhar.

— Você sabia que poderia acontecer, Nick?

Nick sacudiu a cabeça.

— Como Tom poderia saber aquelas coisas? — murmurou Stu.

Nick apontou para o bloco. Stu o devolveu, contente por se livrar dele. Seus dedos suados haviam molhado tanto a página com o roteiro escrito de Nick a ponto de deixá-la transparente. Nick escreveu no bloco e o entregou para Ralph ler. Ralph o fez com os lábios se movendo lentamente e depois o passou a Stu.

"Através da história, alguns povos consideraram os insanos e retardados bem próximos do divino. Não creio que ele nos contou alguma coisa que possa ter utilidade prática para nós, mas sei que me deixou um bocado assustado. Magia, ele disse. Como é que se combate a magia?"

— Está além do meu entendimento, isso é tudo — murmurou Ralph. — Aquelas coisas que ele disse sobre Mãe Abagail... nem mesmo sei se quero pensar sobre elas. Acorde-o, Stu, e vamos logo embora daqui. — Ralph estava à beira das lágrimas.

Stu inclinou-se de novo à frente.

— Tom?

— Sim.

— Gostaria de ver um elefante?

Os olhos de Tom se abriram de imediato e ele olhou em torno para eles.

— Eu falei a vocês que não ia dar certo — disse ele. — Minha nossa, não. Tom não fica com sono no meio do dia.

Nick entregou uma folha a Stu, que relanceou para ela e depois falou a Tom.

— Nick diz que você esteve ótimo.

— Estive? Eu plantei bananeira como antes?

Com uma pontada de amarga vergonha, Nick pensou: Não, Tom, você fez um punhado de truques ainda melhores desta vez.

— Não — disse Stu. — Tom, viemos perguntar se você poderia nos ajudar.

— Eu? Ajudar? Claro! Adoro ajudar!

— Isto é perigoso, Tom. Queremos que você vá para o oeste, depois volte e nos conte o que viu por lá.

— Tudo bem — disse Tom sem a menor hesitação, mas Stu pensou ter visto uma sombra momentânea cruzar o rosto de Tom... e se prolongar por trás de seus sinceros olhos azuis. — Quando?

Stu pôs gentilmente a mão no pescoço de Tom e se perguntou o que diabo estava fazendo ali. Como alguém podia imaginar essas coisas se não era Mãe Abagail nem tinha uma linha direta com o céu?

— Em breve — disse ele, gentil. — Muito em breve.

* * *

Quando Stu regressou ao apartamento, Frannie estava preparando o jantar.

— Harold esteve aqui — disse ela. — Perguntei se queria ficar para jantar, mas ele recusou.

— Ah.

Ela o fitou mais detidamente.

— Stuart Redman, que bicho te mordeu?

— Um bicho chamado Tom Cullen, acho. — E então contou-lhe tudo.

Sentaram-se para jantar.

— O que significa tudo isso? — perguntou Fran. Seu rosto estava pálido e ela de fato não comia, empurrando a comida de um lado para o outro do prato.

— Raios me partam se eu sei — respondeu Stu. — É uma espécie de... premonição, acho. Não sei por que deveríamos rejeitar a idéia de Tom Cullen tendo visões enquanto está sob hipnose, não depois dos sonhos que todos nós tivemos a caminho daqui. Se os sonhos não foram um tipo de premonição, não sei mais o que foram.

— Mas parecem tão distante agora... pelo menos assim acho.

— É, eu também — concordou Stu e percebeu que estava empurrando sua comida no prato.

— Olhe, Stu... sei que concordamos em não falar sobre os assuntos do comitê fora das reuniões, se pudermos evitar. Você disse que ficaríamos arengando o tempo todo e provavelmente estava certo. Eu não disse uma palavra sobre transformarem você no xerife Dillon depois da reunião do dia 25, disse?

Ele sorriu brevemente.

— Não, você não disse, Frannie.

— Mas tenho de perguntar se vocês ainda acham uma boa idéia enviar Tom Cullen para o oeste. Depois de tudo que aconteceu esta tarde.

— Não sei — disse Stu, empurrando o prato quase intocado. Levantou-se, foi até o aparador e pegou um maço de cigarros. Tinha diminuído o consumo para três ou quatro por dia. Acendeu um, tragou, enviou fumaça de tabaco ao fundo de seus pulmões, depois soprou. — Pelo lado positivo, sua história forjada é bastante simples e suficientemente crível. Nós o expulsamos da Zona por ser retardado. Ninguém será capaz de desviá-lo desta instrução. E se Tom voltar poderemos hipnotizá-lo de novo... ele adormece com a rapidez de um estalar de dedos, benza Deus... para que nos conte tudo que viu, as coisas importantes e as sem importância. É possível que ele se torne uma testemunha ocular melhor do que qualquer dos outros. Não duvido.

— *Se* ele voltar bem.

— Exato, *se*. Nós o instruímos para viajar somente à noite e esconder-se durante o dia. Se ele vir mais de uma pessoa, fugir. Se for uma só, matá-la.

— Stu, vocês não *podiam*...

— Claro que podíamos! — retrucou ele furioso, voltando-se para ela. — Isto não é nenhuma brincadeira, Frannie! Você deve saber o que pode acontecer a ele e aos outros se forem apanhados! E, antes de mais nada, por que é tão contrária à idéia?

— Está bem — disse ela baixinho. — Está tudo bem, Stu.

— Não, não *está* tudo bem! — exclamou Stu e amassou o cigarro recém-aceso num cinzeiro de cerâmica, provocando uma pequena nuvem de fagulhas. Várias delas pousaram no dorso de sua mão e ele as sacudiu num gesto rápido e violento. — Não é correto mandar um rapaz retardado para travar nossas batalhas, como não é correto mover pessoas de um lado a outro como se fossem peões na porra de um tabuleiro de xadrez, e não é correto dar ordens para matar, como um chefão da Máfia. No entanto, não me ocorre o que mais podemos fazer. Simplesmente não sei! Se não descobrirmos o que ele está tramando, há uma maldita chance de que algum dia, na próxima primavera, transforme toda a Zona Franca numa grande nuvem em forma de cogumelo!

— *OK*. Ei. *OK!*

Ele abriu lentamente os punhos crispados.

— Eu estava gritando com você. Desculpe, não tinha o direito de fazer isso, Frannie.

— Está tudo bem. Você não foi o único a abrir a caixa de Pandora.

— Nós todos a abrimos, acho — disse ele embotadamente e pegou outro cigarro no maço sobre o aparador. — Seja como for, quando dei a ele aquela... como se poderia chamar? Bem, quando falei que ele devia matar qualquer um que cruzasse seu caminho, vi que Tom franziu um pouco o rosto. Foi uma expressão que logo desapareceu, nem sei se Nick e Ralph notaram. Mas eu percebi. Foi como se Tom pensasse: "*OK*, entendo o que vocês querem, mas agirei à minha moda quando chegar a hora."

— Já li que não se pode induzir uma pessoa hipnotizada a fazer algo que não faria quando desperta — disse Fran. — Uma pessoa não irá contrariar seu próprio código moral só porque lhe disseram para fazê-lo sob hipnose.

Stu assentiu.

— Sim, eu estava pensando nisso. E se o tal Flagg dispôs toda uma linha de piquetes ao longo de toda a parte leste de sua fronteira? Eu o faria, se fosse ele. Se Tom deparar com esses piquetes ao seguir para oeste, ele tem a sua história de cobertura. Mas se estiver voltando para leste, será uma questão de matar ou morrer. E se Tom não matar, será como um pato derrubado numa barraca de tiro ao alvo num parque de diversões.

— Talvez você esteja preocupado demais com essa parte da coisa — comentou Frannie. — Quero dizer, se *houver* essa linha de piquetes, seria uma linha muito fraca, não acha?

— Certo. Um homem a cada 80 quilômetros, algo mais ou menos assim. E isso se ele contar com cinco vezes mais gente do que nós.

— Então, a menos que eles já disponham de algum equipamento muitíssimo sofisticado, instalado e funcionando, algo como radar, infravermelho e coisas tais, como vemos nos filmes de espionagem, Tom não poderia simplesmente passar através dos piquetes?

— É com isso que estamos contando, mas...

— Mas você não está com a consciência em paz — disse ela, suave.

— E não seria de se esperar? Bem, mudando de assunto: o que é que Harold queria, querida?

— Ele deixou um monte daqueles mapas de pesquisa, de áreas onde seu Comitê de Busca procurou por Mãe Abagail. De qualquer modo, além de supervisionar o Comitê de Busca, Harold esteve trabalhando com aquelas equipes de sepultamento. Parecia muito cansado, mas não apenas por suas obrigações para com a Zona Franca. Ele também esteve trabalhando em algo mais, parece.

— No quê?

— Harold arranjou uma mulher.

Stu ergueu as sobrancelhas.

— Acho que foi por isso que não aceitou o convite para jantar. Você pode adivinhar quem é ela?

Stu semicerrou os olhos em direção ao teto.

— Ora, com quem Harold poderia estar transando? Deixe-me ver...

— Bem, é uma tremenda maneira de enfocar o caso! O que você acha que nós estamos fazendo? — Ela fingiu que ia lhe dar um tapa e Stu recuou, rindo.

— Divertido, não é? Pois desisto. Quem é?

— Nadine Cross.

— Aquela mulher com fios brancos no cabelo?

— A própria.

— Puxa, ela deve ter o dobro da idade dele!

— Duvido muito que Harold se preocupe com isso a esta altura do relacionamento deles — disse Fran.

— Larry sabe?

— Não sei e pouco estou ligando. Nadine Cross não é a garota de Larry agora. Se é que algum dia foi.

— É — disse Stu. Estava contente por Harold ter encontrado para si um pequeno interesse amoroso, mas não terrivelmente interessado no assunto. — Seja como for, como é que Harold se sente em relação ao Comitê de Busca? Ele lhe deu alguma pista?

— Bem, você conhece Harold. Ele sorri um bocado, mas... não muito esperançoso. Acho que é por isso que tem se dedicado mais ao serviço de sepultamentos. Sabia que agora o estão chamando de Falcão?

— É mesmo?

— Foi o que ouvi hoje. Só soube de quem estavam falando depois que perguntei. — Ela ficou pensativa por um instante e depois riu.

— Qual é a graça? — perguntou Stu.

Frannie espichou os pés calçados de tênis. Nas solas havia desenhos de círculos e linhas.

— Ele elogiou meus tênis. Não é um doidão?

— *Você* é que é doidona — disse Stu, rindo.

* * *

Harold acordou pouco antes do alvorecer com uma dor entorpecida, mas não inteiramente desagradável na virilha. Tiritou um pouco ao levantar-se. Estava ficando nitidamente mais frio a cada manhã, embora estivessem em 22 de agosto e o outono ainda se situasse a um mês de distância.

No entanto, havia calor abaixo de sua cintura, ah, como havia! Bastava olhar para a curva deliciosa das nádegas dela, envoltas naquelas diminutas calcinhas transparentes enquanto ela dormia, para excitá-lo consideravelmente. Nadine não se importaria se ele a acordasse... bem, talvez se incomodasse, mas não *objetaria.* Harold ainda não fazia idéia do que poderia haver por trás daqueles olhos escuros. Também a temia um pouco.

Em vez de acordá-la, ele se vestiu silenciosamente. Não queria perder tempo com Nadine, por mais que a idéia lhe apetecesse.

O que precisava fazer era ir sozinho a algum lugar e refletir.

Parou à porta, inteiramente vestido, carregando as botas na mão esquerda. Entre a ligeira friagem do quarto e o ato prosaico de vestir-se, o desejo o havia abandonado. Agora podia sentir o cheiro daquele aposento, um cheiro que nada tinha de agradável.

Era uma coisinha de nada, Nadine dissera, uma coisa que podiam dispensar. Talvez fosse verdade. Nadine sabia fazer coisas inacreditáveis com a boca e com as mãos. Porém, se fosse uma coisinha de nada, por que o quarto conservava aquele cheiro rançoso e ligeiramente acre, que ele associava ao prazer solitário de todos os seus anos negativos?

Talvez você queira que sejam negativos.

Pensamento perturbador. Ele saiu, fechando a porta silenciosamente atrás de si.

Os olhos de Nadine se abriram no momento em que a porta foi fechada. Sentou-se, olhando pensativa para a porta, e depois deitou-se de novo. Seu corpo doía num lento e não-aliviante ciclo de desejo. Era quase como cólicas menstruais. Se fosse uma coisa tão pequena, pensou ela (sem a menor idéia do quanto seus pensamentos eram próximos dos de Harold), por que se sentia assim? A certa altura da noite passada ela tivera de morder os lábios para abafar os gritos: *Pare de ficar embromando e me ENFIA logo esta coisa! Está me ouvindo? METE, me enche com isso! Você acha que o que está fazendo é de algum benefício para mim? Enfia essa coisa em mim e seja o que Deus quiser... ou eu, pelo menos... para acabar com esse jogo maluco!*

Ele estivera com a cabeça enfiada entre as pernas dela, fazendo estranhos ruídos de desejo, ruídos que teriam sido cômicos se não fossem tão honestamente urgentes, quase selvagens. E ela olhava para cima, aquelas palavras tremendo por trás de seus lábios, e tinha visto (ou apenas imaginara ver?) um rosto na janela. Num instante, o fogo de seu próprio desejo tinha se transformado em cinzas frias.

Tinha sido o rosto *dele*, sorrindo selvagemente para ela.

Um grito se elevou da garganta dela... e em seguida o rosto se foi, o rosto não era nada mais que um padrão de sombras em movimento no vidro escurecido misturado com nódoas de poeira. Não mais que o fantasma que uma criança imagina ter visto no armário, ou dissimuladamente enroscado atrás da arca de brinquedos no canto.

Nada mais do que isso.

Só que *havia* mais, e nem mesmo agora, à primeira luz fria racional do alvorecer, poderia ela simular de outra maneira. Seria *perigoso* simular de outra maneira. Tinha sido ele, e ele a havia avisado. O futuro marido estava observando sua prometida. E a noiva deflorada seria a noiva repelida.

Olhando para o teto, ela pensou: *Chupei a pica dele, mas isto não é defloramento. Deixei que me enrabasse, mas isto também não é defloramento. Visto-me para ele que nem uma puta barata rodando bolsinha, mas que mal há nisso?*

Era o suficiente para fazê-la especular que tipo de homem era realmente seu noivo.

Nadine ficou olhando para o teto por um tempo muito longo.

* * *

Harold preparou café instantâneo, bebeu com uma careta e depois, pegando dois Pop-Tarts frios, seguiu para a entrada da casa. Sentou-se nos degraus e comeu enquanto o amanhecer rastejava através da terra.

Em retrospecto, os dois últimos dias tinham-lhe parecido um louco desfile de carnaval. Tudo era um borrão de caminhões alaranjados, Weizak batendo-lhe no ombro e chamando-o de Falcão (todos agora o chamavam assim), cadáveres, numa série bolorenta e interminável, e depois a volta para casa, afastando-se de toda aquela mortandade para um fluxo incessante de sexo curioso. O suficiente para deixar qualquer um zonzo.

Mas agora, sentado no degrau frio como uma lápide de sepultura, com uma horrível xícara de café instantâneo diluindo-se nas suas tripas, ele conseguia mascar aqueles bolinhos frios com gosto de serragem e pensar. Sentia a cabeça arejada, lúcida, depois de um período de insanidade. Ocorreu-lhe que, para alguém que sempre se considerara um homem de Cro-Magnon em meio a um rebanho de ruidosos Neandertais, ultimamente se dedicava muito pouco a uma boa meditação. Vinha sendo conduzido não pelo nariz, mas pelo pênis.

Voltou a mente para Frannie Goldsmith enquanto desviava o olhar das Flatirons. Foi Frannie quem estivera na sua casa naquele dia, agora tinha certeza. Ele a visitara no apartamento onde vivia com Redman com um pretexto, mas na realidade querendo dar uma espiada no tipo de calçado que ela usava. Por acaso Frannie calçava os mesmos tênis cujo solado combinava com a pegada que ele encontrara no piso de seu porão. Círculos e linhas em vez do costumeiro padrão confuso e ziguezagueante. Sem a menor dúvida, garota.

Achou que poderia resolver a questão sem muita dificuldade. De algum modo Fran descobrira que ele havia lido seu diário. Ele devia ter deixado uma mancha ou marca em alguma página... talvez mais de uma. Assim, ela fora à casa dele em busca de algum indício de como ele se sentia após ter lido o que lera. Talvez alguma coisa anotada.

Havia, claro, seu livro-razão. Mas Fran não o encontrara, disso Harold tinha certeza. O livro-razão dizia claramente que pretendia matar Stuart Redman. Se ela houvesse descoberto algo semelhante, teria contado a Stu. E, mesmo não contando, Harold não acreditava que pudesse tê-lo acolhido com tanta naturalidade, quando a visitara no dia anterior.

Terminou o último Pop-Tart fazendo uma careta ao seu sabor frio e ao mais frio ainda do recheio de gelatina. Decidiu caminhar até o terminal de ônibus, em vez de pegar a motocicleta. Na volta para casa podia pegar uma carona com Teddy Weizak ou Norris. Pôs-se a caminho, puxando o zíper do blusão leve até o queixo para proteger-se contra a friagem que iria desaparecer em mais ou menos uma hora. Passou pelas casas vazias de persianas arriadas e, uns seis quarteirões abaixo, na Arapahoe, começou a ver um *X* marcado grosseiramente a giz em uma porta após outra. Mais uma vez, idéia sua. O Comitê de Sepultamentos já checara todas aquelas casas marcadas das quais haviam sido recolhidos todos os cadáveres. *X*, uma marca de eliminação. As pessoas que tinham vivido naquelas casas agora já haviam partido para todo o sempre. Dentro de mais um mês aquele *X* estaria por toda Boulder, assinalando o fim de uma era.

Era hora de pensar, e pensar cuidadosamente. Parecia que havia de fato parado de pensar desde que conhecera Nadine... mas talvez tivesse parado antes mesmo disso.

Li o diário dela porque me sentia magoado e com ciúmes, pensou. Então ela invadiu minha casa, quem sabe à procura do meu próprio diário, mas não o encontrou. De qualquer modo, o choque de saber que tivera a casa invadida fora uma boa vingança de Frannie. Sem dúvida, isto o deixara abalado. Talvez agora estivessem quites.

Na verdade, ele não queria mais Frannie, queria?... *Queria?*

Sentiu a brasa taciturna do ressentimento reluzir em seu peito. Talvez não. No entanto, isto não alterava o fato de que o haviam excluído. Embora Nadine pouco dissesse sobre seus motivos de ir procurá-lo, Harold tinha a impressão de que, de algum modo, ela também fora excluída, rejeitada, indesejada. Formavam uma dupla de intrusos, e intrusos tramam conspirações. Talvez seja a única coisa que os mantenha lúcidos. (*Lembre-se de anotar isto no livro-razão*, pensou Harold... já quase no centro da cidade agora.)

Havia toda uma legião de forasteiros no outro lado das montanhas. E quando há intrusos suficientes em um só lugar, ocorre uma osmose mística e somos incluídos. No lado de dentro, onde está aquecido, mas na realidade é uma coisa imensa. Talvez a mais importante do mundo.

Talvez ele não desejasse ficar quite. Talvez não quisesse ficar num empate. Talvez não quisesse ter como atividade rodar num caminhão recolhendo mortos e receber cartas ocas de agradecimentos por suas idéias, enquanto espera cinco anos até que Bateman se aposente do precioso comitê deles para que possa ter sua oportunidade de participar... mas e se decidissem excluí-lo novamente?

A brasa do ressentimento agora cintilava com mais fulgor. Pensar, claro, pensar — isso era fácil de dizer, e às vezes até mesmo de fazer... mas que bem havia em pensar quando tudo que se obtinha dos Neandertais que dirigiam o mundo era um risinho hipócrita ou, pior ainda, uma carta de agradecimentos?

Chegou ao terminal. Ainda era cedo, ninguém tinha chegado. Havia um aviso na porta, anunciando que no dia 25 aconteceria outra assembléia pública. Assembléia pública? Era uma porra de circo público, isso sim.

A sala de espera estava festonada com pôsteres de viagens, propaganda do Greyhound Ameripass e fotos de enormes ônibus com janelas panorâmicas cruzando Atlanta, Nova Orleans, San Francisco, Nashville, todos os lugares. Sentando-se, Harold ficou olhando, no ar frio da manhã, para as máquinas apagadas de fliperama, a máquina automática de Coca e de café, que também oferecia uma xícara de sopa Lipton que cheirava vagamente a peixe morto. Ele acendeu um cigarro e jogou o fósforo queimado no chão.

Eles haviam adotado a Constituição. Uau! Tudo muito formal e nos trinques. Tinham até cantado a porra do hino nacional, pelo amor de Deus! Mas e se Harold Lauder tivesse se levantado, não para oferecer algumas sugestões, mas para dizer a eles os fatos da vida, neste primeiro ano após a epidemia?

Senhoras e senhores, meu nome é Harold Emery Lauder e estou aqui para dizer-lhes que, como na letra da antiga canção, as coisas fundamentais são aplicadas conforme passam os anos. Como Darwin. Da próxima vez em que se levantarem para cantar o hino nacional, amigos e vizinhos, saquem isto: a América está morta, para lá de morta, tão morta como Jacob Marley, como Buddy Holly, o Big Bopper e Harry S. Truman, mas os princípios enunciados em primeira mão pelo Sr. Darwin continuam bem vivos — tão vivos como o fantasma de Jacob Marley esteve para Ebenezer Scrooge. Enquanto os senhores meditam na beleza das normas constitucionais, dediquem algum tempo para pensar em Randall Flagg, o Homem do Oeste. Duvido muito que ele tenha tempo a perder com assembléia pública e ratificações e debates sobre o verdadeiro significado de um pêssego no melhor estilo liberal. Em vez disso, ele tem se concentrado em coisas básicas, no seu Darwin, preparando-se para limpar o grande balcão de fórmica do universo com seus cadáveres. Senhores e senhoras, permitam-me sugerir que, enquanto tentam religar a eletricidade e que um médico descubra nossa feliz colmeiazinha, ele pode estar ansiosamente procurando alguém com um brevê de piloto que possa sobrevoar Boulder, na melhor tradição de Francis Gary Powers. Enquanto debatemos o intrigante tema de quem fará parte do Comitê de Limpeza de Ruas, ele já providenciou a criação de um Comitê de Limpeza de Armas, para não falar em canhões, bases de mísseis e talvez até mesmo centro de guerra bacteriológica, o que é uma das coisas que tornam este país grandioso — que país, ah-ah! —, mas os senhores hão de convir que enquanto estamos ocupados em colocar nossas carroças em círculos, esperando um ataque de índios, ele está...

— Ei, Falcão, você madrugou?

Harold ergueu os olhos, sorrindo.

— Bem, pensei que podia ganhar uma hora extra — disse ele para Weizak. — Marquei o seu cartão de ponto logo que cheguei. Você já ganhou seis paus.

Weizak riu.

— Você é um figuraça, Falcão, sabia disso?

— Sou mesmo — concordou Harold, ainda sorrindo. Recomeçou a amarrar as botas. — Um tremendo figuraça.

Capítulo Cinqüenta e Seis

STU PASSOU O DIA SEGUINTE na usina elétrica, revestindo motores, e seguia de volta para casa. Tinha chegado ao pequeno parque em frente ao First National Bank, quando Ralph o chamou. Stu estacionou sua moto e caminhou até a concha acústica, onde Ralph estava sentado.

— Andei procurando por você, Stu. Dispõe de um minuto?

— Só um. Já estou atrasado para o jantar. Frannie vai ficar preocupada.

— É, pelo aspecto de suas mãos, você esteve na usina de força, enrolando fios de cobre. — Ralph parecia distante e preocupado.

— Exato. Nem as luvas adiantam muito. Minhas mãos estão destroçadas.

Ralph assentiu. Havia talvez mais meia dúzia de pessoas no parque, algumas observando o trem que certa vez fizera o trajeto entre Boulder e Denver. Três moças haviam estendido na grama uma ceia de piquenique. Stu descobriu ser muito agradável apenas ficar sentado ali, com as mãos laceradas no colo. O cargo de xerife talvez não seja tão ruim, pensou ele. Pelo menos me deixaria longe daquela maldita linha de montagem a leste de Boulder.

— Como vão as coisas por lá? — perguntou Ralph.

— Eu não saberia dizer... estou só dando uma ajuda, como os outros. Brad Kitchner diz que vai ser como uma casa incendiada. Diz que as luzes estarão de volta ao final da primeira semana de setembro, talvez antes, e que teremos aquecimento em meados do mês. Claro que ele é jovem demais para estar fazendo previsões...

— Aposto meu dinheiro em Brad — disse Ralph. — Confio nele. Ele tem feito um bocado daquilo que chamaríamos de "treinamento na marra". — Ralph tentou rir; o riso transformou-se em um suspiro que pareceu arrancado dos saltos das botas do grandalhão.

— Por que esse ar tão desanimado, Ralph?

— Ouvi algumas notícias no meu rádio — disse Ralph. — Algumas boas e algumas... bem, algumas nem tanto. Quero que fique sabendo, Stu, porque não é possível manter isso sigiloso. Há muita gente aqui na Zona usando a faixa do cidadão. Imagino que muitas pessoas estivessem ouvindo enquanto eu falava com o novo grupo que está chegando.

— Quantos?

— Mais de quarenta. Um deles é médico, chamado George Richardson.

— Ora, essa é uma excelente notícia!

— Ele é de Derbyshire, Tennessee. A maioria dos componentes do grupo vem mais ou menos do centro-sul. Bem, parece que havia uma grávida entre eles, que deu à luz dez dias atrás, no dia 13. Com a ajuda do médico... eram gêmeos... tiveram um bom parto. A princípio estiveram muito bem...

Ralph calou-se de repente. Stu agarrou-lhe o braço.

— Morreram? Os bebês *morreram*? Era isso que tentava me dizer? Desembuche, porra!

— Morreram — disse Ralph em voz baixa. — Um deles durou 12 horas. Parece que morreu de asfixia. O outro morreu dois dias depois. Nada que Richardson fez conseguiu salvá-los. A mulher ficou fora de si. Falando em morte, destruição e mais nenhum bebê no mundo. Achei que talvez você quisesse deixar Fran afastada quando eles chegarem, Stu. É isto o que eu queria lhe dizer. Aliás, acho que você deveria dar-lhe esta notícia imediatamente. Porque, se não souber da sua boca, alguém contará a ela.

Stu soltou lentamente o braço de Ralph.

— Esse Richardson, bem, ele queria saber quantas grávidas tínhamos aqui. Respondi que, até onde sabia, havia somente uma. Ele perguntou pelo tempo de gravidez e falei em quatro meses. Está certo?

— Ela agora está no quinto mês. Escute, Ralph: ele tem certeza de que os bebês morreram da supergripe? Ele tem *certeza*?

— Não, não tem, e você também precisa dizer isto a Frannie, para que ela compreenda. O médico disse que haveria várias causas prováveis... a dieta alimentar da mãe... algum fator hereditário... uma infecção respiratória... ou talvez eles fossem apenas, você sabe, bebês deficientes. Mencionou uma possibilidade do fator Rh, o que quer que isto seja. Não podia garantir, já que o parto ocorreu no meio de um campo à margem da Interestadual 70. Richardson disse que ele e mais três, que eram os responsáveis pelo grupo, ficaram acordados até tarde discutindo o assunto. Richardson explicou-lhes o que isto poderia significar: era de suma importância saberem com segurança se aqueles bebês foram mortos pela Capitão Viajante ou por alguma outra causa.

— Eu e Glen conversamos a respeito — disse Stu, soturno — no dia em que o conheci, exatamente no Quatro de Julho, parece que isso foi há anos... Seja como for, se foi a supergripe que matou aqueles bebês, isto provavelmente significa que, daqui a quarenta ou cinqüenta anos, tudo que construirmos será herdado pelos ratos, moscas e pardais.

— Acho que foi mais ou menos o que Richardson disse a eles. De qualquer modo, estavam a uns sessenta e poucos quilômetros a oeste de Chicago, e ele os convenceu a fazer meia-volta no dia seguinte, levando os cadáveres para um grande hospital onde ele pudesse realizar uma autópsia. Afirmou que assim poderia constatar com segurança se a *causa mortis* fora ou não a supergripe. Já testemunhara casos suficientes no final de junho. Acho que todos os médicos testemunharam.

— É isso aí.

— Porém, quando amanheceu, os bebês haviam sumido. A mãe os enterrara e não disse onde. Eles passaram dois dias cavando, pois achavam que ela não poderia ter se afastado muito do acampamento ou os enterrado fundo demais, ainda sob os efeitos pós-parto e tudo o mais. Nada encontraram e ela permaneceu muda, por mais que tentassem explicar-lhe a importância da autópsia. A pobre mulher tinha pirado.

— Posso entender isso — disse Stu, pensando no quanto Fran queria ter o bebê.

— O médico disse que, mesmo sendo a supergripe, talvez duas pessoas imunes pudessem ter um bebê imune — acrescentou Ralph, esperançoso.

— As chances de que o pai natural do bebê de Frannie fosse imune são cerca de uma em um bilhão — retrucou Stu. — Simplesmente ele não está aqui.

— É, creio que dificilmente haveria essa possibilidade. Lamento ter-lhe dado essa preocupação, Stu, mas pensei que seria melhor ficar sabendo logo. Assim poderá contar a ela.

— É algo que não me seduz nem um pouco — disse Stu.

Mas, ao chegar em casa, soube que alguém se antecipara a ele.

* * *

— Frannie?

Não houve resposta. O jantar estava sobre o fogão — queimado, na sua maior parte —, porém o apartamento estava escuro e silencioso.

Stu chegou à sala de estar e olhou em torno. Havia um cinzeiro sobre a mesinha de centro, com duas pontas de cigarro. Mas Fran não fumava e aqueles não eram da marca de Stu.

— Querida?

Foi encontrá-la no quarto, deitada na cama em meio à penumbra, olhando para o teto. Tinha o rosto inchado, marcado de lágrimas.

— Oi, Stu — disse baixinho.

— Quem foi que lhe contou? — perguntou ele, furioso. — Quem foi que mal pôde esperar para espalhar a boa-nova? Quem quer que tenha sido, vou quebrar-lhe a porra do braço!

— Foi Sue Stern. Ela soube por Jack Jackson. Ele sintoniza a faixa do cidadão e ouviu esse médico falando com Ralph. Sue achou que seria melhor me contar antes que alguém fizesse um estardalhaço. Coitadinha da Frannie. Manipule com cuidado. Não abra até o Natal. — Ela deu uma risadinha. Houve uma desolação naquele som que fez Stu sentir como se estivesse chorando.

Ele atravessou o quarto, sentou-se na cama ao lado dela e afagou uma mecha de cabelo que lhe caíra na testa.

— Não há certeza alguma, querida. Não temos meios de saber com segurança.

— Sei que não. E talvez possamos ter nossos próprios filhos, mesmo assim. — Ela se virou para fitá-lo, os olhos vermelhos e infelizes. — Contudo, eu quero este. Será tão errado assim?

— Não, claro que não.

— Fiquei aqui deitada, esperando que ele se movesse ou algo assim. Nunca mais o senti se mexendo desde aquela noite em que Larry veio procurar Harold. Está lembrado?

— Sim.

— Senti o bebê se mexendo e não quis acordar você. Agora, gostaria de tê-lo acordado. Sim, bem que gostaria. — Ela recomeçou a chorar e pousou um braço sobre o rosto para que ele não a visse assim.

Stu puxou-lhe o braço, estendeu-se ao lado dela e a beijou. Fran abraçou-o forte e aninhou-se passivamente contra ele. Quando falou, as palavras saíram meio sufocadas contra o pescoço dele.

— A incerteza torna tudo muito pior. Agora só me resta esperar para ver. Acho que é muito tempo para uma mulher esperar para ver se o seu bebê irá morrer antes mesmo de ter passado um dia fora de seu corpo.

— Você não estará esperando sozinha — disse ele.

Ela o abraçou com força novamente a esta resposta, e os dois permaneceram enlaçados, sem se mover, durante muito tempo.

* * *

Nadine Cross passara quase cinco minutos na sala de estar de sua antiga casa, recolhendo coisas, antes que o visse sentado apenas de sunga na cadeira ao canto, o polegar enfiado na boca, seus estranhos olhos de china cinza-esverdeados observando-a. Seu sobressalto foi tão grande — tanto por saber que ele estivera sentado ali o tempo todo quanto pela real e súbita visão dele — que seu coração deu um pulo alto e assustado no peito, e ela gritou. Os livros que pegara para enfiar na mochila caíram no chão, num farfalhar de páginas.

— Joe... quero dizer, Leo...

Ela levou a mão ao peito, acima da protuberância dos seios, como se para sentir o louco batimento do seu coração. Mas o coração ainda não estava pronto para diminuir seu ritmo, com ou sem mão. Captar a súbita visão dele já foi ruim; captar a visão dele vestido e agindo da mesma forma como fazia na primeira vez em que se encontraram em New Hampshire foi pior ainda. Era um retorno por demais exagerado, como se algum deus irracional a houvesse atirado maldosa e repentinamente através de uma urdidura de tempo e a condenado a viver de novo todas as últimas seis semanas.

— Você quase me fez expelir o coração pela boca — concluiu ela fracamente.

Joe nada disse.

Ela caminhou devagar até o garoto, meio que esperando ver uma comprida faca de cozinha numa das mãos dele, como outrora, mas a mão que não estava enfiada na boca enroscava-se inocentemente em seu colo. Ela percebeu que o corpo dele perdera um pouco do bronzeado. As velhas cicatrizes e arranhões de mato haviam sumido. Mas os olhos eram os mesmos... olhos que podiam assustar. O que quer que tivesse mudado neles, um pouco mais a cada dia, desde que se inflamaram ao ouvir Larry tocar a guitarra, já se fora por completo. Os olhos voltaram a ser como eram à época em que o conhecera, e isto a inundou com uma espécie de terror arrepiante.

— O que está fazendo aqui?

Joe não disse nada.

— Por que não está com mãe-Lucy?

Nada de resposta.

— Você não pode ficar aqui — disse ela, tentando arrazoar com ele, mas antes que pudesse continuar, viu-se especulando há quanto tempo já estaria ali.

Isto se deu na manhã de 24 de agosto. Ela passara as duas noites anteriores com Harold. Ocorreu-lhe o pensamento de que ele deveria ter estado sentado ali naquela cadeira, com o polegar arrolhado seguramente na boca, pelas últimas 48 horas. Claro que era uma idéia ridícula, pois ele teria que comer e beber (não teria?), mas uma vez chegada esta imagem/pensamento, ela não iria embora. A sensação arrepiante acometeu-a novamente, e Nadine percebeu com algo semelhante a desespero o quanto ela própria havia mudado: certa vez dormira destemidamente ao lado deste pequeno selvagem, numa época em que ele tinha estado armado e era perigoso. Agora não portava mais armas, porém se descobrira apavorada com ele. Ela havia pensado que o ser anterior dele

(*Joe? Leo?*)

tinha caprichosa e completamente desaparecido. Agora ele estava de volta. E estava ali.

— Você não pode ficar aqui — disse ela. — Só voltei para buscar algumas coisas. Estou me mudando. Estou me mudando para morar... com um homem.

Ah, então é *isso* que Harold é?, zombou alguma voz interior. Pensei que fosse apenas uma ferramenta, um meio para alcançar um fim.

— Leo, escute...

Ele sacudiu a cabeça, débil porém visivelmente. Seus olhos, inflexíveis e cintilantes, fixaram-se no rosto dela.

— Você não é Leo?

O sacudir débil voltou.

— Você é Joe?

Um assentimento, igualmente débil.

— Tudo bem, então. Mas precisa entender que realmente não importa quem você seja — disse ela, tentando ser paciente. Aquela sensação louca de que estava numa urdidura de tempo, de que estava de volta ao ponto de partida, persistia. Isso a fez sentir-se irreal e assustada. — Aquela parte de nossas vidas... a parte em que nos juntamos por livre e espontânea vontade... essa parte acabou. Você mudou, eu mudei, e não podemos voltar atrás.

Porém os olhos estranhos dele continuavam fixos nos dela, parecendo negar isto.

— E pare de ficar olhando para mim — sibilou ela. — É muita falta de educação ficar olhando fixamente para as pessoas.

Agora os olhos dele pareceram se tornar levemente acusatórios. Pareciam sugerir que também era falta de educação abandonar as pessoas à própria sorte, e mais ainda deixar de dar amor a uma pessoa que precisava e dependia dele.

— *Não* é como se você fosse ficar abandonado — disse ela, virando-se e começando a catar os livros que tinham caído. Ajoelhou-se desajeitamente e sem graça, seus joelhos estalando como bombinhas enquanto o fazia. Começou a enfiar os livros à força na mochila, por cima de seus absorventes íntimos, caixas de aspirina e roupas de baixo, calcinhas de algodão grosseiro, bem diferentes da *lingerie* que usava para o prazer frenético de Harold.

— Você tem Larry e Lucy. Você os quer bem e eles querem bem a você. Bem, *Larry* quer, e isso é tudo que importa, porque Lucy faz tudo que ele manda. Ela é como uma folha de papel-carbono. As coisas mudaram para mim agora, Joe, e não é por culpa minha. Não é minha culpa, afinal. Portanto, pode parar de tentar me fazer sentir culpada.

Ela começou a tentar fechar a mochila, mas seus dedos tremiam incontrolavelmente e a tarefa era difícil. O silêncio ficava cada vez mais pesado em torno deles.

Por fim ela se levantou, pendurando a mochila nos ombros.

— Leo — ela tentou falar calma e arrazoadamente, do modo como costumava se dirigir a crianças problemáticas nas suas turmas quando elas tinham acessos de raiva. Simplesmente não conseguiu. Sua voz era toda um vaivém, e o pequeno sacudir da cabeça dele, cumprimentando-a pelo emprego da palavra *Leo*, só piorava as coisas. — Não foram Larry e Lucy — disse Nadine maldosamente. — Eu teria entendido, se fosse este o caso. Mas foi realmente aquele saco velho que fez você me renegar, não foi?

Aquela velha estúpida na sua cadeira de balanço, sorrindo para o mundo com seus dentes postiços. Mas agora ela se foi e você volta correndo para mim. Mas não vai adiantar, está me ouvindo? *Não vai adiantar!*

Joe não disse nada.

— E quando implorei a Larry... *implorei* de joelhos... ele nem se incomodou. Estava ocupado demais fazendo o papel de bom moço. Assim, como vê, nada foi culpa minha. *Nada disso!*

O garoto limitou-se a fitá-la, impassível.

O terror de Nadine começou a voltar, sepultando sua raiva incoerente. Ela foi recuando e se afastando dele até a porta e tenteou pela maçaneta às suas costas. Encontrou-a por fim, girou-a e escancarou a porta. O fluxo do ar fresco lá de fora que bateu contra seus ombros foi muito bem recebido.

— Vá para a casa de Larry — murmurou ela. — Adeus, garotão.

Ela saiu desajeitadamente e parou no último degrau por um momento, tentando reunir coragem. De súbito, ocorreu-lhe que tudo aquilo devia ter sido uma alucinação, provocada por seus próprios sentimentos de culpa... culpa por abandonar o garoto, culpa por fazer Larry esperar tanto tempo, culpa pelas coisas que ela e Harold tinham feito e pelas coisas muito piores que estavam à espera. Talvez não tivesse havido nenhum garoto naquela casa, afinal. Nada mais real do que os fantasmas de Poe — o batimento do coração do velho, soando como um relógio envolto em algodão, ou o corvo empoleirado no busto de Palas.

— Batendo, sempre batendo na porta do meu quarto — sussurrou em voz alta sem pensar, o que a fez soltar uma risadinha horrenda e gutural, talvez não muito diferente dos sons que os corvos realmente faziam.

Ainda assim, precisava saber.

Foi até a janela ao lado dos degraus da frente e olhou para a sala de estar do que uma vez tinha sido sua casa. Na verdade, não que algum dia tivesse sido dela, não mesmo. Quando se vivia numa casa em que tudo que quisesse levar ao partir cabia numa mochila, ela de fato não tinha sido sua, para começar. Olhando para o interior da casa, viu um tapete, cortinas e papel de parede de alguma esposa falecida e cinzeiros e exemplares de *Sports Illustrated* de um marido falecido espalhados descuidadamente sobre a mesinha de centro. Fotos de filhos mortos sobre a cornija da lareira. E, sentado na poltrona de canto, um garoto, filho de alguma mulher falecida, vestido só de sunga, sentado, ainda sentado, tal como estivera sentado antes.

Nadine correu tropeçando, quase caindo, sobre as barreiras baixas de vime que protegiam o canteiro de flores à esquerda da janela por onde tinha olhado. Ela montou na sua Vespa e deu partida no motor. Dirigiu com velocidade imprudente pelos primeiros quarteirões, ziguezagueando entre os carros enguiçados que ainda enchiam aquelas ruas secundárias, mas passado algum tempo ela se acalmou.

Na hora em que chegou à casa de Harold, já conseguia manter algum tipo de controle sobre si mesma. Mas ela sabia que tinha de abreviar rapidamente sua estada aqui na Zona. Deveria partir em breve se quisesse manter a sanidade.

* * *

A assembléia geral no Auditório Munzinger transcorreu bem. Começaram mais uma vez
 cantando o hino nacional, porém dessa vez a maioria não chegou às lágrimas; era simples-

mente parte do que em breve se tornaria um ritual. Um Comitê de Recenseamento foi votado rotineiramente, tendo Sandy DuChiens como encarregada. Ela e mais quatro auxiliares começaram imediatamente a percorrer a platéia, contando cabeças e anotando nomes. No final da reunião, com o acompanhamento de tremendos aplausos, Sandy anunciou que agora havia 814 habitantes na Zona Franca e prometeu (irrefletidamente, como resultou) ter uma lista completa por ocasião da próxima assembléia — uma lista que esperava atualizar semanalmente, contendo nomes em ordem alfabética, idades, endereços em Boulder, endereços anteriores e antigas profissões. Como se revelou, o fluxo para a Zona ficou tão intenso e errático que ela ficava sempre com duas ou três semanas de atraso.

O período eletivo do Comitê da Zona Franca foi posto em discussão e, após algumas sugestões extravagantes (dez anos foi uma delas, vitalício foi outra, e Larry ganhou forte ovação ao dizer que aquilo soava mais como sentenças de prisão do que um posto eletivo), foi então proposto o período de um ano. A mão de Harry Dunbarton acenou quase do fundo do salão e Stu o reconheceu.

Gritando para fazer-se ouvir, Harry disse:

— Até mesmo um ano talvez seja demais. Não tenho nada contra as damas e cavalheiros do comitê, inclusive acho que estão fazendo um trabalho danado de bom — aplausos e assobios —, mas isto aqui vai ficar fora de controle em bem pouco tempo se continuarmos crescendo!

Glen levantou a mão, e Stu deu-lhe a palavra.

— Sr. Presidente, isto não consta da agenda, mas acho que o Sr. Dunbarton levantou uma questão de grande interesse.

Eu podia apostar no que você ia dizer, careca, pensou Stu. *Você mesmo já falou isso uma semana atrás.*

— Eu gostaria de propor que tenhamos um Comitê Governamental de Representantes, para podermos realmente colocar a Constituição em funcionamento. Acho que Harry Dunbarton deveria liderar esse comitê, no qual eu mesmo me prontifico a trabalhar, a não ser que alguém considere que haja conflito de interesses.

Mais aplausos.

Na última fileira, Harold se virou para Nadine e sussurrou no seu ouvido:

— Damas e cavalheiros, está agora na pauta o rasga-seda público.

Ela esboçou um lento e sombrio sorriso, e ele se sentiu um tolo.

Stu foi eleito xerife da Zona Franca em meio a uma estrondosa aclamação.

— Farei por vocês o melhor que puder — disse ele. — Alguns que me aplaudem agora podem mudar de tom se mais tarde eu os surpreender fazendo coisas que não deviam? Você me ouviu, Rich Moffat?

Gargalhadas gerais. Rich, que estava bêbado como um gambá, juntou-se ao coro de hilaridade.

— No entanto, não vejo motivo algum para enfrentarmos qualquer problema sério aqui. No meu entender, a função principal de um xerife é impedir que as pessoas se machuquem umas às outras. E não há muitos de vocês que queiram fazer isso. Já temos gente de sobra que foi machucada. Bem, acho que é tudo que tenho a dizer.

A multidão ofereceu-lhe prolongada ovação.

— Agora passemos ao próximo item — continuou Stu. — Uma questão que tem a ver com as linhas da função policial. Precisamos de cinco pessoas para constituir um Comitê Legal, para que eu não fique em dúvida se tiver que prender alguém, caso ocorra tal possibilidade. Ouvi alguma indicação?

— Que tal o juiz? — gritou alguém.

— Sim, o juiz, é pra lá de correto! — reforçou outro.

Cabeças se viraram, esperando que o juiz se levantasse e aceitasse a responsabilidade, no seu habitual estilo rococó. Um sussurro percorreu o recinto enquanto pessoas recontavam a história de como ele espetara um alfinete no balão que um biruta insistia ser um disco voador. Agendas foram postas de lado a fim de que as mãos pudessem aplaudir. Stu e Glen se entreolharam com mútua perturbação: alguém do comitê devia ter previsto tal hipótese.

— Ele não está aqui — disse alguém.

— Alguém o viu? — perguntou Lucy Swann, preocupada.

Larry olhou para ela desconfortavelmente, porém Lucy continuava olhando para a platéia, querendo avistar o juiz.

— Eu o vi.

Soou um murmúrio interessado quando Teddy Weizak se levantou, na metade final do auditório, parecendo nervoso e polindo os óculos de aros de aço de maneira compulsiva com sua bandana.

— Onde?

— Onde estava ele, Teddy?

— Estava na cidade.

— O que estava fazendo?

Teddy intimidou-se visivelmente ante esta barragem de perguntas.

Stu bateu seu martelo.

— Vamos lá, minha gente! Ordem!

— Eu o vi faz dois dias — disse Teddy. — Estava num Land-Rover e disse que iria passar o dia em Denver. Não explicou o motivo. Contou uma ou duas piadas a respeito. Estava de muito bom humor. Isso é tudo que sei. — Ele sentou-se, ainda polindo os óculos e tremendamente ruborizado.

Stu voltou a pedir ordem no recinto.

— Lamento que o juiz não esteja presente. Acredito que seria o mais indicado para o posto, mas, já que não se encontra entre nós, alguém deseja apresentar outra indicação?

— Não, vamos deixar como está, por enquanto! — protestou Lucy, levantando-se. Usava um macacão justo de brim, que provocou olhares interessados da maioria dos homens na platéia. — O juiz Farris é um homem idoso. E se ele adoecer em Denver, sem poder voltar?

— Lucy — interveio Stu. — Denver é uma cidade grande.

Um estranho silêncio pairou sobre o recinto enquanto as pessoas refletiam sobre isso. Lucy sentou-se, pálida, e Larry pôs um braço em torno dela. Os olhos dele encontraram os de Stu, que desviou o rosto.

Houve uma proposta desanimada para adiarem a eleição do Comitê Legal até a volta do juiz, proposta recusada após vinte minutos de debate. Eles tinham outro jurista, um advogado de 26 anos chamado Al Bundell, que chegara no final da tarde com o grupo do Dr. Richardson. Bundell aceitou a presidência quando ela lhe foi oferecida, dizendo apenas esperar que ninguém fizesse algo demasiado terrível no mês seguinte, aproximadamente, porque demoraria o mesmo período para elaborarem alguma espécie de sistema de tribunal rotativo. Foi votado um lugar para o juiz Farris no comitê, *in absentia*.

Brad Kitchner, parecendo pálido e desajeitado, um pouco ridículo com terno e gravata, aproximou-se do pódio, deixou cair suas anotações já preparadas, recolheu-as na ordem errada e, por fim, limitou-se a dizer que esperavam ter a energia elétrica restabelecida no início de setembro.

Esta observação foi acolhida com uma tempestade de aplausos, o que lhe infundiu confiança para terminar com estilo e até pavonear-se um pouco enquanto deixava o pódio.

Chad Norris foi o seguinte, e Stu disse a Frannie mais tarde que abordara a questão exatamente da maneira correta: estavam sepultando os mortos por uma razão de decência comum. Nenhum deles se sentiria realmente bem até que a tarefa fosse concluída e a vida seguisse em frente. Se o trabalho estivesse encerrado na época da estação das chuvas, então todos se sentiriam melhor. Ele solicitou dois voluntários e conseguiria uns trinta, se quisesse. Encerrando, pediu que cada membro do atual Esquadrão das Pás (como os chamava) se levantasse e fizesse uma mesura.

Harold Lauder mal se ergueu do lugar, voltando a sentar-se prontamente. Houve pessoas que, saindo da reunião, comentaram o quanto ele era inteligente, além de modesto. Na verdade, Nadine estivera sussurrando-lhe coisas no ouvido, e ele temia fazer muito mais do que se empertigar e esboçar uma reverência. No momento, tinha uma ereção.

Quando Norris deixou o pódio, Ralph Brentner assumiu seu lugar. Comunicou que eles finalmente já tinham um médico. George Richardson levantou-se (debaixo de estrondosos aplausos; Richardson fez o sinal da paz com ambas as mãos e os aplausos transformaram-se em ovação) e contou-lhes que, até onde sabia, tinha mais sessenta pessoas chegando nos dois dias seguintes.

— Bem, esta foi a agenda — disse Stu. Seu olhar percorreu o povo ali reunido. — Quero que Sandy DuChiens suba até aqui e nos diga quantos somos. Porém, antes disso, há mais alguma coisa que devamos tratar esta noite?

Esperou. Podia avistar o rosto de Glen em meio à platéia, bem como o de Sue Stern, Larry, Nick e, naturalmente, Frannie. Todos pareciam meio tensos. Se pretendia falar em Flagg, perguntar o que o comitê estava fazendo a respeito dele, este seria o momento. Mas o silêncio continuou. Após uns 15 segundos, Stu passou o comando para Sandy, que encerrou a assembléia como era devido. Quando as pessoas começaram a desfilar para a saída, Stu pensou: *Bem, conseguimos novamente.*

Várias pessoas se aproximaram para cumprimentá-lo, entre as quais o novo médico.

— Conduziu a reunião muito bem, xerife — disse Richardson, e por um momento Stu quase olhou para trás a fim de ver com quem Richardson falava. Então se lembrou e sentiu um medo repentino. Homem da lei? Ele era um impostor.

Um ano, disse para si mesmo. Um ano só, nada mais. Contudo, ainda assim sentia medo.

* * *

Stu, Fran, Sue Stern e Nick caminharam de volta juntos para o centro da cidade, seus pés estalejando surdamente na calçada de cimento enquanto cruzavam o *campus* da Universidade do Colorado em direção à Broadway. Em torno deles, outras pessoas também voltavam para casa, conversando em voz baixa. Eram onze e meia da noite.

— Está frio — disse Fran. — Gostaria de ter trazido meu casaco, além deste suéter.

Nick assentiu. Também sentia a friagem. As noites em Boulder costumavam ser frias, mas no momento a temperatura devia estar em torno dos 10º. Isto serviu para recordar-lhes que aquele estranho e terrível verão estava chegando ao fim. Não pela primeira vez, desejou que o Deus, Musa ou lá o que fosse de Mãe Abagail tivesse optado por Miami ou Nova Orleans. Mas talvez isto não tivesse sido uma boa escolha, concluiu, agora que pensava melhor. Alto teor de umidade, chuva em excesso... e montes de cadáveres. Pelo menos Boulder era seca.

— Eles me deixaram numa roubada, querendo o juiz para o Comitê Legal — disse Stu. — Devíamos ter esperado por isso.

Frannie assentiu e Nick escreveu rapidamente em seu bloco:

"Certo. As pessoas darão por falta de Tom e Dayna, podem apostar."

— Acha que ficarão desconfiados, Nick?

Nick escreveu:

"Elas irão especular se eles não foram de fato para o oeste."

Todos consideraram isto enquanto Nick pegava seu isqueiro e queimava a folha em que escrevera.

— Vai ser uma parada — disse finalmente Stu. — Pensa realmente assim?

— Claro, ele está certo — disse Sue, taciturna. — O que mais o pessoal iria pensar? Que o juiz Farris foi ao parque Far Rockway para andar de montanha-russa?

— Tivemos sorte de ter encerrado esta noite sem uma grande discussão sobre o que está acontecendo no oeste — disse Fran.

Nick escreveu:

"Bota sorte nisso. Na próxima vez teremos que enfrentar isso, acho. Eis por que desejo adiar ao máximo qualquer outra assembléia geral. Por três semanas, talvez. Que tal 15 de setembro?"

— Podemos segurar até lá — disse Sue —, se Brad restabelecer o fornecimento de energia.

— Creio que ele conseguirá — opinou Stu.

— Vou para casa — disse-lhes Sue. — Amanhã será um dia cheio. Dayna vai partir e irei com ela até Colorado Springs.

— Acha que é seguro, Sue? — perguntou Fran.

— Mais seguro para ela do que para mim. — Ela deu de ombros.

— Como ela assumiu a missão? — quis saber Fran.

— Bem, ela é uma garota especial. Foi jóquei na universidade, sabiam? Também gostava de tênis e natação, embora praticasse todos os esportes. Foi para uma pequena universidade comunitária lá na Geórgia, mas nos dois primeiros anos continuou saindo com o namorado do ginásio. Ele era um grandalhão de jaqueta de couro, do tipo mim Tarzan, tu Jane, portanto vá para a cozinha e comece a chocalhar aquelas panelas e frigideiras. Então Dayna foi atraída para uma ou duas reuniões de conscientização feminina por sua colega de quarto, que era uma feminista roxa.

— E, concluindo, Dayna acabou se tornando uma feminista mais radical que sua colega de quarto — adivinhou Fran.

— Primeiro feminista, depois lésbica — revelou Sue.

Stu parou, como se atingido por um raio. Frannie olhou para ele com uma satisfação contida.

— Vamos lá, grandalhão — disse ela. — Veja se consegue ajeitar o freio em sua boca.

Stu fechou a boca abruptamente.

Sue continuou:

— Dayna jogou as duas verdades na cara de seu namorado troglodita ao mesmo tempo. Isto o atingiu em cheio e ele a perseguiu com uma arma. Ela o desarmou. Dayna diz que foi a maior reviravolta da sua vida. Disse-me que sempre soube ser mais forte e mais ágil do que ele... sabia disso *intelectualmente.* Mas isto foi necessário para ela se conscientizar.

— Está dizendo que ela odeia homens? — perguntou Stu, fitando-a.

Susan negou com a cabeça.

— Ela agora é bi.

— Bi? O que é isso? — perguntou Stu, em dúvida.

— Ela é feliz com ambos os sexos, Stuart. E espero que não vá começar a influenciar o comitê para instituir leis morais semelhantes àquela do "Não matarás".

— Já tenho preocupações demais para esquentar a cabeça com quem está dormindo com quem — resmungou ele, e todos riram. — Só perguntei porque não quero ver ninguém entrando nesta história como se fosse um cruzado. Estamos precisando é de olhos lá no oeste, não de guerrilheiros. Isto é um trabalho para doninhas, não para leões.

— Ela sabe disso — disse Susan. — Fran me perguntou como ela reagiu quando lhe perguntei se iria até o oeste por nós. Pois reagiu muito bem. Para começar, recordou-me de que, se tivesse permanecido com aqueles homens... lembra-se de como nos encontrou, Stu?

Ele confirmou.

— Se tivéssemos continuado com eles, teríamos sido feridas até a morte ou ido parar no oeste, porque era para lá que estavam indo... pelo menos quando estavam sóbrios o bastante para ler os letreiros rodoviários. Ela disse que estivera imaginando qual seria seu lugar na Zona Franca, e concluiu que seu lugar seria fora dela. E disse...

— O quê? — perguntou Fran.

— Que tentaria voltar — respondeu Sue, um tanto bruscamente, e nada mais disse.

O que Dayna dissera além disso tinha ficado entre elas, algo que nem mesmo os outros integrantes do comitê deveriam saber. Dayna estava indo para oeste com uma faca de 25 centímetros presa ao braço por uma tira que fazia a lâmina ser acionada através de uma mola. Quando ela inclinava o pulso rapidamente, a mola se desprendia e — pronto — de repente lhe brotava um sexto dedo, um dedo muito mais longo e que cortava dos dois lados. Ela sentia que a maioria deles — os homens — nunca teria entendido.

Se ele for um ditador bastante poderoso, então talvez seja isso que os mantém juntos. Se ele desaparecer, os outros poderão começar a discordar e a lutar entre si. Se ele morrer, isto poderia significar o fim deles. E se eu puder me aproximar dele, Susie, é melhor que tenha do lado o seu anjo da guarda demoníaco.

Eles a matarão, Dayna.

Talvez sim. Talvez não. Acho que valeria a pena, só para ter o prazer de ver as tripas dele espalhadas pelo chão.

Susan poderia tê-la impedido, talvez, porém não tentou. Satisfez-se em extrair de Dayna a promessa de seguir o roteiro original, a não ser que surgisse a oportunidade quase perfeita. Dayna concordara com isso, e Susan decidiu que sua amiga jamais teria uma chance. Flagg estaria bem escoltado. Ainda assim, nos três dias desde que mencionara à amiga a idéia de ir para o oeste como espiã, Sue Stern vinha tendo dificuldade em dormir.

— Bem, vou para casa dormir — disse ela aos demais. — Boa-noite, pessoal.

Afastou-se com as mãos enfiadas na sua jaqueta militar.

— Ela parece mais velha — comentou Stu.

Nick escreveu algo e ofereceu o bloco a eles.

"*Todos nós parecemos*", estava escrito.

* * *

Na manhã seguinte, Stu estava a caminho da usina elétrica quando viu Susan e Dayna seguindo para o Canyon Boulevard em duas motos. Acenou e elas pararam. Pensou que nunca vira Dayna com aparência tão bonita. Prendera os cabelos à nuca com uma echarpe de seda em tom verde brilhante. Usava um casaco de couro cru aberto sobre os *jeans* e uma blusa de cambraia. Um saco de dormir estava amarrado atrás dela.

— Stuart! — gritou ela e acenou para ele, sorrindo.

Lésbica?, pensou ele duvidosamente.

— Soube que você vai fazer uma pequena viagem — disse Stu.

— Certo. E você nunca me viu, faça-me o favor.

— Eu nunca a vi — respondeu ele. — Um cigarro?

Dayna pegou um Marlboro e pôs as mãos em concha em volta do fósforo que ele riscou.

— Tome cuidado, garota.

— Tomarei.

— E volte.

— Espero voltar.

Os dois se entreolharam à radiosa luz matinal do fim do verão.

— Cuide bem de Frannie, grandalhão.

— Cuidarei.

— E vá com calma no seu cargo de xerife.

— Sei que posso maneirar.

Ela jogou o cigarro fora.

— O que tem a dizer, Suze?

Susan deu um aceno de cabeça e engrenou a moto, com um sorriso tenso.

— Dayna?

Dayna olhou para ele, e Stu deu um selinho em sua boca.

— Boa sorte.

Ela sorriu.

— Você tem que fazer isso duas vezes para dar sorte, sabia?

Ele a beijou de novo, desta vez mais lenta e meticulosamente. *Lésbica?*, especulou outra vez.

— Frannie é uma mulher de sorte — disse Dayna. — E pode contar que fui eu que falei.

Sorrindo, sem saber ao certo o que dizer, Stu recuou um passo e acabou não dizendo nada. Dois quarteirões acima, um dos caminhões cor de laranja do Comitê de Sepultamentos roncou na esquina como um mau presságio e quebrou a magia do momento.

— Vamos indo, garota — disse Dayna. — Sempre alerta, bandeirante!

As duas se afastaram, e Stu ficou parado no meio-fio, observando-as.

* * *

Sue Stern voltou dois dias depois. Tinha ficado em Colorado Springs, vendo Dayna seguir para o oeste, espiando-a até não ser mais que um pontinho escuro mesclando-se com a imensa paisagem imóvel. Depois havia chorado um pouco. Na primeira noite Sue acampara em Monument, tendo acordado de madrugada, arrepiada por causa de um som uivante que parecia vir de um cano de esgoto que passava por baixo da estrada rural a cujo lado acampara.

Por fim, reunindo coragem, fizera sua lanterna brilhar no interior do cano corrugado, lá descobrindo um encolhido e tiritante cachorrinho que parecia ter seis meses de idade. Ele recuou à sua aproximação e ela era grande demais para rastejar dentro do cano. Finalmente, Susan foi à cidade de Monument, invadiu a mercearia local e voltou às primeiras luzes do falso alvorecer com uma sacola cheia de ração canina. Isto foi a isca. O cachorrinho viajou de volta com ela, perfeitamente aninhado em um dos alforjes laterais da moto.

* * *

Dick Ellis ficou extasiado com o cachorrinho, que na verdade era uma cadela *Irish setter*, praticamente raça pura ou tão perto disso que não fazia diferença. Quando tivesse mais idade, tinha certeza de que Kojak não perderia tempo em cortejá-la. A notícia espalhou-se pela Zona Franca e por todo aquele dia o assunto Mãe Abagail foi ofuscado pela excitação do Adão e Eva caninos. Susan Stern tornou-se algo próximo a uma heroína e, até onde sabia o comitê, ninguém se preocupou em perguntar o que ela estivera fazendo naquela noite em Monument, tão ao sul de Boulder.

Mas Stu recordava a manhã em que as duas tinham deixado Boulder, em que ficara observando-as enquanto seguiam em direção ao posto de pedágio Denver-Boulder. Porque ninguém mais na Zona Franca tornou a ver Dayna Jurgens.

* * *

Vinte e sete de agosto; quase crepúsculo; Vênus cintilava contra o céu.

Nick, Ralph, Larry e Stu estavam sentados nos degraus da casa de Tom Cullen. Tom estava no gramado, lançando bolas de croqué através de um conjunto de arcos.

Está na hora, escreveu Nick.

Falando baixo, Stu perguntou se teriam de hipnotizá-lo novamente e Nick sacudiu a cabeça.

— Ótimo — disse Ralph. — Creio que não poderia assumir a ação. — Erguendo a voz, ele chamou: — Tom! Ei, Tommy! Venha até aqui!

Tom veio correndo e sorrindo.

— Está na hora de ir, Tom — comunicou Ralph.

O sorriso de Tom desvaneceu-se. Pela primeira vez pareceu notar que estava escurecendo.

— Ir agora? Nossa, não! Quando escurece Tom vai para a cama. B-E-B-I-D-A pede cama. Tom não gosta de ficar fora depois que anoitece. Por causa dos fantasmas. Tom... Tom...

Tom caiu em silêncio e os outros olharam para ele sem graça. Tom havia passado para um silêncio embotado. Conseguiu sair dele... mas não da maneira habitual. Não foi uma reanimação súbita, como a vida fluindo de volta em um jato, mas uma coisa lenta, relutante, quase triste.

— Ir para o oeste? — perguntou ele. — Vocês estão dizendo que chegou a hora?

Stu pousou a mão no ombro dele.

— Sim, Tom. Se você puder.

— Pela estrada.

Ralph emitiu um som abafado e murmurado, e caminhou ao redor da casa. Tom pareceu não perceber. Seu olhar se alternava entre Stu e Nick.

— Viajar à noite. Dormir de dia. — Muito lentamente em meio ao crepúsculo, Tom acrescentou: — E ver o elefante.

Nick assentiu.

Larry trouxe a mochila de Tom, que estivera recostada junto aos degraus. Tom a pôs nos ombros, lenta e sonhadoramente.

— Você vai ter que ser cuidadoso, Tom — disse Larry em voz rouca.

— Cuidadoso. Minha nossa, sim.

Stu perguntou-se atrasadamente se deveriam ter dado também a Tom uma barraca individual, mas rejeitou a idéia. Tom ficaria confuso tentando até mesmo armar uma simples barraca.

— Nick — murmurou Tom —, tenho mesmo que fazer isso?

Nick o enlaçou com o braço e assentiu lentamente.

— Tudo bem — disse Tom.

— Apenas fique fora daquela grande estrada de quatro pistas — acrescentou Larry. — Aquela que diz 70. Ralph vai levá-lo de moto até o início dela.

— Sim, Ralph — disse Tom e fez uma pausa. Ralph voltava após contornar a casa. Estava enxugando os olhos com sua bandana.

— Está pronto, Tom? — perguntou roucamente.

— Nick? Esta casa ainda será minha quando eu voltar?

Nick assentiu vigorosamente.

— Tom adora sua casa. Nossa, como adora!

— Sabemos disso, Tommy — disse Stu, podendo sentir agora o ardor de lágrimas em sua própria garganta.

— Tudo bem, estou pronto. Quem vai me levar de moto?

— Eu, Tom — disse Ralph. — Até a Rodovia 70, lembra-se?

Tom assentiu e começou a caminhar para a moto de Ralph. Após um momento, Ralph o seguiu, seus ombros sólidos encurvando-se. Até a pena em seu chapéu parecia caída. Montou na moto e a fez ganhar vida. Um momento depois, ele a conduziu para a Broadway e dobrou para leste. Nick e Stu ficaram lado a lado, observando a moto minguando até se tornar uma silhueta em movimento no crepúsculo purpúreo marcado pela claridade móvel do farol dianteiro. A claridade desapareceu por trás do *drive-in* Holiday Twin e nada mais viram.

Nick começou a caminhar, a cabeça baixa, as mãos nos bolsos. Stu tentou juntar-se a ele, mas Nick balançou a cabeça, quase furiosamente, e gesticulou para que se afastasse. Stu voltou para junto de Larry.

— Está feito — comentou Larry e Stu assentiu sombriamente.

— Acha que tornaremos a vê-lo, Larry?

— Se não tornarmos a vê-lo, nós sete... bem, talvez não Fran, pois ela foi contra a idéia de enviá-lo... o resto de nós terá de conviver pelo resto da vida com a decisão de tê-lo enviado.

— E Nick mais do que qualquer outro.

Olharam para Nick descendo lentamente a Broadway, perdendo-se nas sombras que se adensavam a sua volta. Depois olharam por um minuto para a casa de Tom, às escuras e silenciosa.

— Vamos embora daqui — disse Larry subitamente. — Só de pensar naqueles animais empalhados... de repente fiquei com um acesso agudo de arrepios.

Quando partiram, Nick ainda estava parado no gramado lateral da casa de Tom Cullen, suas mãos nos bolsos, a cabeça baixa.

* * *

George Richardson, o novo médico, instalara-se no Centro Médico Dakota Ridge porque ficava perto do Boulder City Hospital, com seu equipamento médico, seus fartos suprimentos de remédios e salas de cirurgia.

Por volta de 28 de agosto ele estava ocupadíssimo, assistido por Laurie Constable e Dick Ellis. O veterinário pedira para abandonar o mundo da medicina, porém o pedido fora rejeitado.

— Você está fazendo um trabalho excelente aqui — disse Richardson. — Você aprendeu muito e irá aprender ainda mais. Por outro lado, há trabalho demais para eu dar conta sozinho. Pelo andar da carruagem, vamos enlouquecer se não aparecer outro médico dentro de um ou dois meses. Portanto, meus parabéns, Dick, você é o primeiro paramédico da Zona. Dê um beijo nele, Laurie.

Ela o fez.

* * *

Por volta das onze daquela manhã de fins de agosto Fran entrou na recepção e olhou em torno, curiosa e um tanto nervosa. Laurie estava atrás do balcão, lendo um velho exemplar do *Ladies' Home Journal.*

— Oi, Fran — disse Laurie, levantando-se. — Achei que a veríamos, mais dia menos dia. George está com Candy Jones no momento, mas logo vai atendê-la. Como está se sentindo?

— Muito bem, obrigada — disse Fran. — Imagino...

A porta de uma das salas de exame se abriu e Candy Jones saiu, seguida por um homem alto e encurvado, trajando calças de veludo cotelê e uma camisa esporte com o jacaré da Izod na lapela. Candy olhava duvidosamente para um frasco rosado que tinha na mão.

— Tem certeza de que é isso mesmo? — perguntou a Richardson, intrigada. — Nunca tomei isso antes. Pensava que estava imune.

— Bem, você não está e vai tomá-lo agora — disse George com um sorriso. — Não esqueça os banhos de amido e, depois disso, evite andar onde haja capim alto.

Ela sorriu pesarosamente.

— Jack também pegou. Ele deverá vir consultá-lo?

— Não é preciso, mas você pode tornar os banhos de amido um hábito da família.

Candy sorriu pesarosamente e então avistou Fran.

— Oi, Frannie, como vai a menina?

— Tudo bem. O que há com você?

— Tudo péssimo. — Candy ergueu o frasco para que Fran pudesse ler a palavra CALADRYL no rótulo. — Sumagre venenoso. E você não sabe onde foi que atacou Jack. — Ela se animou. — Mas aposto como pode muito bem adivinhar.

Eles a observaram ir embora com algum divertimento. Então, George disse:

— Srta. Goldsmith, não é? Do Comitê da Zona Franca. Muito prazer.

Ele estendeu a mão para que Frannie a apertasse.

— Apenas Fran, por favor. Ou Frannie.

— Certo, Frannie. Qual é o problema?

— Estou grávida — disse ela. — E com um medo danado. — E a seguir, sem qualquer aviso, irrompeu em lágrimas.

George pôs um braço ao redor de seus ombros.

— Laurie, quero você de volta aqui em cinco minutos.

— Tudo bem, doutor.

Ele conduziu Fran para a sala de exames e a fez deitar na mesa ginecológica.

— Muito bem, por que as lágrimas? São por causa dos gêmeos da Sra. Wentworth?

Frannie assentiu, desolada.

— Aquele foi um parto difícil. A mãe era fumante inveterada. Os bebês tinham muito pouco peso, mesmo para gêmeos. Não tive oportunidade para fazer um *post-mortem*. Regina Wentworth está sendo cuidada por algumas das mulheres que vieram em nosso grupo. Acredito... tenho *esperança*... que ela vai superar o estado de fuga mental que está atravessando. Por enquanto, tudo que posso dizer é que aqueles bebês já nasceram em desvantagem. A causa da morte poderia ter sido *qualquer coisa*.

— Inclusive a supergripe.

— Sim. Inclusive isso.

— Então, só resta esperar para ver.

— Diabo, não. Vou fazer com você um pré-natal completo, imediatamente. Vou monitorar você e qualquer outra mulher que vai ficar ou já esteja grávida, dia-a-dia, passo a passo. A General Electric tinha um lema: "O progresso é o nosso produto mais importante." Na Zona, os bebês são o nosso produto mais importante e vão ser tratados de acordo.

— Mas realmente nada sabemos.

— Não, não sabemos. Mas procure se animar, Fran.

— *OK*, vou tentar.

Houve uma breve batida à porta e Laurie entrou. Entregou a George uma prancheta com formulários e ele começou a interrogar Fran sobre seu histórico médico.

* * *

Quando o exame acabou, George deixou-a por um instante para fazer alguma coisa na sala ao lado. Laurie ficou com Fran enquanto esta se vestia.

Laurie disse baixinho enquanto ela abotoava a blusa:

— Sabia que invejo você? Com essa incerteza e tudo. Dick e eu temos tentado como loucos fazer um bebê. É realmente engraçado... eu era uma daquelas que costumavam usar um broche com a inscrição POPULAÇÃO ZERO. Quer dizer, *crescimento* populacional zero, é claro. Mas, quando penso agora naquele broche, isto me dá uma sensação realmente arrepiante. Ah, Frannie, o seu bebê vai ser o *primeiro*! E sei que correrá tudo bem. *Tem* que correr.

Fran limitou-se a sorrir e assentir, não querendo lembrar a Laurie que o seu bebê não seria o primeiro.

Os primeiros tinham sido os gêmeos da Sra. Wentworth.

E os gêmeos da Sra. Wentworth haviam morrido.

* * *

— Fantástico — disse George, meia hora depois.

Fran alçou as sobrancelhas, achando por um momento que ele havia pronunciado mal o seu nome. Por nenhuma razão específica, ela se lembrou de que, até a segunda série, o pequeno Mikey Post, seu vizinho de rua, a chamava de Fan.

— Estou falando do bebê. Está ótimo.

Fran pegou um Kleenex e o segurou fortemente.

— Eu o senti mexer-se... mas já faz muito tempo. Desde então, não senti mais. Receio que...

— Ele está vivo, sem dúvida, mas não creio que o tenha sentido mover-se. Com toda a probabilidade, foi um pequeno gás intestinal.

— Foi o bebê — disse Fran baixinho.

— Bem, se foi ou não, ele vai se mexer um bocado daqui por diante. O parto deverá ocorrer de princípios a meados de janeiro. O que acha?

— Ótimo.

— Está se alimentando direito?

— Sim, acho que sim... tenho tentado, seja como for.

— Ótimo. Sem náuseas agora?

— Tive um pouco no princípio, mas já passou.

— Muito bem. Tem feito exercício suficiente?

Por um instante de pesadelo, ela se viu cavando a sepultura de seu pai. Piscou, tentando afastar a visão. Aquilo fora em outra vida.

— Sim, bastante.

— Ganhou algum peso?

— Uns dois quilos e pouco.

— Formidável. Poderá ganhar mais uns seis. Estou me sentindo generoso hoje.

Ela sorriu.

— Você é o médico.

— Sim, e trabalhava como obstetra, de modo que você veio ao lugar certo. Siga a orientação de seu médico e irá longe. Agora, quanto a bicicletas, motocicletas e motonetas: estão terminantemente proibidas após, digamos, meados de novembro. Seja como for, nessa época ninguém mais as estará usando. O frio será de rachar. Nada de fumar ou beber em excesso, entendeu?

— Entendi.

— Se, de vez em quando, quiser um drinque antes de dormir, acho que está tudo bem. Vou lhe passar um suplemento vitamínico, que poderá encontrar em qualquer drogaria da cidade...

Frannie irrompeu numa gargalhada. George sorriu, sem jeito.

— Falei alguma coisa engraçada?

— Não. Só soou engraçado devido às circunstâncias.

— Ah! Sim, entendo. Bem, pelo menos ninguém mais está se queixando do preço alto dos remédios, não é? Uma última coisa, Fran. Já usou algum dispositivo intrauterino... um DIU?

— Não, por quê? — perguntou ela e então pensou no seu sonho: o homem escuro com seu cabide. Estremeceu. — Não — repetiu.

— Ótimo. Isso é tudo. — Ele se levantou. — Não lhe direi para que não se preocupe...

— Não — concordou ela. O ar divertido sumira dos seus olhos. — Não faça isso.

— Mas lhe pedirei que mantenha a preocupação em um mínimo. O excesso de ansiedade da mãe pode levar a desequilíbrio glandular, que não é bom para o bebê. Não gosto de receitar tranqüilizantes para grávidas, mas se acha que...

— Não, não será necessário — disse Fran, mas ao sair para o sol quente do meio-dia soube que toda a segunda metade de sua gravidez seria assombrada por pensamentos sobre os gêmeos desaparecidos da Sra. Wentworth.

* * *

No dia 29 de agosto, mais três grupos chegaram, um com 22 integrantes, outro com 16 e o terceiro com 27. Sandy DuChiens procurou os sete membros do comitê para dizer-lhes que a Zona Franca completara agora mil residentes.

Boulder não parecia mais uma cidade fantasma.

* * *

Na noite do dia 30, Nadine Cross estava no porão da casa de Harold, observando-o e sentindo-se inquieta.

Quando Harold fazia algo que não fosse alguma coisa de sexo peculiar com ela, ele parecia buscar refúgio no seu domínio particular, onde Nadine não podia exercer controle sobre ele. Quando estava no porão, ele se mostrava frio; mais que isso, parecia desdenhar dela e até de si mesmo. A única coisa que não mudava era o seu ódio por Stuart Redman e os outros integrantes do comitê.

Havia um velho jogo de hóquei no porão e Harold trabalhava sobre sua superfície desigual. Tinha um livro aberto a seu lado. Na página virada para ele havia um diagrama. Harold olhava o diagrama por certo tempo, depois olhava para o aparelho em que trabalhava e a seguir fazia alguma coisa nele. Espalhadas ordenadamente junto à sua mão direita estavam as ferramentas do *kit* de sua motocicleta Triumph. Pequenos pedaços de arame cobriam a superfície da mesa de hóquei.

— Sabe de uma coisa? — disse ele com ar ausente. — Você bem que poderia ir dar uma volta.

— Por quê? — perguntou ela, um tanto ofendida. O rosto de Harold estava tenso e sério. Nadine podia compreender por que Harold sorria tanto: porque, se parasse de sorrir, ele parecia insano. Aliás, ela desconfiava de que Harold *estava* insano, ou muito próximo disso.

— Porque não sei o quanto esta dinamite é velha — replicou ele.

— O que quer dizer?

— A dinamite velha transpira — disse Harold, e ergueu os olhos para ela. Nadine viu que o suor escorria por todo o rosto dele, como que para provar o que dizia. — Ela *sua*, para ser mais exato. E o que ela sua é nitroglicerina pura, uma das substâncias mais instáveis do mundo. Assim, se ela for velha, há uma boa chance de que este projetinho de feira científica acabe explodindo e nos mande pelos ares por cima da montanha Flagstaff e por todo o caminho até a Terra de Oz.

— Bem, você não precisa ficar tão irritado por isso — replicou Nadine.

— Nadine? *Ma chère?*

— O que é?

Harold a encarou calmamente e sem sorrir.

— Cale a porra dessa matraca!

Ela se calou, porém não foi dar um passeio, embora desejasse. Certamente, se aquilo era a vontade de Flagg (e a prancheta lhe dissera que Harold era o instrumento de Flagg para liquidar o comitê), a dinamite não estaria velha. E, mesmo que estivesse, só explodiria no momento oportuno... não era mesmo? Até que ponto Flagg tinha controle sobre os acontecimentos?

O suficiente, disse ela para si mesma, *ele tinha controle suficiente.* Mas não tinha tanta certeza, e sua inquietação aumentava sem cessar. Voltara à casa em que residira e Joe tinha ido embora. Fora visitar Lucy e tivera de suportar uma fria recepção, o suficiente para saber que, após ter-se mudado para a casa de Harold, Joe (Lucy, é claro, o chamava de Leo) havia "retroagido um pouco". Lucy, sem dúvida, também a culpava por isso... mas se uma avalanche despencasse da montanha Flagstaff, ou se um terremoto rasgasse a Pearl Street, era bem provável que Lucy também a inculpasse por estas coisas. Mas muito em breve haveria muitas coisas pelas quais ela e Harold seriam responsabilizados. Ainda assim, Nadine ficara muito decepcionada por não ter visto Joe... para dar-lhe um beijo de despedida. Ela e Harold não permaneceriam na Zona Franca de Boulder por muito tempo mais.

Não importa, é melhor separar-se dele completamente, agora que você está envolvida nesta obscenidade. Você só irá prejudicá-lo... e talvez prejudicar-se também, porque Joe... vê coisas, sabe coisas. Deixe-o parar de ser Joe, que você pare de ser mãe-Nadine. Que ele volte a ser Leo para sempre.

O paradoxo daquilo, no entanto, era inexorável. Ela não podia acreditar que qualquer daquelas pessoas da Zona tivesse mais um ano de vida sobrando, e isso incluía o menino. Era vontade *dele* que eles não vivessem mais...

... portanto seja sincera, não é apenas Harold o instrumento dele. Você também é. Você, que certa vez definiu o assassinato como o único pecado imperdoável no mundo da pós-epidemia, o pecado de ser tirada uma única vida...

De repente, ela se viu desejando que a dinamite *fosse* velha, que explodisse e isto fosse o fim de ambos. Um fim misericordioso. Então viu-se pensando no que aconteceria em seguida, depois que houvessem transposto as montanhas, e sentiu a velha e esquiva quentura inundando-lhe o ventre.

— Pronto — disse Harold suavemente. Ele havia colocado seu artefato em uma caixa de sapatos Hush Puppies e a deixou de lado.

— Está terminado?

— Está.

— Será que vai funcionar?

— Gostaria que eu experimentasse para descobrir? — As palavras dele eram amargamente sarcásticas, porém ela não deu importância. Os olhos de Harold a percorriam daquela maneira cobiçosa e rastejante de garotinho, que ela passara a identificar. Ele havia retornado daquele lugar distante — o lugar sobre o qual escrevera no livro-razão que ela havia lido e depois recolocado cuidadosamente debaixo da laje solta da lareira, onde estivera antes. Agora ela podia manipulá-lo. Agora ele falava apenas por falar.

— Gostaria primeiro de espiar, enquanto brinco comigo mesma? — perguntou ela. — Como na noite passada?

— Sim — disse ele. — Tudo bem. Ótimo.

— Vamos subir, então. — Ela piscou os cílios para ele. — Subirei primeiro.

— Sim — disse ele em voz rouca. Pequenos focos de suor brotaram em sua testa, mas desta vez não era por medo. — Vá na frente.

Ela subiu primeiro e podia senti-lo olhando por baixo da saia curta do vestidinho à marinheira que usava. Não usava nada por baixo.

A porta se fechou e o artefato que Harold montara ficou dentro da caixa de sapatos aberta, na penumbra. Ali havia um *walkie-talkie* montado à mão, movido a pilha e obtido na loja Radio Shack. A parte de trás fora removida. Ligados por fiação ao *walkie-talkie* havia oito cartuchos de dinamite. O livro ainda estava aberto. Fora retirado da Biblioteca Pública de Boulder e o título era *Vencedores do Prêmio da Feira Nacional de Ciência de 1965*. O diagrama mostrava uma campainha de porta ligada a um *walkie-talkie*, igual àquele que estava na caixa de sapatos. A legenda abaixo dizia: *Terceiro Prêmio, Feira Nacional de Ciência de 1977, montado por Brian Ball, de Rutland, Vermont. Diga a senha e toque a campainha, a até 30 quilômetros de distância!*

Algumas horas mais tarde naquela noite, Harold voltou ao porão, tampou a caixa de sapatos e a levou cuidadosamente para cima. Deixou-a na prateleira superior do armário da cozinha. Ralph Brentner lhe dissera, nessa mesma tarde, que o Comitê da Zona Franca convidara Chad Norris para falar na próxima reunião. E quando seria a próxima reunião?, perguntara Harold casualmente. No dia 2 de setembro, respondera Ralph.

2 de setembro.

Capítulo Cinqüenta e Sete

LARRY E LEO ESTAVAM SENTADOS na calçada diante da casa. Larry bebia uma cerveja morna e Leo um refrigerante sabor laranja, também morno. Todo mundo podia beber tudo que desejasse na Boulder daqueles dias, desde que não se importasse que a bebida estivesse quente. Dos fundos da casa chegava até eles o ronco uniforme e ríspido do cortador de grama. Lucy estava aparando o gramado. Larry se oferecera para a tarefa, porém Lucy recusara com um aceno de cabeça.

— Descubra o que há de errado com Leo, se puder.

Aquele era o último dia de agosto.

No dia seguinte àquele em que Nadine se mudara para a casa de Harold, Leo não aparecera para o café-da-manhã. Larry encontrara o menino no seu quarto, vestido apenas de sunga, o polegar enfiado na boca. Estava incomunicável e hostil. Larry ficara mais preocupado do que Lucy, porque ela não sabia como o garoto tinha sido quando ele o encontrara pela primeira vez. Chamava-se Joe à época e vivia esgrimindo uma faca de matador.

Boa parte da semana já se passara desde então e Leo havia melhorado um pouco, porém ainda não estava normal e se recusara a falar sobre o ocorrido.

— Aquela mulher tem algo a ver com isso — dissera Lucy enquanto desenroscava a tampa do tanque do cortador de grama.

— Por que acha isso, Lucy?

— Bem, eu não pretendia tocar no assunto, mas ela esteve aqui um dia desses, enquanto você e Leo tentavam pescar no rio. Ela queria ver o menino. Fiquei contente por vocês estarem ausentes.

— Lucy...

Ela deu-lhe um beijo rápido, e Larry deslizou a mão por baixo do bustiê que ela usava, apertando-a carinhosamente.

— Eu o avaliei erradamente antes — disse ela. — Acho que sempre lamentarei por isso. Mas eu jamais vou gostar de Nadine Cross. Tem alguma coisa de *errado* com ela.

Larry nada respondeu, mas pensou que, provavelmente, o julgamento de Lucy era correto. Naquela noite em que Nadine viera procurá-lo, tinha agido como uma louca.

— E há outra coisa... quando ela esteve aqui não o chamava de Leo. Chamava-o pelo outro nome: Joe.

Ele a fitou confusamente enquanto ela ligava o automático e deixava o aparador de grama funcionando.

Agora, meia hora depois da discussão, ele bebia sua cerveja e observava Leo quicar a bola de pingue-pongue que tinha achado no dia em que foram à casa de Harold, onde Nadine morava agora. A bolinha branca estava bastante gasta, mas ainda quicava perfeitamente sobre a calçada.

Leo (ele agora era Leo, não era?) não quisera entrar na casa de Harold naquele dia. Na casa onde mãe-Nadine estava morando agora.

— Está a fim de pescar, garoto? — sugeriu Larry de repente.

— Não tem peixe — disse Leo, fitando Larry com seus estranhos olhos verdes da cor do mar. — Conhece o Sr. Ellis?

— Claro.

— Ele disse que podemos beber a água quando os peixes voltarem. Beber ela sem... — Leo emitiu um som ululante e agitou os dedos diante dos olhos. — Você sabe.

— Sem fervê-la?

— Isso.

Toc-toc-toc.

— Gosto do Dick. Dele e da Laurie. Sempre me dão uma coisa para comer. Ele tem medo de não conseguir, mas acho que vão conseguir.

— Conseguir o quê?

— Conseguir fazer um bebê. Dick pensa que está muito velho, mas eu acho que não está.

Larry começou a perguntar como Leo e Dick tinham abordado este assunto, mas optou por calar-se. Dick não comentaria com um menino algo tão pessoal quanto fazer um bebê. Leo apenas... apenas ficara sabendo.

Toc-toc-toc.

Sim, Leo sabia coisas... ou as intuía. Ele se recusara a entrar na casa de Harold e dissera algo sobre Nadine... não lembrava bem o quê... mas Larry não esquecera essa discussão e ficara muito inquieto ao saber que Nadine fora morar com Harold. Era como se o menino tivesse entrado em transe, como se...

(*... toc-toc-toc...*)

Larry espiava a bola de pingue-pongue saltitando e de repente olhou para o rosto de Leo. Os olhos do garoto estavam sombrios e distantes. O som do aparador de grama era um rugido soporífico e longínquo. A claridade do dia era cálida e uniforme. E Leo estava novamente em transe, como se houvesse lido o pensamento de Larry e simplesmente reagido a isso.

Leo tinha ido ver o elefante.

Larry disse, procurando soar natural:

— Sim, acho que eles podem fazer um bebê. Dick não deve ter mais que 55 anos. Cary Grant fez um bebê quando tinha quase 70 anos, acho.

— Quem é Cary Grant? — perguntou Leo, enquanto a bola quicava, subindo e descendo.

(*Interlúdio. Intriga Internacional.*)

— Não conhece? — Larry perguntou a Leo.

— Era aquele ator — disse o menino. — Trabalhou em *Interlúdio.* E em *Intencional.* (Intriga *Internacional.*)

— Intriga *Internacional,* isso mesmo — disse Leo em tom de concordância. Seus olhos não se afastavam da bola quicando.

— Exatamente — disse Larry. — Como está a mãe-Nadine, Leo?

— Ela me chama de Joe. Para ela sou Joe.

— Ah. — Um calafrio começou a subir pelas costas de Larry.

— Está ruim agora.

— Ruim?

— Ruim para eles dois.

— Nadine e...

(*Harold?*)

— Sim, ele.

— Não estão felizes?

— Ele enganou os dois. E os dois pensam que ele quer eles.

— Ele?

— *Ele.*

A palavra ficou pairando no ar de verão.

Toc-toc-toc.

— Eles vão para o oeste — disse Leo.

— Céus — murmurou Larry. Ele estava com muito frio agora. O velho medo o assolava. Desejaria mesmo continuar ouvindo aquelas coisas? Era como espiar a porta de uma tumba girando lentamente, abrindo-se em um cemitério silencioso, vendo uma horrível mão emergir e...

Seja o que for, não quero saber o que é!

— Mãe-Nadine quer pensar que a culpa é sua — continuou Leo. — Ela quer pensar que você a empurrou para Harold. Só que ela esperou de propósito. Esperou até você amar mãe-Lucy demais. Esperou até ter certeza. É como se *ele* estivesse apagando aquela parte do cérebro dela que sabe o que é direito e o que é errado. Aos pouquinhos, ele vai apagando essa parte. E, quando apagar tudo, ela vai ficar louca que nem todo mundo no oeste. Até pior, talvez.

— Leo — sussurrou Larry, e o garoto respondeu de imediato:

— Ela me chama de Joe. Para ela sou Joe.

— Deverei chamar você de Joe? — perguntou Larry, duvidoso.

— Não. — Houve uma nota de súplica na voz do menino. — Por favor, não.

— Você sente falta de sua mãe-Nadine, não sente, Leo?

— Ela está morta — replicou Leo com gélida simplicidade.

— É por isso que ficou fora até tarde aquela noite?

— Sim.

— É por isso que não queria falar?

— Sim.

— Mas agora você está falando.

— Tenho você e mãe-Lucy para falar.

— Sim, claro.

— Mas não para sempre — exclamou o menino, agitadamente. — Não para sempre, a não ser que você fale com a Frannie! *Fale com a Frannie!*

— Sobre Nadine?

— Não!

— Sobre o quê? Sobre você?

A voz de Leo elevou-se, ficando mais estridente:

— Está tudo escrito! Você sabe! Frannie sabe! *Fale com Frannie!*

— O comitê...

— Nada de comitê! O comitê não vai ajudar você, ele não vai ajudar ninguém, o comitê é a maneira antiga, *ele* ri do comitê de vocês porque é da maneira antiga, e as maneiras antigas são as maneiras *dele*, você sabe, Frannie sabe, se vocês dois conversarem vão poder...

Leo bateu na bola com força — *TOC!* —, ela quicou no chão e subiu mais alto que a cabeça dele, tornou a descer e depois afastou-se para longe. Larry observou com a boca seca, o coração batendo desagradavelmente no peito.

— Lá se vai minha bola — disse Leo e correu para apanhá-la.

Larry ficou sentado, observando-o.

Frannie, pensou.

* * *

Os dois sentavam-se à beira do palco da concha acústica, os pés pendurados. Faltava uma hora para escurecer e pessoas passeavam pelo parque, algumas de mãos dadas. A hora das crianças também é a hora dos apaixonados, pensou Fran desconexamente. Larry acabara de lhe contar tudo que Leo tinha dito em transe, e sua mente turbilhonava com o que ouvira.

— E então, o que você acha?

— Não sei o que pensar — disse ela suavemente —, exceto que não gosto nem um pouco das coisas que têm acontecido. Sonhos visionários. Uma velha que é a voz de Deus por algum tempo e depois desaparece nos ermos. Agora um garotinho que parece ser telepata. É como viver em um conto de fadas. Às vezes acho que a supergripe nos deixou vivos, porém nos tornou todos loucos.

— Ele disse que eu deveria falar com você. Então, vim falar.

Ela não respondeu.

— Bem — disse Larry —, se algo lhe ocorrer...

— Tudo escrito — disse Fran suavemente. — Esse garoto estava certo. Aí está toda a raiz do problema, acho. Se eu não tivesse sido tão estúpida, tão presumida, a ponto de escrever tudo... ah, raios me partam!

Larry olhou para ela, espantado.

— Do que está falando?

— É Harold — disse ela —, e estou com medo. Não contei a Stu. Fiquei com vergonha. Guardar o diário foi uma *burrice*... e agora Stu... ele realmente *gosta* de Harold... todo mundo na Zona Franca gosta de Harold, inclusive você. — Ela soltou uma risada que foi abafada por lágrimas. — Afinal, ele foi o seu... seu espírito-guia no caminho até aqui, não foi?

— Não estou acompanhando isso muito bem — disse Larry lentamente. — Pode me dizer do que tem medo?

— É simplesmente isso... *na verdade, não sei.* — Ela o fitou, com os olhos banhados de lágrimas. — Acho melhor contar a você o que puder, Larry. Preciso desabafar com alguém. Deus sabe que não posso mais ficar guardando isso dentro de mim e Stu... Stu talvez não seja a pessoa que devesse ouvir. Pelo menos, não a primeira.

— Vá em frente, Fran. Desembuche.

Então ela lhe contou, começando pelo dia de junho em que Harold surgiu pela entrada de carros de sua casa em Ogunquit, dirigindo o Cadillac de Roy Brannigan. Enquanto falava, a última claridade do dia adquiriu uma tonalidade azulada. Os namorados no parque começaram a ir embora. Uma fina lasca de lua surgiu no céu. No condomínio do lado mais distante e mais alto do Canyon Boulevard começaram a brilhar alguns lampiões a gás Coleman. Ela contou-lhe sobre o aviso pintado no teto do celeiro e em como dormira enquanto Harold arriscava a vida para pôr seu nome no final. Contou-lhe como haviam encontrado Stu em Fabyan e como Harold reagira a ele de modo agressivo. Falou sobre o seu diário e sobre a impressão digital do polegar em uma das folhas. Quando terminou, já passava das nove e os grilos cricrilavam. O silêncio pairou entre eles, e Fran esperou apreensivamente que Larry o rompesse. No entanto, ele parecia perdido nos próprios pensamentos.

Por fim, Larry disse:

— Está bem certa sobre aquela impressão digital? Tem certeza *absoluta* em sua mente de que era de Harold?

Ela só hesitou um instante.

— Sim. Soube que era de Harold tão logo a vi.

— Aquele celeiro em que ele pintou o aviso — continuou Larry. — Lembra-se da noite em que a conheci, em que eu disse que estive lá em cima? E que Harold havia entalhado as iniciais dele em uma viga do jirau?

— Sim.

— Não eram só as iniciais dele. Tinha também as suas. Dentro de um coração. Do tipo que um garotinho apaixonado entalha na carteira da escola.

Ela levou as mãos aos olhos e enxugou-os.

— Que confusão! — exclamou em voz rouca.

— Você não é responsável pelas ações de Harold Lauder, garota. — Ele pegou a mão dela entre as suas e apertou com força. Olhou para ela. — Mire-se em mim, o escroto babaca original. Você não pode se depreciar. Porque, se o fizer... — O aperto dele aumentou até ficar doloroso, porém a voz permaneceu suave. — Se fizer isso, acabará louca. Já é difícil alguém responsabilizar-se pelos próprios atos, quanto mais pelos atos de terceiros.

Ele afastou as mãos e os dois ficaram calados por um momento.

— Acha que Harold sente tanto rancor por Stu a ponto de querer matá-lo? — perguntou Larry finalmente. — O ódio dele seria tão profundo assim?

— Sim — disse ela. — Realmente creio que é uma possibilidade. Talvez ele odeie todo o comitê. Mas não sei o que...

A mão de Larry caiu sobre o ombro dela, imobilizando-a. Na escuridão sua postura mudou, os olhos se arregalaram. Os lábios se moviam silenciosamente.

— Larry, o que...

— Quando ele desceu ao porão — murmurou Larry. — Desceu para pegar um saca-rolha ou algo assim.

— *O quê?*

Larry se virou lentamente para ela, como se sua cabeça estivesse fixada em um gonzo enferrujado.

— Veja bem — disse ele —, só existe um meio de resolver tudo isso. Não posso garantir nada, porque não olhei no livro, mas... isso está fazendo um bocado de sentido...

Harold lê seu diário e não só fica sabendo das coisas, como também tem uma idéia. Pombas, ele poderia até mesmo ter ficado ciumento por você ter pensado nisso primeiro. Todos os grandes escritores não mantêm diários?

— Está dizendo que *Harold* tem um diário?

— Quando ele desceu ao porão, no dia em que eu lhe levei o vinho, fiquei em sua sala de estar e comecei a examinar o ambiente. Ele disse que ia modificar a decoração, botar mais couro e cromados, e fiquei tentando imaginar como ficaria. Aí percebi aquela laje solta na lareira...

— *SIM!* — gritou ela, tão alto que Larry saltou. — No dia em que invadi a casa dele... quando Nadine apareceu... sentei-me diante da lareira... e me lembro dessa laje solta. — Olhou outra vez para Larry. — Aí está novamente. Como se alguma coisa nos puxasse pelo nariz, nos levasse até isso...

— Coincidência — disse ele, mas soava inquieto.

— Será? Ambos estivemos na casa de Harold. Ambos notamos a laje solta. E ambos estamos aqui agora. Isto é coincidência?

— Não sei.

— O que havia debaixo daquela laje?

— Um livro-razão — disse Larry lentamente. — Pelo menos era o que estava escrito na capa. Não olhei dentro. Na ocasião achei que poderia pertencer tanto a Harold quanto ao dono anterior da casa. Mas se fosse do antigo dono, Harold não o teria encontrado? Nós dois percebemos a laje solta. Digamos então que Harold achasse o livro. Mesmo se o morador de antes da gripe tivesse enchido o livro de segredinhos... a quantia que sonegou do imposto de renda, suas fantasias sexuais com a filha e sei lá mais o quê... tais segredos não seriam os de Harold. Dá para entender?

— Sim, mas...

— Não interrompa enquanto o inspetor Underwood está elucidando um caso, menininha frívola. Portanto, se aqueles segredos não eram seus, por que Harold tornaria a colocar o livro debaixo da laje? Porque *eram mesmo* os seus segredos. Aquele livro é *o diário* de Harold.

— Acha que ainda está lá?

— Talvez. É melhor darmos uma espiada.

— Agora?

— Amanhã. Ele estará fora, com o Comitê de Sepultamentos, e Nadine tem passado as tardes na usina elétrica.

— Combinado — disse Fran. — Acha que devo contar a Stu?

— Por que não esperar? Não faz sentido instigar as coisas, a menos que exista algo. O livro pode ter desaparecido. Talvez não passe de uma lista de coisas a realizar. Poderia também ser o registro de coisas perfeitamente inocentes. De coisas em código.

— Eu não havia pensado nisso. O que faremos se no livro houver... alguma coisa importante?

— Nesse caso, acho que deveremos levá-lo ao Comitê da Zona Franca. Mais um motivo para agirmos com rapidez. Haverá uma reunião no dia 2. O comitê lidará com o caso.

— Será?

— Bem, acho que sim — respondeu Larry, mas ainda intrigado sobre o que Leo dissera sobre o comitê.

Fran deslizou para a borda do palco e dali para o chão.

— Sinto-me melhor agora. Obrigada por estar aqui, Larry.

— Onde devemos nos encontrar?

— Naquele parquezinho diante da casa de Harold. Que tal lá, por volta de uma da tarde, amanhã?

— Está ótimo — disse Larry. — Até lá, então.

Fran foi para casa sentindo-se mais aliviada do que se sentira em várias semanas. Conforme Larry dissera, as alternativas agora eram bem mais claras. O livro-razão poderia provar que todos os temores dos dois eram inconsistentes. Mas se fosse ao contrário...

Bem, se assim fosse, o comitê que decidisse. Como recordara Larry, eles estariam reunidos no entardecer do próximo dia 2 na casa de Nick e Ralph, perto do final da Baseline Road.

Ao chegar em casa, Stu estava sentado no quarto, com uma caneta marca-texto em uma das mãos e um pesado volume encadernado em couro na outra. O título, estampado em dourado na capa, era *Introdução ao Código de Justiça Penal do Colorado.*

— Uma leitura de peso — disse ela e beijou-o na boca.

— Um saco. — Ele arremessou o livro pelo quarto, que foi pousar na cômoda com um baque surdo. — Foi Al Bundell que trouxe. Ele e seu Comitê Legal estão realmente em alta e atuantes, Fran. Ele quer falar ao Comitê da Zona Franca quando nos reunirmos depois de amanhã. E você, minha bela dama, o que andou fazendo?

— Estive conversando com Larry Underwood.

Ele olhou detidamente para ela por um longo momento.

— Fran... você esteve chorando?

— Sim — disse ela, enfrentando firmemente o olhar dele —, mas já me sinto melhor. Muito melhor.

— É por causa do bebê?

— Não.

— O que é, então?

— Eu lhe contarei amanhã à noite. Contarei tudo que esteve passando por minha mente. Até lá, nada de perguntas, *OK?*

— É grave?

— Não sei, Stu.

Ele olhou demoradamente para ela.

— Tudo bem, Frannie — disse ele. — Eu amo você.

— Sei disso. E amo você também.

— Pra cama?

Ela sorriu.

— Apresse-se.

* * *

O primeiro dia de setembro amanheceu cinzento e chuvoso, um dia fosco igual a tantos outros — mas um dia que nenhum residente da Zona Franca jamais esqueceria. Aquele foi o dia em que a energia elétrica voltou ao norte de Boulder... brevemente, pelo menos.

Faltando dez para o meio-dia, na sala de controle da usina de força, Brad Kitchner olhou para Stu, Nick, Ralph e Jack Jackson, que estavam todos de pé atrás dele. Brad sorriu nervosamente e disse:

— Ave-Maria, cheia de graça, ajudai-me a vencer esta corrida de *stock-car.*

Puxou para baixo, com força, duas alavancas grandes. No imenso e cavernoso espaço abaixo deles, dois geradores de emergência começaram a zumbir. Os cinco homens caminharam até a vidraça polarizada que ia de uma parede a outra e olharam para baixo, onde estavam quase cem homens e mulheres, todos usando máscaras protetoras por ordem de Brad.

— Se tivermos feito alguma coisa errada, prefiro a explosão de dois geradores em vez de 52 — dissera-lhe Brad mais cedo.

Os geradores começaram a zumbir com mais intensidade.

Nick cutucou Stu e apontou para o teto. Stu ergueu a vista e começou a sorrir. Atrás dos painéis translúcidos, as lâmpadas fluorescentes começaram a brilhar fracamente. Os geradores aumentaram os ciclos, chegaram a um zumbido alto e fixo, e depois se uniformizaram. Mais abaixo, a multidão dos trabalhadores reunidos prorrompeu em um aplauso espontâneo, alguns deles pestanejando enquanto batiam palmas; tinham as mãos esfoladas após passarem horas enrolando fios de cobre, num trabalho estafante.

As fluorescentes agora cintilavam vivamente e de maneira normal.

Para Nick, a sensação foi o oposto exato do pavor que vivenciara em Shoyo, quando a eletricidade se fora — não mais de sepultamento, mas agora de ressurreição.

Os dois geradores forneciam energia a um pequeno setor da North Street. Naquela área havia pessoas ignorando que o teste seria realizado naquela manhã, e muitas delas fugiram como se perseguidas por todos os demônios.

Aparelhos de TV ganharam vida. Numa casa da Spruce Street, um liquidificador entrou em funcionamento, tentando bater uma mistura de ovos e queijo há muito congelada. O motor do liquidificador sofreu uma sobrecarga e estourou. Uma serra elétrica zumbiu para a vida em uma garagem deserta, expelindo serragem de suas entranhas. Queimadores de fogão começaram a cintilar. Ouviu-se a voz de Marvin Gaye cantando dos alto-falantes de uma loja de discos de vinil antigos chamada Museu de Cera; a letra, acompanhada por uma batida firme de discoteca, parecia um sonho do passado voltando à vida: "*Vamos dançar... vamos gritar... que se dane tudo o mais... vamos dançar... vamos gritar...*"

Um transformador explodiu na Maple Street, e uma alegre espiral de fagulhas turbilhonou para baixo, caindo ainda acesa na relva úmida antes de apagar-se.

Na usina, um dos geradores começou a zumbir com uma nota mais aguda, mais desesperada. E começou a fumegar. As pessoas recuaram, quase à beira do pânico. O local encheu-se com o adocicado e enjoativo cheiro de ozônio. Uma buzina soou estridentemente.

— Sobrecarga! — rugiu Brad. — O filho-da-puta vai queimar! Sobrecarga!

Saiu em disparada pela sala e levantou as duas alavancas num gesto brusco. O zumbido dos geradores foi morrendo, mas não antes de ocorrer um estouro ruidoso e gritos, amortecidos pelo vidro de segurança, lá embaixo.

— Puta merda! — exclamou Ralph. — Um deles está pegando fogo!

Acima deles, as lâmpadas fluorescentes desbotaram para núcleos soturnos de luz branca, antes de se apagarem por completo. Brad abriu bruscamente a porta da sala de controle e saiu para o patamar. Suas palavras ecoaram secamente no amplo espaço aberto:

— Joguem espuma nisso! Rápido!

Vários extintores foram direcionados para o gerador e o fogo foi debelado. O cheiro de ozônio ainda pairava no ar. Os outros se aglomeraram no patamar, ao lado de Brad.

Stu pousou a mão em seu ombro.

— Lamento que a coisa tenha saído errado, cara.

Brad se voltou para ele, sorrindo.

— Lamenta? Por quê?

— Bem, o gerador pegou fogo, não foi? — perguntou Jack.

— Porra, sim! Claro que pegou! E em algum lugar lá na North Street deve haver um transformador reduzido a merda. Nós esquecemos, porra, esquecemos! As pessoas ficaram doentes, morreram, mas ninguém se deu ao trabalho de desligar seus eletrodomésticos! Por toda Boulder há aparelhos de TV, fornos e cobertores elétricos ligados. É uma sobrecarga de energia. Estes geradores foram construídos para interligarem-se quando a carga estiver forte num lugar e fraca no outro. Aquele lá embaixo tentou interligar-se, mas todos os outros estavam parados, entende agora? — Brad estava quase pulando de excitamento. — Gary! Estão lembrados de como Gary, Indiana, ardeu em chamas até o chão?

Eles assentiram.

— Não há certeza, nunca teremos certeza, mas o que aconteceu aqui poderia ter acontecido lá. A energia poderia não ter sido desligada com suficiente presteza. Um cobertor elétrico em curto poderia ter sido o bastante nas devidas condições, tal como a vaca da Sra. O'Leary chutando aquele lampião em Chicago. Esses motores tentaram se interligar e não havia nada para ser interligado. Portanto eles queimaram. Estamos com sorte por ter acontecido, é o que acho... podem crer no que digo.

— Se você assim diz... — replicou Ralph em dúvida.

Brad continuou:

— Temos que refazer todo o trabalho, mas somente naquele motor. Estaremos em atividade. Entretanto... — Brad começou a estalar os dedos, num gesto inconsciente de excitamento. — Não ousaremos religá-los enquanto não tivermos certeza. Podemos conseguir mais uma turma de trabalho? Uns dez caras, mais ou menos?

— Claro, acho que podemos — disse Stu. — Para quê?

— Será a Turma do Desligamento. Nada mais que um bando de sujeitos andando pela cidade e desligando tudo que foi deixado ligado. Não ousaremos religar a energia enquanto isto não for feito. Não temos um corpo de bombeiros para extinguir os incêndios, cara. — Brad riu, um tanto loucamente.

— Teremos uma reunião do Comitê da Zona Franca amanhã à noite — informou Stu. — Vá até lá e explique por que precisa dessa gente e conseguirá seus homens. Tem certeza de que essa sobrecarga não se repetirá?

— Bota certeza nisso. Não teria acontecido hoje se não houvesse tantos aparelhos ligados nas casas. Por falar nisso, é bom alguém dar uma espiada no setor norte e verificar se tem alguma coisa pegando fogo.

Ninguém sabia ao certo se Brad estava ou não pilheriando. Conforme foi descoberto, havia pequenos incêndios, a maioria provocada por eletrodomésticos superaquecidos. Nenhum desses incêndios se propagou, graças à garoa que caía. E o que as pessoas da Zona Franca recordaram mais tarde sobre o 1º de setembro de 1990 foi que aquele havia sido o dia em que a energia elétrica havia sido restaurada — embora por apenas uns trinta segundos.

* * *

Uma hora mais tarde, Fran pedalou até o Eben G. Fine Park em frente à casa de Harold. Na extremidade norte do parque, pouco além das mesas de piquenique, o córrego Boulder chiava suavemente em seu curso. A garoa da manhã se transformava numa fina névoa.

Ela olhou em torno procurando por Larry, não o viu e estacionou sua bicicleta. Fran caminhou através da grama orvalhada em direção aos balanços e uma voz disse:

— Por aqui, Frannie.

Levando um susto, ela olhou na direção do prédio que abrigava os sanitários de homens e mulheres e sentiu um momento de medo confuso total. Uma figura alta estava parada nas sombras da curta passagem que cortava os sanitários duplos, e por um breve momento pensou...

Então a figura se adiantou e era Larry, trajando *jeans* desbotados e uma camisa cáqui. Fran relaxou.

— Assustei você? — perguntou ele.

— Assustou, mas só um pouco. — Ela sentou-se num dos balanços, seu batimento cardíaco começando a se normalizar. — Eu só vi uma forma, esperando ali no escuro...

— Desculpe. Pensei que seria mais seguro, muito embora não haja nenhuma visão direta da casa de Harold para cá. Vejo que também veio de bicicleta.

Ela assentiu.

— É mais silenciosa.

— Guardei a minha fora de vista naquele galpão. — Ele acenou para uma construção de teto baixo e sem paredes junto ao *playground*. Frannie conduziu sua bicicleta por entre os balanços e o escorrega até alcançar o galpão. Ali, o cheiro era fétido e bolorento. O lugar havia sido um esconderijo para garotos que ainda não tinham idade para dirigir um carro. Estava cheio de garrafas de cerveja vazias e guimbas de cigarro. Havia uma calcinha amarfanhada, no canto mais distante, e os restos de uma fogueira, no mais próximo. Ela deixou a bicicleta junto à de Larry e saiu rapidamente. Naquelas sombras, com o odor almiscarado em seu nariz daquele sexo há muito morto, era fácil imaginar o homem escuro de pé logo atrás dela, com seu cabide retorcido na mão.

— Um motel e tanto, hein? — disse Larry secamente.

— Não faz o meu gênero de acomodações agradáveis — disse Fran com um leve arrepio. — Não importa o que resultar disso, Larry, quero contar tudo a Stu esta noite.

Larry assentiu.

— Isso mesmo. Não só porque é membro do comitê como também xerife.

Fran olhou para ele, preocupada. Realmente, pela primeira vez ela compreendia que esta expedição poderia botar Harold na cadeia. Eles iam invadir a casa dele, sem um mandado ou algo parecido, e vasculhar tudo.

— Ah, droga! — murmurou.

— Nada agradável, não é? — concordou ele. — Quer desistir?

Ela refletiu por um longo momento e depois balançou a cabeça.

— Ótimo. Acho que ambos já sabíamos, de um jeito ou de outro.

— Tem certeza de que os dois saíram?

— Tenho. Vi Harold dirigindo um dos caminhões do Comitê de Sepultamentos de manhã cedo. E todos os integrantes do Comitê de Energia foram convidados para o teste.

— Tem certeza de que Nadine foi?

— Seria muito esquisito se ela não comparecesse, não seria?

Fran meditou a respeito e assentiu.

— Sim, acho que seria. Por falar nisso, Stu disse que esperam ter a maior parte da cidade com a energia restabelecida por volta do dia 6.

— Vai ser um dia memorável — disse Larry e pensou em como seria formidável ir ao Shanno's ou ao The Broken Drum com uma boa guitarra Tender, um amplificador ainda melhor, e tocar alguma coisa... qualquer coisa, desde que fosse simples e tivesse marcação forte... a pleno volume. Talvez "Gloria" ou "Walkin' the Dog". De fato, uma música qualquer, excetuando "Garota, você saca seu homem?".

— Talvez — disse Fran — devêssemos ter uma história de cobertura. Só por garantia.

Larry deu um sorriso enviesado.

— Por exemplo: dizer que somos vendedores de assinaturas de revistas, caso um deles já tenha voltado?

— Ah-ah, Larry.

— Bem, poderíamos dizer que viemos contar-lhe o que você acabou de me falar sobre ter a energia religada. Se ela estiver em casa.

Fran assentiu.

— Sim, isso cairia bem.

— Não engane a si mesma, Fran. Ela ia desconfiar até se lhe dissermos que viemos porque Jesus Cristo acabou de aparecer e está andando pra lá e pra cá no topo do Reservatório Municipal.

— Se ela for culpada de alguma coisa.

— Sim. Se for culpada de alguma coisa.

— Vamos — disse Fran após pensar um pouco. — Em frente.

* * *

Não houve necessidade de história de cobertura. Batidas vigorosas, primeiro na porta da frente e depois na dos fundos, os convenceram de que a casa de Harold estava de fato vazia. Era exatamente isso, pensou Fran — quanto mais pensava na desculpa que haviam elaborado, mais frágil ela parecia.

— Como você entrou? — perguntou Larry.

— Pela janela do porão.

Contornaram o lado da casa, e Larry experimentou a janela do porão infrutiferamente enquanto Fran vigiava.

— Você pode já tê-la usado — disse ele —, mas ela está trancada agora.

— Não, está apenas emperrada. Deixe-me tentar.

Mas ela não teve melhor sorte. Harold trancara firmemente a janela entre sua primeira visita clandestina e aquele momento.

— O que faremos agora? — indagou ela.

— Vamos arrombar.

— Ele *perceberá*, Larry.

— Que perceba. Se nada tem a esconder, pensará que foi apenas uma dupla de garotos arrombando janelas de casas vazias. Se tiver algo a esconder, ficará seriamente preocupado, e ele bem que merece, não concorda?

Fran pareceu duvidosa, mas não o deteve quando ele tirou a camisa, enrolou-a em torno do punho e do antebraço, para então espatifar a vidraça do porão. Cacos de vidro tilintaram pelo interior e Larry tateou, procurando o ferrolho.

— Pronto, achei. — Puxou o ferrolho e a janela se abriu. Larry deslizou pela abertura e voltou-se para ajudar Fran. — Tome cuidado, garota. Nada de abortos no porão de Harold Lauder, por favor.

Segurou-a por baixo dos braços e a desceu para o chão. Os dois olharam em torno, examinando o desordenado aposento. O conjunto de croqué permanecia ali como uma sentinela. A mesa do jogo de hóquei estava atulhada de pequenos pedaços de fios elétricos coloridos.

— O que é isso? — perguntou Fran, pegando um pedacinho de fio. — Não estava aqui antes.

Ele deu de ombros.

— Talvez Harold esteja montando o supra-sumo da ratoeira.

Havia uma caixa debaixo da mesa e Larry a pegou. Na tampa estava escrito: CONJUNTO WALKIE-TALKIE REALISTIC DE LUXE, BATERIAIS NÃO INCLUÍDAS. Larry abriu a caixa, mas seu peso já lhe dissera que estava vazia.

— Montando *walkie-talkies* em vez de ratoeiras — comentou Fran.

— Não, isso não era um *kit* para ser montado. A gente compra esse tipo já pronto para funcionar. Talvez ele o estivesse modificando de algum modo. É típico de Harold. Lembra-se de quando Stu reclamou da recepção do *walkie-talkie*, quando ele, Harold e Ralph procuravam por Mãe Abagail?

Fran assentiu, mas ainda havia alguma coisa acerca daqueles pedacinhos de fio que ainda a preocupava.

Larry depositou a caixa de volta no chão e fez aquela que mais tarde consideraria a afirmação mais errônea de toda a sua vida.

— Isso não tem a menor importância — disse. — Vamos.

Subiram as escadas, mas desta vez a porta de cima estava trancada. Fran olhou para Larry, mas ele deu de ombros.

— Já chegamos até aqui, certo?

Fran assentiu.

Larry jogou o ombro contra a porta algumas vezes para sentir a fechadura do outro lado, e depois arremeteu com mais vigor. Houve um som de metal se soltando, um estalido, e a porta se escancarou. Larry abaixou-se e recolheu um conjunto de ferrolho que caíra no piso de linóleo da cozinha.

— Posso recolocar isso no lugar e ele nunca notará a diferença. Isto é, se houver uma chave de fenda por aí.

— Para que se incomodar? Ele verá a janela quebrada.

— Tem razão, mas se tornar a colocar o ferrolho na porta ele... do que está rindo?

— Coloque o ferrolho de volta na porta, tudo bem. Mas como irá fechá-lo pelo lado de dentro do porão?

Ele pensou a respeito e disse:

— Pô, a coisa que mais odeio é uma mulher espertinha. — Atirou o ferrolho em cima da bancada de fórmica da cozinha. — Vamos dar uma olhada debaixo daquela laje solta da lareira.

Foram para a penumbrosa sala de estar e Fran sentiu a ansiedade ir aumentando. Da última vez Nadine não tivera uma chave. Desta vez ela teria uma, caso voltasse. E se retornasse à casa, eles seriam flagrados com a mão na massa. Seria uma amarga ironia se a primeira tarefa de Stu como xerife fosse prender a própria mulher por arrombar uma casa e invadi-la.

— É aquela, não? — perguntou Larry, apontando.

— É. Seja o mais rápido possível.

— De qualquer modo, há uma boa chance de que ele o tenha tirado daí. — E Harold tinha mesmo. Nadine é que o recolocara debaixo da laje solta da lareira. Larry e Fran nada sabiam disso, só que quando Larry ergueu a laje, o livro estava lá na concavidade, as palavras LIVRO-RAZÃO cintilando foscamente para eles, em suas letras douradas.

Ficaram olhando para o livro. De repente, a sala pareceu mais quente, mais sufocante, mais escura.

— Muito bem — disse Larry. — Vamos ficar admirando-o ou lê-lo?

— Você lê — respondeu ela. — Eu nem quero tocá-lo.

Larry retirou o livro da concavidade e automaticamente limpou a poeira branca da laje aderida à capa. Começou a folheá-lo ao acaso. A escrita fora feita com uma caneta posta no mercado sob a belicosa marca registrada Hardhead (Cabeça Dura). Ela permitia que Harold escrevesse com uma caligrafia apertada e muito nítida — a caligrafia de um homem intensamente consciencioso, talvez de um homem pressionado. Não havia parágrafos. Lia-se uma linha de ponta a ponta, com uma pequena e constante margem à esquerda e à direita, tão reta que podia ter sido medida com uma régua.

— Vou levar três dias para ler tudo isto — disse Larry.

— Segure-o — disse Fran, estirando o braço sobre o dele a fim de virar umas duas páginas. Aqui, o fluxo uniforme de palavras fora interrompido, mostrando uma área compacta e destacada do resto. O que tinha sido posto em destaque ali parecia ser uma espécie de lema:

> *Seguir a própria estrela é admitir o poder de alguma Força maior, alguma Providência; contudo, não será possível ainda que o ato de seguir-se seja a raiz mesma de um poder ainda maior? O nosso DEUS, nosso DEMÔNIO, tem a posse das chaves do farol; nestes últimos dois meses eu tenho, contínua e tenazmente, me engalfinhado com isso; no entanto, ele deu a cada um de nós a responsabilidade de NAVEGAÇÃO.*
>
> *HAROLD EMERY LAUDER*

— Lamento — disse Larry. — Não entendi nada. E você?

Fran sacudiu a cabeça lentamente.

— Creio que é a maneira de Harold dizer que pode ser tão digno quanto liderar. Como lema, no entanto, acho que não passa de conversa fiada.

Larry continuou a folhear em direção às primeiras páginas do livro, e deparou com mais quatro ou cinco daquelas máximas em destaque, todas elas atribuídas a Harold, em letras maiúsculas.

— Epa! — exclamou Larry. — Veja só isto, Frannie!

> *Dizem que os dois grandes pecados humanos são o orgulho e o ódio. Serão mesmo? Prefiro pensar neles como as duas grandes virtudes. Abdicar do orgulho e do ódio é o mesmo que dizer que você mudará para o bem do mundo. Manifestá-los é mais nobre. Significa que o mundo deve mudar a nosso bem. Estou envolvido numa grande aventura.*
>
> *HAROLD EMERY LAUDER*

— Eis a obra de uma mente profundamente perturbada — disse Fran, sentindo-se enregelar.

— Para começar, é o tipo de pensamento que nos meteu nessa confusão — concordou Larry e folheou rapidamente até o início do livro. — É uma perda de tempo. Vamos ver o que podemos fazer com isso.

Nenhum deles sabia exatamente o que esperar. Nada haviam lido além dos lemas em destaque e uma ou duas frases ocasionais que, devido ao estilo empolado de Harold (as elaboradas e complexas frases pareciam ter sido inventadas com Harold Lauder em mente), pouco ou nada significavam.

O que viram no início do livro foi, portanto, um choque total.

O diário começava no topo da primeira página de rosto. Estava caprichosamente marcada com o número 1 circulado. Havia um parágrafo aqui, o único parágrafo em todo o livro, até onde Fran podia dizer, excetuando aqueles que começavam em cada lema em destaque. Eles leram aquela primeira frase segurando o livro juntos, como crianças treinando em um coral, e Fran dizia "Ah!" em voz baixa e sufocada e recuava, a mão apertando a boca ligeiramente.

— Fran, temos que levar o livro — disse Larry.

— Sim...

— E mostrá-lo a Stu. Não sei se Leo está certo acerca deles se postarem do lado do homem escuro, porém, no mínimo Harold está perigosamente perturbado. A gente pode notar isso.

— Sim — repetiu ela.

Sentia-se desfalecer, estava fraca. Então era assim que terminava o assunto dos diários. Como se ela soubesse, como soubesse de tudo a partir do momento em que vira aquela grande e lambuzada impressão digital e tivesse que ficar repetindo para si mesma que não desmaiasse.

— Fran? Frannie? Você está bem?

Era a voz de Larry. Vindo de muito longe.

A primeira frase do livro-razão de Harold era: *Meu maior prazer, neste delicioso verão pós-Apocalipse, será matar o Sr. Stuart "Escroto" Redman; e é bem capaz que eu a mate também.*

* * *

— Ralph? Ralph Brentner, está em casa? *Ei, tem alguém em casa?*

Ela ficou parada nos degraus, olhando para a casa. Não havia motos no pátio, apenas duas bicicletas estacionadas a um lado. Ralph a teria ouvido, mas tinha que pensar no mudo. No surdo-mudo. Ela poderia berrar até ficar roxa que ele não responderia, embora estivesse ali.

Passando a sacola de compras de um braço para outro, Nadine experimentou a porta e constatou que não fora trancada. Entrou, fugindo da fina névoa que caía, e viu-se num pequeno vestíbulo. Quatro degraus subiam para a cozinha e um lance de escadas levava ao porão, onde Harold dissera que ficava o apartamento de Nick Andros. Exibindo no rosto sua expressão mais afável, Nadine desceu os degraus, tendo preparado uma desculpa caso ele estivesse lá.

Entrei porque pensei que não me ouvira bater. Alguns de nós estamos querendo saber se haverá um turno extra para o enrolamento daqueles dois motores que explodiram. Brad lhe disse alguma coisa?

Só havia dois aposentos ali. Um deles era um quarto, tão despojado quanto uma cela monástica. O outro era um estúdio. Nele havia uma mesa, uma poltrona, uma cesta de lixo e uma estante de livros. O tampo da mesa estava atulhado de tiras de papel e Nadine as examinou superficialmente. A maioria fazia pouco sentido para ela — imaginou que fossem o lado de Nick em alguma conversa (*Assim acho, mas não deveria perguntar a ele se isto não poderia ser feito de maneira mais simples?*, dizia um deles). Outros pedaços de papel pareciam memorandos para ele próprio, anotações, pensamentos. Alguns a faziam recordar os tópicos em destaque no livro de Harold, o que ele chamava de "Guia para uma vida melhor" com um sorriso sarcástico.

Uma das anotações dizia: *Falar com Glen sobre comércio. Algum de nós sabe como o comércio se inicia? Escassez de mercadorias, não? Ou um recanto modificado em algum mercado? Especialização. Esta pode ser uma palavra-chave. E se Brad Kitchner resolver vender a energia em vez de dar? Ou o doutor? Como iríamos pagá-los? Humm.*

Outra era: *A proteção à comunidade é uma rua de mão dupla.*

Mais uma: *A cada vez que se pensa sobre lei, passo a noite tendo pesadelos acerca de Shoyo. Vendo aquela gente morrer. Vendo Childress arremessar sua janta através da cela. A lei, a lei, o que faremos a respeito da porra da lei? Pena capital. Ora, é uma idéia digna de riso. Quando Brad tiver a energia elétrica restabelecida, quanto tempo se passará antes que alguém lhe peça para montar uma cadeira elétrica?*

Nadine afastou-se daqueles pedaços de papel — relutantemente. Era fascinante ler as anotações feitas por um homem que só conseguia pensar integralmente através da escrita (um de seus professores na universidade costumava dizer que o processo de pensamento jamais seria completo sem articulação), mas o propósito que a levara até ali já fora completado. Nick estava ausente, não havia ninguém em casa. Demorar-se naquele lugar seria desafiar a sorte sem necessidade.

Retornou ao andar de cima. Harold lhe dissera que eles provavelmente fariam a reunião na sala de estar. Era um aposento amplo, o piso coberto com um espesso tapete felpudo cor de vinho, dominado por uma lareira saliente, que penetrava pelo forro em uma coluna de pedra. Toda a parede oeste era envidraçada, permitindo uma visão magnífica das Flatirons. Aquela vidraça a fazia sentir-se exposta como um besouro numa parede. Ela sabia que a superfície externa do vidro era iodada, de modo que alguém de fora veria apenas um reflexo semelhante ao de um espelho, mas a sensação psicológica continuava sendo a de total exposição. Ela queria terminar com aquilo rapidamente.

No lado sul da sala encontrou o que procurava: um armário profundo que Ralph não tinha esvaziado. Os casacos pendurados ficavam bem recuados para o fundo e, no canto de trás, havia um emaranhado de botas, luvas e artigos de lã para o inverno com cerca de um metro de profundidade.

Trabalhando rápido, ela tirou da sacola de compras as mercadorias que estavam por cima. Eram uma camuflagem e havia apenas uma camada delas. Por baixo das latas de massa de tomate e sardinhas, estava a caixa de sapatos, tendo no seu interior a dinamite e o *walkie-talkie*.

— Se eu a colocar dentro de um armário, funcionará mesmo assim? — ela havia perguntado. — A parede extra não amortecerá a explosão?

— Nadine — respondera Harold —, se este artefato funcionar, e tenho todos os motivos para crer que funcionará, ele acabará com a casa e com boa parte da encosta ao redor. Coloque-o onde quiser, onde achar que passará despercebido até a reunião deles. Um armário seria excelente. A parede extra explodirá e saíra voando em estilhaços. Confio na sua escolha, meu bem. Vai ser exatamente como no conto de fadas sobre o alfaiate e as moscas. Sete de uma só vez. Só que neste caso, em vez de moscas, estamos lidando com um bando de baratas politiqueiras.

Nadine afastou botas e echarpes para um lado, fez um buraco e introduziu nele a caixa de sapatos. Cobriu-a novamente e saiu de dentro do armário. Pronto. Estava feito. Para o melhor ou pior.

Deixou a casa rapidamente, sem olhar para trás, tentando ignorar a voz que não se calava, a voz que agora lhe dizia para voltar lá e arrancar os fios que corriam entre as cápsulas de detonação e o *walkie-talkie*, instando-a a desistir daquilo antes que ficasse louca. Porque não era a loucura que realmente jazia em algum ponto à frente, talvez agora a menos de duas semanas? Não era loucura a lógica conclusão final?

Colocou a sacola de compras no bagageiro da Vespa e ligou o motor. E durante todo o percurso de volta, a voz prosseguia: *Você não vai deixar aquilo lá, vai? Você não vai deixar aquela bomba lá, vai?*

Em um mundo em que tantos morreram...

Inclinou-se ao fazer uma curva, mal conseguindo ver para onde seguia. As lágrimas começavam a turvar-lhe a visão.

... o único e grande pecado é tirar uma vida humana.

Sete vidas ali. Não, mais do que isso, porque o comitê ia ouvir relatórios dos chefes de vários subcomitês.

Nadine parou na esquina da Baseline com a Broadway, pensando em manobrar a Vespa e voltar. Todo o seu corpo estremecia.

E mais tarde ela jamais conseguiria explicar a Harold exatamente o que havia acontecido — na verdade, nunca chegou a tentar. Era o sabor antecipado dos horrores que viriam.

Sentiu uma escuridão que começava a toldar-lhe a vista.

Chegou como uma cortina escura puxada lentamente, agitando-se e esvoaçando a uma brisa suave. De vez em quando a brisa aumentava, a cortina agitava-se com mais vigor e permitia-lhe ver um pouco da luz do dia abaixo da sua bainha, uma parte pequena daquele cruzamento deserto.

Porém a cortina caía sobre sua visão em constantes drapejos escurecidos e logo a envolveu por completo. Nadine estava cega, estava surda, sem o sentido do tato. A criatura pensante, o ego de Nadine, vagueava num aquecido casulo negro que parecia conter água do mar como líquido amniótico.

E ela *o* sentia rastejar dentro de si.

Um grito agudo se formou em seu íntimo, porém não possuía boca com a qual gritar.

Penetração: entropia.

Ela não sabia o que tais palavras significavam, colocadas juntas desse jeito. Só sabia que eram corretas.

Era como nada que já tivesse vivenciado antes. Mais tarde, ocorreram-lhe metáforas para descrever tal situação, porém rejeitou todas, uma a uma.

Você está nadando e de repente, no meio da água morna, encontra um bolsão de água profunda, entorpecedoramente gelada.

Você recebe uma injeção de Novocaína e o dentista lhe arranca um dente. Ele sai com um puxão indolor. Você cospe sangue na bacia esmaltada de branco. Há um buraco em você, você foi furada. É só passar a língua sobre o buraco onde, um segundo atrás, vivia uma parte sua.

Você olha seu rosto no espelho. Contempla-se durante um longo tempo. Cinco minutos, dez, 15. Não vale piscar. Com uma espécie de horror intelectual, você vê seu rosto mudar para o de Lon Chaney Jr., num filme épico de lobisomem. Torna-se uma estranha para si mesma, uma *Doppelgänger* de pele azeitonada, uma vampira psicótica de pele pálida e olhos fendidos.

Não foi realmente nenhuma dessas coisas, mas restou nela um resquício de todas elas.

O homem escuro penetrou nela, *e ele era frio.*

* * *

Quando Nadine abriu os olhos, seu primeiro pensamento foi o de que estava no inferno.

O inferno era brancura, a tese da antítese do homem escuro. Ela via branco, marfim, nada mais que branqueamento. Tudo branco. Era o inferno branco e estava em toda parte.

Ela olhou fixamente para a brancura (era impossível fitar *dentro* dela), fascinada, agoniada, durante minutos antes de perceber que podia sentir a forquilha da Vespa entre suas coxas e de que havia outra cor — verde — na sua visão periférica.

Com um movimento brusco, desviou a vista daquele olhar fixo vazio e trancado. Ela olhou em torno de si mesma. Sua boca estava frouxa, trêmula; os próprios olhos fitavam aturdidos e entorpecidos de horror. O homem escuro estivera nela, Flagg estivera nela, e quando tinha chegado ele a conduzira para fora das janelas dos seus cinco sentidos, suas brechas para a realidade. Ele a dirigira como um homem poderia dirigir um carro ou um caminhão. E a havia trazido... para onde?

Ela olhou na direção do branco e viu que havia uma enorme tela de cinema *drive-in* contra um fundo do céu chuvoso de fim de tarde. Voltando-se, ela viu o barzinho. Era pintado num brilhante tom rosado de carne. Na entrada estava escrito: *BEM-VINDO AO HOLIDAY TWIN! CURTA SUA DIVERSÃO SOB AS ESTRELAS ESTA NOITE!*

A escuridão se abateu sobre ela no cruzamento da Baseline com a Broadway. Agora já estava bem adiante na rua 28, quase na divisa da cidade com... Longmont, não era?

Ainda havia nela um gosto dele, entranhado na sua mente, como limo frio sobre uma superfície.

Estava circundada por postes, postes de aço como sentinelas, cada um deles com 1,50m de altura, cada qual contendo um conjunto de alto-falantes de *drive-in.* O chão era de cascalho, mas havia capim e ervas daninhas crescendo através dele. Ela adivinhou que o *drive-in* não estava tendo clientela desde meados de junho ou por aí. Podia-se dizer que havia sido uma espécie de verão morto para o ramo de entretenimento.

— Por que estou aqui? — sussurrou ela.

Estava apenas falando consigo mesma em voz alta; não esperava nenhuma resposta. Portanto, um grito de terror escapou de sua garganta quando foi respondida.

Todos os alto-falantes caíram de seus postes sobre o cascalho onde o mato crescia, com som de *CHUNK!*, enorme e amplificado, o som de um corpo morto golpeando o cascalho.

— *NADINE!* — Berraram os alto-falantes. Era a voz *dele*, e ela gritou então! Suas mãos voaram para a cabeça, as palmas tapando os ouvidos, mas eram todos os alto-falantes em uníssono e não havia como fugir daquela voz gigante, que estava plena de hilaridade terrível e desejo cômico assustador.

— *NADINE, NADINE, AH, COMO EU AMO AMAR NADINE, MINHA MASCOTE, MINHA LINDA...*

— *Pare com isso!* — gritou ela de volta, distendendo as cordas vocais com a força do seu grito, e ainda assim sua voz soou pequena demais comparada àquela de gigante abaixo.

Contudo, por um instante a voz *parou.* Fez-se silêncio. Os alto-falantes caídos olhavam para ela do cascalho como os olhos rugosos de insetos gigantes.

As mãos de Nadine baixaram lentamente dos ouvidos.

Você vai acabar louca, consolou a si mesma. *Isso é tudo que é. A tensão da espera... e os jogos de Harold... finalmente plantando o explosivo... tudo isto por fim empurrou-a para a borda, querida, e você vai ficar louca. Talvez esse caminho seja melhor.*

Mas não ia ficar louca, ela sabia.

E isso era muito pior do que enlouquecer.

Como se para provar isso, os alto-falantes retumbaram na voz severa, embora quase afetada, de um diretor repreendendo os alunos pelo intercomunicador da escola por alguma travessura que cometeram.

— *NADINE. ELES SABEM.*

— Eles sabem — repetiu ela. Não tinha certeza de quem eram eles, ou o que sabiam, mas estava quase certa de que era inevitável.

— *VOCÊS FORAM ESTÚPIDOS. DEUS PODE AMAR A ESTUPIDEZ, MAS EU NÃO.*

As palavras estalaram e rolaram para longe no fim de tarde. As roupas de Nadine grudavam-se ensopadas à pele, seus cabelos caíam escorridos contra as faces pálidas, e ela começou a tremer.

Estúpida, pensou. Estúpida, estúpida. Sei o que esta palavra significa, acho. Acho que significa morte.

— *ELES SABEM DE TUDO... MENOS SOBRE A CAIXA DE SAPATOS. A DINAMITE.*

Alto-falantes. Alto-falantes por toda parte, olhando para ela do cascalho branco, espiando-a dos feixes de dentes-de-leão fechados por causa da chuva.

— *VÁ PARA O ANFITEATRO AURORA. FIQUE LÁ. ATÉ AMANHÃ À NOITE. ATÉ ELES SE REUNIREM. E ENTÃO VOCÊ E HAROLD PODEM VIR. VIR PARA MIM.*

Agora Nadine começou a sentir uma gratidão simples e cintilante. Eles haviam sido estúpidos... mas também tinham conseguido uma segunda chance. Eles eram importantes demais para ter uma intervenção garantida. E em breve, muito em breve, ela estaria com ele... e então *ficaria* louca, estava inteiramente certa disso, e tudo o mais deixaria de ter importância.

— O anfiteatro Aurora pode estar longe demais — disse ela. Suas cordas vocais tinham ficado um tanto lesionadas; ela só podia grasnar. — Pode estar longe demais para... — Para o quê?, ponderou. Ah! Ah, sim! Certo! — Para o *walkie-talkie.* O sinal.

Nenhuma resposta.

Os alto-falantes jaziam no cascalho, fitando-a, centenas deles.

Ela deu partida na Vespa e o pequeno motor tossiu de volta à vida. O eco a fez estremecer. Soava como um disparo de rifle. Ela queria sair daquele lugar assustador, afastar-se daqueles alto-falantes que ficavam encarando-a.

Tinha que cair fora.

Ela desequilibrou a motoneta ao contornar o barzinho. Poderia ter mantido o equilíbrio se estivesse numa superfície pavimentada, mas a roda traseira da Vespa derrapou debaixo dela num cascalho solto e ela caiu com um baque, mordendo o lábio até sangrar e cortando a face. Nadine se levantou, os olhos arregalados e assustados, e montou de novo, tremendo.

Estava agora na alameda que os carros percorriam para entrar no *drive-in* e a bilheteria, que mais parecia uma pequena cabine de pedágio, estava à frente dela. Ia conseguir sair. Ia se mandar dali. Sua boca se adoçou em gratidão.

Atrás dela, centenas de alto-falantes voltavam à vida todos de uma vez, e agora a voz estava cantando, numa horrível desafinação.

— *ESTAREI VENDO VOCÊ... EM TODOS OS VELHOS LUGARES FAMILIARES... AQUILO QUE ESTE MEU CORAÇÃO ABRAÇA... O DIA INTEEEEEI...*

Nadine gritou em sua recente voz coaxada.

Então veio um enorme e monstruoso riso, uma casquinada sombria e estéril que pareceu encher a terra.

— *FAÇA DIREITO, NADINE* — retumbou a voz. — *FAÇA DIREITO, MINHA FANTASIA, MEU SER QUERIDO.*

Então ela ganhou a estrada e disparou de volta a Boulder em velocidade máxima, afastando-se da voz incorpórea e dos alto-falantes que a fitavam... mas carregando-os no seu coração, por enquanto, para sempre.

* * *

Nadine esperava por Harold perto da esquina da rodoviária. Quando ele a viu, seu rosto congelou e perdeu a cor.

— Nadine... — sussurrou. A marmita caiu de sua mão e bateu no chão com um ruído metálico.

— Harold — disse ela. — Eles sabem. Temos que...

— Seu *cabelo*, Nadine, ah, meu Deus, o seu *cabelo*... — Todo o rosto de Harold parecia ser um olho só.

— *Ouça o que estou dizendo!*

Ele pareceu recuperar algum controle.

— Tu-tudo bem. O que é?

— Eles foram em sua casa e encontraram seu livro. Eles o levaram.

No rosto de Harold houve uma guerra de emoções: ódio, horror, vergonha. Aos poucos elas foram desaparecendo e então, como algum horrível cadáver emergindo de águas profundas, um gélido sorriso ressurgiu-lhe no rosto.

— Quem? Quem fez isso?

— Não sei ao certo e, seja como for, não importa. Fran Goldsmith foi um deles, posso apostar. E talvez Bateman ou Underwood, não sei. E eles virão pegá-lo, Harold.

— Como é que você sabe? — Ele a agarrou rudemente pelos ombros, lembrando-se de que Nadine recolocara o livro debaixo da laje da lareira. Sacudiu-a como se fosse uma boneca de trapo, porém Nadine o encarou sem medo. Estivera frente a frente com coisas mais terríveis do que Harold Lauder naquele longo, longuíssimo dia.

— *Como é que sabe, sua puta?*

— *Ele* me contou.

Harold deixou cair as mãos.

— Flagg? — Um sussurro. — Ele lhe contou? Falou com você? E isto a deixou *assim*? — O sorriso de Harold era fantasmagórico, o sorriso da Morte montada a cavalo.

— Do que está falando?

Estavam parados em frente a uma loja de ferragens. Pegando-a de novo pelos ombros, Harold a fez virar-se para a vitrine. Nadine olhou seu reflexo por um longo momento.

Tinha ficado de cabelos brancos. Totalmente brancos. Não restara um único fio negro.

Ah, como eu amo amar Nadine.

— Vamos — disse ela. — Temos que ir embora da cidade.

— Agora?

— Depois que escurecer. Até lá, ficaremos escondidos e, no caminho, iremos recolhendo apetrechos para acampar.

— No caminho para o oeste?

— Ainda não. Só amanhã à noite.

— Talvez eu não queira mais ir — sussurrou Harold, ainda olhando para os cabelos dela.

Ela passou a mão na cabeleira.

— É tarde demais, Harold — disse.

Capítulo Cinqüenta e Oito

FRAN E LARRY SENTARAM-SE À MESA da cozinha da casa de Stu e Fran, bebericando café. No andar de baixo Leo dedilhava sua guitarra, que Larry o ajudara a escolher na loja Earthly Sounds. Era uma bela Gibson de 600 dólares, com o braço tendo acabamento em cerejeira. Numa idéia repentina, Larry pegara para o menino um fonógrafo de pilha, bem como uma boa quantidade de álbuns de música *folk/blues*. Agora Lucy estava com Leo, e uma imitação espantosamente boa de "Backwater Blues", de Dave van Ronk, subia até a cozinha.

Choveu à beça por cinco dias
e o céu ficou negro como a noite...
Há encrenca se armando
no braço de rio esta noite.

Pelo arco de comunicação com a sala de estar, Fran e Larry viam Stu sentado em sua poltrona favorita com o livro de Harold no colo. Estivera sentado naquela posição desde as quatro da tarde. Já eram nove horas e escurecera de todo. Stu nem quisera jantar e virou outra página enquanto Frannie o observava.

Lá embaixo, Leo terminou "Backwater Blues" e houve uma pausa.

— Ele toca bem, não é mesmo? — comentou Fran.

— Melhor do que eu — disse Larry e bebericou seu café.

Do andar de baixo chegou subitamente uma batida familiar, um rápido tamborilar que progrediu para um *blues* não de todo padronizado, que fez Larry parar com a xícara no ar. Então ouviram a voz de Leo, baixa e insinuante, adicionando o vocal ao ritmo lento e compulsivo:

Ei, garota, pintei no pedaço esta noite
E não vim aqui para brigar

Só quero que me diga se puder,
Diga uma vez e entenderei,
Garota, você saca o seu homem?
Ele é um cara legal,
Garota, você saca o seu homem?

Larry derramou seu café.

— Epa! — exclamou Fran e levantou-se para pegar um pano de prato.

— Eu limpo — disse ele. — Acho que balancei quando só devia estremecer.

— Não, fique aí sentado. — Ela pegou o pano de prato e enxugou a mancha rapidamente. — Lembro-me dessa música. Fez sucesso pouco antes da gripe. Leo deve ter pegado o compacto lá na cidade.

— Creio que sim.

— Como era o nome do cara? Do cara que a compôs?

— Não me lembro — disse Larry. — Música *pop* vem e vai com muita rapidez.

— Sim, mas era um nome um tanto familiar — replicou ela torcendo o pano na pia. — Engraçado a gente estar com o nome na ponta da língua, não é?

— É isso aí.

Stu fechou o livro com uma batida suave e Larry ficou aliviado ao ver Frannie olhar para ele, que entrava na cozinha. Os olhos dela foram primeiro para a arma na cintura de Stu. Ele a vinha usando desde que fora eleito xerife e fizera um bocado de piadas acerca de ser baleado no pé. Fran não achava graça nenhuma nas piadas.

— E então? — perguntou Larry.

O rosto de Stu estava profundamente perturbado. Pôs o livro sobre a mesa e sentou-se. Fran começou a empurrar-lhe uma xícara de café, mas ele fez que não com a cabeça e pousou a mão no braço dela.

— Não, obrigado, meu bem. — Olhou para Larry de uma maneira ausente, alheada. — Li tudo e agora estou com uma dor de cabeça danada. Não estou acostumado a ler tanto. O último livro que li de cabo a rabo, em uma assentada, falava sobre coelhos. O título era *Watership Down*. Era para um sobrinho meu, e mal comecei a lê-lo...

Ele se interrompeu por um momento, pensando.

— Também li esse livro — disse Larry. — Achei ótimo.

— Havia aquele bando de coelhos — continuou Stu —, e eles levavam uma vida mansa. Eram grandes, bem alimentados, e sempre viveram num só lugar. Havia algo de errado ali, mas nenhum dos coelhos sabia o que era. Parecia como se não quisessem saber. Apenas... apenas, vejamos, havia aquele fazendeiro...

— Ele deixou a coelheira em paz — acrescentou Larry —, de modo que pudesse ter um coelho para o ensopado, sempre que quisesse um. Ou talvez para vender. De qualquer modo, era uma fazendola para criação de coelhos.

— Isso mesmo. Pois havia aquele coelho, chamado Silverweed, que compunha poemas sobre o fio brilhante... o laço de arame que o fazendeiro usava para pegar os coelhos, que usava para pegá-los e estrangulá-los. Silverweed compunha poemas sobre *isso*. — Ele sacudiu a cabeça em lenta e cansada incredulidade. — E Harold faz com que me lembre disso. Do coelho Silverweed.

— Harold está doente — disse Fran.

— Isso mesmo. — Stu acendeu um cigarro. — E perigoso.

 — O que devemos fazer? Prendê-lo?

Stu tamborilou com os dedos sobre o livro-razão.

— Ele e Nadine estão planejando fazer algo para que sejam bem-vindos quando forem para o oeste. No entanto, este livro não diz o quê.

— O livro menciona um bocado de gente que não é do agrado de Harold — disse Larry.

— Vamos prendê-lo? — perguntou Fran novamente.

— Sinceramente, não sei. Gostaria primeiro de discutir o assunto com o pessoal do comitê. O que há para amanhã à noite?

— Bem, a reunião será dividida em duas partes: atividades públicas e atividades privadas. Brad quer falar sobre a sua Turma do Desligamento. Al Bundell quer apresentar um relatório preliminar do Comitê Legal. Vejamos... George Richardson falará sobre horários de consulta em Dakota Ridge, em seguida será a vez de Chad Norris. Depois disso, eles irão embora e só ficaremos nós.

— Se pudermos convencer Al Bundell a permanecer lá e lhe falarmos a respeito desse caso de Harold, podemos ter certeza de que ficará de bico fechado?

— Tenho certeza de que sim — disse Fran.

Stu comentou, melancólico:

— Eu gostaria que o juiz estivesse aqui. Tive empatia com aquele homem.

Ficaram em silêncio por um momento, pensando no juiz, imaginando onde ele estaria naquela noite. Lá debaixo veio o som de Leo tocando "Sister Kate", tal qual Tom Rush.

— Mas se tiver de ser Al, que seja. De qualquer modo, só vejo duas escolhas. Precisamos tirar aqueles dois de circulação, mas não quero botá-los na cadeia, droga!

— Que outra opção nos resta? — perguntou Larry.

Foi Fran quem respondeu:

— Exílio.

Larry voltou-se para ela. Stu assentia lentamente, olhando para seu cigarro.

— Simplesmente mandá-lo embora? — perguntou Larry.

— Ele e ela — completou Stu.

— Mas Flagg irá aceitá-los? — perguntou Frannie.

Stu ergueu os olhos para ela.

— Fran, isto não é problema nosso.

Ela concordou e pensou: *Ah, Harold, eu não queria que isto terminasse assim. Jamais, em um milhão de anos, eu desejaria que terminasse desse jeito.*

— Tem alguma idéia do que eles estariam planejando? — perguntou Stu.

Larry deu de ombros.

— Você tem que botar todo o comitê matutando sobre isso, Stu. Mas posso pensar em algumas coisas.

— Tais como?

— Talvez sabotagem na usina de força. Ou uma tentativa de assassinato contra você e Frannie. São estas as duas primeiras coisas que me ocorrem.

Fran pareceu pálida e abatida.

Larry prosseguiu:

— Embora ele nada dissesse, acredito que tenha ido à procura de Mãe Abagail com você e Ralph, daquela vez, apenas esperando encontrá-lo sozinho e matá-lo.

— Ele teve chance — comentou Stu.

— Talvez tenha se acovardado.

— Por favor, querem parar com isso? — disse Frannie, sem entusiasmo. — Por favor!

Stu levantou-se e retornou à sala de estar. Lá havia um FC ligado a uma bateria Die-Hard. Após algumas tentativas, ele conseguiu fazer contato com Brad Kitchner.

— Brad, seu safado! Aqui é Stu. Escute, será que poderia reunir alguns caras que montassem guarda na usina esta noite?

— Claro — veio a voz de Brad. — Mas para quê, em nome de Deus?

— Bem, é um assunto meio delicado, Bradley. Ouvindo aqui e ali, fiquei sabendo que alguém poderia tentar alguma sabotagem lá.

A resposta de Brad foi um monte de palavrões.

Stu assentiu ao microfone, sorrindo de leve.

— Sei como se sente. Será apenas por esta noite e talvez a noite de amanhã, pelo que sei. Depois, creio que as coisas voltarão ao normal.

Brad respondeu que poderia recrutar uma dúzia de homens sem andar dois quarteirões, e que alguns deles ficariam contentes em pegar qualquer pretenso sabotador.

— Isto tem algo a ver com Rich Moffat?

— Não. Nada relacionado a Rich. Ouça, logo estarei falando pessoalmente com você, certo?

— Tudo bem, Stu. Colocarei homens para vigiar.

Stu desligou o rádio e voltou para a cozinha.

— Os outros não nos deixam ser tão reservados quanto desejaríamos. Isso me assusta, sabiam? O velho sociólogo careca está certo. Poderíamos nos instalar aqui como reis, se assim quiséssemos.

Fran colocou a mão sobre a dele.

— Quero que me prometam uma coisa. Vocês dois. Prometam que isto será resolvido em definitivo na reunião de amanhã à noite. Só desejo que tudo termine.

Larry assentiu em concordância.

— Exílio. Tudo bem. Isso nunca me passou pela cabeça, mas pode ser a melhor solução. Bem, vou pegar Lucy e Leo e voltar para casa.

— Verei você amanhã — disse Stu.

— *OK* — respondeu Larry e saiu.

* * *

Pouco antes do alvorecer de 2 de setembro, Harold parou à borda do anfiteatro Aurora e olhou para baixo. A cidade era um fosso de escuridão. Nadine dormia atrás dele, na pequena tenda para dois que haviam recolhido numa loja, junto com outros apetrechos de acampar, quando se esgueiraram para fora da cidade.

Nós voltaremos, porém. Dirigindo carruagens.

Mas, lá no fundo, Harold duvidava disso. A escuridão o envolvia em mais de um sentido. Os escrotos nojentos lhe haviam roubado tudo — Frannie, seu amor-próprio, depois seu diário e agora sua esperança. Ele se sentia afundando.

O vento era forte, ondulando seu cabelo, fazendo a rígida lona da tenda se agitar de um lado para outro, com um som constante de rajadas de metralhadora. Atrás dele, Nadine gemeu no sono. Era um som assustador. Harold deduziu que estava tão perdida quanto ele, talvez mais. Os sons que ela fazia dormindo não eram os de quem está tendo sonhos felizes.

Mas posso manter minha sanidade. Posso fazer isso. Se puder descer até o que me espera, seja lá o que for, mantendo a mente em perfeitas condições, isso já será alguma coisa. Sim, alguma coisa.

Imaginou se eles lá embaixo, Stu e seus amigos, estavam agora cercando sua casinha, esperando que ele chegasse a fim de encarcerá-lo. Ele entraria para os livros de história — se ainda restasse algum daqueles babacas dignos de pena para escrevê-los — como o primeiro a ser encarcerado na Zona Franca. Bem-vindo aos tempos duros. EXTRA, EXTRA, FALCÃO CAPTURADO, leriam a seu respeito. Bem, eles iam esperar muito tempo. Embarcara na sua aventura e recordara claramente como Nadine passara a mão pelos cabelos brancos, dizendo: *É tarde demais, Harold*, seus olhos assemelhando-se aos de um cadáver.

— Tudo bem — suspirou Harold. — Vamos com isso até o fim.

À volta e acima dele, o vento escuro de setembro tamborilava através das árvores.

* * *

A reunião do Comitê da Zona Franca teve início 14 horas mais tarde, na sala de estar da casa que Ralph Brentner e Nick Andros partilhavam. Stu ocupava uma poltrona, batendo na beirada da mesa com a borda de sua lata de cerveja.

— Muito bem, pessoal, acho melhor começarmos logo.

Glen e Larry sentavam-se na mureta encurvada da imponente lareira, de costas para o modesto fogo que Ralph acendera. Nick, Susan Stern e o próprio Ralph ocupavam o sofá. Nick segurava a caneta e o bloco inevitáveis. Brad Kitchner estava de pé junto à porta, tendo uma lata de Coors na mão, e falava com Al Bundell, que bebericava uísque com soda. George Richardson e Chad Norris sentavam-se junto à enorme parede envidraçada, olhando o sol se pôr acima das Flatirons.

Frannie sentava-se com as costas apoiadas confortavelmente na porta do armário onde Nadine escondera a bomba. Sua mochila, contendo o livro-razão de Harold, estava entre suas pernas cruzadas.

— Ordem, peço ordem! — disse Stu, batendo com o martelo. — Esse gravador está funcionando, careca?

— Está ótimo — disse Glen. — Vejo que sua boca também está funcionando a contento, Texano Oriental.

— Eu a lubrifico um pouco e ela simplesmente fica ótima — respondeu Stu, sorrindo. Seu olhar percorreu as 11 pessoas agrupadas em torno da grande área combinada de sala de estar e de jantar. — *OK*... temos coisas importantes a tratar, mas primeiro eu gostaria de agradecer a Ralph por proporcionar o teto sobre nossas cabeças, a bebida e os biscoitos...

Ele está realmente ficando muito bom nisso, pensou Frannie. Tentou avaliar o quanto Stu mudara desde o dia em que ela e Harold o haviam encontrado e não conseguiu. Ficamos demasiado subjetivos sobre o comportamento de pessoas com quem temos contato íntimo, concluiu. Mas ela sabia que, quando o conhecera, Stu ficaria alarmado à idéia de presidir uma reunião de quase uma dúzia de pessoas... e provavelmente saltaria direto para o céu à sugestão de presidir uma assembléia pública da Zona Franca, reunindo mais de mil pessoas. Agora ela olhava para um Stu que jamais teria existido se não fosse a epidemia.

A tragédia libertou você, meu querido, pensou. *Posso chorar pelos outros e ainda assim me sentir tão orgulhosa de você, amá-lo tanto...*

Aprumou melhor o corpo, recostando-se com mais firmeza contra a porta do armário.

— Nossos convidados irão falar primeiro — anunciou Stu. — Em seguida, teremos uma curta reunião fechada. Alguma objeção a isto?

Ninguém objetou.

— *OK* — prosseguiu Stu. — Passo a palavra para Brad Kitchner, e todos vocês procurem ouvi-lo com atenção, porque ele é o homem que irá devolver as pedras de gelo ao uísque de vocês dentro de uns três dias.

Isto gerou uma rodada sincera de aplausos espontâneos. Enrubescendo extremamente, dando puxões na sua gravata, Brad caminhou até o meio da sala. Por pouco não tropeçou em uma almofada em seu caminho.

— Estou. Realmente. Feliz. Por estar. Aqui — começou Brad num tom entrecortado e monótono. Parecia como se achasse que ficaria bem mais feliz em qualquer outro lugar, até mesmo no pólo Sul, presidindo a uma convenção de pingüins. — A... hã... — Fez uma pausa, examinou suas anotações e depois se animou. — A energia elétrica! — exclamou com o ar de um homem fazendo uma grande descoberta. — A energia está quase restaurada. Certo.

Remexeu um pouco mais em suas anotações e continuou:

— Ontem pusemos dois geradores em funcionamento e, como sabem, um deles ficou sobrecarregado e queimou até os miolos, por assim dizer. O que quero deixar claro é que ele ficou sobrecarregado. Inteiramente. Bem... vocês sabem o que é isso.

Um risinho se espalhou entre eles, o que pareceu deixar Brad mais à vontade.

— Isso aconteceu porque, quando a epidemia atacou, muita aparelhagem ficou ligada nas casas e não dispúnhamos de geradores de reserva que assumissem a sobrecarga. Podemos eliminar o risco de sobrecarga pondo para funcionar o resto dos geradores... até mesmo três ou quatro absorveriam a carga sem dificuldade... mas isso não eliminaria o risco de incêndios. Assim, precisaremos desligar o máximo de aparelhagem que pudermos. Queimadores de fogão, cobertores elétricos, toda essa coisa. De fato, estive pensando uma coisa: a maneira mais rápida, talvez, fosse entrarmos em todas as casas vazias para desligar as tomadas ou então as chaves do registro geral, entendem? Ora, quando estivermos prontos para religar a energia, acho que devemos tomar algumas precauções elementares contra incêndio. Tomei a liberdade de vistoriar o posto de bombeiros na área leste de Boulder e...

O fogo crepitava confortavelmente na lareira. Tudo ia dar certo, pensou Fran. Harold e Nadine iriam embora sem qualquer insistência dos demais e talvez fosse melhor assim. O problema ficava resolvido e Stu via-se livre deles. Pobre Harold, senti pena de você, mas no fim senti mais medo do que pena. Ainda existe pena, e receio pelo que lhe possa acontecer, mas fico contente por sua casa estar vazia, por você e Nadine terem partido. Fico satisfeita por nos deixarem em paz.

* * *

Harold sentou-se sobre uma mesa de piquenique, tão tomada por inscrições entalhadas que mais parecia o manual zen de algum lunático. Tinha as pernas cruzadas. Seus olhos estavam distantes, nevoentos, contemplativos. Tinha ido para aquele lugar frio e desconhecido onde Nadine não poderia segui-lo e ela ficara amedrontada. Mantinha nas mãos o *walkie-talkie* gêmeo daquele que deixara na caixa de sapatos. As montanhas despencavam diante deles em abismos extasiantes e ravinas repletas de pinheiros. Vários quilômetros a leste — talvez 15, talvez 60 — o terreno nivelava-se no Meio-Oeste americano e se espichava para o difuso horizonte azulado. A noite já caíra sobre aquela parte do mundo. Atrás deles, o sol acabara de desaparecer por trás das montanhas, deixando-as com uma auréola dourada que esmaeceria e se dissolveria.

— Quando? — perguntou Nadine. Ela estava terrivelmente perturbada, tendo de ir ao banheiro diversas vezes.

— Muito em breve — disse Harold. O sorriso dele se transformara num riso brando. Era uma expressão que não conseguia classificar ao certo, porque nunca a notara no rosto de Harold. Precisou de alguns minutos para situá-la. Harold parecia feliz.

* * *

Por unanimidade, o comitê deu a Brad os poderes para arregimentar os vinte homens e mulheres que formariam sua Turma de Desligamento de Energia. Ralph Brentner concordara em encher dois velhos caminhões-pipa do corpo de bombeiros no reservatório de Boulder e deixá-los na usina de força quando Brad ligasse a eletricidade.

Chad Norris foi o próximo. Falando com tranqüilidade, as mãos enfiadas nos bolsos da calça cáqui, discorreu sobre o trabalho efetuado pelo Comitê de Sepultamentos durante as últimas três semanas. Contou-lhes que haviam sepultado a incrível quantidade de 25 mil cadáveres, mais de 8 mil por semana, acreditando agora que houvessem ultrapassado mais da metade.

— Tivemos sorte ou fomos abençoados — disse ele. — Este êxodo em massa... não sei como classificá-lo de outro modo... realizou para nós a maior parte do trabalho. Em qualquer cidade do tamanho de Boulder levaríamos um ano para completar o serviço. Até 1º de outubro esperamos sepultar outras 20 mil vítimas da epidemia. É provável que continuemos encontrando vítimas isoladas durante muito tempo depois disso, mas quero dizer a vocês que o trabalho vem sendo feito e que não precisamos nos preocupar demais sobre doenças produzidas nos corpos dos mortos insepultos.

Fran modificou a posição a fim de contemplar o final do dia. O dourado que circunda os picos começava a esmaecer para uma cor de limão menos espetacular. De repente, sentiu uma onda de saudade do lar antigo, totalmente inesperada e quase nauseante em sua intensidade.

Faltavam cinco minutos para as oito horas.

* * *

Se não fosse no mato, ela terminaria urinando nas calças. Contornou alguns arbustos, agachou-se e urinou. Quando voltou, Harold continuava sentado sobre a mesa de piquenique, com o *walkie-talkie* seguro frouxamente na mão. Ele tinha erguido a antena.

— Harold — disse ela. — Está ficando tarde. Passa das oito.

Ele a fitou com indiferença.

— Eles continuarão lá por metade da noite, dando tapinhas nas costas uns dos outros. Quando chegar a hora certa, puxarei a alavanca. Não se preocupe.

— *Quando?*

O sorriso vazio de Harold aumentou.

— Assim que escurecer.

* * *

Fran conteve um bocejo enquanto Al Bundell se postava confiantemente ao lado de Stu. Aquilo ainda ia demorar bastante, e de repente ela desejou estar de volta ao apartamento, apenas eles dois. Não se tratava apenas de fadiga, e tampouco era exatamente aquela sensação de saudades de casa. De repente, ela percebeu que não queria estar ali, no apartamento de Ralph. Não havia motivos para tal sensação, porém o desejo era intenso. Queria sair dali, queria que todos os outros saíssem também. Simplesmente perdi todos os meus pensamentos otimistas para esta noite, disse para si mesma. Mulheres grávidas ficam melancólicas, isso é tudo.

— O Comitê Legal teve quatro reuniões nesta última semana — dizia Al — e tentarei ser o mais breve possível. O sistema por que optamos é uma espécie de tribunal. Seus integrantes seriam escolhidos por sorteio, tal como os jovens eram certa vez selecionados para alistamento militar...

— Xô! Fora! — exclamou Susan e houve risos amistosos.

Al sorriu.

— Porém eu ia acrescentar: creio que o serviço num tribunal assim deveria ser muito mais agradável para aqueles que fossem convocados para servir. O tribunal consistiria em três adultos, acima dos 18 anos, que serviriam por seis meses. Seus nomes seriam tirados de uma grande urna contendo os nomes de cada cidadão adulto de Boulder.

Larry fez um aceno pedindo um aparte.

— Eles poderiam ser dispensados por motivo de força maior?

Franzindo um pouco o cenho a esta interrupção, Al replicou:

— Eu já ia chegar a este ponto. Teria de haver...

Fran remexeu-se, inquieta, e Sue Stern piscou para ela. Fran não retribuiu. Estava assustada — e temerosa de seu próprio medo infundado, se tal coisa fosse possível. De onde vinha aquela sensação de confinamento, de claustrofobia? Fran sabia que a melhor maneira de lidar com sensações infundadas era ignorá-las... pelo menos no mundo de outrora. Mas e quanto aos transes de Tom Cullen? E quanto a Leo Rockway?

Saia daqui, a voz interior gritou subitamente. *Faça com que todos saiam!*

Mas isso era loucura. Remexeu-se de novo e decidiu nada falar.

— ... uma breve alegação da pessoa que espera ser dispensada, mas não acho...

— Alguém está chegando — disse Fran subitamente, levantando-se.

Houve uma pausa. Todos podiam ouvir motos roncando Baseline acima, em direção a eles. Soavam buzinas. E, de súbito, o pânico em Frannie transbordou.

— Ouçam — disse ela. — Todos vocês!

Rostos se voltaram para ela, surpresos, preocupados.

— Frannie, você está... — Stu seguiu em direção a ela.

Fran engoliu em seco. Parecia haver um peso enorme em seu peito, sufocando-a.

— Temos que sair daqui. *Agora... imediatamente!*

* * *

Eram 8h25. A última luz do dia abandonara o céu. Era chegada a hora. Harold sentou-se um pouco mais ereto e aproximou o *walkie-talkie* da boca. Seu polegar descansava levemente sobre o botão TRANSMITIR. Ao pressioná-lo, mandaria todos eles para o inferno, dizendo...

— O que é aquilo?

A mão de Nadine em seu braço, distraindo-o, apontando. Muito abaixo, serpenteando pela Baseline, havia uma fileira de luzes. No grande silêncio, podiam ouvir o ronco distante de muitas motos. Harold sentiu uma pontada de inquietação, mas repeliu-a.

— Não me distraia. Chegou a hora — disse ele.

A mão de Nadine caiu do ombro dele, e seu rosto virou um borrão alvacento na escuridão. Harold apertou o botão TRANSMITIR.

* * *

Ela jamais soube se foram as motos ou suas palavras que puseram todos em movimento. No entanto, eles não se moveram com rapidez suficiente. Fran ficaria com isso para sempre em seu coração: não se moveram com rapidez suficiente.

Stu foi o primeiro a chegar à porta. O rugido e o eco das motos eram enormes. Elas cruzaram a ponte sobre o pequeno córrego seco abaixo da casa de Ralph, os faróis brilhando intensamente. Num gesto instintivo, Stu levou a mão à coronha da arma.

A porta de tela se abriu e ele voltou-se, pensando que fosse Frannie. Não era; era Larry.

— O que está havendo, Stu?

— Não sei. Mas é melhor que eles saiam.

As motos então abriram caminho para a entrada de carros e Stu relaxou um pouco. Pôde ver Dick Vollman, o garoto Gehringer, Teddy Weizak e outros que conhecia de vista. Agora podia permitir-se reconhecer o que tinha sido seu medo principal: que por trás das luzes brilhantes e do ronco das motos pudesse ter estado a ponta de lança das forças de Flagg, que a guerra tivesse começado.

— Dick — falou Stu —, que diabo está acontecendo?

— *Mãe Abagail!* — gritou Dick acima do ruído dos motores. Mais e mais motos enchiam o pátio enquanto os integrantes do comitê saíam da casa. Lá fora havia um carnaval de faróis acesos que se moviam e sombras que eram como carrosséis.

— *O quê?!* — gritou Larry. Atrás dele e de Stu, agruparam-se Glen, Ralph e Chad Norris, ao pé dos degraus.

— *Ela voltou!* — Dick precisou berrar para se fazer ouvir acima do ronco dos motores. — *Ah, está em péssimas condições! Precisamos de um médico... Meu Deus, precisamos de um milagre!*

George Richardson abriu caminho através deles.

— A velha senhora? Onde está?

— Monte logo, doutor! — gritou Dick. — Não faça perguntas! Por Deus, temos de agir rápido!

Richardson subiu na garupa da moto de Dick Vollman. Dick fez uma curva fechada e começou a abrir caminho para a rua através do aglomerado de motos.

Os olhos de Stu encontraram os de Larry, que parecia tão atordoado quanto ele... mas havia uma nuvem se formando na cabeça de Stu, e de repente uma terrível sensação de tragédia iminente o engolfou.

* * *

— Nick, venha! *Venha!* — gritou Fran, agarrando-lhe o ombro. Nick estava parado no meio da sala, o rosto quieto, imóvel.

Não podia falar, mas de repente ele soube. Ele *soube*. Vinha de lugar nenhum, ao mesmo tempo vinha de toda parte.

Havia algo no armário.

Ele deu um tremendo empurrão em Frannie.

— Nick...!

VÁ! Ele acenou para que ela se fosse.

Ela obedeceu. Nick se virou para o armário, escancarou a porta e começou a remexer loucamente no emaranhado de coisas lá dentro, suplicando a Deus que não fosse demasiado tarde.

* * *

De repente, Frannie estava junto de Stu, o rosto pálido, os olhos esbugalhados. Agarrou o braço dele.

— Stu... Nick ainda está lá dentro... alguma coisa... alguma coisa...

— Frannie, do que está falando?

— *Morte!* — ela gritou para ele. — *Estou falando de morte e NICK AINDA ESTÁ LÁ DENTRO!*

* * *

Nick puxou para um lado um monte de echarpes e luvas de inverno. Então, sua mão tateou algo. Uma caixa de sapatos. Agarrou-a e, ao fazê-lo, a voz de Harold Lauder, como maligna necromancia, falou de dentro dela.

* * *

— *E quanto a Nick?* — gritou Stu, agarrando Fran pelos ombros.

— Temos que tirá-lo de lá... Stu... vai acontecer alguma coisa, alguma coisa terrível...

Al Bundell gritou:

— Que diabo está havendo, Stuart?

— Não sei — replicou Stu.

— *Stu, por favor, temos que tirar Nick de lá!* — gritou Frannie.

Foi então que a casa explodiu atrás deles.

* * *

Ao ser pressionado o botão de TRANSMITIR desapareceu a estática que havia ao fundo, substituída por um sombrio e uniforme silêncio. Um vácuo, esperando que ele o preenchesse. Sentado de pernas cruzadas na mesa de piquenique, Harold procurou empertigar-se.

Então ergueu o braço e da sua extremidade um dedo brotou do punho fechado, e naquele momento ele foi como Babe Ruth, já velho e quase exaurido, apontando para o local onde completaria o circuito das bases no Wrigley Field, calando para sempre os que o tinham considerado acabado para o beisebol.

Falando com firmeza no *walkie-talkie*, porém não demasiado alto, ele disse:

— Aqui fala Harold Emery Lauder. Faço isto por minha livre e espontânea vontade!

Uma faísca branco-azulada acompanhou o *Aqui fala*. Um jato de chamas elevou-se em *Harold Emery Lauder*. Um estrondo fraco, uniforme, como o de uma bombinha explodindo dentro de uma lata, chegou aos seus ouvidos em *faço isto*, porém a esta altura ele já pronunciara as palavras *minha livre e espontânea vontade* e já jogara fora o *walkie-talkie*, cuja finalidade terminara. Então, um fogaréu desabrochou na base da montanha Flagstaff.

— Companheiro na escuta, tudo entendido, câmbio e desligo — disse Harold suavemente.

Nadine agarrou-se a ele, da maneira como Frannie se agarrara a Stu apenas alguns segundos antes.

— Precisamos ter certeza. Precisamos ter certeza de que eles foram apanhados!

Harold olhou para ela e depois apontou para a nascente destruição que desabrochava abaixo deles.

— Acha que alguma coisa sobreviveria àquilo?

— Eu... não sei... Harold, acho que vou... — Nadine se virou, apertando o ventre, com ânsias de vômito. Era um som profundo, constante, áspero. Harold fitou-a com ligeiro desdém.

Nadine virou-se por fim, ofegante, pálida, limpando a boca com um lenço de papel. Ainda esfregava a boca ao perguntar:

— E agora?

— Agora creio que iremos para oeste — disse Harold. — A menos que você pretenda descer até lá, para analisar o estado de ânimo da comunidade.

Nadine estremeceu.

Harold escorregou para fora da mesa de piquenique e pestanejou de ansiedade quando seus pés tocaram o chão.

— Harold... — Nadine tentou tocá-lo, mas ele a evitou. Sem olhar para ela, começou a desmontar a tenda.

— Pensei que íamos esperar até amanhã... — começou ela timidamente.

— Claro — zombou ele. — Para que vinte ou trinta deles decidam vasculhar a área em suas motos e nos capturar. Nunca soube o que fizeram com Mussolini?

Ela piscou. Harold enrolava a tenda. Depois recolheu as cordas que a prendiam ao chão.

— Não nos tocaremos mais. Isso terminou. Demos a Flagg o que ele queria. Acabamos com o Comitê da Zona Franca dessa gente. Eles estão liquidados. Podem até restabelecer a eletricidade, mas como grupo organizado estão liquidados. *Ele* me dará uma mulher que fará você parecer um saco de batatas, Nadine. E você... você o terá. Dias felizes, certo? Só que, se eu estivesse no seu lugar, estaria tremendo pra caramba.

— Harold... por favor... — Ela chorava, arrasada. Ele podia ver-lhe o rosto ao brilho difuso da fogueira e sentiu pena. Ele a expulsara de seu coração como um bêbado indesejável que tentava entrar num barzinho de subúrbio onde todos se conheciam. O fato irrevogável do assassinato estava para sempre em seu coração, aquele fato brilhava doentiamente em seus olhos. Mas e daí? Isto estava nele também. Em tudo e por tudo, pesando como pedras.

— Procure se acostumar — respondeu Harold brutalmente. Colocou a tenda na traseira de sua moto e começou a amarrá-la. — Está acabado para eles lá embaixo, acabado para nós e acabado para todos que morreram na epidemia. Deus ausentou-se em uma excursão celeste de pescaria, e ausente ficará por muito tempo. A treva é total. O homem escuro está no volante agora. *Ele.* Portanto, acostume-se com isso.

A garganta de Nadine produziu um ruído chiado e lamentoso.

— Vamos, Nadine! Isto deixou de ser um concurso de beleza dois minutos atrás! Ajude-me a embalar essa merda. Quero estar bem longe daqui antes do alvorecer.

Após um momento, Nadine virou as costas para a destruição abaixo, um espetáculo que parecia quase inconseqüente devido àquela altitude, e o ajudou a embalar o resto dos apetrechos de acampamento, colocando-os nas sacolas laterais da moto de Harold e no seu próprio bagageiro de arame. Quinze minutos depois, deixaram para trás o incêndio que subia aos céus e viajaram na escuridão fria e ventosa, a caminho do oeste.

* * *

Para Fran Goldsmith, o final daquele dia foi simples e indolor. Sentiu um empurrão de ar quente em suas costas e, de repente, estava voando através da noite. Tinha perdido suas sandálias.

Que porra é essa?, pensou.

Aterrou sobre o ombro, com força, mas ainda não sentia dor. Estava na ravina que corria na direção norte-sul, ao pé do pátio dos fundos da casa de Ralph.

Uma cadeira desabou diante dela, perfeitamente, sobre as quatro pernas.

Que PORRA É ESSA?

Alguma coisa pousou no assento da cadeira e rolou para o chão. Algo que gotejava. Com um vago e clínico horror, ela viu que era um braço.

Stu? Stu? O que está acontecendo?

Um som contínuo e rugente a engolfou, enquanto choviam coisas de todos os lados. Pedras. Pedaços de madeira. Tijolos. Um pedaço de vidro com rachaduras que pareciam teias de aranha (a estante de livros da sala de estar de Ralph não era feita de vidro como aquele?). Um capacete de motocicleta, com um buraco horrível e letal na parte posterior. Ela podia ver tudo claramente... *demasiado* claramente. Estava tudo escuro apenas alguns segundos antes...

Ah, Stu, meu Deus, onde está você? O que está acontecendo? Nick? Larry?

Pessoas gritavam. Aquele rugido triunfante continuava. Agora estava tudo tão claro como se fosse meio-dia. Cada seixo lançava uma sombra. Coisas ainda choviam a toda a sua volta. Uma tábua de assoalho, com uma ponta metálica sobressaindo uns 15 centímetros da madeira, caiu diante de seu nariz.

... o bebê!...

Na esteira desse pensamento surgiu outro, uma reprise de sua premonição. *Foi Harold quem fez isso, foi Harold, Harold...*

Algo bateu em sua cabeça, no pescoço, nas costas. Uma coisa enorme que pousou do seu lado como um caixão acolchoado.

AH MEU DEUS AH MEU BEBÊ...

Então as trevas sugaram-na para baixo, para um lugar em parte alguma onde nem mesmo o homem escuro poderia chegar.

Capítulo Cinqüenta e Nove

PASSARINHOS.

Ela podia ouvir os passarinhos.

Fran permaneceu deitada na escuridão, ouvindo os pássaros por um longo tempo, antes de compreender que a escuridão não era tão escura assim. Era avermelhada, em movimento, serena. Fazia-a pensar na infância. A manhã de sábado, sem aula, sem igreja, o dia que se tinha para dormir até tarde. O dia em que se podia acordar um pouco de cada vez, sem pressa. Você mantém os olhos fechados sem ver nada, a não ser a escuridão avermelhada, que era o sol de sábado filtrado através da tela delicada dos capilares em suas pálpebras. Escutava os passarinhos nos velhos carvalhos lá fora, e talvez sentisse o cheiro de maresia, porque seu nome era Frances Goldsmith, tinha 11 anos, numa manhã de sábado em Ogunquit...

Passarinhos. Ela podia ouvir os passarinhos.

Mas ali não era Ogunquit; era

(*Boulder*)

Ela ficou perplexa por isso, na escuridão vermelha, por um longo tempo... e, subitamente, lembrou a explosão.

(*Explosão?*)

(*Stu!*)

Abriu os olhos abruptamente. E sentiu um terror repentino.

— *Stu!*

E Stu estava sentado ali, ao seu lado, na cama, com a bandagem branca envolvendo um antebraço, um corte feio na face, o sangue ressequido, parte dos cabelos queimada. Mas era mesmo Stu, e estava vivo; e quando ela abriu os olhos, ele exibiu uma expressão de alívio profundo.

— Frannie! Graças a Deus!

— O bebê...

Ela sentia a garganta seca, e a voz saiu como um sussurro. Como Stu se mantivesse impassível, o medo cego envolveu-a. Um medo frio e atordoante.

— O bebê... — repetiu ela, forçando as palavras pela garganta que parecia uma lixa. — Perdi o bebê?

A compreensão aflorou no rosto de Stu. Ele abraçou-a, meio sem jeito, com o braço ileso.

— Não, Frannie, não... você não perdeu o bebê.

Ela começou a chorar, lágrimas escaldantes escorrendo pelas faces. Abraçou-o bem apertado, sem se importar se todos os músculos de seu corpo pareciam gritar de dor. E continuou a abraçá-lo. O futuro viria mais tarde. Agora, as coisas que ela mais precisava se encontravam ali, naquele quarto ensolarado.

E o canto dos passarinhos entrava pela janela aberta.

* * *

Mais tarde, Fran pediu:

— Conte tudo. Foi mesmo horrível?

Ele tinha uma expressão angustiada e relutante.

— Fran...

— Nick? — sussurrou ela. Engoliu em seco, sentindo um estalido na garganta. — Vi um braço, um braço cortado...

— Talvez seja melhor esperar...

— Não! Preciso saber. Foi terrível?

— Sete mortos. — A voz de Stu era baixa e rouca. — Acho que tivemos sorte. Poderia ter sido muito pior.

— Quem, Stuart?

Ele segurou as mãos de Fran, desajeitado.

— Nick foi um deles, meu bem. Havia um painel de vidro... aquele vidro iodado... e... — Ele hesitou. Olhou para as mãos, antes de tornar a fitá-la. — Só conseguimos fazer a identificação por determinadas cicatrizes...

Stu desviou os olhos. Fran deixou escapar um suspiro estridente. Depois de um momento, ele foi capaz de continuar:

— E Sue... Sue Stern. Ela ainda estava lá dentro quando explodiu.

— Isso... não parece possível, não é mesmo? — Fran sentia-se atordoada.

— Mas é verdade.

— Quem mais?

— Chad Norris.

Fran deu outro suspiro estridente. Uma única lágrima deslizou do canto do olho; ela removeu-a, quase distraída.

— Esses eram os únicos três lá dentro. É como um milagre. Brad diz que devia haver oito ou nove bananas de dinamite naquele armário. E Nick quase... quando penso que ele podia estar com as mãos naquela caixa de sapato...

— Não pense — murmurou Fran. — Não havia como saber.

— Isso não ajuda muito.

Os outros quatro eram pessoas que haviam vindo da cidade em motocicletas: Andrea Terminello, Dean Wykoff, Dale Pedersen e uma jovem chamada Patsy Stone. Stu não contou a Fran que Patsy, que estava ensinando Leo a tocar flauta, fora atingida e quase decapitada por um pedaço que veio girando do gravador Wollensak de Glen Bateman.

Fran moveu a cabeça e sentiu uma dor intensa no pescoço. Quando mudava a posição do corpo, mesmo que apenas um pouco, todas as costelas pareciam gritar de dor.

Vinte pessoas haviam sido feridas na explosão. Uma delas, Teddy Weizak, do Comitê de Sepultamento, não tinha qualquer chance de se recuperar. Um homem chamado Lewis Deschamps perdera um olho. Ralph Brentner perdera o terceiro e quarto dedos da mão esquerda.

— Qual é a gravidade dos meus ferimentos? — perguntou Fran.

— Sofreu uma contusão grande nas costas e quebrou um pé. Foi o que George Richardson me informou. A explosão lançou-a para o outro lado do pátio. Quebrou o pé e sofreu a contusão nas costas quando o sofá caiu em cima de você.

— *Sofá?*

— Não lembra?

— Lembro de uma coisa parecida com um caixão... um caixão acolchoado...

— Era o sofá. Eu mesmo arranquei-o de cima de você. Estava transtornado e... acho que histérico. Larry veio me ajudar e acertei um soco em sua boca. Isso mostra como eu estava perturbado.

Fran tocou no rosto dele, que pôs a mão sobre a sua.

— Pensei que você tinha morrido, Fran. Lembro que pensei que não sabia o que faria se você morresse. Acho que enlouqueceria.

— Eu amo você.

Ele abraçou-a — gentilmente, por causa do problema nas costas —, e assim permaneceram por algum tempo.

— Harold? — perguntou ela mais tarde.

— E Nadine Cross — confirmou Stu. — Eles nos feriram fundo. Mas não tanto quanto queriam. E se os pegarmos antes de se afastarem muito para oeste...

Ele estendeu as mãos, arranhadas, com crostas de feridas. Fechou-as num movimento brusco, que fez as articulações estalarem. Os tendões saltaram na parte interna dos pulsos. Um sorriso súbito e frio aflorou em seu rosto, que deixou Fran com vontade de estremecer, de tão familiar.

— Não sorria assim — murmurou ela. — Nunca mais.

O sorriso desapareceu.

— As pessoas têm vasculhado as montanhas à procura dos dois desde que o dia amanheceu. Eu disse que não se afastassem por mais de 80 quilômetros a oeste de Boulder, e imagino que Harold foi bastante esperto para insistir que fossem além. Seja como for, já sabemos como eles fizeram. O explosivo estava ligado a um *walkie-talkie*...

Fran soltou um grito. Stu fitou-a com a maior preocupação.

— Qual é o problema, querida? Suas costas?

— Não.

Ela compreendia agora o que Stu quisera dizer quando falara que Nick estendia as mãos para a caixa de sapato quando o explosivo fora detonado. Subitamente, compreendia tudo. Em voz pausada, informou-o sobre os pedaços de fio e a caixa de *walkie-talkie* debaixo da mesa.

— Se tivéssemos revistado toda a casa, em vez de aceitar o que havia em seu livro, poderíamos encontrar a bomba. — A voz se tornou abafada e trêmula. — Nick e Sue estariam vivos e...

Ele apertou-a.

— É por isso que Larry parece tão deprimido esta manhã? Pensei que era por causa do soco que lhe dei. Como você poderia saber, Frannie, como poderia imaginar?

— *Deveríamos* imaginar! *Deveríamos* saber!

Ela comprimiu o rosto contra a boa escuridão do ombro de Stu. Mais lágrimas, quentes e escaldantes. Ele continuava a abraçá-la, inclinado, numa posição incômoda, porque o mecanismo elétrico para levantar o leito do hospital não estava funcionando.

— Não quero que se culpe, Frannie. Simplesmente aconteceu. Não havia a menor possibilidade de que alguém, exceto talvez um perito do esquadrão antibombas, pudesse tirar qualquer conclusão de pedaços de fio e uma caixa vazia. Se tivessem deixado duas ou três bananas de dinamite ou um detonador, seria diferente. Mas não foi o que aconteceu. Não culpo você, e tenho certeza de que ninguém na Zona vai culpá-la.

Enquanto ele falava, duas coisas se juntavam, lentamente, com algum atraso, na mente de Fran.

Esses eram os únicos três lá dentro... é como um milagre.

Mãe Abagail... ela voltou... está em péssimas condições... precisamos de um milagre!

Com um pequeno uivo de dor, ela se empertigou um pouco, a fim de fitar o rosto de Stu.

— Mãe Abagail... Todos estaríamos lá dentro no momento da explosão se não viessem nos dizer...

— É como um milagre — repetiu Stu. — Ela salvou nossas vidas. Mesmo que ela...

Ele se calou.

— Stu?

— Ela salvou a vida de todos nós ao voltar naquele momento, Frannie. Salvou nossas vidas.

— Mas ela morreu? — Fran pegou a mão dele e apertou-a. — Stu, ela também morreu?

— Ela voltou à cidade por volta de 15 para as oito. O garoto de Larry Underwood levava-a pela mão. Ele perdera todas as palavras. Você sabe que isso acontece quando ele fica excitado. Mas levou-a até Lucy. E assim que chegou lá, ela desmaiou.

Stu sacudiu a cabeça.

— Não sei como ela conseguiu andar tanto... e o que pode ter comido ou feito... Posso lhe garantir uma coisa, Fran. Há mais coisa neste mundo, e fora dele, do que jamais sonhei quando estava em Arnette. Acho que aquela mulher é de Deus. Ou era.

Fran fechou os olhos.

— Ela morreu, não é? Naquela noite. Voltou para morrer.

— Ela ainda não morreu. Deve morrer, e George Richardson diz que isso acontecerá muito em breve. Mas ainda não morreu. — Stu fitou-a nos olhos. — E tenho medo. Ela salvou nossas vidas ao voltar, mas tenho medo dela... e tenho medo do motivo para a sua volta.

— Como assim, Stu? Mãe Abagail nunca faria mal...

— Mãe Abagail faz o que Deus determina — disse ele, incisivo. — E é o mesmo Deus que assassinou o próprio filho, pelo que me disseram.

— Stu!

O fogo se extinguiu nos olhos dele.

— Não sei por que ela voltou, ou se ainda tem alguma coisa para nos dizer. Simplesmente não sei. Talvez ela morra sem recuperar a consciência. George diz que é o mais provável. Mas sei que aquela explosão... e a morte de Nick... e a volta de Mãe Abagail... tudo contribuiu para tirar os antolhos desta cidade. Estão falando sobre *ele*. Sabem que foi Harold quem provocou a explosão, mas acham que *ele* obrigou Harold a fazer isso. Também penso assim. E também há muitos que insistem que Flagg é o responsável pela volta de Mãe Abagail do jeito como ela está. Não sei dizer. Não sei de nada, é o que me parece, mas estou apavorado. Com o pressentimento de que tudo vai acabar mal. Não me sentia assim antes, mas é o que sinto agora.

— Temos de pensar em nós — murmurou Fran, quase suplicante. — Em nós e no bebê, não é mesmo? Ainda estamos aqui, *não é?*

Ele não respondeu por um longo momento. Fran já pensava que ele não ia responder. Mas, depois, Stu indagou:

— É verdade... mas por quanto tempo?

* * *

Quase ao crepúsculo, no terceiro dia de setembro, as pessoas começaram a seguir, lentamente, pela Table Mesa Drive, na direção da casa de Larry e Lucy. Sozinhas, em duplas, em trios. Sentavam nos degraus da varanda das casas que tinham na porta o *x* feito por Harold. Sentavam no meio-fio e nos gramados, que estavam secos e castanhos ao final daquele longo verão. Fumavam cigarro e cachimbo. Brad Kitchner estava ali, um braço envolto por uma volumosa bandagem branca e apoiado numa tipóia. Candy Jones também estava. Rich Moffat apareceu, com duas garrafas de Black Velvet numa bolsa de jornaleiro. Norman Kellogg sentou-se ao lado de Tommy Gehringer, as mangas da camisa enroladas, para deixar à mostra os bíceps sardentos e queimados pelo sol. O garoto Gehringer também enrolou as mangas, em imitação. Harry Dunbarton e Sandy DuChiens sentaram-se juntos num cobertor, de mãos dadas. Dick Vollman, Chip Hobart e o jovem Tony Donahue, de 16 anos, sentaram numa passagem coberta entre duas casas, a meio quarteirão da casa de Larry, uma garrafa de Canadian Club passando de mão em mão, acompanhada por Seven-Up quente. Patty Kroger sentou-se ao lado de Shirley Hammett. Havia um cesto de piquenique entre as duas. O cesto estava cheio, mas elas quase não comiam. Por volta de oito horas, a rua estava repleta de pessoas, todas observando a casa. A motocicleta de Larry estava estacionada na frente, tendo ao lado a enorme Kawasaki 650 de George Richardson.

Larry observava da janela do quarto. Por trás dele, em sua cama e de Lucy, Mãe Abagail continuava inconsciente. O cheiro seco e nauseante que ela irradiava entrava pelas narinas de Larry, deixando-o com vontade de vomitar — detestava vomitar —, mas ele não se mexeu. Era a sua penitência por escapar, enquanto Nick e Susan morriam. Ouvia vozes baixas por trás, a vigília da morte em torno da cama. George partiria para o hospital dali a pouco, para verificar como estavam os outros pacientes. Havia apenas 16 agora. Três haviam recebido alta. E Teddy Weizak morrera.

O próprio Larry saíra completamente ileso.

O mesmo Larry de sempre — mantendo a calma, enquanto os outros ao redor perdiam a cabeça. A explosão lançara-o através do caminho de carros, em cima de um canteiro de flores. Mas ele não sofrera um único arranhão. Os estilhaços haviam chovido ao redor, mas nenhum o atingira. Nick morrera, Susan morrera, mas ele saíra ileso. Isso mesmo, o velho Larry Underwood...

A vigília da morte na casa, a vigília da morte lá fora. Ao longo de todo o quarteirão. Pelo menos seiscentas pessoas. Harold, você devia voltar com uma dúzia de granadas de mão para completar o trabalho. *Harold*... Ele seguira Harold por todo o país, seguira uma trilha de papel de chocolate Payday e hábeis improvisações. Larry quase perdera os dedos ao tirar gasolina em Wells. Harold descobrira o tubo de transferência e usara um sifão. Fora Harold quem sugerira a participação nos vários comitês da população. Fora Harold quem sugerira a aceitação total do comitê *ad hoc*. Harold, o esperto. Harold e seu livro-razão. Harold e seu sorriso.

Stu podia dizer que ninguém seria capaz de adivinhar o que Harold e Nadine planejavam por uns poucos pedaços de fio largados em cima de uma mesa. Só que essa linha de raciocínio não tinha o menor valor para Larry. Ele já testemunhara antes as brilhantes improvisações de Harold. Uma delas fora escrita no telhado de um galpão, em letras com quase 6 metros de altura, por mais incrível que pudesse parecer. O inspetor Underwood era ótimo em descobrir papel de bala e chocolate, mas não tão eficiente quando se tratava de dinamite. A bem da verdade, o inspetor Underwood era um tremendo idiota.

Larry, se você soubesse...

A voz de Nadine.

Se você quisesse, eu ficaria de joelhos e suplicaria.

Fora outra chance de evitar o assassinato e a destruição... sobre a qual nunca poderia falar com ninguém. Já estava tudo planejado desde então? Era bem provável. Se não os detalhes específicos da bomba de dinamite, ligada ao *walkie-talkie*, pelo menos algum plano geral.

O plano de Flagg.

Isso mesmo... ao fundo, havia sempre Flagg, o sinistro mestre das marionetes, puxando os cordões de Harold, Nadine, de Charles Impening, só Deus sabia de quantos outros. As pessoas na Zona Franca poderiam linchar Harold com a maior satisfação, mas era tudo obra de Flagg... e de Nadine. E quem enviara Harold, se não Flagg? Mas antes de se encontrar com Harold, ela procurara Larry. E ele a dispensara.

Como ele poderia ter concordado? Havia sua responsabilidade para com Lucy. Era importante demais, não apenas por causa de Lucy, mas também dele próprio... pois sentia que só precisava de mais uma ou duas concessões para que isso o destruísse como um homem para sempre. Por isso, ele recusara. Supunha que Flagg estava bastante satisfeito com o trabalho da noite anterior... se Flagg era mesmo o seu nome. É verdade que Stu ainda estava vivo, e falava pelo comitê... era a boca que Nick nunca poderia usar. Glen também continuava vivo, e Larry supunha que ele era o homem de vanguarda no pensamento do comitê. Mas Nick fora o coração do comitê; e Sue, junto com Frannie, servia como sua consciência moral. Isso mesmo, pensou ele, amargurado, em tudo e por tudo, um bom trabalho para o desgraçado. Ele deveria dar uma boa recompensa a Harold e Nadine quando chegassem lá.

Larry virou-se da janela, sentindo um latejamento intenso por trás da testa. Richardson verificava o pulso de Mãe Abagail. Laurie mexia nos tubos de soro no suporte em forma de T. Dick Ellis estava de pé ao lado. Lucy sentava-se junto à porta, olhando para Larry.

— Como ela está? — perguntou Larry.

— A mesma coisa — respondeu Richardson.

— Ela vai sobreviver a esta noite?

— Não sei, Larry.

A mulher na cama era um esqueleto coberto por uma pele tênue, esticada, pálida, quase cinza. Parecia sem sexo. Perdera a maior parte dos cabelos. Os seios haviam desaparecido. A boca pendia, entreaberta, e a respiração era áspera. Para Larry, ela parecia com as fotos das múmias do Yucatán... não deteriorada, mas murcha, curtida, seca, sem idade definida.

Era justamente isso que ela se tornara agora, não mais a mãe, mas uma múmia. Só restava aquele suspiro rouco da respiração, como uma brisa ligeira passando pelo restolho do feno. Como era possível que ainda estivesse viva? Larry não podia deixar de especular... e pelo que Deus a fizera passar? Com que propósito? Só podia ser uma piada, uma brincadeira cósmica. George comentara que já tivera conhecimento de casos similares, mas nunca um tão extremo, e ele próprio nunca imaginara que poderia deparar com algum. De certa forma, Mãe Abagail estava... *comendo ela própria.* O corpo continuara a funcionar muito tempo depois do que deveria ter sucumbido à desnutrição. Ela começava a entrar em colapso, partes do corpo, que deveriam ser resistentes, se desfazendo por causa da desnutrição. Lucy, que a levara para a cama, contara para ele, em voz baixa e espantada, que ela parecia não pesar mais que a pipa de uma criança, uma coisa esperando apenas por um sopro do vento para ser levada para longe... para sempre.

E, agora, Lucy falou de seu canto, junto da porta, surpreendendo a todos:

— Ela tem uma coisa para dizer.

Laurie murmurou, indecisa:

— Ela está em coma profundo, Lucy... a chance de recuperar a consciência...

— Ela voltou para nos dizer uma coisa. E Deus não permitirá que morra até que diga.

— Mas o que pode ser, Lucy? — perguntou Dick.

— Não sei — respondeu Lucy. — Mas tenho medo de ouvir. Sei disso. As mortes não acabaram. Apenas começaram. É o meu medo.

Houve um longo silêncio, que foi finalmente rompido por George Richardson.

— Tenho de ir para o hospital. Laurie, Dick, vou precisar de vocês.

Não vai nos deixar sozinhos com esta múmia, não é?, Larry quase fez a pergunta. Teve de comprimir os lábios para se conter.

Os três se encaminharam para a porta. Lucy pegou seus casacos. A temperatura não passava de 15º naquela noite, e andar de motocicleta só de camisa era desagradável.

— Há qualquer coisa que possamos fazer por ela? — perguntou Larry a George.

— Lucy já sabe sobre o soro. E não há mais nada. Pode ver...

A voz de George definhou. Claro que todos viam. Estava na cama, não é mesmo?

— Boa-noite, Larry, Lucy — disse Dick.

Eles saíram. Larry voltou à janela. Lá fora, todos haviam se levantado, observando. Ela estava viva? Morta? Agonizante? Talvez curada pelo poder de Deus? *Dissera qualquer coisa?*

Lucy passou o braço por sua cintura, provocando um pequeno sobressalto.

— Eu amo você — murmurou ela.

Larry abraçou-a. Baixou a cabeça e começou a tremer, descontrolado.

— Eu amo você — repetiu Lucy, calmamente. — Está tudo bem. Deixe que saia, Larry.

E ele chorou. As lágrimas eram quentes e duras como balas.

— Lucy...

— Não diga nada.

As mãos de Lucy em sua nuca eram tranqüilizadoras.

— *Por Deus, Lucy, o que é tudo isso?*

Ela continuou a abraçá-lo, tão apertado quanto podia, sem saber, ainda sem saber, enquanto Mãe Abagail respirava com dificuldade na cama, nas profundezas do coma.

* * *

George seguiu pela rua devagar, dando o mesmo recado, várias vezes. Ela ainda estava viva. O prognóstico era o pior possível. Ela não dissera nada, e era mais provável que não falasse coisa alguma. Podem ir para casa. Se acontecer alguma coisa, vocês saberão.

Só aceleraram quando chegaram à esquina, seguindo na direção do hospital. O barulho do cano de descarga das motocicletas ressoava, ricocheteando nos prédios e voltando para eles, antes de se desvanecer no nada.

As pessoas não foram para casa. Permaneceram de pé, retomando as conversas, avaliando cada palavra de George. Prognóstico... o que isso podia significar? Coma. Morte cerebral. Se o cérebro morrera, então era o ponto final. Podia-se esperar que uma lata de ervilhas falasse tanto quanto uma pessoa com morte cerebral. Ou talvez fosse assim se aquela fosse uma situação *natural*; mas não se podia mais considerar as circunstâncias como naturais, não é mesmo?

Tornaram a sentar. A escuridão veio. Os lampiões foram acesos na casa em que a velha estava. Iriam para casa mais tarde, deitariam e continuariam acordados.

As conversas se desviaram, hesitantes, para o homem escuro. Se Mãe Abagail morresse, isso não significaria que *ele* era mais forte?

O que está querendo dizer com "não necessariamente"?

Acha que ele é Satã, pura e simplesmente.

O Anticristo, se quer saber minha opinião. Estamos vivendo o Livro do Apocalipse em nosso tempo... como você pode duvidar? "E os sete frascos foram abertos..." Pois eu acho que é a grande praga.

Ora, as pessoas também disseram que Hitler era o Anticristo.

Se os sonhos voltarem, eu me matarei.

No meu sonho, eu estava numa estação de metrô, e ele era o bilheteiro, só que eu não podia ver seu rosto. Fiquei apavorado. Saí correndo pelo túnel do metrô. Podia ouvi-lo correndo atrás de mim. E diminuindo a distância que nos separava.

No meu, desci ao porão para pegar um pote de pedaços de melancia em conserva. Vi alguém ao lado da fornalha... apenas um vulto. Sabia que era ele.

Grilos começaram a cantar. Estrelas espalharam-se pelo céu. O frio no ar foi comentado. As pessoas beberam. Cachimbos e cigarros luziam no escuro.

Ouvi dizer que o pessoal da Energia já partiu para dar um jeito.

Ainda bem. Se não restaurarem a luz e o aquecimento muito em breve, ficaremos numa situação crítica.

Murmúrios baixos, as vozes agora anônimas na escuridão.

Acho que estamos salvos durante o inverno. Com toda a certeza. Ele não tem como passar pelos desfiladeiros. Estão bloqueados pelos carros e pela neve. Mas na primavera...

E se ele tiver algumas bombas atômicas?

A bomba atômica não é nada; e se ele tiver uma daquelas bombas sujas de nêutrons? Ou outros seis dos sete frascos de Sally?

 Ou aviões?

O que podemos fazer?
Não sei.
Também não sei.
Não tenho a menor idéia.
Cavar um buraco, entrar e puxar a terra por cima.
Por volta de dez horas, Stu Redman, Glen Bateman e Ralph Brentner circularam entre as pessoas, falando em voz baixa e distribuindo nossa circular. Pediam a todos que falassem com as pessoas que não se encontravam ali naquela noite. Glen mancava um pouco, porque um fragmento do fogão arrancara um pedaço de carne de sua perna direita, na explosão. A circular mimeografada dizia: REUNIÃO DA ZONA FRANCA * AUDITÓRIO MUNZINGER * 4 DE SETEMBRO * 20 HORAS.

Parece que foi o sinal para as pessoas se retirarem. Começaram a se dispersar, em silêncio, pela escuridão. A maioria levou a circular, mas umas poucas foram amassadas em bolas e jogadas para longe. Todos foram para casa, a fim de tentar dormir da melhor forma possível.

Talvez sonhar...

* * *

O auditório estava lotado, mas em total silêncio, quando Stu abriu a reunião na noite seguinte. Larry, Ralph e Glen sentavam por trás dele. Fran tentara se levantar, mas ainda sentia muita dor nas costas. Alheio à macabra ironia, Ralph a manteve a par de tudo o que acontecia através do *walkie-talkie*.

— Há algumas coisas sobre as quais precisamos conversar — declarou Stu, a voz contida e suave, numa atitude deliberada. Embora apenas um pouco amplificada, a voz podia ser ouvida com clareza por todos. — Acho que não há ninguém aqui que ainda não saiba da explosão que matou Nick, Sue e os outros. Nem que ignore que Mãe Abagail voltou. Precisamos conversar sobre essas coisas, mas primeiro gostaríamos de dar algumas boas notícias. Quero que escutem o que Brad Kitchner tem a dizer. Brad?

Brad encaminhou-se para o pódio. Não estava tão nervoso quanto ficara duas noites antes. Foi recebido com aplausos apáticos. Chegando lá, virou-se para a audiência e anunciou:

— Vamos religar a eletricidade amanhã.

Os aplausos foram muito mais altos desta vez. Brad ergueu as mãos, mas os aplausos persistiram, passando por cima dele, como uma onda. Prolongaram-se por trinta segundos ou mais. Mais tarde, Stu disse a Frannie que, não fosse pelos acontecimentos dos dois últimos dias, era bem provável que Brad fosse tirado do pódio e carregado pelo auditório nos ombros da multidão, como um jogador de futebol americano que marca o *touchdown* da vitória no último minuto de jogo. Ocorrera tão próximo do final do verão que, de certa forma, fora isso mesmo que ele fizera.

Mas, finalmente, os aplausos cessaram.

— Vamos fazer a ligação ao meio-dia, e gostaria que cada um de vocês estivesse em casa nessa ocasião, à espera, preparados. Preparados para o quê? Quatro coisas. Quero que prestem toda a atenção, porque é muito importante. Primeiro, apaguem todas as luzes e os aparelhos elétricos que não estejam usando. Segundo, façam a mesma coisa nas casas desocupadas ao redor. Terceiro, se sentirem cheiro de gás, procurem descobrir de onde vem e tapem o vazamento. Quarto, se ouvirem uma sirene de incêndio, sigam para o local... mas de uma maneira segura e sã. Não queremos ninguém com o pescoço quebrado num acidente de motocicleta. Agora... alguma pergunta?

Havia várias, todas servindo para confirmar os pontos originais de Brad. Ele respondeu a cada uma com a maior paciência. O único sinal de nervosismo era a maneira incessante como ele revirava entre as mãos o caderninho de anotações preto. Quando as perguntas minguaram, Brad declarou:

— Quero agradecer às pessoas que se empenharam ao máximo para que pudéssemos voltar a funcionar. E quero lembrar que o Comitê de Energia não está sendo dispersado. Há linhas que foram cortadas, problemas na transmissão, reservas de gasolina para buscar em Denver e trazer para cá. Espero que todos continuem em seus postos. O Sr. Glen Bateman diz que podemos ter 10 mil pessoas aqui antes do degelo, e muito mais na próxima primavera. Há estações de energia em Longmont e Denver que terão de entrar em linha antes que o próximo ano...

— Não se aquele maluco conseguir fazer o que quer! — gritou alguém, a voz rouca, no fundo do auditório.

Houve um momento de silêncio angustiado. Brad apertava o pódio com toda a força, o rosto branco. *Ele não vai conseguir acabar*, pensou Stu. Mas logo Brad continuou, a voz sob um controle espantoso:

— Meu problema é a energia, quero explicar para a pessoa que falou, quem quer que seja. Mas acho que continuaremos aqui por muito tempo depois que o outro cara estiver morto e esquecido. Se eu não pensasse assim, estaria consertando motores do seu lado. Quem se importa com ele?

Brad afastou-se do pódio, enquanto outra pessoa berrava:

— Você tem toda a razão!

Desta vez os aplausos foram intensos e decididos, quase agressivos. Mas transmitiam alguma coisa que não agradou a Stu. Teve de bater com o martelo por muito tempo para recuperar o controle da reunião.

— O próximo item na agenda...

— Que se foda sua agenda! — gritou uma jovem, a voz estridente. — Vamos falar sobre o homem escuro! Vamos falar sobre *Flagg*! Eu diria que já estamos atrasados!

Rugidos de aprovação. Gritos de "Pela ordem!". Murmúrios de desaprovação pela escolha das palavras. O som de conversas paralelas.

Stu bateu no bloco de madeira com tanta força que a cabeça do martelo se soltou.

— Estamos numa reunião! — gritou ele. — Vocês terão a oportunidade de falar sobre qualquer coisa que quiserem, mas enquanto eu estiver presidindo a reunião, quero... ter... alguma ORDEM!

Ele berrou tão alto que a última palavra percorreu todo o auditório como um bumerangue. As pessoas finalmente se aquietaram.

— Agora — disse Stu, a voz deliberadamente baixa e calma —, o próximo item é o relato do que aconteceu na casa de Ralph na noite de 2 de setembro. Acho que cabe a mim fazer esse relato, porque sou o agente da lei eleito.

Ele tinha a atenção de todos outra vez; mas, como os aplausos que haviam saudado os comentários finais de Brad, aquela era uma situação que não lhe agradava. Todos inclinavam-se à frente, atentos, as expressões ansiosas. A circunstância deixava-o inquieto e aturdido, como se a Zona Franca tivesse mudado radicalmente ao longo das últimas 48 horas e ele já não a conhecesse mais. Fazia com que se sentisse da maneira como ficara ao deixar o Centro de Epidemias de Stovington... uma mosca presa e se debatendo numa teia de aranha invisível. Havia tantos rostos ali que ele não reconhecia, tantos estranhos...

Mas não havia tempo para pensar a respeito agora.

Ele descreveu de forma sucinta os acontecimentos que levaram à explosão, omitindo a premonição de Fran no último minuto; com o ânimo em que todos estavam, não precisavam disso.

— Ontem de manhã, Brad, Ralph e eu subimos até lá. Passamos três horas ou mais procurando entre as ruínas. Descobrimos o que parecia ser uma bomba de dinamite, ligada a um *walkie-talkie*. Ao que tudo indica, essa bomba foi deixada no armário da sala. Bill Scanlon e Ted Frampton encontraram outro *walkie-talkie* no anfiteatro Aurora, e presumimos que a bomba foi acionada de lá. É possível...

— Presumimos porra nenhuma! — gritou Ted Frampton, da terceira fila. — Foi mesmo aquele desgraçado do Lauder e sua puta!

Um murmúrio apreensivo espalhou-se pelo auditório.

Esses são os mocinhos? Eles estão cagando para Nick, Sue, Chad e os outros. São como uma turba de linchamento. Só estão preocupados em pegar Harold e Nadine para enforcá-los... como um amuleto contra o homem escuro.

Os olhos de Stu por acaso fixaram-se em Glen, que lhe ofereceu um pequeno dar de ombros, com uma expressão cética.

— Se mais alguma pessoa interferir sem que tenha sido dada a palavra, vou declarar a reunião encerrada, e todos poderão conversar entre si — disse Stu. — Não estamos numa reunião informal. Se não respeitarmos as regras, o que pode acontecer?

Ted Frampton fitava-o com raiva, e Stu sustentou seu olhar. Depois de um momento, Ted baixou os olhos.

— Desconfiamos de Harold Lauder e Nadine Cross. Temos alguns bons motivos, provas circunstanciais bem fortes. Mas ainda não há provas concretas contra eles, e espero que não se esqueçam disso.

Um turbilhão de conversa irritada ondulou e desapareceu.

— Eu só disse isso para poder acrescentar uma coisa — continuou Stu. — Se por acaso eles voltarem à Zona, quero que sejam trazidos à minha presença. Serão presos e Al Bundell providenciará para que sejam julgados... e um julgamento significa que poderão contar sua versão, se tiverem alguma. Nós... nós somos os supostos mocinhos aqui. Acho que sabemos onde estão os bandidos. E ser os mocinhos significa que temos de ser civilizados.

Stu correu os olhos pela multidão, esperançoso, mas viu apenas ressentimento e perplexidade. Stuart Redman vira dois de seus melhores amigos morrerem numa explosão, diziam aqueles olhos, mas agora ele defendia os culpados.

— Pelo que vale para vocês, acho que são eles os culpados — continuou Stu. — Mas tudo tem de ser feito da maneira certa. E estou aqui para dizer que assim será.

Os olhos pareciam penetrar fundo em Stu. Mais de mil pares de olhos, e ele podia sentir o pensamento por trás de cada um: *Mas de que merda está falando? Eles foram embora. Seguiram para oeste. E você se comporta como se tivessem saído numa viagem de dois dias para observar pássaros.*

Stu serviu-se de um pouco de água e bebeu, na esperança de livrar-se da secura na garganta. O gosto de água fervida levou-o a fazer uma careta.

— Seja como for, é essa a situação — acrescentou, hesitante. — Agora, acho, temos de preencher os lugares que ficaram vagos no comitê. Não faremos isso esta noite, mas vocês devem começar a pensar nas pessoas que querem...

Alguém levantou a mão. Stu apontou.

— Pode falar. Só peço que se identifique, para que todos saibam quem é.

— Sou Sheldon Jones — disse um homem enorme, com camisa de lã axadrezada. — Por que não escolhemos logo, esta noite, os dois novos membros do comitê? Eu indico Ted Frampton.

— Apoiado! — gritou Bill Scanlon. — Sensacional!

Ted Frampton cruzou as mãos por cima da cabeça e sacudiu-as, sob aplausos dispersos. O sentimento de desespero e desorientação tornou a dominar Stu. Deveriam substituir Nick Andros por Ted Frampton? Era como uma brincadeira de mau gosto. Ted experimentara o Comitê de Energia e descobrira que era trabalho demais. Passara para o Comitê de Sepultamento, que lhe parecia mais conveniente. É verdade que Chad comentara para Stu que Ted era uma dessas pessoas que pareciam capazes de prolongar o intervalo para o café numa hora de almoço, e uma hora de almoço em feriado de meio expediente. Fora rápido em aderir à caçada por Harold e Nadine no dia anterior, provavelmente porque proporcionava uma mudança. Ele e Bill Scanlon haviam encontrado o *walkie-talkie* no Aurora por pura sorte (e, para dar o crédito a Ted, ele admitira isso). Desde a descoberta, no entanto, ele exibia uma arrogância que não deixava Stu nem um pouco satisfeito.

Agora, os olhos de Stu tornaram a se encontrar com os olhos de Glen. Quase pôde ler o pensamento de Glen, em sua expressão cética, um canto da boca um pouco franzido: *Talvez pudéssemos usar Harold para acabar com este também.*

Uma palavra usada por Nixon aflorou de repente na mente de Stu. Ao absorvê-la, compreendeu a fonte de seu desespero e sentimento de desorientação. A palavra era "mandato". O mandato deles havia desaparecido. Fora perdido há duas noites, em meio ao clarão e estrondo da explosão.

— Você pode já saber quem deseja, Sheldon, mas imagino que as outras pessoas gostariam de tempo para pensar — declarou Stu. — Mas vamos fazer uma votação. Aqueles que querem eleger dois novos representantes esta noite digam sim.

Houve apenas uns poucos sim.

— Aqueles que preferem ter cerca de uma semana para pensar digam não.

Os não foram mais altos, porém não demais. Muitas pessoas abstiveram-se de votar, como se o assunto não lhes interessasse.

— Muito bem — disse Stu. — Voltaremos a nos reunir aqui, no Auditório Munzinger, daqui a uma semana, dia 11 de setembro, para indicar os candidatos ao preenchimento de duas vagas no comitê e votar.

Um epitáfio de merda, Nick. Desculpe.

— O Dr. Richardson está aqui para falar sobre Mãe Abagail e as pessoas feridas na explosão. Doutor?

Richardson recebeu aplausos firmes ao se adiantar, ajeitando os óculos. Informou que nove pessoas haviam morrido em conseqüência da explosão, três se encontravam em estado crítico, duas em estado grave e oito em estado satisfatório.

— Considerando a força da explosão, acho que tivemos sorte. Agora, vamos falar de Mãe Abagail.

As pessoas inclinaram-se à frente.

— Creio que uma declaração sucinta e uma breve explicação devem ser suficientes. A declaração é a seguinte: não posso fazer nada por ela.

Um murmúrio espalhou-se pela multidão, mas o silêncio logo foi restabelecido. Stu percebeu que havia infelicidade, mas não surpresa.

— Fui informado por membros da Zona que já estavam aqui que a dama alegou, antes de sua partida, que tinha 108 anos. Não posso garantir isso, mas posso dizer que ela é a pessoa mais velha que já conheci e tratei. Também fui informado de que ela passou duas semanas ausente. Pela minha estimativa... não, palpite... sua dieta durante esse período não incluiu nenhum alimento preparado. Ela parece ter sobrevivido de raízes, ervas, capim e outras coisas de natureza similar. — Ele fez uma pausa. — Só teve uma evacuação, pequena, desde que voltou. Continha gravetos e fragmentos de folhas.

— Meu Deus! — murmurou alguém, e foi impossível determinar se era homem ou mulher.

— Um braço está coberto por queimaduras de sumagre venenoso. As pernas apresentam diversas ulcerações, que estariam sangrando se a sua condição não fosse tão...

— Ei, será que não pode parar? — berrou Jack Jackson, levantando-se, o rosto branco furioso, angustiado. — Será que não tem um pingo de decência?

— Decência não é a minha preocupação, Jack. Só estou relatando sua condição atual. Ela está em coma, desnutrida, e acima de tudo é muito idosa. Acho que vai morrer. Se fosse qualquer outra pessoa, eu diria isso com certeza absoluta. Mas... como todos vocês, sonhei com ela... ela e o outro.

O murmúrio baixo de novo, como uma brisa de passagem. Stu sentiu os cabelos da nuca se arrepiarem. Recobrou sua atenção.

— Para mim, sonhar com configurações opostas parece místico — continuou George. — O fato de que todos partilhamos esses sonhos parece indicar uma capacidade telepática, no mínimo. Mas deixo de lado a parapsicologia e a teologia, assim como a decência, e pelo mesmo motivo: nenhuma das duas coisas se situa em minha área de conhecimento. Se a mulher é de Deus, ele pode optar por curá-la, eu não posso. Direi que o simples fato de Mãe Abagail ainda estar viva parece-me uma espécie de milagre. Esta é minha declaração. Alguma pergunta?

Não havia. Todos fitavam-no, aturdidos. Algumas pessoas choravam abertamente.

— Obrigado.

George voltou para sua cadeira, num mar morto de silêncio.

— É a sua vez — sussurrou Stu para Glen.

Glen encaminhou-se para o pódio sem uma apresentação.

— Já falamos sobre tudo, menos sobre o homem escuro — disse ele.

O murmúrio de novo. Vários homens e mulheres fizeram o sinal-da-cruz, numa reação instintiva. Uma mulher idosa, no lado esquerdo, passou as mãos rapidamente pelos olhos, boca e ouvidos, numa fantástica imitação de Nick Andros, antes de cruzar os braços sobre a volumosa bolsa preta em seu colo.

— Temos conversado a seu respeito em reuniões fechadas do comitê — continuou Glen, a voz calma e coloquial. — Foi levantada a questão se deveríamos ou não levar tudo ao conhecimento do público. Foi apresentado o argumento de que ninguém na Zona parecia querer falar a respeito, não depois dos sonhos que todos tivemos no caminho para cá. Que talvez houvesse necessidade de um período de recuperação. Agora, acho, é o momento de levantar o assunto. Trazê-lo à luz, por assim dizer. Na polícia, há um equipamento portátil chamado Ident-i-Kit, que um desenhista usa para criar o retrato falado de um criminoso, de acordo com as recordações de várias testemunhas. Em nosso caso, não temos nenhum rosto, mas contamos com uma série de recordações, que formam pelo menos um esboço do nosso Adversário. Conversei com algumas pessoas, e gostaria de apresentar agora meu retrato falado.

Glen fez uma pausa.

— O nome do homem parece ser Randall Flagg, embora algumas pessoas tenham associado também os nomes Richard Frye, Robert Freemont e Richard Freemantle. As iniciais R.F. podem ter algum significado, mas, se têm, nenhum de nós no Comitê da Zona Franca o conhece. Sua presença, pelo menos em sonhos, produz sentimentos de medo, inquietação, terror, horror. Em caso após caso, a sensação física associada com ele é de frio.

Cabeças balançavam em concordância. O zumbido excitado de conversa tornou a irromper. Stu pensou que pareciam meninos que haviam acabado de descobrir o sexo, comparavam observações e ficavam excitados ao descobrir que todos os relatos punham o receptáculo mais ou menos no mesmo lugar. Ele cobriu um ligeiro sorriso com a mão e lembrou a si mesmo para guardar essa observação para contar mais tarde a Fran.

— Esse Flagg está no oeste — continuou Glen. — Iguais números de pessoas já o "viram" em Las Vegas, Los Angeles, San Francisco, Portland. Algumas pessoas... inclusive Mãe Abagail... alegam que Flagg é um crucificado que saiu da linha. Todos parecem acreditar que há uma confrontação em preparo entre esse homem e nós, e que Flagg não vai se deter diante de nada para nos destruir. E não se deter diante de nada inclui muita coisa. Força blindada. Armas nucleares. Talvez... a praga.

— Ah, como eu gostaria de pôr as mãos nesse miserável! — gritou Rich Moffat, a voz estridente. — Eu lhe daria uma boa dose de sua praga!

Houve uma explosão de gargalhadas, aliviando a tensão. Rich exultou. Glen sorriu, satisfeito. Dera a Rich sua deixa e sua frase meia hora antes da reunião. Rich interviera com uma veemência admirável. O velho careca estava tão certo quanto a chuva sobre uma coisa, como Stu descobrira agora: os conhecimentos de sociologia eram sempre oportunos em grandes reuniões.

— Muito bem, já relatei o que sei sobre ele — continuou Glen. — Minha última contribuição, antes de abrir o assunto para discussão, é a seguinte. Acho que Stu tem razão ao dizer que devemos lidar com Harold e Nadine de uma maneira civilizada, se forem capturados. Mas, como ele, creio que isso é improvável. E também como ele, estou convencido de que fizeram tudo por ordens de Flagg.

Suas palavras ressoaram pelo auditório.

— Teremos de enfrentar esse homem. George Richardson disse que o misticismo não é seu campo de estudo. Também não é o meu. Mas posso lhes dizer uma coisa: acho que essa velha agonizante representa as forças do bem, assim como Flagg representa as forças do mal. Creio que o poder que a controla, qualquer que seja, usou-a para nos reunir. Não acredito que esse poder tencione nos abandonar agora. Talvez precisemos conversar a respeito, revelar um pouco desses pesadelos. Talvez devamos começar a decidir o que fazer com Flagg. Mas ele não pode entrar nesta Zona e assumir o controle até a próxima primavera, não se vocês se mantiverem vigilantes. Agora passarei o comando da reunião de volta para Stu, que vai orientar a discussão.

A última frase foi abafada pelos aplausos. Glen voltou a seu lugar, sentindo-se satisfeito. Atiçara-os com um espeto grande... ou a frase seria outra, tocara-os como um violino? Não tinha importância. Estavam mais furiosos do que assustados, prontos para um desafio (embora pudessem não se mostrar tão ansiosos em abril, depois do longo inverno para esfriar) e, acima de tudo, estavam dispostos a falar.

E foi o que fizeram, durante as três horas subseqüentes. Algumas pessoas foram embora depois que a meia-noite chegou e passou, mas não muitas. Como Larry desconfiara, não surgiu nenhum bom conselho na discussão. Houve sugestões desvairadas: um bombardeiro e/ou um arsenal nuclear deles, uma reunião de cúpula, um pelotão de assassinos profissionais. Houve poucas idéias práticas.

Durante a hora final, uma pessoa depois de outra se levantou e relatou seu sonho, para o fascínio que parecia interminável dos outros. Stu lembrou, mais uma vez, das intermináveis conversas sobre sexo de que participara (na maior parte como ouvinte) quando era adolescente.

Glen sentiu-se ao mesmo tempo espantado e encorajado pela crescente disposição em falar e pelo clima carregado de excitamento que prevalecera sobre a apatia do início da reunião. Estava ocorrendo uma profunda catarse, há muito atrasada. Ele também se lembrou de uma conversa sobre sexo, mas de uma maneira diferente. Falam como pessoas que esconderam os segredos de suas culpas e inadequações por muito tempo, pensou ele, apenas para descobrir que essas coisas, quando verbalizadas, tinham apenas o tamanho normal da vida, no final das contas. Quando o terror semeado no sono era finalmente colhido, naquela maratona de discussão pública, o terror tornava-se mais controlável... talvez até passível de ser dominado.

A reunião terminou à uma e meia da madrugada. Glen saiu com Stu, sentindo-se bem pela primeira vez desde a morte de Nick. Tinha a sensação de que haviam dado os primeiros passos concretos para o campo de batalha em que entrariam.

Sentia esperança.

* * *

A energia foi restabelecida ao meio-dia de 5 de setembro, como Brad prometera.

A sirene de ataque aéreo no alto da sede do condado tocou com enorme estridência, assustando muitas pessoas, que saíram para as ruas e olharam para o céu azul, à procura da força aérea do homem escuro. Algumas correram para seus porões, onde permaneceram até que Brad descobriu uma conexão com defeito e desligou a sirene. Só então as pessoas subiram, constrangidas.

Houve um incêndio causado por um curto-circuito na Willow Street, e bombeiros voluntários, cerca de uma dúzia, prontamente correram até lá e extinguiram o fogo. Uma tampa de bueiro foi projetada para o ar na esquina da Broadway com a Walnut. Subiu por quase 15 metros e caiu no telhado da Oz Toyshop, como um enorme disco de brinquedo.

Houve uma única fatalidade, no que a Zona passou a chamar de Dia da Energia. Por alguma razão desconhecida, uma oficina de lanternagem na Pearl Street explodiu. Rich Moffat estava sentado numa porta no outro lado da rua, com uma garrafa de Jack Daniel's na bolsa de jornaleiro. Foi atingido por um fragmento de aço corrugado. Teve morte instantânea. Não quebraria mais vidraças.

Stu estava com Fran quando as lâmpadas fluorescentes zumbiram e acenderam no teto do quarto de hospital. Ele observou as lâmpadas faiscarem várias vezes, antes de se firmarem. Continuou a olhar para o brilho intenso por quase três minutos. Quando tornou a fitar Fran, descobriu que ela tinha os olhos cheios de lágrimas.

— O que aconteceu, Fran? Está sentindo muita dor?

— É por causa de Nick... É completamente errado que Nick não esteja vivo para ver isto. Abrace-me, Stu. Quero orar por ele, se puder. Quero tentar.

Stu abraçou-a, mas não sabia se ela orava ou não. Subitamente, ele se descobriu a sentir ainda mais saudade de Nick e a odiar Harold Lauder ainda mais do que antes. Fran tinha razão. Harold não apenas matara Nick e Sue; também lhes roubara a luz.

— Psiu, Frannie, psiu...

Mas ela chorou por um longo tempo. Quando as lágrimas finalmente secaram, Stu usou o botão para levantar a cama. Acendeu o abajur na mesinha-de-cabeceira, para que ela pudesse ler.

* * *

Stu estava sendo sacudido para acordar, mas mesmo assim demorou bastante. Sua mente projetou uma lista lenta e que parecia interminável de pessoas que poderiam tentar lhe roubar o sono. Era sua mãe, dizendo que estava na hora de levantar, acender a estufa e se aprontar para a escola. Era Manuel, o leão-de-chácara no bordel ordinário em Nuevo Laredo, dizendo que já consumira seus 20 dólares e teria de pagar mais 20 se quisesse passar a noite. Era uma enfermeira toda de branco, que queria verificar sua pressão e tirar uma cultura da garganta. Era Frannie.

Era Randall Flagg.

O último pensamento despertou-o como um balde de água fria no rosto. Não era nenhuma dessas pessoas. Era Glen Bateman, com Kojak.

— Você é um homem difícil de acordar, Texano Oriental — comentou Glen. — Tem um sono de pedra.

Ele era apenas um contorno vago na escuridão quase total.

— Poderia ter acendido a luz, para começar.

— Eu tinha esquecido que a luz já voltou.

Stu acendeu o abajur na mesinha-de-cabeceira. Piscou pela súbita claridade. Pegou o velho despertador de corda. Faltavam 15 minutos para as três da madrugada.

— O que veio fazer aqui, Glen? Eu estava dormindo, caso não tenha notado.

Ele deu a primeira olhada em Glen, ao largar o relógio. Ele estava pálido, assustado... e parecia muito velho. As rugas eram mais acentuadas, e ele parecia angustiado.

— O que foi, Glen?

— Mãe Abagail.

— Morreu?

— Deus me ajude, mas eu quase gostaria que sim. Ela quer falar conosco.

— Nós dois?

— Nós cinco. Ela... — A voz saiu áspera. — Ela sabia que Nick e Sue haviam morrido, e que Fran foi para o hospital. Não sei como descobriu, mas ela sabia.

— E quer falar com o comitê?

— O que restou. Está morrendo, e diz que tem de nos contar uma coisa. E não sei se quero ouvir.

* * *

Lá fora, a noite era fria... mais do que fria, gelada. O casaco de Stu era grosso e confortável, e ele puxou o zíper até o pescoço. Uma lua esbranquiçada pairava no céu, fazendo-o pensar em Tom, que tinha instruções para voltar e relatar tudo assim que fosse lua cheia. Aquela lua apenas passava um pouco do primeiro quarto. Deus sabia onde essa mesma lua iluminava Tom, Dayna Jurgens ou o juiz Farris. E Deus sabia também que a lua era testemunha das coisas estranhas que ocorriam ali.

— Falei com Ralph primeiro — informou Glen. — Pedi que fosse ao hospital para buscar Fran.

— Se o médico deixasse Fran se levantar e andar, ela já teria voltado para casa — disse Stu, irritado.

— Este é um caso especial, Stu.

— Para alguém que não quer ouvir o que a velha tem a dizer, você parece ter muita pressa para o encontro.

— Tenho medo de não me apressar — respondeu Glen.

* * *

O jipe parou na frente da casa de Larry dez minutos depois das três horas da madrugada. O lugar estava todo iluminado... não com lampiões de gás agora, mas com as boas lâmpadas elétricas. Um em cada dois lampiões na rua estava aceso, não apenas ali, mas por toda a cidade. Stu observara-os durante toda a viagem no jipe de Glen, fascinado. Os últimos besouros do verão, lentos com o frio, batiam languidamente nos globos de sódio.

Saltaram do jipe no instante em que outro par de faróis virava a esquina. Era a velha e barulhenta picape de Ralph, que parou ao lado do jipe. Ralph saltou. Stu deu a volta para o lado do passageiro, onde Frannie estava sentada, encostada numa almofada de sofá quadriculada.

— Oi, meu amor — murmurou ele.

Ela pegou a mão de Stu. Seu rosto era um disco pálido na escuridão.

— Sente muita dor? — perguntou Stu.

— Não muita. Tomei um Advil. Apenas não peça para me apressar.

Ele ajudou-a a descer da picape. Ralph pegou o outro braço de Fran. Ela estremeceu ao pôr os pés no chão.

— Quer que eu a carregue?

— Não precisa. Basta me amparar com o braço, está bem?

— Claro.

— E ande devagar. Nós, as vovós, não podemos nos apressar.

Atravessaram a rua por trás da picape, mais se arrastando do que andando. Quando chegaram à calçada, Stu avistou Glen e Larry parados na porta da casa, observando-os. Contra a luz, pareciam figuras pretas recortadas em papel.

— O que você acha que é? — murmurou Frannie.

Stu sacudiu a cabeça.

— Não sei.

Subiram pelo caminho. Era evidente que Frannie sentia dor agora. Ralph ajudou Stu a levá-la para dentro da casa. Larry, como Glen, parecia pálido e preocupado. Usava um *jeans* desbotado, a camisa meio para fora da calça, abotoada no lugar errado, mocassins, sem meias.

— Lamento muito fazer com que viesse até aqui, Fran — disse ele. — Fiquei junto de Mãe Abagail durante todo o tempo, cochilando de vez em quando, de vigília. Você compreende, não é?

— Claro que compreendo — respondeu Frannie.

Por alguma razão, o termo *vigília* a fez pensar na sala de sua mãe... e sob uma luz mais gentil e clemente do que ela jamais pensara antes.

— Lucy passou cerca de uma hora na cama. Saí do meu cochilo e... Posso ajudá-la, Fran?

Ela sacudiu a cabeça. Sorriu com um esforço evidente.

— ... e ela olhava para mim. Não pode falar acima de um sussurro, mas dá para compreender tudo o que diz. — Larry engoliu em seco. Os cinco estavam agora parados no corredor. — Ela me disse que o Senhor a levaria para casa ao amanhecer. Mas que Deus já a teria levado se não precisasse falar conosco antes. Perguntei o que queria dizer com isso, e ela respondeu que Deus já havia levado Nick e Sue. Já sabia.

Ele deixou escapar um suspiro trêmulo. Lucy apareceu na extremidade do corredor.

— Fiz um café. Está pronto quando vocês quiserem.

— Obrigado, amor — murmurou Larry.

Lucy parecia indecisa.

— Devo entrar com vocês? Ou é confidencial, como as reuniões do comitê?

Larry olhou pra Stu, que disse:

— Venha também. Tenho a impressão de que não há mais nada confidencial.

Seguiram pelo corredor até o quarto, bem devagar, por causa de Fran.

— Ela nos dirá — declarou Ralph subitamente. — Mãe Abagail nos contará tudo. Não precisamos nos afligir.

Entraram juntos. Mãe Abagail fitou-os, com os olhos brilhantes e agonizantes.

* * *

Fran sabia da condição física da velha, mas mesmo assim foi um choque terrível. Nada restava de Mãe Abagail, a não ser uma membrana de pele e os tendões que seguravam os ossos. Não havia sequer um cheiro de putrefação e morte iminente no quarto; em vez disso, havia um cheiro de sótão seco... não, um cheiro de sala de visita. Metade da extensão da agulha do soro pendia para fora de seu braço, simplesmente porque não havia por onde penetrar.

Os olhos, no entanto, não haviam mudado. Eram afetuosos, gentis e humanos. O que era um alívio, mas ainda assim Fran experimentou uma espécie de terror... não estritamente medo, mas talvez algo mais santificado, um temor reverente. Seria isso? Um sentimento de iminência. Não de tragédia, mas como se uma tremenda responsabilidade pairasse sobre suas cabeças, como uma pedra.

O homem propõe... Deus dispõe.

— Sente-se logo, menina — sussurrou Mãe Abagail. — Está sentindo dor.

Larry levou-a para uma poltrona. Fran sentou-se, deixando escapar um suspiro de alívio, mesmo sabendo que voltaria a sentir dor naquela nova posição, depois de algum tempo.

Mãe Abagail ainda a observava, com aqueles olhos brilhantes.

— Está com criança — sussurrou ela.

— Estou... mas como...

— Não fale...

Houve silêncio no quarto, um silêncio profundo. Fascinada, hipnotizada, Fran olhava para a velha agonizante, que entrara nos sonhos deles antes de entrar em suas vidas.

— Olhe pela janela, menina.

Fran virou o rosto para a janela, onde Larry parara dois dias antes, olhando para as pessoas reunidas lá fora. Não viu uma escuridão sufocante, mas sim uma claridade suave.

Não era um reflexo do quarto; era a luz da aurora. Ela olhava para o reflexo tênue, um pouco distorcido, de um quarto de bebê, com cortinas axadrezadas. Havia um berço... *mas estava vazio.* Havia um cercado... *vazio.* Borboletas de plástico coloridas num móbile... *movimentado apenas pelo vento.* O medo comprimiu seu coração com mãos geladas. Os outros viram em seu rosto, mas não compreenderam; não viam nada através da janela, apenas uma parte do gramado, iluminado por um lampião.

— Onde está o bebê? — perguntou Fran, a voz rouca.

— Stuart não é o pai do bebê, menina. Mas a vida da criança se encontra agora nas mãos de Stuart e nas mãos de Deus. O bebê terá quatro pais. Se Deus deixar que ele respire.

— Se deixar...

— Deus escondeu essa parte de meus olhos.

O quarto de bebê vazio desapareceu. Fran viu apenas a escuridão. E, agora, o medo cerrou suas mãos com toda a força, o coração batendo forte entre elas. Mãe Abigail sussurrou:

— O Diabrete chamou sua noiva e tenciona deixá-la com criança. Ele deixará que sua criança viva?

— Pare com isso! — suplicou Fran, levando as mãos ao rosto.

Silêncio no quarto, um silêncio profundo como a neve. O rosto de Glen Bateman era como um refletor velho e um tanto opaco. A mão direita de Lucy subia e descia pela gola do roupão. Ralph tinha seu chapéu nas mãos e passava os dedos pela pena na faixa, distraído. Stu olhava para Frannie, mas não podia ir ao seu encontro. Não agora. Ele pensou por um instante na mulher na reunião, que pusera as mãos sobre os olhos, os ouvidos e a boca à menção do nome do homem escuro.

— Mãe, pai, esposa, marido — sussurrou Mãe Abagail. — Contra eles, o Príncipe dos Lugares Altos, o senhor das manhãs escuras. Pequei por orgulho. E todos vocês fizeram a mesma coisa, pecaram por orgulho. Não ouviram dizer que não se deve entregar sua fé a senhores e príncipes deste mundo?

Eles não desviavam os olhos.

— A luz elétrica não é a resposta, Stu Redman. O rádio FC também não é, Ralph Brentner. A sociologia não vai acabar com isso, Glen Bateman. A sua penitência por uma vida que é há muito um livro fechado não vai impedir que aconteça, Larry Underwood. E seu bebê também não vai evitar, Fran Goldsmith. A lua ruim surgiu. Vocês nada propõem aos olhos de Deus.

Ela fitou cada um.

— Deus vai dispor como achar conveniente. Vocês não são o oleiro, mas a argila do oleiro. Talvez o homem no oeste seja a roda em que vocês serão destruídos. Não tenho permissão para saber.

Uma lágrima, espantosa naquele deserto agonizante, derramou do olho esquerdo e rolou pela face.

— Mãe, o que devemos fazer? — perguntou Ralph.

— Tratem de se aproximar, todos vocês. Meu tempo é curto. Vou para a glória, e nunca houve um ser humano mais disposto do que me sinto agora. Fiquem perto de mim.

Ralph sentou-se na beira da cama. Larry e Glen ficaram ao pé da cama. Fran levantou-se, com uma careta, e Stu empurrou sua poltrona para o lado de Ralph. Ela tornou a sentar e pegou a mão de Stu, com os dedos frios.

— Deus não reuniu vocês para formar um comitê ou uma comunidade — disse Mãe Abagail. — Trouxe-os até aqui apenas para enviá-los mais longe, em uma busca. Quer que vocês localizem e destruam esse Príncipe das Trevas, esse Homem de Léguas Distantes.

Um silêncio opressivo. Mãe Abagail suspirou.

— Pensei que era Nick quem deveria conduzi-los. Mas Ele levou Nick... embora nem tudo de Nick tenha ido embora, ao que me parece. Isso mesmo, nem tudo. Mas agora você deve liderar, Stuart. E se for a vontade de Deus levar Stu, você deve assumir o comando, Larry. E se Ele também levá-lo, caberá a você, Ralph.

— Parece que estou sendo arrastado — começou Glen. — O que...

— Conduzir? — indagou Fran, friamente. — Para onde?

— Para o oeste, menina — respondeu Mãe Abagail. — Oeste. Você não vai. Só os quatro.

— *Não!* — Fran levantou-se, apesar da dor. — O que está querendo dizer? Que os quatro devem se entregar nas mãos dele? O coração, a alma e a coragem da Zona Franca? — Os olhos de Fran ardiam intensamente. — Para que ele possa crucificá-los, vir para cá no próximo verão e matar todo mundo? Não quero ver meu homem sacrificado para seu Deus assassino. Ele que se foda!

— *Frannie!* — balbuciou Stu.

— Deus assassino! *Deus assassino!* Milhões... talvez *bilhões*... mortos na peste. Outros milhões depois. Nem mesmo sabemos se as crianças viverão. Ele ainda não acabou? Tem de continuar, até que o mundo pertença apenas aos ratos e às baratas? Ele não é Deus. É um demônio, e você é sua feiticeira.

— Pare com isso, Frannie.

— Não tem problema. Já acabei. Quero ir embora. Leve-me para casa, Stu. Não para o hospital, mas para casa.

— Vamos ouvir o que ela tem a dizer.

— Como quiser. Escute por nós dois. Eu vou embora.

— Menina...

— *Não me chame assim!*

Mãe Abagail estendeu a mão abruptamente e segurou o pulso de Fran, que ficou rígida. E fechou os olhos. Inclinou a cabeça para trás.

— Não... não... *AH, MEU DEUS... STU...*

— Ei! O que está fazendo com ela? — perguntou Stu.

A velha não respondeu. O momento foi passando. Parecia se prolongar num bolsão de eternidade. Depois, Mãe Abagail soltou o pulso de Frannie.

Devagar, atordoada, ela começou a massagear o pulso. Não havia círculo vermelho ou depressão na carne para indicar que fora aplicada uma pressão excessiva. Os olhos de Fran ficaram arregalados.

— O que foi, meu bem? — perguntou Stu, ansioso.

— Sumiu — murmurou Fran.

— O que... do que está falando?

Stu olhou para os outros, num apelo trêmulo. Glen apenas sacudiu a cabeça. Tinha o rosto pálido e tenso, mas não incrédulo.

— A dor... a dor nas minhas costas... desapareceu... — Ela olhou para Stu, aturdida. — Sumiu por completo. Veja isto.

Ela inclinou-se e tocou de leve nas pontas dos dedos dos pés, não apenas uma vez, mas duas. Depois, inclinou-se pela terceira vez e pôs as palmas das mãos no chão, sem dobrar os joelhos.

Tornou a se empertigar e fitou Mãe Abagail nos olhos.

— Isto é um suborno de seu Deus? Porque, se for, Ele pode pegar sua cura de volta. Prefiro sentir a dor se Stu ficar comigo.

— Deus não oferece subornos, criança — sussurrou Mãe Abagail. — Ele apenas dá um sinal e deixa as pessoas aceitarem como quiserem.

— Stu não vai para o oeste.

Mas Fran parecia agora confusa, além de assustada.

— Sente-se — disse Stu. — Vamos escutar o que ela tem a dizer.

Fran sentou, chocada, incrédula, desorientada. A todo instante estendia as mãos para as costas.

— Vocês vão para o oeste — sussurrou Mãe Abagail. — Não devem levar comida nem água. Partam hoje mesmo, e com as roupas que usam agora. Seguirão a pé. Estou prestes a saber qual de vocês não chegará a seu destino, mas não sei qual vai cair. O resto será levado à presença do homem chamado Flagg, que não é um homem, mas um ser sobrenatural. Não sei se é a vontade de Deus que vocês o derrotem. Não sei se é a vontade de Deus que vocês tornem a ver Boulder. Não me cabe ver essas coisas. Mas ele está em Las Vegas, e vocês devem ir até lá. Tomarão uma posição firme em Las Vegas. Não devem fraquejar, porque terão o Braço Eterno do Senhor Deus das Legiões para ampará-los. Com a ajuda de Deus, vocês manterão sua posição. — Ela balançou a cabeça. — Isso é tudo. Já falei o que tinha de dizer.

— Não... — murmurou Fran. — Não é possível.

— Mãe... — A voz de Glen saiu rouca. Ele limpou a garganta. — Mãe, não estamos a caminho da compreensão, se entende o que estou querendo dizer. Não somos... não somos abençoados com a sua intimidade com seja quem for que controla essas coisas. Não cabe a nós. Fran tem razão. Se formos até lá, seremos massacrados pelos primeiros que nos encontrarem.

— Você não tem olhos? Acaba de ver Deus curar a aflição de Fran, por meu intermédio. Acha que o plano de Deus é deixar que sejam capturados e mortos pelos lacaios do Príncipe das Trevas?

— Mas, Mãe...

— Não! — Ela ergueu a mão, estancando o fluxo de palavras. — Não cabe a mim argumentar com você, ou convencê-lo, mas apenas expor para vocês o plano de Deus. Escute, Glen.

E, subitamente, da boca de Mãe Abagail saiu a voz de Glen Bateman, assustando a todos. Fran encolheu-se contra Stu, soltando um grito.

— Mãe Abagail chama-o de peão do demônio — disse a voz forte, masculina, originária do peito consumido da velha, passando por sua boca desdentada. — Talvez ele seja apenas o último mago do pensamento racional, utilizando os instrumentos da tecnologia contra nós. Talvez ele seja algo mais, algo mais sinistro. Só sei que ele *é*. E não penso mais que a sociologia, a psicologia ou qualquer outra logia poderá detê-lo. Creio que só a magia branca será capaz de fazer isso.

Glen ficou boquiaberto.

— Isso é uma coisa verdadeira ou as palavras são de um mentiroso? — perguntou Mãe Abagail.

— Não sei se é verdade ou não, mas as palavras são minhas — respondeu Glen, tremendo.

— Confiança. Todos vocês devem confiar. Larry... Ralph... Stu... Glen... Frannie. Você em particular, Frannie. Confie... e obedeça à palavra de Deus.

— Temos opção? — perguntou Larry, amargurado.

Ela virou-se para fitá-lo, surpresa.

— Uma opção? Há sempre uma opção. Esse é o caminho de Deus, e sempre será. Mas sua vontade ainda é livre. Faça como quiser. Não há grilhões para obrigá-lo. Mas... *é isso o que Deus quer de você.*

O silêncio de novo, como neve profunda. Finalmente rompido por Ralph.

— Diz na Bíblia que Davi enfrentou Golias. Eu irei, se diz que é certo, Mãe.

Ela pegou a mão dele.

— Eu também irei — acrescentou Larry.

Ele suspirou e pôs as mãos na testa, como se doesse. Glen abriu a boca para falar. Mas antes que pudesse fazê-lo, soou um suspiro pesado e cansado no canto, acompanhado por um baque.

Era Lucy, que todos haviam esquecido. Ela desmaiara.

* * *

A aurora alcançou a beira do mundo.

Eles sentavam-se à mesa da cozinha de Larry, tomando café. Eram dez para as cinco quando Fran veio pelo corredor e parou na porta. Tinha o rosto inchado de tanto chorar, mas os passos eram firmes. Estava mesmo curada.

— Acho que ela está morrendo — avisou Fran.

Foram todos para o quarto, Larry com o braço em torno de Lucy.

A respiração de Mãe Abagail era pesada, estertorante, reminiscente da epidemia. Reuniram-se em torno da cama, sem falar, em profunda reverência e medo. Ralph tinha certeza de que alguma coisa aconteceria ao final que faria com que Deus surgisse para eles, nu e revelado. Mãe Abagail partiria num súbito clarão. Ou veriam seu espírito, transfigurado em radiância, saindo pela janela e subindo para o céu.

Mas, no final, ela simplesmente morreu.

Houve uma respiração final, a última de milhões. O ar foi aspirado, preso por um instante, depois expelido. O peito não subiu outra vez.

— Ela se foi — murmurou Stu.

— Deus tenha misericórdia de sua alma — acrescentou Ralph.

Ele não tinha mais medo. Cruzou as mãos de Mãe Abagail sobre o peito frágil, derramando lágrimas por cima.

— Eu irei — declarou Glen, subitamente. — Ela tinha razão. Magia branca. Isso é tudo o que restou.

— Stu... — sussurrou Frannie. — Por favor, Stu, diga não.

Todos olharam para ele.

Agora você deve liderar, Stuart.

Ele pensou em Arnette, o velho carro levando Charles D. Campion e sua carga de morte, batendo nas bombas de Bill Hapscomb, como alguma terrível caixa de Pandora. Pensou em Denninger e Deitz, como começara a associá-los em sua mente aos médicos sorridentes que haviam mentido e mentido, para ele e sua esposa, sobre a condição dela... e talvez também mentissem para si mesmos. E em Mãe Abagail, dizendo: *Isto é o que Deus quer de você.*

— Tenho de ir, Frannie — declarou ele.

— E morrer.

Ela fitou-o, amargurada, quase com raiva. Olhou para Lucy, como se pedisse apoio. Mas Lucy estava atordoada, distante, não tinha condições de ajudar.

— Se não formos, também morreremos — disse Stu, tateando através das palavras. — Ela tinha razão. Se esperarmos, então a primavera chega. O que acontece então? Como poderemos detê-lo? Não sabemos. Não temos a menor idéia. Nunca tivemos. Também escondemos a cabeça na areia. Não podemos detê-lo, a não ser como Glen diz. Magia branca. Ou o poder de Deus.

Ela começou a chorar, desolada.

— Não chore, Frannie — murmurou ele, tentando pegar sua mão.

— Não me toque! — gritou ela. — Você é um morto, um cadáver! *Não toque em mim!*

E todos continuaram postados em torno da cama, enquanto o sol nascia.

* * *

Stu e Frannie foram para as montanhas Flagstaff por volta de onze horas. Estacionaram no meio do caminho. Stu levou o cesto, enquanto Frannie carregava a toalha de mesa e o vinho Blue Nun. O piquenique fora idéia de Fran, mas reinava um silêncio constrangido entre os dois.

— Ajude-me a estender a toalha — pediu ela. — E fique atento aos espinhos.

Estavam numa pequena clareira, inclinada, 300 metros abaixo do anfiteatro Aurora. Boulder estendia-se lá embaixo através de um nevoeiro azul. Hoje era verão de novo. O sol brilhava com força e autoridade. Os grilos zumbiam pela relva. Um gafanhoto saltou, e Stu pegou-o com um movimento rápido da mão direita. Podia senti-lo sob seus dedos, agitado e assustado.

— Cuspa e eu solto.

Era a velha fórmula da infância. Ele olhou para ver Fran exibir um sorriso triste. Com uma precisão feminina, rápida, ela virou a cabeça e cuspiu. Stu sentiu um aperto no coração.

— Fran...

— Não, Stu. Não fale a respeito. Não agora.

Estenderam a toalha branca, que Fran tirara do Hotel Boulderado. Com uma economia de movimentos (Stu sentia-se estranho ao observá-la fazer tudo com a maior agilidade, como se não tivesse sofrido qualquer ferimento nas costas), ela arrumou o almoço: uma salada de pepino e alface, temperada com vinagre; sanduíches de presunto; o vinho e uma torta de maçã como sobremesa.

— Boa comida, boa carne, bom Deus, vamos comer — disse Fran.

Ele sentou-se ao lado de Fran. Pegou um sanduíche e um pouco da salada. Não sentia fome. Sentia-se doído por dentro. Mas comeu mesmo assim.

Depois que acabaram de comer os sanduíches e a maior parte da salada, além de uma pequena fatia de torta de maçã, Fran perguntou:

— Quando você parte?

— Ao meio-dia.

Stu acendeu um cigarro, protegendo a chama com as mãos em concha.

— Quanto tempo vai levar para chegar lá?

Ele deu de ombros.

— Andando? Não sei. Glen não é mais jovem. Nem Ralph, diga-se de passagem. Se conseguirmos percorrer 50 quilômetros por dia, acho que podemos chegar até 1º de outubro.

— E se a neve tiver caído mais cedo nas montanhas? Ou em Utah?

Stu tornou a dar de ombros.

— Mais vinho? — perguntou ela.

— Não. O vinho me provoca acidez. Sempre foi assim.

Fran serviu-se de outro copo. Bebeu.

— Ela era a voz de Deus, Stu? *Era?*

— Não sei, Frannie.

— Sonhamos com ela. Sabia que tudo isso faz parte de um jogo estúpido, Stuart? Já leu o Livro de Jó?

— Nunca fui de ler a Bíblia.

— Minha mãe sempre lia. Achava que era muito importante que meu irmão Fred e eu tivéssemos alguma formação religiosa. Nunca explicou o motivo. O máximo que fez por mim, pelo que lembro, foi que sempre tive a capacidade de responder às perguntas bíblicas daquele programa de televisão chamado *Risco*. Lembra de *Risco*, Stu?

Ele sorriu e disse:

— E aqui está seu anfitrião, Alex Trebeck.

— Isso mesmo. Era um programa invertido. Eles davam a resposta, e você tinha de adivinhar a pergunta. Quando envolvia a Bíblia, eu conhecia todas as perguntas. Jó foi uma aposta entre Deus e o Diabo. O Diabo disse: "Claro que ele o idolatra. Sempre teve uma vida mansa. Mas se cuspir na sua cara por bastante tempo, ele acabará mudando." Deus aceitou a aposta. No final, Deus ganhou. — Ela sorriu. — Deus sempre ganha. Posso apostar que Deus é um torcedor do Boston Celtics.

— Talvez seja uma aposta, mas é a vida de todo mundo, daquelas pessoas lá embaixo. E do ser que está dentro de você. Como foi mesmo que ela o chamou?

— Ela não quis fazer nenhuma promessa sobre ele. Se fizesse... apenas isso... seria um pouco mais fácil deixá-lo partir.

Stu não pôde pensar em nada para dizer.

— Falta pouco para meio-dia, Stu. Ajude-me a arrumar tudo.

O resto do almoço voltou para o cesto, junto com a toalha e a garrafa de vinho pela metade. Stu olhou ao redor e pensou que só havia umas poucas migalhas para indicar onde haviam almoçado... e os passarinhos logo acabariam até mesmo com esses poucos vestígios. Quando ele levantou os olhos, descobriu que Fran o fitava, chorando. Ele se adiantou.

— Estou bem, Stu. É um problema da gravidez. Sempre fico com os olhos lacrimejando. Não consigo evitar.

— Está certo.

— Stu, faça amor comigo.

— Aqui? Agora?

Ela acenou com a cabeça, sorrindo.

— Não será problema... se tomarmos cuidado com os espinhos.

E eles tornaram a estender a toalha.

* * *

Na base da Baseline Road, ela pediu que Stu parasse no que fora a casa de Ralph e Nick até quatro dias antes. Todo a parte dos fundos fora destruída. O jardim estava coberto de destroços. Havia um relógio digital arrebentado em cima da sebe preta esfrangalhada. Ali perto estava o sofá sob o qual Frannie ficara imobilizada. Havia uma mancha de sangue ressequido nos degraus. Ela olhou para a mancha.

— Acha que é o sangue de Nick?

— De que adianta saber, Frannie? — perguntou Stu, apreensivo.

— É?

— Não sei. Mas suponho que seja possível.

— Ponha a mão em cima, Stu.

— Ficou doida, Frannie?

Ela franzia a testa, na expressão eu-quero, que Stu conhecera em New Hampshire.

— Ponha a mão!

Relutante, Stu pôs a mão na mancha de sangue. Não sabia se era ou não o sangue de Nick (e achava que provavelmente não era), mas o gesto deixou-o todo arrepiado.

— Agora, Stu, jure que voltará.

O degrau parecia bastante quente ali, e ele queria tirar a mão.

— Fran, como posso...

— Deus não pode cuidar de tudo! Não de tudo! Jure, Stu, jure!

— Frannie, juro que tentarei.

— Acho que terei de me contentar com isso, não é mesmo?

— Temos de ir para a casa de Larry.

— Sei disso. — Mas Fran continuou a abraçá-lo, mais firme ainda. — Diga que me ama.

— Sabe que a amo.

— Claro que sei, mas diga mesmo assim. Quero ouvir.

Ele pôs as mãos nos ombros dela.

— Fran, eu a amo.

— Obrigada. — Ela encostou o rosto no ombro de Stu. — Acho que agora já posso me despedir. Acho que posso deixá-lo partir.

E eles se abraçaram em meio aos destroços da explosão.

Capítulo Sessenta

DOS DEGRAUS DA CASA DE LARRY, ela e Lucy observaram a partida sem drama de sua expedição. Os quatro ficaram parados na calçada por um momento, sem mochilas, sem sacos de dormir, sem equipamento especial... segundo as instruções. Todos calçavam sapatos fortes para caminhada.

— Adeus, Larry — disse Lucy, com o rosto pálido e reluzente.

— Lembre-se, Stuart — disse Fran. — Lembre-se do que prometeu.

— Sim, vou lembrar.

Glen enfiou os dedos na boca e assobiou. Kojak, que tinha ido inspecionar um bueiro de esgoto, chegou correndo.

— Vamos, então — disse Larry. Tinha o rosto tão pálido como o de Lucy, os olhos incomumente brilhantes, quase cintilando. — Antes que eu perca a coragem.

Stu soprou um beijo através do punho fechado, algo que não recordava ter feito desde os dias em que sua mãe o via partir no ônibus escolar. Fran acenou de volta. As lágrimas voltaram, cálidas e ardentes, porém ela não as deixou cair. Eles começaram a andar. Estavam agora na metade do quarteirão e, em algum lugar, um pássaro trinou. O sol do meio-dia era quente mas não exagerado. Chegaram ao fim do quarteirão. Stu se virou e tornou a acenar. Larry acenou também. Fran e Lucy retribuíram. Eles atravessaram a rua. Desapareceram. Lucy tinha uma aparência quase doentia, pela perda e pelo medo.

— Meu Deus — disse ela.

— Vamos entrar — convidou Fran. — Quero tomar um chá.

Entraram e Fran pôs a chaleira no fogo. Começara a espera para elas.

* * *

No decorrer da tarde, os quatro seguiram lentamente para sudoeste, sem trocar muitas palavras. Rumavam para Golden, onde acampariam nesta primeira noite. Passaram pelos sítios de sepultamento, que já eram três agora, e por volta das quatro da tarde, suas sombras começando a alongar-se atrás deles, o calor do dia ia diminuindo. Chegaram ao marco que indicava os limites da cidade, situado ao lado da estrada, na orla sul de Boulder. Por um momento, Stu teve a impressão de que todos eles estavam prestes a dar meia-volta e retornar. À frente, estavam a escuridão e a morte. À retaguarda, havia um pouco de calor, um pouco de amor.

Glen tirou uma bandana de estampado azulado do bolso traseiro, torceu-a em corda e amarrou-a em volta da cabeça.

— Capítulo Quarenta e Três: O Sociólogo Careca Coloca sua Faixa Contra o Suor — comentou em voz monótona.

Kojak estava mais adiante, na divisa para Golden, farejando prazerosamente o seu caminho através de uma extensão de flores silvestres.

— Puxa, cara — disse Larry e sua voz era quase um soluço. — Tenho a sensação de que isto é o fim de tudo.

— É isso aí — disse Ralph. — É o que também me parece.

— Alguém quer dar um tempo? — perguntou Glen sem muita esperança.

— Ora, vamos — disse Stu com um ligeiro sorriso. — Vocês pretendem viver para sempre, soldados?

Prosseguiram, deixando Boulder para trás. Por volta das nove daquela noite estavam acampados em Golden, a meio quilômetro de onde a Rodovia 6 inicia seu sinuoso e torcido curso ao longo do córrego Clear, para entrar no pétreo coração das Rochosas.

Nenhum deles dormiu bem naquela primeira noite. Já se sentiam distantes do lar e sob a sombra da morte.

Livro III

A RESISTÊNCIA

7 DE SETEMBRO DE 1990 – 10 DE JANEIRO DE 1991

Esta terra é sua terra,
esta terra é minha terra,
da Califórnia à ilha de Nova York
das florestas de sequóias
às águas da corrente do Golfo,
esta terra foi feita para mim e você.

— Woody Guthrie

"Ei, Lixo, o que disse a velha Sra. Semple quando você queimou o cheque de pensão dela?"

— Carley Yates

Quando chega a noite
E a terra escurece
Sendo da lua a única luz que vemos
Não sentirei medo
Enquanto você ficar junto a mim.

— Ben E. King

Capítulo Sessenta e Um

O HOMEM ESCURO INSTALARA SEUS POSTOS de guarda ao longo de toda a fronteira leste do Oregon. O maior ficava em Ontário, onde a I-80 atravessa o estado de Idaho. Ali havia seis homens, alojados no *trailer* de um enorme caminhão Peterbilt. Fazia mais de uma semana que estavam ali, jogando pôquer o tempo todo, apostando notas de 20 e 50 tão inúteis como dinheiro do jogo de Monopólio. Um deles já ganhara quase 60 mil dólares de mentira e outro — um homem cujo salário no mundo pré-epidemia tinha sido de cerca de 10 mil dólares por ano — tinha mais de 40 mil apostados.

Chovera quase toda a semana, e os ânimos no *trailer* estavam ficando acirrados. Eles tinham vindo de Portland e queriam voltar para lá. Havia mulheres em Portland. Pendendo de um gancho havia um potente rádio bidirecional, transmitindo somente estática. Eles esperavam que o rádio transmitisse apenas uma simples palavra: *Voltem.* Isto significaria que o homem que esperavam tivesse sido capturado em algum outro lugar.

O homem que estavam procurando tinha cerca de setenta anos de idade, era atarracado e ficando calvo. Usava óculos e dirigia um veículo pintado de branco sobre azul com tração nas quatro rodas, talvez um jipe ou um utilitário International-Harvester. Quando localizado, seria um homem morto.

Eles estavam ficando nervosos e entediados — a novidade de paradas altas de pôquer por dinheiro sem valor se esgotara dois dias atrás, mesmo para o mais bronco deles —, mas não entediados o suficiente para simplesmente voltar para Portland por conta própria. Tinham recebido ordens do Turista Andarilho em pessoa, e mesmo após instalada a claustrofobia induzida pela chuva, permanecia o terror que sentiam *dele.* Se fracassassem na missão e *ele* descobrisse, que Deus tivesse piedade deles.

Assim, ficavam ali sentados, jogando cartas e se revezando na vigilância, através da fenda de observação que haviam aberto na parede de aço do *trailer.* A I-80 aparecia deserta em meio à chuva monótona e persistente. Mas se o Scout surgisse por ali, seria visto... e detido.

— Ele é um espião do outro lado — dissera-lhes o Turista Andarilho, com aquele sorriso horrível repuxando-lhe os cantos da boca. Por que era tão horrível, nenhum deles saberia dizer, mas, quando se dirigia a alguém, a pessoa sentia o sangue transformar-se em sopa de tomate quente nas veias. — Ele é um espião e poderíamos recebê-lo de braços abertos, mostrar-lhe tudo e depois mandá-lo de volta, ileso. Mas eu o quero. Quero os dois. E enviaremos suas cabeças pelas montanhas antes que a neve desapareça. Que as masquem por lá durante todo o inverno. — A seguir gargalhara eufórico para as pessoas que reunira numa das salas de conferência do Centro Cívico de Portland. Elas sorriram de volta, mas eram sorrisos frios e inquietos. Em voz alta poderiam congratular-se por terem sido escolhidas para tal responsabilidade, mas no íntimo desejavam que aqueles olhos terríveis, felizes, semelhantes aos de uma doninha, se fixassem em qualquer outra pessoa que não *eles*.

Havia outro posto de guarda bem ao sul de Ontário, em Sheaville. Aqui havia quatro homens em uma pequena casa à beira da I-95, que serpenteava na direção do deserto de Alvord, com suas estranhas formações rochosas e seus córregos escuros e soturnos.

Os outros postos eram guarnecidos por duplas de homens, e havia mais de uma dúzia, estendendo-se da pequena cidade de Flora, junto à Rodovia 3 e a menos de 100 quilômetros da divisa com o estado de Washington, por todo o caminho até McDermitt, na divisa Oregon-Nevada.

Um velho dirigindo um veículo azul e branco, com tração nas quatro rodas. As instruções a todos os sentinelas eram as mesmas: *Matá-lo, mas não atingir-lhe a cabeça*. Não deveria haver sangue ou lesões acima da garganta.

— Não quero devolver mercadoria danificada — dissera-lhes Randy Flagg, soltando de novo sua horrível risada.

A fronteira norte entre Oregon e Idaho é marcada pelo rio Snake. Quem seguisse o Snake partindo do norte de Ontário, onde os seis homens no *trailer* jogavam carteado por dinheiro sem valor, finalmente chegaria à distância de uma cusparada de Copperfield. Ali o rio Snake faz uma curvatura que os geólogos chamam de meandro, e perto de Copperfield as águas do rio foram represadas, formando a Represa do Meandro. E naquele sétimo dia de setembro, enquanto Stu Redman e seu grupo seguiam caminhando pela Auto-Estrada 6 do Colorado, mais de 1.500 quilômetros ao leste e para o sul, Bobby Terry estava sentado no interior da loja de miudezas Copperfield, tendo ao lado uma pilha de revistas em quadrinhos, perguntando-se quais seriam as condições da Represa do Meandro e se as comportas tinham sido deixadas fechadas ou abertas. Lá fora, a Auto-Estrada 86 do Oregon passava diante do estabelecimento.

Ele e seu parceiro, Dave Roberts (agora adormecido no apartamento do andar de cima) haviam discutido exaustivamente a represa. Estivera chovendo por toda a semana. O rio Snake estava alto. E se a velha Represa do Meandro cedesse? Más notícias. Uma gigantesca muralha de água de abateria sobre Copperfield, levando de roldão o velho Bobby Terry e o velho Dave Roberts por todo o trajeto até o oceano Pacífico. Eles haviam discutido uma ida à represa para ver se havia rachaduras, mas no fim não tiveram coragem. As ordens de Flagg haviam sido específicas: *Fiquem escondidos*.

Dave assinalara que Flagg podia estar em *qualquer lugar*. Era um viajante compulsivo e havia boatos de que podia aparecer de repente num insignificante vilarejo isolado, onde só havia um grupo de pessoas reparando linhas de energia elétrica ou recolhendo armas de algum arsenal do Exército. Ele se *materializava* como um fantasma. Só que este era um fantasma negro e sorridente em botas empoeiradas com saltos gastos. Às vezes, estava sozinho, em outras ocasiões Lloyd Henreid o acompanhava, ao volante de um enorme automóvel Daimler, preto como um rabecão e tão comprido quanto. Às vezes estava caminhando. Em dado momento, não estava presente, no momento seguinte, estava. Podia estar um dia em Los Angeles (assim diziam os boatos) e aparecer em Boise um dia mais tarde... a pé.

Entretanto, conforme Dave também observara, nem mesmo Flagg podia estar em seis lugares diferentes ao mesmo tempo. Um deles bem que podia ir dar uma olhada na maldita represa e voltar depressa. As probabilidades em favor eram de mil por uma.

Muito bem, então vá você, dissera-lhe Bobby Terry. Tem a minha permissão. Mas Dave recusara a sugestão com um sorriso nervoso. Porque Flagg tinha uma forma de *saber* das coisas, mesmo sem estar presente. Alguns diziam que possuía um poder sobrenatural sobre os predadores do reino animal. Uma mulher chamada Rose Kingman alegava tê-lo visto estalar os dedos para vários corvos pousados num fio telefônico. Então os corvos tinham voado para os ombros dele, dissera esta mulher, e depois garantira que os corvos crocitavam sem parar: "Flagg... Flagg... Flagg..."

Isso era simplesmente ridículo, e ele sabia disso. Os tolos podiam acreditar, mas a mãe Delores de Bobby Terry jamais criara quaisquer tolos. Ele sabia que tais histórias se espalhavam, sendo exageradas de boca em boca. Tal como sabia que o homem escuro devia estimular histórias deste tipo.

Contudo, aqueles boatos davam-lhe um pequeno estremecimento atávico, como se no âmago de cada um houvesse uma pepita de verdade. Alguns diziam que ele podia invocar os lobos ou introduzir seu próprio espírito no corpo de um gato. Um homem em Portland afirmara que ele carregava uma doninha, uma marta ou qualquer outro animal, naquela sua surrada mochila de escoteiro quando estava caminhando. Tolices, tudo aquilo. Só que... apenas supondo-se que ele *pudesse* falar com animais, como um satânico Dr. Doolittle? E supondo-se que ele ou Dave fossem dar uma espiada naquela maldita represa, em desobediência franca às *suas* ordens, e fossem vistos?

O castigo para a desobediência era a crucificação.

Bobby Terry preferiu então crer que a velha represa não cederia.

Tirou um Kent do maço sobre a mesa e acendeu, com uma careta de asco para o sabor quente e seco. Dentro de mais seis meses nenhum dos malditos cigarros estaria em condição de ser fumado. Talvez até fosse melhor assim. De qualquer modo, aquela porra só levava à morte.

Suspirou e pegou outra revista da pilha. Aquela era uma porra ridícula chamada *As Jovens Tartarugas Ninjas Mutantes.* As Tartarugas Ninjas supostamente deviam ser "heróis de meia-tigela". Ele arremessou Raphael, Donatello e seus companheiros feitos nas coxas através da loja e a revista que eles habitavam foi pousar em forma de tenda em cima da caixa registradora. Eram babaquices como aquela revista, ele pensou, que faziam a gente acreditar que o mundo bem que merecia ser destruído.

Pegou a próxima revista, um *Batman* — ali estava um herói ao qual, pelo menos, se podia dar algum crédito —, e estava justamente virando a primeira página quando viu o Scout azul passando em frente à loja, seguindo para oeste. Seus enormes pneus esparramavam lençóis lamacentos de água de chuva.

Bobby Terry ficou olhando de queixo caído para o lugar onde o carro tinha passado. Ele não podia acreditar que o veículo pelo qual todos estavam procurando acabara de passar justamente por seu posto. Para ser franco, lá no seu íntimo, desconfiava de que tudo aquilo não passava de um detalhe de merda.

Correu para a porta e escancarou-a. A seguir correu para a calçada, ainda segurando o *Batman*. Talvez houvesse sido apenas uma alucinação. Pensar em Flagg provocaria alucinações em qualquer um.

Mas não eram alucinações. Ele ainda captou um vislumbre do teto do Scout enquanto o veículo descia a encosta íngreme, saindo da cidade. A seguir viu-se correndo através da loja deserta, gritando por Dave a plenos pulmões.

* * *

O juiz aferrava o volante com ar sombrio, procurando fingir que não existia uma coisa chamada artrite e que, se existisse, ele não padecia disso — e, se padecesse, ela jamais o acometera no tempo úmido. Não tentou levar a idéia mais adiante porque a chuva era um fato, um fato consumado, como diria seu pai, e que só havia esperança no Monte Esperança.

Ele tampouco estava conseguindo afastar-se muito do resto da fantasia.

Estivera dirigindo debaixo de chuva pelos últimos três dias. Às vezes ela diminuía para uma simples garoa, mas em geral consistia em um velho e bom aguaceiro torrencial. E isto era *também* um fato consumado. As estradas estavam a ponto de inundar em alguns trechos e, na próxima primavera, várias delas estariam intransitáveis. Ele havia agradecido encarecidamente a Deus pelo Scout várias vezes, durante esta pequena expedição.

Nos primeiros três dias, avançando penosamente pela I-80, convencera-se de que não alcançaria a Costa Oeste antes do ano 2000 se continuasse seguindo por estradas vicinais. A Interestadual se apresentara inteiramente deserta em longos trechos. E em alguns lugares ele tivera de ziguezaguear em meio ao tráfego engarrafado em segunda marcha, mas por tantas vezes que ele se vira forçado a aplicar o guincho do Scout ao pára-choque traseiro de um carro e rebocá-lo para fora da estrada a fim de abrir um espaço por onde pudesse seguir em frente.

À altura de Rawlins, já tivera o suficiente. Virou para noroeste, contornando a Grande Bacia Divisora, e dois dias mais tarde acampara na quina noroeste de Wyoming, a leste do Yellowstone. Até ali as estradas estavam quase inteiramente vazias. Cruzar Wyoming e a parte leste de Idaho tinha sido assustador, uma experiência irreal. Ele não pensara que a sensação de morte pudesse impor-se com tanto vigor naquela terra vazia e tampouco em sua própria alma. Contudo assim era — uma quietude maligna sob aquele grande céu ocidental, onde outrora tinham reinado os alces e os Winnebagos. Estava ali nos postes telefônicos que haviam caído, não sendo reparados; estava ali na fria e expectante imobilidade de pequenas cidades atravessada por seu Scout: Lamont, Muddy Gap, Jeffrey City, Lander Crowheart.

A solidão cresceu com sua percepção do vazio, com sua internalização da sensação de morte. Ficou cada vez mais certo de que nunca mais tornaria a ver a Zona Franca de Boulder ou as pessoas que lá viviam — Frannie, Lucy, o jovem Lauder, Nick Andros. Começou a pensar que sabia como Caim devia ter se sentido quando Deus o exilara para a terra de Nod.

Só que a terra ficava a leste do Éden.

O juiz estava agora no oeste.

Sentiu isto mais intensamente ao cruzar a fronteira entre Wyoming e Idaho. Entrou em Idaho através de Targhee Pass e parou à beira da estrada para um almoço ligeiro.

Não havia nenhum som senão o soturno borbulhar da água das altitudes num riacho próximo e um estranho ruído rangente, que lembrava uma dobradiça de porta enferrujada. Acima, o céu azul estava começando a ficar ocupado por nuvens encarneiradas. O tempo úmido se aproximava, e junto com ele a artrite. Até então sua artrite se comportara, apesar do exercício de dirigir por longas horas e...

... e o que *era* aquele som rangente?

Terminado o almoço, ele pegou o rifle Garand no carro e caminhou até a área de piquenique junto ao riacho — que deveria ter sido um agradável lugar para refeições com um tempo mais ameno. Havia ali um pequeno bosque com várias mesas situadas à sombra. E pendendo de uma das árvores, seus sapatos quase tocando o solo, estava um homem enforcado, a cabeça vergada grotescamente, a carne já quase toda bicada pelas aves de rapina. O som rangente e estalante era o da corda oscilando de um lado para o outro, já quase toda esfiapada.

Foi dessa maneira que soube que estava no oeste.

Chegou a Butte City dois dias mais tarde, com a dor nos dedos e joelhos aumentando a tal ponto que fez uma pausa pelo dia inteiro, abrigado em um pequeno quarto de motel. Estendido na cama de motel em profundo silêncio, com toalhas quentes enroladas em torno das mãos e joelhos, lendo *Law and the Classes of Society*, o juiz Farris parecia um singular cruzamento entre o Velho Navegante e um sobrevivente de Valley Forge.

Com um bom suprimento de aspirina e conhaque, procurando pacientemente por estradas secundárias, usando a tração nas quatro rodas do Scout e abrindo seu lamacento caminho, sempre contornando os veículos avariados, em vez de usar o guincho e evitar o flexionamento e curvatura do corpo que esta tarefa exigia. Nem sempre era possível. Aproximando-se das montanhas Salmon River em 5 de setembro, dois dias atrás, ele fora obrigado a guinchar um enorme caminhão da companhia ConTel e rebocá-lo por 4 quilômetros em marcha a ré antes que o acostamento sumisse de um lado e ele pudesse jogar aquela porcaria num rio do qual não conhecia o nome.

Na noite de 4 de setembro, um dia antes do caminhão da ConTel e três dias antes que Bobby Terry o visse passando em frente à loja Copperfield, ele havia acampado em New Meadows, e uma coisa um tanto desconcertante aconteceu. Ele havia parado no Ranchhand Motel, conseguido uma chave para um dos quartos na recepção do motel e havia encontrado um bônus — um aquecedor a bateria, que instalou ao pé da cama. O crepúsculo já o encontrara realmente aquecido e confortável pela primeira vez em uma semana. O aquecedor emitia um fulgor forte e gostoso. Ficou só de cuecas, recostado em travesseiros, lendo um caso sobre uma negra iletrada em Brixton, Mississippi, que fora condenada a dez anos por um pequeno furto em loja. O promotor-assistente e mais três jurados eram negros, e Lapham parecia estar indicando que...

Tap, tap, tap. Batidas na janela.

O velho coração do juiz saltou em seu peito. O livro de Lapham voou de suas mãos. Agarrando o Garand e apoiando-o no espaldar de uma cadeira, ele o apontou para a janela, disposto a tudo. Passou em disparada por sua mente a história que acobertaria sua presença ali, como folhas secas sopradas pelo vento. Era isso, eles queriam saber quem era ele, de onde tinha vindo.

Era um corvo.

O juiz relaxou, aos poucos, e conseguiu esboçar um pequeno e trêmulo sorriso. Apenas um corvo.

Estava pousado no peitoril, sob a chuva, suas penas grudadas comicamente, seus olhinhos espiando pela vidraça gotejante, espiando para um jurista muito velho e o espião mais amador do mundo, deitado numa cama de motel de Idaho, usando nada mais que cuecas com a inscrição LOS ANGELES LAKERS impressa em púrpura e dourado, com um grosso livro jurídico atravessado sobre sua enorme barriga. O corvo quase parecia rir do que vira. O juiz relaxou afinal e sorriu de volta. Tudo bem, a piada sou eu. Entretanto, após duas semanas viajando sozinho através do país, ele se sentia no direito de ficar um tanto sobressaltado.

Tap, tap, tap.

O corvo, batendo na vidraça com seu bico. Batendo como tinha batido antes.

O sorriso do juiz vacilou. Havia alguma coisa no modo como o corvo o fitava que não lhe agradava nada. O pássaro parecia quase rir, mas era um riso desdenhoso, uma espécie de zombaria.

Tap, tap, tap.

Como o corvo que voara para o poleiro acima do busto de Palas. Quando é que descobrirei as coisas que eles precisam saber e voltarei para a Zona Franca? *Nunca mais.* Terei alguma idéia do tipo de rachadura que possa haver na couraça do homem escuro? *Jamais.*

Voltarei são e salvo?

Jamais.

Tap, tap. tap.

Olhando para ele, o corvo parecia rir.

O juiz então foi invadido por uma certeza visionária, capaz de encolher os testículos de um homem, de que aquilo *era* o homem escuro, sua alma, seu *ka*, de algum modo projetados no corvo sorridente e encharcado pela chuva que o fitava avaliadoramente.

Ficou olhando para o corvo, fascinado.

Os olhos do corvo pareceram aumentar. Estavam orlados de vermelho, conforme notou, de uma viva tonalidade escura de rubi. A água da chuva escorria e gotejava, escorria e gotejava. O corvo inclinou-se à frente e, deliberadamente, bicou a vidraça.

O juiz pensou: *Creio que está me hipnotizando. Talvez esteja mesmo, um pouquinho. Mas talvez eu é que esteja velho demais para essas coisas. E supondo... claro que é uma tolice, mas supondo que seja ele. Poderei pegar aquele rifle num movimento brusco e rápido? Faz quatro anos desde que participei de um concurso de tiro aos pratos, mas fui campeão em 76 e de novo em 79, ainda tendo uma boa colocação em 86. Não fui dos melhores, nada de medalhas este ano, por isso desisti, meu orgulho era muito maior do que minha visão, embora ainda fosse bom o suficiente para ser o quinto colocado entre 22 participantes. E essa janela está muito mais perto do que a distância regulamentar para o tiro aos pratos. Se fosse ele eu conseguiria matá-lo? Capturar o seu* ka *— caso exista tal coisa — dentro do corpo de um corvo agonizante. Seria demasiado inadequado um velhote acabar logo com toda essa história, através do mero assassinato de um pássaro preto, na região oeste de Idaho?*

O corvo sorriu para ele. O juiz agora teve plena certeza de que estava sorrindo.

Com um movimento súbito, sentou-se na cama e levou o rifle Garand ao ombro, com um gesto rápido e seguro — fez isso melhor do que jamais imaginaria. Uma espécie de terror pareceu acometer o corvo. Suas asas encharcadas farfalharam, respingando gotas de chuva. Seus olhos pareceram dilatar-se de medo. O juiz o ouviu proferir um *caw!* estrangulado e teve um instante de triunfal certeza: aquilo *era* o homem escuro! Ele havia subestimado o juiz, e o preço disso seria sua vida miserável...

— *TOME ISTO!* — trovejou o juiz e apertou o gatilho.

Só que o gatilho não se moveu porque estava travado. E no segundo seguinte a janela estava vazia, só restando a chuva.

O juiz baixou o Garand para o colo, sentindo-se aturdido e idiota. Disse para si mesmo que, afinal, era apenas um corvo, um momento de diversão para animar o entardecer. E se houvesse estilhaçado a vidraça, deixando a chuva entrar, só teria a chateação de sair e procurar outro quarto. Era de fato um sortudo.

Não obstante, dormiu mal aquela noite, e várias vezes acordou sobressaltado para olhar a janela, certo de ter ouvido ali uma bicada espectral. Bem, se o corvo tornasse a pousar ali, desta vez não iria escapar. Ele agora deixara o rifle destravado.

Mas o corvo não voltou.

Na manhã seguinte continuou dirigindo para oeste, sua artrite nem pior nem melhor. Pouco depois das onze, havia parado numa pequena lanchonete para almoçar. E enquanto terminava seu sanduíche e uma xícara térmica de café, tinha visto um enorme corvo esvoaçando para baixo até pousar num fio telefônico a meio quarteirão rua acima. O juiz ficou observando-o, fascinado, com a xícara térmica vermelha a meio caminho entre a mesa e sua boca. Não era o mesmo corvo, claro que não. A esta altura deveria haver milhões de corvos, todos gordos e bem nutridos. Era um mundo de corvos agora. Mas, mesmo assim, ele sentiu que era o mesmo corvo e teve um pressentimento de fatalidade, uma confirmação sub-reptícia de que tudo estava terminado.

O juiz perdeu a fome.

Seguiu em frente. Alguns dias depois, ao meio-dia e quinze, agora em Oregon e seguindo para oeste pela 86, atravessou a cidadezinha de Copperfield, sem sequer olhar para a loja de miudezas de onde Boddy Terry o via passar, os olhos esbugalhados de espanto. O Garand repousava no banco, ao lado dele, destravado, junto a uma caixa de munição. O juiz decidira atirar em todos os corvos que visse.

Apenas por precaução.

* * *

— Mais rápido! Não pode fazer esta porra correr mais rápido?

— Pare de pegar no meu pé, Bobby Terry. Só porque você dormiu no ponto isto não é motivo para encher meu saco!

Dave Roberts estava ao volante do jipe Willis International que ficara estacionado ao lado da loja de miudezas com o motor voltado para a frente. Naquele momento, Bobby Terry havia acordado Dave. Até que ele se vestisse, o velhote no Scout conseguira uns dez minutos de dianteira. A chuva agora era torrencial e a visibilidade péssima. Bobby Terry segurava um Winchester sobre o colo e tinha um Colt .45 enfiado no cinto.

Dave, que usava botas de *cowboy*, *jeans*, uma capa impermeável amarela e nada mais, olhou de relance para ele.

— Se continuar pressionando o gatilho desse rifle, acabará abrindo um buraco em sua porta, Bobby Terry.

— Eu só quero que você pegue o velho — disse Bobby Terry e resmungou para si mesmo. — As tripas. Baleá-lo nas tripas. Nada de acertar a cabeça. É isso aí.

— Pare de falar sozinho. Gente que fala para si mesma está fingindo para si mesma. É isso que eu acho.

— Onde *está* ele? — perguntou Bobby Terry.

— A gente pega o velho. A menos que você tenha sonhado essa porra toda. Se sonhou, eu não queria estar na sua pele, meu irmão.

— Não foi sonho. Foi aquele Scout... mas e se ele pegou um desvio?

— Desvio onde? Ao longo desta rodovia só há estradas de terra de fazendas. Ele não progrediria nem 20 metros por uma delas sem ficar atolado até os pára-lamas, com tração nas quatro rodas e tudo... Fica frio, Bobby Terry.

Bobby disse, deploravelmente:

— Não posso. Continuo me perguntando como me sentiria em ser pendurado até secar em algum poste telefônico no meio do deserto.

— Pára com isso!... Ei, veja lá! Está vendo ele? Estamos sentindo o cheiro do rabo dele agora, por Deus!

À frente deles havia uma tremenda colisão, já durando meses, entre um Chevrolet e um enorme e pesado Buick. Os dois carros jaziam sob a chuva, bloqueando a estrada de uma margem a outra, como os ossos enferrujados de dois mastodontes insepultos. À direita, marcas recentes de pneus estavam impressas no acostamento.

— É ele — disse Dave. — Aquelas marcas foram feitas há menos de cinco minutos!

Manobrou o Willis para uma guinada em torno da colisão e sacolejaram loucamente pela margem inclinada. Dave retornou à estrada pelo mesmo ponto que o juiz utilizara antes, e ambos viram as lamacentas impressões em espinhas de peixe, feitas no asfalto pelos pneus do Scout. No topo da colina seguinte avistaram o Scout, que acabava de desaparecer numa curva 3 quilômetros adiante.

— Oba! — gritou Dave Roberts. — Ele já está no papo!

Pisou fundo no acelerador e o Willys arremeteu para 90. O pára-brisa era um borrão prateado de chuva que os limpadores não conseguiam clarear. Tornaram a avistar o Scout no topo da curva, agora mais perto. Dave acionou o interruptor dos faróis dianteiros e começou a pressionar o redutor de luz com o pé. Após alguns instantes, as lanternas traseiras do Scout piscaram.

— Muito bem — disse Dave. — Vamos agir amistosamente. Faça-o descer e nada de besteiras, Bobby Terry. Se fizermos tudo certinho, teremos duas suítes no MGM Grand, em Vegas. Se fodermos tudo, vamos ter nossos rabos arrancados. *Portanto, não faça merda.* Vamos, faça o velho descer.

— Ah, meu Deus, por que ele não passou por Robinette? — gemeu Bobby Terry. Suas mãos aferravam o Winchester.

Dave bateu em uma delas.

— Você não vai descer com esse rifle.

— Mas...

— Cale a boca! E mostre um sorriso, porra!

Bobby forçou um sorriso. Era como o sorriso de um palhaço mecânico num parque de diversões.

— Você não convence — rosnou Dave. — É melhor ficar no maldito carro.

Tinham parado ao lado do Scout, que também parara com duas rodas sobre o pavimento e duas sobre o acostamento de terra, o motor ligado. Sorrindo, Dave saiu. Tinha as mãos nos bolsos do impermeável. No bolso esquerdo havia um .38 Special da polícia.

O juiz desceu cuidadosamente do Scout. Também usava um impermeável amarelo. Caminhava com cautela, movendo-se tal como se moveria um homem carregando um vaso frágil. A artrite o atacara como um bando de tigres. Ele tinha o rifle Garand na mão esquerda.

— Ei, não está pretendendo usar isto contra mim, está? — disse o homem do Willys com um sorriso amistoso.

— Acho que não — respondeu o juiz. Os dois falavam acima do ruído da chuva que caía. — Vocês devem ter estado lá em Copperfield.

— Sim, estivemos. Sou Dave Roberts. — Ele estendeu a mão direita.

— Meu nome é Farris — disse o juiz e ofereceu a mão direita. Ele relanceou para a janela do passageiro do Willys e viu Bobby Terry inclinando-se para fora, segurando o .45 com as duas mãos. A chuva pingava do cano da arma. O rosto dele, lívido como o de um cadáver, ainda exibia o sorriso maníaco de parque de diversões. — Ah, o sacana — murmurou o juiz e puxou sua mão do aperto escorregadio de chuva de Roberts no instante em que este disparou, através do bolso do impermeável. A bala penetrou no meio do corpo do juiz, logo abaixo do estômago, achatando, girando, alargando a trajetória, para sair à direita de sua espinha, onde deixou um buraco do tamanho de um pires de chá. O Garand caiu de sua mão sobre a estrada e ele foi arremessado contra a porta aberta do Scout, no lado do motorista.

Nenhum deles notou o corvo que voejara para um fio telefônico do outro lado da estrada.

Dave Roberts deu um passo à frente para terminar o serviço. Enquanto o fazia, Bobby Terry disparou da janela do passageiro do Willys. Sua bala acertou Roberts na garganta, dilacerando-a. Uma fúria de sangue cascateou pela frente do impermeável de Roberts, misturando-se à chuva. Ele se virou para Bobby Terry, o queixo se movendo sem produzir som, mostrando um espanto agonizante, os olhos arregalados. Deu dois passos cambaleantes à frente, e então o espanto sumiu de seu rosto. Desapareceu qualquer expressão. Ele tombou morto. A chuva caía e tamborilava nas costas do seu impermeável.

— *Ah, merda, olhe só para isto!* — gritou Bobby Terry em absoluto desalento.

O juiz pensou: *Minha artrite se foi. Se eu vivesse poderia explorar a profissão médica. A cura para artrite é uma bala nas tripas. Ah, meu Deus, eles estavam à minha espera. Terá Flagg contado a eles? Deve ter contado. Que Jesus ajude quem mais o comitê enviar para cá...*

O Garand jazia na estrada. O juiz inclinou-se para ele, sentindo que suas tripas tentavam escapar para fora do corpo. Era uma curiosa sensação. Não muito agradável. E daí? Ele pegou o rifle. Estaria destravado? Estava. Começou a erguê-lo. Parecia pesar uma tonelada.

Bobby Terry finalmente afastou o seu olhar apavorado de Dave, bem a tempo de ver que o juiz se preparava para baleá-lo. O juiz estava sentado na estrada. Seu impermeável, vermelho de sangue do peito até a bainha. Havia pousado o cano do Garand no joelho.

Bobby disparou um tiro e errou. O Garand enviou um trovão gigantesco e vidro estilhaçado salpicou o rosto de Bobby Terry. Ele gritou, certo de que estava morto. Então viu que a metade esquerda do pára-brisa se fora e compreendeu que ainda continuava dono de si.

O juiz corrigia sua pontaria penosamente, girando o Garand talvez uns dois graus sobre o joelho. Bobby Terry, com os nervos totalmente em destroços agora, disparou três vezes em rápida sucessão. O primeiro tiro abriu um buraco na lateral da cabine do Scout. O segundo atingiu o juiz acima do olho direito. O .45 é uma arma de grande porte, e a curta distância produz estragos enormes e desagradáveis. Esta bala arrancou boa parte do cocuruto do juiz, arremessando tudo contra o Scout. A cabeça dele vergou radicalmente para trás, e a terceira bala de Bobby Terry entrou um centímetro abaixo de seu lábio inferior, explodindo os dentes para dentro da boca, de onde foram aspirados em seu estertor final. O queixo e o maxilar se desintegraram. O dedo do juiz comprimiu o gatilho do Garand numa convulsão agonizante, mas a bala foi se perder velozmente no céu branco e chuvoso.

E baixou o silêncio.

A chuva tamborilava nos tetos do Scout e do Willys. Nos impermeáveis dos dois homens mortos. Era o único som até o corvo alçar vôo do fio telefônico com um grasnido roufenho. Esse grasnido assustou Bobby Terry, tirando-o de seu estupor. Desceu lentamente do banco do carona, ainda aferrando o enfumaçado .45.

— Eu fiz isso — disse confidencialmente para a chuva. — Estraçalhei o rabo dele. É bom acreditar nisso. Foi como o duelo do O.K. Corral. Uma tremenda nota A. O velho Bobby Terry deixou ele tão morto como você queria.

Então, com crescente horror, percebeu que não era o rabo do juiz que havia estraçalhado, afinal.

O juiz morrera inclinado para dentro do Scout. Bobby Terry agora o aferrou pelas lapelas do impermeável e o puxou para a frente, olhando para o que restava das feições do juiz. Nada mais restara senão o nariz. Para dizer a verdade, tampouco o nariz estava em bom estado.

Podia ter acontecido com qualquer um.

E, num sonho de terror, Bobby Terry tornou a ouvir Flagg dizendo: *Quero mandá-lo de volta sem danos.*

Céus, podia ter acontecido com *qualquer um.* Era como se ele deliberadamente tivesse feito o contrário do que o Turista Andarilho ordenara. Dois tiros diretos no rosto. Até os *dentes* tinham sumido.

E a chuva tamborilava, incessante...

Estava tudo acabado ali. Isso era tudo. Ele não ousaria ir para o leste nem ficar no oeste. Ele ficaria pendendo de um poste telefônico com as costas nuas... ou algo pior.

Haveria coisas piores?

Com aquele louco sorridente no comando, Bobby Terry não duvidava de que haveria. Então, qual a resposta?

Passando as mãos pelos cabelos, ainda olhando para o rosto destroçado do juiz, ele procurou refletir.

O sul. Esta era a resposta. Sul. Não havia mais guardas de fronteiras. Do sul iria para o México e, se não ficasse longe o bastante, desceria para a Guatemala, o Panamá, talvez seguindo até a porra do Brasil. Cairia fora daquele caos total. Chega de leste, chega de oeste, agora era só Bobby Terry, são e salvo, tão longe do Turista Andarilho quanto pudesse, até onde seus sapatos gastos pudessem levar...

Houve um novo som na tarde chuvosa.

A cabeça de Bobby Terry ergueu-se.

Era a chuva, claro, batendo seu tambor de aço nas cabines dos dois veículos, bem como o ronco de ambos os motores ligados, e...

Um estranho som tiquetaqueante, como saltos de botas surrados martelando com rapidez ao longo do macadame da estrada vicinal.

— Não — sussurrou Bobby Terry.

 Ele começou a virar-se.

O som tiquetaqueante ganhava velocidade. Um passo rápido, um trote, uma corrida, uma *disparada*, e Bobby Terry acabou de virar-se. Tarde demais. *Ele* estava chegando. Flagg estava vindo, como algum terrível monstro saído do filme mais apavorante jamais visto. As faces do homem escuro estavam afogueadas, os olhos cintilando de feliz amizade, enquanto um sorriso faminto, enorme e voraz estirava-lhe os lábios sobre os enormes dentes tumulares, dentes de tubarão. E ele tinha as mãos estendidas diante do corpo, e havia reluzentes penas negras de corvo voejando de seu cabelo.

Não, Bobby Terry tentou dizer, porém nenhum som saiu.

— *EI, BOBBY TERRY, VOCÊ ESTRAGOU TUDO!* — berrou o homem escuro e caiu sobre o indefeso Bobby Terry.

Havia coisas piores do que crucificação.

Eram dentes.

Capítulo Sessenta e Dois

DAYNA JURGENS ESTAVA DEITADA NUA na cama de casal, ouvindo o persistente chiado da água caindo do chuveiro. Olhou para seu reflexo no imenso espelho circular do teto, do exato tamanho e formato da cama que ele refletia. Pensou que o corpo da mulher sempre fica melhor quando de costas, espichado, o estômago achatado, os seios naturalmente eretos, sem o efeito vertical da gravidade puxando-os para baixo. Eram nove e meia da manhã de 8 de setembro. Fazia dezoito horas que o juiz morrera, e bem menos tempo da morte de Bobby Terry — infelizmente para ele.

O chuveiro continuava aberto.

Eis aí um homem com mania de limpeza, pensou ela. *Eu gostaria de saber o que aconteceu a ele para ficar meia hora direto debaixo da ducha.*

Sua mente voltou-se para o juiz. Quem poderia imaginar? À sua própria maneira, havia sido uma idéia danada de boa. Quem suspeitaria de um velho como ele? Bem, Flagg suspeitara, assim parecia. De algum modo, soubera quando e aproximadamente onde. Uma linha de sentinelas fora posicionada por toda a fronteira Idaho-Oregon com ordens para matá-lo.

O serviço, no entanto, ficara de certa forma prejudicado. Desde a hora do jantar da véspera o escalão superior ali em Las Vegas havia perambulado de um lado para outro com expressões melancólicas e olhos baixos. Whitney Horgan, que era um excelente cozinheiro, havia servido algo parecido com ração canina e demasiado queimado para ter algum sabor. O juiz estava morto, mas alguma coisa dera errado.

Dayna levantou-se, foi até a janela e olhou para o deserto. Viu dois ônibus grandes do Las Vegas High School rumando para oeste, pela Nacional 95, sob o sol escaldante. Iam para a base aérea de Indian Springs, onde, ela sabia, havia um curso diário sobre mecânica e pilotagem de aviões a jato. No oeste havia algumas pessoas que sabiam pilotar, mas, para enorme sorte — da Zona Franca —, nenhuma delas fora licenciada para os jatos da Guarda Nacional em Indian Springs.

 Mas eles estavam apenas aprendendo. Ah, como estavam.

O mais importante para ela agora, logo após a morte do juiz, era que eles souberam quando não havia meios para tal. Haveria um espião deles plantado na Zona Franca? Era bem possível, supunha ela; espionar era um jogo que podia ser disputado por dois. Mas Sue Stern lhe dissera que a decisão de enviar espiões para o oeste coubera estritamente ao comitê, e ela duvidava muito que algum daqueles sete estivesse a soldo de Flagg. Mãe Abagail teria sabido se algum integrante do comitê houvesse mudado de lado, para início de conversa. Dayna tinha certeza disso.

Só restava uma alternativa nada agradável. O próprio Flagg apenas *soubera.*

Fazia oito dias que Dayna se encontrava em Las Vegas e, até onde sabia, tinha sido plenamente aceita como parte da comunidade. Já acumulara informação suficiente sobre as operações locais a ponto de matar de susto todos que tinham ficado em Boulder. Bastaria a notícia sobre o programa de treinamento nos aviões a jato. Porém o que mais a assustava pessoalmente era o modo como as pessoas se esquivavam quando era mencionado o nome de Flagg, o modo como fingiam não ter ouvido. Algumas pessoas até cruzavam os dedos, outras persignavam-se ou faziam o sinal do mau-olhado por trás da mão em concha. Ele era grande Esse/Não-Esse.

Isso durante o dia. À noite, quem apenas se sentasse quietamente no Cub Bar do MGM Grand Hotel ou no Silver Slipper Room, no The Cashbox, ouviria histórias sobre ele, o começo do mito. Eles falavam lentamente, gaguejando, sem olhar um para o outro, bebendo principalmente cerveja. Se alguém bebesse qualquer coisa mais forte, poderia perder o controle da boca, o que era perigoso. Dayna sabia que nem tudo que diziam era verdade, porém já se tornara impossível separar os bordados dourados do tecido da roupa. Ouvira falar que ele mudava de forma, que era um lobisomem, que deflagara pessoalmente a epidemia, que era o Anticristo cuja vinda estava prevista no Livro do Apocalipse. Ouvira falar na crucificação de Hector Drogan, de como ele simplesmente soubera que Heck estava se drogando... o modo como soubera que o juiz estava a caminho, aparentemente.

E naquelas discussões noturnas ele jamais era chamado de Flagg; era como se acreditassem que mencionar seu nome fosse o mesmo que invocar um gênio de uma garrafa. Referiam-se a ele como homem escuro, Turista Andarilho. E Ratty Erwins o chamara de Velho Judas Rastejante.

Se ele soubera sobre o juiz, como é que não saberia sobre ela?

O chuveiro foi desligado.

Controle-se, queridinha. Ele promove a confusão. Isso o faz parecer maior. Talvez ele tenha um espião na Zona Franca — não necessariamente alguém do comitê, apenas alguém que lhe dissera que o juiz não fazia o tipo de desertor.

— Não devia ficar por aí sem roupas, meu bem. Assim, acaba me deixando com tesão outra vez.

Dayna se virou para ele, exibindo um sorriso amplo e convidativo.

— Por que acha que eu estava andando por aí sem roupa?

Ele consultou o relógio.

— Bem, talvez tenhamos quarenta minutos. — Seu pênis já começava a fazer movimentos saltitantes... como uma vareta de rabdomante, pensou Dayna com amargo divertimento.

— Pois então venha. — Ele se aproximou e ela apontou para seu peito. — E tire essa coisa do pescoço. Me dá arrepios.

Lloyd Henreid baixou os olhos para o amuleto, uma espécie de lágrima escura marcada com uma solitária mancha vermelha. Ele o tirou, colocou-o sobre a mesa-de-cabeceira e a corrente fina produziu um som sibilante.

— Está melhor assim?

— Muito melhor.

Ele estendeu os braços. Logo em seguida, estava por cima de Dayna. Um momento depois, estava penetrando nela.

— Gosta disso? — arfou ele. — Gosta de sentir isso dentro, doçura?

— Meu Deus, eu adoro — gemeu ela pensando no moedor de carne, todo em esmalte branco e aço reluzente.

— O quê?

— Eu disse que *adoro* isso! — gritou ela.

Simulou brevemente um orgasmo, remexendo os quadris intensamente, gritando. Ele gozou segundos depois (ela partilhava a cama com Lloyd há quatro dias agora, e o ritmo de ambos combinava à perfeição) e ela, ao sentir o sêmen dele começar a escorrer por sua coxa, olhou por acaso para a mesa-de-cabeceira.

Pedra negra.

Mancha vermelha.

Aquilo parecia estar olhando para ela.

Teve uma súbita sensação de que *estava* olhando para ela, que era o olho *dele* com suas lentes de contato de humanidade removidas, olhando para ela como o Olho de Sauron havia olhado para Frodo das profundezas escuras de Barad-Dur, em Mordor, onde jaziam as sombras.

Aquilo me vê, pensou ela com desamparado horror naquele momento sem defesa antes que a racionalidade se refizesse. *E mais: vê ATRAVÉS de mim.*

* * *

Depois, como Dayna esperava, Lloyd falou. Aquilo também fazia parte do ritmo dele. Punha um braço em torno dos ombros dela, fumava um cigarro, olhava para o reflexo dos dois no espelho acima da cama e contava-lhe o que estava acontecendo.

— Ainda bem que eu não era aquele Bobby Terry — disse. — Não, de jeito nenhum! O chefão queria a cabeça daquele velho peidão sem um arranhão sequer. Queria mandá-lo de volta por cima das Rochosas. E veja só o que aconteceu: aquele debilóide meteu dois balaços de .45 na cara dele. De curta distância. Acho que ele mereceu o que teve, mas ainda bem que eu não estava lá.

— O que aconteceu com ele?

— Nada de perguntas, doçura.

— Como ele soube? O chefão?

— Ele estava lá.

Ela sentiu um calafrio.

— Simplesmente aconteceu de estar lá?

— Certo. Ele sempre aparece em qualquer lugar quando há problema. Meu Deus, quando penso no que ele fez com Eric Strellerton, aquele advogado metido a esperto com quem eu e Lixo fomos a Los Angeles...

— O que foi que ele fez?

Por um longo momento Dayna achou que ele não fosse responder. Em geral, ela conseguia empurrá-lo delicadamente na direção que desejava, fazendo uma série de perguntas suaves e respeitosas; fazia-o sentir-se como se fosse (nas palavras jamais esquecidas de sua irmã caçula) o Rei Merda da Montanha de Bosta. Desta vez, no entanto, teve a impressão de que fora longe demais, até que Lloyd disse, em voz esquisita e contida:

— Ele apenas *olhou* para o cara. Eric estava despejando toda aquela merda de como queria ver funcionando a operação em Vegas... devíamos fazer isso, devíamos fazer aquilo. O pobre Lata de Lixo... ele não é muito certo da bola, entende... limitava-se a olhar, como se o cara fosse algum astro da TV ou algo assim. Eric andava de um lado para o outro, como se estivesse se dirigindo a um júri, e parecia como se já tivesse certeza de que as coisas seriam feitas da maneira como queria. E então *ele* disse, em voz absolutamente macia: "Eric." Bem assim. Eric olhou para ele. Eu não vi nada, mas Eric ficou olhando para ele por um longo tempo. Talvez cinco minutos. E seus olhos foram aumentando, ficando cada vez maiores... e então ele começou a babar... e depois começou a rir... e *ele* riu com Eric, o que me deixou assustado. Quando Flagg ri, a gente sente medo. Só que Eric continuou lá, rindo. E *ele* disse: "Quando vocês voltarem, larguem ele no Mojave." Foi o que fizemos. Pelo que sei, Eric está perambulando pelo deserto neste exato momento. *Ele* olhou para Eric por cinco minutos e deixou-o louco.

Lloyd deu uma longa tragada em seu cigarro e o amassou no cinzeiro. Depois pôs um braço em torno dela.

— Por que ficamos conversando sobre merdas desse tipo?

— Sei lá... Como estão indo as coisas em Indian Springs?

Lloyd animou-se. O projeto Indian Springs era sua menina dos olhos.

— Bem, otimamente bem. No dia 1º de outubro, talvez até antes, teremos três sujeitos preparados para os aviões Skyhawk. Hank Rawson é realmente grande. E esse Lata de Lixo, porra, é um tremendo gênio. Não é muito inteligente para certas coisas, mas quando se trata de armas, o cara é incrível.

Dayna se encontrara com o Homem da Lata de Lixo duas vezes, e em ambas as ocasiões sentira um calafrio percorrer-lhe a espinha, quando os olhos estranhos e turvos do sujeito a percorreram. Houve uma nítida sensação de alívio quando eles se desviaram. Era óbvio que muitos dos outros — Lloyd, Hank Rawson, Ronnie Sykes, o Rato — viam Lixo como uma espécie de mascote, um talismã de boa sorte. Um de seus braços era uma horrível massa de tecido cicatrizado de queimaduras recentes, e ela recordava algo peculiar acontecido duas noites antes. Hank Rawson estivera falando. Ele pusera um cigarro na boca, riscara um fósforo e terminara sua alocução antes de acender o cigarro e apagar o fósforo. Dayna reparou na maneira como os olhos de Lata de Lixo se fixaram na chama do fósforo, o modo como parecera parar de respirar. Era como ver um homem faminto contemplando um jantar de nove pratos. Então Hank sacudira o fósforo e deixara o pedacinho enegrecido de madeira cair num cinzeiro. O momento havia terminado.

— Ele é bom com armas? — perguntou ela a Lloyd.

— O Lata de Lixo? Ele é bom paca. Os Skyhawks carregam mísseis sob as asas, mísseis ar-terra. Mísseis Pica-pau Verde. É estranho como eles batizam toda essa merda, não é? Ninguém imaginava como aquelas porras eram acopladas aos aviões. Ninguém sabia como armar os aparelhos ou controlar a segurança deles. Porra, levamos mais de um dia para descobrir como retirá-los das armações no depósito. Então Hank diz: "Acho melhor a gente trazer Lixo para cá, quando voltar, e ver se ele consegue dar um jeito nisso."

— Quando ele voltar? — estranhou Dayna.

— É, ele é um andarilho engraçado. Só está em Vegas há menos de uma semana e já fala em dar no pé o quanto antes.

— E para onde ele vai?

— Para o deserto. Pega um Land-Rover e simplesmente se manda. É um cara estranho, pode crer. À sua maneira, Lixo é um cara quase tão estranho como o próprio chefão. A oeste daqui, não existe nada além do deserto vazio e uma vastidão esquecida por Deus. Sei o que estou dizendo. Já estive certa vez no oeste, num buraco do inferno chamado posto Brownsville. Não sei como Lixo se vira por lá, mas ele consegue. Procura por novos brinquedos e sempre volta com alguns. Mais ou menos uma semana depois de voltarmos de Los Angeles, ele trouxe um monte de metralhadoras do Exército com visores a *laser*... metralhadoras que nunca falham, é como Hank as chama. Da última vez foram minas Teller, minas de contato, minas de fragmentação e um caixote de Parathion, um inseticida muito perigoso. Ele disse que encontrou um grande estoque de Parathion. Também trouxe desfolhante para deixar todo o estado do Colorado careca como um ovo.

— Onde ele encontra essas coisas?

— Por toda parte — disse Lloyd com simplicidade. — Ele as fareja, doçura, o que aliás não chega a ser tão estranho assim. A maior parte do oeste de Nevada e leste da Califórnia pertencia à boa e velha América. Era onde testavam seus brinquedos, dos mais inocentes à bomba atômica. Qualquer dia desses, Lixo estará trazendo até uma bomba atômica.

Ele riu. Dayna sentiu frio, um frio terrível.

— A supergripe começou em algum lugar por lá, aposto meu dinheiro nisso. Talvez Lixo acabe descobrindo. Acredite, ele simplesmente fareja a coisa. O chefão diz que basta lhe dar uma pista e despachá-lo. E é essa a função de Lixo. Sabe qual é o seu brinquedo predileto no momento?

— Não — disse Dayna, sem ter certeza de que desejava saber... porém, era para isso que tinha vindo.

— Lança-chamas. Tem cinco deles lá em Indian Springs, enfileirados como carros de corrida de Fórmula 1. — Lloyd riu. — Eram usados no Vietnã. Os soldados os chamavam de Zippos, por causa dos isqueiros. São cheios de *napalm*. Lixo adora eles.

— Imagino — murmurou ela.

— De qualquer modo, quando Lixo voltou dessa vez, nós o levamos para as Springs. Ele cantarolou e resmungou em volta daqueles mísseis e conseguiu deixá-los armados e montados em cerca de seis horas. Pode acreditar nisso? Eles treinam técnicos da Força Aérea durante uns noventa anos para fazerem o mesmo. Só que não se comparam a Lixo. Nesse negócio, ele é um tremendo gênio.

Idiota sábio, você quer dizer. Aposto que sei como ele arranjou aquelas queimaduras.

Lloyd consultou o relógio e sentou-se.

— Por falar em Indian Springs, terei de ir para lá. Só há tempo para mais uma chuveirada. Me acompanha?

— Não dessa vez.

Ela se vestiu depois que o chuveiro foi novamente ligado. Até então, sempre conseguira vestir-se e despir-se com Lloyd fora do quarto e pretendia que assim continuasse.

Prendeu a braçadeira ao antebraço e fez a lâmina da faca deslizar para seu compartimento de mola. Uma rápida torção do pulso e teria na mão os 25 centímetros daquela lâmina.

 Bem, pensou enquanto enfiava a blusa, uma garota precisa ter *alguns* segredos.

* * *

Durante a tarde Dayna trabalhou com a turma de manutenção da iluminação pública. O trabalho consistia em testar as lâmpadas com um aparelho simples e substituí-las se estivessem queimadas ou houvessem sido quebradas pelos vândalos quando Las Vegas estivera no auge da supergripe. Eram quatro pessoas naquela atividade e usavam um caminhão coletor de cerejas que rodava de poste em poste e de rua em rua.

No fim daquela tarde, Dayna estava no alto do caminhão e removia a cobertura de Plexiglass de uma das lâmpadas e pensava no quanto apreciava as pessoas com quem trabalhava, principalmente Jenny Engstrom, uma forte e bonita ex-dançarina de boate incumbida de manejar os controles do caminhão. Era o tipo de garota que Dayna gostaria de ter como melhor amiga e ficava perplexa por ela estar ali, do lado do homem escuro. Isto a deixava tão confusa que não ousava pedir uma explicação a Jenny.

Os outros também eram legais. Ela ponderou que Vegas tinha uma proporção de imbecis bem superior à da Zona Franca, porém nenhum deles exibia caninos aguçados nem se transformava em morcego ao nascer da lua. Além disso, eram pessoas que trabalhavam muito mais duramente que os habitantes da Zona. Em Boulder era possível ver gente perambulando pelos parques a qualquer hora do dia, havendo ainda quem fizesse a pausa para o almoço durar de meio-dia às duas da tarde. Nada de semelhante jamais aconteceria ali em Vegas. Todos trabalhavam das oito da manhã às cinco da tarde, fosse em Indian Springs ou nas turmas de manutenção dentro da cidade. A escola também voltara a funcionar. Havia cerca de vinte crianças em Vegas, com idades variando dos quatro anos (este era Daniel McCarthy, o queridinho de todos na cidade, mais conhecido como Dinny) aos 15. Haviam encontrado dois professores diplomados e havia aulas cinco dias por semana. Lloyd, que abandonara a escola após repetir o primeiro ano do ginásio pela terceira vez, estava muito orgulhoso das oportunidades educacionais disponíveis. As farmácias ficavam abertas e sem vigias. Pessoas entravam e saíam o tempo todo... mas nada levavam de mais forte que um frasco de aspirina ou Gelusil. No oeste não havia problemas com drogas. Qualquer um que testemunhara o que havia acontecido com Hector Drogan sabia qual era a punição para o vício. Também não havia alcoólatras como Rich Moffat. Todos eram amistosos e sinceros. E ninguém se atrevia a beber algo mais forte que uma cerveja.

Alemanha em 1938, pensou ela. *Os nazistas? Ah, são pessoas encantadoras. Muito atléticas. Não freqüentam cabarés, os cabarés são para os turistas. O que fazem eles? Fabricam relógios.*

Era uma comparação justa?, especulou Dayna inquietamente pensando em Jenny Engstrom, de quem gostava tanto. Ela não sabia... mas achou que talvez seria.

Ela testou a lâmpada no capuz padrão. Estava queimada. Retirou-a, colocou-a cuidadosamente entre seus pés e apanhou a última lâmpada nova. Ótimo, estava quase no fim do dia. Estava...

Dayna olhou para baixo e ficou gelada.

Pessoas desciam em uma parada de ônibus, voltando de Indian Springs. Todas olhavam casualmente para cima, do jeito como um grupo sempre olha quando há alguém trepado em alguma coisa. A síndrome do circo grátis.

Aquele rosto, olhando para ela.

Aquele rosto largo, sorridente, inquisitivo.

Meu Deus do céu, aquele é Tom Cullen?

Uma gota de suor salgado escorreu para seu olho, duplicando sua visão. Quando a enxugou, o rosto sumira. As pessoas que desceram do ônibus já haviam percorrido metade da rua, balançando suas marmitas, rindo e fazendo piadas. Dayna olhou para aquele que julgara ser Tom, mas de costas era difícil confirmar...

Tom? Eles teriam enviado Tom?

Certamente que não. Isso era tão irracional que quase chegava a ser...

Quase chegava a ser lúcido.

Ainda assim, não conseguia acreditar.

— Ei, Jurgens! — chamou Jenny energicamente. — Resolveu dormir aí em cima ou está só brincando sozinha?

Dayna inclinou-se sobre o gradil baixo do caminhão coletor de cerejas e olhou para Jenny, que erguera o rosto para cima. Dayna fez um gesto obsceno para ela. Jenny riu. Dayna voltou a atenção para a lâmpada de seu poste, pelejando para colocá-la, e quando finalmente conseguiu já era hora de encerrar o expediente. No trajeto de volta à garagem, ela se manteve em silêncio e preocupada... quieta demais para fazer Jenny comentar a respeito.

— Apenas estou sem assunto, acho — disse-lhe Dayna com um meio sorriso.

Não podia ter sido Tom.

Ou podia?

* * *

— Acorde! Acorde! Porra, acorde logo, sua puta!

Ela começava a emergir do sono pesado quando um pé a atingiu na base das costas, chutando-a para fora da grande cama redonda e para o chão. Despertou de imediato, piscando e aturdida.

Lloyd estava ali, fitando-a com uma raiva contida. Whitney Horgan. Ken DeMott. Maioral. Jenny. Só que o rosto geralmente franco de Jenny estava agora frio e inexpressivo.

— Jen...?

Nenhuma resposta. Dayna ficou de joelhos, vagamente cônscia de sua nudez, mais cônscia ainda do frio círculo de rostos baixados para ela. A expressão de Lloyd era a do homem traído que descobriu a traição.

Será que estou sonhando?

— Vista logo a porra da roupa, sua *puta* mentirosa, espiã!

Tudo bem, não era um sonho. Ela sentiu uma pontada de terror no estômago, que pareceu quase pré-ordenada. Eles tinham sabido sobre o juiz e agora sabiam a seu respeito. *Ele* lhes contara. Olhou para o relógio na mesa-de-cabeceira. Quinze para as quatro da madrugada. A Hora da Polícia Secreta, pensou.

— Onde está ele? — perguntou ela.

— Por aí — disse Lloyd, carrancudo. Tinha o rosto pálido e brilhoso. Seu amuleto se mostrava pelo V aberto da camisa. — Em breve você desejará que ele não estivesse.

— Lloyd?

— O que é?

— Passei uma doença venérea para você. Espero que ela o apodreça.

Ele a chutou logo abaixo do esterno, fazendo-a cair de costas.

— Espero que ela o apodreça, Lloyd!

— Cale a boca e vista-se!

— Saiam daqui! Não me visto na frente de homens!

Lloyd chutou-a de novo, desta vez no bíceps do braço direito. A dor foi tremenda e sua boca pendeu num arco trêmulo, porém ela não gritou.

— Sua batata está assando, Lloyd? Por dormir com Mata Hari? — Ela sorriu para ele com lágrimas de dor se formando nos olhos.

— Vamos, Lloyd — disse Whitney Horgan. Tinha visto assassinato nos olhos de Lloyd e agora deu um passo à frente rapidamente, pondo a mão no braço dele. — A gente vai para a sala e Jenny pode vigiá-la enquanto ela se veste.

— E se ela resolver pular da janela?

— Não vai ter nenhuma chance — disse Jenny. Seu rosto estava mortalmente pálido e, pela primeira vez, Dayna notou que ela estava usando uma pistola no quadril.

— De qualquer modo, ela não conseguiria — disse Maioral. — As janelas aqui em cima são apenas para efeito decorativo, não sabiam? Às vezes, os caras que perdiam muito nas mesas de jogo ficavam querendo dar um mergulho do alto, o que seria uma publicidade negativa para o hotel. Portanto, as janelas não se abrem. — Seus olhos baixaram sobre Dayna e mostraram um toque de compaixão. — É isso aí, garota, você é uma grande perdedora.

— Vamos, Lloyd — repetiu Whitney. — Você vai acabar fazendo uma coisa da qual se arrependerá mais tarde... chutá-la na cabeça ou algo assim. É melhor cair fora daqui.

— Está bem. — Eles seguiram juntos para a porta. Lloyd olhou para trás por sobre o ombro. — Ele vai lhe infernizar a vida, sua puta.

— Você foi o pior amante que já tive, Lloyd — disse ela docemente.

Ele tentou voltar para ela, mas Whitney e Ken DeMott o puxaram para trás e o empurraram para a saída. As portas duplas fecharam, com um som grave e surdo.

— Vista-se, Dayna — ordenou Jenny.

Dayna se levantou, ainda esfregando a marca avermelhada no seu braço.

— Você gosta de gente assim? — perguntou ela. — É isso que procura? Gente como Lloyd Henreid?

— Quem andou dormindo com Lloyd foi você, não eu. — O rosto dela exibia uma emoção pela primeira vez: zangada reprovação. — Você acha correto vir para cá e nos espionar? Você merece tudo que vai receber. E vai receber um bocado, irmã.

— Eu estava dormindo com ele por um motivo. E estava espionando por um motivo — respondeu Dayna, vestindo sua calcinha.

— Por que não cala essa boca?

Dayna voltou-se e olhou para Jenny.

— O que pensa que estão fazendo aqui, garota? Por que acha que estão treinando para voar naqueles jatos lá em Indian Springs? E aqueles mísseis... acha que estão aqui para Flagg ganhar uma bonequinha para a namorada numa barraca de tiro ao alvo?

Jenny comprimiu os lábios.

— Isso não é da minha conta.

— Não é da sua conta? E se eles usarem os jatos para voar sobre as Rochosas na primavera e os mísseis para exterminar aqueles que estão do outro lado?

— Espero que façam isso. Somos nós ou a sua gente, é o que *ele* diz. E acredito nele.

— As pessoas acreditavam em Hitler, também. Mas você não acredita nele; apenas se borra de medo dele.

— Vista-se, Dayna.

Dayna vestiu as calças compridas, abotoou-as, puxou o zíper. Então, levou a mão à boca.

— Eu... eu acho que vou vomitar... Céus! — Agarrando a blusa de mangas compridas, deu meia-volta, correu para o banheiro e trancou a porta. Lá dentro, emitiu ruídos fortes de quem estivesse vomitando.

— Abra a porta, Dayna! Abra ou rebento a fechadura!

— Estou... mal... — Ela produziu outro ruído de vômito. Na ponta dos pés, tateou no topo do armário de remédios, agradecendo a Deus por ter deixado a braçadeira e a faca de mola ali, rezando por mais vinte segundos...

Prendeu a braçadeira. Agora ouvia outras vozes no quarto.

Com a mão esquerda, abriu a torneira da pia.

— Só um minuto, estou passando mal, droga!

Mas eles não lhe dariam esse minuto. Alguém deu um pontapé na porta do banheiro, estraçalhando a madeira. Dayna colocou a faca no lugar, que permaneceu ao longo do seu antebraço como uma flecha mortífera. Movendo-se com desesperada velocidade, vestiu a blusa e abotoou as mangas. Jogou água na boca. Deu descarga na privada.

Outro chute na porta. Dayna girou a maçaneta e eles entraram de roldão. Lloyd, com expressão irada, Jenny vindo logo atrás de Ken DeMott e Maioral, empunhando a pistola.

— Eu vomitei — disse Dayna friamente. — Uma pena que não puderam ver, hein?

Lloyd aferrou-a pelo ombro e a empurrou para dentro do quarto.

— Eu devia quebrar-lhe o pescoço, sua escrota!

— Não esqueça a voz do dono. — Ela abotoou a frente da blusa, fitando-os com olhos fuzilantes. — Ele é o deus-cão de vocês, não é mesmo? Babam-lhe o ovo e ficam pertencendo a ele!

— É melhor calar essa boca — disse Whitney, irritado. — Só está piorando as coisas para o seu lado.

Dayna olhou para Jenny, sem entender como a garota alegre e sorridente durante o dia podia transformar-se naquela coisa noturna, de rosto inexpressivo.

— Não percebem que ele está se preparando para começar tudo outra vez? — perguntou a eles, desesperadamente. — A matança, os fuzilamentos... *epidemia*?

— Ele é o maior e o mais forte — disse Whitney com curiosa gentileza. — Vai exterminar sua gente da face da Terra.

— Chega de falação — disse Lloyd. — Vamos!

Moveram-se para agarrá-la pelos braços, mas Dayna recuou, mantendo os braços às costas, e sacudiu a cabeça.

— Posso caminhar — disse.

* * *

O cassino estava deserto, exceto por vários homens armados de rifles, sentados ou parados junto às portas. Pareciam interessados em olhar coisas nas paredes, os tetos e as mesas de jogo vazias, quando as portas do elevador se abriram e surgiu o grupo de Lloyd escoltando Dayna.

Ela foi conduzida à porta ao final da fileira de guichês dos caixas. Lloyd a abriu com uma pequena chave e todos entraram. Guiaram Dayna rapidamente através de uma área semelhante a um banco: havia máquinas de calcular, cestas de papel cheias de fitas gravadas, potes contendo elásticos e clipes. Telas de computadores, agora cinzentas e opacas. Gavetas de caixas registradoras abertas. Dinheiro caído de algumas delas e jazendo no piso de ladrilhos. A maioria eram notas de 50 e 100.

No final da área dos caixas, Whitney abriu outra porta e Dayna foi levada por um corredor acarpetado até um escritório de recepcionista vazio. Decorado com muito bom gosto, com uma bela escrivaninha branca para uma secretária refinada que falecera meses antes, tossindo e expelindo grande quantidade de catarro esverdeado. Havia um quadro na parede que parecia uma estampa de Klee. Um tapete felpudo, em tom castanho-claro. A antecâmara da sala do trono.

O medo infiltrou-se pelos seus poros como água fria, enrijecendo-a, fazendo-a sentir-se desajeitada. Lloyd inclinou-se sobre a mesa e pressionou o botão do interfone. Dayna percebeu que ele suava.

— Nós a trouxemos, RF.

Dayna sentiu uma risada histérica borbulhando dentro de si e não conseguiu sufocá-la — não que isso importasse agora.

— RF! *RF!* Ah, isso é *formidável*! Prontos ao seu dispor, FC!

Ela continuou em uma onda de risadinhas sufocadas e, de repente, Jenny a esbofeteou.

— Cale-se! — sibilou ela. — Você não sabe a fria em que entrou!

— Sei, sim — replicou Dayna, olhando para ela. — Você e os outros, vocês é que não sabem.

Uma voz veio do interfone, cálida, satisfeita e alegre.

— Muito bem, Lloyd, obrigado. Mande-a entrar, por favor.

— Sozinha?

— Sim, claro. — Houve um risinho indulgente quando o interfone foi desligado. Dayna sentiu a boca seca ao ouvi-lo.

Lloyd se virou. Suava um bocado agora. Bagas enormes de suor brotavam de sua testa e escorriam pelas faces como lágrimas.

— Você o ouviu. Entre.

Ela cruzou os braços abaixo dos seios, mantendo a faca virada para junto do corpo.

— E se eu me recusar?

— Eu a arrastarei para lá.

— Olhe só para si, Lloyd! Está com tanto medo que não arrastaria nem um filhote de vira-lata lá para dentro. — Ela se virou para os outros. — Vocês estão todos assustados. Jenny, você está praticamente se borrando. Não faz bem para sua pele, querida. Ou para suas calças.

— Pare com isso, sua pervertida nojenta — sussurrou Jenny.

— Nunca senti esse medo na Zona Franca — continuou Dayna. — Sentia-me muito bem lá. Só vim aqui porque queria estimular a boa vizinhança. Não há nada mais político do que isso. Deviam meditar sobre o que estou dizendo. Talvez ele venda medo porque não tem nada mais para vender.

— Moça — disse Whitney em tom escusatório —, eu gostaria muito de ouvir o resto do seu sermão, mas o homem está esperando. Me desculpe, mas se não disser amém e cruzar aquela porta com seus próprios pés, eu a *arrastarei*. Pode contar sua história para ele depois que estiver lá dentro... isto é, se conseguir reunir muita saliva para falar com ele. Mas, até aqui, você é responsabilidade nossa.

E o mais esquisito, pensou ela, é que ele soava genuinamente sentido. O pior era que estava de igual modo apavorado.

— Não precisará fazer isso.

Ela forçou os pés a dar o primeiro passo, e então ficou um pouco mais fácil. Caminhava para sua morte, tinha plena certeza. Muito bem, que assim fosse. Ainda tinha sua faca. Primeiro para ele, se pudesse, depois para si mesma, se necessário.

Ela pensou: *Meu nome é Dayna Roberta Jurgens e estou com medo, mas já senti medo antes. Tudo que ele pode tirar de mim é aquilo que eu algum dia teria que dar, de qualquer maneira — minha vida. Nunca o deixarei me subjugar. Não permitirei que me reduza a menos do que sou, se estiver ao meu alcance. Quero morrer bem... e vou conseguir o que quero.*

Ela girou a maçaneta e entrou no escritório... e na presença de Randall Flagg.

* * *

O aposento era grande e sem mobiliário. A mesa fora empurrada contra a parede mais afastada, com a cadeira giratória de executivo colocada atrás dela. Os quadros estavam cobertos com pedaços de pano. As luzes haviam sido apagadas.

Do outro lado da sala, um reposteiro fora corrido a fim de descobrir a parede inteiramente envidraçada que dava para o deserto. Dayna refletiu que nunca vira uma paisagem tão estéril e pouco convidativa em sua vida. Mais acima, a lua era como uma pequena moeda de prata, exageradamente polida. Estava quase cheia.

De pé naquele ponto, olhando para fora, estava a forma de um homem.

Ele continuou naquela posição até muito tempo após ela ter entrado, pressentindo-a atrás de si com indiferença, antes de se virar. Quanto tempo leva um homem para se virar? Dois, talvez três segundos, no máximo. Para Dayna, contudo, foi como se o homem escuro demorasse uma eternidade para virar-se, aos poucos mostrando mais e mais de si mesmo, como a própria lua que estivera observando. Ela sentiu-se criança de novo, atordoada pela pavorosa curiosidade do medo imenso. Por um momento, viu-se capturada inteiramente pela teia da atração dele, em seu *fascínio*, e teve certeza de que, quando se virasse por completo, éons ignorados a partir do agora, ela estaria fitando o rosto que surgia em seus sonhos: um monge gótico encapuzado, a forma do seu capuz envolvendo a escuridão absoluta. Um homem negativo sem rosto. Ela o veria e ficaria louca.

Então ele estava olhando para ela, caminhando à frente e sorrindo calorosamente, e o primeiro pensamento chocado de Dayna foi: *Ora, mas ele tem a minha idade!*

O cabelo de Randy Flagg era escuro e desgrenhado. O rosto era atraente e curtido, como se passasse muito tempo exposto ao vento do deserto. Tinha feições móveis e sensitivas, olhos que dançavam alegremente, os olhos de uma criança de posse de uma importante e admirável surpresa secreta.

— Dayna! — exclamou ele. — Oi!

— O-o-olá. — Ela não conseguiu dizer mais do que isso. Imaginara-se preparada para o que desse e viesse, porém nunca para isto. Sua mente fora nocauteada, derrubada à lona. Ele sorria com o estado confuso de Dayna. Então estendeu as mãos, como se desculpando. Usava uma desbotada camisa estampada com a gola puída, *jeans* apertados e um surrado par de botas com saltos gastos.

— O que esperava? Um vampiro? — O sorriso de Flagg ampliou-se, quase exigindo que ela o retribuísse. — Um esfolador? O que andaram lhe *contando* a meu respeito?

— Eles têm medo — disse ela. — Lloyd estava... suando como um porco.

O sorriso dele continuava exigindo uma retribuição e ela teve de recorrer a toda a sua força de vontade para negar-lhe isso. Havia sido chutada para fora da cama por ordem dele. Trazida até ali para... o quê? Confessar? Contar tudo que sabia sobre a Zona Franca? Ela não podia acreditar que ainda restasse muita coisa que ele já não soubesse.

— Lloyd — disse Flagg e riu pesarosamente. — Ele passou por uma experiência bastante amarga em Phoenix quando a gripe grassava. Ele nem gosta de tocar no assunto. Eu o salvei da morte e... — seu sorriso se tornou ainda mais desarmante, se isto fosse possível — de um destino muito pior do que a morte na linguagem popular, creio. Ele me associou largamente com essa experiência, embora o sufoco por que passou não fosse obra minha. Acredita no que digo?

Ela assentiu lentamente. Acreditava nele e viu-se especulando se as constantes duchas de chuveiro de Lloyd tinham algo a ver com "a amarga experiência em Phoenix". Também viu-se sentindo uma emoção que jamais esperaria em relação a Lloyd: piedade.

— Ótimo. Sente-se, querida — disse Flagg.

Ela olhou em torno.

— Onde?

— No chão. No chão será ótimo. Precisamos conversar, e conversar com toda a sinceridade. Mentirosos sentam-se em cadeiras, por isso as banimos daqui. Ficaremos sentados como amigos junto a uma fogueira de acampamento. Sente-se, garota.

Os olhos dele positivamente brilhavam com uma hilaridade reprimida, seus flancos parecendo inflados com um riso que mal era contido. Ele sentou-se, cruzou as pernas e depois ergueu os olhos para ela apelativamente, sua expressão parecendo dizer: *Não vai deixar que eu fique sentado sozinho no chão deste gabinete ridículo, não é mesmo?*

Após um momento de vacilação, ela sentou-se. Cruzou as pernas e pousou as mãos ligeiramente sobre os joelhos. Podia sentir o peso reconfortante da faca em sua braçadeira.

— Você foi enviada para cá para espionar a área, querida — disse ele. — É uma descrição acurada da situação?

— Sim, é — respondeu. Não havia como negar.

— E sabe como costuma ser o destino dos espiões em tempo de guerra?

— Sim.

O sorriso dele alargou-se como o brilho do sol.

— Então não é uma sorte que sua gente e a minha não estejam em guerra?

Ela o fitou, totalmente surpresa.

— Pois não estamos, você sabe — concluiu ele, em tom sincero.

— Mas... você... — Mil pensamentos confusos rodopiavam em sua cabeça. Indian Springs. Os mísseis. O Lata de Lixo com seus desfolhantes e seus Zippos. O rumo da conversa sempre se desviava quando o nome, ou a presença, deste homem se imiscuía no assunto. E aquele advogado, Eric Strellerton. Vagueando pelo Mojave com o cérebro arruinado.

Tudo quanto fez foi olhar para ele.

— Por acaso atacamos a sua chamada Zona Franca? Realizamos algum movimento belicoso contra vocês?

— Não... mas...

— E vocês nos atacaram?

— Claro que não!

— Não. E não temos quaisquer planos nesse sentido. Veja! — Ele ergueu subitamente a mão direita, formando um tubo com ela. Olhando por esse tubo, ela podia ver o deserto além da parede-janela. — O Grande Deserto do Oeste! — gritou. — Abrangendo Nevada, Arizona, Novo México, Califórnia! Alguns de nós estão em Washington, em torno da área de Seatle, em Portland, Oregon. Mais um punhado em Idaho e outro no Novo México. Estão dispersos demais para, inclusive, pensarmos em um censo, pelo menos durante um ano ou mais. Somos bem mais vulneráveis do que vocês. A Zona Franca é uma colméia ou uma comunidade altamente organizada. Nada somos além de uma confederação, que tem em mim seu chefe titular. Há espaço para nós e para vocês. Sempre haverá espaço para as duas partes, mesmo em 2190. Isto é, se os bebês viverem, algo que só ficaremos sabendo dentro de mais cinco meses. Se viverem e a humanidade continuar, que nossos avós lutem por isso, caso se disponham. Ou os avós deles. *Só que, em nome de Deus, sobre o que teremos de lutar?*

— Sobre nada — murmurou ela. Sentia a garganta seca, sentia-se atordoada. E algo mais... seria esperança? Fitava-o direto nos olhos. Tinha a impressão de que não conseguia desviar o olhar, nem queria. Não ia enlouquecer. Ele não a induziria à loucura, de modo algum. Ele era... um homem bastante razoável.

— Não existem motivos econômicos que nos levem à luta, e tampouco motivos tecnológicos. Nossa política é um tanto diferente, porém isso é de somenos importância, com as Rochosas entre nós...

Ele está me hipnotizando.

Com um enorme esforço, ela conseguiu desviar os olhos dos dele e, por sobre o ombro do homem, contemplou a lua. O sorriso de Flagg esmoreceu um pouco e uma sombra de irritação pareceu cruzar suas feições. Ou seria imaginação sua? Quando tornou a fitá-lo (mais cautelosamente agora), ele tornara a sorrir com gentileza.

— Você ordenou a morte do juiz — acusou ela em tom rude. — Deseja alguma coisa de mim e, quando a obtiver, mandará me matar também.

Ele a fitou pacientemente.

— Havia piquetes por toda a fronteira Idaho-Oregon e seus integrantes estavam à procura do juiz Farris, isso é verdade. Mas não para matá-lo. Tinham ordens de trazê-lo para mim. Estive em Portland até ontem. Queria falar com ele como falo agora com você, minha cara, calma, razoável e lucidamente. Dois de meus homens localizaram o juiz em Copperfield, Oregon. Ele começou a disparar sua arma, ferindo mortalmente um dos rapazes e matando o outro no ato. O homem ferido matou o juiz antes de morrer. Lamento a maneira como isso terminou. Lamento mais do que você possa saber ou compreender. — Os olhos dele se ensombreceram. Dayna acreditou nele... mas provavelmente não do modo que ele *queria* que ela acreditasse. E ela sentiu de novo aquele frio.

— Não é o que comentam por aqui.

— Acredite neles ou acredite em mim, querida. Lembre-se, porém, das ordens que dei a eles.

Ele era persuasivo, tremendamente persuasivo. Parecia quase inofensivo — mas não era exatamente verdade, era? Aquela sensação só surgia por ver que ele era um homem... ou alguma coisa que *parecia* um homem. Havia bastante alívio em simplesmente que ele a transformasse em algo como uma inocente útil. Ele tinha uma presença de espírito e a perícia de um político para derrubar todos os melhores argumentos do adversário... mas o fazia de um modo que ela achava por demais perturbador.

— Se sua intenção não é guerra, por que os jatos e todas aquelas armas que tem em Indian Springs?

— São meras medidas defensivas — disse ele prontamente. — Estamos fazendo coisas semelhantes em Searles Lake, na Califórnia, e na Base Edwards da Força Aérea. Há outro grupo no reator atômico em Yakima Ridge, em Washington. Sua gente deve estar fazendo a mesma coisa... se é que já não fez.

Dayna sacudiu a cabeça muito lentamente.

— Quando deixei a Zona eles ainda estavam tentando religar a eletricidade.

— E eu teria prazer em enviar-lhes dois ou três técnicos, mas já soube que o tal Brad Kitchner deu conta do recado, e muito bem. Houve um breve contratempo ontem, porém ele resolveu o problema com rapidez. Houve uma sobrecarga de energia na Arapahoe.

— Como sabe de tudo isso?

— Ah, tenho meus meios — admitiu Flagg cordialmente. — A velha voltou, por falar nisso. A velha e doce senhora.

— Mãe Abagail?

— Sim. — Os olhos dele estavam distantes e turvos; tristes, talvez. — Ela está morta. Uma pena. Eu realmente esperava conhecê-la pessoalmente.

— Morta? Mãe Abagail está morta?

O olhar turvo clareou-se, ele sorriu para ela.

— Isto realmente a surpreende tanto?

— Não. O que me surpreende é o fato de ela ter voltado. E me surpreende até mais do que você saber.

— Ela voltou para morrer.

— E disse alguma coisa?

Por um breve momento a cordial máscara de controle de Flagg escorregou, mostrando um sombrio e irado despeito.

— Não — respondeu ele. — Pensei que ela pudesse... pudesse falar algo, mas morreu sem sair do coma.

— Tem certeza?

O sorriso dele reapareceu, tão radioso como um sol de verão, desfazendo a névoa rente ao chão.

— Esqueça ela, Dayna. Vamos falar de coisas mais agradáveis, como a sua volta para a Zona. Tenho certeza de que prefere ficar lá do que aqui. Tenho algo para você levar, quando se for.

Enfiou a mão na camisa, tirou um saco de camurça e, de dentro dele, três mapas encontrados em postos de gasolina. Entregou-os a Dayna, que os examinou com crescente perplexidade. Eles mostravam os sete estados do oeste. Certas áreas estavam sombreadas em vermelho. A chave, escrita à mão ao pé de cada mapa, identificava-as como áreas onde a população voltara a agrupar-se.

— Quer que eu leve esses *mapas*?

— Quero. Sei como sua gente está, e quero que saibam como se encontra a minha. Como um gesto de boa vontade e boa vizinhança. E quero que diga a eles quando regressar: Flagg não pretende causar danos a eles, que o povo de Flagg nada fará para prejudicá-los. Diga-lhes que não enviem mais espiões. Se querem enviar mais alguém, que seja em missão diplomática... ou intercâmbio de estudantes... ou qualquer droga de outra coisa. Mas que venham abertamente. Dirá isso a eles?

Ela sentia-se aturdida, incrédula.

— Claro, direi a eles, mas...

— Isso é tudo. — Ele ergueu de novo as palmas das mãos, abertas e vazias. Ela viu algo e inclinou-se à frente, descontrolada. — O que está olhando? — perguntou ele, a voz cortante.

— Nada.

Mas ela havia visto e soube, pela expressão restrita no rosto dele, que Flagg sabia disso. Não tinha linhas nas palmas das mãos daquele homem. Elas eram tão lisas e uniformes como a pele da barriga de um bebê. Sem linha de vida, sem linha do amor, sem anéis, braceletes ou alças. Simplesmente... lisas.

Entreolharam-se pelo que pareceu um longo tempo.

Flagg então levantou-se e foi até sua mesa. Dayna também se levantou. Na verdade, começara a crer que ele a deixaria ir. Flagg sentou-se e puxou o interfone para perto de si.

— Direi a Lloyd que troque o óleo, os parafusos e o que mais for necessário na sua moto — disse ele. — Também lhe direi para encher o tanque. Agora ninguém mais precisa esquentar a cabeça com escassez de gasolina ou óleo, não é? Há fartura de tudo. Embora tenha havido um dia... lembro disso, e talvez você também, Dayna... em que parecia como se o mundo inteiro pudesse ser engolfado por uma série de bolas de fogo nucleares por falta de gasolina especial. — Ele sacudiu a cabeça. — As pessoas eram estúpidas demais. — Ele pressionou o botão do intercomunicador. — Lloyd?

— Sim, estou aqui.

— Pode abastecer e preparar a moto de Dayna e deixá-la na frente do hotel? Ela está pronta para partir.

— Sim.

Flagg desligou.

— Tudo resolvido, querida.

— Quer dizer que... que posso ir?

— Perfeitamente, querida. Foi um prazer. — Ele ergueu a mão para a porta... mas com a palma voltada para baixo. Dayna alcançou a porta. Sua mão mal havia roçado a maçaneta quando ele disse: — Tem mais uma coisa. Só... um pequeno detalhe.

Dayna virou-se para fitá-lo. Ele sorria para ela, um sorriso amistoso, porém, por um segundo fugaz, deu a impressão de ser um enorme mastim negro, com a língua se projetando acima de dentes brancos e aguçados capazes de estraçalhar um braço como se fosse um pedaço de trapo.

— O que é?

— Existe mais um enviado do seu povo aqui. Quem poderia ser?

— Como diabos vou saber? — perguntou Dayna e sua mente relampejou: *Tom Cullen!... Teria mesmo sido ele?*

— Ora, vamos, minha cara. Pensei que agora seríamos francos.

— De fato — disse ela. — Olhe bem para mim e verá que estou sendo sincera paca. O comitê me enviou... e o juiz... e quantos outros mais? E eles tomaram essa precaução, só para que um não pudesse denunciar o outro se algo... acontecesse, você sabe.

 — Se decidíssemos arrancar algumas unhas?

— Mais ou menos isso. Fui indicada por Sue Stern. Acho que Larry Underwood... ele também é do comitê...

— Sei quem é o Sr. Underwood.

— Sim, tudo bem, acho que foi ele quem recomendou o juiz. Mas se enviaram outras pessoas... — Ela sacudiu a cabeça. — Poderia ser qualquer um. Ou quaisquer uns. Que me conste, cada um dos sete membros do comitê foi responsável pelo recrutamento de um espião.

— Certo, poderia ser, mas não é. Existe só mais um, e você sabe quem é. — O sorriso de Flagg alargou-se ainda mais e agora começava a assustá-la. Não era uma coisa natural. Começou a lembrar-lhe um peixe morto, água poluída, a superfície lunar vista através de um telescópio. Isto fez sua bexiga se afrouxar, inundada de líquido quente.

— Você sabe — repetiu Flagg.

— Não, eu...

Flagg inclinou-se de novo sobre o interfone.

— Lloyd já se foi?

— Não. Continuo aqui. — Era um interfone caro, de reprodução perfeita.

— Aguarde um pouco a respeito da moto de Dayna — disse Flagg. — Ainda temos uma questão pendente — ele olhou para ela, os olhos reluzindo especulativamente — a ser resolvida aqui — concluiu.

— *OK.*

O interfone foi desligado. Flagg olhou para ela, sorrindo, as mãos entrelaçadas. Ele a fitou por um interminável momento. Dayna começou a suar. Os olhos dele pareciam ficar maiores, mais escuros. Olhar para eles era como olhar para poços muito mais velhos e muito profundos. Desta vez, ao tentar desviar a vista, não teve sucesso.

— Conte-me — pediu ele, em voz muito suave. — Vamos evitar momentos desagradáveis, minha cara.

De muito longe, ela ouviu sua própria voz dizer:

— Tudo isto foi um roteiro, não foi? Uma pequena peça de um só ato.

— Querida, não sei do que está falando.

— Sabe sim. O erro foi Lloyd responder tão prontamente. Quando você diz "sapo", eles começam a saltar por aí. Ele já devia estar na Strip, na metade do quarteirão, trazendo minha moto, só que você disse a ele para ficar do lado do interfone, já que nunca pretendeu me deixar ir.

— Querida, você é um caso terrível de paranóia infundada. Foi a sua experiência com aqueles homens, suponho. Aqueles com o zôo ambulante. Deve ter sido uma coisa terrível. *Isto aqui* também poderia ser uma coisa terrível, e não queremos que seja assim, não é?

Ela sentia sua energia sendo drenada, parecendo fluir por suas pernas abaixo em linhas perfeitas de força. Num derradeiro esforço de vontade, crispou a mão direita entorpecida e golpeou-se acima do olho direito. Houve um jato de dor dentro do crânio e sua visão ficou instável. A cabeça foi jogada para trás e bateu na porta com um som oco. Seu olhar desviou-se do dele e sentiu sua vontade retornando. E a energia para resistir.

— Ah, você é *bom* — disse ela esfarrapadamente.

— Você sabe quem é — replicou ele. Deslizou para fora da mesa e começou a caminhar para ela. — Você sabe e vai me dizer. Golpear-se na cabeça não vai adiantar, minha cara.

— E como é que você não sabe? — Dayna gritou para ele. — Você soube sobre o juiz e soube a meu respeito! Como é que não sabe sobre...

As mãos dele baixaram sobre os ombros de Dayna com força terrível, e eram frias como mármore.

— Quem é?

— Não sei.

Flagg a sacudiu como uma boneca de trapo, seu rosto sorridente, feroz e terrível. Suas mãos eram frias, porém o rosto irradiava o calor de fornalha do deserto.

— Você sabe. Diga-me quem é.

— *Por que você não sabe?*

— *Porque não consigo vê-lo!* — rugiu ele, empurrando-a através da sala. Dayna caiu no chão, rolando como uma coisa desossada, e quando viu o rosto perscrutador de Flagg inclinando-se para o seu na penumbra, sua bexiga se soltou enviando calor por suas pernas abaixo. O rosto suave, prestativo e razoável se fora. Randy Flagg se fora. Ela estava agora com o Turista Andarilho, o homem alto, o cara grande, e que Deus se apiedasse dela.

— Você vai dizer — insistiu ele. — Vai me dizer o que quero saber.

Dayna o fitou e, lentamente, se pôs de pé. Sentiu o peso da faca jazendo contra o antebraço.

— Está bem, vou lhe dizer — falou ela. — Chegue mais perto.

Ele deu um passo na direção dela, sorrindo.

— Não, um pouco mais perto. Quero sussurrar no seu ouvido.

Ele se aproximou ainda mais. Ela podia sentir o calor de fornalha, assim como o frio congelante. Havia um cântico alto, atonal, em seus ouvidos. Sentiu cheiro de exalação pútrida, intensa, adocicada, enjoativa. Podia sentir o cheiro da loucura, como vegetais putrefatos em uma despensa escura.

— Mais perto — ela sussurrou foscamente.

Ele deu outro passo. Dayna torceu violentamente o punho direito. Ouviu o clique da mola. O peso aninhou-se em sua mão.

— *Tome!* — gritou histericamente e ergueu o braço num movimento duro, com intenção de estripá-lo, deixá-lo cambalear pela sala com os intestinos pendurados em alças fumegantes. Em vez disso, ele começou a gargalhar, as mãos na cintura, o rosto brilhante voltado para trás, comprimindo-se e contorcendo-se na maior hilaridade.

— Ah, minha *querida*! — exclamou e teve outro acesso de gargalhadas.

Ela baixou os olhos estupidamente para a mão. Seus dedos seguravam uma firme banana amarela, ostentando o adesivo azul e branco da marca Chiquita. Horrorizada, deixou-a cair no carpete, onde se tornou uma mímica do sorriso de Flagg, amarelo e doentio.

— Você dirá — sussurrou ele. — Ah, claro que dirá.

E Dayna soube que ele estava certo.

Ela girou rápido, tão rápido que até o homem escuro foi apanhado momentaneamente pela surpresa. Uma daquelas mãos lisas se estendeu e agarrou apenas as costas da blusa, deixando-a com nada mais substancial do que um pedaço de seda.

Dayna saltou para a parede envidraçada.

— *Não!* — gritou Flagg, e ela pôde senti-lo às suas costas, como um vento negro. Apoiou-se nas panturrilhas, usando-as como pistões, e atingiu a vidraça com o topo da cabeça. Houve um baque surdo de algo se estilhaçando e ela viu pedaços de vidro espantosamente grossos caindo no pátio de estacionamento dos empregados. Rachaduras torcidas, como veios de mercúrio, corriam do ponto onde se dera o impacto. O impulso a fez atravessar o buraco com metade do corpo e ali ficou alojada, sangrando.

Dayna sentiu as mãos *dele* nos seus ombros e perguntou-se quanto tempo Flagg levaria para obrigá-la a falar. Uma hora? Duas? Tinha impressão de que estava morrendo agora, mas ainda não era bom o suficiente.

Quem eu vi foi Tom, e você não pode senti-lo ou qualquer outra coisa, porque ele é diferente, ele é...

Flagg a puxava para trás.

Dayna matou-se, simplesmente jogando a cabeça com violência para a direita. Uma quina do vidro, afiada como navalha, mergulhou fundo em sua garganta. Outra perfurou-lhe o olho direito. Seu corpo enrijeceu por um momento e as mãos bateram contra a vidraça. Então ficou flácida. O que o homem escuro arrastou de volta para a sala não passava de um saco ensangüentado.

Ela se fora, talvez triunfante.

Extravasando a raiva, Flagg a chutou. O movimento frouxo e indiferente do corpo dela o deixou mais enfurecido ainda. Começou a chutá-la através da sala, gritando, rosnando. Fagulhas saltavam do seu cabelo, como se, em algum ponto dentro dele, um ciclotron zumbisse para a vida, formando um campo elétrico e transformando-o em bateria. Seus olhos chamejaram com fogo escuro. Ele extravasava e chutava, chutava e extravasava.

Lá fora, Lloyd e os outros ficaram lívidos. Entreolharam-se. Por fim, foi mais do que puderam suportar. Jenny, Ken e Whitney acharam melhor se retirar, seus rostos brancos como leite talhado exibiam a cautelosa expressão de pessoas que nada ouviram e tampouco se interessavam em ouvir.

Apenas Lloyd esperou — não porque quisesse, mas por saber o que era esperado dele. E, por fim, Flagg o mandou entrar.

* * *

Ele estava sentado sobre a mesa ampla, as pernas cruzadas, as mãos sobre os joelhos dos *jeans.* Olhava para o espaço por cima da cabeça de Lloyd. Havia uma corrente de ar e Lloyd viu que a parede envidraçada fora partida ao meio. As pontas aguçadas do buraco estavam pegajosas de sangue.

No chão havia uma forma enovelada, vagamente humana, enrolada numa cortina.

— Livre-se dessa coisa — disse Flagg.

— Certo. — A voz dele caiu para um sussurro apagado. — Devo retirar a cabeça?

— Leve para a parte leste da cidade, encharque de gasolina e queime. Você me ouviu? *Queime isso! Queime essa porra!*

— Tudo bem.

— Sim — disse Flagg e sorriu de modo benigno.

Trêmulo, com a boca seca e quase grunhindo de terror, Lloyd pelejou para erguer o volumoso objeto. O lado de baixo estava pegajoso. O corpo fez um *U* entre seus braços, escorregou através deles e tornou a cair no chão. Lloyd lançou um olhar aterrorizado para Flagg, porém o homem continuava em sua semipostura de lótus, olhando para fora. Lloyd pegou a coisa de novo, acomodou-a e seguiu em direção à porta.

— Lloyd?

Ele parou e olhou para trás, deixando escapar um pequeno gemido. Flagg estava ainda em semipostura de lótus, mas agora levitava uns 20 centímetros acima da mesa, sem parar de olhar serenamente através do aposento.

— S-s-sim?

— Ainda tem a chave que lhe dei em Phoenix?

— Tenho.

— Mantenha-a ao alcance. A hora está chegando.

— Tu-tudo bem.

Ele esperou, porém Flagg nada mais disse. Continuou levitando na penumbra, com seu truque de faquir hindu capaz de confundir uma mente, olhando para fora, sorrindo complacentemente.

Lloyd saiu rapidamente, feliz como sempre se sentia por estar vivo e lúcido.

* * *

Era um dia tranqüilo em Las Vegas. Lloyd voltou por volta das duas da tarde, cheirando a gasolina. O vento começava a se elevar e lá pelas cinco ululava acima e abaixo da Strip, produzindo ruídos de uivos espectrais por entre os hotéis. As palmeiras, que começavam a morrer sem que a cidade as regasse em julho e agosto, agitaram-se contra o céu, como esfrangalhados e desbotados estandartes de batalha. Nuvens de formatos estranhos obscureciam o céu.

No Cub Bar, Whitney Horgan e Ken DeMott bebiam cerveja e comiam sanduíches de salada de ovo. Nos arredores da cidade, três senhoras da cidade, três senhoras idosas — as Irmãs Excêntricas, como eram chamadas — tinham uma criação de galinhas, mas nunca parecia haver ovos suficientes. Abaixo de Whitney e Ken, no cassino, o pequeno Dinny McCarthy engatinhava alegremente em cima das mesas de jogo de dados, brincando com um exército de soldados de plástico.

— Veja só que gracinha — disse Ken enternecido. — Alguém me pediu para tomar conta dele por uma hora. Eu bem que tomaria conta do garotinho a semana interia. Por Deus, eu gostaria que fosse meu filho. Minha esposa teve um, mas morreu prematuro, dois meses antes do tempo. Morreu na incubadora, três dias depois de nascido...

Ergueu os olhos quando Lloyd entrou.

— Ei, Dinny! — chamou Lloyd.

— Óid! Óid! — exclamou Dinny.

O garotinho chegou à borda da mesa de jogo, saltou para o chão e correu na direção de Lloyd, que o pegou no colo, girou com ele e o abraçou com força.

— Tem beijos para Lloyd? — perguntou.

O menino o presenteou com beijos ruidosos.

— Trouxe uma coisa para você — disse Lloyd e tirou do bolso um punhado de barras de chocolate, embrulhadas em papel estanhado.

Dinny riu, deliciado, e agarrou as guloseimas.

— Óid?

— O que é, Dinny?

— Por que tá com cheiro de gasolina?

Lloyd sorriu.

— Estive queimando lixo hoje, meu garoto. Agora vá brincar. Quem é que está sendo sua mamãe hoje?

— Angelina. — Ele pronunciou *Angeína.* — Depois Bonnie de novo. Gosto de Bonnie. Mas gosto de Angelina também.

— Não diga a ela que Lloyd lhe deu doce. Angelina iria bater em Lloyd.

Dinny prometeu e riu ao pensar em Angelina batendo em Lloyd. Em um minuto ou dois estava de volta à linha demarcatória da mesa de dados, comandando seu exército com a boca entupida de chocolate. Whitney se aproximou, usando seu avental branco. Trazia dois sanduíches e uma garrafa de cerveja gelada para Lloyd.

— Obrigado — disse Lloyd. — Parece coisa fina.

— É pão sírio caseiro — disse Whitney, orgulhoso.

Lloyd mastigou por algum tempo.

— Alguém o viu? — perguntou, afinal.

Ken sacudiu a cabeça.

— Acho que se foi outra vez.

Lloyd pensou a respeito. Lá fora, uma rajada de vento com velocidade acima da média uivou violentamente, soando perdida e solitária no deserto. Dinny ergueu a cabeça, inquieto por um instante, e a seguir recomeçou a brincar.

— Acho que ele está em algum lugar por aí — disse finalmente Lloyd. — Por que, não sei. Mas é o que penso. Creio que está esperando alguma coisa acontecer. Não sei o quê.

Whitney comentou, em voz baixa:

— Será que ele arrancou alguma coisa dela?

— Não — disse Lloyd, olhando para Dinny. — Não creio que tenha conseguido. Alguma coisa não deu certo para ele. Ela... ela teve sorte ou pensou mais rápido do que ele. E isso não ocorre com freqüência.

— A longo prazo não fará diferença — disse Ken, mas continuou parecendo preocupado.

— Não, não fará. — Lloyd ficou algum tempo ouvindo o uivo do vento. — Talvez ele tenha retornado a Los Angeles. — Mas ele realmente não achava isso, e sua expressão o comprovava.

Whitney voltou à cozinha e trouxe outra rodada de cerveja. Beberam em silêncio, cheios de pensamentos inquietantes. Primeiro o juiz, agora a mulher. Ambos mortos. E nenhum dos dois falara. Nenhum fora deixado sem marcas, como *ele* ordenara. Era como se os velhos Yankees de Mantle, Maris e Ford tivessem perdido o campeonato; para eles era difícil acreditar, além de amendrontador.

O vento soprou forte a noite inteira.

Capítulo Sessenta e Três

NO FINAL DA TARDE DE 10 DE SETEMBRO Dinny brincava no pequeno parque da cidade que fica logo ao norte do distrito de hotéis e cassinos de Las Vegas. Sua "mãe" naquela semana, Angelina Hirschfield, estava sentada num banco do parque, conversando com uma jovem que aparecera na cidade cinco semanas antes, uns dez dias depois da própria Angie ter chegado.

Angie Hirschfield tinha 27 anos. A garota era dez anos mais nova, agora trajando uma apertada bermuda *jeans* e uma miniblusa bem curta que não deixava absolutamente nada à imaginação. Havia algo de obsceno no contraste entre a postura ereta do corpo da jovem e a expressão infantil, amuada, quase vazia de seu rosto. Sua conversa era monótona e aparentemente sem fim: astros do *rock*, sexo, seu trabalho sujo, limpando protetores de armamentos em Indian Springs, sexo, seu anel de brilhante, sexo, os programas de TV de que sentia tanta falta, e sexo.

Angie desejava que ela fosse fazer sexo com alguém e a deixasse em paz. Também desejava que Dinny tivesse pelo menos trinta anos antes que lhe coubesse aquela garota como mãe substituta.

Nesse momento, Dinny ergueu os olhos, sorriu e gritou:

— Tom! Ei, Tom!

No outro lado do parque, um homenzarrão de cabelos louros cor de palha vinha caminhando, batendo com uma grande marmita contra sua perna.

— Poxa, o cara parece que está de porre — comentou a jovem com Angie.

Esta sorriu.

— Não, aquele é Tom. Ele apenas...

Dinny porém já corria, gritando a plenos pulmões:

— Tom! Espere, Tom!

Tom se virou, sorrindo.

— Dinny! Ei, ei!

 Dinny saltou para Tom, que pousou sua marmita e abraçou-o. Girou-o em torno.

— Faz avião comigo, Tom! Faz avião!

Tom agarrou Dinny pelos pulsos e começou a girá-lo, cada vez mais depressa. A força centrífuga ergueu o corpo do garotinho até suas pernas ficarem paralelas ao solo. Ele ria de empolgação. Após duas ou três rodadas, Tom o colocou suavemente de pé no chão.

Dinny cambaleou alguns passos, rindo e tentando recuperar o equilíbrio.

— Faz outra vez, Tom! Faz outra vez!

— Não. Você vomita, se eu fizer. E Tom precisa ir para casa. Minha nossa, precisa mesmo.

— Tá bem, Tom. Té logo.

Angie comentou:

— Acho que Dinny gosta de Lloyd Henreid e Tom Cullen mais do que de qualquer outra pessoa na cidade. Tom não é muito bom da cabeça, mas...

Angie olhou para sua companheira e interrompeu-se. A jovem observava Tom, os olhos estreitados, pensativa.

— Ele chegou aqui com outro homem? — perguntou ela.

— Quem, Tom? Não, chegou sozinho, há coisa de uma semana e meia. Estava com aquelas outras pessoas lá na tal Zona Franca, mas elas o expulsaram. Prejuízo deles, lucro nosso, é o que acho.

— Então ele não chegou com um mudinho? Um cara surdo-mudo?

— Surdo-mudo? Não, ele chegou sozinho. Dinny adora ele.

A jovem ficou observando Tom até ele desaparecer. Pensou no frasco de Pepto-Bismol. Pensou em um bilhete garatujado, dizendo: *Não precisamos de você.* Tinha sido lá no Kansas, mil anos atrás. Ela havia atirado neles. Desejava tê-los matado, principalmente o mudinho.

— Julie? Você está bem?

Julie Lawry não respondeu. Continuava a olhar para o ponto em que Tom Cullen desaparecera. Em um instante, começou a sorrir.

Capítulo Sessenta e Quatro

O HOMEM MORIBUNDO ABRIU O CADERNO de notas de capa impermeável, retirou a tampa da caneta, fez uma pausa e começou a escrever.

Era estranho: onde uma vez a caneta correra fluida sobre o papel, parecendo cobrir cada folha de alto a baixo por um processo de benigna magia, as palavras agora dançavam e se atropelavam, as letras saíam grandes e deformadas, como se ele estivesse retrocedendo aos dias do curso primário em sua máquina do tempo particular.

Naquela época seus pais ainda tinham alguma sobra de amor para lhe dar. Amy ainda não desabrochara e nem ficara decidido seu futuro como o Garoto Gordo de Ogunquit e Possível Homossexual. Podia lembrar-se de estar sentado à mesa banhada de sol da cozinha, copiando lentamente um dos livros de Tom Swift, palavra por palavra, em um bloco Blue Horse — folhas de papel-jornal e linhas azuis —, tendo uma Coca a seu lado. Podia ouvir as palavras de sua mãe chegando até ele da sala de estar. Às vezes ela falava ao telefone, outras vezes com algum vizinho.

É só gordura infantil, assim diz o doutor. Não há nada de errado com suas glândulas, graças a Deus. E ele é tão inteligente!

Vendo as palavras crescerem, letra por letra. Vendo as frases crescerem, palavra por palavra, vendo os parágrafos crescerem, cada um deles um tijolo nas paredes do imenso bastião que era a linguagem.

"Vai ser minha maior invenção", dizia Tom vigorosamente. *"Vejam o que acontece quando puxo a chapa, mas, pelo amor de Deus, não esqueçam de proteger os olhos!"*

Os tijolos da linguagem. Uma pedra, uma folha, uma porta não encontrada. Palavras. *Mundos.* Magia. Vida e imortalidade. *Poder.*

Não sei a quem ele puxou, Rita. Talvez seja ao avô. Era ministro ordenado e dizem que pregava sermões maravilhosos.

Vendo as letras melhorarem conforme o tempo passava. Observando-as se ligarem uma à outra, a cópia deixada para trás, agora *escrevendo.* Pensamentos e tramas reunidos. Assim era o mundo inteiro, afinal, nada senão pensamentos e tramas. Ele ganhara finalmente uma máquina de escrever (e à época não restava muito para ele; Amy estava no ginásio, National Honor Society, chefe de torcida, clube de teatro, sociedade de debates, notas A, aparelhos de ortodontia, e sua melhor amiga era Frannie Goldsmith... e seu irmão com gordura infantil ainda não deslanchara, embora estivesse com 13 anos e passado a usar palavras difíceis como autodefesa, e com um horror lentamente em floração ele tinha começado a perceber o que era a vida, o que era *realmente*: um grande caldeirão de pagãos, sendo ele o missionário solitário dentro dele, cozinhando em fogo lento). A máquina de escrever revelou o resto disso para ele. Seu progresso a princípio foi lento, muito lento, e os erros constantes o frustravam profundamente. Era como se a máquina estivesse ativamente — mas ardilosamente — opondo-se à sua vontade. Mas quando foi melhorando, começou a entender o que a máquina de fato era — uma espécie de conduto mágico entre seu cérebro e a página em branco que ele lutava para conquistar. Quando sobreveio a supergripe, ele conseguia datilografar mais de cem palavras por minuto, e foi capaz de emparelhar com os pensamentos galopantes e passá-los todos para o papel. No entanto, nunca parara inteiramente de escrever à mão, recordando que *Moby Dick* fora uma obra manuscrita, assim como *A Letra Escarlate* e *Paraíso Perdido*.

A escrita que Frannie tinha visto no seu livro-razão fora desenvolvida ao longo de anos de prática — sem parágrafos, sem linhas quebradas, nenhuma pausa para o olho. Era cansativo — chegava a dar cãibras terríveis na mão —, porém era uma obra de amor. Ele usara a máquina de escrever prazerosa e agradecidamente, mas achava que sempre guardara o melhor de si para a escrita à mão.

E agora transcreveria o seu próprio fim dessa mesma maneira.

Ergueu os olhos e viu abutres voando lentamente em círculos no céu, como algo em um filme de matinê de sábado com Randolph Scott, ou em uma novela de Max Brand. Ele pensou nisso, escrito em uma novela: *Harold viu os abutres circulando no céu, à espera. Olhou calmamente para eles por um momento, depois voltou a inclinar-se para o seu diário.*

Ele tornou a inclinar-se para o seu diário.

No fim, ele se vira forçado a retornar às letras irregulares que tinham sido o melhor que seu vacilante controle motor pudera produzir no princípio. Recordou dolorosamente a cozinha ensolarada, a Coca gelada, o velho e bolorento livro de Tom Swift. E agora finalmente ele pensou (e escreveu) que poderia ter sido capaz de tornar seu pai e sua mãe felizes. Havia perdido sua gordura infantil. E embora ainda fosse tecnicamente virgem, estava moralmente seguro de não ser um homossexual.

Abriu a boca e grasnou:

— É o topo do mundo, mãe!

Estava na metade da página. Olhou para o que havia escrito, depois olhou para sua perna, que estava torcida e fraturada. Fraturada? Era uma palavra muito branda. Ela estava estraçalhada. Fazia agora cinco dias que estivera sentado à sombra daquela rocha. O resto de seu alimento terminara. Teria morrido de sede na véspera ou antes se não fossem dois fortes aguaceiros. Sua perna estava apodrecendo. Exalava um cheiro pútrido, gasoso, e a carne inchara a coxa que se apertava contra a calça, retesando o tecido cáqui até assemelhar-se a um envoltório de salsicha.

Há muito que Nadine se fora.

Harold pegou o revólver que tinha a seu lado e verificou a carga. Já fizera isto umas cem vezes só naquele dia. Durante as tempestades, tomara o cuidado de manter a arma seca. Ainda havia três balas. Ele disparara as duas primeiras contra Nadine, quando ela olhara para baixo e dissera que ia embora sem ele.

Estavam fazendo uma curva fechada. Nadine no lado de dentro, Harold no lado externo, montado em sua moto Triumph. Encontravam-se no Declive Ocidental do Colorado, a uns 110 quilômetros da divisa com Utah. Havia uma mancha de óleo na parte externa da curva, e desde aquele dia Harold meditara bastante acerca da mancha de óleo. Parecia quase perfeita *demais*. Mancha de óleo *de quê*? Claro que nenhum veículo passara por ali nos últimos dois meses. Era tempo de sobra para a viscosidade secar. Era como se o olho vermelho *dele* tivesse ficado observando-os, esperando o momento oportuno para produzir uma mancha de óleo que tirasse Harold de circulação. Harold acompanharia Nadine no trajeto através das montanhas para o caso da ocorrência de algum problema, mas depois seria carta fora do baralho. Ele já tinha, como se diz, servido a sua finalidade.

A Triumph deslizara de encontro ao *guardrail*, arremessando Harold por sobre a lateral, como um inseto. Houvera uma dor lancinante na sua perna direita. Chegara a ouvir o estalo do osso ao fraturar-se. Gritou. Então o impensável veio ao seu encontro, o impensável de ver-se caindo, em um ângulo inclinado e perigoso, na direção do abismo abaixo. Ele pôde ouvir o rumor de corredeiras em algum ponto lá no fundo.

Harold bateu no chão, subiu alto no ar, gritou de novo, caiu mais uma vez sobre a perna direita, ouviu-a partir-se em mais um lugar, saiu voando novamente no ar, baixou, rolou e, de repente, foi contido por uma árvore morta, tombada por alguma tempestade de alguns anos atrás. Se a árvore não estivesse ali, ele despencaria no abismo, e então seriam as trutas de montanha que se banqueteariam com sua carne, em vez dos abutres.

Ele escreveu em seu caderno de notas, ainda maravilhado pelas letras desordenadas, de tamanho infantil: *Não culpo Nadine.* Era verdade. Mas antes ele a culpara.

Chocado, abalado, machucado, a perna direita em cruciante agonia, ele se controlara e rastejara um pouco encosta acima. Muito acima dele, viu Nadine olhando por sobre o *guardrail.* Tinha o rosto branco e diminuto, um rosto de boneca.

— Nadine! — gritou, sua voz saindo em um grasnido rouco. — A corda! Está em meu alforje esquerdo!

Ela limitou-se a ficar olhando para baixo, para ele. Harold começara a pensar que Nadine não tinha ouvido e estava se preparando para repetir quando a viu mover a cabeça para a esquerda e para a direita. Muito lentamente. Ela negava com a cabeça.

— *Nadine! Não vou poder subir sem a corda! Estou com a perna quebrada!*

Ela não respondeu. Limitava-se a olhar para ele, lá embaixo, agora nem mesmo sacudindo a cabeça. Harold começou a ter a sensação de encontrar-se em um profundo buraco, de cuja borda ela o observava.

— *Nadine, me jogue a corda!*

De novo o sacudir de cabeça, tão terrível quanto a porta de uma cripta fechando-se lentamente sobre um homem ainda não morto, nas garras de uma terrível catalepsia.

— *NADINE! PELO AMOR DE DEUS!*

Por fim, a voz dela chegou até ele, distante mas perfeitamente audível na grande quietude da montanha:

— Tudo isto foi arranjado, Harold. Tenho que partir. Sinto muito.

Contudo, ela não fez menção de ir embora; permaneceu junto ao *guardrail*, olhando para ele. Já havia moscas provando alvoroçadamente seu sangue sobre as várias rochas onde ele batera e deixara partes de si mesmo.

Harold recomeçou a rastejar para cima, arrastando a perna estraçalhada. A princípio não havia ódio, nenhuma necessidade de meter uma bala na mulher. Só parecia vital que chegasse perto o suficiente para ler a expressão dela.

Passava um pouco do meio-dia. Estava quente. O suor escorria-lhe do rosto e caía nas rochas e seixos agudos que ia escalando. Avançou, arrastando-se para o alto apoiado nos cotovelos e impelindo-se com a perna esquerda, à maneira de um inseto aleijado. A respiração saía rascante pela garganta, como um fole quente. Não fazia idéia de quanto tempo levou assim, mas uma ou duas vezes bateu com a perna fraturada em uma pedra saliente, e a onda gigantesca de dor quase o fez desfalecer. Várias vezes havia escorregado para trás, gemendo em desamparo.

Por fim, tornou-se estupidamente cônscio de que não podia mais avançar. As sombras tinham mudado. Já se haviam passado três horas. Ele não conseguia recordar a última vez em que olhara para o alto, na direção do *guardrail* e da estrada; talvez tivesse sido uma hora atrás. Em sua dor, absorvera-se inteiramente em qualquer progresso, por mínimo que fosse. Nadine já devia ter partido há um bom tempo.

No entanto, ela continuava lá, e embora só tivesse conseguido avançar uns 7 ou 8 metros, a expressão no rosto de Nadine era diabolicamente clara. Mostrava uma tristeza angustiada, porém os olhos eram foscos e distantes.

Os olhos de Nadine estavam com *ele*.

Foi então que Harold começara a odiá-la. Ele tateou, procurando o coldre de ombro. O Colt continuava ali, firme mesmo durante sua queda rodopiante, preso pela correia através da coronha. Ele abriu a correia, inclinando o corpo maliciosamente de modo que ela não pudesse ver.

— Nadine...

— É melhor assim, Harold. Melhor para você, porque à maneira *dele* seria muito pior. Entende isso, não? Você não desejaria encontrá-lo cara a cara, Harold. Ele sente que alguém capaz de trair um lado será capaz também de trair o outro. Ele o mataria, mas primeiro o deixaria louco. Ele tem esse poder. Deixou que eu escolhesse. Desta maneira... ou à maneira dele. Preferi esta. Você pode terminar com tudo rapidamente, se tiver coragem. Sabe o que quero dizer.

Ele checou a munição da arma pela primeira vez em centenas (talvez milhares) de vezes mantendo-a na dobra sombreada de um cotovelo lacerado e esfarrapado.

— E quanto a você? — gritou ele. — Não foi uma traidora também?

A voz dela soou triste:

— Eu nunca o traí em meu coração, Harold.

— Acho que foi exatamente onde você o traiu — gritou Harold para ela. Tentou mostrar grande sinceridade no rosto, mas na verdade estava calculando a distância. Ele daria dois tiros, no máximo. Um revólver era, notoriamente, uma arma incerta. — Creio que ele também sabe disso.

— Ele precisa de mim — disse ela — e eu preciso dele. Você nunca entrou nisto, Harold. E se continuássemos juntos, eu poderia ter... poderia ter deixado que fizesse algo em mim. Aquela coisinha. E isto destruiria tudo. Eu não poderia ter corrido o menor risco de que talvez acontecesse depois de todo o sacrifício, todo o sangue derramado e toda a maldade. Vendemos nossas almas juntos, Harold, porém em mim ainda resta o suficiente para dar todo o valor à minha.

— Eu lhe darei todo o seu valor — disse Harold. Conseguiu se ajoelhar. O sol era causticante. A vertigem apoderou-se dele com mãos rudes, turbilhonando o equilíbrio de giroscópio dentro de sua cabeça. Pareceu-lhe ouvir vozes — *uma voz* — rugindo em protesto surpreso. Puxou o gatilho. O tiro ecoou, retornou, ricocheteou crepitante de uma face à outra do penhasco, estalejando e se desvanecendo. Uma surpresa cômica se espalhou pelo rosto de Nadine.

Harold pensou, numa inebriada espécie de triunfo: *Ela não sabia que eu tinha isto comigo!* A boca de Nadine pendeu aberta num chocado e redondo *O.* Seus olhos estavam dilatados. Os dedos de suas mãos retesaram-se e se ergueram, como se estivessem a ponto de tocar alguma melodia anormal em um piano. Foi um momento tão doce que ele perdeu um ou dois segundos saboreando-o, sem perceber que errara o alvo. Quando se deu conta disso, tentou mirar melhor, agarrando o pulso direito com a mão esquerda.

— *Harold! Não! Não pode fazer isso!*

Não posso? Apertar um gatilho é apenas uma coisinha. Claro que posso.

Ela parecia chocada demais para se mover, e quando a mira do revólver repousou na concavidade da garganta de Nadine, ele sentiu uma súbita e gélida certeza de que era que assim deveria ser o final de tudo, numa curta enxurrada de violência sem sentido.

Agora a tinha morta diante de seus olhos.

No entanto, ao começar a apertar o gatilho, duas coisas aconteceram. O suor escorreu para seus olhos, duplicando sua visão. E ele começou a escorregar. Mais tarde diria para si mesmo que o cascalho solto cedera, ou que sua perna machucada o atrapalhara — ou as duas coisas. Poderia até ser verdade. No entanto parecera... *parecera um empurrão.* E nas longas noites entre aquele dia e agora, ele não conseguira convencer-se do contrário. O Harold diurno era teimosamente racional até o fim, mas, à noite, a hedionda certeza o envolvia, a certeza de que o próprio homem escuro o empurrara. O tiro que pretendera enfiar na garganta de Nadine se perdeu no vazio, no alto, amplo e belo e indiferente céu azul. Harold começou a rolar até chocar-se com a árvore morta, a perna direita retorcendo-se e saltitando em uma só lancinante agonia que ia do tornozelo à virilha.

Desmaiou ao se chocar contra a árvore. Quando voltou a si, o crepúsculo se fora, e a luz, três quartos cheia, seguia solenemente acima do abismo. Nadine tinha ido embora.

Harold passou aquela primeira noite em um delírio de terror, certo de que seria incapaz de rastejar de volta até a estrada, certo de que morreria na ravina. Ao raiar do dia, recomeçou a rastejar para o alto, suando e dilacerado pela dor.

Começou por volta das sete horas, mais ou menos quando os enormes caminhões cor de laranja do Comitê de Sepultamentos estariam deixando sua base, lá em Boulder. Por fim, às cinco daquela tarde, conseguiu envolver a mão esfolada e cheia de bolhas no cabo do *guardrail.* Sua moto continuava ali, e ele quase chorou de alívio. Com uma pressa frenética, tirou algumas latas e o abridor de um dos alforjes. Abriu uma das latas e enfiou a boca vorazmente numa presuntada. O gosto, no entanto, estava horrível e, após uma prolongada luta, vomitou o que comera.

Foi então que começou a compreender o fato irrefutável de sua morte iminente. Ficou ao lado da Triumph e chorou, a perna retorcida debaixo do corpo. Depois disso, conseguiu dormir um pouco.

No dia seguinte, ficou encharcado por um forte temporal, que o deixou todo molhado e tiritando de frio. Sua perna começava a exalar um cheiro de gangrena e esforçou-se para não deixar que o revólver molhasse, abrigando-o com seu corpo. Nessa noite começou a escrever no caderno com capa impermeável e, pela primeira vez, descobriu que sua escrita começava a regredir. Viu-se pensando num conto de Daniel Keys chamado "Flores para Algernon". Nele, um bando de cientistas tinha de algum modo transformado um porteiro retardado mental num gênio... por algum tempo. E então o pobre sujeito começou a perder esta qualidade. Como era mesmo o nome dele? Charley alguma-coisa, certo? Claro, pois esse foi o título do filme que fizera, baseado na obra. *Charly*. Um filme muito bom, mas não tanto quanto o conto, cheio daquela merda psicodélica dos anos 60, tal como se lembrava, mas ainda assim muito bom. Harold ia muito ao cinema nos velhos dias, e tinha visto mais uma porção de filmes no vídeo da família. Naqueles dias em que o mundo tinha sido o que o Pentágono gostaria de chamar de "alternativa viável". Havia assistido à maioria deles sozinho.

Escreveu no caderno, as palavras emergindo lentamente das letras deformadas:

> *Eu me pergunto se todos do comitê estão mortos. Se estão, sinto muito. Fui induzido ao erro. Trata-se de uma pobre desculpa para meus atos, mas juro, por tudo quanto conheço, que é a única justificativa que importa. O homem escuro é tão real quanto a própria supergripe, tão real quanto as bombas atômicas que ainda repousam em algum lugar, em seus compartimentos forrados de chumbo. E, quando chegar o fim, quando este for tão terrível como os homens de bem sempre souberam que seria, só há uma coisa a dizer quando todos aqueles homens de bem virem-se diante do Trono do Julgamento: fui induzido ao erro.*

Harold releu o que havia escrito e passou sobre a testa a mão fina e trêmula. Não era uma boa desculpa; era péssima. Por mais que quisesse dourá-la, ainda cheirava mal. Alguém que lesse aquele parágrafo após ter lido seu livro-razão sem dúvida o consideraria um tremendo hipócrita. Ele vira a si mesmo como o rei da anarquia, porém o homem escuro enxergara através dele e o reduzira facilmente a um trêmulo saco de ossos agonizando penosamente à beira da estrada. Sua perna tinha inchado como uma câmara de ar, fedia como banana podre, e ele sentado ali com os abutres voejando e mergulhando nas correntes termais acima dele, tentando racionalizar o indizível. Caíra vítima de sua própria adolescência sofrida, tão simples assim. Havia sido envenenado por suas próprias visões letais.

Agonizante, ele teve a sensação de que adquirira alguma lucidez e talvez até mesmo uma certa dignidade. Não queria macular isto com desculpas esfarrapadas que saltassem da página manquejando em muletas.

— Eu poderia ter sido alguém em Boulder — disse baixinho, e a simples e terrível verdade teria causado lágrimas se ele não estivesse tão cansado, tão desidratado. Olhou para as letras garatujadas na página, depois para o Colt. De repente, desejou que tudo acabasse e pensou numa maneira de pôr fim à vida da forma mais verdadeira que pudesse. Isto pareceu-lhe mais necessário do que escrevê-lo e deixá-lo para quem quer que o encontrasse, em um ano ou em dez.

Pegou a caneta, pensou e escreveu:

> *Peço desculpas pelas coisas destrutivas que fiz, porém não nego que as fiz por espontânea vontade. Em meus trabalhos escolares assinei meu nome como Harold Emery Lauder. Assinei meus manuscritos — coisas deploráveis — da*

mesma forma. Que Deus me ajude. Um dia o escrevi no teto de um celeiro com letras de um metro de altura. Quero assinar isto com um nome que me deram em Boulder. Não poderia aceitá-lo à ocasião, mas agora o aceito de bom grado.

Vou morrer em perfeito estado de lucidez.

Escrevendo caprichadamente no final, ele colocou sua assinatura: *Falcão.*

Enfiou o caderno no alforje de sua moto Triumph. Pôs a tampa na caneta e guardou no bolso, fixada pelo prendedor. Enfiou o cano do Colt na boca e contemplou o céu azul. Pensou num jogo que disputavam no seu tempo de criança, um jogo no qual sempre implicavam com ele porque não conseguia ir até o fim. Havia uma cascalheira em uma das estradas vicinais e o garoto tinha que saltar da borda, despencando de uma altura assustadora antes de bater na areia, rolar sobre o corpo para finalmente sair dali e repetir todo o processo.

Todos, exceto Harold. Ele permanecia na borda e contava — *Um... dois... três!* — tal como os outros, porém o talismã nunca funcionava. Suas pernas permaneciam trancadas. Ele não conseguia se impelir a pular. E os outros às vezes o perseguiam até sua casa, gritando para ele, chamando-o de Harold Maricas.

Ele pensou: *Se eu pudesse ter me forçado a pular uma vez... só uma vez... talvez não estivesse aqui. Bem, a última vez vale por todas.*

Pensou: *Um... dois... TRÊS!*

Ele puxou o gatilho.

A arma disparou.

Harold saltou.

Capítulo Sessenta e Cinco

AO NORTE DE LAS VEGAS SITUA-SE o Vale do Emigrante, e nessa noite, em sua paisagem agreste, brilhava a luminosidade de uma pequena fogueira. Randall Flagg estava sentado ao lado dela, cozinhando soturnamente a carcaça de um pequeno coelho. Girou-a com firmeza no rústico espeto que tinha feito, vendo-a crepitar e gotejar gordura no fogo. Havia uma brisa leve que soprava o cheiro convidativo para o deserto, de maneira que os lobos apareceram. Estavam sentados a duas elevações da fogueira, uivando para a lua quase cheia e para o cheiro de carne em cozimento. De vez em quando Flagg olhava para eles, e dois ou três lobos começavam a brigar, mordendo, arranhando e escoiceando com as fortes patas traseiras, até que o mais fraco fosse banido. Então, os outros recomeçaram a uivar, os focinhos apontados para a lua inchada e avermelhada.

Mas agora os lobos o entediaram.

Flagg trajava o *jeans* e as botas surradas, além da jaqueta de pele de ovelha com seus dois broches presos nos bolsos: a face sorridente e a legenda COMO VAI O SEU PORCO? O vento noturno agitava sua gola firmemente.

Flagg não gostava da maneira como as coisas estavam acontecendo.

Havia maus presságios no vento, prognósticos malignos, como morcegos batendo as asas no jirau escuro de um celeiro abandonado. A velha tinha morrido, o que a princípio ele julgara uma boa coisa. Apesar de tudo, sentira medo dela. Ela havia morrido e ele dissera a Dayna Jurgens que morrera em estado de coma... porém seria verdade? Ele não tinha mais certeza.

Teria ela falado, no fim? E, se falara, o que teria dito?

O que eles estariam planejando?

Ele desenvolvera uma espécie de terceiro olho. Era como a aptidão para levitar; algo que possuía e aceitava, mas que realmente não compreendia. Era capaz de transmitir, de ver... quase sempre. Mas às vezes o olho ficava misteriosamente cego. Pudera espiar a câmara mortuária da velha, vira o grupo reunido em torno dela, todos ainda com o rabo entre as pernas devido à pequena surpresa preparada por Harold e Nadine... mas então a visão desaparecera e ele retornara ao deserto, enrolado em seu saco de dormir, olhando para cima e nada mais vendo além de Cassiopéia em sua estrelada cadeira de balanço. E dentro dele uma voz tinha dito: *Ela morreu. Eles haviam esperado que ela lhes falasse, mas foi em vão.*

Mas já não confiava mais na voz.

Havia a perturbadora questão dos espiões.

O juiz, com sua cabeça explodida.

A garota, que lhe escapara no último segundo. E ela sabia, porra! *Ela sabia!*

Lançou um súbito olhar furioso para os lobos e quase seis deles entraram em luta, emitindo sons guturais como pano sendo rasgado no silêncio da noite.

Ele conhecia todos os segredos deles... exceto o terceiro. Quem era o terceiro? Tinha mandado o Olho repetidamente para espionar e ele nada lhe trouxera senão a face idiota e enigmática da lua. L-U-A, como se soletra lua.

Quem seria o terceiro espião?

Como a garota lhe pudera escapar? Tinha sido pego inteiramente de surpresa, ficando em sua mão nada mais que um pedaço de sua blusa. Soubera sobre o truque da faca, que era uma brincadeira de criança. Mas não previra o repentino salto contra a parede envidraçada. E o sangue-frio com que ela tirara sua própria vida, sem a menor hesitação. Ela se fora num mero intervalo de segundo.

Seus pensamentos se perseguiam mutuamente, como doninhas na escuridão.

As coisas estavam ficando um tanto confusas em seus contornos. E ele não estava gostando disso.

Lauder, por exemplo. Havia Lauder.

Ele havia se saído *excelentemente*, como um daqueles brinquedinhos de corda com uma chave nas costas. Vá até ali. Vá até lá. Faça isso. Faça aquilo. Mas a explosão matara somente dois deles — todo aquele planejamento, todo aquele *esforço* estragados pelo retorno daquela velha negra agonizante. E então... depois que Harold fora descartado... ele quase matara Nadine! Flagg ainda sentia uma raiva espantosa quando pensava nisso. E a puta idiota ainda permanecera lá boquiaberta, esperando que ele tentasse de novo, quase como se *quisesse* ser morta. E quem iria levar aquilo até o fim, se Nadine morresse?

Quem, a não ser seu filho?

O coelho estava no ponto. Ele o fez deslizar do espeto para seu prato.

— Tudo bem, seus fuzileiros escrotos, vão buscar seu rancho em outro lugar!

Isto o fez gargalhar. Teria sido fuzileiro algum dia? Ele achava que sim. Estritamente de variedade Parris Island, porém. Houvera um garoto, um deficiente, chamado Boo Dinkway. Eles tinham...

O quê?

Flagg franziu o cenho, pensando naquela confusão. Teriam eles surrado o velho Boo no chão com aquelas varas acolchoadas? Torcido seu pescoço de alguma maneira? Ele parecia recordar algo sobre gasolina. Mas o quê?

Com súbita raiva, Flagg quase atirou no fogo o coelho recém-assado. *Tinha de ser capaz de recordar tudo aquilo, porra?!*

— Vão caçar seu rancho, brigões! — sussurrou, mas desta vez só houve uma vaga lembrança.

Ele estava decaindo. Outrora, havia sido capaz de recordar os anos 60, 70 e 80 como um homem olhando para um lance duplo de escadas que descia para um aposento escuro.

Agora só conseguia recordar com clareza os eventos. Além disso, tudo consistia em uma névoa que por vezes se erguia um pouquinho, apenas o suficiente para permitir um relance de algum objeto ou recordação enigmáticos (Boo Dinkway, por exemplo... caso tal pessoa tivesse existido realmente), antes de baixar de novo.

A mais antiga lembrança de que agora podia ter certeza era a de caminhar para o sul pela Nacional 51, rumando para Mountain City e a casa de Kit Bradenton.

De ter nascido. Renascido.

Ele não era mais estritamente um homem, se é que já fora um dia. Assemelhava-se a uma cebola, ao perder lentamente uma camada após outra, uma de cada vez, porém eram os adornos de humanidade que nele pareciam ir sendo descamados: reflexão organizada, memória, possivelmente até o livre-arbítrio... caso existisse tal coisa.

Ele começou a comer o coelho.

Em outros tempos, disso tinha plena certeza, faria uma rápida retirada se as coisas começassem a se complicar. Não agora. Este era o seu lugar, sua época, aqui firmaria o seu posto, aqui faria sua resistência. Pouco importava se ainda não conseguira descobrir o terceiro espião ou que, no final, Harold fugisse ao controle, com a colossal afronta de tentar matar a noiva que fora prometida a ele, a mãe de seu filho.

Em algum ponto do deserto estava aquele estranho Homem da Lata de Lixo, farejando as armas que erradicariam para sempre o problemático e preocupante povo da Zona Franca. Seu Olho não podia seguir Lata de Lixo e, em certo sentido, Flagg o achava mais estranho do que a si mesmo, como uma espécie de sabujo humano que farejava cordite, *napalm* e gelignite com a mortífera precisão de um radar.

Dentro de um mês, talvez menos, os jatos da Guarda Nacional estariam no ar, tendo uma carga inteira de mísseis acoplada debaixo das asas. Então, quando Flagg tivesse certeza de que sua noiva concebera, eles voariam para o leste.

Ele fitou sonhadoramente a lua que parecia uma bola de basquete e sorriu.

Havia uma outra possibilidade. Acreditava que o Olho a mostraria com o tempo. Ele podia ir até lá, talvez como um corvo, um lobo ou um inseto — um louva-a-deus, possivelmente, alguma coisa bem pequena para esgueirar-se através de um tubo de ventilação cuidadosamente escondido no meio de um trecho de deserto relvado. Então saltaria ou rastejaria através daqueles escuros condutos, deslizando finalmente pela grade do condicionador de ar ou pelas hélices paradas de um exaustor.

O lugar era subterrâneo. Bem perto da fronteira, dentro da Califórnia.

Lá haveria béqueres, fileiras de béqueres, cada um com seu nítido rótulo identificativo: supercólera, superantraz, uma nova e melhorada versão da peste bubônica, todos eles baseados na capacidade de mutação antígena que tornara a supergripe quase universalmente mortal. Haveria centenas dessas coisas naquele lugar; sabores variados, como se costumava dizer na propaganda de *drops*.

Que tal um pouquinho na água que bebem, pessoal da Zona Franca? Que tal uma bela explosão aérea? Uma adorável doença-dos-legionários no Natal? Ou prefeririam uma nova e melhorada gripe suína?

Que tal Randy Flagg, o Papai Noel negro, em seu trenó da Guarda Nacional, deixando cair uma pequena dose de vírus em cada chaminé?

Ele esperaria, saberia o momento certo quando ele afinal se apresentasse.

Alguma coisa lhe diria.

As coisas iam correr muito bem. Nada de retiradas rápidas dessa vez. Ele estava no topo e era lá que ficaria.

O coelho se fora. Flagg se sentiu novamente saciado de alimento quente. Ficou de pé, o prato de estanho na mão, e atirou os ossos remanescentes no ar noturno. Os lobos avançaram para eles, lutaram por eles, rosnando, mordendo e grunhindo, seus olhos girando foscamente ao luar.

Flagg permaneceu de pé, as mãos nos quadris, e gargalhou ruidosamente para a lua.

* * *

Bem cedo na manhã seguinte, Nadine deixou a cidade de Glendale e seguiu pela I-15 pilotando sua Vespa. Os cabelos brancos como a neve, soltos, esvoaçavam atrás dela, parecendo muito com um véu de noiva.

Lamentava pela Vespa, que agora chegava ao fim após tê-la servido fielmente e por tanto tempo. A quilometragem e o calor do deserto, a penosa travessia das Rochosas e a falta de manutenção haviam cobrado seu preço. O motor agora soava rouco e laborioso. A agulha RPM começava a tremer em vez de permanecer docilmente contra o número 5X1000. Não importava. Se o motor pifasse antes de ela chegar, caminharia. Ninguém a perseguia agora. Harold estava morto. E, se tivesse de caminhar, *ele* saberia e mandaria alguém·para recolhê-la.

Harold havia atirado nela! Harold tentara *matá-la*!

Continuava pensando nisso por mais que tentasse evitar. Sua mente preocupava-se com isso como um cachorro se preocupa com um osso. Não era para ser assim, daquela maneira. Flagg lhe surgira em sonhos naquela primeira noite após a explosão, quando Harold finalmente concordara em que acampassem. Flagg dissera a ela que ia deixar Harold acompanhá-la até que os dois alcançassem o Declive Ocidental, quase em Utah. Então ele seria removido em um acidente rápido e indolor. Uma mancha de óleo na pista. Sem estardalhaço, sem sujeira, sem incômodo.

Só que o acidente não fora rápido nem indolor, e Harold quase a *matara*. A bala passara a centímetros de seu rosto e ela fora incapaz de se mover. Tinha ficado congelada em choque, se perguntando como Harold poderia ter feito tal coisa, como lhe fora permitido sequer *tentar* semelhante coisa.

Nadine procurara racionalizar isto dizendo a si mesma que era uma maneira de Flagg assustá-la, de lembrá-la de quem era ela e a quem pertencia. Mas isso não fazia sentido! Era loucura! E mesmo que houvesse algum sentido, uma voz firme e conhecedora dentro dela dizia-lhe que o incidente dos tiros simplesmente fora algo para o qual Flagg não estava prevenido.

Tentou expulsar aquela voz, trancar a porta contra ela, tal como uma pessoa lúcida trancaria a porta contra algum indesejável com intentos homicidas. Mas não conseguiu. A voz lhe disse que continuava viva por mero acaso. Que a bala de Harold poderia ter penetrado facilmente entre seus olhos, e que Flagg nada poderia fazer quanto a isso.

Ela chamou a voz de mentirosa. Flagg sabia tudo, até mesmo onde caíra o mais insignificante pardal...

Não, isso é Deus, replicou a voz, implacável. *E ele não é Deus. Você está viva por puro acaso, isto significando que todas as apostas estão quitadas. Você nada deve a ele. Pode dar meia-volta e ir embora, se quiser.*

Ir embora, voltar, que piada. Voltar para *onde*?

A voz pouco tinha a dizer sobre isso. Nadine ficaria surpresa se ela dissesse alguma coisa. Se o homem escuro tinha pés de barro, ela descobrira o fato um tanto tarde demais.

Tentou se concentrar na calma beleza da manhã no deserto, em vez de na voz. No entanto, a voz continuava, tão baixa e insistente que Nadine mal a percebia:

Se ele não sabia que Harold seria capaz de desafiá-lo e tentar matá-la, o que mais ele não sabe? E o tiro errará, da próxima vez?

Só que, ah, Deus, agora é tarde demais. Tarde em dias, semanas, até anos. Por que aquela voz esperara tanto, até ser inútil falar aquilo?

Como em concordância, a voz finalmente silenciou e ela teve a manhã para si mesma. Seguiu em frente sem pensar, os olhos fixos na estrada que se estendia diante dela. A estrada que levava a Las Vegas. A estrada que levava a *ele.*

* * *

A Vespa morreu naquela tarde. Houve um som rangente e metálico em suas entranhas e o motor parou. Nadine sentiu o cheiro de algo quente e anormal, como borracha queimada, subindo da caixa do motor. A velocidade caíra dos 65km/h que vinha fazendo para a de uma caminhada. Levou a Vespa para o acostamento e acionou o arranque algumas vezes, sabendo que era inútil. Ela havia matado o veículo. Havia matado muitas coisas na jornada até seu marido. Fora responsável pela eliminação de todo o Comitê da Zona Franca, além dos seus convidados, naquela derradeira e explosiva reunião. Também havia Harold. E, por falar nisso, não podia esquecer o bebê de Fran Goldsmith, ainda por nascer.

Isso a deixou nauseada. Cambaleou até o *guardrail* e vomitou seu leve almoço. Sentia-se acalorada, indisposta e delirante, a única coisa viva naquele deserto de pesadelo, calcinado pelo sol. Estava quente... quente demais.

Virou-se, limpando a boca. A Vespa jazia caída de lado, como um animal morto. Nadine contemplou-a por um instante e então começou a andar. Já havia passado por Dry Lake. Isso significava que teria de dormir à beira da estrada à noite, caso ninguém viesse buscá-la. Com alguma sorte, chegaria a Las Vegas pela manhã. De repente, teve certeza de que o homem escuro a faria caminhar. Quando chegasse a Las Vegas estaria faminta, sedenta e queimada pelo calor do deserto, cada última porção da vida antiga expulsa de seu organismo. A mulher que lecionara para criancinhas em uma escola particular da Nova Inglaterra iria desaparecer, tão morta quanto Napoleão. Com sua sorte, a pequena voz que sibilava e a preocupava seria a última parte da velha Nadine a expirar. Mas no final, claro, esta parte também iria embora.

Nadine seguiu caminhando enquanto a tarde avançava. O suor lhe escorria pelo rosto. O horizonte cintilava como mercúrio sempre no ponto em que a estrada se fundia ao céu de zuarte desbotado. Desabotoou a blusa fina e a despiu, ficando apenas com o sutiã de algodão branco. Queimaduras de sol? E daí? Francamente, minha cara, estou pouco ligando.

Ao crepúsculo ela exibia uma terrível tonalidade vermelha, quase púrpura, ao longo das bordas salientes das clavículas. O frescor da noite chegou repentinamente, fazendo-a estremecer e recordando-lhe de que deixara o equipamento de acampar na Vespa.

Olhou em torno em dúvida, vendo carros aqui e ali, alguns deles soterrados na areia móvel até os enfeites do capô. A idéia de abrigar-se em alguma daquelas tumbas metálicas deixou-a nauseada — mais indisposta ainda do que se sentia com a terrível queimadura de sol.

Estou delirando, pensou.

Não que isso importasse. Ela decidiu que caminharia a noite inteira em vez de dormir em um daqueles carros. Se pelo menos ainda estivesse no Meio-Oeste, poderia ter encontrado um celeiro, um monte de feno, um campo de trevo. Um espaço limpo e macio. Aqui havia apenas a estrada, a areia, o chão duro e assado do deserto.

Afastou do rosto os cabelos compridos e, melancolicamente, percebeu que desejaria estar morta.

Agora o sol estava baixo no horizonte, o dia perfeitamente situado entre o claro e o escuro. O vento que agora soprava sobre ela era mortalmente frio. Olhou em torno, de súbito temerosa.

O frio era *demais*.

As montanhas de flancos rochosos e íngremes tinham se transformado em monólitos escuros. As dunas de areia eram como apavorantes colossos eretos. Até mesmo os cactos gigantescos, os *saguaros*, pareciam os espinhosos e esqueléticos dedos acusadores dos mortos, emergindo de seus túmulos rasos para a areia.

No alto, girava a roda cósmica do céu.

Um trecho de uma canção de Dylan ocorreu-lhe, fria e desconfortável: *Caçado como um crocodilo... pilhado no milharal...*

E logo em seguida, outra canção dos Eagles, de repente assustadora: *E eu quero dormir com você no deserto esta noite... com um milhão de estrelas em torno...*

Subitamente, ela soube que ele estava ali.

Mesmo antes de ouvir-lhe a voz, ela soube.

— Nadine. — A voz suave *dele*, brotando da escuridão crescente. Infinitamente suave, o final e envolvente terror, que era como estar chegando ao lar. — Nadine, Nadine... como amo amar você Nadine.

Ela virou-se e lá estava ele, como sempre soubera que estaria um dia, tão simples assim. Estava sentado no capô de um velho sedã Chevrolet (estivera lá um momento atrás?, não sabia com certeza, mas não achava que estivesse), as pernas cruzadas, as mãos descansando levemente nos joelhos dos *jeans* desbotados. Olhando para ela e sorrindo docemente. Seus olhos, porém, não tinham nada de gentis. Eram olhos que desmentiam a idéia de que tal homem pudesse ter algum sentimento gentil. Nadine viu neles uma alegria soturna que dançava incessantemente como as pernas de um homem que transpusera há pouco o alçapão de um cadafalso.

— Olá — disse ela. — Estou aqui.

— Sim. Finalmente está aqui. Como prometido. — O sorriso se ampliou e ele estendeu as mãos para ela. Nadine as tomou e, ao aproximar-se dele, sentiu seu calor escaldante. Ele o irradiava, como um tijolo aquecido de fogão. Suas mãos lisas e sem linhas a envolveram... e então se fecharam com força, como algemas.

— Ah, Nadine — sussurrou ele e inclinou-se para beijá-la. Ela virou a cabeça ligeiramente, contemplando o fogo frio das estrelas, e o beijo dele foi no vão abaixo do queixo em vez de nos lábios. Ele não se deixou enganar. Nadine sentiu a curva zombeteira do riso do homem contra a sua carne.

Ele me repugna, pensou ela.

A repugnância, contudo, era apenas crosta escamosa sobre algo pior — uma luxúria reprimida e por muito tempo contida, uma espinha sem idade que finalmente apresentava um botão prestes a esguichar algum líquido fétido, alguma doçura há muito azedada. As mãos dele, deslizando em suas costas, eram muito mais quentes do que as

 queimaduras do sol. Ela se moveu contra o homem escuro e, de repente, a esguia sela entre suas pernas pareceu mais fofa, mais cheia, mais tenra, mais cônscia. A costura das calças friccionava-a de um modo delicadamente obsceno que a fazia querer esfregar-se, libertar-se da comichão, curá-la de uma vez por todas.

— Diga-me uma coisa — pediu ela.

— Tudo que quiser.

— Você disse "Como prometido". Quem me prometeu a você? Por que eu? E como devo chamá-lo? Nem mesmo isso eu sei. Soube a seu respeito durante a maior parte de minha vida, porém não sei como chamá-lo.

— Pode me chamar de Richard. É o meu nome verdadeiro. Pode me chamar assim.

— Este é seu verdadeiro nome? Richard? — perguntou duvidosa e ele tornou a rir contra seu pescoço, fazendo-a arrepiar-se de aversão e desejo. — E quem me prometeu?

— Nadine — disse ele. — Eu me esqueci. Venha.

Ele escorregou do capô do carro, ainda segurando as mãos dela, e Nadine quase as puxou e fugiu... mas de que adiantaria? Ele a perseguiria, conseguiria alcançá-la e a violentaria.

— A lua — disse ele. — Está cheia. Tal como eu. — Ele baixou-lhe a mão para a braguilha lisa e desbotada dos *jeans* e havia ali algo terrível, pulsando com vida própria debaixo da chanfradura gelada do zíper.

— Não — murmurou ela e tentou retirar a mão, pensando no quanto isto se distanciava daquela outra noite enluarada, no quão era impossivelmente distante. Estava agora do outro lado do arco-íris do tempo.

Ele firmou a mão dela contra si.

— Venha para o deserto e seja minha esposa — disse ele.

— Não!

— É tarde demais para recusar, querida.

Ela foi com ele. Havia um saco de dormir e os ossos enegrecidos de uma fogueira de acampamento sob os ossos prateados da lua.

Ele a fez deitar-se.

— Está tudo bem — sussurrou o homem escuro. — Tudo bem, então. — Seus dedos manejaram a fivela do cinto, depois o botão, a seguir o zíper.

Nadine viu o que ele tinha para ela e começou a gritar.

O sorriso do homem escuro ampliou-se àquele som, enorme, cintilante e obsceno dentro da noite. A lua olhou para baixo estupidamente, inflada e queixosa.

Nadine soltou um grito após outro e tentou arrastar-se para fugir, mas ele a segurou firme. Ela então manteve as pernas fechadas com todas as forças que pôde reunir, mas quando uma daquelas mãos lisas se inseriu entre elas, ambas se separaram como água e Nadine pensou: *Ficarei olhando para cima... olharei para a lua... Nada sentirei e isto terminará... terminará... nada sentirei...*

E quando a friagem de morte do homem escuro deslizou para dentro dela, o grito se desgarrou das entranhas de Nadine e explodiu livre. Ela forcejou, mas foi uma luta inútil. Ele a penetrou, invasor, destruidor, o sangue gelado esguichou pelas coxas dela. Mas agora ele a penetrara por completo, por todo o caminho até o útero. E a lua refletia-se nos olhos dela, como um fogo frio e prateado, e quando ele ejaculou foi como ferro fundido, ferro-gusa fundido, bronze fundido. Ela foi sacudida pelo orgasmo, seu prazer foi sentido aos gritos, era um prazer indescritível, um gozo em terror, em horror, atravessando os portais de ferro-gusa e de bronze para a terra desértica da insanidade, lançada através deles, *catapultada* através deles como uma folha, ao estrondo do riso do homem, enquanto via o rosto dele esmaecer para se tornar agora a face de um demônio, pairando acima da sua, um demônio que tinha como olhos brilhantes lâmpadas amarelas, janelas para um inferno jamais considerado. Mas, ainda assim, havia neles aquele horrendo bom humor, eram olhos que tinham espreitado os becos tortuosos de mil tenebrosas cidades noturnas; aqueles olhos faiscavam, cintilavam, e finalmente ficaram vagos. Ele recomeçou... e mais uma vez... depois outra. Parecia insaciável. Frio. Era mortalmente gélido. E velho. Mais velho que a humanidade, mais velho que a Terra. Diversas vezes ele a invadiu com seu riso trovejante, arrepiante. Terra. Luz. Gozo novamente. O último grito estridente que brotou dela foi aspirado pelo vento do deserto e levado às mais longínquas câmaras da noite, onde mil armas aguardavam o surgimento do novo dono para reclamá-las. Uma cabeça desgrenhada de demônio, uma língua pendente, cortada fundo ao meio, bifurcada. O hálito de morte caiu sobre o rosto dela. Nadine agora se achava na terra da insanidade. Os portões de ferro foram fechados.

A lua...!

* * *

A lua já quase descera.

Ele havia capturado outro coelho. Caçara a coisinha trêmula com as mãos e lhe quebrara o pescoço. Fizera um novo fogo sobre os restos do antigo e agora o coelho assava, exalando volutas convidativas de saboroso aroma. Não havia mais lobos. Afinal, aquela era a sua noite de núpcias, e a coisa esgazeada e apática, sentada frouxamente do outro lado da fogueira, era sua ruborizada noiva.

Inclinando-se, ele pegou a mão que ela pousara no colo. Ao soltá-la, a mão permaneceu no ar, erguida ao nível da boca. Ele contemplou o fenômeno por um instante e depois recolocou a mão de volta no colo. Os dedos dela começaram a colear lerdamente, como serpentes agonizantes. Ele espetou dois dedos nos olhos de Nadine e ela nem piscou. Aquela expressão apática não desaparecia.

Ele ficou francamente intrigado.

O que tinha feito a ela?

Não conseguia lembrar.

Pensando bem, não importava. Ela estava grávida. Se também estivesse catatônica, que diferença fazia? Aquela mulher era a incubadora perfeita. Ela conceberia seu filho, o traria ao mundo, depois poderia morrer, concluída a sua utilidade. Afinal, era para isso que estava ali.

O coelho ficou pronto. Flagg o partiu em dois. Partiu a porção dela em pedacinhos, da maneira como se prepara o alimento de uma criança pequena. Alimentou-a, um pedacinho de cada vez. Algumas migalhas lhe caíram da boca, mal mastigadas, porém ela comeu a maior parte. Se continuasse assim, ela iria precisar de uma enfermeira. Jenny Engstrom, talvez.

— Estava muito gostoso, querida — falou suavemente.

Ela ficou olhando apaticamente para a luz. Flagg sorriu com delicadeza para Nadine e depois comeu sua ceia nupcial.

Um bom sexo sempre o deixava faminto.

* * *

Ele despertou já quase no fim da noite e sentou-se no saco de dormir, confuso e amedrontado... amedrontado da maneira instintiva e desconhecida como um animal sente medo — um predador que sente que ele também pode ser tocaiado.

Teria sido um sonho? Uma visão...?

Eles estão vindo.

Apavorado, ele tentou entender o pensamento, inseri-lo em algum contexto, colocá-lo em algum contexto. Não conseguiu. A coisa ficou pairando no ar como um feitiço ruim.

Eles estão mais perto agora.

Quem? Quem estava mais perto?

O vento noturno sussurrou ao passar por ele, trazendo-lhe um aroma. Alguém estava vindo e...

Alguém está vindo.

Enquanto dormia, alguém passara por seu acampamento, seguindo para leste. O invisível terceiro? Ele não sabia. Era noite de lua cheia. Teria o terceiro escapado? O pensamento trouxe o pânico com ele.

Sim, mas quem está vindo?

Olhou para Nadine. Ela estava adormecida, enovelada em rígida posição fetal, a posição que seu filho assumiria no ventre dela, dali a alguns meses.

Meses?

Novamente aquela sensação de coisas se tornando escamosas nas bordas. Ele tornou a deitar-se, achando que não conseguiria mais dormir esta noite. Apesar de tudo, dormiu. E ao chegar a Vegas na manhã seguinte estava sorrindo de novo e quase esquecera sua noite de pânico. Nadine sentava-se docilmente no carro a seu lado, uma boneca grande com uma semente escondida cuidadosamente em seu ventre.

Dirigiu ao Grand Hotel MGM e lá descobriu o que havia acontecido enquanto dormia. Viu aquela nova expressão nos olhos deles, cauta e indagadora, e tornou a sentir que o medo o tocava com suas asas frágeis de mariposa.

Capítulo Sessenta e Seis

MAIS OU MENOS NA HORA em que Nadine Cross começava a perceber certas verdades que bem poderiam ter sido evidentes por si mesmas, Lloyd Henreid estava sentado sozinho no Cub Bar, jogando um solitário Big Clock e trapaceando. Estava furioso. Naquele dia ocorrera um incêndio súbito em Indian Springs, do qual resultaram um morto e três feridos, um dos quais provavelmente morreria em conseqüência das queimaduras. Não tinham ninguém em Las Vegas que soubesse como tratar aquele tipo de queimadura.

Carl Hough trouxera a notícia. Estava completamente transtornado e era um homem que devia ser levado com calma. Havia sido piloto da Ozark Airlines antes da epidemia, era um ex-fuzileiro e poderia quebrar Lloyd ao meio com apenas uma das mãos, enquanto misturava um daiquiri com a outra, se assim quisesse. Segundo Carl, ele tinha matado vários homens durante sua longa e atribulada carreira, e Lloyd tendia a acreditar nele. Não que Lloyd o temesse fisicamente; o piloto era corpulento e durão, porém temia o Turista Andarilho mais do que qualquer outra pessoa no oeste, e Lloyd usava o amuleto de Flagg. No entanto, Carl era um dos seus aviadores e, por isso, precisava ser manipulado com diplomacia. Por curioso que possa parecer, Lloyd tinha algo de diplomata. Suas credenciais eram simples, mas respeitáveis: ele passara várias semanas com um certo louco chamado Poke Freeman e sobrevivera para contar a história. Também havia passado vários meses com Randall Flagg sem que parasse de respirar e continuava com a mente lúcida.

Carl aparecera por volta das duas horas de 12 de setembro, levando o capacete de motociclista debaixo do braço. Tinha uma feia queimadura na face esquerda e bolhas numa das mãos. Houvera um incêndio. Feio, mas não tanto como poderia ter sido. Um caminhão de combustível explodira, entornando petróleo por toda a área alcatroada.

— Muito bem — dissera Lloyd. — Informarei ao chefão. Os feridos estão na enfermaria?

— Sim, estão. Não creio que Freddy Campanari resista até o sol se pôr. Isso nos deixa apenas com dois pilotos, eu e Andy. Diga isto a ele quando voltar. E diga-lhe também mais uma coisa: quero que aquele fodido do Lata de Lixo seja expulso. É o meu preço para ficar aqui.

Lloyd olhou fixamente para ele.

— Seu preço?

— Você ouviu perfeitamente.

— Bem, vou lhe dizer uma coisa, Carl — retrucou Lloyd. — Se pretende dar ordens a ele, faça-o pessoalmente.

Carl pareceu subitamente confuso e um tanto receoso. O medo fixou-se estranhamente em seu rosto abalado.

— Sim, entendo sua posição. Só que estou cansado e fulo da vida, Lloyd. Meu rosto dói como o diabo. Não quero criar problemas para você.

— Tudo bem, cara. É para isso que estou aqui. — Às vezes Lloyd preferia não estar. Sua cabeça já começava a doer.

— Mas ele vai ter que ir embora — continuou Carl. — Se eu tiver que dizer isto a ele, direi. Sei que Lixo usa uma dessas pedras negras. Parece que está bem cotado com o chefão. Mas escute aqui. — Carl depositou o capacete sobre uma mesa de bacará. — Lixo foi o responsável por aquele incêndio. Deus do céu, como é que vamos botar aqueles aviões no ar, se um dos homens do chefão está incendiando a porra dos pilotos?

Várias pessoas que passavam pelo saguão do hotel olharam inquietas para a mesa onde estavam Lloyd e Carl.

— Mantenha a voz baixa, Carl.

— *OK.* Mas você entende o problema, não entende?

— Como pode ter certeza de que foi Lixo?

— Escute — Carl inclinou-se à frente —, ele estava no galpão de mecânica, certo? Ficou lá por um bom tempo. Muita gente o viu, não apenas eu.

— Pensava que ele estivesse em algum lugar no deserto. Você sabe, procurando armamento.

— Bem, ele voltou, certo? Aquele carro próprio para o deserto, que tinha levado, voltou cheio de material. Deus sabe onde Lixo o arranja. Bem, ele deixou todo mundo gargalhando durante a hora do café. Você sabe como ele é. Para Lixo, material bélico é como doce para criança.

— Isso mesmo.

— A última coisa que nos mostrou foi um daqueles detonadores incendiários. A gente puxa a lingüeta e surge uma pequena ignição de fósforo. Depois nada mais acontece por meia hora ou quarenta minutos, dependendo do tamanho do detonador. É então que começa um incêndio dos diabos. Pequeno, mas muito intenso.

— Entendo.

— Assim, quando Lixo estava nos mostrando como funciona a coisa, Freddy Campanari comentou: "Ei, quem brinca com fogo mija na cama, Lixo." E Steve Tobin... você o conhece, ele é engraçado como um guarda-chuva todo furado. Bem, Steve diz: "É melhor esconderem seus fósforos, rapazes. Lixo voltou à cidade." Lixo ficou pau da vida. Olhou pra nós e resmungou qualquer coisa. Eu estava sentado perto dele e tive a impressão de ouvi-lo dizer algo como: "Não me perguntem nunca mais sobre o cheque da velha Sra. Temple." Isto faz algum sentido para você?

Lloyd fez que não com a cabeça. Nada relacionado a Lata de Lixo fazia muito sentido para ele.

— Depois disso, ele foi embora. Recolheu o material que estivera mostrando e deu o fora. Ora, nenhum de nós se sentiu muito bem com isso. Afinal, ninguém pretendia magoá-lo. A maioria do pessoal gosta de Lixo. Ou gostava. Ele é como uma criança, sabe?

Lloyd assentiu.

— Uma hora mais tarde, aquele caminhão de combustível explodiu como um foguete. Enquanto recolhíamos as peças, por acaso ergui o rosto e lá estava Lixo em cima de seu carro do deserto, junto ao prédio da caserna, observando a gente com binóculos.

— Isso é tudo que sabe? — perguntou Lloyd, aliviado.

— Não, não é. Se fosse, nem me teria dado ao trabalho de procurá-lo, Lloyd. Mas fiquei matutando na maneira como aquele caminhão explodiu, tal como se alguém tivesse usado nele um detonador incendiário. No Vietnã, os vietcongues explodiram vários de nossos depósitos de munição dessa maneira, usando nossos próprios detonadores incendiários. Eles os enfiavam debaixo do caminhão, no cano de descarga. Se ninguém ligasse o caminhão, ele explodia quando o dispositivo de tempo fosse expelido. Se alguém desse partida no caminhão, ele explodia quando o cano de descarga esquentasse. De qualquer modo, havia um *bum!*, e o caminhão já era. A única coisa que não se encaixava era que sempre havia uns 12 caminhões de combustível no galpão, e não costumamos usá-los em qualquer ordem específica. Assim, depois que levamos o pobre Freddy para a enfermaria, John Waite e eu retornamos ao galpão. John é o encarregado do galpão de mecânica e estava puto da vida. Tinha visto Lixo lá dentro mais cedo.

— Ele tinha certeza de que era o Lixo?

— Com todas aquelas queimaduras no braço é difícil haver um erro de identificação, não acha? Bem, ninguém estranhou sua presença lá. Lixo estava apenas bisbilhotando, mas faz parte do trabalho dele, não é?

— É, parece que sim.

— Então, eu e John começamos a vistoriar o resto dos caminhões de combustível e, puta merda, havia um detonador incendiário em cada um deles. Lixo os colocou nos canos de descarga, logo abaixo dos tanques de combustível. O motivo de o caminhão que estávamos usando ter explodido primeiro foi porque o cano de descarga estava quente. Os outros caminhões, no entanto, já estavam sendo preparados. Dois ou três começaram a fumegar. Alguns dos caminhões estavam vazios, mas pelo menos cinco deles se encontravam cheios de combustível para jatos. Mais dez minutos e perderíamos metade da maldita base.

Ah, céus, pensou Lloyd pesarosamente. *Isso é realmente grave. Mais grave do que se desejaria.*

Carl ergueu a mão cheia de bolhas.

— Ganhei isto puxando um daqueles troços quentes. Entende agora por que ele tem de ir embora?

Lloyd disse, hesitante:

— Talvez alguém tenha roubado os detonadores no seu carro do deserto enquanto ele saiu para mijar ou coisa assim.

Carl replicou pacientemente:

— Não foi como aconteceu. Alguém deve tê-lo deixado magoado quando ele estava mostrando seus brinquedos. E aí Lixo tentou queimar todos nós. E, porra, quase foi bem-sucedido! Alguma coisa tem que ser feita, Lloyd!

 — Tudo bem, Carl.

Lloyd passou o resto da tarde perguntando por Lixo — alguém o tinha visto ou sabia onde poderia estar? Expressões cautelosas e respostas negativas. A notícia se espalhara. Talvez até fosse uma boa coisa. Alguém que o visse se apressaria em informar, na esperança de cair nas boas graças do chefão. Mas Lloyd tinha um palpite de que ninguém veria Lixo. Ele lhes dera uma pequena queimadura nos traseiros e se apressara em voltar para o deserto, no seu carro especial.

Lloyd olhou para o jogo de cartas espalhado à sua frente e procurou conter o impulso de empurrar tudo aquilo para o chão. Em vez disso, escamoteou outro ás e continuou jogando. Não fazia diferença. O velho Lixo acabaria enfentando uma cruz, tal como Hec Drogan. Má sorte, cara.

Mas, no fundo do coração, ele especulava.

Ultimamente vinham acontecendo coisas de que não gostava. Dayna, por exemplo. Flagg soubera sobre ela, era verdade, porém a garota nada falara. Conseguira escapar para a morte, deixando-os na estaca zero acerca do terceiro espião.

Essa era outra questão. Como é que *Flagg* não tinha sabido sobre o terceiro espião? Ele soubera a respeito do velho bundão, e quando voltara do deserto havia identificado Dayna e lhes dissera exatamente como pretendia lidar com ela. Mas não havia funcionado.

E, agora, o Homem da Lata de Lixo.

Lixo não era um joão-ninguém. Talvez tivesse sido nos velhos dias, mas agora não era mais. Usava a pedra do homem escuro, tal como ele também usava. Depois que Flagg espremera o cérebro daquele advogado tagarela em Los Angeles, Lloyd o vira colocar as mãos nos ombros de Lixo e dizer-lhe suavemente que todos os sonhos tinham sido verdadeiros. E Lixo sussurrara: "Minha vida pela sua."

Lloyd ignorava o que mais se passara entre eles, porém parecia claro que ele vagueava pelo deserto com a bênção de Flagg. E agora Lata de Lixo havia pirado.

O que levantava algumas questões muito sérias.

Era por isso que Lloyd estava sentado ali sozinho às nove da noite, roubando a si mesmo no jogo e desejando estar bêbado.

— Sr. Henreid?

O que era *agora*? Ele ergueu a vista e viu uma jovem de rostinho bonito, um rostinho de garota mimada. *Shorts* brancos muito justos. Um bustiê que mal cobria o bico dos seios. Evidentemente, do tipo que só pensa em sexo, mas ela parecia nervosa e pálida, quase doentia. Mordia compulsivamente a unha do polegar e Lloyd reparou que todas as outras estavam roídas.

— O quê?

— Eu... eu preciso ver o Sr. Flagg — disse ela. O vigor sumiu bruscamente de sua voz, que terminou num sussurro.

— Precisa, hein? O que pensa que sou? Secretário social dele?

— Mas... disseram-me... para procurá-lo.

— Quem disse?

— Bem... foi Angie Hirschfield. Foi ela quem disse.

— Como se chama?

— Hã, Julie. — Ela deu uma risadinha, mas foi apenas um reflexo. O ar assustado nunca abandonava seu rosto, e Lloyd imaginou que tipo de merda tinha batido agora no ventilador. Uma garota como aquela não perguntaria por Flagg a não ser que se tratasse de algo muito grave. — Julie Lawry.

— Bem, Julie Lawry, o Sr. Flagg não se encontra em Las Vegas no momento.

— Quando estará de volta?

— Não sei. Ele vem e vai, e não usa um *beeper*. Também não me dá satisfações. Se tem algo a revelar, fale comigo e providenciarei para que ele receba seu recado. — Ela o fitou com ar de dúvida e Lloyd repetiu o que dissera a Carl Hough naquela mesma tarde. — É para isso que estou aqui, Julie.

— Tudo bem — disse ela e então concluiu, rápida: — Se for importante, diga a ele que quem lhe contou fui eu, Julie Lawry.

— *OK.*

— Não vai esquecer?

— *Não, pelo amor de Deus!* Mas do que se trata?

Ela fez biquinho.

— Bem, não precisa ficar zangado comigo.

Lloyd suspirou e pousou sobre a mesa o punhado de cartas que estivera segurando.

— Não, acho que não estou — disse. — Bem, do que se trata?

— Aquele mudinho. Se ele estiver por aqui, acho que está espionando. Achei que você devia saber. — Os olhos dela brilharam perversamente. — O filho-da-puta me ameaçou com uma arma.

— Que mudinho?

— Bem, eu vi o retardado e imaginei que o mudo devia estar com ele, entende? E eles não são da nossa espécie. Desconfio que devem ter vindo do outro lado.

— É o que você imagina, hã?

— É isso aí.

— Bem, não sei por que cargas d'água você está me falando isso. Foi um longo dia e estou cansado. Se não começar a falar algo que faça sentido, Julie, vou para a cama.

Julie sentou-se, cruzou as pernas e contou a Lloyd sobre seu encontro com Nick Andros e Tom Cullen em Pratt, Kansas, sua cidade natal. Falou sobre o Pepto-Bismol. ("Eu só estava brincando com o coitado, e aquele surdo-mudo me aponta um revólver!") Ela até contou sua tentativa de baleá-los quando deixavam a cidade.

— O que isso prova? — perguntou Lloyd quando ela terminou. Ficara um tanto intrigado com a palavra "espião", mas depois passou a um estado de tédio meio sonolento.

Julie tornou a fazer biquinho e acendeu um cigarro.

— Já lhe disse. Aquele debilóide está aqui agora. E aposto que está espionando.

— Você disse que se chama Tom Cullen?

— Sim.

Ele teve uma vaga lembrança. Cullen era um louro grandão, meio ruim da cabeça, mas certamente não tão perigoso quanto esta cadela no cio queria fazer crer. Tentou em vão puxar um pouco mais pela memória. As pessoas continuavam a afluir a Vegas em bandos de sessenta a cem por dia. Estava ficando impossível manter os números sob controle, e Flagg disse que a imigração ia se tornar um pouco mais maciça antes que finalmente houvesse um controle. Lloyd achou que poderia recorrer a Paul Burlson, que estava mantendo um registro dos residentes de Vegas, e descobrir alguma coisa sobre esse tal de Cullen.

— Você vai prendê-lo? — perguntou Julie.

Lloyd olhou para ela.

— Vou prender é você, se não largar do meu pé — disse.

— Que belo sacana é você! — gritou Julie Lawry, sua voz se erguendo descontroladamente. Ela saltou de pé, olhando para ele. Naqueles *shorts* brancos e justos de algodão, suas pernas pareciam subir até o queixo. — Eu só tentava lhe fazer um *favor*!

— Irei verificar.

— É, é isso aí. Já conheço essa história.

Ela se retirou, as nádegas gingando em apertados círculos de indignação.

Lloyd observou-a com certo divertimento cansado e pensando que havia um monte de piranhas como ela no mundo — mesmo agora, depois da supergripe, ele apostava que havia uma boa quantidade delas dando sopa. Fáceis de levar para a cama, mas cuidado com as unhadas depois. Parecidas com aquelas aranhas que devoravam seus parceiros depois do sexo. Dois meses já se haviam passado e ela ainda queria desforrar-se daquele mudo. Como se chamava mesmo? Andros?

Lloyd puxou um surrado caderno de notas preto do bolso de trás, molhou o dedo e folheou-o até uma página em branco. Este bloquinho era a sua agenda e estava repleto de bilhetinhos para si mesmo — que iam desde um lembrete para barbear-se antes de se encontrar com Flagg a um memorando para se fazer um inventário de todo o estoque nas farmácias de Vegas antes que faltasse morfina e codeína. Em breve seria hora de arranjar outro caderninho.

Escreveu na sua letra irregular de homem pouco instruído: *Nick Andros ou talvez Androtes — mudo. Está na cidade?* E abaixo disso: *Tom Cullen, verificar com Paul.* Enfiou o caderno de volta no bolso. Sessenta quilômetros a nordeste, o homem escuro havia consumado seu relacionamento de longo prazo com Nadine Cross sob as estrelas cintilantes do deserto. Ele gostaria muito de saber que um amigo de Nick Andros se encontrava em Las Vegas.

Mas ele dormiu.

Lloyd olhou preguiçosamente para seu jogo de paciência, esquecendo de Julie Lawry e seu ódio ao mudo e de sua bundinha empinada. Ele trapaceou mais um ás e seus pensamentos voltaram penosamente para Lata de Lixo e para o que Flagg poderia dizer — ou fazer — quando contasse a ele.

* * *

Na hora em que Julie Lawry estava deixando o Cub Bar, achando que não fizera nada mais senão o que considerava o seu dever cívico, Tom Cullen estava de pé junto à janela panorâmica de seu apartamento em outra parte da cidade, olhando sonhadoramente para a lua cheia.

Era hora de ir.

Hora de voltar.

Este apartamento não era como sua casa em Boulder. Era mobiliado, mas não decorado. Ele só colocara um único pôster e um único pássaro empalhado pendendo de uma corda de piano. Este apartamento tinha sido somente um dormitório, e agora era hora de partir. Ele estava contente. Detestava este lugar. Havia uma espécie de odor aqui, um odor seco e bolorento que nunca se conseguia identificar inteiramente. As pessoas em sua maioria eram bondosas e Tom gostava de algumas que lembravam o pessoal em Boulder, gente como Angie e aquele garotinho, Dinny. Ninguém zombara dele por causa de sua deficiência. Tinham-lhe dado um emprego, riam com ele, e na hora do almoço costumavam trocar as marmitas por algo mais de alguém que tivesse uma aparência mais saborosa. Eles eram companheiros legais, não muito diferentes dos caras de Boulder, até onde podia dizer, porém...

Porém eles tinham aquele *cheiro* entranhado.

Todos pareciam estar esperando e vigiando. Às vezes caíam estranhos silêncios entre eles e seus olhos pareciam turvar-se como se todos tivessem o mesmo sonho inquietante. Faziam coisas sem perguntar por que tinham de fazê-las, e qual era sua finalidade. Parecia que usavam máscaras de gente feliz para ocultar faces de monstros. Tom vira um filme sobre isso certa vez. Aquele tipo de monstro chamado de lobisomem.

A lua moveu-se acima do deserto, espectral, alta e livre.

Tom havia visto Dayna, da Zona Franca. Vira-a uma vez, depois nunca mais. O que acontecera com ela? Também estaria espionando? Teria voltado?

Ele não sabia. Porém sentia medo.

Havia uma pequena mochila na poltrona diante do inútil aparelho de TV a cores do apartamento. A mochila estava cheia de presunto embalado a vácuo, torradas Slim Jims e Saltines. Tom pegou a mochila e a ajeitou nos ombros.

Viajar de noite, dormir de dia.

Saiu para o pátio do edifício sem um único olhar para trás. A lua brilhava tanto que ele lançou uma sombra sobre o piso de cimento rachado onde um dia grandes jogadores haviam estacionado seus carros com placas de outros estados.

Tom Cullen olhou para a moeda fantasmagórica que flutuava lá no céu.

— L-U-A, como se soletra lua — sussurrou ele. — Minha nossa, sim, Tom Cullen sabe o que significa.

Sua bicicleta estava encostada na parede de estuque cor-de-rosa do edifício. Ele parou uma vez para ajeitar a mochila, depois acomodou-se no selim e partiu para a estrada. Por volta das onze da noite já havia deixado Las Vegas e pedalava para leste, pelo acostamento da I-15. Ninguém o viu. Nenhum alarme foi dado.

Sua mente passou para um leve ponto neutro, como quase fazia sempre quando as coisas mais imediatas exigiam cuidados. Ele pedalava com firmeza, cônscio apenas da ligeira brisa noturna acariciando seu rosto suado. De vez em quando precisava dar uma guinada para desviar-se de uma duna que se movera no deserto e espichara um braço branco e esquelético através da estrada — eis como minhas obras são poderosas, e desesperem-se, teria dito Glen Bateman à sua maneira irônica.

Às duas da madrugada ele parou para um pequeno lanche de biscoitos e Kool-Aid, com que enchera a grande garrafa térmica presa na traseira da bicicleta. Depois continuou. A lua estava baixa. Las Vegas foi ficando mais para trás a cada volta dos pneus da bicicleta. Isso o fazia sentir-se bem.

No entanto, às 4h15 daquela madrugada de 13 de setembro, um grande vagalhão de medo o envolveu. Um medo ainda mas aterrorizante por ser inesperado, por sua aparente irracionalidade. Tom teria gritado, porém suas cordas vocais ficaram subitamente congeladas, trancadas. Os músculos das pernas que pedalavam se afrouxaram e ele estacionou à beira da estrada, sob as estrelas. O negativo em preto-e-branco do deserto estendia-se cada vez mais lentamente.

Ele estava perto.

O homem sem rosto, o demônio que agora caminhava pela terra.

Flagg.

O homem alto, chamavam-no. O homem sorridente, Tom o chamava em seu coração. Só que quando aquele sorriso baixava sobre alguém, todo o sangue da pessoa parava de correr, deixando a carne fria e cinzenta. O homem que podia olhar para um gato e fazê-lo vomitar os bolos de pêlos que engolira. Se ele caminhasse através de um edifício em construção, os operários martelariam seus próprios polegares, colocariam as telhas ao contrário, caminhariam como sonâmbulos pelas vigas e...

... e ah meu Deus ele estava acordado!

Um gemido escapou da garganta de Tom. Ele podia sentir o súbito despertar. Parecia ver/sentir um Olho se abrindo na escuridão da madrugada, um terrível Olho vermelho que ainda estava estremunhado e pesado de sono. Estava girando na escuridão. Procurando. Procurando por ele. Sabia que Tom Cullen estava ali, mas ignorava onde.

Entorpecidamente, seus pés encontraram os pedais e ele pedalou, cada vez mais rápido, inclinando-se sobre o guidom a fim de reduzir a resistência do vento, ganhando velocidade até quase estar voando ao longo da estrada. Se houvesse algum carro destroçado em seu caminho, Tom teria pedalado vertiginosamente contra ele, talvez até morrendo na colisão.

Porém, aos poucos começou a sentir que a presença escura e quente ia ficando para trás. E o mais maravilhoso de tudo era que aquele terrível Olho se virara em sua direção, passara acima dele sem o ver (*talvez porque me inclinei tanto sobre o guidom*, raciocinou Tom Cullen incoerentemente)... e então se fechara.

O homem escuro tinha voltado a dormir.

O que sente o coelho quando a sombra do falcão cai sobre ele como um escuro crucifixo... e então segue em frente, sem parar ou diminuir a velocidade do vôo? O que sente o rato quando o gato que esteve pacientemente à espreita junto ao seu buraco, o dia inteiro, é erguido pelo dono e atirado sem cerimônia pela porta da frente? O que sente o cervo quando passa cautelosamente por perto do poderoso caçador, que cochila sob o efeito das três cervejas que tomou no almoço? Talvez eles nada sintam ou sintam o mesmo que Tom sentiu quando pedalava para longe da negra e perigosa esfera de influência: uma imensa e quase eletrificante irradiação de alívio; uma sensação de renascimento. E, acima de tudo, a sensação da segurança alcançada por um triz, uma sorte tão grande que, por certo, devia ter sido um sinal dos céus.

Ele pedalou sem parar até as cinco da manhã. À sua frente, o céu adquiria o tom azul-escuro mesclado com o dourado do alvorecer. As estrelas iam desaparecendo.

Estava quase na hora de Tom parar. Ele seguiu um pouco mais à frente, depois localizou um inclinado declive, uns 70 metros à direita da auto-estrada. Empurrou a bicicleta para lá. Consultando os tiquetaques e engrenagens do instinto, recolheu suficiente relva seca e algarobo para cobrir a maior parte da bicicleta. Havia duas enormes rochas, reclinadas uma contra a outra, a uns 10 metros da bicicleta. Tom rastejou para o bolsão de sombra abaixo delas, colocou o blusão sobre a cabeça e adormeceu quase de imediato.

Capítulo Sessenta e Sete

O Turista Andarilho estava de volta a Vegas.

Havia chegado por volta de nove e meia da manhã. Lloyd o vira chegar. Flagg também o vira, mas não lhe dera importância. Estava cruzando o saguão do MGM Grand, conduzindo uma mulher. Cabeças se viraram para fitá-la, apesar da aversão quase unânime de todos em olhar para o homem escuro. Os cabelos da mulher eram inteiramente brancos, brancos como a neve. Ela apresentava uma terrível queimadura de sol, tão intensa que Lloyd pensou nas vítimas do combustível em chamas lá em Indian Springs. Cabelos brancos, queimadura horrível, olhos inteiramente vazios, que pareciam fitar o mundo com uma expressão além da placidez, além até mesmo do idiotismo. Lloyd já vira olhos semelhantes uma vez. Em Los Angeles, depois que o homem escuro acabara com Eric Strellerton, o advogado que quisera ensinar a Flagg como conduzir as coisas.

Flagg não olhou para ninguém. Ele sorria. Levou a mulher até o elevador e a fez entrar. As portas deslizaram, fechando-se atrás deles, e os dois subiram para o último andar.

Nas seis horas seguintes Lloyd ocupou-se em organizar tudo, a fim de estar preparado para quando Flagg o chamasse e pedisse um relatório. Concluiu que tudo estava sob controle. O único item a resolver era procurar Paul Burlson e descobrir tudo que ele possuísse sobre o tal Tom Cullen, apenas para o caso de Julie Lawry ter realmente levantado alguma pista. Lloyd não achava isso muito provável, mas com Flagg era sempre melhor prevenir do que remediar. Muito melhor.

Ergueu o fone e aguardou pacientemente. Após alguns momentos, ouviu um clique e a voz de Shirley Dunbar, carregada com sotaque do Tennessee.

— Telefonista!

— Oi, Shirley. Aqui é Lloyd.

— Lloyd Henreid! Como é que vai?

— Não de todo mal, Shirl. Pode tentar o 6214 para mim?

— Paul? Ele não está em casa. Foi para Indian Springs. Acho que posso alcançá-lo para você na Base Ops.

— *OK*, pode tentar.

— Deixa comigo. E aí, Lloyd, quando é que você vai aparecer e provar do meu bolo de café? Asso um a cada dois, três dias.

— Em breve, Shirley — disse Lloyd, fazendo uma careta. Shirley era uma quarentona... e tinha uma queda por Lloyd. Ele agüentara um bocado de gozação por causa dela, especialmente de Whitney e Ronnie Sykes. Mas Shirley era uma excelente telefonista, capaz de operar prodígios com o sistema telefônico de Las Vegas. Ter os telefones em funcionamento — pelo menos os mais importantes, de qualquer modo — tinha sido a primeira prioridade deles depois da energia elétrica, mas a maioria do equipamento de ligação automática havia queimado, e agora estavam de volta ao equivalente a latas de estanho e montes de barbante encerado. Havia também uma constante inatividade. Shirley lidava com o que havia para utilizar com habilidade excepcional e era paciente com as três ou quatro telefonistas aprendizes.

Não bastasse tudo isso, ainda *fazia* um excelente bolo de café.

— Muito em breve, *mesmo* — acrescentou Lloyd e pensou em como seria ótimo se pudesse juntar o corpo firme e bem torneado de Julie Lawry com a perícia e a natureza gentil e complacente de Shirley Dunbar.

Shirley pareceu satisfeita. Houve uma série de chiados e crepitações na linha, bem como um uivo agudo e ecoante, que o fez afastar o fone do ouvido com uma careta. Então ouviu a campainha tocar no outro lado da linha, numa série de roucos zumbidos.

— Aqui é Bailey, Base Ops — disse uma voz diminuta na distância.

— Quem fala é Lloyd — berrou ele ao fone. — Paul está aí?

— Haul o quê, Lloyd? — perguntou Bailey.

— *É Paul! Paul Burlson!*

— Ah, ele! Sim, está aqui, tomando uma Coca.

Houve uma pausa. Lloyd começou a pensar que a frágil ligação caíra, quando então Paul atendeu.

— Vamos ter que gritar, Paul. A ligação está uma merda. — Lloyd não estava inteiramente certo de que Paul Burlson tivesse capacidade pulmonar para gritar. Era um homenzinho mirrado com óculos fundo-de-garrafa e alguns o chamavam de Sr. Frio, porque insistia em usar terno completo todos os dias, apesar do calor escaldante de Las Vegas. Mas era um bom elemento como funcionário de informação, e Flagg dissera a Lloyd, num de seus estados de ânimo expansivos, que, por volta de 1991, Burlson seria o chefe da polícia secreta. E ele era *boooom* demais nisso, acrescentara Flagg com um cordial e animado sorriso.

Paul esforçou-se para falar um pouco mais alto.

— Tem o seu registro com você? — perguntou Lloyd.

— Sim. Eu e Stan Bailey estávamos às voltas com um programa de trabalho rotativo.

— Poderia me informar alguma coisa sobre um sujeito chamado Tom Cullen?

— Espere um pouco. — Houve uma segunda pausa de dois ou três minutos e Lloyd começou a imaginar que a ligação caíra. Então ouviu a voz de Paul. — Certo, Tom Cullen... está na linha, Lloyd?

— Estou bem aqui.

— A gente nunca tem certeza, com os telefones neste estado. Cullen tem entre 22 e 35 anos. Nem mesmo ele sabe ao certo. Tem um ligeiro retardo mental. Possui algumas aptidões para o trabalho. Nós o colocamos na turma de limpeza.

— Há quanto ele está em Vegas?

— Pouco menos de três semanas.

— Veio do Colorado?

— Sim, mas temos aqui umas 12 pessoas que tentaram ficar lá e não gostaram. Eles expulsaram este sujeito. Estava tendo sexo com uma mulher normal e, segundo suponho, recearam que transmitisse seu retardo mental a um possível filho — disse Paul, rindo.

— Tem o endereço dele?

Paul forneceu-lhe o endereço e Lloyd o anotou em seu bloquinho.

— Isso é tudo, Lloyd?

— Tenho mais um nome, caso você disponha de tempo.

Paul riu, uma risadinha de homem pequeno.

— Claro, estou em minha pausa para o café.

— O nome é Nick Andros.

Paul respondeu no ato:

— Tenho esse nome em minha lista vermelha.

— Sério? — Lloyd pensou o mais velozmente que pôde, o que distava muito da velocidade da luz. Não fazia a menor idéia do que seria essa "lista vermelha". — Quem lhe forneceu esse nome?

Exasperado, Paul respondeu:

— Quem você acha que foi? A mesma pessoa que forneceu todos os nomes que constam na lista vermelha!

— Ah, claro. — Lloyd despediu-se e desligou. Com toda aquela ligação horrível era impossível conversar banalidades e, por outro lado, ainda tinha muito em que pensar para ficar perdendo tempo.

Lista vermelha.

Nomes que Flagg fornecera a Paul e a mais ninguém, ao que parecia — embora Paul presumisse que Lloyd estivesse a par. Lista vermelha. O que significaria? Vermelho quer dizer "pare".

Vermelho significava perigo.

Lloyd ergueu de novo o fone do gancho.

— Telefonista!

— É Lloyd outra vez, Shirl.

— Bem, Lloyd, você...

— Shirley, não posso bater papo. Estou envolvido numa coisa que talvez seja das grandes.

— *OK*, Lloyd. — A voz de Shirley perdeu o tom coquete e ela ficou toda profissional de repente.

— Quem está de serviço na Segurança?

— Barry Dorgan.

— Consiga-o para mim. E eu nunca liguei para você.

— Sim, Lloyd. — Ela soava receosa agora. Lloyd também estava com medo, mas igualmente excitado.

Um momento depois, Dorgan estava na linha. Era um bom homem, pelo que Lloyd se sentia profundamente grato. Muitos homens do tipo Poke Freeman gravitavam em torno do departamento de polícia.

— Quero que capture alguém para mim — disse Lloyd. — Pegue-o vivo. Preciso dele vivo, mesmo que você perca homens nisso. O nome é Tom Cullen e provavelmente você o achará em casa. Traga-o para o Grand. — Deu o endereço de Tom e fez com que Barry o repetisse.

— É importante, Lloyd?

— Muito importante. Faça o serviço direito e alguém maior que eu ficará satisfeito com você.

— *OK.* — Barry desligou e Lloyd fez o mesmo, esperando que Barry houvesse entendido o contrário: *Se estragar a parada, alguém vai ficar muito puto com você.*

Barry ligou de volta uma hora mais tarde para dizer que estava certo de que Tom Cullen se escafedera.

— Seja como for — continuou Barry —, o cara é retardado e não sabe dirigir, nem mesmo uma motoneta. Se está indo para o leste, não deve ter passado de Dry Lake. Podemos pegá-lo, Lloyd, sei que podemos. É só me dar sinal verde. — Barry estava babando. Era uma das quatro ou cinco pessoas em Las Vegas que sabia dos espiões, e tinha lido os pensamentos de Lloyd.

— Deixe-me pensar a respeito — respondeu Lloyd e desligou antes que Barry pudesse protestar. Lloyd tivera um poder de raciocínio muito maior do que imaginara possível na época anterior à gripe, mas sabia que a coisa que tinha nas mãos era grande demais para ele. Além do mais, aquela história de lista vermelha o perturbava. Por que não fora informado sobre ela?

Pela primeira vez desde seu encontro com Flagg em Phoenix Lloyd teve a inquietante sensação de que sua posição podia ser vulnerável. Havia segredos que tinham sido guardados. Provavelmente, ainda poderiam capturar Cullen; Carl Hough e Bill Jamieson poderiam pilotar os helicópteros do Exército que estavam no hangar de Indian Springs e, se tivessem que voar, conseguiriam fechar cada estrada que partisse de Nevada para o leste. Afinal, o sujeito não era nenhum Jack, o Estripador, ou o Dr. Octopus; não passava de um retardado em fuga. Mas, droga, se já tivesse sabido sobre o tal Andros, quando Julie Lawry viera procurá-lo, teriam conseguido pegar Cullen em seu pequeno apartamento ao norte de Vegas.

Em algum lugar dentro dele uma porta se abria, deixando penetrar uma gélida brisa de medo. Flagg tinha sido logrado. E era bem capaz de desconfiar de Lloyd Henreid. O que era uma merda federal.

Ainda assim, ele deveria ter sido informado a respeito. Lloyd não pretendia assumir pessoalmente a decisão de dar início a outra caçada humana. Não depois do que tinha acontecido com o juiz. Levantou-se para ir até os telefones internos e encontrou Whitney Horgan, que vinha de lá.

— É o homem, Lloyd — disse ele. — Quer falar com você.

— *OK* — respondeu Lloyd, surpreso com o tom calmo de sua voz, pois o medo em seu íntimo era imenso. E, acima de tudo, era importante recordar que há muito teria morrido de fome em sua cela lá em Phoenix se não fosse Flagg. Não fazia sentido enganar a si mesmo; ele pertencia ao homem escuro, de corpo e alma.

No entanto, não posso realizar meu trabalho se ele me sonega informações, pensou, caminhando para o elevador. Entrou, apertou o botão da cobertura e o elevador subiu rapidamente. Veio de novo aquela sensação. O terceiro espião estivera lá o tempo todo, *e Flagg não soubera.*

* * *

— Entre, Lloyd. — O rosto indolente e risonho de Flagg surgia de um prosaico roupão de banho em xadrez azul.

Lloyd entrou. O ar-condicionado estava no máximo, e a sensação era de penetrar numa suíte ao ar livre na Groenlândia. Mesmo assim, quando passou ao lado do homem escuro, Lloyd pôde sentir o calor que ele irradiava. Era como estar num cômodo que abrigasse uma pequena mas potente fornalha.

Sentada no canto, em uma cadeira branca de lona, estava a mulher que chegara com Flagg naquela manhã. Seu cabelo fora cuidadosamente penteado para cima e ela trocara de roupa. O rosto era apático e distante. Ao olhar para ela, Lloyd sentiu um forte calafrio. Na adolescência, ele e alguns amigos certa vez tinham roubado um pouco de dinamite de uma obra, que acenderam e jogaram no lago Harrison, onde ocorreu a explosão. Os peixes mortos que afloraram à superfície depois disso tinham nos olhos aquela mesma expressão de terrível e vítrea imparcialidade.

— Eu gostaria de apresentar-lhe Nadine Cross — disse Flagg suavemente atrás dele, fazendo-o sobressaltar-se. — Minha esposa.

Espantado, Lloyd olhou para Flagg, mas encontrou apenas aquele sorriso zombeteiro, os olhos que dançavam.

— Minha querida, este é Lloyd Henreid, meu braço-direito. Eu e Lloyd nos conhecemos em Phoenix, onde ele estava preso e, conseqüentemente, prestes a jantar um companheiro de infortúnio que havia morrido. Confere, Lloyd?

Lloyd enrubesceu sem esboçar reação e nada respondeu, embora a mulher estivesse aturdida ou no mundo da lua.

— Estenda a mão, minha querida — disse o homem escuro.

Como um robô, Nadine estendeu a mão. Seus olhos continuaram a fitar com indiferença um ponto acima do ombro de Lloyd.

Céus, isto é assustador, pensou Lloyd. Uma leve camada de suor cobriu-lhe todo o corpo, apesar do ar-condicionado no máximo volume. Ainda assim, conseguiu articular um canhestro "Muito prazer", e apertou a macia e cálida carne da mão dela. Depois, precisou conter uma forte ânsia de enxugar a própria mão na perna da calça. A mão de Nadine continuou pendendo frouxa no ar.

— Pode baixar sua mão, meu amor — disse Flagg.

Nadine devolveu a mão ao colo, onde começou a se contorcer e a girar. Com algo semelhante a horror, Lloyd percebeu que ela se masturbava.

— Minha esposa está indisposta — disse Flagg e deu uma risadinha abafada. — Também está a caminho de formar uma família, como se diz. Me dê os parabéns, Lloyd. Vou ser papai.

Novamente aquela risadinha: o som era igual a leves pisadas de ratos, precipitando-se em fuga por trás de uma velha parede.

— Parabéns — disse Lloyd através de lábios azulados e entorpecidos.

— Podemos trocar todos os nossos segredinhos na frente de Nadine, não é mesmo, querida? Ela é silenciosa como um sarcófago. Para falar a verdade, é a própria múmia. Bem, o que me diz sobre Indian Springs?

Lloyd pestanejou e tentou manejar suas engrenagens mentais, sentindo-se exposto e na defensiva.

— Está indo tudo bem — conseguiu dizer.

— Indo bem? — O homem escuro inclinou-se para ele e por um momento Lloyd teve certeza de que ele ia abrir a boca e arrancar sua cabeça com uma mordida. Encolheu-se. — Eu dificilmente consideraria isto uma análise profunda, Lloyd.

— Há outras coisas...

— Quando quero falar de outras coisas, eu pergunto por elas. — A voz de Flagg estava se elevando, tornando-se desconfortavelmente próxima de um grito. Lloyd nunca vira uma mudança de temperamento tão radical, e isto o deixou trêmulo de pavor. — Quero exatamente agora um relatório sobre a condição de Indian Springs e espero que o tenha na ponta da língua. Para seu próprio bem, é melhor que o tenha!

— Tudo bem — murmurou Lloyd. — *OK.* — Tirou o bloquinho do bolso e durante meia hora falaram sobre Indian Springs, os jatos da Guarda Nacional e os mísseis. Flagg começou a relaxar novamente, embora fosse difícil dizer e fosse péssima idéia tomar qualquer coisa como garantida quando se lidava com o Turista Andarilho.

— Acha que os pilotos poderão sobrevoar Boulder em duas semanas? Digamos... por volta de 1º de outubro?

— Imagino que Carl poderia — disse Lloyd duvidosamente. — Quanto aos outros, não sei.

— Eu os quero preparados — murmurou Flagg. Ele se levantou e começou a caminhar pelo aposento. — Quero aquela gente escondendo-se em buracos quando chegar a primavera. Quero atacá-los à noite, enquanto estiverem dormindo. Arrasar aquela cidade de ponta a ponta. Quero deixar Boulder que nem Hamburgo e Dresden na Segunda Guerra Mundial. — Ele voltou-se para Lloyd e seu rosto era um pergaminho branco no qual brilhavam olhos incandescentes. Seu sorriso cortava como uma cimitarra. — Ensinarei a eles o que acontece com quem manda espiões. Estarão vivendo em cavernas quando a primavera chegar. Então, os caçaremos como porcos. Aprenderão no que dá enviar espiões.

Lloyd por fim encontrou sua língua.

— O terceiro espião...

— Nós o encontraremos, Lloyd. Não se preocupe com isso. Pegaremos o sacana. — O sorriso voltou, sombriamente sedutor. Mas percebera um segundo de medo perplexo e irado antes que o sorriso reaparecesse. E medo era uma expressão que jamais vira em Flagg.

— Já sabemos quem é ele — disse Lloyd, baixinho.

Flagg estivera girando uma estatueta de jade nas mãos, examinando-a. Agora suas mãos se imobilizaram. Ele ficou completamente imóvel, e seu rosto foi tomado por uma singular expressão de concentração. Pela primeira vez Nadine Cross desviou os olhos, pousando-os em Flagg e depois afastando-os. O ar na sala pareceu ficar denso.

— O quê?! O que foi que disse?

— O terceiro espião...

— Não — disse Flagg, com repentina decisão. — Você está vendo miragens, Lloyd.

— Segundo me consta, ele é amigo de um cara chamado Nick Andros.

A estatueta de jade caiu por entre os dedos de Flagg e estilhaçou-se no chão. Um momento depois, Lloyd foi erguido da cadeira, agarrado pela peito da camisa. Flagg atravessara a sala em tal velocidade que ele nem mesmo o vira. Então o rosto de Flagg estava quase encostado no seu, aquele terrível e doentio calor o queimava, e os olhos negros de doninha estavam a centímetros dos seus.

Flagg gritou:

— *E você fica sentado aí, falando sobre Indian Springs? Eu devia jogar você por aquela janela!*

Alguma coisa — talvez fosse o fato de ver o homem escuro vulnerável, talvez fosse apenas a certeza de que Flagg não o mataria até obter toda a informação — permitiu a Lloyd encontrar a língua e falar em defesa própria.

— Eu tentei lhe dizer! — gritou ele. — Você não deixou! E me manteve por fora da tal lista vermelha, o que quer que seja! Se eu tivesse acesso à lista, poderia ter apanhado o maldito retardado ontem à noite!

Então, ele foi arremessado através do aposento até chocar-se contra a parede mais distante. Estrelas explodiram em sua cabeça e ele caiu no piso encerado, aturdido. Sacudiu a cabeça, tentando clareá-la. Havia um zumbido alto em seus ouvidos.

Flagg parecia enlouquecido. Dava passadas nervosas pela sala, o rosto pálido de raiva. Nadine se encolhera em sua cadeira. Flagg se aproximou de uma prateleira de quinquilharias, povoada por um zoológico de animais em jade verde leitoso. Olhou para eles por um segundo, parecendo quase intrigado pelas peças, depois sua mão varreu tudo para o chão, onde os animais se estilhaçaram como diminutas granadas. Chutou os pedaços maiores com um pé descalço, jogando-os para cima. Seus cabelos pretos tinham caído sobre a testa. Ele os jogou para trás com um gesto brusco da cabeça e então se virou para Lloyd. Em seu rosto havia uma grotesca expressão de simpatia e compaixão — as duas emoções, em tudo e por tudo tão reais quanto uma nota de 3 dólares, pensou Lloyd. Caminhou até Lloyd para ajudá-lo a levantar-se. Lloyd notou que ele pisara em vários cacos aguçados de jade quebrado sem qualquer sinal de dor... e sem sangrar.

— Sinto muito — disse ele. — Vamos tomar um drinque. — Ofereceu a mão e ajudou Lloyd a ficar de pé. *Como uma criança tendo um acesso de raiva*, pensou Lloyd. — O seu é *bourbon* puro, não é?

— Está ótimo.

Flagg foi até o bar e preparou drinques gigantescos. Lloyd bebeu metade do seu num só gole. O copo chocalhou brevemente no tampo da mesa quando o depositou. Agora, no entanto, sentia-se um pouco melhor.

Flagg começou:

— A lista vermelha é algo que imaginei que você nunca precisaria usar. Havia oito nomes nela... cinco agora. Eram nomes do conselho governante deles mais o da velha. Andros era um deles. Mas está morto agora. Sim. Andros está morto, tenho certeza. — Fitou Lloyd com olhos apertados, malévolos.

Lloyd relatou-lhe a história, recorrendo vez por outra ao bloquinho de notas. Realmente não precisava dele, mas era bom, de vez em quando, para afastar a vista daquele olhar. Começou com Julie Lawry e terminou com Barry Dorgan.

— Você disse que ele é retardado — murmurou Flagg.

— Exatamente.

A felicidade espalhou-se pelo rosto de Flagg e ele começou a assentir.

— Sim, sim — falou, mas não para Lloyd. — Sim, é por isso que não conseguia vê-lo...

Interrompeu-se e foi para o telefone. Momentos depois, estava falando com Barry.

— Os helicópteros. Você e Carl em um e Bill Jamieson no outro. Contato permanente pelo rádio. Mande sessenta... Não, cem homens. Feche toda estrada que parte de Nevada, ao leste e ao sul. Providencie para que tenham a descrição de Cullen. E quero relatórios de hora em hora.

Ele desligou e esfregou as mãos de felicidade.

— Nós o pegaremos. Só gostaria que pudéssemos enviar a cabeça para o seu parceiro Nick Andros. Mas Andros está morto, não é, Nadine?

Nadine apenas ficou olhando estupidamente.

— Os helicópteros não conseguirão grande coisa esta noite — disse Lloyd. — Em mais três horas estará escuro.

— Não se preocupe, Lloyd — replicou alegremente o homem escuro. — Amanhã haverá tempo de sobra para os helicópteros. Ele não está longe. Não, não muito longe, afinal.

Lloyd dobrava nervosamente o bloquinho de um lado para outro, desejando estar em qualquer lugar menos ali. Flagg parecia bem-humorado agora, mas Lloyd achava que não duraria muito, até ele ouvir falar sobre Lata de Lixo.

— Tenho outro assunto a relatar — disse, relutante. — É a respeito de Lata de Lixo. — Perguntou-se, receoso, se isto desencadearia outro acesso de raiva como o que destruíra as peças de jade.

— O bom e velho Lixo... Ele está fora em outra de suas viagens de exploração?

— Não sei onde se encontra. Lixo fez um pequeno truque em Indian Springs antes de tornar a partir. — Lloyd relatou a história conforme a ouvira de Carl na véspera. O rosto de Flagg ficou sombrio quando ouviu que Freddy Campanari ficara mortalmente ferido, mas quando Lloyd terminou, seu rosto estava de novo sereno. Em vez de explodir de fúria, Flagg fez um gesto impaciente com a mão.

— Tudo bem. Quando ele voltar, eu o quero morto. Que seja uma morte rápida e misericordiosa. Não quero que ele sofra. Esperei que ele pudesse... durar mais tempo. Você talvez não compreenda, Lloyd, mas sinto uma espécie de... afinidade com esse rapaz. Pensei que poderia usá-lo e o usei... mas nunca tive certeza absoluta. Até mesmo um mestre escultor pode descobrir que a faca se distorceu em sua mão, se for uma faca defeituosa. Concorda, Lloyd?

Lloyd, que nada sabia sobre esculturas e facas de escultores (pensava que eles usassem malhos e cinzéis), assentiu em concordância.

— Claro.

— E ele nos prestou um grande serviço montando os mísseis. Foi ele, não foi?

— Sim, foi.

— Ele voltará. Diga a Barry que Lixo deve ser... liberto de seus sofrimentos. Sem dor, se possível. Neste exato momento estou mais preocupado com o rapaz retardado a leste de nós. Eu podia deixá-lo ir, mas é uma questão de princípios. Talvez consigamos encerrar isto antes do escurecer. O que acha, meu bem?

Estava agora agachado ao lado de Nadine. Tocou-lhe a face e ela recuou, como se Flagg lhe tivesse encostado um ferro em brasa. Flagg sorriu e tocou-a de novo. Desta vez ela se submeteu, estremecendo.

— A lua — disse Flagg, deliciando, e levantou-se. — Se os helicópteros não o localizarem antes do escurecer, terão a lua cheia esta noite. Ora, aposto que ele estará pedalando uma bicicleta bem no meio da I-15, em plena luz do dia, na esperança de que o Deus daquela velha o proteja. Mas ela também está morta, não está, meu bem? — Flagg riu deliciado, o riso de uma criança feliz. — E o Deus dela também, suponho. Tudo vai correr muito bem. E Randy Flagg vai ser papai.

Voltou a tocar a face de Nadine, que gemeu como um animal ferido.

Lloyd passou a língua pelos lábios secos.

— Acho que vou andando, se me permite.

— Ótimo, Lloyd, tudo ótimo. — O homem escuro não olhou em torno; fitava o rosto de Nadine, enlevado. — Tudo vai correr bem, muito bem.

Lloyd saiu dali o mais depressa que pôde, quase correndo. No elevador, tudo quanto acabara de acontecer caiu sobre ele de repente e teve de apertar o botão de PARADA DE EMERGÊNCIA quando a histeria o descontrolou. Riu e chorou por quase cinco minutos. Passada a tempestade, sentiu-se um pouco melhor.

Ele não vai desmoronar, disse para si mesmo. *Ocorreram alguns probleminhas, mas ele continua no controle. O jogo provavelmente estará encerrado por volta de 1º de outubro, com a máxima certeza até o dia 15. Tudo começa a entrar nos eixos, como ele disse, e pouco importa se quase me matou... pouco importa que pareça mais estranho do que nunca...*

* * *

Lloyd recebeu a ligação de Stan Bailey, em Indian Springs, 15 minutos mais tarde. Stan beirava a histeria, em sua fúria com Lata de Lixo e o medo do homem escuro.

Carl Hough e Bill Jamieson haviam decolado da base às 18h02, em missão de reconhecimento a leste de Vegas. Um dos outros pilotos treinados, Cliff Benson, acompanhara Carl como observador.

Às 18h12, os dois helicópteros haviam explodido no ar. Chocado ao máximo, Stan enviara cinco homens ao Hangar 9, onde estavam guardados mais dois *skimmers* e os três grandes helicópteros Baby Huey. Foram encontrados explosivos presos com adesivos em todos os cinco helicópteros remanescentes, bem como detonadores incendiários ligados a simples marcadores de tempo de cozinha. Os detonadores não eram os mesmos que Lixo acoplara aos caminhões de combustível, embora de modelo bastante similar. Não havia muito espaço para dúvidas agora.

— Foi o Lata de Lixo — disse Stan. — O cara endoidou. Só Deus sabe onde mais ele colocou explosivos por aqui.

— Verifique tudo — disse Lloyd. Seu coração batia acelerado, agoniado pelo pavor. A adrenalina ferveu por todo o organismo, e seus olhos pareciam querer saltar da cabeça. — Verifique *tudo*! Ponha cada homem nessa vistoria, vasculhem a porra da base de ponta a ponta! Você me ouviu, Stan?

— Por que se preocupar?

— Por quê? — gritou Lloyd. — Preciso traçar um quadro para você, cacete? O que o chefão vai dizer se a base inteira...

— Todos os nossos pilotos estão mortos — disse Stan suavemente. — Será que não entendeu, Lloyd? Até mesmo Cliff, e ele não era dos melhores. Temos seis caras que nem sequer receberam treinamento para um vôo solo e estamos sem instrutores. Para que precisamos daqueles jatos agora, Lloyd?

Stan desligou, deixando Lloyd abalado com o que ouvira, finalmente compreendendo toda a extensão da coisa.

* * *

Tom Cullen acordou pouco depois de nove e meia daquela noite, sentindo sede e o corpo dolorido. Tomou um gole do seu cantil de água, rastejou para fora das duas rochas inclinadas que lhe serviram de abrigo e observou o céu escuro. A lua estava alta, misteriosa e serena. Era hora de prosseguir. Entretanto precisava ser cuidadoso, minha nossa, precisava mesmo.

Porque agora estava sendo procurado.

Ele tivera um sonho. Nick lhe falara no sonho e isso era estranho, porque Nick não podia falar, era surdo-mudo. Precisava escrever tudo, ao passo que Tom mal sabia ler. Entretanto, sonhos eram coisas curiosas, tudo podia acontecer neles, e no seu sonho Nick falava.

— Eles agora já sabem sobre você — dissera Nick —, porém a culpa não é sua, Tom. Você fez tudo certo. Foi apenas falta de sorte. Portanto, agora tem de ser cuidadoso. Tem de deixar a estrada, Tom, mas deve continuar indo para o leste.

Tom entendia sobre o leste, mas seria fácil confundir-se no deserto. Era bem capaz de ficar dando círculos enormes.

— Você saberá — disse Nick. — Mas primeiro tem de encontrar o Dedo de Deus...

Agora Tom recolocou o cantil no cinto e ajustou a mochila. Retornou à auto-estrada, deixando a bicicleta onde estivera. Escalou o terrapleno até a estrada e espiou nos dois sentidos. Correu ao longo da faixa central e, após outra olhada cautelosa, trotou pelas faixas da I-15 com destino ao oeste.

Eles já sabem sobre você, Tom.

Na margem oposta, seu pé ficou preso no cabo do *guardrail* e ele perdeu o equilíbrio, rolando quase até o final do terrapleno ao lado da estrada. Ficou encolhido um instante, o coração martelando. O único som que ouvia era o da brisa fraca, gemendo acima do solo rachado do deserto.

Ele levantou-se e começou a esquadrinhar o horizonte. Seus olhos eram penetrantes, o ar do deserto estava cristalino. Não demorou muito e o viu, alçando-se contra o céu estrelado à maneira de um ponto de exclamação. O Dedo de Deus. Ao ficar com o rosto voltado para o leste, o monólito situava-se na posição das dez horas. Tom imaginou que poderia alcançá-lo em uma hora ou duas. No entanto, a qualidade cristalina e amplificadora do ar já enganara andarilhos mais experientes do que Tom, de modo que ficou perplexo ante a maneira como o dedo de pedra sempre parecia permanecer à mesma distância. Passou a meia-noite, depois mais duas horas se foram. O grande relógio de estrelas no céu tinha se revolvido. Tom começou a especular se a rocha tão semelhante a um dedo apontado para o céu não seria uma miragem. Ele esfregou os olhos, porém ela continuava lá. Para trás, a auto-estrada mergulhara nas trevas das distância.

Quando tornou a olhar para o dedo, ele lhe pareceu estar um pouco mais próximo. Por volta das quatro da madrugada, quando uma voz interior começou a sussurrar-lhe que era hora de encontrar um bom esconderijo para o dia que se avizinhava, ele teve então certeza de estar mais perto daquele ponto de referência. Contudo, não o alcançaria nessa noite.

E quando o alcançasse (presumindo que não o descobrissem quando o dia raiasse)? O que aconteceria depois?

Não importava. Nick lhe diria. O bom e velho Nick.

Tom mal podia esperar para voltar a Boulder e rever Nick, minha nossa, isso mesmo.

Encontrou um lugar razoavelmente confortável à sombra de uma enorme lombada rochosa, ali adormecendo quase em seguida. Tinha feito quase 50 quilômetros para nordeste nessa noite, aproximando-se das montanhas Mormon.

Durante a tarde, uma enorme cascavel coleou para junto dele, fugindo ao calor do dia. Enrodilhou-se ao lado de Tom, dormiu algum tempo e depois seguiu seu caminho.

* * *

Parado à borda do solário da cobertura, Flagg olhou para o leste. O sol estaria despontando em mais quatro horas, quando então o retardado se poria novamente a caminho.

Uma forte e constante brisa do deserto erguia seus cabelos escuros da testa quente. A cidade terminava abruptamente, capitulando para o deserto. Não passava de letreiros luminosos à orla de lugar nenhum. Uma vasta extensão de deserto, com tantos esconderijos... Homens já haviam penetrado antes naquele deserto e nunca mais foram vistos.

— Mas ainda não é hora — sussurrou Flagg. — Eu o pegarei. Eu o pegarei.

Não saberia explicar por que era tão importante capturar o retardado; a racionalidade do problema lhe escapava constantemente. Cada vez mais sentia ânsia de simplesmente agir, mover-se, *fazer*. Destruir.

Na última noite, quando Lloyd o havia informado sobre as explosões dos helicópteros e mortes dos três pilotos, precisara apelar para todos os recursos ao seu alcance para não bramir em fúria. Seu primeiro impulso fora ordenar a reunião imediata de uma coluna blindada — tanques, lança-chamas, caminhões blindados e tudo o mais. Em cinco dias estariam em Boulder. Toda aquela confusão malcheirosa acabaria em uma semana e meia.

Sem dúvida.

E se houvesse neve prematura nos desfiladeiros das montanhas, isso significaria o fim da grande *Wehrmacht*. Já estavam em 14 de setembro, o bom tempo deixara de ser algo garantido. Como diabos o tempo passara tão rápido?

Mas ele era o homem mais forte na face da Terra, não era? Talvez houvesse outro como ele na Rússia, na China ou no Irã, porém este era um problema para dali a dez anos. Agora tudo que importava era que estava em ascensão. Flagg sabia disso, podia *senti-lo*. Ele era forte, isso era tudo que o retardado poderia contar aos amigos... *caso* não ficasse perdido no deserto ou morresse congelado nas montanhas. Tudo que poderia contar-lhes era que o povo de Flagg morria de medo do Turista Andarilho e que lhe obedecia sem discussão. Só poderia contar-lhes coisas que os deixariam mais desmoralizados ainda. Então por que esta sensação persistente, atormentadora, de que Cullen devia ser encontrado e morto antes que deixasse o oeste?

Porque é o que quero e vou fazer o que quero. Isto é motivo suficiente.

E o Lata de Lixo. Pensara em livrar-se por completo dele. Pensara que Lata de Lixo poderia ser jogado fora, como uma ferramenta defeituosa. Mas ele fora exitoso em conseguir o que toda a Zona Franca não teria feito: jogara areia na infalível maquinaria de conquista do homem escuro.

Eu o julguei mal...

Era um pensamento odioso e ele não permitiria que sua mente chegasse à sua conclusão. Jogou o copo por cima do parapeito e o viu girar entre reflexos de vidro e depois começar a cair. Um casual pensamento malévolo, um petulante pensamento infantil, cruzou sua mente: *Espero que atinja a cabeça de alguém!*

Lá muito abaixo, o copo bateu no estacionamento e se estilhaçou... tão abaixo que o homem escuro sequer pôde ouvir.

Não haviam encontrado mais bombas em Indian Springs. Toda a base fora virada pelo avesso. Aparentemente, Lixo escolhera as primeiras coisas que encontrara: os helicópteros no Hangar 9 e os caminhões no depósito ao lado.

Flagg reiterara as ordens de que Lixo devia ser liquidado tão logo o encontrassem. A idéia de Lixo perambulando por toda aquela propriedade governamental, onde só Deus sabe o que podia estar armazenado, o deixava visivelmente nervoso.

 Nervoso.

Sim, a bela segurança estava se evaporando. Quando se iniciara aquela evaporação? Não sabia dizer com certeza. Tudo que sabia era que as coisas estavam ficando frouxas. Lloyd também sabia disso. Podia saber pela maneira como Lloyd olhava para ele. Não seria má idéia que Lloyd sofresse um acidente antes do fim do inverno. Ele tinha amigos do peito entre os muitos guardas palacianos, gente como Whitney Horgan e Ken DeMott. Até mesmo Burlson, que tinha revelado aquela coisa sobre a lista vermelha. Só por isso ele acalentava a idéia de esfolá-lo vivo.

No entanto, se Lloyd tivesse tido conhecimento da lista vermelha, nada disso teria...

— Cale-se — murmurou. — Apenas... cale-se!

Mas o pensamento não se foi com tanta facilidade. Por que não dera a Lloyd os nomes do alto escalão da Zona Franca? Não sabia, não conseguia lembrar. À época parecera haver uma razão perfeitamente boa, porém, quanto mais tentava apreendê-la, mais ela lhe escapava por entre os dedos. Teria sido apenas uma decisão idiota de não arriscar tudo numa única cartada — uma sensação de que uma só pessoa não devia ser depositária de tantos segredos, mesmo uma pessoa tão estúpida e leal como Lloyd Henreid?

Uma expressão de perplexidade franziu-lhe o rosto. Teria estado decidindo tais idiotices o tempo todo?

E até que ponto Lloyd era fiel, afinal? Aquela expressão em seus olhos...

De repente, decidiu expulsar todos aqueles pensamentos e levitar. Isto sempre o fazia sentir-se melhor. O fazia sentir-se mais forte, mais sereno, e clareava sua mente. Olhou para o céu do deserto.

(*Eu sou, eu sou, eu sou, EU SOU...*)

Os saltos de suas botas de andarilho despregaram-se da superfície do solário, pairaram, elevaram-se mais 3 centímetros. Mais cinco. A paz veio a ele e, de súbito, soube que poderia encontrar as respostas. Tudo estava mais claro. Primeiro ele devia...

— Eles estão vindo pegá-lo, você sabe.

Flagg aterrou de volta ao som daquela voz macia e sem inflexões. O choque do pouso subiu por suas pernas e espinha e chegou até o maxilar, que estalou. Ele girou como um felino. No entanto, o sorriso que brotava murchou quando viu Nadine. Ela vestia uma camisola branca, metros de tecido transparente que esvoaçava em torno de seu corpo. A cabeleira, tão alva quanto o vestido, caía-lhe sobre o rosto, agitada pela brisa. Ela parecia alguma pálida e alucinada sibila, e, a despeito de si mesmo, Flagg sentiu medo. Ela deu mais um delicado passo à frente. Estava descalça.

— Eles estão vindo: Stu Redman, Glen Bateman, Ralph Brentner e Larry Underwood. Eles estão vindo e irão matá-lo, como se fosse uma doninha que rouba galinhas.

— Eles estão em Boulder — retrucou Flagg —, escondidos debaixo da cama e carpindo sua negra morta.

— Não — disse ela em tom indiferente. — Eles estão quase em Utah agora. Logo chegarão aqui. E vão escorraçá-lo como se fosse uma doença.

— Cale a boca e vá lá para baixo.

— Eu irei para baixo — replicou ela, aproximando-se dele, mas agora era ela quem sorria, um sorriso que o encheu de temor. A coloração de fúria sumiu do rosto dele, e sua estranha e quente vitalidade pareceu segui-la. Por um momento, pareceu velho e frágil. — Irei para baixo... e você também.

— Saia!

— Ambos iremos para baixo — cantarolou ela, sorrindo... era horrível. — Para baixo, para *baaixooo...*

— Eles estão em *Boulder*!

— Estão quase aqui.

— *Vá para baixo!*

— Tudo que você fez aqui está desmoronando, e por que não? A meia-vida eficaz do mal é sempre relativamente curta. Todos estão sussurrando sobre você. Estão dizendo que deixou Tom Cullen escapar, que um reles retardado é esperto o bastante para superar Randall Flagg. — As palavras dela saíam cada vez mais rápido, agora atropelando-se em meio ao sorriso desdenhoso. — Dizem que seu perito em armas enlouqueceu, e que você ignorava que isso fosse acontecer. Receiam o que esse homem possa trazer do deserto, que da próxima vez talvez traga algo para fazer mal a eles e não ao povo da Zona Franca. E estão todos indo embora, sabia disso?

— Está mentindo — sussurrou ele. Seu rosto era um pergaminho alvo, os olhos se esbugalhavam. — Eles não *ousariam.* E se o fizessem, eu saberia.

Os olhos de Nadine passaram turvamente por sobre o ombro dele, voltados para o leste.

— Posso vê-los — continuou ela. — Eles abandonam os postos na calada da noite e seu Olho não os vê. Eles largam seus postos e fogem. Uma turma de trabalho que parte com vinte pessoas retorna com 18. Os guardas de fronteira estão desertando. Receiam que os pratos da balança de poder estejam desequilibrados. Estão abandonando você, indo embora, e os que ficam não levantarão um dedo quando os homens do leste chegarem para acabar com você de uma vez por todas...

Explodiu. O que quer que houvesse dentro dele explodiu.

— *VOCÊ ESTÁ MENTINDO!* — bradou. As mãos dele caíram sobre os ombros dela, partindo as duas clavículas como se fossem lápis. Ele a ergueu no ar, acima da cabeça, contra o desbotado céu azul do deserto. Ao girar sobre os calcanhares, ele a arremessou para o alto e para fora, tal como havia atirado o copo. Viu o grande sorriso de alívio e triunfo no rosto dela, súbita lucidez nos olhos, e compreendeu. Nadine o havia provocado para que fizesse aquilo, de algum modo percebendo que somente ele a libertaria...

E ela carregava o seu filho.

Flagg se debruçou sobre o parapeito baixo, quase perdendo o equilíbrio, tentando remediar o irremediável. A camisola dela esvoaçou. A mão dele se fechou sobre o tecido leve e transparente, sentiu-o rasgar-se, deixando-o apenas com uma tira de pano tão diáfana que podia ver seus dedos através dela — o material dos sonhos em vigília.

Então ela se foi, caindo a prumo, os artelhos apontados para a terra, a camisola voejando em volutas até o pescoço, encobrindo o rosto. Ela não gritou. Desceu tão silenciosamente como um foguete avariado.

Quando ouviu o indescritível baque surdo da violenta aterrissagem dela, Flagg lançou a cabeça para trás e uivou.

Não fazia diferença, não fazia diferença.

Tudo continuava na palma de sua mão.

Voltando a debruçar-se no parapeito, viu gente se aproximando às carreiras, como limalha de ferro atraída por um ímã. Ou como vermes para restos de comida.

Pareciam todos tão pequenos, e ele estava tão alto, acima deles.

Decidiu levitar para recuperar a calma.

Contudo, demorou muito tempo antes que os saltos das botas se desligassem do piso do solário. Quando o fizeram, ficaram pairando a apenas 2 centímetros acima do concreto. Não foram mais alto.

* * *

Naquela noite Tom acordou por volta das oito, porém havia claridade demais para que se movesse. Esperou. Nick lhe aparecera de novo em sonho e haviam conversado. Era tão bom conversar com Nick.

Continuou à sombra da grande rocha e observou o céu escurecendo. As estrelas começaram a piscar. Pensou nas batatas fritas Pringle's e desejou ter algumas. Quando voltasse à Zona — se é que voltaria — teria as batatas que quisesse. Ficaria atolado em Pringle's. E chafurdaria no amor dos amigos. Concluiu que era disso que sentia falta em Las Vegas: simplesmente amor. O pessoal de Vegas não era mau, porém não havia muito amor naquela gente. Porque se ocupava demais em sentir medo. O amor não vicejava muito bem num lugar onde só havia medo, tal como as plantas não se desenvolviam muito bem onde estava sempre escuro.

Apenas os cogumelos vicejavam grandes e gordos no escuro, até mesmo ele sabia disso, nossa, como sabia.

— Eu amo Nick, amo Frannie, Dick Ellis e Lucy — sussurrou Tom. Esta era sua oração. — Amo Larry Underwood e também Glen Bateman. Amo Stan e Rona. Amo Ralph. Amo Stu. Amo...

Era estranha a facilidade com que recordava aqueles nomes. Ora, lá na Zona dava-se por feliz quando conseguia lembrar o nome de Stu ao visitá-lo. Depois pensou em seus brinquedos. Sua garagem, seus carros, seus trenzinhos. Passava horas brincando com eles. Mas gostaria de saber se continuaria a brincar tanto com eles após retornar... *se* retornasse. Não seria mais a mesma coisa. Era triste, mas talvez também fosse bom.

— O Senhor é meu pastor — recitou suavemente. — Nada me faltará. Ele me faz jazer em pastos verdejantes. Unta minha cabeça com óleo. Ele me dá *kung-fu* diante de meus inimigos. Amém.

Já escurecera o suficiente agora, e ele recomeçou a jornada. Por volta das onze e meia daquela noite, tinha alcançado o Dedo de Deus e lá parou para uma leve refeição.

O solo era alto ali e, olhando para trás na direção em que viera, pôde ver luzes que se moviam. Na auto-estrada, pensou. Estão procurando por mim.

Olhou de novo para nordeste. Muito além, quase invisível no escuro (a lua, duas noites depois de cheia, já começava a minguar), avistou uma enorme abóbada arredondada de granito. Decidiu ir para lá em seguida.

— Tom está com os pés doloridos — sussurrou para si mesmo, mas não sem certa alegria. As coisas poderiam ter ficado muito piores do que apenas pés doloridos. — L-U-A, que provoca pés doloridos.

Seguiu em frente e as coisas noturnas afastaram-se dele. Quando se deitou, ao alvorecer, tinha coberto mais de 60 quilômetros. A divisa Nevada-Utah não estava muito distante a leste dele.

Às oito daquela manhã, Tom dormia profundamente, a cabeça apoiada no blusão que servia de travesseiro. Seus olhos começaram a mover-se com rapidez, de um lado para outro, por trás das pálpebras cerradas.

Nick chegara, e Tom falava com ele.

Um vinco cruzou o cenho adormecido de Tom. Dissera a Nick o quanto ansiava por tornar a vê-lo.

Entretanto, por alguma razão que não entendeu, Nick dera-lhe as costas e fora embora.

Capítulo Sessenta e Oito

AH, COMO A HISTÓRIA SE REPETE: o Homem da Lata de Lixo estava de novo sendo cozinhado vivo no caldeirão do diabo — mas desta vez não havia esperança de que os chafarizes refrescantes de Cibola o amparassem.

É o que mereço, isto é tudo que mereço.

Sua pele estava queimada, descascada, tornara a queimar-se e voltara a descascar. No fim, não ficara bronzeada, mas sim enegrecida. Era a prova ambulante de que um homem assume finalmente a aparência do que é. Lixo parecia como se o tivessem encharcado com querosene e jogado depois um fósforo aceso. O azul de seus olhos desbotara com a permanente e ofuscante luminosidade do deserto. Olhar dentro deles era como olhar para estranhos e extradimensionais orifícios no espaço. Ele trajava uma estranha imitação do homem escuro — uma camisa xadrez vermelha aberta ao peito, *jeans* desbotados e botas próprias para o deserto, já arranhadas, amassadas, retorcidas, vincadas. Mas ele jogara fora seu amuleto manchado de vermelho. Não merecia mais usá-lo. Revelara-se indigno dele. E, como todos os demônios imperfeitos, tinha sido desterrado.

Fez uma pausa sob o sol causticante, passando a mão fina e trêmula pela testa. Fora designado para este lugar e momento — a vida inteira tinha sido uma preparação. Atravessara os corredores em chamas do inferno para chegar ali. Suportara o xerife matador-de-pai, suportara aquele lugar em Terre Haute, suportara os gracejos de Carley Yates. Afinal, depois de toda a sua vida estranha e solitária, encontrara amigos: Lloyd, Ken, Whitney Horgan.

E então, ah, Deus, fodera com tudo isso. Merecia morrer queimado ali, no caldeirão do diabo. Haveria redenção para ele?

O homem escuro deveria saber. Lata de Lixo não sabia.

Mal podia lembrar agora o que havia acontecido — talvez porque sua mente torturada *não* quisesse recordar. Ficara mais de uma semana no deserto antes de seu último e desastroso retorno a Indian Springs. Um escorpião o picara no dedo médio da mão esquerda (o dedo vá-se-foder, como diria Carley Yates há muito e muito tempo na Powtanville de tanto tempo atrás, com sua infalível vulgaridade de botequim), a qual inchara tanto a ponto de ficar parecendo uma luva de borracha cheia de água. Um fogo que não era deste mundo tomara conta de sua cabeça. No entanto, ele seguira em frente, dera a volta por cima.

Finalmente voltara a Indian Springs, ainda se sentindo como uma fantasia da imaginação de alguém. Houvera conversas cordiais enquanto os homens examinavam seus achados — detonadores incendiários, minas terrestres de contato; na realidade não grande coisa. Lixo começara a se sentir bem pela primeira vez desde que o escorpião o picara.

E então, sem nenhum aviso, o tempo virara pelo avesso e ele se viu de volta em Powtanville. Alguém tinha dito:

— Gente que brinca com fogo mija na cama, Lixo.

Erguera os olhos esperando ver Billy Jamieson, porém não tinha sido Bill e sim Rich Groudemore, de Powtanville, rindo e palitando os dentes com um fósforo, os dedos sujos de graxa, porque viera do posto Texaco da esquina, no seu horário de almoço, para jogar sinuca. Alguém mais acrescentara:

— É melhor guardar seus fósforos, Richie, o Lixo está de volta à cidade.

Isto soou primeiro como sendo dito por Steve Tobin, mas não foi ele. Era Carley Yates, em seu velho e surrado blusão de motoqueiro com capuz. Com crescente horror, vira que *todos eles* estavam ali, cadáveres inquietos de volta à vida. Richie Groudemore, Carley e Norm Morrisette e Hatch Cunningham, que estava ficando careca com apenas 18 anos e a quem os outros apelidaram de Hatch Cunilíngua.

E estavam zombando dele. Tudo lhe voltou à mente então, intenso e rápido, através da bruma febril dos anos. *Ei, Lixo, por que não tocou fogo na ESCOLA? Ei, Lixinho, já queimou sua costeleta de porco? Ei, Homem da Lata de Lixo, ouvi dizer que você ronca fluido de isqueiro Ronson, é verdade?*

E, então, Carley Yates:

— *Ei, Lixo, o que disse a velha Sra. Semple quando você queimou o cheque de pensão dela?*

Tentou gritar para eles, mas tudo que conseguiu foi um sussurro:

— Nunca mais me perguntem sobre o cheque de pensão da velha Sra. Temple. — E fugiu dali.

O resto foi como um sonho. Pegar os detonadores incendiários e acoplá-los aos caminhões que estavam no depósito. Suas mãos agiram sozinhas, porque a mente estava muito longe, num turbilhão confuso. Pessoas o tinham visto ir e vir entre a garagem e seu veículo do deserto com seus pneus-balão. Algumas até lhe acenaram, mas ninguém se aproximara para perguntar o que ele estava fazendo. Afinal, ele contava com a simpatia de Flagg.

Lixo fez seu trabalho e pensou em Terre Haute.

Em Terre Haute faziam-no morder uma coisa de borracha quando lhe aplicavam choques. O homem nos controles às vezes parecia o xerife matador-de-pai, em outras ocasiões parecia Carley Yates e às vezes Hatch Cunilíngua. E ele sempre jurara para si mesmo que, desta vez, não mijaria nas calças. Mas sempre mijava.

Após colocar os detonadores nos caminhões, Lixo foi para o hangar mais próximo e lá preparou os helicópteros. Quisera detonadores de tempo, de modo a fazer o serviço direito. Então fora à despensa da cozinha da cantina e encontrara mais de uma dúzia daqueles marcadores de tempo baratos, feitos de plástico. Podem ser armados para 15 minutos ou meia hora, e quando chegam ao zero, fazem *ding* e sabemos que está na hora de tirar a torta do fogo. Só que dessa vez, pensara Lixo, em vez de *ding*, iam provocar um grande *bang*! Gostou daquilo. Ia ficar ótimo. Se Carley Yates ou Rich Groudemore tentassem decolar com um daqueles helicópteros, iam ter uma bela e baita surpresa. Ele simplesmente acoplara os mercadores de tempo culinários aos sistemas de ignição dos helicópteros.

Quando tudo ficou pronto, ele teve um momento de lucidez. Um momento de escolha. Olhara em torno para os helicópteros estacionados no hangar ecoante e depois para suas mãos. Cheiravam como um punhado de cápsulas queimadas. Aquilo ali não era Powtanville. Não havia helicópteros em Powtanville. O sol de Indiana não brilhava com a feroz incandescência deste aqui. Estava em Nevada. Carley e sua patota do salão de bilhar estavam mortos. A supergripe acabara com eles.

Lixo tinha se virado e olhado com ar de dúvida para sua obra. O que estava fazendo? Sabotando o equipamento do homem escuro? Era uma insensatez, uma loucura. Precisava desfazer tudo aquilo, e depressa.

Ah, mas ele adorava explosões.

Adorava *incêndios*. Gasolina chamejante para jatos espalhando-se por toda parte. Helicópteros explodindo no ar. Tão lindo!

De repente, ele jogava fora sua nova vida. Tratou de voltar ao seu veículo para o deserto, com um riso furtivo no rosto escurecido pelo sol. Entrara no veículo e se fora... mas não muito longe. Esperara. Finalmente viu um caminhão de combustível sair do depósito, começando a rodar pelo piso alcatroado, como um grande besouro verde-oliva. E quando ele explodiu, lançando fogo da explosão para todos os lados, Lixo soltara o binóculo e contemplara o céu, sacudindo os punhos fechados em alegria inarticulada. A alegria, contudo, durou pouco. Havia sido substituída por um terror mortal, por uma angústia doentia e pesarosa.

Dirigira seu veículo no deserto rumo noroeste, em velocidade quase suicida. Quanto tempo fazia? Não tinha a menor idéia. Se alguém lhe dissesse que estavam em 16 de setembro, ele se limitaria a assentir, em total falta de compreensão.

Pensou em matar-se, já que nada mais lhe restava. Todos se voltavam contra ele agora, e qual era a surpresa nisso? Quando você morde a mão que lhe dá de comer, é de se esperar que essa mão estendida se feche num punho. Isso não era apenas o modo como a vida funcionava; isso era justiça. Ele tinha três latas grandes de gasolina na traseira do veículo. Bastava encharcar-se com ela e acender um fósforo. Era o que ele merecia.

Mas não tinha feito isso. Não sabia explicar por quê. Alguma força, no entanto, mais poderosa que a agonia de seu remorso e solidão o impedira. Parecia-lhe que se incendiar como um monge budista ainda não era penitência suficiente. Havia dormido. E, ao acordar, descobriu que um novo pensamento se esgueirara para seu cérebro durante o sono. E o pensamento era:

REDENÇÃO.

Seria possível? Ele não sabia. Mas se encontrasse algo... algo *grande*... e o levasse para o homem escuro em Las Vegas, talvez fosse possível, não? E mesmo que *REDENÇÃO* fosse impossível, *EXPIAÇÃO* poderia não ser. Nesse caso, haveria uma chance de poder morrer satisfeito.

O quê? O que poderia ser? O que era grande o bastante para *REDENÇÃO*, ou mesmo para *EXPIAÇÃO*? Nada de minas terrestres, de uma frota de lança-chamas, nada de granadas ou armas automáticas. Nenhuma dessas coisas era grande o bastante. Ele sabia onde estavam dois grandes bombardeiros experimentais (tinham sido construídos sem conhecimento do Congresso e pagos com fundos secretos do Departamento de Defesa), porém seria impossível levá-los até Las Vegas e, mesmo que pudesse, não havia ninguém capaz de pilotá-los. Pela aparência deles, teriam de ser tripulados por dez homens ou mais.

Lata de Lixo era como um sensor infravermelho que capta o calor na escuridão e revela aquelas fontes de calor como vagas formas avermelhadas. De uma estranha maneira, ele era capaz de sentir as coisas que haviam sido descartadas naquela vastidão, onde haviam sido levados a cabo vários projetos militares. Podia seguir direto para oeste, para o Projeto Azul, onde tudo havia começado. Mas peste fria não fazia seu gênero, e à sua maneira confusa, porém não inteiramente ilógica, achava que também não faria o gênero de Flagg. A epidemia matava qualquer um, indiscriminadamente. Teria sido melhor para o gênero humano se os patrocinadores originais do Projeto Azul tivessem pensado neste simples fato.

Assim, partira de Indian Springs para noroeste, internando-se na desolação arenosa na Área de Teste Nellis da Força Aérea, parando seu veículo quando precisava cortar cercas altas de arame farpado, marcadas com avisos de PROPRIEDADE DO GOVERNO DOS EUA, *NÃO ULTRAPASSE* e SENTINELAS ARMADAS e CÃES DE GUARDA, além de CARGA DE ALTA VOLTAGEM PASSANDO POR ESTE ARAMADO. No entanto, não havia eletricidade, bem como cães de guarda e sentinelas armadas. Lata de Lixo seguia em frente, corrigindo o curso vez por outra. Estava sendo levado, atraído para alguma coisa. Ignorava o que seria, mas achava que seria algo grande. Bem grande.

Os pneus-balão Goodyear do veículo para o deserto rolavam uniformemente, levando Lata de Lixo através de leitos secos de rios até encostas tão pedregosas que mais pareciam espinhas de estegossauros semi-expostas. O ar era parado e seco. A temperatura pairava pouco acima de 37º. O único som era o ronco do motor Studebaker modificado do veículo.

Lixo alcançou uma elevação, viu o que estava abaixo e pôs o veículo em ponto morto por um momento a fim de dar uma olhada melhor.

Lá embaixo havia um aglomerado complexo de edificações, cintilando como mercúrio através do calor crescente. Construções metálicas pré-fabricadas e prédios baixos em concreto de cinzas. Veículos parados aqui e ali nas ruas empoeiradas. Toda a área era circundada por três cercas de arame farpado, e ele podia ver os condutores de porcelana ao longo da fiação. Não eram os pequenos condutores do tamanho de uma articulação de dedo, capazes de transmitir uma carga fraca; aqueles eram gigantescos, do tamanho de um punho fechado.

Do leste, uma estrada pavimentada de duas faixas levava até uma guarita. Nada de pequenos e astutos avisos por ali, dizendo CHEQUE SUA CÂMERA COM O PM DE SERVIÇO ou SE GOSTOU DE NÓS, DIGA A SEU CONGRESSISTA. O único aviso em evidência era em vermelho sobre amarelo, as cores do perigo, lacônico e preciso: APRESENTE IDENTIFICAÇÃO IMEDIATAMENTE.

— Obrigado — sussurrou Lata de Lixo. Não fazia a menor idéia de a quem estava agradecendo. — Ah, obrigado... muito obrigado. — Seu senso especial o conduzira àquele lugar, porém soubera que ali encontraria o que estivera querendo o tempo todo. Em algum lugar.

Acionou o veículo e começou a descer a encosta. Dez minutos mais tarde, estava na estrada de acesso à guarita. Havia barreiras listradas em preto-e-branco através da estrada e Lixo saltou para examiná-las. Lugares como aqueles dispunham de enormes geradores como garantia de um vasto suprimento de força de emergência. Ele duvidava que algum gerador continuasse produzindo energia por três meses, mas ainda tinha de agir com muita cautela e certificar-se de que tudo estava parado antes de seguir em frente. O que queria estava agora bem perto, ao alcance. Não se permitiria ficar demasiadamente ansioso e acabar tostado como um assado num forno de microondas.

Atrás de um vidro à prova de balas com 15 centímetros de espessura, uma múmia em uniforme do Exército olhava para fora e além dele.

Lixo mergulhou sob a barreira colocada ao lado do acesso para a guarita e aproximou-se da porta da pequena construção de concreto. Experimentou a porta e ela se abriu. Isso era ótimo. Quando lugares como aquele operavam com energia de emergência, supunha-se que tudo ficasse automaticamente trancado. Se alguém estivesse fazendo suas necessidades no banheiro, ficava trancado lá até debelada a crise. Contudo, se a energia de emergência falhava, tudo destrancava novamente.

A sentinela morta exalava um cheiro seco, adocicado e interessante, como uma mistura de canela e açúcar para um brinde. O sujeito não inchara nem apodrecera; secara, simplesmente. Ainda havia manchas negras sob o queixo, a marca registrada distintiva da Capitão Viajante. De pé num canto atrás dele, Lata de Lixo viu um fuzil automático Browning. Pegou-o e retornou para o exterior.

Armou o fuzil para um único tiro, ajustou o visor e então o firmou no vão de seu esquelético ombro direito. Mirou num dos condutores de porcelana e atirou. Houve um som alto de bofetada e um cheiro excitante de cordite. O condutor explodiu em mil pedacinhos, porém não produziu nenhum clarão branco-purpúreo, característico da eletricidade de alta voltagem. Lata de Lixo sorriu.

Cantarolando, ele caminhou até o portão e o examinou. Estava destrancado, tal como a guarita. Empurrou-o até se abrir um pouco e depois o escancarou. Havia uma mina de pressão ali, sob o pavimento. Não fazia idéia de como, mas ele sabia. A mina poderia estar armada; mas também poderia não estar.

Retornou ao seu veículo, colocou-o em movimento e investiu contra as barreiras. Elas se quebraram com um som estilhaçante e rangente, e os enormes pneus-balão rolaram sobre os destroços. O sol do deserto era inclemente. Os olhos peculiares de Lata de Lixo cintilaram de felicidade. Diante do portão, ele saltou do veículo e a seguir o pôs de novo em marcha. O veículo sem condutor rolou à frente e empurrou o portão. Lata de Lixo disparou pela guarita adentro.

Apertou os olhos, mas não houve explosão. Isso era bom; eles realmente tinham se fechado completamente. O sistema de emergência poderia ter funcionado um mês, talvez até dois, mas por fim o calor e a falta de manutenção regular haviam acabado com ele. Ainda assim, teria de ser cauteloso.

Enquanto isso, seu veículo do deserto rolava tranqüilamente em direção à parede corrugada de um enorme edifício pré-fabricado. Lata de Lixo trotou para a base depois disso e alcançou o veículo exatamente quando ele subia o meio-fio do que um letreiro anunciava ser a Illinois Street. Ele o botou de novo em ponto morto e o veículo parou. Entrou nele, deu uma ré e o conduziu até a frente do prédio pré-fabricado.

Era uma caserna. O interior sombrio estava impregnado daquele odor de açúcar e canela. Talvez uns vinte soldados se espalhavam entre mais ou menos cinqüenta beliches. Lata de Lixo percorreu o corredor entre eles, perguntando-se para onde estava indo. Nada havia ali para ele, havia? Um dia, aqueles homens tinham sido armas de alguma espécie, porém haviam sido neutralizados pela gripe.

Mas havia uma coisa no final do prédio que despertou seu interesse. Um aviso. Chegou mais perto para ler. O calor ali era tremendo. Fazia sua cabeça latejar e inchar. No entanto, ao postar-se diante do aviso, começou a sorrir. Sim, estava ali. Em algum lugar desta base estava aquilo que estivera procurando.

O letreiro mostrava um cartum de um homem no chuveiro. Ensaboava diligentemente seus genitais, quase inteiramente cobertos por espuma. A legenda abaixo dizia: *LEMBRE-SE! É DE SEU MAIOR INTERESSE TOMAR UMA DUCHA DIARIAMENTE!*

Mais abaixo havia um emblema em preto-e-amarelo, mostrando três triângulos com a ponta para baixo.

O símbolo para radiação.

Lata de Lixo riu como uma criança, batendo palmas em meio àquela quietude.

Capítulo Sessenta e Nove

WHITNEY HORGAN ENCONTROU LLOYD em seu quarto, deitado na enorme cama de casal redonda, que até recentemente partilhara com Dayna Jurgens. Um grande copo de gim-tônica equilibrava-se sobre seu peito nu. Ele contemplava solenemente seu próprio reflexo no espelho do teto.

— Ora, entre — disse quando viu Whitney. — Nada de cerimônias, pelo amor de Deus! Não se preocupe em bater, seu sacana. — Na sua voz engrolada de bêbado, ele pronunciou *sarcana.*

— Está de porre, Lloyd? — perguntou Whitney, cauteloso.

— Não. Ainda não. Mas estou chegando lá.

— *Ele* está aqui?

— Quem? O Intrépido Líder? — Lloyd sentou-se na cama. — Deve estar em algum lugar por aí. O Andarilho da Meia-noite. — Ele riu e tornou a deitar-se.

Whitney disse em voz baixa:

— Precisa tomar cuidado com o que está dizendo. Sabe que não é boa idéia ficar tomando bebida forte quando ele está...

— Que se foda.

— Lembre-se do que aconteceu com Hec Drogan. E com Strellerton.

Lloyd assentiu.

— Você está certo. As paredes têm ouvidos. A porra das paredes têm ouvidos. Já ouviu este ditado?

— Sim, já ouvi uma ou duas vezes. E é um ditado bem apropriado para este lugar aqui, Lloyd.

— Pode apostar. — Lloyd sentou-se de repente na cama e seu drinque voou para o chão. O copo se estilhaçou. — Mais um trabalhinho para o faxineiro, não é, Whitney?

— Você está bem, Lloyd?

— Estou ótimo. Quer um gim-tônica?

Whitney hesitou por um momento.

— Não. Não gosto sem limão.

— Ora, não seja por isso! *Tenho* limão, sai de um tubo que a gente aperta. — Lloyd foi até o bar e pegou um tubo de Real Lime. — Muito parecido com o testículo esquerdo do Green Giant. Engraçado, não?

— Isso tem gosto de limão?

— Claro — replicou Lloyd lentamente. — Acha que tem gosto de quê? Daquela porra de Cheerios? Então, o que diz? Seja homem e tome um drinque comigo.

— Bem... *OK*.

— Vamos beber na janela, para apreciar a vista.

— Não — disse Whitney bruscamente, em voz dura.

Lloyd parou a meio caminho para o bar, seu rosto subitamente lívido. Voltou-se para Whitney e os dois se entreolharam por instantes.

— Certo, tudo bem — disse Lloyd. — Desculpe, cara. Foi má idéia.

— Não tem importância.

Mas era claro que tinha, e os dois sabiam disso. A mulher que Flagg apresentara como sua "noiva" tinha dado um mergulho do alto do edifício no dia anterior. Lloyd recordou o Maioral dizendo que Dayna não poderia saltar do balcão, porque as janelas não se abriam. A cobertura, no entanto, tinha um solário. Sem dúvida haviam presumido que nenhum dos grandes jogadores *de verdade* — árabes, em sua maioria — jamais daria o salto para a morte. Eles sabiam muito bem.

Lloyd serviu o gim-tônica de Whitney e os dois beberam em silêncio por algum tempo. Lá fora, o sol descia para o poente em meio a um clarão vermelho. Por fim, Whitney falou, em voz tão baixa que mal dava para ouvir:

— Acha realmente que ela pulou?

Lloyd deu de ombros.

— Que importância tem? Claro, acho que ela pulou. Quem não o faria, se estivesse casada com *ele*? Outra dose?

Whitney olhou para seu copo e, com alguma surpresa, viu que estava vazio. Estendeu-o para Lloyd, que o levou ao bar e despejou o gim liberalmente. Whitney sentia uma zoeira agradável.

Tornaram a beber em silêncio por algum tempo, vendo o sol se pôr.

— O que sabe sobre o tal Cullen? — perguntou por fim Whitney.

— Nada, absolutamente nada. Barry também nada ouviu. Nenhuma notícia da Rodovia 40, da 30, das Rodovias 2 e 74 e da I-15. Nada das estradas secundárias. Estão todas sob vigilância e não viram coisa alguma. Ele deve estar em algum lugar do deserto, e se continuar viajando à noite, se souber como prosseguir sempre para leste, acabará escapando. E o que importa, de qualquer modo? O que poderá contar para os outros?

— Não sei.

— Nem eu. Por mim, ele que se vá.

Whitney sentiu-se pouco à vontade. Lloyd estava outra vez ficando perigosamente perto de criticar o chefão de novo. Sua zoeira na cabeça estava mais forte agora, e isso o deixava contente. Talvez logo reunisse coragem suficiente para dizer o que o levara até ali.

— Vou lhe contar uma coisa — disse Lloyd, inclinando-se à frente. — Ele está perdendo a parada. Já ouviu esta porra de frase? O jogo está no finalzinho, ele está perdendo e não há nenhum jogador reserva se esquentando.

— Lloyd, eu...

— Acabou?

— Sim, acho que sim.

Lloyd preparou novos drinques. Entregou um copo a Whitney, e um leve estremecimento o percorreu ao sorver um gole. Era quase gim puro.

— Perdendo a parada — repetiu Lloyd, retomando o fio da conversa. — Primeiro Dayna, depois esse Cullen. A própria esposa dele... se era mesmo esposa... dá um salto das alturas e se vai. Acredita que esse gesto extremo da mulher estava nos planos dele?

— Não devíamos estar falando sobre isso.

— E o Lata de Lixo? Veja só o que o cara fez por conta própria! Com amigos assim, quem é que precisa de inimigos? Eis o que eu gostaria de saber.

— Lloyd...

Lloyd balançava a cabeça.

— Sinceramente, não entendo. Tudo estava indo tão bem... até a noite em que ele chegou e disse que a velha tinha morrido, lá na Zona Franca. Disse que o último obstáculo fora removido. Pois foi a partir daí que a situação começou a virar.

— Lloyd, realmente acho que não devíamos...

— Agora já não sei mais nada. Podemos atacá-los por terra na próxima primavera, acho. Claro que não podemos chegar lá antes disso. Só que, até então, quem sabe o que terão arranjado por lá? Íamos atacá-los antes que pudessem preparar alguma surpresa, mas agora isto está fora de questão. Além do quê, meu Deus, agora temos de nos preocupar com o Lata de Lixo. O cara anda pelo deserto, bisbilhotando, e estou certo pra cacete de que...

— Lloyd — disse Whitney em voz baixa e sufocada. — Ouça...

Lloyd inclinou-se à frente, preocupado.

— O que é? Qual é o problema?

— Eu nem mesmo sabia se teria coragem de falar com você — disse ele, apertando o copo compulsivamente. — Eu, Maioral, Ronnie Sykes e Jenny Engstrom... bem, a gente vai cair fora. Quer se juntar a nós? Céus, eu devo estar louco para lhe contar isto, sendo você tão chegado a ele.

— Cair fora? E para onde vão?

— Para a América do Sul, creio. Brasil. Acho que deve ficar bem longe. — Fez uma pausa, reuniu coragem e prosseguiu: — Há um monte de gente indo embora. Bem, talvez não um monte, mas bastante, com o número aumentando a cada dia. Acham que Flagg não poderá impedir. Algumas pessoas estão indo para o norte, para o Canadá. Para mim, aquilo lá é frio demais. Mas vou cair fora. Iria para o leste, se tivesse certeza de que iriam me aceitar. E se tivesse certeza de que poderíamos passar. — Whitney parou abruptamente e olhou para Lloyd deploravelmente, com a expressão de quem acha que foi longe demais.

— Você está certo — disse Lloyd suavemente. — E não vou cortar o seu barato, velho parceiro.

— É só que... tudo está ficando ruim aqui — concluiu ele, infeliz.

— Quando planejam partir? — perguntou Lloyd.

Whitney olhou para ele com leve desconfiança.

— Ora, esqueça o que perguntei — disse Lloyd. — Outro drinque?

— Ainda não — respondeu Whitney, olhando para seu copo.

— Eu preciso de mais um. — Ele foi até o bar. De costas para Whitney disse: — Eu não poderia.

— Hã?

— *Não poderia!* — disse Lloyd asperamente e voltou-se para Whitney. — Devo algo a ele. Devo muito a ele. Flagg me tirou de um sufoco lá em Phoenix e estive com ele desde então. Parece mais tempo do que realmente é. Às vezes parece que foi por todo o sempre.

— Aposto que sim.

— Porém é mais do que isso. Ele fez algo por mim, tornou-me mais inteligente ou algo assim. Não sei o que é, porém deixei de ser o mesmo homem, Whitney. Mudei por completo. Antes... *dele*... eu não passava de arraia-miúda. Agora ele me colocou chefiando as coisas aqui e tenho me saído bem, como se raciocinasse melhor. Sim, ele me tornou mais inteligente. — Lloyd ergueu a pedra manchada que pendia de seu pescoço, olhou para ela brevemente, depois deixou-a cair de novo sobre o peito. Limpou as mãos na calça, como se tivesse tocado alguma coisa suja. — Sei que continuo não sendo nenhum gênio. Preciso anotar tudo que devo fazer em um bloquinho, porque do contrário acabo esquecendo. Só que, tendo ele à retaguarda, posso dar ordens. E, na maioria das vezes, tem dado certo. Antes, tudo que eu fazia era receber ordens e me meter em enrascadas. Eu mudei... e foi ele quem me mudou. Eu o tenho acompanhado desde o início. Parece mais tempo do que realmente é.

"Quando chegamos a Vegas, só havia 16 pessoas aqui. Ronnie era uma delas, bem como Jenny e o pobre Hec Drogan. Estavam esperando por ele. Quando entramos na cidade, Jenny caiu sobre seus belos joelhos e beijou-lhe as botas. Aposto que ela nunca lhe contou isso na cama. — Ele sorriu maliciosamente para Whitney. — Agora ela quer desligar-se e cair fora. Bem, não a censuro por isso, como também a você. Mas, seja como for, não é preciso muita coisa para estragar uma boa operação, não é?"

— Vai mesmo ficar?

— Até o fim, Whitney. Dele ou meu. Devo-lhe isso. — Ele não acrescentou que ainda confiava o suficiente no homem escuro para acreditar que Whitney e os outros terminariam, com quase toda a certeza, crucificados. E havia mais. Ele era o braço-direito de Flagg. Como seria no Brasil? Ora, Whitney e Ronnie eram muito mais inteligentes do que ele. Tal como Maioral, ele voltaria a ser arraia-miúda, o que não era nada do seu gosto. Outrora isto não teria importado, porém as coisas haviam mudado. E quando a cabeça da gente mudava, ele estava descobrindo, em geral essa mudança é permanente.

— Bem, poderia dar certo para todos nós — disse Whitney, desconsolado.

— Claro — replicou Lloyd, mas pensou: *Só que eu não gostaria de estar em seu lugar se Flagg acabar descobrindo tudo. Não queria estar na sua pele quando ele finalmente descobrir que foram para o Brasil. Ficar pendurado numa cruz, então, talvez fosse a menor de suas preocupações...*

Lloyd ergueu o copo.

— Um brinde, Whitney.

Whitney também ergueu seu copo.

— Que ninguém se machuque — disse Lloyd. — Este é o meu brinde. Que ninguém se machuque!

— Cara, vou beber a isso — replicou Whitney com fervor e os dois beberam.

Whitney saiu logo depois. Lloyd continuou bebendo. Por volta de nove e meia da noite, completamente bêbado, ferrou no sono em sua cama redonda. Foi um sono sem sonhos, quase valendo o preço da ressaca do dia seguinte.

* * *

Quando o sol despontou na manhã de 17 de setembro, Tom Cullen acampou um pouco ao norte de Gunlock, Utah. O frio era suficiente para que visse sua respiração congelar diante do nariz. Suas orelhas estavam entorpecidas e geladas. No entanto, sentia-se bem. Havia passado bem perto de uma estradinha ruim na noite anterior e tinha visto três homens reunidos em volta de uma pequena e crepitante fogueira. Todos estavam armados.

Tentando ultrapassá-los através de um terreno emaranhado de elevações — agora se encontrava na orla oeste das terras áridas de Utah —, provocara um pequeno desmoronamento de seixos, que rolaram e foram cair num leito seco de rio. Tom se imobilizou. A urina quente rolou por suas pernas e ele molhou as calças, como um bebê, mas só percebeu quase uma hora mais tarde.

Os três homens se viraram, dois deles empunhando as armas. Tom mal tinha onde esconder-se. Era uma sombra entre sombras. A lua estava atrás de um punhado de nuvens, e se resolvesse surgir naquele momento...

Um dos homens relaxou.

— Foi um cervo — disse. — Acho que estão por toda parte neste lugar.

— Acho que devíamos investigar — sugeriu outro.

— Enfie o dedo no cu e vá você mesmo investigar — disse o terceiro.

Isto encerrou o assunto. Os três voltaram a sentar-se em torno da fogueira e Tom começou a rastejar para longe dali, tateando cada passada, vendo a fogueira se distanciar em agoniante lentidão. Uma hora depois era apenas uma fagulha na encosta abaixo dele. Por fim, sumiu de vista, e foi como se lhe tirassem um peso imenso dos ombros. Começou a sentir-se a salvo. Continuava no oeste e sabia o suficiente para continuar sendo cauteloso — minha nossa, isso mesmo —, porém o perigo não parecia mais tão intenso, como se nos arredores houvesse índios ou foragidos da lei.

E agora, com o sol nascendo, ele enovelou-se como uma bola em meio a um espesso emaranhado de arbustos, preparando-se para dormir. *Preciso arranjar algumas cobertas*, pensou. *Está esfriando.* Então o sono o acometeu, súbita e completamente, como sempre acontecia.

Ele sonhou com Nick.

Capítulo Setenta

LATA DE LIXO JÁ TINHA ENCONTRADO o que queria.

Percorreu um corredor enterrado fundo dentro da terra, um corredor tão escuro como um poço de mina. Tinha uma lanterna na mão esquerda e portava uma arma na direita, porque ali embaixo era fantasmagórico. Dirigia uma carreta elétrica que rolava silenciosamente ao longo do amplo corredor. O único som que produzia era um zumbido baixo, quase subaural.

A carreta consistia em um assento para o condutor e em um grande espaço para transporte de carga. Descansando neste espaço estava uma ogiva atômica.

Era pesada.

Lixo não tinha como avaliar seu peso inteligentemente, uma vez que nem ao menos conseguira movê-la com as mãos. Era comprida e cilíndrica. Também era fria. Ao deslizar a mão por sua superfície arredondada, achou difícil crer que uma peça de metal tão morta e fria contivesse potencial para tamanho calor.

Havia encontrado a ogiva às quatro da manhã. Tinha ido à garagem dos veículos e lá descobrira uma grua, que levara para baixo e montara sobre a ogiva. Noventa minutos mais tarde, a ogiva se aninhava aconchegadamente na carreta elétrica, com o nariz para cima. Nele estava impresso A161410USAF. Os duros e resistentes pneus da carreta haviam cedido apreciavelmente com o peso do artefato.

Agora, Lata de Lixo seguia para o final do corredor. Bem à frente, o enorme elevador de carga exibia as portas convidativamente abertas. Era bastante espaçoso para acomodar a carreta, mas, claro, não havia eletricidade. Lixo havia descido pela escada e trouxera a grua pelo mesmo caminho. A grua era leve, comparada à ogiva, pesando apenas 50 quilos. Mesmo assim, fora uma trabalheira descer cinco lances de escada com ela.

Como faria para *subir* aqueles lances levando a ogiva?

Um guincho impulsionado por força motriz, sussurrou sua mente.

Sentado no banco do motorista e apontando sua lanterna aleatoriamente, Lixo assentiu para si mesmo. Claro, ali estava o macete. Içar a ogiva com o guincho. Instalar um motor em posição dominante e içá-la, degrau por degrau, se necessário. Contudo, onde encontraria 15 metros de corrente, sem emendas?

Bem, provavelmente não encontraria. Mas poderia soldar peças de corrente. Funcionaria? A solda resistiria? Era difícil saber. E, mesmo que resistisse, e quanto a todos os ziguezagues que as escadas faziam?

Ele desceu da carreta e passou a mão acariciante sobre a lisa e mortal superfície da ogiva na escuridão silenciosa.

O amor descobriria um jeito.

Deixando a ogiva na carreta, recomeçou a subir as escadas para ver o que poderia encontrar. Em uma base daquele porte, certamente haveria um pouco de tudo. Ele encontraria o que precisava.

Subiu dois lances e parou para recobrar o fôlego. De repente, perguntou-se: *Estarei absorvendo radiação?* Eles blindavam todas aquelas coisas, blindavam com chumbo. No entanto, nos filmes da TV, os homens que manipulavam material radioativo estavam sempre usando aqueles trajes protetores e crachás, que mudavam de cor se a pessoa recebesse uma dose. Porque a coisa era silenciosa. Ninguém a via. Ela simplesmente penetrava na carne e nos ossos. Um indivíduo só percebia que estava doente ao começar a vomitar e perder os cabelos e ter que correr para o banheiro a cada poucos minutos.

Era o que iria acontecer com ele?

Lixo descobriu que não importava. Ia levar aquela bomba para cima. Pretendia içá-la de algum modo. E, de algum modo, conseguiria levá-la para Las Vegas. Tinha de fazer isso para reparar aquela coisa terrível que cometera em Indian Springs. Se tivesse de morrer para expiar o que tinha feito, então morreria.

— Minha vida pela sua — sussurrou em meio às trevas e recomeçou a subir as escadas.

Capítulo Setenta e Um

ERA QUASE MEIA-NOITE DE 17 de setembro. Randall Flagg estava no deserto, envolto em três mantas, dos pés ao queixo. Tinha uma quarta manta enrolada em torno da cabeça, numa espécie de albornoz, de maneira que só os olhos e a ponta do nariz eram visíveis.

Pouco a pouco, deixou que todos os pensamentos se fossem. Ficou ainda mais imóvel. As estrelas eram fogo frio, luz enfeitiçante.

Flagg enviou o Olho.

Sentiu-o separar-se dele com um pequeno e indolor puxão. O Olho voou para longe, silencioso como um falcão, elevando-se em escuras correntes termais. Agora, fundia-se à noite. Era olho de corvo, olho de lobo, olho de doninha, olho de gato. Era o escorpião, a aranha empertigada no alçapão. Era uma mortífera flecha envenenada, deslizando interminavelmente através do deserto. Por tudo o mais que pudesse ter acontecido, o Olho não o abandonara.

Voando sem esforço, o mundo das coisas terrenas desenrolava-se abaixo dele como um mostrador de relógio.

Eles estão vindo... estão quase em Utah agora...

Silencioso, o Olho voou mais alto, em amplidão, acima de um mundo semelhante a um cemitério. Abaixo dele, o deserto jazia como um sepulcro alvacento, cortado pela fita escura da interestadual. Ele voou para oeste, agora cruzando as divisas estaduais, deixando seu corpo muito atrás, olhos cintilantes girando em escleróticas cegas.

A terra agora começava a mudar. Colinas isoladas, de flancos escarpados, estranhos pilares esculpidos pelo vento e mesetas de superfície plana. A auto-estrada corria reta entre elas. As Bonneville Salt Flats jaziam no extremo norte. O Skull Valley ficava em algum lugar a oeste. O som do vento, morto e distante...

Uma águia pousada na mais alta forquilha de um pinheiro antigo abatido por um raio, em algum lugar ao sul de Richfield, sentiu algo passando nas proximidades, alguma coisa de mortífera visão, sibilando através da noite. A águia avançou para aquilo, destemida, sendo afugentada por uma terrível sensação de frio mortal. Atordoada, falhou em seu vôo e quase caiu no solo antes de conseguir recuperar-se.

O Olho do homem escuro seguiu para o leste.

Agora a estrada abaixo era a I-70. As cidades assemelhavam-se a torrões amontoados, desertas, com exceção dos ratos, gatos e cervos que já tinham começado a esgueirar-se das florestas ao farejarem que o homem se fora. Cidades com nomes como Freemont, Green River e Sego, Thompson e Harley Dome. Depois um vilarejo igualmente abandonado: Grand Junction, Colorado. Em seguida...

Bem a leste de Grand Junction havia um clarão de fogueira.

O Olho espiralou para baixo.

A fogueira se extinguia. Quatro vultos dormiam à sua volta.

Era verdade, então.

O Olho os avaliou friamente. Eles estavam vindo. Por motivos que não podia avaliar, estavam realmente vindo. Nadine dissera a verdade.

Então soou um rosnado rouco, e o Olho se virou em outra direção. Havia um cão do lado oposto da fogueira, sua cabeça abaixada, o rabo enrolado sobre as partes íntimas. Seus olhos reluziam como gemas ambarinas malévolas. Seus rosnados eram constantes, como um tecido se rasgando interminavelmente. O Olho o encarou. O cão o encarou também, sem medo, os beiços arreganhados, exibindo os dentes.

Um dos vultos sentou-se.

— Kojak — murmurou. — Pelo amor de Deus, quer ficar quieto?

Kojak continuou a rosnar, as orelhas em pé.

O homem que havia acordado — era Glen Bateman — olhou em torno, de súbito inquieto.

— O que é, garoto? — sussurrou para o cachorro. — Tem alguma coisa aí?

Kojak continuou a rosnar.

— Stu! — Ele sacudiu o vulto ao seu lado. O vulto resmungou alguma coisa, silenciando novamente no seu saco de dormir.

O homem escuro que estava agora no Olho escuro já vira o suficiente. Rodopiou para o alto captando apenas um vislumbre do pescoço do cão, levantando-se para segui-lo. O rosnado transformou-se numa série de latidos, altos no início, depois esmaecendo até cessar.

Silêncio e escuridão impenetrável.

Algum tempo desconhecido mais tarde, ele fez uma pausa acima do solo do deserto, olhando para si mesmo. Afundou lentamente, aproximando-se do corpo, depois mergulhou em si próprio. Por um momento, houve uma curiosa sensação de vertigem, de duas coisas fundindo-se em uma. Então, o Olho desapareceu e havia apenas os seus olhos, fitando as estrelas frias e cintilantes.

Eles estavam vindo, sim.

Flagg sorriu. Teria a velha dito a eles para que viessem? Os teria convencido, em seu leito de morte, a cometerem suicídio daquela forma novelesca? Achou que seria bem possível.

O que tinha esquecido era tão incrivelmente simples que chegava a despretensioso: *eles* também estavam com problemas, *eles* também estavam amedrontados... e, em conseqüência, cometiam um erro colossal.

 Seria mesmo possível que tivessem sido expulsos?

Ele acalentou adoravelmente esta idéia, mas no fim não acreditou inteiramente nela. Estavam vindo por decisão própria. Estavam vindo envoltos no manto dos justos, como um punhado de missionários aproximando-se da aldeia dos canibais.

Ah, isso era formidável!

As dúvidas terminariam. Os medos teriam fim. O final seria a visão de suas cabeças espetadas em quatro postes diante do chafariz do MGM Grand Hotel. Ele convocaria todas as pessoas de Vegas e ordenaria que fizessem fila e olhassem. Mandaria fotografá-los, imprimiria volantes e os enviaria para Los Angeles, San Francisco, Spokane e Portland.

Cinco cabeças. Também colocaria a do cão em um poste.

— Bom cachorrinho — disse Flagg, rindo em voz alta pela primeira vez desde que Nadine o incitara a atirá-la do solário. — Bom cachorrinho — repetiu, sorrindo.

Dormiu bem naquela noite e, pela manhã, ordenou que as estradas entre Utah e Nevada tivessem a vigilância triplicada. Entretanto, agora já não estariam procurando um homem que seguia para o leste, mas sim quatro homens e um cão que vinham para o oeste. Todos deviam ser trazidos vivos. Vivos a qualquer preço.

Ah, sim.

Capítulo Setenta e Dois

— Sabe de uma coisa? — disse Glen Bateman, olhando na direção de Grand Junction à primeira claridade da manhã. — Ouvi dizer durante anos "Isto é uma droga", sem ter realmente certeza do que significa. Agora acho que sei. — Ele baixou os olhos para seu café-da-manhã, que consistia em salsichas em invólucro sintético, e fez uma careta.

— Não, isto é *bom* — disse Ralph com veemência. — Você devia ter provado a bóia que nos serviam no Exército.

Estavam sentados em volta da fogueira, que Larry tornara a acender uma hora antes. Todos vestiam casacos grossos e calçavam luvas, e já estavam na segunda xícara de café. A tempestade andaria pelos 3°, o céu estava turvo e nublado. Kojak cochilava o mais perto possível do fogo, sem queimar o pêlo.

— Terminei de alimentar o homem interno — disse Glen, levantando-se. — Dê-me seus restos, seu faminto. Pensando melhor, dê-me seu lixo. Vou enterrar essa porra.

Stu entregou-lhe seu prato e a xícara de papelão.

— Esta andança é realmente alguma coisa, não é, careca? Aposto que não esteve em tão boa forma desde os seus vinte anos.

— É, já faz uns setenta anos — disse Larry e riu.

— Stu, nunca estive nesse tipo de forma — disse Glen, taciturno, recolhendo os restos da refeição e colocando-os no saco plástico que pretendia enterrar. — Jamais *quis* estar nesse tipo de forma. Mas não importa. Após cinqüenta anos de agnosticismo confirmado, parece ser minha sina seguir o Deus de uma velha negra me lançando às mandíbulas da morte. Se é minha sina, o que posso fazer? Fim de papo. Mas eu preferiria caminhar do que viajar de moto, quando se pensa bem nisso. Caminhar leva mais tempo, de modo que viverei mais... por alguns dias, pelo menos. Com licença, cavalheiros, mas devo proporcionar um sepultamento decente a este lixo.

Os outros o viram caminhar até a borda do acampamento, levando uma pequena pá. Aquela "excursão a pé, do Colorado para o oeste", como dizia Glen, tinha sido a mais difícil para ele próprio. Ele era o mais velho do grupo, tendo 12 anos a mais que Brentner. No entanto, de certo modo, ele amenizava consideravelmente a caminhada para os outros. Sua ironia era constante mas gentil, e Glen parecia em paz consigo mesmo. O fato de conseguir seguir à frente, dia após dia, deixava os outros impressionados, embora isso não fosse exatamente uma inspiração. Ele estava com 57 anos e Stu o vira friccionando as juntas dos dedos nas últimas três ou quatro manhãs frias, fazendo caretas enquanto isso.

— Dói muito? — perguntara Stu na véspera, uma hora após terem começado a andar.

— Uma aspirina resolve isso. É artrite, você sabe, mas não é tão grave como será daqui a cinco ou sete anos. E sinceramente, Texano Oriental, não espero viver tanto.

— Realmente acha que ele vai nos pegar?

E Glen Bateman dissera uma coisa peculiar:

— Não recearei nenhum mal.

E assim terminara a discussão.

Agora, eles o ouviram praguejando enquanto escavava o solo congelado.

— Um grande sujeito, não é? — comentou Ralph. — Sempre achei que esses professores universitários fossem uns frescos, mas esse aí por certo não é. Sabe o que ele disse quando lhe perguntei por que não jogava esse lixo à beira da estrada? Disse que não havia necessidade de recomeçarmos esse tipo de merda. Disse que já começamos com muitas das antigas formas de merda.

Kojak levantou-se e foi ver o que seu dono fazia. A voz de Glen flutuou até eles:

— Ah, aí está você, seu monte de bosta imprestável. Estava começando a pensar que você tivesse morrido. Quer que o enterre também?

Larry sorriu e tirou o conta-quilômetros preso ao cinto. Pegara-o numa loja de material esportivo em Golden. A pessoa o regulava segundo o comprimento da própria passada e então o prendia ao cinto, como uma régua de carpinteiro. A cada anoitecer, ele anotava que distância haviam percorrido naquele dia, garatujando os números em uma folha de papel já muito manuseada e dobrada.

— Posso ver suas anotações? — pediu Stu.

— Claro — disse Larry, entregando-lhe a folha.

No topo da folha, Larry escrevera: *de Boulder a Vegas: 1.200 quilômetros.* Abaixo disso:

Data	Quilômetros	Total de quilômetros
06/09	45	45
07/09	43	88
08/09	42	130
09/09	45	175
10/09	45	220
11/09	47	267
12/09	46	313
13/09	47	360
14/09	51	411
15/09	52	463
16/09	57	520
17/09	60	580

Stu tirou um pedaço de papel de sua carteira e fez algumas subtrações.

— Bem, estamos fazendo um tempo melhor do que quando começamos, mas ainda temos um bom trecho a percorrer. Merda, não chegamos nem à metade do caminho.

Larry concordou.

— O tempo melhor está correto. Estamos progredindo, pois o trajeto é de descida. Pensando bem, Glen está certo. Por que nos apressarmos? O cara simplesmente vai nos varrer do mapa quando chegarmos lá.

— Simplesmente não acredito nisso, estão sabendo? — disse Ralph. — Podemos morrer, claro, mas isto não vai ser nada simples, nada de favas contadas. Mãe Abagail não nos enviaria se fosse apenas para sermos assassinados e nada mais resultar disso. Ela não faria isso.

— Não acredito que ela foi a única a nos enviar — disse Stu baixinho.

O conta-quilômetros de Larry emitiu quatro pequeninos e distintos cliques quando ele o regulou para o dia. Stu cobriu com terra o que restava da fogueira. Os pequenos rituais matinais prosseguiram. Já fazia 12 dias que estavam na estrada. Stu tinha a sensação de que os dias continuariam eternamente dessa maneira. Glen criticando jovial a comida, Larry anotando a quilometragem em sua surrada folha de papel, as duas xícaras de café matinais, alguém enterrando o lixo da véspera, alguém jogando terra na fogueira apagada. Era rotina, uma boa rotina. Isso fazia com que esquecessem a finalidade da jornada, o que também era bom. Pela manhã Fran lhe parecia muito distante — muito clara, porém muito distante, como uma foto guardada em um medalhão. À noite, no entanto, quando já estava escuro e a lua velejava no céu, Fran parecia muito próxima, quase tão próxima que poderia tocá-la... e era aí, claro, que residia o sofrimento. Em tais instantes, sua fé em Mãe Abagail se transformava em dúvida amarga. Ele tinha vontade de acordar os companheiros e dizer que aquilo era uma empreitada de loucos, que estavam levando lanças de borracha para atacar um letal moinho de vento, que seria melhor pararem na próxima cidade, pegarem motos e retornarem a Boulder. Que seria melhor terem um pouco de luz e um pouco de amor enquanto ainda podiam — porque um pouco era tudo quanto Flagg lhes permitiria.

Isso, no entanto, era à noite. De manhã, continuava parecendo certo prosseguirem. Ele olhava especulativamente para Larry, perguntando-lhe se ele pensava em sua Lucy nas horas mortas da noite. Se sonhava com ela e a desejava...

Glen voltou ao acampamento com Kojak nos seus calcanhares, pestanejando um pouco enquanto caminhava.

— Vamos pegá-los — dizia ele. — Certo, Kojak?

O cão abanou o rabo.

— Kojak diz que agora é ou vai ou racha — explicou Glen. — Vamos pessoal, rumo a Las Vegas!

Subiram o aterro até a I-70, que agora descia para Grand Junction, e iniciaram a caminhada do dia.

* * *

No fim daquela tarde, começou a cair uma chuva fria que os deixou enregelados e sem ânimo para conversar. Larry caminhava imerso em seus pensamentos, as mãos enfiadas nos bolsos. A princípio pensou em Harold Lauder, cujo cadáver haviam encontrado dois dias antes — parecia haver uma conspiração não expressa entre eles, impedindo comentários sobre Harold —, mas no fim seu pensamento retornou à pessoa a quem alcunhara de Homem-Lobo.

Tinham encontrado o Homem-Lobo bem a leste do túnel Eisenhower. O tráfego estava terrivelmente congestionado naquele ponto, e o cheiro de morte era doentiamente forte. O Homem-Lobo tinha metade do corpo dentro de um Austin e metade fora dele. Usava *jeans* tachonados e uma camisa de seda estilo *cowboy*, enfeitada de lantejoulas. Os cadáveres de vários lobos jaziam em volta do Austin. O Homem-Lobo tinha metade do corpo deitado no banco do carona, com um lobo morto sobre o peito. As mãos do Homem-Lobo estavam fechadas em torno do pescoço do animal, cuja bocarra ensangüentada se virava em ângulo para a garganta do homem. Reconstituindo a cena, pareceu a todos que uma alcatéia descera das montanhas mais altas, localizando e atacando aquele homem solitário. O Homem-Lobo tivera uma arma. Conseguira matar vários lobos antes de recuar para dentro do Austin.

Quanto tempo ficara lá antes que a fome o impelisse a abandonar seu refúgio?

Larry não sabia nem queria saber. Mas percebera o quão terrivelmente magro estava o Homem-Lobo. Uma semana, talvez. Fosse ele quem fosse, estava rumando para oeste, ia juntar-se ao homem escuro, porém Larry não desejaria uma sina tão hedionda para ninguém. Falara a respeito com Stu, dois dias após emergirem do túnel, tendo deixado o Homem-Lobo muito para trás.

— Por que um bando de lobos ficaria tanto tempo à espreita, Stu?

— Não faço a menor idéia.

— Quero dizer, se queriam alguma coisa para comer, não poderiam ter encontrado?

— Sim, acho que teriam.

Aquilo era um terrível mistério para ele e ficava matutando a respeito, sabendo que jamais acharia a solução. Quem quer que tivesse sido, coragem é que não faltara ao Homem-Lobo. No final, impelido pela fome e pela sede, abrira a porta do carro. Um lobo saltara sobre ele e lhe rasgara a garganta. Entretanto o Homem-Lobo o esganara e matara, mesmo ele próprio tendo morrido na ação.

Os quatro haviam atravessado o túnel Eisenhower ligados por uma corda e, naquela terrível escuridão, a mente de Larry retornou para seu trajeto através do túnel Lincoln. Só que dessa vez não era assombrado por imagens de Rita Blakemoor, mas sim pelo rosto do Homem-Lobo, congelado em seu esgar final enquanto ele e o lobo se exterminavam.

Foram os lobos enviados para matar aquele homem?

Mas este pensamento era inquietante demais para ser sequer considerado. Tentou expulsar tudo aquilo de sua mente e simplesmente continuar caminhando, mas era algo difícil de fazer.

* * *

Acamparam naquela noite além de Loma, perto da divisa de Utah. O jantar consistiu em alimentos pilhados e água fervida, como tinham sido todas as refeições — estavam seguindo ao pé da letra todas as instruções de Mãe Abagail: "Vão apenas com a roupa do corpo. Não carreguem nada."

— A coisa vai piorar em Utah — comentou Ralph. — Creio que é lá que iremos descobrir se Deus, realmente, está nos protegendo. Será uma estirada, mais de 150 quilômetros sem uma cidade sequer, sem ao menos um posto de gasolina ou um bar. — Ele não parecia particularmente preocupado pela perspectiva.

— Água? — perguntou Stu.

Ralph deu de ombros.

— Também não resta muito disso. Acho que vou me deitar.

Larry decidiu pela mesma coisa. Glen continuou de pé, baforando seu cachimbo. Stu ainda tinha alguns cigarros e decidiu fumar um. Os dois ficaram fumando em silêncio por algum tempo.

— Foi um longo caminho de New Hampshire até aqui, careca — disse finalmente Stu.

— Não é exatamente a mesma distância como daqui ao Texas.

Stu sorriu.

— Não, não é.

— Imagino que deva sentir muita falta de Fran.

— É, sinto falta, mas também me preocupo com ela, me preocupo com o bebê. Fica pior depois que escurece.

Glen expeliu fumaça.

— Não há nada que você possa mudar, Stuart.

— Sei disso, mas continuo preocupado.

— É claro. — Glen bateu o cachimbo numa pedra. — Aconteceu um troço curioso a noite passada, Stu. Levei o dia todo querendo descobrir se tinha sido real, um sonho, ou sei lá o quê.

— O que foi?

— Bem, acordei no meio da noite e vi Kojak rosnando para alguma coisa. Acho que passava da meia-noite, porque o fogo estava apagado. Kojak dormia do outro lado da fogueira, mas naquele momento ficou atento, as orelhas em pé. Mandei-o ficar quieto, mas ele nem olhou para mim. Olhava para um ponto alto, à minha direita. Pensei se não seriam os lobos. Desde que vimos aquele sujeito que Larry chamou de Homem-Lobo...

— É, aquilo foi feio.

— Bem, não havia nada. Eu podia enxergar claramente. Kojak rosnava para o *nada.*

— Ele farejava algum cheiro, é isso.

— Certo, porém a parte mais louca está por vir. Após dois minutos comecei a sentir algo... bem, decididamente espectral. Era como se houvesse qualquer coisa bem perto da rampa da estrada e que estava me vigiando. Vigiando todos nós. Eu quase podia vê-la, achava que se apertasse os olhos da maneira certa, *poderia* vê-la. Mas eu não quis. Porque achei que devia ser *ele.* Parecia *Flagg*, Stuart.

— Provavelmente não foi nada — disse Stu após um momento.

— Estou certo de que pressenti algo. Kojak também.

— Bem, suponhamos que Kojak *estivesse* vendo alguma coisa. O que poderíamos fazer a respeito?

— Nada. Mas não gosto disso. Não gosto dessa coisa de ele ser capaz de nos vigiar... se é que se trata disso. Estou me borrando de medo.

Stu terminou seu cigarro, apagou-o cuidadosamente ao lado de uma rocha, mas não fez qualquer menção de ir para seu saco de dormir. Olhou para Kojak, que estava deitado junto à fogueira com o focinho entre as patas, observando-os.

— Portanto, Harold está morto — disse Stu por fim.

— É isso aí.

— E foi simplesmente um desperdício. Um desperdício de Nick, de Sue e também dele próprio, suponho.

— Concordo.

Nada mais havia a dizer. Tinham encontrado Harold e sua lamentosa declaração de morte um dia após atravessarem o túnel Eisenhower. Ele e Nadine deviam ter utilizado o Loveland Pass, porque Harold continuava com sua moto Triumph — o que restava dela, pelo menos — e, como dissera Ralph, teria sido impossível alguém cruzar o Eisenhower em algo maior do que um velocípede de criança. Os abutres tinham trabalhado à vontade em Harold, mas Harold aferrava o caderno de notas na mão enrijecida. O .38 estava enfiado em sua boca como um pirulito grotesco e, embora não tivessem sepultado Harold, Stu removera a pistola. Fizera isso com delicadeza. Vendo a eficiência com que o homem escuro havia destruído Harold e a despreocupação com que o pusera de lado após cumprido o seu papel, Stu odiava Flagg ainda mais. Tinha a sensação de que se lançava em uma espécie imbecil de cruzada infantil e, mesmo achando que deviam seguir em frente, o cadáver de Harold, com a perna estraçalhada, o assombrou da mesma maneira como a careta congelada do Homem-Lobo assombrara Larry. Ele havia descoberto que queria fazer Flagg pagar pelo que tinha feito a Harold, bem como a Nick e Susan... porém, cada vez mais, sentia que nunca teria essa chance.

No entanto, você quer vigiar, pensou soturnamente. *Quer ficar à espreita, para o caso de eu chegar a uma distância de poder esganá-lo, seu monstro!*

Glen levantou-se, piscando de leve.

— Vou dormir, Texano Oriental. Não me peça para fazer-lhe companhia. Na verdade, é uma reunião difícil.

— Como vai essa artrite?

Glen sorriu.

— Não tão ruim — disse, porém mancava enquanto se dirigia ao seu saco de dormir.

Stu decidiu que não fumaria outro cigarro — fumar apenas dois ou três por dia esgotaria seu suprimento no final da semana —, porém acabou acendendo mais um. A noite não estava tão fria, mas tudo indicava que, pelo menos naquela altitude, o verão terminara. Isto o deixou triste, porque tinha o forte pressentimento de que nunca mais viveria outro verão. Quando este começara, ele trabalhava intermitentemente numa fábrica de calculadoras de bolso, numa pequena cidade chamada Arnette. Passara muitas de suas horas de folga no posto Texaco de Bill Hapscomb, ouvindo os outros criticarem a economia, o governo, os tempos difíceis. Stu agora podia dizer que nenhum deles realmente conhecera tempos difíceis. Terminou seu cigarro e o lançou à fogueira.

— Cuide-se bem, Frannie, garotinha — disse e enfiou-se no saco de dormir. E nos seus sonhos pensou que algo se aproximara do acampamento. Algo que mantinha uma vigilância malévola sobre eles. Poderia ter sido um lobo com entendimento humano. Ou um corvo. Ou uma doninha, se esgueirando com o ventre colado ao chão através do mato rasteiro. Ou poderia ainda ter sido uma presença incorpórea, como um Olho vigilante.

Não recearei mal algum, murmurou no sonho. *Sim, embora eu caminhe pelo vale de sombras da morte, não recearei mal algum. Mal algum.*

Por fim, o sonho se desvaneceu e ele dormiu profundamente.

Na manhã seguinte, estavam de novo na estrada, bem cedo. O marcador de quilometragem de Larry tiquetaqueava enquanto a estrada se espichava preguiçosamente, de um lado e outro, descendo com suavidade a encosta ocidental em direção a Utah. Pouco depois do meio-dia, deixaram o Colorado para trás. Naquela noite acamparam a oeste de Harley Dome, em Utah. Pela primeira vez, o grande silêncio os deixou impressionados, como algo opressivo e maléfico. Ralph Brentner foi dormir naquela noite pensando: *Agora estamos no oeste. Saímos do nosso campo e entramos no dele.*

E, naquela noite, Ralph sonhou com um lobo que possuía apenas um olho vermelho, que viera do agreste para vigiá-los. *Vá embora*, disse-lhe Ralph. *Vá embora, não estamos com medo. Não temos medo de você.*

* * *

Por volta das duas da tarde de 21 de setembro, haviam deixado Sego para trás. A próxima cidade de grande porte, segundo o mapa de Stu, era Green River. Em seguida não haveria mais qualquer outra, durante muito tempo. Então, como dissera Ralph, descobririam se Deus estava ou não com eles.

— De fato — disse Larry para Glen —, fico mais preocupado com água do que com comida. Em sua maioria, todos que saem em viagem costumam levar nos carros coisas para beliscar, como biscoitos, bolinhos, essas coisas.

Glen sorriu.

— Talvez o Senhor nos envie aguaceiros de bênçãos.

Larry olhou para o céu azul sem nuvens e fez uma careta ante aquela idéia.

— Às vezes fico pensando que, no fim, ela não estava regulando bem.

— É possível — disse Glen tranqüilamente. — Se você ler sua teologia, descobrirá que Deus com freqüência prefere falar através de moribundos e insanos. Inclusive tenho a impressão, e aqui vai se abrindo o armário jesuíta, de que existem bons motivos psicológicos para tanto. Um louco ou uma pessoa em seu leito de morte são seres humanos com uma psique drasticamente alterada. Uma pessoa saudável poderia estar apta a filtrar a mensagem divina e modificá-la com sua própria personalidade. Em outras palavras, uma pessoa saudável poderia ser um profeta de merda.

— Os caminhos de Deus — retrucou Larry. — Entendo. Estamos enxergando através de um vidro bastante escuro para mim, sem dúvida. O fato de estarmos fazendo toda essa caminhada, quando, motorizados, teríamos coberto todo o trajeto em uma semana, não entra na minha cabeça. Mas já que estamos cometendo uma loucura, tudo bem que a levemos a cabo de uma maneira louca.

— O que estamos fazendo tem todos os tipos de precedente histórico — disse Glen —, e vejo alguns motivos sociológicos e psicológicos perfeitamente adequados a esta caminhada — disse Glen. — Ignoro se tais motivos sejam ou não de Deus, porém fazem um sentido perfeito para mim.

— Como assim? — Stu e Ralph tinham se aproximado também para ouvir.

— Houve várias tribos de índios americanos que costumavam tornar o ato de "ter uma visão" parte integral de seus ritos de masculinidade. Ao chegar a hora de o rapazola tornar-se homem, presumia-se que saísse desarmado para a floresta. Cabia-lhe a tarefa de matar um animal e compor duas canções... uma sobre o Grande Espírito e outra sobre suas proezas como caçador, cavaleiro, guerreiro e fodedor... além de ter uma visão. Não deveria alimentar-se. Tinha de subir para os lugares altos e esperar pela chegada da visão. E, naturalmente, com o tempo, ela chegava. — Glen deu uma risadinha. — A fome é um grande alucinógeno.

— Acha que Mãe Abagail nos mandou aqui para termos visões? — perguntou Ralph.

— Talvez tenha sido para adquirirmos força e santidade por um processo depurativo — replicou Glen. — Como sabem, desfazer-se de *coisas* é simbólico. Talismânico. Quando nos desfazemos de *coisas*, estamos também nos desfazendo de outras relacionadas ao eu, as quais são também relacionadas àquelas coisas. Iniciamos um processo de purificação. Começamos a esvaziar o vaso.

Larry balançou lentamente a cabeça.

— Não estou entendendo.

— Bem, tomemos um homem inteligente pré-epidemia. Se quebrarem sua TV, o que ele fará à noite?

— Ler um livro — disse Ralph.

— Visitar os amigos — disse Stu.

— Vai ligar o som — opinou Larry, sorrindo.

— Certo, fará tudo isso — replicou Glen. — Mas continuará sentindo falta do aparelho de TV. Há, em toda a sua vida, um vácuo que era preenchido pela TV. Lá, bem no fundo, estará ainda pensando: *Às nove vou pegar umas cervejas e ver o jogo dos Sox na TV.* Aí, quando chega e vê o aparelho de TV quebrado, sente uma decepção infernal. Uma parte de sua vida rotineira foi jogada fora, não é mesmo?

— Isso mesmo — disse Ralph. — Nossa televisão certa vez ficou no conserto por duas semanas, e só me senti bem quando ela voltou.

— O vácuo na vida de uma pessoa assim fica ainda maior se ela for fanática por TV, sendo menor só se tivesse o costume de assisti-la de vez em quando. Seja como for, algo se perdeu. Agora vamos tirar todos os seus livros, todos os seus amigos e também seu aparelho de som. Retiremos também todo o seu alimento, exceto o que puder obter ao longo da caminho. É um processo de esvaziamento e também uma diminuição do ego. Dos seus *eus*, cavalheiros, que irão se transformando em vidraças de janela. Ou, melhor ainda, em copos vazios de bebida.

— Mas qual a finalidade disso? — indagou Ralph. — Por que passar por todo esse processo complicado?

Glen respondeu:

— Se ler a Bíblia, você verá que é inteiramente tradicional todos aqueles profetas se embrenharem no agreste de tempos em tempos... são as Mágicas Turnês Misteriosas do Velho Testamento. O período de tempo estipulado para tais excursões era geralmente de quarenta dias e quarenta noites, uma terminologia hebraica significando "ninguém sabe ao certo quanto tempo ficou fora, mas foi bastante tempo". Isto não faz com que recordem de alguém?

— Claro — disse Ralph. — Mãe Abagail.

— Agora pensem em si mesmos como uma bateria. Na realidade é isso o que somos, vocês sabem. Nosso cérebro funciona através de uma corrente elétrica quimicamente convertida. Por falar nisso, nossos músculos também funcionam graças a pequenas cargas elétricas... uma substância química chamada acetilcolina permite a passagem de corrente quando temos de nos mover e, quando precisamos parar, é manufaturada outra substância, chamada colinesterase. A colinesterase destrói a acetilcolina, de maneira que nossos nervos se tornam novamente maus condutores. Aliás, uma boa coisa, caso contrário, se começássemos a coçar o nariz, jamais conseguiríamos parar. Muito bem, a questão é: tudo quanto pensamos, tudo quanto fazemos, tudo isso tende a descarregar a bateria. Como os acessórios em um carro.

Os outros agora o ouviram atentamente.

— Ver televisão, ler livros, conversar com amigos, saborear um grande jantar... tudo isso descarrega a bateria. Uma vida normal, pelo menos como levada pela civilização ocidental, é como dirigir um carro com janelas, freios, assentos, tudo movido eletricamente. Só que, quanto mais acessórios, menos a bateria fica carregada, certo?

— É isso aí — assentiu Ralph. — Até uma Delco de bom tamanho não ficaria sobrecarregada se instalada em um Cadillac.

— Muito bem, o que fizemos foi nos desfazermos dos acessórios. Estamos nos recarregando.

Ralph disse inquieto:

— Se pusermos uma bateria de carro para ficar carregando por tempo demais, ela explodirá.

— Sim — concordou Glen. — O mesmo acontece com as pessoas. A Bíblia nos fala de Isaías, de Jó e dos outros, mas não diz quantos profetas voltaram do deserto com visões que tinham torrado seus cérebros. Imagino que tenha havido alguns. No entanto, sinto um saudável respeito pela inteligência e pela psique humanas, a despeito de uma reversão ocasional ao passado, como nosso amigo Texano Oriental...

— Largue do meu pé, careca — resmungou Stu.

— Seja como for, a capacidade da mente humana é muito maior do que a maior das baterias Delco. Acredito que ela possa aceitar uma carga quase até o infinito. Em certos casos, até além disso.

Caminharam em silêncio por um momento, refletindo a respeito.

— Estamos mudando? — perguntou Stu, baixinho.

— Estamos — respondeu Glen. — Sim, acho que estamos.

— Perdemos algum peso — disse Ralph. — Basta olhar para vocês, caras. Quanto a mim, tinha uma baita pança de cerveja. Agora, posso olhar para baixo e ver novamente os dedos dos pés.

— É um estado mental — disse Larry subitamente. Quando os outros o fitaram, ficou um pouco constrangido, porém prosseguiu: — Venho tendo esta sensação mais ou menos por esta última semana e não entendia o que poderia ser. Talvez possa entender agora. Sinto-me drogado. Como se tivesse fumado meio baseado que é dinamite pura ou cheirado apenas uma carreirinha de coca. No entanto, não existe aquele senso de desorientação que acompanha a droga. Quando nos drogamos, achamos que o raciocínio normal está ligeiramente fora de alcance. No entanto, a verdade é que meu raciocínio está excelente, melhor do que nunca. E continuo a me sentir meio drogado. — Larry achou graça. — Talvez seja apenas fome.

— A fome é parte disso — concordou Glen —, mas não tanto assim.

— Quanto a mim, vivo faminto o tempo todo — disse Ralph —, mas não parece tão importante. Sinto-me bem.

— Eu também — acrescentou Stu. — Fisicamente, não tenho me sentido tão bem em muitos anos.

— Quando a gente esvazia o vaso, esvazia também todo o lixo que flutua nele — afirmou Glen. — Os aditivos. As impurezas. Claro que a pessoa tem de sentir-se bem. Isto é como um enema de corpo inteiro, de mente inteira.

— Você tem um jeito curioso de fazer comparações, careca.

— Pode não ser muito elegante, mas é preciso.

 — Isso nos ajudará contra *ele*? — perguntou Ralph.

— Bem — disse Glen —, a intenção é essa. Não tenho muitas dúvidas quanto a isso. De qualquer modo, vamos ter de esperar para ver, não?

Seguiram em frente. Kojak retornou do mato e os acompanhou por instantes, suas unhas crepitando no asfalto da Nacional 70. Larry abaixou-se e coçou-lhe o pêlo.

— Velho Kojak — disse ele. — Sabia que você era uma bateria? Uma enorme bateria Delco com garantia para a vida inteira?

Kojak pareceu não saber ou não se importar, mas sacudiu o rabo para mostrar que concordava com Larry.

* * *

Acamparam aquela noite a uns 20 quilômetros a oeste de Sego e, como se para confirmar o que haviam debatido naquela tarde, pela primeira vez não havia nada para comer desde que deixaram Boulder. Glen obteve o último café instantâneo deles numa lanchonete, que dividiram em uma única caneca, passando-a de mão em mão. Haviam percorrido os últimos quilômetros sem ver um só carro.

Na manhã seguinte, dia 22, depararam com uma caminhonete Ford capotada com quatro cadáveres no seu interior — dois deles de crianças pequenas. Havia duas caixas de bolachas em forma de bichos no carro, e uma sacola grande de batatas fritas dormidas. As bolachas estavam em melhor estado. Eles as dividiram para cinco.

— Não rosne para eles, Kojak — admoestou Glen. — Cachorro mau! Onde ficaram suas boas maneiras? E se você não tem boas maneiras... como devo agora concluir... onde ficou seu *savoir faire*?

Kojak tamborilou com seu rabo e olhou para as bolachas de um modo que provava inteiramente que não tinha mais *savoir faire* nem boas maneiras.

— Então fuce, avance ou morra — disse Glen e deu a última bolacha que lhe coubera, em forma de tigre. Kojak a devorou vorazmente e depois ficou farejando.

Larry tinha poupado seu zoológico completo — cerca de dez bichos — para comer de uma só vez. E o fez lenta e sonhadoramente.

— Já repararam — disse ele — que bolachas de bichinhos têm um leve sabor de limão? Lembro isso desde que era garoto. Nunca mais pensei nisso de novo até agora.

Ralph estivera passando as duas últimas bolachas de mão em mão e agora engoliu uma.

— É, você tem razão. Há um travo de limão nessas bolachas. Sabem, eu meio que gostaria que o velho Nick estivesse aqui. Eu não me importaria em dividir essas bolachas com mais um.

Stu assentiu. Eles acabaram com as bolachas e prosseguiram a jornada. Naquela tarde encontraram um caminhão de entregas dos Supermercados Great Western, que aparentemente seguia para Green River, estacionado caprichosamente sobre o canteiro central da estrada, o motorista sentado empertigado e morto atrás do volante. O almoço deles foi uma lata de presuntada retirada da carroceria, mas nenhum teve muito apetite. Glen comentou que seu estômago havia encolhido. Stu disse que a presuntada cheirava mal para ele — não que estivesse estragada, mas o odor era muito forte. *Carnoso* demais. Meio que lhe revirava o estômago. Forçou-se a comer uma única fatia. Ralph disse que em breve se contentaria com mais duas ou três caixas de bolachas de bichinhos. Todos riram. Até mesmo Kojak comeu uma pequena porção antes de se afastar para farejar alguma coisa.

Acamparam a leste de Green River aquela noite, e houve uma garoa de neve nas primeiras horas da manhã.

* * *

Passava um pouco do meio-dia de 23 de setembro quando chegaram ao desmoronamento. O céu ficara encoberto o dia inteiro e fazia frio — um frio suficiente para nevar, pensou Stu —, e não apenas lufadas, tampouco.

Os quatro pararam junto à borda, Kojak nos calcanhares de Glen, olhando para baixo e até o outro lado. Em algum ponto ao norte dali, uma represa poderia ter cedido, ou talvez houvera uma sucessão de fortes tempestades de verão. Fosse como fosse, ocorrera uma inundação repentina e violenta ao longo do San Rafael, que, já fazia alguns anos, não era mais que um leito seco de torrente. A inundação arrastara um trecho da pavimentação da I-70. A cratera teria uns 15 metros de profundidade, as margens estavam ruindo, o solo era de cascalho miúdo e rocha sedimentar. Ao fundo corria um tristonho filete d'água.

— Caramba! — exclamou Ralph. — Alguém deveria chamar o Departamento de Estradas de Rodagem de Utah para dar um jeito nisso.

Larry apontou.

— Vejam aqui — disse. Olharam para aquele vazio, que começava agora a ficar pontilhado com estranhos pilares e monólitos esculpidos pelo vento. Cerca de 100 metros abaixo do curso do San Rafael avistaram um emaranhado de *guardrails*, cabos e grandes placas de asfalto da pavimentação. Uma daquelas placas apontava para o céu nublado como um dedo apocalíptico, ainda exibindo a faixa branca que demarcava as pistas de rodagem.

Glen olhava para baixo, para o solo erodido e juncado de cascalho, as mãos enfiadas nos bolsos, uma expressão ausente e sonhadora no rosto. Em voz baixa, Stu perguntou:

— Acha que vai conseguir, Glen?

— Claro, acho que vou.

— E como está a artrite?

— Já esteve pior. — Ele forçou um sorriso. — E para ser franco, já esteve melhor também.

Não dispunham de corda para se ancorarem um ao outro. Stu desceu primeiro, movendo-se com cuidado. Não gostou da maneira como às vezes o solo deslizava sob seus pés, provocando pequenos desmoronamentos de rocha e areia. Em dado momento, pensou que ia perder por completo o ponto de apoio para um pé, que terminaria deslizando todo o trajeto até o fundo daquele poço. A mão tateante encontrou uma saliência de rocha sólida, da qual ficou pendente enquanto procurava chão mais sólido para os pés. Então, Kojak passou despreocupadamente ao seu lado, lançando pequenos jatos de terra e jogando para baixo pequeninos punhados de solo. Um momento mais tarde, chegava ao fundo e ficava de cauda abanando, enquanto latia amistosamente para Stu, ainda em meio à descida.

— Seu cão exibido de merda! — resmungou Stu, abrindo caminho cautelosamente para baixo.

— Serei o seguinte! — gritou Glen. — Ouvi o que disse sobre o meu cachorro!

— Tome cuidado, careca! Bastante cuidado. A terra está realmente cedendo onde a gente pisa!

Glen começou a descer lentamente, movendo-se com grande deliberação de um ponto de apoio para o seguinte. Stu ficava tenso a cada vez que via a terra solta começar a deslizar debaixo das botas surradas de Glen. Os cabelos dele esvoaçavam como finos fios de prata em torno de suas orelhas à leve brisa que soprava. Ocorreu-lhe que quando conhecera Glen, pintando um quadro medíocre ao lado da estrada em New Hampshire, os cabelos dele ainda eram praticamente escuros.

Até o momento em que Glen finalmente plantou os pés com firmeza no fundo lamacento da vala, Stu esteve certo de que ele iria cair e quebrar-se em dois. Stu suspirou com alívio e bateu-lhe no ombro.

— Nem deu para suar, Texano Oriental — disse Glen e inclinou-se para acariciar o pêlo de Kojak.

— Pois eu suei paca — replicou Stu.

Ralph chegou em seguida, movendo-se cuidadosamente de um apoio ao próximo, saltando os últimos 3 metros.

— Rapaz — disse ele. — Essa merda não podia estar mais solta. Vai ser engraçado se não conseguirmos subir a outra escarpa e tivermos de caminhar uns 8 quilômetros rio acima a fim de encontrar uma rampa menor, não acham?

— Seria bem mais engraçado se viesse outra inundação imprevista enquanto estivermos aqui embaixo — disse Stu.

Larry desceu agilmente e sem percalços, juntando-se a eles menos de três minutos após iniciada a descida.

— Quem sobe primeiro? — perguntou ele.

— Por que não você, já que é tão marrento? — disse Glen.

— Certo.

Subir levou muito mais tempo e por duas vezes o solo traiçoeiro deslizou sob Larry e ele quase caiu. Mas por fim alcançou o topo e acenou para os outros que estavam no fundo.

— Quem é o próximo? — perguntou Ralph.

— Eu — disse Glen e caminhou até a outra margem.

Stu pegou-lhe o braço.

— Ouça — disse. — Podemos caminhar corrente acima e encontrar uma ribanceira menos íngreme... como sugeriu Ralph.

— E perder o resto do dia? Quando eu era garoto poderia ter feito isso em quarenta segundos e com uma pulsação a menos de setenta.

— Você não é mais um garoto, Glen.

— Não. Mas acho que ainda me restou um pouco dele.

Antes que Stu pudesse dizer mais alguma coisa, Glen já começara. Parou para descansar ao vencer a terça parte da subida e depois prosseguiu. Perto da metade do caminho, ele agarrou uma saliência de argila xistosa, que se esfacelou entre seus dedos, e Stu teve certeza de que ele ia cair rolando até o fundo sobre suas juntas artríticas.

— Ah, merda — ofegou Ralph.

Glen agitou os braços e de algum modo recuperou o equilíbrio. Pendeu à direita e subiu mais 3 metros, descansou e voltou a subir. Próximo ao topo, uma saliência rochosa em que estivera se apoiando soltou-se e ele teria caído se Larry não estivesse ali. Ele agarrou o braço de Glen e o puxou para cima.

— Tudo bem por aqui — gritou Glen para baixo.

Stu sorriu com alívio.

— Como está sua pulsação, careca?

— Mais de noventa, acho — admitiu Glen.

Ralph subiu a encosta como um imperturbável cabrito montês, checando cada ponto de apoio, trocando de mãos e pés com grande deliberação. Quando chegou ao topo, Stu começou a subir.

Exatamente no momento da queda, Stu estava pensando que a encosta era de fato mais fácil do que aquela pela qual tinham descido. Os apoios eram melhores, a inclinação um pouquinho mais abrupta. Porém a superfície era uma mistura de solo gredoso e fragmentos de rocha que tinha sido amolecida pelo tempo úmido. Stu pressentiu que isso poderia ser uma armadilha e continuou cautelosamente.

Seu peito estava acima da borda quando a saliência em que apoiava o pé esquerdo desapareceu de súbito. Ele começou a deslizar. Larry tentou agarrar sua mão, porém dessa vez não teve êxito. Stu aferrou a borda pavimentada da estrada, mas ela escapou de suas mãos. Olhou estupidamente para ela por um momento enquanto a velocidade de sua queda aumentava. Ele largou-a, sentindo-se loucamente parecido com o coiote do desenho do Papaléguas. Tudo de que preciso, pensou, é alguém para buzinar enquanto eu me esborracho no fundo.

Seu joelho atingiu alguma coisa e houve uma súbita pontada de dor. Ele agarrou-se à superfície pegajosa da encosta, que agora passava por ele com alarmante rapidez, e continuou caindo sem nada reter nos dedos senão punhados de terra.

Bateu numa saliência de cascalho que parecia uma grande ponta de flecha rombuda e desgovernada, a respiração suspensa. Caiu livremente por uns 3 metros e aterrissou com a perna dobrada. Ouviu o estalo. A dor foi instantânea e imensa. Ele girou e conseguiu dar um salto de costas. Estava comendo terra agora. Seixos pontiagudos rabiscavam estrias sangrentas em seu rosto e braços. Caiu de novo sobre a perna ferida e ouviu-a estalar em outro lugar. Desta vez não gritou. Desta vez uivou.

Deslizou os últimos 4 metros sobre o ventre, como um garoto num toboágua. Parou com as calças cheias de lodo e o coração batendo loucamente nos ouvidos. A perna estava um ferro em brasa e seu casaco e a camisa embaixo dele se franziram até o queixo.

Quebrada, mas com que gravidade? Era muito grave, ao que parecia. Duas fraturas pelo menos. Talvez mais. E a dor no joelho...

Larry vinha descendo a encosta, movendo-se em pequenos saltos que eram quase uma zombaria ao que tinha acontecido com Stu. Larry ajoelhou-se ao lado dele, fazendo a pergunta que Stu já fizera a si mesmo.

— Quão grave é, Stu?

Stu apoiou-se nos cotovelos e olhou para Larry, seu rosto lívido pelo choque e manchado de terra castanha.

— Imagino que estarei andando de novo em cerca de três meses — disse Stu e começou a sentir ânsias de vômito. Olhou para o céu nublado, crispou os punhos e gritou para as alturas. — *AHHH, MERDA!*

* * *

Ralph e Larry encanaram a perna. Glen arranjara um frasco do que chamava "minhas pílulas para artrite" e deu uma para Stu. Este não sabia o que havia nas "pílulas para artrite" e Glen se recusou a revelar, mas a dor na perna se reduziu a um latejar distante.

Ele sentia-se muito calmo, até mesmo sereno. Ocorreu-lhe que todos eles estavam vivendo de tempo emprestado, não porque estivessem a caminho para encontrar Flagg, necessariamente, mas porque haviam sobrevivido à Capitão Viajante, para começar. De qualquer modo, ele sabia o que tinha de ser feito... e providenciou para que *fosse* feito. Larry tinha acabado de falar. Todos olharam para Stu ansiosamente, para ver o que ele diria. E o que ele disse foi bastante simples:

— Não.

— Stu — disse Glen gentilmente —, você não compreende...

— Eu compreendo. Estou dizendo que não. Nada de voltar a Green River. Nada de cordas. Nada de carro. É contra as regras do jogo.

— Isto não é a porra de um *jogo*! — gritou Larry. — Você vai morrer aqui!

— E vocês, quase com toda a certeza, morrerão lá em Nevada. Agora prossigam em frente. Ainda restam mais quatro horas de luz do dia. Não há necessidade de desperdiçá-las.

— Não vamos abandonar você — disse Larry.

— Lamento, mas vão sim. Estou mandando.

— Não. Estou chefiando agora. Mãe Abagail disse que, caso lhe acontecesse alguma coisa...

— ... vocês deveriam prosseguir.

— Não. Não. — Larry olhou para Glen e Ralph em busca de apoio. Eles o fitaram de volta, perturbados. Kojak sentava-se nas proximidades, olhando para os quatro com o rabo caprichadamente enrolado em volta das patas.

— Ouça-me, Larry — disse Stu. — Toda esta viagem é baseada na idéia de que a velha dama sabia do que estava falando. Se você começar a ficar contestando isso, vai pôr tudo a perder.

— É, Stu está certo — disse Ralph.

— Não, não está *certo*, seu babaquara — retrucou Larry, imitando furiosamente o carregado sotaque de Oklahoma de Ralph. — Não foi a vontade de Deus que fez Stu cair aqui, não foi sequer uma obra do homem escuro. Foi apenas terra solta, isso é tudo. *Apenas terra solta!* Não vou abandoná-lo, Stu. Não costumo deixar gente para trás.

— Sim. Nós vamos abandoná-lo — disse Glen, baixinho.

Larry olhou em torno incredulamente, como se houvesse sido traído.

— Pensava que fosse amigo dele!

— E sou. Mas isso não importa.

Larry deu uma risada histérica e caminhou um pouco ao longo do córrego.

— Você está louco, sabe disso?

— Não, não estou. Fizemos um acordo. Nos reunimos em volta do leito de morte de Mãe Abagail e tomamos essa decisão. É quase certo que vai significar a nossa morte, e sabemos disso. Firmamos o acordo. Agora queremos levá-lo a cabo.

— Bem, eu também *quero*, pelo amor de Deus! Quero dizer, não implica voltarmos a Green River. Podemos arranjar uma caminhonete, colocá-lo na caçamba e prosseguir...

— Ficou acertado que temos de ir a pé — disse Ralph e apontou para Stu. — E ele não pode andar.

— Certo. Ótimo. Ele tem uma perna quebrada. O que propõe que façamos? Sacrificá-lo como um cavalo?

— Larry... — começou Stu.

Antes que ele pudesse continuar, Glen agarrou Larry pela camisa e puxou-o na sua direção.

— A quem você está tentando salvar? — Sua voz era fria e firme. — Stu, ou a si mesmo?

Larry o encarou, movendo a boca sem falar.

— É muito simples — continuou Glen. — Não podemos ficar... e ele não pode ir.

— Eu me recuso a aceitar isto — suspirou Larry, o rosto mortalmente pálido.

— É um teste — disse Ralph subitamente. — É disso que se trata.

— Um teste de sanidade, talvez — resmungou Larry.

— Vamos votar — disse Stu, do chão. — Meu voto é para que prossigam.

— O meu também — afirmou Ralph. — Stu, sinto muito. Mas se Deus está olhando por nós, talvez esteja também olhando por você...

— Não vou fazer isso — disse Larry.

— Não é em Stu que você está pensando — acusou Glen. — Você está tentando salvar a própria pele. Mas desta vez o correto é prosseguirmos, Larry. Temos de ir.

Larry esfregou lentamente a boca com o dorso da mão.

— Vamos ficar esta noite — disse. — Vamos debater o assunto.

— Não — disse Stu.

Ralph assentiu. Um olhar foi trocado entre ele e Glen, depois Glen tirou do bolso o frasco de "pílulas para artrite" e o pôs na mão de Stu.

— Estas são à base de morfina — disse. — Mais do que três ou quatro provavelmente será uma dosagem fatal. — Seus olhos encontraram os de Stu. — Está entendendo, Texano Oriental?

— Sim, entendi.

— Do que está falando? — gritou Larry. — Que diabo está sugerindo?

— Você não sabe? — disse Ralph com tamanho desdém que por um momento Larry ficou em silêncio. Então tudo disparou de novo diante dele com a velocidade de pesadelo de rostos estranhos enquanto se anda de chicote-queimado no parque de diversões: pílulas, estimulantes, tranqüilizantes, bolinhas. Rita. Virando-a no seu saco de dormir e vendo que estava morta e rígida, com vômito esverdeado saindo rançoso de sua boca.

— *Não!* — berrou ele e tentou arrebatar o frasco da mão de Stu.

Ralph o agarrou pelos ombros. Larry se debateu.

— Solte-o — disse Stu. — Quero falar com ele. — Ralph ainda agarrava Larry, olhando para Stu com incerteza. — Vamos, pode soltá-lo.

Ralph soltou, mas parecia pronto a agarrá-lo de novo.

— Aproxime-se, Larry — disse Stu. — Agache-se.

Larry veio e se agachou junto a Stu. Olhou deploravelmente no rosto de Stu.

— Isso não está certo, cara. Quando alguém cai e quebra a perna, não se... não se pode simplesmente ir embora e deixar a pessoa morrer. Não sabe disso? Ei, cara... — Ele tocou o rosto de Stu. — Por favor. *Pense.*

Stu tomou a mão de Larry e segurou-a.

— Você acha que estou louco?

— Não! Não, mas...

— E acha que pessoas em seu juízo perfeito têm o direito de decidir por si mesmas o que querem fazer?

— Ah, cara — disse Larry e começou a chorar.

— Larry, você não tem culpa nenhuma nisto. Quero que prossiga. Se você escapar de Vegas, volte por este caminho. Talvez Deus mande um corvo para me alimentar, quem sabe? Li certa vez num almanaque que um homem pode ficar setenta dias sem comer, caso tenha água.

— Vai ser inverno aqui antes disso. Você estará morto em três dias por exposição ao frio, mesmo que não use as pílulas.

— Isso não é da sua conta. A decisão é minha, Larry.

— Não me mande embora, Stu.

Stu disse com firmeza:

— Estou mandando, Larry.

— Isso dói — disse Larry e se levantou. — O que Fran vai nos dizer? Quando ela descobrir que abandonamos você aos ratos e abutres?

— Ela não vai dizer nada se vocês não chegarem lá e fizerem o jogo *dele*. Nem Lucy. Nem Dick Ellis. Nem Brad. Ou quaisquer dos outros.

— *OK* — conformou-se Larry. — Nós iremos. Mas só amanhã. Acamparemos aqui esta noite e talvez tenhamos um sonho... alguma coisa...

— Nada de sonhos — retrucou Stu gentilmente. — Nada de sinais. Isso não funciona assim. Vocês ficam uma noite e não acontece nada, e aí querem ficar outra noite e mais outra... vocês têm que partir imediatamente.

Larry se afastou deles, cabeça baixa, e permaneceu de costas para os três.

— Muito bem — disse por fim em voz quase baixa demais para ser ouvida. — Seguiremos nosso caminho. E que Deus tenha piedade de nossas almas.

Ralph se aproximou de Stu e se ajoelhou.

— Podemos arranjar alguma coisa para você, Stu?

Stu sorriu.

— Claro. Tudo que Gore Vidal já escreveu... aqueles livros sobre Lincoln e Aaron Burr e aqueles caras. Sempre quis ler os sacanas. Agora parece que vou ter tempo de sobra.

Ralph deu um sorriso enviesado.

— Desculpe, Stu. Parece que dei uma mancada.

Stu apertou-lhe o braço e Ralph se afastou. Glen se aproximou. Também estivera chorando, e quando se sentou junto a Stu o choro recomeçou.

— Corta essa, bebê-chorão. Eu vou ficar numa boa — disse Stu.

— Larry está certo. Isso não é direito. Só se age assim com um cavalo.

— Você sabe que tem de ser feito.

— Acho que sim, mas quem realmente sabe? Como está essa perna?

— Nenhuma dor, exatamente agora.

— *OK*, você tem as pílulas. — Glen enxugou os olhos com o braço. — Adeus, Texano Oriental. Foi danado de bom ter conhecido você.

Stu virou a cabeça para o lado.

— Não diga adeus, Glen. Dizer até logo dá mais sorte. Você talvez escorregue na metade daquela encosta para cair bem aqui. E aí poderemos passar o inverno jogando cartas.

— Não é um até logo — disse Glen. — Sinto isso, você não?

E como ele sentia, Stu virou o rosto para encarar o amigo.

— É, sinto — respondeu e depois sorriu de leve. — Mas não recearei nenhum mal, certo?

— Certo! — disse Glen. Sua voz baixou para um rouco sussurro. — Puxe a tomada se for preciso, Stuart. Não vacile.

— Pode deixar.

— Adeus, então.

— Adeus, Glen.

Os três se reuniram no lado ocidental da encosta e, após mais uma olhada por cima do ombro, Glen começou a subir. Stu acompanhou seu progresso com crescente apreensão. Ele se movia casualmente, quase descuidadamente, até mesmo mal olhando onde pisava. O solo se esfarelou debaixo dele uma vez, depois mais uma. Nas duas vezes ele procurou negligentemente por um apoio, só o encontrando por puro acaso. Quando chegou ao topo, Stu soltou a respiração que estivera contendo, com um longo e áspero suspiro.

Ralph foi o próximo e, quando chegou ao topo, Stu chamou Larry uma última vez. Olhou fixamente no rosto de Larry e refletiu que, de certa maneira, ele era notavelmente parecido com o do finado Harold Lauder — mais notavelmente ainda, tinha os olhos vigilantes um tanto cansados. Um rosto que só transparecia o absolutamente necessário.

— Você está na chefia agora — gritou Stu. — Pode segurar a barra?

— Não sei. Vou tentar.

— Você estará tomando as decisões.

— Estarei? Parece como se minha primeira vez estivesse sobrecarregada. — Agora seus olhos tinham transmitido uma emoção: reprovação.

— É, porém essa é a única que haverá. Escute... os homens *dele* vão capturar vocês.

— Imagino que sim. Nos capturar ou atirar em nós de emboscadas como se fôssemos cães.

— Não, acho que vão capturar vocês e levá-los até *ele*. Acontecerá nos próximos dias, acho. Quando chegarem a Vegas, fiquem de olhos abertos. Esperem. Acontecerá.

— O quê, Stu? O que acontecerá?

— Não sei. Acontecerá aquilo pelo qual fomos enviados. Fiquem preparados para saber quando chegar a hora.

— Voltaremos para pegá-lo, se pudermos. Você sabe disso.

— Claro, tudo bem.

Larry escalou a encosta rapidamente e juntou-se aos outros dois. Todos pararam e acenaram para baixo. Stu ergueu a mão e retribuiu. Eles partiram. E nunca mais voltariam a ver Stu Redman.

Capítulo Setenta e Três

OS TRÊS ACAMPARAM 25 QUILÔMETROS a oeste do lugar onde haviam deixado Stu. Haviam chegado a outro desmoronamento, este menor. O motivo pelo qual haviam feito tão pouca quilometragem era que pareciam ter perdido um pouco de ânimo. Era difícil dizer se ia ter volta. Os pés pareciam pesar mais. Conversavam pouco. Nenhum deles queria olhar a cara do outro, receando ver seu próprio medo espelhado nela.

Acamparam ao escurecer e fizeram uma fogueira de mato seco. Havia água, mas não comida. Glen socou o resto do seu tabaco no cachimbo e imaginou de repente se Stu tinha algum cigarro. A idéia estragou seu gosto pelo tabaco e ele bateu o cachimbo numa pedra, chutando sem pensar o resto de seu Borkum Riff. Quando uma coruja piou na escuridão poucos minutos depois, ele olhou em volta.

— Escute, onde anda Kojak? — perguntou.

— Ora, é meio engraçado, não é? — disse Ralph. — Não me lembro de tê-lo visto em nenhum momento nas últimas duas horas.

Glen levantou-se.

— Kojak! — berrou. — Ei, Kojak! *Kojak!*

Sua voz ecoou solitária no agreste. Não veio resposta. Ele tornou a sentar-se, tomado de tristeza. Escapou-lhe um leve suspiro. Kojak seguira-o por quase todo o continente, de um lado a outro. Agora sumira. Parecia um terrível presságio.

— Acha que alguma coisa pegou ele? — perguntou Ralph baixinho.

Larry disse em voz baixa, pensativo:

— Talvez ele tenha ficado com Stu.

Glen ergueu os olhos, surpreso.

— É, talvez — disse, pensando a respeito. — Talvez tenha sido isso que aconteceu.

Larry jogava um seixo de uma das mãos para a outra, sem parar.

— Ele disse que Deus talvez lhe mandasse um corvo para alimentá-lo. Duvido que ainda exista algum por aqui. É bem provável que Ele mande um cão, em vez disso.

A fogueira emitiu um som crepitante, enviando uma coluna de fagulhas para o alto, na escuridão, que turbilhonaram em breves cintilações e a seguir se desfizeram.

* * *

Quando Stu viu a forma escura que deslizava ribanceira abaixo em sua direção, recostou-se empertigado contra o montículo mais próximo, a perna estirada rígida à sua frente. Sua mão entorpecida agarrou uma pedra de bom tamanho. Estava enregelado até os ossos. Larry tivera razão. Dois ou três dias exposto àquela baixa temperatura iriam matá-lo com a mais perfeita eficiência. Só que agora parecia que outra coisa o liquidaria antes disso. Kojak permanecera a seu lado até o pôr do sol e depois se fora, escalando sem dificuldade a ribanceira. Stu não o chamara de volta. O cão saberia encontrar o caminho de volta para Glen e seguiria viagem com o dono. Talvez tivesse seu próprio papel a desempenhar. Agora, no entanto, desejaria que Kojak tivesse ficado em sua companhia um pouco mais. As pílulas eram uma coisa, porém não sentia o menor desejo de ser dilacerado por um dos lobos do homem escuro.

Agarrou a pedra com mais firmeza quando a forma indistinta fez uma pausa a uns 20 metros na descida da ribanceira. Então começou a aproximar-se de novo, uma sombra mais escura dentro da noite.

— Vamos, venha logo! — disse Stu em voz rouca.

A sombra negra sacudiu o rabo e aproximou-se.

— *Kojak?*

Era ele. E trazia algo na boca, que deixou cair nos pés de Stu. Depois sentou-se nas patas traseiras, abanando a cauda, esperando os cumprimentos.

— *Grande cachorro* — exclamou Stu, admirado. — *Grande cachorro!*

Kojak lhe trouxera um coelho.

Stu pegou seu canivete, abriu-o e esfolou o coelho em três movimentos rápidos. Recolheu as entranhas fumegantes e as jogou para Kojak.

— Você quer?

Kojak queria. Stu tirou a pele do coelho. O pensamento de ingeri-lo cru não foi muito convidativo para seu estômago.

— Lenha? — disse para Kojak sem muita esperança. Havia ramos e troncos de árvores dispersos ao longo das margens, derrubados pela imundação, porém nada ao alcance.

Kojak balançou o rabo e não se moveu.

— Você busca? Len...

Mas Kojak sumira. Ele girou, correu para o lado esquerdo da vala e voltou correndo com um pedaço de pau seco nas presas. Pôs-se ao lado de Stu e latiu. Agitava rapidamente a cauda.

— Bom cachorro — disse de novo Stu. — Quero ser um filho-da-puta! Pegue mais, Kojak!

Latindo de alegria, o cão partiu de novo. Em vinte minutos, trouxera de volta lenha suficiente para uma grande fogueira. Stu arrancou com cuidado lascas suficientes para usar como gravetos. Conferiu a situação dos fósforos e viu que tinha uma caixa e meia. Acendeu os gravetos na segunda tentativa e alimentou a fogueira com cuidado. Logo havia uma respeitável chama e ele chegou o mais perto possível, sentado no saco de dormir. Kojak deitou-se do outro lado da fogueira com o focinho sobre as patas.

Quando o fogo baixou um pouco, Stu espetou o coelho e assou-o. O cheiro logo era forte e gostoso o suficiente para fazer sua barriga roncar. Kojak notou e sentou-se, olhando o coelho com grande interesse.

— Metade pra você e metade pra mim, seu grandão, tudo bem?

Quinze minutos depois, tirou o coelho do fogo e conseguiu rasgá-lo no meio sem queimar muito os dedos. A carne ficara queimada em algumas partes, em outras meio crua, mas superou em muito a presuntada do Great Western Markets. Ele e Kojak a devoraram... e quando acabavam, um uivo arrepiante desceu pelo barranco abaixo.

— *Nossa!* — disse Stu, com a boca cheia de coelho.

Kojak já estava de pé, pêlos eriçados, rosnando. Avançou de pernas rígidas em torno da fogueira e tornou a rosnar. O que havia uivado calou-se.

Stu deitou-se, a pedra do tamanho de um punho ao lado de uma das mãos e a faca de mola aberta do lado da outra. As estrelas estavam frias, altas e indiferentes. Ele voltou os pensamentos para Fran e os afastou com a mesma rapidez. Aquilo doía demais, barriga cheia ou não. *Não vou dormir*, pensou. *Por muito tempo.*

Mas dormiu, com a ajuda de uma das pílulas de Glen. E quando as achas da fogueira se reduziram a brasas, Kojak veio dormir junto dele, dando-lhe o seu calor. E assim foi que, na primeira noite depois que o grupo se separou, Stu comeu quando os outros passaram fome e dormiu fácil quando o sono dos outros foi interrompido por pesadelos e a nervosa sensação de uma condenação que se aproximava rápido.

* * *

No dia 24, o grupo de três peregrinos de Larry Underwood fez 50 quilômetros e acampou a nordeste do outeiro de San Rafael. Naquela noite, a temperatura caiu para a casa dos 6º abaixo de zero, e eles fizeram uma grande fogueira e dormiram junto dela. Kojak não tornara a juntar-se a eles.

— O que acha que Stu está fazendo hoje de noite? — perguntou Ralph a Larry.

— Agonizando — disse Larry sucintamente, e sentiu quando viu o sofrimento no rosto simples e honesto de Ralph, mas não sabia como atenuar o que dissera. E, afinal, quase certamente era verdade.

Tornou a deitar-se, sentindo-se estranhamente certo de que era o dia seguinte. O que fossem encontrar, estavam quase lá.

Pesadelos nessa noite. Estava numa excursão com um grupo chamado Shady Blues Connection, um dos que lembrava com mais vividez ao acordar. Estavam programados para o Madison Square Garden, e a lotação estava esgotada. Subiram ao palco sob trovejantes aplausos. Larry foi ajustar o microfone, pondo-o na altura certa, e não conseguiu mexê-lo. Dirigiu-se ao do guitarrista principal, mas também esse estava emperrado. Baixista, organista, a mesma coisa. Vaias e aplausos ritmados começaram a vir da multidão. Um por um, os membros do conjunto retiraram-se do palco, com sorrisos furtivos nas altas golas psicodélicas semelhantes às usadas pelos Byrds em 1966, quando Roger McGuinn ainda estava nas alturas. E ainda assim Larry vagava de um microfone a outro, tentando encontrar pelo menos um que pudesse ajustar. Mas estavam todos a pelo menos 3 metros de altura e totalmente emperrados. Pareciam cobras de aço inoxidável. Alguém na multidão começou a berrar por "Garota, você saca seu homem?" *Eu não canto mais esse número*, ele tentava dizer. *Parei quando o mundo acabou.* Eles não o ouviam, e começou a erguer-se um coro, a partir das filas de trás e varrendo o Garden, ganhando força e volume. "*Garota, você saca seu homem! Garota, você saca seu homem! Garota, você saca seu homem! GAROTA, VOCÊ SACA SEU HOMEM!*"

Ele acordou com o coro nos ouvidos. O suor brotara por todo o seu corpo.

Não precisava de Glen para dizer-lhe que tipo de sonho fora esse, nem o que significava. O sonho em que não se alcançam os microfones, não se consegue ajustá-los é comum entre os músicos de *rock*, tanto quanto o de que você está no palco e não se lembra de um único verso. Larry imaginava que todos os artistas de palco tiveram uma variação desse antes...

Antes de uma apresentação.

Era um sonho de incompetência. Manifestava este único temor que tudo superava: *E se você não conseguir? E se você quiser, mas não conseguir?* O terror de ser incapaz de dar o simples salto de fé que é o lugar onde qualquer artista — cantor, escritor, pintor, músico — começa.

Faça bonito pro pessoal, Larry.

De quem fora essa voz? Da sua mãe?

Você é um tomador, Larry.

Não, mãe — não sou, não. Não canto mais esse número. Parei quando o mundo acabou. Sério.

Continuou deitado e tornou a adormecer. Seu último pensamento foi que Stu tivera razão: o homem escuro ia pegá-los. *Amanhã,* pensou. *O que vamos encontrar, estamos quase lá.*

* * *

Mas não viram ninguém no dia 25. Os três caminharam em frente, imperturbáveis sob o luminoso céu azul, e viram pássaros e animais em abundância, mas não gente.

— É espantoso como a vida silvestre retorna — disse Glen. — Eu sabia que seria um processo bastante rápido, e claro que o inverno vai aparar isso um pouco, mas ainda assim é espantoso. Faz só cem dias desde os primeiros brotos.

— É, mas não tem cavalo nem cachorro — disse Ralph. — Não parece direito, sabe? Inventaram um micróbio que matou quase todo mundo, mas isso não bastou. Era preciso levar seus dois animais favoritos também. O micróbio levou o homem e os melhores amigos do homem.

— E deixou os gatos — disse Larry, mal-humorado.

Ralph se animou.

— Bem, tinha Kojak...

— *Tinha* Kojak.

Isso matou a conversa. As montanhas armavam-lhes carrancas, esconderijos para dezenas de homens com armas e telescópios. A premonição de Larry de que seria nesse dia não o abandonara. Toda vez que chegavam ao topo de uma colina, ele esperava ver a estrada bloqueada lá embaixo. E cada vez que não estava lá, ele pensava numa emboscada.

Falaram de cavalos. De cachorros e búfalos. Ralph dissera-lhes que os búfalos estavam voltando — Nick e Tom Cullen os tinham visto. Não estava tão distante o dia — em seu tempo de vida, talvez — em que os búfalos podiam voltar a escurecer as planícies.

Larry sabia que era verdade, mas também que era cascata — o tempo de vida deles talvez não passasse de mais dez minutos.

Então já quase escurecera, e era hora de procurar um lugar para acampar. Chegaram ao topo de um outeiro final e Larry pensou: *Eles vão estar bem lá embaixo.*

Mas não havia ninguém.

Acamparam perto de um letreiro verde refletor que dizia LAS VEGAS 480. Haviam comido relativamente bem nesse dia: *tacos*, refrigerantes e dois Slim Jims que dividiram igualmente.

Amanhã, tornou a pensar Larry e adormeceu. Nessa noite, sonhou que ele, Barry Greig e o Tattered Remnants iam tocar no Madison Square Garden. Era a grande chance deles — iam aquecer a platéia para um supergrupo que tinha o nome de uma cidade. Boston, ou talvez Chicago. Todos os microfones tinham pelo menos 3 metros de altura, de novo, e ele começou a correr de um para outro outra vez, com a platéia aplaudindo ritmadamente e a pedir "Garota, você saca seu homem?".

Ele baixou o olhar para a primeira fila e sentiu um súbito jorro gelado de medo. Charles Manson estava ali, o *x* na testa reduzido a uma cicatriz branca e retorcida, aplaudindo e cantando. Também Richard Speck, olhando-o com olhos arrogantes e impudentes, um cigarro sem filtro tremelicando entre os lábios. Ladeavam o homem escuro. Atrás deles, John Wayne Gacy. Flagg liderava o coro.

Amanhã, tornou a pensar Larry, tropeçando de um microfone demasiado alto para outro sob as quentes luzes de sonho do Madison Square Garden. *Vejo você amanhã.*

* * *

Mas não foi no dia seguinte, nem no outro. Na noite de 27 de setembro, acamparam na aldeia de Freemont Junction, e ali havia muita coisa para comer.

— Fico esperando que isso acabe — disse Larry a Glen nessa noite. — E cada dia não acaba, e piora.

Glen balançou a cabeça.

— Sinto a mesma coisa. Não seria engraçado se fosse apenas uma miragem, seria? Apenas um pesadelo de nossa consciência coletiva?

Larry olhou-o com um exame momentaneamente surpreso. Depois, balançou devagar a cabeça.

— Não. Não acho que seja apenas um sonho.

Glen sorriu.

— Nem eu, meu jovem. Nem eu.

Fizeram contato no dia seguinte.

* * *

Logo depois das dez da manhã, chegaram ao topo de uma elevação, e abaixo deles, para oeste, a 8 quilômetros de distância, dois carros se achavam parados frente a frente, bloqueando a auto-estrada. Era exatamente como Larry pensara que seria.

— Acidente? — perguntou Glen.

Ralph protegia os olhos com a mão.

— Acho que não. Não parados daquele jeito.

— Homens *dele* — disse Larry.

— É, acho que sim — concordou Ralph. — Que fazemos agora, Larry?

Larry tirou o lenço grande do bolso de trás da calça e enxugou o rosto com ele. Naquele dia, ou o verão retornara ou começavam a sentir o vento do deserto. A temperatura subira.

Mas é um calor seco, ele pensou, calmo. *Eu só estou suando um pouco*. Enfiou o lenço de volta no bolso. Agora que realmente começara, sentia-se bem. Mais uma vez tinha aquela sensação esquisita de que era uma apresentação, um espetáculo a ser apresentado.

— Vamos descer e ver se Deus de fato está conosco. Certo, Glen?

— Você manda.

Recomeçaram a caminhar. Meia hora depois, estavam suficientemente perto para ver que os carros frente a frente haviam pertencido à Patrulha Estadual de Utah. Vários homens armados esperavam por eles.

— Vão atirar na gente? — perguntou Ralph, para puxar conversa.

— Não sei — disse Larry.

— Porque alguns dos rifles são bacanas. Com mira telescópica. Estou vendo o sol se refletindo nas lentes. Se quiserem nos derrubar, vamos estar ao alcance a qualquer momento.

Continuaram andando. Os homens do bloqueio de estrada dividiram-se em dois grupos, cerca de cinco na frente, armas apontadas para o grupo de três que caminhava ao encontro deles, e outros três agachados atrás dos carros.

— Oito, Larry? — perguntou Glen.

— Estou vendo oito, é. Como está você, aliás?

— Estou legal — disse Glen.

— Ralph?

— Desde que a gente saiba o que vai fazer quando chegar a hora — disse Ralph. — É só o que quero.

Larry tomou a mão dele por um momento e apertou-a. Depois pegou a de Glen e fez o mesmo.

Estavam a uns 500 metros das radiopatrulhas agora.

— Não vão atirar em nós direto — disse Ralph. — Já teriam atirado.

Agora eles discerniam rostos, e Larry examinou-os com cuidado. Um tinha uma barba cerrada. Outro era jovem mas quase careca — *deve ter sido um vagabundo para começar a perder os cabelos ainda na escola*, pensou Larry. Outro usava uma camiseta amarelo berrante com um desenho de um camelo sorridente estampado, e abaixo do camelo a palavra SUPERHUMP em letras tipo pergaminho, antigas. Outro parecia um contador. Mexia numa pistola Magnum .357 e parecia três vezes mais nervoso que Larry; como alguém que ia estourar o próprio pé se não se acalmasse.

— Não parecem muito diferentes dos nossos caras — disse Ralph.

— Parecem, sim — respondeu Glen. — Estão todos com os ferros.

Aproximaram-se a uns 5 metros dos carros de polícia que bloqueavam a estrada. Larry parou, e os outros com ele. Fez-se um momento de mortal silêncio quando os homens de Flagg e o bando de peregrinos de Larry se entreolhavam. Então, Larry Underwood disse suavemente:

— E aí?

O homenzinho que parecia um contador adiantou-se. Ainda mexia na Magnum.

— Vocês são Glendon Bateman, Lawson Underwood, Stuart Redman e Ralph Brentner?

— Escute, seu pateta — disse Ralph. — Não sabe contar?

Alguém deu uma risadinha. O tipo contador corou.

— Quem está faltando?

Larry disse:

— Stu sofreu um acidente a caminho daqui. E acredito que você mesmo vai sofrer um se não parar de mexer nessa arma.

Mais risadinhas. O contador conseguiu enfiar a pistola no cós da calça cinzenta, o que o fez parecer mais ridículo que nunca; um sonho de fora-da-lei de Walter Mitty.

— Eu me chamo Paul Burlson — ele disse — e, em virtude do poder em mim investido, estou prendendo vocês e ordenando que venham comigo.

— Em nome de quem? — perguntou logo Glen.

Burlson olhou-o com desdém... mas um desdém misturado com mais alguma coisa.

— Você sabe em nome de quem estou falando.

— Então diga.

Mas Burlson ficou calado.

— Está com medo? — perguntou-lhe Glen. Olhou para os oito. — Estão com medo daquele cujo *nome* não ousam dizer? Muito bem. Eu digo por vocês. É Randall Flagg, também conhecido como o homem escuro, também conhecido como o homem alto, também conhecido como o Turista Andarilho. Nenhum de vocês o chama assim? — A voz subira para as oitavas mais altas, mais claras, da fúria. Alguns dos homens se entreolharam nervosos, e Burlson recuou um passo. — Chamem ele de Belzebu, porque esse é o nome dele, também. Chamem de Nyarlahotep, Ahaz e Astaroth. Chamem de R'yelah, Seti e Anúbis. O nome dele é legião, e ele é um apóstata do inferno, e vocês pretendem puxar o saco dele. — A voz tornou a cair para um tom confidencial; ele sorriu de um modo desarmante. — Só pensei em deixar isso claro.

— Peguem eles — disse Burlson. — Peguem eles todos e atirem no primeiro que se mexer.

Por um estranho segundo, ninguém se mexeu e Larry pensou: *Eles não vão nos pegar, estão com medo de nós como nós deles, mais ainda, apesar de terem armas...*

Olhou para Burlson e disse:

— A quem está querendo enganar, seu putinho? Nós *queremos* ir. Foi para isso que viemos.

Então eles se mexeram, quase como se fosse Larry quem houvesse ordenado. Ele e Ralph foram jogados no banco traseiro de uma radiopatrulha, Glen no da outra. Estavam atrás de uma tela de aço. Não havia maçanetas internas.

Estamos presos, pensou Larry. Descobriu que a idéia o divertia.

Quatro homens se apertaram no banco da frente. A radiopatrulha deu uma ré, virou e começou a dirigir-se para oeste. Ralph suspirou.

— Com medo? — perguntou-lhe Larry em voz baixa.

— Raios me partam se eu sei. Parece tão bom estar fora do mato que não sei dizer.

Um dos homens da frente disse:

— O velho falastrão. É ele quem dá as ordens?

— Não, sou eu.

— Como é seu nome?

— Larry Underwood. Esse é Ralph Brentner. O outro cara é Glen Bateman.

Olhou pela janela dos fundos. A outra radiopatrulha vinha atrás deles.

— Que foi que houve com o quarto cara?

— Quebrou a perna. Tivemos de deixá-lo.

— Jogo duro, tá certo. Eu sou Barry Dorgan. Segurança de Vegas.

Larry sentiu uma absurda resposta, *É um prazer conhecê-lo*, subir-lhe aos lábios e teve de sorrir um pouco.

— Qual a distância até Las Vegas?

— Bem, a gente não pode ir muito rápido, por causa dos bloqueios na estrada. Estamos liberando as vias da cidade, mas leva tempo. Estaremos lá em cerca de cinco horas.

— Não é uma coisa? — disse Ralph, balançando a cabeça. — Nós estamos na estrada há três semanas, e apenas cinco horas de carro levam a gente até lá.

Dorgan retorceu-se até poder olhar para eles.

— Não entendo por que vocês estavam a pé. Aliás, não entendo por que até mesmo vieram. Sabiam que ia acabar assim.

— Fomos mandados — disse Larry. — Para matar Flagg, creio.

— Não tem muita chance disso, companheiro. Você e seus amigos estão indo direto para a Cadeia Municipal de Las Vegas. Não passem à frente de Deus, não coletem 200 dólares. Ele tem um interesse especial em vocês. Sabia que estavam vindo. — Fez uma pausa. — Apenas desejem que ele faça a coisa rápido com vocês. Mas acho que não vai fazer. Não tem andado de muito bom humor ultimamente.

— Por que não? — perguntou Larry.

Mas Dorgan pareceu achar que já falara o suficiente — demais até, talvez. Voltou-se para a frente sem responder, e Larry e Ralph ficaram vendo o deserto passar. Em apenas três semanas, a velocidade se tornara uma novidade de novo.

* * *

Levaram de fato seis horas para chegar a Las Vegas. A cidade ficava no meio do deserto como uma jóia incrível. Havia muita gente nas ruas; acabara o dia de trabalho e todos aproveitavam o frescor do anoitecer nos gramados, bancos de praça e paradas de ônibus, ou sentados na entrada de defuntas capelas matrimoniais e lojas de penhores. Olhavam curiosos os carros de patrulha quando passavam, e depois voltavam ao que estavam conversando.

Larry olhava em volta, pensativo. A eletricidade estava ligada, as ruas limpas e o lixo do saque desaparecera.

— Glen tinha razão — disse. — Ele pôs os trens para rodar no horário. Mas ainda imagino se isso é forma de dirigir uma estrada de ferro. Todo o seu pessoal parece ter os nervos à flor da pele, Dorgan.

Dorgan não respondeu.

Chegaram à cadeia municipal e entraram pelos fundos. Os dois carros da polícia estacionaram num pátio cimentado. Quando Larry saltou, piscando com a rigidez que se instalara em seus músculos, viu que Dorgan tinha dois pares de algemas.

— Ora, vamos — disse. — Francamente.

— Desculpe. Ordens dele.

Ralph disse:

— Nunca fui algemado em minha vida. Já fui preso e posto no depósito de bêbados umas duas vezes antes de me casar, mas nunca fui algemado. — Falava baixo, o sotaque de Oklahoma tornando-se mais acentuado, e Larry percebeu que ele estava completamente furioso.

— Recebi minhas ordens — disse Dorgan. — Não torne as coisas mais difíceis que o necessário.

— Suas ordens — disse Ralph. — Eu sei quem dá suas ordens. Ele matou meu amigo Nick. O que faz você ligado àquele cão do inferno? Parece um cara legal quando está sozinho. — Olhava para Dorgan com uma expressão de raivosa interrogação que o outro balançou a cabeça e desviou a vista.

— É meu trabalho — disse —, e eu o faço. Fim de papo. Ponha os pulsos à frente, se não, mando alguém fazer isso por você.

Larry estendeu as mãos e Dorgan algemou-o.

— O que era você? — perguntou Larry, curioso. — Antes?

— Polícia de Santa Mônica. Segundo-detetive.

— E está com *ele*. É... me perdoe por dizer, mas na verdade é meio esquisito.

Empurraram Glen Bateman para juntar-se a eles.

— Por que está empurrando ele? — perguntou Dorgan, furioso.

— Se você tivesse de ouvir seis horas de papo furado desse cara, também ia estar empurrando — disse um dos homens.

— Não me importa quanta besteira você teve de escutar, guarde suas mãos para si mesmo. — Dorgan olhou para Larry. — Por que é engraçado que eu esteja com ele? Fui tira por dez anos antes da Capitão Viajante. Vi o que acontece quando caras como vocês estão no comando, tá sabendo?

— Meu jovem — disse Glen, suavemente —, suas experiências com bebês espancados e consumidores de drogas não justificam que abrace um monstro.

— Tirem eles daqui — disse Dorgan, sua voz regular. — Celas separadas, alas separadas.

— Acho que você não vai poder viver com sua opção, meu jovem — disse Glen. — Parece que não há muito de nazista em você.

Desta vez o próprio Dorgan o empurrou.

* * *

Larry foi separado dos outros dois e levado por um corredor vazio enfeitado com avisos de NÃO CUSPIR, PARA OS BANHEIROS & DESINFECÇÃO, e um que dizia VOCÊ *NÃO* É HÓSPEDE.

— Eu gostaria de um chuveiro — ele disse.

— Talvez — disse Dorgan. — Vamos ver.

— Ver o quê?

— Se você vai cooperar.

Dorgan abriu uma cela no fim do corredor e empurrou Larry para dentro.

— E os braceletes? — perguntou Larry, estendendo-os.

Dorgan abriu-os e tirou-os.

— Melhor?

— Muito.

— Ainda quer o chuveiro?

— Claro. — Mais que isso, Larry não queria ser deixado sozinho, ouvindo o eco das passadas afastando-se. Se o deixassem só, o medo começaria a voltar.

Dorgan sacou um pequeno caderno de notas.

— Quantos são vocês? Na Zona?

— Seis mil — disse Larry. — Todos jogamos bingo nas noites de quinta-feira, e o prêmio para uma cartela cheia é um peru de dez quilos.

— Quer o chuveiro ou não?

— Quero, sim. — Porém não achava mais que ia tê-lo.

— Quantos de vocês lá?

— Vinte e cinco mil, mas quatro mil abaixo dos 12 anos e com direito a *drive-in* de graça. Economicamente falando, um fracasso.

Dorgan fechou o caderno e olhou-o.

— Eu não posso, cara — disse Larry. — Ponha-se no meu lugar.

Dorgan balançou a cabeça.

— Não posso fazer isso, porque não sou maluco. Por que estão *aqui*? O que acha que isso vai resultar para vocês? Ele vai matá-los com certeza, amanhã ou depois de amanhã. E se quiser que vocês falem, vocês falarão. Se quiser que sapateiem e toquem punheta ao mesmo tempo, também farão isso. Você deve ser louco.

— Fomos mandados pela velha. Mãe Abagail. Na certa você sonhou com ela.

Dorgan balançou a cabeça, mas de repente não encarava Larry.

— Não sei do que está falando.

— Então vamos deixar por aí mesmo.

— Tem certeza de que não quer falar comigo? E ganhar um chuveiro?

Larry deu uma risada.

— Não me vendo tão barato assim. Mande seu próprio espião para o outro lado. Se encontrar alguém que não pareça uma doninha, o segundo nome de Mãe Abagail será falado, quer dizer.

— Como queira — disse Dorgan.

Voltou pelo corredor sob as luzes protegidas por telas. Na outra ponta, passou por um portão de barras de aço que se fechou às suas costas com um baque oco.

Larry olhou em volta. Como Ralph, já estivera na cadeia em duas ocasiões — embriaguez pública uma vez, posse de uma trouxinha de maconha em outra. Juventude desvairada.

— Não é o Ritz — murmurou.

O colchão no catre parecia decididamente mofado, e ele imaginou um tanto morbidamente se alguém morrera ali em junho ou princípios de julho passados. O toalete funcionava, mas com água cheia de ferrugem na primeira vez que ele deu descarga, um sinal confiável de que não fora usado por muito tempo. Alguém deixara um livrinho de faroeste. Larry pegou-o e tornou a largá-lo. Sentou-se no catre e ficou escutando o silêncio. Sempre detestara ficar sozinho — mas, de certa maneira, sempre ficara... até chegar à Zona Franca. E agora não era tão ruim quanto temia que fosse. Bastante ruim, mas podia enfrentar.

Ele vai matar vocês com certeza amanhã ou depois de amanhã.

Só que Larry não acreditava nisso. Simplesmente não ia ser assim.

— Não temerei mal algum — disse para o silêncio mortal do bloco de celas, e gostou da forma como soou. E repetiu.

Deitou-se e ocorreu-lhe a idéia de que finalmente fizera a maior parte do caminho para a Costa Oeste. Mas a viagem fora mais longa e estranha do que qualquer um poderia ter imaginado. E ainda não acabara.

— Não temerei mal algum — tornou a dizer.

 Adormeceu, o rosto calmo, e dormiu um sono sem sonhos.

* * *

Às dez da manhã do dia seguinte, 24 horas depois de terem avistado pela primeira vez o bloqueio de estrada ao longe, Randall Flagg e Lloyd Henreid foram ver Glen Bateman.

Ele se sentava de pernas cruzadas no chão da cela. Encontrara um pedaço de carvão debaixo do catre e acabara de escrever a seguinte legenda na parede, entre o entalhe de órgãos genitais masculinos e femininos, nomes, números de telefone e poeminhas obscenos: *Eu não sou o moleiro nem a roda do moleiro, mas o barro do moleiro; não é o valor da forma atingida tão dependente do valor intrínseco do barro quanto da roda e da arte do Mestre?* Admirava este provérbio — ou era aforismo? — quando a temperatura no bloco de celas deserto de repente pareceu cair muito. A porta no fim do corredor abriu-se com um rumor. A saliva na boca de Glen sumiu de repente e o carvão partiu-se entre seus dedos.

Tacões de botas ressoaram no corredor em sua direção.

Outras passadas, pequenas e insignificantes, estalavam juntas, tentando acompanhar.

Ora, é ele. Vou ver a cara dele.

De repente, sua artrite piorou. Ficou terrível, na verdade. Parecia que os ossos haviam sido subitamente esvaziados e enchidos de vidro moído. E ainda assim ele se voltou com um sorriso interessado e expectante no rosto, quando os tacões pararam diante da cela.

— Ora, aí está você — disse Glen. — E não é nem metade do ogro que imaginávamos.

Parado do outro lado das barras, estavam dois homens. Flagg à direita de Glen. Usava *jeans* e uma camisa de seda branca que reluzia suave à luz mortiça. Sorria para Glen. Atrás, um cara mais baixo que não sorria de modo algum. Tinha queixo curto e olhos que pareciam grandes demais para o rosto. A cor era daquelas com as quais o clima do deserto jamais seria bondoso; queimara-se, descascara e tornara a queimar-se. Trazia pendurada no pescoço uma pedra negra com uma mancha vermelha, e tinha uma aparência sebosa, resinosa.

— Gostaria que você conhecesse meu auxiliar — disse Flagg com uma risadinha. — Lloyd Henreid, apresento-lhe Glen Bateman, sociólogo, integrante do Comitê da Zona Franca, e único remanescente da assessoria de alto nível da Zona, agora que Nick Andros morreu.

— Prazer — murmurou Lloyd.

— Como está sua artrite, Glen? — perguntou Flagg. O tom era de comiseração, mas os olhos faiscavam com grande alegria e secreto conhecimento.

Glen abriu e fechou rapidamente as mãos, retribuindo o sorriso de Flagg. Ninguém jamais saberia o esforço necessário para manter aquele sorriso delicado.

O valor intrínseco do barro!

— Ótima — respondeu. — Muito melhor por dormir ao ar livre, obrigado.

O sorriso de Flagg cedeu um pouco. Glen captou apenas um vislumbre de estreita surpresa e raiva. Ou medo?

— Decidi soltar você — disse de modo brusco. O sorriso tornou a brotar, radiante e vulpino. Lloyd soltou um pequeno arquejo de surpresa e Flagg se voltou para ele. — Não foi, Lloyd?

— Huumm... claro — disse Lloyd. — Muito claro.

— Bem, ótimo — replicou Glen, descontraído.

Sentia a artrite afundando cada vez mais nas juntas, entorpecendo-as como gelo, inchando-as como fogo.

— Vão lhe dar uma pequena motocicleta e você pode voltar quando quiser.

— Claro que eu não poderia ir sem meus amigos.

— Claro que não. Só precisa pedir. Ajoelhe-se e me peça.

Glen deu uma gostosa risada. Jogou a cabeça para trás e riu muito, e forte. Enquanto ria, a dor nas juntas começou a diminuir. Sentiu-se melhor, mais forte, e de novo no controle.

— Ah, você é um figuraça — disse. — Vou lhe dizer o que vai fazer. Por que não procura um grande monte de areia, arranja um martelo e martela toda aquela areia dentro do rabo?

O rosto de Flagg ensombreceu-se. O sorriso escorregou. Os olhos, antes escuros como a pedra negra que Lloyd usava, agora pareciam fulgir amarelados. Ele estendeu a mão para a fechadura da porta e passou os dedos por ela. Ouviu-se um zumbido elétrico. Fogo saltou entre os seus dedos, e um cheiro de carne queimada pairou no ar. A fechadura caiu no chão, fumegante e negra. Lloyd Henreid deu um grito. O homem de negro agarrou as barras e fez a porta da cela correr sobre o trilho.

— Pare de rir.

Glen riu mais alto.

— *Pare de rir de mim!*

— Você não é *nada*! — disse Glen, enxugando os olhos e ainda dando risadinhas. — Ah, desculpe... é só que estávamos todos com tanto medo... fizemos uma *imagem* de você... estou rindo tanto de nossa tolice quanto de sua lamentável falta de substância...

— Dê um tiro nele, Lloyd. — Flagg voltou-se para o outro homem. Mexia o rosto de uma forma horrível. Cerrava as mãos em garras de predador.

— Ah, me mate você mesmo, se vai me matar — disse Glen. — Certamente é capaz. Me toque com um dedo e pare meu coração. Faça o sinal-da-cruz invertido e me cause uma enorme embolia cerebral. Baixe o raio do bocal de lâmpada e me parta em dois. Ah... ah, Deus... ah, Deus *do céu*!

Desabou no catre da cela e virou-se de um lado para outro, consumido por gostosas gargalhadas.

— *Dê um tiro nele!* — rugiu o homem escuro para Lloyd.

Pálido, tremendo de medo, Lloyd sacou sem jeito a pistola do cinto, quase a deixou cair e apontou-a para Glen. Tinha de usar as duas mãos.

Glen olhou-o, sorrindo. Era como se estivesse num coquetel dos professores no Gueto dos Cérebros em Woodsville, New Hampshire, recuperando-se de uma boa piada, pronto para fazer a conversa retornar a canais mais sérios de reflexão.

— Se vai dar um tiro em alguém, Sr. Henreid, dê.

— Dê já, Lloyd.

Lloyd puxou cegamente o gatilho. A arma disparou com um tremendo barulho no espaço fechado. Os ecos ricochetearam furiosos de um lado para outro. Mas a bala apenas tirou lascas do concreto a 5 centímetros do ombro direito de Glen, ricocheteou, bateu em alguma coisa e tornou a desviar-se.

— Não sabe fazer nada direito? — rugiu Flagg. — Atire nele, seu retardado! Atire nele! Está parado bem à sua frente!

— Estou tentando...

O sorriso de Glen não mudara, e ele apenas se encolhera um pouco diante do tiro.

— Repito, se você tem de atirar em alguém, atire nele. Ele não é humano, na verdade, você sabe. Certa vez o descrevi a um amigo como o último mago do pensamento racional, Sr. Henreid. Isso era mais correto do que eu sabia. Mas já está perdendo a magia. Ela está escorrendo dele, e ele sabe disso. E você sabe. Dê um tiro nele e nos poupe sabe Deus quanto derramamento de sangue e morte.

O rosto de Flagg ficou imóvel.

— Dê um tiro em um de nós pelo menos, Henreid — disse ele. — Eu o tirei da cadeia quando estava morrendo de fome. É de caras assim que você queria se vingar. Caras pequenos que falam grande.

Lloyd disse:

— Senhor, não tente me enrolar. É como diz Randy Flagg.

— Mas ele está mentindo. Você sabe que está — retrucou Glen.

— Ele me falou mais verdades do que qualquer outro se deu ao trabalho de fazer em toda a minha vida — disse Lloyd, e atirou três vezes em Glen, que foi arremessado para trás, rodopiou e retorceu-se como uma boneca de trapos.

O sangue voou no ar escuro. Ele bateu no catre, ricocheteou e rolou no chão. Conseguiu erguer-se sobre um dos cotovelos.

— Está tudo bem, Sr. Henreid — murmurou. — Você não sabe de nada.

— *Cale a boca, seu sacana falastrão!* — berrou Lloyd.

Tornou a atirar e o rosto de Glen Bateman desapareceu. Mais uma vez e o corpo saltou, sem vida. Lloyd deu mais um tiro. Chorava. As lágrimas rolavam pelas bochechas raivosas, queimadas de sol. Lembrava-se do coelho que esquecera e deixara comer as próprias patas. Lembrava de Poke e das pessoas no Continental branco, de George o Magnífico. Lembrava da cadeia de Phoenix, e o rato, e que não conseguira comer os insetos do colchão. Lembrava-se de Trask, e que a perna de Trask começara a parecer como Frango Frito de Kentucky depois de algum tempo. Tornou a puxar o gatilho, mas a pistola emitiu apenas um pequeno estalido.

— Tudo bem — disse Flagg em voz baixa. — Tudo bem. Bom trabalho. Bom trabalho, Lloyd.

Lloyd deixou cair a arma no chão e encolheu-se para longe dele.

— Não me toque! — gritou. — Eu não fiz isso por você!

— Fez, fez, sim — disse Flagg, carinhosamente. — Pode achar que não, mas fez.

Estendeu o braço e tocou com o dedo a pedra negra no pescoço de Lloyd. Fechou a mão sobre ela e, quando tornou a abrir, a pedra sumira. Fora substituída por uma chavinha de prata.

— Acho que prometi isso a você — disse o homem escuro. — Em outra cadeia. Ele estava errado... Eu cumpro minhas promessas, não cumpro, Lloyd?

— Cumpre.

— Os outros estão partindo ou planejando partir. Sei quem são eles. Sei todos os nomes. Whitney... Ken... Jenny... ah, sim, sei todos os nomes.

— Então por que não...

— Ponho um fim nisso? Não sei. Talvez seja melhor que partam. Mas você, Lloyd. Você é meu bom e fiel servidor, não é?

— Sou — sussurrou Lloyd. A admissão final. — É, acho que sou.

— Sem mim, o melhor que você poderia ter feito seriam merdinhas, mesmo que sobrevivesse à cadeia. Certo?

— Certo.

— O garoto Lauder sabia disso. Sabia que eu podia fazê-lo maior. Mais alto. Por isso vinha me procurar. Mas estava demasiado cheio de idéias... demasiado cheio delas. — De repente, parecia perplexo e velho. Depois acenou com a mão impaciente e o sorriso tornou a desabrochar em seu rosto. — Talvez *esteja* ficando ruim, Lloyd. Talvez esteja, por algum motivo que nem eu entendo... mas o velho mago ainda tem alguns truques, Lloyd. Um ou dois. Agora me escute. O tempo é curto se quisermos parar essa... essa crise de confiança. Se quisermos cortá-la no nascedouro, por assim dizer. Vamos querer acabar tudo amanhã com Underwood e Brentner. Agora me escute com muito cuidado...

* * *

Lloyd só foi para a cama depois da meia-noite e só conseguiu adormecer nas primeiras horas da manhã. Falou com Rato. Falou com Paul Burlson. Com Barry Dorgan, que concordou com que aquilo que o homem escuro queria poderia — e provavelmente seria — ser feito antes da luz do dia. A construção no gramado da frente do Grand Hotel MGM começou por volta das dez da manhã no dia 29, um grupo de trabalho de dez homens com ferros de soldar, martelos, rebites e um grande suprimento de longos canos de aço. Estavam arrumando os canos nas carrocerias abertas de dois caminhões diante do chafariz. O ferro de soldar logo atraiu uma multidão.

— Veja, mãe-Angie! — gritou Dinny. — É um espetáculo de fogos de artifício!

— É, mas é hora de todo menino bonzinho ir para a cama. — Angie Hirschfield arrastou o menino com um secreto medo no coração, sentindo que alguma coisa má, talvez alguma coisa perversa como a própria supergripe, estava se formando.

— Eu quero ver! Eu quero ver as *faíscas*! — gemeu Dinny, mas ela o arrastou rápida e firmemente para longe.

Julie Lawry aproximou-se de Rato, o único sujeito em Las Vegas que ela considerava arrepiante demais para dormir com ele... a não ser talvez num sufoco. A pele negra dele luzia no fulgor branco-azulado dos bicos de soldar. Ele estava fantasiado como um pirata etíope — calça de seda larga, faixa vermelha e um colar de dólares de prata no pescoço magricela.

— O que é isso, Ratinho? — perguntou.

— O Rato não sabe, minha cara, mas o Rato teve uma idéia. Teve mesmo. Parece trabalho negro amanhã, muito negro. Como dar uma rapidinha com o Ratinho aqui. O que acha, meu bem?

— Talvez — disse Julie —, mas só se você souber o que é isso tudo.

— Amanhã toda Las Vegas vai saber — disse Rato. — Pode apostar seu doce e deleitável rabo nisso. Venha com o Rato, minha cara, que ele lhe mostra os 9 mil nomes de Deus.

Mas Julie, para grande desprazer do Rato, se escafedera.

Quando Lloyd finalmente adormeceu, o trabalho já fora feito e a multidão desaparecera. Havia duas grandes gaiolas na carroceria aberta do caminhão, com buracos meio quadrados nos lados direito e esquerdo de cada uma. Quatro carros estavam parados próximos, cada um com um gancho de reboque. As correntes serpeavam pelo gramado do Grand, e cada qual terminava pouco adentro dos buracos quadrados nas gaiolas.

 Da ponta de cada corrente pendia uma pequena algema de aço.

* * *

Ao amanhecer de 30 de setembro, Larry ouviu deslizar a porta na extremidade do bloco de celas. Pisadas aproximaram-se rapidamente, descendo o corredor. Larry estava deitado no catre, as mãos entrelaçadas sob a nuca. Não dormira durante a noite. Estivera

(*pensando? rezando?*)

Dava tudo no mesmo. Fosse o que fosse, a velha ferida em si mesmo se fechara finalmente, deixando-o em paz. Havia sentido as duas pessoas que encarnara a vida inteira — a pessoa real e a idealizada — fundirem-se num único ser vivo. Sua mãe gostaria deste Larry. Rita Blakemoor também. Era um Larry a quem Wayne Stukey jamais teria de esclarecer sobre os fatos da vida. Era um Larry que seria apreciado até pela higienista oral de tanto tempo atrás.

Vou morrer. Se existe Deus — e agora creio que deve existir —, esta é a Sua vontade. Vamos morrer e, de algum modo, tudo isto terminará como resultado de nossa emulação.

Desconfiava de que Glen Bateman já tinha morrido. Na véspera ouvira tiros no outro bloco de celas, um bocado de tiros. Vinham da direção para a qual Glen havia sido levado, não da de Ralph. Bem, ele era velho, atormentado pela artrite, e fosse o que fosse que Flagg planejara para ele esta manhã, seria muito desagradável.

As passadas chegaram até sua cela.

— Levante-se, Pão de Fôrma — chamou uma voz satisfeita. — O Rato chegou pra fazer você mover esse rabo branquelo.

Larry olhou em torno. Um sorridente pirata negro, usando um colar de dólares de prata, estava parado à porta da cela, empunhando uma espada. Atrás dele o sujeito de óculos, o que parecia um contador. Chamava-se Burlson.

— O que é? — perguntou Larry.

— Meu caro — disse o pirata —, isto é o fim. O próprio fim.

— Tudo bem — replicou Larry, levantando-se.

Burlson falou rapidamente e Larry percebeu que estava amedrontado:

— Quero que fique sabendo — disse Burlson. — Isto não foi idéia minha.

— De ninguém por aqui, até onde posso ver — disse Larry. — Quem foi morto ontem?

— Bateman — respondeu Burlson, baixando os olhos. — Tentando fugir.

— Tentando fugir... — repetiu Larry. Ele começou a rir. Rato se juntou a ele, zombeteiro. Os dois riram juntos.

A porta da cela se abriu. Burlson se adiantou com as algemas. Larry não ofereceu resistência e estendeu os pulsos. Burlson algemou-o.

— Tentando fugir — disse Larry. — Qualquer dia desses você também será morto tentando fugir, Burlson. — Seus olhos se desviaram para o pirata. — Você também, Ratinho. Baleado tentando escapar. — Ele recomeçou a rir, e desta vez Rato não se juntou ao riso. Olhou para Larry carrancudo e começou a erguer a espada.

— Baixe isso, seu babaca — censurou Burlson.

Seguiram em fila para a saída — Burlson, Larry e Rato. Quando cruzaram a porta no final da ala, mais cinco homens se juntaram ao grupo. Um deles era Ralph, também algemado.

— Oi, Larry — disse Ralph desoladamente. — Você ouviu? Eles lhe contaram?

— Sim, ouvi.

— Os escrotos! Está quase acabado para eles, não está?

— Sim, está.

— Vocês, calem a boca! — grunhiu um deles. — Está quase acabado é para vocês. Esperem só para ver o que os espera. Vai ser uma festa e tanto.

— Não, acabou — insistiu Ralph. — Você não sabe? Não sente?

Rato empurrou-o, fazendo-o cambalear.

— Cale a boca! — gritou. — Rato não quer mais ouvir essa babaquice de vodu! Nunca mais!

— Você está pálido paca, Rato — disse Larry, sorrindo. — É você que parece branquelo agora.

Rato tornou a brandir a espada, mas não havia ameaça no gesto. Ele parecia assustado; todos pareciam. Havia uma sensação no ar, um senso de que haviam todos entrado na sombra de uma coisa enorme que se precipitava.

Uma van verde-oliva, com CADEIA MUNICIPAL DE LAS VEGAS estampado do lado, esperava no pátio ensolarado. Larry e Ralph foram empurrados para dentro. As portas bateram, o motor foi ligado e partiram. Eles se sentaram nos duros bancos de madeira, as mãos algemadas entre os joelhos.

Ralph disse em voz baixa:

— Ouvi um deles dizendo que todo mundo em Las Vegas vai estar lá. Acha que vão nos crucificar, Larry?

— Isso ou alguma outra coisa parecida. — Olhou para o homem grande. Ralph tinha o chapéu manchado de suor enfiado na cabeça. A pena se esfrangalhara e embolara, mas ainda se erguia desafiante da fita. — Com medo, Ralph?

— Morto de medo — sussurrou Ralph. — Eu sou um bebê pra esse negócio de dor. Jamais gostei nem de ir ao médico tomar injeção. Arranjava uma desculpa para adiar, se pudesse. E você?

— Muito. Pode vir se sentar aqui a meu lado?

Ralph levantou-se, as correntes das algemas tilintando, e sentou-se ao lado dele. Ficaram calados durante algum tempo e depois Ralph disse baixinho:

— Fizemos um longo caminho com a porra de uma só remada.

— É verdade.

— Só gostaria de saber para que serviu tudo isso. Vejo apenas que ele vai fazer um espetáculo de nós. Para que todo mundo veja que ele é o chefão. Foi pra isso que percorremos essa distância toda?

— Não sei.

A van zumbia em silêncio. Eles ficaram no banco sem falar, de mãos dadas. Larry estava com medo, mas além desse sentimento dominava um mais profundo, de paz, imperturbada. Ia dar certo.

— Não temerei o mal — murmurou, mas *estava* com medo. Fechou os olhos e pensou em Lucy. Pensou em sua mãe. Pensamentos aleatórios. Levantar-se para a escola nas manhãs frias. A vez em que vomitara na igreja. Quando pescara uma revista de mulher pelada na sarjeta e a olhara com Rudy, os dois com mais ou menos nove anos. Quando vira a World Series em seu primeiro outono em Los Angeles, com Yvonne Wetterlin. Não queria morrer, tinha medo de morrer, mas fizera com isso o melhor possível. A escolha, afinal, jamais fora sua, e passara a acreditar que a morte era apenas uma área de espera, como os atores esperavam nos bastidores antes de entrar em cena.

Repousava o melhor que podia, tentando preparar-se.

* * *

A van parou e as portas se abriram. O sol forte jorrou dentro do veículo, ofuscando-o e a Ralph. Rato e Burlson pularam dentro. Jorrando junto com o sol veio um barulho — um murmúrio baixo e farfalhante que fez Ralph virar a cabeça de lado, cauteloso. Mas Larry sabia que barulho era aquele.

Em 1986, o Tattered Remnants dera seu maior concerto — fazendo a abertura para o Van Halen no Chavez Ravine. E o barulho logo antes de entrarem era como aquele. Assim, quando saltou da van já sabia o que esperar e seu rosto não mudou, embora ouvisse o tênue arquejo de Ralph a seu lado.

Achavam-se no gramado de um imenso hotel-cassino. A entrada era flanqueada por duas pirâmides douradas. Parados sobre o gramado, dois caminhões de carroceria aberta. Em cada carroceria uma jaula feita de canos de aço.

Pessoas os cercavam.

Espalhavam-se no gramado mais ou menos num círculo, paradas no estacionamento do cassino, nos degraus que levavam às portas do saguão, na entrada de carros onde hóspedes que chegavam paravam antes, enquanto o porteiro apitava para chamar um *boy*. Derramavam-se até a própria rua. Alguns dos rapazes haviam erguido as namoradas nos ombros para uma visão melhor das festividades. O baixo murmúrio era o barulho do animal-multidão.

Larry correu os olhos por eles, e cada olho que encontrava se desviava. Cada rosto parecia pálido, distante, marcado para a morte e parecendo saber disso. E no entanto ali estavam.

Ele e Ralph foram tocados para as jaulas e no caminho Larry notou os carros com as correntes e engates para reboques. Mas foi Ralph quem entendeu o que isso queria dizer. Afinal, passara a maior parte da vida trabalhando com máquinas e em torno delas.

— Larry — disse em voz baixa. — Vão nos fazer em pedaços.

— Vão, entrem — disse o Rato, bafejando um odor azedo de alho no rosto dele. — Suba ali, Pão de Fôrma. Você e seu amigo vão montar no tigre.

Larry subiu na carroceria aberta.

— Me dê sua camisa, Pão de Fôrma.

Larry tirou-a e ficou nu da cintura para cima, o ar da manhã frio e bom em sua pele. Ralph já tirara a dele. Uma onda de conversação correu a multidão e morreu. Os dois estavam muitíssimo magros da caminhada; via-se cada costela.

— Entre na jaula, branquelo.

Larry recuou para dentro da gaiola.

Agora era Barry Dorgan quem dava as ordens. Ia de um lugar a outro, conferindo os arranjos, uma expressão firme de náusea no rosto.

Os quatro motoristas entraram nos carros e os ligaram. Ralph ficou um instante sem entender, depois pegou uma das algemas soldadas que pendiam de sua jaula e jogou-a pelo pequeno buraco. Bateu na cabeça de Paul Burlson e um risinho nervoso percorreu a multidão.

Dorgan disse:

— Não faça isso, cara. Vou ter de mandar uns caras segurar você.

— Deixe que façam o trabalho deles — disse Larry a Ralph. Olhou para Dorgan embaixo. — Ei, Barry. Ensinaram essa a você no Departamento de Polícia de Santa Mônica?

Outra risada percorreu a multidão.

— Brutalidade policial — gritou uma alma ousada. Dorgan corou, mas não disse nada. Enfiou mais a corrente na cela de Larry e este cuspiu nelas, meio surpreso por ter saliva suficiente para fazê-lo. Um pequeno aplauso subiu do fundo da multidão e Larry pensou: *Talvez seja isso aí, talvez eles se levantem...*

Mas no fundo não acreditava nisso. Os rostos eram pálidos demais, cheios de segredos demais. O desafio do fundo não significava nada. Era o barulho de garotos penetrando num salão de estudos. Havia dúvida ali — e insatisfação. Mas Flagg coloria mesmo isso. Aquelas pessoas iam se esgueirar no meio da noite para parte do grande espaço vazio em que se tornara o mundo. E o Turista Andarilho as deixaria ir, sabendo que tinha apenas de manter um núcleo duro, pessoas como Dorgan e Burlson. Os fujões e esquivos da meia-noite podiam ser reunidos depois, talvez para pagar o preço de sua fé imperfeita. Ali não haveria rebelião aberta.

Dorgan, Rato e um terceiro homem meteram-se na jaula com ele. Rato estendeu as algemas soldadas abertas para os pulsos de Larry.

— Estenda os braços — disse.

— A lei e a ordem não são uma coisa maravilhosa, Barry?

— Estenda, porra!

— Você não parece bem, Dorgan... como está seu coração atualmente?

— Estou mandando pela última vez, meu amigo. Passe os braços por esses buracos!

Larry passou. As algemas foram enfiadas e fechadas. Dorgan e os outros recuaram e a porta fechou-se. Larry olhou à direita e viu Ralph de pé em sua jaula, os braços nos lados dele. Os pulsos dele também haviam sido algemados.

— Vocês sabem que isso é errado — gritou Larry, e sua voz, treinada por anos de canto, rolou para fora do peito com surpreendente força. — Não espero que parem com isso, mas espero que se lembrem. Estamos sendo condenados à morte porque Randall Flagg tem medo de nós! Tem medo de nós e do lugar de onde viemos! — Um murmúrio crescente correu a multidão. — Lembrem-se de como morremos! E que da próxima vez pode ser a hora de um de vocês morrer assim, sem dignidade, como um animal numa jaula!

De novo o baixo murmúrio, crescente e raivoso... e o silêncio.

— Larry! — gritou Ralph.

Flagg descia os degraus do hotel, Lloyd Henreid a seu lado. Flagg usava *jeans* e camisa quadriculada, a jaqueta *jeans* com dois broches no bolso da lapela, e as surradas botas de vaqueiro. No súbito silêncio o barulho daqueles tacões descendo o caminho de cimento era o único som... um som fora de tempo.

O homem escuro sorria.

Larry olhou-o. Flagg parou entre as duas jaulas e ficou olhando para cima. Tinha o sorriso sombriamente charmoso. Era um homem em completo controle, e Larry de repente soube que aquele era o momento divisor de águas dele, a apoteose de sua vida.

Flagg deu-lhes as costas e ficou de frente para a multidão. Correu os olhos sobre eles e nenhum olho o encarou.

— Lloyd — disse em voz baixa, e Lloyd, que parecia pálido, acossado e doentio, entregou-lhe um papel enrolado num canudo.

O homem escuro desenrolou-o, ergueu-o e começou a falar. A voz era profunda, sonora e agradável, espalhando-se na quietude como uma única onda de prata num poço negro.

— Saibam vocês que esta é uma verdadeira lei na qual eu, Randall Flagg, apus meu nome neste 13º dia de setembro, do ano de 1990, agora conhecido como Ano Um, ano da peste.

— Flagg não é o nome dele! — rugiu Ralph. Ouviu-se um murmúrio de choque da multidão. — Por que não diz a eles seu verdadeiro nome?

Flagg não tomou conhecimento.

— Saibam vocês que esses homens, Lawson Underwood e Ralph Brentner, são espiões aqui em Las Vegas, sem nenhuma boa intenção, mas antes com motivos odiosos, que entraram neste estado sorrateiramente e sob a capa da escuridão...

— Essa é muito boa — disse Larry —, uma vez que descemos a Rodovia 70 em plena luz do dia. — Ergueu a voz em um grito. — *Eles nos prenderam ao meio-dia na Interestadual! Que tal isso como sorrateiramente e sob a capa da escuridão?*

Flagg suportou isso com paciência, como se achasse que Larry e Ralph tinham todo o direito de responder às acusações... agora que não faria nenhuma diferença.

Então continuou:

— Saibam vocês que as coortes desses homens foram responsáveis pela sabotagem dos helicópteros em Indian Springs, e portanto pelas mortes de Carl Hough, Bill Jamieson e Cliff Benson. São culpados de assassinato.

Os olhos de Larry encontraram os de um homem parado na frente da multidão. Embora ele não o soubesse, aquele era Stan Bailey, chefe de Operações em Indian Springs. Ele viu uma nuvem de perplexidade e surpresa cobrir o rosto do homem, e que ele formava com a boca alguma coisa ridícula, como *Lata de Lixo.*

— Saibam vocês que as coortes desses homens infiltraram outros espiões entre nós, e eles foram mortos. É sentença pois que esses homens sejam executados de forma apropriada, ou seja, que sejam esquartejados. É dever e responsabilidade de cada um de vocês testemunhar este castigo, para que o lembrem e contem a outros o que viram aqui hoje.

Flagg lampejou o seu sorriso, destinado a ser solícito nesse caso, porém ainda não mais simpático e humano que o de um tubarão.

— Aqueles de vocês que têm filhos estão dispensados.

Voltou-se para os carros, agora em ponto morto e soltando pequenos pufes de fumaça na manhã. Ao fazer isso, houve uma comoção perto da frente da multidão. De repente, um homem abriu caminho a força até o espaço aberto. Era um sujeito grande, o rosto quase tão pálido quanto seus olhos de cozinheiro. O homem escuro devolvera o rolo de papel a Lloyd e as mãos deste tremeram convulsivamente quando Whitney Horgan chegou à clareira. Ouviu-se o claro barulho de alguma coisa se rasgando quando o documento se rompeu ao meio.

— *Ei, vocês, gente!* — gritou Whitney.

Um confuso murmúrio percorreu a multidão. Whitney tremia todo, como se tivesse paralisia. Continuava se projetando para cima do homem escuro e desviando-se de novo. Dorgan partiu para cima do cozinheiro e Flagg fez sinal para que ele voltasse.

— *Isso não está direito!* — berrou Whitney. — *Você sabe que não está!*

Silêncio mortal na multidão. Era como se todos se houvessem transformado em lápides.

A garganta de Whitney trabalhava convulsivamente. O pomo-de-adão subia e descia como um macaco numa vara.

— Nós fomos americanos um dia! — gritou finalmente. — Não é assim que os americanos agem. Eu não passava, digo a vocês, de um cozinheiro, mas sei que não é assim que os americanos agem, dando ouvidos a uma aberração assassina com botas de vaqueiro...

Um arquejo horrorizado e farfalhante veio dessa nova Las Vegas. Larry e Ralph trocaram um olhar intrigado.

— É isso que ele é! — insistiu Whitney. O suor escorria-lhe pelo rosto como lágrimas das bordas peludas do cabelo cortado rente. — Querem ver esses dois caras rasgados ao meio bem na frente de vocês, hein? Acham que é assim que se inicia uma vida nova? Acham que uma coisa dessas pode algum dia ser certa? Eu lhes digo que vocês vão ter pesadelos sobre isso *pelo resto de suas vidas.*

A multidão murmurou, concordando.

— Nós temos de parar com isso — disse Whitney. — Sabem? Precisamos de tempo para pensar no que... no que...

— Whitney.

A voz, macia como seda, pouco mais que um sussurro, foi suficiente para silenciar completamente a voz hesitante do cozinheiro. Ele se voltou para Flagg, movendo os lábios silenciosamente, os olhos fixos como os de um peixe. Agora o suor despejava-se pelo rosto em torrentes.

— Whitney, você devia ter ficado calado. — A voz era baixa, mas ainda assim chegava facilmente a todos os ouvidos. — Eu teria deixado você ir embora... por que eu iria querer você?

Whitney mexeu os lábios, mas não saiu som algum.

— Venha cá, Whitney.

— Não — ele murmurou, e ninguém ouviu a recusa, a não ser Lloyd, Ralph e Larry, e talvez Barry Dorgan.

Whitney mexeu os pés como se não tivesse ouvido a própria voz. Seus tênis negros saltados e murchos fizeram barulho na grama quando ele avançou para o homem escuro como um fantasma.

A multidão se tornara um só queixo caído e olho fixo.

— Eu sabia dos seus planos — disse o homem escuro. — Eu sabia o que pretendia fazer antes de você. E eu o teria deixado rastejar para longe até estar pronto para pegá-lo. Talvez dentro de um ano, talvez dez. Mas agora tudo isso ficou para trás, Whitney. Acredite.

Whitney encontrou a voz uma última vez, as palavras saindo num grito estrangulado.

— *Você não é um homem de jeito nenhum. Você é uma espécie de... demônio!*

Flagg estendeu o indicador da mão esquerda de modo a quase tocar o peito de Whitney.

— É, tem razão — disse tão baixinho que ninguém além de Lloyd e Larry Underwood ouviu. — Sou.

Uma bola azul de fogo, não maior que a bola de pingue-pongue que Leo vivia quicando sem parar, saltou da ponta do dedo de Flagg com um débil estalar de ozônio.

Um vento outonal de suspiros percorreu os que observavam.

Whitney gritou — mas não se mexeu. A bola de fogo bateu em seu queixo. Sentiu-se um súbito cheiro enjoativo de carne queimada. A bola cruzou sua boca, fundindo os lábios e trancando o grito atrás dos olhos esbugalhados de Whitney. Atravessou uma das bochechas, cavando uma trincheira calcinada e na mesma hora cauterizada.

 Fechou os olhos.

Parou acima da testa, e Larry ouviu Ralph falando, dizendo a mesma coisa repetidas vezes, e juntou sua voz à dele, tornando-a uma litania:

— Não temerei mal algum... Não temerei mal algum... Não temerei mal algum...

A bola de fogo rolou da testa de Whitney e agora sentia-se um cheiro de cabelo queimado. Rolou para a nuca, deixando uma faixa de escalpo grotescamente calva atrás. Whitney oscilou um momento sobre os pés e emborcou, piedosamente de cara para baixo.

A multidão emitiu um som longo e sibilante: *Aaahhh*. Era o som que as pessoas faziam no Quatro de Julho quando a exibição de fogos de artifício era particularmente boa. A bola de fogo pairou no ar, maior agora, brilhante demais para se olhar sem semicerrar os olhos. O homem escuro apontou-a e ela se moveu devagar para a multidão. Os da fila da frente — uma Jenny Engstron de rosto lívido entre eles — encolheram-se para trás.

Com voz trovejante, Flagg desafiou-os:

— *Alguém mais aqui discorda de minha sentença? Se discorda, que fale agora!*

Um profundo silêncio acolheu estas palavras.

Flagg pareceu satisfeito.

— Então vamos...

Cabeças desviaram-se dele de repente. Um murmúrio surpreso percorreu a multidão, depois ergueu-se numa balbúrdia. Flagg pareceu completamente apanhado de surpresa. Agora as pessoas na multidão se punham a gritar e, embora fosse impossível distinguir as palavras com clareza, o tom era de surpresa e pasmo. A bola de fogo mergulhou e girou, incerta.

O zumbido de um motor elétrico chegou aos ouvidos de Larry. E mais uma vez ele captou aquele nome intrigante lançado de boca em boca, jamais claro, jamais inteiro. Homem... Homem da Lata... Lixo... Lixinho...

Alguém varava a multidão, como em resposta ao desafio do homem escuro.

* * *

Flagg sentiu o terror infiltrar-se nas câmaras do seu coração. Era o terror do desconhecido, do inesperado. Ele previra tudo, até o tolo discurso de Whitney no calor do momento. Previra tudo, menos aquilo. A multidão — *sua* multidão — dividia-se, recuava. Ouviu-se um grito, alto e claro, e paralisante. Alguém desatou a correr. Depois outro. E então a multidão, já por um fio de cabelo emocional, disparou num estouro de boiada.

— *Fiquem parados!* — gritou Flagg o mais que pôde, mas foi inútil. A multidão se tornara um vento forte, e nem mesmo o homem escuro podia deter o vento. Uma raiva terrível, impotente, subiu de dentro dele, juntando-se ao medo e formando uma nova e volátil mistura. Dera errado de novo. No último minuto, de alguma forma, dera errado de novo, como o velho juiz no Oregon, a mulher cortando a garganta no vidro da janela... e Nadine... Nadine... caindo...

Eles corriam, espalhando-se para todos os pontos da bússola, atravessando o gramado do Grand Hotel MGM, a rua, em direção à Strip. Tinham visto o hóspede final, chegado por fim como uma medonha visão saída de um conto de terror. Tinham visto, talvez, a face rubra de um terrível castigo final.

E o que o andarilho que retornava trazia consigo.

Enquanto a multidão se dissolvia, Randall Flagg também via, como viram Larry, Ralph e o paralisado Lloyd Henreid, que ainda segurava o documento rasgado nas mãos.

Era Donald Merwin Elbert, agora conhecido como o Homem da Lata de Lixo, agora e para sempre, infinitamente, aleluia, amém.

Estava atrás do volante de uma comprida e imunda carreta elétrica. O exigido conjunto de baterias do veículo já quase se esgotara. O carrinho zumbia, chiava e avançava aos arrancos. O Homem da Lata de Lixo subia e descia no banco aberto como uma louca marionete.

Achava-se nos últimos estágios da doença da radiação. Perdera os cabelos. Tinha os braços projetando-se para fora dos farrapos da camisa cobertos de feridas abertas escorrendo. O rosto era uma sopa esburacada da qual um olho azul desbotado pelo deserto espiava com uma inteligência terrível, digna de pena. Dentes não havia mais. Unhas também. As pálpebras eram abas esfarrapadas.

Parecia um homem que saíra dirigindo um carrinho elétrico da boca subterrânea escura e ardente do próprio inferno. Flagg viu-o aproximar-se. Desaparecera o seu sorriso. Fora-se sua cor forte e exuberante. O rosto de repente era uma janela feita de pálido vidro branco.

A voz do Homem da Lata de Lixo borbulhou em êxtase de dentro do peito magro:

— Eu o trouxe... Eu lhe trouxe o fogo... por favor... desculpe...

Foi Lloyd quem se mexeu. Deu um passo à frente, depois outro.

— Lixinho... Lixo, querido... — A voz era um coaxar.

O único olho mexeu-se, dolorosamente, procurando Lloyd.

— Lloyd? É você?

— Sou eu, Lixo. — Todo o corpo de Lloyd tremia violentamente, como Whitney tremera. — Escute, que é que você tem aí? É...

— É a Grande — disse Lixo, alegre. — É a bomba atômica. — Pôs-se a balançar para a frente e para trás no banco da carreta elétrica como um convertido num serviço de revivescência. — A bomba-A, a Grande, o grande fogo, *minha vida por você*!

— Leve-a embora, Lixo — sussurrou Lloyd. — É perigosa. É... é quente. Leve-a embora.

— Faça-o livrar-se dela, Lloyd — gemeu o homem escuro, que agora era o homem pálido. — Mande-o levá-la de volta para onde a pegou. Faça-o...

O único olho útil de Lata de Lixo ficou intrigado.

— Onde está ele? — perguntou, e então sua voz subiu para um uivo agônico. — Onde está ele? Desapareceu! *Onde está ele? Que foi que você fez com ele?*

Lloyd fez um último esforço supremo.

— Lixo, você tem de se livrar dessa coisa. Você...

E de repente Ralph gritou:

— *Larry! Larry! A mão de Deus!*

Tinha o rosto arrebatado numa terrível alegria. Os olhos brilhavam. Apontava para o céu.

Larry olhou para cima. Viu a bola de eletricidade que Flagg lançara da ponta do dedo. Atingira um tamanho tremendo. Pairava no céu, tremendo em direção a Lata de Lixo e emitindo fagulhas semelhantes a cabelos. Larry compreendeu vagamente que o ar estava agora tão carregado de eletricidade que tinha cada pêlo do corpo eriçado.

E a coisa no céu parecia uma mão.

— *Nããão!* — gemeu o homem escuro.

Larry olhou-o.... mas Flagg não mais estava ali. Ele teve uma mínima impressão de uma coisa monstruosa de pé *na frente* de onde Flagg estivera. Uma coisa desmoronada e curvada e quase sem forma — uma coisa de enormes olhos amarelos cortados por escuras pupilas de gato.

Depois desapareceu.

Larry viu as roupas de Flagg — a jaqueta, o *jeans*, as botas — paradas de pé sem nada dentro. Por uma fração de segundo, mantiveram a forma do corpo que as ocupava antes. E depois desabaram.

O fogo azul crepitante no ar lançou-se sobre a carreta elétrica que o Homem da Lata de Lixo de algum modo dirigira desde Nellis. Ele perdera o cabelo e vomitara sangue, e finalmente os próprios dentes, à medida que a doença da radiação afundava cada vez mais em seu corpo, mas nunca hesitara na decisão de trazer a bomba para o homem escuro... podia dizer-se que jamais esmorecera em sua resolução.

A bola de fogo azul lançou-se no fundo da carreta, procurando o que estava lá, atraída pelo que fosse.

— *Ah, merda, estamos todos fodidos!* — gritou Lloyd Henreid.

Levou as mãos à cabeça e caiu de joelhos.

Ah, Deus, obrigado, Deus, pensou Larry. *Não temerei mal algum. Não...*

Uma silenciosa luz branca encheu o mundo. E os justos e ímpios igualmente foram consumidos naquele fogo sagrado.

Capítulo Setenta e Quatro

STU ACORDOU DE UMA NOITE DE SONO interrompido ao amanhecer e ficou deitado tremendo, mesmo com Kojak enroscado a seu lado. O céu da manhã estava azul frio, mas apesar dos arrepios sentia calor. Estava com febre.

— Mal — murmurou, e o cão ergueu o olhar para ele.

Balançou a cauda e saiu correndo para a vala. Trouxe de volta um pedaço de pau seco e o depôs aos pés de Stu.

— Eu falei mal, não pau, mas acho que serve — disse-lhe Stu.

Mandou o cachorro pegar gravetos mais uma dúzia de vezes. Logo os tinha suficientes para acender uma fogueira. Mesmo sentado próximo não conseguia afastar os arrepios, embora o suor lhe rolasse pelas faces abaixo. Era a ironia final. Estava com gripe, ou coisa muito parecida. Gripara-se dois dias depois que Glen, Larry e Ralph o haviam deixado. Por mais dois dias a gripe parecia havê-lo considerado — valia a pena pegá-lo? Aparentemente valia. Aos poucos ele ia piorando. E naquela manhã se sentia muito mal mesmo.

Entre as bugigangas em seus bolsos, encontrou um toco de lápis, seu caderno de notas (todo o material grátis de organização da Zona Franca, que parecera outrora uma coisa vital, agora parecia ligeiramente tolo) e seu molho de chaves. Ficara intrigado com o molho um bocado de tempo, retornando repetidas vezes a ele nos últimos dias, constantemente surpreso com a forte dor da tristeza e nostalgia. Aquela chave era do seu apartamento. Aquela outra do armário. Aquela era uma extra para o seu carro, um Dodge 1977 coberto de ferrugem — até onde sabia, ainda estava estacionado atrás do prédio de apartamentos na Thompson Street, 31, em Arnette.

Também preso no molho de chaves vinha um cartão de endereço envolto em Lucite. STU REDMAN — 31 THOMPSON STREET — F (713) 555-6283, dizia. Ele tirou as chaves do molho, sopesou-as, pensativo, na palma da mão por um instante, e depois jogou-as fora. Os restos do homem que tinha sido caíram no mato e tilintaram numa moita seca de artemísia, onde iriam ficar, supunha, até o fim dos tempos. Retirou o cartão do Lucite e arrancou uma página em branco do caderno de notas.

Cara Frannie, escreveu no alto.

Contou-lhe tudo que acontecera até ele quebrar a perna. Contou-lhe que esperava tornar a vê-la, mas duvidava que isso fosse provável. O melhor que podia esperar era que Kojak encontrasse a Zona de novo. Enxugou meio ausente as lágrimas do rosto com as costas da mão e escreveu que a amava. *Espero que me pranteie e vá em frente*, acrescentou. *Você e o bebê têm de ir em frente. Isso agora é o mais importante.* Assinou, dobrou até ficar pequeno e enfiou o bilhete na fenda do quadrado de Lucite. Depois pregou o molho de chaves na coleira de Kojak.

— Cachorrinho bom — disse quando acabou. — Quer ir dar uma olhada por aí? Pegar um coelho ou alguma coisa assim?

Kojak subiu correndo a encosta onde Stu quebrara a perna e sumiu. Stu viu-o ir-se com uma mistura de amargor e diversão, depois pegou a lata de 7-Up que o cachorro lhe trouxera numa viagem no dia anterior, em vez de um pedaço de pau. Enchera-a com água lamacenta da vala. Com a água parada, a lama descia para o fundo. Dava uma bebida arenosa, mas como teria dito sua mãe, era muito mais arenosa quando não havia nenhuma. Bebeu devagar, matando a sede aos poucos. Doía engolir.

— A vida, claro, é uma megera — murmurou, e então teve de rir de si mesmo.

Por um ou dois segundos, correu os dedos pela garganta inchada, logo abaixo do queixo. Depois se deitou, a perna encanada para a frente, e cochilou.

* * *

Acordou com um sobressalto cerca de uma hora depois, agarrando a terra arenosa em sonolento pânico. Tivera um pesadelo? Se tivera, parecia ainda estar continuando. O chão se mexia devagar sob suas mãos.

Terremoto? Temos um terremoto aqui?

Por um momento, aferrou-se à idéia de que devia ser delírio, que a febre voltara quando ele cochilava. Mas, olhando o barranco, viu que a terra deslizava em pequenas camadas de lama. Seixos que ricocheteavam e saltavam emitiam lampejos de mica e reflexos de quartzo que o ofuscavam — pareciam *abrir à força* caminho para seus ouvidos. Um momento depois, arquejava em busca de ar, como se a maior parte houvesse de repente sido expulsa da vala que a inundação repentina abrira.

Stu ouviu um zumbido acima. Kojak lá estava recortado contra a borda oeste do corte, agachado com a cauda entre as pernas. Olhava para oeste, na direção de Nevada.

— Kojak! — gritou Stu em pânico. O impacto o aterrorizara. Era como se Deus houvesse de repente batido os pés no chão do deserto em algum ponto não muito distante.

Kojak desceu correndo a encosta e juntou-se a ele, ganindo. Quando passou a mão pelas costas do cachorro, sentiu-o tremendo. Tinha de *ver*, precisava ver. Veio-lhe uma súbita sensação de segurança: o que tinha de acontecer *estava* acontecendo. Naquele instante mesmo.

— Vou subir, garoto — murmurou.

Subiu de rastos até a borda da vala. Era meio íngreme, porém tinha mais pontos de apoio. Durante os últimos três dias ele pensara que poderia subir até lá, mas não vira sentido. Estava abrigado do pior vento no fundo do corte, e tinha água. Mas agora precisava subir até lá. Tinha de ver. Arrastou a perna entalada atrás como um porrete. Ergueu-se sobre os braços e esticou o pescoço para ver sobre a borda. Parecia muito alto, muito distante.

— Não consigo, garoto — murmurou para Kojak e recomeçou a tentar mesmo assim.

Um novo monte de entulho se empilhara no fundo, em conseqüência do... terremoto. O que quer que houvesse sido. Stu guindou-se por cima e começou a subir centímetro a centímetro a encosta, usando as mãos e o joelho esquerdo. Fez uns 10 metros e perdeu 6 antes de poder agarrar um afloramento de quartzo e parar de escorregar.

— Bolas, jamais vou conseguir — arquejou e descansou.

Dez minutos depois, recomeçou e fez mais uns 10 metros. Descansou. Recomeçou de novo. Chegou a um lugar sem ponto de apoio e teve de arrastar-se até encontrar um. Kojak andava a seu lado, sem dúvida se perguntando o que desejaria aquele maluco, deixando sua água e o calor de sua bela fogueira.

Calor. Calor demais.

A febre devia estar subindo de novo, mas pelo menos os tremores diminuíram. Novo suor brotava pelo seu rosto e braços abaixo. Os cabelos, empoeirados e sebosos, pendiam sobre os olhos.

Senhor, estou ardendo! Faça com seja 45, 46...

Olhou casualmente para Kojak. Levou quase um minuto para compreender o que via. Kojak arquejava. Não era febre, ou não *apenas* febre, porque o cachorro também estava acalorado.

Acima, um bando de pássaros passou de repente, rodando ao léu e grasnando.

Eles também sentem. Seja o que for, eles também sentem.

Começou a rastejar de novo, o medo emprestando-lhe nova força. Passou-se uma hora, duas. Ele lutava por cada palmo, cada centímetro. À uma da tarde achava-se a apenas uns 2 metros abaixo da borda. Via lascas de pavimento projetando-se acima. Apenas 2 metros, mas a inclinação ali era muito acentuada e lisa. Ele tentou uma vez simplesmente rastejar coleando como uma serpente, mas o cascalho solto, base da Interestadual, começara a chocalhar debaixo dele, e agora ele temia que, se tentasse se mexer, desceria de novo até o fundo, na certa quebrando a porra da outra perna.

— Atolado — murmurou. — Que porra de espetáculo. E agora?

O que viria agora se tornou óbvio muito rapidamente. Mesmo sem se mexer, a terra começava a afundar debaixo dele. Ele escorregou alguns centímetros e enterrou os dedos para firmar-se. A perna quebrada batia pesada no chão, e ele não se lembrara de embolsar as pílulas de Glen.

Deslizou mais 5 centímetros. Depois 10. O pé esquerdo pendia agora no espaço. Só as mãos o seguravam, e sob seus olhos elas começaram a escorregar, cavando mais dez pequenos sulcos no chão úmido.

— *Kojak!* — ele gritou lamentavelmente, sem esperar nada.

Mas de repente Kojak estava ali. Stu passou o braço por cima do pescoço do cachorro, sem esperar ser salvo, mas apenas agarrando-se ao que havia para agarrar, como alguém que se afoga. Cavou mais. Por um instante, ficaram paralisados, uma escultura viva. Então Kojak começou a mexer-se, cavando centímetros, as patas estalando contra pedrinhas e torrões de cascalho. Seixos rolaram sobre o rosto de Stu e ele fechou os olhos. Kojak arrastou-o, arquejando como um compressor em seu ouvido.

Stu entreabriu os olhos e viu que se achavam perto do topo. Kojak tinha a cabeça baixa. As patas traseiras trabalhavam furiosamente. Ganhou mais 15 centímetros, e foi o suficiente. Com um grito desesperado, Stu soltou o pescoço do cão e agarrou um afloramento de asfalto, que se partiu em sua mão. Duas unhas foram arrancadas para trás como decalques molhados, e ele deu um grito. A dor era total, galvanizante. Ele subiu às pressas, impelindo-se com a perna boa, e finalmente — de algum modo — ficou caído a arquejar na superfície da I-70, os olhos fechados.

Kojak estava a seu lado então. Ganiu e lambeu seu rosto.

Lentamente então Stu sentou-se e olhou para oeste. Olhou por um longo tempo, esquecido de que o calor ainda se lançava contra seu rosto em ondas gordas e quentes.

— Ah, meu Deus — disse por fim numa voz fraca, alquebrada. — Veja só isso, Kojak. Larry, Glen. Eles se foram. Deus, *tudo* se foi. Tudo.

A nuvem de cogumelo se espalhava no horizonte como um punho fechado na extremidade de um antebraço comprido e empoeirado. Estava rodopiando, flocosa nas bordas, começando a se dissipar. Estava iluminada por trás num soturno tom vermelho-alaranjado, como se o sol tivesse decidido se pôr no início da tarde.

A tempestade de fogo, pensou.

Estavam todos mortos em Las Vegas. Alguém falhara, quando ele devia ter acertado, e uma arma nuclear detonara... e uma bomba infernalmente grande, ao que parecia. Talvez toda uma pilha de bombas fora detonada. Glen, Larry, Ralph... mesmo que ainda não houvessem chegado a Las Vegas, mesmo que ainda estivessem andando, certamente estavam próximos o suficiente para serem assados vivos.

Bem a seu lado, Kojak ganiu infeliz.

Precipitação radioativa. Para que lado o vento vai soprá-la?

E importava?

Lembrou seu bilhete a Frannie. Era importante acrescentar o que acontecera. Se o vento soprasse a precipitação para leste, poderia causar-lhes problemas... porém, mais que isso, eles tinham de saber que Las Vegas, que fora a área de estágio do homem de escuro, desaparecera. As pessoas haviam sido vaporizadas com todos os brinquedos mortais que simplesmente estavam por ali, esperando que alguém os pegasse. Tinha de acrescentar tudo isso à nota.

Mas não já. Estava cansado demais agora. A subida o exaurira, e a visão estupenda daquele cogumelo de nuvem a dissipar-se o exaurira ainda mais. Não sentia júbilo algum, só um surdo e arrasante cansaço. Deitou-se na calçada e seu último pensamento antes de adormecer foi: *Quantos megatons?* Achava que ninguém ia saber nunca, nem querer saber.

* * *

Acordou depois das seis. O cogumelo de nuvem desaparecera, mas o céu do oeste era de um verde-rosado, como um forte lanho de carne queimada. Stu arrastou-se até a aléia quebrada e deitou-se, inteiramente exausto de novo. Os tremores haviam voltado. E a febre. Tocou a testa com o pulso e tentou avaliar a temperatura ali. Calculou que beirava os quarenta.

Kojak surgiu do anoitecer com um coelho nas presas. Deitou-o aos pés de Stu e balançou a cauda, à espera de um elogio.

— Cachorrinho bom — disse Stu exausto. — Isso é que é cachorrinho bom.

Kojak balançou mais rápido a cauda. *É, eu sou um cachorrinho bom mesmo,* pareceu concordar.

Mas continuou a olhar para Stu, parecendo esperar por alguma coisa. Parte do ritual estava incompleto. Stu tentou lembrar o que era. O cérebro andava muito devagar; enquanto dormia, alguém parecia haver despejado melaço em todas as suas engrenagens internas.

— Cachorrinho bom — repetiu e olhou o coelho morto. Então lembrou, embora nem tivesse certeza se ainda havia fósforos. — Vá pegar, Kojak — disse, sobretudo para agradar ao cachorro.

Kojak saiu saltando e logo retornou com um bom feixe de lenha seca.

Ele tinha os fósforos, mas surgira um vento forte e suas mãos tremiam. Levou um longo tempo para acender a fogueira. Conseguiu atear fogo aos gravetos na décima tentativa, e então o vento soprou forte mesmo, apagando as chamas. Stu ateou fogo cuidadosamente, protegendo-o com o corpo e as mãos. Restavam-lhe oito fósforos numa cartela da Escola de Comércio LaSalle. Assou o coelho, deu a Kojak sua metade e só pôde comer um pouco da sua parte. Jogou o que restara para o cachorro, que não o pegou. Olhou-o e ganiu nervoso para Stu.

— Vá em frente, garoto. Eu não posso.

Kojak comeu. Stu olhou-o e teve arrepios. Suas duas mantas achavam-se, claro, lá embaixo.

O sol pusera-se, e o céu do oeste tinha uma cor grotesca. Era o mais espetacular pôr do sol que Stu já vira em sua vida... e era veneno. Ele lembrava o narrador de um cinejornal dizendo entusiasmado na década de 1960 que após um teste nuclear se viam belos crepúsculos durante semanas. E, claro, após terremotos.

Kojak surgiu da vala com uma coisa na boca — uma das mantas de Stu. Jogou-a no colo dele.

— Ei — disse Stu, abraçando-o, instável. — Você é um senhor cachorro, sabia disso?

Kojak balançou a cauda para demonstrar que sabia.

Stu envolveu-se na manta e chegou para mais perto da fogueira. Kojak deitou-se ao seu lado e logo os dois dormiam. Mas o sono de Stu foi leve e inquieto, entrando e saindo do delírio. Algum tempo depois da meia-noite ele acordou Kojak, berrando no sono.

— Hap! — gritava. — É melhor você desligar as bombas! Ele está vindo! O homem escuro está vindo pegar você! Melhor desligar as bombas! Ele está naquele carro ali!

Kojak gemeu, nervoso. O Homem estava doente. Ele sentia o cheiro da doença, e misturado com esse havia um novo cheiro. Negro. Era o cheiro que tinham os coelhos quando saltava em cima deles. Também estava no lobo que ele estripara debaixo da casa de Mãe Abagail, em Hemingford Home. O que estivera nas cidades por onde ele passara a caminho de Boulder e Glen Bateman. Era o cheiro da morte. Se ele pudesse atacá-lo e expulsá-lo do Homem, teria feito isso. Mas estava *dentro* daquele Homem. O Homem inspirava ar bom e expirava aquele cheiro de morte próxima, e nada se podia fazer senão esperar para vê-la chegar ao fim. Kojak tornou a gemer, baixo, e depois dormiu.

Stu acordou na manhã seguinte mais febril que antes. As glândulas sob o queixo incharam até o tamanho de bolas de golfe. Os olhos eram bolas de gude quentes.

Estou morrendo... É, em definitivo.

Chamou Kojak e retirou o molho de chaves e seu recado do cartão de endereços envolto em Lucite. Escrevendo com força, acrescentou o que vira e substituiu a nota.

Ficou deitado de costas e dormiu. E então, de algum modo, já quase escurecera. Outro pôr do sol espetacular, horrendo, ardia e tremulava no Oeste. E Kojak trouxera um roedor para o jantar.

— Era o melhor que você podia fazer?

Kojak balançou a cauda e deu um sorriso envergonhado.

Stu assou-o, dividiu-o e conseguiu comer toda a sua metade. Era duro e tinha um horrível gosto selvagem, e quando acabou, teve um sério ataque de cólicas estomacais.

— Quando eu morrer, quero que você volte a Boulder — disse ao cachorro. — Volte e procure Fran. Encontre Frannie. Tudo bem, seu velho cachorrão burro?

Kojak balançou a cauda, em dúvida.

Uma hora depois, o estômago de Stu roncou uma vez, advertindo. Ele só teve tempo suficiente para rolar sobre um dos cotovelos para evitar sujar-se, antes que sua parte do roedor saísse num esguicho.

— Merda! — murmurou, infeliz, e cochilou.

Acordou nas primeiras horas da madrugada e ergueu-se sobre os cotovelos, a cabeça zumbindo de febre. Viu que a fogueira se apagara. Não importava. Ele já estava quase liquidado.

Um barulho na escuridão o despertara. Seixos e pedras. Kojak subindo a encosta do corte, só isso...

Só que Kojak estava a seu lado, dormindo.

Sob o olhar de Stu, o cachorro acordou. Desgrudou a cabeça das patas e, um momento depois, já estava de pé, de frente para o corte, rosnando baixo.

Pedras e seixos a chocalhar. Alguém — alguma *coisa* — vinha subindo.

Stu sentou-se com dificuldade. *É ele*, pensou. *Estava lá, mas de algum modo escapou. Agora está aqui, e pretende acabar comigo antes da gripe.*

O rosnado de Kojak tornou-se mais forte. Pêlos eriçados, a cabeça baixa. O chocalhar estava mais perto agora. Stu ouvia um arquejo baixo. Veio então uma pausa, o suficiente para o suor sob o braço chegar à testa. Um momento depois, um vulto negro assomou contra a borda do corte, cabeça e ombros encobrindo as estrelas.

Kojak avançou, patas rígidas, ainda a rosnar.

— Ei! — disse uma voz espantada mas conhecida. — Ei, é Kojak! É ele!

O rosnado parou imediatamente. Kojak saltou à frente alegre, o rabo ainda a balançar.

— Não! — coaxou Stu. — É um truque! *Kojak!...*

Mas Kojak dava pulos sobre a figura que finalmente ganhara o piso da estrada. E aquele vulto... alguma coisa na forma também era conhecida. Avançou para ele com Kojak nos calcanhares. O cachorro soltava rajadas de latidos. Stu lambeu os lábios e preparou-se para lutar se fosse preciso. Achava que podia dar um bom soco, talvez dois.

— Quem é? — gritou. — Quem está aí?

O vulto escuro parou, depois falou:

— Ora, é Tom Cullen, eis quem é, minha nossa, sim. B-E-B-I-D-A, o que forma Tom Cullen. Quem é que *está aí*?

— Stu — disse ele, e sua voz pareceu vir de longe. Tudo estava longe agora. — Olá, Tom, que bom ver você!

Mas não o viu, não naquela noite. Stu desmaiou.

* * *

Voltou a si às dez da manhã de 2 de outubro, embora nem ele nem Tom soubessem que a data era essa. Tom fizera uma enorme fogueira e embrulhara Stu em seu saco de dormir e suas mantas. Ele próprio sentava-se junto ao fogo assando um coelho. Kojak jazia contente no chão entre os dois.

— Tom — conseguiu dizer Stu.

Tom aproximou-se. Stu viu que ele deixara crescer a barba; dificilmente parecia o homem que deixara Boulder para o oeste um mês e uma semana atrás. Os olhos azuis luziam felizes.

— Stu Redman! Você já acordou, minha nossa, sim! Estou contente. Cara, que bom ver você! O que fez com sua perna? Machucou-a, imagino. Eu machuquei a minha uma vez. Pulei de um monte de feno e quebrei-a, imagino. Pergunta se meu pai me deu uma sova? Minha nossa, deu! Isso foi antes de ele fugir com DeeDee Packalotte.

— Também quebrei a minha. E agora, Tom, estou com uma sede terrível...

— Ah, tem água. De todo tipo! Tome.

Entregou a Stu uma garrafa plástica que poderia ter contido leite. A água estava límpida e deliciosa. Sem areia alguma. Stu bebeu-a avidamente e depois vomitou-a toda.

— Devagar e com calma se vai longe — disse Tom. — Este é o segredo. Devagar e com calma. Cara, que bom ver você! Machucou a perna, não foi?

— Foi, quebrei. Uma semana atrás, talvez mais. — Tomou mais água e desta vez segurou-a. — Mas tem mais problema que a perna. Estou muito doente, Tom. Febre. Me escute.

— Certo! Tom está escutando. Basta me dizer o que fazer.

Tom curvou-se à frente e Stu pensou: *Ora, ele parece mais alegre. Será possível?* Por onde andara Tom? Saberia alguma coisa sobre o juiz? Sobre Dayna? Tantas coisas a falar, mas já não havia tempo. Ele estava piorando. Havia um profundo chocalhar em seu peito, como correntes acolchoadas. Sintomas muito parecidos com a supergripe. Era de fato muito esquisito.

— Tenho de baixar a febre — disse a Tom. — É a primeira coisa a fazer. Preciso de aspirina. Você conhece aspirina?

— Claro. Aspirina. Para alívio rapidíssimo.

— Este é o segredo, claro. Comece a subir a estrada, Tom. Olhe no porta-luvas de todos os carros que encontrar. Procure um estojo de primeiros socorros... com toda a certeza será uma caixa com uma cruz vermelha. Quando encontrar uma aspirina numa delas, traga para cá. E se encontrar um carro com equipamento de acampar, traga uma tenda. Tudo bem?

— Claro. — Tom se levantou. — Aspirina e uma tenda, e aí você fica bom de novo, certo?

— Bem, já é um começo.

— Diga — disse Tom. — Como está Nick? Tenho sonhado com ele. Nos sonhos, ele me diz aonde ir, porque nos sonhos ele fala. Os sonhos são engraçados, não são? Mas quando tento falar com ele, Nick sempre vai embora. — Tom olhava ansiosamente para Stu.

— Agora, não — disse Stu. — Eu... eu não posso falar agora. Sobre isso, não. Só pegue a aspirina, tá bem? Depois a gente conversa.

— Tudo bem. — Mas o medo se instalara no rosto de Tom como uma nuvem cinzenta. — Kojak, quer vir com Tom?

Kojak quis. Saíram andando juntos, rumo ao leste. Stu deitou-se e cobriu os olhos com um dos braços.

* * *

Quando Stu deslizou de volta à realidade, era o escurecer. Tom o sacudia.

— Stu! Acorde! Acorde, Stu!

Ele ficou assustado pela maneira como o tempo parecia escorregar em súbitos arrancos — como se o dente na engrenagem de sua realidade pessoal estivesse se desgastando. Tom teve de ajudá-lo a sentar-se, e quando o fez teve de encostar a cabeça entre as pernas e tossir. Tossiu tanto e tão forte que quase tornou a desmaiar. Tom observava-o com alarme. Aos poucos, Stu controlou-se. Puxou as mantas para mais perto do corpo. Tremia de novo.

— Que foi que encontrou, Tom?

Tom estendeu um estojo de primeiros socorros. Dentro havia Band-Aids, mercurocromo e um grande frasco de Anacin. Stu ficou chocado ao constatar que não conseguia abrir a tampa à prova de criança. Teve de passá-la a Tom, que finalmente a destampou. Stu tomou três comprimidos com água da garrafa plástica.

— E encontrei isso — disse Tom. — Estava num carro cheio de material de acampamento, mas não tinha tenda.

Era um saco de dormir duplo, estofado e comprido, de uma cor laranja fluorescente por fora, o forro num desenho vistoso de estrelas e listras.

— É sensacional. Quase tão bom quanto uma tenda. Trabalhou bem, Tom.

— E isto. Estavam no mesmo carro.

Tom enfiou a mão no bolso da jaqueta e tirou meia dúzia de pacotes de papel de estanho. Stu mal podia acreditar no que viu. Concentrados desidratados e congelados. Ovo. Ervilha. Abóbora. Carne-seca.

— Comida, não é, Stu? Tem figuras de comida, minha nossa!

— É comida — concordou Stu. — Exatamente do único tipo que posso comer, imagino. — A cabeça zumbia, e muito longe, no centro do cérebro, um alto Si zumbia sem parar. — Podemos esquentar um pouco d'água? Não temos panela nem chaleira.

— Eu encontro alguma coisa.

— É, ótimo.

— Stu...

Stu ergueu o olhar para aquele rosto infeliz, perturbado, ainda de menino apesar da barba, e balançou devagar a cabeça.

— Morto, Tom — disse em voz baixa. — Nick morreu. Quase um mês atrás. Foi... uma coisa política. Assassinato, creio que diria você. Sinto muito.

Tom balançou a cabeça e, na fogueira recém-acesa, Stu viu as lágrimas dele caírem no colo. Caíam numa delicada chuva de prata. Mas ele ficou calado. Finalmente, Tom ergueu o olhar, os olhos azuis mais luminosos que nunca. Enxugou-os com as costas da mão.

— Eu sabia que estava — disse em voz baixa. — Não quero dizer que sabia, mas sabia. Minha nossa, sabia, sim. Ele vivia dando as costas e indo embora. Era meu melhor amigo, Stu... sabia disso?

Estendeu a mão e tomou a manopla de Tom.

— Eu sabia, sim.

— Era, sim, N-I-C-K, este é o nome de meu melhor amigo. Sinto uma terrível saudade dele. Mas vou vê-lo no céu. Tom Cullen vai vê-lo lá. E ele vai poder falar e eu pensar. Não é verdade?

— Não me surpreenderia, Tom.

— Foi o homem mau que matou Nick, Tom sabe. Mas Deus já acertou esse homem mau. A mão de Deus desceu do céu. — Um vento gelado assobiou sobre o chão dos ermos de Utah, e Stu tremeu violentamente em suas garras. — Acertou-o pelo que ele fez a Nick e ao pobre juiz. Minha nossa!

— Que é que você sabe sobre o juiz, Tom?

— Morto! Em Oregon! Baleado.

Stu balançou a cabeça, cansado.

— E Dayna? Sabe alguma coisa sobre ela?

— Tom a viu, mas não sabe. Me deram um trabalho de faxineiro. E quando voltei um dia, a vi fazendo o trabalho *dela*. Estava pendurada no ar, trocando uma lâmpada de rua. Ela me olhou e... — Calou-se um instante, e quando tornou a falar era mais para si mesmo que para Stu. — Ela viu Tom? Conhecia Tom? Tom não sabe. Tom... *acha*... que sim. Mas Tom jamais a viu de novo.

Tom saiu à cata de comida logo depois, levando Kojak consigo, e Stu cochilou. Ele voltou não com uma grande lata, melhor do que Stu esperava, mas com uma panela de cozinhar suficientemente grande para conter um peru de Natal. Aparentemente, havia tesouros no deserto. Stu deu um sorriso, apesar das dolorosas bolhas de febre que começavam a formar-se em seus lábios. Tom contou-lhe que obtivera a panela de um caminhão laranja com um grande *u* pintado — alguém que vinha fugindo da supergripe com todos os bens terrenos, imaginou Stu. Para muito lhes servira.

Meia hora depois, havia comida. Stu comeu cuidadosamente, atendo-se aos legumes, aguando os concentrados o suficiente para fazer um fino mingau. Segurou tudo dentro e sentiu-se um pouco melhor, pelo menos por enquanto. Não muito após a ceia, ele e Tom foram dormir, com Kojak entre os dois.

* * *

— Tom, me escute.

Tom agachava-se sobre o grande saco de dormir inflado de Stu. Era a manhã seguinte. Stu só conseguira comer um pouco do desjejum; tinha a garganta inflamada e muito inchada, todas as juntas doloridas. A tosse piorara e o Anacin não estava fazendo muito efeito para baixar a febre.

— Preciso arranjar algum remédio, se não, vou morrer. E tem de ser hoje. Agora, a cidade mais próxima é Green River, que fica 90 quilômetros a leste daqui. Vamos ter de ir de carro.

— Tom Cullen não sabe dirigir, Stu. Minha nossa, não!

— É, eu sei. Vai ser um trabalho danado pra mim, porque além de estar doente pra caramba, quebrei a porra da perna errada.

— O que quer dizer?

— Bem... deixa pra lá por enquanto. É muito difícil de explicar. Não vamos nem nos preocupar com isso, porque não é o problema principal. O problema principal é arranjar um carro, para começar. A maioria deles está lá há três meses ou mais. As baterias estarão arriadas feito panquecas. Assim, vamos precisar de um pouco de sorte. Temos de encontrar um carro empacado com uma alavanca de marcha padrão no alto de uma daquelas colinas. Podemos conseguir. É uma região bastante montanhosa. — Não acrescentou que o carro teria de ter sido mantido em razoável forma, precisava ter gasolina... e uma chave de ignição. Todos aqueles caras da TV podiam saber fazer uma ligação direta, mas Stu não tinha a menor idéia.

Ele olhou o céu acima, enxameado de nuvens.

— A maior parte disso é com você, Tom. Você tem de ser as minhas pernas.

— Tudo bem, Stu. Quando arranjarmos o carro, vamos voltar para Boulder? Tom quer ir para Boulder, você não?

— Mais que qualquer coisa, Tom. — Stu olhou as Rochosas, uma vaga sombra no horizonte. A neve já teria começado a cair nos altos desfiladeiros? Quase certamente. E se não ainda, em breve. O inverno chegava cedo naquela parte alta e esquecida do mundo. — Talvez leve um tempo — disse.

— Como começamos?

— Fazendo um *travois.*

— Um o quê?

— Uma padiola índia. — Stu deu-lhe sua faca de bolso. — Você tem de abrir buracos no fundo desse saco de dormir. Um de cada lado.

Levaram uma hora para fazer o *travois.* Tom encontrou duas varas bem retas para enfiar no saco e fazê-las sair pelos buracos no fundo. Pegou um pedaço de corda do reboque onde conseguira a panela e Stu usou-a para amarrar o saco de dormir nas varas. Quando acabaram, a coisa lembrava a Stu mais um riquixá do que um *travois* como os que usavam os índios das planícies.

Tom pegou as varas e olhou em dúvida para trás.

— Já entrou, Stu?

— Sim. — Imaginou quanto tempo as costuras agüentariam antes de desfazer-se nos lados do saco. — Está pesado, Tom?

— Nada mau. Posso arrastar você uma longa distância. Pronto!

Puseram-se a caminho. O barranco onde Stu quebrara a perna — onde tivera certeza de que ia morrer — foi ficando lentamente para trás. Por mais fraco que estivesse, Stu sentia uma louca excitação. Não ali, pelo menos. Ia morrer em outra parte, na certa em breve, mas não ia ser sozinho naquela vala lamacenta. O saco de dormir balançava de um lado para outro, embalando-o. Ele cochilou. Tom puxava-o sob as nuvens, que engrossavam. Kojak trotava ao lado deles.

* * *

Stu acordou quando Tom o largou no chão.

— Desculpe — disse Tom. — Eu precisava descansar os braços. — Primeiro girou, depois flexionou-os.

— Descanse o quanto quiser — disse Stu. — Devagar e com calma se vai longe.

Sua cabeça latejava. Pegou o Anacin e engoliu dois comprimidos a seco. A garganta parecia forrada com lixa e uma alma sádica riscava fósforos nela. Conferiu as costuras do saco de dormir. Como esperava, estavam se desfazendo, mas ainda nada sério. Achavam-se numa longa e gradual encosta, exatamente o tipo de coisa que ele andara procurando. Numa encosta como aquela, com mais de 3 quilômetros de comprimento, um carro em ponto morto desceria muito bem. Podia-se fazê-lo arrancar no tranco em segunda, talvez mesmo em terceira.

Olhou preocupado para a esquerda, onde um Triumph cor de ameixa se achava enviesado na pista quebrada. Uma coisa esquelética de suéter de lã berrante se encostava atrás do volante. O carro teria transmissão manual, mas não havia como, pelo amor de Deus, ele enfiar a perna quebrada dentro da pequena boléia.

— Que distância fizemos? — perguntou a Tom.

Mas Tom apenas deu de ombros. Fora um bom pedaço, de qualquer modo, pensou Stu. Tom puxara-o por pelo menos três horas antes de parar para descansar. Isso falava de uma força fenomenal. Os velhos marcos de referência haviam sumido na distância. Tom, que tinha a constituição de um touro novo, arrastara-o por uns 9 ou 12 quilômetros enquanto ele cochilava.

— Descanse o quanto quiser — repetiu. — Não se esgote.

— Tom está bem. Tudo-do-bem, o que quer dizer tudo bem, minha nossa, sim, todo mundo sabe disso.

Tom devorou um enorme almoço, e Stu conseguiu comer um pouco. Depois seguiram em frente. A estrada continuava a dobrar-se para cima, e Stu começou a perceber aquela colina. Se transpusessem a crista sem encontrar o carro certo, levariam mais duas horas para chegar à seguinte. Depois escuridão. Chuva ou neve, pela aparência do céu. Uma bela noite de frio no molhado. E adeus Stu Redman.

Chegaram a um Chevrolet sedã.

— Pare — coaxou ele, e Tom largou o *travois.* — Vá dar uma olhada naquele carro. Conte os pedais no piso. Me diga se são dois ou três.

Tom correu e abriu a porta do carro. Uma múmia de vestido estampado de flores caiu para fora como a piada de mau gosto de alguém. A bolsa caiu ao lado, espalhando cosméticos, lenços de papel e dinheiro.

— Dois — gritou Tom.

— Tudo bem. Temos de seguir em frente.

Tom voltou, inspirou fundo e agarrou os cabos do *travois.* Uns 400 metros adiante, chegaram a uma Kombi.

— Quer que eu conte os pedais? — perguntou Tom.

— Não, desta vez, não.

A Kombi tinha três pneus arriados.

Stu começou a pensar que não iam encontrar; simplesmente não estavam com sorte. Chegaram a uma perua que tinha apenas um pneu arriado, podia ser trocado, mas como o sedã, Tom viu que tinha apenas dois pedais. Isso significava que era automático, portanto era inútil para eles. Seguiram adiante. A longa subida aplainava-se agora, começando a chegar à crista. Stu via apenas mais um carro à frente, uma última chance. O coração de Stu afundou. Era um Plymouth muito antigo, 1970, na melhor das hipóteses. Por milagre, tinha os quatro pneus bons, mas comido de ferrugem e esbodegado. Ninguém jamais se preocupara muito com manutenção daquela lata velha; Stu conhecia bem o tipo, de Arnette. A bateria seria velha e provavelmente rachada, o óleo mais negro que a meia-noite num poço de mina, mas haveria um forro peludo rosa em torno do volante e talvez um *poodle* de pelúcia com olhos de lantejoula e a cabeça a balançar na bandeja de trás.

— Quer que eu dê uma conferida? — perguntou Tom.

— Bem, acho que sim. Pobre não pode ser exigente, pode?

Uma fina neblina fria começava a baixar do céu.

Tom atravessou a estrada e olhou dentro do carro, que estava vazio. Stu ficou deitado, tremendo dentro do saco de dormir. Finalmente, Tom voltou.

— Três pedais — disse.

Stu tentou pensar. O zumbido alto e agridoce em sua cabeça continuava tentando atrapalhar.

O velho Plymouth quase certamente não prestava. Eles podiam chegar ao outro lado da colina, mas depois todos os carros estariam apontando na direção errada, encosta acima, a menos que cruzassem o canteiro do meio... que ali tinha uns pedregosos 800 metros de largura. Talvez dessem um jeito de achar um carro normal, de marchas, do outro lado... mas a essa altura já estaria escuro.

— Tom, me ajude a levantar.

De algum modo, Tom o ajudou a pôr-se de pé sem machucar demais a perna quebrada. A cabeça doía e zumbia. Negros cometas atravessavam seu campo de visão e ele quase desmaiou. Então, tinha um braço passado pelo pescoço do amigo.

— Descanse — murmurou. — Descanse...

Ele não fazia a menor idéia de quanto tempo tinham permanecido assim. Tom apoiando-o pacientemente enquanto ele nadava nos semitons cinzentos da semi-inconsciência. Quando o mundo finalmente retornou, Tom ainda estava pacientemente apoiando-o. A névoa tinha se espessado para uma lenta e fria garoa.

— Tom, me ajude a sair dessa.

Tom passou-lhe um braço pela cintura e os dois cambalearam para o outro lado onde estava o Plymouth no acostamento.

— Abra o capô — murmurou Stu, mexendo na grade do Plymouth. O suor rolava-lhe pelo rosto abaixo. Arrepios devastavam-no. Encontrou a mola do capô, mas não podia erguê-lo. Orientou as mãos de Tom e por fim o capô se abriu.

O motor era mais ou menos o que ele esperava — um V8 sujo e mantido com indiferença. Mas a bateria não estava tão ruim quanto temera. Era uma Sears, não do topo de linha, mas dava garantia até fevereiro de 1991. Lutando contra a pressa febril de seus pensamentos, Stu fez as contas e calculou que a bateria era nova em maio passado.

— Vá experimentar a buzina — disse a Tom e encostou-se no carro enquanto o outro se curvava para fazê-lo.

Ouvira falar em afogados que se agarram a palhas e achou que agora entendia. Sua última chance de sobreviver àquilo era um refugo esbodegado de ferro velho.

A buzina deu um ronco alto. Tudo bem, então. Se houver uma chave, arrisque. Provavelmente devia ter mandado Tom verificar isso primeiro, mas, pensando bem, não importava muito. Se não houvesse chave, com toda a probabilidade estariam liquidados de qualquer forma.

Fechou o capô e trancou-o pondo todo o seu peso nele. Depois contornou saltando até o banco do motorista e olhou para dentro, esperando ver a fenda da ignição vazia. Mas as chaves estavam lá, penduradas numa imitação de caixa de couro, com as iniciais A.C. Curvando-se com cuidado, girou a chave para acessórios. Devagar, a agulha do mostrador de gasolina virou para pouco mais que um quarto de tanque. Aí estava um mistério. Por que o dono do carro, por que A.C. parara para caminhar quando podia seguir de carro?

Em seu estado meio aéreo Stu lembrou-se de Charles Campion, quase morto, batendo nas bombas de gasolina de Hap. O velho A.C. tinha a supergripe, séria. Nos estágios finais. Ele pára, desliga o motor — não por estar pensando nisso, mas por ser um hábito há muito entranhado — e salta. Delira, talvez com alucinações. Cambaleia para os ermos de Utah, rindo, cantando e cacarejando, e lá morre. Quatro meses depois, Stu Redman e Tom Cullen passam por acaso e as chaves estão no carro, e a bateria está relativamente nova, e tem gasolina...

A mão de Deus.

Não fora o que Tom dissera sobre Vegas? *A mão de Deus se abateu do céu.* Talvez Deus houvesse deixado aquele esbodegado Plymouth 70 ali para eles, como maná no deserto. Era uma idéia maluca, porém não mais que a de uma velha negra com mais de cem anos conduzindo um bando de refugiados para a terra prometida.

— E ela ainda fazia seus próprios biscoitos — coaxou. — Até o finzinho ainda fazia seus próprios biscoitos.

— Como é, Stu?

— Deixa pra lá. Chega pra lá, Tom.

Tom chegou.

— Podemos dirigir? — perguntou, esperançoso.

Stu empurrou o banco do motorista à frente, para Kojak saltar dentro, o que ele fez após uma ou duas fungadas cautelosas.

— Não sei. É melhor rezar pra que esse troço pegue.

— Tudo bem — disse Tom, com simpatia.

* * *

Stu levou cinco minutos só para se pôr atrás do volante. Sentou-se num lugar inclinado, quase no lugar onde um terceiro passageiro na frente se sentaria. O carro estava juncado de caixas do McDonald's e embalagens de Taco Bell; o interior cheirava a flocos de milho velho.

Stu girou a chave. O velho Plymouth estremeceu prontamente por cerca de vinte segundos, e o motor de arranque começou a ratear. Stu bateu de novo na buzina, e ouviu apenas um débil coaxar. A depressão de Tom desabou.

— Ainda não acabamos com ele — disse Stu. Estava encorajado; ainda fluía seiva dentro daquela velha bateria Sears. Ele empurrou a alavanca e engatou uma segunda. — Abra a sua porta e empurre.

Tom disse, em dúvida:

— O carro não está virado para o lado errado?

— Agora está. Mas se conseguirmos fazer esta lata velha andar, damos um jeito nisto já.

Tom saltou e começou a empurrar pela coluna da porta. O Plymouth começou a andar. Quando o velocímetro chegou a 8 km/h, Stu disse:

— Salte dentro, Tom.

Tom entrou e bateu a porta. Stu girou a chave de ignição e esperou. A direção era elétrica, não adiantava com o motor desligado, e foi preciso mais que a força em queda do motorista apenas para manter a frente do carro em linha reta estrada abaixo. A agulha do mostrador arrastou-se para 20, 25, 30 km/h. Rodavam em silêncio descendo a colina na qual Tom passara quase toda a manhã arrastando-o para cima.

O orvalho condensava-se no pára-brisa. Tarde demais, Stu percebeu que haviam deixado o *travois* para trás.

— Não está funcionando, Stu — disse Tom, ansioso.

Cinquenta quilômetros por hora. Rápido o suficiente.

— Deus nos ajude agora — disse Stu e engatou a marcha. O Plymouth refugou e estremeceu. O motor tossiu e pegou, esturrou, falhou, empacou. Stu gemeu, tanto de frustração quanto da pontada de dor que disparou pela perna quebrada acima.

— Merda de *fogo*! — gritou e tornou a empurrar a alavanca. — Aperte esse pedal, Tom. Use a mão!

— Qual deles? — perguntou Tom, ansioso.

— O comprido!

Tom abaixou-se no chão e bombeou duas vezes o acelerador. O carro voltava a ganhar velocidade e Stu teve de forçar-se a esperar. Já haviam descido mais da metade da encosta.

— *Agora!* — gritou Stu e engatou a alavanca de novo.

O Plymouth pegou com um ronco. Kojak latiu. Fumaça negra fervilhou do enferrujado cano de descarga e virou azul. E o carro estava andando, aos trancos, dois cilindros falhando, mas realmente andando. Stu passou para a terceira e empurrou a alavanca de novo, atuando em todos os pedais com uma perna só.

— Lá vamos nós, Tom! — berrou. — Agora temos roda!

Tom gritou de prazer. Kojak latia e balançava a cauda. Em sua vida anterior, a vida antes da Capitão Viajante, quando ele fora Big Steve, viajara muitas vezes no carro do dono. Era legal estar rodando de novo, com os novos donos.

* * *

Chegaram a um retorno entre as pistas para oeste e leste, cerca de 6 quilômetros mais adiante. SÓ PARA VEÍCULOS OFICIAIS, avisava uma severa placa. Stu conseguiu manobrar a alavanca o suficiente para virar o carro e pegar a pista para leste, havendo apenas um mau momento quando o velho carro falhou, refugou e ameaçou empacar. Mas o motor agora estava quente. Ele voltou à terceira marcha e então relaxou um pouco, respirando forte e tentando alcançar seus batimentos cardíacos, rápidos e tênues. O cinzento queria voltar e inundá-lo, mas ele não ia deixar. Alguns minutos depois, Tom avistou o saco de dormir laranja vivo que fora o improvisado *travois* de Stu.

— Tchau-tchau! — gritou em alto astral. — Tchauzinho, estamos indo para Boulder, minha nossa, é!

Eu me darei por satisfeito com Green River, pensou Stu.

Chegaram lá pouco depois do escurecer, Stu dirigindo o carro com cuidado em marcha lenta pelas ruas escuras, pontilhadas de carros abandonados. Parou na rua principal, na frente de um prédio que se anunciava como Utah Hotel. Era uma deplorável construção de três andares, e Stu achou que o Waldorf Astoria ainda não precisava preocupar-se com a concorrência. Sua cabeça chocalhava de novo, e ele entrava e saía em clarões na realidade. O carro parecera lotado de gente às vezes durante os últimos 30 quilômetros. Fran. Nick Andros. Norm Bruett. Ele olhara para trás uma vez e parecera que Chris Ortega, o *barman* do Indian Head, os escoltara.

Cansado. Algum dia estivera tão cansado?

— Chegamos — murmurou. — Temos de passar a noite, Nicky. Estou liquidado.

— É Tom, Stu. Tom Cullen. Minha nossa, é.

— Tom, é. Precisamos parar. Pode me ajudar a entrar?

— Claro. Botar este carro velho pra andar, isto foi sensacional.

— Vou tomar outra cerveja — disse Stu. — Você não tem um cigarro? Estou doido por uma tragada.

Desabou sobre o volante.

Tom saltou e carregou-o para dentro do hotel. O saguão era úmido e escuro, mas havia uma lareira e uma caixa de lenha pela metade ao lado. Tom depôs Stu num sofá puído sob uma grande cabeça de alce empalhada e passou a acender a lareira, enquanto Kojak andava em volta, farejando tudo. A respiração de Stu era lenta e rascante. Ele murmurava de vez em quando, e de vez em quando gritava alguma coisa ininteligível, fazendo gelar o sangue de Tom.

Fez um fogo monstro e saiu para olhar o ambiente. Encontrou travesseiros e cobertores para si mesmo e Stu. Empurrou o sofá para mais perto da lareira e depois se deitou junto a Stu. Kojak estendeu-se no outro lado, de modo que ladeavam o doente com seu calor.

Tom ficou deitado olhando o teto, de estanho ondulado e rendilhado de teias de aranha nos cantos. Stu estava muito doente. Era coisa para preocupar. Se tornasse a acordar, ia perguntar-lhe o que fazer com a doença.

Mas e se... e se não acordasse?

Do lado de fora, o vento ganhara força e passava uivando pelo hotel. A chuva açoitava as janelas. À meia-noite, depois que Tom adormecera, a temperatura já caíra mais vários graus e o barulho passou para o pipocar arenoso do granizo. Muito longe a oeste, as bordas externas da tempestade empurravam uma enorme nuvem de poluição radioativa para a Califórnia, onde outros iam morrer.

Em algum momento após as duas da manhã Kojak ergueu a cabeça e ganiu inquieto. Tom Cullen levantava-se. Tinha os olhos arregalados e brancos. O cão tornou a ganir, mas ele não tomou conhecimento. Foi até a porta e saiu para a noite uivante. Kojak seguiu até a janela do saguão do hotel e ergueu as patas, olhando para fora. Ficou olhando algum tempo, emitindo ruídos baixos e tristes da garganta. Depois voltou e deitou-se de novo junto a Stu.

Do lado de fora, o vento uivava e rangia.

Capítulo Setenta e Cinco

— EU QUASE MORRI, SABIA? — disse Nick. Ele e Tom caminhavam juntos pela calçada vazia. O vento uivava firmemente, um interminável ruído de trem-fantasma através do céu negro. Produzia sons surdos e ululantes nos becos. Espíritos, Tom teria dito, se acordado, e sairia correndo. Mas ele não estava acordado, não exatamente, e Nick estava com ele. Flocos de neve batiam gelados em suas faces.

— É mesmo? — perguntou Tom. — Minha nossa!

Nick riu. Sua voz agora era grave e musical, uma boa voz. Tom adorava ouvi-lo falar.

— É claro que sim. Isso merece um grande "Minha nossa". A gripe não me pegou, mas quase fui levado embora por causa de um arranhãozinho na perna. Veja só isto aqui.

Parecendo ignorar o frio, Nick desabotoou a cintura dos *jeans* e puxou as calças para baixo. Tom inclinou-se à frente, curioso, como um garotinho a quem foi oferecido o espetáculo de uma verruga encimada por um pêlo, um ferimento ou machucado interessantes. Ao longo da perna de Nick havia uma feia cicatriz, parecendo ainda recente. Começava logo abaixo da virilha, na parte interna da coxa, e serpenteava passando do joelho à canela, onde finalmente findava.

— E isso quase *matou* você?

Nick puxou as calças para cima e tornou a abotoar a cintura.

— Não foi um corte profundo, mas infeccionou. Infecção significa que germes ruins penetram na ferida. Infecção é a coisa mais perigosa que existe, Tom. Foi ela que fez a supergripe matar tanta gente. É a infecção que leva pessoas a querer produzir o germe, antes de mais nada. Uma infecção da mente.

— Infecção — sussurrou Tom, fascinado. Haviam recomeçado a andar, quase como se flutuassem ao longo da calçada.

— Tom, Stu está com uma infecção agora.

— Não... não fale assim, Nick... você está deixando Tom Cullen assustado, minha nossa, está mesmo!

— Sei que estou, Tom, e sinto muito. Mas você precisa saber. Stu tem pneumonia nos dois pulmões. Dormiu ao relento por quase duas semanas. Há certas coisas que você precisa fazer por ele, Tom. E, mesmo assim, é quase certo que Stu morra. Você deve ficar preparado para isso.

— Não, não me...

— Tom. — Nick pousou a mão no ombro de Tom, mas ele nada sentiu... era como se a mão de Nick fosse pura fumaça. — Se ele morrer, você e Kojak precisam seguir em frente. Você tem que voltar a Boulder e contar a todos que viu a mão de Deus no deserto. Se for da vontade de Deus, Stu irá com você... no devido tempo. Se for da vontade de Deus que Stu morra, então ele morrerá. Como eu.

— Nick — suplicou Tom. — Por favor...

— Tive um motivo para mostrar-lhe minha perna, Tom. Existem pílulas contra infecções. Em lugares como este.

Tom olhou em torno e ficou surpreso ao ver que não estavam mais na rua. Estavam numa loja às escuras. Uma farmácia. Havia uma cadeira de rodas suspensa do teto por uma corda de piano, como um fantasmagórico cadáver mecânico. Um aviso à direita de Tom anunciava: PRODUTOS MODERADORES.

— Pois não, senhor? Em que posso servi-lo?

Tom girou nos calcanhares. Nick estava atrás do balcão, envergando um jaleco branco.

— Nick?

— Perfeitamente, senhor. — Nick começou a dispor pequenos frascos diante de Tom. — Isto aqui é penicilina, muito eficaz para pneumonia. Este aqui é ampicilina, e este é amoxicilina, também um excelente medicamento. E ete é V-cilina, em geral mais para uso infantil, podendo fazer efeito se os demais falharem. Ele terá que beber muita água, assim como suco de frutas, mas isto talvez não seja possível. Então, dê-lhe isto aqui. São tabletes de vitamina C. Além do mais, precisará fazê-lo caminhar...

— *Não vou conseguir me lembrar de tudo isso!* — gemeu Tom.

— Receio que terá de lembrar-se. Porque não existe mais ninguém. Você estará sozinho, Tom.

Tom começou a chorar.

Nick inclinou-se à frente. Seu braço rodopiou. Não houve nenhum tapa — novamente a sensação de que Nick era fumaça, que passara em torno dele, e talvez através dele —, mas mesmo assim Tom sentiu a cabeça arremessada para trás. E algo dentro de sua cabeça pareceu estalar.

— Pare com isso! Você não pode ser um bebê agora, Tom! Seja um homem! Pelo amor de Deus, seja um homem!

Tom olhou para Nick fixamente, a mão sobre a face, os olhos arregalados.

— Faça-o andar — recomendou Nick. — Coloque ele de pé sobre a perna boa. Arraste-o se for preciso, mas não o deixe deitado de costas, do contrário ele sufocará.

— Ele está fora de si — explicou Tom. — Ele grita... grita para pessoas que não estão lá!

— Está delirando. Mas faça-o andar assim mesmo. O mais que puder. Faça-o tomar penicilina, uma pílula de cada vez. Dê-lhe aspirina. Mantenha-o aquecido. E reze. São essas as coisas que você pode fazer.

— Tudo bem, Nick. está bem. Tentarei ser um homem, tentarei me lembrar... mas gostaria que você estivesse aqui, minha nossa, gostaria mesmo!

— Faça o melhor que puder, Tom. Isso é tudo.

Nick se foi. Tom acordou e se viu na farmácia deserta, de pé diante do balcão de medicamentos. Havia quatro frascos de pílulas sobre o balcão da farmácia. Tom olhou para eles por um bom tempo antes de levá-los.

* * *

Tom voltou às quatro da madrugada, com os ombros congelados pela neve. Lá fora, a noite começava a se recolher, havendo uma tênue linha de alvorecer ao leste. Kojak latiu numa entusiástica acolhida. Stu gemeu e despertou. Tom se ajoelhou ao lado dele.

— Stu?

— Tom? Está difícil respirar...

— Trouxe remédios para você, Stu. Nick me mostrou. Você vai sarar dessa infecção. Precisa tomar um agora mesmo. — Da sacola que havia trazido, Tom extraiu os quatro frascos de pílulas e um vidro grande de Gatorade. Nick se enganara quanto ao suco. Havia um bom sortimento no supermercado de Green River.

Stu examinou as pílulas, aproximando-as bem dos olhos.

— Onde conseguiu isso, Tom?

— Na farmácia. Nick me deu.

— Não, não mesmo.

— Verdade! Verdade! Você tem que tomar a penicilina primeiro, para ver se faz efeito. Qual dos frascos diz que é penicilina?

— Esse aqui... mas, Tom...

— Não, você tem que tomar. Nick disse que tem. E também precisa andar.

— Não posso andar. Estou com uma perna quebrada. E estou doente. — A voz de Stu se tornou teimosa, petulante, uma voz de enfermaria.

— Mas vai ter que andar. Se não, vou arrastá-lo.

Stu perdeu sua tênue noção da realidade. Tom enfiou uma das cápsulas de penicilina em sua boca e Stu a engoliu por mero reflexo, empurrando-a com Gatorade para não engasgar. Ainda assim, ele começou a tossir como um desesperado e Tom lhe bateu nas costas como se para fazer um bebê arrotar. Em seguida, ergueu Stu sobre a perna boa, usando a pura força física, e começou a arrastá-lo, sendo seguidos ansiosamente por Kojak.

— Por favor, Deus — suplicou Tom. — Por favor, por favor, Deus...

Stu gritou:

— Sei onde encontrar uma tábua de lavar roupa para ela, Glen! Há muitas naquela loja de música. Eu as vi na vitrine!

— Por favor, Deus — ofegou Tom. A cabeça de Stu descambou sobre seu ombro. Ele estava quente como uma fornalha, arrastando atrás de si a perna inútil e fraturada.

Boulder nunca parecera tão distante como naquela desolada manhã.

* * *

A luta de Stu contra a pneumonia durou duas semanas. Ele bebeu litros de Gatorade, V-8, suco de uva Welch e várias marcas de suco de laranja. Raramente sabia o que estava bebendo. Sua urina era espessa e ácida. Sujava-se como um bebê ao evacuar e, que nem as de um bebê, suas fezes eram amarelas, moles, totalmente inocentes. Tom o mantinha limpo.

Tom o arrastava em torno do saguão do Utah Hotel. E ficava vigiando à noite, querendo ver quando ele acordaria. Não porque Stu delirasse no sono, mas porque sua penosa respiração finalmente se aquietara.

A penicilina provocou uma feia e vermelha urticária após dois dias de uso, de maneira que Tom passou para ampicilina. A 7 de outubro, Tom acordou pela manhã e encontrou Stu dormindo mais profundamente do que fazia em dias. Tinha o corpo todo banhado de suor, porém a testa estava fresca. A febre se fora durante a noite. Nos dois dias seguintes, Stu mal fez outra coisa além de dormir. Tom precisava esforçar-se para acordá-lo, a fim de tomar as pílulas e cubos de açúcar, apanhados no restaurante anexo ao Utah Hotel.

Houve uma recaída em 11 de outubro, e Tom ficou terrivelmente assustado, imaginando que fosse o fim. No entanto, a febre não subiu tanto, a respiração não ficou tão difícil e trabalhosa como nas aterradoras primeiras horas nos dias 5 e 6.

Em 13 de outubro, Tom acordou de um cochilo em uma das poltronas do saguão para encontrar Stu sentado e olhando em torno.

— Tom — sussurrou ele. — Estou vivo!

— Sim — disse Tom alegremente. — Minha nossa, está mesmo!

— Estou com fome. Poderia arranjar alguma sopa, Tom? Talvez com talharim?

Por volta do dia 18, suas forças retornaram em parte. Ele já era capaz de andar pelo saguão uns cinco minutos de cada vez, amparando-se nas muletas que Tom lhe trouxera da farmácia. Havia uma intensa e enlouquecedora comichão na perna fraturada quando os ossos começaram a consolidar-se. Em 20 de outubro, ele saiu pela primeira vez, agasalhado em roupas de baixo térmicas e em um grosso casaco de pele de ovelha.

O dia estava quente e ensolarado, porém com um subtom de friagem. Em Boulder, ainda deveriam estar em meados do outono, com a folhagem das faias ficando dourada, mas ali o inverno estava tão próximo que quase podia ser tocado. Ele podia ver pequenos trechos de neve congelada e granulada em áreas sombreadas onde o sol nunca tocava.

— Não sei, Tom — disse ele. — Acho que poderíamos chegar a Grand Junction, mas depois disso simplesmente não sei. Vai haver um bocado de neve nas montanhas. De qualquer modo, eu não ousaria sair daqui por algum tempo. Preciso recuperar as energias.

— Quanto tempo acha que suas energias demoram para voltar, Stu?

— Não sei, Tom. Só nos resta esperar para ver.

* * *

Stu estava determinado a não ir com tanta sede ao pote, não forçar coisa alguma — estivera bastante perto da morte para dar valor à recuperação. Mudaram-se do saguão do hotel para dois quartos intercomunicantes no final do corredor do primeiro andar. O quarto em frente tornou-se a moradia temporária de Kojak. A perna de Stu estava de fato com a fratura consolidada, porém, devido ao encanamento incorreto, nunca mais voltaria a ser reta, a não ser que George Richardson tornasse a quebrá-la e engessasse corretamente. Quando se livrasse das muletas, seria um homem manco.

Não obstante, dedicou-se a exercitar a perna, tentando recuperar o tônus muscular. Devolver à perna uns 75% de eficiência seria um longo processo, mas até onde podia dizer, Stu teria um longo inverno pela frente.

 A 28 de outubro, Green River estava com 10 centímetros de neve.

— Se não partirmos logo — comentou ele para Tom, enquanto contemplava a neve —, passaremos todo o maldito inverno no Utah Hotel.

No dia seguinte, levaram o Plymouth até o posto de gasolina nas cercanias da cidade. Parando freqüentemente para descansar e usando Tom no serviço mais pesado, trocaram os dois pneus carecas traseiros por dois pneus com rebites, próprios para neve. Stu pensara em arranjar um veículo com tração nas quatro rodas, mas finalmente decidira, de modo inteiramente irracional, que deveriam continuar com aquele que lhes dera sorte. Tom encerrou a operação colocando quatro sacos de 25 quilos de areia no porta-malas do Plymouth. Partiram de Green River no Halloween e seguiram rumo leste.

* * *

Chegaram a Grand Junction ao meio-dia de 2 de novembro e, conforme verificaram, não tendo muito mais que três horas de claridade. O céu se tornara cinza-chumbo durante toda a manhã, e quando desembocaram na rua principal, os primeiros flocos de neve começaram a patinar sobre o capô do Plymouth. Tinham encontrado breves nevascas meia dúzia de vezes durante a viagem, porém essa de agora prometia ser séria.

— Escolha o lugar — disse Stu. — Talvez fiquemos aqui por algum tempo.

Tom apontou.

— Lá! O motel com aquela estrela!

O motel com a estrela era o Holiday Inn de Grand Junction. Abaixo do letreiro e da convidativa estrela havia uma enorme marquise na qual estava escrito em grandes letras vermelhas: EM-VINDO AO VERÃO 1990 DE GR ND JUNC ON'S 12 DE JUNHO-4 DE JUL O!

— *OK* — disse Stu. — Vai ser o Holiday Inn.

Freou e desligou o motor do Plymouth, que, até onde ambos sabiam, nunca mais voltaria a funcionar. Por volta das duas daquela tarde, as rajadas de neve se haviam transformado numa espessa cortina branca que caía muda e aparentemente interminável. Por volta das quatro, o vento brando se transformara num vendaval, impelindo a neve diante dele e empilhando montes que cresciam com velocidade quase alucinatória. Nevou a noite toda. Quando Stu e Tom se levantaram na manhã seguinte, encontraram Kojak sentado diante das grandes portas duplas do saguão, espiando para fora, para um mundo branco quase imóvel. A única coisa que se movia era um gaio pavoneando-se ao redor do que restava de um toldo de verão de uma loja no outro lado da rua.

— Caramba — sussurrou Tom. — Estamos presos pela neve, não estamos, Stu?

Stu confirmou.

— Como vamos poder voltar para Boulder desse jeito?

— Teremos de esperar pela primavera — disse Stu.

— Tanto tempo? — Tom parecia decepcionado, e Stu passou os braços em volta dos ombros do homem-menino.

— O tempo passará — disse, mas mesmo então não tinha certeza de que seriam capazes de esperar tanto tempo.

* * *

Stu ficara gemendo e arfando na escuridão por algum tempo. Por fim, deu um grito alto o suficiente para acordá-lo e saiu do sonho para o seu quarto no motel Holiday Inn apoiado nos cotovelos, fitando o nada com olhos arregalados. Soltou um suspiro longo e tiritante e procurou pelo lampião Coleman na mesinha-de-cabeceira. Apertara o interruptor duas vezes antes de voltar à realidade. Engraçado, como era difícil acreditar que a eletricidade tivesse pifado. Ele encontrou o lampião Coleman no chão e o acendeu em vez disso. Quando o teve funcionando, usou o urinol. Depois sentou-se na cadeira junto à escrivaninha. Consultou o relógio e viu que eram 3h15 da madrugada.

O sonho de novo. O sonho com Frannie. O pesadelo.

Era sempre a mesma coisa. Frannie nas dores do parto, o rosto banhado de suor. Richardson postado entre as pernas dela, tendo Laurie Constable a um lado, ajudando. Os pés de Frannie estavam elevados, firmados em estribos de aço inoxidável.

Força, Frannie! Empurre! Está indo muito bem!

Entretanto, quando fitava os olhos sombrios de George, acima de sua máscara, Stu percebia que Frannie não estava nada bem. Alguma coisa estava errada. Laurie lhe passava uma compressa pelo rosto suado e afastava-lhe os cabelos da testa.

Não há passagem.

Quem tinha dito isto? Era uma voz sinistra, grave e monótona, como um disco tocado fora de sua rotação.

Não há passagem.

A voz de George: *É melhor você chamar Dick. Diga a ele que talvez tenhamos de...*

A voz de Laurie: *Doutor, ela está perdendo muito sangue...*

Stu acendeu um cigarro. Estava terrivelmente mofado, porém qualquer coisa servia de consolo após este sonho. *É um sonho causado pela ansiedade, nada mais. Você está com essa típica idéia machista de que nada corre bem sem a sua presença. Ora, Stuart, ela está bem. Nem todo sonho vira realidade.*

Porém, um bom punhado deles *correspondera* à realidade no último meio ano. Não conseguia descartar aquela impressão de que o futuro lhe era revelado nesse sonho recorrente do parto de Frannie.

Apagou o cigarro fumado pela metade e olhou inexpressivo para o brilho constante do lampião. Estavam em 29 de novembro e fazia quase quatro semanas que se achavam alojados no Holiday Inn de Grand Junction. O tempo havia passado lentamente, mas eles conseguiram se manter distraídos com aquela cidade inteira para pilhar, catando bugigangas que os divertiam e entretinham.

Stu havia encontrado um gerador elétrico Honda tamanho médio num depósito da Grand Avenue, e ele e Tom o tinham içado para o Centro de Convenções, em frente ao Holiday Inn, ao colocá-lo sobre um trenó com a ajuda de uma grua, e depois enganchando dois Sno Cats no trenó — movendo-o, em outras palavras, de modo muito semelhante ao utilizado pelo Homem da Lata de Lixo para levar seu presente final para Randall Flagg.

— O que vamos fazer com isso? — perguntou Tom. — Botar eletricidade no motel?

— É muito pequeno para isso — disse Stu.

— O que, então? Isso é para quê? — Tom estava praticamente dançando de impaciência.

— Você verá.

Colocaram o gerador no depósito de equipamento elétrico do Centro de Convenções e Tom prontamente esqueceu dele — o que era justamente o que Stu esperava. No dia seguinte, ele foi no veículo para neve até o Sixplex de Grand Junction e, usando ele mesmo o trenó e a grua, tinha baixado um velho projetor de cinema de 35 milímetros da janela do segundo andar do setor de estocagem, que ele havia descoberto em uma de suas viagens exploratórias. Ele havia sido envolto em plástico... e depois sido simplesmente esquecido, a julgar pela poeira acumulada na capa protetora.

Sua perna estava reagindo otimamente, mas mesmo assim lhe exigira três horas para empurrar o projetor desde a porta do Centro de Convenções até o centro do salão. Ele usou três plataformas móveis e ficou na expectativa de Tom aparecer a qualquer momento, procurando por ele. Com Tom para ajudar, o serviço teria sido muito mais rápido, porém isso estragaria a surpresa. Mas Tom estava ausente, tratando dos seus próprios negócios, e Stu não o viu pelo dia inteiro. Quando ele voltou ao Holiday Inn, por volta das cinco, a face rosada e enrolado num cachecol, a surpresa estava pronta.

Stu tinha trazido todos os seis filmes que estiveram passando no complexo de cinemas de Grand Junction. Depois do jantar daquela noite, Stu disse casualmente:

— Venha comigo até o Centro de Convenções, Tom.

— Para quê?

— Você verá.

O Centro de Convenções ficava defronte ao Holiday Inn através da rua tomada pela neve. Na entrada, Stu entregou a Tom uma caixa de pipocas.

— Para que é isto? — indagou Tom.

— Não dá para assistir a um filme sem pipoca, seu grande pateta — riu Stu.

— *FILME?*

— Claro.

Tom irrompeu no Centro de Convenções. Viu o grande projetor montado, completamente ligado. Viu a grande tela puxada para baixo. Viu duas cadeiras dobráveis colocados no meio do enorme salão vazio.

— Uau! — exclamou, e sua expressão de puro encantamento era tudo que Stu havia esperado.

— Trabalhei três verões no *drive-in* Starlite, lá em Braintree — disse Stu. — Espero não ter esquecido de como emendar essa porra se a fita rebentar.

— Uau — repetiu Tom.

— Teremos de esperar para trocar os rolos. Não tive ânimo para voltar lá e trazer um projetor de reserva. — Stu caminhou através da confusão de fios que levavam do projetor ao gerador no compartimento elétrico e puxou o fio de partida. O gerador começou a zumbir alegremente. Stu fechou a porta até onde pudesse abafar o barulho da máquina e apagou as luzes. E cinco minutos depois estavam sentados lado a lado, vendo Sylvester Stallone matar centenas de traficantes em *Rambo IV*. O som Dolby Stereo berrava para eles dos 16 alto-falantes do Centro de Convenções, às vezes tão alto que ficava difícil ouvir o diálogo (se houvesse qualquer diálogo)... mas eles adoravam.

Agora, pensando a respeito, Stu sorriu. Alguém que não o conhecesse melhor o teria chamado de bobo — ele poderia ter trazido um videocassete muito menor e teriam assistido a centenas de filmes nele, provavelmente ali mesmo no Holiday Inn. Mas ver filmes na TV não era a mesma coisa, nunca tinha sido, no seu modo de pensar. E a questão também não era simplesmente que dispunham de tempo demais para matar... e em certos dias isso era tremendamente difícil.

Seja como for, um dos filmes tinha sido um *remake* de um dos últimos desenhos de Disney, *Oliver e sua Turma*, que nunca havia sido comercializado em fita de vídeo. Tom o assistiu várias vezes, rindo como uma criança com as travessuras de Oliver e sua turma que, no desenho, moravam em uma barcaça em Nova York e dormiam numa poltrona de avião furtada.

Além do projetor de filmes, Stu montara mais de vinte modelos, incluindo um Rolls-Royce com 240 partes e que, antes da supergripe, fora vendido a 65 dólares. Tom armava uma estranha mas de certa forma irresistível paisagem, como uma espécie de maquete, a qual ocupava quase a metade da sala de convenções do Holiday Inn; ele usara *papier-mâché*, gesso-de-paris e vários corantes alimentícios. Chamara a coisa de Base Lunar Alfa. Sim, tinham-se mantido ocupados, mas...

O que você está pensando é loucura.

Stu flexionou a perna. Estava em melhor estado do que jamais esperava, parcialmente graças à aparelhagem para exercícios e levantamento de peso do Holiday Inn. Ainda havia considerável rigidez e certa dor, porém, era capaz de manquejar por ali sem muletas. Poderiam ir devagar, e pouco a pouco. Tinha quase certeza de que poderia ensinar Tom a como manejar uma das motoneves que quase todos os habitantes locais guardavam no fundo das garagens. Fazer 30 quilômetros diários, levar tendas individuais, grandes sacos de dormir, uma profusão daqueles concentrados desidratados...

Tudo bem, e quando a avalanche despencar no Vail Pass, você e Tom acenam para ela com uma embalagem de cenouras desidratadas, dizendo-lhe para dar o fora. É loucura!

Ainda assim...

Ele amassou o cigarro no cinzeiro e apagou o lampião. Mesmo assim, levou muito tempo para pegar no sono.

* * *

Durante o café-da-manhã, ele perguntou:

— Tom, você tem muita vontade de voltar a Boulder?

— E ver Fran? Dick? Sandy? Minha nossa, o que mais quero na vida é voltar para Boulder, Stu. Não está achando que deram minha casinha para outra pessoa, não é?

— Não, tenho certeza de que não fizeram isso. O que quero dizer é o seguinte: será que vale a pena a gente correr o risco?

Tom olhou para ele, intrigado. Stu já ia tentar outra explicação melhor quando Tom exclamou:

— Minha nossa, tudo é um risco, não é?

A decisão foi tomada simplesmente assim. Partiram de Grand Junction no último dia de novembro.

* * *

Não houve necessidade de ensinar Tom os rudimentos de uma motoneve. Stu encontrou uma máquina monstruosa em uma agência do Departamento Rodoviário do Colorado, a menos de 2 quilômetros do Holiday Inn. O motor era de tamanho exagerado, havia carenagem para quebrar o pior do vento e, mais importante de tudo, havia sido modificado para incluir um grande compartimento aberto para carga. Um dia, sem dúvida, aquela máquina dispusera de todo o tipo de equipamento de emergência. O compartimento tinha espaço suficiente para transportar com conforto um cão de bom tamanho. Sendo grande o número de estabelecimentos comerciais dedicados a atividades ao ar livre, não tiveram dificuldade em encontrar todo o equipamento indispensável à viagem, embora a supergripe houvesse eclodido no início do verão. Eles pegaram tendas individuais leves e sacos de dormir pesados, um par de esquis para cada um (embora a idéia de tentar ensinar a Tom os rudimentos de esqui na floresta fizesse gelar o sangue de Stu), um grande lampião Coleman, lanternas, botijões de gás, baterias extras, alimentos concentrados e um grande rifle Garand com visor.

Por volta das duas da tarde daquele primeiro dia Stu viu que eram infundados os seus temores de ficar bloqueado pela neve em algum lugar ou morrer de inanição. As florestas e bosques pululavam de caça; ele jamais vira nada semelhante em sua vida. Mais tarde, ainda nesse dia, abateu um cervo, seu primeiro cervo desde o ginásio, quando matava aula para caçar com seu tio Dale. Aquele cervo fora um exemplar esquelético, com carne de sabor desagradável, amargoso... por se alimentar de agulhas de pinheiro, explicara o tio Dale. O de agora era um macho adulto, em ótimo estado, pesado, de peito largo. Afinal, pensou Stu enquanto o estripava com uma enorme faca apanhada de uma loja de artigos esportivos de Grand Junction, o inverno mal começara. A natureza possuía seus próprios métodos para lidar com o excesso populacional.

Tom acendeu uma fogueira enquanto Stu esquartejava o cervo o melhor que podia, deixando as mangas de seu grosso capote coladas e salpicadas de sangue. Quando terminou com o cervo, já escurecera, três horas antes, e sua perna latejava tanto que parecia estar cantando a "Ave, Maria". O cervo caçado com o tio Dale tinha sido entregue a um velho chamado Schoey, que morava em uma cabana bem perto dos limites da cidade de Braintree. Schoey esfolara e estripara o cervo por 3 dólares e mais 5 quilos da carne do animal.

— Eu bem que gostaria que o velho Schoey estivesse aqui esta noite — disse ele com um suspiro.

— Quem? — indagou Tom, meio cochilando.

— Ninguém, Tom. Estou falando sozinho.

Como se esperava, a carne era de primeira. Macia e saborosa. Após se fartarem de comer, Stu cozinhou cerca de mais 20 quilos de carne que, na manhã seguinte, foram guardados em um dos compartimentos menores para estocagem na motoneve do Departamento de Estradas de Rodagem. Naquele primeiro dia de viagem fizeram apenas 26 quilômetros.

* * *

Naquela noite, o sonho mudou. Ele estava de novo na sala de parto. Havia sangue por toda parte — as mangas da bata branca que usava estavam duras e ensangüentadas. O lençol que cobria Fran estava encharcado. E ela continuava a berrar.

Está vindo, ofegou George. *É hora de ele chegar finalmente, Frannie. O bebê está querendo nascer, então empurre! EMPURRE!*

E ele veio, veio em um jato final de sangue. George puxou o bebê para libertá-lo, agarrando nos quadris porque ele nascera com os pés para a frente...

Laurie começou a gritar. Instrumentos de aço inoxidável voaram para todos os lados...

Porque era um lobo, com furiosa e sorridente face humana, o rosto *dele*, era Flagg, sua hora retornara, ele não estava morto, ainda não, continuava caminhando pelo mundo, Frannie dera à luz o filho de Randall Flagg...

Stu acordou, a respiração áspera repercutindo alto nos ouvidos. Teria gritado?

Tom ainda dormia, aninhado tão fundo no saco de dormir que somente a parte loura da cabeça era visível. Kojak se enovelara ao lado de Stu. Tudo estava bem, fora apenas um sonho...

E então um uivo isolado se elevou na noite, altissonante, ululante, um bimbalhar prateado de horror desesperado... o uivo de um lobo, ou talvez o grito de um fantasma assassino.

Kojak levantou a cabeça.

Um arrepio percorreu braços, coxas e virilhas de Stu.

O uivo não se repetiu.

Stu dormiu. Pela manhã, levantaram acampamento e prosseguiram. Foi Tom quem percebeu e comentou que as vísceras do cervo haviam desaparecido por completo. Havia uma confusão de pegadas onde elas tinham estado, o sangue que Stu derramara com a matança do animal desbotara para um rosado fosco sobre a neve... mas isso não foi tudo.

* * *

Cinco dias de tempo bom permitiram-lhes alcançar Rifle. Na manhã seguinte despertaram para uma intensa nevasca. Stu sugeriu que seria melhor esperarem ali, e então dirigiram-se para um motel local. Tom manteve abertas as portas do saguão, enquanto Stu conduzia a motoneve direto para lá. Conforme disse a Tom, o recinto dava uma ótima garagem, embora a bitola das rodas, feita para serviço pesado, houvesse mascado consideravelmente o grosso tapete do saguão.

* * *

Nevou por três dias. Partiram tão logo acordaram na manhã de 10 de dezembro, o sol brilhava intensamente e a temperatura subira alguns graus. A neve estava muito mais profunda agora, dificultando a percepção das curvas da I-70. No entanto, o que preocupava Stu naquele dia claro, ensolarado e cálido não era se manter na estrada. No fim da tarde, enquanto as sombras azuladas começavam a alongar-se, ele reduziu a velocidade, desligou o motor e virou a cabeça, seu corpo inteiro parecendo escutar.

— O que é, Stu? O que... — Então Tom ouviu também. Um som surdo e estrondeante à esquerda deles e à frente, mais acima. O som intensificou-se até um profundo rugido e depois extinguiu-se. A tarde se aquietou de novo.

— Stu? — perguntou Tom, ansioso.

— Não se preocupe — disse Stu e pensou: *Eu me preocuparei o suficiente por nós dois.*

* * *

As temperaturas elevadas se mantiveram. Por volta de 13 de dezembro estavam perto de Shoshone, e ainda subindo rumo ao teto das Rochosas — para eles o ponto mais alto que alcançariam antes de recomeçarem a descer para o Loveland Pass.

Volta e meia tornavam a ouvir o surdo rugido das avalanches, por vezes muito longe, outras vezes tão perto que nada podiam fazer senão olhar para cima, esperar e ter esperanças. No dia 12, uma avalanche cobrira um lugar que haviam deixado apenas meia hora antes, sepultando as marcas deixadas pela motoneve sob toneladas de neve compacta. Stu estava cada vez mais temeroso de que a vibração produzida pelo motor fosse o que finalmente os mataria, provocando um deslizamento que os enterraria a 12 metros de profundidade, antes mesmo de poderem perceber o que acontecia. Mas agora não havia nada a fazer senão prosseguir e esperar pelo melhor.

Então a temperatura caiu de novo, de certo modo reduzindo o perigo. Houve outra tempestade e ficaram retidos por dois dias. Abriram caminho e continuaram... e à noite os lobos uivaram. Os uivos às vezes pareciam bem distantes, outras vezes tão próximos como se os lobos estivessem ao lado das tendas, fazendo Kojak levantar-se e rosnar surdamente no peito, tão retesado como uma mola de aço. Porém as temperaturas continuaram baixas e a freqüência das avalanches diminuiu, embora tivessem outra que não os atingiu por pouco no dia 18.

Em 22 de dezembro, nos arredores da cidade de Avon, Stu conduziu a motoneve até o terrapleno da rodovia. Logo eles estavam fazendo uma velocidade constante e segura de 15km/h, expelindo nuvens de neve atrás deles. Tom acabara de apontar para a pequena cidade abaixo, silenciosa como a imagem de um estereocópio dos anos 1980 com seu único campanário de igreja branco e os imperturbáveis flocos de neve subindo pelos beirais das casas. No momento seguinte, a capota da motoneve começou a oscilar para a frente.

— Que porra... — começou a falar Stu e esse foi todo o tempo que teve.

O veículo pendeu mais à frente. Stu reduziu a velocidade, porém era tarde demais. Houve uma peculiar sensação de ausência de peso, a sensação que se tem quando alguém acaba de saltar do trampolim e o empuxo da gravidade simplesmente se adequa à força de seu impulso para cima. Eles foram expelidos da máquina de pernas para o ar. Stu perdeu Tom e Kojak de vista. Neve feia se acumulou no nariz. Quando abriu a boca para gritar, a neve desceu pela garganta. Desceu pelas costas do casaco. Rolando. Caindo. E finalmente vindo a pousar numa profunda colcha de neve.

Buscou seu caminho como um nadador, ofegando fogo quente. Sua garganta fora queimada pela neve.

— Tom! — gritou, pisoteando neve. Por mais estranho que parecesse, do seu ângulo de visão pôde ver com muita clareza o terrapleno da rodovia e o local de onde tinham sido expelidos, provocando sua própria pequena avalanche enquanto caíam. A traseira do veículo projetava-se da neve cerca de 15 metros mais abaixo da encosta íngreme. Parecia uma bóia cor de laranja. Era estranho como a fantasia da água persistia... e, a propósito, Tom tinha se afogado?

— Tom! *Tommy!*

Kojak deu sinal de vida, parecendo como se estivesse sido salpicado de cabo a rabo com açúcar de confeiteiro, e abriu caminho através da neve até Stu.

— Kojak! — gritou Stu. — Encontre Tom! *Encontre Tom!*

Kojak latiu e lutou para se virar. Foi na direção de um local mais revolvido na neve e latiu de novo. Pelejando, caindo, comendo neve, seguiu até o local e abaixou-se em torno. Sua mão enluvada bateu no casaco de Tom e ele deu um puxão furioso. Tom emergiu, ofegando e com ânsia de vômito, e ambos caíram de costas sobre a neve. Tom gritava e ofegava.

— Minha garganta! Está toda quente! Minha nossa, como arde...

— É o frio, Tom. Já vai passar.

— Eu estava sufocando...

— Está tudo bem agora, Tom. Nós vamos ficar numa boa.

Deitaram-se na neve, recuperando o fôlego. Stu enlaçou os ombros de Tom para amenizar o tremor do grandalhão. A uma certa distância, ganhando volume e depois diminuindo, estava o som frio e retumbante de mais uma avalanche.

* * *

Levou o resto do dia para alcançarem os três quartos de quilômetro entre o local do acidente e a cidade de Avon. Não houve perguntas acerca de resgatar a motoneve ou quaisquer dos suprimentos; era uma ladeira por demais acentuada. Ficariam ali até a primavera, pelo menos — talvez para sempre, do jeito como iam as coisas agora.

Chegaram à cidade meia hora após o crepúsculo, com um tempo frio e ventoso demais para fazerem qualquer coisa senão uma fogueira e encontrar um lugar semi-aquecido para dormir. Nesta noite não houve sonhos — apenas o negror da exaustão completa.

De manhã dedicaram-se à tarefa de se reciclarem. No povoado de Avon as coisas seriam mais dificultosas do que em Grand Junction. Mais uma vez, Stu pensou em parar e hibernar aqui — se ele dissesse que era a coisa certa a fazer, Tom não o questionaria. Já tinham tido uma lição explícita do que acontecia a quem estabelecia sua sorte de um dia para o outro. Mas, por fim, ele repeliu a idéia. O bebê estava previsto para início de janeiro. Ele queria estar lá quando nascesse. Queria ver com os próprios olhos se tudo estava bem.

Ao final da curta rua principal de Avon encontraram uma revendedora John Deere, e na garagem nos fundos do *showroom* acharam dois veículos para neve usados. Nenhum dos dois se equiparava àquele que Stu pegara no Departamento de Estradas de Rodagem e pusera na rodovia, porém um deles tinha uma banda de rodagem extralarga calçada, e ele achou que serviria. Não encontraram alimentos concentrados e tiveram de se contentar com enlatados. A segunda metade do dia foi gasta saqueando lojas em busca de equipamentos para acampar, uma tarefa que nenhum deles apreciou. As vítimas da epidemia estavam por toda parte, transformadas em uma exposição congelada de corpos grotescamente putrefatos em uma caverna.

Quase no fim do dia, encontraram a maior parte do que precisavam num só lugar: uma grande casa de cômodos afastada da rua principal. Antes da supergripe aparentemente tinha abrigado gente jovem, do tipo que vinha para o Colorado fazer todas as coisas sobre as quais John Denver costumava cantar. Tom, de fato, encontrou uma grande sacola de lixo de plástico verde no espaço apertado sob as escadas, cheia com uma versão muito potente do "Barato das Rochosas".

— O que é isto? Tabaco, Stu?

Stu sorriu.

— Bem, acho que algumas pessoas pensam que é. É maconha, Tom. Deixe isso onde encontrou.

Carregaram a motoneve cuidadosamente, estocando os enlatados, amarrando os novos sacos de dormir e tendas. A essa altura já haviam surgido as primeiras estrelas e eles decidiram passar mais uma noite em Avon.

Dirigindo de volta lentamente sobre a crosta de neve para a casa onde haviam fixado o seu alojamento, Stu teve um pensamento levemente atordoante. No dia seguinte seria véspera de Natal. Parecia impossível acreditar que o tempo tivesse passado tão rápido, mas a prova o fitava do calendário de seu relógio de pulso. Tinham deixado Grand Junction três semanas antes.

Quando chegaram à casa, Stu disse:

— Você e Kojak vão entrar e acender a lareira. Preciso dar uma pequena circulada por aí.

— O que é, Stu?

— Bem, é uma surpresa.

— Surpresa? E eu vou ficar sabendo?

— Vai.

— Quando? — Os olhos de Tom brilhavam.

— Daqui a dois dias.

— Tom Cullen não agüenta esperar dois dias por uma surpresa, nossa, não mesmo!

— Tom Cullen vai ter de esperar — replicou Stu com um sorriso. — Estarei de volta em uma hora. Esteja pronto para partirmos.

— Bem... está certo.

Levou mais de uma hora e meia antes que Stu achasse exatamente o que queria. Tom o acossou pela surpresa pelas duas ou três horas seguintes. Como Stu se mantivesse mudo e o tempo fosse passando, Tom esqueceu tudo a respeito.

Enquanto se deitavam no escuro, Stu disse:

— Aposto que você preferia que ficássemos em Grand Junction, hã?

— Minha nossa, não — respondeu Tom sonolentamente. — Quero voltar para minha casinha o mais rápido que puder. Só espero que a gente não saia da estrada e caia na neve de novo. Tom Cullen quase sufocou!

— Só teremos que ir mais devagar e tentar com mais empenho — disse Stu, sem mencionar o que provavelmente aconteceria a eles se aquilo ocorresse de novo... e não havia nenhum abrigo no raio de uma distância a pé.

— Quando acha que chegaremos lá, Stu?

— Ainda vai demorar um pouco, parceiro. Mas estamos chegando lá. E acho que o melhor no momento é termos um bom sono, concorda?

— Acho que sim.

Stu apagou a luz.

Naquela noite ele sonhou que Frannie e seu horrendo filho-lobo haviam morrido durante o parto. Ouviu George Richardson dizendo, como se de uma grande distância: *É a gripe. Não haverá mais bebês por causa da gripe. Gravidez será o mesmo que a morte por causa da gripe. Uma galinha em cada ventre, um lobo em cada útero. Por causa da gripe.*

E de algum lugar mais próximo, nos arredores, chegou o riso ululante do homem escuro.

* * *

Na véspera de Natal iniciaram um bom percurso de viagem que duraria quase até o Ano-novo. A superfície de neve tinha virado uma crosta no frio. O vento soprava nuvens rodopiantes de cristais de gelo que se empilhavam nas dunas em espinha de peixe pulverizadas, que a motoneve transpunha facilmente. Usavam óculos de sol para protegerem-se contra a cegueira pela neve.

Naquela véspera de Natal, acamparam no topo da crosta situada a 38 quilômetros a leste de Avon, não distante de Silverthorne. Estavam agora na garganta do Loveland Pass, com o engasgado e enterrado túnel Eisenhower em algum lugar lá embaixo e a leste deles. Enquanto esperavam que o jantar aquecesse, Stu descobriu uma coisa espantosa. Usando ociosamente um machado para abrir a crosta, permitindo-lhe escavar com a mão a neve fofa abaixo, tinha descoberto metal azul apenas à distância de um braço de onde estavam. Quase chamou a atenção de Tom para o seu achado, mas depois achou melhor não. A idéia de que estavam sentados a menos de 60 centímetros acima de um engarrafamento de tráfego, a menos de 60 centímetros acima de só Deus sabia quantos cadáveres, era um tanto inquietante.

* * *

Quando Tom acordou, faltando quinze minutos para as sete da manhã do dia 25, ele encontrou Stu já de pé e preparando o café-da-manhã, o que era algo incomum. Em geral, Tom se levantava antes dele. Havia uma panela de sopa de legumes pendendo acima do fogo, começando a ganhar fervura. Kojak observava com grande entusiasmo.

— Bom-dia, Stu — disse Tom, puxando o zíper do blusão, enquanto rastejava para fora do saco de dormir e da tenda, já prevendo alguma coisa terrível.

— Bom-dia — respondeu Stu casualmente. — E um feliz Natal!

— Natal? — Tom olhou para ele e esqueceu tudo acerca de suas previsões agourentas. — *Natal?* — repetiu.

— Manhã de Natal. — Stu apontou um polegar para a esquerda de Tom. — Foi o melhor que pude fazer.

Enfiado no chão incrustado de gelo estava a copa de um pinheiro com meio metro de altura. Havia sido enfeitado com guirlandas prateadas que Stu encontrara nos fundos de uma loja de miudezas.

— Uma árvore! — sussurrou Tom, enlevado. — E presentes! São presentes, não são, Stu?

Havia três embrulhos na neve, debaixo da árvore, todos feitos com papel de seda azul-claro e adornados com sininhos de prata para decoração em casamentos — não encontrara nenhum papel de presente para o Natal na loja de miudezas, nem mesmo no depósito dos fundos.

— São presentes, claro — disse Stu. — Para você. Trazidos por Papai Noel, imagino.

Tom olhou indignado para Stu.

— Tom Cullen sabe que Papai Noel não existe! Minha nossa, não! Os presentes são seus. — De repente, começou a parecer desolado. — E eu nem lhe dei nada! Esqueci... Não sabia que era Natal... Sou um imbecil! Imbecil! — Crispou o punho e bateu no meio da testa. Estava à beira das lágrimas.

Stu acocorou-se sobre a crosta de gelo ao lado dele.

— Tom — falou —, você já me deu seu presente de Natal com antecedência.

— Não, senhor. Não dei, esqueci. Tom Cullen não passa de um burro. B-U-R-R-O! *Com todas as letras!*

— Mas você já me deu, sabe disso. O melhor presente de todos. Estou vivo. Teria morrido se não fosse você.

Tom o fitou, sem entender.

— Se você não tivesse aparecido naquela ocasião, eu teria morrido junto àquele barranco, a oeste de Green River. E se não fosse você, Tom, eu teria morrido de pneumonia, de gripe, ou sei lá o quê, quando ficamos no Utah Hotel. Nem sei como você pegou os remédios certos... se foi coisa de Nick, de Deus, ou apenas a velha e pura sorte. Mas você conseguiu. Não tem que se chamar de burro. Se não fosse por você, eu jamais teria visto este Natal. Devo-lhe isto.

— Ah, mas não é a mesma coisa — disse Tom, mas, assim mesmo, irradiava felicidade.

— Claro que é a mesma coisa — replicou Stu, sério.

— Bem...

— Vamos lá, abra os seus presentes. Veja o que ele trouxe para você. Estou certo de ter ouvido o trenó dele no meio da noite. Creio que a gripe não alcançou o pólo Norte.

— Você ouviu ele? — Tom agora o fitava atentamente, tentando descobrir se Stu não o estava enganando.

— Sim, ouvi alguma coisa.

Tom pegou o primeiro embrulho e o abriu cuidadosamente. Era um jogo eletrônico, montado em Lucite, uma criação recente que havia sido o sonho de todas as crianças no Natal anterior, movido a pilha e com garantia de dois anos. Os olhos de Tom brilharam quando o viu.

— Ligue-o — sugeriu Stu.

— Não, quero ver o que mais ganhei.

Havia uma suéter com a figura de um esquiador sem fôlego, descansando sobre os esquis tortos e apoiando-se nos bastões.

— Aí diz: EU ESCALEI O LOVELAND PASS — contou-lhe Stu. — Nós ainda não o escalamos, mas estamos chegando lá.

Tom prontamente despiu sua *parka*, vestiu o suéter e depois recolocou a *parka*.

— Grande! Grande, Stu!

O último pacote, o menor, continha um simples medalhão de prata em uma fina corrente também de prata. Para Tom parecia o número oito deitado de lado. Ergueu o medalhão, revelando perplexidade e admiração.

— O que é isto, Stu?

— É um símbolo grego. Aprendi o que significava muito tempo atrás, num seriado médico de TV chamado *Ben Casey*. Quer dizer infinito, Tom. Para sempre. — Aproximou-se de Tom e segurou a mão que sustinha o medalhão. — Acho que vamos chegar a Boulder, Tommy. Acho que tínhamos de chegar lá desde o princípio. Gostaria que usasse isto, se não se importa. E quando precisar de um favor, quando não souber a quem pedi-lo, olhe para o medalhão e lembre-se de Stu Redman, certo?

— Infinito — disse Tom, revirando o símbolo na mão. — Para sempre.

Então, passou o medalhão em torno do pescoço.

— Lembrarei disso — falou. — Tom Cullen se lembrará disso.

— Merda! Quase esqueci! — Stu foi até sua tenda e de lá retirou outro embrulho. — Feliz Natal também para você, Kojak! Só me deixe abri-lo para você.

Abriu o embrulho e exibiu uma caixa de biscoitos para cães. Espalhou um punhado sobre a neve. Kojak devorou tudo no ato e depois retornou a Stu, sacudindo o rabo como se quisesse mais.

— Mais tarde — disse Stu, guardando a caixa. — Tenha boas maneiras em tudo que você fizer, meu velho, como diria... um velho careca. — Ele ouviu sua voz ficando rouca e sentiu lágrimas aflorando. De súbito, havia perdido Glen, perdido Larry, perdido Ralph, com seu chapéu de aba caída. De repente tinha perdido todos eles, sentia uma falta terrível de todos que se foram. Mãe Abagail dissera que iriam chapinhar em sangue antes que tudo acabasse, e estivera certa. No seu coração, Stu Redman a amaldiçoava e abençoava ao mesmo tempo.

— Stu? Você está bem?

— Sim, Tommy, estou ótimo. — De súbito, ele abraçou Tom fortemente, e este retribuiu.

— Feliz Natal, garotão.

Tom perguntou, hesitante:

— Posso cantar uma música de Natal antes de irmos?

— Claro, se você quiser.

Stu preparou-se para ouvir "Jingle Bells" ou "Trosty Snowman", entoadas na voz desafinada e monocórdia de uma criança. No entanto, o que ouviu foi um trecho de "The First Noel", cantada em voz de tenor surpreendentemente agradável.

— "O primeiro Natal" — a voz de Tom se deixou levar através das vastidões brancas, ecoando e retornando com suave doçura —, "contaram os anjos, foi para alguns pobres pastores... que estavam nos campos... nos campos... guardando seus rebanhos... em uma noite tão fria de inverno..."

Stu juntou-se a Tom no estribilho. Sua voz não era tão boa quanto a de Tom, mas elas se fundiram bem, para o gosto de ambos. Então, o velho e harmonioso hino pairou nos ares, indo e vindo, no profundo silêncio de catedral daquela manhã natalina:

— *"Natal, Natal, Natal... Cristo nasceu em Israel..."*

Enquanto suas vozes se extinguiam na distância, Tom disse, um tanto sem jeito:

— É a única parte que consigo lembrar.

— Foi ótimo — disse Stu. As lágrimas ameaçavam aflorar de novo. Se as deixasse escorrer, isto incomodaria Tom. A custo conseguiu contê-las. — Precisamos ir andando, para aproveitar o que resta da luz do dia.

— Claro. — Tom olhou para Stu, que recolhia sua tenda. — Foi o melhor Natal que já tive, Stu.

— Fico contente, Tommy.

Pouco depois, estavam viajando novamente, seguindo para leste e para o alto, sob um radioso e frio sol de Natal.

* * *

Nessa noite acamparam perto do cume do Loveland Pass, a quase 3.600 metros acima do nível do mar. Dormiram os três numa só tenda, enquanto a temperatura descia para 27° negativos. O vento açoitava sem parar, frio como a lâmina de uma afiada faca de cozinha. E nas sombras altas dos rochedos, com a lunática profusão de estrelas do inverno, parecendo próximas o bastante para que pudessem ser tocadas, os lobos uivavam. O mundo se assemelhava a uma cripta gigantesca abaixo deles, tanto a leste quanto a oeste.

Na madrugada do dia seguinte, antes mesmo das primeiras luzes, Kojak os acordou com seus latidos. Stu rastejou para a frente do abrigo, empunhando o rifle. Pela primeira vez os lobos estavam visíveis. Tinham descido do território e postavam-se num círculo sinuoso em torno do acampamento, agora sem uivar, apenas olhando. Seus olhos exibiam profundas cintilações verdes, e todos pareciam rir impiedosamente.

Stu disparou seis tiros ao acaso, dispersando-os. Um deles saltou alto e caiu como um amontoado. Kojak foi até ele, farejou-o, e depois, erguendo a pata, urinou sobre o animal morto.

 — Os lobos ainda são *dele* — disse Tom. — Sempre serão.

Tom ainda parecia meio sonolento. Seus olhos estavam drogados, lentos e sonhadores. Stu percebeu de súbito o que era: Tom havia caído de novo naquele transe hipnótico.

— Tom... ele está morto? Você sabe?

— Ele nunca morre — respondeu Tom. — Ele está nos lobos, minha nossa, está mesmo. Nos corvos. Na cascavel. Na sombra da coruja à meia-noite e do escorpião ao meio-dia. Ele se pendura de cabeça para baixo com os morcegos. É cego como eles.

— Ele voltará? — perguntou Stu, ansioso. Sentia frio por toda parte do corpo.

Tom não respondeu.

— Tommy...

— Tom está dormindo. Ele foi ver o elefante.

— Tom, você consegue ver Boulder?

Lá fora, surgia no céu uma amarga linha de alvorecer contra os topos denteados e estéreis das montanhas.

— Sim. Eles estão esperando. Esperando por alguma notícia. Esperando pela primavera. Tudo está calmo em Boulder.

— Você pode ver Frannie?

O rosto de Tom se iluminou.

— Frannie... posso. Ela está gorda. Acho que vai ter um bebê. Lucy vai ter um bebê, também. Mas o de Frannie vem primeiro. Só que... — O rosto de Tom ficou sombrio.

— Tom? Só que... o quê?

— O bebê...

— *O que há com o bebê?*

Tom olhou em torno, incerto.

— A gente estava atirando nos lobos, não estava, Stu? Eu peguei no sono, Stu?

Stu forçou um sorriso.

— Só um pouquinho, Tom.

— Tive um sonho com um elefante. Não é engraçado?

— Sim, é. — *E quanto ao bebê? E quanto a Fran?*

Stu começou a achar que não chegariam a tempo, que aquilo visto por Tom, fosse o que fosse, aconteceria antes que pudessem chegar.

* * *

O bom tempo foi interrompido três dias antes do Ano-novo, obrigando-os a uma parada de dois dias na cidadezinha de Kittredge. Estavam agora tão perto de Boulder que o atraso foi um amargo desapontamento para ambos — até mesmo Kojak parecia agitado e inquieto.

— Não podemos acelerar, Stu? — perguntou Tom, esperançoso.

— Não sei — disse Stu. — Mas espero que sim. Se ao menos tivéssemos mais dois dias de bom tempo, creio que poderíamos. Droga! — Ele suspirou, depois deu de ombros. — Bem, talvez sejam apenas lufadas.

Mas acabou sendo a pior tempestade de inverno. Nevou por cinco dias, empilhando monturos que em certos lugares chegavam a 3 ou até mesmo 4 metros de altura. Quando eles se desenterraram no dia 2 de janeiro, para ver o sol tão achatado e pequeno como uma moeda de cobre sem brilho, todos os letreiros indicativos tinham sumido. A maior parte do pequeno centro comercial tinha não só sido enterrada mas também sepultada.

Montes e dunas de neve haviam sido esculpidos em formas sinuosas pelo vento. Eles sentiam-se como se em outro planeta.

Seguiram em frente, porém a viagem era mais lenta do que nunca; encontrar a estrada passara de um aborrecimento contínuo para um problema sério. A motoneve atolava repetidamente e tinham de desencavá-la. E no segundo dia de 1991, o estrondo de trem-cargueiro das avalanches recomeçou.

No dia 4 de janeiro, chegaram ao local em que a Nacional 6 se desligava da estrada principal para buscar seu próprio caminho para Golden, e, embora nenhum dos dois soubesse — não houvera sonhos ou premonições —, foi nesse dia que Frannie entrou em trabalho de parto.

— Tudo bem — disse Stu quando pararam junto ao desvio. — Finalmente não teremos mais problemas para encontrar a estrada. Ela agora segue através da rocha maciça. Porém tivemos uma sorte danada em encontrar o desvio.

Permanecer na estrada foi fácil, o difícil foi a travessia dos túneis. Em alguns casos precisaram escavar a neve solta para descobrir a entrada, em outros os restos compactos de antigas avalanches. A motoneve rugia e chocalhava deploravelmente, rodando pela estrada nua adentro.

Pior do que tudo era o ambiente assustador dos túneis — como Larry ou o Homem da Lata de Lixo poderiam ter-lhes contado. Eram negros como galerias de minas, exceto pelo cone de luz lançado pelo farol da motoneve, porque ambas as extremidades estavam compactadas de neve. Penetrar nos túneis era como estar trancados em uma geladeira às escuras. O avanço era penosamente lento, sair na outra extremidade era um exercício de engenharia, e Stu sentia fortes temores de que talvez encontrassem um bloqueio que fosse simplesmente intransponível, pouco importando o esforço despendido para desobstruí-lo. Se isto acontecesse, teriam que dar meia-volta e retornar à Interestadual. Perderiam pelo menos uma semana. Abandonar a motoneve não era uma escolha boa; fazer isto seria uma dolorosa maneira de cometer suicídio.

E com Boulder exasperantemente tão perto!

A 7 de janeiro, umas duas horas depois de terem escavado sua saída do interior de outro túnel, Tom ficou de pé na traseira da motoneve e apontou.

— O que é isso, Stu?

Stu estava cansado e rabugento. Os sonhos haviam cessado, mas, perversamente, isso era algo mais amedrontador do que tê-los.

— Quantas vezes já lhe disse para não ficar em pé quando estivermos rodando? Você pode cair para trás, bater de cabeça na neve e então...

— Tudo bem, mas o que é isso? Parece uma ponte. Passamos sobre um rio em algum lugar, Stu?

Stu olhou, viu, diminuiu a velocidade e desligou o motor.

— O que é isso? — perguntou Tom, ansioso.

— Um viaduto — murmurou Stu. — Eu... não posso acreditar.

— Viaduto? Viaduto?

Stu se virou e agarrou os ombros de Tom.

— É o viaduto de Golden, Tom! Aquela é a Rodovia 119, a estrada para Boulder. Estamos apenas a 30 quilômetros da cidade! Talvez menos!

Tom finalmente compreendeu. Ficou boquiaberto e a expressão cômica em seu rosto fez Stu gargalhar e bater-lhe nas costas. Nem mesmo a dor surda e persistente na perna o incomodava agora.

— Estamos mesmo chegando em casa, Stu?

— *Sim, sim, siiiiimmm!*

Então, um agarrou o outro e dançaram, formando um desajeitado círculo, caindo, espalhando tufos de neve, ficando polvilhados com ela. Kojak espiava, admirado... mas, após um momento, decidiu juntar-se a eles.

* * *

Acamparam em Golden naquela noite e, bem cedo na manhã seguinte, rumaram para a 119, em direção a Boulder. Nenhum deles dormira muito bem. Stu jamais experimentara tanta expectativa em sua vida... e mesclado com isso havia aquela insistente e incômoda preocupação com Frannie e o bebê.

Cerca de uma hora depois do meio-dia a motoneve começou a mover-se aos arrancos e com dificuldade. Stu desligou o motor e apanhou a lata de gasolina sobressalente, presa ao lado da pequena cabine de Kojak.

— Ah, céus! — exclamou, sentindo sua mortal leveza.

— Qual é o problema, Stu?

— Eu! *Sou eu* o problema! Sabia que a porra da lata estava vazia e esqueci de enchê-la! Acho que estava excitado demais. Como pude ser tão idiota!

— Estamos sem gasolina?

Stu atirou longe a lata vazia.

— Sem a menor dúvida. Como pude ser tão imbecil?

— Acho que pensava demais em Frannie. O que fazemos agora, Stu?

— Vamos a pé, ou pelo menos tentar. Leve seu saco de dormir. Vamos dividir os enlatados entre os dois sacos de dormir. Vamos ter que abandonar as tendas. Sinto muito, Tom. Carregarei a culpa por todo o caminho.

— Está tudo bem, Stu.

Não conseguiram alcançar Boulder naquele dia; acamparam quando o crepúsculo chegou, exauridos pela difícil caminhada através da neve, tão fofa que transformara o lento avanço em praticamente um rastejar. Não houve fogueira à noite. Não encontraram lenha e, por outro lado, estavam cansados demais para escavá-la sob a neve. Viram-se cercados por altas e ondulantes dunas de neve. Não se via qualquer clarão no horizonte norte, mesmo quando escureceu por completo, embora Stu o procurasse ansiosamente.

Tiveram uma janta fria e depois Tom se enfiou no seu saco de dormir, pegando instantaneamente no sono sem sequer dizer boa-noite. Stu estava fatigado e sua perna machucada doía abominavelmente. *Será muita sorte*, pensou, *se eu não a tiver comprometido para sempre.*

Mas estariam em Boulder amanhã à noite, dormindo em camas de verdade — isso era uma promessa.

Ocorreu-lhe um pensamento inquietante enquanto se enfiava no seu saco de dormir. Chegariam a Boulder e a cidade estaria vazia — tão vazia quanto estiveram Grand Junction, Avon e Kittredge. Casas abandonadas, lojas vazias, prédios com os tetos arriados ao peso da neve. Ruas entulhadas de detritos. Nenhum som além do gotejar da neve dissolvendo-se em um dos degelos periódicos — ele tinha lido na biblioteca que não era raro a temperatura em Boulder disparar subitamente para cima, chegando aos 23º em pleno auge do inverno. Entretanto, todos teriam desaparecido, como os personagens de um sonho tão logo acordamos. Porque não existia mais ninguém no mundo senão Stu Redman e Tom Cullen.

Era uma idéia louca, mas não conseguia descartá-la. Rastejou para fora do saco de dormir e tornou a olhar para o norte, na esperança de vislumbrar a leve claridade do horizonte, indicando que, naquela direção, não muito distante, existia uma comunidade de pessoas. Sem dúvida, seria capaz de ver *alguma coisa.* Tentou se lembrar de quantos habitantes teria agora a Zona Franca, segundo a estimativa de Glen, à época em que a neve bloqueasse as estradas e impedisse as viagens. Não conseguiu lembrar-se do número. Oito mil? Tinha sido isso? Oito mil pessoas não era muito; não passariam de um lampejo, mesmo se toda a energia elétrica estivesse restaurada. Talvez...

Talvez fosse melhor você dormir um pouco e esquecer essas bobagens. Que o amanhã cuide do amanhã.

Tornou a deitar-se e, após alguns momentos de remexer-se e virar-se, a brutal exaustão o venceu. Ele dormiu. E sonhou que estava em Boulder, uma Boulder em pleno verão, em que todos os gramados estavam amarelados e mortos devido ao calor e à falta de água. O único som era o de uma porta destrancada, oscilando para lá e para cá à brisa leve. Todos haviam partido. Até mesmo Tom fora embora.

Frannie!, gritou, porém a única resposta foi o vento e o som daquela porta que batia sem cessar à leve brisa.

* * *

Por volta das duas da tarde seguinte, tinham avançado laboriosamente apenas uns poucos quilômetros. Revezavam-se no trabalho de abrir caminho. Stu começava a crer que levariam mais um dia na estrada. Era ele quem atrasava a caminhada. Sua perna começava a inchar. *Em breve estarei rastejando*, pensou. Tom se incumbira de abrir caminho a maior parte do tempo.

Quando pararam para o seu almoço frio de enlatados, ocorreu a Stu que nem mesmo chegara a ver Frannie realmente volumosa em sua gravidez. *Talvez ainda tenha uma chance.* Mas, lá no fundo, achava que não veria. Convencia-se cada vez mais de que tudo iria acontecer sem sua presença... para o melhor ou para o pior.

Agora, uma hora após acabado o almoço, continuava tão entretido com seus pensamentos que quase colidiu com Tom, que havia parado.

— Qual é o problema? — perguntou.

— A estrada — disse Tom, e Stu se virou para olhar em torno apressadamente. Após uma longa e especulativa pausa, Stu exclamou:

— Raios me partam!

Estavam parados no alto de um banco de neve com quase 3 metros de altura. Ali, a neve endurecida era cortada a prumo até a estrada abaixo, e à direita estava um letreiro que dizia: LIMITES DA CIDADE DE BOULDER.

Stu espalhou o resto de biscoitos para cães no topo branco de neve e Kojak refestelou-se enquanto Stu fumava e Tom olhava para a estrada, que aparecia como uma miragem de lunático em meio a quilômetros de neve não sinalizada.

— Estamos em Boulder de novo — murmurou Tom suavemente. — Realmente estamos. L-I-M-I-T-E-S-DA-C-I-D-A-D-E, isso quer dizer Boulder, minha nossa, é isso mesmo.

Stu bateu-lhe no ombro e jogou fora o cigarro.

— Vamos, Tom. Vamos levar nossas carcaças maltratadas para casa.

* * *

Por volta das quatro, recomeçou a nevar. Às seis estava escuro e o asfalto negro da estrada adquirira um tom esbranquiçado espectral sob os pés deles. Stu agora mancava horrivelmente, quase se arrastando. Tom a certa altura perguntou-lhe se queria descansar, mas Stu apenas balançou a cabeça.

Às oito, a neve se tornara espessa e escorregadia. Uma ou duas vezes perderam o rumo e foram de encontro aos bancos de neve na beira da estrada antes de se reorientarem. Os passos se tornaram ainda mais escorregadios. Tom caiu duas vezes e depois, por volta de 8h15, Stu caiu sobre a perna ruim. Precisou trincar os dentes para não gemer de dor. Tom correu para ajudá-lo a se levantar.

— Estou bem — disse Stu e conseguiu se reerguer.

Uns vinte minutos depois, uma voz jovem e nervosa brotou gaguejante da escuridão, fazendo com que parassem no ato.

— Q-quem v-vem lá?

Kojak começou a rosnar, seu pêlo eriçou-se em tufos. Tom ofegou. Então, mal audível em meio ao vento ulutante, Stu percebeu um som que fez o terror percorrer suas veias: um clique de um rifle sendo engatilhado.

Sentinelas. Eles postaram sentinelas. Seria irônico empreender toda aquela jornada e ser morto pela bala de uma sentinela nas proximidades de Centro Comercial de Table Mesa. Randall Flagg acharia muito engraçado.

— Stu Redman — gritou no escuro. — Aqui é Stu Redman! — Engoliu em seco e houve um estalido audível em sua garganta. — Quem está aí?

Idiota. Não deve ser alguém que conheça...

Mas a voz que pairou até ele, saindo da neve, pareceu-lhe familiar.

— Stu? Stu *Redman*?

— Tom Cullen está comigo... pelo amor de Deus, não atire na gente!

— Não é um truque? — A voz parecia estar deliberando consigo mesma.

— Não há truque nenhum! Tom, diga alguma coisa.

— Olá, você aí — disse Tom obedientemente.

Houve uma pausa. A neve caía e rangia ao redor deles. Então a sentinela (sim, aquela voz era familiar) gritou:

— Stu tinha um quadro na parede do velho apartamento. Qual era ele?

Stu forçou o cérebro freneticamente. O som daquele rifle sendo engatilhado continuava repercutindo, embaralhando tudo. Ele pensou: *Meu Deus, eu parado aqui em meio à nevasca, tentando lembrar qual é o quadro que havia na parede do apartamento... o velho apartamento, disse ele. Fran deve ter ido morar com Lucy. Lucy costumava fazer piada com aquele quadro, costumava dizer que John Wayne estava esperando aqueles índios justamente onde ninguém pudesse vê-lo...*

— Frederic Remington! — Ele berrou à plena força dos pulmões. — O quadro se chama *A Trilha da Guerra.*

— Stu! — gritou de volta a sentinela. Uma forma escura se materializou para fora da neve, deslizando e escorregando enquanto corria na direção deles. — Mal posso acreditar...

Logo estava diante deles, e Stu viu que era Billy Gehringer, aquele que no último verão causara tanta encrenca por dirigir em disparada.

— Stu! Tom! E Kojak, meu Deus! Onde estão Glen Bateman e Larry? Onde está Ralph?

Stu sacudiu lentamente a cabeça.

— Não sei. Precisamos sair deste frio, Billy. Estamos congelando.

— O supermercado fica logo estrada acima. Vou chamar Norm Kellogg... Harry Dunbarton... Dick Ellis... merda, vou acordar toda a cidade! Esta é grande! Eu não acredito!

— Billy...

Billy virou-se de costas e Stu manquejou até onde ele estava parado.

— Billy, Fran ia ter um bebê...

Billy ficou ainda mais imóvel. E então sussurrou:

— Ah, merda, esqueci disso.

— Ela o teve?

— George. George Richardson é quem pode lhe dizer, Stu. Ou Dan Lathrop. É o nosso novo médico. Nós o conseguimos quatro semanas depois de vocês partirem. Era um otorrino, mas é muito bom gi...

Stu sacudiu Billy bruscamente, tirando-o do seu balbucio quase frenético.

— O que há de errado? — perguntou Tom. — Há alguma coisa errada com Frannie?

— Fale comigo, Billy — disse Stu. — Por favor.

— Fran está bem — revelou Billy. — Ela vai ficar bem.

— Foi isso que você ouviu?

— Não, eu a vi. Eu e Tony Donahue. Fomos visitá-la com algumas flores da estufa. A estufa é projeto de Tony. Ele conseguiu plantar todo tipo de coisa aqui, não só flores. O único motivo por estar ainda internada é que houve necessidade de fazer, como é mesmo que se chama, um parto ce... mano...

— Uma cesariana?

— É, isso aí, porque o bebê chegou invertido. Mas nada de grave. Fomos vê-la três dias depois de ter o bebê, foi no dia 7 de janeiro, há dois dias. Levamos rosas para ela. Imaginamos que ela podia se animar um pouco porque...

— O bebê morreu? — perguntou Stu embotadamente.

— Não morreu — disse Billy, acrescentando depois, com grande relutância: — Ainda não.

Stu de repente sentiu-se muito distante dali, correndo através do vazio. Ouviu risadas... e o uivo dos lobos...

Billy disse, num ímpeto infeliz:

— Ele pegou a gripe. Pegou a Capitão Viajante. As pessoas estão dizendo que será o fim de todos nós. Frannie o teve no dia 4, um menino, com 2,9 quilos. A princípio tudo estava bem com ele e acho que todo mundo na Zona Franca se embriagou. Dick Ellis disse que era como comemorar duas datas cívicas num dia só, e então no dia 6... ele simplesmente pegou a gripe. Sim, cara — continuou Billy, e sua voz começou a ficar trêmula e estridente. — Ele pegou a gripe. Ah, merda, que raio de boas-vindas na sua volta para casa. Lamento paca, Stu.

Stu estendeu o braço, encontrou o ombro de Billy e puxou-o para perto.

— No começo todos diziam que ia melhorar, que talvez fosse uma gripe comum... ou bronquite... ou crupe. Mas os médicos disseram que bebês recém-nascidos raramente pegam essas coisas. É como uma imunidade natural, por serem tão pequeninos. E tanto George quanto Dan... eles viram tanto da supergripe no ano passado que...

 — Seria difícil se equivocarem — Stu completou por ele.

— Isso — sussurrou Billy. — Você entendeu.

— Que parada — sussurrou Stu. Depois, dando as costas a Billy, recomeçou a manquejar estrada abaixo.

— Ei, Stu! Aonde vai?

— Ao hospital — respondeu ele. — Para ver minha mulher.

Capítulo Setenta e Seis

FRAN ESTAVA ACORDADA, com a lâmpada de leitura acesa lançando uma poça luminosa no lado esquerdo do imaculado lençol branco que a cobria. No centro da luz, com a capa para baixo, estava um volume de Agatha Christie. Fran estava acordada porém deixava a mente vaguear, naquele estado em que as lembranças se clareiam como que por mágica enquanto começam a transmutar-se em sonhos. Ela ia enterrar seu pai. O que acontecesse depois disso não importava, mas ela ia arrastar-se para fora da onda de choque, o suficiente para cumprir a tarefa. Aquele ato de amor. Quando estivesse feito, ela se serviria de uma fatia de torta de morango-ruibarbo. Seria grande, suculenta e teria que estar muito amarga.

Marcy viera examiná-la meia hora atrás e Fran perguntara:

— Peter já morreu? — E mesmo enquanto fazia a pergunta, o tempo lhe parecera tão duplicado que não tinha certeza de referir-se a Peter, o bebê, ou a Peter, o avô do bebê, agora falecido.

— Pssst, ele está ótimo — dissera Marcy, porém Frannie entrevira uma resposta mais verdadeira nos olhos dela. O bebê que havia produzido com Jess Rider estava empenhado em morrer detrás de quatro grossas paredes de vidro, em algum lugar. Talvez o bebê de Lucy tivesse melhor sorte; afinal, ambos os pais tinham ficado imunes à Capitão Viajante. A esta altura a Zona Franca já riscara o nome de seu Peter, concentrando as esperanças coletivas naquelas mulheres que haviam concebido após o dia 1º de julho do ano anterior. Era brutal, mas perfeitamente compreensível.

Sua mente vagueou em algum nível inferior, correndo ao longo da fronteira do sono, considerando o terreno de seu passado e a paisagem do seu coração. Pensou na sala de visitas da mãe, onde as estações passavam numa época seca. Pensou nos olhos de Stu na primeira vez em que vira o bebê, Peter Goldsmith-Redman. Sonhou que Stu estava com ela, naquele quarto.

— Fran?

Nada funcionara do jeito como deveria. Todas as esperanças tinham-se revelado falsas, tão ilusórias quanto aqueles animais audioanimatrônicos em Disney World, apenas um punhado de engrenagens, uma impostura, um falso alvorecer, uma falsa gravidez, uma...

— Ei, Frannie...

No sonho ela viu que Stu tinha voltado. Estava de pé à porta do quarto, vestindo uma gigantesca *parka* de pele. Outra empulhação. Contudo, podia ver que o Stu-sonho era barbudo. Não era engraçado?

Fran começava a especular se era mesmo um sonho quando viu Tom Cullen parado atrás dele. E... não era o Kojak ali sentado junto aos calcanhares de Stu?

Sua mão subiu repentinamente para o rosto e ela o beliscou impiedosamente, fazendo o olho esquerdo lacrimejar. Nada mudou.

— Stu? — sussurrou. — Ah, meu Deus, é você, Stu?

O rosto dele estava bastante bronzeado, exceto na pele em torno dos olhos, que poderia ter sido coberta por óculos escuros. Esse não era um detalhe que se esperasse perceber em um sonho.

Ela beliscou-se de novo.

— Sou eu — disse Stu, entrando no quarto. Ele mancava tanto que estava quase caindo. — Voltei para casa, Frannie.

— Stu! — gritou ela. — *É você de verdade?* Se for real, venha cá!

Ele foi então até ela e a abraçou.

Capítulo Setenta e Sete

STU SENTAVA-SE NUMA CADEIRA PUXADA para junto da cama de Fran quando Dan Lathrop e George Richardson entraram. Fran imediatamente tomou a mão de Stu e apertou-a com força, quase causando dor. Seu rosto ficou tenso e rígido, e por um momento Stu pôde ver como ela pareceria ao ficar velha; por um momento assemelhou-se a Mãe Abagail.

— Stu! — disse George. — Ouvi falar que tinha voltado. Um milagre! Não imagina o quanto estou feliz em revê-lo. Bem, todos nós estamos.

George apertou-lhe a mão e a seguir apresentou Dan Lathrop.

— Soubemos que houve uma explosão em Las Vegas — disse Dan. — Chegou a vê-la?

— Sim.

— As pessoas por aqui acham que foi uma explosão nuclear. É verdade?

— É.

George assentiu a isto, depois descartou o assunto e concentrou-se em Fran.

— Como está se sentindo?

— Muito bem. Feliz por ter meu homem de volta. E quanto ao bebê?

— Na verdade — disse Lathrop —, é por isso que estamos aqui.

Fran assentiu.

— Está morto?

George e Dan se entreolharam.

— Frannie, quero que ouça com atenção e procure entender bem tudo quanto vou dizer...

Frivolamente, com uma ironia contida, ela disse:

— Se ele está morto, basta que me digam!

— Fran — censurou Stu.

— Peter parece estar se recuperando — disse Dan Lathrop brandamente.

Houve um momento de silêncio total no quarto. Fran, com o rosto pálido e ovalado debaixo da massa de cabelos castanho-escuros no travesseiro, ergueu os olhos para Dan como se ele houvesse começado a proferir algum tipo de besteirada lunática. Alguém — talvez Laurie Constable ou Marcy Spruce — deu uma espiada para dentro do quarto e seguiu em frente. Foi um momento que Stu jamais iria esquecer.

— Como disse? — sussurrou Fran finalmente.

— Não deve nutrir grandes esperanças — disse George.

— Mas você acabou de falar em... recuperação — contestou Fran, seu rosto indubitavelmente perplexo. Até então não percebera o quanto havia se conformado com a morte do bebê.

George explicou:

— Eu e Dan testemunhamos milhares de casos durante a epidemia, Fran... veja bem: eu não falei "tratamos" porque acho que nenhum de nós chegou a modificar o curso da doença nem um tiquinho em qualquer paciente. Concorda, Dan?

— Sim.

A linha eu-quero, que Stu já havia notado em New Hampshire, horas depois de têla conhecido, surgia agora na testa de Fran.

— Poderia chegar logo ao ponto, pelo amor de Deus?

— Estou tentando, mas *tenho* de ser cauteloso e é assim que vou proceder — replicou George. — É a vida de seu filho que estamos discutindo e não vou permitir que me pressione. Quero que siga o fio de nosso raciocínio. A Capitão Viajante foi uma gripe de antígeno mutante, sabemos agora. Pois bem, cada tipo de gripe... a gripe de antigamente... tinha um antígeno diferente, daí o motivo de ficar retornando a cada dois ou três anos mais ou menos, apesar das vacinas. Ocorria um surto da gripe tipo-A, da Hong Kong, por exemplo, e tínhamos uma vacina para ela. Mas então, dois anos depois, surgia uma cepa tipo-B e a pessoa ficava doente, a não ser que utilizasse outro tipo de vacina.

Dan aparteou:

— Mas a pessoa voltava a ficar boa, porque o organismo acabava produzindo seus próprios anticorpos. O organismo se alterava a fim de combater a gripe. Com a Capitão Viajante, a gripe *em si* mudava a cada vez que o organismo assumia uma postura defensiva. Dessa maneira era mais similar ao vírus da AIDS do que aos tipos comuns de gripe aos quais nosso organismo estava acostumado. E como ocorre com a AIDS, continuou mudando de uma forma para outra até o organismo se exaurir. O resultado, inevitavelmente, foi a morte.

— Então por que não a tivemos? — perguntou Stu.

Foi George quem respondeu:

— Não sabemos. E creio que jamais saberemos. A única coisa sobre a qual temos certeza é que as pessoas imunes não adoecem e depois expulsam a doença para fora. Elas jamais adoeceram, afinal. O que nos traz de volta a Peter. Dan?

— Certo. A chave para a Capitão Viajante é que as pessoas parecem *quase* melhores, mas nunca *completamente* melhores. Ora, este bebê, Peter, ficou doente 48 horas depois de nascido. Não havia a menor dúvida de que era a Capitão Viajante... os sintomas eram clássicos. Mas aquelas descolorações sobre a linha do maxilar... que eu e George passamos a associar ao quarto e terminal estágio da supergripe... *elas nunca surgiram*. Por outro lado, os períodos de remissão do bebê estão ficando cada vez mais prolongados.

— Não compreendo — disse Fran, perplexa. — O que...

— Toda vez que a gripe se altera, Peter também imediatamente se altera, lutando contra ela — disse George. — Existe ainda a possibilidade técnica de ter uma recaída, mas ele nunca entrou na fase crítica final. Ele parece estar exaurindo a doença.

Houve um momento de silêncio total. Por fim, Dan disse:

— Você transmitiu metade da imunidade para seu filho, Fran. Ele pegou a gripe, mas achamos que também pegou a capacidade para vencê-la. Teorizamos que os gêmeos da Sra. Wentworth tiveram a mesma chance, mas havendo tantas desvantagens contra eles... e ainda acho que podem não ter morrido da supergripe, mas sim de complicações geradas por ela. Sei que é uma diferença mínima, mas isso pode ser crucial.

— E as outras mulheres que engravidaram de homens não-imunes? — perguntou Stu.

— Acreditamos que terão de ver seus bebês enfrentando a mesma luta penosa — disse George —, e algumas dessas crianças poderão morrer... houve uma situação incerta com Peter durante algum tempo, e por tudo quanto sabemos agora, pode voltar a ocorrer. Mas muito em breve chegaremos ao ponto em que todos os fetos na Zona Franca... no *mundo*, serão o produto de pais e mães imunes. E embora não sendo correta uma suposição antecipada, eu apostaria dinheiro como, quando isso acontecer, não teremos quaisquer problemas. Enquanto isso, estaremos monitorando Peter detidamente.

— E não o estaremos monitorando sozinhos, caso isto sirva de consolo — acrescentou Dan. — Em um sentido real, neste exato momento, Peter pertence a toda a Zona Franca.

Fran sussurrou:

— Só quero que ele viva, porque é meu e porque o amo. — Olhou para Stu. — Peter é meu elo com o antigo mundo. Ele se parece mais com Jess do que comigo, e isso me deixa contente. Parece justo. Você compreende, não, amor?

Stu assentiu e ocorreu-lhe um curioso pensamento — o quanto gostaria de estar na companhia de Hap, Norm Bruett e Vic Palfrey, tomar uma cerveja com eles, ver Vic enrolar um daqueles cigarros caseiros fedorentos e contar-lhes como tudo isto terminara. Eles sempre o tinham chamado de Stu Caladão; o velho Stu, diziam, jamais xingaria "merda" por pior que fosse a situação. Mas agora falaria pelos cotovelos, falaria noite e dia. Agarrou cegamente a mão de Fran e apertou-a, sentindo a ardência das lágrimas.

— Temos rondas a fazer — disse George, levantando-se —, mas estaremos monitorando Peter atentamente, Fran. Você terá certeza quando também a tivermos.

— Quando poderei amamentá-lo? Se ele não...?

— Dentro de uma semana — disse Dan.

— Mas é tempo demais!

— Será também muito tempo para todos nós. Temos 61 mulheres grávidas na Zona, e nove delas conceberam antes da supergripe. Isto vai ser especialmente demorado para elas. Stu? Foi um prazer conhecê-lo. — Dan estendeu a mão, que Stu apertou. Saiu rapidamente, pois era um homem com trabalho a realizar e ansioso por fazê-lo.

George apertou a mão de Stu e disse:

— Eu irei vê-lo amanhã o mais tardar, combinado? Basta dizer a Laurie a hora que lhe será mais conveniente.

— Para quê?

— Sua perna — disse George. — Está ruim, não?

— Nem tanto assim.

— Stu? — disse Frannie, sentando-se. — O que há de errado com sua perna?

— Fraturada, mal encanada e sobrecarregada — explicou George. — Péssima. Mas pode ser consertada.

— Bem... — disse Stu.

— Bem, uma ova! Quero ver, Stuart! — disse Fran. A linha eu-quero havia retornado.

— Mais tarde — respondeu Stu.

George levantou-se.

— Procure Laurie, certo?

— Ele o fará — disse Frannie.

Stu riu.

— Farei. Ordem da Dona Encrenca.

— É muito bom tê-lo de volta — disse George. Havia mil perguntas que pareciam se deter logo atrás de seus lábios. Ele sacudiu de leve a cabeça e depois se foi, fechando a porta com firmeza atrás de si.

— Quero vê-lo caminhar — disse Fran, a linha eu-quero ainda cruzando sua fronte.

— Ei, Frannie...

— Vamos lá, quero vê-lo andar!

Stu andou, para que ela visse. Era mais ou menos como ver um marinheiro cruzar um convés inclinado. Quando voltou para junto da cama, ele viu que Frannie chorava.

— Ah, Frannie, por favor, querida, não chore.

— Preciso chorar — disse ela, cobrindo o rosto com as mãos.

Stu sentou-se ao lado dela e tomou-lhe as mãos.

— Não. Não, não precisa.

Ela o encarou, as lágrimas ainda fluindo.

— Tanta gente morta... Harold, Nick, Susan... e quanto a Larry? E o que me diz de Glen e Ralph?

— Não sei.

— E o que Lucy vai dizer? Estará aqui em uma hora. Ela vem todos os dias, e já está com quatro meses de gravidez. Stu, quando ela lhe perguntar...

— Eles morreram lá — disse Stu, falando mais para si mesmo do que para ela. — É o que imagino. É o que sei no meu coração.

— Não fale dessa maneira — pediu Fran. — Não quando Lucy estiver aqui. Partirá o coração dela, se o fizer.

— Acho que eles foram para o sacrifício. Deus sempre quer um sacrifício. Tem as mãos ensangüentadas disso. Por quê? Não sei dizer. Não sou um homem muito esperto. Talvez tenhamos causado isso a nós mesmos. Tudo que sei com certeza é que a bomba explodiu lá em vez de explodir aqui, o que nos deixa a salvo por algum tempo. Por pouco tempo.

— Flagg se foi? Morreu realmente?

— Não sei. Acho que... precisaremos montar vigilância por causa dele. E, com o tempo, alguém descobrirá o lugar onde produziram os germes da Capitão Viajante, soterrará o local, espalhará sal no solo e então rezará sobre ele. Rezará por todos nós.

* * *

Bem mais tarde nessa noite, pouco antes da meia-noite, Stu a empurrou numa cadeira de rodas pelo corredor silencioso do hospital. Laurie Constable os acompanhava, e Fran fizera questão de que Stu marcasse sua consulta com o médico.

— Por sua aparência, você é quem devia estar em cadeira de rodas, Stu Redman — comentou Laurie.

— Neste exato momento, a perna não me incomoda nem um pouco — respondeu Stu.

Chegaram diante de uma grande vidraça dando para uma sala em tonalidade azul e rosa. Um enorme móbile pendia do teto. Só havia um berço ocupado na fileira da frente.

Stu ficou olhando, fascinado.

GOLDSMITH-REDMAN, PETER, lia-se num cartão ao pé do berço. MENINO, BRANCO, 2,9 QUILOS. MÃE: FRANCES GOLDSMITH, QUARTO 209: PAI: JESSE RIDER (FAL.)

Peter estava chorando.

Tinha as mãozinhas crispadas. O rosto estava vermelho. Em sua cabeça um espantoso tufo de cabelos bem negros. Os olhos eram azuis e pareciam fitar diretamente os de Stu, como se acusando-o de ser o autor de toda a sua infelicidade.

A testa era cruzada por uma funda linha vertical... uma linha eu-quero.

Frannie chorava novamente.

— O que há de errado, Frannie?

— Todos aqueles berços vazios — disse ela, sua voz se tornando um soluço. — É isso que está errado. Ele fica muito sozinho aí. Não é de admirar que esteja chorando, Stu, está totalmente só. Todos esses berços vazios, meu Deus...

— Ele não ficará sozinho por muito tempo — disse Stu, passando um braço em torno dos ombros dela. — E olha para mim como se fosse superar isso numa boa. Não acha, Laurie?

Mas Laurie já os deixara a sós diante da vidraça do berçário.

Pestanejando pela dor na perna, Stu ajoelhou-se ao lado de Frannie e abraçou-a desajeitamente. Os dois ficaram contemplando Peter em mútua admiração, como se fosse a primeira criança já surgida na face da Terra. Após algum tempo, ele adormeceu, as mãozinhas entrelaçadas sobre o peito. Ainda assim, continuaram a contemplá-lo... ambos se perguntando se, afinal de contas, Peter deveria estar mesmo ali.

Capítulo Setenta e Oito

FESTA DA PRIMAVERA

FINALMENTE, HAVIAM DEIXADO o inverno para trás.

Havia sido um longo inverno e para Stu, acostumado ao clima do leste do Texas, deixara uma sensação fantasticamente penosa. Dois dias após retornar a Boulder, sua perna direita fora quebrada de novo, reajustada, e dessa vez colocada em um pesado molde de gesso, que só foi removido no início de abril. Àquela altura, o gesso começava a assemelhar-se a um mapa rodoviário de incrível complexidade; parecia que cada habitante da Zona Franca pusera seu autógrafo nele, embora isto fosse uma patente impossibilidade. Os peregrinos tinham começado a chegar por volta de 1º de março, e mais ou menos no último dia para entrega da declaração de imposto de renda no mundo que se fora a Zona Franca contava com quase 11 mil residentes, segundo Sandy DuChiens, que agora chefiava um Departamento do Censo, constituído por 12 funcionários e com seu terminal de computador no First Bank de Boulder.

Agora, ele e Fran estavam com Lucy Swann na área para piqueniques a meio caminho da subida para a montanha Flagstaff e assistiam à Mayday Chase — a tradicional brincadeira de pegar da Festa da Primavera. Todas as crianças da Zona pareciam envolvidas (bem como muitos adultos). A cesta de maio original, enfeitada com fitas de papel crepom e cheia de frutas e brinquedos, ficou a cargo de Tom Cullen. Tinha sido idéia de Fran.

Tom havia capturado Bill Gehringer (a despeito da constrangida alegação de Billy sobre ele já ter idade demais para brincadeiras infantis daquele tipo, acabara aderindo com grande disposição) e, juntos, tinham capturado o menino Upshaw — ou seria Upson? Stu sentia dificuldade em identificar todos eles — e os três foram à caça de Leo Rockway, escondido atrás da rocha Brentner. Tom capturara Leo.

A perseguição evoluía de um lado a outro na Zona Oeste, com bandos de crianças e adolescentes irrompendo de roldão para cima e para baixo das ruas que ainda continuavam semidesertas, Tom berrando e carregando sua cesta. Por fim, a brincadeira de pegar chegara até ali, onde o sol estava quente e o vento soprava cálido. O bando de crianças capturadas já somava umas duzentas, e todos continuavam no processo de rastrear a última meia dúzia aproximada que ainda estava "à solta". E com isso enxotaram dezenas de cervos que não queriam participar da brincadeira.

Três quilômetros acima, no anfiteatro Aurora, acontecia um enorme almoço ao ar livre, exatamente no local onde Harold Lauder certa vez aguardara o momento certo para falar no seu *walkie-talkie*. Ao meio-dia, 2 ou 3 mil pessoas se reuniram voltadas para leste, na direção de Denver, para comer carne de cervo, ovos *à la diable*, sanduíches de pasta de amendoim e geléia, com torta fresca de sobremesa. Talvez aquela fosse a última reunião em massa na Zona, a menos que todos se deslocassem para Denver e ocupassem o estádio onde, um dia, os Broncos tinham jogado futebol. Agora, na Festa da Primavera, o gotejar de início da nova estação se avolumara para uma inundação de imigrantes. Oito mil haviam chegado desde 15 de abril, e agora totalizavam cerca de 19 mil mais ou menos — uma soma temporária, pelo menos, porque o Departamento do Censo de Sandy não conseguia manter-se atualizado. Era raro o dia em que não chegavam pelo menos quinhentas pessoas a Boulder.

No cercadinho que Stu havia trazido e forrado com uma manta, Peter começou a chorar vigorosamente. Fran se moveu para ele, porém Lucy, volumosa em seus oito meses de gravidez, chegou lá primeiro.

— Se quer saber — disse Fran —, é para trocar as fraldas. Posso afirmar só pelo modo como soa o choro.

— Não vou ficar vesga se olhar para um pouquinho de cocô. — Lucy ergueu do berço um Peter chorando de indignação e o balançou suavemente nos braços de um lado para outro, à luz do sol. — Oi, bebê. O que andou fazendo? Encheu muito as fraldas?

Peter continuou berrando.

Lucy o acomodou sobre outra manta que haviam trazido. Peter começou a afastar-se engatinhando, sem parar de chorar. Lucy o virou de costas e começou a tirar-lhe as calças de brim azul. As perninhas de Peter se agitaram no ar.

— Por que vocês não vão dar um passeio? — sugeriu Lucy e sorriu para Fran, mas Stu percebeu que era um sorriso triste.

— Por que não vamos? — concordou Fran e pegou o braço de Stu.

Ele se deixou levar. Cruzaram a estrada e entraram num suave prado verde que depois se elevava em um ângulo inclinado abaixo das nuvens brancas moventes e do vívido céu azul.

— O que significa isso? — perguntou Stu.

— Isso o quê? — Fran, contudo, parecia inocente demais.

— Essa expressão.

— Que expressão?

— Sei reconhecer uma quando a vejo — replicou Stu. — Posso não entender o que significa, mas sei identificá-la quando a vejo.

— Sente-se aqui comigo, Stu.

— Então é assim, não é?

Os dois sentaram-se e olharam para leste, onde o terreno ia descaindo numa série de ondulações até a planície que se desbotava numa bruma azul. Nebraska ficava em algum lugar lá naquela bruma.

— É sério, Stu. Não sei como contar a você.

— Bem, é só ir falando, o melhor que puder — respondeu ele e pegou-lhe a mão.

Em vez de falar, o rosto de Fran começou a alterar-se. Uma lágrima escorreu pela face e sua boca descaiu, trêmula.

— Fran...

— Não, não *quero* chorar! — exclamou furiosa e então houve mais lágrimas e ela irrompeu em choro incontrolável. Desconcertado, Stu passou um braço em torno dela e esperou.

Quando o pior pareceu passar, ele perguntou:

— Agora me diga. Do que se trata?

— Estou com saudades de casa, Stu. Quero voltar para o Maine.

Atrás deles, as crianças corriam e berravam. Stu olhou para ela, absolutamente surpreso. Depois sorriu, um tanto hesitante.

— É isso? Pensei que você, no mínimo, tinha decidido divorciar-se de mim. Não que realmente tenhamos recebido as bênçãos sacramentais, por assim dizer.

— Não vou para lugar nenhum sem você — disse ela. Havia tirado um lenço de papel do bolso da camisa e enxugava os olhos com ele. — Não sabe disso?

— Acho que sei.

— Mas quero voltar para o Maine. Tenho sonhado com isso. Nunca sonhou com o leste do Texas, Stu? Com Arnette?

— Não — respondeu ele com sinceridade. — Eu poderia viver muito tempo e morrer, sentindo-me feliz da mesma forma, mesmo que nunca mais pusesse os olhos em Arnette. Você quer volta para Ogunquit, Frannie?

— Talvez, com o tempo. Mas não exatamente agora. Gostaria de ir para a parte ocidental do Maine, a Região dos Lagos. Você quase chegou lá, quando eu e Harold o encontramos em New Hampshire. Há alguns lugares lindos, Stu. Bridgton... Sweden... Castle Rock. Os lagos devem estar pulando de peixes, posso imaginar. Acho que poderíamos até chegar ao litoral. Só que eu não poderia suportar isso no primeiro ano. Lembranças demais. Tudo seria muito grande no princípio. O mar seria gigantesco. — Ela baixou os olhos para as mãos que se retorciam nervosamente. — Se você quiser ficar aqui... ajudando o pessoal para que tudo vá em frente... eu entenderei. As montanhas aqui também são lindas, mas... bem... não me sinto em casa.

Ele contemplou o leste e descobriu que podia finalmente identificar algo que sentia espicaçá-lo desde que a neve começara a degelar: uma ânsia de movimento. Ali havia gente demais, e tantas pessoas começavam a deixá-lo nervoso. Em Boulder havia os que conseguiam lidar com tal tipo de coisa e que, de fato, pareciam gostar disso. Jack Jackson, que chefiava o novo Comitê da Zona Franca (agora ampliado para nove membros) era um deles. Outro era Brad Kitchner — Brad tinha uns cem projetos em andamento e todos os auxiliares que quisesse a fim de movimentar cada projeto. Tinha sido idéia dele pôr no ar uma das emissoras de TV de Denver. Ela exibia filmes antigos todas as noites, das dezoito horas à uma da manhã, com um noticiário de dez minutos às nove.

E o homem que o substituíra como xerife em sua ausência, Hugh Petrella, não era o tipo de homem que fazia seu gênero. O próprio fato de Petrella ter feito um *lobby* para obter o cargo bastava para deixá-lo inquieto. O novo xerife era um indivíduo inflexível, um puritano com um rosto que parecia entalhado a machadas. Contava com 17 comissários e procurava aumentar seu número a cada reunião do Comitê da Zona Franca — na opinião de Stu, se Glen estivesse ali, ele diria que a velha disputa americana entre a lei e a liberdade individual havia recomeçado. Petrella não era mau sujeito, mas sim um homem rígido... e Stu o considerava capaz de ser melhor xerife do que ele, pois acreditava firmemente que a lei era a resposta definitiva para todos os problemas. E esta jamais fora a crença pessoal de Stu.

— Sei que lhe ofereceram um cargo no comitê — dizia Fran, hesitante.

— Tive a impressão de que seria um cargo honorário, você também?

Fran pareceu aliviada.

— Bem...

— Achei que para mim não faria diferença se recusasse. Sou o último representante do comitê original. E à época houve uma crise no comitê. Agora não há crise. E quanto a Peter, Frannie?

— Acho que em junho já estará com idade suficiente para viajar — disse ela. — E gostaria de esperar até Lucy ter o bebê.

Houvera 18 nascimentos na Zona desde que Peter viera ao mundo em 4 de janeiro. Quatro bebês tinham morrido, mas os restantes estavam bem. Em breve começariam a nascer os bebês cujos pais estavam imunes à epidemia, sendo inteiramente possível que o de Lucy fosse o primeiro. Estava previsto para o dia 14 de junho.

— O que acha de partirmos a 1º de julho? — perguntou ele.

O rosto de Fran se iluminou.

— Você irá? Quer mesmo ir?

— Claro.

— Não está dizendo isso só para me agradar?

— Não — respondeu ele. — Outras pessoas também estarão partindo. Não muitas, não por algum tempo. Mas algumas partirão.

Fran o enlaçou pelo pescoço e abraçou-o com força.

— Tudo talvez não passe de umas férias — disse. — Ou talvez... talvez a gente goste realmente disso. — Ela o fitou timidamente. — Talvez a gente queira ficar.

Ele assentiu.

— Sim, talvez. — Mas no fundo duvidava se algum deles ficaria satisfeito em permanecer no mesmo lugar por anos a fio. Olhou para Lucy e Peter. Lucy estava sentada na manta e fazia o menino saltar para cima e para baixo. Ele ria, tentava agarrar o nariz de Lucy.

— Já pensou que ele poderia adoecer? E você? Como será se engravidar de novo?

Ela sorriu.

— Existem livros. Poderíamos lê-los. Não podemos passar toda a nossa vida com medo, não acha?

— Não, suponho que não.

— Há livros e bons medicamentos. Podemos aprender a usá-los. E quanto aos remédios que se esgotaram... podemos aprender a fabricá-los de novo. Quanto a adoecer e morrer... — Ela tornou a olhar para o grande prado onde as últimas crianças caminhavam em direção à área de piquenique suadas e afogueadas. — Isto acontecerá aqui também. Lembra-se de Rich Moffat? E Shirley Hammett?

— Sim. — Shirley havia morrido de um ataque cardíaco em fevereiro.

Frannie tomou as mãos dele. Tinha os olhos brilhantes, cheios de determinação.

— Digo que correremos nossos riscos e viveremos nossas vidas da maneira que bem entendermos.

 — Muito bem. Parece bom para mim. Parece a coisa certa.

— Eu amo você, Texano Oriental.

— Da mesma forma, madame.

Peter recomeçara a chorar.

— Vamos ver o que há de errado com o imperador — disse ela, levantando-se e sacudindo o capim aderido às calças compridas.

— Ele tentou engatinhar e bateu com o nariz — disse Lucy, entregando Peter a Fran. — Coitadinho.

— Coitadinho — concordou Fran, pondo-o no colo. O menino recostou familiarmente a cabeça no seu pescoço, olhou para Stu e sorriu. Este sorriu de volta, fez uma careta e Peter riu.

Lucy olhou de Fran para Stu e tornou a fitar Fran.

— Vocês vão partir, não vão? Você o convenceu a ir?

— Acho que ela conseguiu — disse Stu. — Mas ainda ficaremos tempo bastante para ver o que você traz ao mundo.

— Fico contente — disse Lucy.

Ao longe, um sino começou a tocar em fortes notas musicais que pareciam colidir umas com as outras à luz do dia.

— Hora do almoço — anunciou Lucy, levantando-se. Deu uns tapinhas no ventre gigantesco. — Ouviu isso, garoto? Já vamos comer. Ei, não precisa chutar, estou indo.

Stu e Fran também se levantaram.

— Aqui, leve o menino — disse Fran.

Peter tinha caído no sono. Os três começaram a subir a colina para o anfiteatro Aurora.

CREPÚSCULO DE UM DIA DE VERÃO

Enquanto o sol se punha, eles sentavam-se ao alpendre e vigiavam Peter, que engatinhava animadamente na terra do pátio. Stu ocupava uma cadeira com assento de palhinha; anos de uso tinham feito aquele assento afundar. Fran sentava-se à sua esquerda, na cadeira de balanço. No pátio, à esquerda de Peter, o pneu-balanço imprimia sua sombra rasa no solo à última claridade do dia.

— Ela morou aqui muito tempo, não foi? — perguntou Fran suavemente.

— Bota tempo nisso — disse Stu e apontou para Peter. — Ele está ficando todo sujo.

— Tem água. Ela possuía uma bomba manual. É tudo sujeira superficial. Temos todas as conveniências, Stuart.

Ele assentiu e não falou mais. Acendeu o cachimbo, sugando longas baforadas. Peter virou-se para ver se eles ainda estavam ali.

— Oi, neném — disse Stu e acenou para ele.

Peter caiu. Tornou a equilibrar-se nas mãos e joelhos, e recomeçou a engatinhar num amplo círculo. Parado no final da estrada de terra que cortava o milharal silvestre estava um pequeno *trailer* Winnebago com um guincho na parte dianteira. Estavam viajando por estradas vicinais, mas vez por outra o guincho tinha sua utilidade.

— Sente-se solitário? — perguntou Fran.

— Não. Com o tempo talvez me sinta.

— Preocupado com o bebê? — Fran bateu no ventre, que ainda estava perfeitamente plano.

— Nem um pouco.

— O nariz de Peter vai ficar com uma crosta.

— Quando a crosta cair, cicatriza. E Lucy teve *gêmeos*! — Stu sorriu para o céu. — Quem diria, hein?

— Eu os vi. Ver para crer, como dizem. Quando acha que chegaremos ao Maine, Stu?

Ele deu de ombros.

— Lá para o fim de julho. Com tempo de sobra, afinal, para começarmos a nos preparar para o inverno. Está preocupada?

— Nem um pouco — replicou Fran, zombando dele. Levantou-se. — Olhe só para ele, está ficando *imundo*!

— Eu avisei.

Ele a viu descer os degraus do alpendre e pegar o bebê. Ficou sentado ali, onde Mãe Abagail se sentara tantas vezes e por tanto tempo, e pensou na vida que os aguardava. Pensou que tudo ia dar certo. Com o passar do tempo teriam de retornar a Boulder, se quisessem que seus filhos conhecessem crianças da mesma idade, namorassem, casassem e fizessem mais filhos. Ou talvez parte de Boulder fosse ter com eles. Houvera pessoas questionando seus planos atentamente, quase submetendo-os a interrogatório... mas as expressões nos olhos de todos era mais de desejo reprimido do que de desdém ou raiva. Aparentemente, Stu e Fran não eram os únicos com uma vocação para andarilhos. Harry Dunbarton, o ex-vendedor de óculos, tinha falado em Minnesota. E Mark Zeleman, entre todos os lugares, falava no Havaí. Queria aprender a pilotar um avião e partir para o Havaí.

— Acabaria se matando, Mark — censurou Fran, indignada.

Mark apenas sorrira timidamente, dizendo:

— Logo você dizendo isso, Frannie?

E Stan Nogotny começara a falar pensativamente em ir para o sul, parando talvez em Acapulco por alguns anos e depois descendo mais um pouco, até o Peru.

— Eu lhe digo, Stu — falou. — Toda essa gente me deixa nervoso, como um perneta num concurso de salto em distância. Entre uma dúzia de pessoas não conheço mais nem uma só. Todos agora trancam suas casas à noite... não me olhe assim, é um fato. Quem me ouvisse falar, jamais pensaria que morei 16 anos em Miami e trancava minha casa todas as noites. Só que, droga, este foi um hábito que gostei de perder. De qualquer modo, isto aqui está ficando populoso demais. Tenho pensado bastante em Acapulco. Se ao menos pudesse convencer Janey...

Observando Fran bombear a água, Stu refletiu que não seria má idéia a Zona Franca desmembrar-se. Glen Bateman pensaria o mesmo, tinha certeza. Ele diria que o objetivo fora alcançado. Melhor debandar antes que...

Antes que... o quê?

Bem, na última reunião do Comitê da Zona Franca, antes de ele e Fran partirem, Hugh Petrella havia solicitado e obtido autorização para armar seus comissários. Isto se tornara *a* causa de Boulder, enquanto ele e Fran permaneceram lá as últimas semanas — todos haviam tomado algum partido. Em início de junho, um bêbado se engalfinhara com um dos comissários e o jogara através da vidraça do Broken Drum, um bar na Pearl Street.

 O comissário levara trinta pontos e precisara de uma transfusão de sangue. Em sua argumentação, Petrella declarou que nada disso teria acontecido se o seu auxiliar estivesse armado. E a controvérsia fervilhou. Muita gente achava (inclusive Stu, embora preferisse guardar para si o que pensava) que, se o comissário tivesse uma arma, o incidente poderia ter acabado com um bêbado morto em vez de um comissário ferido.

O que acontece depois que entregarmos as armas aos comissários?, perguntava-se Stu. Qual a progressão lógica? Pareceu-lhe ouvir a voz culta e levemente seca de Glen Bateman fornecendo a resposta. Então, nós lhes damos armas maiores. E viaturas policiais. Depois, ao descobrirmos a existência de uma comunidade da Zona Franca, seja no Chile ou no Canadá, tornamos Hugh Petrella ministro da Defesa, só por medida de precaução, e talvez comecemos a enviar grupos de reconhecimento, porque afinal...

Todo esse material está jogado por aí, esperando ser recolhido...

— Vamos botá-lo na cama — disse Fran, subindo os degraus.

— *OK.*

— O que fazia sentado aí, tão calado e pensativo?

— Estava assim?

— Com certeza.

Ele usou os dedos para forçar os cantos da boca a um sorriso.

— Melhor agora?

— Muito. Ajude-me a levá-lo para dentro.

— Com prazer.

Enquanto a seguia para o interior da casa de Mãe Abagail, Stu refletiu que seria melhor, muito melhor, eles se desligarem e se dispersarem. Que adiassem a organização o máximo possível. A organização é que sempre parecia causar o problema. Quando as células começavam a se enfeixar e ficar sombrias. Só devemos entregar armas aos policiais quando eles fossem capazes de lembrar os nomes... os rostos...

Fran acendeu um lampião de querosene que produziu um suave clarão amarelado. Peter ergueu tranqüilamente os olhos para eles, já adormecendo. Peter brincara até se fartar. Fran vestiu nele uma camisola de dormir.

Tudo que qualquer um de nós precisa é de tempo, pensou Stu. *O tempo da vida de Peter, da vida de seus filhos, talvez o tempo da vida dos meus bisnetos. Talvez até o ano 2100, certamente não mais do que isso. Talvez nem tanto tempo. Apenas o tempo suficiente para que a pobre e velha Mãe Terra consiga se reciclar um pouco. Uma temporada de repouso.*

— O que disse? — perguntou Fran, e ele percebeu que havia murmurado seus pensamentos.

— Uma temporada de repouso — repetiu.

— O que isso quer dizer?

— Tudo — replicou ele e tomou-lhe a mão.

Baixando os olhos para Peter, pensou: *Se lhe contarmos o que aconteceu, talvez repita para seus próprios filhos. Alertando-os. Queridos filhos, os brinquedos significam a morte — são lança-chamas, contaminação radioativa e a peste negra e sufocante. Esses brinquedos são perigosos; quando foram feitos, o demônio no cérebro dos homens guiou a mão de Deus. Não. Não brinquem com eles, filhos queridos, por favor, nunca. Nunca mais. Por favor... por favor, aprendam a lição. Deixem que este mundo vazio seja o seu caderno de exercícios.*

— Frannie — disse ele, e a fez virar-se para poder fitá-la nos olhos.

— O que é, Stuart?

— Você acha... você acha que as pessoas chegarão a aprender alguma coisa?

Ela abriu a boca para falar, vacilou, depois ficou calada. A luz do lampião bruxuleou. Os olhos dela pareciam muito azuis.

— Não sei — disse ela por fim. Pareceu insatisfeita com a resposta e procurou dizer algo mais, que ilustrasse melhor o que tinha dito. No entanto, só conseguiu repetir: *Não sei*.

O CÍRCULO SE FECHA

Precisamos de ajuda, concluiu o Poeta.

— Edward Dorn

ELE ACORDOU AO ALVORECER.

Calçou suas botas.

Sentou-se e olhou em torno de si. Estava numa praia tão branca como osso. Acima dele, um céu azul de azulejo sem nuvens erguia-se alto e longínquo. Além dele, um mar cor de turquesa quebrava sobre um recife e depois vinha gentilmente, ondulando acima e entre os estranhos barcos que eram...

(*canoas polinésias*)

Ele sabia que... mas como?

Levantou-se e quase caiu. Estava vacilante. Mal. Sentia-se pairando.

Virou-se. A selva verde parecia saltar-lhe aos olhos, um emaranhado sombrio de trepadeiras e folhas largas e luxuriantes, flores em botão que eram

(*tão rosadas quanto os mamilos de uma corista*)

O que era uma corista?

A propósito, o que era um mamilo?

Uma arara gritou ao vê-lo, voou às cegas, chocou-se contra o grosso tronco de uma velha figueira-brava e caiu morta ao pé da árvore com os pés espichados para cima.

(*sentou-se na mesa com as pernas espichadas para cima*)

Um mangusto olhou para seu rosto afogueado e barbado e morreu de embolia cerebral.

(*chega a irmã com uma colher e um copo*)

Um besouro que estivera subindo empenhadamente o tronco de uma palmeira ficou preto e murchou para uma palha, com minúsculos pinos azuis de eletricidade crepitando por um momento entre suas antenas.

(*e começa a pingar molho de seu* yass-yass-yass.)

Quem sou eu?

Ele não sabia.

 Onde estou?

O que importava?

Começou a caminhar — cambalear — na direção da orla da selva. Estava tonto de fome. O som da arrebentação ribombava ocamente em seus ouvidos como um louco latejar de sangue. Sua mente estava tão vazia quanto a mente de um recém-nascido.

Estava a meio caminho para a orla do verde profundo quando a folhagem se abriu e três homens surgiram. Depois quatro. E então havia meia dúzia.

Tinham a pele lisa e morena.

Olharam para ele.

Ele os fitou de volta.

As coisas começaram a acontecer.

Os seis homens se tornaram oito. Os oito viraram uma dúzia. Todos empunhavam lanças. Começaram a erguê-las ameaçadoramente. O homem de rosto barbudo olhou para eles. Estava usando *jeans* e calçava velhas botas de *cowboy*; nada mais. Seu torso era branco como a barriga de uma carpa e horrivelmente depauperado.

As lanças se ergueram plenamente. Então um dos homens bronzeados — o líder — pronunciou uma palavra repetidamente, uma palavra que soava como *Yun-nah!*

É, as coisas estavam chegando.

Exatamente.

Seu nome, em primeiro lugar.

Ele sorriu.

Aquele sorriso foi como um sol vermelho rompendo através de uma nuvem negra. Expôs dentes brancos brilhantes e olhos espantosamente incandescentes. Virou as palmas das mãos lisas para eles no gesto universal de paz.

Eles ficaram confusos ante a força daquele sorriso. As lanças caíram na areia; um deles cravou a sua no chão, que ficou pendendo ali, angulada e trepidante.

— Vocês falam inglês?

Eles apenas olharam.

— *Hablan español?*

Não. Definitivamente não *hablavan* a porra do espanhol.

O que significava isso?

Onde ele estava?

Bem, com o tempo saberia. Roma não foi feita num dia, nem Akron, Ohio, a propósito. E o lugar não importava.

O lugar onde você se estabelecia nunca importava. Desde que estivesse lá... e se mantivesse no controle.

— *Parlez-vous français?*

Nenhuma resposta. Eles o fitavam, fascinados.

Ele tentou em alemão e depois gargalhou ante seus rostos idiotas. Um deles começou a soluçar desamparado, como uma criança.

São gente simplória. Primitiva. Iletrada. Mas posso usá-los. Sim, posso usá-los perfeitamente bem.

Avançou na direção deles, as palmas lisas das mãos ainda voltadas para fora, ainda sorrindo. Seus olhos faiscavam com uma alegria cálida e lunática.

— Meu nome é Russell Faraday — disse em voz lenta e clara. — Tenho uma missão.

Eles o fitaram, todos olhos, assombro e fascinação.

— Vim para ajudá-los.

Começaram a cair de joelhos e baixar as cabeças diante dele. E seu sorriso se alargou enquanto sua sombra escura caía entre eles.

— Vim ensiná-los a ser civilizados!

— *Yun-nah!* — soluçou o chefe com alegria e terror. E enquanto ele beijava os pés de Russell Faraday, o homem escuro começou a rir. Ria sem parar.

A vida era que nem uma roda que nenhum homem podia deter por muito tempo. E ela sempre, no final, girava de novo para o mesmo lugar.

Fevereiro de 1975
Dezembro de 1988

Impressão e Acabamento:
Geográfica
editora